Wie ein Sturm über dem Meer

1. Auflage 2022
Neuausgabe im HarperCollins Taschenbuch
© 2022 für die deutschsprachige Ausgabe
by HarperCollins in der
Verlagsgruppe HarperCollins Deutschland GmbH, Hamburg

© 1995 by Nora Roberts
Originaltitel: »The Return of Rafe MacKade«
Erschienen bei: Silhouette Books, Toronto

© 1995 by Nora Roberts
Originaltitel: »The Pride of Jared MacKade«
Erschienen bei: Silhouette Books, Toronto

© 1996 by Nora Roberts
Originaltitel: »The Heart of Devon MacKade«
Erschienen bei: Sihouette Books, Toronto

© 1996 by Nora Roberts
Originaltitel: »The Fall of Shane MacKade«
Erschienen bei: Silhouette Books, Toronto

Published by arrangement with
HARLEQUIN ENTERPRISES II B.V./SARL

Umschlaggestaltung von zero Werbeagentur, München
Umschlagabbildung von Jon Bilous, bogumil/Shutterstock
Gesetzt aus der Stempel Garamond
von GGP Media GmbH, Pößneck
Druck und Bindung von GGP Media GmbH, Pößneck
Printed in Germany
ISBN 978-3-7499-0406-8
www.harpercollins.de

Nora Roberts

Zwischen Sehnsucht und Verlangen

Roman

Aus dem amerikanischen Englisch von
Emma Luxx

HarperCollins

Prolog

Die MacKade-Brüder hielten wieder einmal Ausschau nach jemandem, mit dem sie sich anlegen konnten. Das hatten sie sich beinahe schon zur Gewohnheit gemacht. Ein geeignetes Objekt zu finden, war in dem kleinen Städtchen Antietam allerdings gar nicht so einfach, doch war ihnen das erst gelungen, war es schon der halbe Spaß.

Wie üblich kabbelten sie sich vor dem Losfahren darum, wer das Steuer des schon leicht hinfälligen Chevys übernehmen durfte. Zwar gehörte der Wagen Jared, dem ältesten der vier Brüder, dieser Umstand war jedoch keineswegs gleichbedeutend damit, dass er ihn notwendigerweise auch fuhr.

Diesmal hatte Rafe darauf bestanden, den Wagen zu steuern. Ihn dürstete nach dem Rausch der Geschwindigkeit, er wünschte sich, die dunklen kurvigen Straßen entlangzujagen, ohne den Fuß vom Gaspedal zu nehmen. Fahren, nur fahren, um woanders anzukommen.

Irgendwo ganz anders.

Vor zwei Wochen hatten sie ihre Mutter begraben.

Vielleicht, weil seine Brüder erkannten, in was für einer gefährlichen Stimmung sich Rafe befand, hatten sie sich gegen ihn als Fahrer entschieden. Devin hatte das Steuer übernommen, mit Jared als Beifahrer. Rafe brütete nun auf dem Rücksitz, neben sich seinen jüngsten Bruder Shane, düster vor sich hin und starrte mit finsterem Blick auf die Straße.

Die MacKade-Brüder waren ein rauer Haufen. Alle waren sie hochgewachsen, schlank und sehnig wie Wildhengste, und ihre Fäuste waren nur allzu schnell und gern bereit, ein Ziel zu finden. Ihre Augen – die typischen MacKade-Augen, die alle Schattierungen von Grün aufwiesen – waren imstande, einen Mann auf zehn Schritt

Entfernung in Angst und Schrecken zu versetzen. Waren sie schlechter Laune, war es klüger, ihnen aus dem Weg zu gehen.

In Duff's Tavern angelangt, orderte jeder ein Bier – trotz Shanes Protest, der Angst hatte, nicht bedient zu werden, weil er noch nicht einundzwanzig war –, und dann steuerten sie geradewegs auf den Billardtisch zu.

Sie liebten die schummrige, rauchgeschwängerte Atmosphäre der Bar. Das Geräusch, das die Billardkugeln verursachten, wenn sie klackernd aneinanderprallten, war gerade erregend genug, um die innere Anspannung, unter der sie standen, noch ein bisschen weiter in die Höhe zu treiben, und Duff Dempseys Blick, der sie immer wieder streifte, war nervös genug, um sie zu belustigen. Die Wachsamkeit, die sich bei ihrem Anblick in den Augen der anderen Gäste spiegelte, die sich den neuesten Klatsch erzählten, war ihnen Beweis genug dafür, dass sie lebten.

Und auch heute hegte niemand Zweifel daran, dass die MacKade-Jungs wieder einmal auf Streit aus waren. Und natürlich würden sie schließlich auch finden, wonach sie suchten.

Rafe klemmte sich die Zigarette in den Mundwinkel, griff nach seinem Queue, beugte sich über den Billardtisch, spähte mit zusammengekniffenen Augen durch den Qualm, zielte und stieß zu. Die vielen dunklen Bartstoppeln an seinem Kinn – er hatte es bereits seit Tagen nicht für nötig gehalten, sich zu rasieren – spiegelten seine Stimmung wider.

Volltreffer! Seine Kugel schoss über die Bande, prallte ab und beförderte die Sieben wie vorausberechnet mit einem satten Klackern ins Loch.

»Glück für dich, dass es wenigstens eine Sache gibt, die du kannst.« Joe Dolin, der an der Bar saß, griff nach seiner Bierflasche und starrte aus trüben Augen zu Rafe hinüber. Er war wieder einmal betrunken, was bei ihm um diese Tageszeit schon fast üblich war. Wenn er sich in diesem Zustand befand, wurde er meistens über kurz oder lang bösartig. In der Highschool war er eine Zeit lang der Star des Footballteams gewesen und hatte mit den MacKade-Brüdern um die Gunst der schönsten Mädchen der Stadt gewetteifert. Doch bereits jetzt, mit Anfang zwanzig, war sein Gesicht vom Alkohol aufgeschwemmt, und sein Körper zeigte erste Anzeichen von Schlaffheit.

Seelenruhig rieb Rafe seinen Queue mit Kreide ein und zog es vor, Joe zu übersehen.

»Jetzt, wo deine Mama tot ist, musst du schon ein bisschen mehr auf die Beine stellen, MacKade. Um 'ne Farm am Laufen zu halten, muss man mehr können, als den Queue zu schwingen.« Während Joe die Flasche zwischen zwei Fingern hin und her drehte, machte sich ein gemeines Grinsen auf seinem Gesicht breit. »Hab schon gehört, dass ihr verkaufen müsst, weil ihr Steuern nachzuzahlen habt.«

»Da hast du falsch gehört.« Cool ging Rafe um den Tisch herum und berechnete seinen nächsten Stoß.

»Glaub ich kaum. Die MacKades sind doch schon immer eine Bande von Lügnern und Betrügern gewesen.«

Shane setzte bereits zum Sprung an, doch Rafe hielt ihn zurück. »Er hat mit mir gesprochen«, sagte er ruhig und sah seinem jüngeren Bruder einen Moment zwingend in die Augen, bevor er sich umwandte. »Oder irre ich mich da, Joe? Du hast doch mit mir gesprochen, oder?«

»Ich hab mit euch allen gesprochen.« Während er seine Bierflasche wieder an die Lippen setzte, glitt Joes Blick über die vier MacKades. Erst über Shane, den Jüngsten, der zwar durchtrainiert war von der Arbeit auf der Farm, aber noch immer eher aussah wie ein Junge, dann über Devin, dessen verschlossener Gesichtsausdruck nichts preisgab. Jared stand lässig gegen die Musikbox gelehnt und war ganz offensichtlich gespannt auf das, was als Nächstes geschah.

Joes Blick wanderte wieder zu Rafe zurück, dem die ungezügelte Wut aus den Augen leuchtete. »Aber wenn du meinst, dann hab ich eben mit dir geredet. Du bist doch sowieso die größte Niete von euch allen, Rafe.«

»Findest du, ja?« Rafe nahm die Zigarette aus dem Mund, drückte sie aus und nahm gelassen einen langen, genießerischen Schluck von seinem Bier. Es wirkte wie ein Ritual, das er absolvierte, bevor die Schlacht begann. Die übrigen Gäste verrenkten sich fast die Hälse, um besser zu sehen, was vor sich ging. »Und wie läuft's in der Fabrik, Joe?«

»Immerhin krieg ich jeden Monat Kohle auf die Kralle, um meine Miete bezahlen zu können«, erwiderte Joe aggressiv. »Mir will niemand das Haus unterm Hintern wegziehen.«

»Zumindest nicht, solange deine Frau bereit ist, in Zwölfstundenschichten Tabletts zu schleppen.«

»Halt's Maul. Meine Frau geht dich gar nichts an. Ich bin der, der das Geld nach Haus bringt. Ich brauch keine Frau, die mir Geld gibt, so wie das bei deinem Dad und deiner Mama war. Er hat doch ihre ganze Erbschaft durchgebracht und ist dann auch noch vor ihr gestorben.«

»Stimmt, er starb vor ihr.« Wut und Trauer kochten in Rafe hoch und drohten ihn hinwegzuschwemmen. »Aber er hat sie nie geschlagen. Sie jedenfalls hat es niemals nötig gehabt, ihre Augen hinter einer Sonnenbrille zu verstecken, damit man die blauen Flecke nicht sieht. Sie musste auch niemandem erzählen, dass sie wieder mal die Treppe runtergefallen ist. Jeder weiß aber, dass das Einzige, worüber deine Mutter jemals gestürzt ist, die Faust deines Vaters war, Joe.«

Mit einem Krachen, dass die Flaschen auf dem Regal über der Theke klirrten, setzte Joe seine Bierflasche auf dem Tresen ab. »Das ist eine dreckige Lüge! Ich ramm sie dir in deinen dreckigen Hals zurück, damit du dran erstickst!«

»Versuch's doch.«

»Er ist besoffen, Rafe«, murmelte Jared.

Rafe sah seinen Bruder an. Seine Augen sprühten gefährliche Funken. »Na und?«

»Ist keine große Kunst, ihm in diesem Zustand die Fresse zu polieren. Damit machst du bestimmt keinen Punkt.« Jared hob eine Schulter. »Lass gut sein, der Kerl ist doch den ganzen Aufwand gar nicht wert, Rafe.«

Doch Rafe ging es gar nicht darum, einen Punkt zu machen. Er brauchte jetzt einfach den Kampf. Langsam hob er seinen Queue, unterzog die Spitze einer ausgiebigen Betrachtung und legte ihn dann quer über den Billardtisch. »Du willst dich also mit mir anlegen, Joe.«

»Nicht hier drin.« Obwohl ihm klar war, dass sein Protest zwecklos war, machte Duff eine Bewegung mit dem Daumen hin zum Telefon, das an der Wand hing. »Wenn ihr Ärger macht, ruf ich auf der Stelle den Sheriff an. Dann könnt ihr euch im Knast abkühlen.«

»Lass bloß deine verfluchten Finger vom Telefon.« Rafes Augen glitzerten kalt und angriffslustig, doch der Barkeeper, der Erfahrung mit Raufbolden hatte, blieb standhaft.

»Ihr geht sofort nach draußen«, wiederholte er.

»Aber nur du gegen mich«, verlangte Joe und starrte die übrigen MacKades finster an, während er seine Hände bereits zu Fäusten ballte. »Nicht dass mir die anderen dann noch zusätzlich in den Rücken fallen.«

»Mit dir werde ich schon noch allein fertig.« Wie um es zu beweisen, landete Rafe sofort, nachdem sich die Tür hinter ihnen geschlossen hatte, mit seiner Rechten einen Kinnhaken, der es in sich hatte. Beim Anblick des dicken Blutstropfens, der sich auf Joes Unterlippe bildete, verspürte er eine grimmige Befriedigung.

Er hätte nicht einmal genau sagen können, warum er diesen Kampf gewollt hatte. Joe bedeutete ihm nicht mehr als der Staub auf der Straße. Es tat einfach gut. Auch wenn Joe jetzt besser in Deckung ging als zu Anfang und hin und wieder sogar einen Volltreffer landete, tat es gut. Fäuste und Blut waren eine klare Sache. Das Krachen, das ertönte, wenn Knochen auf Knochen traf, war ein befreiendes Geräusch; wenn er es hörte, konnte er alles andere vergessen.

Als Devin das blutige Rinnsal sah, das sich vom Mund seines Bruders über sein Kinn hinabzog, zuckte er kurz zusammen, rammte dann aber entschlossen die Hände in die Hosentaschen. »Fünf Minuten gebe ich ihnen noch«, erklärte er seinen Brüdern.

»Quatsch, in drei Minuten ist Joe fertig.« Mit einem Grinsen beobachtete Shane die beiden Gegner, deren Boxkampf mittlerweile in ein erbittertes Ringen übergegangen war.

»Zehn Dollar.«

»Rafe! Los, auf! Mach ihn fertig!«, feuerte Shane seinen Bruder an.

Genau drei Minuten und dreißig hässliche Sekunden dauerte es, bis Joe in den Knien einknickte. Breitbeinig stellte sich Rafe vor ihn hin und verpasste ihm methodisch einen Kinnhaken nach dem anderen. Als Joe begann, die Augen zu verdrehen, sodass man nur noch das Weiße sah, machte Jared rasch einen Schritt vor und zog seinen Bruder weg.

»Er hat genug.« Jared packte Rafe, um ihn zur Besinnung zu bringen, bei den Schultern und schüttelte ihn. »Er hat genug, kapiert?«, wiederholte er. »Lass ihn jetzt in Ruhe.«

Nur langsam wich der rasende Zorn aus Rafes Augen. Er öffnete seine Fäuste und starrte auf seine Hände. »Lass mich los, Jared. Ich mach nichts mehr.«

Rafe blickte auf den vor sich hin wimmernden Joe, der halb bewusstlos auf dem Boden lag. Über ihn gebeugt stand Devin und zählte ihn aus.

»Ich hätte in Betracht ziehen müssen, wie besoffen er ist«, gab er gegenüber Shane zu. »Aber glaub mir, wenn er nüchtern gewesen wäre, hätte Rafe fünf Minuten gebraucht.«

»Ach, niemals! Du glaubst doch nicht, dass Rafe fünf Minuten an so einen Schwachkopf verschwendet.«

Jared legte seinen Arm kameradschaftlich um Rafes Schultern. »Wie wär's mit einem abschließenden Bier?«

»Nein.« Rafes Blick wanderte zu den Fenstern der Kneipe hinüber, wo sich sensationslüstern eine Menschentraube zusammendrängte. Geistesabwesend wischte er sich das Blut aus dem Gesicht. »Vielleicht sollte jemand von euch ihn auflesen und nach Hause schaffen«, schrie er Duffs Gästen zu und wandte sich dann an seine Brüder. »Los, lasst uns abhauen.«

Als er schließlich im Auto saß, machten sich seine Platzwunden und Prellungen unangenehm bemerkbar. Nur mit halbem Ohr hörte er Shanes mit Begeisterung vorgetragener Wiederholung des Kampfes zu, während er sich mit Devins Halstuch das Blut, das immer wieder von Neuem von seiner Unterlippe tropfte, abwischte.

Du hast kein Ziel, dachte er. Willst nichts. Tust nichts. Bist nichts. Seiner Meinung nach bestand der einzige Unterschied zwischen ihm und Joe Dolin darin, dass Joe ein Trinker war und er nicht.

Er hasste die verdammte Farm ebenso wie diese verdammte Stadt hier. Er kam sich vor wie in einer Falle, in einem Morast, in dem er mit jedem Tag, der zu Ende ging, tiefer versank.

Jared hatte seine Bücher und seine Studien, Devin seine absonderlich schwerwiegenden Gedanken und Fantasien und Shane das Land, das ihm offensichtlich alles geben konnte, was er zu seiner Befriedigung brauchte.

Nur er hatte nichts.

Am Ortsausgang, wo die Straße anzusteigen begann und der Baumbestand dichter wurde, stand ein Haus. Das alte Barlow-Haus. Düster und verlassen lag es da. Es gab Leute im Ort, die steif und fest behaupteten, in dem alten Gemäuer würde es spuken, weshalb die meisten Einwohner von Antietam sich bemühten, das Haus möglichst nicht zur Kenntnis zu nehmen, oder aber ein wachsames Auge darauf hatten.

»Halt mal kurz an.«

»Himmel, Rafe, wird dir womöglich zu guter Letzt noch schlecht?«

»Nein. Halt an, Jared, verdammt noch mal.«

Sobald der Wagen stand, sprang Rafe hinaus und kraxelte den steinigen Abhang zu dem Haus hinauf. Überall wucherten Büsche und Sträucher, und dornige Zweige verfingen sich in seinen Hosenbeinen. Er brauchte nicht erst hinter sich zu sehen, um die Flüche zu hören, die seinen Brüdern, die hinter ihm herstolperten, über die Lippen kamen.

Er blieb stehen und blickte versonnen auf das zweistöckige düstere Gemäuer, dessen Quader wahrscheinlich, wie er vermutete, aus dem

Steinbruch, der nur ein paar Meilen entfernt lag, stammten. Da die Scheiben längst zu Bruch gegangen waren, hatte man die Fenster mit Brettern vernagelt. Da, wo vermutlich früher ein Rasen gewesen war, wucherten jetzt Disteln, wilde Brombeeren und Hexengras. Inmitten des Gestrüpps erhob eine abgestorbene knorrige alte Eiche ihre kahlen Äste.

Doch als sich nun der Mond zwischen ein paar Wolken hervorstahl und einen warmgoldenen Mantel über das Haus warf, während eine leichte Brise leise flüsternd durch die Sträucher und die hohen Gräser strich, bekam das alte Gemäuer für Rafe plötzlich etwas Zwingendes. Es hatte Wind und Wetter getrotzt und, was am wichtigsten von allem war, auch dem Geschwätz und dem Misstrauen, das ihm die Einwohner der Stadt entgegenbrachten.

»Hältst du etwa Ausschau nach Gespenstern, Rafe?« Shane trat neben ihn, und seine Augen glitzerten in der Dunkelheit.

»Kann sein.«

»Kannst du dich noch daran erinnern, wie wir damals, um uns unseren Mut zu beweisen, die Nacht hier draußen verbracht haben?« Geistesabwesend riss Devin ein paar Grashalme ab und rollte sie zwischen seinen Fingern hin und her. »Vor zehn Jahren oder so, schätze ich. Jared hatte sich ins Haus reingeschlichen und quietschte mit den Türen, während Shane, der nichts davon wusste, draußen stand und sich vor Angst in die Hosen machte.«

»Einen Teufel hab ich getan.«

»Aber sicher, genauso war's.«

Die beiden älteren Brüder ignorierten den Wortwechsel der beiden jüngeren, der voraussehbar in einem Gerangel enden würde.

»Wann wirst du weggehen?«, erkundigte sich Jared ruhig. Er hatte es schon eine ganze Weile geahnt, aber nun erkannte er es deutlich. Die Art, wie Rafe das Haus betrachtete, war ganz eindeutig ein Abschiednehmen.

»Heute Nacht. Ich muss hier weg, Jared. Ich muss irgendwo anders hin und ganz neu anfangen, etwas anderes machen. Wenn ich es nicht mache, werde ich so enden wie Dolin. Oder noch schlimmer. Mom ist tot, sie braucht mich nicht mehr. Zum Teufel, sie hat niemals jemanden gebraucht.«

»Weißt du schon, wohin du willst?«

»Nein. Vielleicht gehe ich in den Süden. Für den Anfang zumindest.« Es gelang ihm kaum, seinen Blick von dem Haus loszureißen. Er hätte schwören können, dass es ihn genau beobachtete. Und auf ihn wartete. »Wenn ich kann, werde ich versuchen, euch Geld zu schicken.«

Obwohl es ihm wirklich nicht ganz leicht fiel, zuckte Jared gelassen mit den Schultern. »Wir kommen schon zurecht.«

»Du musst dein Jurastudium beenden. Mom hätte das so gewollt, das weißt du.« Rafe blickte über die Schulter nach hinten, wo das Gerangel, das zu erwarten gewesen war, bereits beste Fortschritte erzielt hatte. »Die beiden kommen schon klar, wenn sie erst mal genau wissen, was sie wollen.«

»Shane weiß, was er will. Die Farm.«

»Stimmt.« Mit einem dünnen Lächeln holte Rafe ein Zigarettenpäckchen aus seiner Hemdtasche, schüttelte sich eine Zigarette heraus und zündete sie an. »Denk darüber nach. Verkauf so viel Land wie notwendig, aber lass dir nichts wegnehmen. Das, was uns gehört, werden wir auch behalten. Und eines Tages werden sich die Leute im Ort auch wieder daran erinnern, wer die MacKades eigentlich sind.«

Rafes dünnes Lächeln verwandelte sich in ein breites Grinsen. Zum ersten Mal seit Wochen verspürte er den bohrenden Schmerz, der sein Inneres zu zerfressen schien, nicht mehr. Seine jüngeren Brüder, die ihren Kampf beendet hatten, hockten leicht ramponiert auf dem Erdboden und lachten sich halb tot.

So behältst du sie alle in Erinnerung, nahm er sich vor. Genau so. Die MacKades, wie sie nebeneinander auf einem steinigen Grund und Boden saßen, auf den niemand Rechtsansprüche hatte und den keiner wollte.

1. Kapitel

Der schlimme Junge war zurückgekehrt. Die Gerüchteküche in Antietam brodelte.

Was schließlich serviert wurde, war eine dicke Brühe, scharf gewürzt mit Skandalen, Sex und süßen Geheimnissen. Rafe MacKade war nach zehn Jahren wieder da.

Das bedeutete Ärger, davon waren einige Leute felsenfest überzeugt. Ärger hing Rafe MacKade am Hals wie einer Kuh die Glocke. Rafe MacKade, der keinem Streit aus dem Weg ging und der den Pick-up seines toten Daddys zu Schrott gefahren hatte, noch bevor er überhaupt im Besitz eines Führerscheins gewesen war.

Nun war er zurückgekommen und parkte seinen Superschlitten unverfroren wie immer direkt vor dem Büro des Sheriffs.

Sicher, die Zeiten hatten sich sehr geändert. Seit fünf Jahren war sein Bruder Devin der Sheriff von Antietam, aber es hatte auch Zeiten gegeben – und die meisten konnten sich noch gut daran erinnern –, in denen Rafe MacKade selbst eine oder zwei Nächte in einer der Zellen, die sich an der Rückseite des Gebäudes befanden, hatte verbringen müssen.

Oh, er war attraktiv wie eh und je – zumindest war das die uneingeschränkte Meinung der Frauen am Ort. Geradezu verteufelt gut sah er aus – ein Geschenk, das alle MacKades in die Wiege gelegt bekommen hatten.

Sein Haar war schwarz und dicht, die Augen, grün und hart wie die Jade der kleinen chinesischen Statuen, die in der Auslage des Antiquitätengeschäfts Past Times standen, funkelten angriffslustig wie in alten Zeiten. Sie trugen nichts dazu bei, dieses kantige, scharf geschnittene Gesicht mit der kleinen Narbe über dem linken Auge weicher erscheinen zu lassen.

Wenn sich jedoch seine Mundwinkel zu einem Lächeln nach oben zogen, machte jedes Frauenherz einen Satz. Dieser Meinung war zumindest Sharilyn Fenniman von der am Ortseingang liegenden Tankstelle Gas and Go gewesen, als er sie angelächelt hatte, während er ihr einen Zwanzigdollarschein für Benzin in die Hand drückte. Noch bevor er den Gang hatte einlegen können, war Sharilyn zum Telefon gerast, um Rafes Rückkehr zu verkünden.

»Sharilyn hat natürlich sofort ihre Mama angerufen.« Während sie sprach, füllte Cassandra Dolin Regan Kaffee nach. Es war Nachmittag, und in Ed's Café war nicht viel los. Wahrscheinlich lag das an dem Schnee, der in dicken Flocken vom Himmel fiel und die Straßen und Bürgersteige im Nu weiß werden ließ. Cassie, die über Regans Tasse gebeugt stand, richtete sich vorsichtig auf und zwang sich, den schmerzhaften Stich, der sich an ihrer rechten Hüfte bemerkbar gemacht hatte, zu ignorieren.

Regan Bishop zauderte kurz, bevor sie den Löffel in ihren Eintopf eintauchte und lächelte. »Er stammt doch von hier, stimmt's?«

Auch nach den drei Jahren, die sie nun schon hier lebte, verstand sie noch immer nicht, was die Leute am Kommen und Gehen ihrer Mitmenschen so faszinierte. Irgendwie gefiel ihr aber die Anteilnahme und amüsierte sie auch, allerdings konnte sie das alles nicht so recht verstehen.

»Ja, sicher, aber er war doch so lange weg. Während der ganzen Zeit ist er nur ein- oder zweimal hier gewesen, für ein oder zwei Tage in den letzten zehn Jahren.« Während Cassie hinausschaute auf das Schneetreiben, überlegte sie, wo er wohl gewesen war, was er gemacht und erlebt hatte. Ja, und sie versuchte sich vorzustellen, wie es woanders wohl sein mochte.

»Du siehst müde aus, Cassie«, murmelte Regan.

»Hm? Ach, nein, ich träume nur gerade ein bisschen. Das hält mich immer aufrecht. Ich habe den Kindern gesagt, dass sie direkt von der Schule hierherkommen sollen, aber …«

»Dann werden sie es bestimmt auch tun. Du hast großartige Kinder.«

»Ja, das stimmt.« Als sie lächelte, wich die Anspannung aus ihren Augen, zumindest ein bisschen.

»Warum holst du dir nicht auch eine Tasse? Komm, setz dich doch zu mir und trink einen Schluck.« Mit einem raschen Blick durch das Café hatte sich Regan davon überzeugt, dass der Moment günstig war. Rechts hinten in der Nische saß ein Gast, der über seinem Kaffee eingedöst zu sein schien, und das Pärchen am Tresen schien ebenfalls wunschlos glücklich. »Du bist ja im Augenblick mit Arbeit nicht gerade eingedeckt.« Als sie sah, dass Cassie zögerte, zog sie kurz entschlossen die Trumpfkarte. »Ich bin doch so neugierig. Erzähl mir was über Rafe MacKade.«

Cassie kaute, noch immer unentschlossen, auf ihrer Unterlippe herum. »Na gut«, willigte sie schließlich ein. »Ed«, rief sie, »ich mach jetzt Mittagspause, okay?«

Auf ihr Rufen hin kam eine hagere Frau in einer weißen Schürze, auf dem Kopf eine wirre rote Dauerwellenpracht, aus der Küche. »Alles klar, Honey.« Ihre dunkle Stimme klang rau von den zwei Päckchen Zigaretten, die sie täglich konsumierte, und ihr sorgfältig geschminktes Gesicht glühte von der Hitze, die der Herd, an dem sie arbeitete, ausstrahlte. »Hallo, Regan«, sie grinste breit. »Sie haben Ihre Mittagspause schon um fünfzehn Minuten überzogen.«

»Ich lasse das Geschäft heute Nachmittag geschlossen«, gab Regan zurück. Sie wusste, dass Edwina Crump ihre Öffnungszeiten immer wieder von Neuem amüsierten. »Ich kann mir kaum vorstellen, dass die Leute bei diesem Wetter Lust haben, Antiquitäten zu kaufen.«

»Es ist wirklich ein harter Winter.« Cassie, die gegangen war, um sich eine Tasse zu holen, kam an den Tisch zurück und schenkte sich Kaffee ein. »Jetzt haben wir noch nicht mal den Januar hinter uns, und die Kids haben schon gar keine Lust mehr, Schneemänner zu bauen und Schlitten zu fahren.« Sie seufzte und achtete sorgfältig darauf, nicht vor Schmerz zusammenzuzucken, als sie sich setzte. Sie war zwar erst siebenundzwanzig – ein Jahr jünger als Regan –, aber im Moment fühlte sie sich alt.

Nach drei Jahren Freundschaft konnte Regan Cassies Seufzer sehr gut einordnen. »Die Dinge stehen nicht zum Besten, stimmt's?«, fragte sie leise und legte ihre Hand auf die von Cassie. »Hat er dich wieder geschlagen?«

»Nein, nein. Mir geht's gut«, beeilte sich Cassie zu versichern und starrte in ihre Kaffeetasse. Sie fühlte sich von Scham, Angst und Schuld wie zerfressen, Gefühle, die mehr schmerzten als jeder Schlag, den ihr Joe je versetzt hatte. »Ich habe keine Lust, über Joe zu reden.«

»Hast du dir die Sachen über Gewalt gegen Frauen und das Frauenhaus in Hagerstown durchgelesen, die ich dir mitgebracht habe?«

»Ja … ich hab mal reingeschaut. Regan, ich habe zwei Kinder, verstehst du? Ich muss zuerst an sie denken.«

»Aber …«

»Bitte.« Cassie hob den Blick und sah Regan flehentlich an. »Ich will einfach nicht darüber sprechen.«

»Na gut.« Regan musste sich bemühen, sich ihre Ungeduld nicht anmerken zu lassen. Sie drückte Cassies Hand. »Also los, erzähl mir was über diesen legendären MacKade.«

»Rafe.« Cassies Gesicht hellte sich auf. »Ich hatte immer eine Schwäche für ihn. Eigentlich für alle MacKades. Es gab nicht ein Mädchen in der ganzen Stadt, das nicht wenigstens einmal von einem der MacKades geträumt hätte.«

»Ich mag Devin.« Regan nippte an ihrem Kaffee. »Er erscheint mir solide, manchmal vielleicht ein bisschen geheimnisvoll, aber absolut zuverlässig.«

»Ja, auf Devin kann man sich verlassen«, stimmte Cassie zu. »Hätte doch keiner gedacht, dass er jemals ein so guter Sheriff werden würde. Er ist immer gerecht. Jared hat eine gut gehende Anwaltspraxis in Hagerstown. Auch Shane ist absolut in Ordnung – na ja, er hat vielleicht seine Ecken und Kanten, doch er arbeitet auf seiner Farm mindestens für zwei. Als die MacKades noch jünger waren, mussten die Mütter ihre Töchter förmlich einsperren, wenn die Jungs von der Ranch runter in die Stadt kamen.«

»Sind alle gute Bürger geworden, hm?«

»Ja. Früher hatten sie immer eine Riesenwut im Bauch. Bei Rafe war es am schlimmsten. In der Nacht, als er die Stadt verließ, hat er sich mit Joe geprügelt. Er hat ihm das Nasenbein gebrochen und zwei Zähne ausgeschlagen.«

»Tatsächlich?« Regan beschloss, Rafe genau dafür zu mögen, wie auch immer er sonst sein mochte.

»Ihr Vater starb, als sie noch Kinder waren«, erzählte Cassie weiter. »Ich muss damals so etwa zehn gewesen sein. Rafe verließ kurz nach dem Tod ihrer Mutter die Stadt. Sie war zuvor ein Jahr lang krank gewesen, der Grund dafür, dass die Dinge auf der Farm nicht zum Besten standen. Die Leute hier waren fast alle fest davon überzeugt, dass die MacKades verkaufen müssten, aber sie hielten durch.«

»Zumindest drei von ihnen.«

»Mmm …« Cassie genoss ihren Kaffee. Sie hatte so selten Zeit, sich einmal hinzusetzen. »Sie waren ja alle noch nicht richtig erwachsen. Jared muss damals dreiundzwanzig gewesen sein, und Rafe zehn Monate jünger. Devin ist vier Jahre älter als ich, und Shane ist der Jüngste.«

»Das klingt so, als sei Mrs. MacKade eine fleißige Frau gewesen.«

»Sie war großartig. Stark. Sie hielt alles zusammen, egal wie schlimm und verfahren die Situation auch war. Ich habe sie immer bewundert.«

»Nicht in jedem Fall ist es gut, durchzuhalten bis zum bitteren Ende«, murmelte Regan und dachte dabei an Cassie. Sie schüttelte den Kopf. Nein, sie hatte sich vorgenommen, Cassie nicht zu drängen. Die Dinge brauchten ihre Zeit. »Warum, glaubst du, ist er zurückgekommen?«

»Keine Ahnung. Ich habe gehört, dass er in den vergangenen Jahren eine Menge Geld mit Haus- und Grundstücksverkäufen verdient haben soll. Er hat wohl jetzt eine Immobilienfirma. MacKade hat er sie genannt. Einfach nur MacKade. Meine Mutter war immer der Meinung, dass er eines Tages im Gefängnis landen würde, aber …«

Sie unterbrach sich mitten im Satz und starrte wie gebannt aus dem Fenster. »Oh Gott«, murmelte sie hingerissen. »Sharilyn hatte recht.«

»Hm?«

»Er sieht besser aus als je zuvor.«

Gerade in dem Moment, in dem Regan neugierig den Hals reckte, um einen Blick auf ihn zu erhaschen, bimmelte die Türglocke, und er trat ein. Selbst wenn er noch heute das schwarze Schaf sein sollte, als das er von hier fortgegangen ist, so ist er doch zumindest ein Prachtexemplar, dachte Regan anerkennend.

Er schüttelte sich den Schnee aus dem dichten Haar, das die Farbe von Kohlenstaub hatte, und schälte sich aus seiner schwarzen sportlichen Lederjacke, die mit Sicherheit nicht die richtige Bekleidung für einen harten Ostküstenwinter darstellte. Er hat das Gesicht eines Kriegers, dachte Regan – die kleine Narbe über dem linken Auge, der Dreitagebart und die leicht gekrümmte Nase, die sein Gesicht davor bewahrte, allzu ebenmäßig zu erscheinen.

Sein Körper wirkte, als sei er hart wie Granit, und seine Augen waren auch nicht weicher. Er trug ein Flanellhemd, ausgewaschene Jeans und ramponierte Stiefel. Dass er reich und erfolgreich aussah, konnte man nicht gerade behaupten.

Rafe amüsierte die Tatsache, und gleichzeitig war er erfreut darüber, dass sich Eds Lokal während der zehn Jahre seiner Abwesenheit um keinen Deut verändert hatte. Vermutlich waren das noch immer jene Barhocker, die er als Junge bereits angewärmt hatte, während er auf seinen Eisbecher oder seinen Softdrink wartete. Ganz sicher aber lag noch immer der gleiche Geruch in der Luft, ein Gemisch aus Fett, dem Duft gebratener Zwiebeln und Zigarettenrauch, das alles angereichert mit einem Schuss Reinigungsmittel, das nach Kiefernnadel roch.

Sicher stand Ed wie immer hinten in der Küche und wendete Burger oder stocherte in den Pommes herum, um zu überprüfen, ob sie schon knusprig genug waren. Und ebenso sicher war der Alte, der da drüben in der Nische über seinem mittlerweile kalt gewordenen

Kaffee döste, Tidas. Er schnarchte friedlich vor sich hin, ganz so, wie er es immer getan hatte.

Rafes kühl taxierender Blick erfasste den leuchtend weißen Tresen, auf dem mit Plastikfolie abgedeckte Kuchenplatten standen, wanderte weiter über die Wände, wo Schwarz-Weiß-Drucke der berühmtesten Schlachten aus dem Bürgerkrieg hingen, hin zu einer Nische, in der zwei Frauen vor ihren Kaffeetassen saßen.

Die eine der beiden hatte er noch nie gesehen. Am liebsten hätte er einen anerkennenden Pfiff ausgestoßen. Das schimmernde braune Haar, auf Kinnlänge geschnitten, umrahmte ein weiches Gesicht, dessen Haut die Farbe von Elfenbein hatte. Lange, dichte dunkle Wimpern beschatteten dunkelblaue Augen, die ihm mit unverhüllter Neugier entgegenblickten. Über dem vollen Mund saß direkt in der Ecke ein winziger frecher Leberfleck.

Bildschön, dachte er. Als wäre sie gerade einem Hochglanz-Modemagazin entstiegen.

Sie starrten einander einen Moment lang an und taxierten sich so, wie man ein begehrenswertes Schmuckstück in einem Schaufenster einschätzt. Dann ließ er seinen Blick weiterwandern zu der kleinen, zerbrechlich wirkenden Blondine mit den traurigen Augen und dem zögernden Lächeln.

»Teufel noch mal.« Ein breites Grinsen erhellte sein Gesicht, ein Umstand, der die Raumtemperatur schlagartig in die Höhe zu treiben schien. »Die kleine, süße Cassie Connor.«

»Rafe. Ich habe schon gehört, dass du wieder da bist.« Als er sie am Handgelenk packte und hochzog, um sie besser anschauen zu können, lachte sie perlend. Regan hob erstaunt die Augenbrauen. Es war wirklich selten, dass Cassie so frei herauslachte.

»Hübsch wie immer«, sagte Rafe und küsste sie ungeniert auf den Mund. »Ich hoffe, du hast den Trottel rausgeschmissen, damit ich jetzt freie Bahn habe.«

Sie wich einen Schritt zurück und bemühte sich ganz offensichtlich, ihre Zunge sorgsam im Zaum zu halten. »Ich habe jetzt zwei Kinder!«

»Ja. Hab's schon gehört. Einen Jungen und ein Mädchen, stimmt's?« Er zog scherzhaft am Träger ihrer Latzschürze, während er leicht bestürzt registrierte, dass sie noch schmaler und zerbrechlicher wirkte als früher. Sie war viel zu dünn. »Du arbeitest immer noch hier?«

»Ja. Ed ist hinten in der Küche.«

»Ich geh gleich mal hin, um sie zu begrüßen!« Während seine Hand noch immer wie zufällig auf Cassies Schulter ruhte, fiel sein Blick wieder auf Regan. »Und wer ist deine Freundin?«

»Oh, entschuldige. Das ist Regan Bishop. Ihr gehört das Past Times, ein Antiquitätengeschäft, ein paar Häuser weiter die Straße hinunter. Regan, das ist Rafe MacKade.«

»Einer der MacKade-Brüder.« Sie bot ihm die Hand. »Ich habe schon von Ihnen gehört.«

»Davon bin ich überzeugt.« Er nahm ihre Hand und hielt sie fest, während er ihren Blick suchte. »Antiquitäten? Was für ein Zufall. Das interessiert mich sehr.«

»Ach ja? Geht es Ihnen um eine bestimmte Epoche?«

»Mitte bis spätes neunzehntes Jahrhundert. Ich habe mir gerade ein Haus hier gekauft, das ich ganz im Stil dieser Zeit einrichten will. Glauben Sie, dass Sie mir dabei behilflich sein können?«

Vor Verblüffung blieb ihr fast der Mund offen stehen. Ihr Geschäft ging recht gut, sie lebte von den Touristen, und ab und an kauften sich auch die Einheimischen ein schönes Stück. Dieses Angebot aber, das er ihr eben unterbreitet hatte, würde ihr normales Einkommen schlagartig verdreifachen. »Selbstverständlich.«

»Du hast dir ein Haus gekauft?«, schaltete sich Cassie nun überrascht ein. »Ich dachte, du wohnst bei deinem Bruder auf der Farm.«

»Stimmt. Bis jetzt zumindest. Dieses Haus habe ich mir allerdings auch nicht gekauft, um darin zu wohnen. Ich will ein Hotel daraus machen. Es ist das alte Barlow-Haus.«

Überrascht drehte Cassie die Kaffeekanne in ihren Händen hin und her. »Das Barlow-Haus? Aber dort …«

»Spukt es?« Seine Augen funkelten. »Da hast du verdammt recht. Wie steht's, Cassie, könnte ich denn vielleicht auch ein Stück von diesem Kuchen hier haben und einen Kaffee? Wenn ich das alles hier sehe, bekomme ich richtig Appetit.«

Obwohl Regan kurz darauf gegangen war, hatte Rafe noch etwa eine Stunde in Ed's Café vertrödelt. Gerade als er aufbrechen wollte, kamen Cassies Kinder hereingestürmt. Cassie veranstaltete einen Riesenwirbel, weil der Junge vergessen hatte, seine Handschuhe anzuziehen, und dann begann das kleine Mädchen mit den großen Augen feierlich und ernsthaft, von den Ereignissen des Tages zu erzählen.

Vieles war über den Zeitraum von zehn Jahren hinweg gleich geblieben. Aber es hatte sich auch eine Menge verändert. Er war sich klar darüber, dass die Neuigkeit seiner Rückkehr im Moment durch die Telefondrähte schwirrte. Und er freute sich darüber. Er wollte, dass die ganze Stadt wusste, dass er wieder da war und dass er nicht geschlagen zurückgekommen war, wie so mancher es vorausgesagt hatte.

Er hatte genügend Geld in der Tasche und Pläne für seine Zukunft. Das Barlow-Haus war das Herzstück seiner Pläne. Es hatte ihn die ganzen Jahre über nicht losgelassen. Nun gehörte es ihm, jeder Stein, jeder Balken – und alles, was sonst noch darin sein mochte. Er würde es neu erschaffen, ebenso wie er sich selbst neu erschaffen hatte.

Eines Tages würde er am Dachfenster stehen und auf die Stadt hinunterschauen. Er würde es allen beweisen – und auch sich selbst –, dass Rafe MacKade alles andere als ein Niemand war.

Er ließ ein großzügiges Trinkgeld liegen, wobei er darauf achtete, dass es nicht so großzügig ausfiel, dass es Cassie beschämen könnte. Sie ist viel zu dünn, dachte er wieder wie vorhin schon einmal, und ihre Augen blicken allzu wachsam. Ihm war aufgefallen, dass sie diese Wachsamkeit nur gegenüber Regan abgelegt hatte.

Die schien ihm eine Frau zu sein, die wusste, was sie wollte. Ruhige, entschlossene Ausstrahlung, ein energisches Kinn und weiche

Hände. Sie hatte mit keiner Wimper gezuckt, als er ihr sein Angebot unterbreitet hatte. Oh, natürlich konnte er sich gut vorstellen, wie es sie innerlich durchzuckt hatte, aber anmerken lassen hatte sie sich nichts.

»Wo ist denn dieses Antiquitätengeschäft? Zwei Häuser weiter?«

»Genau.« Cassie brühte gerade eine Kanne frischen Kaffee auf, wobei sie die ganze Zeit ein Auge auf ihre Kinder hatte. »Auf der linken Seite. Aber soweit ich weiß, hat sie heute Nachmittag geschlossen.«

Rafe schlüpfte in seine Lederjacke und grinste. »Das glaube ich kaum.«

Er schlenderte hinaus, die Jacke offen, als wäre draußen das herrlichste Frühlingswetter. Bei jedem Schritt knirschte der Schnee unter seinen Schuhsohlen. Ganz wie erwartet, brannte bei Past Times das Licht. Doch statt gleich in der Wärme des Ladens Schutz vor der Kälte zu suchen, blieb er nun vor dem Schaufenster stehen und studierte interessiert die Auslage, die er sehr ansprechend fand.

Das gesamte Fenster war mit einer Flut von blau schimmerndem Brokatstoff ausgelegt, auf dem ein zierlicher Kinderschaukelstuhl stand, in den man eine Porzellanpuppe mit riesigen himmelblauen Augen hineingesetzt hatte. Ihr zu Füßen türmte sich ein raffiniert angerichtetes Durcheinander von antikem Kinderspielzeug. Auf einem Sockel bäumte sich züngelnd, das Maul weit aufgerissen, ein Drache aus Jade auf. Daneben stand ein auf Hochglanz poliertes Schmuckkästchen, aus dessen geöffneten Schubladen perlmuttschillernde Perlenketten, mit funkelnden Steinen besetzte Armbänder, goldene Reifen, Ringe und Ohrgehänge quollen, gerade so, als ob eine Frauenhand auf der Suche nach dem passenden Stück alles durchwühlt hätte.

Nicht schlecht gemacht, dachte er anerkennend.

Als er den Laden betrat, bimmelten die Schlittenglöckchen, die über der Tür hingen, melodisch, und ihm schlug ein Duft nach Zimt, Äpfeln und Nelken entgegen. Und noch etwas hing in der Luft, das er sofort erkannte und das ihn veranlasste, ganz tief Atem zu holen: der unaufdringliche, aber unverkennbare Duft von Regan Bishops Parfüm.

Er ließ seine Blicke durch den Raum schweifen. Eine Couch hier, ein Tisch da, alles stand wie zufällig herum, aber ihm war klar, dass die Anordnung der Dinge Methode hatte. Lampen, Schüsseln, Vasen waren bewusst ausgestellt und erweckten doch den Anschein, als wären sie Dekoration. Ein Esstisch war sorgfältig gedeckt mit feinem chinesischen Porzellangeschirr, handgeschliffenen Gläsern und Kristallkaraffen, feierlich breitete ein Kerzenleuchter seine Arme über der Festtafel aus, und ein frischer, zartfarbiger Blumenstrauß ließ in dem Betrachter das Gefühl aufkommen, als müssten die erwarteten Gäste jeden Moment eintreffen.

Der Laden hatte drei große Ausstellungsräume. Nirgendwo entdeckte er Trödel, altes Gerümpel oder auch nur ein Stäubchen. Alles glänzte, funkelte und war auf Hochglanz poliert. Er blieb vor einem roh gebeizten Küchenschrank aus hellem Holz stehen, in dem große dunkelblaue Teller, Tassen und Krüge aus Ton standen.

»Ein schönes Stück, nicht wahr?«, bemerkte Regan, die hinter ihn getreten war.

»Wir haben einen ähnlichen Schrank in unserer Küche auf der Farm.« Er drehte sich nicht um. »Meine Mutter bewahrte das Alltagsgeschirr darin auf. Und die Gläser. Aber dicke, die nicht so leicht zerbrechen konnten. Die warf sie dann nach mir, wenn ich wieder einmal unverschämt und aufsässig war.«

»Hat sie Ihnen denn auch ab und zu mal eine Ohrfeige verpasst?«

»Nein, aber sie hätte es bestimmt getan, wenn sie der Meinung gewesen wäre, dass es nötig ist.« Nun drehte er sich um und präsentierte ihr ein geradezu verheerend charmantes Grinsen. »Und sie hatte verdammt viel Kraft in den Armen, das können Sie mir glauben. Und – was machen Sie eigentlich hier mitten im Nirgendwo, Regan Bishop?«

»Antiquitäten verkaufen, Rafe MacKade.«

»So, so. Und sie sind tatsächlich gar nicht mal so schlecht. Was möchten Sie denn für den Drachen draußen im Schaufenster?«

»Fünfundfünfzig. Sie haben einen exzellenten Geschmack, das muss ich schon sagen.«

»Fünfundfünfzig. Sie scheinen ja ziemlich gesalzene Preise zu haben.« Seelenruhig streckte er die Hand aus und öffnete einen der goldenen Knöpfe ihrer marineblauen Kostümjacke.

Sie fand die kleine Geste reichlich unverschämt, aber sie dachte gar nicht daran, sie zu kommentieren. »Sie bekommen ja auch etwas für Ihr Geld.«

Er hakte seine Daumen in die Taschen seiner Jeans und begann wieder herumzuschlendern. »Wie lange sind Sie denn schon hier?«

»Im vergangenen Sommer waren es drei Jahre.«

»Und wo kommen Sie her?« Als er keine Antwort bekam, drehte er sich um und sah, dass sie eine ihrer schön geschwungenen schwarzen Augenbrauen leicht hochgezogen hatte. »Wir machen doch nur ein bisschen Konversation, Darling. Es ist mir ganz angenehm, wenn ich von den Leuten, mit denen ich geschäftlich zu tun habe, ein bisschen was weiß.«

»Bis jetzt haben wir aber noch nicht geschäftlich miteinander zu tun.« Sie strich sich das Haar hinter die Ohren und strahlte ihn an. »Darling«, setzte sie dann angriffslustig hinzu.

Er brach in ein Lachen aus. Sie fand es ansteckend. Nimm dich in Acht, sagte sie sich.

»Ich habe das Gefühl, dass wir gut miteinander zurechtkommen werden, Regan.« Er blieb vor ihr stehen, legte den Kopf auf die Seite und taxierte sie vom Kopf bis zu den Zehenspitzen. »Sie sind nicht übel.«

»Führen wir noch immer eine Konversation?«

»Nein, das ist jetzt eine Inspektion.« Er wippte auf den Zehenspitzen leicht hin und her, die Daumen noch immer in die Hosentaschen gehakt, in den Mundwinkeln ein Grinsen, und studierte die Ringe an ihren Fingern. »Da ist aber keiner dabei, der mich abhalten könnte, oder?«

Plötzlich hatte sie Schmetterlinge im Bauch. Sie straffte die Schultern. »Kommt ganz darauf an, worauf Sie hinauswollen.«

Er zuckte nur die Schultern, ließ sich auf einem mit dunkelrotem Samt bezogenen Zweiersofa nieder und legte lässig den Arm über die geschwungene Lehne. »Wollen Sie sich nicht zu mir setzen?«

»Nein, danke. Sind Sie hergekommen, um Geschäfte mit mir zu machen, oder weil Sie die Absicht haben, mich ins Bett zu zerren?«

»Ich zerre niemals Frauen ins Bett.« Er lächelte sie an.

Nein, dachte sie. Das hast du mit Sicherheit auch gar nicht nötig, du brauchst nur dieses Grinsen aufzusetzen.

»Wirklich, Regan. Es ist rein geschäftlich.« Er streckte bequem die Beine aus und legte die Füße übereinander. »Zumindest noch.«

»Okay. Wie wär's mit einem heißen Apfelwein?«

»Danke, gern.«

Sie wandte sich ab und ging in den hinteren Teil des Ladens. Rafe haderte unterdessen mit sich selbst. Eigentlich hatte er nicht die Absicht gehabt, so direkt zu sein. Der Duft, den sie ausströmte, musste ihm wohl das Hirn benebelt haben. Und provoziert hatte er sich gefühlt durch die kühle Art, wie sie da in ihrem eleganten Schneiderkostüm vor ihm stand.

Wenn ihm jemals eine Frau über den Weg gelaufen war, die versprach, ihm Schwierigkeiten zu machen, so war es Regan Bishop. Aber er hatte noch niemals den einfacheren Weg gewählt. Er liebte die Herausforderung.

Kurz darauf kam sie zurück. Beim Anblick ihrer langen Beine stockte ihm fast der Atem.

»Danke.« Er nahm ihr den emaillierten Becher mit dem dampfend heißen Gebräu aus der Hand. »Eigentlich hatte ich beabsichtigt, eine Firma in Washington oder Baltimore mit der Einrichtung des Hauses zu beauftragen, aber es würde mich wahrscheinlich einige Zeit kosten, eine geeignete zu finden.«

»Was Ihnen so eine Firma bieten kann, kann ich auch. Und ich mache Ihnen einen besseren Preis.« Sie hoffte es zumindest.

»Mag sein. Nun, mir wäre es ganz recht, wenn der Laden hier am Ort ist. Eine enge Zusammenarbeit ist so besser gewährleistet.« Er kostete von dem heißen Apfelwein. Er schmeckte gut, war aber ziemlich stark. »Was wissen Sie über das Barlow-Haus?«

»Jammerschade, dass man es so verfallen lässt. Und eigentlich verstehe ich es nicht, denn hier in der Gegend werden doch sehr viele historische Bauten restauriert. Nur dieses Haus wird von der Stadt total ignoriert.«

»Es ist zwar solide gebaut, aber man muss eine Menge Arbeit hineinstecken …« Er ließ all die Aufgaben, die vor ihm lagen, vor seinem geistigen Auge Revue passieren. »Fußböden müssen gelegt werden, die Wände brauchen einen neuen Verputz, einige will ich auch einreißen, die Fenster sind hinüber, und das Dach ist eine einzige Katastrophe.« Er zuckte die Schultern. »Es wird Zeit kosten und Geld, das ist alles. Wenn es fertig ist, soll es wieder genauso aussehen wie 1862, als die Barlows hier lebten und vom Fenster ihres Salons aus die Schlacht von Antietam verfolgten.«

»Haben sie das?«, fragte Regan und lächelte. »Ich würde viel eher annehmen, dass sie sich vor Angst in ihrem Keller verkrochen haben.«

»Glaube ich nicht. Sie waren reich und privilegiert, und es ist zu vermuten, dass die ganze Sache für sie eher eine Art der Unterhaltung war. Vielleicht haben sie sich geärgert, wenn vom Lärm des Kanonendonners das eine oder andere Fenster einen Sprung bekommen hat oder wenn die Todesschreie der Soldaten das Baby aus seinem Mittagsschlaf geweckt haben.«

»Sie sind ja ein echter Zyniker. Reich zu sein heißt doch nicht, dass man keine Panik verspüren würde, wenn direkt vor dem Haus auf dem Rasen Menschen sich im Todeskampf winden und verbluten.«

»Die Schlacht spielte sich ja nicht unmittelbar vor dem Haus ab. Aber egal. Jedenfalls möchte ich, dass das Haus wieder genau so eingerichtet wird, wie es damals war. Die Tapeten, die Möbel, die Stoffe – und alles in den Originalfarben natürlich.« Er verspürte das drängende Bedürfnis nach einer Zigarette, kämpfte es aber nieder. »Und wie denken Sie darüber, ein Haus, in dem es spukt, zu restaurieren?«

»Wäre äußerst interessant.« Sie sah ihn über den Rand ihrer Tasse hinweg an. »Nebenbei gesagt, ich glaube nicht an Gespenster.«

»Das wird sich bald ändern. Ich habe in meiner Kindheit mal zusammen mit meinen Brüdern eine Nacht in dem Barlow-Haus verbracht.«

»Ach ja? Haben die Türen gequietscht und die Ketten gerasselt?«

»Nein.« Das Lächeln war aus seinem Gesicht wie fortgewischt. »Bis auf die Geräusche, die Jared arrangiert hat, um uns zu erschrecken. Aber es gibt auf einer der Treppen einen bestimmten Punkt, der einem das Blut in den Adern gerinnen lässt, und wenn man den Flur entlanggeht, erscheint es manchmal, als würde einem jemand über die Schulter schauen. Und wenn es still ist und man lauscht angestrengt genug, kann man Säbelrasseln hören.«

Obwohl sie stark an der Glaubwürdigkeit seiner Aussagen zweifelte, gelang es ihr doch nicht, den Schauer, der sie überlief, zu unterdrücken. »Wenn Sie versuchen, mich aus dem Rennen zu nehmen, indem Sie mir Angst einjagen, muss ich Sie leider enttäuschen.«

»Ich beschreibe ja nur. Am besten wäre ein gemeinsamer Ortstermin, was halten Sie davon? Und dann können Sie mir Ihre Vorschläge unterbreiten. Wie wär's mit morgen Nachmittag? Vielleicht gegen zwei?«

»Ja, das würde mir gut passen. Dann kann ich auch gleich alles ausmessen.«

»Okay.« Er stellte seine Tasse ab und erhob sich. »Die geschäftliche Verbindung mit Ihnen fängt an, mir Spaß zu machen.«

Sie nahm die Hand, die er ihr entgegenstreckte. »Willkommen zu Hause.«

»Oh, da sind Sie die Erste, die mir das sagt.« Mit betonter Ironie hob er ihre Hand an die Lippen und küsste sie. »Vielen Dank, aber anscheinend wissen Sie nicht, mit wem Sie es zu tun haben. Also, bis morgen dann.« Er wandte sich um und ging zur Tür. »Und, Regan«, fügte er hinzu, »holen Sie den Drachen aus dem Fenster. Ich nehme ihn.«

Nachdem er die Stadt hinter sich gelassen hatte, fuhr Rafe an den Straßenrand, hielt an und stieg aus. Ohne auf das Schneetreiben und den eisigen Wind, der ihm entgegenschlug, zu achten, stand er versonnen da und blickte auf das einsame Haus, das sich auf dem Hügel vor ihm erhob. Welche Geheimnisse mochte es bergen?

Gespenster, dachte er, während die Schneeflocken lautlos auf ihn niederfielen. Vielleicht. Aber langsam wurde ihm klar, dass es sich wahrscheinlich um Gespenster handelte, die in ihm selbst wohnten.

2. Kapitel

Regan freute sich immer wieder von Neuem darüber, dass sie es zu einem eigenen Geschäft gebracht hatte. Sie allein konnte entscheiden, was sie ankaufte und verkaufte, ganz nach ihrem Geschmack, und sie selbst war es, die die Atmosphäre schuf, die ihr Laden ausstrahlte. Die Zeit, die sie dort verbrachte, war Zeit, die ihr gehörte, denn alles, was sie tat, tat sie für sich.

Aber obwohl sie ihr eigener Chef war, erlaubte sich Regan keinerlei Nachlässigkeiten. Im Gegenteil, sie war streng mit sich selbst und erwartete von sich, dass sie bereit war, nur das Beste zu geben. Sie arbeitete hart und beklagte sich selten.

Sie hatte genau das, was sie sich immer gewünscht hatte – ein Zuhause und ein Geschäft in einer Kleinstadt, die fast ländlich anmutete, weit weg von der Hektik und dem Lärm der Großstadt, in der sie fünfundzwanzig Jahre ihres Lebens verbracht hatte.

Nach Antietam zu ziehen und ein eigenes Geschäft aufzumachen, war Teil des Fünfjahresplans gewesen, den sie sich nach dem Examen aufgestellt hatte. Nach Abschluss ihres Studiums der Geschichte und Betriebswirtschaft hatte sie einige Zeit im Antiquitätenhandel gearbeitet, um Erfahrungen zu sammeln.

Nun war sie endlich ihr eigener Herr. Jeder Quadratzentimeter des Ladens und der gemütlichen Wohnung, die im Stockwerk darüber lag, gehörte ihr. Und der Bank. Das Geschäft, das sie mit MacKade machen würde, würde sie der vollkommenen Unabhängigkeit einen großen Schritt näherbringen.

Gleich nachdem Rafe sie gestern Nachmittag verlassen hatte, hatte sie den Laden abgeschlossen, war in die Bibliothek hinübergegangen und hatte sich eine ganze Ladung Bücher ausgeliehen, um ihr Wissen über die Epoche, mit der sie sich nun würde beschäftigen müssen, aufzufrischen und zu ergänzen.

Noch um Mitternacht saß sie über die Bücher gebeugt, las und machte sich Notizen über jedes kleine Detail des Alltagslebens während des Bürgerkriegs in Maryland. Erst als die Buchstaben vor ihren Augen zu tanzen begannen, konnte sie sich dazu entschließen, ihre Lektüre zu beenden.

Nun kannte sie jeden Aspekt der Schlacht von Antietam, wusste alle Einzelheiten über General Lees Marsch und seinen Rückzug über den Fluss und hatte die genaue Anzahl der Toten und Verwundeten im Kopf, ebenso wie das Bild des blutigen Kampfes, der über die Hügel und durch die Kornfelder Marylands getobt war.

Das meiste davon hatte sie natürlich schon vorher gewusst, vor allem deshalb, weil sie die Vorstellung, dass ausgerechnet hier, in dieser stillen, abgeschiedenen Gegend eine der größten Schlachten des amerikanischen Bürgerkriegs geschlagen worden war, schon immer fasziniert hatte. In gewisser Weise war es sogar so, dass dieses Wissen ihre Wahl bezüglich des Ortes, an dem sie sich niederlassen wollte, beeinflusst hatte.

Diesmal jedoch hatte sie nach mehr ins Detail gehenden Informationen Ausschau gehalten – Informationen, die die Barlows betrafen. Sie wollte alles wissen, sowohl die Fakten als auch das, was an Spekulationen über sie angestellt wurde. Bereits hundert Jahre vor jenem schrecklichen Tag im September des Jahres 1862 war die Familie in dem Haus auf dem Hügel ansässig geworden. Als wohlhabende Großgrundbesitzer und Geschäftsleute hatten sie gelebt wie die Fürsten. Ihre rauschenden Bälle und festlichen Dinner hatten Gäste in großer Zahl aus Washington und aus Virginia angelockt.

Sie wusste, wie sie sich gekleidet hatten, sah die Gehröcke der Herren und die mit Spitzen besetzten Reifröcke der Damen genau vor sich, die Hüte aus Seide und die mit Satin bezogenen Pumps. Sie wusste, wie sie gelebt hatten, mit Dienstboten, die ihnen den Wein aus Kristallkaraffen in handgeschliffene, funkelnde Pokale einschenkten und die ihr Heim schmückten und die Möbel mit Bienenwachs wienerten, bis man sich darin spiegeln konnte.

Selbst jetzt, hier auf dieser verschneiten, kurvigen Straße, die sie gerade entlangfuhr, hatte sie die Farben und Stoffe vor Augen, die Möbel und all die schönen Kleinigkeiten, mit denen sich die Barlows umgeben hatten. Rafe MacKade würde für sein Geld den adäquaten Gegenwert bekommen. Sie hoffte nur, dass seine Taschen auch tief genug waren.

Auf der schmalen, holprigen Straße, die zu dem Haus hinaufführte, lag hoher, jungfräulich weißer Schnee. Unmöglich. Diese Straße konnte sie keinesfalls hinauffahren. Sie würde in den Schneeverwehungen stecken bleiben.

Leicht verärgert darüber, dass Rafe diesem Umstand keine Beachtung geschenkt hatte, fuhr sie bis zur nächsten Biegung, parkte den Wagen und stieg aus. Nur mit ihrer Aktentasche bewaffnet, trat sie den mühseligen Marsch nach oben an.

Wie gut, dass du deine Winterstiefel anhast, sagte sie sich, als sie fast bis zu den Waden im Schnee versank. Zuerst hatte sie ein Kostüm und Schuhe mit hohen Absätzen anziehen wollen, aber im letzten Moment war ihr eingefallen, dass es weiß Gott nicht darum ging, bei Rafe MacKade Eindruck zu schinden.

Nachdem sie die Anhöhe erklommen hatte, sah sie sich um. Das Haus hatte etwas Faszinierendes an sich, und es zeichnete sich trotz der langjährigen Vernachlässigung stolz und unverwüstlich gegen das kalte Blau des Himmels ab.

Sie trat, vorsichtig durch die Schneeverwehungen stapfend, näher und kämpfte sich durch das Gesträuch. Brombeerranken streckten ihre dornigen Finger nach ihren Hosenbeinen aus und verhakten sich. Und doch war hier früher einmal weicher grüner Rasen mit in allen Farben blühenden Blumenrabatten gewesen.

Wenn Rafe auch nur ein kleines bisschen Fantasie hatte, könnte es eines Tages wieder so sein.

Während sie sich ermahnte, dass die Landschaftsgestaltung nicht ihr Problem war, bahnte sie sich ihren Weg zur vorderen Eingangstür.

Er ist zu spät dran, dachte sie mit einem Anflug von Missmut.

Regan schaute sich um, stampfte ein paarmal, um wärmer zu werden, mit den Füßen auf und warf einen Blick auf ihre Armbanduhr. Der Mann konnte doch kaum erwarten, dass sie in dieser Eiseskälte hier draußen herumstand und auf ihn wartete. Zehn Minuten und keine Sekunde länger, sagte sie sich. Sie würde ihm eine Nachricht hinterlassen, in der sie ihn darüber aufklärte, dass sie getroffenen Verabredungen viel Wert beimaß, und wieder wegfahren.

Aber es konnte nicht schaden, einen kurzen Blick ins Innere des Hauses zu werfen.

Vorsichtig stieg sie die schadhaften Stufen empor. Hier, an diesem Seitenbogen, sollten sich unbedingt Glyzinien oder Wicken emporranken, überlegte sie, und für einen Moment war ihr, als läge deren Duft, das süße Aroma des Frühlings, bereits in der Luft.

Als sie die Hand auf die Türklinke legte, wurde ihr plötzlich klar, dass sie das schon die ganze Zeit hatte tun wollen. Bestimmt ist die Tür abgeschlossen, dachte sie. Selbst in Kleinstädten nimmt ja der Vandalismus immer mehr zu. Doch sie hatte den Gedanken kaum zu Ende gedacht, da merkte sie, dass die Tür nachgab.

Es war nur vernünftig, hineinzugehen. Zwar würde es drinnen auch nicht warm sein, aber wenigstens windstill. Und sie könnte sich schon einmal umsehen. Plötzlich zog sie die Hand zurück, als hätte sie sich verbrannt. Ihr Atem kam stoßweise, erschreckend laut in der Stille. Sie zitterte.

Du bist nur etwas kurzatmig, weil du den Hügel so schnell hinaufgelaufen bist, versuchte sie sich zu beruhigen. Und vollkommen durchgefroren, deshalb zitterst du. Das ist alles. Aber es war nicht alles. Die Wahrheit war, dass ihr die Furcht tief in den Knochen steckte, sie hatte es bis jetzt nur nicht gemerkt.

Beschämt schaute sie sich nach allen Seiten um. Gott sei Dank war kein Mensch weit und breit zu sehen, der ihre lächerliche Reaktion hätte beobachten können. Sie holte tief Luft, lachte über sich selbst, fasste sich ein Herz und öffnete die Tür.

Sie quietschte. Das war zu erwarten, sie war ja seit vielen Jahrzehnten nicht mehr geölt worden. Das riesige Foyer, das nun vor ihren Augen lag, entschädigte sie für ihre Angst, sodass sie alles andere vergaß. Sie schloss die Tür hinter sich und lehnte sich erleichtert aufseufzend mit dem Rücken dagegen.

Überall lag fingerdick der Staub, und Schimmelpilz wucherte über die Wände. Die Fußleisten waren von Mäusen angefressen, und Spinnweben hingen schmutzigen Schleiern gleich von der Decke herab. Sie sah jedoch alles bereits in neuem Glanz, die Wände gestrichen in dem vollen, dunklen Grünton, der für die Epoche so typisch war, der Holzfußboden unter ihren Füßen so blitzblank gewachst, dass man sich darin spiegeln konnte.

Und dort drüben, dachte sie, steht der Tisch, an dem die Jagdgesellschaft gleich Platz nehmen wird, ein riesiger Rosenstrauß in der Mitte, flankiert von silbernen Kerzenleuchtern. Ein kleiner Sessel aus Walnussholz mit durchbrochener Lehne, ein gehämmerter Schirmständer und ein Spiegel mit einem vergoldeten Rahmen.

Während sie sich ausmalte, wie es gewesen war und wie es wieder sein würde, sah und hörte sie nichts und spürte auch nicht die kalte Luft, die ihren Atem in einer kleinen weißen Wolke vor sich hertrieb.

Im Salon angelangt, blieb sie vor dem gemauerten Kamin stehen. Der Marmor war schmutzig, aber unbeschädigt. Sie hatte zwei Vasen im Geschäft, die perfekt auf den Sims passen würden. Und ein handbesticktes Fußbänkchen. Voller Eifer schlug sie ihr Notizbuch auf und begann alles aufzuschreiben, was ihr bis jetzt eingefallen war.

Sie ging hin und her, überlegte. Spinnweben hingen in ihrem Haar, an ihrem Kinn saß ein schwarzer Fleck, und ihre Stiefel waren staubig, aber sie befand sich im siebten Himmel. Als sie Schritte hinter sich hörte, war ihre Laune so blendend, dass sie überhaupt nicht daran dachte, sich zu beschweren.

»Es ist wundervoll. Ich kann überhaupt nicht …« Sie redete die Wand an.

Regan stutzte, verließ den Salon und ging in die Halle. Sie öffnete den Mund, um laut zu rufen, aber dann wurde ihr klar, dass die Fußtritte im Staub ihre eigenen waren.

Jetzt siehst du schon Gespenster, dachte sie erschauernd. Verursachten denn große, leere Häuser nicht eine Menge Geräusche? Holz, das sich setzt, Wind, der durch die Fensterritzen pfeift, Rascheln von Nagetieren, dachte sie und schnitt eine Grimasse. Sie hatte keine Angst vor Mäusen. Auch nicht vor Spinnen oder sonstigem Getier.

Doch als plötzlich die Decke über ihr zu ächzen begann, entschlüpfte ihr ein Aufschrei, und das Herz klopfte ihr bis zum Hals. Bevor sie sich wieder in den Griff bekommen konnte, hörte sie, wie oben eine Tür zugeschlagen wurde.

Sie raste durch die Halle, und noch während sie blindlings nach der Türklinke tastete, wurde ihr klar, was die Geräusche zu bedeuten hatten.

Rafe MacKade.

Oh, er hält sich wohl für besonders witzig, dachte sie wütend. Schleicht sich ins Haus hinauf in den ersten Stock, dieser Idiot, um kurz mal Geist zu spielen.

Nicht mit mir, nahm sie sich vor und straffte entschlossen die Schultern, hob das Kinn und marschierte strammen Schrittes auf die gewundene Treppe zu.

»Halten Sie das für besonders komisch, MacKade?«, rief sie hinauf. »Sie können jetzt runterkommen, ich würde nämlich ganz gern endlich anfangen zu arbeiten.«

Sie ging ein paar Stufen hinauf und erstarrte, als sie die Hand auf das Treppengeländer legte. Oh Gott, was war das? Ihre Hand fühlte sich an wie taub. Ein eisiger Luftschwall wehte ihr entgegen. Kam das von der Eiseskälte, die das Holz abstrahlte? Das konnte nicht sein. Regan ging mit Herzklopfen noch ein paar Stufen weiter, und als sie auf halber Höhe war, geriet sie ins Taumeln, als müsse sie gegen einen Widerstand anrennen. Sie hörte ein Ächzen, von dem sie aber gleich darauf erkannte, dass es ihr eigenes war. Endlich hatte sie den oberen Treppenabsatz erreicht.

»Rafe.« Ihre Stimme klang brüchig, was sie mit Verärgerung zur Kenntnis nahm. Sie biss sich auf die Unterlippe und starrte den langen Gang, der rechts und links von geschlossenen Türen gesäumt war, hinunter. »Rafe«, rief sie wieder und bemühte sich, statt der Angst, die sie verspürte, Ungehaltenheit in ihre Stimme zu legen. »Ich muss meinen Zeitplan einhalten, könnten wir jetzt langsam anfangen?«

Sie vernahm ein schabendes Geräusch, gleich darauf das Zuknallen einer Tür, dem ein Wimmern, das wie das leise Weinen einer Frau klang, folgte. Das war zu viel. Regan vergaß allen Stolz, drehte sich auf dem Absatz um und floh, wie von Furien gehetzt, die Treppe nach unten. Sie hatte die letzte Stufe noch nicht erreicht, als sie den Schuss hörte.

Rechts neben ihr öffnete sich ächzend wie von Geisterhand eine Tür.

Nun begann sich die Halle vor ihren Augen zu drehen, Regan schwankte, gleich darauf fiel sie in ein tiefes schwarzes Loch.

»Los, Darling, reißen Sie sich zusammen!«

Regan warf nervös den Kopf hin und her, stöhnte und erschauerte.

»Alles klar, Mädchen. Kommen Sie, öffnen Sie Ihre schönen blauen Augen. Tun Sie's für mich.«

Die Stimme klang so zwingend, dass sie den Worten Folge leistete. Als sie die Lider hob, sah sie direkt in Rafe MacKades jadegrüne Augen. »Das war nicht besonders lustig.«

Erleichtert darüber, dass sie endlich eine Reaktion zeigte, lächelte er und streichelte ihre Wange. »Was war nicht lustig?«

»Dass Sie sich da oben versteckt haben, um mich zu erschrecken.« Nachdem sie, um wieder klar sehen zu können, ein paarmal schnell hintereinander geblinzelt hatte, entdeckte sie, dass sie in einem Sessel im Salon saß. Und zwar auf Rafes Schoß. »Lassen Sie mich herunter.«

»Noch nicht. Dafür sind Sie noch zu wacklig auf den Beinen. Ruhen Sie sich noch einen Moment aus.« Er verlagerte ihren Kopf so, dass er bequem in seiner Armbeuge zu liegen kam.

»Ich brauche mich nicht auszuruhen. Mir geht's gut.«

»Sie sind weiß wie ein Bettlaken. Leider gibt's hier keinen Schnaps. Den hätten Sie jetzt bitter nötig. Aber eines muss man Ihnen lassen. Ich habe noch niemals eine Frau so würdevoll in Ohnmacht fallen sehen. Es ging ganz langsam und gemessen vonstatten, sodass ich alle Zeit der Welt hatte, Sie aufzufangen, bevor Sie zu Boden stürzten.«

»Wenn Sie jetzt von mir erwarten, dass ich Ihnen meinen Dank ausspreche, muss ich Sie leider enttäuschen.« Sie versuchte, sich aus seinen Armen zu befreien. »Weil Sie nämlich überhaupt nur schuld daran sind, dass es so weit gekommen ist.«

»Oh, vielen Dank. Was für ein erregender Gedanke, dass eine Frau schon allein bei meinem Anblick in Ohnmacht fällt. Ah …« Er hob mit dem Zeigefinger ihr Kinn an. »Sehen Sie, das hat jetzt die Farbe in Ihre Wangen zurückgebracht.«

»Wenn das die Art und Weise ist, in der Sie Ihre Geschäftsbeziehungen pflegen, dann muss ich leider passen.« Wütend presste sie die Kiefer zusammen. »Lassen Sie mich runter.«

»Versuchen wir's doch mal so.« Er hob sie hoch und setzte sie neben sich. »Wollen Sie mir nicht erzählen, warum Sie so fuchsteufelswütend auf mich sind?«

Sie schnitt eine ärgerliche Grimasse und klopfte sich den Staub von der Hose. »Das wissen Sie doch selbst ganz genau.«

»Alles, was ich weiß, ist, dass Sie, als ich zur Tür reinkam, umgekippt sind.«

»Ich bin in meinem Leben noch nie in Ohnmacht gefallen.« Und es war ihr zutiefst peinlich, dass es ihr ausgerechnet jetzt passiert war – vor ihm. »Wenn Sie möchten, dass ich mit Ihnen zusammenarbeite, sollten Sie in Zukunft solche Scherze unterlassen, verstanden?«

Während er sie betrachtete, griff er in seine Tasche, um seine Zigaretten herauszuholen. Dann fiel ihm ein, dass er gar keine dabeihatte, weil er vor genau acht Tagen beschlossen hatte, das Rauchen aufzugeben. »Ich weiß noch immer nicht, was Sie mir eigentlich vorwerfen. Womit hab ich Sie denn so erschreckt?«

»Indem Sie da oben herumgelaufen sind, Türen geöffnet und zugeknallt haben und auch sonst noch so allerlei vollkommen lächerliche Geräusche verursacht haben.«

»Ich bin doch erst vor fünfzehn Minuten von der Farm weggefahren.«

»Ich glaube Ihnen kein Wort.«

»Ja, warum sollten Sie auch. Aber es ist dennoch so.« Wenn er schon nicht rauchen konnte, musste er sich wenigstens bewegen. Er stand auf und schlenderte zum Kamin hinüber. Plötzlich hatte er Rauchgeruch in der Nase – Rauch von einem Feuer, das erst vor Kurzem ausgegangen war. Was natürlich nicht sein konnte. »Shane ist mein Zeuge – und auch Cy Martin, der Bürgermeister.«

»Sie brauchen mir nicht zu sagen, wer Cy Martin ist«, erwiderte sie unwirsch.

Er trat auf sie zu, zog seinen Mantel aus und legte ihn ihr über die Knie. »Wie sind Sie denn überhaupt hier reingekommen?«

»Ich …« Sie starrte ihn an und schluckte. »Ich habe die Tür aufgemacht.«

»Sie war doch abgeschlossen.«

»Nein, war sie nicht.«

Er hob eine Augenbraue und klimperte mit den Schlüsseln in seiner Tasche. »Interessant.«

»Und Sie beschwindeln mich wirklich nicht?«, erkundigte sie sich einen Moment später misstrauisch.

»Nein, diesmal nicht. Erzählen Sie mir doch mal genau, was Sie gehört haben.«

»Schritte. Aber da war niemand.« Ihre Hände waren eiskalt. Um sie anzuwärmen, steckte sie sie unter seinen Mantel. »Die Dielen im Stockwerk über mir haben geknarrt. Deshalb bin ich hochgegangen.« Sie erzählte weiter bis zu dem Moment, als ihr schwarz vor Augen geworden war. Allein die Erinnerung jagte ihr von Neuem einen Angstschauer nach dem anderen den Rücken hinunter.

Er ließ sich wieder neben ihr nieder und legte fürsorglich einen

Arm um ihre Schulter. »Ich hätte nicht zu spät kommen dürfen.«
Vollkommen unerwartet beugte er sich vor und gab ihr einen kurzen,
wie zufällig wirkenden Kuss. »Verzeihung.«

»Das ist wohl kaum der Punkt.«

»Die Sache ist die, dass manche Menschen hier in diesem Haus
Dinge wahrnehmen, die anderen verborgen bleiben.« Er betrachtete
sie und schüttelte leicht ungläubig den Kopf. »Es wundert mich allerdings, dass Sie etwas gehört haben wollen, denn Sie scheinen mir eher
ein Verstandesmensch zu sein.«

Sie verschränkte die Arme vor der Brust. »Ach, wirklich, meinen
Sie?«

»Ja. Vollkommen unbeirrbar«, fügte er mit einem Grinsen hinzu.
»Aber es scheint, dass Sie mehr Fantasie haben, als ich Ihnen zugetraut hätte. Fühlen Sie sich jetzt besser?«

»Mir geht's gut.«

»Sind Sie sicher, dass Sie sich nicht noch ein bisschen auf meinen
Schoß setzen möchten?«

»Ganz sicher, danke.«

Er hielt ihren Blick fest, während er ihr ein paar Spinnweben aus
dem Haar pflückte. »Möchten Sie jetzt wirklich gehen?«

»Unbedingt.«

Er nahm seinen Mantel von ihren Knien. »Ich würde Sie gern irgendwohin bringen.«

»Nicht nötig, danke. Ich habe Ihnen doch schon gesagt, dass es
mir …«, energisch stand sie auf und stieß dabei versehentlich mit der
Schulter gegen seine Brust, »… gut geht.«

»Aber wir haben doch noch zu tun, Darling«, erinnerte er sie,
während er ihr eine Haarsträhne hinters Ohr strich. »Was halten Sie
davon, wenn wir uns ein etwas gemütlicheres Plätzchen suchen, um
noch ein paar Sachen zu bereden?«

Sie fand seinen Vorschlag vernünftig und willigte ein. »Also gut.«

»Regan?«

»Ja?«

»Ihr Gesicht ist schmutzig.« Er lachte über den wütenden Blick, den sie ihm zuwarf, und zog sie in seine Arme. Noch bevor sie einen Protestschrei loswerden konnte, hatte er sie hochgehoben und durch die Haustür nach draußen getragen. Dort setzte er sie ab. Nachdem er abgeschlossen hatte, deutete er auf den Jeep, der nur ein paar Schritte entfernt parkte. »Dort hinüber. Aber passen Sie auf sich auf.«

»Das habe ich mir schon seit Langem zur Gewohnheit gemacht.«

»Worauf man mit Sicherheit Gift nehmen kann«, murmelte er vor sich hin, während er langsam um den Wagen herumging.

Vorsichtig fuhr er den Hügel hinunter und machte keine Anstalten, bei ihrem Auto anzuhalten.

»Moment, ich nehme meinen Wagen«, protestierte sie.

»Da wir jetzt nicht bis ans Ende der Welt fahren, bringe ich Sie später wieder hierher zurück.«

»Wohin fahren wir denn?«

»Nach Hause, Darling, nach Hause.«

Vor der MacKade-Farm, die, umgeben von weiß verschneiten Feldern, friedlich dalag, tollten bellend zwei goldbraune Hunde im Schnee herum.

Regan war hier schon zahllose Male vorübergefahren, allerdings immer im Frühling oder im Sommer, wenn der Pflug tiefe Furchen in die dunkelbraune Erde der Felder gerissen hatte oder wenn das goldene Korn hoch stand. Manchmal war Shane auf seinem Traktor vorbeigekommen, und dann hatte sie angehalten und ein paar freundliche Worte mit ihm gewechselt. Shane schien mit dem Land, das er bebaute, vollkommen verwachsen. Rafe MacKade dagegen konnte sie sich hier nicht vorstellen.

»Wegen der Farm sind Sie aber nicht zurückgekommen, oder irre ich mich da?«

»Himmel, nein. Shane liebt sie, Devin steht ihr mehr oder weniger gleichgültig gegenüber und Jared sieht sie als ein prosperierendes Unternehmen.«

Sie legte den Kopf schief und betrachtete ihn forschend, während er den Jeep neben seinem Wagen parkte. »Und Sie?«

»Mir ist sie verhasst.«

»Fühlen Sie sich denn nicht mit dem Stück Land, auf dem Sie aufgewachsen sind, verbunden?«

»Das habe ich nicht gesagt. Ich wollte damit nur zum Ausdruck bringen, dass ich das Farmerdasein hasse.« Rafe kletterte aus dem Jeep und tätschelte die beiden Retriever, die fröhlich bellend an ihm hochsprangen. Dann ging er um den Wagen herum und hob Regan, noch bevor sie einen Fuß in den knöcheltiefen Schnee setzen konnte, herunter.

»Ich wünschte, Sie würden endlich damit aufhören, mich ständig herumzutragen. Ich bin schon groß und kann allein laufen.«

»Ihre Stiefel sind zwar recht hübsch, aber für Schneewanderungen ausgesprochen ungeeignet«, gab er zurück. »Ihr bleibt draußen«, befahl er den beiden Hunden, die versuchten, sich dazwischenzudrängen, als er mit dem Ellbogen die Haustür öffnete.

»He, Rafe, was hast du denn da mitgebracht?«, rief ihm Shane erstaunt durch die offen stehende Wohnzimmertür entgegen.

Grinsend verlagerte Rafe Regans Gewicht auf seinen Armen, zog eine Hand hervor und winkte Shane zu. »Na, das siehst du doch – eine Frau.«

»Und was für eine!« Shane kniete vor dem Kamin und warf ein dickes Holzscheit ins Feuer, dann erhob er sich und grinste ebenfalls. »Na, du hast ja schon immer einen guten Geschmack gehabt.« In seinen Augen lag ein warmes Lächeln, als er Regan zunickte. »Hallo, Regan.«

»Hallo.«

»Gibt's Kaffee?«, erkundigte sich Rafe.

»Aber sicher.« Shane kickte mit dem Fuß ein Holzscheit, das von dem Stapel neben dem Kamin heruntergerutscht war, beiseite. »Die Küche auf der MacKade-Farm hat immer geöffnet.«

»Prima. Und jetzt bleib uns vom Hals.«

»Das war aber ziemlich grob«, bemerkte Regan und blies sich eine

Haarsträhne aus den Augen, während Rafe sie den Flur hinunter in die Küche trug.

»Sie haben keine Geschwister, stimmt's?«

»Nein, aber …«

»Hab ich mir gedacht.« Er setzte sie auf einem der Stühle, die um den Küchentisch standen, ab. »Was nehmen Sie in Ihren Kaffee?«

»Nichts – ich trinke ihn schwarz.«

»Was für eine Frau.« Er zog seinen Mantel aus und hängte ihn an einen Haken an der Küchentür, wo schon die schwere Arbeitsjacke seines Bruders hing. Dann ging er zum Küchenschrank und holte zwei große weiße Kaffeebecher heraus. »Möchten Sie etwas zu Ihrem Kaffee dazu? Shane hat immer irgendeine hoffnungsvolle junge Frau an der Hand, die ihm Plätzchen backt. Wahrscheinlich weil er so ein hübsches, unschuldiges Gesicht hat.«

»Hübsch vielleicht. Ihr seht ja alle verdammt gut aus.« Sie schlüpfte aus ihrem Mantel. »Aber die Plätzchen werde ich mir wohl besser entgehen lassen.«

Er stellte eine mit dampfend heißem Kaffee gefüllte Tasse vor sie hin und setzte sich ebenfalls. »Und die Gelegenheit mit dem Haus? Werden Sie sich die ebenfalls entgehen lassen?«

Sie schaute sinnend in ihre Kaffeetasse. »Ich habe eine ganze Menge Kleinkram, von dem ich glaube, dass Sie sich dafür begeistern könnten, wenn alles erst einmal fertig eingerichtet ist. Die Sachen würden hundertprozentig passen. Außerdem habe ich mich mittlerweile sachkundig gemacht über die Farben und Stoffe, die man in dieser Epoche verwendet hat.«

»Ist das ein Ja oder ein Nein auf meine Frage, Regan?«

»Nein, ich werde sie mir nicht entgehen lassen.« Sie hob den Blick und sah ihn an. »Aber es wird Sie eine schöne Stange Geld kosten.«

»Sie sind also nicht beunruhigt?«

»Ganz so würde ich das vielleicht nicht sagen. Nun weiß ich immerhin, was mich erwartet. Ich kann Ihnen zumindest die Garantie dafür geben, dass ich kein zweites Mal in Ohnmacht falle.«

»Das freut mich. Ich habe mich ja zu Tode erschreckt.« Er streichelte ihre Hand, die auf dem Tisch lag. Dabei bewunderte er die Feingliedrigkeit ihrer Finger. »Sind Sie bei Ihren Nachforschungen auch auf die beiden Unteroffiziere gestoßen?«

»Was für Unteroffiziere?«

»Da sollten Sie die alte Mrs. Metz fragen. Sie erzählt diese Geschichte immer wieder gern. Was ist denn das für eine Uhr, die Sie da tragen?« Neugierig schob Rafe einen Finger unter das schwarze Elastikarmband ihrer Uhr.

»Sie dürfte etwa Jahrgang 1920 sein. Was war denn nun mit den beiden Unteroffizieren?«

»Die beiden hatten in der Hitze des Gefechts den Anschluss an ihr jeweiliges Regiment verloren. Über dem Kornfeld da drüben im Osten hingen so dicke Rauchschwaden, dass man kaum mehr die Hand vor Augen sehen konnte.«

»Hier auf diesen Feldern hat sich auch ein Teil der Schlacht abgespielt?«, fragte sie überrascht.

»Ja, ein Teil. Aber egal. Jedenfalls war es wohl so, dass die beiden – einer war von der Union, einer von den Konföderierten – den Anschluss verpasst hatten. Sie waren noch halbe Kinder, und wahrscheinlich hatten sie panische Angst. Und dann brachte sie ein böser Zufall in dem Wald, der die Grenze zwischen dem MacKade-Land und dem Barlow-Besitz bildet, zusammen.«

»Oh.« Gedankenverloren strich sie sich das Haar aus der Stirn. »Mir war gar nicht klar, dass die beiden Ländereien direkt aneinanderstoßen.«

»Wenn man quer durch den Wald geht, ist es weniger als eine halbe Meile bis hinüber zum Barlow-Haus. Aber wie auch immer, jedenfalls standen sich die beiden plötzlich gegenüber. Wenn sie auch nur ein bisschen Grips im Kopf gehabt hätten, hätten sie ganz schnell die Beine in die Hand genommen und sich in Sicherheit gebracht. Was jedoch keiner von beiden tat.« Er nahm einen Schluck Kaffee. »Sie schafften es jedenfalls in diesem Wäldchen, sich gegenseitig ein paar Löcher in den Bauch zu schießen, aber tot war keiner von beiden. Der Konföderierte schleppte sich mit letzter Kraft auf das Barlow-Grundstück und brach vor der Haustür zusammen. Dort entdeckte ihn dann eine mitleidige Sklavin und brachte ihn ins Haus.«

»Und im Haus starb er«, murmelte Regan und wünschte sich, das grausame Bild, das ihr allzu deutlich vor Augen stand, fortwischen zu können.

»Ja. Die Sklavin informierte sofort ihre Herrin Abigail O'Brian Barlow, die aus der Familie der Carolina-O'Brians stammte. Abigail ordnete an, den Jungen nach oben zu bringen, wo sie seine Wunden versorgen wollte. Da kam ihr Mann hinzu und erschoss ihn direkt auf der Treppe, wie einen tollwütigen Hund.«

Von Entsetzen gepackt, sah Regan Rafe an. »Oh mein Gott. Warum denn nur?«

»Weil er es niemals zugelassen hätte, dass seine Frau einem Konföderierten half. Zwei Jahre später starb sie in ihrem Zimmer. Man erzählt sich, dass sie seit diesem Vorfall kein einziges Wort mehr mit ihrem Mann gewechselt hat. Allerdings hatten sie sich wohl auch schon vorher nicht besonders viel zu sagen, es war eine dieser arrangierten Ehen gewesen. Und angeblich soll er sie mit schöner Regelmäßigkeit verprügelt haben.«

»Mit anderen Worten – er war offensichtlich eine äußerst herausragende Persönlichkeit«, bemerkte Regan sarkastisch.

»Tja, das ist die Geschichte. Abigail O'Brian war eine empfindsame und unglückliche Frau.«

»Und saß in der Falle«, murmelte Regan, wobei sie an Cassie denken musste.

»Ich glaube kaum, dass sich die Leute damals über Misshandlung oder Ähnliches viele Gedanken gemacht haben. Und Scheidung«, er zuckte die Schultern, »kam unter diesen Umständen wahrscheinlich überhaupt nicht infrage. Ich könnte mir vorstellen, dass die Tat ihres Mannes bei ihr das Fass zum Überlaufen gebracht hat. Dass das mehr an Grausamkeit war, als sie ertragen konnte. Aber das ist nur die eine Hälfte der Geschichte.«

»Es gibt also noch mehr.« Sie seufzte und erhob sich. »Ich glaube, ich brauche noch einen Kaffee.«

»Der Yankee taumelte in die entgegengesetzte Richtung davon«, fuhr Rafe fort und murmelte ein »Danke«, als sie ihm Kaffee nachfüllte. »Mein Urgroßvater fand ihn bewusstlos vor der Räucherkammer. Er hatte seinen ältesten Sohn bei Bull Run verloren – er kämpfte auf der Seite der Konföderierten.«

Regan schloss die Augen. »Ihr Urgroßvater hat den Jungen erschossen.«

»Nein. Mag sein, dass er daran gedacht hat, es zu tun, vielleicht war er auch in Versuchung, ihn einfach hilflos verbluten zu lassen, aber er tat es nicht. Er brachte ihn ins Haus und holte seine Frau und seine Töchter zu Hilfe. Sie legten ihn auf den Küchentisch und verarzteten seine Wunden. Nicht auf diesen hier«, fügte Rafe mit einem winzigen Lächeln hinzu.

»Beruhigend zu wissen.«

»Der Verletzte kam ein- oder zweimal zu sich und versuchte, etwas zu sagen, aber er war zu schwach. Am nächsten Morgen war er tot.«

»Sie haben jedenfalls alles getan, was in ihrer Macht stand.«

»Ja, aber nun hatten sie einen toten Soldaten im Haus, sein Blut klebte überall. Und jeder, der sie kannte, wusste, dass sie überzeugte Südstaaten-Anhänger waren, die schon einen Sohn im Krieg verloren hatten sowie noch zwei andere, die für ihre Überzeugung kämpften. Mein Urgroßvater und seine Frau hatten Angst, und deshalb versteckten sie die Leiche des Jungen, warteten, bis es dunkel wurde, und begruben sie dann zusammen mit seinem Revolver und einem Brief seiner Mutter, den sie in der Tasche seines Uniformrocks gefunden hatten.« Nun sah er sie an, seine Augen blickten kühl und bestimmt. »Und das ist der Grund, weshalb es spukt.«

Ihr verschlug es für einen Moment die Sprache, dann setzte sie behutsam ihre Tasse ab. »Wollen Sie damit sagen, dass es hier in diesem Haus auch spukt?«

»Überall hier in der Gegend. Im Haus, in den Wäldern, auf den Feldern. Man gewöhnt sich an die seltsamen Geräusche, die eigenartigen Gefühle, die einen manchmal überkommen. Wir haben nie viel darüber gesprochen, es war einfach da. Vielleicht bekommen Sie irgendwann auch noch einen Sinn dafür, was sich manchmal nachts in den Wäldern abspielt oder auch auf den Feldern, wenn der Morgennebel aufsteigt.« Er lächelte leicht, als er Neugier in ihren Augen aufflackern sah. »Auch Zyniker verspüren etwas, wenn sie auf einem ehemaligen Schlachtfeld stehen. Nach dem Tod meiner Mutter erschien mir unser Haus ... unruhig. Aber vielleicht war die Unruhe auch nur in mir selbst.«

»Sind Sie deshalb weggegangen?«

»Ach, dafür gab es viele Gründe.«

»Und für Ihre Rückkehr?«

»Einen oder auch zwei. Ich habe Ihnen den ersten Teil der Geschichte deshalb erzählt, weil Sie ja jetzt auch etwas mit dem Barlow-Haus zu tun haben. Mir ist daran gelegen, dass Sie die Dinge einordnen können. Und den zweiten Teil deshalb, weil«, er streckte die Hand aus und öffnete die beiden obersten Knöpfe ihres Blazers, »ich beabsichtige, für eine Weile hier auf der Farm zu wohnen. Nun können Sie selbst entscheiden, ob Sie immer hierher kommen möchten oder ob ich lieber zu Ihnen kommen soll.«

»Da mein gesamtes Inventar in meinem Laden ist ...«

»Ich rede nicht von Ihrem Inventar.« Nun beugte er sich vor, nahm ihr Gesicht zwischen seine beiden Hände, sah ihr tief in die Augen und küsste sie.

Sein Kuss war erst weich und vorsichtig. Behutsam. Doch gleich darauf stöhnte er und presste seinen Mund fest auf ihre Lippen, die sie ihm bereitwillig öffnete. Er beobachtete, wie ihre Augenlider zu flattern begannen, hörte, wie sie aufseufzte, und spürte direkt unter seinen Fingern das Blut in ihrer Halsschlagader pochen. Der ganz leicht rauchige Duft ihrer Haut war ein erregender Gegensatz zu dem Geschmack ihrer Lippen, der ihn an klares Quellwasser denken ließ.

Regan umklammerte mit ihren Händen ihre Knie. Die Entdeckung, wie gern sie ihn damit berührt hätte, schockierte sie. Sie malte sich aus, wie sich ihre Finger in sein dichtes Haar wühlten und wie sie mit den Fingerspitzen die Muskelstränge betastete, die sich unter seinem ausgewaschenen Flanellhemd abzeichneten. Aber es blieb nur eine Fantasie. Einen kurzen Augenblick lang war ihr Verstand von einem überraschend heftigen Begehren getrübt, doch sie hielt stand.

Als er sich schließlich von ihr löste, lagen ihre Hände noch immer in ihrem Schoß. Sie wartete, bis sie sich sicher sein konnte, dass ihre Stimme auch wirklich trug. »Ich bin Ihre Geschäftspartnerin und nicht Ihre Gespielin«, erklärte sie kühl und warf Rafe einen Blick zu, der streng sein sollte.

»Stimmt, wir machen miteinander Geschäfte«, pflichtete er ihr bei.

»Hätten Sie dieses Manöver auch dann gestartet, wenn ich ein Mann wäre?«

Er starrte sie an. Dann begann er zu lachen, erst leise, kurz darauf jedoch konnte er nicht mehr an sich halten und platzte los. »Darauf kann ich nur mit einem definitiven Nein antworten. Und ich könnte mir auch vorstellen, dass du mich in diesem Fall nicht wiedergeküsst hättest.«

»Also, jetzt will ich mal eines klarstellen. Ich habe ja schon viel über die MacKade-Brüder und die unwiderstehliche Wirkung, die sie auf Frauen ausüben, gehört.«

»Ja, ja, das liegt wie ein Fluch über unserem Leben«, fiel er ihr vergnügt ins Wort.

Es gelang ihr nur mit Mühe, sich ein Schmunzeln zu verkneifen. »Der Punkt ist, dass ich weder an einem Quickie noch an einer Affäre und auch an keiner Beziehung interessiert bin. Ich denke, damit habe ich alle Möglichkeiten aufgezählt.«

»Oh, du wirst deine Meinung schon noch ändern, verlass dich darauf«, gab er im Brustton der Überzeugung zurück. »Warum fangen wir nicht mit einem Quickie an und arbeiten uns von da aus nach oben?«

Das war zu viel. Abrupt erhob sie sich und zog ihren Mantel an. »Nur in deinen Träumen.«

»Du bist dir ja wirklich sehr sicher. Warum also lade ich dich nicht einfach zum Essen ein?«

»Warum fährst du mich denn nicht einfach zu meinem Auto?«

»Na gut«, gab er nach, stand auf und nahm seinen Mantel vom Haken. Nachdem er ihn angezogen hatte, streckte er die Hand aus und stellte ihren Kragen hoch. »Die Nächte sind lang und kalt um diese Jahreszeit.«

»Dann nimm ein Buch«, schlug sie vor, während sie ihm voran durch die Halle ging, »und setz dich vor den Kamin.«

»Machst du so was?« Er schüttelte den Kopf. »Dann werde wohl ich ein bisschen Aufregung in dein Leben bringen müssen.«

»Vielen Dank, aber ich mag mein Leben genau so, wie es jetzt ist. Lass mich …« Sie beendete den Satz mit einem Fluch, als er sie hochhob. »MacKade«, sagte sie mit einem tiefen Seufzer, während er sie zum Jeep trug, »langsam fange ich wirklich an zu glauben, dass du ebenso schlecht bist wie dein Ruf.«

»Darauf kannst du Gift nehmen.«

3. Kapitel

Es klang gut. Das aus dem Radio dringende dunkle Wehklagen der Countrysängerin wurde von dumpfen Hammerschlägen, sägenden Geräuschen und dem Surren eines Bohrers übertönt. Ab und zu riefen sich die Männer, deren Schritte auf den Holzdielen über ihm dröhnten, etwas zu.

Die harte Arbeit auf dem Bau hatte ihm vielleicht sogar das Leben gerettet. Durchdrungen von Gefühlen der Freiheit und des Abenteuers war er damals vor zehn Jahren auf seiner gebraucht erstandenen Harley durch die Landschaft gebraust. Aber sein Magen knurrte, und er wusste, dass ihm nichts anderes übrig bleiben würde, als irgendwo sein Geld zu verdienen, wenn er essen wollte.

Also hatte er sich in einen Arbeitsanzug geschmissen, den Werkzeuggürtel umgeschnallt und auf dem Bau seinen Schmerz, seine Wut und seine Frustration aus sich herausgeschwitzt.

Er konnte sich noch sehr gut an das berauschende Gefühl erinnern, das in ihm aufgestiegen war, nachdem er einen Schritt zurückgetreten war, um das erste Haus, das er geholfen hatte hochzuziehen, in Augenschein zu nehmen. Plötzlich war ihm klar geworden, dass es ihm gelungen war, mit seinen eigenen Händen etwas zu erschaffen. Genauso wollte er auch sich selbst erschaffen.

Nach einiger Zeit machte er sich selbstständig, und sein erstes in Eigenregie gebautes Haus war nicht viel mehr als ein Schuppen. Er schluckte Staub, bis er meinte, daran ersticken zu müssen, und schwang den Hammer, bis er seine Arme nicht mehr spürte. Als es schließlich fertig war, gelang es ihm, es mit Gewinn zu verkaufen. Das Geld steckte er in das nächste Grundstück und das nächste Haus. Innerhalb von vier Jahren schaffte er es, ein kleines Unternehmen auf die Beine zu stellen, das bald in dem Ruf stand, zuverlässige Arbeit zu leisten.

Und doch hatte er niemals aufgehört zurückzuschauen. Die Vergangenheit hatte ihn nie losgelassen. Das wurde ihm jetzt, als er im Salon des Barlow-Hauses stand und sich langsam umsah, klar. Er hatte einen Kreis beschrieben und war wieder an seinen Ausgangspunkt zurückgekehrt.

Er war darauf versessen gewesen, diese Stadt zu verlassen, und nun war er zurückgekehrt, um hier etwas aufzubauen. Egal, ob er sich entschließen würde hierzubleiben oder ob er wieder wegging, er würde etwas Bleibendes von sich hinterlassen.

Rafe kauerte sich vor dem Kamin nieder und untersuchte die Feuerstelle. Er war bereits gut vorangekommen mit den Ausbesserungsarbeiten. Nun würde es nicht mehr lange dauern, und dann würden orangerote Flammen emporzüngeln und Holzscheite knistern.

Ein Lächeln spielte um seine Mundwinkel, als er seine Kelle nahm und sich in einem Eimer neuen Mörtel anrührte. Sorgfältig und präzise begann er wenig später, die Fugen zwischen den Steinen zu füllen.

»Ich dachte immer, der Boss sitzt nur am Schreibtisch und addiert Zahlenkolonnen.«

Rafe drehte sich um, und sein Blick fiel auf Jared, der mit auf Hochglanz polierten schwarzen Schuhen auf einem schmutzigen Lappen hinter ihm stand. Rafe hob die Augenbrauen. Sein Bruder trug unter dem offen stehenden dunklen Mantel einen vornehmen grauen Nadelstreifenanzug mit Weste. Aus irgendeinem unerfindlichen Grund wirkte die Wayfarer-Sonnenbrille, die er aufhatte, nicht einmal deplatziert.

»Das ist Sache der Buchhalter.«

Jared nahm die Brille ab und steckte sie in die Manteltasche. »Die dann dabei darüber nachsinnen, was wohl die Welt wäre ohne sie.«

»Vielleicht.« Rafe tauchte die Kelle in den Mörtel, während er seinen Bruder von Kopf bis Fuß musterte. »Willst du auf eine Beerdigung?«

»Ich hatte einen Termin im Ort und wollte nur mal sehen, wie die Dinge so stehen.« Während er seine Blicke durch den Raum schweifen ließ, ertönte von oben ein ohrenbetäubender Krach, dem ein kräftiger Fluch folgte. »Himmel, was war denn das?«

»Nur keine Aufregung.« Rafe seufzte, als er sah, wie Jared eine kleine Blechschachtel aus seiner Manteltasche holte und ihr ein schlankes Zigarillo entnahm. »Du hast's gut. Komm doch ein bisschen näher, damit ich wenigstens den Qualm riechen kann, wo ich doch seit zehn Tagen nicht mehr rauche.«

»Wohl auf dem Gesundheitstrip, hm?« Entgegenkommend kam Jared heran, kniete sich neben Rafe vor den Kamin und blies ihm genüsslich den Rauch ins Gesicht, während er fachmännisch das Mauerwerk betrachtete. »Hat sich ziemlich gut gehalten.«

Rafe klopfte mit dem Fingerknöchel gegen den Kaminsims. »Ist ja auch ein echter Adam, Kumpel.«

Jared brummte anerkennend und klemmte sich das Zigarillo zwischen die Zähne. »Kann ich dir hier irgendwas helfen?«

Rafe zog eine Braue hoch. »Mit den Schuhen?«

»Nicht jetzt natürlich, Rafe. Aber zum Beispiel am Wochenende.«

»Zwei starke Arme kann ich immer brauchen.« Erfreut über das Angebot, nahm Rafe die Kelle wieder zur Hand. »Was machen deine Muskeln?«

»Sind bestimmt nicht mickriger als deine.«

»Trainierst du noch?«, spöttelte Rafe und versetzte Jared mit der geballten Faust einen scherzhaften Stoß auf den Bizeps. »Ist doch nur was für Waschlappen.«

Jared stieß eine Rauchwolke aus. »Lust auf 'ne Runde, Bruderherz?«

»Sicher – wenn du nicht so rausgeputzt wärst.« Selbstquälerisch inhalierte Rafe den Zigarrenrauch, der in der Luft hing. »Mehr gedient wäre mir allerdings mit deinem juristischen Sachverstand bei dieser Sache hier.« Er machte eine umfassende Geste.

»Wart nur ab, bis du erst die Rechnung von mir bekommst.« Jared erhob sich mit einem Grinsen. »Als du mich telefonisch beauftragt hast, die Eigentumsverhältnisse von dieser Hütte hier zu rekonstruieren, hab ich wirklich befürchtet, dass du jetzt vollkommen durchgeknallt bist. Und nach der Ortsbegehung war ich mir sicher, dass es so ist. Zwar bekommst du das Haus praktisch umsonst, weil kein Besitzer mehr existiert, aber das, was du reinstecken musst, ist ungefähr das Zweifache dessen, was dich ein funkelnagelneues Haus mit allem Komfort kosten würde.«

»Das Dreifache«, korrigierte Rafe milde, »wenn ich alles so mache, wie ich es mir vorstelle.«

»Und wie stellst du es dir vor?«

»Genau so, wie es früher einmal war.« Rafe presste Mörtel in eine Fuge und strich ihn mit der Kelle glatt.

»Da hast du dir ja was vorgenommen«, murmelte Jared. »Aber wenigstens scheinst du mit den Arbeitern keine Probleme zu haben. Ich hatte schon Bedenken, dass du niemanden finden würdest, der bereit wäre, in diesem Haus hier zu arbeiten.«

»Ist alles nur eine Frage des Geldes«, gab Rafe zurück. »Allerdings muss ich zugeben, dass heute Morgen ein Klempnerlehrling das Handtuch geworfen hat.« Seine Augen funkelten belustigt. »Sie waren gerade dabei, die Rohre in einer der beiden Toiletten im ersten Stock zu legen. Plötzlich schrie der Junge, dass sich eine Hand von hinten in seine Schulter gekrallt hätte, und ist davongerast, als sei der Teufel persönlich hinter ihm her. Den bin ich wohl leider los.«

»Aber sonst hast du keine Probleme?«

»Jedenfalls keine, für die ich einen Anwalt bräuchte. Kennst du eigentlich den von dem Anwalt und der Klapperschlange?«

»Oh Gott, der hat ja nun wirklich schon so einen Bart«, erwiderte Jared und schnitt eine Grimasse. »Glaub mir, ich kenne sie alle, ich hab mir eigens einen Ordner dafür angelegt.«

Rafe lachte und wischte sich die Hände an seiner Jeans ab. »Gut gemacht, Jared. Überhaupt würde Mom sich darüber freuen, was aus dir geworden ist.« Anschließend hüllte er sich für einige Zeit in

Schweigen, und man vernahm nur das schabende Geräusch, das entstand, wenn er mit der Kelle den Mörtel in den Fugen glatt strich. »Auf der Farm ist's ja irgendwie seltsam. Shane und ich sind meistens allein, Devin verbringt die Hälfte seiner Nächte auf einer Couch im Sheriffoffice, und du bist in deinem netten kleinen Stadthaus. Wenn Shane aufsteht, ist es immer noch stockduster, aber der Idiot pfeift so laut und fröhlich vor sich hin, als ob es für ihn kein größeres Vergnügen gäbe, als an einem kalten dunklen Januarmorgen die Kühe zu melken.«

»Ist aber so. Es hat ihm schon immer Spaß gemacht. Shane war der, der die Farm am Leben erhalten hat.«

»Ich weiß.«

Jared glaubte, ein leichtes Schuldgefühl in der Stimme seines Bruders mitschwingen zu hören, und schüttelte den Kopf. »Du hast deinen Teil dazu beigetragen, Rafe. Das Geld, das du uns geschickt hast, hat uns viel geholfen.« Jared starrte sinnend aus dem Fenster. »Ich denke darüber nach, ob ich das Haus in Hagerstown nicht wieder verkaufen sollte.« Als Rafe nicht darauf einging, zuckte er die Schultern. »Damals, nach der Scheidung, erschien es mir am besten, es zu behalten, nachdem Barbara kein Interesse daran hatte.«

»Hast du an der Trennung noch zu knabbern?«

»Nein. Es ist jetzt drei Jahre her, und Gott sei Dank ging alles zivilisiert über die Bühne. Wir liebten uns einfach nicht mehr.«

»Ich habe sie nie besonders gemocht.«

Jared verzog die Lippen zu einem kleinen Lächeln. »Ich weiß. Ist doch jetzt auch egal. Ich überlege jedenfalls, ob ich das Haus nicht verkaufen soll. Während der Übergangszeit, bis ich etwas gefunden habe, was mir wirklich zusagt, könnte ich mich auch auf der Ranch einquartieren.«

»Shane würde sich bestimmt darüber freuen. Und ich auch. Du hast mir gefehlt, Jared.« Rafe wischte sich mit einer rußverschmierten Hand übers Kinn, das ebenfalls rußig war. »Eigentlich ist mir das erst jetzt, nachdem ich wieder hier bin, so richtig klar geworden.«

Zufrieden mit seinem Werk taxierte er das Mauerwerk und kratzte am Eimerrand den restlichen Mörtel von seinem Spachtel ab. »Du willst mir also am Samstag wirklich helfen?«

»Du besorgst das Bier.«

Rafe nickte zustimmend und erhob sich. »Lass mal deine Hände sehen, du feiner Pinkel.«

Jareds Erwiderung war alles andere als fein und hing noch in der Luft, als Regan den Salon betrat.

»Aber, aber, Herr Rechtsanwalt«, tadelte Rafe seinen Bruder mit einem leisen Grinsen und wandte sich dann Regan zu. »Hallo, Darling.«

»Oh, ich störe wohl.«

»Nein, überhaupt nicht. Dieser vulgäre Mensch hier ist mein Bruder Jared.«

»Wir kennen uns bereits. Er ist nämlich mein Anwalt. Hallo, Jared.«

»Hallo, Regan.« Jared ließ seinen Zigarrenstummel in eine leere Mineralwasserflasche fallen. »Wie läuft denn das Geschäft?«

»Es blüht und gedeiht – dank Ihres kleinen Bruders.« Sie lächelte und wandte sich Rafe zu. »Ich habe Stoff- und Tapetenmuster und Farbproben dabei. Ich dachte, du würdest es dir vielleicht gern ansehen.«

»Du scheinst dir ja schon eine Menge Arbeit gemacht zu haben.« Er bückte sich und machte sich an einer kleinen Kühlbox zu schaffen. »Möchtest du einen Drink?«

»Nein, danke.«

»Du, Jared?«

»Ich würde mir ganz gern was für unterwegs mitnehmen, wenn du nichts dagegen hast. Ich muss nämlich jetzt los.« Jared griff nach der Colaflasche, die Rafe ihm hinhielt, zog seine Sonnenbrille aus der Tasche und setzte sie auf. »Nun will ich euch nicht länger bei euren geschäftlichen Besprechungen aufhalten. War nett, Sie zu sehen, Regan.«

»Samstag um halb acht«, rief Rafe Jared, der den Raum bereits verlassen hatte, hinterher. »Aber morgens, Kumpel. Und lass deinen Anzug daheim.«

»Ich hatte nicht die Absicht, ihn zu vertreiben«, bemerkte Regan.

»Das hast du auch nicht. Willst du dich setzen?«

»Und wohin, wenn ich fragen darf?«

Er klopfte auf einen umgestülpten Eimer, der neben ihm stand.

»Ist zwar sehr großzügig von dir, aber ich kann nicht lang bleiben. Ich habe nur eine kurze Mittagspause.«

»Dein Boss wird dir schon nicht gleich die Ohren lang ziehen, wenn du ein bisschen überziehst.«

»Hast du eine Ahnung.« Regan öffnete ihren Aktenkoffer und holte zwei dicke Umschläge heraus. »Hier ist alles drin. Wenn du das Zeug durchgesehen hast, lass es mich wissen.« In Ermangelung von etwas Besserem legte Regan die Musterproben auf zwei nebeneinanderstehenden Sägeböcken ab. Dann sah sie sich um. »Du hast dich ja schon mächtig ins Zeug gelegt.«

»Wenn man weiß, was man will, gibt es keinen Grund, Zeit zu verschwenden. Wie also wäre es zum Beispiel mit einem gemeinsamen Abendessen?«

Sie hielt seinem Blick stand. »Abendessen?«

»Ganz recht. Heute Abend. Wir könnten uns dann zusammen die Sachen ansehen.« Er tippte mit dem Zeigefinger auf einen der Umschläge und hinterließ eine Rußspur. »Das spart Zeit.«

»Aha.« Während sie überlegte, fuhr sie sich mit den Fingern durchs Haar. »Ich verstehe.«

»Wie wär's gegen sieben? Wir könnten in den Lamplighter gehen.«

»Wohin?«

»In den Lamplighter. Das kleine Lokal, wo die Church Street von der Main abzweigt.«

Sie neigte den Kopf leicht zur Seite und überlegte. »Lokal? Da ist doch ein Videoladen.«

Er stieß einen Fluch aus und rammte die Hände in die Hosentaschen. »So ein Mist. Da war früher ein Restaurant. Und dein Laden war ein Haushaltswarengeschäft.«

»Tja, da kannst du es mal sehen – auch Kleinstädte verändern sich.«

»Ja.« Auch wenn er es nicht gern zugeben wollte. »Hast du Lust auf Italienisch?«

»Schon, aber hier gibt es nichts dergleichen in der Nähe. Der nächste Italiener ist auf der anderen Seite des Flusses in West Virginia. Wir könnten uns höchstens bei Ed's treffen.«

»Nein. Italienisch. Um halb sieben bin ich bei dir.« Er holte eine Uhr aus seiner Tasche, um zu sehen, wie spät es gerade war. »Ja, das schaffe ich. Also halb sieben, einverstanden?«

»Oh, die ist aber schön«, sagte sie bewundernd und war mit zwei Schritten bei ihm, um ihm die Taschenuhr aus der Hand zu nehmen. »Hm … Amerikanisches Fabrikat, Mitte neunzehntes Jahrhundert.« Sie wog sie in der Hand und drehte sie dann um. »Sterlingsilber, gut erhalten. Ich biete dir fünfundsiebzig dafür.«

»Ich habe aber neunzig bezahlt.«

Sie lachte und schüttelte ihr Haar zurück. »Da hast du ein verdammt gutes Geschäft gemacht. Sie ist mindestens hundertfünfzig wert.« Sie sah ihn an. »Du bist doch gar kein Taschenuhr-Typ.«

»Bei meinem Job kann man keine Armbanduhr tragen. Sie wäre sofort hinüber.« Er hatte große Lust, Regan zu berühren. Sie wirkte so sauber und adrett, dass die Vorstellung, sie etwas in Unordnung zu bringen, ihn außerordentlich reizte. »Verdammt schade, dass meine Hände so staubig sind.«

Sofort in Alarmbereitschaft versetzt, trat sie einen Schritt zurück. »Von deinem Gesicht ganz zu schweigen. Was allerdings deinem guten Aussehen keinen Abbruch tut.« Sie grinste, klemmte sich ihren Aktenkoffer unter den Arm und wandte sich zum Gehen. »Um halb sieben dann also. Und vergiss bloß nicht, die Sachen mitzubringen.«

Erst nachdem sie sich dreimal umgezogen hatte, fing Regan sich wieder und versuchte, Vernunft walten zu lassen. Es war ein Geschäftsessen und sonst nichts. Gewiss war ihre Erscheinung wichtig, aber so wichtig nun auch wieder nicht. Geschäft war Geschäft, und wie sie aussah, war zweitrangig.

Nachdenklich fragte sie sich, ob sie nicht vielleicht doch das kleine Schwarze hätte anziehen sollen.

Nein, nein, nein. Verärgert über sich selbst, nahm sie die Bürste zur Hand und fuhr sich durchs Haar. Je schlichter, desto besser. Das Restaurant in West Virginia war ein ganz normales Familienrestaurant, und der Zweck ihres Treffens war ein rein geschäftlicher. Der Blazer, die schwarze schmale Hose und die dunkelgrüne Seidenbluse waren genau das richtige Outfit.

Weshalb nur verfiel sie bei einem Geschäftsessen auch nur entfernt auf die Idee, dass es sich in Wirklichkeit um ein Rendezvous handeln könnte? Diese Frage beschäftigte sie vor allem deshalb, weil sie sich etwas in der Art mit Rafe MacKade überhaupt nicht wünschte. Weder mit ihm noch mit sonst jemandem. Gerade jetzt, wo ihr Geschäft aufzublühen begann, konnte sie einfach keine Ablenkung vertragen.

Eine Beziehung würde sie drei Jahre ihres Lebens kosten. Mindestens. Niemals würde sie den Fehler ihrer Mutter wiederholen, die von ihrem Ehemann sowohl finanziell als auch emotional abhängig gewesen war. Sie, Regan, wollte erst ganz sicher sein, dass sie auch wirklich ganz allein und ohne fremde Hilfe auf eigenen Beinen stehen konnte, bevor sie bereit war, sich voll und ganz einem Mann zuzuwenden.

Und ganz bestimmt würde sie sich nicht vorschreiben lassen, ob sie arbeiten durfte oder nicht. Sie wollte niemals in die Situation kommen, ihren Mann um Geld bitten zu müssen, wenn sie Lust hatte, sich ein neues Kleid zu kaufen. Es mochte ja durchaus sein, dass ihren Eltern diese Art zu leben nichts ausmachte oder dass sie ihnen sogar gefiel, denn einen unglücklichen Eindruck hatten sie niemals gemacht. Doch was für ihre Eltern gut war, musste für Regan Bishop deshalb noch lange nicht gut sein. Sie wünschte sich ein anderes Leben.

Das Einzige, was sie störte, war, dass Rafe so verflucht gut aussah. Was ihr natürlich auch prompt, nachdem sie ihm auf sein Klingeln hin die Tür geöffnet hatte, wieder ins Auge stach.

Wirklich jammerschade, dieses Geschenk Gottes an die Frauenwelt unangetastet vorbeiziehen zu lassen, ging es ihr bei seinem Anblick voller Bedauern durch den Sinn, und sie nahm sich vor, derartigen Gedanken in Zukunft keinen Raum mehr zu geben.

Er präsentierte ihr ein verführerisches Grinsen, während er sie voller Bewunderung musterte. »Gut siehst du aus«, stellte er fest, und noch bevor sie ihm ausweichen konnte, hatte er sich schon zu ihr herabgebeugt und strich mit seinen Lippen leicht über ihren Mund.

»Ich hole nur rasch …«, begann sie und unterbrach sich, als ihr Blick auf die Tüten fiel, die er bei sich hatte. »Was ist denn das?«

»Das?« Er sah an sich herunter. »Das ist unser Abendessen. Wo ist die Küche?«

»Ich …« Doch er war schon eingetreten und hatte die Tür hinter sich zugemacht. »Ich dachte, wir gehen aus.«

»Nein. Ich habe nur gesagt, dass wir italienisch essen.« Mit einem raschen Blick überflog er den Raum. Sehr geschmackvoll eingerichtet, natürlich mit antiken Möbeln, registrierte er, und vor allem sehr weiblich. Kleine zierliche Sessel, auf Hochglanz polierte Mahagonitischchen, frische Blumen. »Hübsch hast du es hier.«

»Willst du mir etwa jetzt erzählen, dass du vorhast, hier zu kochen?«

»Es ist der einfachste Weg, eine Frau ohne Körperkontakt dazu zu bringen, dass sie mit einem ins Bett geht. Geht's hier zur Küche?«

Seine Unverschämtheit verschlug ihr für einen Moment die Sprache. Erst als sie schon in der Küche waren, fiel ihr eine passende Erwiderung ein. »Ich würde sagen, das hängt ganz davon ab, wie gut du kochst, oder?«

Ihre Antwort schien ihm zu gefallen, denn er lächelte beifällig, während er begann, die Zutaten, die er mitgebracht hatte, aus der Tüte auszupacken. »Nun, du wirst es mir dann ja schon sagen, schätze ich. Wo hast du eine Pfanne?«

Sie holte eine aus dem Küchenschrank und zögerte einen Moment, bevor sie sie ihm überreichte.

»Falls du überlegt haben solltest, ob du mir mit dem Ding eins überbraten sollst, hast du recht daran getan, es zu unterlassen. Denn dann hättest du wirklich die leckerste Tomaten-Basilikum-Soße aller Zeiten verpasst.«

»So? Dann warte ich eben bis nach dem Essen.«

Er setzte Wasser auf und machte sich dann daran, den Salat zu putzen.

»Wer hat dir denn das Kochen beigebracht?«

»Wir kochen alle. Hast du ein Wiegemesser? Für meine Mutter gab es keinen Unterschied zwischen Männer- und Frauenarbeit. Danke«, fügte er hinzu, nahm das Messer entgegen und begann lässig und wie nebenbei, die Kräuter für den Salat zu hacken, sodass sie erstaunt die Augenbrauen hob. »Es war einfach nur Arbeit«, beendete er seine Ausführungen.

»Ein Nudelgericht mit Tomaten-Basilikum-Soße klingt aber nicht nach einem Farmeressen.«

»Sie hatte eine italienische Großmutter. Könntest du dich vielleicht etwas näher neben mich stellen? Du duftest so gut.«

Sie tat so, als hätte sie nicht gehört, was er gesagt hatte, wobei sie sich bemühte, das Kribbeln in ihrem Bauch zu ignorieren, und hielt ihm die Weinflasche, die er mitgebracht hatte, hin. »Machst du sie auf, bitte?«

»Warum machst du es nicht selbst?«

Sie zuckte die Schultern und nahm einen Korkenzieher aus einer Schublade, öffnete die Flasche und ging danach ins Wohnzimmer. Er hatte um musikalische Untermalung gebeten. Während sie eine CD von Count Basie auflegte, fragte sie sich, warum sie einen Mann mit aufgekrempelten Hemdsärmeln, der Karotten in den Salat schnitt, so erotisch fand.

»Lass dein Olivenöl zu«, sagte sie, als sie zurückkam. »Ich habe ein offenes.«

»Kalt gepresstes?«

»Selbstverständlich.« Sie stellte eine Flasche auf den Tresen.

»Count Basie, eigenes Olivenöl.« Er grinste sie an. »Willst du mich heiraten?«

»Warum nicht? Am Samstag hätte ich zum Beispiel Zeit.« Amüsiert darüber, dass er diesmal offensichtlich nicht gleich eine schlagfertige Antwort parat hatte, schmunzelte sie vor sich hin, während sie zwei Weingläser aus dem Schrank holte.

»Ich hatte aber eigentlich vor, am Samstag zu arbeiten.« Er stellte den Salat beiseite und ließ sie nicht aus den Augen.

»Faule Ausreden.«

»Herrgott, diese Frau macht es einem nicht leicht.« Als sie den Wein eingoss, pirschte er sich näher an sie heran. »Wenn du mir garantieren kannst, dass du dir in lauen Sommernächten mit mir zusammen die Baseballspiele im Fernsehen ansiehst, könnten wir uns vielleicht einig werden.«

»Da muss ich leider passen. Ich hasse Sport.«

Jetzt kam er noch näher, so nahe, dass sie schnell, in jeder Hand ein Weinglas, einen Schritt zurückwich. »Gut, dass ich das noch rechtzeitig herausgefunden habe, bevor es zu spät ist.«

»Du Glücklicher.« Ihr Herz machte ihr Schwierigkeiten, irgendwie klopfte es viel schneller als gewöhnlich.

»Das gefällt mir«, murmelte er und fuhr mit dem Finger über den kleinen Schönheitsfleck über ihrem Mundwinkel, während er mit der anderen Hand die Knöpfe ihres Blazers öffnete.

»Warum machst du das eigentlich immer?«

»Was denn?«

»Den Blödsinn mit meinen Knöpfen.«

»Ich übe nur ein bisschen.« Ein verwegenes Grinsen huschte kurz wie ein Wetterleuchten über sein Gesicht. »Außerdem siehst du immer wie aus dem Ei gepellt aus, sodass ich Lust bekomme, dich ein bisschen in Unordnung zu bringen.«

Ihr Rückzug endete damit, dass sie sich mit dem Rücken an der

Wand wiederfand. Rechts neben ihr stand der Kühlschrank, links war ebenfalls eine Wand.

»Scheint so, als hättest du dich selbst in die Ecke gedrängt, Darling.« Er trat vor sie hin, legte beide Hände um ihre Taille, beugte sich zu ihr hinab und küsste sie. Während er den Kuss vertiefte, arbeiteten sich seine Finger weiter nach oben und stoppten erst kurz unterhalb ihrer Brüste.

Es gelang ihr nicht, Zurückhaltung zu wahren. Ihr Atem ging schneller, sie öffnete ihm ihre Lippen, und ihre Zungen begegneten sich. Sowohl der männlich herbe Duft, den er ausströmte, als auch der dunkle, wilde Geschmack seines Mundes trafen sie wie ein Pfeil mitten ins Zentrum ihres Begehrens.

Im hintersten Winkel ihres Gehirns blinkte ein Warnlämpchen auf. Mit Sicherheit wusste er genau, wie es ein Mann anstellen musste, um eine Frau zu verführen. Alle Frauen. Irgendeine Frau. Aber es war ihr egal, ihr Begehren war stärker als ihr Verstand.

Ihr Blut begann schneller als gewöhnlich, durch die Adern zu rauschen, ihre Haut prickelte. Sie hatte das Gefühl zu spüren, wie ihre Knochen dahinschmolzen wie das Wachs einer Kerze unter der Flamme.

Es erregte ihn unglaublich, sie zu beobachten. Seine Augen waren die ganze Zeit weit geöffnet, während er mit seiner Zunge ihre warme, feuchte Mundhöhle erforschte. Das Flattern ihrer Lider, die Wangen, in die das Verlangen Farbe gebracht hatte, und der hilflose kleine, lustvolle Seufzer, der ihr entschlüpfte, als er seine Fingerspitzen leicht über die Knospen ihrer Brüste gleiten ließ, jagten ihm einen Lustschauer nach dem anderen den Rücken hinunter.

Mit einiger Anstrengung gelang es ihm nach einer Weile, den Kuss zu beenden. »Du lieber Gott. Das ist wirklich nicht der geeignete Zeitpunkt.« Zärtlich knabberte er an ihrem Ohrläppchen. »Oder wollen wir es doch noch mal versuchen?«

»Nein.« Ihre Antwort überraschte sie selbst, denn sie war das Gegenteil dessen, was sie wollte. Sie hielt noch immer in jeder Hand ein

Weinglas und presste nun eines davon wie zur Verteidigung gegen seine Brust.

Er betrachtete es einen Moment, dann wanderte sein Blick wieder nach oben und sah sie an. Er lächelte nicht, und der sanfte Ausdruck, der noch kurz zuvor auf seinem Gesicht gelegen hatte, war verschwunden. In seinen Augen lauerte nun etwas Dunkles, fast Gefährliches, wie bei einem Raubtier, das zum Sprung ansetzt auf seine Beute. Trotz ihres gesunden Menschenverstands fühlte sie sich von diesem Mann, der sich ohne Bedenken nehmen würde, wonach ihm der Sinn stand, fast unwiderstehlich angezogen und scherte sich nicht um die Konsequenzen.

»Deine Hände zittern ja, Regan.«

»Ich weiß.«

Sie war sich darüber im Klaren, dass ein falsches Wort, eine falsche Bewegung das, was in seinen Augen lauerte, zum Ausbruch bringen und sie verschlingen würde. Und sie würde es zulassen. Und genießen.

Darüber galt es erst einmal nachzudenken.

»Nimm dein Weinglas, Rafe. Es ist Rotwein, er wird hässliche Flecken auf deinem Hemd hinterlassen, wenn man ihn verschüttet.«

Einen verwirrenden Moment lang brachte er kein Wort heraus. Ein Verlangen, das er nicht verstand und mit dem er nicht gerechnet hatte, schnürte ihm die Kehle zu. Sie ist beunruhigt, dachte er. Und er fand, dass es klug war von ihr, denn sie hatte allen Grund zur Beunruhigung. Eine Frau wie sie hatte keine Ahnung, wozu ein Mann wie er fähig war.

Er nahm das Glas entgegen und stieß mit ihr an, der helle Klang schwebte noch in der Luft, als er sich umwandte und zum Herd ging.

Sie fühlte sich so, als wäre sie eben am Rand einer Klippe entlanggetaumelt und hätte es gerade noch rechtzeitig geschafft, dem unvermeidlich erscheinenden Sturz zu entgehen. Doch was sie angesichts dessen verspürte, war nicht Erleichterung, sondern Bedauern.

»Irgendwie sollte ich wohl jetzt was sagen. Ich … äh …« Sie holte tief Luft und nahm einen großen Schluck Wein. »Ich will ja nicht abstreiten, dass ich mich von dir angezogen fühle …«

In dem Versuch, sich zu entspannen, lehnte er sich gegen den Tresen und fixierte sie über den Rand seines Weinglases hinweg. »Und?«

»Und.« Sie strich sich eine Haarsträhne aus dem Gesicht. »Aber ich denke, Komplikationen sind … eben kompliziert«, beendete sie ihren wenig aussagekräftigen Satz. »Ich will das nicht … Ich kann mir nicht vorstellen …« Sie schloss die Augen und nahm noch einen Schluck. »Oh Gott, jetzt stottere ich schon.«

»Ist mir auch aufgefallen. Es stärkt mein Selbstvertrauen ungemein.«

»Das hast du doch gar nicht nötig.« Sie stieß hörbar die Luft aus und räusperte sich. »Ich habe keinen Zweifel daran, dass Sex mit dir eine denkwürdige Sache wäre – hör auf, so blöd zu grinsen!«

»Oh, Entschuldigung.« Doch das Grinsen wich nicht von seinem Gesicht. »Das muss an deiner Wortwahl liegen. Denkwürdig ist gut – wirklich gut, gefällt mir. Aber ich habe verstanden, was du meinst. Du willst dir alles gründlich durch den Kopf gehen lassen. Und wenn du dann so weit bist, lässt du es mich wissen.«

Sie überlegte einen Moment, dann nickte sie. »Ja, so könnte man es sagen.«

»Okay. Jetzt bin ich dran.« Er wandte sich um, drehte die Herdplatte an und goss Öl in die Bratpfanne. »Ich begehre dich, Regan. Sofort, als ich bei Ed's reinkam und dich mit Cassie so geschniegelt und gebügelt dasitzen sah, hat's mich umgehauen, ehrlich. Es hat mich einfach erwischt.«

Sie tat alles, um die Schmetterlinge, die wieder begannen in ihrem Bauch zu flattern, nicht zur Kenntnis zu nehmen. »Hast du mir deshalb diesen Job angeboten?«

»Du bist wirklich zu intelligent, um eine solche Frage zu stellen. Es geht um Sex, verstehst du? Sex ist etwas Persönliches.«

»Na gut.« Sie nickte wieder. »Na gut.«

Er nahm eine Tomate zur Hand und betrachtete sie eingehend. »Das Problem ist nur, dass ich nicht viel davon halte, über solche Sachen allzu lange nachzugrübeln. Ich weiß ja nicht, wie du das siehst, aber ich finde, Sex ist etwas Animalisches. Es geht darum, zu riechen, zu schmecken und zu fühlen.« Seine Augen hatten sich verdunkelt wie bereits vorhin schon, und wieder lag in ihnen ein Anflug von Waghalsigkeit und Leichtsinn. Er nahm das Messer in die Hand und fuhr mit dem Finger prüfend über die Schneide. »Und zu erobern«, fügte er langsam hinzu. »Aber da das nur mein eigener Blickwinkel ist und die Sache schließlich uns beide betrifft, musst du wohl wirklich dein Ding durchziehen und erst noch ein Weilchen überlegen.«

Verblüfft starrte sie ihn an, während er eine Knoblauchzehe schälte. »Soll ich dir jetzt dafür danken oder was?«

»Quatsch.« Fachmännisch legte er die Messerschneide flach über die Knoblauchzehe und hieb einmal kurz mit der Faust darauf. »Ich wollte nur, dass du mich verstehst, ebenso wie ich versuche, dich zu verstehen.«

»Du bist ja ein ganz moderner Mann, MacKade.«

»Wenn du dich da mal nicht täuschst, Darling. Auf jeden Fall werde ich dich wieder zum Stottern bringen, verlass dich drauf.«

Diese Herausforderung würde sie annehmen. Entschlossen griff sie nach der Weinflasche und füllte ihre Gläser auf. »Dann will ich dir jetzt mal sagen, worauf du dich verlassen kannst. Falls ich mich entschließen sollte, mit dir ins Bett zu gehen, wirst du zumindest ebenso stottern wie ich.«

Er warf den zerdrückten Knoblauch in das Öl, wo er gleich darauf zu brutzeln begann. »Du gefällst mir, Darling. Du gefällst mir wirklich ausnehmend gut.«

4. Kapitel

Die Sonne lachte vom Himmel und brachte die Eiszapfen an den Dachrinnen zum Schmelzen. Die Schneemänner in den Vorgärten verloren an Gewicht, und die Mohrrüben und Steine, die als Nasen und Augen gedient hatten, purzelten ihnen aus den Gesichtern.

Regan brachte die folgende Woche damit zu, sich umzuhören, wo sie geeignete Einrichtungsgegenstände für das Barlow-Haus auftreiben könnte, und ergänzte auf einer Auktion ihren Warenbestand.

Wenn keine Kundschaft im Laden war, nutzte sie die Zeit, um die Pläne, die sie für das zukünftige MacKade-Inn von Antietam ausgearbeitet hatte, zu studieren. Immer wieder kamen ihr neue Ideen, die sie voller Begeisterung den schon existierenden hinzufügte.

Auch in diesem Augenblick, während sie einem interessierten Ehepaar eine antike Kredenz aus Walnussholz schmackhaft zu machen versuchte, waren ihre Gedanken bereits bei dem Haus. Obwohl sie sich dessen noch nicht bewusst war, hatte es sie bereits ebenso gefangen genommen wie Rafe.

In das vordere Schlafzimmer im ersten Stock kommt das Himmelbett, überlegte sie, die Tapete mit den Rosenknospen und der Schrank aus Satinholz. Ein romantisches, traditionelles Brautgemach ganz im Stil jener Zeit sollte es werden.

Und was den großen Raum im Erdgeschoss anbelangte, so wirkte der ja schon allein durch seine herrliche Südlage. Voraussetzung war natürlich, dass Rafe die richtigen Fenster aussuchte, aber da hatte sie keine Bedenken. Sie würde für leuchtend warme Farben, denen ein Goldton beigemischt war, plädieren, sodass der Eindruck entstehen konnte, die Sonne würde auch dann scheinen, wenn es regnete. Und viele, viele Grünpflanzen. Wie ein Wintergarten sollte er wirken, ein

Ort, von dem aus man ruhig die Blicke durch die großen Panorama-
fenster nach draußen schweifen lassen konnte, in den großen Garten
und weiter darüber hinaus in die Wälder.

Sie konnte es kaum mehr erwarten, selbst Hand anzulegen, um das
Haus mit den winzigen, aber wichtigen Kleinigkeiten auszustatten,
die es in altem Glanz erstrahlen lassen sollten und die dafür sorgen
würden, dass es wieder ein richtiges Heim wurde.

Kein Heim, berichtigte sie sich sofort in Gedanken. Höchstens
ein Heim für Gäste. Ein Hotel. Komfortabel, charmant, aber nur zur
zeitweiligen Benutzung. Mit einiger Anstrengung gelang es ihr, den
Kopf schließlich freizubekommen.

Die Frau fuhr begehrlich mit den Fingerspitzen über das glänzende
Holz, während Regan den hoffnungsvollen und bittenden Blick auffing, den sie ihrem Ehemann zuwarf.

»Sie ist wirklich wunderschön. Nur leider kostet sie mehr, als wir
eigentlich vorhatten auszugeben.«

»Ja, ich verstehe. Aber eine Kredenz in diesem ausgezeichneten
Zustand …«

Sie unterbrach sich, weil die Ladentür geöffnet wurde, und ihr
Herz machte einen kleinen Satz. Doch es war nicht Rafe, der, wie sie
insgeheim gehofft hatte, hereingeschneit kam, sondern Cassie. Verärgert spürte sie, wie Enttäuschung in ihr hochstieg, und versuchte
sogleich, sie abzuschütteln. Noch bevor sie Cassie ein freundliches
Willkommenslächeln zuwerfen konnte, entdeckte sie den Bluterguss
auf dem Gesicht der Freundin und erschrak zutiefst.

»Wenn Sie mich für einen Moment entschuldigen möchten, ich bin
gleich wieder da.«

Bei Cassie angelangt, nahm sie sie wortlos am Arm und führte sie
in ihr Büro.

»Setz dich, Cassie. Komm.« Sanft, aber nachdrücklich, drückte sie
die junge Frau in einen Sessel, der vor einem schmiedeeisernen kleinen Tischchen stand. »Um Gottes willen, was ist denn passiert? Ist es
schlimm?«

»Ach, es ist nichts, ich bin nur …«

»Halt den Mund.« Sie konnte nicht anders, als dem Zorn, der beim Anblick ihrer Freundin in ihr aufgeflammt war, ein Ventil zu geben, und knallte den Teekessel auf die Platte des kleinen Kochers. »Entschuldige bitte. Ich mach uns erst mal einen Tee, ja?« Sie musste sich noch eine kleine Verschnaufpause verschaffen, ohne die sie nicht imstande sein würde, mit Cassie ruhig und vernünftig zu reden. »Bis das Wasser kocht, gehe ich kurz noch einmal zu meinen Kunden hinaus. Du bleibst hier sitzen und entspannst dich, verstanden?«

In Cassies Augen brannte die Scham. Sie sah Regan für den Bruchteil einer Sekunde an, dann senkte sie schnell den Blick, starrte auf ihre Hände und nickte bedrückt. »Danke«, murmelte sie kaum hörbar.

Zehn Minuten später war Regan wieder zurück. Sie hatte sich geschworen, ihre Wut zu zügeln, alles andere würde die Angelegenheit nicht besser machen und Cassie keinen Schritt weiterhelfen. Sie brauchte Unterstützung und keine Vorwürfe.

Doch alle guten Vorsätze waren vergebens. Das Bild des Jammers, das ihre Freundin, die zusammengekauert in dem Sessel hockte, bot, ließ sie von Neuem explodieren.

»Herrgott noch mal, warum lässt du dir das gefallen? Wann hast du bloß endlich die Schnauze voll davon, für diesen sadistischen Dreckskerl den Sandsack zu spielen, an dem er sich abreagieren kann? Muss man dich vielleicht erst ins Krankenhaus einliefern, ehe du zu Verstand kommst?«

Cassie, in äußerster Bedrängnis, legte die Arme auf das vor ihr stehende Tischchen, vergrub den Kopf darin und begann zu schluchzen.

Sofort spürte Regan, wie ihr ebenfalls die Tränen kamen, sie ging neben ihrer Freundin in die Knie und umarmte sie. »Ach, Cassie. Es tut mir so leid, es tut mir so leid. Ich hätte nicht so mit dir herumkeifen dürfen.«

»Ich hätte nicht herkommen sollen«, schluchzte Cassie, hob den Kopf, bedeckte ihr Gesicht mit den Händen und rang um Fassung.

»Ich hätte wirklich nicht herkommen sollen, aber ich hab einfach jemanden gebraucht, mit dem ich reden kann.«

»Ach, Cassie, natürlich war es richtig von dir, herzukommen. Komm, lass mich mal sehen.« Regan versuchte, Cassies Hände von ihrem Gesicht wegzuziehen. Nachdem es ihr schließlich gelungen war, sah sie das ganze Ausmaß dessen, was Joe angerichtet hatte. Der Bluterguss zog sich über die gesamte rechte Gesichtshälfte hin, von der Schläfe bis nach unten zum Kiefer, und das rechte Auge war lilablau verfärbt und fast ganz zugeschwollen.

»Oh, Cassie, was ist denn bloß passiert? Kannst du es mir nicht erzählen?«

»Er … Joe …«, begann Cassie, immer wieder von Neuem von Schluchzen geschüttelt, »er hat sich schon die ganze Zeit nicht gut gefühlt … Die Grippe … du weißt doch …« Sie holte tief Luft. »Er war in letzter Zeit so oft krank … und gestern … gestern haben sie ihm gekündigt.« Ohne Regan anzuschauen, bückte sie sich nach ihrer Handtasche und kramte ein Papiertaschentuch hervor. »Er war völlig fertig … Zwölf Jahre war er bei der Firma beschäftigt, und jetzt – aus und vorbei. Wenn ich bloß an die Rechnungen denke … Ich habe erst vor Kurzem eine neue Waschmaschine auf Kredit gekauft, und Connor wollte unbedingt diese neuen Tennisschuhe. War mir ja klar, dass sie viel zu teuer waren, aber …«

»Hör auf«, fiel ihr Regan bestimmt ins Wort und legte ihre Hand auf Cassies Arm. »Hör auf mit deinen ewigen Selbstanklagen. Ich kann es wirklich nicht ertragen.«

»Ich weiß, dass das alles nur Ausflüchte sind.« Cassie schöpfte zitternd Atem und schloss die Augen. Wenigstens Regan gegenüber sollte sie ehrlich sein. Ihre Freundin hatte es nicht verdient, belogen zu werden, denn sie war in den drei Jahren, die sie sich nun schon kannten, immer für sie da gewesen. »Also, um die Wahrheit zu sagen, er hatte überhaupt keine Grippe. Er ist schon seit fast einer Woche fast ununterbrochen betrunken. Sie haben ihn nicht entlassen, sondern sie haben ihn auf der Stelle gefeuert, weil er sternhagelvoll an seinem Arbeitsplatz erschienen ist und sich natürlich sofort mit seinem Vorarbeiter angelegt hat.«

»Und dann ist er nach Hause gekommen und hat seine Wut an dir ausgelassen.« Regan erhob sich, nahm den Kessel vom Herd und brühte Tee auf. »Wo sind denn die Kinder?«

»Bei meiner Mutter. Ich bin noch in der Nacht mit ihnen zu ihr gefahren.« Sie betastete ihre Wange und ihr Auge. »So schlimm wie diesmal war es noch nie.« Unbewusst fuhr sie sich mit der Hand an den Hals. Unter dem Rollkragen verbargen sich noch mehr Blutergüsse, die Joe ihr zugefügt hatte, als er sie so gewürgt hatte, dass sie schon dachte, er würde sie umbringen. Fast hatte sie es sich gewünscht.

»Okay, das ist ja immerhin schon mal etwas.« Während Regan dünne chinesische Teeschalen aus Porzellan auf den Tisch stellte, überlegte sie, wie sie Cassie am besten helfen könnte. »Der erste Schritt zu einem neuen Anfang«, fügte sie hinzu.

»Nein.« Vorsichtig legte Cassie beide Hände um ihre Teeschale, als müsse sie sich wärmen. »Sie erwartet von mir, dass wir noch heute zu Joe zurückgehen. Sie würde uns nicht noch eine Nacht bei sich aufnehmen.«

»Auch nicht nach dem, was passiert ist?«, fragte Regan fassungslos.

»Eine Frau gehört zu ihrem Mann«, erwiderte Cassie schlicht. »Ich habe ihn geheiratet und habe gelobt, zu ihm zu halten, in guten wie in schlechten Zeiten.«

Regan konnte ja noch nicht einmal ihre eigene Mutter verstehen, doch das, was Cassie da von sich gab, erschien ihr schlicht unfassbar. »Was du da sagst, ist einfach ungeheuerlich.«

»Das sind nur die Worte meiner Mutter«, murmelte Cassie und zuckte zusammen, als sie ihre aufgeplatzte Lippe mit dem heißen Tee benetzte. »Sie ist der festen Überzeugung, dass es die Pflicht der Frau ist, dafür zu sorgen, dass eine Ehe funktioniert. Und wenn das nicht der Fall ist, ist es allein ihre Schuld.«

»Und du? Was glaubst du? Dass es deine Pflicht ist, dich von Joe verprügeln zu lassen?«

»Ich bin verheiratet, Regan. Und außerdem denkt man immer, dass es irgendwann wieder besser werden wird.« Sie holte zitternd Luft. »Vielleicht war ich ja zu jung, als ich Joe geheiratet habe, und möglicherweise habe ich auch einen Fehler gemacht. Und dennoch war ich immer fest entschlossen, an meiner Ehe festzuhalten, obwohl Joe mir schon seit Jahren untreu ist.« Wieder begann sie zu weinen. »Wir sind nun seit zehn Jahren verheiratet, Regan. Und wir haben Kinder zusammen. Ich habe so viele Fehler gemacht, zum Beispiel habe ich mein Trinkgeld genommen und Connor davon neue Schuhe gekauft, und bei Emma lasse ich es zu, dass sie Mannequin spielt und meinen Lippenstift benutzt, obwohl sie noch so klein ist. Und eine neue Waschmaschine konnten wir uns überhaupt nicht leisten – aber gekauft habe ich sie dennoch. Und im Bett war ich auch niemals gut, bestimmt nicht so gut, wie die anderen Frauen, mit denen er …«

Als sie Regans fassungslosen Blick sah, unterbrach sie sich schlagartig.

»Hast du dir diesmal selbst zugehört, Cassie?«, erkundigte sich Regan sanft. »Hast du gehört, was du gerade gesagt hast?«

»Ich kann einfach nicht mehr länger bei ihm bleiben.« Cassies Stimme brach. »Er hat mich vor den Kindern geschlagen. Früher hat er wenigstens immer noch gewartet, bis sie im Bett waren, und das war schon schlimm genug. Aber gestern hat er mich vor ihnen verprügelt und mir währenddessen ganz schreckliche Sachen an den Kopf geworfen. Sachen, die sie nie und nimmer hätten hören dürfen. Dazu hat er kein Recht. Er zieht sie in alles mit rein, und dazu hat er kein Recht.«

»Nein, Cassie, dazu hat er kein Recht. Du brauchst jetzt Hilfe.«

»Ich habe die ganze Nacht wach gelegen und habe darüber nachgedacht.« Sie zögerte einen Moment, dann schob sie ihren Rollkragen ein Stück hinunter.

Entsetzt starrte Regan auf die blutunterlaufenen Würgemale, die sich über Cassies weißen Hals zogen. Ihr Gesicht verzerrte sich vor Wut, und in ihren Augen loderte kalter Zorn auf. »Oh mein Gott«, stammelte sie, »er hat versucht, dich zu erwürgen.«

»Ich glaube nicht, dass es das war, was er anfangs wollte. Es war nur so, weil er mir so wehgetan hat, habe ich geschrien, und zuerst wollte er wohl nur, dass ich aufhöre. Aber ich konnte nicht, und da ist er mir an den Hals gegangen und hat zugedrückt. Oh Gott.« Cassie schlug wieder die Hände vors Gesicht. »Und dann habe ich es gesehen. In seinen Augen stand blanker Hass. Er hasst mich einfach deswegen, weil ich da bin. Und er wird mir wieder etwas tun, wenn ich ihm die Gelegenheit dazu gebe, aber ich muss jetzt an die Kinder denken. Ich habe vor, zu Devin zu gehen, um Anzeige zu erstatten.«

»Gott sei Dank.«

»Ich wollte nur vorher bei dir reinschauen, damit ich ein bisschen ruhiger werde.« Cassie wusste, dass es nun kein Zurück mehr gab. Sie bemühte sich um ein zitterndes Lächeln und wischte sich mit dem Handrücken die Tränen aus dem Gesicht. »Es fällt mir schwer, weil es ausgerechnet Devin ist. Ich kenne ihn schon mein ganzes Leben lang. Nicht, dass die ganze Sache ein Geheimnis wäre, er war ja schon unzählige Male bei uns, weil die Nachbarn die Polizei gerufen haben. Und dennoch ist es hart.« Sie seufzte. »Weil es Devin ist.«

»Ich komme mit dir.«

Cassie schloss die Augen. Das war der Grund, weshalb sie hergekommen war. Weil sie jemanden brauchte, der ihr jetzt zur Seite stand. Oder – genauer ausgedrückt – weil sie jemanden brauchte, der sie aufrecht hielt. »Nein, ich muss es allein machen. Aber ich weiß nicht, was ich danach tun soll«, erwiderte sie tapfer und nahm einen Schluck von ihrem Tee, der ihrer geschundenen Kehle wohltat. »Ich kann unmöglich die Kinder wieder nach Hause zurückbringen, ohne dass ich weiß, wie es jetzt weitergeht.«

»Du könntest in das Frauenhaus …«

Cassie schüttelte den Kopf. »Ich weiß, dass es falscher Stolz ist, Regan, aber ich kann da nicht hingehen. Vor allem nicht mit den Kindern. Zumindest nicht jetzt.«

»Okay. Dann bleibst du eben hier. Bei mir.« Als Cassie Einspruch erhob, wiederholte Regan ihr Angebot ein zweites Mal. »Ich habe zwar nur noch ein zusätzliches Schlafzimmer, deshalb wird es für euch drei ziemlich eng werden, aber eine Zeit lang wird es bestimmt gehen.«

»Wir können dir unmöglich so zur Last fallen, Regan.«

»Ihr fallt mir nicht zur Last. Es ist ein Notfall, und ich habe es dir doch angeboten. Schau, Cassie, du warst meine erste Freundin hier in Antietam und hast mir geholfen, mich hier einzuleben. Und nun möchte ich dir helfen, also lass es mich auch.«

»Oh nein, Regan, wirklich. Das ist mir unangenehm. Ich habe einiges gespart. Wir könnten ein paar Tage in einem Motel unterkommen, dafür reicht es gerade.«

»Das kommt gar nicht infrage, Cassie. Es ist wirklich alles kein Problem, ihr wohnt für die nächste Zeit bei mir, und dann werden wir weitersehen. Wenn du es schon nicht für dich tust, dann tu es für die Kinder«, fügte sie schnell hinzu, erleichtert darüber, dass ihr endlich das Argument eingefallen war, das für Cassie am schwersten wog.

Cassies Reaktion bewies ihr, dass sie recht hatte. Nun endlich nickte die Freundin zustimmend. »Also gut. Wenn ich von Devin komme, hole ich sie ab.« Wenn es um ihre Kinder ging, war Cassie sogar ihr Stolz nicht mehr wichtig. »Ich bin dir wirklich sehr dankbar, Regan.«

»Ich dir auch. Jetzt.«

»Ja, was ist denn hier los? Gemütliches Plauderstündchen während der Geschäftszeiten, hm?« Rafe kam vergnügt zur Tür herein und warf seinen Mantel schwungvoll auf die Couch. Erst nachdem er sich gesetzt hatte, fiel ihm Cassies zerschlagenes Gesicht auf.

Zu beobachten, wie sich Rafes eben noch charmant vergnügte Miene in eine eisige Maske verwandelte, machte Regan für einen Augenblick sprachlos. Als könne er seinen Augen nicht trauen, streckte er die Hand aus und fuhr leicht mit einer Fingerspitze über den Bluterguss.

»Joe?«

»Es … es war ein Unfall«, stammelte Cassie.

Er stieß einen wüsten Fluch aus und sprang auf. Sofort war Cassie, die seine Gedanken erriet, ebenfalls auf den Beinen und stellte sich ihm in den Weg.

»Nein, Rafe, bitte«, flehte sie, »mach keine Dummheiten.« Verzweifelt krallte sie sich in seinen Ärmel. »Bitte, geh nicht zu ihm.«

Er hätte sie mit Leichtigkeit beiseiteschieben können, aber er tat es nicht, weil ihm klar war, dass er damit nur noch mehr Öl ins Feuer gießen würde. »Hör zu, Cassie«, sagte er deshalb in ruhigem Ton, »du bleibst hier bei Regan.«

»Nein, bitte.« Hilflos begann Cassie wieder zu weinen. »Bitte. Mach nicht alles noch schlimmer, als es sowieso schon ist.«

»Diesmal wird der Dreckskerl für seine Sauereien bezahlen«, stieß Rafe zwischen zusammengebissenen Zähnen hervor, drückte sie entschlossen in den Sessel und schaute auf sie herunter. Ihre Tränen bewirkten, dass er weich wurde. »Cassie.« Er kniete sich neben sie hin, schlang die Arme um sie und zog sie an seine Brust. »Hör auf zu weinen, Baby. Komm, alles wird wieder gut.«

Regan, die schnell aufgesprungen war, beobachtete ihn ungläubig. Sie konnte es kaum fassen, wie nah Zärtlichkeit und Härte bei ihm nebeneinanderlagen. Er wiegte Cassie wie ein Kind in seinen Armen und murmelte dabei tröstliche Worte.

Als er den Kopf hob, um sie anzusehen, war Regans Kehle wie zugeschnürt. Ja, die Gewalttätigkeit lauerte noch immer in seinen Augen. Lebendig und heftig genug, um sie in Angst zu versetzen. Sie schluckte krampfhaft.

»Misch dich nicht ein, Rafe. Cassie wird es allein schaffen.« Ihre Stimme klang rau.

Jeder Nerv in ihm war angespannt, er fieberte nach der Jagd, wollte den Kampf. Er wollte Blut sehen. Joes Blut. Aber die Frau, die hier in seinen Armen lag, zitterte. Und die andere, die ihn erschreckt mit weit aufgerissenen Augen ansah, hatte sich auf leises Bitten verlegt. Er rang mit sich selbst.

»Entschuldige bitte«, flüsterte Cassie.

»Du musst dich nicht bei mir entschuldigen.« Behutsam ließ er sie los und wischte ihr die Tränen ab. »Du musst dich bei überhaupt niemandem entschuldigen.«

»Sie wird zu Devin gehen und Anzeige erstatten.« Regans Hände zitterten. Um sich zu beruhigen, holte sie Rafe eine Tasse und goss ihm Tee ein. »Das ist in dieser Situation das einzig Richtige.«

»Es ist ein Weg.« Er zog seinen eigenen vor. Er sah Cassie an und strich ihr eine Haarsträhne aus dem nassen Gesicht. »Hast du einen sicheren Platz, an dem du unterkommen kannst?«

Cassie nickte und nahm das Papiertaschentuch, das Rafe ihr hinhielt. »Fürs Erste bleiben wir hier bei Regan. Bis wir …«

»Mit den Kindern ist alles in Ordnung?«

Sie nickte wieder. »Sie sind bei meiner Mutter. Wenn ich bei Devin alles erledigt habe, werde ich sie abholen.«

»Sag mir, was du brauchst, dann geh ich zu dir nach Hause und hol es dir.«

»Ich … ich weiß nicht. Ich … glaube, ich brauche nichts.«

»Lass uns später noch mal darüber reden. Was hältst du davon, wenn ich mit dir komme?«

Zitternd stieß sie den Atem aus und trocknete sich mit dem Taschentuch das Gesicht. »Nein. Da muss ich allein durch, Regan. Am besten, ich mache mich jetzt gleich auf den Weg.«

»Hier.« Regan zog eine Schublade auf. »Das ist der Schlüssel für die Eingangstür oben. Das Zimmer, in dem ihr euch ausbreiten könnt, kennst du ja. Macht es euch gemütlich.« Sie drückte Cassie den Schlüssel in die Hand und schloss ihre Finger darum. »Und leg die Sicherheitskette vor, Cassie.«

»Ja. Dann muss ich jetzt wohl gehen.« Alles, was sie zu tun hatte, war aufzustehen und zur Tür zu gehen. Aber noch niemals in ihrem Leben, so erschien es ihr, war ihr etwas so schwergefallen. »Ich habe doch immer gedacht, dass er sich ändert«, flüsterte sie vor sich hin. »Ich habe es so gehofft …« Seufzend raffte sie sich auf und erhob sich. »Noch mal danke für alles.« Sie bemühte sich um ein tapferes

Lächeln, ehe sie sich umwandte und mit gesenktem Kopf und hängenden Schultern hinausging.

»Hast du eine Ahnung, wo das Schwein ist?«, knurrte Rafe wütend.

»Nein.«

»Egal, ich werde ihn finden.« Er streckte die Hand aus, um seinen Mantel zu nehmen, aber Regan fiel ihm in den Arm. Er hob langsam den Blick und sah sie aus brennenden Augen an. »Komm nicht auf die Idee, dich mir in den Weg zu stellen.«

Als Erwiderung nahm sie sein Gesicht in ihre Hände und küsste ihn. Es war ein weicher Kuss, der sie beide beruhigte.

»Womit habe ich denn das verdient?«

»Oh, da gibt es schon ein paar Sachen.« Sie atmete tief ein und legte ihm beide Hände auf die Schultern. »Zum Beispiel für deinen Wunsch, dem Dreckskerl die Fassade zu polieren.« Sie küsste ihn wieder. »Und dafür, dass du es nicht getan hast, weil Cassie dich darum gebeten hat.« Noch ein Kuss. »Und zum Schluss dafür, dass du ihr gezeigt hast, dass nicht alle Männer so sind wie Joe, sondern dass die meisten Männer, die meisten wirklichen Männer, liebenswürdig sind und nicht brutal.«

»Verdammt.« Besiegt lehnte er seine Stirn gegen ihre. »Das ist ja eine ganz miese Art, mich davon abzubringen, ihm die Fresse einzuschlagen.«

»Ein Teil von mir empfindet so wie du. Aber ich bin nicht stolz darauf.« Als sie spürte, dass der Zorn wieder heiß in ihr aufstieg, wandte sie sich von Rafe ab und ging zur Kochplatte. »Ein Teil von mir hätte gern zugeschaut, wie du so lange auf ihn eindrischst, bis er umfällt.«

Rafe ging zu ihr hinüber, nahm ihre Hand, die sie zur Faust geballt hatte, öffnete sie behutsam und drückte ihr einen Kuss auf die Handfläche. »Na so was. Wie konnte ich mich bloß so in dir irren?«

»Ich hab doch gesagt, dass ich nicht stolz darauf bin.« Ein kleines Lächeln huschte über ihr Gesicht. »Aber damit würden wir Cassie nicht helfen. Man muss alle Gewalttätigkeiten von ihr fernhalten, auch wenn es in diesem Fall nur gerecht wäre, dass Joe mal so richtig Prügel bezieht.«

»Ich kenne sie, seit sie ein Kind war.« Rafe blickte auf die Tasse, die Regan ihm hinhielt, und schüttelte den Kopf. Der Tee duftete wie eine Wiese im Frühling, und bestimmt schmeckte er auch so. »Sie war schon immer so zerbrechlich, hübsch und scheu. Und so unheimlich lieb.« Auf Regans neugierigen Blick hin schüttelte er wieder den Kopf. »Nein, es ist nicht, wie du jetzt vielleicht denkst. Ich hatte niemals irgendwelche Absichten. Liebe Frauen sind nicht mein Typ.«

»Danke.«

»Keine Ursache.« Er fuhr ihr mit den Fingern durchs Haar. »Ist dir klar, dass du eine Menge auf dich nimmst, wenn du sie mit den Kindern bei dir wohnen lässt? Sie könnten bei uns auf der Farm unterkommen, wir haben viel Platz.«

»Sie braucht jetzt eine Frau, Rafe, keinen Männerhaufen – egal, wie gut es gemeint ist. Meinst du, dass sich Devin der Sache auch richtig annimmt?«

»Darauf kannst du dich hundertprozentig verlassen.«

Zufrieden mit seiner Antwort, nahm sie ihre Tasse und ging hinüber zum Tisch. »Gut. Und du solltest es auch.« Sie betrachtete die Angelegenheit nun für abgeschlossen und sah ihn über den Rand ihrer Tasse hinweg an. »Warum bist du eigentlich hier?«

»Weil ich das Bedürfnis hatte, dich zu sehen.« Er lächelte. »Und ich dachte mir, wir könnten vielleicht die Tapeten und die Möbel für den Salon zusammenstellen. Ich würde gern als Erstes einen Raum ganz fertig machen, um ein Gefühl für den Rest zu bekommen.«

»Gute Idee. Ich …« Sie unterbrach sich, weil aus dem Laden Schritte und Stimmen herüberdrangen. »Ich habe Kundschaft bekommen. Hier liegt alles, die Farbmuster und die Stoffproben und auch eine Liste der Möbel, die ich ins Auge gefasst habe.«

»Ich habe auch ein paar Proben mitgebracht.«

»Ah, das ist gut. Nun, dann …« Sie ging zu ihrem Schreibtisch und schaltete den Computer ein. »Ich habe hier Raum für Raum aufgelistet, ganz so, wie ich es mir vorstelle. Willst du vielleicht in der Zwischenzeit mal reinschauen? Verschiedene der Stücke, die ich vorschlage, habe ich auch hier. Du kannst sie dir ansehen, wenn du fertig bist.«

»Okay.«

Dreißig Minuten später kam Regan vergnügt und mit geröteten Wangen ins Büro zurück. Sie hatte drei wertvolle Möbelstücke an den Mann gebracht. Wie groß er aussieht, dachte sie, als ihr Blick auf Rafe fiel, der sich an ihrem zierlichen Chippendale-Sekretär, auf dem der Computer stand, häuslich eingerichtet hatte. So sehr … männlich.

Seine Stiefel waren abgestoßen, und sein Hemd hatte an der Schulter einen kleinen Riss. In seinem Haar entdeckte sie Spuren von Gips oder Mauerstaub. Seine Ausstrahlung hatte etwas Animalisches, und plötzlich begehrte sie ihn mit jeder Faser ihres Herzens, ohne Sinn und Verstand. Es war ein Verlangen, das sich fernab von jeder zivilisierten Empfindung bewegte, es war einfach nichts als pure Lust.

Himmel! Sie versuchte ihre Gefühle unter Kontrolle zu bringen, presste die Hand auf ihren flatternden Magen und holte dreimal nacheinander tief Luft.

»Und? Wie findest du es?«

»Du bist eine sehr tüchtige Frau, Regan, das muss man dir lassen«, gab Rafe, ohne sich umzudrehen, zurück. Er war gerade dabei, eine Liste auszudrucken.

Mit weichen Knien ging sie zu ihm hinüber und sah ihm über die Schulter. »Ich bin mir sicher, dass wir noch längst nicht alles haben. Aber das werden wir erst dann sehen, wenn die Zimmer fertig sind.«

»Ich habe bereits einiges ergänzt.«

Überrascht richtete sie sich auf. »Ach, wirklich?«

»Diese Farbe hier habe ich rausgenommen. Ich will sie nicht.« Brüsk tippte er mit dem Finger auf einen Farbchip und holte sich dann die Seite mit der Farbtabelle auf den Bildschirm. »Ich möchte lieber dieses Erbsengrün hier anstelle des – wie heißt die Farbe? Ach, ja. Tannengrün.«

»Das ist aber die Originalfarbe.«

»Sie ist schauerlich.«

Sie war zwar ganz seiner Meinung, dennoch … »Damals hatte man aber genau diese Farbe«, beharrte sie. »Ich habe gründliche Nachforschungen angestellt. Die, die du dir jetzt ausgesucht hast, ist viel zu modern für das neunzehnte Jahrhundert.«

»Kann schon sein. Dafür wird sie wenigstens den Leuten nicht den Appetit verderben. Mach dir nicht ins Höschen, Darling.« Als sie auf seine dreiste Bemerkung hin empört schnaubte, grinste er unverschämt, lachte laut auf und drehte sich zu ihr um. »Hör zu, du hast wirklich verdammt gute Arbeit geleistet. Ich muss ehrlich zugeben, dass ich das in dieser Ausführlichkeit nicht erwartet hätte. Und vor allem nicht so schnell. Du hast wirklich ein gutes Händchen für diese Dinge.«

Sie dachte gar nicht daran, sich durch seine schönen Worte beschwichtigen zu lassen. Hier ging es um ihre Berufsehre. »Ich habe nur das getan, wofür du mich engagiert hast. Du willst doch das Haus im Stil des neunzehnten Jahrhunderts einrichten.«

»Genau. Und deshalb kann ich auch die Änderungen vornehmen, die ich vorzunehmen wünsche. Ich bin eben nun mal der Meinung, dass wir uns auch ein bisschen an die Geschmacksmaßstäbe der Menschen von heute halten müssen. Ich habe auch schon einen Blick auf das Schlafzimmer oben geworfen, Regan. Also, ehrlich gesagt, für meinen Geschmack ist es einfach etwas zu weiblich eingerichtet.«

»Darum geht es im Moment doch gar nicht«, schnitt sie ihm das Wort ab.

»Und so ordentlich, dass ein Mann überhaupt nicht wagt, seinen Fuß über die Schwelle zu setzen«, fuhr Rafe ungerührt fort. »Aber Sinn für Stil hast du, das muss man dir lassen. Das sollte man nutzen.«

»Mir scheint es eher, als würden wir hier über deinen ganz persönlichen Geschmack diskutieren. Willst du es nun originalgetreu haben oder nicht? Wenn du die Richtlinien ändern willst, dann sag es doch klar heraus.«

»Bist du immer so stur oder nur bei mir?«

Sie überhörte seine unverschämte Frage. »Du hast Genauigkeit verlangt. Woher soll ich wissen, dass du mittendrin plötzlich umschwenkst?«

Während er noch überlegte, nahm Rafe die Farbprobe zur Hand, die den Stein ins Rollen gebracht hatte. »Nur eine Frage. Und ich will, dass du sie ganz ehrlich beantwortest. Gefällt dir diese Farbe?«

»Das ist doch überhaupt nicht der Punkt.«

»Eine einfache Frage. Gefällt sie dir?«

Pfeifend stieß sie den Atem aus. »Natürlich nicht. Sie ist grässlich.«

»Na siehst du. Wenn sie dir auch nicht gefällt, muss man die Dinge eben etwas lockerer sehen und die Richtlinien außer Kraft setzen.«

»Dann kann ich wirklich keine Verantwortung mehr übernehmen.«

»Aber dafür bezahle ich dich ja.« Damit war für ihn die Angelegenheit erledigt, er drehte sich um und blickte wieder auf den Bildschirm. »Was ist mit diesem Zweiersofa hier?«

Ihr Herz sank ihr fast bis in die Kniekehlen. Sie hatte die Couch vor zwei Wochen bei einer Auktion für seinen Salon erstanden. Wenn er sie jetzt nicht haben wollte, würde sie in die roten Zahlen kommen, denn sie war sündhaft teuer gewesen, und einen anderen Kunden würde sie dafür bestimmt nicht so schnell finden. »Ich habe sie hier im Laden, du kannst sie dir ansehen«, gab sie zurück und wunderte sich, dass ihre Stimme trotz alledem kühl und professionell klang.

»Gut, dann lass uns einen Blick darauf werfen. Und den Kaminschirm und diese Tische hier möchte ich mir auch ansehen.«

»Du bist der Boss«, murmelte sie und ging ihm voran nach draußen.

Als sie vor dem Zweiersofa stehen blieb, waren ihre Nerven zum Zerreißen angespannt. Es war ein wunderbares Stück, daher eben auch der dementsprechende Preis. Doch als sie sich nun ihren Kunden in seinem zerrissenen Hemd und den abgestoßenen Stiefeln von der Seite betrachtete, konnte sie nicht umhin, über sich selbst den Kopf zu schütteln. Wie war sie nur auf die Idee gekommen, Rafe

MacKade könnte an einem so eleganten, fein gearbeiteten, ausgesprochen feminin wirkenden Möbelstück interessiert sein?

»Äh, es ist Walnuss …«, begann sie zögernd und fuhr mit einer eiskalten Hand über die geschwungene Lehne. »Um 1850. Natürlich ist es in der Zwischenzeit neu bezogen und aufgepolstert worden, aber das Material ist originalgetreu. Die Verarbeitung ist erstklassig, und man sitzt erstaunlich gut darauf.«

Er murmelte etwas vor sich hin und kniete sich auf den Boden, um einen Blick auf die Unterseite der Couch zu werfen. »Ziemlich kostspieliges kleines Ding.«

»Es ist sein Geld auf jeden Fall wert.«

»Okay.«

Sie blinzelte. »Okay?«

»Ja. Wenn es mir gelingt, meinen Zeitplan einzuhalten, müsste der Salon am Wochenende eigentlich fertig werden. Am Montag kann das teure Stück dann geliefert werden, es sei denn, mir kommt noch etwas dazwischen. Dann lasse ich es dich natürlich wissen.« Er kniete noch immer auf dem Boden und sah jetzt zu ihr auf. »Ist dir das recht so?«

»Ja.« Sie bemerkte plötzlich, dass sie ihre Beine von den Knien abwärts gar nicht mehr spürte. »Natürlich.«

»Zahlbar bei Lieferung, okay? Ich habe nämlich mein Scheckbuch nicht dabei.«

»Ja, ja, das ist schon in Ordnung.«

»Und jetzt möchte ich den Pembroke-Tisch sehen.«

»Den Pembroke-Tisch, aha.« Sie fühlte sich noch immer leicht schwindlig vor Erleichterung. Unsicher blickte sie sich um. »Hier drüben.«

Als er aufstand, gelang es ihm nur mit Mühe, sich ein Grinsen zu verbeißen. »Was ist denn das da?«

Sie blieb stehen. »Der Tisch? Oh, das ist ein Ausstellungsstück. Satinholz und Mahagoni.«

»Er gefällt mir.«

»Er gefällt dir«, wiederholte sie.

»Er würde sich gut im Salon machen, was meinst du?«

»Ja, ich hatte ihn auch noch als eine Möglichkeit im Hinterkopf.«

»Schick ihn mir zusammen mit der Couch. Ist der Pembroke hier?«

Alles, was sie tun konnte, war, schwach zu nicken. Und als Rafe sie eine Stunde später verließ, nickte sie noch immer.

Rafe fuhr geradewegs zum Sheriffoffice. Er hatte zwar schon viel zu viel Zeit vertrödelt, aber er war fest entschlossen, die Stadt erst zu verlassen, wenn sich Joe Dolin hinter Schloss und Riegel befand.

Devin, die Füße auf dem Tisch, hatte es sich in seinem Schreibtischstuhl bequem gemacht, als Rafe das Büro betrat. Seine Uniform bestand aus einem Baumwollhemd, verwaschenen Jeans und Cowboystiefeln mit schief gelaufenen Absätzen. Das einzige Zugeständnis an seine Position war der Sheriffstern, der vorn auf seiner Hemdbrust prangte. Er las gerade in einer eselsohrigen Taschenbuchausgabe von ›Die Früchte des Zorns‹.

»Und du bist also für Recht und Ordnung in der Stadt zuständig.«

Devin blickte auf, knickte bedächtig die rechte obere Ecke der Seite, auf der er sich gerade befand, ein, klappte das Buch zu und legte es beiseite. »Zumindest haben sie mir das damals bei der Einstellung gesagt. Und auf dich wartet immer eine leere Zelle.«

»Wenn du Dolin dafür einbuchten würdest, wäre ich zu allem bereit.«

»Schon passiert. Er ist hinten.« Devin machte eine Kopfbewegung zum rückwärtigen Teil des Büros hin, wo die Gefängniszellen lagen.

Rafe nickte beifällig und schlenderte zur Kaffeemaschine. »Hat er Ärger gemacht?«

Devins Lippen kräuselten sich zu einem träge boshaften Lächeln. »Gerade so viel, dass ich meinen Spaß dabei hatte. Ich will auch eine Tasse.«

»Wie lange kannst du ihn drin behalten?«

»Das liegt nicht bei mir.« Devin streckte die Hand aus, um den Becher, den Rafe ihm hinhielt, entgegenzunehmen. Weil er von Anfang an darauf bestanden hatte, sich seinen Kaffee selbst zu kochen, war es die übliche MacKade-Brühe. Heiß, stark und schwarz wie die Nacht.

»Wir werden ihn nach Hagerstown verlegen«, fuhr Devin fort. »Er bekommt einen Pflichtverteidiger. Wenn Cassie keinen Rückzieher macht, kommt er mit Sicherheit vor Gericht.«

Rafe setzte sich auf eine Ecke des mit Aktenbergen beladenen Schreibtischs. »Glaubst du, sie zieht ihre Anzeige zurück?«

Devin kämpfte gegen ein aufflammendes Unbehagen an und zuckte die Schultern. »So weit wie jetzt ist sie noch nie gegangen. Und der Drecksack verprügelt sie seit Jahren. Wahrscheinlich hat er schon in der Hochzeitsnacht damit angefangen. Sie kann nicht mehr als hundert Pfund wiegen, hat Knochen wie ein Vogel.« In seinen normalerweise ruhigen Augen flammte Zorn auf. »Du müsstest mal die Würgemale am Hals sehen, die das Schwein ihr verpasst hat.«

»So schlimm?«

»Ich habe Fotos gemacht.« Devin fuhr sich mit der Hand übers Gesicht und nahm die Füße vom Schreibtisch. Das Gerangel mit Joe, die paar blauen Flecken, die er ihm verpasst hatte – selbstverständlich im Rahmen des Erlaubten –, und auch die Handschellen um seine Handgelenke hatten Devins Rachedurst nicht stillen können. »Du kannst dir nicht vorstellen, wie leid sie mir tat, wie sie da vor mir saß. Sie sah aus, als würde sie das alles vollkommen überfordern. Weiß der Himmel, wie ihr erst zumute sein wird, wenn sie die ganze dreckige Wäsche vor dem Richter ausbreiten muss.«

Abrupt stand er auf und trat ans Fenster. »Ich konnte nicht mehr tun, als ihr die Standardratschläge zu geben«, fuhr er fort. »Na, du weißt schon – rechtliche Sachen, Therapieangebote und Schutzmaßnahmen.« Er schluckte. »Und sie saß vor mir wie ein Häufchen Unglück und weinte still vor sich hin. Ich bin mir vorgekommen wie der letzte Bürokrat.«

Rafe starrte in seinen Kaffee und runzelte die Stirn. »Sag bloß, du empfindest noch immer was für sie, Dev?«

»Ach, das war damals auf der Highschool.« Mit einiger Anstrengung öffnete er seine Faust und wandte sich Rafe wieder zu.

Man hätte tatsächlich meinen können, sie seien Zwillinge, so ähnlich sahen sich die beiden Brüder. Vor allem hatten sie den gleichen wilden, ungebärdigen Blick, nur dass Devins Augen eher moos- als jadegrün waren, und seine Narben trug er nicht auf dem Gesicht, sondern in seinem Herzen.

»Aber natürlich mache ich mir Sorgen um sie«, sagte Devin, nun wieder ruhiger geworden. »Herrgott noch mal, Rafe, schließlich kenne ich sie mein Leben lang. Und ich fand es schon immer schrecklich zu wissen, was er ihr antat, ohne dass ich die Möglichkeit hatte, einzuschreiten. Jedes Mal, wenn ich zu ihr nach Hause gerufen wurde, hatte sie riesige Blutergüsse, und jedes Mal erklärte sie, es sei nur ein Unfall gewesen.«

»Diesmal nicht.«

»Nein, diesmal nicht. Ich habe ihr meinen Deputy zur Begleitung mitgegeben, er fährt sie zu ihren Kindern.«

»Du weißt, dass sie die nächste Zeit bei Regan Bishop wohnen wird?«

»Ja, sie hat es mir erzählt.« Er schüttete seinen Kaffee hinunter und ging zur Kaffeemaschine, um sich noch eine Tasse einzugießen. »Nun, immerhin hat sie den ersten Schritt gemacht. Es war wahrscheinlich der schwerste.« Weil es nichts mehr gab, was er noch hätte für sie tun können, bemühte er sich nun, seine Aufmerksamkeit anderen Dingen zuzuwenden. »Da wir schon von Regan Bishop sprechen ... Mir ist zu Ohren gekommen, dass du hinter ihr her bist. Ist da was dran?«

»Gibt es vielleicht ein Gesetz, das das verbietet?«

»Und selbst wenn es eins gäbe, würde dich das vermutlich nicht abhalten.« Devin ging zum Schreibtisch seines Deputys und durchforstete die Schubladen. Er konfiszierte zwei Schokoladenriegel, von denen er einen Rafe zuwarf. »Sie ist nicht der Typ, den du normalerweise bevorzugst.«

»Mein Geschmack ist besser geworden.«

»Wurde auch langsam mal Zeit.« Devin biss von dem Riegel ein Stückchen ab. »Ist es was Ernsthaftes?«

»Eine Frau ins Bett zu kriegen ist immer ernsthaft, Bruderherz.«

Kauend murmelte Devin etwas, das nach Zustimmung klang. »Und sonst ist nichts dahinter?«

»Ich weiß noch nicht genau. Aber ich habe so das Gefühl, dass es zumindest verdammt gut anfängt.« Er schaute auf und grinste, als Regan das Büro betrat.

Sie blieb fast ruckartig stehen, so wie es wahrscheinlich jede Frau getan hätte, die sich unversehens zwei blendend aussehenden Männern gegenübersieht. »Tut mir leid. Ich wollte nicht stören.«

»Aber nein, Ma'am.« Devin entfaltete seinen ruhigen Countrycharme mit voller Wucht und stand auf. »Es ist mir immer ein Vergnügen, Sie zu sehen.«

Rafe legte den Kopf leicht schräg und grinste sie an. »Die gehört mir, Devin«, sagte er nur in milde warnendem Tonfall.

»Wie bitte?« Regan trat verblüfft einen Schritt zurück und machte ein Gesicht, als wollte sie ihren Ohren nicht trauen. »Ich bitte vielmals um Verzeihung, aber sagtest du gerade ›Die gehört mir‹?«

»Ganz recht.« Rafe biss genüsslich in seinen Schokoriegel und hielt ihr das, was noch davon übrig war, hin. Als sie seine Hand beiseite stieß, zuckte er nur die Schultern und aß den Rest selbst.

»Das ist ja nicht zu fassen – da sitzt ein erwachsener Mann vor mir, futtert Süßigkeiten und sagt ganz einfach ›Die gehört mir‹ über mich, so als wäre ich die letzte Packung Eiscreme in der Gefriertruhe.«

»Ich habe es schon früh gelernt, meine Ansprüche geltend zu machen.« Wie um es zu beweisen, packte er sie an den Ellbogen, hob sie auf die Zehenspitzen und küsste sie lang und hart auf den Mund. »So, das war's«, sagte er, nachdem er sie wieder losgelassen hatte. »Bis dann, Dev.«

»Ja, bis dann.« Zu weise, um laut herauszulachen, räusperte sich Devin bedächtig. Die Sekunden zerrannen, und Regan starrte noch immer auf die Tür, die Rafe hinter sich zugeknallt hatte. »Möchten Sie, dass ich ihm nachgehe und ihn ins Kittchen werfe?«

»Wenn Sie dort eine Windelhose für ihn haben.«

»Bedauerlicherweise nicht. Aber ich habe ihm einmal einen Finger gebrochen, als wir noch Kinder waren. Ich könnte es noch mal versuchen.«

»Ach, machen Sie sich keine Gedanken.« Sie würde Rafe später schon die Leviten lesen. »Eigentlich bin ich hergekommen, um zu sehen, ob Sie Joe Dolin inzwischen schon festgenommen haben.«

»Rafe war auch deswegen hier.«

»Das hätte ich mir denken können.«

»Möchten Sie vielleicht eine Tasse Kaffee, Regan?«

»Nein danke, ich muss gleich wieder weiter. Ich wollte nur wissen, ob ich irgendwelche Vorsichtsmaßnahmen wegen Joe treffen muss. Weil doch Cassie und die Kinder für einige Zeit bei mir wohnen werden.«

Ruhig musterte er sie. Er kannte sie nun seit drei Jahren, allerdings nur flüchtig. Ab und zu waren sie sich bei Ed oder auf der Straße begegnet und hatten ein paar Worte gewechselt. Dass sie schön war, war ihm natürlich nicht entgangen. Doch nun erkannte er, was es war, das seinen Bruder an ihr anzog. Ihr Geist, ihr Humor und ihr Mitgefühl. Er fragte sich, ob Rafe klar war, dass diese Kombination eine neue Qualität in sein Leben bringen könnte.

»Warum setzen Sie sich nicht wenigstens für einen kleinen Moment?«, fragte er. »Wir können die Dinge in Ruhe durchgehen.«

5. Kapitel

Am Montagmorgen war Regan schon früh auf den Beinen. In ein paar Stunden würden die ersten Möbelstücke in das Haus auf dem Hügel geliefert werden. Mit dem Geld, das sie an ihnen verdient hatte, würde sie gleich heute Nachmittag auf einer Auktion in Pennsylvania ihren Warenbestand wieder aufstocken.

Heute konnte sie es sich durchaus leisten, das Geschäft einmal nicht zu öffnen.

Sie stellte die Kaffeemaschine an und legte zwei Scheiben Weißbrot in den Toaster. Als sie sich umdrehte, fiel sie fast über Connor, der hinter ihr stand.

»Oh Gott, Connor.« Lachend drückte sie den Jungen an ihr laut klopfendes Herz. »Hast du mich aber erschreckt.«

»Entschuldigung.« Der Junge war dünn und blass und hatte große, wie von dunklem Nebel verhangene Augen. Genau wie seine Mutter, dachte Regan, während sie ihn anlächelte.

»Macht doch nichts. Ich habe gar nicht gehört, dass du schon aufgestanden bist. Es ist doch noch so früh, auch wenn es ein Schultag ist. Willst du schon frühstücken?«

»Nein danke.«

Sie hielt einen Seufzer zurück. Ein achtjähriges Kind sollte wirklich nicht so ausgesucht höflich sein. Sie hob eine Braue und nahm das Müsli, von dem sie wusste, dass er es besonders gern aß, aus dem Schrank. Sie hielt die Packung hoch und schüttelte sie. »Was ist, willst du nicht einen Teller mit mir zusammen essen?«

Nun zeigte er ein scheues Lächeln, das ihr fast das Herz brach. »Wenn du jetzt schon was isst.«

»Nimm doch bitte die Milch aus dem Kühlschrank und stell sie schon mal auf den Tisch, ja?« Weil es sie schmerzte zu sehen, wie vorsichtig und bedächtig er diese einfache Pflicht übernahm, versuchte sie ihre Stimme besonders munter klingen zu lassen. »Ich habe vorhin im Radio gehört, dass es wieder schneien wird. Ganz viel wahrscheinlich.«

Sie nahm Teller und Löffel aus dem Küchenschrank, ging ins Wohnzimmer und stellte alles auf den Tisch. Als sie die Hand hob, um Connor über sein vom Schlaf noch verstrubbeltes Haar zu streichen, zuckte er zusammen. Während sie innerlich über Joe Dolin fluchte, lächelte sie den Jungen an. »Ich wette, morgen habt ihr schulfrei wegen des Schnees.«

»Ich gehe gern in die Schule«, gab er zurück und kaute auf seiner Unterlippe herum.

»Ich bin auch gern zur Schule gegangen.« Mit aufgesetzter Fröhlichkeit eilte sie wieder in die Küche, um ihren Kaffee zu holen. »Was ist denn dein Lieblingsfach?«

»Englisch. Ich schreib unheimlich gern Aufsätze.«

»Wirklich? Worüber denn?«

»Geschichten.« Er ließ die Schultern hängen und sah zu Boden. »Einfach irgendwie so blödes Zeug.«

»Ich bin sicher, dass das kein blödes Zeug ist, was du da schreibst.« Sie konnte nur hoffen, dass sie sich nicht zu weit vorwagte, aber ihr Herz führte ihr die Hand, als sie sie Connor unters Kinn legte und seinen Kopf hob, sodass er ihr ins Gesicht sehen musste. »Ich weiß, wie stolz deine Mutter auf dich ist. Sie hat mir erzählt, dass du den ersten Preis gewonnen hast für eine Geschichte, die du geschrieben hast.«

»Ja?« Man sah ihm an, wie hin- und hergerissen er war zwischen dem Wunsch, sie anzulächeln, und dem Bedürfnis, seinen Kopf wieder hängen zu lassen. Aber das ging nicht, denn Regans Hand lag noch immer unter seinem Kinn. Plötzlich schossen ihm die Tränen in die Augen. »Sie hat so schrecklich geweint letzte Nacht. Ich wusste nicht, was ich tun sollte.«

»Ich weiß, mein Kleiner.«

»Er hat sie schon immer gehauen. Ich weiß es, weil ich gehört hab, wie sie geweint hat. Aber wie konnte ich ihr denn helfen, wo mein Daddy doch so stark ist?«

»Du sollst dir wirklich keine Vorwürfe machen, Connor.« Sie ließ ihren Gefühlen freien Lauf, zog ihn auf ihren Schoß und legte die Arme fest um ihn. »Es gab nichts, was du hättest tun können. Aber jetzt seid ihr alle drei in Sicherheit.«

»Ich hasse ihn.«

»Sssch…« Entsetzt darüber, mit welch explosionsartiger Wucht diese drei Worte aus ihm hervorbrachen, presste sie ihre Lippen auf sein Haar und wiegte ihn in ihren Armen.

Regan erreichte das Barlow-Haus kurz vor dem Transportunternehmen, das sie angeheuert hatte. Das emsige Hämmern, Bohren und Klopfen, das ihr entgegenschlug, als sie die Haustür öffnete, hob ihre Laune.

Der Flur war mit Plastikplanen ausgelegt, überall standen Farbeimer und Werkzeug herum, aber die Spinnweben waren ebenso verschwunden wie der muffige Geruch, der über dem gesamten Haus gelegen hatte. Alles roch frisch und sauber.

Vielleicht hatte ja schon eine Art Geisteraustreibung stattgefunden. Amüsiert von diesem Gedanken ging sie zur Treppe und schaute nach oben. Ob sie es überprüfen sollte?

Mutig nahm sie den ersten Treppenabsatz, doch noch bevor sie ganz oben angelangt war, schlug ihr wieder dieser eisige Lufthauch ins Gesicht. Ruckartig blieb sie stehen, eine Hand umklammerte das Geländer, die andere presste sich auf ihren Magen, während sie gegen die Eiseskälte anzukämpfen versuchte, die ihr die Luft zum Atmen nahm.

»Du scheinst gute Nerven zu haben.«

Mit schreckgeweiteten Augen wandte sie sich zu Rafe um. »Ich habe gedacht, ich hätte mir das vielleicht nur eingebildet, aber jetzt hab ich es wieder gespürt. Wie schaffen es die Arbeiter, hier hochzugehen, ohne …«

»Nicht jeder merkt es. Und manche beißen eben die Zähne zusammen und denken nur an ihren Gehaltsscheck.« Er kam die Treppen nach oben und nahm ihre Hand. »Und du?«

»Wenn ich es nicht selbst gespürt hätte, würde ich es niemals glauben.« Ohne Protest ließ sie sich von ihm nach unten führen. »Immerhin wird diese merkwürdige Sache unter deinen zukünftigen Gästen für nie versiegenden Gesprächsstoff sorgen.«

»Na, hoffentlich, Darling. Damit rechne ich fest. Komm, gib mir deinen Mantel. Wir haben die Heizung für diesen Teil des Hauses bereits heute fertig gemacht. Sie läuft schon.« Er streifte ihr den Mantel von den Schultern. »Sie läuft zwar nur auf kleiner Flamme, aber man kann es aushalten.«

Sie war erfreut, dass es wenigstens so warm war, dass sie nicht wie die Male vorher vor Kälte zu bibbern brauchte. »Ich brenne vor Neugier, erzähl schon, was hat sich oben getan?«

»Oh, dies und das. Ich will auch noch ein zweites Bad einbauen lassen. Könntest du vielleicht versuchen, irgendwo so eine Klauenfuß-Badewanne aufzutreiben? Und ein Waschbecken mit Sockel? Schlimmstenfalls würden es auch gute Imitate tun, wenn sich keine Originale finden lassen.«

»Gib mir ein paar Tage Zeit, ja?« Sie rieb ihre Hände aneinander, allerdings nicht wegen der Kälte, sondern weil sie nervös war. »Zeigst du mir freiwillig, was du die Woche über geschafft hast, oder muss ich dich erst darum bitten?«

»Ich zeige es dir ganz freiwillig.« Er hatte schon die ganze Zeit auf sie gewartet und alle paar Minuten nach ihr Ausschau gehalten. Und nun, da sie endlich da war, war er ganz gegen seine sonstige Gewohnheit angespannt. Die vergangene Woche über hatte er geschuftet wie ein Ackergaul, zwölf bis vierzehn Stunden pro Tag, nur um diesen einen Raum endlich fertig zu kriegen.

»Ich finde, die Farbe kommt wirklich gut.« Er steckte die Hände in die Hosentaschen und ging ihr voran in den Salon. »Ein hübscher Kontrast zum Fußboden und der Einrichtung, denke ich. Mit den Fenstern gab's ein paar Probleme, aber sie sind gelöst.«

Als sie schließlich auf der Schwelle zum Salon stand, verschlug es ihr für einen Moment die Sprache. Dann ging sie ganz langsam, den Widerhall ihrer Schritte auf dem spiegelblank gewienerten Parkett in den Ohren, in den Raum hinein.

Durch die hohen Fenster mit den eleganten Rundbogen fielen sattgoldene Sonnenstrahlen herein, die bis in die hintersten Winkel drangen. Die Wände waren in einem dunklen, warmen Blau gehalten, das sich wunderbar von der reichlich mit Stuck verzierten elfenbeinfarbenen Decke abhob.

Die Nische am Fenster hatte Rafe in einen Alkoven verwandelt, der einen ganz eigenen Charme ausstrahlte, und der Marmorsims am Kamin war so blank poliert, dass man sich darin spiegeln konnte.

»Jetzt fehlen nur noch die Möbel, Vorhänge und dieser Spiegel, den du ausgesucht hast.« Er wünschte, sie würde endlich etwas sagen. Egal was, einfach irgendetwas. Missmutig schob er die Hände tiefer in seine Hosentaschen. »Also, wo ist das Problem? Habe ich irgendein wichtiges authentisches Detail vergessen?«

»Oh nein, es ist einfach wundervoll.« Begeistert fuhr sie mit dem Finger über die glänzende Fenstereinfassung. »Absolut perfekt. Ich habe niemals geglaubt, dass du es so gut hinbekommen würdest.« Mit einem kleinen Auflachen sah sie sich nach ihm um. »Das sollte keine Beleidigung sein.«

»So habe ich es auch nicht aufgefasst, keine Sorge, Regan. Ich bin über mich selbst erstaunt, dass es mir so viel Spaß macht, dieses alte Gemäuer wieder richtig herzurichten.«

»Es ist viel mehr als das. Du hast das Haus zu neuem Leben erweckt. Du kannst sehr stolz sein auf dich.«

Das war er auch. Aber dennoch war ihm ihr Lob irgendwie peinlich. »Ach, es ist einfach ein Job. Man braucht einen Hammer, Nägel und ein gutes Auge, das ist alles.«

Sie legte den Kopf schräg, und er beobachtete, wie sich die Sonnenstrahlen in ihrem Haar verfingen und es golden aufschimmern ließen. Sein Mund wurde trocken.

»Du bist wirklich der letzte Mann, von dem ich Bescheidenheit erwartet hätte. Wie kommt es zu dieser überraschenden Wandlung deiner Persönlichkeit?«

»Ach, das meiste ist doch nur Kosmetik«, brummte er und ließ offen, ob sich seine Bemerkung auf den Salon oder seine Persönlichkeit bezog.

»Irgendwas hast du gemacht«, murmelte sie, drehte sich im Kreis und schaute sich um. »Du hast wirklich irgendetwas gemacht.«

Noch bevor er ihr antworten konnte, war sie auf die Knie gesunken und fuhr mit der Handfläche über den Fußboden.

»Er ist spiegelblank wie Glas.« Sie konnte gar nicht mehr damit aufhören, die Schönheit des Parketts zu rühmen, und als er ihr nicht antwortete, richtete sie sich halb auf, hockte sich auf ihre Fersen, legte den Kopf schief und sah zu ihm hoch. Ihr Lächeln verblasste, als er sie weiterhin nur anstarrte. »Was ist denn los? Stimmt irgendetwas nicht?«

»Steh auf.«

Seine Stimme klang rau. Während sie sich langsam erhob, trat er einen Schritt zurück. Keinesfalls durfte er sie jetzt berühren. Er wusste, dass er, würde er erst einmal damit anfangen, sich nicht mehr würde bremsen können. »Du passt genau in diesen Raum hier hinein. Du solltest dich nur mal selbst sehen. Du bist genauso exquisit wie er. Ich begehre dich so sehr, dass ich nichts anderes sehen kann als dich.«

Ihr Herz kam ins Stolpern. »Du bringst mich schon wieder zum Stottern, Rafe.« Es bedurfte einer ganz bewussten Anstrengung, um Atem zu schöpfen.

»Wie lange willst du mich eigentlich noch warten lassen?«, verlangte er zu wissen. »Wir sind keine Kinder mehr. Wir wissen, was wir fühlen und was wir wollen.«

»Das ist genau der Punkt. Wir sind keine Kinder mehr, sondern erwachsen genug, um sensibel zu sein.«

»Sensibilität ist was für alte Damen. Sex hat vielleicht was mit Verantwortung zu tun, aber bestimmt nichts mit Sensibilität.«

Die Vorstellung, mit ihm nur einfach wilden, intensiven Sex zu haben, raubte ihr fast den Verstand. »Ich weiß einfach nicht, wie ich mit dir umgehen soll. Ebenso wenig wie mit den Gefühlen, die ich für dich empfinde. Normalerweise habe ich die Dinge im Griff, aber dies hier ... Ich denke, wir müssen darüber reden.«

»Ich denke, du musst darüber reden. Ich nicht. Ich sage einfach nur, was ich zu sagen habe.« Plötzlich fühlte er eine ungeheure Frustration in sich aufsteigen, und grundlos verärgert angesichts seiner eigenen Hilflosigkeit ihr gegenüber wandte er sich ab, um zum Fenster hinauszuschauen. »Deine Möbelpacker sind da. Ich geh nach oben, ich habe zu arbeiten. Stell das Zeug hin, wo immer du möchtest.«

»Rafe ...«

Er fiel ihr in den Arm, als sie Anstalten machte, ihn zu berühren. »Im Moment solltest du mich vielleicht besser nicht anfassen.« Seine Stimme klang ruhig und sehr kontrolliert. »Es wäre ein Fehler.«

»Du bist unfair.«

»Wie zum Teufel kommst du eigentlich darauf, dass ich fair sein sollte?« Er kniff die Augen zusammen. »Frag jeden, der mich kennt. Dein Scheck liegt auf dem Kaminsims.« Damit wandte er sich endgültig von ihr ab und ging hinaus.

Wut kochte in ihr hoch. Oh nein, so ließ sie sich nicht von ihm behandeln. Entschlossen lief sie ihm aus dem Zimmer nach und holte ihn in der Halle, kurz vor der Treppe, ein. »MacKade.«

Er blieb am Absatz stehen und drehte sich langsam und widerwillig um. »Was ist?«

»Es interessiert mich nicht, was andere Leute über dich sagen oder denken. Wenn das nämlich der Fall wäre, hätte ich mit Sicherheit versucht, dich mir vom Hals zu halten.« Sie blickte nach oben, als sie bemerkte, dass ein Arbeiter neugierig seinen Kopf durch die Sprossen des Treppengeländers steckte und interessiert zuhörte. »Verschwinden Sie«, fuhr sie ihn an und sah, wie sich Rafes Lippen zu einem widerwilligen Lächeln verzogen. »Ich mache mir ein eigenes Bild von den Menschen, mit denen ich es zu tun habe. Allerdings nehme ich mir dafür auch genau die Zeit, die ich brauche.« Sie ging zur Tür, um den Möbelpackern zu öffnen. »Da kannst du jeden fragen.«

Als sie sich über die Schulter nach ihm umsah, war er verschwunden. Der Boden hatte ihn verschluckt, als sei er sein eigener Geist.

Vergiss es, dachte Rafe. Es war bereits später Abend, doch er war noch immer bei der Arbeit. Er war sich nicht ganz sicher, weshalb er heute Morgen in dieser Weise reagiert hatte. Es war noch niemals seine Art gewesen, an eine Frau Forderungen zu stellen. Ebenso wenig wie er sich normalerweise seine Verärgerung und Enttäuschung anmerken lassen würde. Allerdings hatte er das bisher auch noch niemals nötig gehabt. Aber vielleicht, überlegte er, während er sorgfältig Mörtel in eine Fuge strich, war ja das das Problem.

Er hatte bisher jede Frau bekommen, die er wollte.

Er liebte Frauen. Das war schon immer so gewesen. Er mochte die Art, wie sie aussahen, sprachen, dachten. Und dufteten. Frauen stellten für ihn eine Bereicherung des Lebens dar. Weil sie so anders waren als er.

Frauen waren wichtig. Er liebte es, sich mit ihnen zu unterhalten, er mochte die Partnerschaft, die sie anboten, nahm gern die Wärme an, die sie ausstrahlten. Und den Sex natürlich, gab er nach einiger Überlegung mit einem kleinen Lächeln zu, den genoss er selbstverständlich auch. Himmel, schließlich war er auch nur ein Mensch.

Aber Häuser waren auch wichtig. Es befriedigte ihn, ein Haus zu renovieren oder zu restaurieren. Je mehr Arbeit man hineinstecken musste, umso erfüllter fühlte man sich, wenn man damit fertig war. Und das Geld, das dabei heraussprang, war auch nicht zu verachten. Von irgendwas musste man ja schließlich leben.

Allerdings war ihm bisher kein Haus untergekommen, das ihm so wichtig gewesen wäre wie dieses hier. Und keine Frau, die ihm so viel bedeutet hätte wie Regan. Das Haus und sie.

Wahrscheinlich würde sie ihn zu Hackfleisch verarbeiten, wenn sie wüsste, dass er sie mit einem Haus mit Balken und Backsteinen verglich. Er bezweifelte, dass sie verstehen würde, was es für ihn bedeutete, dass er sich das erste Mal in seinem Leben ganz und gar auf eine einzige Sache und auf einen einzigen Menschen konzentrierte.

Das Haus hatte ihn schon sein ganzes Leben lang irgendwie beschäftigt, Regan kannte er erst seit einem Monat. Nun spukten sie beide in seinem Kopf herum: das Haus und die Frau. Mit seiner Behauptung, dass er nichts anderes mehr sah als sie, hatte er nicht übertrieben. Sie ließ ihn nicht mehr los, sie war in ihm wie die rastlosen Gespenster hier in diesem Haus.

Allein ihr bloßer Anblick heute Morgen hatte seine Hormone in Aufruhr versetzt. Und dann hatte er alles verpfuscht. Nun, irgendwie würde er die Angelegenheit bestimmt wieder ins Reine bringen können. Was ihn an der Sache so verdammt verwirrte, war, dass ihm das erste Mal in seinem Leben bei seinen Überlegungen Gefühle in die Quere gekommen waren, die er nicht mehr hatte steuern können.

Halt dich zurück, MacKade, befahl er sich selbst, während er einen neuen Eimer mit Mörtel anrührte. Sie braucht Zeit, also gib ihr welche. Und es war doch schließlich nicht so, dass er keine Zeit hätte. Es konnte schon sein, dass sie etwas Besonderes war, und auch, dass sie ihn vielleicht mehr faszinierte, als er sich einzugestehen wagte. Aber sie war dennoch nur eine Frau. Was bedeutete, dass er die Sache bald schon wieder in den Griff bekommen würde.

Plötzlich ertönte ein Wimmern, und er verspürte einen eisigen Lufthauch. Er zögerte nur einen winzigen Moment lang, bevor er seine Kelle in den Mörtel tauchte.

»Schon gut«, brummte er vor sich hin. »Ich weiß ja, dass ihr da seid. Ihr müsst euch einfach an meine Gesellschaft gewöhnen, denn ich habe nicht die Absicht, wieder von hier zu verschwinden.«

Eine Tür schlug mit dumpfem Knall zu. Die endlosen kleinen Dramen amüsierten ihn mittlerweile. Er hörte das Hallen von Schritten, irgendetwas quietschte, dann vernahm er ein Flüstern, wenig später ein Wimmern. Ihm erschien es, als würde er inzwischen schon dazugehören. Er betrachtete sich als eine Art Hausmeister, der alles in Ordnung brachte und dafür sorgte, dass die, die von dem Haus nicht loskamen, in ihm leben konnten.

Er vernahm das Geräusch von Schritten draußen auf dem Gang. Zu seiner Überraschung hielten sie direkt vor der Tür inne. Dann wurde die Klinke heruntergedrückt. In diesem Moment verlosch die Arbeitslampe hinter ihm und tauchte den Raum in tiefe Finsternis.

Es ließ sich nicht leugnen, dass sein Herz plötzlich schneller schlug. Um diesen kleinen Ausrutscher zu übertünchen, begann er laut zu fluchen und rieb sich seine Handflächen, die feucht geworden waren, an seinen Jeans trocken. Dann tastete er sich vorsichtig in Richtung Tür. Im selben Moment, in dem er sie erreicht hatte, flog sie auf und knallte ihm direkt ins Gesicht.

Jetzt murmelte er seine Flüche nicht mehr, sondern brüllte sie lauthals heraus. Sterne explodierten vor seinen Augen, und er spürte etwas Warmes, das ihm aus der Nase tropfte. Blut.

Als ein heiserer Schrei ertönte, während gespenstische Schatten den Flur hinunterhasteten, zögerte er keine Sekunde. Er schoss vorwärts und stürzte sich auf sein Opfer. Egal, ob Geist oder nicht, wer auch immer es gewesen war, der ihm eine blutige Nase verpasst hatte, er würde dafür bezahlen müssen.

Es dauerte einige Sekunden, bis ihm klar wurde, dass das, was sich da in seinen Armen wand, kein Gespenst war, sondern ein warmer menschlicher Körper. Und wenig später gelang es ihm, den Duft, den dieser Körper ausströmte, zu identifizieren.

Diese Frau lässt dich tatsächlich nicht mehr los, dachte er erbittert.

»Was zum Teufel machst du denn hier?«

»Rafe?«, ächzte sie. »Oh mein Gott, du hast mich zu Tode erschreckt. Ich dachte … ach, ich weiß nicht. Ich hörte … Gott sei Dank, das bist nur du …«

»Oder besser gesagt das, was du von mir übrig gelassen hast.« Im Dämmerlicht sah er ihr Gesicht, das weiß war wie ein Leintuch, und ihre vor Schreck weit aufgerissenen Augen. »Was machst du überhaupt hier?«

»Ich war heute Nachmittag auf einer Auktion und habe ein paar Sachen mitgebracht – oh Gott, du blutest ja!«

»Halb so schlimm.« Mit einem verärgerten Blick wischte er sich das Blut ab, das noch immer aus seiner Nase tropfte. »Ich glaube nicht, dass du es geschafft hast, mir meine Nase zu brechen. Das wäre dann immerhin das zweite Mal in meinem Leben.«

»Ich …« Sie legte eine Hand auf ihr Herz, weil sie das Gefühl hatte, es könnte jeden Augenblick zerspringen. »Habe ich dich mit der Tür erwischt? Es tut mir wirklich leid. Hier.« Sie suchte in den Taschen ihrer Kostümjacke und förderte ein Taschentuch zutage. »Es tut mir wirklich leid«, wiederholte sie und wischte ihm das Blut aus dem Gesicht. »Es war doch nur …« Sie schüttelte den Kopf, und plötzlich erschien ihr die ganze Situation mehr als komisch, und sie überkam das unwiderstehliche Bedürfnis, laut herauszulachen. Das wollte sie ihm jedoch nicht antun, deshalb versuchte sie, den ersten Lacher mit einem Schluckauf zu kaschieren. »Es war doch nur, weil mir nicht klar war …« Nun konnte sie nicht mehr an sich halten und platzte los.

»Du hast ja einen richtigen Lachanfall.«

»Tut mir leid. Ich … kann … einfach … nicht aufhören«, prustete sie. »Ich dachte … Ich weiß gar nicht, was ich dachte.« Sie hielt inne und wischte sich die Lachtränen aus den Augenwinkeln. »Ich hörte sie – oder es – was auch immer –, deshalb bin ich schnell raufgelaufen, um zu sehen, was es war. Und dann kamst du plötzlich aus der Tür rausgeschossen.«

»Du hast Glück gehabt, dass ich dich nicht niedergeschlagen habe.«

»Ich weiß, ich weiß.«

Er verengte die Augen, während er sie betrachtete. »Das könnte ich ja immer noch tun.«

»Oh nein, lieber nicht.« Noch immer glucksend, wischte sie sich wieder über die Augen, »Wir sollten lieber mal deine Nase verarzten. Ein bisschen Eis würde ihr bestimmt guttun.«

»Darum kann ich mich selbst kümmern«, wehrte er brüsk ab.

»Hab ich dich sehr erschreckt?« Sie bemühte sich, ihre Stimme mitfühlend klingen zu lassen, während sie hinter ihm die Treppen nach unten ging.

»Na ja.«

»Aber … aber hast du es auch gehört?« Sie kreuzte die Arme vor der Brust, als sie an den Punkt der Treppe gelangte, an dem sie, wie sie inzwischen schon wusste, unweigerlich der eisige Luftzug wieder erfassen würde.

»Ja, sicher habe ich es gehört. Man hört es jede Nacht. Und ab und zu auch tagsüber.«

»Und … und es macht dir gar nichts aus?«

Ihre Frage gab seinem Ego mächtig Auftrieb. »Warum sollte es? Es ist doch auch ihr Haus.«

»Ich verstehe.« Sie waren in dem Raum angelangt, der eines Tages die Küche werden sollte. Es gab einen kleinen, verbeulten Kühlschrank, den Rafe sich gleich zu Anfang mitgebracht hatte, in einer Ecke stand ein verrosteter Herd, und eine alte Tür, die auf zwei Sägeböcken lag, diente als Tisch. Rafe ging zum Wasserhahn und hielt seinen Kopf unter das eiskalte Wasser.

»Es tut mir wirklich schrecklich leid, Rafe. Tut es sehr weh?«

»Ja.« Er schnappte sich ein durchgescheuertes Handtuch, das am Fenstergriff hing, und trocknete sich rasch das Gesicht damit ab. Ohne ein weiteres Wort schlenderte er dann zum Kühlschrank und holte sich ein Bier heraus.

»Es hat aufgehört zu bluten.«

Mit einem herumliegenden Schraubenzieher hebelte er den Kronkorken der Flasche ab, feuerte ihn in eine Ecke und kippte dann in einem Zug mehr als ein Drittel des Bieres hinunter.

»Ich habe dein Auto gar nicht vor dem Haus stehen sehen. Nur deshalb war ich doch der Meinung, allein im Haus zu sein«, bemühte sich Regan, ein Gespräch in Gang zu bringen.

»Devin hat mich abgesetzt und holt mich morgen ab. Ich habe vor, die Nacht hier zu verbringen, weil ich noch bis spät arbeiten will. Und wir werden wohl in einigen Stunden einen Schneesturm bekommen. Zumindest laut Wettervorhersage.«

»Aha. Das erklärt alles.«

»Willst du auch ein Bier?«

»Nein danke. Ich trinke kein Bier.« Sie schwieg einen Moment, dann räusperte sie sich. »Also … ich denke, dann fahre ich wohl besser zurück. Es fängt schon leicht an zu schneien.« Sie fühlte sich unbehaglich und wusste nicht, was sie tun oder sagen sollte. »Ach, fast hätte ich es vergessen – draußen im Flur stehen ja noch die Kerzenständer und ein paar wirklich schöne Schürhaken, die ich heute gekauft habe. Ich bring sie rasch in den Salon. Mal sehen, wie sie sich machen.«

Er setzte die Flasche wieder an die Lippen, während er sie unausgesetzt beobachtete. »Und? Wie sind sie?«

»Ich weiß noch nicht. Ich hatte gerade alles im Flur abgesetzt, als … als die … äh … Spätvorstellung begann.«

»Und dann hast du beschlossen, alles stehen und liegen zu lassen und auf Gespensterjagd zu gehen.«

»Kann man so sagen. Aber jetzt will ich die Sachen schnell noch auspacken, bevor ich mich wieder auf den Weg mache.«

Rafe nahm sich ein neues Bier und ging mit ihr zusammen hinaus. »Ich hoffe, du hast dich seit heute Morgen etwas abgekühlt.«

»Etwas, aber noch nicht ganz.« Sie warf ihm von der Seite einen kurzen Blick zu. »Immerhin war es mir eine Genugtuung, dir eine blutige Nase zu verpassen, auch wenn es unabsichtlich geschehen ist. Du hast dich nämlich wirklich wie der letzte Blödmann benommen.«

Mit zusammengekniffenen Augen beobachtete er, wie sie energisch, um ihre Worte zu unterstreichen, die Kartons zusammenraffte, sie sich eilig unter den Arm klemmte und damit durch die Halle segelte. Gemächlich schlenderte er hinter ihr her. »Danke gleichfalls. Manche Frauen wissen im Gegensatz zu dir Aufrichtigkeit durchaus zu schätzen.«

»Manche Frauen mögen auch Blödmänner.« Im Salon stellte sie die Kartons auf den Tisch, den sie von den Möbelpackern ans Fenster hatte stellen lassen. »Ich allerdings nicht. Ich mag Aufrichtigkeit, gute Manieren und Taktgefühl. An Letzterem mangelt es dir allerdings komplett.« Dann drehte sie sich um und grinste. »Aber ich denke, unter diesen Umständen könnten wir langsam einen Waffenstillstand schließen, was meinst du? Wer hat dir deine Nase schon mal gebrochen?«

»Jared. Als wir noch Kinder waren, haben wir immer im Heuschober miteinander gekämpft.«

»Hm …« Dass für die MacKade-Brüder blutige Nasen ein Beweis der Zuneigung waren, würde sie wohl niemals verstehen. »Und hier willst du also heute Nacht kampieren?« Sie deutete auf den Schlafsack, der vor dem Kamin ausgebreitet lag.

»Ja. Es ist noch immer der wärmste Raum im Haus. Und der sauberste. Was meinst du denn mit Waffenstillstand unter diesen Umständen?«

»Du darfst die Flasche nicht ohne Untersetzer auf dem Tisch abstellen. Das gibt hässliche Ränder. Antiquitäten darf man nicht behandeln wie …«

»Möbel?«, beendete er ihren Satz, aber er nahm dennoch den silbernen Untersetzer, den Regan mittlerweile aus ihrem Karton gekramt hatte und ihm nun hinhielt, legte ihn auf den Tisch und stellte die Flasche darauf. »Was für Umstände, Regan?« Er blieb hartnäckig.

»Zum einen meine ich damit unsere wohl noch einige Zeit andauernde Geschäftsverbindung.« Weil sie ihre Finger irgendwie beschäftigen musste, knöpfte sie ihren Mantel auf, während sie wieder an den großen Tisch am Fenster zurückging. »Wir versuchen beide, das Beste aus diesem Haus hier zu machen, da wäre es doch unklug, wenn wir uns über irgendwelche Merkwürdigkeiten in die Haare gerieten, oder meinst du nicht auch?« Sie holte zwei Schürhaken aus Messing sowie eine Kohlenschaufel aus dem Karton und hielt sie hoch. »Sind die nicht hübsch? Müssen nur mal wieder geputzt werden.«

»Hoffentlich lässt sie sich besser handhaben als die Kohlenschaufel, die ich bisher benutzt habe.« Er hakte seine Daumen in seine Hosentaschen und sah ihr nach, wie sie zum Kamin ging und das Kaminbesteck sorgsam in den dafür vorgesehenen Ständer stellte.

»Womit auch immer du das Feuer geschürt hast, jedenfalls brennt es optimal.« Hin- und hergerissen zwischen Mut und Verzweiflung, starrte sie in die Flammen. »Nur den richtigen Schirm habe ich noch nicht gefunden. Der hier passt meiner Meinung nach irgendwie nicht so ganz. Wahrscheinlich kann man ihn besser für eins der Zimmer oben nehmen. Wenn ich mich recht erinnere, wolltest du doch dort die Kamine auch alle wieder herrichten, oder irre ich mich?«

»Vielleicht.« Er kannte sie doch erst seit ein paar Wochen. Woher zum Teufel nahm er eigentlich die Gewissheit, dass all das, was sie im Moment von sich gab, nur dazu diente, die Tatsache zu verdecken, dass sie mit sich selbst im Widerstreit lag? Und doch wirkte sie entspannt, wie sie so dastand im flackernden Schein der Flammen, die im Kamin emporschlugen und Glanzlichter auf ihr Haar warfen. Vielleicht war es nur die Art, wie sie die Finger ineinander verschlang, oder deshalb, weil sie ihn nicht ansah, während sie redete. Wie auch immer, er war sich jedenfalls sicher, dass sie einen inneren Kampf mit sich ausfocht. »Warum bist du gekommen, Regan?«

»Das habe ich dir doch schon gesagt.« Sie wandte sich wieder dem Karton zu. »Ich habe noch ein paar andere Sachen von der Auktion mitgebracht, aber du bist hier noch nicht so weit. Doch das hier ...« Sie packte zwei schwere Kerzenleuchter aus Kristall aus. »Sie passen perfekt. Und für die Vase brauchst du unbedingt Blumen. Auch im Winter.«

Sie stellte je einen Leuchter zu beiden Seiten der Doulton-Vase, die sie ihm bereits verkauft hatte. »Tulpen würden sich am besten machen. Sieh zu, dass du welche bekommen kannst«, fuhr sie fort und packte die weißen Kerzen aus, die sie ebenfalls mitgebracht hatte. »Aber Chrysanthemen würden's auch tun. Oder Rosen natürlich.« Sie setzte ein Lächeln auf und drehte sich zu ihm um. »Na, wie findest du es?«

Wortlos nahm er eine Schachtel Streichhölzer vom Kaminsims und ging zum Tisch, um die Kerzen anzuzünden. Über den Schein hinweg sah er ihr in die Augen und hielt ihren Blick fest. »Nun, sie funktionieren.«

Regan schüttelte mit einem leichten Anflug von Verzweiflung den Kopf. »Also wirklich, Rafe. Nein, ich meinte das ganze Arrangement. Und das Zimmer überhaupt.« Sie nahm ihre eigenen Worte als guten Anlass, einige Entfernung zwischen sich und Rafe zu legen, ging hinüber zu der Couch und fuhr mit den Fingerspitzen über die Schnitzerei an der Lehne.

»Es ist alles perfekt. Etwas anderes habe ich allerdings von dir auch nicht erwartet.«

»Ich bin überhaupt nicht perfekt«, brach es plötzlich unerwartet aus ihr heraus. »Du machst mich ganz nervös mit diesem Gerede. Ich habe mich zwar immer darum bemüht, aber mittlerweile ist mir alles entglitten. In mir ist nur noch Chaos.« Unruhig fuhr sie sich mit den Fingern durchs Haar. »Das war vorher anders. Nein – bleib, wo du bist.« Sie trat schnell einen Schritt zurück, als er Anstalten machte, sich ihr zu nähern.

Man konnte ihr ansehen, wie unbehaglich ihr die ganze Situation war. »Ich habe mich heute Morgen wirklich sehr über dich geärgert, Rafe. Und mehr noch: Du hast mich erschreckt.«

Es fiel Rafe nicht leicht, seine Hände bei sich zu behalten. »Warum denn?«

»Ich weiß nicht. So etwas ist mir einfach noch nie passiert. Ich bin noch keinem Mann begegnet, der mich so sehr begehrt hat.« Sie hielt inne und rieb sich mit den Händen ihre Oberarme, als sei ihr plötzlich kalt. »Du siehst mich dauernd so an, als wüsstest du schon ganz genau, wie es kommt mit uns beiden. Und ich habe keinerlei Kontrolle über das Ganze.«

»Wieso hast du keine Kontrolle? Die Entscheidung liegt doch allein bei dir.«

»Aber ich habe über meine Gefühle keine Kontrolle. Und darüber bist du dir durchaus im Klaren. Du weißt genau, wie man Menschen beeinflusst.«

»Wir reden nicht über Menschen.«

»Gut. Dann sage ich eben, du weißt genau, wie du mich beeinflussen kannst«, schleuderte sie ihm entgegen und ballte die Hände zu Fäusten, um ihre Fassung wiederzuerlangen. »Du weißt, dass ich dich begehre. Und warum sollte ich es auch nicht? Es ist genau so, wie du gesagt hast. Wir sind beide erwachsen, und wir wissen, was wir wollen. Je öfter ich dich abweise, desto idiotischer komme ich mir vor.«

Seine Augen lagen im Schatten, deshalb war es ihr nicht möglich, in ihnen zu lesen. »Was erwartest du von mir? Dass ich dir einfach nur ruhig zuhöre, während du diese Sachen sagst?«

»Alles, was ich möchte, ist eine vernünftige und rationale Entscheidung. Ich habe einfach keine Lust, mich von meinen Gefühlen überwältigen zu lassen.« Sie stieß laut vernehmbar den Atem aus. »Und wenn diese Entscheidung erst einmal gefallen ist, werde ich dir die Kleider vom Leib reißen, verlass dich drauf.«

Er konnte nicht anders, er musste laut auflachen. Und es war wahrscheinlich am besten so, denn sein Heiterkeitsausbruch entschärfte die Bombe, die in seinem Innern tickte. »Erwarte nicht von mir, dass ich dich davon abhalte.« Als er einen Schritt auf sie zukam, sprang sie federnd zurück. »Ich will doch nur an mein Bier«, brummte er, nahm die Flasche und hob sie an die Lippen. Er trank einen langen Schluck, der es aber auch nicht vermochte, das Feuer, das in ihm brannte, zu löschen. »Gut. Dann fangen wir eben noch mal von vorn an, Regan. Also, was haben wir? Zwei ungebundene, gesunde Erwachsene, die beide dasselbe wollen.«

»Die sich kaum kennen«, fügte sie hinzu. »Die so gut wie nichts miteinander verbindet. Und die vielleicht etwas mehr Feingefühl aufbringen sollten, als sich kopfüber in Sex zu stürzen, als handle es sich um einen Swimmingpool.«

»Ich habe mich noch nie damit aufgehalten, vorher erst die Wassertemperatur zu überprüfen; ich wüsste auch nicht, wozu.«

»Ich schon.« Alles, was sie tun konnte, um ihre Beherrschung zu wahren, war, wieder die Finger ineinander zu verhaken. »Für mich ist es wichtig zu wissen, worauf ich mich einlasse.«

»Bloß kein Risiko eingehen, was?«

»Nein.« Endlich, so schien es ihr, hatte der Verstand die Oberhand gewonnen. »Ich hatte heute während meiner Fahrt nach Pennsylvania eine Menge Zeit, um nachzudenken. Wir müssen innehalten und uns das Bild, das vor uns liegt, genau betrachten.« Das, was sie sagte, klang ruhig und vernünftig. Und warum konnte sie dann nicht aufhören, an ihrem Blazer herumzuzupfen und an ihren Ringen zu drehen?

»Es ist genau wie dieses Haus hier«, fuhr sie rasch fort in dem Bemühen, ihre eigenen Zweifel zu überdecken. »Das erste Zimmer ist fertig, und es ist wunderschön geworden. Wirklich wunderschön. Aber mit Sicherheit hättest du dieses Projekt niemals begonnen, ohne einen kompletten Plan von dem ganzen Haus im Kopf zu haben. Ich denke, mit Intimitäten muss man ebenso sorgsam umgehen wie mit der Renovierung eines Hauses.«

»Das leuchtet ein.«

»Gut.« Sie holte tief Luft und atmete gleich darauf hörbar aus. »Also, dann lass uns ein paar Schritte zurücktreten, damit wir einen klareren Blick bekommen.« Als sie nach ihrem Mantel griff, zitterte ihre Hand leicht. »Es ist der vernünftigste und verantwortungsvollste Weg, an die Dinge heranzugehen.«

»Stimmt.« Er stellte seine Bierflasche ab. »Regan?«

Sie umklammerte ihren Mantel wie einen Rettungsanker. »Ja?«

»Geh nicht.«

Ihre Fingerspitzen wurden taub. Sie holte tief Luft, und ihr Atemzug verwandelte sich in einen tiefen, zitternden Seufzer. »Endlich sagst du es.«

Mit einem unsicheren Auflachen warf sie sich stürmisch in seine Arme.

6. Kapitel

»Es ist total verrückt.« Atemlos vergrub sie ihre Hände in seinem Haar und zog seinen Kopf ganz nah zu sich heran. Sie dürstete nach seinen Küssen, nach der Hitze, die sie erzeugten, nach dem Versprechen, das sie beinhalteten, und nach der Gefahr, die in ihnen wohnte. »Ich wollte nicht, dass es so weit kommt.«

»Aber ich.« Er nahm seinen Mund von ihren Lippen und küsste zärtlich ihre Stirn, ihre Wangen, ihre Nase, ihre Augen.

»Dabei habe ich mir alles so schön zurechtgelegt.« Als ihre Knie zu zittern begannen, lachte sie kurz und hilflos auf. »Wirklich. Und alles, was ich gesagt habe, war absolut richtig. Es ist einfach nur die Chemie, eine Anziehungskraft, die stärker ist als ich selbst.«

»Ja.« In einer fließenden Bewegung schob er ihr die Jacke von den Schultern und hielt dabei ihre Arme fest, sodass sie keine Gegenwehr leisten konnte. Nachdem der Blazer zu Boden geglitten war, zog er sie eng an sich. Ihr Keuchen erregte ihn und ließ sein Blut schneller durch seine Adern rauschen. Als er einen Blick in ihre riesigen, weit aufgerissenen Augen warf, schoss das Verlangen schmerzhaft durch seine Lenden.

Seine Lippen wanderten hinunter zu ihrem Hals. Ihre Haut war glatt und geschmeidig und duftete genau so, wie er es sich in seinen Fantasien ausgemalt hatte.

Mit den Händen umklammerte sie seine Hüften, den Kopf hingebungsvoll in den Nacken zurückgeworfen, damit er sich nehmen konnte, was er wollte. Ihr Atem kam nun stoßweise, Flammen züngelten in ihr auf und breiteten sich aus im Zentrum ihres Begehrens.

Plötzlich ließ er ihre Handgelenke, die er während der ganzen Zeit wie ein Schraubstock umklammert gehalten hatte, los, seine Hand glitt unter ihren Pullover und legte sich besitzergreifend auf ihre Brust.

Haut und Seide, Kurven und die süßen Schauer der Erregung, er fand alles, wonach sein Herz begehrte. Aber er wollte mehr. Sein Mund setzte seinen unerbittlichen Angriff fort, während sich seine Finger in ihren Seiden-BH schoben und sich langsam über die weiche, glatte Haut ihrer Brüste tasteten.

Mit einem raschen Griff öffnete er Knopf und Reißverschluss ihrer Hose, dann ließ er seine Fingerspitzen über ihren flachen Bauch, auf dem er die Gänsehaut eines Lustschauers spüren konnte, den Bauchnabel sanft umkreisend nach unten gleiten. Sie bäumte sich unter ihm auf, presste sich voller Verlangen an ihn, drehte den Kopf so, dass sie mit ihrem Mund seinen Nacken erreichen konnte, und grub mit einem heiseren Aufstöhnen ihre Zähne in sein muskulöses, festes Fleisch.

Er wusste, er hätte sie jetzt nehmen können, schnell und wild, einfach im Stehen. Es hätte ihm unsägliche Erleichterung verschafft, hätte das Feuer der Leidenschaft gelöscht, das wild lodernd in ihm brannte und ihn zu verzehren drohte.

Aber er wollte mehr.

Er zog ihr den Pullover über den Kopf, warf ihn achtlos beiseite und wölbte seine Hände über ihre Brüste. Die Seide, von der sie bedeckt wurden, war glatt und zart und so dünn, dass er durch sie hindurch die Hitze des Verlangens, die ihre Haut abstrahlte, spüren konnte. Erbarmungslos schraubte er ihre Lust noch höher, streichelte mit seinen von der Arbeit aufgerauten Fingerspitzen ihre Knospen, die sich begehrlich und hart aufgerichtet hatten, bis sie sich unter seinem Griff wand und wie im Fieberwahn vor sich hin flüsterte.

»So aufgelöst wollte ich dich sehen – schon seit vielen Wochen.«

»Ich weiß.«

Sie lag hilflos in seinen Armen und sah voller Verlangen zu ihm auf, die Wangen gerötet, die Augen weit geöffnet, während der Widerschein der Flammen geheimnisvolle Muster auf ihr Gesicht zeichnete. Er küsste ihre Schultern, öffnete die Lippen und zog dann mit den Zähnen den schmalen Träger ihres BHs herunter. »Ich glaube kaum, dass du dir vorstellen kannst, was ich in meiner Fantasie schon alles mit dir gemacht habe. Deshalb werde ich es dir nun zeigen.«

Er nahm den Blick nicht von ihr, während er seinen Finger in das Tal zwischen ihren Brüsten gleiten ließ, um währenddessen mit der anderen Hand den Verschluss ihres BHs zu öffnen.

Ihre wunderschönen himmelblauen Augen verschleierten sich. Gleich darauf senkte sie halb die Lider, als könne sie so den Sturm, der in ihrem Inneren tobte, unter Kontrolle bringen. Doch das Gegenteil war der Fall, er konnte an ihren Reaktionen ablesen, wie sie von ihm erfasst und willenlos hin und her geschleudert wurde. Allein dieser Anblick vermochte es, seine Lust ins schier Unermessliche zu steigern.

Er bog ihren Oberkörper noch weiter zurück und beugte sich über ihre Brüste, saugte an den harten Spitzen und traktierte sie mit kleinen Bissen, bis sie stoßweise atmete. Seine Zunge bereitete ihr Folterqualen, die ihre Begierde in einem Maße entfachten, dass es ihr bald unerträglich schien.

Wie eine Raubkatze an ihrer Beute zerrte sie an seinem Hemd, während sie spürte, dass ihre Knie langsam nachgaben und sie unaufhaltsam zu Boden sank. Gleich darauf fand sie sich, noch immer an seinem Hemd reißend, auf dem Schlafsack, der vor dem Kamin lag, wieder.

Nachdem sie es schließlich geschafft hatte, es ihm über den Kopf zu ziehen – Zeit, um die Knöpfe mühevoll zu öffnen, war nicht mehr –, musste sie feststellen, dass es noch eine zweite Schicht gab, die seine Haut von der ihren trennte. Sie gierte nach ihm, nach seinem nackten, heißen Fleisch, und das jetzt auf der Stelle. Jede Sekunde, die sie noch länger warten musste, vergrößerte ihre Qual. Doch endlich, endlich war es so weit, sie stürzte sich mit rasender Begierde auf ihn und grub ihre Zähne in seine Schulter.

»Fass mich an«, drängte sie heiser. »Ich will deine Hände auf mir spüren.«

Und da fühlte sie sie auch schon. Überall. Plötzlich war sie nur noch Körper, der Verstand war ausgeschaltet, ihr Gehirn leer, sie bestand nur noch aus Milliarden hochempfindsamer Nerven, die jede Berührung in sich aufsogen wie ein trockener Schwamm das Wasser.

Neben ihr im Kamin zischten die Flammen, und die Holzscheite knackten, während das Feuer, das in ihr wütete, sie zu verschlingen drohte. Sie sah ihn wie durch einen Schleier, der sich über ihre Augen gelegt hatte – sein schwarzes Haar, die vor Leidenschaft glühenden Augen, seinen von einem feinen, glänzenden Schweißfilm überzogenen muskulösen Körper, auf dem der Widerschein der Flammen einen wilden Tanz vollführte. Voller Protest stöhnte sie auf, als er sich von ihren Lippen löste, doch nur Sekundenbruchteile später, als er sich über ihre Brüste beugte, sie mit Küssen überschüttete und dann eine brennende Spur über ihren Bauch hinunter bis hin zum Zentrum ihrer Lust zog, war jeder Gedanke an Auflehnung vergessen.

Als er den Kopf hob, um Atem zu schöpfen, streckte sie in blindem Verlangen die Arme nach ihm aus, zog ihn besitzergreifend voller Leidenschaft an sich, die Lippen auf der Suche nach allen Geschmacksvarianten, die sein Körper zu bieten hatte.

»Die Stiefel«, stieß er hervor, während er die Schuhe abstreifte. Sie hatte die Beine um ihn geschlungen, ihr herrlicher Körper schob sich über ihn, ihre Hände … diese unglaublich eleganten Hände.

Mit einem dumpfen Poltern fielen die Stiefel schließlich neben dem Schlafsack zu Boden.

Sie lag auf ihm, aber dieses Mal, beim ersten Mal, wollte Rafe es anders. Er wollte sie in Besitz nehmen, wollte spüren, wie sich ihr nackter, heißer Körper unter ihm wand. Er wollte ihren Lustschrei hören und ihr in die Augen sehen, wenn erst die Begierde und dann die Erfüllung ihren Blick verschleiern würden.

Keuchend schob er sie von sich hinunter, rollte sie auf den Rücken, schob hart seine Hände zwischen ihre Schenkel, bis sie die Beine spreizte und ihm ihren Schoß entgegenwölbte. Mit einem heiseren Aufstöhnen drang er tief in sie ein.

Als sie im Morgengrauen erwachte, war das Feuer im Kamin fast nie-
dergebrannt, und im ganzen Haus herrschte tiefe Stille, sodass Regan
ihren eigenen Herzschlag hören konnte. Der Raum war in ein weiches Halbdunkel gehüllt, nur in den Ecken lauerten schwarze Schatten, aber sie ängstigten sie nicht. Im Gegenteil, das Zimmer schien
eine friedvolle Ruhe auszustrahlen. Vielleicht schlafen die Gespenster
ja auch, überlegte sie. Oder fühlte sie sich einfach nur entspannt, weil
Rafe neben ihr lag?

Sie wandte den Kopf und betrachtete im fast schon erloschenen
Lichtschein der Glut im Kamin sein Gesicht. Selbst im Schlaf hatte es
nichts Unschuldiges an sich. Sowohl seine Stärke als auch die Härte
hatten sich unübersehbar in seine Züge eingegraben.

Aber sie wusste, dass er auch zärtlich sein konnte. Sehr zärtlich sogar. Nicht zuletzt im Umgang mit Cassie war ihr das aufgefallen. Als
Liebhaber jedoch war er fordernd, gnadenlos und ohne Erbarmen.

Und sie hatte es ihm mit gleicher Münze zurückgezahlt. Jetzt, in
der Stille der nächtlichen Dunkelheit, die wie eine Decke über sie ge-
breitet lag, fiel es ihr schwer, sich vorzustellen, dass sie ihm zu tun
erlaubt hatte, was er getan hatte. Mehr noch, sie hatte es sich aus tiefs-
tem Herzen gewünscht.

Ihr Körper schmerzte an den unmöglichsten Stellen, und später, im
hellen Licht des Tages, würde sie bei der Erinnerung daran, wie sie zu
ihren blauen Flecken gekommen war, wahrscheinlich vor Scham in
den Boden versinken. Bei der Erinnerung daran, wie sie gelechzt und
gehungert hatte nach seinen großen, harten und doch so feinfühligen
Händen und wie sie unter ihnen erbebt war. Noch mehr allerdings
würde sie möglicherweise erschrecken darüber, was sie mit ihren eigenen getan hatte.

Und was du jetzt am liebsten schon wieder tun würdest, durchzuckte es sie.

Sie holte flach Atem und schlüpfte vorsichtig unter dem Arm, den
Rafe besitzergreifend um sie gelegt hatte, hervor, stand leise auf und
bückte sich nach seinem Flanellhemd. Nachdem sie es sich überge-

streift hatte, schlich sie hinaus in die Küche. Sie hatte Durst. Und vielleicht würde ein Glas kaltes Wasser ihr auch wieder einen klaren Kopf verschaffen.

Während sie am Spülstein stand, wanderte ihr Blick zum Fenster hinaus. Noch immer fielen dicke Schneeflocken vom Himmel. Nein, sie bereute nichts. Das wäre auch idiotisch. Das Schicksal hatte ihr einen außergewöhnlich guten Liebhaber zukommen lassen. Einen Mann, von dem man als Frau nur träumen konnte, und sie wäre dumm, wenn sie es nicht auskosten würde. Natürlich war es nur eine rein körperliche Angelegenheit, aber das war gut so, und so sollte es auch bleiben. Es war schließlich genau das, was sie wollte. Sie würde sich – und ihn – vor allen Komplikationen, die mit einer echten Beziehung einhergingen, bewahren.

Er hatte es ja schon gesagt: Sie waren beide erwachsen und wussten, was sie wollten. Wenn das Haus erst einmal fertig war, würde er sich sowieso aller Wahrscheinlichkeit nach wieder aus Antietam verabschieden. Was aber hinderte sie beide daran, bis dahin ihren Spaß miteinander zu haben? Wenn es dann an der Zeit war, Abschied zu nehmen, würde es in gegenseitigem Einvernehmen geschehen, und bei keinem würden Wunden zurückbleiben. Sie hätten etwas Schönes erlebt, das irgendwann zu Ende gegangen war, das war alles.

Aber wahrscheinlich war es ratsam, über das, was man voneinander erwartete – oder genauer gesagt nicht erwartete – noch einmal zu reden, bevor man den Dingen ihren Lauf ließ.

Rafe stand in der offenen Tür und beobachtete sie. Sie lehnte mit dem Rücken zu ihm am Spülbecken und blickte nachdenklich aus dem Fenster, in dessen Scheibe sich ihr Gesicht spiegelte. Sein Hemd reichte ihr bis zu den Oberschenkeln. Abgetragener Flanell auf cremeweißer seidiger Haut.

Als er sie so stehen sah, überkam ihn der drängende Wunsch, ihr zu sagen, dass er noch niemals in seinem Leben eine Frau kennengelernt hatte, die so schön war wie sie, die so perfekt und einzigartig war, doch der Augenblick schien ihm nicht geeignet, ihr zu gestehen, wie viel sie ihm bedeutete.

»Steht dir gut das Hemd, Darling.« Er hatte sich für einen beiläufigen Tonfall entschieden.

Da sie ihn nicht gehört hatte, zuckte sie zusammen und hätte vor Schreck fast das Glas fallen lassen. Rasch drehte sie sich um und sah ihn mit einem amüsierten Grinsen auf den Lippen am Türrahmen lehnen. Er trug zwar seine Jeans, hatte sich jedoch nicht die Mühe gemacht, sie zuzumachen.

»War das Erstbeste, was ich gefunden habe«, erwiderte sie leichthin.

»So gut hatte es dieses alte Hemd noch nie. Kannst du nicht mehr schlafen?«

»Ich hatte Durst.«

»Und? Keine Angst so allein in der Dunkelheit?«

»Nein. Nicht vor dem Haus zumindest.«

Er hob die Augenbrauen. »Wovor denn dann? Vor mir etwa?« Seine Stimme klang belustigt.

»Ja. Ich habe Angst vor dir.«

»Ich war wohl ein wenig zu grob zu dir«, vermutete er vorsichtig, und die übermütigen Fünkchen in seinen Augen waren mit einem Mal verschwunden.

»Das wollte ich damit nicht sagen.« Sie wandte sich um und griff nach dem Wasserkessel, füllte ihn und setzte ihn auf. »So etwas wie mit dir ist mir noch nie passiert. Ich habe völlig die Kontrolle verloren. Ich war plötzlich so … gierig. Es überrascht mich ziemlich, wenn ich daran zurückdenke. Nun gut …« Sie seufzte kurz auf und setzte den Filter auf die Kaffeekanne.

»Überrascht? Oder tut es dir leid?«

»Nein, es tut mir überhaupt nicht leid, Rafe.« Sie musste sich zwingen, sich umzudrehen und ihm in die Augen zu sehen. »Wirklich nicht. Es verunsichert mich nur zu wissen, dass du alles mit mir machen kannst, was du willst. Ich verliere einfach den Verstand. Ich habe schon vorher vermutet, dass mit dir zu schlafen aufregend sein würde. Aber dass es so ist … Ich habe das Gefühl, es könnte alles passieren. Es ist so chaotisch, nichts ist vorhersehbar.«

»Ich hab Lust auf dich. Das ist vorhersehbar.«

»Wenn du solche Dinge sagst, bleibt mir jedes Mal fast das Herz stehen«, brachte sie mühsam heraus. »Ich brauche Ordnung in meinem Leben, verstehst du?« Sie gab einige Messlöffel Kaffee in den Filter. »Vermutlich werden in Kürze deine Arbeiter hier aufkreuzen. Nicht gerade die beste Zeit, um das alles auszudiskutieren.«

»Heute kommt niemand. Wir sind total eingeschneit, Darling.«

»Oh.« Ihre Hand zitterte, und etwas von dem Kaffee ging daneben.

»Wir haben also viel Zeit, um alles, was dich bewegt, zu diskutieren.«

Sie räusperte sich. »Nun gut.« Wie anfangen? Sie wusste es nicht. Nachdem sie ihm einen prüfenden Blick zugeworfen hatte, räusperte sie sich ein zweites Mal. »Wichtig ist, dass wir die Dinge verstehen.«

»Was für Dinge?«

»Die Dinge eben.« Wütend über sich selbst, über ihr Zaudern schleuderte sie ihm das Wort fast entgegen. »Das, was sich zwischen uns abspielt, ist eine rein sexuelle Angelegenheit, eine Affäre. Es macht Spaß und ist außergewöhnlich befriedigend. Aber mehr ist es nicht. Was heißt, keine Fesseln, keine Verpflichtungen, keine …«

»Komplikationen?«

»Ja.« Regan nickte erleichtert. »So ist es.«

Er war überrascht darüber, dass ihm ihre leidenschaftslose Beschreibung der Situation ganz und gar nicht behagte. Dabei entsprach doch alles, was sie gesagt hatte, seinen Wünschen, oder etwa nicht? »Das ist geordnet genug. Wenn dein Vorschlag allerdings auch beinhalten sollte, dass ich nicht der Einzige bin, wird von deiner schönen Ordnung nicht mehr allzu viel übrig bleiben. Ich werde …«

»Lass doch diesen Blödsinn. Ich habe überhaupt nicht die Absicht …«

»Gut, dann will ich jetzt mal zusammenfassen: Du und ich, wir haben eine rein sexuelle Beziehung, die so, wie sie ist, uns beide zufriedenstellt. Ist es recht so?«

Endlich wieder ruhiger geworden, wandte sie sich zu ihm um und lächelte ihn an. »Ja, dem kann ich zustimmen.«

»Das war ein hartes Stück Arbeit, Regan. Willst du den Vertrag in zwei- oder in dreifacher Ausfertigung?«

»Ich wollte einfach nur sicherstellen, dass wir beide von den gleichen Voraussetzungen ausgehen.« Sie musste ihre ganze Konzentration aufbringen, um ihre Hand ruhig zu halten, während sie Wasser in den Kaffeefilter schüttete. »Wir haben uns nicht die Zeit genommen, um uns wirklich kennenzulernen. Und jetzt sind wir ein Liebespaar. Ich will nicht, dass du denkst, ich würde mehr suchen als das.«

»Und wenn ich mehr suche?«

Ihre Finger schlossen sich hart um den Griff des Kessels. »Ist das so?«

Er wandte den Blick ab und sah zum Fenster hinaus. »Nein.«

Rasch schloss sie für einen Moment die Augen und redete sich ein, dass das Gefühl, das sie bei seinen Worten verspürte, Erleichterung war. Nichts als Erleichterung. »Nun, dann ist ja alles in Ordnung.«

»Ja, bestens.« Seine Stimme klang ebenso ruhig und ungerührt wie ihre. »Keine Liebesbeziehung heißt keine Probleme, und keine Versprechungen heißt keine Lügen. Das Einzige, das wir voneinander wollen, ist, miteinander zu schlafen. Das macht die Dinge sehr einfach.«

»Ja, ich will mit dir schlafen.« Angenehm überrascht davon, wie leicht ihr dieser beiläufige Ton fiel, stellte sie zwei Kaffeebecher auf den Tisch. »Allerdings will ich das nur deshalb, weil ich dich mag.«

Er trat an sie heran und steckte ihr das Haar, das ihr auf einer Seite wie ein Vorhang ins Gesicht fiel, hinters Ohr. »Offen gestanden machst du mich langsam völlig wahnsinnig.«

Glücklicherweise war ihm nicht klar, wie schwer es ihr fiel, die Dinge derart zu vereinfachen. Das machte es ihr leichter. »Ich wollte dir nur ein Kompliment machen. Glaubst du vielleicht, ich wäre letzte Nacht hierhergekommen, wenn ich mir nichts aus dir machen würde?«

»Du hast die Kerzenständer abgeliefert.«

»Du bist ein Idiot.« Belustigt über den Verlauf des Gesprächs goss sie Kaffee ein. Es machte Spaß, so offen und frei von der Leber weg über Sex zu reden. »Das glaubst du doch nicht wirklich, oder?«

Interessiert daran, was nun kommen würde, nahm er die Tasse, die sie ihm nun hinhielt, und behauptete: »Doch, natürlich.«

Sie nahm einen Schluck und grinste. »Trottel.«

»Vielleicht mag ich ja keine raffinierten, draufgängerischen Frauen.«

»Aber natürlich magst du sie. In Wirklichkeit willst du doch, dass ich dich jetzt auf der Stelle verführe.«

»Glaubst du?«

»Ich weiß es genauso. Aber erst möchte ich meinen Kaffee trinken.«

Er sah ihr zu, wie sie voller Genuss den nächsten Schluck nahm. »Vielleicht will ich ja mein Hemd zurück. Du hast mich nicht gefragt, ob du es dir ausborgen darfst.«

»Gut.« Mit einer Hand begann sie, die Knöpfe zu öffnen. »Nimm's dir doch, wenn du es willst.«

Er nahm ihr die Tasse weg und stellte sie zusammen mit seinem Becher auf dem Tisch ab. Ihr süffisantes Lächeln raubte ihm fast den Verstand. Es blieb ihm nichts, als auf sie zuzugehen, sie hochzuheben und sie, überschüttet von ihrem perlenden Lachen und kleinen Beißattacken, die sie auf sein Ohrläppchen startete, aus der Küche hinaus in den Flur zu tragen. In diesem Moment wurde die Haustür von draußen geöffnet, und ein Schwall eisiger Kälte schwappte herein.

Erst als die schneebedeckte Gestalt ihren Hut abnahm und sich schüttelte wie ein nasser Hund, erkannte Rafe in dem schummrigen Dämmerlicht, um wen es sich dabei handelte.

»Hallo!« Lässig warf Shane mit dem Fuß die Tür hinter sich ins Schloss. »Von Ihrem Auto ist kaum noch was zu sehen, Regan.«

»Oh.« Peinlich berührt hielt Regan sich das Hemd über der Brust zu und zerrte sich den Saum über die Oberschenkel, während sie sich bemühte, so zu tun, als sei nichts. »Wir haben eine Menge Schnee bekommen.«

»Mehr als zwei Fuß.« Mit unübersehbarer Belustigung musterte Shane seinen Bruder und die Frau, die er auf dem Arm trug. »Sieht so aus, als könnten Sie jemanden brauchen, der Sie ausgräbt, hm?«

»Meinst du vielleicht, das schaffe ich nicht allein?« Rafe schnaubte entrüstet und ging an Shane vorbei in den Salon, um Regan auf dem Sofa abzusetzen. »Du bleibst hier.«

»Rafe! Wie redest du denn mit mir?«, fragte sie empört. »Verdammt noch mal.«

»Genau hier«, wiederholte er und beeilte sich, wieder in die Halle zu kommen.

»Täusche ich mich, oder riecht es hier nach Kaffee?«, erkundigte sich Shane, der selbst bereits so früh am Morgen bester Laune zu sein schien.

»Sag mir erst einen guten Grund, warum ich dir nicht das Genick brechen sollte.«

Shane zog seine Handschuhe aus und blies sich in die hohlen Hände, um sie anzuwärmen. »Weil ich mich mitten im Schneesturm aufgemacht habe, um euch zu retten.« Er beugte sich etwas vor, es gelang ihm aber nicht, einen Blick in den Salon zu werfen. »Das sind vielleicht Beine.«

»Halt dich zurück, ich warne dich.«

»Ich meine ja bloß.« Sein Grinsen förderte das typische MacKade-Grübchen zutage. »He, woher sollte ich denn wissen, was hier abgeht? Ich habe mir vorgestellt, du steckst möglicherweise im Schnee fest. Allein natürlich. Und als ich dann ihr Auto sah, dachte ich, dass ich sie vielleicht mit in die Stadt nehmen kann.« Wieder warf er einen hoffnungsvollen Blick in den Salon und trat näher. »Am besten, ich frage sie selbst.«

»Noch einen Schritt weiter, Shane, und du bist ein toter Mann.«

»Was ist, wenn ich gewinne? Gehört sie dann mir?« Auf Rafes wütendes Schnauben hin brach Shane in lautes Lachen aus. »Nein, fass mich lieber nicht an. Ich bin der reinste Eiszapfen, es besteht die Gefahr, dass ich in der Mitte auseinanderbreche.«

Unter gemurmelten Drohungen nahm Rafe Shane beim Kragen und zerrte ihn die Halle hinunter, weg von der offen stehenden Salontür. »Augen geradeaus, MacKade.« In der Küche schnappte er sich eine Thermoskanne, die auf dem Tisch stand, füllte sie mit heißem Kaffee und drückte sie Shane in die Hand. »So. Und jetzt mach die Biege.«

»Bin schon weg.« Shane schraubte den Verschluss der Kanne wieder ab, setzte sie an und nahm einen großen Schluck. »Ah, das tut gut.« Genießerisch leckte er sich die Lippen. »Der Wind ist die Hölle. Hör zu, ich hatte nicht die Absicht, dein nettes Tête-à-Tête zu stören«, begann er, unterbrach sich jedoch rasch, als er an Rafes Augen erkannte, dass er den falschen Tonfall gewählt hatte. »He, ist es womöglich etwas Ernstes?«

»Kümmere dich verdammt noch mal um deine eigenen Angelegenheiten.«

Shane pfiff durch die Zähne und verschloss die Thermoskanne. »Da gehörst du auch dazu. Regan ist eine tolle Frau, Rafe. Und das meine ich jetzt ganz ernst.«

»Na und?«, erkundigte sich Rafe mit drohendem Unterton.

»Nichts und.« Shane scharrte mit den Füßen. »Es ist nur … Sie hat mir schon immer gut gefallen. Ich habe sogar schon mal daran gedacht …« Plötzlich wurde ihm klar, dass es ratsam war, den Satz nicht zu beenden. Um seine Unsicherheit zu überspielen, kramte er umständlich seine Handschuhe aus der Tasche und begann eine fröhliche Melodie zu pfeifen.

»An was gedacht?«, bohrte Rafe mit finsterem Blick.

Zur Vorsicht gemahnt, ließ Shane seine Zunge über die obere Zahnreihe gleiten. Er wollte seine Zähne wirklich gern alle behalten. »Na ja, es ist schon so, wie du vermutest. Herrgott noch mal, Rafe, schau sie dir doch an. Jeder Mann würde das Gleiche denken.« Geschickt schlüpfte er unter Rafes Hand, die sich blitzschnell nach ihm ausstreckte, durch. »Aber mehr als daran gedacht habe ich nicht. Und Fantasien sind schließlich nicht strafbar, oder?« Er hob beschwichtigend beide Hände. »Ich wollte damit doch nur zum Ausdruck bringen, dass du den Jackpot geknackt hast, Bruderherz.«

Rafes Verärgerung legte sich langsam, während er nach seiner Kaffeetasse griff. »Wir schlafen miteinander. Das ist alles.«

»Na ja, irgendwo muss man ja anfangen.«

»Sie ist anders als andere Frauen, Shane.« Was er vor sich selbst nicht hätte zugeben können, kam ihm seltsamerweise im Gespräch mit seinem Bruder ganz leicht über die Lippen. »Ich weiß zwar nicht, warum, aber irgendwie ist sie anders. Sie bedeutet mir ziemlich viel.«

»Irgendwann erwischt's jeden.« Shane klopfte Rafe lachend auf die Schulter. »Sogar dich.«

»Ich habe nicht gesagt, dass es mich erwischt hat«, brummte Rafe unwillig.

»Brauchst du auch gar nicht. Schließlich hab ich Augen im Kopf. So – ich hau jetzt ab. Die Arbeit ruft.« Fröhlich pfeifend wandte er sich um und ging aus der Küche, die Halle hinunter. Vor der offenen Salontür blieb er grinsend stehen und sah sich nach Rafe um.

»Ich warne dich«, rief Rafe.

»Schon passiert. Wie gesagt, die Beine sind große Klasse. Bis dann, Regan.«

In dem Moment, in dem Regan das Geräusch der zuschlagenden Haustür vernahm, ließ sie den Kopf auf die Knie sinken und presste das Gesicht in den Schoß.

Als Rafe in den Salon kam, zuckte er bei ihrem Anblick zusammen. Ihre Schultern bebten. »Tut mir leid, Darling. Ich hätte die Haustür zuschließen sollen.« Schuldbewusst ließ er sich neben ihr auf dem Sofa nieder und begann sie zu streicheln. »Komm, so schlimm ist es doch auch wieder nicht, Regan. Shane wird sich schon nichts dabei denken. Reg dich nicht auf.«

Sie gab einen erstickten Laut von sich, und als sie das Gesicht hob, war es tränenüberströmt. Sie konnte nun nicht mehr an sich halten und krümmte sich vor Lachen, das von ihren Lippen perlte wie köstlichster Champagner. »Kannst du dir vorstellen, wie wir drei da in der Halle ausgesehen haben?«, japste sie und hielt sich den Bauch vor Lachen. »Wir beide fast nackt und Shane, der aussah wie ein wandelnder Schneemann?«

»Du fandest es also lustig?«

»Lustig? Es war eine umwerfend komische Situation.« Entkräftet vor Lachen, ließ sie sich an seine Brust sinken und wischte sich die Tränen aus den Augen. »Die MacKade-Brüder! Himmel, worauf habe ich mich da nur eingelassen?«

Nun lachte auch er und zog sie übermütig auf seinen Schoß. »Gib mir mein Hemd zurück, Darling, dann werde ich dir zeigen, worauf du dich eingelassen hast.«

7. Kapitel

Regan döste, warm und gemütlich in den Schlafsack verpackt, vor sich hin, während die Flammen im Kamin prasselten und das Holz knackte. Ihre Träume waren fast so erotisch wie die vergangenen Stunden und lebendig genug, um sie wieder zu erregen.

Im Halbschlaf wohlig aufseufzend, drehte sie sich auf die andere Seite und tastete nach ihrem Liebhaber, aber der Platz neben ihr war leer. Wiederum seufzte sie, diesmal enttäuscht, und setzte sich dann auf.

Das Feuer im Kamin brannte lichterloh, Rafe hatte offensichtlich, gleich nachdem er aufgestanden war, eine ausreichende Menge Holz nachgelegt. Die Beweise, die nur allzu deutlich Zeugnis ablegten von den Ereignissen der vergangenen Nacht, lagen überall im Zimmer auf dem Fußboden verstreut. Schuhe, Strümpfe, ihre elegante Hose, die mit Sicherheit ihrer Bügelfalte verlustig gegangen war, ihre seidene Unterwäsche, alles das, was sie sich in rasender Hast und brennendem Verlangen vom Leib gerissen hatten.

Sie reckte und streckte sich wohlig und gähnte. Als ihr Blick auf die Unordnung fiel, spürte sie, wie ihr Begehren von Neuem aufflammte. Sie wünschte, Rafe wäre hier und würde das Feuer in ihr ebenso kräftig schüren, wie er es mit dem Kaminfeuer getan hatte. Aber auch ohne ihn fand sie es herrlich zu entdecken, dass ihr eine Leidenschaft innewohnte, von deren Vorhandensein sie bis zu dem Tag, an dem Rafe sie endlich geweckt hatte, nichts geahnt hatte.

So wie mit ihm war es niemals vorher gewesen. Oder, noch deutlicher ausgedrückt, bis er ihr über den Weg gelaufen war, hatte sie sich eigentlich überhaupt nicht besonders viel aus Sex gemacht. Wenn es dazu gekommen war – und das war nicht sehr oft gewesen –, hatte sie sich gehemmt gefühlt, und es war ihr nicht gelungen, der Sache einen besonderen Geschmack abzugewinnen. Sie überlegte, was Rafe wohl dazu sagen würde, wenn er es wüsste.

Mit einem neuerlichen Gähnen griff sie nach ihrem Pullover und streifte ihn sich über den Kopf.

Wahrscheinlich würde er nur sein süffisantes Grinsen aufsetzen und sie an sich ziehen.

Nach einigen mehr oder weniger frustrierenden Erfahrungen hatte sie die letzten Jahre enthaltsam gelebt. Diesen Umstand allerdings konnte sie wohl kaum als Entschuldigung dafür ins Feld führen, dass sie nun plötzlich vor Leidenschaft total entbrannt war. Es war, als hätte man eine brennende Fackel in einen knochentrockenen Reisighaufen geworfen. Den Grund dafür in ihrer Abstinenz zu suchen, wäre jedoch von der Wahrheit weit entfernt.

Was auch immer ihr Leben vorher gewesen war, Rafe hatte das Unterste zuoberst gekehrt. Seit er ihr über den Weg gelaufen war, hatte sich alles verändert, und es war mehr als zweifelhaft, ob sie jemals wieder einen Mann treffen würde, der in ihr dieselben Gefühle weckte wie er. Wie zum Teufel sollte sie es anstellen, wieder zu ihrem ruhigen, gesicherten Leben zurückzukehren, nachdem sie eine Kostprobe von Rafe MacKade genommen hatte?

Nun, eines Tages würde ihr nichts anderes übrig bleiben. Dann würde sie zusehen müssen, wie sie damit zurechtkam. Im Moment interessierte sie nur, wo zum Teufel er eigentlich steckte, deshalb machte sie sich auf, ihn zu suchen. Auf Strümpfen begann sie durchs Haus zu wandern. Als sie nach oben kam, fand sie die Tür zu dem Bad, in dem er bereits seit Tagen arbeitete, offen.

»Kann ich dir helfen?«

Er warf ihr einen Blick über die Schulter zu und schüttelte den Kopf. »Bestimmt nicht in diesem Outfit«, grinste er angesichts ihres Kaschmirpullovers und der eleganten Hose. »Macht aber nichts, ich wollte sowieso nur noch diese Wand hier fertig machen.«

Sie lehnte sich gegen den Türrahmen und sah ihm zu. »Warum sehen eigentlich manche Männer so verdammt sexy aus bei der Arbeit?«

»Es gibt eben Frauen, die finden es wirklich toll, wenn Männer schwitzen.«

»Zu denen scheine ich offensichtlich zu gehören.« Nachdenklich studierte sie seine Technik, mit einem ganz bestimmten Schwung aus dem Handgelenk heraus den Verputz an die Wand zu klatschen. »Weißt du was? Du bist tatsächlich noch geschickter als der Typ, der meinen Laden renoviert hat. Und der war auch nicht schlecht. Sehr ordentlich.«

»Ich hasse Verputzarbeiten.«

»Warum machst du es dann?«

»Weil es mir gefällt, wenn es fertig ist. Außerdem bin ich schneller als die Leute, die ich angeheuert habe.«

»Wo hast du das denn gelernt?«

»Ach, auf der Farm gab's immer irgendetwas in der Art zu tun. Und später habe ich auf dem Bau gearbeitet.«

»Bis du deine eigene Firma aufgemacht hast?«

»Ja. Ich arbeite nicht gern für jemand anders.«

»Ich auch nicht.« Sie zögerte und sah zu, wie er sein Werkzeug sauber machte. »Wohin bist du denn gegangen? Ich meine damals, als du von hier weggegangen bist.«

»In den Süden.« Er verschloss den Plastikeimer, in dem sich der Mörtel befand, mit einem Deckel. »Immer, wenn mir das Geld ausging, hab ich mir einen Job auf dem Bau gesucht. Den Hammer zu schwingen war mir lieber, als ein Feld zu pflügen.« Aus alter Gewohnheit griff er in seine Brusttasche. Sie war leer. Er fluchte. »Ich habe das Rauchen aufgegeben«, brummte er.

»Dein Körper wird es dir danken.«

»Es macht mich aber ganz verrückt.« Um sich zu beschäftigen, ging er hinüber zu einem kürzlich verputzten Mauerriss.

»Du bist dann also nach Florida gegangen?«, bohrte sie weiter.

»Ja. Das heißt, dort bin ich zum Schluss gelandet. In Florida wird irrsinnig viel gebaut. Dort habe ich meine eigene Firma aufgemacht. Ich habe angefangen, Häuser – oft waren es eher nur noch Schutthaufen – zu entkernen und neu aufzubauen. Dann habe ich sie verkauft.

Hat prima funktioniert. Und nun bin ich wieder da.« Er wandte sich zu ihr um. »Das war's.«

»Ich wollte wirklich nicht neugierig sein«, entschuldigte sie sich.

»Hab ich was gesagt? Aber mehr ist einfach nicht dahinter, Regan. Bis darauf, dass mein Ruf wohl nicht besonders gut ist. In der Nacht, in der ich weggegangen bin, war ich in eine Kneipenschlägerei verwickelt. Mit Joe Dolin.«

»Dachte ich's mir doch, dass da in der Vergangenheit mal etwas war«, murmelte sie.

»Oh, ich hatte mehr als nur diese eine Schlägerei mit ihm.« Er nahm sich das Halstuch ab, das er sich um den Kopf gebunden hatte, um beim Arbeiten sein Haar aus der Stirn fernzuhalten. »Ich konnte Joe auf den Tod nicht ausstehen.«

»Ich würde sagen, du hast einen exzellenten Geschmack.«

Ruhelos ging er auf und ab. Nun hob er die Schultern. »Aber wenn er es in dieser Nacht nicht gewesen wäre, wäre es mit Sicherheit jemand anders gewesen. Ich war einfach in der Laune, verstehst du?« Er grinste freudlos. »Himmel noch mal, eigentlich war ich immer in dieser Laune. Ständig hatte ich eine Riesenwut im Bauch. Und niemand hätte sich wohl je vorstellen können, dass ich es im Leben noch mal zu was bringe, am wenigsten ich selbst.«

Versuchte er, ihr etwas zu sagen? Sie war sich nicht sicher, ob sie ihn richtig verstand. »Sieht ganz danach aus, als hätten sich alle geirrt. Und du auch.«

»Ist dir eigentlich klar, dass die Leute anfangen werden, sich die Mäuler über uns zu zerreißen?« Das war ihm eingefallen, als er heute Nacht wach gelegen, sie im Schlaf beobachtet hatte und schließlich aufgestanden war, um den Mauerriss, den er sich eben betrachtet hatte, zu verputzen. »Du wirst nur zu Ed's oder in den Kingston's Market zu gehen brauchen, und schon werden sie sich auf dich stürzen, um dich auszuquetschen. Und wenn du wieder rausgehst, wird das Geschwätz darüber anheben, was denn diese sympathische Miss Bishop mit einem Raufbold wie Rafe MacKade zu schaffen hat.«

»Ich weiß doch, wie das so läuft, Rafe. Immerhin lebe ich auch schon seit drei Jahren hier.«

Weil er plötzlich das dringende Bedürfnis hatte, sich zu beschäftigen, nahm er Sandpapier und schmirgelte einen bereits verputzten und getrockneten Mauerriss ab. »Ich kann mir nicht vorstellen, dass du bisher besonders viel Anlass zum Tratsch gegeben hast.«

Er arbeitet, als würde ihm der Teufel dabei über die Schulter sehen, dachte sie verwundert. Als wollte er einen inneren Druck loswerden.

»Ach, täusch dich da nicht. Als ich ganz neu in der Stadt war, musste ich durchaus als Klatschobjekt herhalten. Was, diese Großstadtpflanze übernimmt den Laden von dem alten Leroy? Und Antiquitäten will sie verkaufen anstatt Schrauben und Installationen?« Regan lächelte leise. »Immerhin hat mir das eine Menge Schaulustige eingetragen. Und aus manch einem von ihnen ist später ein Kunde geworden.« Sie legte den Kopf leicht schräg und sah ihn an. »Klatsch ist eben manchmal auch gut fürs Geschäft.«

»Ich wollte dich ja nur darauf hinweisen, worauf du dich eingelassen hast.«

»Dafür ist es ein bisschen spät, Rafe.« Weil sie spürte, dass er einen kleinen Schubs brauchte, tat sie ihm den Gefallen. »Vielleicht bist du ja nur um deinen eigenen Ruf besorgt.«

»Genau.« Der Staub flog ihm um die Ohren, so heftig schmirgelte er. »Ich hatte nämlich eigentlich vor, für das Amt des Bürgermeisters zu kandidieren.«

»Du weißt genau, was ich meine. Du hast Angst um dein Bad-Boy-Image. Der MacKade muss ja total zahm geworden sein, sonst würde sich doch diese anständige Regan Bishop nicht mit ihm abgeben. Das Nächste wird sein, dass er sich Blumen holt anstelle eines Sixpacks. Ihr werdet es schon sehen, die wird ihn schon noch zurechtstutzen.«

Er ließ seinen Arm sinken und legte das Sandpapier beiseite, hakte die Daumen in seine Taschen und sah sie forschend an. »Ist es das, was du versuchst, Regan? Mich zurechtzustutzen?«

»Ist es das, wovor du Angst hast, MacKade?«

Der Gedanke war ihm nicht gerade angenehm. »Oh, das haben Legionen von Frauen vor dir bereits versucht, und keiner ist es gelungen.« Er schlenderte zu ihr hinüber und fuhr mit seinem staubigen Zeigefinger über ihre Wange. »Das würde mir bei dir wahrscheinlich leichter fallen als dir bei mir, Darling. Wetten, dass ich dich noch so weit bringe, dass du in Duff's Tavern einläufst, um Billard zu spielen?«

»Dann bringe ich dich im Gegenzug dazu, Shelley zu rezitieren.«

»Shelley – wer ist denn das?«

Mit einem glucksenden Lachen stellte sie sich auf die Zehenspitzen und gab ihm gut gelaunt einen Kuss. »Percy Bysshe Shelley. Du solltest gut auf dich aufpassen.«

Diese Vorstellung war so lächerlich, dass sich seine verkrampfte Nackenmuskulatur auf der Stelle entspannte. »Darling, eher fliegen Shanes prämierte Schweine die Main Street hinunter, als dass du mich jemals ein Gedicht wirst aufsagen hören.«

Sie lächelte wieder und küsste ihn auf die Nasenspitze. »Wollen wir wetten?«

Er schnappte sich ihre Hand. »Und worum wetten wir, Regan?«

Lachend zog sie ihn in den Flur hinaus. »War doch nur Spaß. Komm, Rafe, führ mich doch mal durch das ganze Haus, ja?«

»Moment. Kein MacKade ist bisher jemals vor einer Mutprobe zurückgeschreckt. Also, was ist? Worum wetten wir?«

»Du willst also, dass ich dich dazu bringe, Shelley zu rezitieren? Okay, du wirst schon sehen.«

»Nein, nein. So doch nicht. Das ist ja keine Wette.« Während er überlegte, hob er ihre Hand und spielte mit ihren Fingern. Das Flämmchen der Erregung, das in ihren Augen aufglomm, inspirierte ihn. »Ich behaupte, dass du innerhalb eines Monats so verrückt nach mir sein wirst, dass du bereit bist, alles für mich zu tun. Und du wirst es mir beweisen, indem du in einem roten superengen Ledermini bei Duff aufkreuzt, dir ein Bierchen bestellst und mit den Jungs eine Runde Billard spielst.«

Amüsiert lachte sie auf. »Was für seltsame Fantasien du hast, MacKade. Kannst du dir mich wirklich in einem derart lächerlichen Aufzug vorstellen?«

»Aber natürlich.« Er grinste anzüglich. »Ich sehe es schon ganz genau vor mir. Und Schuhe mit so richtig hohen Absätzen brauchst du natürlich auch.«

»Selbstverständlich«, erwiderte sie mit todernster Miene. »Zu Leder passen nur Stilettos. Alles andere wäre geschmacklos.«

»Und keinen BH«, präzisierte er.

Sie prustete plötzlich laut heraus. »Du gehst ja wirklich ins Detail.«

»Sicher. Und dir wird auch nichts anderes übrig bleiben.« Er legte ihr die Hände um die Taille und zog sie näher zu sich heran. »Weil du nämlich verrückt werden wirst nach mir.«

»Nun, mir scheint, zumindest einer von uns beiden hat offensichtlich bereits seinen Verstand verloren. Na, okay.« Sie legte die Hand auf seine Brust und schob ihn weg. »Jetzt bin ich dran. Ich wette, dass ich dich innerhalb desselben Zeitraums in die Knie zwinge. Du wirst mit einem Strauß Flieder …«

»Flieder?«

»Ja, ich liebe Flieder. Also, du wirst mit einem Strauß Flieder in der Hand auf den Knien vor mir liegen und Shelley rezitieren.«

»Und was bekommt der glückliche Gewinner?«

»Genugtuung.«

Er musste grinsen. »Okay. Das sollte reichen. Schlag schon ein.«

Sie schüttelten sich die Hände.

»Führst du mich jetzt ein bisschen herum? Überall dahin, wohin ich mich wegen deiner Mitbewohner, die mir noch immer nicht ganz geheuer sind, allein nicht traue?«

Dazu ließ er sich nur allzu gern überreden, und gut gelaunt machten sie sich auf den Weg durch das riesige Haus.

»Schlaf mit mir.« Sie erhob sich auf die Zehenspitzen und küsste ihn auf den Mund. Warum nur fühlte sie sich plötzlich so unendlich glücklich? Auf ihrem Rundgang waren sie nun als Letztes bei dem Zimmer angelangt, das Regan in das Brautgemach verwandeln wollte und das schon seit Längerem in voller Pracht vor ihrem geistigen Auge stand. Sie war vollkommen überrascht, dass Rafe es bereits in Angriff genommen hatte. Die Rosenknospentapete, die sie vorgeschlagen hatte, klebte schon fast überall an der Wand, und die hohen französischen Fenster, die auf das, was später einmal ein blühender Garten werden sollte, hinausgingen, waren bereits eingesetzt.

Er nahm ihr Gesicht in beide Hände und erwiderte ihren Kuss. Dann hob er sie ohne ein Wort hoch und trug sie aus dem Zimmer, den Flur entlang. Sie schlang die Arme um seinen Nacken und presste ihren Mund an seinen Hals. Schon begann ihr Herz schneller zu schlagen, und das Blut wälzte sich wie glühende Lava durch ihre Adern.

»Es ist wie eine Droge«, murmelte sie.

»Ich weiß.« Am Treppenabsatz blieb er stehen und suchte wieder ihre heißen Lippen.

»Ich habe so etwas noch nie in meinem Leben erlebt.« Überwältigt von der Heftigkeit ihrer Gefühle, barg sie ihren Kopf zwischen seinem Hals und seiner Schulter.

Ich auch nicht, dachte er, sprach es jedoch nicht aus.

Er trug sie nach unten, und als sie den Salon betraten, umfing sie eine ruhige, angenehme Wärme, aber sie merkten es nicht.

Behutsam legte er sie auf dem Schlafsack vor dem Kamin nieder und kniete sich vor sie, um mit seinen Fingerspitzen zärtlich die Linie ihrer Wange entlangzufahren. Sofort begann ihr Begehren Funken zu schlagen und setzte ihr Herz in Flammen.

»Rafe.«

»Sschch.«

Er legte den Zeigefinger auf ihre Lippen, beugte sich zu ihr hinab und küsste sie auf die Lider. Sie wusste gar nicht, was sie hatte sagen wollen, deshalb war sie froh, dass er sie zum Schweigen gebracht hatte. Für das, was sie empfand, mussten die Worte erst noch gefunden werden. Und sie verstanden sich glücklicherweise auch ganz ohne Worte.

Sie erbebte unter seinem leidenschaftlichen Kuss, seinen Lippen, die sich gierig gegen ihre drängten. Als er sich schließlich von ihr löste, war zwar ihr drängendes Verlangen noch nicht gestillt, aber sie fühlte sich weich und entspannt, bereit, sich ohne Rückhalt einfach fallen zu lassen.

Sie verspürte den Drang nach Zärtlichkeit. Nach tiefer Zärtlichkeit. So süß und so unerwartet, dass der kleine Seufzer, den sie unwillkürlich ausstieß, wie ein geflüstertes Geheimnis klang.

Er bemerkte die Veränderung, die in ihr vorgegangen war. In ihr und in ihm selbst. Warum hatten sie es bisher immer so eilig gehabt? Warum nur hatte er bis jetzt gezögert, die Situation voll auszukosten, sich den Duft ihrer Haut, den Geschmack ihrer Lippen, die Formen ihres Körpers einzuprägen? Während er sich noch darüber wunderte, beschloss er, alles nachzuholen, was er bisher versäumt hatte.

Seine Hände waren behutsam diesmal, als er ihr den Pullover über den Kopf zog und ihr die Hose über die Hüften nach unten schob. Als sie nackt vor ihm lag, beugte er sich über sie und küsste sie zart. Dieser Kuss benebelte seinen Verstand und ließ ihn ganz und gar vergessen, dass sowohl sie als auch er jenseits dieses Hauses, jenseits dieses Raumes, in dem plötzlich die Zeit stehen geblieben zu sein schien, jeder sein eigenes Leben lebte.

»Lass mich«, murmelte sie wie im Traum und erhob sich, sodass sie jetzt vor ihm, der ebenfalls auf den Knien lag, kniete. Ihr verhangener Blick ruhte für eine Weile auf ihm, dann streckte sie traumwandlerisch die Hand aus, begann langsam sein Hemd aufzuknöpfen, schob es ihm über die Schultern und sank an seine nackte Brust.

Sie hielten einander in den Armen und streichelten sich vorsichtig, behutsam, als seien ihre Körper unendlich kostbare Gegenstände, die man um keinen Preis der Welt beschädigen durfte. Seine Lippen streiften ihre Schultern, und sie lächelte, während sie den Duft seiner Haut tief in sich einsog.

Nachdem auch er nackt war, legte er sich auf den Rücken und zog sie auf sich. Ihr schimmerndes Haar lag ausgebreitet wie ein glänzender Seidenteppich auf seiner Brust.

Sie hatte das Gefühl, auf einer weichen Wolke zu schweben, die sie hoch hinaustrug, höher, immer höher, während die Wintersonne ihre Strahlen durchs Fenster zu ihnen hereinschickte und die Holzscheite im Kamin knackten. Das Streicheln seiner Hände, das sie beruhigte und zugleich erregte, war wie ein Geschenk des Himmels. Sie spürte das Wunder in jedem Nerv, in jeder Pore, in jedem Herzschlag.

Es gab keine Hast, keine Eile, kein Ungestüm, kein verzweifeltes, verrücktes Verlangen. Sie hatten alle Zeit der Welt. Plötzlich war sie hellwach, nahm mit äußerster Klarheit die Dinge um sich herum wahr – die Muster von Licht und Schatten auf dem Parkett, das leise Zischen der Flammen, den betörenden Duft der Rosen, die in der Vase auf dem Tisch standen, und den noch tausendmal betörenderen des Mannes, der unter ihr lag.

Während ihre Lippen über seine Brust wanderten, vernahm sie seinen Herzschlag, der schneller und härter wurde, als sie den Mund öffnete und mit der Zunge den Vorhof seiner Brustspitze umkreiste. Mit einem tiefen Seufzer, der ihr in der Kehle stecken blieb, schlang sie die Beine um seine Hüften, als er sich unter ihr erhob und sie auf den Rücken rollte.

Die Zeit zog sich dahin, dehnte sich ins Endlose, wurde unwirklich. Die Uhr an der Wand tickte die Sekunden vorbei und die Minuten. Aber das war eine andere Welt. In der Welt, in der sie sich liebten, hatte die Zeit aufgehört zu existieren. In dieser Welt gab es nur ihr beiderseitiges Verlangen, das so langsam und allmählich gestillt werden wollte, als hätte es den Begriff Zeit nie gegeben.

Als er sie schließlich sanft und voller Gefühl zum Höhepunkt führte und noch darüber hinaus, flüsterte sie leise immer wieder seinen Namen, während sie sich ihm instinktiv entgegenhob, sich anspannte und gleich darauf wieder in die Kissen zurücksank mit einem Gefühl, als würde sie zerschmelzen wie Schnee unter der Sonne. Sie öffnete sich ihm und zog ihn, nachdem er schließlich in sie hineingeglitten war, mit einem heiseren Aufstöhnen ganz eng an sich, so eng, als wolle sie für immer eins mit ihm sein.

Überwältigt von ihr und überwältigt davon, wie unendlich schön Zärtlichkeit sein konnte, barg er sein Gesicht in ihrem Haar und begann sich langsam in ihr zu bewegen.

Als sie am nächsten Morgen erwachten, sprachen sie nicht über die Geschehnisse der vergangenen Nacht. Sie verhielten sich betont sachlich, aber weder ihr noch ihm gelang es, an etwas anderes zu denken. Und das beunruhigte sie beide.

Während die Sonne langsam hinter den Bergen im Osten hervorkroch, stand Rafe vor dem Haus und winkte ihr nach, als sie davonfuhr. Nachdem ihr Wagen hinter der Biegung entschwunden war, legte er sich tief in Gedanken versunken die Hand auf die Brust. Dahin, wo sein Herz schlug.

Dort verspürte er bereits seit dem Aufwachen einen Schmerz, der nicht vorübergehen wollte. Und er wurde das Gefühl nicht los, dass sie der Grund dafür war.

Oh Gott, er vermisste sie bereits jetzt, dabei war sie noch nicht einmal fünf Minuten fort. Er verfluchte sich dafür, um gleich anschließend mit sich selbst zu hadern, dass er nach einer Zigarette gierte wie ein dressierter Hund nach einer Belohnung. Beides ist ja nur Gewohnheit, versuchte er sich einzureden. Wenn ihm der Sinn danach stand, konnte er sich so viele Päckchen Zigaretten kaufen, wie er wollte, und konnte rauchen, bis ihm die Lunge zum Hals heraushing. Genauso, wie er sich auch Regan wieder holen konnte, wenn ihm danach zumute war.

Sex war ein starkes Band. Es war nicht weiter überraschend, dass es ihn so erwischt hatte. Mehr war an der Sache nicht dran. Und sie hatten ja schließlich vorher alles geklärt, was zu klären war. War es denn ein Wunder, dass er nun, nach mehr als dreißig Stunden Sex mit einer großartigen Frau, leicht zittrige Knie hatte? Das würde einem Mann ja wohl noch gestattet sein.

Und mehr wollte er nicht. Ebenso wie sie.

Es war eine unglaubliche Erleichterung und ein Vergnügen, eine

Geliebte zu haben, die nicht mehr und nicht weniger wollte als man selbst. Eine Frau, die nicht von einem erwartete, dass man die ewig gleichen Spielchen spielte, und einem keine unsinnigen Versprechen abpresste, die man sowieso nicht einzuhalten gedachte. Eine Frau, die keinen Wert darauf legte, Worte zu hören, die doch immer nur Worte bleiben würden.

Der Schnee begann langsam und still auf ihn niederzurieseln, während er noch immer dastand und seinen Gedanken nachhing. Als er es schließlich bemerkte, schnitt er eine Grimasse und schüttelte über sich selbst den Kopf. Missmutig griff er nach der Schneeschaufel, die an der Hauswand lehnte, und begann den Weg freizuräumen. Er hatte weiß Gott Wichtigeres zu tun, als hier draußen in der Kälte herumzustehen und über seine Beziehung zu Regan Bishop zu brüten.

Nachdem er sowohl am Ende der Fahrbahn als auch am Ende seiner Geduld angelangt war, sah er, wie Devin in seinem Dienstwagen die Straße hinaufgeholpert kam.

»Was zum Teufel machst du denn hier?«, rief Rafe ihm entgegen. »Hast du einen Haftbefehl?«

»Ist doch immer wieder lustig zu sehen, was so ein kleiner Schneesturm bewirken kann.« Devin war ausgestiegen, lehnte am geöffneten Wagenschlag und betrachtete seinen Bruder amüsiert. »Hab gerade gesehen, dass Regans Auto weg ist, und dachte mir, ich schau mal kurz vorbei.«

»Meine Leute kommen gleich, ich hab keine Zeit zum Quatschen, Devin.«

»Was soll's, dann nehme ich eben meine Donuts und verzieh mich wieder.«

Rafe wischte sich mit einer Hand über sein halb erfrorenes Gesicht. »Was für welche denn?«

»Apfel mit braunem Zucker.«

Es gab Dinge, die ihm heilig waren, und dazu gehörten Apfel-Donuts mit braunem Zucker an einem kalten Wintermorgen.

»Na dann los, her damit! Oder willst du noch lange mit deinem idiotischen Grinsen hier herumstehen?«

Devin bückte sich in den Wagen und kramte herum. Schließlich förderte er eine Tüte zutage. »Gestern gab's drei Unfälle in der Stadt. Gott sei Dank nur Blechschäden. Manche Leute sollten bei dem Schnee ihr Auto wirklich besser stehen lassen.«

»Ja, ja, Antietam ist nun mal eine wilde Stadt«, grinste Rafe, dessen Laune sich beim Anblick der Donuts schlagartig hob. »Hoffe, du warst nicht gezwungen zu schießen.«

»In letzter Zeit nicht.« Nachdem Devin sich einen Donut genommen und genüsslich hineingebissen hatte, hielt er Rafe die Tüte hin. »Aber eine Schlägerei gab's, bei der ich hart durchgreifen musste.«

»In Duff's Tavern?«

»Nein, im Supermarkt. Millie Yender und Mrs. Metz kloppten sich um die letzte Packung Toilettenpapier.«

Rafes Lippen verzogen sich zu einem amüsierten Grinsen. »Da braucht's nur ein bisschen Schnee, und die Leute verlieren doch glatt die Nerven.«

»Kann man wohl sagen. Mrs. Metz haute Millie eine Salatgurke über den Kopf. Es verlangte mein gesamtes diplomatisches Geschick, um Millie davon abzubringen, Anzeige zu erstatten.«

»Tätlicher Angriff mit Gemüse – ganz gefährliche Sache.« Rafe nickte verständnisvoll und leckte sich ein bisschen Apfelgelee vom Daumen. »Was willst du eigentlich hier? Nur um mir das zu erzählen, bist du ja wahrscheinlich kaum hergekommen, oder?«

»Nein, das war nur eine Zugabe.« Nachdem Devin seinen Donut verputzt hatte, holte er eine Packung Zigaretten aus der Tasche, klemmte sich einen Glimmstängel zwischen die Lippen und zündete ihn an. Das Grinsen, mit dem er Rafe bedachte, während er nach dem ersten Zug den Rauch ausstieß, war breit und provozierend. Rafe stöhnte. »Immerhin habe ich gehört, dass einem das Essen besser schmecken soll, wenn man aufgehört hat«, bemerkte Devin wenig hilfreich.

»Gar nichts schmeckt besser«, schnappte Rafe. »Aber es gibt eben im Gegensatz zu dir Menschen, die haben echte Willenskraft. Blas den Rauch hierher zu mir, du Dreckskerl.«

»Du siehst irgendwie ein bisschen daneben aus, Rafe. Was ist los?«

»Shane konnte offensichtlich mal wieder die Klappe nicht halten.« Devins Antwort bestand aus einem breiten Grinsen.

»Und? Bist du jetzt hier, um mir deinen guten Rat anzubieten?«

»Wäre mir neu, dass ich in der MacKade-Familie der Experte in Liebesangelegenheiten bin.« Er trat von einem Fuß auf den anderen, um sich aufzuwärmen, und schüttelte den Kopf. »Nein, dachte nur, du interessierst dich vielleicht für den letzten Stand der Dinge. Joe Dolin betreffend.«

»Er sitzt im Kittchen.«

»Noch. Aber es wird nicht mehr lange dauern, und dann ist er wieder frei. Sein Anwalt scheint recht geschickt zu sein. Er wird beim Haftrichter auf Unzurechnungsfähigkeit plädieren und behaupten, sein Mandant hätte sich vor lauter Gram darüber, dass er seinen Arbeitsplatz verloren hat, sinnlos besoffen und hätte nicht mehr gewusst, was er tat. Es wird funktionieren, du wirst sehen. Joe Dolin kann schon morgen draußen sein, und nichts auf der Welt kann ihn davon abhalten, Cassie demnächst wieder zu verprügeln.«

»Meinst du?«

Devin nickte bedrückt. »Todsicher. Die Gefängnisse sind total überfüllt, und abgesehen davon wird das Problem der Gewalt in der Familie noch immer nicht ernst genug genommen.«

»Und was willst du tun?«

»Ich weiß nicht. Ich mache mir Sorgen um Cassie und die Kinder. Ich …« Er zögerte. »Ich weiß ja nicht, wie die Dinge zwischen dir und Regan stehen …«

Rafe horchte auf. »Nun rück schon raus mit deiner Bitte.«

»Also, ich habe mir gedacht, das Einzige, was Cassie helfen könnte, wäre ein Mann in ihrer Nähe, der sie im Zweifelsfall vor Dolin beschützen kann. Meine Idee war deshalb folgende …«

8. Kapitel

»Das kommt überhaupt nicht infrage.« Mit entschlossenem Gesichtsausdruck verschränkte Regan die Arme vor der Brust. »Bei mir wohnen im Moment zwei kleine Kinder, da hast du in meinem Bett nichts zu suchen.«

»Es ist doch nicht deshalb, weil ich mit dir schlafen will«, erwiderte Rafe geduldig. »Das wäre lediglich eine reizvolle Zugabe. Es handelt sich um eine offizielle Bitte des Sheriffs.«

»Der zufälligerweise dein Bruder ist. Nein.« Energisch wandte sie sich um und stellte die Gläser, die sie eben abgestaubt hatte, auf das Regal zurück. »Cassie wäre es bestimmt unangenehm, und für die Kinder wären wir ein schlechtes Vorbild.«

»Aber es geht ja um Cassie und die Kinder«, drängte er. »Du glaubst doch nicht im Ernst, dass Dolin sie in Ruhe lassen wird, wenn er rauskommt. Und das kann schon heute sein.«

»Ich bin schließlich auch noch da. Um an Cassie ranzukommen, muss er erst an mir vorbei.«

Schon allein der Gedanke daran ließ ihm das Blut in den Adern gefrieren. »Jetzt hörst du mir mal zu …«

Sie schüttelte die Hand ab, die er auf ihre Schulter gelegt hatte, und wirbelte herum. »Nein, du hörst mir zu. Der Mann ist ein Schläger und ein Säufer. Aber ich habe keine Angst vor ihm. Ich habe Cassie angeboten, dass sie mit ihren Kindern bei mir wohnen kann, und zwar so lange, wie sie es für nötig hält. An meiner Tür befindet sich ein solides Schloss, das wir auch benutzen werden. Und für den Fall der Fälle weiß ich sogar die Nummer des Sheriffs auswendig. Reicht das nicht?«

»Hier ist aber während der Geschäftszeiten nicht abgeschlossen.« Rafe stieß seinen ausgestreckten Zeigefinger in Richtung Ladentür.

»Was kann ihn daran hindern, hier einfach hereinzukommen und dich zu belästigen? Oder Schlimmeres?«

»Ich.«

»Großartig«, gab er beißend zurück. Am liebsten hätte er sie geschüttelt, um sie zur Vernunft zu bringen. »Glaubst du, du brauchst nur dein stures Kinn zu heben, und schon kratzt er die Kurve? Nur für den Fall, dass es dir bisher noch nicht aufgefallen ist: Er liebt es, Frauen zu verprügeln.«

»Darf ich dich daran erinnern, dass ich im Gegensatz zu dir die letzten drei Jahre hier verbracht habe? Es ist mir keineswegs entgangen, wie er mit Cassie umgesprungen ist.«

»Und du glaubst, nur weil du nicht mit ihm verheiratet bist, tut er dir nichts?« Jetzt packte er sie entgegen seinem Vorsatz doch an der Schulter und schüttelte sie. »So naiv kannst du doch nicht sein.«

»Ich bin ganz und gar nicht naiv«, schoss sie zurück. »Aber ich brauche keinen Leibwächter, ich kann mir selbst helfen, kapiert?«

Sein Gesicht wurde verschlossen, er krampfte einen Moment die Hand, die noch immer auf ihrer Schulter lag, in den Stoff ihrer Kostümjacke, dann ließ er los. »Das ist dein letztes Wort? Du brauchst meine Hilfe nicht?«

Das verletzt sein männliches Ego, dachte sie und stieß einen erstickten Seufzer aus. »Das Sheriffoffice ist fünf Minuten von hier entfernt, wenn es nötig ist, wird sofort jemand hier sein.« In der Hoffnung, beruhigend auf ihn einzuwirken, legte sie ihm eine Hand auf die Schulter. »Rafe, ich weiß deine Fürsorge wirklich zu schätzen, glaube mir. Aber ich kann auf mich selbst aufpassen. Und auf Cassie auch, wenn es nötig sein sollte.«

»Ich wette, dass du das kannst.«

»Schau, Rafe«, fuhr sie begütigend fort, »Cassie ist im Moment so verletzlich, und die Kinder sind viel zu still. Ich befürchte, sie könnten mit der Tatsache, dass ein Mann im Haus ist, zurzeit einfach nicht richtig umgehen, verstehst du das denn nicht? Und die Kinder kennen dich überhaupt nicht.«

Missmutig rammte er die Hände in seine Hosentaschen. »Ich habe nicht vor, sie herumzustoßen.«

»Aber das wissen sie doch nicht. Es könnte einfach sein, dass sie sich fürchten. Klein Emma sitzt die ganze Zeit verschüchtert auf Cassies Schoß, starrt mit großen Augen vor sich hin und sagt kaum ein Wort. Und der Junge ... Herrgott, Rafe, er bricht mir fast das Herz. Sie müssen erst wieder lernen, sich sicher zu fühlen, und du bist einfach zu groß, zu stark und zu ... männlich.«

»Du bist stur wie ein Panzer.«

»Ich tue nur das, was mir richtig erscheint. Glaube mir, ich habe es mir hin und her überlegt, aber wie ich es auch drehe und wende, es kommt nichts anderes dabei heraus.«

»Lad mich doch zum Abendessen ein«, schlug er brüsk vor.

»Du willst mit uns zu Abend essen?«

»Ja. Dann kann ich die Kinder kennenlernen, und sie können sich an mich gewöhnen.«

»Wer von uns beiden hier ist eigentlich stur?«, fragte sie, aber gleich darauf seufzte sie. Sein Vorschlag war ein vernünftiger Kompromiss. »Also gut, heute Abend um halb acht. Aber um zehn bist du draußen.«

»Können wir wenigstens auf der Couch noch ein bisschen schmusen, wenn die Kinder im Bett sind?«

»Vielleicht. Und jetzt geh. Ich habe zu tun.«

»Bekomme ich von dir nicht wenigstens noch einen Abschiedskuss?«

Sie stellte sich auf die Zehenspitzen und gab ihm einen kleinen Kuss auf die Wange. »Ich bin beschäftigt«, erklärte sie, lachte dann aber doch vergnügt, als er nach ihren Handgelenken griff und sie an sich zog. »Rafe, wir stehen direkt vor dem Schaufenster, jeder kann uns ...«

Der Rest ihres Satzes wurde von dem heißen Kuss, den er ihr auf die Lippen drückte, verschluckt.

Ein paar Häuser weiter saß Cassie Devin in seinem Büro gegenüber. Nervös zerknüllte sie ein Taschentuch.

»Tut mir leid, dass ich jetzt erst komme, aber wir hatten so viel zu tun, ich konnte nicht eher Pause machen.«

»Ist schon in Ordnung, Cassie.« Da sie ihm wie ein verängstigter kleiner Vogel erschien, war es ihm bereits zur Gewohnheit geworden, mit leiser Stimme zu ihr zu sprechen. »Ich habe das ganze Zeug schon so weit fertig gemacht, du brauchst nur noch zu unterschreiben.«

»Er muss wirklich nicht ins Gefängnis?«, erkundigte sie sich verzagt.

Sein Mitleid mit ihr schnürte ihm fast die Kehle zu. »Nein.«

»Ist es deshalb, weil ich mich nicht gewehrt habe?«

»Nein.« Er wünschte, er könnte die Hand ausstrecken und sie auf ihre Hände, die nervös an dem Taschentuch herumzupften, legen, um sie zu beruhigen. Aber der Schreibtisch zwischen ihnen war eine offizielle Barriere, die er nicht überschreiten durfte. »Er hat – wahrscheinlich auf Anraten seines Anwalts hin – alles zugegeben, woraufhin das Gericht bei seiner Entscheidung sowohl sein Alkoholproblem als auch den Verlust seines langjährigen Arbeitsplatzes berücksichtigte. Er hat die Auflage bekommen, einen Entzug und eine Therapie zu machen.«

»Das könnte gut sein für ihn«, murmelte sie und hob den Blick, um ihn sofort wieder zu senken. »Wenn er erst einmal aufhört zu trinken, wird vielleicht alles wieder gut«, fügte sie hilflos hinzu.

»Ja.« Und Schweine können fliegen, dachte er mit grimmigem Humor. »Aber in der Zwischenzeit musst du gut auf dich aufpassen, Cassie. Der Haftrichter hat ihm zwar die Auflage gemacht, sich von dir fernzuhalten. Aber man kann natürlich nie wissen, ob er nicht versucht, sich an dir zu rächen.«

Wieder hob sie den Blick, um ihn anzusehen, diesmal jedoch hielt sie stand und wich nicht aus. »Das steht in diesem Papier, das ich unterschreiben muss? Dass er nicht zurückkommen darf?«

Devin zündete sich eine Zigarette an. Als er weitersprach, klang seine Stimme kühl und offiziell. »Ja. Er darf sich dir nicht nähern, weder auf deiner Arbeitsstelle noch auf der Straße, und zu Regan, wo du jetzt wohnst, ist es ihm auch verboten zu gehen. Das Gericht hat sozusagen eine Bannmeile um dich herum gezogen, und er muss sich ganz und gar von dir fernhalten. Sollte es ihm einfallen, sich nicht an diese Auflagen zu halten, wandert er für achtzehn Monate hinter Gitter.«

»Und das weiß er alles?«

»Selbstverständlich.«

Sie befeuchtete ihre Lippen. Er konnte ihr nicht mehr zu nahe kommen. Was bedeutete, dass er sie auch nicht mehr schlagen konnte. Vor Erleichterung wurde ihr fast schwindlig. »Und ich muss es nur noch unterschreiben?«, erkundigte sie sich noch immer ungläubig.

»Ja, ganz recht.« Devin sah sie lange und nachdenklich an, dann schob er ihr die Unterlagen samt einem Kugelschreiber zu, stand auf und trat ans Fenster, während sie sich alles sorgfältig durchlas.

Rafe war zehn Minuten zu früh dran und drückte sich vor Regans Haustür herum wie ein räudiger Kater. In der einen Hand hielt er eine Flasche Wein und in der anderen eine Schachtel mit Keksen, die hoffentlich dazu beitragen würden, das Eis zwischen ihm und den Kindern zum Schmelzen zu bringen.

Um zu testen, ob die Tür auch tatsächlich verschlossen war, drückte er die Klinke herunter und stellte zu seiner Zufriedenheit fest, dass sie sich nicht öffnen ließ. Einen Moment später klopfte er laut, woraufhin kurze Zeit später Regan den Kopf durch den schmalen Türspalt, den die Sicherheitskette ließ, steckte.

»So weit, so gut, aber du hättest erst fragen sollen, wer draußen steht«, merkte Rafe tadelnd an.

»Ich habe dich schon vom Fenster aus gesehen.« Nachdem sie ihn eingelassen hatte, warf sie einen Blick auf seine Mitbringsel. »Kein Flieder, Rafe?«, erkundigte sie sich schmunzelnd.

»Keine Chance.« Obwohl er sie rasend gern geküsst hätte, nahm er angesichts der großen grauen Augen, die ernst auf ihm ruhten und dem kleinen Mädchen in der Sofaecke gehörten, davon Abstand.

»Sieht aus, als hättest du ein Mäuschen bei dir einquartiert.«

Regan lächelte. »Sie ist zwar ebenso still wie ein Mäuschen, aber viel hübscher. Emma, das ist Mr. MacKade. Du hast ihn vor Kurzem bei Ed's schon mal getroffen, erinnerst du dich?«

Während es ihn wachsam beäugte, rutschte das kleine Mädchen von der Couch herunter, schoss schnell wie der Blitz zu Regan hinüber und versteckte sich hinter ihrem Rock. Von dort aus lugte es neugierig mit einem Auge zu ihm herüber.

»Ich habe deine Mama schon gekannt, als sie so alt war wie du jetzt«, bemühte sich Rafe, ein Gespräch in Gang zu bringen.

Emma klammerte sich an Regans Beine und spähte zu ihm herauf.

Obwohl ihm bewusst war, dass es eine schamlose Bestechung war, schüttelte er die Keksdose. »Willst du ein Plätzchen, Honey?«

Sein Versuch, Freundschaft zu schließen, brachte ihm von der Kleinen immerhin ein winziges Lächeln ein, doch Regan vereitelte seine Bemühungen, indem sie ihm die Dose aus der Hand nahm. »Nicht vor dem Essen.«

»Spielverderber. Aber das Essen riecht gut.«

»Cassie hat Hähnchen mit Klößen gemacht. Komm, Emma, wir bringen die Plätzchen in die Küche.«

Sich mit einer Hand an Regans Rock festklammernd, folgte ihr das Mädchen in die Küche, wobei es Rafe unablässig im Auge behielt.

Rafe schloss sich den beiden an. Bei ihrem Eintreten sah Cassie, die am Herd stand, auf und lächelte. »Hi, Rafe.«

Er trat neben sie und streifte mit den Lippen ihre Wange. »Hallo, wie geht's?«

»Danke, gut.« Sie legte eine Hand auf die Schulter des Jungen, der neben ihr stand. »Connor, das ist Mr. MacKade, erinnerst du dich?«

»Nett, dich wiederzusehen, Connor.« Rafe streckte ihm die Hand hin, die der Junge zögernd nahm. »Schätze, du bist in der dritten Klasse, stimmt's? Oder schon in der vierten?«

»In der dritten, Sir.«

Rafe hob eine Augenbraue und reichte Regan die Weinflasche. »Ist Miss Witt immer noch an der Schule?«

»Ja, Sir.«

»Wir haben sie immer Miss Dimwit, Fräulein Dummkopf, genannt. Wette, das macht ihr auch, habe ich recht?« Er pickte sich ein Stückchen Mohrrübe aus einer Salatschüssel, die auf dem Tisch stand.

»Ja, Sir«, murmelte Connor und warf dabei seiner Mutter einen unsicheren Blick zu. »Manchmal.« Nun nahm er seinen ganzen Mut zusammen und holte tief Luft. »Sie renovieren das Barlow-Haus.«

»Stimmt.«

»Aber dort spukt's doch.«

Rafe nahm sich eine Mohrrübe, biss hinein und grinste. »Darauf kannst du wetten.«

»Ich weiß alles über die Schlacht und so«, platzte Connor nun heraus. »Es war der blutigste Tag im gesamten Bürgerkrieg, und keiner hat wirklich gewonnen, weil …« Beschämt brach er ab. Deshalb, dachte er, nennen dich manche in der Schule Spinner.

»Weil es keiner Seite gelungen ist, den entscheidenden Schlag zu landen«, beendete Rafe den Satz für ihn. »Wenn du Lust hast, komm doch mal bei mir vorbei. Ich könnte jemanden, der über die Schlacht genau Bescheid weiß, gut brauchen.«

»Ich habe ein Buch. Mit Bildern.«

»Ach ja?« Rafe nahm das gefüllte Weinglas, das Regan ihm hinhielt. »Zeigst du es mir?«

Damit war das Eis gebrochen, und sie begannen angeregt über die Schlacht von Bumside Bridge zu debattieren. Plötzlich hatte Rafe einen hellwachen, interessierten Achtjährigen vor sich, der alle Scheu verloren hatte.

Das Mädchen, eine Miniaturausgabe ihrer Mutter, wich Cassie nicht vom Rockzipfel, wobei sie Rafe jedoch während des Essens unablässig beäugte wie ein junger Falke seine Beute.

Nach dem Abendessen brachte Cassie die Kinder zu Bett, und Rafe half Regan beim Abwasch. »Dolin ist nicht nur ein Drecskerl, er ist zusätzlich auch noch ein Riesenidiot.« Rafe setzte einen Stapel Teller auf dem Küchentresen ab. »Cassie ist so eine liebe Frau, und die Kinder sind einfach großartig. Jeder Mann auf der Welt könnte sich glücklich schätzen, so eine Familie zu haben.«

Ein eigenes Heim, ging es Rafe durch den Kopf. Eine Frau, die dich liebt, Kinder, die dir freudig entgegengerannt kommen, wenn du abends von der Arbeit nach Hause kommst. Abendessen an einem großen runden Tisch, um den die ganze Familie sitzt. Seltsam, dass es ihm nie in den Sinn gekommen war, sich nach etwas Derartigem zu sehnen.

»Du hast ja ziemlich Eindruck geschunden«, begann Regan anerkennend, während sie Wasser ins Spülbecken laufen ließ. »Ich kann mich nicht erinnern, sie irgendwann einmal so aufgeweckt und fröhlich gesehen zu haben. Und zwar alle – sowohl die Kinder als auch Cassie.« Sie wandte den Kopf, um ihn anzusehen, aber ihr Lächeln verblasste, als sie seinen Blick auffing. Sie hatte sich schon an die Art, wie er sie manchmal anzustarren pflegte, gewöhnt – fast jedenfalls –, heute jedoch war es noch anders als sonst. »Was ist?«

»Hm?« Er zuckte augenblicklich zusammen, und es dauerte einen Augenblick, bis er sich wieder fing. Er war ganz weit weg gewesen. »Nichts. Gar nichts.« Heiliger Himmel, er hatte sich doch wirklich gerade vorzustellen versucht, wie es wohl wäre, verheiratet zu sein und Kinder zu haben. »Der Junge – Connor. Er ist ungeheuer aufgeweckt, findest du nicht auch?«

»Er bringt nur die besten Noten mit nach Hause«, erwiderte Regan so stolz, als sei Connor ihr eigener Sohn. »Er ist intelligent, sensibel und weich – die ideale Zielscheibe für Joe. Der Dreckskerl hat den armen Jungen ständig gequält.«

»Hat er ihn auch geschlagen?« Sein Ton war ruhig, innerlich aber kochte er.

»Nein, ich glaube nicht, Cassie hat aufgepasst wie ein Schießhund. Gegen die psychischen Quälereien konnte sie aber kaum etwas machen, und blaue Flecken hinterlassen sie allenfalls auf der Seele.«

Sie zuckte die Schultern. »Na ja, Gott sei Dank ist das alles ja jetzt vorbei.« Sie gab ihm einen Teller. »Hat dein Vater auch abgetrocknet?«

»Nur an Thanksgiving. Buck MacKade war stolz auf seine ausgeprägte Männlichkeit.«

»Buck?« Beeindruckt spitzte Regan die Lippen. »Klingt gewaltig.«

»So war er auch. Wenn man etwas angestellt hatte, konnte er einen ansehen, dass man am liebsten im Boden versunken wäre. Devin hat seine Augen geerbt. Und ich seine Hände.« Gedankenverloren starrte Rafe auf seine Handflächen. »War eine ziemliche Überraschung, als ich eines Tages auf meine Hände schaute und seine sah.«

Sie musste lächeln, als sie ihn so dastehen sah, ein Geschirrtuch über die Schulter geworfen und versonnen auf seine Hände starrend. »Hast du ihm gefühlsmäßig sehr nahegestanden?«

»Nicht nah genug. Und vor allem zu kurz.«

»Wie alt warst du, als er starb?«

»Fünfzehn. Ein Traktor hat ihn überrollt. Er lag eine ganze Woche im Sterben.«

Sie tauchte ihre Hände wieder in das Spülwasser, während sie versuchte, sich die vier Jungen vorzustellen, denen ein grausames Schicksal den Vater viel zu früh genommen hatte. Es machte sie traurig. »Ist das der Grund, weshalb du die Farm hasst?«

»Ja, vermutlich.« Seltsamerweise hatte er bisher niemals darüber nachgedacht, aber es erschien ihm plausibel. »Er hat sie geliebt. Jeden Zentimeter Boden, jeden Stein. Wie Shane.«

Sie gab ihm wieder einen Teller zum Abtrocknen. »Mein Vater hat niemals in seinem Leben ein Geschirrtuch in die Hand genommen, und ich bin sicher, meine Mutter würde in Ohnmacht fallen, wenn er es plötzlich täte. Sie hängen beide der festen Überzeugung an, die Küche sei das Reich der Frau.«

»Stört dich das?«

»Früher schon«, gab sie zu. »Er hat an ihr herumerzogen, bis sie die Frau war, die er haben wollte, und sie ließ es zu. Sollte sie jemals anders gewesen sein, etwas anderes gewollt haben, so hat sie es sich jedenfalls niemals anmerken lassen. Sie ist die Ehefrau des Chirurgen Dr. Bishop, und das ist alles.«

Langsam begann ihm zu dämmern, warum sie so war, wie sie war. »Vielleicht ist das alles, was sie sein will.«

»Offensichtlich. Trotzdem fällt es mir immer wieder schwer, ruhig zu bleiben, wenn ich sehe, wie sie ihn von vorn bis hinten bedient und er ihr dann als Dank dafür den Kopf tätschelt.« Allein der Gedanke daran machte sie so wütend, dass sie mit den Zähnen knirschte. Dann seufzte sie. »Was soll's? Merkwürdigerweise scheinen sie dennoch irgendwie glücklich zu sein.«

Gegen Mitternacht kehrte Rafe in das Barlow-Haus zurück. Bereits aus einiger Entfernung hatte er im Kegel seines Scheinwerferlichts das Auto erkannt, das oben auf dem Hügel vor dem Haus parkte. Da er wie gewöhnlich nicht abgeschlossen hatte, überraschte es ihn nicht, Jared im Salon mit einem Bier in der Hand vorzufinden.

»Haben Sie schon vor, mir die Hypothek zu kündigen, Anwalt MacKade?«

Anstatt auf Rafes scherzhaften Ton einzugehen, starrte Jared nur auf sein Bier und brütete wortlos vor sich hin. Es dauerte einige Zeit, ehe er sich zu einer Erklärung aufraffte. »Ich habe heute mein Haus zum Verkauf angeboten. Es hat einfach keinen Sinn mehr, ich fühle mich dort nicht wohl.«

Rafe murmelte etwas Unverständliches vor sich hin, ließ sich auf den Schlafsack fallen und zog sich die Stiefel aus. Jared blies offensichtlich Trübsal. Ein Zustand, der Rafe nicht fremd war.

»Ist kein großer Verlust. Ich konnte das Haus nie leiden, ebenso wenig wie deine Exfrau.«

Jared musste wider Willen lachen. »Sieht immerhin so aus, als würde ich bei der ganzen Sache noch einen netten Profit rausschlagen.«

Als Jared ihm die Bierflasche hinhielt, schüttelte Rafe den Kopf. »Schmeckt mir nicht mehr so besonders, seit ich das Rauchen aufgegeben habe. Ganz abgesehen davon, dass ich müde bin. Ich muss in sechseinhalb Stunden wieder aufstehen.« Er schwieg einen Moment. »Morgen früh allerdings hatte ich vor, sowieso bei dir vorbeizuschauen«, fügte er nach kurzer Überlegung hinzu.

»Ach. Warum das denn?«

»Um dir ordentlich den Kopf zu waschen.« Rafe gähnte und legte sich auf dem Schlafsack zurück. »Aber das kann bis morgen warten. Im Moment fühle ich mich gerade so schön entspannt.«

»Okay. Aber dann sag mir wenigstens den Grund.«

»Weil du meine Frau geküsst hast«, erwiderte Rafe, wobei er daran dachte, dass ihm Regan vorhin erzählt hatte, dass sie ein paarmal mit Jared ausgegangen war.

»Habe ich das?« Jared machte es sich gemütlich, legte die Beine über die Armlehnen des Sofas und grinste breit. »Ja, ja ... es fällt doch alles wieder auf einen zurück. Aber seit wann ist sie denn deine Frau?«

Rafe hatte seine Jeans ausgezogen und warf sie beiseite. Dann begann er sein Hemd aufzuknöpfen. »Das kommt davon, wenn man in der Stadt wohnt, Bruderherz. Du bist einfach nicht mehr auf dem Laufenden. Sie gehört jetzt mir, kapiert?«

»Aha. Ist ihr das auch schon klar?«

»Wer weiß?« Er war nun bis auf seine Boxershorts nackt und kroch in den Schlafsack. »Ich glaube, ich möchte sie nicht mehr hergeben.«

Jared verschluckte sich fast an seinem Bier. »Willst du damit sagen, dass du vorhast, sie zu heiraten?«

»Ich habe nur gesagt, dass ich sie behalten will«, erwiderte Rafe. Um keinen Preis der Welt würde er das Wort Heirat jemals in den Mund nehmen. »Alles bleibt so, wie es jetzt ist.«

Sehr interessant, dachte Jared. Viel interessanter, als immer nur über der Vergangenheit zu brüten. »Und wie ist es jetzt?«

»Gut«, gab Rafe knapp zurück. Noch immer konnte er ihren Duft riechen, der aus dem Schlafsack aufstieg. »Ich muss dir nur noch einen Denkzettel verpassen. Rein aus Prinzip.«

»Kapiert.« Jared gähnte und streckte sich. »Dann werde ich wohl nicht umhinkönnen, mich an die Sache mit Sharilyn Bester, jetzt Fenniman, zu erinnern.«

»Ich habe mich erst an sie rangemacht, nachdem du ihr den Laufpass gegeben hattest.«

»Ja, ich weiß. Dennoch. Rein aus Prinzip.«

Gedankenverloren rieb Rafe sich über seine Bartstoppeln. »Hm. Okay – ein Punkt für dich. Aber Sharilyn ist – so hübsch sie auch sein mag – nicht Regan Bishop.«

»Ich jedenfalls habe Regan niemals nackt gesehen.«

»Das ist auch dein Glück.« Er legte die Hände unter seinen Kopf. »Nun, vielleicht sollten wir die Angelegenheit ausnahmsweise auf sich beruhen lassen«, schlug er schließlich großmütig vor.

Jared grinste breit. »Gott sei Dank kommst du endlich zur Vernunft. Ich hätte aus Angst vor dem, was morgen auf mich zukommt, heute Nacht kein Auge zutun können.«

9. Kapitel

Regan hatte geschlafen wie ein Murmeltier. Nach dem Aufstehen musste sie feststellen, dass die Kinder bereits zur Schule gegangen waren und dass auch Cassie das Haus schon verlassen hatte. Nun saß sie gemütlich am Küchentisch, gönnte sich die zweite Tasse Kaffee und genoss die Ruhe. Und doch war alles auf seltsame Weise anders als sonst. Regan hatte das Alleinleben bisher nie etwas ausgemacht. Im Gegenteil, sie lebte gern allein. Seit Kurzem aber hatte sie entdeckt, dass es mindestens ebenso schön war, Gesellschaft zu haben.

Sie mochte es, wenn morgens beim Frühstück die Kinder um sie herum waren, wenn die kleine Emma ihr einen ihrer feierlichen Küsse auf die Wange drückte oder Connor ihr ein zurückhaltendes Lächeln schenkte.

Und es gefiel ihr, Cassie mit vom Schlaf noch zerzaustem Haar in die Küche eilen zu sehen, um das Kaffeewasser aufzusetzen und den Kindern Cornflakes mit Milch in ihre Teller zu füllen. Es war eine ganz andere Art von Leben als das, das sie führte.

Mutterschaft war zwar niemals etwas gewesen, wonach sie sich gesehnt hatte, nun aber begann sie sich zu fragen, ob es nicht etwas war, das auch ihr Befriedigung verschaffen könnte.

Sie nahm eine Zeichnung zur Hand, die Emma auf dem Tisch hatte liegen lassen, und schnüffelte daran. Sie roch nach frischen Wasserfarben. Es amüsierte sie zu sehen, wie die Kinder innerhalb kürzester Zeit dem Haus ihren Stempel aufgedrückt hatten.

Noch ganz in Gedanken faltete sie Emmas Bild zusammen, steckte es in ihre Tasche und stand auf. Es wurde höchste Zeit, den Laden aufzuschließen.

Kurz nachdem sie das Geöffnet-Schild herumgedreht und die Ladentür aufgeschlossen hatte, betrat auch schon Joe Dolin das Geschäft. Offensichtlich hatte er bereits draußen gewartet.

Sofort begannen in ihrem Kopf die Alarmglocken zu läuten, aber sie versuchte sich mit dem Gedanken zu beruhigen, dass Cassie ja Gott sei Dank nicht im Haus war.

Man sah es Joe noch immer an, dass er früher einmal ein hübscher Junge gewesen sein musste, mittlerweile jedoch hatte der übermäßige Alkoholgenuss unübersehbare Spuren hinterlassen.

An einem Vorderzahn fehlte eine Ecke, und sie überlegte, ob er es vielleicht nur der Höflichkeit des jungen Rafe zu verdanken hatte, dass er seinen Zahn nicht ganz verloren hatte.

Voller Unbehagen fiel ihr plötzlich ein, dass er schon ein- oder zweimal den Versuch unternommen hatte, sich ihr zu nähern, und auch die gierigen Blicke und das wissende Lächeln, das er ihr des Öfteren zugeworfen hatte, standen ihr schlagartig wieder vor Augen. Cassie gegenüber hatte sie niemals etwas davon erwähnt. Und würde es auch nicht tun.

Während sie sich im Geiste für die unvermeidlich scheinende Auseinandersetzung wappnete, schloss er die Tür, nahm seine Baseballkappe ab und drehte sie bescheiden in den Händen wie ein reuiger Sünder.

»Regan. Es tut mir wirklich leid, dass ich dich belästigen muss.«

Er klang so zerknirscht, dass sie fast Mitleid mit ihm bekam, dann aber erinnerte sie sich glücklicherweise wieder an die Würgemale an Cassies Hals. »Was willst du, Joe?«

»Ich hab gehört, dass Cassie bei dir wohnt.«

Er redet nur von Cassie, registrierte sie. Kein Wort von den Kindern. »Das ist richtig.«

»Schätze, du weißt von dem ganzen Ärger.«

»Ja. Du hast Cassie verprügelt und bist daraufhin festgenommen worden und ins Kittchen gewandert.«

»Ich war sternhagelvoll.«

»Für das Gericht mag das als Entschuldigung genügen. Für mich nicht.«

Er verengte seine Augen, noch immer jedoch hielt er den Kopf gesenkt. »Ich kann nur sagen, dass mir das, was ich gemacht habe, schrecklich leidtut«, beteuerte er. »Aber ich bin eigentlich hier, weil ich dich um einen Gefallen bitten wollte. Du weißt ja sicher, dass ich mich in Cassies Nähe nicht mehr blicken lassen darf.« Nun hob er den Kopf, und sie sah überrascht, dass seine Augen feucht waren. »Cassie hält große Stücke auf dich.«

»Ich halte große Stücke auf sie«, erwiderte Regan bestimmt. Von den Tränen eines Mannes würde sie sich ganz bestimmt nicht beeindrucken lassen.

»Ja, gut. Ich hatte gehofft, du könntest vielleicht bei ihr ein gutes Wort für mich einlegen und sie fragen, ob sie es nicht noch mal mit mir versuchen will. Ich werde mich ändern, wirklich, ich schwöre es. Wenn ich könnte, würde ich es ihr gern selbst sagen, aber mir ist es ja verboten, mit ihr zu reden. Doch wenn du es ihr sagst, macht sie es. Auf dich hört sie ganz bestimmt.«

»Ich glaube, du überschätzt meinen Einfluss auf Cassie bei Weitem, Joe.«

»Nein, ganz bestimmt nicht«, widersprach er. »Da bin ich mir hundertprozentig sicher. Sie hat mir doch ständig erzählt, wie sehr sie dich bewundert und für wie toll sie dich hält. Angenommen, du rätst ihr jetzt, dass sie sich wieder mit mir versöhnen soll, wird sie es machen, da kannst du Gift drauf nehmen.«

Sehr langsam und bedächtig legte Regan ihre Hände auf den Ladentisch. »Wenn sie auf mich hören würde, hätte sie dich schon vor Jahren verlassen.«

Die Muskeln an seinem unrasierten Kinn zuckten. »Hör zu. Jeder Ehemann hat das Recht ...«

»Seine Frau zu schlagen?«, fragte sie eisig. »Nicht nach meinem Verständnis. Und Gott sei Dank auch nicht nach geltendem Recht. Nein, Joe, mit Sicherheit werde ich ihr nicht dazu raten, zu dir zurückzukehren. Wenn das alles ist, was du von mir wolltest, solltest du jetzt besser wieder gehen.«

Er bleckte vor Wut die Zähne, und seine Augen wurden hart wie Granit. »Noch immer so hochmütig wie eh und je, was? Du glaubst wohl wirklich, du seist was Besseres als ich.«

»Das glaube ich nicht nur, das weiß ich, Joe. Und jetzt machst du auf der Stelle, dass du aus meinem Laden rauskommst, sonst rufe ich den Sheriff.«

»Eine Frau gehört zu ihrem Mann, kapiert!«, schrie er, zornrot im Gesicht, und ließ krachend seine Faust auf den Ladentisch niedersausen, dass die Gläser in den Regalen klirrten. »Und du sagst ihr, dass sie gefälligst ihren mageren Hintern nach Hause bewegen soll, sonst passiert ein Unglück.«

Angst stieg plötzlich in ihr hoch und schnürte ihr die Kehle zu. Sie schluckte krampfhaft, während sie verzweifelt überlegte, auf welche Art es ihr gelingen könnte, ihn loszuwerden. Emmas Zeichnung in ihrer Jackentasche fiel ihr ein, und sie umklammerte sie wie einen Talisman. »Ist das eine Drohung?«, gab sie kühl zurück. »Ich glaube kaum, dass dein Bewährungshelfer mit deinem Benehmen einverstanden wäre. Soll ich ihn anrufen?«

»Du Luder, du! Du bist nichts als ein dreckiges, frigides Weibsstück, das nur neidisch ist, weil es keinen richtigen Mann abgekriegt hat!« In seinen Augen loderte Hass auf, und er hob die Hand. Gleich würde er zuschlagen, es konnte sich nur noch um Sekunden handeln, das stand in seinem Gesicht allzu deutlich geschrieben.

Einen Moment später schien er es sich jedoch anders überlegt zu haben und ließ den Arm sinken. »Du hast dich zwischen mich und meine Frau gestellt, das werdet ihr mir beide büßen«, stieß er zwischen zusammengepressten Zähnen hervor. »Wenn ich mit Cassie fertig bin, komm ich zurück, verlass dich drauf. Deine Arroganz treib ich dir schon noch aus, du Drecksstück.« Sein Lachen klang gemein.

Er drückte sich seine Baseballkappe auf den Kopf und stapfte polternd zur Tür. Dort angelangt, wandte er sich noch einmal kurz um und starrte sie drohend an. »Und gib ihr den guten Rat, dass sie gut daran tut, ihre Anzeige gegen mich sofort zurückzunehmen. Ich warte auf eine Antwort. Sofort.«

In dem Moment, in dem die Tür krachend hinter ihm ins Schloss fiel, sank Regan gegen den Tresen. Ihre Hände zitterten. Sie hasste es, Angst zu haben, sich verletzlich zu fühlen. Ohne lange zu überlegen, griff sie nach dem Telefonhörer und begann mit fliegenden Fingern eine Nummer zu wählen. Doch gleich darauf hielt sie inne.

Es ist falsch, dachte sie, während sie den Hörer langsam auf die Gabel zurücklegte. Im ersten Ansturm der Gefühle war ihr Rafe in den Sinn gekommen. Ihn hatte sie anrufen wollen, aber sie tat wohl besser daran, es sein zu lassen. Das Erste, was er tun würde, wäre, nach Joe zu suchen, um ihn zu verprügeln, dass ihm Hören und Sehen verging. Das allerdings würde nicht dazu beitragen, die Probleme zu lösen. Fäuste waren keine guten Argumente.

Sie straffte die Schultern und holte tief Luft. Wo war ihre kühle Selbstbeherrschung geblieben? War sie denn nicht ihr gesamtes Erwachsenenleben allein klargekommen? Ihre Gefühle für Rafe sollten – durften auf keinen Fall ihre Selbstständigkeit beeinträchtigen. Das würde sie niemals zulassen. Also würde sie das tun, was in diesem Fall das Angebrachte war.

Regan nahm den Hörer wieder auf und wählte rasch die Nummer des Sheriffbüros.

»Zuerst war er ganz zerknirscht.« Der Tee schwappte in ihrer Tasse. Regan schnitt eine Grimasse und stellte die Tasse vorsichtig auf die Untertasse zurück. Ihre Hände bebten noch immer. »Sieht so aus, als hätte er mir einen größeren Schrecken eingejagt, als ich zuerst dachte«, sagte sie entschuldigend, als sie den besorgten Blick bemerkte, den Devin ihr zuwarf.

»Das bisschen Zittern braucht Ihnen nicht peinlich zu sein«, erwiderte er, während er stirnrunzelnd den tiefen Riss betrachtete, den

Joes Faust auf der Holzplatte des Ladentischs hinterlassen hatte. Hätte alles viel schlimmer kommen können, dachte er finster. Viel schlimmer. Sie hat noch mal Glück gehabt. »Ich muss allerdings zugeben, dass ich nicht damit gerechnet habe, dass er tatsächlich verrückt genug ist, hier aufzukreuzen.«

Regan räusperte sich. »Betrunken war er jedenfalls nicht. Seine Wut schraubte sich ganz langsam hoch, er wurde von Sekunde zu Sekunde aggressiver.« Sie griff wieder nach ihrer Tasse. »Aber es gibt keine Zeugen. Wir waren beide allein.«

»Sie müssen Anzeige erstatten. Das gibt mir die Handhabe, ihn zu verhaften.«

Sie lächelte ein noch immer leicht zittriges Lächeln. »Hört sich so an, als ob Ihnen nichts lieber wäre.«

»Darauf können Sie jede Wette eingehen.«

»Gut, dann werde ich das tun. Was ist mit Cassie?«

»Ich habe sofort nach Ihrem Anruf einen meiner Deputys zu Ed's geschickt und einen anderen zur Schule.«

»Die Kinder, mein Gott.« Das Blut drohte ihr in den Adern zu gefrieren. »Glauben Sie, dass er imstande ist, ihnen etwas anzutun?«

»Daran hat er meiner Meinung nach kein Interesse. Die Kinder sind für ihn praktisch nicht vorhanden. Alles, worum es ihm geht, ist, seine Macht über Cassie nicht zu verlieren.«

»Ja, ich denke, Sie haben recht.« Sie versuchte sich zu erinnern, wie er früher mit den Kindern umgegangen war. Wenn er sie nicht gerade wieder einmal quälte, waren sie Luft für ihn gewesen. Sie schwieg einen Moment. »So. Dann werde ich jetzt den Laden schließen und mit Ihnen kommen, damit die Sache erledigt ist.«

»Je eher, desto besser.«

Nachdem sie offiziell Anzeige erstattet hatte, verließ Regan das Sheriffoffice und ging über den Marktplatz. Cassie und sie würden beide heute Abend etwas Trost brauchen. Ein gutes Essen hält Leib und Seele zusammen, dachte sie. Ja, ich werde heute Spaghetti mit

Fleischbällchen machen und als Nachspeise einen großen Schokoladenkuchen backen, beschloss sie und steuerte den Supermarkt an.

Während sie an der Kasse darauf wartete, dass ihre Sachen eingepackt wurden, spürte sie die neugierigen Blicke in ihrem Rücken und hörte, wie einige Frauen miteinander tuschelten. Die Klatschbrigade ist im Anmarsch, stellte sie amüsiert fest und musste ein Grinsen unterdrücken.

Da kam auch schon die dicke Mrs. Metz auf sie zugewatschelt. »Ach, dachte ich's mir doch, dass ich Sie gesehen habe, Miss Bishop.«

»Hallo, Mrs. Metz.« Das Oberhaupt der Klatschbrigade pflanzte sich vor sie hin. »Was meinen Sie, kriegen wir wieder Schnee?«

»Eisregen«, erwiderte Mrs. Metz, wie stets über alles bestens informiert. »Ich habe es vorhin in den Nachrichten gehört. Wie kommt es, dass Sie zu dieser Tageszeit unterwegs sind?«

»Im Moment ist bei mir im Geschäft nicht viel los. Die Leute halten Winterschlaf.«

»Ach ja, verstehe. Aber Sie haben ja wahrscheinlich sowieso genug mit dem Barlow-Haus zu tun, stimmt's?«

»Ja, in der Tat.« Regan hatte sich entschlossen mitzuspielen. »Es geht gut voran. Das Haus wird ein richtiges Schmuckstück werden.«

»Ich hätte ja im Leben nie geglaubt, dass sich eines Tages noch mal jemand für den alten Kasten interessiert. Und vor allem nicht, dass es Rafe MacKade sein würde.« Ihre Augen leuchteten neugierig. »Sieht so aus, als hätte er im Süden gut verdient.«

»Offensichtlich.«

»Na ja, die MacKade-Jungs waren schon immer für eine Überraschung gut. Und der Rafe, der war ja ein ganz Wilder. Den Wagen seines Daddys hatte er schon zu Schrott gefahren, da hatte er noch nicht mal den Führerschein. Und immer auf der Suche nach einem, mit dem er sich anlegen konnte. Wenn's irgendwo Ärger gab, konnte man davon ausgehen, dass einer der MacKades mittendrin war. Und den Mädels haben sie den Kopf verdreht, kann ich Ihnen sagen – besonders Rafe.« Mrs. Metz schwelgte in alten Erinnerungen und konnte kein Ende finden.

»Nun, ich vermute, die Zeiten haben sich geändert. Was meinen Sie?«

»So sehr auch wieder nicht.« Ihr Doppelkinn schwabbelte, als sie ein dröhnendes Lachen von sich gab. »Da brauche ich ihn mir bloß anzuschauen. Der hat noch immer diesen bestimmten Blick drauf.« Vertraulich senkte sie nun die Stimme. »Mir hat ein kleiner Vogel zugezwitschert, dass er ein Auge auf Sie geworfen hat. Ist da was dran?«

»Ja, Ihr kleiner Vogel hat ganz recht. Vor allem hat nicht nur er ein Auge auf mich geworfen, sondern ich auch eines auf ihn.«

Nun prustete Mrs. Metz so laut heraus, dass sie ihre Tüte abstellen musste, um sich vor Lachen den Bauch zu halten. »Bei einem Mann wie ihm täten Sie besser daran, gut auf sich aufzupassen, meine Liebe. Früher war er ein ganz Schlimmer. Und aus schlimmen Jungs werden gefährliche Männer.«

»Ich weiß.« Regan wandte sich zum Gehen und winkte ihr zum Abschied lachend zu. »Das ist ja der Grund, weshalb er mir so gut gefällt.«

Noch immer amüsiert über die Unterhaltung mit Mrs. Metz trat Regan aus dem Supermarkt und schlenderte die Straße hinab. Die Bürgersteige waren holprig, die Bibliothek hatte nur an drei Tagen in der Woche geöffnet, und in der Post machten sie eine volle Stunde Mittagspause. Doch trotz alledem, oder vielleicht sogar gerade deshalb, war Antietam ein nettes Städtchen, in dem man sich so richtig wohlfühlen konnte. Wahrscheinlich war das Rafe noch gar nicht aufgefallen.

Kein fettes Kalb ist geschlachtet worden bei der Rückkehr des verlorenen Sohnes, dachte sie, während sie den gefrorenen Bürgersteig entlangging. Er war ohne Pauken und Trompeten empfangen worden, hatte sich unauffällig wieder eingefügt in den Lebensrhythmus der Stadt und würde genauso unauffällig wieder verschwinden, wenn er die Zeit dafür für reif hielt.

Nichts würde sich verändern, alles würde so bleiben, wie es immer war. Hoffentlich auch bei ihr.

Vor ihrem Haus angelangt, ging sie um den Laden herum zur Hintertür, kramte den Schlüssel aus ihrer Tasche und ging mit ihren Tüten beladen langsam die Treppe hinauf zu ihrer Wohnung.

Wäre sie nicht so in Gedanken versunken gewesen, hätte sie es vielleicht schon früher bemerkt. Hätte sie nicht wieder einmal, wie so oft in letzter Zeit, an Rafe denken müssen, hätte sie vielleicht noch etwas abwenden können. So aber fiel ihr zu spät auf, dass ihre Wohnungstür nur angelehnt war.

Einen winzigen Moment zu spät. Als sie es bemerkte, war ihr Gehirn für den Bruchteil von Sekunden leer.

Gerade als sie auf dem Absatz kehrtmachen wollte, um die Treppe nach unten zu fliehen, wurde die Tür aufgerissen. Dahinter kam Joe zum Vorschein und baute sich bedrohlich vor ihr auf.

Ihr Schrei wurde erstickt, als er seine Hände brutal um ihren Hals legte.

»Hab mich gefragt, wer von euch beiden eher kommt. Prima, dass du es bist.« Sein Atem, der nach Whisky, Saurem und Erregung stank, schlug ihr ins Gesicht. »Ich hab schon lange darauf gewartet, dich endlich mal zwischen die Finger zu kriegen.« Er presste seine Lippen an ihr Ohr, erregt davon, wie sie sich unter seinem Griff wand. »Jetzt werd' ich dir zeigen, was ein richtiger Mann ist.«

Er hob seine riesige Pranke und krallte seine Finger in ihre Brust, dass ihr vor Schmerz einen Moment lang schwarz vor Augen wurde. »Jetzt hol ich mir das, was du dem Dreckskerl Rafe MacKade so schön freiwillig gibst, und hinterher mach ich dein Gesicht zurecht, dass er dich nicht mehr wiedererkennt.«

Panik durchflutete sie, als er versuchte, sie durch die aufgebrochene Tür in die Wohnung zu ziehen. Sie war verloren, saß in der Falle wie eine Maus, ohne Hoffnung auf Rettung, sie war ihm hilflos ausgeliefert, denn es gab keinen Zweifel, dass er ihr körperlich bei Weitem überlegen war. Mit dem Mut der Verzweiflung stemmte sie sich mit

aller Kraft gegen ihn, aber er zog sie weiter, ihre Absätze schramm-
ten über die Holzdielen, die Tüten mit den Lebensmitteln waren ihr
längst aus den Händen geglitten, die Milchflasche war zerbrochen,
und ihr Inhalt ergoss sich wie ein weißer See über den Boden.

»Und wenn Cassie auftaucht, blüht ihr dasselbe«, schnaubte er, wobei
sich seine Brust vor Erregung und Anstrengung rasch hob und senkte.
»Aber erst bist du dran, Süße.« Mit seiner freien Hand riss er sie an den
Haaren, wobei ihn ihr erstickter Schrei und das anschließende Wimmern
erst richtig anzufeuern schienen. Dann hielt er plötzlich inne, starrte sie
an und verzog sein Gesicht zu einem hässlichen, breiten Grinsen.

Ihre Gedanken rasten. Sie musste ihm entkommen. Plötzlich fiel
ihr ein, dass ihre Finger noch immer den Schlüsselbund umklammerten, sie hob blitzschnell und ohne zu überlegen die Hand und knallte
ihn ihm direkt zwischen die blutunterlaufenen Augen.

Der Schmerz ließ ihn wie einen tödlich verwundeten Schakal auf-
heulen, sein Griff lockerte sich, einen Sekundenbruchteil später ließ
er sie los. Sie nutzte den Überraschungsmoment, machte auf dem Absatz kehrt und jagte wie von Furien gehetzt die Treppe nach unten.
Auf der letzten Stufe stolperte sie und stürzte zu Boden. Die Angst
im Nacken, in der Kehle einen Schrei, wandte sie den Kopf, um zu
sehen, ob er eventuell hinter ihr her sei.

Er lehnte, eine Hand übers Gesicht gelegt, vor Schmerz zusammengekrümmt am Treppengeländer. Unter seinen Fingern quoll Blut
hervor. Gott sei Dank. Sie schien ihn für den Moment außer Gefecht
gesetzt zu haben. Mühsam rappelte sie sich auf, setzte, als sie endlich stand, wie in Trance einen Fuß vor den anderen, ging durch den
Hausflur und zur Tür hinaus in Richtung von Ed's Café.

Ohne sich Gedanken darüber zu machen, wie sie aussah – der
rechte Ärmel ihres Mantels war herausgerissen, und ihre Hosen waren an den Knien zerrissen und blutbefleckt –, ging sie hinein.

Cassie fiel bei ihrem Anblick vor Schreck das Tablett aus den Händen und krachte scheppernd zu Boden. Porzellan- und Glasscherben
spritzten auf. »Regan! Mein Gott!«

»Ruf Devin an«, brachte Regan mühsam heraus und ließ sich vollkommen entkräftet auf den nächstbesten Stuhl sinken. »Joe hockt vor meiner Wohnung, er ist verletzt.« Plötzlich drehte sich ihr alles vor Augen.

»Los, mach schon«, befahl Ed Cassie resolut, die noch immer wie angewurzelt auf demselben Fleck stand und Regan entsetzt anstarrte. Dann marschierte sie auf Regan zu, der anzusehen war, dass sie kurz vor einer Ohnmacht stand, setzte sich auf einen Stuhl vor sie und zog ihren Kopf in ihren Schoß. »Kopf runter und ganz tief einatmen, Herzchen«, kommandierte sie, wobei sie den sechs Gästen, die voller Neugier und Erschrecken die Szene verfolgten, einen scharfen Blick zuwarf. »Worauf wartet ihr noch? Hat keiner von euch starken Männern so viel Mumm in den Knochen, um rüberzugehen und den Dreckskerl dem Sheriff zu übergeben? Hoffentlich wird's bald! Und du, Horace, setz deinen fetten Hintern in Bewegung und hol der Armen ein Glas Wasser!«

Befriedigt konnte Ed alsbald konstatieren, dass ihre rauen Befehle Bewegung in ihre Gäste gebracht hatten. Drei von ihnen stürmten hinaus, während Horace eilig ihrer Aufforderung, Regan etwas zu trinken zu bringen, nachkam.

Als Regan einen Moment später den Kopf hob, lächelte Ed sie an. »Gott sei Dank, du hast ja schon wieder ein bisschen Farbe. Dachte schon, du kippst mir um.« Während sie sich zurücklehnte, kramte sie in ihrer Schürzentasche nach ihren Zigaretten. Nach dem ersten tiefen Zug schüttelte sie den Kopf und grinste. »Hoffentlich hast du's dem Dreckskerl ordentlich gegeben. Verdient hat er es allemal.«

Kurz darauf saß Regan, in der Hand eine Tasse mit heißem Kaffee, wieder einmal in Devins Büro. Das Schlimmste war überstanden, die Panik legte sich langsam, und nach und nach gelang es ihr wieder, klar zu denken.

Cassie saß neben ihr. Sie schwieg. Shane, der zufälligerweise gerade in der Stadt gewesen war und bei seinem Bruder hineingeschaut hatte, lief unruhig wie ein Tiger im Käfig auf und ab. Devin saß hinter seinem Schreibtisch und nahm ihre Anzeige auf.

»Tut mir leid, Ihnen all diese Fragen stellen zu müssen, Regan«, entschuldigte er sich behutsam, »aber je klarer Ihre Aussage ist, desto leichter wird es sein, Dolin zur Rechenschaft zu ziehen.«

»Schon in Ordnung, ich bin ja jetzt wieder okay«, beteuerte sie, während sie noch immer benommen an ihren zerrissenen Hosen herumzupfte. Ihre Knie brannten wie Feuer – was einerseits seine Ursache darin hatte, dass Ed ihr das Desinfektionsmittel fast literweise über die Schürfwunden gekippt hatte, und andererseits von dem Sturz selbst herrührte. »Ich würde es gern sofort hinter mich bringen, ich …«

In diesem Moment wurde die Tür abrupt aufgerissen, und Rafe stand wie ein Racheengel auf der Schwelle. Einen Augenblick lang sah sie nur sein Gesicht – es war weiß vor Zorn, und seine grünen Augen schleuderten feurige Blitze.

Plötzlich schlug ihr das Herz bis zum Hals. Noch bevor sie aufspringen konnte, war er auch schon bei ihr, zog sie hoch und schloss sie so fest in die Arme, dass sie fürchtete, er würde ihr alle Rippen einzeln brechen.

»Geht's dir gut? Bist du verletzt?« Seine Stimme klang rau wie Sandpapier. Es gelang ihm nicht, auch nur einen einzigen klaren Gedanken zu fassen. Sobald er von Joes Überfall erfahren hatte, war er in seinen Wagen gesprungen und wie ein Irrer in die Stadt gerast. Er sah rot. Aber noch mehr als die wahnwitzige Wut auf Dolin hatte ihn die Panik, dass Regan etwas passiert sein könnte, vorwärtsgetrieben. Seine Hände, die nun zärtlich und voller Erleichterung ihren Kopf streichelten, waren eiskalt und klamm vor Angst.

Plötzlich begann sie wieder zu beben, offensichtlich saß ihr der Schock noch immer tief in den Knochen. »Ich bin okay, Rafe. Wirklich. Ich bin …« Ihre Worte blieben zitternd in der Luft hängen, und sie überkam plötzlich das irrationale Bedürfnis, ganz tief in ihn hineinzukriechen und dort Schutz zu suchen.

»Hat er dir wehgetan?« Mit einer Hand war er bemüht, sie zu beruhigen, indem er ihr unablässig über das Haar strich, während er mit der anderen ihr Kinn hob, um ihr in die Augen schauen zu können. »Hat er dich angefasst?«

Sie konnte nur den Kopf schütteln und barg gleich darauf ihr Gesicht wieder an seiner Schulter.

Rafe starrte Devin an. Wieder loderte Zorn, lichterloh brennend wie eine Fackel, in seinen Augen auf. »Devin, wo ist er?«

»In Gewahrsam.«

Rafe ließ seinen Blick nach hinten, in die Richtung, in der die Gefängniszellen lagen, wandern. »Er ist nicht hier, Rafe.« Devins Stimme klang ruhig, er hatte sich bereits für eine Auseinandersetzung mit seinem Bruder gewappnet. »Du kriegst ihn nicht zwischen die Finger.«

»Glaubst du, du könntest mich aufhalten?«

Jared, der kurz nach Rafe das Büro betreten hatte, legte seinem Bruder begütigend eine Hand von hinten auf die Schulter. »Warum setzt du dich nicht erst einmal hin?«

Wutschnaubend schüttelte Rafe Jareds Hand ab. »Lass mich.«

»Das ist jetzt ein Fall für die Justiz, Rafe. Du hast nicht das Recht, dich einzumischen«, erklärte Devin ruhig.

»Die Justiz soll sich zum Teufel scheren, und du gleich mit. Ich will verdammt noch mal auf der Stelle wissen, wo er ist.«

»Wenn du ihn findest, Rafe, halte ich dir solange den Mantel, bis du den Dreckskerl fertiggemacht hast.« Shane, der scharf darauf war, dass etwas passierte, feixte. »Darauf warte ich schon seit Jahren.«

»Halt die Klappe«, fuhr Jared ihn ungnädig an und warf dabei einen Blick auf Cassie, die den ganzen Vorgang schweigend mit großen Augen verfolgte.

»Du kannst dir dein Anwaltsgeschwätz an den Hut stecken, Bruderherz.« Shane hatte in Vorfreude auf das Kommende bereits die Hände zu Fäusten geballt. »Ich stehe auf Rafes Seite.«

»Ich brauche weder deine Hilfe noch die von sonst jemandem«, schnappte Rafe. »Geh mir sofort aus dem Weg, Devin.«

»Ich denke ja gar nicht daran. Los, setz dich hin, oder ich muss dir ein paar Handschellen verpassen und dich abführen. Wegen Widerstands gegen die Staatsgewalt.« Devins Stimme hatte einen drohenden Unterton angenommen.

Überraschend ließ Rafe Regan los und war mit einem einzigen langen Satz beim Schreibtisch. Er beugte sich vor, packte Devin mit beiden Händen am Kragen und schüttelte ihn. Während die beiden Brüder sich wutentbrannt anbrüllten, begann Regan wieder zu zittern.

Die Sache drohte zu eskalieren. Sie würde in einen Faustkampf ausarten, wenn sie nicht eingriff.

»Hört sofort auf«, befal sie, aber ihre Stimme bebte so sehr, dass sie kaum trug. »Ich habe gesagt, ihr sollt aufhören«, versuchte sie es wieder, lauter und energischer diesmal. Als die beiden Streithähne noch immer nicht bereit waren, voneinander zu lassen, begann sie zu brüllen. »Stopp, habe ich gesagt, verdammt noch mal! Stopp!«

Rafes erhobene Faust blieb vor Überraschung in der Luft hängen.

»Ihr benehmt euch wie die Kinder, ja, schlimmer noch. Habt ihr eigentlich vollkommen den Verstand verloren? Glaubt ihr vielleicht, es macht die Sache besser, wenn ihr euch gegenseitig verprügelt? Typisch, wirklich, ich habe nichts anderes von euch erwartet.« Aus ihrer Stimme war alle Unsicherheit gewichen, sie triefte nun vor Missbilligung. »Ihr seid mir vielleicht die richtigen Helden.« Mit einem verächtlichen Schnauben griff sie nach ihrem Mantel. »Wenn ihr glaubt, ich hätte Lust, hier rumzustehen und zuzusehen, wie ihr euch gegenseitig die Köpfe einschlagt, habt ihr euch getäuscht«, verkündete sie wütend und wandte sich zum Gehen.

»Setz dich hin, Regan.« Fluchend kam Rafe hinter ihr her. »Komm schon, setz dich.« Er packte sie am Ärmel und versuchte sie mit sanftem Druck zu einem Stuhl zu schieben, wobei man ihm ansah, wie viel Mühe es ihn kostete, seine Wut zu zügeln und sich zumindest einen leisen Anstrich von Besonnenheit zu geben. »Großer Gott, schau doch nur, wie deine Hände zittern.«

Behutsam nahm er sie in seine, drückte sie zärtlich und hob dann ihre Rechte an seine Lippen. Die Geste war so innig, dass die anderen MacKades verlegen den Blick abwandten.

»Was erwartest du denn von mir?« Erneut spürte er das Gefühl hilfloser Wut in sich emporkochen. »Was erwartest du von mir, wie ich reagieren soll? Ist dir eigentlich klar, wie ich mich fühle?«

»Ich weiß nicht«, erwiderte sie erschöpft. Im Moment wusste sie ja nicht einmal, wie sie sich selbst fühlte unter seinem verdammt eindringlichen Blick. »Ich würde das Ganze nur einfach gern hinter mich bringen, Rafe. Lass mich zu Protokoll geben, was ich zu sagen habe, und dann gehe ich.«

»Gut.« Er trat einen Schritt zurück. »Tu, was du nicht lassen kannst.«

Nachdem sie sich wieder gesetzt hatte, nahm sie den Becher mit frischem Kaffee, den Jared ihr hinhielt, entgegen. Devin fragte, sie antwortete, und Rafe hörte schweigend zu. Nach einer Weile drehte er sich abrupt um und verließ wortlos das Büro.

Sie bemühte sich, sich nicht verletzt zu fühlen, und zerbrach sich den Kopf darüber, warum er sie jetzt wohl allein gelassen hatte. »Und wie wird es jetzt weitergehen, Devin?«

»Sobald Joes Verletzungen es zulassen, wird er vom Krankenhaus ins Gefängnis überführt. Da er sich nicht an die Auflagen gehalten hat, die ihm das Gericht erteilt hat, muss er nun wieder in Haft und seine Strafe absitzen.« Für sie ist das wahrscheinlich nur ein schwacher Trost, dachte Devin, während er Cassie musterte, die während der vergangenen dreißig Minuten kein einziges Wort gesagt hatte.

»Nun gut.« Regan holte tief Luft. »Es ist vollbracht. Können Cassie und ich jetzt gehen?«

»Selbstverständlich. Wir bleiben in Verbindung.«

»Ich kann keinesfalls wieder mit zu dir«, brach Cassie ihr Schweigen. Ihre Stimme klang zaghaft und leise.

»Aber selbstverständlich.«

»Ach, Regan, wie könnte ich nur?« Unglücklich starrte sie auf Regans zerrissene rauchgraue Hose, der man selbst in diesem Zustand noch ansah, wie teuer sie einmal gewesen war. Jetzt allerdings war sie ein für alle Mal dahin. »Ich bin doch daran schuld, dass alles so gekommen ist.«

»Er ist schuld, Cassie«, erwiderte Regan ruhig, aber bestimmt. »Du trägst für das, was er getan hat, keinerlei Verantwortung.«

Es war ein hartes Stück Arbeit, Cassie die irrationalen Schuldgefühle auszureden, und auch nachdem es Regan schließlich einigermaßen gelungen war, war Cassie noch immer nicht bereit, mit ihr nach Hause zu gehen.

»Ich muss jetzt endlich anfangen, mein eigenes Leben zu leben, Regan. Ich muss einen Weg finden, um den Kindern das Zuhause zu geben, das sie verdienen.«

»Warte damit noch ein paar Tage.«

»Nein«, erwiderte Cassie fest entschlossen und holte tief Luft. »Kannst du mir helfen, Jared?«

»Ich bin bereit, alles zu tun, was in meiner Macht steht, Honey. Es gibt eine Menge Hilfsprogramme für Frauen …«

»Nein, das meine ich nicht.« Cassie presste ihre Lippen so hart aufeinander, bis sie nur noch ein schmaler Strich waren. »Ich möchte die Scheidung einreichen und will von dir wissen, welche Schritte ich als Nächstes unternehmen muss.«

»Okay.« Jared nickte. »Warum kommst du nicht mit? Wir könnten irgendwo gemütlich einen Kaffee trinken und dabei alles in Ruhe besprechen.«

Cassie willigte ein, und nachdem Shane Regan angeboten hatte, ihr Türschloss zu reparieren, brachen sie schließlich alle gemeinsam auf.

10. Kapitel

Es war ein befreiendes Gefühl, auf etwas einzuschlagen. Selbst wenn es nur ein Nagel war. Um sich von einer unüberlegten Handlung abzuhalten, hatte sich Rafe in das Schlafzimmer im Ostflügel geflüchtet und arbeitete dort wie ein Besessener. Allein sein Blick hatte es seinen Arbeitern ratsam erscheinen lassen, für den heutigen Tag Abstand zu halten.

Der Baulärm, der ohrenbetäubend durch das Haus dröhnte, passte hervorragend zu seiner düsteren, aggressiven Stimmung. Bei jedem Hammerschlag, den er krachend niedersausen ließ, stellte er sich genüsslich vor, es wäre seine Faust, die er Joe Dolin erbarmungslos zwischen die Rippen rammte.

Als er ein Türgeräusch hinter sich vernahm, stieß er, ohne sich auch nur umzudrehen, einen wilden Fluch aus. »Mach, dass du sofort rauskommst, oder du bist gefeuert, hast du verstanden.«

»Na los, dann feuer mich doch.« Regan knallte die Tür hinter sich zu. »Dann kann ich dir wenigstens endlich mal die Meinung sagen, ohne befürchten zu müssen, dass ich damit unsere Geschäftsgrundlage zerstöre.«

Jetzt warf er einen kurzen Blick über die Schulter. Sie hatte sich umgezogen und sah wie üblich wie aus dem Ei gepellt aus. Nicht nur, dass sie die Hose gewechselt hatte, sie trug auch eine andere Bluse, einen anderen Blazer und anderen Schmuck.

Leider erinnerte er sich noch viel zu gut daran, wie sie ein paar Stunden zuvor ausgesehen hatte mit ihrem wild zerzausten Haar, bleich und zittrig, mit blutbesudelter Kleidung.

»Du bist im Moment hier nicht erwünscht.« Er zielte auf den Kopf des Nagels und ließ den Hammer krachend niedersausen.

»Ich bin jetzt aber nun mal hier, MacKade.«

Nachdem sie nach Hause gekommen war, hatte sie erst einmal geduscht und versucht sich damit alles, was mit Joe Dolin in Zusammenhang stand, von der Seele zu waschen. Danach fühlte sie sich gefestigt genug, um Rafe MacKade gegenübertreten zu können. »Ich will wissen, was mit dir eigentlich los ist.«

Wenn er ihr die Wahrheit sagte, würde sie ihm vermutlich ins Gesicht lachen. Was bei ihm – da war er sich sicher – das Fass endgültig zum Überlaufen bringen würde. »Ich habe zu tun, Regan, siehst du das nicht? Diese Sache hat mich mehr als einen halben Tag gekostet.«

»Das kannst du nicht mir zum Vorwurf machen. Schau mich an, wenn ich mit dir rede, verdammt noch mal.« Da er keine Reaktion zeigte und vollkommen unberührt weiterhin seine Nägel in die Wand schlug, stützte sie empört die Hände in die Hüften. »He, hörst du nicht?«, brüllte sie ihn an. »Ich will von dir wissen, warum du vorhin einfach, ohne einen Ton zu sagen, abgehauen bist.«

»Weil ich zu tun hatte.«

Um ihm zu zeigen, was sie von seiner Antwort hielt, kickte sie wütend mit dem Fuß den Werkzeugkoffer beiseite. »Ich vermute, ich muss mich jetzt bei dir bedanken, dass du mein Schloss wieder in Ordnung gebracht hast.«

»Falls du gezwungen warst, einen Schlosser zu holen, bin ich gern bereit, dir deine Unkosten zu erstatten.«

Hilflos angesichts seiner Sturheit schüttelte sie den Kopf. »Warum bist du denn bloß so sauer auf mich? Was habe ich dir denn …«

Sie verschluckte sich fast vor Schreck, als sie sah, wie plötzlich der Hammer durch die Luft segelte, an der gegenüberliegenden neu tapezierten Wand abprallte und polternd zu Boden fiel.

»Du hast mir verdammt noch mal gar nichts getan. Du bist nur überfallen worden, fast vergewaltigt und hast dir die Knie blutig geschlagen, aber was zum Teufel sollte mich das scheren?«

Zumindest einer von uns muss jetzt die Ruhe bewahren, sagte sie sich. Und nach dem Ausdruck seiner Augen zu urteilen, würde sie das wohl sein müssen.« »Ich weiß, wie aufgebracht du bist über das, was passiert ist.«

»Ja, ich bin aufgebracht.« Bleich vor Zorn stapfte er zu der Werkzeugkiste hinüber, hob sie hoch über den Kopf und schmetterte sie anschließend mit voller Wucht zu Boden. »Nur ein bisschen aufgebracht. Und jetzt mach, dass du rauskommst.«

»Ich will aber nicht.« Trotzig hob sie das Kinn. »Na vorwärts, los, lass ruhig noch weiter die Fetzen fliegen. Ich warte gern, bis du dich abgeregt hast. Vielleicht ist es ja dann möglich, dass wir wie zivilisierte Menschen miteinander reden.«

»Vielleicht geht es ja irgendwann auch in deinen verdammten Dickschädel hinein, dass ich kein zivilisierter Mensch bin.«

»Ist schon angekommen«, konterte sie. »Und jetzt? Schießt du jetzt auf mich? Was beweisen würde, dass du ein noch härteres Mannsbild bist als Joe Dolin.«

Seine Augen wurden fast schwarz. Für den Bruchteil einer Sekunde entdeckte sie in ihnen Zorn, vermischt mit Schmerz. Sie war zu weit gegangen und hatte ihn verletzt. Beschämt räusperte sie sich. »Tut mir leid. Das wollte ich nicht sagen, ich nehme es zurück.«

Mit unterdrückter Wut starrte er sie an. »Normalerweise sagst du aber immer genau das, was du meinst.« Als sie zu einer Erwiderung ansetzte, hob er die Hand, um sie zum Schweigen zu bringen. »Du willst ein zivilisiertes Gespräch«, fuhr er fort. »Bitte. Dann führen wir dieses verdammte Gespräch eben.«

Er ging mit Riesenschritten zur Tür, riss sie auf, steckte seinen Kopf durch den Spalt und brüllte zweimal laut hintereinander: »Feierabend«, und knallte sie wieder zu.

»Es ist wirklich nicht nötig, deswegen gleich die Arbeiter nach Hause zu schicken«, begann sie. »Ich bin sicher, dass wir nicht mehr als ein paar Minuten brauchen.«

»Es geht aber nicht immer alles nach deinem Kopf.«

»Ich weiß überhaupt nicht, wovon du redest.«

»Kann ich mir gut vorstellen.« Wutentbrannt riss er wieder die Tür auf und brüllte: »Hat irgendwer eine verdammte Zigarette für mich?« Als keine Antwort kam – wahrscheinlich hatte ihn niemand gehört –, schlug er die Tür mit einem Krachen wieder zu.

Regan beobachtete fast schon fasziniert, wie er unter gemurmelten Flüchen seinen Rundgang durchs Zimmer wieder aufnahm. Er hatte seine Hemdsärmel bis zu den Ellbogen hochgekrempelt, um die Taille trug er einen Werkzeuggürtel, und um den Kopf hatte er ein Halstuch als Stirnband geschlungen. Er sieht aus wie ein Bandit, dachte sie.

Und auf jeden Fall war es für sie jetzt gerade vollkommen inakzeptabel, der Erregung, die mit jeder Sekunde, die verging, mehr und mehr Besitz von ihr ergriff, Raum zu geben.

»Ich könnte uns rasch einen Kaffee machen«, schlug sie diplomatisch vor, biss sich jedoch angesichts des bösen Blicks, den er ihr zuwarf, auf die Lippen. »Na ja, vielleicht besser doch nicht. Rafe …«

»Halt den Mund.«

Sie straffte die Schultern. »Ich bin es nicht gewöhnt, dass man in diesem Ton mit mir redet.«

»Dann gewöhnst du dich eben jetzt daran. Ich habe mich lange genug zurückgehalten.«

»Zurückgehalten?« Erstaunt riss sie die Augen auf. Wenn er nicht ausgesehen hätte wie ein Besessener, hätte sie jetzt laut herausgelacht. »Du hast dich zurückgehalten? Dann würde ich doch gern mal sehen, wie es ist, wenn du dich nicht zurückhältst.«

»Das kannst du gleich erleben«, schleuderte er ihr entgegen. »Du bist also sauer, weil ich einfach weggegangen bin, ist das richtig? Gut, dann will ich dir jetzt mal zeigen, was passiert wäre, wenn ich dageblieben wäre.«

»Fass mich nicht an.« Ihr Arm schoss nach oben, die Hand zur Faust geballt wie ein Boxer, der auf das ›Ring frei zur nächsten Runde‹ wartet. »Wage es nicht, ich warne dich.«

Die Augen vor Kampflust funkelnd hob er die Hand, umschloss ihre noch immer erhobene Faust und drängte Regan, indem er ganz nah an sie herantrat, Schritt für Schritt hin zur Tür. »Na los, Darling, mach schon. Ich gebe dir hiermit noch eine letzte Chance, von hier zu verschwinden, du solltest sie besser ergreifen.«

»Nenn mich nicht in diesem Ton Darling.«

»Du bist wirklich ein verdammt zäher Brocken.« Er ließ ihren Arm fallen und trat beiseite. »Du willst also wissen, warum ich abgehauen bin. Das also ist für dich die Frage aller Fragen, die dir auf den Nägeln brennt, ja? Deshalb bist du hier?«

»Ja.«

»Aber heute Morgen, nachdem Joe dich bereits zum ersten Mal bedroht hat, hast du es nicht für nötig gehalten, mir auch nur ein Sterbenswörtchen davon zu erzählen. Und nachdem er dich überfallen hat, erst recht nicht.« Und genau das war es, was ihn so gnadenlos erbitterte. Wie verheerend auch immer das sein mochte.

»Ich war bei Devin.«

»Jaaa.« Er zog das Wort höhnisch in die Länge. »Du warst bei Devin.« Plötzlich kam eine eisige Ruhe über ihn. »Weißt du eigentlich, was passiert ist, Regan? Dolin ist zu dir in den Laden gekommen – genau wie ich es vorausgesagt habe.«

»Und ich bin mit der Situation klargekommen«, konterte sie. »Genau wie ich es vorausgesagt habe.«

»Sicher. Du kommst ja immer mit allem klar. Er hat dir gedroht. Er hat dir Angst eingejagt.«

»Ja, okay. Er hat mir Angst eingejagt.« Ebenso wie sie auch jetzt Angst hatte. Wohin sollte das alles bloß noch führen? »Deshalb habe ich Devin angerufen.«

»Und nicht mich. Du bist zu Devin ins Büro gegangen und hast Anzeige erstattet.«

»Ja. Natürlich. Weil ich wollte, dass Joe verhaftet wird.«

»Sehr löblich. Dann bist du einkaufen gegangen.«

»Ich …« Sie verschränkte die Finger und zog sie gleich darauf wieder auseinander. »Ich dachte … ich wusste, dass Cassie sich aufregen würde, wenn sie von der Sache hört … und ich wollte … ich hab mir gedacht, ein gutes Essen würde dazu beitragen, dass wir uns beide besser fühlen.«

»Und in der ganzen Zeit ist es dir nicht ein einziges Mal in den Kopf gekommen, mir vielleicht auch Bescheid zu sagen?«

»Ich war ...« Sie unterbrach sich. »Also gut, ja. Meine erste Reaktion heute Morgen war, dich anzurufen, nachdem Joe endlich aus dem Laden war. Aber ich habe es gleich wieder verdrängt.«

»Verdrängt?«

»Ja. Weil ich überzeugt davon war, dass die Sache mein Problem ist und dass ich versuchen musste, es ganz allein zu lösen.«

Ihre aufrichtigen Worte versetzten ihm einen schmerzhaften Stich. »Und nachdem er dich dann überfallen hatte, dir wehgetan hat und dich um ein Haar ...« Er konnte das Wort nicht aussprechen. Schon allein der Versuch vermittelte ihm das Gefühl, als würde er in einzelne Teile auseinanderfallen, die zusammenzusetzen ihm nie mehr gelingen würde. »Auch dann bist du noch immer nicht auf die Idee gekommen, mich anzurufen. Ich musste es erst von Shane erfahren, der zufälligerweise bei Devin war, als der Anruf kam.«

Langsam wurde ihr klar, womit sie ihn verletzt hatte. Das hatte sie nicht gewollt. »Rafe, ich habe einfach nicht nachgedacht.« Sie machte einen Schritt auf ihn zu und blieb dann doch wieder stehen. Wahrscheinlich war es nicht ratsam, näher an ihn heranzugehen. »Ich war wie vor den Kopf geschlagen, verstehst du das denn nicht? Erst in Devins Büro konnte ich wieder einigermaßen klar denken. Alles ist so schnell gegangen«, fügte sie in beschwörendem Ton hinzu. »Und es gab immer wieder Momente, in denen mir die ganze Geschichte vollkommen unwirklich vorkam.«

»Du bist damit klargekommen.«

»Was blieb mir denn anderes übrig? Hätte ich mich vielleicht gehen lassen sollen?«

»Du hast mich nicht gebraucht.« Nun war sein Blick gleichmütig, und nicht länger brennend. Das Feuer war aus. »Und du brauchst mich auch jetzt nicht.«

167

Eine nie gekannte Panik überfiel sie. »Das ist nicht wahr.«

»Oh, ja – unser Sex ist großartig.« Er lächelte kühl und humorlos. »Das ist etwas, das wir bestens miteinander teilen können. Mein Problem, dass ich die Ebenen miteinander verwechselt habe. Es wird nicht noch einmal passieren.«

»Es geht doch nicht nur um Sex.«

»Sicher tut es das.« Er zog einen Nagel aus seinem Werkzeuggürtel und hielt ihn an die Stelle, an der er ihn einschlagen wollte. »Sex ist das, was uns verbindet. Und das ist ja immerhin eine ganze Menge.« Mit einem Krachen sauste der Hammer auf den Nagelkopf nieder. »Also, wenn du das nächste Mal wieder Lust hast, weißt du ja, wo du mich finden kannst.«

Sie wurde blass. »Das klingt schrecklich, so wie du es sagst.«

»Deine Regeln, Darling. Warum soll man eine einfache Sache kompliziert machen, stimmt's?«

»Ich will nicht, dass es so zwischen uns läuft, Rafe.«

»Aber ich will es. Und es war von Anfang an in deinem Sinne.« Er rammte den nächsten Nagel in die Wand. Er würde ihr nicht noch einmal die Gelegenheit geben, ihn zu verletzen.

Sie öffnete den Mund, um ihm zu sagen, dass sie jetzt gehen würde, doch sie konnte es nicht. Tränen brannten in ihren Augen, und sie hatte Mühe, das Schluchzen, das ihr in der Kehle hochstieg, zu unterdrücken. Konnte es sein, dass sie sich in ihn verliebt hatte?

»Ist das alles, was du für mich empfindest?«

»Ich habe einfach nur versucht zu sagen, wie ich die Sache sehe.«

Weil sie keine Lust hatte, sich lächerlich zu machen, schluckte sie ihre Tränen hinunter. »Und das alles nur deshalb, weil du dich über mich geärgert hast.«

»Sagen wir lieber, diese Angelegenheit hat dazu beigetragen, dass ich wieder einen klaren Blick bekommen habe. Du willst dich in deinem Leben mit nichts belasten, stimmt's?«

»Nein, ich …«

»Teufel noch mal – ich doch auch nicht. Nenn es von mir aus verletzte Eitelkeit, aber es hat mir eben einfach nicht gepasst, dass du direkt zu meinem Bruder gerannt bist, anstatt zuerst mal zu mir zu kommen. Vergiss es, und lass uns jetzt einfach so weitermachen, als sei nichts geschehen.«

Merkwürdig, die tödliche Wut, die er vorher ausgestrahlt hatte, hatte ihr viel mehr zugesagt als das offenkundige Desinteresse, das er jetzt an den Tag legte. »Ich bin mir nicht sicher, dass das möglich ist. Im Moment bin ich nicht in der Lage, dir eine Antwort zu geben.«

»Dann überleg's dir in Ruhe, Regan. Ich bin sicher, dass du zu einem zufriedenstellenden Schluss gelangen wirst.«

»Würdest du vielleicht lieber ...« Sie presste eine Hand auf den Mund und wartete, bis sie sich sicher sein konnte, dass ihre Stimme auch wirklich trug. »Wenn du dich lieber nach einer neuen Geschäftsverbindung umsehen möchtest, kann ich dir die Adressen von anderen Antiquitätenhändlern hier in der Gegend geben.«

»Nicht nötig.« Als er sich nach ihr umdrehte, sah er, dass ihre Augen trocken waren, ihr Gesichtsausdruck war beherrscht. »In einer Woche bin ich hier mit diesem Raum so weit, dass du mir die Möbel liefern kannst.«

»Okay. Dann werde ich die notwendigen Vorbereitungen treffen.« Blind griff sie nach der Türklinke, ging schnell hinaus und rannte die Treppe hinunter.

Als er unten die Haustür ins Schloss fallen hörte, setzte sich Rafe auf den Boden. In der Luft lag ein leises Wimmern, während er sich mit der Hand übers Gesicht fuhr.

»Ich weiß genau, wie du dich fühlst«, murmelte er vor sich hin.

Es war das erste Mal in seinem Leben, dass eine Frau ihm das Herz gebrochen hatte, und der einzige Trost, den er für sich selbst bereithielt, war der, dass es auch das letzte Mal sein würde.

Der vorausgesagte Eisregen war eingetroffen und verwandelte die Straßen in spiegelblanke Eisflächen. Seit Tagen ging das nun schon so.

Rafe kümmerte das verdammt wenig. Das lausige Wetter gab ihm wenigstens einen Grund, sich nicht aus dem Haus zu rühren und zwanzig von den vierundzwanzig Stunden des Tages zu arbeiten. Mit jedem Nagel, den er einschlug, und mit jeder Wand, die er mit Sandpapier abschliff, wurde das Haus mehr zu seinem Eigentum.

In den Nächten, in denen es ihm selbst dann, wenn er bis an den Rand der Erschöpfung gearbeitet hatte, nicht gelang einzuschlafen, wanderte er ziellos im Haus umher, die flüsternden, wimmernden Gespenster an seiner Seite.

Um an Regan zu denken, fehlte ihm die Zeit. Das versuchte er sich zumindest einzureden. Und wenn es doch einmal vorkam, dass sie sich in seine Gedanken einschlich, brauchte er nur noch ein bisschen härter und ausdauernder zu arbeiten, und schon war der Spuk vorbei.

»Du siehst ziemlich abgekämpft aus, Kumpel.« Devin zündete sich eine Zigarette an und sah seinem Bruder bei der Arbeit zu.

»Nimm einen Hammer in die Hand oder mach dich einfach dünn.«

»Wirklich wunderschön.« Devin überhörte Rafes Bemerkung und fuhr leicht mit der Hand über die Tapete. »Wie heißt denn diese Farbe?«

Rafes Antwort bestand lediglich aus einem unwirschen Brummen, was Devin veranlasste, ihn forschend von der Seite her zu betrachten. »Bist du gekommen, um dein Urteil über meine Tapeten abzugeben?«

Devin stippte seine Asche in einem leeren Kaffeebecher ab. »Quatsch. Ich will mich einfach nur ein bisschen mit dir unterhalten. Joe wurde heute aus dem Krankenhaus ins Gefängnis überführt.«

»Und? Was geht mich das an?«

»Er hat Glück gehabt, dass er sein Auge nicht verloren hat«, fuhr Devin gelassen fort. »Er muss nur noch eine Weile eine Augenklappe tragen, aber etwas Ernsthaftes bleibt aller Wahrscheinlichkeit nach nicht zurück.«

»Sie hätte zwischen seine Beine zielen sollen.«

»Ja, wirklich zu schade. Ich habe gedacht, es würde dich interessieren, dass er sich auf den Rat seines Anwalts hin der Körperverletzung für schuldig erklärt hat. Die Anklage wegen versuchter Vergewaltigung wollen sie wohl fallen lassen.«

Rafe versuchte, unbeeindruckt zu erscheinen. »Was wird er bekommen?«

»Drei Jahre, schätze ich. Nach einem Jahr werden sie ihn wahrscheinlich auf Bewährung freilassen wollen, aber daran werde ich auf jeden Fall noch versuchen zu drehen.«

»Wie nimmt Cassie es auf?«

»Ganz gut, glaube ich. Jared treibt die Scheidung voran. Aufgrund der Umstände wird sicher die übliche Wartefrist von einem Jahr diesmal nicht eingehalten werden müssen, und Joe kann auch keinen Einspruch dagegen einlegen. Je schneller die ganze unerfreuliche Angelegenheit über die Bühne ist, desto früher wird Cassie mit den Kindern zusammen anfangen können, wirklich ihr eigenes Leben zu leben.« Gedankenverloren drückte er seine Zigarette in dem Kaffeebecher aus. »Interessiert es dich denn gar nicht, wie Regan mit der ganzen Sache zurechtkommt?«

»Nein.«

»Na gut. Ich erzähl's dir trotzdem.« Ohne Rafes wütendes Schnauben zu beachten, setzte sich Devin seelenruhig auf einen wackligen, mit Farbe bespritzten Stuhl und schlug die Beine übereinander. »Wenn du mich fragst, sieht sie so aus, als hätte sie in letzter Zeit nicht besonders viel geschlafen.«

»Ich frag dich aber nicht.«

»Ed hat erzählt, dass sie nicht mal in ihrer Mittagspause zum Essen rüberkommt. Irgendwas muss ihr offensichtlich ziemlich auf den Magen geschlagen sein. Nun ist es durchaus vorstellbar, dass sie das mit Joe aus der Bahn geworfen hat, und doch werde ich den Verdacht nicht los, dass noch etwas anderes dahintersteckt.«

»Sie wird's schon wieder auf die Reihe kriegen, sie kann sehr gut auf sich allein aufpassen.«

»Sicher kann sie das. Und doch hätte ihr, wenn es Joe gelungen wäre, sie in die Wohnung zu ziehen, noch weitaus mehr passieren können.«

»Glaubst du vielleicht, das wüsste ich nicht selbst?«, fauchte Rafe.

»Ja, ich denke schon, dass du das weißt. Und ich denke noch etwas: dass das Wissen darum dich fast auffrisst, und das tut mir leid. Bist du jetzt bereit, mir zuzuhören?«

»Nein.«

Da Rafes Verneinung in Devins Ohren jedoch nicht entschieden genug klang, beschloss er zu sagen, was er zu sagen hatte. »Augenzeugen haben ausgesagt, dass sie zuerst dachten, Regan sei betrunken, als sie hereingewankt kam. Wenn Ed sich nicht sofort um sie gekümmert hätte, wäre sie mit Sicherheit in Ohnmacht gefallen.«

»Ich will das alles nicht hören.«

»Verstehe«, murmelte Devin und betrachtete Rafes Hand, die den Hammergriff so fest umklammert hielt, dass die Knöchel weiß hervortraten. »Als ich zu ihr kam, befand sie sich in einem Schockzustand, Rafe, verstehst du? Ihre Pupillen waren riesengroß, und ich habe erst überlegt, ob ich nicht den Notarzt rufen sollte. Aber dann hat sie mit aller Kraft versucht, sich zusammenzureißen, was ihr nach kurzer Zeit auch gelang.«

»Sie ist eben knallhart. Auch gegen sich selbst. Erzähl mir doch mal etwas, das ich nicht weiß.«

»Okay. Also, ich glaube kaum, dass du in dem Zustand, in dem du dich befunden hast, als du in mein Büro reingeplatzt kamst, wirklich bemerkt hast, was mit ihr los ist. Sie hat sich eben zusammengenommen, weil ihr zu dem Zeitpunkt nichts anderes übrig blieb. Aber du hättest ihren erleichterten Gesichtsausdruck sehen sollen, als sie dich sah.«

»Sie braucht mich nicht.«

»Das ist doch absoluter Käse. Mag ja sein, dass du leicht beschränkt bist, aber so viel solltest du doch noch wissen.«

»Immerhin weiß ich jetzt, dass ich beschränkt genug war, sie an mich heranzulassen, und das zuzulassen, was sie von mir wollte. Damit allerdings hat es jetzt ein Ende, denn beschränkt genug, um mich vollends zum Narren zu machen, bin ich auch wieder nicht.« Entschieden rammte er den Hammer in die dafür vorgesehene Schlaufe an seinem Werkzeuggürtel. »Und ich brauche sie ebenso wenig wie sie mich.«

Seufzend erhob Devin sich. »Du bist bis über beide Ohren verliebt in sie.«

»Keineswegs. Vielleicht hatte ich eine Zeit lang eine Schwäche für sie, aber darüber bin ich längst hinweg.«

Devin hob die Brauen. »Bist du sicher?«

»Ich habe es doch gesagt, oder nicht?«

»Gut.« Devin lächelte. »Dann ist ja alles klar. Da ich annahm, du hättest was mit ihr am Laufen, wollte ich dir nicht in die Quere kommen. Aber nachdem du mir versichert hast, dass du nicht interessiert bist, sieht die Sache für mich natürlich anders aus. Mal sehen, ob es mir nicht vielleicht doch gelingt, ihren Appetit anzuregen.«

Er hatte den Schlag, der mit voller Wucht gegen seinen Kiefer donnerte, schon erwartet und nahm ihn mit stoischer Gelassenheit sowie in der Gewissheit, einen Punkt gemacht zu haben, hin. Es stand nur zu hoffen, dass sein Kiefer der Begegnung mit Rafes Faust standgehalten hatte.

»Teufel noch mal, du bist ja tatsächlich drüber weg.«

»Vielleicht sollte ich dir gleich noch eins überbraten«, stieß Rafe nun aufgebracht zwischen zusammengepressten Zähnen hervor.

»Das würde ich an deiner Stelle lieber sein lassen. Dieser eine war frei.« Vorsichtig schob Devin den Unterkiefer vor und zurück. »Eins muss man dir lassen, Rafe, du hast noch immer einen verflucht präzisen Schlag.«

Fast schon amüsiert streckte Rafe seine schmerzenden Finger. »Und du hast einen Kiefer wie ein Felsbrocken, du Dreckskerl.«

»Ich mag dich auch.« Vergnügt legte Devin einen Arm um die Schultern seines Bruders. »Und? Geht's dir jetzt besser?«

»Nein.« Er überlegte einen Moment. »Vielleicht.«

»Willst du nicht zu ihr gehen und die Angelegenheit bereinigen?«

»Ich bin noch nie in meinem Leben einer Frau hinterhergerannt«, brummte Rafe.

173

Aber diesmal, darauf würde ich wetten, wirst du es tun, dachte Devin. Früher oder später. »Was hältst du davon, wenn wir heute Nacht mal wieder so richtig einen draufmachen?«

Rafe grinste. »Keine schlechte Idee.« Sie gingen zusammen auf den Flur hinaus und die Treppe nach unten. »Wie wär's, wenn wir uns in Duff's Tavern treffen? Gegen zehn?«

»Gebongt. Mal sehen, ob ich Shane und Jared auch überreden kann.«

»Wie in alten Zeiten. Und wenn Duff uns kommen sieht, wird er gleich …«

Rafe unterbrach sich, weil sein Herz einen Riesensatz machte. Am Fuß der Treppe stand Regan, die Schultern gestrafft, die Augen kühl.

»Deine Möbel sind da.« Es kostete sie einige Anstrengung, ihre Stimme unbeteiligt klingen zu lassen. »Du hast mir auf dem Anrufbeantworter hinterlassen, dass ich um drei liefern soll.«

»Stimmt.« Ihm drehte sich vor Aufregung fast der Magen um. Du lieber Gott, wann hatte ihn jemals eine Frau derartig aus dem Gleichgewicht gebracht? »Kannst die Sachen raufbringen lassen.«

»Okay. Hallo, Devin.«

»Hallo, Regan. Ich wollte gerade gehen. Bis heute Abend dann, Rafe. Um zehn in Duff's Tavern, wir rechnen fest mit dir.«

»Ja.« Seine Augen ruhten unablässig auf Regan, während er die Stufen hinabstieg. »Bist du gut durchgekommen, oder war es noch immer glatt?«

»Nein, die Straßen sind wieder frei.« Sie wunderte sich, dass er ihr nicht ansah, wie jämmerlich ihr zumute war. »Ich habe auch die Federkernmatratze bekommen, die du für das Himmelbett haben wolltest.«

»Ich weiß die Mühe, die du dir gemacht hast, wirklich zu schätzen, Regan. Die Möbelpacker können die Sachen reinbringen, und ich werde mich verziehen, bis sie fertig sind, ich muss nämlich noch …« Nichts, wurde ihm mit erschreckender Deutlichkeit klar. Er musste gar nichts. »Arbeiten«, beendete er schließlich seinen Satz. »Ruf mich, wenn ihr so weit seid, ich lege unterdessen schon mal deinen Scheck bereit.«

Sie hätte gern noch etwas gesagt, irgendetwas, egal was, aber er hatte sich bereits umgedreht und war davongegangen. Sie straffte die Schultern und ging hinaus, um den Möbelpackern weitere Instruktionen zu erteilen.

Bis schließlich alles so war, wie sie es sich vorgestellt hatte, wurde es fast fünf. Vollkommen vertieft in ihre Arbeit, war Regan die Ruhe, die mittlerweile im Haus eingekehrt war, völlig entgangen. Weil sich das Tageslicht langsam verabschiedete und der Dämmerung Platz machte, drehte sie die Stehlampe und rückte sie näher an den Sessel heran, den sie vor dem Kamin platziert hatte.

Noch knackten darin keine Holzscheite und auch keine roten Flammen züngelten auf, aber sie spürte deutlich, dass der Raum nur darauf wartete, endlich wieder bewohnt zu werden.

Ihr Blick wanderte hinüber zu dem Himmelbett. Sie würde noch ein paar spitzenbesetzte Kissen darauf drapieren. Und in die Kommode neben dem Bett gehörte feines, duftendes Leinen. Vor den Fenstern fehlten noch die Vorhänge aus irischer Spitze, und auf die Frisierkommode käme eine versilberte Bürste. Nur noch ein paar kleine Handgriffe, und das Zimmer würde perfekt sein, wirklich perfekt. Es würde hübsch werden, wunderhübsch.

Sie wünschte sich, sie hätte dieses Brautgemach hier niemals gesehen, ebenso wenig wie das ganze Haus und auch Rafe MacKade.

Er stand schweigend auf der Schwelle und beobachtete sie bei ihrem abschließenden Rundgang durch das Zimmer. Sie schritt so würdevoll und leichtfüßig dahin, als sei sie selbst eins der Gespenster, die dieses Haus bewohnten.

Plötzlich reckte sie energisch das Kinn und drehte sich zu ihm um. Die Sekunden zerrannen.

»Ich bin eben erst fertig geworden«, brachte sie mühsam heraus.

»Wie man sieht.« Er blieb stehen, wo er stand, und riss seinen Blick von ihr los, um ihn durch den Raum schweifen zu lassen. »Wirklich umwerfend.«

»Das eine oder andere fehlt zwar noch, aber langsam bekommt man doch einen Eindruck, wie es am Ende aussehen wird.« Sein Gleichmut begann an ihren Nerven zu zerren. »Ich habe gesehen, dass du in dem anderen Schlafzimmer auch schon große Fortschritte gemacht hast.«

»Ja. Es geht voran.«

»Du arbeitest schnell.«

»Ja. Das hat man mir schon immer nachgesagt.« Er zog einen Scheck aus seiner Brusttasche hervor und hielt ihn ihr hin. »Hier. Der Scheck.«

»Danke.« Sie nahm ihn, öffnete ihre Handtasche, die sie auf dem Tisch abgestellt hatte, und schob ihn hinein. »So. Dann werde ich jetzt mal gehen.« Sie warf sich den Riemen ihrer Tasche über die Schulter, drehte sich brüsk um und rannte direkt in ihn hinein. »Oh, Entschuldigung.« Als sie Anstalten machte, um ihn herumzugehen, verstellte er ihr den Weg. Ihr Herz schlug plötzlich wie ein Schmiedehammer. »Lass mich durch.«

Ungerührt blieb er stehen und musterte sie von Kopf bis Fuß. »Du siehst nicht besonders gut aus.«

»Vielen Dank.«

»Du hast Ringe unter den Augen.«

So viel zu meiner Schminktechnik, dachte sie mit bitterer Ironie. »Es war ein langer Tag, und ich bin müde.«

»Wie kommt's, dass du überhaupt nicht mehr zu Ed zum Essen gehst?«

Sie fragte sich, wie sie jemals auf den Gedanken hatte verfallen können, dass es angenehm sei, in einer Kleinstadt zu leben. »Selbst wenn du zusammen mit dem Nachrichtendienst von Antietam da anderer Meinung sein solltest: Was ich in meiner Mittagspause mache, ist noch immer ganz allein meine Angelegenheit. Lass dir das gesagt sein.«

»Dolin ist im Gefängnis. Er kann dir nicht mehr zu nahe kommen.«

»Ich habe keine Angst vor Joe Dolin, das kannst du mir glauben.« Stolz auf ihre gespielte Tapferkeit warf sie den Kopf zurück. »Ich trage mich mit dem Gedanken, mir eine Waffe zuzulegen.«

»Das solltest du dir vielleicht noch mal überlegen.«

In Wirklichkeit hatte sie noch keine Sekunde daran gedacht. »Ah ja, ich verstehe, du bist der Einzige auf der ganzen weiten Welt, der in der Lage ist, sich selbst zu verteidigen und andere gleich mit dazu, stimmt's? Mach Platz, MacKade, ich habe hier nichts mehr verloren.«

Als er sie am linken Arm packte, verpasste sie ihm, ohne nachzudenken, mit der Rechten eine schallende Ohrfeige. Entsetzt über sich selbst, wich sie gleich darauf einen Schritt zurück.

»So weit musste es also kommen.« Fassungslos und den Tränen nahe riss sie sich ihre Handtasche von der Schulter. »Ich kann es nicht glauben, dass du mich dazu gebracht hast, so etwas zu tun. Noch nie in meinem Leben habe ich einen Menschen geschlagen.«

»Dafür, dass das das erste Mal war, war es schon ganz gut.« Während er sie nicht aus den Augen ließ, fuhr er sich mit der Zunge über die Innenseite seiner Wange, die wie Feuer brannte. »Du solltest es das nächste Mal mit einem Schwung aus der Schulter heraus versuchen. Im Handgelenk hat man nicht genug Kraft.«

»Es wird kein nächstes Mal geben. Im Gegensatz zu dir halte ich nichts von roher Gewalt.« Sie holte tief Luft, um sich zu beruhigen. »Entschuldige bitte.«

»Solltest du versuchen, zur Tür zu gehen, muss ich mich dir leider wieder in den Weg stellen, und der ganze Zirkus fängt von vorn an.«

»Also gut.« Sie ließ ihre Tasche auf dem Boden, wo sie sie hingeschleudert hatte, liegen. »Offensichtlich hast du mir noch etwas zu sagen.«

»Hör auf, so trotzig das Kinn zu heben, das macht mich langsam wahnsinnig. Also, da ich ein zivilisierter Mensch bin, erkundige ich mich jetzt ganz höflich nach deinem werten Befinden. Zivilisiert ist das, was du bist, denk dran.«

»Mir geht es gut«, schleuderte sie ihm wütend entgegen. »Und wie geht es dir?«

»Gut genug jedenfalls. Möchtest du ein Bier? Oder lieber einen Kaffee?«

»Nein, vielen Dank.« Wer zum Teufel war dieser Mann? Wie kam er bloß auf die Idee, in aller Seelenruhe eine vollkommen sinnlose Unterhaltung führen zu wollen, während in ihrem Inneren ein Hurrikan tobte? »Ich will weder Bier noch Kaffee.«

»Was willst du dann, Regan?«

Jetzt erkannte sie ihn wieder. Dieser scharfe, ungeduldige Ton, den er nun anschlug, brachte ihr den alten Rafe MacKade zurück. Nach dem sie sich sehnte. »Ich will, dass du mich gehen lässt.«

Ohne ein Wort machte er einen Schritt zur Seite und gab den Weg frei.

Sie bückte sich und hob ihre Handtasche auf. Gleich darauf stellte sie sie wieder ab. »Das kann ja wohl nicht dein Ernst sein.« Zum Teufel mit ihrem Stolz und ihrem Gefühl. Was scherte sie das alles? Schlimmer verletzt, als sie es ohnehin schon war, konnte sie schließlich nicht mehr werden.

»Du hättest es sowieso nicht bis zur Tür geschafft«, erklärte er ruhig. »Wahrscheinlich war dir das ohnehin schon klar, Regan.«

»Mir ist gar nichts klar, bis darauf, dass ich einfach keine Lust mehr habe zu kämpfen.«

»Ich kämpfe doch gar nicht. Ich warte.«

Sie nickte. Ja, sie hatte verstanden. Wenn das alles war, was er bereit war, ihr zu geben, würde sie es eben akzeptieren. Sie würde es genug sein lassen. Sie schlüpfte aus ihren Schuhen und knöpfte den Blazer auf.

»Was machst du denn da?«

»Das ist die Antwort auf dein Ultimatum von letzter Woche.« Sie warf den Blazer über den Stuhl und öffnete ihre Bluse. »Erinnerst du dich? Nimm's oder lass es bleiben, hast du gesagt. Nun gut, ich nehme es.«

11. Kapitel

Das war eine Wendung, die er nicht erwartet hatte. Als Rafe die Sprache wiedergefunden hatte, trug sie nichts mehr am Leib als zwei winzige Teile aus schwarzer Seide. Sein Gehirn war vollkommen blutleer, er konnte einfach keinen klaren Gedanken fassen.

»Einfach so?«

»Es war immer nur einfach so, oder etwa nicht, Rafe? Chemie, schlicht und ergreifend.« Die Augen fest auf ihn gerichtet ging sie auf ihn zu. »Nimm's oder lass es bleiben, MacKade.« Sie trat ganz nah an ihn heran, hob beide Hände und riss mit einem einzigen Ruck sein Hemd auf, sodass die Knöpfe nach allen Seiten wegspritzten. »Weil ich mir sonst nämlich dich nehmen muss.«

Ihre Lippen brannten wie Feuer auf den seinen und sandten Blitze durch seinen Körper, die ihn zu versengen drohten. Erschüttert bis in seine Grundfesten umfasste er ihre Hüften, während sich seine Finger ihren Weg durch die Seide hindurch zu ihrer nackten Haut suchten.

»Fass mich an.« Sie grub die Zähne in das feste Fleisch seiner Schulter. »Ich will deine Hände auf mir spüren«, verlangte sie mit heiserer Stimme, während sie, bebend vor verzweifelter Begierde, an seinen Jeans zerrte.

»Warte.« Die Bombe, die in ihm tickte und zur Explosion drängte, übertönte alles, was jenseits dieses pulsierenden, überwältigenden Verlangens lag. Sein verwundetes Herz war eine klägliche Waffe, und das war der Grund, weshalb er der Speerspitze seines Begehrens hilflos ausgeliefert war. Und ihr.

Mit fliegenden Fingern riss er sich die Kleider vom Leib und nahm, sobald er nackt war, Regan in die Arme und hob sie hoch.

Noch bevor sie aufs Bett sanken, war er tief in sie eingedrungen.

Es war schneller, hemmungsloser, ungezügelter Sex. Blinde Gier. Ungezähmtes Verlangen. Sie waren nichts als Körper, nacktes, heißes Fleisch, das in einem wilden, ungestümen Rhythmus gegeneinander klatschte, zwei Lungen, die keuchend nach Atem rangen, zwei Herzen, die mit rasender Geschwindigkeit den Takt zu den Bewegungen ihrer Leiber schlugen, Zähne und Fingernägel und zwei Zungen, die voneinander nicht genug bekommen konnten.

Es war eine Schlacht, nach der sie beide gelechzt hatten. Heiß und hart und rasant, eine Schlacht, die alle Gedanken erstickte und jede einzelne ihrer zig Milliarden Nervenenden in Aufruhr versetzte. Beide wollten sie mehr – in anderer Hinsicht –, und doch gab sich jeder mit weniger zufrieden. Sie sehnten sich nach der Seele des anderen und bekamen nur den Körper. Aber das genügte jetzt für den Augenblick, in dem sie nichts anderes waren als das.

Sie saß rittlings mit gespreizten Beinen auf ihm, wand sich unter seinen streichelnden, erfahrenen Fingern und wartete in atemloser Spannung darauf, dass er sie wieder, wie die Male vorher schon, genau an den Schnittpunkt brachte, an dem Lust und Schmerz aufeinandertrafen und dadurch die Lust in ungeahnte Höhen emportrieb. Dort würde sie wieder ganz lebendig werden, so lebendig, wie sie es gewesen war, bevor er sich von ihr abgewandt hatte.

Und sie spürte, dass er seinen Begierden ebenso hilflos ausgeliefert war wie sie selbst, unfähig zu widerstehen, getrieben von einem erbärmlichen Verlangen, das um jeden Preis der Welt gestillt werden musste. Sie konnte es fühlen, wie es wie ein Hurrikan durch seinen Körper hindurchraste und alles mit sich fortriss.

Während ihr Herz jedoch nach Liebe schrie, schrie ihr bebender, von Lustschauern geschüttelter Körper nach Erlösung.

Es gab in diesem Augenblick keinen Raum für Stolz, keine Zeit für Zärtlichkeit.

Als der Moment endlich gekommen war und sie mit einem gellenden Lustschrei über ihm zusammensank, erschien es ihr, als hätte sich ihr Körper in Luft aufgelöst, so befreit fühlte sie sich.

Er jedoch rollte sie schonungslos, ohne ihr eine Atempause zu gönnen, auf den Rücken, warf sich über sie und begann den rasenden Ritt, der auch ihm endlich die lang ersehnte Erfüllung bringen sollte.

Keuchend und ohne zu denken, wühlte er sich tief, ganz tief in sie hinein, um ihr auf diese Weise – die einzige Weise, die sie, wie er glaubte, akzeptierte – ganz nah zu sein. Halb besinnungslos vor Raserei warf er den Kopf zurück und schüttelte sich eine Haarsträhne aus den Augen. Es steigerte seine Lust ins Unermessliche, sie zu beobachten, wenn die heißen Schauer, die über ihren Körper hinwegpeitschten, ihre Augen riesig werden ließen, wenn ihr feine Schweißperlen auf die Stirn traten und ihre Lippen vor Lust bebten.

Plötzlich überschwemmte ihn ein Gefühl irrsinniger Liebe zu ihr. »Schau mich an«, verlangte er rau. »Du sollst mich anschauen.«

Ihre Augen öffneten sich, doch sie waren blind vor Hingabe und Leidenschaft. Er fühlte, wie sich ihr Körper unter ihm spannte, und gleich darauf bäumte sie sich auf wie ein wildes Pferd. Er sah, wie sich ihre Augen weiteten, und entdeckte das Feuer darin, als sie einen Moment später mit einem Schrei auf den Lippen wieder zurückfiel.

Auch wenn er es gewollt hätte, es stand nicht in seiner Macht, ihr nicht zu folgen in den Abgrund, in den sie getaumelt war. Nur Sekundenbruchteile nach ihr erreichte er den Rand und stürzte ihr nach.

Der fast bis zur Besinnungslosigkeit gehenden Erregung folgte die totale Leere. Bisher war ihm noch niemals so deutlich klar geworden, wie sehr Körper und Seele zusammengehörten. Nun aber, als er völlig ausgepumpt neben Regan auf der Matratze lag und an die Decke starrte, erkannte er, dass es ihm niemals möglich sein würde, beides zu trennen.

Nicht mit ihr. Und er begehrte nur sie allein.

Sie hatte ihm etwas gegeben, worum er seit Jahren kämpfte: Selbstachtung. Wie eigenartig, dass er das nicht schon früher bemerkt hatte. Und seltsam, dass es ihm jetzt, genau in diesem Moment, auffiel. Er war sich nicht sicher, ob er sich diese erschütternde Tatsache jemals vergeben könnte. Und ihr.

Sie lag da und wünschte sich verzweifelt, dass er sie endlich in die Arme nehmen würde, so wie er es die anderen Male nach ihrem Liebesspiel getan hatte. Es machte sie unsagbar traurig, so ohne jede Berührung neben ihm zu liegen.

Sie wagte es nicht, näher an ihn heranzurücken, sie durfte es nicht, schließlich hatte sie sich ja bereit erklärt, auf seine Bedingungen einzugehen. Seine Bedingungen, dachte sie bitter und schloss die Augen. Der schlimme Rafe MacKade ist zurückgekehrt.

»Nun, immerhin haben wir es geschafft, zur Abwechslung mal in einem Bett miteinander zu schlafen«, sagte sie schließlich leichthin. Ihre Stimme klang ruhig. Sie setzte sich auf und drehte ihm dabei den Rücken zu, weil sie überzeugt davon war, dass ihr Gesicht die tiefe Enttäuschung, die sie verspürte, preisgeben würde. »Bei uns gibt es doch immer wieder ein erstes Mal, stimmt's, MacKade?«

»Ja.« Wie gern hätte er diesen Rücken gestreichelt, aber er war so steif und gerade, dass er es nicht wagte. »Das nächste Mal sollten wir es mit Laken versuchen.«

»Ja, warum nicht?« Ihre Hände zitterten, als sie aus dem Bett stieg und sich nach ihrer Unterwäsche bückte. »Ein paar Kissen könnten auch nicht schaden«, erwiderte sie mit gespielter Munterkeit.

Er sah sie scharf an, und seine Augen verengten sich, während er ihr zusah, wie sie ihren BH anzog. Schmerz und Wut vermischten sich. Er erhob sich ebenfalls, schnappte sich seine Jeans und fuhr hinein. »Ich mag keine Vorspiegelungen falscher Tatsachen.«

»Oh ja, richtig.« Sie hob ihre Bluse auf und streifte sie sich über. »Alles muss klar und durchsichtig sein für dich. Keine Spielchen, keine Mätzchen.«

»Was zum Teufel ist los mit dir? Hast du nicht bekommen, was du wolltest?«

»Du hast doch nicht den leisesten Schimmer, was ich wirklich will.« Sie hatte Angst, dass sie gleich anfangen würde zu weinen. Rasch schlüpfte sie in ihre Slacks. »Und ich offensichtlich auch nicht.«

»Du warst doch die, die sich die Kleider vom Leib gerissen hat und der alles gar nicht schnell genug gehen konnte, Darling.« Seine Stimme klang viel zu glatt.

»Und du warst doch der, der sich, nachdem alles vorüber war, gar nicht schnell genug von mir runterrollen konnte.« Hastig schlüpfte sie in ihre Schuhe.

Sie durfte ihn nur nicht ansehen, dann würde sie vielleicht noch eine Chance haben, ohne Tränen zu entkommen. Eine winzige zumindest. Aber da war er schon mit ein paar Schritten neben ihr, packte ihre Handgelenke und umklammerte sie wie mit einem Schraubstock, während seine Augen die ihren mit Blicken durchbohrten.

»Sag das nicht noch mal«, stieß er drohend zwischen zusammengepressten Zähnen hervor. »Freiwillig hätte ich dich niemals in dieser Weise behandelt. Es wäre mir nicht mal im Traum eingefallen.«

»Du hast recht.« Merkwürdigerweise war es sein Wutausbruch, der ihr ihre Ruhe zurückgab. Der sie davon abhielt, sich selbst zum Narren zu machen. »Tut mir leid, Rafe, was ich gesagt habe, war unfair, und es stimmt auch nicht«, sagte sie kühl und beherrscht.

Ganz langsam ließ er sie los und ließ die Hände sinken. »Vielleicht war ich ja zu schnell, weil du mich so überrumpelt hast.«

»Nein. Du warst nicht zu schnell.« Ja, jetzt fühlte sie sich wirklich sehr ruhig. Ruhig und beherrscht und sehr, sehr zerbrechlich. Zerbrechlich wie hauchdünnes Glas. Sie bückte sich, hob ihren Blazer auf und zog ihn an. Sollte Rafe sie jetzt noch einmal berühren, würde sie in tausend Stücke zerspringen. »Ich selbst habe schließlich diese heutige Sache inszeniert und deinen Bedingungen zugestimmt.«

»Meine Bedingungen …«

»Sind klar«, beendete sie seinen Satz. »Und akzeptabel. Vermutlich ist das Problem nur, dass wir beide sehr impulsiv sind und unter bestimmten Umständen eben leicht an die Decke gehen. Vergessen wir doch den Wortwechsel von eben. Er ist albern und durch nichts gerechtfertigt.«

»Musst du so vernünftig sein, Regan?«

»Nein, aber ich bin es eben.« Obwohl sich ihre Lippen zu einem Lächeln verzogen, erreichte es ihre Augen nicht. »Ich weiß überhaupt nicht, worüber wir eigentlich streiten. Wir haben doch das perfekte Arrangement. Eine ganz simple sexuelle Beziehung. Nicht mehr und nicht weniger. Perfekt ist es vor allem deshalb, weil wir ansonsten so gut wie keine gemeinsame Ebene haben. Also, ich entschuldige mich hiermit noch einmal, und ich hoffe, damit ist die Angelegenheit aus der Welt. Ich bin nämlich ein bisschen müde und würde jetzt ganz gern gehen.« Sie stellte sich auf die Zehenspitzen und küsste ihn flüchtig. »Wenn du morgen Abend nach der Arbeit bei mir vorbeischaust, mache ich alles wieder gut, einverstanden?«

»Ja, vielleicht.« Warum zum Teufel stand nicht auf ihrer Stirn geschrieben, was wirklich in ihr vorging? Er hatte doch sonst immer ganz gut ihre Gedanken lesen können, wenn er es nur ausdauernd genug versuchte.

Nachdem sie sich mit kühler Höflichkeit voneinander verabschiedet hatten, ging sie hinaus zu ihrem Wagen, schloss ihn auf, setzte sich hinein und startete. Langsam und konzentriert fuhr sie den Hügel hinab und bog auf die Straße ab, die in die Stadt führte.

Nach einer halben Meile lenkte sie das Auto an den Straßenrand, schaltete den Motor aus, legte die Arme aufs Steuerrad, vergrub das Gesicht darin und begann zu schluchzen.

Es dauerte zwanzig Minuten, ehe sich der Ansturm ihrer Gefühle langsam legte. Sie wischte sich mit dem Handrücken die Tränen aus dem Gesicht und ließ den Kopf gegen die Nackenstütze sinken. Sie war vollkommen durchgefroren, aber sie hatte nicht einmal die Kraft, die Standheizung anzustellen.

Du bist eine Frau, die mit beiden Beinen im Leben steht, sagte sie sich. Und das war nicht nur ihre eigene Meinung, sondern ebenso die ihrer Mitmenschen. Sie war klug, hatte ihr Leben bestens im Griff, war in Maßen erfolgreich und ausgeglichen. Wie um alles in der Welt konnte sie nur in ein solches Chaos geraten?

Rafe MacKade war schuld daran. Natürlich. Von dem Moment an, wo er ihr das erste Mal über den Weg gelaufen war, waren ihre Ruhe, Gelassenheit und Ausgeglichenheit dahin gewesen. Damit hatte alles angefangen.

Sie hätte sich ihm niemals hingeben dürfen. Sie hätte es wissen müssen, dass sie nicht der Typ war, der einfach nur eine Affäre hatte, bei der die Gefühle außen vor blieben.

Wenn sie es recht betrachtete, war ihm das allerdings auch nicht gänzlich gelungen. Auch er hatte sich in seine Gefühle verstrickt. Und es hatte sogar Momente gegeben, in denen er fast schon bereit gewesen war, etwas von sich preiszugeben. Bis sie alles kaputtgemacht hatte. Wenn sie nur ein ganz klein wenig feinfühliger gewesen wäre, wenn sie nicht so erbittert darauf versessen gewesen wäre, sich ihre Unabhängigkeit zu bewahren, wäre vielleicht alles anders gekommen.

Vielleicht hätte er sich sogar in sie verliebt.

Nein, verdammt noch mal, dachte sie und haute wütend mit der Faust aufs Steuerrad. Das war die Art, wie ihre Mutter ihr ganzes Leben lang gedacht hatte. Mach es dem Mann schön, sodass er sich wohlfühlen kann. Streichle sein Ego, dulde seine Launen.

Mitspielen, um zu gewinnen.

Nein, das lehnte sie ab. Sie war entsetzt über sich selbst, dass sie eine solche Möglichkeit überhaupt in Betracht ziehen konnte. Sie würde nicht ihre eigenen Bedürfnisse unterdrücken und ihre Persönlichkeit deformieren, nur um einen Mann damit zu ködern.

Aber hatte sie nicht genau das getan? Sie erschauerte, aber es war nicht die Kälte, die sie frieren ließ. Hatte sie nicht genau das getan, eben dort oben im Schlafzimmer?

Wie um Trost zu finden, umarmte sie das Steuerrad und legte den Kopf in beide Hände. Sie konnte sich keiner Sache mehr sicher sein. Ihre Welt war ins Wanken geraten. Nur eines gab es, das für sie unverrückbar feststand: Sie liebte ihn. Und nur ihr hartnäckiger Vorsatz, auf keinen Fall zu versuchen, ihn zu ködern, hatte alles zerstört.

Er war wie ein scheues Tier, das man anlocken musste, doch ihr war nichts Besseres eingefallen, als es zu vertreiben. Sie hatte sich benommen wie eine Idiotin.

Was würde passieren, wenn sie ihre Verhaltensweise änderte? Hatte er dasselbe denn nicht auch in gewisser Weise bereits getan? Er war verletzt gewesen, erinnerte sie sich. Sie hatte ihn verletzt, hatte ihn zur Weißglut gebracht. An dem Tag, an dem die Sache mit Joe Dolin passiert war, hatte er sich immerhin dazu durchgerungen, seine Wut lieber an Nagelköpfen auszulassen als an lebenden Objekten. Sie war der Feigling, sie wagte es nicht, ihm Vertrauen entgegenzubringen, aus Angst davor, es könnte enttäuscht werden. Er hatte niemals versucht, sich in ihr Leben einzumischen oder in ihre Gedanken, er hatte niemals versucht, sie zu ändern. Nein, er hatte ihr Raum gegeben, war zärtlich gewesen und so leidenschaftlich, wie es sich eine Frau nur wünschen konnte.

Und sie hatte sich die ganze Zeit über nur ängstlich zurückgehalten und in einer Haltung verharrt, die nichts weiter war als eine Kurzschlussreaktion auf ihre Kinderstube.

Warum hatte sie dabei nicht ein einziges Mal an ihn gedacht? An seine Gefühle, Bedürfnisse, seine Sehnsüchte, seinen Stolz? War es nicht höchste Zeit, dass sie das Versäumte nachholte? Sie war doch flexibel, oder etwa nicht? Ein Kompromiss war noch lange keine Kapitulation. Es war noch nicht zu spät, um ihm zu zeigen, dass sie willens war, einiges an ihrem Verhalten zu ändern. Sie würde es nicht zulassen, dass es zu spät war …

Die Idee, die ihr plötzlich kam, war so lächerlich einfach, dass sie sich sicher war, auf dem richtigen Weg zu sein. Ohne auch nur noch einen einzigen Gedanken daran zu verschwenden, startete sie entschlossen den Motor und gab Gas. Wenige Minuten später war sie bei Cassie angelangt und rannte mit klopfendem Herzen die Treppe hinauf.

»Regan.« Mit Emma, die hinter ihrem Rock hervorlugte, stand Cassie vor ihr in der Tür und strich sich das zerzauste Haar glatt.

»Ich wollte gerade … Oh mein Gott, du hast ja geweint.« Alarmiert starrte sie Regan an. »Joe …«

»Nein, nein, es ist nichts. Ich wollte dich nicht erschrecken, Cassie. Ich brauche deine Hilfe.«

»Was ist denn los?« Rasch öffnete Cassie die Tür und ließ Regan eintreten. »Stimmt etwas nicht?«

»Ich brauche einen kurzen roten Ledermini, und zwar sofort. Hast du eine Ahnung, wo ich um diese Tageszeit so was auftreiben könnte?«

»Tief einatmen und die Luft anhalten, Herzchen.«

»Okay.« Regan tat, wie ihr geheißen, während sich Ed mit aller Kraft bemühte, den Reißverschluss des Rockes, der etwa die Größe eines Deckchens hatte, bis oben hin hochzuziehen.

»Das Problem ist, dass du eine Figur hast, während ich nur aus Haut und Knochen bestehe.« Entschlossen presste Ed die Lippen aufeinander, zerrte und zog und ließ sich schließlich mit einem triumphierenden Seufzer auf Cassies Bett sinken. »Geschafft!« Sie grinste. »Aber mach bloß keine schnelle Bewegung.«

»Ich glaube nicht, dass ich überhaupt eine Bewegung machen kann.« Vorsichtig wagte Regan den ersten Schritt. Der Rock, sowieso schon gefährlich kurz, rutschte noch ein paar Zentimeter höher.

»Du könntest mir ruhig ein bisschen was von deiner Größe abgeben«, bemerkte Ed und betrachtete neiderfüllt Regans lange schlanke Beine. Dann grinste sie, zog eine Zigarette aus der Packung und zündete sie an. Ihre Augen funkelten belustigt. »Wenn er nur noch einen Zentimeter höher rutscht, bleibt Devin gar nichts anderes übrig, als dich zu verhaften.«

»Ich kann gar nichts sehen.« Obwohl sie sich auf die Zehenspitzen stellte und sich fast den Hals verrenkte, gab Cassies Spiegel den Blick von ihrer Taille abwärts nicht preis.

»Ist auch gar nicht nötig, Sweetie. Du hast mein Wort, er wird es tun.«

»So, die Kinder sind im Bett.« Cassie kam zur Tür herein und blieb wie angewurzelt auf der Schwelle stehen. »Oh, mein …«

»Der Rock ist eine heiße Nummer, stimmt's?« Ed betrachtete noch immer ehrfürchtig Regans Beine. Als sie den Rock das letzte Mal bei einem Tanzabend der Armee getragen hatte, waren den Männern ja schon fast die Augen aus dem Kopf gefallen. Aber wenn sie erst Regan sehen würden …

»Und jetzt probierst du diese Schuhe hier an«, kommandierte sie. »Die gehören unbedingt dazu.«

Regan schlüpfte hinein und versuchte vorsichtig, auf den zwölf Zentimeter hohen Stilettos auf und ab zu gehen. »Na, das muss ich noch ein bisschen üben.« Schnell hielt sie sich an Cassies Schrank fest, weil sie nicht aufgepasst hatte und ins Wanken geraten war.

»Übung macht den Meister.« Ed brach in ein heiseres Kichern aus. »So, und jetzt kommt die Kriegsbemalung.« Vergnügt öffnete sie den Reißverschluss ihrer überdimensionalen Kosmetiktasche und kippte den Inhalt aufs Bett.

»Ich bin mir nicht sicher, ob ich das durchstehe. Was für eine verrückte Idee«, ließ sich Regan nun leicht kläglich vernehmen.

»Jetzt krieg bloß keine kalten Füße.« Ed schnaubte empört. »Willst du den Mann oder willst du ihn nicht?«

»Ja, schon, aber …«

»Gut. Dann musst du auch was dafür tun. Also los, komm schon, setz dich, damit ich dir ein bisschen Farbe ins Gesicht schmieren kann.«

Nach dem zweiten Versuch erklärte Regan ihre Bemühungen, sich hinzusetzen, für gescheitert. »Unmöglich, es geht nicht, selbst wenn ich die Luft anhalte. Ich würde mir sämtliche inneren Organe zerquetschen.«

»Na auch gut, dann bleibst du eben stehen.« Resolut wühlte Ed in ihren Sachen und förderte einen Lippenstift zutage. Hingebungsvoll machte sie sich gleich darauf an die Arbeit.

Als Rafe an der Reihe war, mit der Spitze seines Queues sorgfältig zielte und gleich darauf zustieß, spritzten die Bälle auseinander und klackten gegen die Bande. Die Nummer fünf rollte ins Loch.

»Glück«, kommentierte Jared trocken und rieb mit lässig-trägen Bewegungen seinen Stock mit Kreide ein.

Rafe gab nur ein verächtliches Schnauben von sich. »Sechs von neun hab ich schon, also warte es ab.« Wieder beugte er sich über den Tisch, zielte und landete den nächsten Treffer.

»Rafe ist eben nicht zu schlagen«, stellte Shane, der mehr an der kleinen Rothaarigen an der Bar interessiert war als an dem Spiel, fest und nahm einen ausgiebigen Schluck von seinem Bier. Er lehnte mit dem Rücken an der Musikbox und starrte fast unablässig zu der jungen Frau hinüber, die allein war und ganz seinem Geschmack entsprach. »Hast du sie hier schon mal gesehen, Dev?«

Devin schaute auf und ließ seinen Blick über die Rothaarige schweifen. »Das ist Holloways Nichte aus Mountain View. Aber ich kann dir nur raten, lass die Finger von ihr. Sie hat einen Freund, der halb so groß ist wie ein Sattelschlepper. Der bricht dir alle Rippen, wenn du ihm in die Quere kommst.«

Shane beschloss, dass ihm der Sinn nach einer kleinen Herausforderung stand, und schlenderte hinüber zur Bar. Lässig schwang er sich auf den freien Barhocker neben dem Mädchen und ließ seinen Charme sprühen.

Devin lächelte resigniert. Wenn ihr Freund hereinkam, würde es bösen Ärger geben, woraufhin ihm wahrscheinlich nichts übrig bleiben würde, als seinen Schlagstock zum Einsatz zu bringen, und damit hatte dann der gemütliche Abend ein Ende.

»Mein Spiel.« Rafe hielt die Hand auf, um die zehn Dollar, die Jared ihm schuldete, zu kassieren. »Du bist dran, Dev.«

»Ich brauche ein Bier.«

»Jared bezahlt.« Rafe grinste über die Schulter. »Okay, Bruderherz?«

»Ich habe doch schon die letzte Runde auf meine Kappe genommen.«

»Du hast verloren.«

»Der großzügige Sieger bezahlt«, entschied Jared kurz entschlossen, hielt drei Finger hoch, um dem Barkeeper seine Bestellung zu signalisieren, deutete dabei auf Rafe und rief: »Auf seinen Deckel.«

»He, und was ist mit mir?«, machte sich Shane, dem trotz seiner anderweitigen Interessen nichts entging, von der Bar aus bemerkbar.

Jared blickte hinüber. Die Rothaarige hielt seinen Arm umklammert wie wilder Wein. »Du fährst, Kleiner.«

»Wir losen.«

Entgegenkommend fischte Jared eine Münze aus seiner Tasche. »Kopf oder Zahl?«

»Kopf.«

Jared schnippte das Geldstück in die Luft und fing es geschickt wieder auf. »Zahl. Du fährst.«

Mit einem gleichgültigen Schulterzucken wandte sich Shane wieder der Rothaarigen zu.

»Muss er eigentlich alles anmachen, was einen Rock trägt?«, brummte Rafe, während sich Devin mit den Bällen abrackerte.

»Exakt. Er muss. Weil nämlich jemand deine Rolle übernehmen musste, nachdem du weggegangen bist, Bruderherz.« Devin trat einen Schritt zurück und wechselte dann den Queue. »Und solange du dieses Verhalten unterstützt …«

»Wer sagt denn, dass ich es unterstütze?« Rafe unterzog die Rothaarige einer ausgiebigen Musterung, aber er verspürte beim Anblick ihrer hübschen Rundungen nicht mehr als ein ganz leichtes Ziehen, das Anerkennung signalisierte. Und sofort fiel ihm Regan ein, und der Gedanke an sie versetzte ihm einen schmerzhaften Stich.

Jared klopfte auf der Musikbox mit den Fingern den Takt zur Musik, während er seinen kleinen Bruder beobachtete, der offensichtlich bei der Rothaarigen bereits gute Fortschritte erzielt hatte. Das allein wäre schon Grund genug, sich und ihm wieder mal eine kleine Rauferei zu gönnen.

Rafe grinste ihm verständnisvoll zu, als hätte er seine Gedanken gelesen, und auch Devin, der über den Billardtisch gebeugt stand, richtete sich wie auf ein Stichwort hin auf und blickte hinüber zu Shane. Mit brüderlicher Zuneigung studierte er, wie Shane alle Register seiner Verführungskünste zog, und seufzte.

»Der Junge tut wahrlich sein Bestes, um heute noch eine tüchtige Abreibung zu bekommen. Wenn er noch länger mit dem Mädel herumspielt, bleibt uns wohl nichts anderes übrig, als ihn zur Ordnung zu rufen.«

»Ganz meine Meinung«, stimmte Jared grinsend zu. »Aber wir sollten versuchen, dabei so human wie möglich vorzugehen.«

Der Barkeeper, dem aufgefallen war, wie die drei plötzlich die Köpfe zusammengesteckt hatten, hatte gelauscht und legte nun seinen Protest ein. »Nicht hier drin. Komm schon, Devin, lass den Blödsinn, du bist das Gesetz.«

»Ich erfülle doch nur meine brüderlichen Pflichten.«

»Um was geht's?« Auch Shane war aufmerksam geworden, rutschte von seinem Barhocker herunter und ging wiegenden Schrittes zu dem Grüppchen hinüber. Er brauchte seine drei Brüder nur anzusehen, und schon war bei ihm der Groschen gefallen. »Drei gegen einen?«, fragte er, und die Kampflust leuchtete ihm aus den Augen. »Soll mir recht sein. Ihr werdet schon sehen, was ihr davon habt.«

Damit ging er in Stellung. In diesem Moment öffnete sich die Tür, und ihm blieb vor Überraschung der Mund offen stehen, was Rafe zu seinem Vorteil nutzte und ihm einen donnernden Kinnhaken verpasste. Shane schwankte nur kurz und konnte seinen Blick noch immer nicht von der Tür losreißen.

»Du machst es einem ja wirklich leicht.« Rafe lachte laut auf, folgte dann jedoch Shanes Blick und erstarrte.

Die Länge des feuerroten Rocks bewegte sich hart an der Grenze zur Anstößigkeit, und er saß so eng, dass er die Kurven ihres Körpers weit mehr enthüllte als verbarg. Die schwindelerregend hohen Stilettos in derselben Farbe ließen ihre Beine endlos erscheinen. Rafe wurde es ganz schwummrig, als er seinen Blick an ihnen hinaufwandern ließ.

Das hautenge schwarze Oberteil vermochte nichts, aber auch gar nichts zu einer Beruhigung seiner Sinne beizutragen. Im Gegenteil. Es schmiegte sich an zwei volle, straffe Brüste, die von keinem BH gehalten wurden und einer solchen Stütze auch gar nicht bedurften.

Er brauchte mehr als zehn Sekunden, um sich von dem Anblick loszureißen und den Blick zu heben, um sich ihrem Gesicht zuzuwenden.

Ihre sinnlichen Lippen waren knallrot geschminkt und glänzten feucht. Das kleine Muttermal an der Seite über der Oberlippe wirkte kühn und so sexy, dass er sofort ein ihm nur allzu bekanntes Ziehen in den Lenden verspürte. Das Haar zerzaust, die Augen umflort, mit schweren Lidern, wirkte sie wie eine Frau, die eben nach einer Liebesnacht aus dem Bett gestiegen war und die Absicht hatte, in Kürze wieder dorthin zurückzukehren.

»Heiliger Himmel!« Es war Shanes fassungsloser Kommentar, der ihn in die Wirklichkeit zurückholte. »Ist das Regan? Teufel noch mal, sieht die heiß aus!«

Rafe hatte nicht die Kraft zu antworten. Als er wie im Traum langsam einen Fuß vor den anderen setzte, um zur Tür zu gehen, drehte sich noch immer alles in seinem Kopf, ganz so, als sei er derjenige gewesen, der den Schlag hatte einstecken müssen.

»Was tust du denn hier?«

Sie bewegte die Schulter, was bewirkte, dass ihr der eine Träger ihres Oberteils verführerisch herabfiel. »Ich hatte plötzlich Lust, ein bisschen Billard zu spielen.«

Plötzlich hatte er einen Kloß im Hals. Er räusperte sich. »Billard?«

»Ja.« Sie stöckelte, ihn im Schlepptau, zur Bar hinüber und lehnte sich lässig an den Tresen. »Wie wär's, spendierst du mir ein Bier, MacKade?«

12. Kapitel

Wenn er doch bloß endlich aufhören würde, sie anzustarren! Sie war sowieso schon so nervös, dass sie nicht wusste, wo ihr der Kopf stand.

Weil sie sich einen großartigen Auftritt hatte verschaffen wollen, hatte sie ihren Mantel im Auto gelassen, aber nun war ihr so kalt, dass nur die Angst, sich vollkommen lächerlich zu machen, sie davon abhielt, mit den Zähnen zu klappern. Und ihre Füße in den ungewohnten Stilettos schmerzten höllisch.

Als von Rafe keine Antwort kam, ließ sie ihre Blicke durch den Raum schweifen, wobei sie sich bemühte, angesichts der hungrigen Blicke, die sie fast verschlangen, keine Miene zu verziehen. Schließlich fasste sie sich ein Herz und präsentierte dem Barkeeper ein strahlendes Lächeln.

»Ein Bier, bitte.« Mit dem Glas in der Hand drehte sie sich um. Keiner der Anwesenden hatte auch nur mit einem Muskel gezuckt.

Sie hasste Bier.

Noch immer vollkommen fassungslos, starrte Rafe ihr nach, als sie mit schwingenden Hüften zu dem Ständer mit den Queues hinüberstöckelte, die Billardstöcke fachmännisch musterte und schließlich einen herauszog, um ihn prüfend in der Hand zu wiegen.

Erst das Klackern der aneinanderstoßenden Kugeln brachte ihn wieder zur Besinnung. Er schrak auf und fand sie wieder neben sich.

»Hast du nicht gesagt, du wolltest heute früh ins Bett gehen?«

»Ich habe mich eben anders besonnen.« Ihre Stimme klang belegt, ein Umstand, der zwar ausgezeichnet zu ihrem Aufzug passte, allerdings keiner Absicht, sondern lediglich ihrem knappen Luftvorrat zuzuschreiben war. Sie ging langsam zum Billardtisch, wobei sie der Versuchung widerstand, ihren Rocksaum nach unten zu zerren. »Hat jemand Lust zu spielen?«

Ein halbes Dutzend Männer scharrte unruhig mit den Füßen, doch keiner sagte etwas. Das Geräusch, das Rafe von sich gab, hatte so viel Ähnlichkeit mit dem wütenden Knurren eines Hundes, der seinen Knochen bewacht, dass die Anwesenden entschieden, es sei im Moment wohl eher angebracht, gerade keine Lust zum Spielen zu haben.

»War bloß ein Witz, kapiert?«

Regan nahm den Queue, den Devin ihr hinhielt, und ließ ihre Fingerspitzen leicht über den Schaft und über die Spitze gleiten. Irgendjemand stöhnte. »Ich war unternehmungslustig, das ist alles.«

Sie übergab Jared, der neben ihr stand, ihr Bier, stemmte ihre Füße auf den Boden, so fest es ging, um zumindest ein kleines bisschen Standfestigkeit zu bekommen, und beugte sich, den Queue in der Hand, über den Billardtisch. Das Leder ächzte und spannte sich dabei beängstigend.

Rafes Ellbogen landete in Shanes Magen. »Pass auf, wo du hinglotzt, Kleiner.«

»Alles klar, Rafe.« Shane steckte ungerührt die Hände in die Hosentaschen und grinste. »Wo soll ich denn hinschauen?«

Auf Anhieb war es ihr gelungen, einen Treffer zu landen. Sie stöckelte um den Tisch herum, um besser an die nächste Kugel, die sie anvisiert hatte, heranzukommen. Devin stand ihr im Weg.

»Sie blockieren den Tisch, Sheriff.«

»Oh. Ja, richtig. Entschuldigung.«

Als sie sich wieder hinabbeugte, begegneten sich Devins und Jareds Blicke, während sich ein breites Grinsen auf ihren Gesichtern breitmachte.

Und wieder gelang es ihr, eine Kugel ins Loch zu stoßen. Ihr Erfolg verführte sie dazu, einen Stoß zu wagen, der auch Ansprüche an die Geschicklichkeit eines geübten Billardspielers gestellt hätte. Mit einem atemberaubenden Hüftschwung stellte sie sich in Positur.

Als die Kugel ihr Ziel verfehlte, verzog Regan enttäuscht die vollen, rot geschminkten Lippen zu einem Schmollmund. »Mist.« Sie richtete sich auf und blickte Rafe unter halb herabgelassenen Wimpern mit einem Schlafzimmerblick an. »Du bist dran.« Leicht fuhr sie ihm mit der Hand über seine Hemdbrust. »Möchtest du, dass ich deinen Queue einreibe?«, fragte sie mit heiserer Stimme.

Der Raum zerbarst fast unter dem Johlen und Pfeifen der Anwesenden. Rafe war kurz vorm Explodieren. »So. Das reicht jetzt.«

Er riss ihr den Queue aus der Hand, warf ihn Jared zu, packte sie am Handgelenk und zerrte sie in Richtung Tür.

»Aber wir haben doch noch gar nicht fertig gespielt«, protestierte sie, wobei es ihr wegen ihrer hohen Absätze schwerfiel, Schritt mit ihm zu halten.

Er riss seine Lederjacke von der Garderobe und warf sie ihr über. »Los, zieh sie an, bevor ich in Versuchung gerate, einem der Kerle die Faust zwischen die Rippen zu jagen.« Damit schob er sie durch die Tür.

»Ich bin selbst mit dem Auto da«, begann Regan, als er sie zu seinem Wagen zerrte.

Doch er zeigte keine Reaktion und hielt ihr ungerührt den Schlag seines Wagens auf. »Los, steig ein. Auf der Stelle.«

»Ich fahre hinter dir her.«

»Einsteigen, habe ich gesagt.«

Es erwies sich als ein schwieriges Manöver, in den Sportwagen hineinzukommen, aber schließlich schaffte sie es doch, ohne dass der Rock aufplatzte. »Wohin fahren wir?«

»Ich bring dich nach Hause«, erwiderte Rafe knapp und knallte die Beifahrertür zu, ging um das Auto herum und stieg ein. »Und wenn du klug bist, hältst du während der Fahrt den Mund.«

Sie war klug. Als er schließlich vor ihrem Haus anhielt, war kein einziges Wort gefallen. Da sie Mühe hatte, ohne seine Hilfe auszusteigen, reichte er ihr seine Hand.

»Gib her«, raunzte er sie an, als sie vor der Tür standen, entriss ihr den Schlüsselbund und schloss auf.

Verärgert über seine rüde Art, stellte sie sich ihm in den Weg. »Wenn du mit reinkommen willst, dann ...«

Es gelang ihr gar nicht erst, ihren Satz zu beenden. Ehe sie sich's versah, fühlte sie sich gegen die Tür gedrückt, und Bruchteile von Sekunden später pressten sich seine heißen Lippen hart auf ihren Mund.

Als er sie schließlich wieder losließ und leicht taumelnd einen Schritt zurücktrat, ging sein Atem schnell. Verdammt wollte er sein, wenn er sich auf diese Art und Weise den Kopf von ihr verdrehen ließ. Er lehnte es ab, sich zum Opfer seiner eigenen Begierden zu machen.

In der Wohnung riss er ihr die Lederjacke von den Schultern und feuerte sie in einen Sessel. »Runter mit den Klamotten«, befahl er wutschnaubend.

Irgendetwas in ihr zersprang. Die Augen gesenkt, griff sie nach ihrem Reißverschluss und öffnete ihn.

»Nein«, protestierte er, »ich habe nicht gemeint, dass du ... Großer Gott ...« Wenn sie jetzt anfangen würde, sich vor ihm auszuziehen, wäre er verloren. Die Verwirrung, die sich in ihren Augen spiegelte, veranlasste ihn, sich in seinem Ton zu mäßigen. »Ich wollte damit sagen, dass es mir lieber wäre, wenn du dich umziehst. Bitte.«

»Ich dachte, du ...«

»Ich weiß, was du dachtest.« Gleich würde er sterben vor Verlangen. »Nein, einfach nur umziehen, damit ich sagen kann, was ich zu sagen habe.«

»Okay.«

Er wusste, dass es ein Fehler war, ihr hinterherzusehen, wie sie aus dem Zimmer stöckelte. Aber schließlich war auch er nur ein Mensch.

Im Schlafzimmer schlüpfte Regan erleichtert aus den Schuhen und bewegte die schmerzenden und geschwollenen Zehen. Dann schälte sie sich aus dem Lederrock. Wie herrlich, endlich wieder frei atmen zu können. Sie wünschte sich, Belustigung über die Situation empfinden zu können, aber alles, was sie verspürte, war brennende Scham. Sie kam sich vor wie die letzte Idiotin. Sie hatte sich gedemütigt und ihre Würde verspielt. Für nichts und wieder nichts.

Nein, dachte sie, während sie ihre Hose zumachte. Für ihn. Sie hatte es für ihn getan, aber er hatte es nicht gewürdigt.

Als sie zurückkam, das Gesicht gewaschen, die Haare zurückgebürstet, den beigen Pullover ordentlich in die schwarze Hose gesteckt, ging er unruhig im Zimmer auf und ab.

»Ich will wissen, was du dir dabei gedacht hast«, verlangte er, ohne sich mit größeren Vorreden aufzuhalten. »Wie kommst du dazu, in einem derart provozierenden Aufzug in Duff's Tavern zu erscheinen?«

»Das war doch deine Idee«, schleuderte sie ihm entgegen, aber er war zu beschäftigt damit, mit den Zähnen zu knirschen und wilde Flüche auszustoßen, um ihren Einwand zur Kenntnis zu nehmen.

»Fünf Minuten länger, und es hätte einen Aufstand gegeben. Und ich wäre derjenige gewesen, der ihn begonnen hätte.«

»Du hast gesagt, dass du …«

Er explodierte. »Es interessiert mich einen feuchten Kehricht, was die Leute hinter meinem Rücken über mich sagen, aber ich will nun mal nicht, dass sie hinter vorgehaltener Hand über dich tuscheln, hast du das ein für alle Mal kapiert?«

»Nun, wirklich …«

»Ja, wirklich. Und sich so ungeniert über den Billardtisch zu lehnen, dass jeder verdammte …«

Ihre Augen verengten sich. »Pass auf, was du sagst, MacKade.«

»Jetzt bin ich dazu gezwungen, meinen Brüdern alles, was sie gedacht haben, aus ihren verdammten Hirnen wieder rauszuprügeln.«

»Das macht dir doch Spaß.«

»Das gehört jetzt nicht zur Sache.«

»So? Aber das gehört zur Sache.« Wutentbrannt griff sie nach ihrer Lieblingsvase und schleuderte sie zu Boden. Mit grimmiger Befriedigung beobachtete sie, wie sie in tausend Scherben zersprang. »Ganz allein für dich habe ich mich gedemütigt, kapiert? Für niemand anders als für dich habe ich mich in diesen lächerlichen Rock gezwängt und meine Füße mit diesen absurden Schuhen malträtiert. Und wahrscheinlich werde ich Wochen brauchen, um dieses verdammte

Make-up, das all meine Poren verstopft hat, wieder abzukriegen. Ich habe meine gesamte Würde verspielt, und das einzig und allein nur für dich. Ich hoffe, du bist nun zufrieden.«

»Ich …«

»Halt den Mund!«, schrie sie. »Diesmal hältst du den Mund, wenigstens dieses eine Mal. Einmal wollte ich etwas tun, das du dir wünschst. Ich wollte dir eine Freude machen, und alles, was dir dazu einfällt, ist, an mir herumzukritisieren und dir Sorgen zu machen über irgendwelchen Klatsch, der im Grunde genommen keinen von uns beiden interessiert.« Mit zornsprühenden, brennenden Augen starrte sie ihn an und suchte nach weiteren Worten. »Ach, geh doch zur Hölle.« Erschöpft ließ sie sich in einen Sessel fallen und rieb ihre noch immer schmerzenden nackten Füße.

Er wartete, bis er sicher sein konnte, dass sie sich etwas beruhigt hatte. »Du willst damit sagen, du hast es für mich getan?«

»Nein, ich hab's gemacht, weil es für mich nichts Schöneres gibt, als auf zwölf Zentimeter hohen Absätzen und halb nackt mitten im Winter in eine Bar einzulaufen und den Männern den Kopf zu verdrehen. Einzig nur dafür lebe ich«, setzte sie höhnisch hinzu.

»Du hast es wirklich für mich getan«, stellte er fest und sah sie noch immer ungläubig an.

Ihre Wut begann zu verrauchen, sie lehnte sich zurück und schloss erschöpft die Augen. »Ich habe es gemacht, weil ich verrückt nach dir bin. So wie du es mir prophezeit hast. Und jetzt geh bitte und lass mich allein. Ich bin hundemüde.«

Schweigend musterte er sie von Kopf bis Fuß, wandte sich dann um, ging hinaus und machte die Tür leise hinter sich zu.

Bewegungslos blieb sie zusammengekauert in ihrem Sessel sitzen und holte tief Luft. Ihr war nicht nach Weinen zumute. Selbst wenn sie sich gedemütigt hatte, es würde vorübergehen. Die Wogen würden sich wieder glätten. Nun hatte sie ihm alles gegeben, was sie zu geben hatte, und sie konnte es nicht mehr rückgängig machen. Was geschehen war, war geschehen. Aber sie würde niemals aufhören, ihn zu lieben.

Auch als sie hörte, wie die Tür wieder geöffnet wurde, hielt sie ihre Augen weiterhin geschlossen. »Ich bin wirklich müde, Rafe. Kannst du nicht bis morgen warten, um deine Schadenfreude auszukosten?«

Etwas fiel in ihren Schoß. Regan zuckte zusammen, öffnete die Augen und starrte auf einen Strauß Flieder.

»Es ist kein echter«, bemerkte er. »Echter Flieder ist im Februar nicht aufzutreiben. Ich fahre ihn schon seit ein paar Tagen in meinem Kofferraum spazieren.«

»Oh, Rafe. Er ist trotzdem sehr hübsch.« Langsam strichen ihre Fingerspitzen über die winzigen Blüten aus Stoff, der glänzte wie Seide. »Ein paar Tage«, murmelte sie und sah zu ihm auf.

»Ja.« Er machte ein finsteres Gesicht, vergrub die Hände in den Hosentaschen und wippte auf den Zehenspitzen leicht hin und her. »Oh, Mann«, stöhnte er schließlich, wobei er dachte, es sei wahrscheinlich einfacher, sich eine Schlinge um den Hals zu legen und zuzuziehen, als das zu tun, was zu tun er gerade im Begriff stand. Seine Kehle würde mit Sicherheit nicht weniger brennen.

Er kniete sich vor sie hin.

»Was machst du denn?«

»Sei jetzt einen Moment einfach nur still, ja? Und wehe, du lachst.« Ihm war die Sache so peinlich, dass er am liebsten im Boden versunken wäre, aber es half nichts, da musste er durch.

»When I arose and saw the dawn, I sighed for thee.«

»Rafe …«

»Unterbrich mich nicht. Jetzt muss ich noch mal von vorn anfangen.«

»Aber du musst doch gar nicht …«

»Regan.«

Sie holte tief Luft. »Entschuldigung, Rafe. Mach einfach weiter.«

Er verlagerte sein Gewicht von einem Knie auf das andere und begann noch einmal von vorn, aber bereits bei der zweiten Zeile blieb er stecken. »Oh, Himmel.« Er fuhr sich mit den Fingern durchs Haar und versuchte sich zu konzentrieren. »Ah, jetzt hab ich's wieder.«

Mit belegter Stimme rezitierte er eine Strophe eines Gedichtes von Shelley.

So erleichtert, als fiele ihm ein zentnergroßer Stein vom Herzen, atmete er schließlich auf. »So, das ist alles. Mehr kann ich nicht. Es hat schon länger als eine Woche gedauert, ehe ich allein das hier intus hatte. Aber wehe, wenn du das jemals weitererzählst.«

»Das hätte ich mir niemals träumen lassen.« Bewegt legte sie eine Hand auf seine Wange. »Wie süß von dir, wirklich.«

»Das Gedicht ähnelt in gewisser Weise dem, was ich für dich empfinde. Ich habe jeden Tag an dich gedacht, Regan. Aber wenn du jetzt Poesie willst, dann muss ich …«

»Nein.« Entschlossen schüttelte sie den Kopf, beugte sich vor und barg ihr Gesicht an seiner Brust. »Nein, ich brauche keine Poesie, Rafe.«

»Ich fürchte, mir fehlt die romantische Ader. Alles, was ich anzubieten habe, sind künstliche Blumen und Worte, die nicht mal auf meinem eigenen Mist gewachsen sind.«

Sie war so gerührt, dass sie am liebsten geweint hätte. »Ich mag die Blumen, und das Gedicht ist wunderschön. Aber ich brauche weder das eine noch das andere. Ich will dich nicht verändern, Rafe. Bleib so, wie du bist.«

»Und ich mag dich so, wie du bist, Regan, immer so ordentlich und korrekt, tipptopp. Allerdings muss ich auch zugeben, dass mich dein Aufzug von vorhin nicht gerade kalt gelassen hat.«

»Ich bin sicher, dass ich mir die Sachen von Ed wieder einmal ausborgen kann.«

»Ed?« Er grinste. »Kein Wunder, dass das Zeug so eng saß wie eine zweite Haut.« Und plötzlich spürte er die warmen Tropfen, die auf seinen Hals fielen. »Oh, tu das nicht, Baby. Bitte nicht.«

»Ich weine ja gar nicht wirklich. Ich bin nur so gerührt, dass du meinetwegen ein Gedicht von Shelley auswendig gelernt hast.« Sie presste sich fest an ihn, ehe sie sich wieder in den Sessel zurücklehnte. »Sieht ganz danach aus, als hätten wir die Wette beide gewonnen – oder verloren, ganz wie man's nimmt.« Sie wischte sich mit dem

Handrücken ihre Tränen ab. »Obwohl du immerhin wenigstens nicht in aller Öffentlichkeit verloren hast.«

»Wenn du glaubst, du könntest mich dazu überreden, diese kleine Dichterlesung in Duff's Tavern noch mal zu wiederholen, musst du wirklich verrückt sein. Ich würde da niemals lebendig wieder rauskommen.«

Sie holte tief Luft. »Ich mag dich genau so, wie du bist, Rafe. Und ich brauche dich viel mehr, als du denkst. Ich habe dich gebraucht, als Joe zu mir ins Geschäft kam und mir Angst einjagte, aber ich wollte dich das nicht wissen lassen.«

Er nahm ihre Hand und küsste sie.

Als er sie an sich zog, machte sie sich frei und lächelte. »Lass mich erst nachsehen, ob ich eine passende Vase für den Strauß finde, sonst wird er noch ganz zerdrückt.«

Er tastete auf dem Boden herum und hob ein paar Scherben auf. »Wie wär's mit der hier?«

»Ausgezeichnet«, erwiderte sie trocken und nahm ihm die Scherben aus der Hand. »Ich kann es kaum glauben, dass ich sie wirklich zerdeppert habe.«

»Ja, es war ein ereignisreicher Abend.«

Sie schmunzelte. »Stimmt. Möchtest du vielleicht hierbleiben, um zu sehen, was als Nächstes passiert?«

»Du scheinst wirklich meine Gedanken erraten zu können. Weißt du, Regan, ich glaube, dass wir mehr gemeinsam haben, als man auf den ersten Blick annehmen könnte. Du spielst ausgezeichnet Billard, und ich liebe Antiquitäten.« Plötzlich nervös geworden, stand er auf und begann unruhig im Zimmer umherzuwandern. Nach einer Weile blieb er vor einer Kommode stehen, nahm eine Katze aus chinesischem Porzellan in die Hand und stellte sie, nachdem er sie einer ausgiebigen Betrachtung unterzogen hatte, behutsam wieder zurück. »Was hältst du davon, wenn wir heiraten?«

Sie stand mit dem Rücken zu ihm am Tisch und zupfte nachdenklich an einem Fliederzweig herum. »Hm … Das hast du mich, wenn ich mich recht erinnere, vor einiger Zeit schon mal gefragt. Nur um mir dann zu sagen, dass es nicht ginge, weil ich keine Lust habe, mir Baseballspiele anzuschauen.«

»Diesmal meine ich es ernst, Regan.«

Sie wirbelte herum und stieß mit der Hand gegen die Tischkante. »Wie bitte?«

»Hör zu, wir kennen uns zwar noch nicht sehr lange.« Sie blickte ihn an, als ob er den Verstand verloren hätte. Und er war sich sicher, dass sie mit ihrer Vermutung recht hatte. »Aber zwischen uns gibt es etwas, das ich mir nicht erklären kann. Etwas, das über Sex weit hinausgeht.«

»Rafe, ich kann nicht …«

»Vielleicht würdest du mich jetzt mal ausreden lassen.« Sein Tonfall klang plötzlich gereizt. »Ich kenne deine Prioritäten und habe mir alles genau überlegt. Aber das Mindeste, was du für mich tun kannst, ist, die Sache auch einmal von meinem Standpunkt aus zu sehen. Es ist nicht einfach nur Sex für mich, und das ist es auch nie gewesen. Ich liebe dich.«

Fassungslos starrte sie in diese harten, zornigen Augen und hörte, wie er die köstlichen Worte mit einem wütenden Schnauben von sich gab. Sie fühlte ihr Herz aufgehen wie eine Rosenknospe im Frühling. »Du liebst mich«, wiederholte sie.

Früher war es ihm ganz leichtgefallen, diese Worte auszusprechen. Weil er gewusst hatte, dass sie nicht zählten. Das war nun anders. »Ich liebe dich«, sagte er noch einmal. »Das ist mir noch nie im Leben passiert.«

»Mir auch nicht«, murmelte sie.

Das Rauschen seines Blutes dröhnte ihm in den Ohren und verschluckte ihre Erwiderung. »Wenn du mir nur eine Chance geben würdest …« Er ergriff ihre Handgelenke. »Komm, Regan, nimm das Risiko auf dich. Das Leben ist nun mal gefährlich.«

»Ja.«

Sein Griff lockerte sich. »Ja, was?«

»Warum haben wir nur immer solche Schwierigkeiten, einander zu verstehen?«, wollte sie wissen. »Also, hör genau zu, Rafe, das ist wichtig«, befahl sie. »Ja, ich will dich heiraten.«

»Einfach so? Und du willst nicht erst noch einmal darüber schlafen?«

»Ja, ganz einfach so. Weil ich dich auch liebe.«

Viel später, als sie sich unter dem warmen Federbett aneinander-kuschelten, legte sie die Hand auf sein Herz und lächelte ihn an.

»Ich bin unendlich glücklich darüber, dass du wieder hierher zu-rückgekommen bist, MacKade. Willkommen zu Hause.«

Und dann schliefen sie ein.

Nora Roberts

Dem Feuer zu nah

Roman

Aus dem amerikanischen Englisch von
Patrick Hansen

HarperCollins

Prolog

Die Wälder hallten wider vom Kriegsgeschrei. Zwischen den feindlichen Truppen war eine blutige Schlacht entbrannt, und in den Feldern hinter den Bäumen schlugen hin und wieder Geschosse ein, die den Lärm der Waffen und das Geschrei der Verwundeten übertönten. Der Kampf hatte bereits viele Opfer gefordert, und die Überlebenden dürsteten nach Rache.

Das Laub, noch dicht und grün am Ende des Sommers, bildete ein Dach, durch das der Sonnenschein in dünnen, staubigen Strahlen drang. Die Luft war schwül und schwer und roch nach frischer Erde und wilden Tieren.

Es gab keinen Ort, an dem Jared MacKade glücklicher war als in den unheimlichen Wäldern.

Er war Offizier der Union, ein Captain. Er war Captain geworden, weil er mit zwölf Jahren der Älteste war und dieser Rang ihm daher zustand. Seine Truppen bestanden aus Devin, der sich als Zehnjähriger mit dem Rang eines Korporals zufriedengeben musste. Ihr Auftrag war klar. Vernichtet die Rebellen.

Da der Krieg eine ernste Sache war, hatte Jared eine Strategie entwickelt. Er hatte Devin als seinen Soldaten gewählt, weil Devin Befehle befolgte. Außerdem war Devin ein kluger Kopf. Und Devin war ein erfahrener Nahkämpfer und machte nie Gefangene.

Rafe und Shane, die anderen MacKade-Brüder, waren ebenfalls hervorragende Kämpfer, aber, wie Jared wusste, oft viel zu ungestüm. Auch jetzt rannten sie wieder laut schreiend durch den Wald, während Jared geduldig im Hinterhalt auf sie wartete.

»Sie werden sich trennen, du wirst sehen«, flüsterte Jared, als er und Devin sich im Unterholz versteckten. »Rafe will uns herauslocken und erledigen.« Jared spuckte verächtlich aus, denn er war zwölf, und Spucken war cool. »Er hat keinen militärischen Verstand.«

»Shane hat überhaupt keinen Verstand«, erwiderte Devin, der wie alle Brüder nicht sehr viel von seinem Bruder hielt.

Die beiden grinsten, zwei Jungs mit zerzaustem schwarzem Haar und unbeschwerten Gesichtern, auf denen der Schweiß sich mit dem Schmutz vermischte. Jared sah sich um. Er kannte jeden Stein, jeden Baum, jeden ausgetretenen Pfad. Oft kam er allein her, um zu wandern oder einfach nur dazusitzen. Und um zu lauschen. Dem Wind in den Bäumen, dem Geraschel der Eichhörnchen und Hasen. Dem Murmeln der Gespenster.

Er wusste, dass andere hier gekämpft hatten und gestorben waren, und es faszinierte ihn. Er war auf dem Bürgerkriegsschlachtfeld von Antietam, Maryland, aufgewachsen, und wie jeder Junge seines Alters wusste er, was für Triumphe und Tragödien sich an diesem Schicksalstag im September 1862 abgespielt hatten.

Eine Schlacht, die als der blutigste Tag in die Geschichte des Bürgerkriegs eingegangen war, musste die Fantasie eines Jungen anregen. Mit seinen Brüdern hatte er jeden Fußbreit des Schlachtfelds durchkämmt und war durch die Kornfelder gerannt, auf denen damals der Pulverqualm die Ähren schwarz gefärbt hatte.

So manche Nacht hatte er daran gedacht, dass einst Bruder gegen Bruder gekämpft hatte … in Wirklichkeit, nicht nur als Spiel. Und er hatte sich immer wieder gefragt, wie es ihm ergangen wäre, wenn er in jener dramatischen Zeit geboren worden wäre.

Doch am meisten faszinierte ihn, dass Männer ihr Leben für eine Idee hingegeben hatten. Oft, wenn er allein im Wald saß, träumte er davon, für eine Idee zu kämpfen und stolz zu sterben.

Seine Mutter erklärte ihm häufig, dass ein Mann Ziele und Überzeugungen brauche und stolz darauf sein könne, wenn er für sie eintrat. Dann lachte sie, strich ihm übers Haar und sagte ihm, dass es ihm an Stolz gewiss niemals mangeln werde. Er besaß bereits jetzt zu viel davon.

Er wollte der Beste, der Schnellste, der Stärkste, der Klügste sein. Das war keine leichte Aufgabe, denn seine drei Brüder wollten genau dasselbe. Also quälte er sich. Er lernte mehr, kämpfte entschlossener und arbeitete härter. Verlieren kam für Jared MacKade einfach nicht infrage.

»Sie kommen«, flüsterte Jared.

Devin nickte. Er hatte auf das Knacken von Zweigen und das Rascheln von Blättern geachtet und gewartet. »Rafe ist dort vorn. Shane will uns von hinten überraschen.«

Jared vertraute Devin. Sein Bruder besaß den Instinkt einer Raubkatze. »Ich übernehme Rafe. Du bleibst hier, bis wir kämpfen. Sobald Shane angerannt kommt, schnappst du ihn dir.«

Jareds Augen leuchteten. Die Brüder gaben sich kurz die Hand. »Sieg oder Tod.«

Etwas Hellblaues huschte von Baum zu Baum. Das verblichene Jeansshirt des Feindes. Jared wartete. Dann sprang er mit einem markerschütternden Schrei aus der Deckung. Er stürzte sich auf Rafe, warf ihn um, und zusammen landeten sie inmitten der wilden Brombeeren.

Es war ein gelungener Überraschungsangriff gewesen, aber Jared wusste, dass er noch lange nicht gewonnen hatte. Rafe war ein zäher Gegner, das konnte jeder seiner Mitschüler an der Grundschule von Antietam bezeugen. Er kämpfte mit einer Begeisterung, die Jared gut nachempfinden konnte.

Es gab nichts Herrlicheres, als sich an einem heißen Sommertag, wenn das Ende der Schulferien näher rückte und die morgendlichen Pflichten hinter einem lagen, mit jemandem zu rangeln.

Dornen bohrten sich in die Kleidung und zerkratzten die Haut. Die beiden Jungs kehrten kämpfend auf den Pfad zurück. Fäuste flogen, und Schuhe gruben sich Halt suchend in den Erdboden. Ganz in der Nähe fand eine zweite Schlacht statt. Auch sie war geprägt von Flüchen, Stöhnen und dem dumpfen Aufprall der Fäuste auf den schwitzenden Körpern.

Die MacKade-Brüder fühlten sich wie im Paradies.

»Du bist tot, elender Rebell!«, rief Jared, als es ihm gelang, Rafe am Haar zu packen.

»Aber dich nehme ich mit, Blaurock!«, schrie Rafe zurück.

Doch keiner war dem anderen überlegen, und so endete der Kampf schließlich unentschieden. Verdreckt, atemlos und lachend lösten sie sich voneinander.

Jared wischte sich das Blut von der aufgeplatzten Lippe und beobachtete, wie die beiden anderen Brüder miteinander kämpften. Devin würde ein blaues Auge davontragen, und Shane hatte in seiner Jeans einen Riss, der ihnen allen eine Menge Ärger einbringen würde.

Er stieß einen langen, zufriedenen Seufzer aus und blinzelte in den Sonnenschein.

»Sollen wir aufhören?«, fragte Rafe.

»Nein. Die beiden sind gleich fertig.«

»Ich gehe in die Stadt.« Rafe sprang auf und klopfte sich den Staub von der Hose. »Ich will bei Ed's etwas trinken.«

Devin ließ Shane los. »Hast du Geld?«

Lächelnd klimperte Rafe mit den Münzen in seiner Tasche. »Vielleicht.« Dann strich er sich das Haar aus den Augen und rannte los.

Die Hoffnung, von ihrem Bruder etwas spendiert zu bekommen, war genug, um Devin und Shane sofort Frieden schließen zu lassen. Sie brachen den Kampf ab und jagten hinter ihm her.

»Komm schon, Jared«, rief Shane über die Schulter. »Auf zu Ed's.«

»Lauft vor. Ich komme nach.«

Aber Jared blieb auf dem Rücken liegen und sah zum Himmel hinauf, der zwischen den Baumkronen zu erkennen war. Als die hämmernden Füße seiner Brüder verklungen waren, glaubte er, den alten Schlachtenlärm hören zu können. Das Getöse der Kanonen, die Schreie der Verwundeten. Dann das angstvolle Keuchen der zwischen den feindlichen Linien herumirrenden Soldaten.

Er schloss die Augen. Die Gespenster der Vergangenheit waren ihm viel zu vertraut, um sich vor ihnen zu fürchten. Er wünschte, er hätte die Männer gekannt, hätte sie fragen können, wie es war, sein Leben, seine Seele aufs Spiel zu setzen. Ein Ideal, eine Lebensweise so sehr zu lieben, dass man alles, was man war und besaß, dafür opfern würde.

Er war überzeugt, dass er es für seine Familie, seine Eltern, seine Brüder tun würde. Doch das war irgendwie anders.

Eines Tages, so nahm er sich vor, würde er ein Zeichen setzen. Die Leute würden ihn sehen und wissen, dass er Jared MacKade war, ein Mann, der für etwas einstand. Ein Mann, der tat, was getan werden musste, und keinen Kampf scheute.

1. Kapitel

Jared wollte ein kühles Bier. Er konnte ihn schon schmecken, den ersten kräftigen Schluck, der den üblen Nachgeschmack fortspülen würde. Den Nachgeschmack eines harten Tages im Gericht, eines idiotischen Richters und einer Mandantin, die ihn langsam, aber sicher um den Verstand brachte.

Dass sie in die Einbruchsserie im Westen von Hagerstown verwickelt und alles andere als ein Unschuldslamm war, störte ihn nicht. Schuldige zu verteidigen, war schließlich sein Beruf. Aber er war es leid, sich von seiner Mandantin wie Freiwild behandeln zu lassen.

Die Frau hatte eine ziemlich verquere Ansicht von der Beziehung zwischen Anwalt und Mandant. Wenn sie ihm noch einmal an den Hintern fasste, konnte sie sich einen neuen Verteidiger suchen. Unter anderen Umständen hätte er die ganze Sache vielleicht sogar amüsant gefunden. Aber im Moment hatte er für solche Spielchen zu viel im Kopf und im Terminkalender.

Mit einer gereizten Handbewegung schob er eine Klassik-CD in die Stereoanlage seines Wagens und ließ sich auf der Fahrt nach Hause von Mozart besänftigen.

Nur noch dieser Abstecher, sagte er sich. Ein kurzer Abstecher, dann nach Hause und ein kühles Bier.

Und dieser Abstecher wäre ihm auch erspart geblieben, hätte diese Savannah Morningstar sich die Mühe gemacht, seine Anrufe zu erwidern.

Er ließ die Schultern kreisen, um die Anspannung zu lindern, und trat in einer Kurve aufs Gaspedal, um sich den Reiz einer kleinen Geschwindigkeitsüberschreitung zu gönnen. In hohem Tempo fuhr er die vertraute Landstraße entlang, ohne auf die ersten Anzeichen des nahenden Frühlings zu achten.

Er bremste, um einem Kaninchen auszuweichen, und überholte einen Pick-up, der nach Antietam unterwegs war. Hoffentlich hat Shane das Abendessen fertig, dachte er, bis ihm plötzlich einfiel, dass er heute mit dem Kochen an der Reihe war.

Das Stirnrunzeln passte zu seinem Gesicht, das mit den harten Konturen, der zweimal gebrochenen Nase und dem energischen Kinn äußerst markant wirkte. Hinter der Sonnenbrille, unter den geschwungenen schwarzen Brauen blickten die grünen Augen kühl. Der Mund war vor Verärgerung schmal, aber noch immer attraktiv.

Frauen starrten oft auf seine Lippen und fragten sich, wie … Wenn Jared lächelte und das Grübchen am Mundwinkel erschien, seufzten sie zumeist und begriffen nicht, warum seine Ehefrau ihn jemals hatte gehen lassen.

Im Gerichtssaal wirkte er höchst beeindruckend. Die breiten Schultern, die schmale Taille, die athletische, langgliedrige Gestalt erschienen durch den Maßanzug ein wenig gezähmt, aber die elegante Fassade verbarg nicht, welche Kraft in seinem Körper steckte.

Das schwarze Haar war wellig genug, um sich über dem Kragen der stets strahlend weißen Hemden auf attraktive Weise zu kräuseln.

Im Gerichtssaal war er nicht Jared MacKade, einer der MacKade-Brüder, die seit dem Tag ihrer Geburt den Süden des Landes unsicher gemacht hatten. Dort war Jared MacKade Anwalt des Rechts.

Er sah zu dem Haus hinauf, das auf dem Hügel am Stadtrand lag. Es hatte früher einmal den Barlows gehört, lange bevor sein Bruder Rafe heimgekehrt war, um es zu kaufen. Jared bemerkte Rafes Wagen am Ende der steilen Zufahrt und zögerte.

Er war versucht, den letzten Termin dieses Arbeitstages zu vergessen und sich mit Rafe das ersehnte Bier zu gönnen. Aber wenn sein Bruder nicht gerade hämmerte, sägte oder einen Teil des Hauses strich, das im Herbst als Hotel eröffnet werden sollte, wartete er darauf, dass seine ihm frisch angetraute Ehefrau nach Hause kam.

Dass ausgerechnet der Schlimmste der schlimmen MacKades ein verheirateter Mann war, erstaunte Jared noch immer. Also fuhr er vorbei und nahm an der Gabelung die Straße nach links, die sich um die Farm der MacKades und das kleine Stück Land, das an sie grenzte, schlängelte.

Soweit er wusste, hatte Savannah Morningstar das Haus am Waldrand erst vor zwei Monaten gekauft. Dort wohnte sie mit ihrem Sohn und lebte, da die Gerüchteküche über sie nur wenig vermeldete, offenbar sehr zurückgezogen.

Jared vermutete, dass die Frau entweder dumm oder unhöflich war. Er hatte die Erfahrung gemacht, dass die meisten Leute den Anruf eines Anwalts meistens sofort erwiderten. Obwohl die Stimme auf ihrem Anrufbeantworter sanft, dunkel und unglaublich erotisch geklungen hatte, freute er sich nicht auf die Begegnung. Im Gegenteil. Er war nur hier, um einem Kollegen einen Gefallen zu tun.

Zwischen den Bäumen tauchte das kleine Haus auf. Eigentlich war es eher eine Blockhütte, obwohl vor mehreren Jahren ein Obergeschoss angebaut worden war. Am Morningstar-Briefkasten bog Jared in den schmalen Weg ein und bremste scharf, um die zahlreichen Schlaglöcher und Querrinnen bewältigen zu können. Beim Näherkommen betrachtete er das Haus.

Aus dicken Baumstämmen errichtet, hatte es ursprünglich einem Arzt aus der Stadt als Wochenendhaus gedient. Aber nicht sehr lange. Städter fanden das Leben auf dem Land oft nur so lange romantisch, wie sie es nicht führen mussten.

Der steile Hang davor war steinig und im Sommer meist von hohem Unkraut überwuchert. Offenbar hatte jemand daran gearbeitet, denn der Boden war umgegraben und die wenigen verbliebenen Steine dienten als gestalterische Elemente inmitten der neu angepflanzten Blumen.

Erst jetzt sah Jared, dass jemand in dem kleinen Naturgarten arbeitete. Er hielt am Ende der Zufahrt, neben dem alten Kleinwagen. Dann nahm er den Aktenkoffer vom Sitz, stieg aus und ging über den frisch gemähten Rasen. Als Savannah Morningstar sich aufrichtete, war er froh, dass er eine dunkle Brille trug.

Sie hatte inmitten der Pflanzen und Gartengeräte gekniet, und als sie aufstand, sah Jared nicht nur, wie groß sie war, sondern auch, auf welch atemberaubende Weise sie das verblichene gelbe T-Shirt und die zerschlissenen Jeans ausfüllte. Ihre Beine waren endlos.

Sie war barfuß, die Hände waren schmutzig. Die Sonne ließ das schwarze Haar schimmern. Sie trug es zu einem langen, lockeren Zopf geflochten. Auch ihre Augen waren hinter einer Sonnenbrille verborgen. Aber was er von ihrem Gesicht erkennen konnte, war faszinierend. Wenn ein Mann es erst einmal schafft, diesen wahrhaft tollen Körper zu ignorieren, kann er sich ausgiebig dem Gesicht widmen, dachte Jared.

Die leicht gebräunte Gesichtshaut straffte sich über den hohen Wangenknochen. Der Mund war voll, die Nase gerade und anmutig, das Kinn ein wenig spitz.

»Savannah Morningstar?«

»Ja, die bin ich.«

Er erkannte die Stimme wieder. Noch nie hatte er es erlebt, dass eine Stimme so perfekt zu einem Körper passte. »Ich bin Jared MacKade.«

Sie legte den Kopf schief, und ihre Brillengläser glänzten in der Sonne. »Nun ja, Sie sehen aus wie ein Anwalt. Ich habe nichts verbrochen und brauche keinen Anwalt.«

»Ich werbe keine Mandanten an der Haustür. Ich habe Ihnen bereits mehrere Nachrichten auf Band gesprochen.«

»Ich weiß.« Sie kniete sich wieder hin, um den Rest des dunkelroten Phlox einzupflanzen. »Das Praktische an solchen Geräten ist, dass man nicht mit Leuten reden muss, mit denen man nicht reden will.« Vorsichtig drückte sie Erde um die zarten Wurzeln fest. »Und mit Ihnen wollte ich nicht reden, Mr. MacKade.«

»Sie sind also nicht dumm, sondern einfach nur unhöflich.«

Belustigt hob sie den Kopf. »Stimmt, das bin ich. Aber nun, da Sie schon einmal hier sind, können Sie mir sagen, was Sie von mir wollen.«

»Ein Kollege aus Oklahoma hat mich angerufen, nachdem er Ihre Adresse herausgefunden hatte.«

Das mulmige Gefühl in Savannahs Bauch kam und verschwand sofort wieder. Ohne Hast nahm sie ein weiteres Büschel Phlox und grub mit der Hand ein Loch. »Ich bin seit fast zehn Jahren nicht mehr in Oklahoma gewesen. Und ich kann mich nicht erinnern, dort gegen irgendein Gesetz verstoßen zu haben.«

»Ihr Vater hat meinen Kollegen beauftragt, Sie aufzuspüren.«

»Pa interessiert mich nicht.« Sie hatte plötzlich keine Lust mehr, Blumen zu pflanzen. Weil sie die unschuldigen Gewächse nicht mit dem Gift infizieren wollte, das sie in sich spürte, erhob sie sich und wischte die Hände an der Jeans ab. »Sagen Sie Ihrem Kollegen, er soll meinem Vater ausrichten, dass ich nicht interessiert sei.«

»Ihr Vater ist tot.«

Jared hatte nicht geplant, es ihr auf diese Weise mitzuteilen. Bisher hatte er weder ihren Vater noch dessen Tod erwähnt, weil er es herzlos fand, solche Nachrichten einem Anrufbeantworter anzuvertrauen. Jared konnte sich gut an den Schmerz erinnern, den der Tod seines Vaters in ihm ausgelöst hatte. Und der seiner Mutter.

Sie schwankte nicht, schrie nicht auf und begann auch nicht zu schluchzen. Savannah stand aufrecht da, während sie den Schock verarbeitete und sich gegen die Trauer wehrte. Einst hatte sie Liebe empfunden. Das Bedürfnis nach Nähe. Jetzt, dachte sie, fühle ich gar nichts mehr. »Wann?«

»Vor sieben Monaten. Sie zu finden, dauerte eine Weile. Es tut mir leid …«

»Wie ist er gestorben?«, unterbrach sie ihn.

»Ein Sturz. Soweit ich weiß, arbeitete er beim Rodeo, stürzte vom Pferd und prallte mit dem Kopf auf. Er blieb nicht lange bewusstlos und weigerte sich, sich röntgen zu lassen. Aber er rief meinen Kollegen an und erteilte ihm einen Auftrag. Eine Woche später brach Ihr Vater zusammen. Eine Embolie.«

Stumm hörte sie zu und sah den Mann, den sie einst geliebt hatte, vor ihrem geistigen Auge … auf dem Rücken eines wild ausschlagenden Mustangs, mit einer Hand nach den Sternen greifend.

Sie sah ihn vor sich, lachend, betrunken. Sie hörte, wie er einer alten Stute Koseworte ins Ohr flüsterte und wie er vor Zorn und Scham rot anlief, als er seine Tochter, sein einziges Kind, verstieß.

Nur tot konnte sie ihn sich nicht vorstellen.

»Nun, jetzt haben Sie es mir erzählt«, sagte sie und ging zum Haus.

»Miss Morningstar.« Hätte er Trauer in ihrer Stimme gehört, hätte er sie in Ruhe gelassen. Aber ihre Stimme war vollkommen ausdruckslos gewesen.

»Ich habe Durst.« Sie eilte den Pfad entlang, stieg die Stufen zur Veranda hinauf und ließ die Fliegengittertür hinter sich zufallen.

Jared war wütend. Durstig war er auch. Und er würde das hier hinter sich bringen und sich endlich ein kühles Bier gönnen. Ohne anzuklopfen, betrat er das Haus.

Das kleine Wohnzimmer enthielt bequeme Möbel, alte Sessel, stabile Tische, auf die man die Füße legen konnte. Das Braun der Wände passte zum Pinienholz des Dielenbodens. Farbkleckse setzten auffallende Akzente – Bilder, Kissen, auf den hellen Teppichen verstreute Spielsachen, die ihn daran erinnerten, dass sie ein Kind hatte.

Er folgte ihr in eine Küche mit strahlend weißen Schränken und demselben glänzenden Pinienboden wie im Wohnzimmer. Sie stand an der Spüle und wusch sich die Erde von den Händen. Sie sagte nichts, sondern trocknete sie ab, bevor sie einen Krug mit Limonade aus dem Kühlschrank nahm.

»Ich möchte das hier ebenso schnell hinter mich bringen wie Sie«, sagte Jared.

Savannah atmete tief durch, nahm die Sonnenbrille ab und warf sie auf die Arbeitsplatte. Es ist nicht seine Schuld, sagte sie sich. Jedenfalls nicht ganz. Im Grunde war niemand schuld.

»Sie sehen erhitzt aus.« Sie goss Limonade in ein hohes Glas und reichte es ihm. Dabei warf sie ihm einen kurzen Blick aus schokoladenbraunen Mandelaugen zu und wandte sich ab, um ein zweites Glas herauszunehmen.

»Danke.«

»Wollen Sie mir etwa sagen, dass er Schulden hatte, die ich jetzt begleichen muss? Falls ja, so kann ich Ihnen darauf sofort antworten, dass ich gar nicht daran denke.« Sie lehnte sich gegen die Arbeitsplatte. »Was ich besitze, habe ich mir selbst erarbeitet, und ich werde es behalten.«

»Ihr Vater hat Ihnen siebentausendachthundertfünfundzwanzig Dollar und ein paar Cents hinterlassen.«

Jared sah, wie sie das Glas vom Mund nahm, zögerte, es dann wieder an die Lippen hob und langsam, nachdenklich trank. »Woher hatte er siebentausend Dollar?«

»Ich habe keine Ahnung. Aber das Geld liegt auf einem Sparbuch in Tulsa.« Jared stellte den Aktenkoffer auf den Tisch und öffnete ihn. »Sie brauchen sich nur auszuweisen und diese Papiere zu unterschreiben, dann wird das Erbe umgehend an Sie überwiesen.«

»Ich will es nicht.« Der Knall, mit dem sie das Glas abstellte, war die erste Gefühlsregung, die sie sich anmerken ließ. »Ich will sein Geld nicht.«

Jared legte die Papiere auf den Tisch. »Es ist Ihr Geld.«

»Ich sagte, ich will es nicht.«

Er nahm die Brille ab und steckte sie in die Brusttasche. »Wenn ich recht verstehe, standen Sie und Ihr Vater sich nicht sehr nah.«

»Sie verstehen überhaupt nichts«, entgegnete sie. »Alles, was Sie wissen müssen, ist, dass ich das verdammte Geld nicht will. Also stecken Sie bitte Ihre Unterlagen wieder in Ihren schicken Aktenkoffer und verschwinden Sie.«

Jared war Widerspruch gewöhnt und blieb ruhig. »Das Testament Ihres Vaters sieht vor, dass das Geld an Ihr Kind geht, wenn Sie selbst es nicht wollen.«

Ihre Augen blitzten. »Lassen Sie meinen Sohn aus dem Spiel.«

»Die Vorschriften …«

»Ihre Vorschriften sind mir egal. Er ist mein Sohn. Und es ist meine Entscheidung. Wir wollen das Geld nicht, wir brauchen es nicht.«

»Miss Morningstar, Sie können die Annahme des Erbes verweigern, aber das würde bedeuten, dass die Gerichte damit befasst werden und aus einer eigentlich ganz einfachen Sache ein sehr komplizierter Vorgang wird. Tun Sie sich einen Gefallen, ja? Nehmen Sie das Geld, verbraten Sie es an einem Wochenende in Reno, spenden Sie es für einen wohltätigen Zweck oder vergraben Sie es in einer Blechdose im Garten.«

»Die Sache ist ganz einfach«, erwiderte sie gelassen. »Ich nehme sein Geld nicht an.« Sie starrte über Jareds Schulter, als die Haustür laut ins Schloss fiel. »Mein Sohn«, sagte sie und warf ihrem Besucher einen warnenden Blick zu. »Kein Wort zu ihm, ist das klar?«

»He, Mom! Connor und ich …« Wie angewurzelt blieb er stehen. Er war ein großer, sehr schlanker Junge, der die Augen seiner Mutter besaß und auf dem zerzausten schwarzen Haar eine Baseballkappe mit dem Schirm nach hinten trug. Mit einer Mischung aus Misstrauen und Neugier musterte er Jared. »Wer ist das?«

Ganz die Mutter, dachte Jared. Genau die gleichen schlechten Manieren. »Ich bin Jared MacKade, ein Nachbar.«

»Sie sind Shanes Bruder.« Der Junge trat an den Tisch, nahm das Glas seiner Mutter und leerte es geräuschvoll. »Er ist cool. Wir waren bei ihm, ich und Connor«, berichtete er. »Drüben auf der MacKade-Farm. Die große orangefarbene Katze hat Junge bekommen.«

»Schon wieder?«, murmelte Jared. »Diesmal bringe ich sie persönlich zum Tierarzt und lasse sie sterilisieren. Du warst mit Connor dort, ja? Connor Dolin?«

»Ja.« Der Junge betrachtete ihn über das Glas hinweg.

»Seine Mutter ist eine Freundin von mir«, erklärte Jared.

Savannahs Hand lag locker auf der Schulter ihres Sohnes. »Bryan, geh nach oben und wasch dir die Hände. Ich mache gleich Essen.«

»Okay.«

»Freut mich, dich kennenzulernen, Bryan.«

Der Junge warf dem Besucher einen erstaunten Blick zu, dann lächelte er. »Ja, cool. Bis dann.«

»Er sieht Ihnen ähnlich«, bemerkte Jared.

»Ja, das tut er.« Ihr Gesichtsausdruck wurde ein wenig sanfter, als sie ihren Sohn die Treppe hinaufrennen hörte. »Ich überlege, ob ich einen Schallschutz installieren lasse.«

»Ich versuche mir gerade vorzustellen, wie er und Connor miteinander auskommen.«

Ihr eben noch belustigter Blick wurde abweisend. »Und das fällt Ihnen schwer?«

»Ich versuche es mir vorzustellen«, wiederholte Jared. »Ein solcher Wildfang und der ruhige, schüchterne Connor Dolin. So selbstbewusste Kinder wie Ihr Sohn suchen sich meistens andere Freunde.«

»Die beiden haben sich auf Anhieb verstanden. Bryan hat bisher kaum die Chance gehabt, Freundschaften zu schließen. Wir sind oft umgezogen. Das soll sich ändern.«

»Was hat Sie hergebracht?«

»Ich war …« Sie verstummte und verzog den Mund. »Jetzt spielen Sie den freundlichen Nachbarn, damit ich nachgebe und Ihnen Ihr Problem abnehme, was? Vergessen Sie es.« Sie nahm ein Paket mit Hähnchenbrust aus dem Kühlschrank.

»Siebentausend Dollar sind eine Menge Geld. Wenn Sie es gut anlegen, könnte es Ihrem Sohn den Start auf dem College erleichtern«, schlug er vor.

»Wenn und falls Bryan aufs College geht, werde ich es selbst finanzieren.«

»Ich habe großes Verständnis für Ihren Stolz, Miss Morningstar. Deshalb sehe ich auch, wenn er fehl am Platz ist.«

Sie kehrte ihm den Rücken zu und warf den Zopf über die Schulter. »Ihre Geduld und Höflichkeit sind vorbildlich, Mr. MacKade.«

»Sie kommen nicht oft in die Stadt, nicht wahr?«, murmelte Jared. »Da würde man Ihnen etwas anderes über mich erzählen. Erkundigen Sie sich gelegentlich bei Connors Mutter über die MacKades,

Miss Morningstar. Ich lasse die Papiere hier.« Er setzte die Sonnenbrille wieder auf. »Überlegen Sie es sich und rufen Sie mich an. Ich stehe im Telefonbuch.«

Sie blieb, wo sie war, mit finsterem Gesichtsausdruck und dem gefrorenen Hähnchenfleisch in der Hand. Sie stand noch da, als sie hörte, wie er den Wagen startete und ihr Sohn die Treppe herunterkam.

Hastig nahm sie die Unterlagen vom Tisch und steckte sie in eine Schublade.

»Was wollte er?«, fragte Bryan. »Wieso hatte er denn einen Anzug an?«

»Viele Männer tragen Anzüge.« Sie wich seiner Frage aus, aber sie würde Bryan nicht anlügen. »Und bleib vom Kühlschrank weg. Es gibt gleich Essen.«

Bryan hatte die Hand bereits am Türgriff und verdrehte die Augen. »Ich bin am Verhungern.«

Savannah nahm einen Apfel aus der Obstschale, warf ihn über die Schulter und lächelte zufrieden, als Bryan ihn auffing.

»Shane meint, es ist okay, wenn ich morgen nach der Schule noch mal vorbeikomme und mir die Kätzchen ansehe. Die Farm ist richtig cool, Mom. Du solltest sie sehen.«

»Ich habe schon einmal eine Farm gesehen.«

»Ja, aber die hier ist stark. Er hat sogar zwei Hunde. Fred und Ethel.«

»Fred und …« Sie musste lachen. »Die sollte ich mir ansehen.«

»Und vom Heuboden aus kann man bis in die Stadt sehen. Connor hat mir erzählt, dass ein Teil der Schlacht auf den Feldern ausgetragen wurde. Bestimmt liegen überall tote Soldaten herum.«

»Also das klingt wirklich verlockend.«

»Und ich dachte mir«, Bryan biss in den Apfel, »ich dachte mir, du würdest dir vielleicht auch die Kätzchen ansehen wollen.«

»Würde ich das?«

»Ja, klar. Connor meint, vielleicht will Shane welche weggeben, wenn sie stubenrein sind. Vielleicht möchtest du ja eins.«

Savannah deckte den Topf mit dem Hähnchenfleisch zu. »So?«

»Warum nicht? Ich meine, dann hättest du Gesellschaft, wenn ich in der Schule bin.« Er strahlte sie an. »Damit du nicht mehr so einsam bist.«

Savannah lächelte. »Sehr geschickt, Bry. Wirklich raffiniert.«

»Also kriege ich eins?«, fragte er hoffnungsvoll.

Sie hätte ihm alles gegeben, nicht nur ein kleines Haustier. »Natürlich.« Sie lachte glücklich, als er sich ihr in die Arme warf und sie drückte.

Nachdem sie gegessen, abgewaschen, auch die gefürchteten Hausaufgaben erledigt hatten und das Kind, das Savannahs Ein und Alles war, im Bett lag, setzte sie sich in die Hollywoodschaukel auf der vorderen Veranda und sah zum Wald hinüber.

Sie fand es schön, wie die Dunkelheit dort stets zuerst hereinbrach, als hätte der Wald das Recht, früher als der Rest der Natur schlafen zu gehen. Später hörte sie dann den Ruf einer Eule oder das leise Muhen von Shane MacKades Kühen. Manchmal, wenn der Abend sehr still war oder es geregnet hatte, drang das Plätschern des Baches herüber.

Der Frühling war noch zu jung für das Aufflackern der Leuchtkäfer. Savannah freute sich auf sie und hoffte, dass Bryan nicht zu alt war, um ihnen nachzujagen. Sie wollte sehen, wie ihr Sohn durch seinen eigenen Garten rannte. In einer warmen Sommernacht, unter dem Sternenhimmel, wenn die Blumen blühten, die Luft nach ihnen duftete und der Wald sie wie ein dichter Vorhang von allem und jedem trennte.

Sie wollte, dass Bryan ein Kätzchen zum Spielen, gute Freunde und eine Kindheit voller schöner Erinnerungen hatte. Eine Kindheit, die all das war, was ihre nie gewesen war.

Sie stieß sich mit den Füßen ab, schaukelte sacht und lehnte sich zurück, um die vollkommene Stille des Abends zu genießen.

Sie hatte zehn lange, harte Jahre gebraucht, um hierher zu gelangen, auf diese Schaukel, auf diese Veranda, in dieses Haus. Sie bereute keinen Moment dieser zehn Jahre, nicht die Opfer und Schmerzen, nicht die Sorgen und Wagnisse. Denn würde sie etwas davon bereuen, so würde sie alles bereuen. Etwas davon zu bereuen, hieße zu bereuen, dass sie Bryan bekommen hatte. Und das war undenkbar.

Sie hatte genau das erreicht, wonach sie gestrebt hatte, und sie hatte es sich verdient, gegen alle Widerstände. Sie befand sich genau dort, wo sie hatte sein wollen. Sie war die Frau, die sie sein wollte, und kein Gespenst aus der Vergangenheit würde ihr Glück trüben.

Wie konnte er es wagen, ihr sein Geld anzubieten, wenn sie doch nie etwas anderes als seine Liebe gewollt hatte?

Jim Morningstar war also tot. Ihr Vater hatte sein letztes Wildpferd geritten und seinen letzten Stier mit dem Lasso gefangen. Jetzt müsste sie eigentlich um ihn trauern und dankbar dafür sein, dass er am Ende seines Lebens an sie gedacht hatte. Und an das Enkelkind, das er nie gewollt und nicht einmal gesehen hatte.

Er hatte sich für seinen Stolz entschieden, gegen seine Tochter und das neue Leben, das in ihr heranwuchs. Und dann, nach all der Zeit, hatte er geglaubt, es mit siebentausend Dollar wieder gutmachen zu können.

Zur Hölle mit ihm, dachte Savannah müde und schloss die Augen. Selbst sieben Millionen hätten sie nicht vergessen lassen, und ihre Vergebung konnte er damit erst recht nicht erkaufen. Und kein noch so redegewandter Anwalt in einem eleganten Anzug würde sie jemals dazu bringen, ihre Meinung zu ändern. Jared MacKade konnte gemeinsam mit Jim Morningstar zur Hölle fahren.

Er hatte kein Recht, ihr Land zu betreten, als wäre er darauf zu Hause, in ihrer Küche Limonade zu trinken, von Bryans Collegestudium zu reden und ihren Jungen anzulächeln, als wäre er sein Freund. Vor allem hatte er kein Recht, sie so anzusehen, wie er es getan hatte, und damit all die Empfindungen zu wecken, die sie bewusst verdrängt hatte.

Also ist mein Verlangen doch noch nicht abgestorben, dachte sie wehmütig. Manche Männer schienen förmlich dazu geschaffen zu sein, es in einer Frau hervorzurufen.

Sie wollte nicht an diesem schönen Frühlingsabend auf ihrer Veranda sitzen und daran denken, wie lange es her war, dass sie in den Armen eines Mannes gelegen hatte. Eigentlich wollte sie gar nicht mehr denken, aber er war einfach über den Rasen geschlendert und hatte ihre so mühsam errichtete Welt in den Grundfesten erschüttert.

Ihr Vater war tot, und sie selbst war sehr lebendig. An diesen beiden Tatsachen hatte der Rechtsanwalt MacKade bei seinem kurzen Besuch keinen Zweifel gelassen.

So gern sie auch die Augen davor verschlossen hätte, beides war nicht zu ändern, und sie musste sich damit abfinden. Irgendwann würde sie mit Jared reden müssen. Wenn sie nicht zu ihm ging, würde er wiederkommen, davon war sie überzeugt. Er war zäh und hartnäckig, das hatte sie gespürt, trotz des Maßanzugs und der Krawatte.

Sie musste sich entscheiden, was sie jetzt tun wollte. Und sie musste es Bryan erzählen. Er hatte ein Recht zu erfahren, dass sein Großvater tot war. Er hatte ein Recht, von dem Erbe zu erfahren. Aber heute Abend, nur heute Abend, wollte sie nicht mehr nachdenken, sich keine Sorgen mehr machen und keine Fragen mehr stellen.

Erst nach einer ganzen Weile wurde ihr bewusst, dass ihre Wangen feucht waren, dass ihre Schultern zitterten und ein Schluchzen in ihr aufstieg. Sie kauerte sich zusammen und legte den Kopf auf die Knie. »Oh, Daddy …«

2. Kapitel

Jared hatte nichts gegen Farmarbeit. Er hatte keine Lust, sich damit seinen Lebensunterhalt zu verdienen, aber er scheute sich nicht, hin und wieder ein paar Stunden mitzuarbeiten. Seit er sein Haus in der Stadt zum Verkauf angeboten hatte und wieder auf die Farm gezogen war, sprang er ein, wann immer seine Zeit es erlaubte. Es waren Tätigkeiten, die man nie verlernte und mühelos wieder aufnahm, wenn auch mit Muskelkater. Das Melken, das Füttern, das Pflügen, das Aussäen.

Mit einem verschwitzten T-Shirt und alten Jeans bekleidet, versorgte Jared das Milchvieh mit Heu. Die schwarzbunten Kühe drängten sich um den Futterplatz. Ihre runden Flanken rieben sich aneinander, während sie mit wedelnden Schwänzen die Fliegen verjagten. Ihr Geruch erinnerte Jared an seine Jugend, vor allem an seinen Vater.

Buck MacKade hatte sich stets gut um sein Vieh gekümmert und seinen Söhnen beigebracht, in den Tieren nicht nur eine Einnahmequelle zu sehen, sondern sich auch für sie verantwortlich zu fühlen. Für ihn war die Farm sein Leben gewesen, und Jared wusste, dass auch Shane mit Leib und Seele Farmer war. Er fragte sich, was sein Vater wohl davon gehalten hätte, dass sein ältester Sohn sich für den Beruf des Rechtsanwalts entschieden hatte.

Wahrscheinlich hätte es ihn erstaunt, dass sein Junge jetzt Anzüge und Krawatten trug, Schriftsätze verfertigte, einen Terminkalender führte und vor Gericht auftrat. Aber Jared hoffte, dass Buck MacKade stolz gewesen wäre. Nach einer langen Woche am Schreibtisch und im Gerichtssaal ist dies keine schlechte Art, den Samstag zu verbringen, dachte er.

Shane pfiff eine Melodie vor sich hin und trieb die Nachzügler von der Weide zum Futterplatz. Jared ging plötzlich auf, dass sein Bruder so aussah, wie ihr Vater ausgesehen hatte. Staubige Jeans, staubiges Hemd, locker an einem Körper, der Jahre harter Arbeit erkennen ließ, und Haare, denen ein Besuch beim Friseur nicht schaden würde.

»Was hältst du von unserer neuen Nachbarin?«, rief Jared.

»Wie?«

»Die neue Nachbarin – wie findest du sie?«, wiederholte Jared und zeigte mit dem Daumen auf das Morningstar-Land.

»Ach, du meinst die schönste Frau der Welt.« Mit verträumtem Blick ging Shane zum Zaun. »Ich brauche einen Moment der Stille«, murmelte er und faltete die Hände auf dem Herzen.

Belustigt fuhr Jared sich mit den Fingern durchs Haar. »Sie ist eindrucksvoll.«

»Sie ist … Mir fehlen die Worte.« Shane verpasste einer Kuh einen liebevollen Klaps auf die Flanke. »Ich habe sie erst einmal gesehen. Bin ihr und ihrem Jungen auf dem Weg zum Markt begegnet. Ich habe mich etwa zwei Minuten mit ihr unterhalten, und seitdem träume ich von ihr.«

»Wie findest du sie?«

»Absolut hinreißend.«

»Könntest du mal für eine Minute zur Vernunft kommen, Bruder?«

»Ich kann es versuchen.« Shane half ihm, die Heuballen zu zerteilen. »Sie ist eine Frau, die allein zurechtkommt und nicht nach einem Mann sucht. Sie kann gut mit ihrem Sohn umgehen, das habe ich sofort bemerkt.«

»Ja, ich auch.«

»Wann?«, fragte Shane neugierig.

»Vor ein paar Tagen. Ich musste in einer rechtlichen Angelegenheit zu ihr.«

»So?« Shane grinste. »Und jetzt bist du zur Verschwiegenheit verpflichtet, habe ich recht?«

»Ja.« Jared holte den nächsten Ballen und zerschnitt das Band. »Was redet man so über sie?«

»Nicht viel. Wie ich gehört habe, war sie in der Gegend von Frederick und sah in der dortigen Zeitung die Anzeige für das Blockhaus. Kurz darauf kam sie hier an, kaufte das Land, meldete ihren Sohn in der Schule an und zog sich auf ihren Hügel zurück. Mrs. Metz platzt vor Neugier.«

»Das kann ich mir vorstellen. Wenn Mrs. Metz, die Superklatschtante, schon nichts über sie weiß, weiß niemand etwas.«

»Wenn du für sie etwas Rechtliches erledigst, müsstest du doch eigentlich etwas über sie erfahren können«, sagte Shane.

»Sie ist keine Mandantin«, erwiderte Jared und beließ es dabei. »Kommt der Junge oft her?«

»Hin und wieder. Zusammen mit Connor.«

»Erstaunlich, nicht wahr?«

»Ich freue mich, dass die beiden sich so gut verstehen. Bry redet unaufhörlich, fragt mir Löcher in den Bauch und gibt zu allem seinen Senf dazu.« Shane zog eine Augenbraue hoch. »Er erinnert mich an jemanden.«

»Wirklich?«

»Dad meinte immer, wenn es zu einem Thema zwei Ansichten gäbe, würdest du beide vertreten. Der Junge ist genauso. Und er bringt Connor zum Lachen. Es tut gut, ihn lachen zu hören.«

»Mit einem Vater wie Joe Dolin hat er nicht viel zu lachen gehabt«, sagte Jared.

Shane knurrte zustimmend, während er die zerschnittenen Schnüre einsammelte. »Nun ja, Dolin ist hinter Gittern und kann keinen Schaden mehr anrichten.« Er warf einen prüfenden Blick auf seine Herde und das Land dahinter. »Nie wieder wird dieser Kerl die arme Cassie verprügeln und die Kinder terrorisieren. Ist die Scheidung bald durch?«

»In spätestens sechzig Tagen müssten wir ein rechtskräftiges Urteil haben.«

»Je früher, desto besser. Ich muss nach den Schweinen sehen. Holst du mehr Heu aus der Scheune?«

»Natürlich.«

Shane ging zum Pferch, um das Futter für die Borstentiere zu mischen. Als die fetten Schweine ihn sahen, fingen sie an zu grunzen. »Ja, Daddy ist hier, Kinder.«

»Er redet dauernd mit ihnen«, verkündete Bryan, der sich ihnen unbemerkt von hinten genähert hatte.

»Sie antworten mir.« Mit einem Lächeln drehte Shane sich um.

Der Junge war nicht allein. Savannah stand neben ihrem Sohn, eine Hand auf seiner Schulter, ein unbeschwertes Lächeln auf dem Gesicht. Sie trug das Haar offen, und es fiel wie ein schwarzer Wasserfall auf die zerschlissene Denimjacke. Shane beschloss, die Schweine warten zu lassen, und lehnte sich an den Zaun.

»Guten Morgen.«

»Guten Morgen.« Savannah warf einen Blick in den Pferch. »Sie sehen hungrig aus.«

»Sie sind immer hungrig. Deshalb heißen sie ja auch Schweine.«

Lachend stellte sie einen Fuß auf die unterste Zaunlatte. Sie war es gewöhnt, Tiere um sich zu haben. »Die Sau dort drüben sieht äußerst wohlgenährt aus.«

Er machte ein paar Schritte auf Savannah zu, um den Duft ihres Haares einatmen zu können. »Sie ist voller Ferkel. Ich werde sie bald von den anderen trennen müssen.«

»Frühling auf der Farm«, murmelte sie. »Und wer ist der Daddy?«

»Der extrem selbstzufrieden dreinschauende Eber dort hinten.«

»Aha.« Noch immer lächelnd warf Savannah das Haar über die Schultern. »Wir haben eine Bitte, Mr. MacKade.«

»Shane.«

»Shane. Wie ich hörte, haben Sie Kätzchen.«

Shane lächelte Bryan zu. »Du hast deine Mom überredet, was?«

Bryan setzte eine Unschuldsmiene auf, doch die leuchtenden Augen verrieten ihn. »Mom braucht Gesellschaft, während ich in der Schule bin.«

»Gute Idee.« Shane wandte sich vom Pferch ab. »Sie sind drüben in der Scheune. Ich zeige sie Ihnen, kommen Sie mit.«

»Nein.« Savannah legte eine Hand auf seinen Arm. Ihr Blick ließ erkennen, dass sie genau wusste, warum er so zuvorkommend war. »Wir wollen Sie nicht bei der Arbeit stören. Ihre Schweine warten, und Bryan weiß bestimmt, wo wir die Kätzchen finden.«

»Klar weiß ich das. Komm schon, Mom.« Bryan nahm ihre Hand und zog sie hinter sich her. »Sie sind echt cool. Shane hat ganz viele tolle Tiere.«

»So?« Als sie ihrem Sohn folgte, sah sie das beeindruckendste Lebewesen auf der ganzen Farm aus der Scheune kommen. Es trug einen Heuballen über der Schulter.

Jared blieb stehen, warf den Ballen hin und ihre Blicke trafen sich. Savannah wurde bewusst, dass sie sich durch den teuren Anzug hatte täuschen lassen. In dem edlen Tuch hatte er elegant ausgesehen. Jetzt hatte er nichts Elegantes an sich. Das T-Shirt und die Jeans betonten seine athletische, ungemein männliche Gestalt.

Viele andere Frauen hätten wahrscheinlich unwillkürlich den Atem angehalten, sie jedoch nickte ihm nur kühl zu. »Mr. MacKade.«

»Miss Morningstar.« Er klang ebenso distanziert, aber es kostete ihn Mühe, sich nicht anmerken zu lassen, was ihr Anblick in ihm auslöste. »Hi, Bryan.«

»Ich wusste gar nicht, dass Sie hier arbeiten«, sagte der Junge. »Ich habe Sie hier noch nie gesehen.«

»Hin und wieder bin ich hier.«

»Wieso haben Sie denn bei uns einen Anzug getragen?«, fragte Bryan. »Shane trägt nie einen.«

»Den müsste man in einen Anzug prügeln.« Der Junge lächelte, und Jared bemerkte eine Zahnlücke, die am Tag zuvor noch nicht da gewesen war. »Hast du da etwas verloren?«

Stolz schob Bryan die Zungenspitze in die Lücke. »Der ist heute Morgen herausgefallen. Ich kann jetzt viel weiter spucken.«

»Ich habe mal den Rekord in dieser Gegend gehalten. Zwei Meter achtzig. Ohne Rückenwind.«

Bryan war sichtlich beeindruckt. Er sammelte Spucke, konzentrierte sich und zeigte, was er konnte. Jared spitzte die Lippen und nickte anerkennend. »Nicht schlecht.«

»Ich komme noch weiter.«

»Du gehörst zu den Besten in deiner Altersklasse, Bryan«, sagte seine Mutter trocken. Sie wandte sich zur Scheune. »Aber Mr. MacKade hat zu tun, und wir sollten uns die Kätzchen ansehen.«

»Ja. Sie sind gleich dort vorn.« Bryan rannte in die Scheune, und Savannah folgte ihm in gemächlicherem Tempo.

»Zwei Meter achtzig?«, murmelte sie und warf einen Blick über die Schulter.

»Zwei Meter dreiundachtzig, um genau zu sein.«

»Sie erstaunen mich, Mr. MacKade.«

Sie hat eine Art, mit diesen langen Beinen zu schlendern, bei der es einem Mann schwerfällt, nicht hinzustarren, dachte Jared. Er wehrte sich nur kurz gegen die Versuchung, gab auf und folgte Savannah Morningstar in die Scheune.

»Sind sie nicht süß?« Bryan legte sich neben dem Wurf schlafender Kätzchen und ihrer gelangweilt wirkenden Mutter ins Heu. »Sie müssen noch ganz viele Wochen hierbleiben.« Ganz behutsam streichelte er den Kopf eines grauen Kätzchens. »Aber dann dürfen wir uns eins mitnehmen.«

Savannah wurde beim Anblick der niedlichen Geschöpfe ganz warm ums Herz. »Oh, sie sind noch so winzig.« Sie hockte sich neben ihren Sohn und nahm vorsichtig eins der Jungen in die Hand. »Sieh mal, Bryan, es passt genau hinein. Oh, sind sie nicht süß?« Sie rieb mit der Nasenspitze über das weiche Fell. »Du bist aber niedlich«, flüsterte sie.

»Mir gefällt das hier am besten.« Bryan streichelte noch immer das kleine graue Wollknäuel. »Ich werde es Cal nennen.«

»Oh.« Das orangefarbene Kätzchen in ihrer Hand bewegte sich und miaute leise. Savannah zögerte. »Na gut. Wir nehmen das Graue«, entschied sie schweren Herzens.

»Sie könnten zwei nehmen«, schlug Jared vor. Ihr Gesicht ist wie ein offenes Buch, dachte er. »Kätzchen freuen sich über Gesellschaft.«

»Zwei?«, wiederholte Bryan begeistert. »Genau, Mom, wir nehmen zwei! Eins allein wäre viel zu einsam. Und es würde auch nicht mehr Mühe machen. Wir haben doch jetzt genug Platz. Cal braucht jemanden, mit dem er spielen kann.«

»Danke, MacKade«, sagte Savannah ein wenig spöttisch.

»Gern geschehen«, erwiderte Jared ungerührt.

»Außerdem«, fuhr Bryan fort, der längst bemerkt hatte, wie liebevoll seine Mutter Cals orangefarbenes Brüderchen hielt. »Wenn wir zwei nehmen, kann jeder sich eins aussuchen. Das ist doch fair, oder?« Lächelnd strich Bryan mit der Fingerspitze über das zarte Fell des Kätzchens in Savannahs Hand. »Er mag dich. Siehst du, er versucht dir die Hand zu lecken.«

»Er hat Hunger«, antwortete sie, wusste jedoch bereits, dass sie dem kleinen Kater, der sich in ihrer Hand sehr wohlzufühlen schien, nicht widerstehen konnte. »Vermutlich hast du recht, Bryan. Die beiden könnten einander Gesellschaft leisten.«

»Super, Mom!« Bryan sprang auf und küsste sie ohne die typische Verlegenheit, die viele neunjährige Jungen daran hinderte, ihre Gefühle zu zeigen. »Ich sage Shane, welche wir uns ausgesucht haben.« Aufgeregt rannte er aus der Scheune.

»Sie wissen, dass Sie dieses Kätzchen haben wollten«, sagte Jared.

»Ich bin alt genug, um zu wissen, dass ich nicht alles bekommen kann, was ich haben will.« Aber sie seufzte und setzte das Kätzchen ab, damit es mit seinen Geschwistern weiterfrühstücken konnte. »Aber zwei Katzen machen bestimmt nicht viel mehr Arbeit als eine.«

Sie wollte aufstehen und sah Jared erstaunt an, als er die Hand unter ihren Ellbogen legte und ihr aufhalf. »Danke.« Sie ging um ihn herum, bis sie wieder im Hellen stand. »Sind Sie ein Farmerjunge, der nebenbei als Anwalt arbeitet, oder ein Anwalt, der auf der Farm aushilft?«

»Im Moment komme ich mir vor wie beides. Die letzten paar Jahre habe ich in Hagerstown gelebt.« Er passte seine Schritte ihren an. »Vor einigen Monaten bin ich wieder hergezogen. Ich habe allerdings häufig in der Stadt zu tun und kann deshalb Shane und Devin nicht so zur Hand gehen, wie ich es möchte.«

»Devin?« Sie blieb vor der Scheune stehen, wo die Sonne hell und warm schien. »Ach ja, der Sheriff. Bryan hat ihn bereits erwähnt. Er lebt auch hier auf der Farm, nicht wahr?«

»Er übernachtet hin und wieder hier«, antwortete Jared. »Er lebt in seinem Büro.«

»Der Kampf gegen das Verbrechen? In einer Stadt mit zwei Ampeln?«

»Devin nimmt seinen Beruf ernst.« Jared sah dorthin, wo Bryan um Shane herumtanzte, während dieser die Kühe zurück auf die Weide trieb. »Haben Sie noch einmal über den Nachlass Ihres Vaters nachgedacht?«

»Nachlass. Was für ein ernstes Wort. Ja, ich habe darüber nachgedacht. Ich muss zuerst einmal mit Bryan darüber sprechen.« Jared zog eine Augenbraue hoch, und sie fuhr mit leiser Stimme fort: »Wir sind ein Team, Mr. MacKade. Er hat ein Mitspracherecht. Heute Nachmittag haben wir ein Baseballmatch, und ich will ihn vorher nicht damit belasten. Sie werden meine Antwort am Montag erhalten.«

»Fein.« Jared schaute über ihre Schulter, und das verärgerte Glitzern in seinen Augen lockte bei Savannah ein Lächeln hervor.

»Lassen Sie mich raten. Ihr Bruder starrt wieder auf meinen Po.«
Verblüfft sah Jared sie an. »Das merken Sie?«

Ihr Lachen klang sehr ungekünstelt und ansteckend. »Frauen merken so etwas immer. Manchmal lassen wir es euch Männern durchgehen, das ist alles.« Sie rief ihren Sohn herbei. »Komm, Bryan. Du hast vor dem Spiel noch eine Menge zu tun.«

Auf dem Weg durch den Wald schwärmte Bryan ihr unaufhörlich von den Kätzchen, dem bevorstehenden Match und den Tieren auf der MacKade-Farm vor.

Er ist glücklich, dachte Savannah. Und er war in Sicherheit. Sie hatte es geschafft. Ganz allein. Fast hätte sie laut geseufzt und ihrem Sohn verraten, dass sie sich Sorgen machte. Manchmal war es so schwer, die richtige Entscheidung zu treffen.

»Warum läufst du nicht vor, Bry? Erledige deine Aufgaben und zieh dich für das Spiel um. Ich glaube, ich setze mich hier noch für eine Weile hin.«

Er blieb stehen, kickte einen Kieselstein fort. »Warum sitzt du so oft hier draußen?«

»Weil ich gern hier bin.«

Er sah ihr aufmerksam ins Gesicht. »Wir ziehen also nicht wieder um?«

Sie bückte sich und drückte ihm einen Kuss auf die Stirn. »Nein, wir bleiben hier.«

Er strahlte. »Cool.«

Dann rannte er davon. Savannah setzte sich auf einen umgestürzten Baumstamm, schloss die Augen und versuchte, an gar nichts zu denken. Aber so viele Dinge beschäftigten sie – Erinnerungen, Fehler, Zweifel. Sie verdrängte sie und konzentrierte sich auf die Stille und den Ort in ihrem Inneren, an dem es keine Sorgen gab.

Das war ein Trick, den sie als Kind gelernt hatte. Damals, als das Leben zu verwirrend gewesen war, um sich ihm zu stellen. Die langen Fahrten im klappernden Pick-up, die endlosen Stunden in übel riechenden Ställen, die lauten Stimmen, der Hunger, das Babygeschrei, die Kälte in den schlecht geheizten Zimmern, all das war nur zu ertragen gewesen, wenn sie sich für einige Minuten in ihr Inneres zurückzog. Entscheidungen fielen plötzlich leichter, neue Zuversicht stellte sich ein.

Fasziniert, so als wäre er einem rätselhaften Geschöpf des Waldes begegnet, beobachtete Jared Savannah. Sie saß vollkommen reglos, das exotische Gesicht absolut entspannt. Es hätte ihn nicht gewundert, wenn ein Schmetterling oder ein Vogel auf ihrer Schulter gelandet wäre.

Diese Wälder hatten immer ihm gehört, waren sein geheimer Zufluchtsort gewesen. Dass sie hier saß, kam ihm nicht wie ein unerlaubtes Eindringen vor. Es störte ihn nicht. Es überraschte ihn auch nicht, denn irgendwie schien er geahnt zu haben, dass er sie hier finden würde, wenn er zum richtigen Zeitpunkt nach ihr suchte.

Plötzlich wurde ihm bewusst, dass er den Atem anhielt und nicht einmal zu blinzeln wagte, aus Furcht, sie könnte sich in Luft auflösen und niemals wieder hierher zurückkehren.

Langsam schlug sie die Augen auf und blickte geradewegs in seine. Einen Moment brachte keiner von ihnen ein Wort heraus. Savannah war es gewöhnt, dass Männer sie anstarrten. Das hatten sie schon getan, als sie noch halbwegs ein Kind gewesen war. Manchmal hatte es sie geärgert, manchmal hatte sie es lustig oder interessant gefunden. Aber noch nie hatte es ihr die Stimme geraubt, wie es dieser offene Blick aus Augen tat, die sie an Sommergras erinnerten.

Jared bewegte sich zuerst, ging auf sie zu. »Bestimmt verrate ich Ihnen nichts Neues …«, begann er, und weil er das Bedürfnis danach verspürte und seine Knie ein wenig weich geworden waren, setzte er sich neben sie auf den Baumstamm, »… wenn ich Ihnen sage, dass Sie eine hinreißend schöne Frau sind.«

Sie senkte den Kopf. »Sollten Sie jetzt nicht ein Feld pflügen oder so etwas?«

»Shane fand, dass ich für heute genug getan habe. Steht bei Ihnen nicht ein Baseballmatch auf dem Programm?«

»Das findet erst in zwei Stunden statt.« Savannah atmete tief durch. »Wer von uns beiden ist unbefugt, hier zu sitzen?«

»Eigentlich sind wir das beide.« Jared holte ein Zigarillo heraus und suchte nach einem Streichholz. »Dieses Land gehört meinem Bruder.«

»Ich dachte, die Farm gehört Ihnen allen.«

»Das tut sie.« Er steckte das Zigarillo an und sah dem Rauch nach, der in den Sonnenschein driftete. »Das Stück hier gehört Rafe.«

»Rafe?« Fragend sah sie ihn an. »Sagen Sie bloß, es gibt noch mehr Brüder?«

»Insgesamt vier.«

»Vier MacKades«, sagte sie halb erstaunt, halb amüsiert. »Ein

Wunder, dass die Stadt das überlebt hat. Und keine Frau hat es geschafft, einen von Ihnen vor den Altar zu bringen?«

»Rafe ist verheiratet. Ich war es mal.«

»Oh.« Sie war überrascht. »Und jetzt sind Sie wieder auf der Farm.«

»Richtig. Nun, wenn ich schneller gewesen wäre, würde ich jetzt in Ihrer Blockhütte leben.«

»Tatsächlich?«

»Ja. Mein Haus in der Stadt steht zum Verkauf, und ich brauche etwas Neues hier in der Gegend. Aber als ich ernsthaft zu suchen anfing, hatten Sie den Vertrag für das Blockhaus bereits unterschrieben.« Er nahm einen Zweig und zeichnete einen Lageplan in den Sand. »Die Farm … Rafes Haus … die Blockhütte.«

Mit gespitzten Lippen betrachtete Savannah das Dreieck. »Hmm … Dann hätte den MacKades ein beträchtlicher Teil des Berges gehört. Zu spät gekommen, Rechtsanwalt MacKade.«

»Scheint so, Miss Morningstar.«

»Ich schätze, Sie können mich Savannah nennen. Schließlich sind wir Nachbarn.« Sie nahm ihm den Zweig ab und tippte auf die Spitze des Dreiecks. »Das hier … Ist das das Steinhaus, das man von der Straße auf dem Hügel sehen kann?«

»Richtig. Das alte Barlow-Haus.«

»Es ist verhext.«

»Sie haben die Geschichten gehört?«

»Nein.« Interessiert sah sie ihn an. »Gibt es Geschichten über das Haus?«

Jared brauchte nur einen Moment, um zu erkennen, dass sie sich nicht über ihn lustig machte. »Warum haben Sie gesagt, dass es verhext sei?«

»Das spürt man«, antwortete Savannah. »Genau wie diese Wälder … sie sind rastlos.« Als er ihr einen erstaunten Blick zuwarf, lächelte sie. »Indianisches Blut. Ich bin halb Apache. Mein Vater hat immer behauptet, er sei ein Vollblut, aber …« Sie verstummte.

»Aber?«

»Italienisch, mexikanisch, sogar ein wenig französisch – eine spezielle Mischung.«

»Und Ihre Mutter?«

»Angelsächsisch und mexikanisch. Sie arbeitete beim Rodeo, war sogar Champion. Sie hatte einen Autounfall, als ich fünf war. Ich kann mich kaum noch an sie erinnern.«

»Meine Eltern sind beide tot.« Er hielt ihr die Zigarilloschachtel hin. Sie nahm eines davon, und er reichte ihr Feuer. »Es ist hart.«

Sie rauchte eine Weile schweigend, dann sagte sie: »Ich habe meinen Vater vor zehn Jahren verloren, als er mich hinauswarf. Ich war sechzehn und mit Bryan schwanger.«

»Das tut mir leid, Savannah.«

»Nun, ich habe es überlebt.« Sie wusste nicht, warum sie es ihm erzählt hatte. Vielleicht weil es hier so friedlich und er ein guter Zuhörer war. »Wissen Sie was, Jared? Ich habe gestern so viel an meinen Vater gedacht wie seit Jahren nicht mehr. Sie glauben nicht, was vor zehn Jahren siebentausend Dollar für mich gewesen wären. Fünftausend. Was sage ich, es gab Zeiten, da hätten acht Dollar … Na ja, das alles spielt keine Rolle mehr.«

Ohne zu überlegen, umschloss er mit seiner Hand die ihre. »Doch, das tut es.«

Stirnrunzelnd starrte sie auf ihre beiden Hände, bevor sie langsam ihre unter seiner hervorzog und aufstand. »Ich muss an Bryan denken. Also werde ich es mit ihm besprechen.«

»Was ich Ihnen sage, dürfte für Sie ebenfalls nicht neu sein. Ich finde, Ihren Sohn allein aufzuziehen, war eine großartige Leistung.«

Sie lächelte. »Wir haben uns gegenseitig aufgezogen. Trotzdem danke. Ich melde mich bei Ihnen.«

»Savannah.« Sie drehte sich noch einmal zu ihm um. »Dies ist eine gute Stadt, mit Menschen, die meistens freundlich sind. Hier muss niemand allein bleiben, wenn er es nicht will.«

»Auch darüber werde ich nachdenken müssen. Wir sehen uns, Anwalt MacKade.«

Jared hatte seit Jahren kein Baseballmatch der Little League besucht. Als er vor dem Stadion am Stadtrand hielt und die Düfte und Geräusche wahrnahm, fragte er sich, warum er so lange gewartet hatte. Die hölzerne Tribüne war voll besetzt. Die Kids, die nicht auf dem Spielfeld waren, tobten hinter dem niedrigen Zaun oder rangelten im Schatten der Tribüne. Einige drängten sich vor dem Stand, von dem der Duft von Hot Dogs und anderen Snacks herüberwehte.

Jared parkte seinen Wagen neben all den anderen Autos am Rand der schmalen Straße und ging über die holprige Rasenfläche zum Spielfeld hinüber. Er hielt ringsum nach Savannah Ausschau, doch als Erster fiel ihm Connor Dolin auf.

Der blonde Junge stand still in der Schlange vor dem Imbissstand und starrte auf seine Füße, während zwei größere Kinder ihn ärgerten.

»He, da ist ja der Schwachkopf Dolin. Wie gefällt es denn deinem Vater in seiner Zelle?«

Connor hob auch dann nicht den Kopf, als sie ihm einen Schubs gaben. Die Frau vor ihnen drehte sich um und schnalzte tadelnd mit der Zunge, was die beiden jedoch nicht beeindruckte.

»Warum backst du ihm nicht einen Kuchen mit einer Feile drin, du Trottel? Ich wette, ein Weichling wie du kann toll Kuchen backen.«

»Hallo, Connor.« Jared trat vor und warf den beiden Quälgeistern einen Blick zu, der sie davonrennen ließ. »Wie geht es dir?«

»Ganz gut.« Die Scham hatte Connors Wangen gerötet. Und vor Angst, nicht nur erniedrigt, sondern auch verprügelt zu werden, waren die Hände, die das Geld hielten, schweißnass. »Ich soll Hot Dogs holen.«

»Hm.« Jared war so klug, dass er das, was er soeben gesehen hatte, nicht erwähnte. »Wieso spielst du denn nicht mit?«

»Ich bin nicht gut genug.« Es klang ganz nüchtern, denn er war es gewöhnt, gesagt zu bekommen, dass er nicht gut genug sei. »Aber Bryan spielt mit. Bryan Morningstar. Er ist der Beste im Team.«

»Ist er das?« Gerührt von dem plötzlichen Aufleuchten der schüchtern dreinblickenden grauen Augen des Jungen klappte Jared spielerisch den Schirm von Connors Baseballkappe hoch. Der Junge zuckte instinktiv zurück und erinnerte Jared daran, dass das Leben dieses Neunjährigen nicht immer aus Baseball und Hot Dogs bestanden hatte. »Ich freue mich darauf, ihm zuzusehen«, fuhr Jared fort, als hätte er auch das nicht bemerkt. »Auf welcher Position spielt er denn?«

Beschämt wegen seiner feigen Reaktion blickte Connor wieder zu Boden. »Shortstop.«

»Ach ja? Das habe ich auch einmal gespielt.«

»Wirklich?« Erstaunt hob Connor den Kopf.

»Ja. Devin war an der dritten Base, und …«

»Sheriff MacKade hat Baseball gespielt?« Jetzt mischte sich in die Verblüffung so etwas wie Heldenverehrung. »Ich wette, er war echt gut.«

»Er war okay.« Jared erinnerte sich nur ungern daran, dass es ihm nicht ein einziges Mal gelungen war, Devin zu besiegen. »Wie viele Hot Dogs willst du, Connor?«

»Ich habe Geld. Mom hat mir Geld gegeben. Und Miss Morningstar auch.« Er zupfte die zerknüllten Scheine auseinander. »Ich soll ihr auch einen mitbringen. Mit Senf.«

»Ich lade euch ein.« Jared nickte dem Verkäufer zu und hielt drei Finger hoch, während der Junge an seiner Lippe nagte und besorgt sein Geld betrachtete. »Auf die Weise kann ich mich zu dir und Miss Morningstar setzen.«

Jared reichte dem Jungen den ersten Hot Dog, den er ganz vorsichtig mit einem Streifen Senf versah. »Sind deine Mutter und deine Schwester auch hier?«

»Nein, Sir. Mom arbeitet, und Emma ist bei ihr im Lokal. Aber sie hat mir erlaubt, allein herzukommen.«

Jared bestellte auch noch Getränke und verstaute alles in einem Pappkarton. »Kannst du das tragen?«

»Ja, Sir, natürlich.« Froh, damit beauftragt worden zu sein, ging Connor auf die Tribüne zu und hielt den Karton, als wären die Hot Dogs Sprengstoff und die Getränke ein brennendes Streichholz. »Wir sitzen ziemlich weit oben, weil Miss Morningstar findet, dass man von dort alles viel besser sehen kann.«

Und ich kann sie sehen, dachte Jared, während sie sich der Tribüne näherten. Savannah hatte die Arme auf die Knie gestützt und das Kinn auf die gefalteten Hände. Ihr Blick war auf das Spielfeld gerichtet. Jedenfalls nahm Jared das an, denn ihre Augen waren hinter einer Sonnenbrille verborgen.

Doch er irrte sich. Sie beobachtete ihn, wie er neben dem Jungen herging und lächelnd zurückwinkte, wenn der eine oder andere auf der Tribüne ihn begrüßte. Und ihr blieb auch nicht verborgen, wie mehrere Frauen unterschiedlichen Alters sich in Positur setzten, sobald er an ihnen vorbeikam.

Nun, ein Mann, der so aussah wie Jared, musste genau diese Wirkung haben, nahm Savannah an. Er weckte in einer Frau instinktiv das Bewusstsein, dass sie eine Frau war mit den nur ihr eigenen Gefühlen und Bedürfnissen. Erotischen Bedürfnissen.

Mit seinen langen Beinen stieg er hinter dem kleinen Jungen die Tribüne hinauf. Hin und wieder klopfte er auf die Schulter eines Bekannten oder schüttelte jemandem die Hand. Savannah nahm die Jacke, die sie auf Connors Platz gelegt hatte, und rutschte ans Geländer.

»Heute ist wirklich ein schöner Tag für ein Baseballmatch«, sagte Jared, als er sich neben sie setzte. Er ließ sich von Connor den Karton geben und rückte an seine Banknachbarin noch enger heran, um Platz für den Jungen zu machen. »Es ist ganz schön voll, nicht wahr?«

»Jetzt ja. Danke, Con.«

»Mr. MacKade hat bezahlt«, sagte Connor und gab ihr das Geld zurück.

Sie wollte ihm sagen, dass er es behalten könne, fürchtete jedoch, ihn damit zu kränken. »Danke, Mr. MacKade.«

»Wie steht es denn?«

»Wir liegen einen Punkt zurück. Das dritte Inning hat gerade begonnen.« Sie biss in ihren Hot Dog. »Aber unsere besten Schlagmänner kommen erst noch.«

»Bryan schlägt als Dritter.« Connor schluckte seinen Bissen herunter, um nicht mit vollem Mund zu sprechen. »Er führt.«

Jared sah, wie der erste Junge in dem orangefarbenen Teamshirt, das Ed's Café gestiftet hatte, das Spielfeld betrat. »Sind Sie Edwina Crump bereits begegnet?«, fragte Jared Savannah leise.

»Bis jetzt noch nicht. Sie ist die Eigentümerin des Schnellrestaurants, wo Connors Mutter Cassandra arbeitet, nicht wahr?«

Savannah wollte noch etwas hinzufügen, doch in diesem Moment traf der Schlagmann den Ball mit voller Wucht. Er ließ die Keule fallen und rannte zur ersten Base. »Toll gemacht!«, rief sie und stimmte in den Jubel der anderen mit ein. »Jetzt müssten wir sie einholen, nicht wahr, Con?«

»Ja, Ma'am. Das da ist J. D. Bristol. Er ist ein guter Läufer.«

Savannah vergaß den Hot Dog in ihrer Hand, als der zweite Schlagmann den Ball verfehlte. Jemand beschimpfte lauthals den Schiedsrichter, und auf der Tribüne wurde heftig diskutiert.

»Offenbar werden diese Spiele noch immer sehr ernst genommen«, bemerkte Jared lächelnd.

»Baseball ist eben eine ernste Sache«, murmelte Savannah geistesabwesend und hielt den Atem an, als Bryan das Spielfeld betrat.

Um sie herum wurde getuschelt. »Das ist der Morningstar-Junge«, verkündete jemand. »Er ist ein guter Schlagmann.«

»Bei dem Werfer muss er verdammt gut sein. Dessen Bälle erwischt heute kaum jemand.«

Savannah hob das Kinn und stieß den Mann vor ihr mit dem Knie an. »Warten Sie nur ab«, sagte sie, als er sich umdrehte. »Er erwischt ihn.«

Jared lehnte sich lächelnd zurück. »Ja, eine ernste Sache.«

Sie verzog das Gesicht, als Bryan den ersten Ball verfehlte. »Einen Dollar darauf, dass er den Ausgleich schafft.«

»Ich wette ja nur ungern gegen Ihren Jungen oder die Heimmannschaft«, erwiderte Jared. »Aber wir MacKades haben immer gern gewettet. Abgemacht, um einen Dollar.«

Savannah beobachtete gebannt, wie ihr Sohn sein übliches Ritual vollzog. Er verließ die Box, trat erst mit dem linken, dann mit dem rechten Fuß in den Staub, schnallte den Helm fester und schwang die Keule.

»Sieh auf den Ball, Bryan«, flüsterte sie eindringlich, als er das Schlagmal wieder betrat. »Behalt immer den Ball im Auge.«

Genau das tat er – als der Ball an ihm vorbeisauste, direkt in den Handschuh des Fängers.

»Strike zwei.«

»Was soll das denn?«, rief sie. »Der Ball war niedrig und außerhalb. Jeder konnte sehen, dass der zu niedrig und außerhalb war!«

Ihr Vordermann drehte sich um und nickte. »Sie haben völlig recht. Bo Perkins hat Augen wie meine Großmutter, und die brauchte eine Brille, um das Essen auf ihrem Teller zu sehen.«

»Also, ich finde, jemand sollte Bo Perkins einen Tritt in den …« Sie verstummte, als sie bemerkte, dass Connor sie mit großen Augen ansah. »Jetzt wird es knapp«, fügte sie leise hinzu.

»Na los, Bryan«, sagte Jared, während Savannahs Sohn erneut das Schlagmal betrat.

Der Werfer holte aus und warf, Bryan traf den Ball mit der breitesten Stelle seiner Keule, sodass er hoch über die gereckten Arme der gegnerischen Spieler hinweg und aus dem Spielfeld flog.

»Er ist draußen!«, rief Savannah begeistert und sprang zusammen mit den anderen Zuschauern auf. »Super, Bry, weiter so!« Bei ihrem Siegestanz bewegte sie die Hüften auf eine Weise, die Jared dazu brachte, den Blick vom Spielfeld zu nehmen. Sie jubelte aus vollem Hals, die Hände wie zum Schallrohr an den Mund gelegt, während Bryan seine Runde drehte und die Homebase erreichte.

Savannah umarmte ihren neuen Freund auf der Bank unter ihr und küsste ihn auf die Wange. »Den Ball hat er voll erwischt, was?«

Der Mann, der etwa dreißig Jahre älter als sie war, errötete wie ein Schuljunge. »Ja, Ma'am, das kann man wohl sagen.«

»Sie sind nicht gerade schüchtern und zurückhaltend, was?«, bemerkte Jared, als sie sich wieder neben ihn setzte.

»Zahlen Sie Ihre Schulden.« Sie hielt ihm die Handfläche hin.

Jared holte den Eindollarschein heraus und gab ihn ihr. »Das war es mir wert.«

»Das war noch gar nichts, Anwalt MacKade.«

Jared dachte an ihre wohlgeformten Hüften und hoffte inständig, dass sie recht behalten würde.

3. Kapitel

Wahrscheinlich ist es ein Fehler, sich mit Jared MacKade in Ed's Café zu setzen und ein Eis zu essen, dachte Savannah. Aber er hatte sie überredet. Außerdem hatten Bryan und Connor sich riesig gefreut, als er ihnen anbot, den Sieg der Antietam Cannons mit einem Fruchtbecher zu feiern.

Und sie wollte mit eigenen Augen sehen, wie er mit Cassandra Dolin umging.

Connors Mutter ist ein zerbrechliches Geschöpf, dachte Savannah. Blond und hübsch wie eine Porzellanpuppe, mit Augen, die so traurig blicken, dass es einem fast das Herz bricht.

Jared war sehr sanft und freundlich zu Cassandra und entlockte ihr ab und zu sogar ein Lächeln. Offenbar mochte er scheue, verletzliche Frauen.

»Kommen Sie, Cassie, essen Sie ein Eis mit uns.«

»Geht leider nicht.« Cassie blieb lange genug am Tisch stehen, um ihrer Tochter über den Kopf zu streicheln, während die kleine Emma sich das Eis schmecken ließ. »Der Laden ist voll. Aber ich bin Ihnen sehr dankbar, dass Sie die Kinder eingeladen haben, Jared.«

Sie ist so mager, dass ein Frühlingshauch sie umwehen könnte, dachte Jared und hielt ihr den Löffel hin. »Nur ein Bissen, ja?«

Cassandra errötete, öffnete aber gehorsam den Mund. »Schmeckt herrlich.«

»He, Cass, die Burger sind fertig.«

»Komme schon.« Cassie eilte zum Tresen, hinter dem Edwina Crump das Regiment führte.

Die Eigentümerin des Schnellrestaurants zwinkerte Jared zu. Die Tatsache, dass sie zwanzig Jahre älter als er war, hinderte sie nicht daran, den Anblick eines attraktiven Mannes zu genießen. »He, großer Bursche, warum lässt du dich so selten hier blicken?« Sie zupfte ihr rotes dauergewelltes Haar über den Ohren zurecht. »Wann gehst du mit mir tanzen?«

»Wann immer du willst, Ed.«

Sie lachte fröhlich. »Drüben im Legion spielt heute Abend eine richtig heiße Band. Ich werde auf dich warten«, rief sie, bevor sie in der Küche verschwand.

Belustigt stützte Savannah die Arme auf den Tisch. »Das Legion, was? Ich wette, dort geht es ziemlich hoch her.«

»Sie würden sich wundern.« Er zog eine Augenbraue hoch. »Möchten Sie hingehen?«

»Nein, danke. Bry, meinst du, du könntest das Eis so essen, dass das meiste davon in deinem Mund und nicht auf dem Tisch landet?«

Er leckte ungerührt seinen Löffel ab. »Schmeckt toll«, sagte er dabei. »Wie ist denn deins, Con?« Er wartete die Antwort nicht ab, sondern tauchte den Löffel gleich in Connors Becher. »Erdbeer ist okay. Aber Toffee ist am besten«, sagte er, den Blick schon auf Emmas Schokoladenbecher gerichtet.

»Nein, Bry«, sagte Savannah lächelnd und nickte Emma zu, als die Fünfjährige die Hand schützend um ihr Eis legte. Die Kleine ist still, dachte sie, aber sie weiß, was ihr gehört. »Lass es dir ruhig schmecken, Honey. Ich wette, du kannst die Jungs unter den Tisch essen.«

»Ich mag Eiscreme«, erwiderte Emma mit einem scheuen Lächeln.

»Ich auch.« Mit einem Grinsen schob Savannah sich den nächsten Bissen in den Mund. »Und Schokolade ist am besten, nicht?«

»Ja, und die Schlagsahne. Miss Ed gibt einem immer ganz viel davon.« Vorsichtig legte Emma den Löffel ab. »Ich darf jetzt zu Regan gehen, meine Mama hat es erlaubt.«

»Wer ist Regan?«, fragte Bryan.

»Sie ist mit meiner Mom befreundet«, erklärte Connor. »Sie hat ein Geschäft ganz in der Nähe. Da gibt es viele tolle Sachen.«

»Wollen wir uns die ansehen?«, schlug Bryan vor.

Bevor er aufspringen konnte, legte Savannah ihm eine Hand auf den Arm. »Bryan.«

Er brauchte eine Minute. »Ach ja. Danke, Mr. MacKade. Das Eis war toll. Komm schon, Con.«

»Danke, Mr. MacKade.« Da Emma schon seine Hand hielt und daran zog, glitt Connor von der Sitzbank. Mit gerunzelter Stirn sah er seine Schwester an.

»Danke«, sagte sie, ohne ihren Bruder loszulassen.

»Gern geschehen. Grüß Regan von mir.«

»Machen wir, Mama«, rief Connor, »wir gehen jetzt zu Regan.«

»Aber fasst nichts an«, warnte Cassie, während sie einen Teller servierte und zwei weitere auf dem Arm balancierte. »Und kommt sofort wieder, falls sie beschäftigt ist.«

»Ja.«

Bryan war schon draußen. Connor folgte ihm, so schnell seine kleine Schwester es zuließ.

»Ich würde sagen, Ihre Einladung war ein Volltreffer«, sagte Savannah und legte einen Arm auf die Rückenlehne.

»Sie haben auch einen gelandet. Emma ist richtig aufgetaut.«

»Es muss hart sein, wenn man so scheu ist. Sie sieht aus wie ein Engel. Ganz wie ihre Mutter.«

Wie Engel, die schon durch die Hölle gegangen sind, dachte Jared. »Cassie ist großartig. Sie muss die beiden allein erziehen. Sie wissen doch, wie schwer das ist.«

»Ja, das weiß ich.« Savannah sah zu Cassie hinüber, die gerade einen Tisch abwischte. »Sie und Cassie … stehen Sie einander nah?«

»Ich kenne sie fast mein ganzes Leben, aber nein, nicht so, wie Sie meinen. Sie ist eine gute Freundin.« Er war erfreut darüber, dass es sie interessierte. »Und eine Mandantin. Alles, was über eine gute Freundschaft hinausginge, wäre nicht ethisch, wenn ich sie anwaltlich vertrete.«

»Und Sie nehmen Ihren Beruf sehr ernst, nicht wahr, Anwalt MacKade?«

»Das stimmt. Wissen Sie, Sie haben noch nicht erwähnt, was Sie tun.«

»In welcher Hinsicht?«, fragte sie.

»Womit verdienen Sie Ihren Lebensunterhalt?«

»Ich habe alles Mögliche getan.« Savannah zuckte mit den Schultern. »Im Augenblick illustriere ich vor allem Kinderbücher.« Sie lachte, ehe sie fortfuhr. »Passt nicht so ganz zu meinem Image, was?«

»Ich weiß nicht. Um das zu beantworten, müsste ich erst einmal ein paar Ihrer Illustrationen sehen.« Er hatte jemanden entdeckt, denn er lächelte über ihre Schulter hinweg. »Hallo, Dev.«

Savannah drehte sich zur Tür um, durch die gerade ein Mann hereingekommen war. Sein Gesicht war so markant wie das von Jared. Er war genauso groß und athletisch gebaut wie Jared, und seine Ausstrahlung war ebenso selbstsicher. Nur die grünen Augen hatten einen anderen Ausdruck.

Sie kannte die Art, wie der Mann sich im Raum umsah und jedes Detail in sich aufnahm, wie er wachsam, aufmerksam seine Umgebung beobachtete. Instinktiv spannten sich ihre Muskeln an. Sie brauchte den Stern an seiner Brust nicht zu sehen, um zu wissen, dass er der Sheriff war. Polizisten erkannte sie aus einer halben Meile Entfernung. Und sie roch sie, wenn sie noch zwanzig Schritte entfernt waren.

»Ich habe deinen Wagen gesehen.« Devin nickte Cassie kurz zu und setzte sich neben seinen Bruder.

»Savannah Morningstar, Devin MacKade.«

»Freue mich, Sie kennenzulernen.« Eine hübsche Frau, dachte Devin zunächst, doch dann spürte er die Kälte und fragte sich, warum sie so abweisend war. »Sie haben das Blockhaus gekauft? Das vom Doktor?«

»Ja. Es gehört jetzt mir.«

Das war nicht nur Kälte. Es wurde immer eisiger. »Das Kind, dem ich draußen auf der Farm begegnet bin, muss Ihres sein. Bryan, nicht wahr?«

»Ja, Bryan ist mein Sohn. Er ist wohlgenährt, er geht zur Schule und hat alle vorgeschriebenen Impfungen bekommen. Entschuldigen Sie mich, ich möchte nach den Kids sehen.«

So eisig, dass man Frostbeulen bekommt, ergänzte Devin insgeheim, als sie aufstand. Sekunden später fiel die Tür hinter ihr zu. Devin verzog das Gesicht. »Aua. Was war das denn?«

»Ich weiß es nicht«, murmelte Jared. »Aber ich werde es herausfinden.« Er holte Geld aus seiner Jackentasche.

»Soll ich raten?« Devin rückte zur Seite, damit Jared aus der Nische schlüpfen konnte. »Die Lady ist mit dem Gesetz in Konflikt geraten.«

Verdammt, verdammt, verdammt. Auf dem Bürgersteig rang Savannah um Fassung. Das war dumm von dir, tadelte sie sich. Sie hatte einen Fehler begangen. Wenn man nicht aufpasste und zu sorglos wurde, konnte man unschöne Überraschungen erleben.

Jetzt, da sie vor dem Restaurant stand, die Hände in die engen Jeanstaschen gesteckt, ging ihr auf, dass sie nicht wusste, was für ein Geschäft diese Regan hatte. Und schon gar nicht, wo es sich befand. Alles, was sie wollte, war, ihren Sohn zu holen und nach Hause zu fahren.

»Würden Sie mir erklären, was gerade los war?« Jared trat hinter sie und legte eine Hand auf ihre Schulter.

Savannah zwang sich, tief durchzuatmen, bevor sie sich zu ihm umdrehte. »Ich hatte mein Eis aufgegessen.«

»Dann sollten Sie jetzt vielleicht einen kleinen Spaziergang machen, um die Kalorien abzuarbeiten.« Er legte seine Hand um ihren Arm, doch Savannah riss sich los.

»Fassen Sie mich nicht an. Es sei denn, ich bitte Sie darum«, sagte sie scharf.

Er musste sich beherrschen, um ruhig zu bleiben. »Na schön. Warum erzählen Sie mir nicht, warum Sie eben so unfreundlich waren?«

»Ich bin oft unfreundlich«, erwiderte sie. »Vor allem zu Polizisten. Ich mag Polizisten nicht. Sie rangieren gleich hinter Rechtsanwälten, und ich möchte weder mit den einen noch mit den anderen zu tun haben. Wo finde ich die Kinder?«

»Mir scheint, wir haben vorhin eine ganze Menge miteinander zu tun gehabt.«

»Jetzt nicht mehr. Gehen Sie wieder hinein und plaudern Sie mit Ihrem Bruder über Recht und Gesetz.« Sie hatte den alten Zorn, die alte Angst noch nicht ganz abgeschüttelt. »Sagen Sie ihm, er soll mich überprüfen lassen. Ich bin sauber. Ich habe einen ehrlichen Job und Geld auf der Bank.«

»Gut für Sie. Warum sollte Devin Sie überprüfen lassen?«, fragte er.

»Weil Polizisten und Anwälte ihre Nase nur zu gern in anderer Leute Angelegenheiten stecken. Das tun Sie doch, seit Sie bei mir aufgetaucht sind. Wie ich lebe und wie ich meinen Sohn großziehe, geht niemanden etwas an. Also, lassen Sie mich in Ruhe.«

Es war faszinierend. Obwohl Jared sich nur mühsam beherrschen konnte, war es faszinierend, sie so wütend zu erleben. »Ich bin Ihnen noch nicht zu nahe getreten, Savannah. Wenn ich das tue, werden Sie es merken, glauben Sie mir. Im Moment bitte ich Sie lediglich um eine Erklärung für Ihr eigenartiges Verhalten.«

Sie wusste nicht, wie er es schaffte. Wie konnte er sie mit Blicken durchbohren und zugleich so ruhig und gelassen mit ihr reden? Sie konnte Menschen nicht ausstehen, die das schafften. »Sie haben gerade die einzige Erklärung bekommen, die ich Ihnen geben werde. Und jetzt sagen Sie mir endlich, wo mein Sohn ist.«

Jared sah ihr fest in die Augen. »Das Geschäft heißt ›Past Times‹, und es liegt zwei Schritte hinter Ihnen.« Doch als sie sich zum Gehen umdrehen wollte, hielt er sie am Arm fest.

»Ich habe Ihnen doch gesagt …«

»Hören Sie mir einmal zu. Sie werden nicht wie eine Feuer speiende Amazone in den Laden stürmen.«

Wenn Blicke töten könnten, wäre er jetzt eine Leiche gewesen. »Nehmen Sie jetzt sofort Ihre Hand von meinem Arm, bevor ich Ihnen das Gesicht zerkratze«, fauchte sie.

Er festigte seinen Griff. Unter anderen Umständen hätte er es viel-leicht genossen, mit ihr zu streiten. »In dem Laden sind zwei Kinder, denen Sie einen solchen Auftritt ersparen sollten. Die beiden haben schon genug durchgemacht«, sagte er und sah, wie ihr Gesichtsaus-druck sich veränderte. Aus Wut wurde Verblüffung, aus Verblüffung Mitgefühl.

»Connor und Emma. Ich hätte es mir denken sollen.« Sie warf einen Blick durch das große Schaufenster in Ed's Schnellrestaurant. »Cassandra.«

»Die Kinder mussten mit ansehen, wie ihr Vater ihre Mutter ver-prügelt hat, und das ist mehr als genug Gewalt für ihr kurzes Leben. Wenn Sie in den Laden stürmen, werden Sie …«

»Es ist nicht meine Art, Kinder zu erschrecken«, fauchte Savannah. »Was immer Spießer wie Sie von mir halten mögen, ich bin eine gute Mutter. Bryan hat es nie an Liebe gefehlt. Er hat alles bekommen, was ich ihm geben konnte, und …« Sie schloss die Augen und wehrte sich gegen die ohnmächtige Wut, die in ihr aufstieg. Jared hatte das Gefühl, einem Vulkan zuzusehen, der seinen Krater verschloss.

»Lassen Sie meinen Arm los«, sagte sie ruhig. »Ich möchte meinen Sohn nach Hause bringen.«

Jared betrachtete ihr Gesicht, sah das Temperament, das sich hinter dem scheinbar ruhigen Blick der braunen Augen verbarg. Er ließ sie los und schaute ihr nach, als sie zu Regans Laden ging. Dort blieb sie kurz stehen, atmete dann noch einmal tief ein und verschwand schließlich durch die Tür.

Devin kam aus dem Restaurant, blieb neben Jared stehen und kratzte sich den Kopf. »Das war ein recht interessanter Auftritt.«

»Ich habe das Gefühl, das war erst der Auftakt.« Jared schob die Hände in die Taschen. »Die Frau hält noch einige Überraschungen bereit.«

»Eine solche Frau kann einen Mann dazu bringen, seinen eigenen Namen zu vergessen.« Devin lächelte seinen Bruder an. »Kennst du deinen noch?«

»Ja, ich kann mich schwach erinnern. Ich glaube, du hattest recht mit deinem Verdacht, dass sie mit dem Gesetz in Konflikt geraten ist.«

Devin kniff die Augen zusammen. Er war für diese Stadt und ihre Bewohner verantwortlich. Und dafür, dass sie sich an die Gesetze hielten. »Ich könnte sie überprüfen lassen.«

»Nein, tu das nicht. Genau damit rechnet sie.« Nachdenklich ging Jared zu seinem Wagen. »Ich würde die Frau lieber überraschen. Dann werden wir ja sehen, was passiert.«

»Wie du meinst«, knurrte Devin, als sein Bruder einstieg. Ich werde mich nicht einmischen, dachte er. Solange die Lady mir keinen Ärger macht.

Bryan starrte aus dem Wagenfenster und zeigte seiner Mutter die kalte Schulter. Er sah nicht ein, warum Connor nicht bei ihm übernachten durfte. Heute war Samstag, und bis am Montagmorgen die dämliche Schulglocke läutete, war es noch lang.

Was sollte ein Junge ohne seinen besten Freund mit all der freien Zeit anfangen? Hausarbeit, dachte er, und verdrehte die Augen. Schulaufgaben. Ebenso gut könnte er im Gefängnis sitzen.

»Ich könnte ebenso gut im Gefängnis sitzen«, sagte er laut und sah seine Mutter herausfordernd an.

»Ja, hinter Gittern spielen sie oft Baseball und essen jede Menge Eiscreme.«

»Aber zu Hause ist es so langweilig«, beschwerte sich der Neunjährige.

»Ich werde dich schon beschäftigen«, entgegnete sie und ärgerte sich über ihre mürrische Antwort. »Tut mir leid, Bry. Mir geht im Moment viel im Kopf herum. Connor kann doch ein anderes Mal bei uns übernachten.«

»Ich hätte bei Con bleiben können. Seine Mutter hätte bestimmt nichts dagegen.«

Volltreffer, dachte sie grimmig, als sie in ihre Einfahrt einbog.

»Aber deine hat etwas dagegen, mein Freund, und eine andere hast du nun einmal nicht. Als Erstes kannst du den Müll hinausbringen, den du heute Morgen vergessen hast. Danach kannst du das Chaos in deinem Zimmer beseitigen, und außerdem solltest du dich mit deinem Mathematikbuch befassen, wenn du die Ferien nicht in der Sommerschule verbringen willst.«

»Toll.« Kaum hielt der Wagen, stieg er aus und knallte die Tür hinter sich zu. Das Seitenfenster war offen, und so konnte Savannah ihn etwas davon murmeln hören, dass es zu Hause sogar noch schlimmer sei als im Gefängnis.

»Bryan Morningstar!«

Als er sich umdrehte, starrten sie einander an, sie wütend, er trotzig, beide mit geröteten Gesichtern. »Warum zum Teufel bist du mir so ähnlich?«, fragte sie schließlich und warf einen Hilfe suchenden Blick zum Himmel hinauf. »Ich hätte ein nettes, ruhiges, wohlerzogenes kleines Mädchen haben können, wenn ich mir richtig Mühe gegeben hätte. Aber nein, ich musste ja unbedingt einen frechen, übel gelaunten Jungen mit großen Füßen bekommen!«

Seine Mundwinkel zuckten. »Sei froh, sonst müsstest du den Müll nämlich selbst hinausbringen. Ein Mädchen würde wahrscheinlich jammern, dass es sich dabei schmutzig macht.«

»Ich kann den Mülleimer selbst hinaustragen«, sagte sie. »Ich glaube, das werde ich sogar tun, aber erst, nachdem ich dich hineingesteckt habe.« Sie wollte ihn packen, doch er wich ihr lachend aus.

»Du bist zu alt, um mich zu fangen.«

»Ach ja?« Sie rannte los und verfolgte ihn den Hügel hinauf. Er blieb stehen und lachte triumphierend. Das war ein Fehler. Sie machte einen Satz, warf ihn um und fiel mit ihm ins Gras.

»So, wer ist hier alt, du Angeber?«

»Du.« Er kreischte laut, als sie ihn kitzelte. »Du bist fast dreißig.«

»Bin ich nicht. Nimm das sofort zurück.« Sie nahm ihn in den Schwitzkasten. »Nimm das zurück und rechne, Einstein. Wie viel ist dreißig weniger sechsundzwanzig?«

»Nichts«, rief er. »Null.« Und dann, weil er Angst hatte, sich vor Lachen in die Hose zu machen, wenn sie ihn weiterkitzelte, gab er endlich auf. »Vier, okay! Vier.«

»Denk daran, ja? Und vergiss nicht, wer von uns stärker ist.« Sie zog ihn an sich und umarmte ihn so heftig, dass er nach Luft schnappte. »Ich liebe dich, Bryan. Ich liebe dich so sehr.«

»Mensch, Mom.« Er entwand sich ihren Armen. »Das weiß ich.«

»Tut mir leid, dass ich dich angeschnauzt habe.«

Er verdrehte die Augen, aber ihr entging nicht, dass sie feucht wurden. »Ich schätze, mir tut es auch leid.«

»Du und Connor könnt am nächsten Wochenende zusammen übernachten, bei ihm oder bei uns. Versprochen.«

»Okay, das ist cool.« Als sie ihn nicht losließ, runzelte er die Stirn. Aber eigentlich machte es nichts, dass seine Mom ihn festhielt, schließlich sah es keiner. Sie duftete gut, und ihre Arme waren so weich. Eine vage Erinnerung daran, wie sie ihn früher gewiegt und getröstet hatte, stieg in ihm auf.

Er war einfach noch zu jung, um dies alles nicht für selbstverständlich zu halten. Seine Mutter war immer da gewesen. Sie würde immer da sein.

»Könnten wir vielleicht nachher etwas grillen?«, fragte er.

»Natürlich. Möchtest du Superburger?«

»Oh, ja. Und Pommes.«

»Was wäre ein Superburger ohne Pommes?«, flüsterte sie und seufzte. »Bryan, hat Con dir etwas über seinen Vater erzählt?« Sie spürte, wie ihr Sohn erstarrte, und küsste ihn liebevoll aufs Haar. »Ist es ein Geheimnis?«

»So ungefähr.«

»Ich will nicht, dass du dein Wort brichst. Aber ich habe heute erfahren, dass Connors Vater früher seine Mutter geschlagen hat. Ich dachte, wenn Connor mit dir darüber gesprochen hat, möchtest du vielleicht mit mir darüber reden.«

Das wollte er, seit Connor es ihm erzählt hatte. Aber Connor hatte geweint. Bryan hatte natürlich so getan, als würde er es nicht merken. Und so etwas erzählte ein Junge seiner Mutter natürlich nicht.

»Con meinte, dass er im Gefängnis sitzt, weil er sie geschlagen hat. Con meinte, dass er ihr richtig wehgetan hat … und dass er viel getrunken und ihr blaue Flecken verpasst hat und all das. Sie lassen sich scheiden.«

»Ich verstehe.« Savannah war in ihrem Leben vielen Männern wie Joe Dolin begegnet, und sie konnte sie nur verachten. »Hat er Con auch geschlagen? Und Emma?«

»Emma nicht.« Auch das war etwas, worüber Bryan eigentlich nicht sprechen wollte. Aber bevor er es zurückhalten konnte, sprudelte es wie von selbst aus ihm heraus. »Aber er hat Con verprügelt. Nicht, wenn seine Mom da war. Er beschimpfte ihn und schubste ihn herum. Er meinte, dass Con ein Waschlappen sei, weil er gern Bücher liest und Geschichten schreibt. Con ist kein Waschlappen.«

»Natürlich ist er das nicht.«

»Er ist einfach nur echt klug. Er muss kaum lernen, um in der Schule die richtigen Antworten zu geben. Und er braucht sich gar nicht zu melden, weil die Lehrerin ihn auch so aufruft.« Bryan starrte vor sich hin, und sein Gesicht verfinsterte sich. »Einige der Kids ärgern ihn immer. Mit seinem Vater und weil er der Liebling der Lehrerin ist und weil er den Baseball nicht sehr weit werfen kann. Aber wenn ich bei ihm bin, lassen sie ihn in Ruhe.«

Savannah schloss die Augen und legte die Wange an seinen Kopf. »Du bist ein guter Junge.«

»Bin ich nicht.« Hastig verbesserte er sich. »Wer andere einschüchtert, ist meistens selbst ein Feigling, habe ich recht?«

»Das hast du.« Wieder seufzte sie. »Bryan, ich muss mit dir reden. Weißt du noch, als du nach Hause kamst und Mr. MacKade da war?«

»Klar.«

»Er ist Rechtsanwalt und war beruflich da.«

»Haben wir Ärger?«

»Nein.« Sie drehte ihn zu sich, um ihm ins Gesicht schauen zu

können. »Wir haben keinen Ärger. Uns geht es gut. Er kam wegen …
Mein Vater ist gestorben, Bryan.«

»Oh.« Er empfand nichts als ein mildes Erstaunen. Er hatte seinen
Großvater nie kennengelernt und wusste nur, dass Jim Morningstar ein
Rodeoreiter und daher viel unterwegs gewesen war. Das hatte seine Mut-
ter ihm irgendwann einmal erzählt. »Er war wohl ziemlich alt, was?«

»Ja.« Fünfzig? Sechzig? Savannah hatte keine Ahnung. »Ich habe
dir das mit ihm nie richtig erklärt. Dein Großvater und ich haben uns
vor langer Zeit einmal sehr gestritten, und da bin ich von zu Hause
weggegangen.« Wie konnte sie diesem Kind, ihrem über alles geliebten Kind, erzählen, dass es die Ursache gewesen war? Nein, das
würde sie nicht. Sie würde es niemals tun. »Jedenfalls bin ich weggegangen und wir haben irgendwie den Kontakt zueinander verloren.«

»Woher wusste Mr. MacKade denn, dass er tot ist? Hat er ihn gekannt?«, fragte Bryan.

»Nein, das wusste er nur, weil er Rechtsanwalt ist. Dein Großvater hatte sich verletzt, und das hatte ihn vermutlich nachdenklich
gestimmt. Er beauftragte einen Anwalt in Oklahoma damit, uns zu
suchen, und der Anwalt rief Mr. MacKade an. Das alles dauerte eine
Weile, aber dann kam Mr. MacKade sofort her und erzählte es mir.
Und dass dein Großvater etwas Geld hinterlassen hat.«

»Wow, wirklich?«

»Es sind mehr als siebentausend …«

»Dollar?«, unterbrach Bryan sie mit großen Augen. Siebentausend Dollar waren ein Vermögen. Genug für ein neues Fahrrad, einen
neuen Baseballhandschuh und die Sammelkarte von Cal Ripkin, die
er sich schon so lange wünschte. »Und wir dürfen das Geld behalten?
Einfach so?«

»Ich muss erst einige Papiere unterschreiben.«

Das dicke Bündel Banknoten verschwand lange genug aus seiner
Vorstellung, um den Gesichtsausdruck seiner Mutter richtig deuten
zu können. »Warum willst du das Geld nicht?«

»Ich … Oh, Bryan.« Verzweifelt zog sie die Knie an. »Ich weiß nicht, wie ich es dir erklären soll. Ich war all die Jahre lang so böse auf ihn. Und jetzt bin ich wütend, weil er gewartet hat, bis er tot ist.«

Bryan überlegte. »Ist das so, als würde er damit sagen, dass ihm alles leidtut? Und wenn du das Geld annimmst, sagst du, dass es dir auch leidtut?«

Er ließ es so einfach klingen, dass sie lachen musste. »Warum bin ich nicht selbst darauf gekommen?« Müde sah sie ihren Sohn an. »Du findest, wir sollten es annehmen, nicht wahr?«

»Wir brauchen es wahrscheinlich nicht unbedingt. Ich meine, du hast deinen Job, und wir haben ja jetzt ein eigenes Haus.«

»Nein«, flüsterte Savannah. »Wir brauchen es nicht unbedingt.« Sie spürte, wie ihr eine Last von den Schultern genommen wurde. Sie brauchten es nicht zu nehmen, und genau deshalb konnten sie es nehmen. »Gleich am Montag werde ich zu Mr. MacKade gehen und ihm sagen, dass er uns das Geld überweisen soll.«

»Cool.« Bryan sprang auf. »Ich muss Con anrufen und ihm erzählen, dass wir jetzt reich sind.«

»Nein.«

Er blieb so abrupt stehen, dass er fast gestolpert wäre. »Aber, Mom ...«

»Nein. Mit seinem Geld zu prahlen, ist sehr uncool. Und eins sollte ich dir jetzt gleich sagen, mein Freund. Das Geld macht uns nicht reich, und ich werde es für deine Collegeausbildung festlegen.«

Mit offenem Mund starrte er sie an. »College? Das kommt doch erst in hundert Jahren. Vielleicht gehe ich auch gar nicht hin.«

»Das liegt ganz bei dir, aber wenn du dich dazu entschließt, werden wir es bezahlen können.«

»Oh, Mann.« Bryan war erst neun und erlebte gerade, wie es war, ein Vermögen zu gewinnen und sofort wieder zu verlieren. »Das ganze Geld?«

»Das ganze.« Sein zutiefst betrübtes Gesicht stimmte sie um. »Bis auf einen Teil. Du darfst dir etwas wünschen. Als würdest du ein Geschenk von deinem Großvater bekommen.«

Voller Hoffnung strahlte er sie an. »Darf ich mir wünschen, was ich will?«

»Nun ja, innerhalb gewisser Grenzen. Ein vergoldeter Sportwagen zum Beispiel ist nicht drin«, sagte sie lächelnd.

Er stieß einen Jubelschrei aus und umarmte sie. »Ich muss sofort etwas in meinem Baseballkarten-Katalog nachsehen.«

Sie schaute ihm nach, als er ins Haus rannte. So schnell hatte sie ihren Sohn noch nie laufen sehen.

Während Savannah auf der Veranda die Hamburger grillte und Bryan sich in seinen Katalog vertiefte, saß Jared auf der anderen Seite des verwunschenen Waldes und dachte an sie.

Er war versucht, sehr versucht sogar, durch den Wald zu eilen und den Streit beizulegen, den sie am Nachmittag auf dem Bürgersteig vor Ed's begonnen hatte.

Zickige Frauen konnte ich noch nie ausstehen, dachte Jared und setzte den Schaukelstuhl in Bewegung. Zickige Frauen mit unberechenbaren Launen und undurchschaubarer Vergangenheit noch viel weniger.

Nicht, dass Savannah Morningstar ihn nicht interessierte oder es ihn nicht reizte, alles über sie zu erfahren. Aber im Moment verlief sein Leben in sehr ruhigen Bahnen. Er hätte sie gern näher kennengelernt, natürlich nur bis zu einem gewissen Punkt. Ein paar Verabredungen, die möglichst bald zu einem intimeren Kontakt führten. Schließlich war er kein Kostverächter. Und welcher normale Mann würde nicht davon träumen, sich mit einer so hinreißenden Frau zu amüsieren?

Und Jared MacKade war in dieser Hinsicht äußerst normal. Aber er war nicht dumm. Die Frau, die ihn am Nachmittag angefaucht hatte, bedeutete nichts als Ärger. Das Letzte, was ein so hitziges Temperament brauchte, war, sich mit einem ebenso hitzigen Temperament anzulegen. Deshalb zog er kühle, beherrschte und vernünftige Frauen vor.

Wie meine Exfrau zum Beispiel, dachte er und verzog das Gesicht. Die war so kühl gewesen, dass er ihr manchmal am liebsten einen Spiegel vor den Mund gehalten hätte, um festzustellen, ob sie noch atmete. Doch das war eine andere Geschichte.

Gleich Montag früh würde er einen offiziellen Brief aufsetzen, in dem er Savannah Morningstar über ihr Erbe in Kenntnis setzte und ihr mitteilte, welche Schritte sie unternehmen müsse, um es anzunehmen oder abzulehnen.

Es machte ihm nichts aus, sich für einen Mandanten die Hände schmutzig zu machen, Schweiß zu vergießen oder sogar eine schlaflose Nacht zu verbringen. Aber sie war nicht seine verdammte Mandantin, und der Gefallen, den er dem Kollegen aus dem Westen zu tun bereit war, hatte seine Grenzen. Jared hatte genug von Savannah Morningstar.

Verdammt, die Frau hatte ein Kind. Ein äußerst liebenswertes Kind, aber darauf kam es nicht an. Eine private Beziehung zwischen ihm und ihr musste immer auch ihren Sohn mit einschließen. Daran führte kein Weg vorbei. Und Jared fand das auch richtig so.

Außerdem war da noch die Tatsache, dass sie nicht nur wunderschön, sondern auch zäh wie eine Schuhsohle war. Zweifellos war sie weit herumgekommen und hatte dabei viel erlebt. Eine Frau, die einen Mann so ansehen konnte, hatte ihr Leben bestimmt nicht damit verbracht, Kekse zu backen. Eine solche Frau konnte einen Mann um den Verstand bringen.

Nun, vielleicht die meisten Männer, aber ganz gewiss nicht Jared MacKade. Er würde mit ihr fertigwerden. Wenn er wollte.

Dieses exotische, unglaublich faszinierende Gesicht ging ihm unter die Haut und ließ ihn nicht mehr los. Es war lange her, dass er eine Frau so begehrt hatte.

Wütend auf sich selbst sprang Jared auf und eilte in den Wald. Er brauchte frische Luft. Ein Spaziergang würde ihm guttun. Die Geister der Vergangenheit waren ihm willkommener als seine eigenen Gedanken.

4. Kapitel

Sissy Bleaker, Jareds Sekretärin, riss den Hörer von der Gabel, noch bevor das erste Läuten verklungen war. »Anwaltskanzlei MacKade, guten Tag.« Es war Viertel vor fünf. In genau einer Stunde war sie mit einem tollen Mann verabredet, und ihr Chef war den ganzen Tag hindurch unausstehlich gewesen. »Oh ja, hallo, Mr. Brill ... Nein, Mr. MacKade ist in einer Besprechung.«

Sissy unterdrückte einen wenig damenhaften Ausdruck, als die Kanzleitür aufging. Wie zum Teufel sollte sie in einer Stunde unwiderstehlich sexy aussehen, wenn sie nicht aus dem Büro wegkam?

»Ich richte ihm gern etwas aus.« Als sie nach dem Notizblock griff, hob sie den Kopf. Und kam zu dem Ergebnis, dass, selbst wenn sie eine ganze Woche Zeit hätte, sie nicht annähernd so erotisch aussehen würde wie die Frau, die gerade die Kanzlei betreten hatte.

Savannah fühlte sich äußerst unwohl. Sie hatte sich nur widerwillig umgezogen und trug statt der üblichen Jeans mit T-Shirt eine Bundfaltenhose und über einer Bluse eine Jacke. Bei Behördengängen und ähnlich unangenehmen Anlässen hatte sie stets das Gefühl, sich verkleiden zu müssen.

Und das hier war ein höchst unangenehmer Anlass. Das Büro, in dem sie jetzt stand, war alles andere als einladend. Die hübschen Pflanzen und pastellfarbenen Bilder an den mattweißen Wänden täuschten nicht darüber hinweg, dass an diesem Ort Paragraphen regierten. Der Teppichboden war grau, und die darauf abgestimmten Stühle im Wartebereich wirkten äußerst unbequem.

Ob im Sozialamt, im Direktorat einer Schule oder vor dem Schalter im Arbeitsamt, noch nie hatte sie eine Behörde erlebt, in der die Besucher sich willkommen fühlen konnten. Trotzdem hatte sie nicht erwartet, dass Jared MacKade seine Anwaltskanzlei so kalt und unpersönlich einrichten würde.

Die Sekretärin hinter dem eleganten Empfangstresen war jung, dynamisch und, da war Savannah sicher, schrecklich fleißig. Das kurze Lächeln, mit dem sie begrüßt worden war, verriet keinerlei Neugier und war nicht zu kühl und nicht zu warm.

Savannah konnte nicht wissen, dass Sissy vor Neid fast erblasste.

»Ja, Mr. Brill, ich werde dafür sorgen, dass er Ihre Nachricht erhält. Gern geschehen. Auf Wiederhören.« Während Sissy auflegte und sich ihr professionellstes Lächeln abrang, fragte sie sich, woher die rätselhafte Besucherin diese todschicke Jacke mit dem lockeren Schnitt und den verwegenen Farben haben mochte. »Guten Tag. Kann ich Ihnen helfen?«

»Ich möchte Mr. MacKade sprechen.«

»Haben Sie einen Termin?« Sissy wusste natürlich, dass die Frau keinen hatte. Jareds Terminkalender war in ihrem Gedächtnis gleich neben ihrem eigenen abgespeichert.

»Nein, ich …« Oh, wie Savannah das hier hasste. »Ich war in der Stadt und da dachte ich mir, ich versuche es einfach mal.«

»Ich fürchte, Mr. MacKade ist in einer Besprechung, Miss …«

»Morningstar.« Natürlich ist er in einer Besprechung, dachte Savannah. Ein Anwalt war entweder auf dem Golfplatz oder in einer Besprechung. »Dann möchte ich eine Nachricht hinterlassen.«

Der Name Morningstar ließ in Sissys Kopf alle möglichen Sirenen ertönen. Sie hatte ihn am Vormittag oft genug schreiben müssen, während Jared mit finsterem Gesicht einen betont förmlichen Brief diktierte.

»Aber gern. Falls es persönlich ist, können Sie es aufschreiben, und ich werde … Oh.« Sissy strahlte ihr Telefon an. »Mr. MacKade hat gerade seine Konferenzschaltung beendet, wie ich sehe. Ich frage nach, ob er Sie außer der Reihe empfangen kann.«

»Gut.« Savannah drehte sich um und ging vor dem Tresen rastlos auf und ab.

Sissy fand sich damit ab, dass sie mindestens zehn Zentimeter wachsen und an den richtigen Stellen rundlicher werden müsste, wenn sie sich einen so beeindruckenden Gang zulegen wollte.

»Mr. MacKade, hier ist eine Miss Morningstar, die Sie sprechen möchte, falls Sie einen Moment erübrigen könnten ... Ja, Sir, sie ist hier bei mir ... Ja, Sir.« Ohne die Lippen auch nur zur Andeutung eines Lächelns zu verziehen, legte Sissy auf. »Er wird Sie jetzt empfangen, Miss Morningstar. Dort die Treppe hinauf und dann nach links. Die erste Tür.«

»Danke.« Savannah ging zur Treppe, legte eine Hand auf das makellos weiße Geländer und stieg die schmalen Stufen hinauf.

Bestimmt ist das hier einmal ein Stadthaus gewesen, dachte sie. Oder eine Wohnung über zwei Etagen. Es war zwar nicht gemütlich, aber Savannah musste zugeben, dass es eine gewisse Klasse besaß – vorausgesetzt, man mochte diesen snobistischen, nichtssagenden Stil.

Am Ende der Treppe begann ein kurzer Korridor, in dem ein Bild hing. Es war ein Druck und zeigte weiße Orchideen in einer weißen Vase. Savannah fand es langweilig und ausdruckslos, geradezu eine Beleidigung für ihren Künstlerblick. Zwei Türen lagen einander gegenüber. Sie entschied sich für die linke, klopfte kurz an und trat ein.

Natürlich, sie hätte sich denken können, dass grauer Flanell ihm stand. Jedenfalls besser als das in verschiedenen Weißtönen gehaltene Büro, in dem er residierte. Irgendjemand sollte ihm sagen, dass die Arbeit in einer farbenfrohen und lebendigen Umgebung viel mehr Spaß machte.

Irgendjemand. Sie nicht.

Er stand auf, sehr elegant im dreiteiligen Anzug mit sorgfältig geknoteter Krawatte. Eine Krawatte, die er bestimmt gerade eben noch zugezogen und glatt gestrichen hatte. Er sieht mehr denn je aus wie ein Anwalt, dachte sie.

»Miss Morningstar.« Er neigte den Kopf. Ihr Auftritt in seinem Büro kam ihm vor wie der Einschlag eines Blitzes in einen stillen Teich. »Nehmen Sie doch bitte Platz.«

»Es wird nicht lange dauern.« Sie blieb stehen. »Danke, dass Sie sich Zeit für mich nehmen.«

»Sehr gern sogar.« Um seine Worte zu unterstreichen, schob er eine Akte zur Seite und setzte sich. »Was kann ich für Sie tun?«

Sie holte Papiere aus der Handtasche und warf sie auf den Schreibtisch. »Ich habe sie unterschrieben, in dreifacher Ausfertigung, und die Unterschriften von einem Notar beglaubigen lassen.« Ihr Führerschein landete nun ebenfalls auf den Papieren. »Das ist mein Ausweis.« Vorsichtshalber ließ sie noch ihre Sozialversicherungskarte folgen. »Eine Geburtsurkunde habe ich nicht.«

»Hm …« Jared ließ sich Zeit. Er holte eine braune Hornbrille aus der Jackentasche und setzte sie auf, bevor er die Unterlagen vor sich auf dem Tisch eingehend studierte.

Savannah starrte ihn an und musste plötzlich schlucken. Sich zu sagen, dass es kindisch war, änderte nichts. Sie hatte tatsächlich Herzklopfen bekommen. Er sah mit dieser verdammten Brille einfach großartig aus, sexy und klug zugleich. Und sie kam sich vor wie ein alberner Teenager.

»Es ist alles in Ordnung«, versicherte sie.

»Leider nicht.« Nachdenklich nahm er ihren Führerschein und klappte ihn auf. »Der ist ungültig.«

»Unsinn. Ich habe ihn erst vor zwei Monaten verlängern lassen«, protestierte sie.

»Das kann sein«, erwiderte er und sah sie endlich an. »Doch da das Foto Ihnen wahrhaftig ähnlich ist und Sie darauf auch noch sehr gut aussehen, kann es sich nur um eine Fälschung handeln. Damit ist dieser Führerschein ungültig.«

Sie starrte ihn eine Weile an und steckte dann die Hände in die Taschen. »Soll das ein Scherz sein? Ist so etwas in diesen heiligen Hallen überhaupt gestattet?«

»Setzen Sie sich, Savannah, bitte.«

Mit einem verärgerten Schulterzucken tat sie es. »Haben Sie schon einmal etwas von Farbe gehört?«, fragte sie. »Dieser Laden ist ja so langweilig wie ein Schulbuch, und die Kunst an den Wänden ist himmelschreiend ordinär.«

»Das finden Sie auch, nicht wahr?«, sagte er lächelnd. »Meine Exfrau hat die Kanzlei eingerichtet. Sie ist Steuerberaterin und hatte das Büro auf der anderen Seite des Flures.« Er lehnte sich zurück und ließ den Blick durch den Raum wandern. »Ich habe mich schon so daran gewöhnt, dass ich es überhaupt nicht mehr wahrnehme. Aber Sie haben vollkommen recht, hier fehlt etwas.«

»Was hier fehlt, ist ein Nachruf.« Ungeduldig fuhr sie sich durchs Haar. »Ich halte es hier kaum aus.«

»Das sehe ich.« Er griff wieder nach den Papieren und überflog sie. »Ihnen ist klar, womit Sie sich einverstanden erklären? Sie erhalten einen Scheck in Höhe des gesamten Barvermögens Ihres verstorbenen Vaters.«

»Ja.«

»Und seine Habe.«

»Ich dachte … ich dachte, es handle sich nur um Geld. Was hat er denn sonst noch hinterlassen?«

»Offenbar gibt es ein paar persönliche Dinge. Wenn Sie möchten, besorge ich Ihnen eine genaue Aufstellung, damit Sie entscheiden können, ob Sie sie ablehnen oder zugeschickt bekommen wollen. Die Frachtkosten werden natürlich aus der Erbmasse beglichen.«

Ablehnen, dachte sie. Wie er sie damals abgelehnt hatte. »Nein, lassen Sie sie mir schicken.«

»Nun gut.« Jared notierte sich alles auf einem gelben Block. »Ich werde meine Sekretärin gleich morgen ein Schreiben aufsetzen lassen. Darin wird Ihr Anrecht auf das Erbe bestätigt und Ihnen mitgeteilt, dass das Geld innerhalb der nächsten fünfundvierzig Tage an Sie ausgezahlt wird.«

»Wozu wollen Sie mir einen Brief schreiben lassen, wenn Sie es mir gerade gesagt haben?«, fragte sie erstaunt.

Er hob den Blick und musterte sie belustigt. »Wir Juristen sichern uns immer gern mit möglichst viel Papierkram ab.« Stellvertretend für seinen Kollegen unterzeichnete er die Papiere und gab Savannah den Führerschein und die Sozialversicherungskarte zurück.

»Das war alles?«

»Das war alles«, bestätigte er.

»Gut.« Verlegen und erleichtert zugleich stand Savannah auf. »Es war nicht so unangenehm, wie ich erwartet hatte. Ich nehme an, falls ich jemals einen Rechtsanwalt benötigen sollte, werde ich Sie anrufen.«

»Ich würde Sie aber nicht als Mandantin nehmen, Savannah«, antwortete er.

Ihre Augen blitzten ihn an, als er die Brille abnahm und um den Schreibtisch herumkam. »Ist das gut nachbarlich, Mr. MacKade?«

»Ich würde Sie nicht als Mandantin nehmen, weil das hier dann mit meiner Berufsehre unvereinbar wäre«, erklärte er und stellte sich hinter sie.

Er überraschte sie. Sie hatte nicht geahnt, dass es jemals wieder einem Mann gelingen würde, sie zu überraschen. Aber bevor sie die Chance hatte, ihm auszuweichen, hielt Jared sie schon in den Armen und küsste sie.

Hatte sie ihm überhaupt ausweichen wollen?

Natürlich spürte sie die Wärme. Damit rechnete sie, und diese Wärme genoss sie auch. Aber was sie daran verblüffte, war die Wucht, mit der die Wärme sich in ihrem ganzen Körper ausbreitete, als seine Lippen die ihren berührten.

Jared zog sie an sich, selbstsicher und ohne Verlegenheit, behutsam, aber entschlossen. Er gab Savannah den Raum, sich gegen ihn zu wehren, aber als sie fühlte, wie seine Hand über ihren Rücken glitt, kam sie gar nicht auf die Idee, sich von ihm, von seinem Mund, von seiner Zärtlichkeit zu lösen. Also schmiegte sie sich an ihn und ließ die Hände über seinen Rücken wandern, bis sie seine Schultern umklammerten.

Er war gespannt gewesen, was er in ihr spüren würde. Seit jenem ersten Mal, als sie sich umgedreht und ihn angesehen hatte, Blumen zu ihren Füßen, hatte er sich gefragt, was er finden würde. Jetzt wusste er, welches Feuer in dem perfekten weiblichen Körper loderte. Sie öffnete sich ihm, als hätte er sie schon tausendmal berührt, und was er schmeckte, erschien ihm auf eine erregende Weise vertraut. Der Druck ihrer weichen Brüste gegen seine muskulöse Brust, jede üppige Kurve war wie eine erotische Heimkehr.

Er schob die Finger in ihr Haar und drückte vorsichtig ihren Kopf nach hinten, um sie noch leidenschaftlicher zu küssen. Und als ihre Wärme mit seiner verschmolz, wusste er, wie es war, nicht nur zu nehmen, sondern auch zu geben.

Ohne störende Hast beendete er den Kuss, um Savannah dann ins Gesicht zu sehen. Ihr Blick war klar und ruhig, aber die Augen hatten sich ein wenig verdunkelt. An ihrem schnellen Herzschlag hatte er gemerkt, dass das, was ihn durchströmte, auch sie durchströmte. Aber erbebt war sie nicht.

Was bedurfte es, um eine Frau wie sie erbeben zu lassen?

Ihm war klar, dass er dieses Geheimnis lüften musste. Dieses Geheimnis und all die anderen, die sich hinter ihren dunklen, nicht zu entschlüsselnden Augen noch verbergen mochten.

»Aber falls du mal einen Anwalt brauchen solltest, kann ich dir natürlich einen guten Kollegen empfehlen«, murmelte er.

Savannah zog eine Braue hoch. Dass er das unterbrochene Gespräch einfach fortführte, als wäre in ihnen nichts aufgelodert, beeindruckte sie. Sie lächelte anerkennend. »Danke.«

»Entschuldige mich eine Minute«, bat er sie, als das Telefon läutete. »Ja, Sissy.« Er nahm den Blick nicht länger von Savannah, als nötig war, um auf die Uhr zu sehen. »Stimmt«, murmelte er. Es war kurz nach fünf. »Gehen Sie ruhig, ich schließe hinter mir ab. Der erste Brief. Ja. Schicken Sie ihn nicht ab. Ich muss ein paar Änderungen vornehmen.«

Nachdenklich betrachtete Savannah ihn. Er hatte gerade seine Sekretärin nach Hause geschickt, und gleich würden sie beide allein sein. Sie wusste nur zu gut, was es bedeutete, wenn ein Mann eine Frau so ansah, wie Jared sie ansah. Sie wusste, was zwischen einem

Mann und einer Frau geschah, wenn sie sich so leidenschaftlich wie eben geküsst hatten.

In all den Jahren hatte sie gelernt, sehr vorsichtig, sehr … wählerisch zu sein. Die Verantwortung für ein Kind, noch dazu, wenn man es allein aufzog, war nicht gering. Männer konnten kommen und gehen, aber ihr Sohn gehörte für immer zu ihr. Sie war keine Frau, die sich blind auf eine Affäre einließ, die jedes Verlangen befriedigte und sich jedem hingab, der sie begehrte. Aber sie war auch realistisch. Der Mann, der seine Sekretärin fortschickte, der in seinem Terminplan blätterte, würde ihr Liebhaber werden.

»Meine Sekretärin hat eine Verabredung«, verkündete Jared, als er den Hörer auflegte. »Wie es aussieht, werde ich die Kanzlei endlich einmal pünktlich schließen können.« Er musterte Savannah. »Ich soll dich fragen, woher du deine Jacke hast.«

»Meine Jacke?« Belustigt sah Savannah nun an sich hinab. »Die habe ich selbst genäht.«

»Das soll wohl ein Scherz sein.«

Sie schob die Unterlippe vor und hob das Kinn, was, wie er inzwischen wusste, Verärgerung signalisierte. »Wie bitte? Ich sehe nicht aus wie eine Frau, die nähen kann? Ich passe wohl nicht in dein Bild der treu sorgenden Ehefrau?«

Er lehnte sich mit der Hüfte an den Schreibtisch und streckte den Arm aus, um den in prächtigem Farbenspiel schimmernden Kragen ihrer Jacke zwischen den Fingern zu reiben. Sein unergründlicher Blick sorgte dafür, dass ihr Herz schneller schlug. »Schöne Arbeit. Was kannst du sonst noch?«

»Was immer erforderlich ist.« Sie protestierte nicht, als er sie ruckartig an sich zog. Stattdessen legte sie die Hände auf seine Schultern und senkte dann den Kopf zum Kuss.

»Es ist noch früh«, murmelte er.

»Das ist Ansichtssache.«

»Wo ist Bryan?«

»Bei Cassie.« Ein wenig erstaunt darüber, dass er danach fragte, vertiefte sie den Kuss. »Ich hole ihn um sechs ab. Also in einer halben Stunde.«

»Es wird länger dauern.« Er umfasste ihre Hüften und zog sie zwischen seine Beine. »Ruf sie doch an und frag, ob er bis sieben bleiben kann.« Zärtlich knabberte er an ihrer Lippe. »Halb acht.«

Ich werde es genießen, ihm die Krawatte abzunehmen, dachte Savannah. »Ja, das könnte ich wohl.«

»Gut. Du klärst das, dann gehen wir über die Straße.«

»Über die Straße?«

»Um zu Abend zu essen.«

Sie legte den Kopf in den Nacken und sah ihn erstaunt an. »Um zu Abend zu essen?«

»Ja.« Fast sicher, dass seine Beine ihn inzwischen wieder trugen, stieß Jared sich vom Schreibtisch ab ... bevor er der Versuchung nachgab, Savannah auszuziehen, auf den Boden zu legen und hier und jetzt zu nehmen. »Ich möchte dich gern zum Essen einladen.«

»Warum?«

»Weil ich gern noch eine Stunde oder auch zwei mit dir verbringen möchte.« Auf dir, dachte er. In dir. Hör auf, Jared. Äußerlich ruhig umrundete er den Schreibtisch und blätterte im Adressenverzeichnis. »Hier ist Cassies Nummer.«

»Ich kenne Cassies Nummer.« Sie fand es schlimm, dass sie tief durchatmen musste, um ruhiger zu werden, während er vollkommen gelassen vor ihr stand. »Was geht hier vor, Jared? Wir wissen beide, dass wir uns das Abendessen sparen können.«

Die Erregung traf ihn wie ein Schlag. Er konnte sie besitzen. Hier, in seinem Büro, jetzt sofort. Es wäre ganz einfach. Zu einfach, und das gefiel ihm nicht.

»Ich würde gern mit dir essen gehen, Savannah. Und mich mit dir unterhalten.« Jared nahm den Hörer ab, wählte Cassies Nummer und hielt ihn ihr hin. »Einverstanden?«

Savannah misstraute ihm und zögerte, bevor sie mit einem Schulterzucken den Hörer nahm. »Na gut. Einverstanden.«

Das Restaurant war gemütlich, das Essen typisch amerikanisch. Savannah nippte an ihrem Drink und war gespannt darauf, was Jared als Nächstes tun würde.

»Du nähst also deine Kleider?«

»Manchmal.«

Lächelnd lehnte er sich auf der Holzbank zurück. »Manchmal?«, wiederholte er und sah sie erwartungsvoll an.

Er schien sich tatsächlich mit ihr unterhalten zu wollen. Kein Problem. »Ich habe es gelernt, weil es preiswerter ist, Sachen selber zu nähen, als sie im Laden zu kaufen, und weil ich nicht nackt herumlaufen will. Jetzt nähe ich hin und wieder etwas, weil es mir Spaß macht.«

»Aber du verdienst doch deinen Lebensunterhalt als Illustratorin, nicht als Schneiderin.«

»Ich arbeite gern mit Farben und mache meine eigenen Entwürfe. Ich hatte Glück.«

»Glück?«, fragte er.

Sie hatte keine Lust mehr, sich aushorchen zu lassen. »Du willst doch nicht etwa meine Lebensgeschichte hören, Jared?«

»Doch, das will ich.« Er lächelte der Kellnerin zu, die ihnen das Essen servierte. »Fang einfach irgendwo an«, forderte er Savannah auf.

Kopfschüttelnd schnitt sie einen Bissen von dem kräftig gewürzten Hühnchen ab, das er ihr empfohlen hatte. »Du hast dein ganzes Leben hier verbracht, nicht wahr?«

»Das ist richtig.«

»Große Familie, alte Freunde und Nachbarn. Fest gefügte Wurzeln.«

»Ja.«

»Ich werde meinem Sohn Wurzeln geben. Nicht nur ein Dach über dem Kopf, sondern eine Heimat.«

Er schwieg einen Moment. In ihrer Stimme lag eine eiserne Entschlossenheit, die er bewunderte, die ihn jedoch auch neugierig machte. »Warum ausgerechnet hier?«

»Weil dies nicht der Westen ist. Das war mir am wichtigsten. Ich wollte weg vom Staub, dem flachen Land und all den in der Sonne schmorenden Kleinstädten. Ich bin in den letzten zehn Jahren immer ostwärts gezogen. Das hier ist weit genug.«

Als er nichts sagte, entspannte sie sich ein wenig. Es war schwer, ihn zu verstehen. Seine Art, ihr ruhig zuzuhören, weckte Vertrauen. »Ich habe diese Stadt nicht Bryans wegen ausgesucht. Aber ich möchte, dass er sich irgendwie … zugehörig fühlt. Als Teil einer …«

»Gemeinschaft?«

»Ja. Kleinstadt, Kinder, Leute, die seinen Namen kennen. Ich selbst brauche auch etwas Abstand. Und …«

»Und?«

»Dieser Ort hat mich irgendwie angezogen«, gestand sie nach einer Weile. »Vielleicht hat es mit meiner Herkunft zu tun, aber ich fühlte … nein, ich wusste, dass das hier mein Zuhause sein wird. Das Land, die Berge. Und die Wälder. Es war, als hätten deine Wälder mich gerufen.« Sie lächelte ein wenig über sich selbst. »Hältst du mich jetzt für verrückt?«

»Diese Wälder haben mich mein ganzes Leben lang gerufen«, sagte Jared einfach nur, und sie wurde wieder ernst. »Woanders könnte ich niemals glücklich werden. Ich bin in die Stadt gezogen, weil ich es praktisch fand. Und Kleinstädte und lange Spaziergänge im Wald waren nichts für meine Exfrau.«

Wenn er sie aushorchte, konnte sie es doch auch bei ihm versuchen. »Warum hast du sie geheiratet?«

»Auch das war irgendwie praktisch.« Er verzog das Gesicht. »Was für keinen von uns spricht, ich weiß. Wir fanden einander attraktiv, respektierten einander und begannen eine sehr zivilisierte, intelligente und absolut leidenschaftslose Ehe. Zwei Jahre später gab es eine sehr zivilisierte, intelligente und absolut leidenschaftslose Scheidung.«

Es war schwer, wenn auch keineswegs unmöglich, sich den Mann, der sie gerade geküsst hatte, leidenschaftslos vorzustellen. »Ohne Blutvergießen?«, fragte sie nur halb im Scherz.

»Nicht das Geringste. Wir waren beide viel zu vernünftig, um uns zu bekriegen. Kinder hatten wir nicht.« Sie wollte keine, dachte er, verbittert und erleichtert zugleich. »Sie hatte ihren eigenen Namen beibehalten.«

»Eine moderne Ehe.«

»Genau. Wir haben alles geteilt, und jeder ging seines Weges. Keine Wunden, keine Narben.«

»Störte es dich, dass sie deinen Namen nicht annahm?«, fragte Savannah interessiert.

Jared wollte widersprechen, zuckte dann jedoch nur mit den Schultern. »Ja, es störte mich«, gestand er. »Nicht sehr modern von mir, ich weiß. Das mit dem Namen gehörte zu den Dingen, die aus einer Vernunftehe eine echte Beziehung gemacht hätten. Und natürlich spielte auch mein Stolz eine Rolle.«

»Das verstehe ich«, sagte sie. »Aber ich glaube, du wolltest ihr mit deinem Namen etwas von dem geben, das dir am meisten bedeutet, das du selbst geerbt hast und an deine Kinder vererben wolltest.«

»Nicht schlecht«, bemerkte er beeindruckt.

»Nicht nur Anwälte verfügen über Menschenkenntnis. Und ich weiß, wie wichtig Namen sind. Als Bryan geboren war, starrte ich auf das Formular, das man bekommt. Das für die Namen. Und ich fragte mich, was ich in die Spalte ›Vater‹ eintragen sollte. Wenn ich den Namen eintrage, dann gebe ich meinem Sohn den Namen des Vaters. Meinem Sohn«, wiederholte sie mit Nachdruck.

»Was hast du eingetragen?«

Sie kehrte in die Gegenwart zurück. Aus einer Vergangenheit, in der sie gerade erst siebzehn Jahre alt und allein gewesen war. Vollkommen allein. »Unbekannt«, antwortete sie. »Er war mir nicht mehr wichtig. Mein Name war genug.«

»Er hat Bryan nie gesehen?«

»Nein. An dem Tag, als ich ihm erzählte, dass ich schwanger sei, packte er seinen Koffer und verschwand wie der Blitz aus meinem Leben. Sag jetzt bitte nicht, dass es dir leidtut«, kam sie ihm zuvor.

»Er hat mir damit einen Gefallen getan. Für ein sechzehnjähriges Mädchen ist es einfach, sich in einen gut aussehenden Cowboy zu verlieben, aber mit ihm zusammenzuleben ist etwas anderes.«

»Was hast du Bryan erzählt?«

»Die Wahrheit. Ich sage ihm immer die Wahrheit. Manchmal lasse ich etwas weg, um ihm nicht wehzutun, aber ich bemühe mich, ehrlich zu sein. Ich schäme mich nicht dafür, dass ich einmal ein naives Mädchen war und glaubte, mich verliebt zu haben. Und ich bin dem Schicksal dankbar dafür, dass es diese Naivität manchmal mit etwas so Großartigem wie Bryan belohnt.«

»Du bist eine bemerkenswerte Frau«, sagte Jared und meinte es.

Dass er das dachte, rührte Savannah und machte sie zugleich verlegen. »Nein, ich bin eine Frau, die Glück gehabt hat.«

»Es war bestimmt nicht leicht für dich.«

»Es muss nicht immer leicht sein.«

Er dachte über ihre Antwort nach. Wahrscheinlich gehörte sie zu den Menschen, die die Dinge, um die sie kämpfen mussten, mehr schätzten als das, was ihnen in den Schoß fiel. Er konnte das gut verstehen. »Was hast du getan, nachdem du von zu Hause weggegangen warst?«

»Nachdem ich fortgejagt worden war«, verbesserte sie ihn. »Du brauchst es nicht zu beschönigen. Mein Vater ohrfeigte mich, nannte mich ... alles Mögliche. Ich will es nicht wiederholen, wenn ich mit einem Mann in einem so schönen Anzug am Tisch sitze. Jedenfalls warf er mich aus dem Haus. Nun ja, ein richtiges Haus war es nicht.« Erstaunt stellte sie fest, dass Jared seine Finger zwischen ihre geschoben hatte. »Wir lebten in einem Wohnwagen.«

Jared war entsetzt. Warum eigentlich? Er hatte von seinen Mandanten ähnliche, manchmal sogar schlimmere Geschichten gehört. Aber dass Savannah mit sechzehn und einem Kind unter dem Herzen mutterseelenallein auf der Straße gestanden hatte, schockierte ihn zutiefst. »Hattest du denn niemanden, zu dem du gehen konntest?«

»Nein, es gab niemanden. Die Familie meiner Mutter kannte ich nicht. Mein Vater hätte mich nach einem oder zwei Tagen vermutlich wieder aufgenommen. So war er. Aber das, was er mir an den Kopf geworfen hatte, schmerzte mehr als die Ohrfeige. Also packte ich meinen Rucksack, fuhr per Anhalter nach Oklahoma City und arbeitete als Kellnerin.« Sie nahm ihr Glas. »Deshalb haben Cassie und ich uns wahrscheinlich auch gleich so gut verstanden. Wir wissen beide, wie es ist, den ganzen Tag auf den Beinen zu sein und Leute zu bedienen. Nur hat sie mehr daraus gemacht.«

Sie lässt eine ganze Menge aus, dachte Jared. Ihr Weg hierher war mit Sicherheit viel länger und beschwerlicher gewesen, als sie es klingen ließ. »Und wie bist du vom Kellnern in Oklahoma City dazu gekommen, Kinderbücher zu illustrieren?«

»Über ein paar Umwege.« Sie lehnte sich zurück und lächelte. »Du würdest dich wundern, was ich so alles gemacht habe.« Ihr Lächeln wurde noch strahlender, als er eine skeptische Miene aufsetzte. »Oh doch, das würdest du.«

»Zum Beispiel?«

»Ich habe irgendwelchen Säufern in einer Kneipe in Wichita ihre Drinks serviert.«

»Wenn du mich schockieren willst, musst du mehr als das bieten«, sagte er.

»Dann habe ich in einer Stripteasebar in Abilene gejobbt.« Schmunzelnd nahm sie ihm das Zigarillo ab, das er sich gerade anstecken wollte. »Das macht dich nachdenklich, was?«

Jared riss das Streichholz an und gab ihr Feuer. »Du warst Stripteasetänzerin?«

»Erotiktänzerin.« Sie blies den Rauch aus. »Du bist schockiert.«

»Ich bin ... fasziniert.«

»Hm ... Nun ja, zügle deine Fantasie. Ich habe mich nie ganz ausgezogen. Manche Frauen tragen am Strand weniger, als ich damals auf der Bühne getragen habe, aber ich bin dafür bezahlt worden. Nicht sehr gut allerdings.« Sie gab ihm das Zigarillo zurück. »Ich verdiente mehr Geld damit, für die anderen Mädchen Kostüme zu entwerfen und zu nähen, als damit, meine eigenen auszuziehen. Also gab ich meine Bühnenkarriere auf.«

»Ich glaube, du lässt eine Menge aus, Savannah.«

»Stimmt.« Er brauchte nicht alles zu wissen. »Sagen wir, mir gefiel die Arbeitszeit nicht. Danach habe ich kurz bei einer Show mit Hunden und Ponys gearbeitet.«

»Mit Hunden und Ponys?«

»Bei einem kleinen Wanderzirkus. In New Orleans habe ich Bilder von den Bayous und Straßenszenen verkauft und Touristen porträtiert. Das war schön. Tolles Essen, tolle Musik.«

»Aber du bist nicht in New Orleans geblieben.«

»Ich bin nirgends lange geblieben. Aus Gewohnheit. Als ich gerade mal wieder rastlos wurde und weiterziehen wollte, hatte ich Glück. Eine Touristin, die sich von mir zeichnen ließ, war Schriftstellerin. Sie schrieb Kinderbücher und hatte gerade ihre Illustratorin gefeuert. Künstlerische Meinungsverschiedenheiten, sagte sie. Meine Arbeit gefiel ihr, und sie machte mir ein Angebot. Ich sollte ihr Manuskript lesen und ein paar Bilder dazu entwerfen. Wenn ihr Verleger meine Bilder mochte, würde ich den Job bekommen. Ich hatte also nichts zu verlieren.«

»Du hast den Job bekommen.«

»Ich habe ein vollkommen neues Leben bekommen«, erwiderte Savannah mit leuchtenden Augen. »Ich brauchte Bryan nicht mehr einem Babysitter zu überlassen, brauchte mich nicht mehr zu fragen, ob ich meine Miete bezahlen konnte oder ob eine Sozialarbeiterin auftaucht und überprüft, ob ich meine Mutterpflichten auch erfülle. Ich brauchte nicht mehr zu befürchten, dass ein Polizist mich fragt, ob ich nur meine Bilder oder auch meinen Körper verkaufe. Nach einer Weile hatte ich genug Geld gespart, um meinem Sohn einen Garten, eine gute Schule und Baseballspiele zu verschaffen. Eine Heimat für mich und Bryan.« Sie trank einen Schluck. »Und jetzt sind wir hier.«

»Und jetzt seid ihr hier«, wiederholte Jared. »Und was kommt jetzt?«

»Das sollte ich dich fragen. Warum essen wir zusammen und unterhalten uns, anstatt ins Bett zu gehen?«

Er schluckte nicht, sondern blies nur den Rauch aus. »Du bist ganz schön direkt, was?«

»Anwälte brauchen zwanzig Worte, obwohl eins ausreicht«, entgegnete sie. »Ich nicht.«

»Sagen wir einfach, du hast damit gerechnet, dass ich mit dir schlafen werde. Aber ich bin nicht gern berechenbar.« Sein Blick drang durch den Rauch und fand ihre Augen mit einer Eindringlichkeit, die ihr unter die Haut ging. »Ich kann noch nicht sagen, wann es geschehen wird. Aber wenn wir so weit sind, Savannah, wirst du wissen, mit wem du es zu tun hast, und du wirst es nicht vergessen.«

Er hatte recht, sie würde es bestimmt niemals vergessen, und vielleicht war es das, was sie beunruhigte. »Sie bestimmen, Anwalt MacKade? Ort und Zeit?«

»Ganz genau.« Sein Blick veränderte sich, und er lachte. »Ich bin ein altmodischer Mann.«

5. Kapitel

Ein altmodischer Mann, dachte Savannah. Einen Tag nach dem Abendessen mit Jared stand sie in der Küche, stemmte die Hände in die Seiten und starrte auf den Karton, den der Florist geliefert hatte.

Jared hatte ihr Rosen geschickt. Ein Dutzend langstieliger roter Schönheiten.

Altmodisch, gewiss, das war er. Und auf seine Art wohl doch berechenbar. Es sei denn, sie zog in Betracht, dass ihr in ihrem ganzen Leben noch niemand einen langen, glänzend weißen Geschenkkarton voller roter Rosen geschickt hatte.

Sie war sicher, dass Jared das wusste.

Und dann war da noch die beigefügte Karte. »Bis es in deinem Garten blüht.«

Woher wusste er, dass sie Blumen über alles liebte? Dass sie sich in all den Jahren, die sie in winzigen Zimmern in lauten Städten verbracht hatte, immer nach farbenprächtigen, herrlich duftenden Blüten gesehnt hatte? Dass sie sich damals geschworen hatte, eines Tages einen Garten zu besitzen, den sie mit eigenen Händen anlegte und pflegte?

Er weiß es, weil er zu viel sieht, dachte sie und umkreiste die Blumen wie ein Hund einen Fremden. Sie war so versunken in ihren Anblick, dass sie erschrak, als das Telefon läutete. Wütend auf sich selbst riss sie den Hörer von der Gabel.

»Ja? Hallo?«

»Ungünstiger Zeitpunkt?«, fragte Jared.

Stirnrunzelnd sah sie zu den Blumen hinüber, die wunderhübsch auf dem grünen Seidenpapier lagen. »Ich bin beschäftigt, falls du das meinst.«

»Dann will ich dich nicht lange aufhalten. Ich dachte nur, du würdest vielleicht gerne mit Bryan zum Abendessen auf die Farm kommen.«

Sie nahm eine Rose aus dem Karton. »Warum?«

»Warum nicht?«

»Nun ja, erst einmal habe ich schon die Soße für die Spaghetti aufgesetzt.« Sie schwieg. Er auch. »Ich nehme an, du erwartest jetzt, dass ich dich zum Abendessen hierher einlade.«

»Genau.«

Sie drehte die Rose zwischen den Fingern und versuchte sich eine geeignete Ausrede einfallen zu lassen. »Na schön. Aber Bryan hat nach der Schule Baseballtraining. Ich muss ihn um sechs abholen, also ...«

»Ich werde ihn abholen. Es liegt auf meinem Weg. Also bis heute Abend.«

Sie hatte das Gefühl, als würde ihr etwas aus den Händen genommen. »Ich habe dir schon gesagt, dass dies alles wirklich nicht nötig ist«, sagte sie fast zu leise. »Die Blumen.«

»Gefallen sie dir?«

»Natürlich. Sie sind wunderschön.«

»Das freut mich«, erwiderte er zufrieden. »Wir sehen uns kurz nach sechs.«

Verwirrt legte sie auf. Nach einem weiteren langen, nachdenklichen Blick auf die Rosen beschloss sie, nach einer Vase zu suchen.

Um Viertel nach sechs hörte Savannah einen Wagen die Einfahrt heraufkommen. Sorgfältig beendete sie ein Detail ihrer bösen Königin für die Neuausgabe alter Märchen und stand vom Zeichentisch auf. Bryan stürmte bereits die Treppe herauf, als sie aus dem kleinen Atelier in die Küche ging.

»... Und dann fiel er wie ein Stein vom Himmel, und dieser dämliche Tommy bekam den Handschuh nicht rechtzeitig hoch. Seine Mom ist fast durchgedreht, als der Ball ihn mitten im Gesicht traf. Seine Nase fing an zu bluten. Es war so cool. Hi, Mom.«

»Bryan.« Mit hochgezogener Augenbraue betrachtete sie seine Kleidung, die voller rotem Staub war. »Ihr habt heute Gleiten geübt, was?«

»Ja.« Er ging an den Kühlschrank, um den Saftkrug herauszuholen.

»Tommy Mardson hat eine blutige Nase«, warf Jared ein. Savannah hatte große Mühe, sich ein Lächeln zu verkneifen.

»Ja, das habe ich gehört.«

»Seine Mom schrie ganz laut.« Aufgeregt, wie er war, hätte Bryan fast auf ein Glas verzichtet, bis er das strenge Gesicht seiner Mutter sah. »Sie war nicht zerbrochen, einfach nur Matsch.«

»Gebrochen«, verbesserte Savannah ihren Sohn. »Ich glaube, wir werden heute Abend ein wenig an deiner Ausdrucksweise arbeiten müssen, mein Freund.«

Bryan verdrehte die Augen. »Niemand redet so, wie es in den Schulbüchern steht. Außerdem habe ich im Rechtschreibtest eine Zwei geschrieben.«

»Toll, und wie sieht es mit Mathe aus?«

Hastig leerte Bryan sein Glas und entschied sich für einen strategischen Rückzug. »He, ich muss noch mein Zimmer aufräumen«, verkündete er und rannte eilig zur Treppe.

Savannah lächelte. »Wir hassen das schriftliche Teilen.«

»Wer nicht?« Jared reichte ihr eine Flasche Wein. »Aber eine Zwei im Diktat ist doch nicht zu verachten.«

Und das elegante französische Etikett auf der Flasche auch nicht, dachte sie. »Der hier ist viel zu edel für meine bescheidenen Spaghetti.«

Jared schnupperte. Die Küche duftete herrlich nach Gewürzen und der auf dem Herd köchelnden roten Soße. »Das finde ich nicht.«

»Nimm wenigstens die Krawatte ab.« Sie zog eine Schublade auf und wühlte nach dem Korkenzieher. »Du siehst so seriös damit aus. Du kannst ...«

Er legte die Hände auf ihre Schultern, drehte sie zu sich um und küsste sie.

»… küssen«, sagte sie ein wenig atemlos, als er den Kopf hob. »Du kannst verdammt gut küssen.« Sie nahm den Flaschenöffner, der klappernd auf der Arbeitsplatte gelandet war, und öffnete die Flasche so gekonnt wie ein erfahrener Barkeeper. »Schöner Wein und schöne Blumen, alles an einem Tag. Du wirst mir noch den Kopf verdrehen.«

»Genau das habe ich vor.«

Sie reckte sich nach den Weingläsern im obersten Regal. »Eigentlich dachte ich, du hättest verstanden, dass ich keine Frau für Wein und Blumen bin … nach der Kurzfassung meiner Lebensgeschichte.«

Er strich mit der Fingerspitze über die Rosenblüten, die in einer Vase mitten auf dem Tisch standen. »Irgendwie passen sie zu dir.«

Während Jared die Krawatte faltete, sie einsteckte und den Hemdkragen lockerte, goss Savannah den Wein ein. »Es war unhöflich von mir, mich nicht dafür zu bedanken. Also …« Sie reichte ihm ein Glas.

»Danke.«

»Es ist mir ein Vergnügen.«

»Bryan wird in Deckung bleiben, bis er glaubt, ich hätte das mit Mathe vergessen. Da kann er lange warten. Wenn du hungrig bist, kann ich ihn rufen.«

»Keine Eile.« Am Wein nippend schlenderte Jared ins Wohnzimmer. Er wollte sich die Bilder genauer anschauen.

Die Farben waren kräftig, aber nicht grell. Die Pinselstriche wirkten ähnlich. Kühn, temperamentvoll. Die Motive waren vielfältig. Von Stillleben mit prächtig blühenden Blumen über Porträts von ausdrucksstarken Gesichtern bis hin zu Landschaften mit knorrigen Bäumen, zerklüfteten Felsen und stürmischem Himmel.

Nichts für ein biederes Wohnzimmer, dachte er. Und nichts, von dem man sich rasch wieder abwenden konnte. Wie die Künstlerin selbst, so war auch ihre Arbeit äußerst eindrucksvoll.

»Kein Wunder, dass du über die Bilder in meinem Büro die Nase gerümpft hast«, murmelte er.

»Ich fand noch nie, dass Kunst kühl sein muss«, erwiderte sie. »Aber das ist nur meine persönliche Meinung.«

»Was sollte Kunst denn sein? Deiner Meinung nach?«

»Lebendig.«

»Nun, das ist dir gelungen.« Jared drehte sich zu ihr um. »Verkaufst du deine Bilder?«

»Wenn der Preis stimmt.«

»Ich habe ohnehin daran gedacht, meine Kanzlei von Regan umgestalten zu lassen. Regan ist meine Schwägerin«, erinnerte er sie. »Das Landgasthaus, das sie und mein Bruder gerade zusammen renovieren, hat sie toll eingerichtet. Hättest du vielleicht Lust, die künstlerische Gestaltung zu übernehmen?«

Savannah ließ sich mit der Antwort Zeit, musterte ihn und nippte gleichzeitig am Wein. Sein Vorschlag weckte alte, tief vergrabene Wünsche. Aber die Malerei war nur ein Hobby. Was sollte sie auch sonst sein, für eine Frau ohne künstlerische Ausbildung? »Ich habe dir doch schon gesagt, dass ich mit dir schlafen werde.«

Jared rang sich ein Lachen ab, und es blieb ihm fast im Hals stecken. »Ja, das hast du. Aber im Moment reden wir über deine Malerei. Bist du daran interessiert, einige Bilder zu verkaufen?«

»Du willst meine Bilder in dein Büro hängen?«

»Ja, das sagte ich doch bereits.«

Einen Schritt nach dem anderen, ermahnte Savannah sich. Jared durfte nicht merken, wie viel ihr das bedeuten würde. »Würdest du dich mit einigen hübschen Aquarellen nicht wohler fühlen?«

»Du willst mich provozieren, was? Mir gefallen deine Bilder.«

Sie lachte. »Warten wir doch erst einmal ab, was deine Schwägerin sich einfallen lässt. Danach reden wir weiter.« Sie kehrte in die Küche zurück, um Wasser für die Nudeln aufzusetzen.

»Einverstanden. Komm doch einfach mal im Gasthaus vorbei und sieh dir an, was sie und Rafe daraus gemacht haben«, schlug er vor.

»Ich würde es mir wirklich gern ansehen«, gab sie freimütig zu.

»Ich könnte nach dem Essen mit dir hinfahren.«

»Die Hausaufgaben.« Bedauernd schüttelte sie den Kopf. »Ich fürchte, ich werde den Rest des Abends mit Rechenaufgaben verbringen müssen.«

»Wenn das so ist«, er nahm die Flasche und füllte ihre Gläser auf, »solltest du dir vielleicht etwas Mut antrinken.«

Savannah hatte nicht erwartet, dass Jared nach dem Abendessen blieb. Erst recht nicht, dass er jetzt neben ihrem Sohn am Küchentisch saß und ihm bei den Aufgaben aus dem aufgeschlagen vor ihnen liegenden Mathematikbuch half.

Sie servierte Jared Kaffee, während er die Probleme auf die Baseballstatistik anwandte, um sie interessanter zu machen. Bryan war begeistert bei der Sache. Warum hatte sie nicht selbst daran gedacht?

Weil, so gestand sie sich ein, Zahlen ihr Angst einflößten. Jede Form von Schule ängstigte sie. Der Gedanke, dass ihr Sohn eines Tages viel mehr lernen würde, als man ihr beigebracht hatte, erfüllte sie mit Scham und Stolz zugleich. Nicht einmal Bryan selbst wusste, dass sie nachts, wenn er schlief, oft über seinen Schulbüchern saß, um sicher zu sein, ihm helfen zu können, wann immer er Hilfe brauchte.

»Also, du teilst das Gesamtergebnis durch die Anzahl der Schläge«, schlug Jared vor und rückte seine Hornbrille auf eine Weise zurecht, die Savannah Herzklopfen verursachte.

»Ja, genau!« Bryan kam die Erleuchtung. »Das ist wirklich cool.«

Mit der Zunge zwischen den Zähnen schrieb er die Zahlen auf und betrachtete sie fast andächtig. Schließlich handelte es sich jetzt um Baseballspieler. »Sieh dir das an, Mom.«

Sie beugte sich über das Heft und vollzog mühsam nach, was er gerechnet hatte. »Gut gemacht.« Sie küsste ihren Sohn auf das zerzauste Haar. »Das habt ihr beide gut gemacht.«

»Wieso bekomme ich keinen Kuss?«, fragte Jared.

Sie gab ihm einen, ganz züchtig, aber Bryan verzog trotzdem das Gesicht. »Mom, musst du das unbedingt hier machen?«

»Schließ einfach die Augen«, schlug Jared ihm vor und küsste Savannah noch einmal.

»Ich verschwinde.« Bryan klappte sein Buch zu.

»Ab in die Badewanne«, befahl seine Mutter.

»Muss das sein?« Der Junge warf Jared einen flehentlichen Blick zu.

»Ehrlich gesagt«, begann Jared, »ich finde, mein Mandant hat eine Erholungspause verdient.«

»Ach, wirklich?« Savannahs trockener Kommentar ging in Bryans Freudenschrei unter.

»Ja, eine Pause. Zum Beispiel eine Stunde Fernsehen«, rief er.

»Mit Erlaubnis des Gerichts.« Jared warf Bryan einen warnenden Blick zu und legte ihm eine Hand auf die Schulter. »Was mein Mandant meint, ist, dass er dreißig Minuten Fernsehunterhaltung für angemessen hält. Er hat seine Strafe verbüßt und gelobt Besserung. Nach dem Fernsehen wird er freiwillig und ohne Protest die Entscheidung des Gerichts akzeptieren.«

Savannah seufzte. »Um halb zehn machst du das Licht aus, klar?«

»Klar!« Bryan ballte triumphierend die Faust. »Sie hätten eine Stunde beantragen sollen«, sagte er zu Jared und grinste dabei spitzbübisch.

»Mehr lag nicht drin. Glaub mir, ich bin dein Anwalt.«

Bryan grinste. »Cool. Danke, Mr. MacKade. Gute Nacht, Mom.«

»Ganz schön raffiniert«, sagte Savannah leise, als ihr Sohn nach oben rannte, um sich vor den kleinen Fernseher in ihrem Schlafzimmer zu setzen.

»Ich konnte nicht anders.« Verlegen schob Jared die Hände in die Taschen. »Er hat mich einfach zu sehr daran erinnert, wie ich mit neun Jahren war. Ich wollte auch nie ins Bett. Bestrafst du mich jetzt wegen Missachtung des Gerichts?«

Sie stellte die leeren Kaffeetassen ins Spülbecken. »Nein. Es war nett von dir, dich für ihn einzusetzen. Außerdem hätte er mir die halbe Stunde ohnehin abgeluchst.«

»Er hat sie sich verdient.« Jared lächelte, als sie über die Schulter schaute. »Und ich auch. Schließlich haben wir die ganzen Mathehausaufgaben erledigt.«

»Du möchtest eine halbe Stunde – wie war das noch? Fernsehunterhaltung?«

»Nein.« Er nahm die Brille ab und schob sie in die Hemdtasche. »Ich möchte mit dir einen Spaziergang durch den Wald unternehmen.« Als Savannah besorgt zur Treppe sah, nahm er ihre Hand. »Wir werden nicht weit gehen. He, Bryan!«, rief er dann nach oben. »Deine Mom und ich machen einen kurzen Spaziergang.«

»Cool«, kam die nicht sonderlich interessierte Antwort aus der ersten Etage.

Jared nahm ihre Denimjacke vom Haken neben der Küchentür. »Es ist kühl draußen.«

»Aber nur in den Wald am Haus«, beharrte Savannah, während sie die Jacke anzog. Dort würde sie Bryan hören können, falls er nach ihr rufen sollte.

»Nur in den Wald am Haus«, erwiderte Jared. »Fühlst du dich tagsüber nicht einsam, so ganz allein hier draußen?«

»Nein, ich bin sehr gern allein.« Sie ging mit ihm hinaus ins Freie, wo die Luft frisch und der Himmel so klar war, dass die Sterne heller als sonst glitzerten. »Ich mag die Stille hier.«

Sie stiegen langsam die Stufen hinab, die in den Hang gegraben waren, überquerten die schmale Zufahrt und erreichten den dunklen Waldrand.

»Hier habe ich zum allerersten Mal ein Mädchen geküsst.«

Die gerade erst ergrünten Bäume schienen sie willkommen zu heißen. »So?«

»Ja. Meine Cousine Joanie.«

»Deine Cousine?«

»Cousine dritten Grades«, ergänzte Jared. »Mütterlicherseits. Sie hatte lange goldblonde Locken, Augen so blau wie der Himmel im Juni … und mein Herz erobert. Ich war elf.«

Savannah fühlte sich wohl im Halbdunkel unter den Sternen. Sie lachte. »Ein Spätentwickler, was?«

»Sie war zwölf.«

»Also magst du ältere Frauen.«

»Jetzt, da du es erwähnst ... vielleicht hat auch das mich gereizt, ja. An einem lauen Sommerabend lockte ich sie in den Wald, als die Sonne wie ein roter Ball hinter den Bergen verschwand und die Grillen zu zirpen begannen.«

»Sehr romantisch.«

»Es war traumhaft. Ich nahm all meinen jugendlichen Mut zusammen und küsste sie an der ersten Biegung des Flussbetts. Die Luft und das Licht waren berauschend.«

»Wie süß.«

»Das wäre es wohl gewesen«, sagte er, »wenn meine Brüder, diese Halunken, uns nicht nachgeschlichen wären, um uns zu beobachten. Sie heulten gespenstisch, was natürlich zur Folge hatte, dass Cousine Joanie in panischer Angst zur Farm zurückrannte. Natürlich haben meine Brüder sich noch Wochen später über mich lustig gemacht, also musste ich sie mir einen nach dem anderen vorknöpfen, um meine Ehre zu retten. Devin brach mir einen Finger, und ich verlor das Interesse an Cousine Joanie.«

»Das finde ich auch süß. So wird man also ein Mann, was?«

»Ich habe seitdem ein paar Dinge dazugelernt, wenn es darum geht, hübsche Mädchen im Wald zu küssen.«

Als er Savannah in die Arme zog und sie seinen Mund auf ihrem fühlte, musste sie zugeben, dass er recht hatte. Er hatte eine ganze Menge dazugelernt.

»Wo ist Cousine Joanie jetzt?«

»In einem schönen Einfamilienhaus am Stadtrand von Virginia, mit drei Kindern und einem Teilzeitjob als Immobilienmaklerin.« Seufzend küsste er Savannahs Augenbraue. »Sie hat noch immer goldblonde Locken und sommerhimmelblaue Augen.«

»Noch ein Geist in den MacKade-Wäldern.« Sie warf einen raschen

Blick über die Schulter. Zwischen den Bäumen war das Licht zu sehen, das sie im Blockhaus angelassen hatte. Ihrem Sohn konnte nichts passieren. »Erzähl mir doch von den anderen Geistern«, bat sie.

»Die beiden Korporale sind die berühmtesten. Einer trug Blau, der andere Grau. Während der Schlacht von Antietam wurden sie von ihren Kompanien getrennt.« Jared legte einen Arm um ihre Schultern und sie schlenderten weiter. »Sie begegneten einander hier, in diesem Wald, zwei Jungs, kaum alt genug, um sich zu rasieren. Aus Angst oder Pflichtgefühl oder beidem kämpften sie miteinander. Beide wurden verwundet. Jeder von ihnen schleppte sich anschließend in eine andere Richtung. Einer bis auf die Farm.«

»Eure Farm?«

»Ja. Ein Soldat der Union, mit einer tiefen Wunde, die das feindliche Bajonett ihm gerissen hatte. Mein Urgroßvater, der kein Freund der Nordstaaten war, fand ihn am Räucherschuppen. Es wird berichtet, dass er in dem sterbenden Jungen plötzlich seinen eigenen Sohn sah, den er am Bull Run verloren hatte. Also trug er ihn ins Haus und tat für ihn, was er konnte, aber es war zu spät. Der Junge starb am Tag darauf, und aus Angst vor Rache begruben sie ihn auf einem der Felder, ohne das Grab zu markieren.«

»Also findet er keine Ruhe«, flüsterte Savannah. »Und streift seitdem durch die Wälder, weil er den Weg nach Hause sucht.«

»So ungefähr.«

»Und der andere Korporal?«

»Der schaffte es bis zum Haus der Barlows. Ein Dienstmädchen ließ ihn ein. Mrs. Barlow wollte sich gerade um ihn kümmern, da erschoss ihr Ehemann den fremden Soldaten.«

Savannah blieb ganz ruhig, denn sie war Grausamkeiten gewöhnt, kleine und große. »Weil er nicht den Jungen sah, sondern die Uniform in der falschen Farbe.«

»Richtig. Seine Frau, Abigail Barlow, wandte sich von ihm ab und zog sich vollkommen vom Leben zurück. Zwei Jahre später starb sie.«

»Eine traurige Geschichte. Sinnlose Tode hinterlassen rastlose Geister. Trotzdem …« Sie schloss die Augen. »Irgendwie wirkt der Wald einladend auf mich. Als ob diejenigen, die hier starben, nicht vergessen werden wollen. Willst du wissen, wo die beiden gekämpft haben?«, fragte sie leise.

Erstaunt sah er sie an. »Weißt du das etwa?«

Sie öffnete die Augen, die jetzt noch dunkler, noch rätselhafter wirkten als zuvor. »Fünfzig Yards von hier, in westlicher Richtung steht neben einem Haufen Felsbrocken ein uralter, knorriger Baum. Dort war es.«

Jared spürte, wie kalte Finger seinen Nacken streiften. Aber ihre Hände waren in seinen. »Ja, das stimmt. Ich habe oft auf den Felsen gesessen und das Klirren der Bajonette gehört.«

»Ich auch. Und ich fragte mich, wessen Bajonette es waren. Und warum sie gekämpft haben.«

»Passiert dir so etwas häufiger?«, fragte Jared mit heiserer Stimme. Vielleicht lag es an dem Thema, über das sie sich hier im nächtlichen Wald unterhielten. Oder an ihren Augen, die so dunkel und unergründlich waren, dass jeder Mann nur zu gern in ihnen ertrinken würde.

»Dein Urgroßvater war ein Farmer, der einen sterbenden Jungen sah und ihn zu retten versuchte. Mein Urgroßvater war ein Schamane, der im Feuer Visionen sah und sie zu verstehen versuchte. Du versuchst noch immer, Menschen zu retten, nicht wahr, Jared? Und ich versuche noch immer, die Visionen zu verstehen.«

»Bist du …?«

»Übersinnlich begabt?« Sie lachte herzhaft. »Nein. Ich fühle Dinge. Das tun wir alle. Wegen meiner Herkunft akzeptiere ich diese Gefühle. Ich respektiere und ehre sie. Ich folgte meinen Gefühlen, als ich Oklahoma verließ. Ich wusste, dass ich einen Ort finden würde, an den ich gehöre. Ich brauchte nur einen Blick auf das Blockhaus, die Felsen, den Wald zu werfen, und ich wusste, ich bin zu Hause. Ich sah dich an jenem ersten Tag über den Rasen auf mich zukommen

284

und wusste, dass du mich früher oder später begehren würdest.« Sie beugte sich vor und küsste ihn. »Und jetzt weiß ich, dass ich zurück muss, um meinen Sohn ins Bett zu stecken, bevor er den Kühlschrank plündert.«

»Savannah.« Jared hielt sie fest, als sie sich umdrehen wollte, und sah sie eindringlich an. »Was fühlst du über uns beide?«

Sie spürte die Hitze, dann die Kälte, danach wieder die Hitze, aber ihre Stimme verriet nichts davon. »Ich glaube, wenn man zu weit in die Zukunft schaut, bewältigt man die Gegenwart nicht. Lass uns einfach nur an das Jetzt denken, Jared.«

Als er ihre Hand an die Lippen presste, wurde Savannah schlagartig klar, dass das Jetzt schon schwierig genug war.

Savannah wartete bis zum Ende der Woche, bevor sie Jareds Vorschlag aufgriff und zum Haus der Barlows fuhr. Nein, verbesserte sie sich, zum Haus der MacKades.

Die Leute in der Stadt nannten das alte Gemäuer auf dem Hügel auch heute noch nach den Barlows, obwohl die Erbauer es schon vor über fünfzig Jahren verlassen hatten. Die letzten Bewohner, ein Ehepaar aus dem Norden, hatten nur kurz darin gelebt und waren vor zwanzig Jahren fortgezogen. In den Jahrzehnten seitdem hatte es immer mal wieder zum Verkauf gestanden, doch niemand hatte es haben wollen.

Erst Rafe MacKade hatte es gekauft.

Darüber dachte Savannah nach, als sie von der Straße abbog und die steile Zufahrt entlangfuhr. Jemand hatte begonnen, das überall wuchernde Gestrüpp zu entfernen, aber er hatte noch eine Menge Arbeit vor sich. Wer hier leben wollte, würde viele Visionen brauchen.

Das Haus selbst bestand aus drei Stockwerken. Hohe Fenster mit gotischen Bögen und Pfeilern zierten die dicken, für die Ewigkeit errichteten Mauern aus Granit. Die meisten waren erst vor wenigen Monaten mit Brettern vernagelt worden. Das hatte Savannah auf dem Markt von Mrs. Metz erfahren.

Es gab zwei Veranden. Die im zweiten Stock wurde gerade abgerissen. Das muss wohl sein, dachte Savannah betrübt. Das Holz war verrottet, hing durch, und das Betreten wäre zweifellos lebensgefährlich. Aber die untere Veranda war offensichtlich neu, noch ungestrichen und tadellos in Ordnung.

Am Ostflügel war ein Gerüst errichtet worden, und im verwilderten Garten bedeckten Planen Berge von Baumaterial. Savannah hielt neben einem mit Schutt beladenen Pick-up und stellte den Motor ab.

Als sie an die Haustür klopfte, rief jemand etwas. Wer immer es war, er hörte sich leicht gereizt an. Sie trat ein und blieb wie angewurzelt stehen, erschüttert von den Gefühlen, die sie schlagartig erfüllten. Lachen und Tränen und Entsetzen und Freude. Die Empfindungen brachen über sie herein und ebbten wieder ab, wie eine Woge, die in sich zusammenfiel.

Dann sah sie den Mann am Ende der Treppe. Lächelnd ging sie hinüber. »Jared, ich habe nicht erwartet, dich hier zu finden. Oh.«

Sie bemerkte ihren Fehler sofort. Es war nicht Jared. Das Grün der Augen war dunkler, das Haar ein wenig länger und nicht so gepflegt. Jareds Gesicht war etwas schmaler, die Brauen geschwungener. Nur das Lächeln war gleich, eindringlich und irgendwie ... gefährlich.

»Ich sehe besser aus«, sagte Rafe augenzwinkernd und kam die Treppe herab.

»Die Ähnlichkeit ist erstaunlich.« Savannah streckte die Hand aus. »Sie müssen Rafe MacKade sein.«

»Schuldig.«

»Ich bin ...«

»Savannah Morningstar.« Er schüttelte ihre Hand nicht, sondern hielt sie fest, während er Savannah gründlich musterte. »Regan hatte vollkommen recht.«

»Wie bitte?«

»Sie waren letzte Woche im Laden meiner Frau. Regan hat Sie mir beschrieben und meinte, ich solle Sie mir wie Isis, die ägyptische Göttin, vorstellen. Damit konnte ich nicht viel anfangen ehrlich gesagt.

Also meinte sie, ich solle mir eine Frau vorstellen, die einem Mann den Atem raubt.«

»Das ist ein ziemlich gewagtes Kompliment.«

»Und eins, das zutrifft«, sagte er. »Jared hat mir erzählt, dass Sie vorbeikommen würden.« Er hakte die Daumen hinter den Werkzeuggürtel.

»Ich möchte Sie nicht bei der Arbeit stören.«

»Bitte, stören Sie mich bei der Arbeit.« Er lächelte. »Ich schlage ohnehin nur die Zeit tot, bis Regan aus dem Geschäft nach Hause kommt. Wir wohnen zeitweilig hier. Möchten Sie ein Bier?«

Er war ein Mann, wie sie ihn verstand und mochte. »Gute Idee.« Sie folgte ihm zur Treppe, doch schon auf der zweiten Stufe blieb sie stehen und starrte gebannt nach oben.

Verblüfft drehte Rafe sich zu ihr um. »Stimmt etwas nicht?«

»Dort. Es war genau dort, auf der Treppe.«

»Offenbar hat Jared Ihnen schon von den Geistern erzählt.«

Sie fühlte sich plötzlich schwach und zittrig. »Er hat mir erzählt, dass es diesen jungen Südstaaten-Soldaten gab. Ein Dienstbote holte ihn ins Haus, doch Barlow erschoss ihn. Aber Jared hat mir nicht gesagt … wo.«

Ihre Beine waren schwer, doch sie ging weiter, als könnte sie nicht anders. Die Kälte war schneidend, drang bis auf die Knochen. Ihre Fingerknöchel zeichneten sich weiß ab, so fest packte sie das Geländer.

»Hier«, flüsterte sie. »Hier auf der Treppe. Er konnte Rosen riechen, schöpfte Hoffnung, und dann … Er wollte doch nur nach Hause.« Sie schüttelte den Kopf, ging eine Stufe hinunter. »Ich könnte jetzt das Bier gebrauchen.«

»Ja.« Rafe stieß den angehaltenen Atem aus. »Ich auch.«

»Sagen Sie … passiert Ihnen das öfter?«, fragte Rafe, während er in der Küche zwei Flaschen Bier öffnete.

»Nein«, antwortete Savannah mit Nachdruck. »Aber es gibt in dieser Gegend Orte … dieses Haus, die Wälder dort draußen …« Sie

287

verstummte und schaute aus dem Fenster. »Mein Garten, dort, wo ich Akelei gepflanzt habe, und Stellen auf dem Schlachtfeld, die einem fast das Herz brechen …« Nur mit Mühe schüttelte sie die Trauer ab und nahm das Bier, das Rafe ihr reichte. »Alte Gefühle. Die stärksten davon können Jahrhunderte überdauern.«

»Ich hatte einen Traum«, begann Rafe. Bisher hatte er nur Regan davon erzählt. »Ich renne durch die Wälder. Meine graue Uniform ist blutverschmiert. Ich will nur nach Hause. Ich schäme mich dafür, aber ich habe eine Todesangst. Und dann sehe ich ihn, den anderen Soldaten, den Feind. Ein Dutzend Herzschläge lang starren wir einander an, bevor wir angreifen. Der Kampf ist grauenhaft. Brutal und sinnlos. Danach schleppe ich mich hierher. Ich bilde mir ein, dass ich zu Hause bin. Als ich sie sehe, als sie zu mir spricht und mir sagt, dass alles gut werden wird, glaube ich ihr. Sie geht neben mir her, während jemand mich nach oben trägt. Dann schreit sie auf, sieht jemanden, der hinter uns die Treppe heraufkommt. Ich hebe den Kopf, sehe erst ihn, dann die Waffe in seiner Hand. Und dann ist der Traum vorbei.« Rafe nahm einen kräftigen Schluck Bier. »Was mir am längsten in Erinnerung blieb, noch lange nach dem Traum, war der Wunsch, nach Hause zurückzukehren. Aber seit einigen Monaten habe ich es nicht mehr geträumt.«

»Vielleicht deshalb, weil Sie jetzt zu Hause sind.«

»Sieht so aus.« Plötzlich lächelte er und stieß mit seiner Flasche gegen ihre. »Eine seltsame Art, sich kennenzulernen, was? Möchten Sie sich das Haus ansehen?«

»Sehr gern. Sie haben ja einiges an Arbeit hineingesteckt.«

»Ja.« Die Küche ist lange nicht fertig, dachte Rafe, aber die Schränke standen schon da, und im warmen Blau der Arbeitsplatte spiegelten sich die nagelneuen Armaturen und die Türen aus gelber Pinie. »Regan bestand darauf, dass wir hier anfangen«, erklärte er. »Sie meinte, eine halbwegs eingerichtete Küche und ein benutzbares Bad müssten sein, wenn sie schon für eine Weile auf einer Baustelle leben müsse.«

»Sie scheint eine praktisch denkende Frau zu sein.«

»Das ist sie. Kommen Sie, wir machen eine Besichtigungstour.« Er ging ihr voran in die Eingangshalle zurück.

»Ich würde gern oben anfangen«, sagte Savannah nun, bevor er die Tür auf der rechten Seite öffnen konnte.

»Sicher.« Die meisten Leute begannen lieber mit dem Wohnzimmer oder der Bibliothek, aber ihm war es egal. Auf der Treppe spürte er, wie sie zögerte und nur widerwillig weiterging. Auch das Beben, das sie durchlief, entging ihm nicht. »Wir fühlen es nicht mehr«, erklärte er leise. »Schon seit Wochen nicht mehr.«

»Da haben Sie Glück«, sagte Savannah und war froh, als sie oben ankamen. Hinter den Planen, Eimern und Werkzeugen sah sie Mauern, die jeden Bewohner des Hauses überdauerten.

»Wir sind …« Er verstummte, als Savannah sich abrupt von der Tür abwandte, die in sein und Regans Schlafzimmer führte. Es hatte einst der Hausherrin gehört, und die beiden hatten es liebevoll renoviert und eingerichtet. Aber er sagte nichts, sondern folgte ihr in den anderen Flügel.

Die Tür zum Zimmer an diesem Ende war entfernt worden. Hohe Fenster blickten auf die Stadt hinunter. Die Wände waren grün, die aufwendige Stuckverzierung grauweiß, passend zum Marmor des Kamins.

Die Böden waren erst kürzlich abgeschliffen worden. Sie konnte das frische Holz noch riechen. Der kleine Raum dahinter war in ein Badezimmer verwandelt worden. Ob darin früher ein Diener geschlafen hatte?

»Das Arbeitszimmer des Hausherrn«, flüsterte Savannah.

»Ja, das haben wir auch vermutet.« Fasziniert beobachtete Rafe, wie Savannah ans Fenster ging und dann vom Fenster zum Kamin.

Oh ja, das hier war Mr. Barlows Zimmer gewesen, da war sie ganz sicher. Von hier aus hatte er auf die Stadt hinabgeschaut und sich seine Gedanken gemacht. Hier hatte er eine der jungen Zofen in sein Bett geholt, ob sie nun wollte oder nicht, und war anschließend in den traumlosen Schlaf der Gewissenlosen gefallen.

»Er war ein grausamer Mensch«, sagte Savannah. »Nun ja, er hat nicht viel hinterlassen.« Lächelnd drehte sie sich zu Rafe um. »Sie leisten hier aber wirklich Großartiges.«

Rafe rieb sich das Kinn. »Danke. Sie sind eine unheimliche Frau, Savannah.«

»Gelegentlich. Ich habe mal auf einem Jahrmarkt als Handleserin gearbeitet. Es war ziemlich langweilig. Das hier ist wesentlich interessanter.« Sie ging an ihm vorbei auf den Korridor zurück und öffnete die Tür zum Zimmer der Hausherrin. »Es ist wunderschön«, flüsterte sie.

»Ja, wir sind auch begeistert.« Rafe blieb in der Tür stehen. Er nahm den Duft von Rosen wahr. Und Regans Duft. »Wir wollen es als Hochzeitssuite vermieten.«

»Es ist traumhaft.«

Savannah meinte es ernst. Auf all ihren Reisen hatte sie noch kein so schönes Zimmer gesehen. Rosenblüten zierten die mit rötlichen Holzleisten abgesetzten Tapeten. Spitze umrahmte die bogenförmigen Fenster, durch die der Sonnenschein strömte und Muster auf das glänzende Parkett zauberte.

Ein großes Himmelbett beherrschte den Raum. Auf dem Kaminsims standen in Leuchtern aus funkelndem Kristall elfenbein- und rostfarbene Kerzen. Eine alte Lampe mit wunderschönem Glasschirm beschien einen eleganten Damensekretär. Die zierlichen Stühle hatten bestickte Bezüge, die Tische geschwungene Kanten. In einer pinkfarbenen Vase drängten sich leuchtend gelbe Narzissen.

Nein, noch nie hatte sie etwas so Hübsches gesehen. Wie denn auch, fragte sie sich. In ihrem Leben hatte es nichts als klapprige Wohnwagen, schäbige Zimmer und heruntergekommene Motels gegeben. Sie wehrte sich gegen den Neid, der in ihr aufstieg.

»Jared hat mir erzählt, dass Ihre Frau hier alles eingerichtet hat.«

»Den überwiegenden Teil.«

Wie mag es sein, wenn man einen so exquisiten Geschmack besitzt, dachte Savannah. Genau zu wissen, was wohin gehört? »Es ist wunderschön«, sagte sie noch einmal. »Wenn Sie erst eröffnet haben, werden Sie sich vor Gästen nicht mehr retten können.«

»Wir hoffen, dass wir bis zum September so weit sind. Es ist etwas optimistisch, aber vielleicht schaffen wir es ja.« Er sah sich um, als unten im Haus eine Tür geöffnet wurde. »Das ist Regan.«

So sieht ein MacKade also aus, wenn er verliebt ist, dachte Savannah beim Blick auf Rafe mit einem neuerlichen Anflug von Neid.

»Hier oben, Liebling«, rief Rafe. »Ich bin mit einer tollen Frau im Schlafzimmer.«

»Glaubst du, das überrascht mich?« Regan schlenderte herein. »Hallo, Savannah.« Mehr brachte sie nicht heraus, bevor Rafe sie an sich zog und zur Begrüßung zärtlich küsste. »Hallo, Rafe.«

»Hi.«

Perfekt. Ein besseres Wort fiel Savannah absolut nicht ein. Regan MacKade, mit ihrem glänzend braunen Haar, dem feinen Gesicht mit dem bezaubernden winzigen Muttermal neben dem Mund und den strahlend blauen Augen, legte mit anmutiger Bewegung den Arm um ihren Ehemann.

Die tadellos sitzende Kleidung unterstrich ihre reizvolle Figur. Der khakifarbene Blazer, die darauf abgestimmte Hose, die weiße Bluse mit der Kupferbrosche am Kragen. Ihr Duft war auf dezente Weise erotisch, nicht zurückhaltend, nicht aufdringlich, einfach perfekt.

Savannah kam sich plötzlich vor wie Aschenputtel.

»Ich habe Savannah das Haus gezeigt«, erklärte Rafe.

»Das freut mich.« Regan strich sich das Haar aus dem Gesicht, und an ihren Fingern funkelten Ringe. »Wie finden Sie es?«

»Es ist wunderschön.« Savannah fiel das Bier in ihrer Hand ein, und sie hob die Flasche an den Mund.

»Kommen Sie, ich zeige Ihnen den Rest.« Mit einem einladenden Lächeln wandte Regan sich zur Tür. »Jared rief heute Vormittag im Geschäft an. Er will seine Kanzlei neu einrichten.«

»Das wurde auch Zeit«, knurrte Rafe. »Der Laden ist ein Mausoleum. Weiß und grau. Ich friere, wenn ich ihn betrete.«

»Das werden wir ändern«, versprach Regan. Voller Stolz und Begeisterung führte sie Savannah durch das faszinierende Haus.

Jedes Zimmer, ob es nun fertiggestellt, in Arbeit oder leer und voller Staub war, kratzte an Savannahs Selbstbewusstsein. Sie hatte keine Ahnung von Antiquitäten, edlen Teppichen oder Dekostoffen. Aber eigentlich wollte sie davon auch gar keine Ahnung haben.

»Jared ist von Ihrer künstlerischen Arbeit sehr beeindruckt«, sagte Regan, als sie wieder nach unten gingen. »Offenbar haben Sie ihn dazu angeregt, sein Büro endlich einmal umzugestalten. Ich würde mir sehr gern einige Ihrer Arbeiten ansehen.«

»Erwarten Sie nicht zu viel. Ich habe keine künstlerische Ausbildung.«

Savannah ließ den Blick durch das große Wohnzimmer mit den eleganten Möbeln schweifen und steckte die Hände in die Taschen. Der Marmorkamin glänzte wie Glas. Das auf Hochglanz polierte Kaminbesteck spiegelte sich darin. Alles hier, bis hin zum letzten Kerzenleuchter, war perfekt.

»Von meinen Arbeiten würde nichts hierher passen, das steht fest. Und in die Kanzlei eines Rechtsanwalts auch nicht. Danke für die Besichtigung. Und das Bier«, fügte sie hinzu, während sie Rafe die leere Flasche gab. »Ich muss meinen Sohn abholen.«

»Oh.« Erstaunt über den abrupten Abschied folgte Regan ihr zur Haustür. »Falls Sie am Wochenende Zeit haben, könnten wir uns zusammensetzen und uns ein paar Gedanken über Jareds Büro machen.«

»Ich bin sehr beschäftigt.« Savannah öffnete die Tür. Sie wollte weg von hier. »Ich glaube, Sie machen das lieber allein. Bis dann.«

»Na gut, aber …« Regan verstummte, als die Tür sich vor ihr schloss. Sie hatte gerade eine eindeutige und alles andere als höfliche Abfuhr erhalten. »Was um alles in der Welt war das denn?«, fragte sie ihren Mann.

»Frag mich nicht.« Nachdenklich strich Rafe ihr über das glänzende Haar. »Sie ist eine ungewöhnliche Lady, Liebling. Setzen wir uns, ich erzähle dir alles.«

6. Kapitel

Als Jared vor dem Blockhaus hielt, war er verwirrt, ein wenig verärgert und ziemlich erstaunt. Die Kunde von Savannahs Auftritt hatte ihn schnell erreicht. Er verstand noch immer nicht, warum sie das Haus seines Bruders im Eiltempo besichtigt und Regans Angebot, zusammen die Kanzlei umzugestalten, abgelehnt hatte. Sie würde es ihm erklären müssen.

Er sah Bryan und Connor im Garten spielen und winkte ihnen zu. Die beiden riefen einen Gruß und wandten sich wieder ihrem Baseball zu.

Sein Klopfen blieb unbeantwortet, also trat er einfach ein. Savannah hatte ihn vermutlich nicht gehört. Dazu war die Rockmusik, die durchs Haus dröhnte, viel zu laut. Er folgte einem ohrenbetäubenden Gitarrensolo in die Küche und das benachbarte Zimmer.

Sie beugte sich gerade über einen Arbeitstisch. Das viel zu große weiße T-Shirt, das sie trug, war voller Farbe. Das Haar war zu einem Zopf geflochten, die Jeans voller Löcher, sie selbst barfuß.

Ihr Anblick erregte ihn.

»Hallo.«

Sie sah nicht auf. Ihr Gesicht verriet absolute Konzentration, während sie den feinen, in leuchtend rote Farbe getauchten Pinsel führte.

Jared blickte sich um. Der Raum war spartanisch eingerichtet. Eine Tür führte nach draußen. Offenbar war es Savannah gleichgültig, in welcher Umgebung sie arbeitete. Durch die nackten Fenster schien die Sonne ungehindert, sodass jede Staubflocke zu sehen war. Auf dem Boden lag ein uralter Linoleumbelag mit unzähligen Farbspritzern. Ungerahmte Leinwände lehnten an der nicht verkleideten

Wand, und auf Metallregalen standen unzählige Flaschen, Gläser, Tuben und Dosen. Es roch nach Terpentin.

Und dann entdeckte er zu seiner Erleichterung den tragbaren Radiorecorder, der ihn die Trommelfelle zu kosten drohte. Er ging hinüber und schaltete ihn ohne Ankündigung aus.

»Lass meine Musik an«, fauchte Savannah.

»Offenbar hast du mich deshalb nicht hereinkommen gehört.«

»Ich arbeite.« Sie warf den Pinsel in ein Glas und nahm einen anderen. »Stör mich nicht.«

Seine Augen blitzten, aber seine Stimme blieb ruhig. »Ja, ich hätte sehr gern ein Bier, vielen Dank. Soll ich dir eins mitbringen?«

»Ich arbeite«, wiederholte sie.

»Das sehe ich.« Er ignorierte das Schimpfwort, das sie ihm an den Kopf warf, und beugte sich über den Arbeitstisch.

Die böse Königin war fast fertig, und ihr Gesicht war schön, aber grausam. Ihr Körper war schlank und anmutig, in Purpur und Hermelin gehüllt. Die goldene Krone hatte messerscharfe Kanten und war mit spitzen Juwelen besetzt. In der schmalen Hand hielt sie einen leuchtend roten Apfel.

»Großartig«, murmelte Jared. »Böse bis auf die Knochen. Ist es aus Schneewittchen?«

»Du stehst mir im Licht.«

»Entschuldigung.« Er ging ein wenig zur Seite, obwohl er ganz genau wusste, dass es nicht weit genug weg war.

»Ich kann nicht arbeiten, wenn mir jemand zusieht«, sagte sie.

»Ich dachte, du warst mal Straßenmalerin.«

»Das hier ist etwas anderes.«

»Savannah.« Er rieb ihr einen roten Farbfleck von der Wange. »Haben Rafe oder Regan etwas gesagt, das dich gekränkt hat?«

»Warum sollten sie das?«

»Genau das möchte ich von dir erfahren.«

»Sie waren sehr höflich.« Als er eine Augenbraue hochzog, seufzte sie ungeduldig. »Ich mag deinen Bruder, und das Haus ist sehr schön.

Geradezu faszinierend. Und deine Schwägerin ist wirklich eine bezaubernde Frau.«

Aha, dachte er, das ist es also. Vorsichtshalber wich er einen Schritt zurück. »Du hast ein Problem mit Regan?«

»Wer könnte ein Problem mit Regan haben? Wir würden einfach nicht gut zusammenarbeiten, das ist alles. Außerdem möchte ich nicht, dass meine Bilder in deinem Büro hängen.«

»So? Warum nicht?«

»Ich möchte es einfach nicht. Ich habe darüber nachgedacht und bin zu dem Ergebnis gekommen, dass ich nicht interessiert bin.« Sie warf ihm einen kühlen Blick zu. »Ganz und gar nicht interessiert, Jared. Also lass mich in Ruhe.«

Er reagierte blitzschnell. Trotz des eleganten Anwaltsanzugs hätte sie damit rechnen müssen. Er zog sie vom Hocker, die Hand fest um ihren Arm, bevor sie ihm ausweichen konnte.

Aber das hieß nicht, dass Savannah sprachlos war. »Ich habe dir schon einmal gesagt, fass mich nicht an, bevor ich es dir erlaube.«

»Ja, das hast du mir gesagt. Du hast mir viele Dinge gesagt.« Er packte ihren anderen Arm und sah, wie ihre Augen aufblitzten. »Warum sagst du mir nicht, was eigentlich los ist?«

»Ich bin dir keine Rechenschaft schuldig. Du denkst, weil du mich ein paarmal küssen durftest, gehöre ich dir, was? Ich lasse mich von vielen Männern küssen, Anwalt. Und ich gehöre keinem davon.«

Sie hatte hervorragend gezielt. Er fühlte, wie die Spitze ihn traf, genau in einen wunden Punkt. »Du solltest wenigstens so anständig sein, es mir zu erklären.«

»Anstand interessiert mich nicht.«

»Schön.« Wenn sie es so wollte. Er zog sie an sich und küsste sie, wütend, verzweifelt.

Sie wehrte sich nicht. Der Instinkt sagte ihr, dass sie es nur noch schlimmer machen würde, wenn sie sich wehrte. Stattdessen stand sie steif da. Kalte Abweisung war manchmal wirksamer als hitziger Protest, das wusste sie. Aber ihr Körper verriet sie. Sie erbebte.

Es erregte ihn zutiefst – das kurze, unwillkürliche Zittern, das leise, hilflose Aufstöhnen. Doch das milderte seinen Zorn nicht. Abrupt ließ er sie los.

Ihr Gesicht war gerötet, sie atmete heftig. An ihren Augen erkannte er, dass sie ihn ebenso sehr begehrte wie er sie. Und es machte ihn nur noch wütender.

»Das war ich dir schuldig«, stieß Jared hervor. »Jetzt kannst du mir noch einmal sagen, wie wenig du interessiert bist.«

Savannah war interessiert. Daran, dass ein Mann sie nur ein einziges Mal so ansah, wie Rafe seine Frau Regan angesehen hatte. Und dieses Bedürfnis machte sie so verletzlich.

»An einem kurzen Abenteuer, Jared?« Sie streichelte ihm die Wange, so flüchtig, so beiläufig, dass es beleidigend war. »Gern, Baby, wann immer du Zeit hast.«

»Verdammt, Savannah, was soll das?«

»Siehst du.« Seufzend schüttelte sie den Kopf. »Ich wusste, dass du es persönlich nehmen würdest. Du bist der Typ dafür. Und, wie gesagt, das ist nicht mein Typ. Du siehst toll aus und hast eine Menge Feuer. Aber …« Sie zupfte an seiner Krawatte. »Du bist zu altmodisch, zu korrekt. So, Rechtsanwalt MacKade, Sie kennen sich doch aus mit Hausfriedensbruch und solchen Dingen, oder? Da Sie so großen Wert auf Höflichkeit legen, bitte ich Sie jetzt in aller Form, mein Haus zu verlassen. Sie möchten doch nicht, dass ich Ihren Bruder, den großen bösen Sheriff, rufe, nicht wahr?«

»Was zum Teufel ist in dich gefahren?«

»Der Sinn für Realität. Jetzt verschwinde, Jared, bevor ich unsanft werde.«

Er würde nicht betteln. Er würde sie nicht merken lassen, dass sie ihn genau dort verletzt hatte, wo er es nicht erwartet hatte. Der Stolz ließ seinen Blick eisig werden. Wortlos drehte er sich um und ging.

Als sie seinen Wagen anspringen und den Weg entlangfahren hörte, sank sie auf den Hocker und schloss die Augen. Hatte sie das gewollt? Oder hatte ihr die Vergangenheit einen bösen Streich gespielt.

Savannah erlaubte ihrem Sohn, Connor bei sich übernachten zu lassen, und freute sich über den Lärm, der aus seinem Zimmer kam und bis in den späten Abend hinein anhielt. Am Samstag saß sie auf der Tribüne und feuerte Bryan und seine Baseballmannschaft an. Und niemand merkte, dass sie sich hin und wieder umsah und unauffällig nach einem Mann mit dunklem Haar und grünen Augen Ausschau hielt.

Am späten Nachmittag setzte sie die beiden Jungs bei Cassie ab. Allein im Blockhaus ging sie rastlos hin und her und setzte sich schließlich wieder an die Arbeit am Zeichentisch.

Die Königin war fertig, jetzt musste sie noch den Prinzen zeichnen. Keinen zarten, sanftäugigen Träumer für mein Schneewittchen, dachte Savannah, während sie den Zeichenstift über das weiße Papier huschen ließ. Ihr Schneewittchen verdiente Feuer, Leidenschaft, die Hoffnung auf ein Happy End.

Dass der erste Entwurf einem MacKade ähnelte, erstaunte sie nicht. Drachentöter, dachte sie mit grimmigem Lächeln, Störenfriede. Wer sagte, dass ein Prinz höflich sein musste? Hatten die meisten davon ihren Thron nicht im Kampf erobert?

Ja, sie konnte sich Jared gut als Märchenprinz vorstellen. In ihrer Art von Märchen. In einer dramatischen Geschichte, die zur Legende geworden und über die Jahrhunderte weitererzählt worden war, bis irgendjemand sie zensiert und entschärft hatte, um sie den Kindern vor dem Einschlafen vorlesen zu können.

Krieger, Rächer, Abenteurer. Ja, das war der Prinz, den sie erschaffen wollte.

Die Arbeit begann ihr Spaß zu machen. Dass sie mit dem Herzen, dem Kopf und den Händen etwas zum Leben erwecken konnte, faszinierte sie immer wieder. Aber es tröstete sie nicht immer. Denn wären die Umstände anders, hätte sie ihren Lebensunterhalt nicht mit Aufträgen verdient, sondern allein mit dem, wozu Herz und Kopf sie inspirierten. Sie hätte gemalt, was sie sah, was sie fühlte, was sie wollte – einfach nur aus Freude am Malen.

Aber sie hatte Glück, es überhaupt so weit gebracht zu haben, das hielt sie sich oft vor Augen. Für sie hatte es keine Kunstakademie gegeben, nicht einmal Abendkurse, sondern nur kurze Momente mit Zeichenblock und Buntstiften in der Mittagspause oder frühmorgens vor der Arbeit. Träume, die niemand verstanden hatte.

Ja, sie hatte Glück, denn das Geld, das sie verdiente, erlaubte es ihr, eigene Bilder zu malen und es als harmloses, nicht sehr teures Hobby auszugeben.

Rasch, ganz spontan schmückte sie den Entwurf aus. Das Grübchen neben dem sinnlichen Mund, der arrogante Schwung der Braue, die Andeutung eines muskulösen Körpers unter dem Umhang, das gefährliche Glitzern in den Augen, die sie später bestimmt grasgrün ausfüllen würde.

Die Begegnung mit Jared MacKade war anders verlaufen, als sie es sich gewünscht hatte, aber wenigstens war er das ideale Modell für diesen Auftrag. Es würde eine gelungene Illustration werden. Mehr konnte sie nicht verlangen.

Niemals hätte sie mit dem Gedanken spielen dürfen, für Jared zu malen oder Bilder zu verkaufen, die sie nur für sich selbst gemacht hatte.

Als sie einen Wagen hörte, erstarrte sie und kämpfte gegen die Hoffnung an, die gegen ihren Willen in ihr aufkeimte.

Doch als sie die Tür öffnete, stand nicht Jared, sondern Regan MacKade vor ihr. Die beiden Frauen musterten einander kühl. Savannah zögerte, bevor sie die Besucherin doch noch mit einer knappen Handbewegung hereinbat.

»Ich weiß nicht, was zwischen Ihnen und Jared los war«, begann Regan ohne Umschweife. »Und falls Sie glauben, das gehe mich nichts an, irren Sie sich. Er ist der Bruder meines Mannes. Aber ich möchte wissen, warum Sie mich nicht ausstehen können. Offenbar so wenig, dass Sie lieber auf einen lohnenden Auftrag verzichten, anstatt gelegentlich mit mir zusammenzuarbeiten.«

»Ich lege keinen Wert auf den Auftrag.«

»Das ist eine Lüge.«

Savannahs Gesicht verfinsterte sich. »Jetzt hören Sie mir einmal zu …«

»Nein, Sie hören mir zu.« Regan stach mit dem Finger in die Luft. »Wir müssen nicht befreundet sein. Ich habe genug Freunde. Mich wundert allerdings, wie wir beide gleichzeitig mit einem so großartigen Menschen wie Cassie Dolin befreundet sein können. Cassie bewundert Sie, und es steht mir nicht zu, ihr zu sagen, wie unhöflich Sie sind. Als Jared mit Ihnen über den Auftrag sprach, waren Sie durchaus daran interessiert. Jedenfalls genug, um sich unser Haus anzusehen. Rafe hat mir erzählt, dass alles in Ordnung war, bis ich hereinkam. Was ist Ihr Problem?«

Savannah wusste nicht, ob sie wütend sein oder sich amüsieren sollte. Die Frau imponierte ihr. Sie wollte sie nicht anlügen. »Mir gefällt Ihr Aussehen nicht.«

»Ihnen gefällt … Wie bitte?«, fragte Regan verblüfft.

»Und die Art, wie Sie reden, auch nicht.« Savannah lächelte zufrieden. »Lassen Sie mich raten – teures Internat, Tanz im Countryclub, Debütantin auf dem feinsten Ball der Saison.«

»Ich war nie Debütantin.« Wäre Regan nicht so verdutzt gewesen, hätte sie sich gekränkt gefühlt. »Und selbst wenn, was hätte das mit uns zu tun?«

»Sie sehen aus, als stammten Sie direkt aus einem dieser Hochglanzmagazine für verwöhnte Frauen.«

Regan hob die Hände. »Das ist alles?«

»Ja, das ist alles.«

»Nun, Sie sehen aus wie eine dieser Statuen, denen die Männer früher Jungfrauen geopfert haben. Werfe ich Ihnen das etwa vor?«

Sie sahen einander fast eine Minute lang in die Augen. Dann zuckte Savannah seufzend mit den Schultern. »Ich habe Eistee gemacht.«

»Ich würde sehr gern ein Glas trinken.«

Als Regan wenig später an ihrem zweiten Glas Eistee nippte, ging sie bereits durchs Wohnzimmer und blieb dort vor einem von

Savannahs Bildern stehen. Es zeigte eine dramatische Landschaft, zerklüftete Felsen und farbenprächtiges Herbstlaub.

»Das hier«, entschied Regan. »Das muss dorthin, wo jetzt dieses grässliche Stillleben mit den weißen Orchideen hängt.«

»Und ich dachte, gerade das gefällt Ihnen.« Als Regan sich mit empörtem Blick umdrehte, lächelte Savannah. »Okay, ich habe mich in Ihnen getäuscht, ich gebe es zu.«

»Grün und Malventöne«, verkündete Regan. »Ein sattes Grün. Und die Stühle in der Besucherecke im Sekretariat müssen weg. Mir schweben da zwei schwere Sessel vor, bequem, mit hohen Lehnen, aus Leder. Und statt des grauen Teppichbodens Parkett mit rustikalen Läufern.«

Natürlich. Savannah sah die neue Einrichtung schon vor sich. Regan MacKade war offenbar eine Frau, die wusste, was sie wollte. »Hören Sie, Regan, mir gefallen meine Bilder, aber glauben Sie, dass sie Ihrem Geschmack entsprechen? Oder Jareds?«

»Ja, das glaube ich. Und ich bin sogar überzeugt, dass wir beide ausgezeichnet zusammenarbeiten werden.« Regan streckte die Hand aus. »Also, wollen wir Jared aus seinem Mausoleum erlösen?«

»Ja.« Savannah ergriff die zarte Hand, an der mehrere Ringe funkelten. »Warum zum Teufel nicht?«

Später, auf dem Weg in den Wald, dachte Savannah über ihr Verhalten nach. Sie hatte etwas getan, das sie anderen stets vorgeworfen hatte. Sie hatte einen Menschen nach Äußerlichkeiten beurteilt. Alles, was sie an Regan MacKade gesehen hatte, was sie vielleicht hatte sehen wollen, war Eleganz, Privilegien und Klasse gewesen. Aber wie hatte sie ahnen können, was für eine tapfere Frau sich hinter der luxuriösen Fassade verbarg?

Sie hätte es ahnen müssen.

Und dann sah sie Jared auf einem Felsbrocken sitzen und gelassen ein Zigarillo rauchen. Eigentlich hätte es sie nicht überraschen dürfen.

Er sagte nichts, als sie sich zu ihm setzte und ihm das Zigarillo aus der Hand nahm. Die Stille war herrlich. Zu hören waren nur die Vögel und der sanfte Wind in den Baumkronen.

»Ich muss mich bei dir entschuldigen.« Sie gab ihm das Zigarillo zurück. »Ich war … Du hast einen schlechten Zeitpunkt erwischt.«

»Habe ich das?«

»Mach es mir nur nicht leicht, MacKade.«

»Keine Sorge.«

»Ich war dir gegenüber nicht ganz ehrlich. Es gibt vieles, wovor ich nicht zurückschrecke, aber Lügen liegt mir nicht. Ich wollte den Auftrag. Ich kann ihn gut gebrauchen. Aber ich war … eingeschüchtert.«

»Eingeschüchtert?« Das war das Letzte, womit er gerechnet hätte. »Wovon?«

»Von deiner Schwägerin, zum Beispiel.«

»Von Regan?«, fragte er ungläubig. »Das ist nicht dein Ernst.«

Sein verblüfftes Lachen reizte Savannah zur Weißglut. Sie sprang vom Felsbrocken und baute sich vor Jared auf. »Ich kann mich einschüchtern lassen, von wem oder was ich will. Ich habe ein Recht, mich so zu fühlen, wie ich mich fühle. Hör auf, mich auszulachen.«

»Entschuldigung.« Jared räusperte sich, bevor er sie ansah. »Warum sollte Regan dich einschüchtern?«

»Weil sie … so elegant und hübsch und klug und erfolgreich ist. Sie ist alles, was ich nicht bin. Ich bin durchaus mit dem zufrieden, wer ich bin und was ich bin, aber wenn ich Regan sehe, erinnert es mich an all das, was ich nie sein und nie haben werde. Ich fühle mich ungern ungebildet oder unterlegen.« Savannah steckte die Hände in die Taschen. »Außerdem habe ich nicht erwartet, dass ich sie mögen würde. Sie kam vorhin bei mir vorbei.«

»Das dachte ich mir. Regan ist noch keinem Problem ausgewichen.« Nachdenklich betrachtete er die Zigarillospitze. »Frag sie einmal nach dem Abend, an dem sie in einem hautengen roten Minirock in Duff's Tavern auftauchte und Rafe sein Billardqueue zu Zahnstochern zerbrach.«

Savannah unterdrückte ein Lächeln. »Jared, ich würde sehr gern die künstlerische Gestaltung deiner Kanzlei übernehmen, falls du noch interessiert bist.«

»Ich bin interessiert.« Er bot ihr das Zigarillo an. Als sie den Kopf schüttelte, nahm er noch einen Zug und drückte es sorgfältig aus.

»Ich war auch in anderer Hinsicht nicht ganz ehrlich.« Die Situation war neu für Savannah, und sie wusste nicht genau, wie sie es ausdrücken sollte, also wählte sie einfache Worte. »Ich empfinde etwas für dich, Jared. Und das macht mir Angst.«

Er sah sie an, und sein Blick war kühl und konzentriert. Sie fragte sich, wie viele Zeugen diesem Blick standgehalten hatten.

»Ich komme mit Männern besser zurecht, wenn keine Gefühle im Spiel sind«, fuhr sie fort. »Vielleicht irre ich mich, aber ich hatte das Gefühl, dass du eine … richtige Beziehung wolltest. Und mit Beziehungen hatte ich bisher viel Pech. Daran musste ich plötzlich denken, und deshalb hielt ich es für besser, die Sache … im Keim zu ersticken.«

Als er weiterschwieg, stieß sie die Fußspitze in den Sand. »Willst du einfach nur still dasitzen und nichts sagen?«

»Ich höre dir zu«, antwortete er sanft.

»Okay. Ich muss mich um ein Kind kümmern. Ich kann es mir nicht erlauben, mich mit jemandem einzulassen, der in meinem Sohn falsche Hoffnungen weckt. Ich weiß, wie ich ihn davor schützen kann.«

Jared stand auf, ohne sie aus den Augen zu lassen. »Vor mir, Savannah?«

Wenn er sie jetzt berührte, würde sie ihm nicht widerstehen können. »Nein. Das ist ja das Problem. Ich empfinde etwas für dich.«

»Das ist interessant.« Er hatte nicht gewusst, dass sie so verletzlich aussehen konnte. »Weil ich nämlich auch etwas für dich empfinde.«

»Wirklich?« Sie ließ die Hände in den Taschen. »Nun ja.«

»Nun ja«, wiederholte er und trat vor. Er nahm ihr Gesicht zwischen die Hände und küsste sie.

Savannah war es nicht gewöhnt, so zärtlich und leidenschaftlich zugleich geküsst zu werden. Es machte sie schwach, fast benommen.

Ihre verkrampften Finger entspannten sich, ihr Herz öffnete sich Jared.

»Sind wir jetzt quitt?«, fragte er leise.

Sie nickte und stellte überrascht fest, wie herrlich es sein konnte, den Kopf an die Schulter eines Mannes legen zu können. »Ich möchte mich nicht lächerlich machen.«

Lächelnd küsste er ihr Haar. »Ich auch nicht.«

»Dann lass uns ein Abkommen treffen. Was immer geschieht, keiner von uns wird den anderen jemals lächerlich machen.«

»Einverstanden.« Er hob ihr Kinn und küsste sie. »Darf ich dich nach Hause bringen?«

»Natürlich.«

Savannah kam sich kindisch vor, genoss es aber trotzdem, Hand in Hand mit Jared durch den Wald zu spazieren und jeden Sonnenstrahl, jeden Geruch, jedes Geräusch wahrzunehmen. Die Liebe schärft die Sinne, dachte sie.

»Ich muss Bryan bald abholen.« Sie warf Jared einen verlegenen Blick zu. »Ich könnte Cassie anrufen und es verschieben.«

Er wusste, was ihr Angebot bedeutete, und spürte die Erregung in sich. Als er ihre Hand an die Lippen hob und küsste, sah er die Freude in ihren Augen. Noch nicht, sagte er sich. Noch nicht, aber bald. »Wir holen ihn zusammen ab. Was hältst du von der Frühvorstellung im Kino und danach Pizza?«

Sie brachte es nicht fertig, ihn anzusehen. Die Rührung schnürte ihr den Hals zu, denn sie wusste, was sein Angebot bedeutete. »Eine großartige Idee«, antwortete sie leise. »Danke.«

»Jared ist cool.« Bryan ließ sich aufs Bett fallen, den Kopf noch voller Actionszenen aus dem spannenden Film, den sie zusammen gesehen hatten, den Bauch voller Pepperoni-Pizza. »Ich meine, er weiß alles über Baseball und die Farm und das Schlachtfeld. Er weiß noch mehr als Connor.«

»Du weißt auch eine ganze Menge.« Savannah strich ihrem Sohn übers Haar.

»Jared hat gesagt, jeder hat eine ganz besondere Begabung«, berichtete Bryan weiter.

Neugierig beugte sie sich vor. »Das hat er gesagt?«

»Ja, als wir das Popcorn geholt haben. Er meinte, dass jeder etwas in sich hat, das ihn besonders macht. Das weiß er, weil er drei Brüder hat und sie sich alle ähnlich, aber auch verschieden sind. Er hat gesagt, dass ich ein Naturtalent bin.«

Sie lächelte. »Ein Naturtalent worin?«

»Mom.« Bryan verdrehte die Augen und setzte sich im Bett auf. »Beim Baseball natürlich. Und weißt du, was er noch gesagt hat?«

»Nein. Was hat er noch gesagt?«

»Er meinte, selbst wenn ich irgendwann doch nicht mehr Profi werden will, kann ich das, was ich über Baseball weiß, auch anderswo gebrauchen. Natürlich werde ich Baseballprofi, aber vielleicht werde ich später auch Anwalt.«

»Anwalt?«, fragte sie entsetzt. Jared zog ihren Sohn ebenso schnell in seinen Bann wie sie.

»Ja, weil man dann vor Gericht kommt, mit den Leuten diskutiert und Verbrecher ins Gefängnis steckt. Aber man muss ewig zur Schule gehen. So lange, bis man alt ist. Jared ist erst aufs College und dann zur Universität und so gegangen.«

»Das kannst du auch, wenn du möchtest.«

»Na ja, ich überlege es mir noch.« Er ließ sich wieder zurückfallen und kuschelte sich unter der Decke zusammen wie ein Kind. Er war noch immer ihr kleiner Junge. »Nacht.«

»Gute Nacht, Bry.« Sie gab ihm einen Kuss auf die Schläfe und ließ sich dabei ein wenig mehr Zeit als sonst. Die Augen fielen ihm zu, er machte es sich bequem und schlief fast sofort ein.

Mein Sohn, der Rechtsanwalt, dachte sie und streichelte sein Gesicht. Mit einer Mutter, die die Highschool nicht beendet hat. Doch dann, als die Panik dem Stolz auf das, was ihr Sohn eines Tages erreichen würde, wich, lächelte sie zufrieden.

Leise ging sie in ihr Zimmer und stellte sich ans Fenster, um auf den Wald hinauszuschauen. Zwischen den Bäumen sah sie die Lichter der MacKade-Farm. Und dort, dachte sie, ist gerade der Mann, in den ich mich verliebt habe.

Sie lächelte noch einmal und legte die Hand an die kalte Fensterscheibe. Alles in allem, entschied sie, war es ganz schön klug gewesen, mit dem Verlieben zu warten, bis sie Jared MacKade gefunden hatte.

7. Kapitel

Jared schickte Savannah gelbe Tulpen. Sie stellte sie in eine hohe Vase, und noch eine ganze Stunde danach betrachtete sie die Blumenpracht mit verträumten Augen. Jared ging mit ihr und Bryan zu einem Baseballmatch im benachbarten County, wo die Tribüne aus Metall und die Zuschauer laut waren, und eroberte das Herz ihres Sohnes endgültig, als er die Schiedsrichter mit einem lauten, entschiedenen Zuruf auf ein Foul aufmerksam machte.

Sie aßen Pizza in einem Lokal mit alten Holzbänken, einer scheppernden Jukebox und einem Flipperautomaten. Zu dritt mampften sie die Familienpizza, übertönten die Musik und kämpften verbissen mit der schnellen Silberkugel.

Er führte Savannah zum Abendessen aus. In ein Restaurant mit Kerzenschein und Champagner, der in hohen Kristallgläsern perlte, und hielt ihre Hand auf dem blütenweißen Tischtuch.

Er brachte ihr eine Wagenladung Mulch für ihren Garten, und Savannah war verloren.

»Er macht dir den Hof«, sagte Cassie, als sie an Savannahs Küchentisch Limonade tranken und Farbmuster begutachteten.

»Wie?«

»Er umwirbt dich.« Cassie seufzte sehnsüchtig. Selbst die elenden Jahre mit Joe Dolin hatten ihr die romantische Natur nicht rauben können. Jedenfalls nicht, wenn es um andere ging. »Stimmt doch, nicht wahr, Regan?«

»Allerdings. Gelbe Tulpen«, sagte Regan und ließ den Blick von den Farbmustern zu den mitten auf dem Tisch thronenden Blumen wandern. »Ziemlich eindeutig, würde ich meinen.«

»Zwischen uns entwickelt sich eine Beziehung«, sagte Savannah wie beiläufig und rieb sich die plötzlich feuchten Handflächen an den Jeans ab. »Das ist alles.«

»Er hat dir Mulch gebracht und geholfen, ihn zu verteilen, oder?«, fragte Regan, die für Savannah inzwischen zu einer ebenso guten Freundin wie Cassie geworden war.

»Ja.« Savannah musste lächeln, als sie daran dachte. Und daran, wie Jared sie geküsst hatte, obwohl sie beide verschwitzt und schmutzig von den Rindenstücken gewesen waren.

»Es hat dich erwischt«, sagte Regan.

»Kann schon sein.« Savannah wurde wieder ernst und griff nach dem Limonadenglas. »Und?«

»Und nichts. Was hältst du von diesem Farbton?«

»Zu gelb.«

»Du hast recht«, erwiderte Regan.

Bewundernd sah Cassie zu, wie ihre beiden Freundinnen die unzähligen Farbtöne durchgingen. Sie hoffte, dass Regan ihr beim Renovieren ihres Wohnzimmers helfen würde, wenn sie genug Geld dafür beiseitegelegt hatte. Sie hatte die Wände immer wieder abgewaschen, bis ihre Schultern schmerzten, bekam sie jedoch nicht wieder hell.

Und wenn Savannah ihr half, den richtigen Stoff auszusuchen, würde sie neue Vorhänge für Emmas Zimmer nähen. Etwas Fröhliches, etwas ganz Besonderes, das zu einem kleinen Mädchen passte.

Es war schwer, diesen alltäglichen Herausforderungen zu begegnen. Schwerer, als sie jemals zugegeben hätte. Dinge, die für andere Frauen selbstverständlich waren, kosteten sie viel Kraft. Zum ersten Mal in ihrem Leben musste sie alle Entscheidungen allein treffen. Es gab niemanden, den sie fragen konnte, aber auch niemanden mehr, der sie kritisierte und erniedrigte.

Sie musste sich immer wieder sagen, dass sie jetzt auf eigenen Beinen stand, und wenn sie es ganz langsam, Schritt für Schritt, anging, würde sie es schaffen, das gemietete Häuschen in ein richtiges Zuhause zu verwandeln. In ein Zuhause, in dem ihre Kinder das

Geschrei und die Prügel und den Gestank des schalen Bieres vergessen würden.

Sehnsüchtig schaute Cassie sich in Savannahs Blockhaus um. Es war nicht größer als das, in dem Cassie mit den Kindern wohnte, aber es war viel schöner. Leuchtende Farben, achtlos hingeworfene Kissen. Und Staub.

Noch immer wischte Cassie wie besessen Staub, aus Angst, dass Joe jeden Moment hereinkommen und sie als Schlampe beschimpfen könnte. Egal, wie oft sie daran dachte, dass er jetzt hinter Schloss und Riegel saß, nachts lag sie häufig wach und zuckte bei jedem Geräusch zusammen. Und am Morgen erwachte sie dann erleichtert. Und schämte sich.

»Die Kinder kommen«, sagte Cassie und schob die alten Ängste beiseite. »Soll ich noch mehr Limonade machen?«

Savannah nickte, ohne den Blick von den Farben zu nehmen, die Regan für Jareds Bibliothek in der Kanzlei ausgesucht hatte.

Die Kinder stürmten herein.

»Nur noch drei Wochen«, rief Bryan und ballte triumphierend beide Hände zu Fäusten. »In drei Wochen bekommen wir die Kätzchen.«

»Das freut mich«, murmelte Savannah und lächelte, als Emma einen Arm um Cassies Bein legte. »Hi, Engelsgesicht.«

»Hallo. Ich durfte Bryans Kätzchen streicheln. Sie sind so süß.«

»Sie möchte auch eins«, verkündete Bryan. Er nahm eine Handvoll Kekse aus dem Glas. »Darf sie eins, Mrs. Dolin?«

»Ein was?«

Er schob einen Keks in den Mund und sah auf die Limonade, die Cassie gerade anrührte. »Kann Emma eins der Kätzchen haben? Shane hat eins über.«

»Ein Kätzchen.« Automatisch legte Cassie eine schützende Hand auf Emmas Kopf. »Wir können keine Haustiere halten, weil …« Sie verstummte, und ihr Sohn senkte den Kopf und starrte auf seine Füße.

Weil Joe es nicht will. Fast hätte sie es ausgesprochen, aus lauter

Gewohnheit. Deshalb hatte sie auch nicht wahrgenommen, wie sehnsüchtig Connor von Bryans Kätzchen sprach. Und wie gern Emma mit dem kleinen braunen Hund der Nachbarn spielte.

»Natürlich kann Emma ein Kätzchen haben«, sagte Cassie entschlossen.

Dankbar sah ihr Sohn sie an. »Wirklich?« Die ungläubige Hoffnung in seiner Stimme rührte sie fast zu Tränen. »Können wir wirklich eins nehmen?«

»Ja, das können wir.« Sie nahm Emma auf den Arm und rieb mit der Nase über ihre Wange. »Möchtest du eins von Shanes Kätzchen, Emma?«

»Sie sind so weich«, flüsterte Emma.

»Wie du.« Es war höchste Zeit, dachte Cassie. Ich muss Entscheidungen treffen, ohne Angst vor Joe zu haben. »Sag Shane, dass du eins möchtest, Connor.«

»Cool.« Bryan war nicht bewusst, was für ein kleines Drama sich gerade abgespielt hatte. Er stopfte sich noch einen Keks in den Mund. »Dann könnt ihr es manchmal zu uns bringen, damit es mit seinen Brüdern spielt«, schlug er kauend vor. »Komm, lass uns an deiner Wurftechnik arbeiten, Con.«

»Okay.« Con wollte seinem Freund nachrennen, drehte sich jedoch noch einmal um. »Danke, Mama.«

»Wow.« An der Tür wäre Rafe fast mit Connor zusammengestoßen. Er tat, als hätte er nicht bemerkt, wie blass der Junge geworden war und wie ängstlich er zu ihm aufsah, und klopfte den beiden auf die Schultern. »Ihr seid schnell, Leute. Ihr habt Jared und mich im Wald glatt abgehängt.«

»Entschuldigung.«

»Im nächsten Jahr solltet ihr diese Geschwindigkeit beim Baseball einsetzen.« Er trat ein und lächelte den Frauen zu. »Wie ich sehe, hat sich der Marsch durch den Wald gelohnt.«

»Wir sind fast fertig«, sagte Regan und legte erwartungsvoll den Kopf in den Nacken.

»Keine Eile.« Er küsste sie. »Hallo, ihr zwei«, begrüßte er danach die beiden anderen Frauen.

»Hallo, Rafe.« Savannah reichte ihm einen der Kekse, die ihr Sohn in der Aufregung liegen gelassen hatte.

»Danke. Cassie, ich muss dich sprechen.«

»Oh? Ist etwas nicht in Ordnung?«, fragte Cassie besorgt.

»Ich habe ein Problem.« Um Emma ein Lächeln zu entlocken, hielt er ihr den Keks hin. »Tauschst du einen Kuss gegen den Keks?«, fragte er.

Ohne den Keks aus den Augen zu lassen, berührte Emma seine Nase mit gespitzten Lippen.

»Ein Problem?«, wiederholte ihre Mutter. Nervös stellte sie Emma hin. »Was für eins?«

»Das sage ich dir.« Er lehnte sich gegen die Arbeitsplatte. »Regan und ich haben doch dieses alte Haus am Stadtrand, an der Quarry Road, gekauft. Das, was wir gerade renovieren.« Er lächelte seiner Frau zu. »Wir wollen in etwa zwei Monaten einziehen. Wahrscheinlich im Juni.«

»Das freut mich für euch.«

»Nun ja, Cassie, wir brauchen jemanden für das Gasthaus. Eine … wie hast du es noch genannt, Liebling?«

»Hausdame.«

»Das, was man heutzutage Manager nennt, wenn ihr mich fragt. Jemand, der sich um den ganzen Laden kümmert«, erklärte Rafe. »Und um die Gäste, wenn wir erst welche haben. Jemand, der das Frühstück macht und so weiter. Jemand, der dort wohnt und auf alles aufpasst.«

»Oh.« Cassies Nervosität legte sich. »Ich soll mich umhören, was? Ich könnte meine Gäste im Schnellrestaurant fragen, ob sie jemanden kennen.«

»Nein, uns schwebt bereits jemand vor.« Rafe entdeckte das Glas mit Keksen und bediente sich. »Wir wollen jemanden, den wir kennen und dem wir vertrauen können.« Er leerte das Glas Limonade, das Cassie ihm reichte. »Wie wäre es?«

»Wie wäre was?«, fragte Cassie.

»So bietet man niemandem eine Stellung an, Rafe«, seufzte Regan. »Cassie, wir möchten, dass du im Gasthaus einziehst und dich für uns um alles kümmerst. Wir schaffen es nicht allein. Rafe hat seinen Beruf, ich mein Geschäft.«

»Ihr wollt mich?« Hätte Cassie das Glas noch in der Hand gehabt, so wäre es längst zu Boden gefallen. »Ich habe keine Ahnung, wie man ein Gasthaus führt. Dazu braucht man Erfahrung und …«

»Du führst ein Haus und zwei Kinder«, unterbrach Rafe sie. »Du kochst fast so gut wie ich. Du betreust die Gäste bei Ed's, und wenn nötig stehst du sogar in der Küche. Außerdem hast du ein ausgleichendes Wesen. Für mich ist das Qualifikation genug.«

»Aber …«

»Denk in Ruhe darüber nach«, schlug Regan rasch vor. »Ich weiß, es ist viel verlangt, Cassie. Du arbeitest schon so lange bei Ed's, dass ein Jobwechsel ein großer Schritt für dich wäre. Aber Rafe richtet gerade eine nette Wohnung im zweiten Stock ein. Sie besitzt eine eigene Küche, und du könntest dort umsonst wohnen. Vielleicht solltest du mal mit den Kindern vorbeikommen und dir alles ansehen. Wir wären dir wirklich dankbar.«

Eine Wohnung. Keine Miete. In dem wunderschönen Haus auf dem Hügel. Cassie schwirrte der Kopf. »Ich würde euch gern helfen, aber …«

»Großartig.« Rafe tätschelte ihre Schulter. »Sieh es dir einfach mal an, dann reden wir weiter.«

»Einverstanden.« Cassie konnte ihr Glück noch immer nicht fassen. Sie setzte Emma auf ihre Hüfte. »Ich komme. Aber jetzt muss ich los. Ich habe Connor und Bryan versprochen, mit ihnen Hot Dogs zu grillen.«

»Ruf du sie zusammen«, schlug Savannah vor. »Ich hole Bryans Rucksack.«

Sie wartete, bis Cassie draußen war. »Ihr zwei seid ein richtig gutes Team«, sagte sie leise zu Regan und Rafe. »Und sehr, sehr gute Freunde.«

Sie war fast an der Treppe, als sie Devin auf der Veranda sah, der mit Cassie sprach. Statt nach oben zu gehen, stürmte sie hinaus. »Kann ich etwas für Sie tun, Sheriff?«, fragte sie scharf. Devin war der Einzige der vier MacKade-Brüder, mit dem sie noch nicht warm geworden war. Vielleicht lag es an seinem Beruf.

Er hob den Kopf. »Nein. Ich bin nur mit Jared und Rafe hergekommen. Ihr Garten ist wirklich sehr schön geworden.«

»Danke.«

Als Emma dem Sheriff ihren Keks hinhielt, runzelte Savannah unwillkürlich die Stirn. Devin beugte sich zu dem Kind herunter und biss eine kleine Ecke ab.

»Du schmeckst besser«, verkündete er und brachte Emma zum Kichern, als er mit der Nasenspitze über ihr Haar fuhr.

»Du darfst mich halten«, sagte sie und streckte ihm die Hände entgegen.

»Vielen Dank, Ma'am.« Er hob sie hoch, rieb die Wange an ihrer Wange und setzte sie sich auf die Hüfte. Als Cassie davoneilte, um die Jungs zu rufen, sah er Savannah an. »Es gibt auch Frauen, die mich mögen.«

Savannahs Blick blieb kühl. Sie senkte die Augen. »Es scheint ganz so.«

»Ich bin nicht im Dienst, Miss Morningstar.« Er setzte das strahlende MacKade-Lächeln auf, das sie so gut kannte. »Ich genieße nur den Frühlingsabend mit meiner besten Freundin.«

»Sie tragen Ihr Abzeichen«, wandte Savannah ein.

»Aus reiner Gewohnheit. Ich bin nicht hier wegen eines Problems, Miss.«

»Und genau so soll es auch bleiben.«

»Das soll mir nur recht sein«, erwiderte Devin leise.

»Gut.« Sie nickte ihm zu, kehrte ins Haus zurück und eilte nach oben, um Bryans Rucksack zu holen.

Devin trat von der Veranda. Er schaffte es, Cassie nicht nur ein paar Worte, sondern auch ein schüchternes Lächeln zu entlocken, bevor er ihr Emma übergab. Dann sah er ihr nach, als sie mit ihren Kindern zum Wagen ging.

Sie war nicht mehr so dünn wie früher. Bis er Joe Dolin endlich auf frischer Tat ertappen konnte, hatte der Mann seiner Frau das Leben zur Hölle gemacht. Selbst jetzt wirkte die arme Cassie noch immer so, als könnte ein Windstoß sie umwehen. Sie brauchte einen behutsamen Mann. Die Schatten unter den Augen waren verblasst, aber der Blick war auch jetzt noch verängstigt.

Devin machte sich Sorgen um sie und wunderte sich etwas darüber. Als der Wagen auf die Straße einbog, schlenderte er zu Jared hinüber, der mit Bryan Werfen geübt hatte. »Deine Lady mag mich nicht.«

Jared stützte sich auf die Baseballkeule. »Sie mag deinen Sheriffstern nicht.«

»Wie ich sagte, sie mag mich nicht.«

Jared sah zur Veranda hinüber, von wo aus Savannah sie beobachtete, und spürte, wie sein Herz zu klopfen begann. »Sie hat einen verdammt harten Weg hinter sich gebracht.«

»Daran zweifle ich nicht.« Einige der Meilen waren ihr noch anzusehen. »Ist sie die Frau, die du willst, Jared?«

»Sieht fast so aus.«

»Na gut.« Nachdenklich rieb Devin sich das Kinn. »Ich muss sagen, seit deiner Scheidung hat sich dein Frauengeschmack erheblich verbessert.«

Überrascht sah Jared seinen Bruder an. »Ich dachte, du mochtest Barbara.«

Devin lachte. »So?«

»Du hast nie gesagt, dass du sie nicht mochtest.«

»Du hast mich nie gefragt.« Devin hob den Ball vom Rasen auf, warf ihn hoch in die Luft und fing ihn mit einer Hand wieder auf. Bryan hätte ihn dafür bejubelt. »Aber die hier gefällt mir.«

Verwirrt schüttelte Jared den Kopf. »Du hast gerade zugegeben, dass du sie nicht magst.«

»Ich sagte nur, dass sie mich nicht mag.« Devin lächelte. »Das finde ich an einer Frau sehr attraktiv.«

Jared nahm Devin in den Schwitzkasten. Devin ließ sich einfach fallen und riss seinen Bruder mit zu Boden.

Savannah sah ihnen zu, wie sie über den Rasen rollten, genauso wie Bryan und Connor es auch immer taten. Hinter ihr betraten nun auch Rafe und Regan die Veranda.

»Verdammt, sie haben ohne mich angefangen«, knurrte der dritte der MacKade-Brüder.

»Wir müssen aufbrechen.« Regan packte Rafe am Arm. »Du hast versprochen, mit mir essen zu gehen.«

»Liebling ...«

»Du kannst morgen mit ihnen kämpfen. Bis dann, Savannah.«

»Bis dann, ihr zwei.«

Als Rafe den Brüdern etwas zurief, rollte Devin sich von Jared herunter und stand auf. Er klopfte sich den Staub von der Jeans und rannte hinter Rafe und Regan her. Er winkte Savannah noch einmal zu, bevor er zwischen den Bäumen verschwand.

»Was sollte das denn?«

Keuchend stieg Jared die Stufen zur Veranda hoch. Er verzog das Gesicht und rieb sich die Rippen. »Er hat ein paar ganz gute Treffer gelandet.«

»Habt ihr nur Spaß gemacht oder wirklich richtig gekämpft?«

»Wo ist da der Unterschied?«

Savannah musste lachen. »Was war der Grund?«

»Du. Hast du etwas Kaltes für mich?«

»Ich war der Grund?« Sie folgte ihm ins Haus. »Was soll das heißen?«

»Er sagte ...« Jared schwieg und seufzte genießerisch, bevor er das Bier an den Mund hob, das er aus dem Kühlschrank geholt hatte. »Er sagte, er findet dich attraktiv, also musste ich ihm natürlich eine Lektion erteilen.«

»Dein Bruder, Sheriff MacKade, findet mich attraktiv?«, fragte sie verblüfft.

»Ja.« Jared beugte sich über das Spülbecken und kühlte sich das Gesicht mit Wasser. »Er mag dich.«

»Er mag mich«, wiederholte Savannah verblüfft. »Aber warum?«

»Zum Teil deshalb, weil du ihn nicht magst. Dev hat manchmal eine eigenartige Logik, was Frauen angeht. Zum Teil aber auch, weil ich dich mag und weil er mein Bruder ist.« Er trocknete sich das Gesicht mit einem Geschirrtuch ab. »Und zum Teil, weil er ein hervorragender Menschenkenner ist.«

»Willst du mich verlegen machen?«

»Nein, ich erzähle dir nur von meinem Bruder. Rafe ist frech und lustig, Shane gutherzig und zurückhaltend, Devin fair.« Nachdenklich legte er das Tuch auf die Arbeitsplatte. »Ich schätze, es bedrückt mich ein wenig, dass du ihn falsch einschätzt.«

»Das Leben hat mich vorsichtig gemacht.« Aber sie hatte gespürt, dass sie Devin vertrauen konnte, sie zeigte es nur nicht. »Er war süß zu Emma.«

Jared lächelte zufrieden. »Wir Brüder kommen bei allen Frauen gut an.«

»Das ist mir aufgefallen.« Sie nahm ihm die leere Bierflasche ab. »Möchtest du nicht zum Abendessen bleiben?«

»Ich dachte mir, du würdest heute vielleicht gern ausgehen.«

»Nein.« Sie warf einen Blick auf die gelben Tulpen auf dem Küchentisch. »Ich möchte lieber zu Hause bleiben.«

Big Mac, die auf dem Jahrmarkt, auf dem Savannah einen Sommer lang gearbeitet hatte, das Riesenrad betrieb, hatte einmal gesagt, dass sie den ersten Mann heiraten würde, der kochen konnte und beim Frühstück wenigstens hin und wieder lächelte.

Nachdem sie Jared MacKades Cajun-Hühnchen mit Reis gekostet hatte, fand Savannah, dass Big Mac recht hatte. Sie nippte an dem Wein, den Jared mitgebracht und wie immer in ihren Kühlschrank gestellt hatte, und betrachtete Jared über die Kerzen auf dem Esszimmertisch hinweg.

»Wo hast du Kochen gelernt?«

»Auf dem Schoß meiner seligen Mutter.« Er lächelte verlegen. »Sie hat uns allen das Kochen beigebracht. Und da sie den treffsichersten Kochlöffel im ganzen County schwang, haben wir es schnell gelernt.«

»Eine harmonische Familie.«

»Ja. Wir Kinder hatten Glück. Meine Eltern haben es uns leicht gemacht. Wenn man auf einer Farm aufwächst, lernt man früh, dass man zusammenhalten und sich aufeinander verlassen muss.« Sein Blick wurde ernst, fast ein wenig traurig. »Ich vermisse sie noch immer.«

Ein Anflug von Neid erinnerte Savannah daran, dass sie weder ihre Mutter noch ihren Vater gut genug gekannt hatte, um sie zu vermissen. »Sie haben gute Arbeit geleistet. Bei euch allen.«

»Früher wären einige Leute in der Stadt da ganz anderer Meinung gewesen. Einige sind es heute noch.« Das Lächeln kehrte in seine Augen zurück. »Wir haben unseren Ruf auf die altmodische Art erworben. Wir haben ihn uns verdient.«

»Ja, ich habe Geschichten über die bösen MacKade-Brüder gehört.« Savannah stützte das Kinn auf die Faust. »Ihr habt die Stadt auf den Kopf gestellt, so hat Mrs. Metz es beschrieben.«

»Das kann ich mir denken. Sie ist ganz verrückt nach uns.«

»Das habe ich gemerkt. Ich war gerade auf der Tankstelle, als sie neben mir hielt, ausstieg und mit Sharilyn Erinnerungen austauschte.« Und die Tankstellenbesitzerin regelrecht ausquetschte, fügte Savannah im Stillen hinzu.

»So?« Jared räusperte sich. »Mit Sharilyn also?«

»Ja. Sharilyn erinnert sich sehr gut an dich ... und einen 1964er Dodge.«

Er zuckte mit keiner Wimper. »Ein verdammt guter Wagen. Wie geht es ihr?«

»Es geht ihr ausgezeichnet. Sie begrüßt mich jedes Mal mit einem überschwänglichen ›Hallo‹.« Savannah wechselte das Thema. »Und wer von euch MacKade-Brüdern hat damals die Kartoffel in den Auspuff des Streifenwagens gesteckt?«

Jared schmunzelte. »Rafe bekam die Schuld.« Er hob das Glas. »Aber ich war es. Wir fanden, wenn einer von uns etwas anstellte, waren wir es gemeinsam, also wer immer den Kopf dafür hinhalten musste, hatte es verdient.«

»Sehr demokratisch.« Sie stand auf, um den Tisch abzuräumen. »Beim Rodeo hätte ich Geschwister gut gebrauchen können. Es gab nie jemanden, auf den ich die Schuld abwälzen konnte.«

»Dein Vater war streng zu dir, was?«

»Nein, eigentlich nicht. Er war …« Wie sollte sie Jim Morningstar beschreiben? »Er war ein harter Mann. Er liebte die Pferde und den Whisky. Mit den Vierbeinern konnte er gut umgehen, mit der Flasche nicht. Mit mir konnte er nicht viel anfangen. Er gab sein Bestes, aber das war nicht genug. Für keinen von uns.« Sie lehnte sich zurück, als Jared die Hände auf ihre Schultern legte.

»Hast du Reiten gelernt?«

»So früh, dass ich mich nicht daran erinnern kann. Ich konnte Kälber mit dem Lasso fangen und zu Boden werfen und habe sogar ein paar Preise gewonnen.« Lachend drehte sie sich zu ihm um. »Honey, ich habe alle möglichen Dinge gelernt, während du dich auf dem Rücksitz eines 64er Dodge amüsiert und Kartoffeln in Auspuffrohre gesteckt hast.«

»Ach ja?« Er hob ihr Kinn sachte an und sah ihr in die Augen.

»Ach ja. Ich habe Pferde gehabt, die ich striegelte und bürstete, bis ihr Fell glänzte. Ich mochte es, wenn sie Temperament hatten.« Sie streichelte seine Hüften. »Die Hengste mit feurigen Augen und wilden Herzen. Ich lockte sie zu mir, schwang mich auf ihren Rücken und ritt sie, bis sie erschöpft waren.« Sie knabberte an seiner Unterlippe. »Und wenn ich mit ihnen fertig war, waren sie für jeden anderen Reiter verdorben.«

Die Erregung machte ihn atemlos. »Versuchst du gerade, mich zu verführen?«

»Irgendjemand muss es doch tun.« Sie küsste ihn, bis ihre Hitze wie ein Steppenbrand auf ihn übersprang.

Wie Schraubstöcke umklammerten seine Hände den Rand des Spülbeckens hinter ihr, während er sich an sie drängte. Und dann schmiegte Savannah sich an ihn. Sie presste sich an ihn, rieb sich an ihm und küsste ihn immer gieriger, immer verzweifelter.

»Jared, berühre mich«, flüsterte sie und nahm seine Hand, um sie an ihre Brust zu legen, wo ihr Herz vor Erregung hämmerte. »Berühre mich. Berühre mich«, wiederholte sie, während er die Hand unter ihr Shirt gleiten ließ.

Er genoss ihre Nähe wie einen heimlichen, verbotenen Traum und fühlte, wie ihre Haut sich unter seiner Hand erhitzte. Er schien gar nicht genug von ihr bekommen zu können, und es kostete ihn alle Kraft, die er besaß, um sich zu beherrschen.

Er wusste, wenn er sie an diesem Abend nicht bekäme, würde er morgen früh den Verstand verloren haben.

Als Jared zurückwich, schwindlig vor Verlangen, stöhnte Savannah enttäuscht auf. »Um Himmels willen, willst du mich verrückt machen?«

Atemlos starrte er sie an. »Das war der erste Teil meines Plans«, murmelte er und holte tief Luft. »Mit dem ersten bin ich nun fertig.«

»Herzlichen Glückwunsch.«

Fast hätte er laut gelacht. »Bryan übernachtet bei Connor?«

»Ja.« Ungeduldig ergriff sie seine Hände. »Lass uns nach oben gehen.«

»Nein.«

Sie lächelte verführerisch. »Na gut.« Doch als sie sich an ihn drängte und bereit war, sich hier und jetzt von ihm nehmen zu lassen, drückte er sie von sich weg.

»Nein«, wiederholte er.

»Jared, was soll das?«

Jetzt musste er lachen. »Hol eine Wolldecke, Savannah.«

»Eine Wolldecke?«

»Ich will, dass wir es im Wald tun.« Er hob ihre Hand und küsste sie. »Das will ich, seit ich dich kenne.«

»Ich hole eine Wolldecke«, erwiderte sie und wäre fast über ihre Füße gestolpert, als sie davonrannte.

Als sie kurz darauf unter dem grünen Dach des Frühlingslaubs, dem glitzernden Sternenhimmel und im Schein des fast vollen Mondes durch den Wald schlenderten, hatte Savannah sich wieder im Griff. Sie hatte Jared verführen, ihn langsam und mit erotischer Raffinesse in ihren Bann ziehen wollen. Sie hatte ihn überraschen wollen. Aber jetzt war sie kurz davor, ihn buchstäblich zu überfallen.

Er blieb dort stehen, wo der Boden weich war, und breitete die mitgebrachte Wolldecke aus. Erneut bekam sie Angst, sich nicht länger beherrschen zu können.

»Sag mir, Anwalt MacKade …«

Er sah zu ihr herüber. Mit vor Leidenschaft funkelnden Augen stand sie vor ihm. Er hätte mit bloßen Händen eine Mauer durchbrochen, um zu ihr zu gelangen. »Sag mir was?«

»Hast du eine gute Krankenversicherung?«

Er lachte. »Du machst mir keine Angst.«

»Honey, wenn ich mit dir fertig bin, wirst du Mühe haben, deinen eigenen Namen richtig auszusprechen.«

Bevor er sich versah, war sie mit einem Satz bei ihm, legte die Hände um seinen Nacken, schlang die Beine um seine Taille und schob die Finger in sein Haar. Er ließ sich lachend mit ihr auf die Decke fallen.

Der Sturz raubte ihm zunächst den Atem, und Savannah nutzte ihre Chance. Ihre Hände waren überall zugleich. Sie zog ihm das Hemd über den Kopf, tastete mit den Fingern nach dem Knopf seiner Jeans und küsste ihn drängend.

»Warte.« Hastig rollte Jared sich auf sie. »Wenn du so weitermachst, halte ich keine halbe Minute durch«, warnte er und hielt Savannah fest, während er seinem Verlangen klarmachte, dass er keine sechzehn mehr war. »Ich habe auf dich gewartet, Savannah.« Er senkte den Kopf, und sein Kuss war so leidenschaftlich, dass Savannah erschauerte.

Der Laut, den sie von sich gab, glich einem katzenhaften Schnurren. Jared hörte es nicht nur, er fühlte es bis in die Zehenspitzen.

Während seine Lippen mit ihren zu verschmelzen schienen, schickte er seine Hände auf eine faszinierende Entdeckungsreise über ihren weichen, hingebungsvollen Körper. Fest und spielerisch zugleich bewegten sich seine Finger, verweilten hier und da, um die Erkundung zu vertiefen. Savannah duftete wie der Wald – dunkel, rätselhaft und nach verborgenen Freuden.

Ihre Hände glitten fieberhaft über seinen Rücken, ertasteten und massierten jeden Muskel, und die Fingernägel bohrten sich in die Haut und drängten Jared, sie fester zu halten. Sie zu nehmen, sie endlich zu nehmen, sie hier und jetzt zu nehmen … Sie stöhnte leise, immer wieder, so erregend, dass Jared schon jetzt wusste, dass er sie hören würde, wenn er von ihr träumte.

Als er den Kopf hob, kreuzte sie die Arme vor dem Körper. Sie blickte ihm tief in die Augen, dann zog sie ihr Shirt aus und warf es achtlos beiseite. Savannah sah das wilde, ungestüme Verlangen in seinen Augen und kostete es aus. In ihrer Jugend war ihr Körper ein Feind gewesen, manche hatten gesagt, ihr Untergang. Doch jetzt, da der Mann, den sie liebte, sie zum allererstem Mal so betrachtete, empfand sie so etwas wie Stolz auf ihr Aussehen.

»Es sollte verboten sein.« Seine Stimme war heiser und belegt. »So auszusehen wie du.«

Er berührte sie nicht, noch nicht. Fast andächtig knöpfte er ihre Jeans auf und schob sie an den langen Beinen hinunter. Er murmelte etwas, das sie nicht verstand, etwas Bewunderndes. Dann glitten seine Hände an ihr hinauf, über Schenkel und Hüften, über den Bauch, der unter seinen Fingern zu zittern schien.

»Du bist die schönste Frau, die ich jemals gesehen habe«, flüsterte er. »So schön, dass es mich gerade fast erschreckt.«

Ihr Lächeln war nur etwas mehr als angedeutet, aber selbstsicher. Sie setzte sich auf, legte einen Arm um seinen Hals und zog seinen Mund auf ihren. Sie seufzte zufrieden, als seine Zunge nach ihrer tastete. Sie fand, dass er wundervolle Hände besaß, fest und gerade rau genug, um ihr zusätzlich Lust zu bereiten. Sie schloss die Augen, als sie seinen Daumen an einer Knospe fühlte. Es war herrlich, seine Haut zu spüren, seinen Atem, seinen Duft, während der kühlende Wind durch den Wald strich und die Wolldecke sie von unten wärmte. In den Bäumen schrie eine Eule, und die Dunkelheit brachte all die Geheimnisse aus der Vergangenheit hervor.

Noch nie hatte Savannah den Zauber einer überströmenden Liebe erlebt. Sie wusste nur, dass sie bereit war, Jared alles zu geben, was sie zu geben hatte. Was immer er von ihr verlangte. Was immer er wollte. Als er mit den Fingern in ihr Haar fuhr, um ihren Kopf nach hinten zu ziehen, war sie auf alles vorbereitet. Doch er presste nur die Lippen auf ihre Schulter und rieb zärtlich über ihre Haut. Und Savannah erbebte wie ein verwirrtes Reh.

»Überrascht?« Langsam hob Jared den Kopf und sah ihr in die im Mondschein leuchtenden, erstaunten Augen. »Du hast wunderschöne Schultern«, flüsterte er und strich mit der Zunge darüber. Erst über die eine, dann über die andere. Er hörte, wie sie den Atem anhielt. »Anmutige Schultern.«

Er knabberte an ihrem Hals, und als er spürte, dass Savannah bereit war, dass sie nichts, gar nichts mehr vor ihm zurückhielt, streichelte er sie mit zärtlichen, erfahrenen Fingern und brachte sie rasch zum Gipfel der Lust.

Unendliche Liebe und lustvolles Erleben durchströmten sie mit ungeahnter Wucht. Sie drehte sich zu ihm um, eroberte ihn mit Händen und Lippen. Später würde er glauben, dass sie beide vor Leidenschaft den Verstand verloren hatten, aber in diesem Moment machte all das Sinn, was sie füreinander und miteinander taten.

Sie brachte Jared dazu, ihren Namen zu flüstern, und der Klang erfüllte sie wie zärtliche Musik. Als sie sein Herz unter ihrem Mund hämmern fühlte, wusste sie, dass es ihretwegen war, nur ihretwegen. Der salzige Geschmack seiner Haut verzauberte sie.

Jared hob sie an, als wäre sie leicht wie eine Feder. Sie öffnete sich ihm, bog sich ihm entgegen und nahm ihn so tief in sich auf, dass sie nach seinen Händen griff, um sich festzuhalten, während die Lust sie schwerelos zu machen schien. Sie, die sonst nur weinte, wenn niemand es sehen konnte, ließ jetzt ihren Freudentränen freien Lauf.

Sie bewegte sich auf ihm, passte sich seinem Rhythmus an, der hemmungslos in ihr pulsierenden Leidenschaft. Das Licht der Sterne und des Mondes schien auf sie herab, während sie einander ihre Liebe schenkten.

Die Schönheit ihres Gesichts blendete Jared nahezu, und ihr Körper elektrisierte seinen, bis er ihn wahrnahm, wie er noch nie den Körper einer Frau wahrgenommen hatte. Ihm war, als würde in ihm ein Damm brechen und aus seinem Herzen alles herausströmen, was sich an Gefühlen darin angestaut hatte. Savannah verschaffte ihm die Erfüllung, von der er geträumt hatte, seit er ihr zum ersten Mal begegnet war.

8. Kapitel

Savannah erwachte mit einem leisen Stöhnen auf den Lippen und legte hastig den Arm über die Augen, um sie vor dem grellen Sonnenschein zu schützen. Ihr Körper fühlte sich an, als wäre sie auf einem Wildpferd über felsigen Boden geritten.

Und dann fiel ihr ein, was in dieser Nacht geschehen war.

Sie musste lächeln, als sie daran dachte. Sie hatte geglaubt zu wissen, wie es war, etwas zu wollen. Ein Zuhause, ein Leben, einen Mann. Sie war überzeugt gewesen, jede Art von Hunger zu kennen. Hunger nach Nahrung, nach Schutz, nach Liebe. Aber nichts von dem, was sie je zuvor empfunden hatte, reichte an das heran, was Jared MacKade in ihr weckte.

In ihrem liebeshungrigen Leben hatte es schon andere Männer gegeben. Aber keiner von ihnen hatte ihr das Gefühl gegeben, dass sie ihn brauchte. Und dass sie Jared MacKade zu brauchen begann, war das Erstaunliche und Gefährliche an dem, was sie mit ihm teilte.

Es würde keinen anderen Mann mehr für sie geben. Er war der erste, der ihr Herz erobert hatte. Und er würde auch der letzte sein, das wusste Savannah bereits jetzt.

Sie hörte die Vögel singen, und in der Ferne bellte Shanes Hund. Savannah spürte die Wärme der Sonne, die durch die Blätter drang, und die frische Morgenbrise. Ohne den Arm vom Gesicht zu nehmen, streckte sie sich wie eine Katze, die gestreichelt werden wollte.

»Du hast eine Tätowierung.«

Sie seufzte zufrieden, legte den Arm hinter den Kopf und öffnete schließlich die Augen. Jared saß neben ihr. Sein Haar war vom Schlaf und ihren Händen zerzaust, die Augen schwer, der Blick auf ihren rechten Oberschenkel gerichtet. Sie fragte sich, ob irgendeine andere

Frau auf dieser Welt das unbeschreibliche Glück hatte, beim Aufwachen einen solchen Mann neben sich zu sehen.

»Du siehst gut aus morgens«, murmelte sie und hob die Hand, um ihn zu streicheln. »Nackt und verschlafen.«

Er war nicht sicher, wie lange er sie angesehen hatte, während sie noch schlief. Aber er wusste, wann er die Decke von ihrem Körper gezogen hatte, um sie im Licht der Morgensonne zu betrachten, und den kleinen bunten Vogel auf ihrer Haut entdeckt hatte. Es war ihm schwergefallen, den Blick davon loszureißen.

»Du hast eine Tätowierung«, wiederholte er.

»Ja, ich weiß.« Mit einem leisen Lachen stützte Savannah sich auf die Ellbogen. Ihre dunkelbraunen Augen blickten ein wenig belustigt drein. »Das ist ein Phoenix«, erklärte sie und lächelte, als Jared die Augen zusammenzog, um die Tätowierung genauer zu betrachten. »Du weißt schon, der, der aus der Asche emporgestiegen ist. Ich habe ihn mir in New Orleans machen lassen, als mir klar wurde, dass ich doch nicht für den Rest meines Lebens arm bleiben würde.«

»Eine Tätowierung.«

»Manche Männer finden so etwas sexy.« Natürlich hatte sie sie sich nicht für einen Mann machen lassen, sondern nur für sich selbst. Als dauerhafte Erinnerung daran, dass sie es schaffen konnte, ganz von vorn anzufangen und mehr aus sich zu machen, als sie selbst sich zugetraut hatte. »Und du? Wie findest du so etwas?«

»Darüber muss ich erst nachdenken.« Jared konnte nicht sagen, warum der Sagenvogel auf ihrer Haut ihn so faszinierte. Was besaß Savannah noch für Geheimnisse? Welche anderen Zeugnisse ihrer Vergangenheit? Er nahm den Blick von der Tätowierung, sah ihr ins Gesicht, und wieder stockte ihm der Atem. Das schläfrige Lächeln, der Schwung der Lippen. »Wie fühlst du dich?«

»Wie nach einer leidenschaftlichen Liebesnacht mitten im Wald.« Lachend schlang sie die Arme um seinen Hals. »Ich fühle mich herrlich.« Sie küsste ihn, warm und sanft. Dann blickte sie ihn an, so als wolle sie sich jede Einzelheit genau einprägen. »Und du?«

»Ganz genauso.«

Sie hoffte, dass er sich so fühlen würde wie sie. Ihr Glück wäre vollkommen, könnte er auch nur einen Bruchteil dessen für sie empfinden, was sie in diesem Moment für ihn empfand.

Jared zog sie an sich und hielt sie, wie noch niemand sie jemals gehalten hatte. So, als würde ihm das hier unendlich viel bedeuten.

»Ich nehme nicht an, dass wir für immer hierbleiben können«, flüsterte sie.

»Nein, aber wir können zurückkommen.« Er musste nachdenken, und das war unmöglich, solange er sie in den Armen hielt. Es gab Pflichten auf der Farm, die er vernachlässigte, und das durfte er nicht. Das wollte er nicht. »Ich muss gehen.« Aber er legte sein Gesicht an ihr Haar und ließ die Arme, wo sie waren. »Auf einer Farm gibt es keine freien Sonntage.«

»Ich muss Bryan abholen.« Ihr Kopf ruhte an seiner Schulter, und sie ließ ihn nicht los.

»Warum bringst du ihn nicht auf die Farm und …? Bring ihn einfach hin, ja?«

»Einverstanden.«

»Savannah?«

»Hm?« Sie reckte sich ihm entgegen.

Er griff in ihr Haar, zog den Kopf nach hinten und küsste sie fast verzweifelt. »Nur noch ein einziges Mal«, flüsterte er und drückte sie auf die Wolldecke.

Als Jared zur Farm zurückging, war er noch wie benommen von der Nacht, die hinter ihm lag. Noch nie hatte er eine Frau erlebt, die ihn so berauschen, so schwach machen konnte. Er kam am Schweinestall vorbei, und die Tiere witterten den Menschen und begannen hoffnungsvoll zu grunzen. Im Hühnerstall gackerten die Hennen und flatterten über ihrem Futter. Jared war in Gedanken noch im Wald und wäre fast über eine der Scheunenkatzen gestolpert, die ins Freie gekommen war, um sich in der Morgensonne zu rekeln.

Er ging zur Hintertür. Der Duft des Frühstücks kam ihm entgegen, und er merkte erst jetzt, wie hungrig er war. Er hätte nicht nur die Würstchen essen können, die Devin briet, sondern auch noch die Pfanne.

»Kaffee.« Mehr brachte er nicht heraus, als er wie ein Schlafwandler an den Küchentresen trat.

Devin sah erst ihn an, dann Shane, der gerade seine zweite Tasse leerte. Die beiden Brüder wechselten einen freudigen Blick.

»Du hast dein Hemd verkehrt herum an«, sagte Devin sanft.

Jared verbrannte sich die Zunge am heißen Kaffee, stieß einen Fluch aus und ließ sich erschöpft auf einen Stuhl fallen.

Lächelnd lehnte Shane am Tresen. Gleich neben ihm war Devin dabei, die Würstchen und den Speck zuzubereiten. »Bruder Jared sieht heute Morgen ein wenig zerzaust aus. Man könnte meinen, er hätte die Nacht draußen im Wald verbracht.«

»Wahrscheinlich hätte ich gestern Nacht doch einen Suchtrupp losschicken sollen.« Schmunzelnd schlug Devin die Eier in die Pfanne. »Es ist ja so hart für einen Mann, die Nacht ganz allein im Wald zu verbringen. Mutterseelenallein …«

»Ja, mir tut er auch leid. Komm, ich bringe dir noch einen Kaffee, Jared.« Shane nahm die Kanne aus der Kaffeemaschine und füllte nach. »Dann kannst du uns alles erzählen. Lass nichts aus. Wir sind für dich da.«

Jared nahm den Becher, trank und verbrannte sich wieder die Zunge. »Ich habe mich in eine Frau verliebt, die in einer Nachtbar getanzt und eine Tätowierung hat.«

Gekonnt wendete Devin die Eier. »Sie war wirklich mal Stripperin?«

»Wo ist die Tätowierung?«, wollte Shane wissen, und die Frage brachte ihm einen spielerischen Rippenstoß von Devin ein. »Okay, nur so ungefähr, das reicht mir schon.«

»Ich habe mich in sie verliebt«, wiederholte Jared, jedes Wort sorgsam abwägend.

»Na und? Du warst schon oft verliebt.« Shane schlenderte an den

Ofen und holte die Brötchen heraus. »Wenigstens hast du dir diesmal eine wirklich interessante Frau ausgesucht.«

»Halt den Mund«, knurrte Devin. Er häufte das Essen auf einen großen Teller und stellte ihn auf den Tisch. Dann setzte er sich und sah Jared ins Gesicht. Nach einem Moment lehnte er sich zurück und holte tief Luft. »So richtig verliebt?«, fragte er leise.

Jared rieb sich mit dem Handballen die Brust, als befürchte er, das Herz könnte ihm zerspringen. »So fühlt es sich jedenfalls an.«

Kopfschüttelnd legte Shane die Brötchen in den Korb. »Mann, wir fallen wie die Fliegen. Erst Rafe, jetzt du.« Er setzte sich, stützte die Ellbogen auf den Tisch und nahm den Kopf zwischen die Hände. »Langsam wird mir das unheimlich.«

»Hast du es ihr gesagt?«, fragte Devin.

»Ich muss erst in Ruhe darüber nachdenken.«

»Ich wette, es dauert nicht mehr lange, dann müssen wir uns in Schale werfen und heiraten«, brummte Shane und füllte sich den Teller.

»Ich habe nichts von Heirat gesagt, oder?«, entgegnete Jared scharf. Panik stieg in ihm auf und schnürte ihm fast die Kehle zu. »Ich war bereits einmal verheiratet. Vom Heiraten war nicht die Rede.«

»Du warst nicht verheiratet, du warst … vertraglich gebunden.« Lächelnd schob Shane sich eine Ladung Ei in den Mund. »Du hättest dich ebenso gut mit einer Gerichtsakte ins Bett legen können.«

»Was zum Teufel weißt du denn davon?«

Shane spülte mit einem kräftigen Schluck Kaffee nach. »So wie du jetzt aussiehst, hast du damals nie ausgesehen, Bruder.«

Devin kaute nachdenklich und nickte. »Ist es der Junge, der dir Sorgen macht?«

»Nein, Bryan ist ein großartiger Junge.« Stirnrunzelnd nahm Jared sich den Rest vom Servierteller. Er mochte den Jungen und war gern mit ihm zusammen. Einer der Gründe, warum seine Ehe von Anfang an zum Scheitern verurteilt gewesen war, war der, dass er Kinder gewollt hatte, seine Frau nicht.

Nein, der Junge bereitete ihm keine Sorgen. Es war der Mann, der mitbeteiligt gewesen war, Bryan das Leben zu schenken. Und, so wurde ihm jetzt bewusst, all die anderen Männer danach. Mit dem Verstand allein war das nicht aus der Welt zu schaffen. Und dass es ihn so sehr beschäftigte, machte ihn unzufrieden mit sich selbst.

Er bemerkte Devins Blick, jenen ruhigen, wissenden Blick, und zuckte mit den Schultern. »Ich werde mich daran gewöhnen müssen.«

Devin streute Salz über seine Eier. »Das Problem mit euch Anwälten ist, dass ihr immer sämtliche Fakten sammelt, jede winzige Einzelheit. Und dann könnt ihr jede Seite vertreten. Das konntest du schon immer gut, Jared. Dad meinte, du würdest etwas ganz Einfaches so lange drehen und wenden, bis es so aussieht, wie du es haben willst. Erst richtig, dann falsch, schließlich wieder richtig und falsch. Vielleicht solltest du diesmal alles so nehmen, wie es ist.«

Genau das wollte Jared. Und er hoffte inständig, dass er es auch konnte.

Jared zog nicht bei Savannah ein, jedenfalls nicht offiziell. Aber er verbrachte die meisten Nächte dort, und einige seiner Sachen landeten in ihrem Kleiderschrank, einige Bücher in ihren Regalen.

Er gewöhnte sich daran, nach der Arbeit bei ihr vorbeizufahren und Bryan abzuholen, wenn der Junge Baseballtraining hatte. Wenn ein Fall ihn länger als sonst im Büro festhielt, rief er Savannah an. Manchmal rief er sie auch nur so an, um ihre Stimme zu hören. Er brachte ihr hin und wieder Blumen mit und Bryan Baseballkarten oder etwas anderes, das der Junge sich sehnlich wünschte. Sie unternahmen zu dritt Ausflüge in die Umgebung und lieferten der Gerüchteküche jede Menge Nahrung.

Bryan akzeptierte Jared rückhaltlos – eine Tatsache, die Jared zugleich freute und Zweifel in ihm weckte. Er wollte gern glauben, dass er dem Jungen etwas bedeutete und zur Familie gehörte. Aber oft fragte er sich, ob Bryan es einfach nur so hinnahm, dass wieder einmal ein Mann aufgetaucht war, der sein Leben mit ihnen teilte.

Wann immer diese quälenden Gedanken ihm in den Kopf kamen, gab Jared sich die allergrößte Mühe, sie zu verjagen. Schließlich zählte allein das Jetzt, nicht das, was einmal gewesen sein mochte. Wichtig war die Art, wie Savannah ihn ansah. Wie sie lachte, wenn sie ihn dabei beobachtete, wie er mit Bryan über den Rasen tollte. Wie anmutig sie sich straffte, nachdem sie sich über das Blumenbeet gebeugt hatte, oder wie sie sich konzentrierte, wenn sie in ihrem Atelier arbeitete.

Wichtig war, wie sie duftete, wenn sie aus dem Bad kam. Wie sie sich Nacht für Nacht im Bett an ihn schmiegte, als könne sie gar nicht genug von seinen Zärtlichkeiten bekommen. Und wie sie nach seiner Hand griff, wenn sie abends zusammen auf der Veranda saßen.

Jared war im Gericht aufgehalten worden, und die Anspannung des Tages ließ sich einfach nicht abschütteln. Er hatte sich Arbeit mit nach Hause genommen und wusste, dass der Kopfschmerz, der hinter den Schläfen hämmerte, schon bald noch viel schlimmer werden würde.

Er hielt in der Stadt, um Schmerztabletten zu kaufen, und suchte die Regale im Drugstore nach etwas ab, das die Kesselpauke hinter seiner Stirn zum Verstummen bringen würde.

»Hallo, Jared.« Beladen mit Brot und einer Schachtel Frühstücksflocken, baute Mrs. Metz sich vor ihm auf. Sie gehörte zu den Spitzenköchinnen der städtischen Gerüchteküche.

»Hallo, Mrs. Metz.« Er war hier aufgewachsen, und es wäre unhöflich, sie einfach stehen zu lassen. Außerdem mochte er sie und erinnerte sich gern daran, wie sie ihn mit selbst gebackenen Keksen gefüttert hatte. Und ihn mit dem Besen davongejagt hatte, wenn er etwas angestellt hatte. »Wie geht es Ihnen?«

»Ganz gut, denke ich. Etwas Regen wäre mir allerdings recht. Der Frühling ist zu trocken.«

»Ja, Shane macht sich schon Sorgen deswegen.«

»Heute Abend wird es bestimmt regnen«, prophezeite sie. »Irgendwo braut sich ein Gewitter zusammen. Wie ich hörte, hat der Morningstar-Junge am Samstag ein gutes Spiel hingelegt.«

»Drei Homeruns, und zweimal hat er abgeräumt.«

Sie lachte so heftig, dass ihr Dreifachkinn zitterte. »Sie klingen ja beinahe wie ein stolzer Vater.« Bevor er noch etwas erwidern konnte, sprach sie weiter. »Ich sehe Sie und den Jungen und seine Mutter hin und wieder. Sie ist das, was mein Sohn Pete vermutlich eine Superfrau nennen würde.«

»Ja, das ist sie.« Jared gab die Suche auf und nahm die erstbesten Schmerztabletten.

»Ganz schön schwer, finde ich«, fuhr Mrs. Metz fort. »Einen Jungen ganz allein großzuziehen, meine ich. Aber das müssen ja heutzutage immer mehr Frauen. Sie stammt aus dem Westen, nicht wahr? Ich nehme an, der Vater des Jungen lebt noch immer dort.«

»Keine Ahnung.« Weil er tatsächlich nicht sicher sein konnte, ob der Kerl nicht eines Tages auftauchen würde, wurde das Hämmern in seinem Kopf stärker.

»Man sollte meinen, dass der Mann seinen Jungen wenigstens ab und zu sehen will, finden Sie nicht auch? Die beiden wohnen jetzt schon fast vier Monate hier. Man sollte denken, er würde mal vorbeischauen und einen so gut geratenen Jungen besuchen.«

»Sollte man«, erwiderte Jared vorsichtig.

»Natürlich, manchen Männern sind ihre Kinder vollkommen gleichgültig. Wie Joe Dolin, zum Beispiel.« Ihr fröhliches Gesicht wurde bekümmert. »Ich bin ja so froh, dass Sie Cassie bei der Scheidung helfen und es ihr so leicht wie möglich machen. Meistens läuft es ja nicht so glatt. Ich weiß noch, als der zweite Sohn meiner Schwester sich scheiden ließ, flogen die Fetzen. Ich könnte mir vorstellen, dass Savannah Morningstars Scheidung auch nicht gerade ein Zuckerschlecken war.«

Ja, das könntest du wohl, dachte Jared wütend. Er dachte gar nicht daran, ihr noch mehr Stoff zum Klatschen zu liefern, indem er ihr verriet, dass es gar keine Scheidung gegeben hatte. Wie auch? Es hatte ja keine Heirat gegeben. »Sie spricht nicht darüber.«

»Früher waren Sie aber neugieriger, Jared.« Bevor er unfreund-

lich antworten konnte, lächelte sie. »Was sind Sie doch für ein se-
riöser Mann geworden. Ein richtiger Anwalt mit Aktenkoffer. Ich
bin schon ein paarmal im Gericht gewesen, nur allein, um Sie bei der
Arbeit zu sehen.«

Sein Zorn verflog. »Ja, ich weiß.« Er hatte sie bemerkt. In dem
groß geblümten Kleid und den Gesundheitsschuhen war sie nicht zu
übersehen gewesen. Wie sein persönlicher Fanclub.

»Es ist besser, als sich Perry Mason im Fernsehen anzuschauen,
habe ich meinem Mann gesagt. Und dass Jared MacKade bei Gericht
geschickter vorgeht als Perry Mason. Ihre Eltern wären stolz auf Sie.
Und dabei dachten wir alle, die MacKade-Brüder landen bestimmt
noch mal vor Gericht … aber nicht als Anwalt«, fügte sie hinzu,
und fand das so komisch, dass sie sich vor Lachen krümmte. »Junge,
Junge, wart ihr eine Rasselbande. Glauben Sie bloß nicht, ich wüsste
nicht, wer meinem Pete nach dem Frühlingsball in der Highschool
das blaue Auge verpasst hat.«

Jared erinnerte sich gern daran. »Er hat versucht, mir mein Mädchen auszuspannen.«

»Ja, Sharilyn war damals ganz schön lebenslustig, nicht? Es war
doch Sharilyn, nicht wahr?«

»Möglich.«

»Nun ja, jedenfalls war sie kein Kind von Traurigkeit. Und Sie
selbst auch nicht, wenn ich mich recht entsinne. Die Mutter des jungen Bryan freut sich bestimmt mächtig darüber, dass sie sich einen
MacKade geangelt hat. Ich muss sagen, ihr drei seht richtig gut aus.
Ich habe das Gefühl, Ihre Mama hätte das Mädchen gemocht.«

»Ja, das hätte sie wohl.« Jared bekam ein mulmiges Gefühl in der
Magengegend. Was hätte seine Ma über ein Mädchen wie Savannah
gesagt?

Auf der Fahrt nach Hause dachte er darüber nach, und das ließ
seinen Kopfschmerz noch schlimmer werden. Wäre seine Mutter
noch am Leben, was könnte er ihr über Savannah erzählen? Ledige
Mutter, Stripteasetänzerin, Job auf dem Jahrmarkt, Rodeoreiterin,

Straßenmalerin. Nichts davon hätte Mom gefallen, dachte er und massierte sich die Schläfe.

Das Problem war, er konnte sich alles genau vorstellen, jede Station auf Savannahs Lebensweg. Und es fiel ihm leicht zu begreifen, dass jede davon Savannah zu der Frau gemacht hatte, die jetzt auf ihn wartete.

Er war versucht, bei Rafe vorbeizuschauen oder direkt zur Farm zu fahren. Einfach nur, um sich zu beweisen, dass er es konnte. Dass Bryans Mama ihn nicht an der Angel hatte. Doch dann bog er in ihre Einfahrt, denn alles andere wäre ihm feige erschienen.

Kein MacKade war ein Feigling.

Savannah hatte die Musik wieder einmal voll aufgedreht. Normalerweise belustigte es Jared, wie sie aus der alten Stereoanlage alles herausholte und harten Rock durch den Wald hallen ließ. Aber heute blieb er im Wagen sitzen und rieb sich die Schläfen.

Erst nach einer Weile stieg er aus und ging zur Veranda. Der Aktenkoffer kam ihm schwerer vor als sonst. Durch die Fliegentür zur Küche sah er Savannah beim Geschirrabwasch. Sie sang laut, mit einer leicht heiseren, erotischen Stimme, die jedem Mann unter die Haut ging, und sie bewegte die Hüften im Rhythmus der Musik.

Sie weiß, wie man sich bewegt, dachte er, und Wut und Eifersucht stiegen in genau dem Moment in ihm auf, als der erste Blitz über den sich verdunkelnden Himmel im Westen zuckte.

Bevor er sich beherrschen konnte, hatte er bereits die Tür hinter sich zugeknallt. Wie ein Pistolenschuss übertönte es die Musik. Savannah drehte sich um, und ihr offenes Haar strömte ihr über die Schulter.

»Kannst du das verdammte Ding nicht leiser stellen?«, schrie er.

»Sicher.« Sie schlenderte hinüber und stellte die Musik ab. »Tut mir leid, ich habe dich gar nicht kommen gehört.«

»Du hättest es nicht einmal gehört, wenn ein Güterzug gekommen wäre.«

Sie zog eine Augenbraue hoch und wischte sich die feuchten Hände an den eng sitzenden Jeans ab. »Harter Tag?«

Er ging durch die Küche und legte den Aktenkoffer auf den Tisch, wo die Gänseblümchen, die er Savannah vor ein paar Tagen mitgebracht hatte, in der Abendsonne leuchteten. »Hast du so für Geld getanzt?«

Der Stich kam so überraschend, so heftig, dass Savannah nicht einmal zusammenzuckte. Stattdessen fröstelte sie und atmete einmal tief durch, bevor es ihr gelang, den Schmerz zu unterdrücken. »Nein. Ich hätte nicht sehr viel verdient, wenn das alles gewesen wäre.« Sie ging zum Kühlschrank und nahm ein Bier heraus, das sie gar nicht wollte. Sie musste etwas in den Händen halten, um sie am Zittern zu hindern. »Möchtest du auch eins?«

»Nein. Hat es dir eigentlich nichts ausgemacht, angestarrt zu werden?«

»Nicht besonders.« Sie trank einen Schluck und ließ sich viel Zeit dabei.

»Also hast du es genossen.« Jared stichelte, wie er es bei Zeugen tat, die unter Eid standen. »Das Tanzen, das Angestarrtwerden, die Blicke der Männer.«

»Ich musste meine Miete bezahlen. Die Männer mochten es, meinen Körper zu betrachten, und ich dachte mir, wenn sie das wollen, sollen sie dafür auch bezahlen.«

»Und wenn sie dafür bezahlten, konnten sie auch …« Er verstummte, erschüttert über das, was er beinahe ausgesprochen hätte. Er hatte nicht gewusst, dass er dazu fähig sein könnte.

Savannah blieb ganz ruhig. Diesmal war sie darauf vorbereitet gewesen. »Jetzt, da du es ansprichst …« Sie zuckte mit den Schultern und lächelte traurig. »Ich habe daran gedacht. Es gab einmal eine Zeit, da hatte ich nichts anderes zu bieten, das stimmt. Also dachte ich daran, mich selbst zu verkaufen.«

Jared hatte sich entschuldigen wollen, aber jetzt brachte er die Worte nicht heraus. »Und hast du das?«

Sie starrte ihn an. Ihr Blick war ausdruckslos. »Ich werde jetzt meinem Sohn Gute Nacht sagen.« Jared ergriff ihren Arm, und ihr Blick wurde abweisend. »Lass mich los, MacKade. Bleib oder geh, das liegt bei dir, aber reiz mich nicht.« Sie riss sich los und ging hastig die Treppe hinauf.

Am liebsten hätte er etwas zerbrochen. Am besten etwas, das zersplitterte, damit er es sich danach zwischen die Rippen jagen konnte. Aber stattdessen riss er die Tablettenschachtel auf, fetzte den Deckel von der Dose und schluckte gleich drei davon. Mit dem Rest ihres Bieres spülte er nach.

Oben brachte Savannah Bryan zu Bett. Danach schloss sie leise die Tür des Kinderzimmers und sperrte sich im Bad ein, um ihr glühendes Gesicht immer wieder mit eisigem Wasser zu kühlen.

Wie konnte ich nur so dumm sein, fragte sie sich. Wie konnte ich nur so blind sein und nicht erkennen, was er in Wirklichkeit von mir denkt? Warum habe ich mich nicht gegen das geschützt, was sich hinter seiner überaus zärtlichen, liebevollen Fassade an Verachtung verbirgt?

Aber jetzt würde sie eine Mauer um ihr Herz errichten. Die Fragen, die er ihr stellte, würden sie nicht mehr verletzen können. Auch nicht die Fragen, die sie in seinen Augen las. Er würde sie nicht dazu bringen, sich der Antworten zu schämen, die sie ihm gab. Niemals, das schwor sie sich. Sie hatte zu lange und zu hart gekämpft, um sich von irgendjemandem erniedrigen zu lassen.

Aber so sehr sie auch danach suchte, sie fand ihn nicht, den stillen, geschützten Winkel ihrer Seele, in den sie sich hätte flüchten können. Es war, als könnte Jared ihr auch dorthin folgen.

Sorgsam trocknete sie sich das Gesicht ab und wischte das Waschbecken aus. Die ganze Zeit lauschte sie, ob Jared davonfuhr. Aber von draußen drang nur das Krachen der Blitze, das Grollen des Donners und das Geflüster alter Geister herein.

Jared saß am Küchentisch vor seinen ausgebreiteten Papieren, als sie hereinkam. Als sie stehen blieb, hob er den Kopf und nahm die Brille ab, doch sie kehrte ihm den Rücken zu und ging hinaus, um in der Natur zu sein. Der Wind nahm zu und die Bäume rauschten.

Der Regen, der Sturm, das Donnern zogen über die Berge, heulten durch den Wald und tobten sich am Blockhaus aus.

Die Luft roch so, wie sie es liebte. Wie verzaubert. Savannah legte den Kopf in den Nacken und atmete den Duft ein. Als der Sturm den Regen unter das Dach der Veranda trieb und die Tropfen ihr ins Gesicht peitschten, blieb sie, wo sie war. Als ein Blitz so nah am Haus über den Himmel zuckte, dass er die Bäume zu versengen schien, war sie dankbar dafür.

Nach einer Weile schob Jared die Papiere zur Seite und trat zu Savannah hinaus. Sie war vollkommen durchnässt, Haar und Shirt klebten an ihr. Es war kalt, aber sie fröstelte nicht. Schließlich drehte sie sich zu ihm um und lehnte sich an den Pfosten.

»Noch mehr Fragen?«

Er hatte inzwischen die Krawatte abgenommen und die Ärmel aufgekrempelt, doch noch immer kam er sich wie ein Anwalt vor dem Zeugenstand vor. »Ich hätte meine Frage vorhin nicht so stellen sollen«, begann er und fand es entsetzlich, wie förmlich er sich anhörte. »Ich entschuldige mich dafür. Aber nicht dafür, dass ich eine Antwort haben möchte. Ich frage dich noch einmal, ob du dich prostituiert hast.«

»Das nennt man, die Frage anders formulieren … nicht wahr, Herr Anwalt?«

»Ich habe ein Recht, es zu erfahren.«

»Wieso?«

»Verdammt, ich schlafe mit dir. Ich lebe schon fast mit dir zusammen.«

Übelkeit stieg in ihr auf, doch sie ließ es sich nicht anmerken. »Habe ich mich von dir bezahlen lassen?« Ihr Blick wurde warnend, als er näher kam. »Fass mich nicht an. Was fällt dir ein, MacKade, mein Haus zu betreten, als wäre es deins, und mir meine Vergangenheit vorzuwerfen, als wärst du ein Teil davon? Hör zu, mein Haus gehört ebenso mir allein wie meine Vergangenheit.«

Er trat näher, bis er direkt vor ihr stand. Das Gewitter draußen schien auch in ihm zu toben. »Ja oder nein?«, fragte er.

Als sie ihn zur Seite schieben wollte, hielt er sie fest. Sie biss die Zähne zusammen und funkelte ihn an.

»Du denkst, ich will es wissen? Nein, ich muss es wissen und bin auf jede Antwort vorbereitet. Weil ich dich liebe.« Er legte zwei Finger unter ihr Kinn und hob ihr Gesicht an. »Ich liebe dich, Savannah.«

Ihre Augen füllten sich mit Tränen. Sie wich zurück und schob Jared mit aller Kraft von sich. »Geh zur Hölle, Jared«, schrie sie ihn an. »Du wirst meine Gefühle für dich nicht in den Dreck ziehen. Soll ich dich etwa für deinen Großmut bewundern? Soll ich dir dankbar sein, dass du eine Frau wie mich liebst? Dass du mich trotz meiner Vergangenheit liebst?«

»Nicht.« Jared musste sich beherrschen, um nicht nach ihr zu greifen, als sie sich umdrehte. Er durfte sie jetzt nicht berühren, er hatte es nicht verdient. »Bitte, geh jetzt nicht. Du hast recht, Savannah. Du hast vollkommen recht.«

Sie starrte durch das Fliegengitter auf das Zuhause, für das sie ihr ganzes Leben lang gekämpft hatte. Sie schloss die Augen und dachte an den Mann, der hinter ihr stand. Nie hätte sie geglaubt, einen Mann wie ihn bekommen zu können. Plötzlich fühlte sie sich zutiefst kraftlos, erschöpft von ihren eigenen Hoffnungen und Ängsten.

»Ich habe mich nie verkauft«, sagte sie leise und mit ausdrucksloser Stimme. »Nicht einmal, als ich nichts zu essen hatte. Ich hätte es tun können, es gab genug Gelegenheiten und viele Leute, die annahmen, dass ich genau das tue. Aber ich habe es nicht getan. Es wäre für mich erniedrigend gewesen, und Bryan hätte keine Mutter verdient, die sich verkauft, um das Essen oder eine Übernachtung bezahlen zu können.« Sie atmete durch, bevor sie sich wieder zu ihm drehte. »Bist du jetzt zufrieden, Jared?«

Er hätte jedes seiner Worte zurückgenommen, hätte er es gekonnt. Aber er wusste, wenn er es nicht ausgesprochen hätte, hätte es ihn gequält und alles vergiftet, was sie miteinander hatten. Er wusste auch, dass noch mehr ausgesprochen werden musste. Dass es noch mehr

Fragen gab. Aber nicht an diesem Abend. »Kannst du verstehen, wie entsetzlich ich es finde, dass du dich überhaupt entscheiden musstest? Dass du allein warst? Ohne Hilfe?«

»Ich kann die letzten zehn Jahre nicht ändern«, entgegnete sie. Trotz und Hilflosigkeit klangen aus ihren Worten. »Und ich will es auch nicht.«

Langsam, fast zaghaft trat er auf sie zu. »Kannst du verstehen, dass ich dich liebe? Dass mir gerade eben bewusst geworden ist, dass ich noch nie eine Frau geliebt habe? Und dass ich dich so sehr brauche, dass es mich um den Verstand bringt?« Er hob eine Hand, berührte ihr nasses Haar. »Lass mich dich halten, Savannah. Einfach nur halten.« Behutsam, ganz behutsam legte er die Arme um sie und zog sie an sich. Die Erleichterung ließ seine Knie weich werden, als er ihre Hände an seinem Rücken fühlte. »Ich habe dir wehgetan. Es tut mir leid. Ich wusste nicht, dass ich es konnte.« Beschämt küsste er ihr Haar. »Ich habe nur mich gesehen. Diese Zweifel … dieses Gefühl … wurde immer stärker. Ich konnte an nichts anderes mehr denken. Ich glaube, ich war unzurechnungsfähig.«

»Schon gut«, flüsterte sie und schmiegte sich an ihn, als müsse sie ihn trösten. »Es ist jetzt nicht wichtig.«

»Lass mich es dir noch einmal sagen.« Er sah ihr in die feucht schimmernden Augen. »Ich liebe dich, Savannah. Ich liebe dich so sehr.« Er küsste sie und spürte, wie sie erbebte. »Ich kann nichts dagegen tun. Es raubt mir jedes Mal wieder von Neuem den Atem, wenn ich dich sehe.«

Savannah sagte nichts, konnte nichts sagen. So hatte sie es sich erträumt. Dass Jared sie so ansah, so voller Liebe. Dies waren die Worte, nach denen zu sehnen sie sich gefürchtet hatte. Sie schlang die Arme um seinen Nacken und klammerte sich an seinen muskulösen Körper wie eine Ertrinkende.

»Du zitterst«, murmelte er. »Dich friert.«

»Nein. Nein. Oh, ich liebe dich auch. Ich weiß nicht, wie ich es anders ausdrücken soll.«

»So und nicht anders, Savannah. Das Gewitter zieht weiter.« Er hörte, wie das Donnern leiser wurde. »Es wird Regen geben. Ein Regen, wie ein Farmer ihn erhofft. Ein Regen, der etwas bewirkt.« Er legte einen Arm unter ihre Knie und hob Savannah auf. »Ich möchte jetzt mit dir schlafen und dem Regen zuhören.«

Jared war so zärtlich, dass ihr Herz überströmte vor Glück. Er küsste ihr Gesicht, ihren Hals, während er sie in das Zimmer trug, das sie miteinander teilten. Er schloss die Tür, trat ans Bett und legte sie darauf.

Sie hörte das leise Zischen eines Streichholzes, dann flackerte eine Kerze auf. Er zog ihr die klitschnassen Sachen aus und streichelte ihre Haut. Und plötzlich fühlte sie sich verletzlich.

Sie kniete sich aufs Bett, um sein Hemd aufzuknöpfen, und war so nervös, dass es ihr Mühe bereitete. Er nahm ihre Hände und presste sie an die Lippen.

Es duftete nach Regen und feuchter Erde. Savannah hörte, wie das Gewitter sich entfernte. Und dann gab es nur noch Jared. Sein Flüstern drang durch das Prasseln auf dem Dach und an der Fensterscheibe. Er war so zärtlich, so einfühlsam und sie so hingebungsvoll. Jedes Mal, wenn ihre Lippen sich berührten, wurde der Kuss intensiver und zugleich natürlicher. Jedes Mal, wenn ihre Körper sich aneinanderschmiegten, wurde es wärmer und sinnlicher.

Wie benommen von der Liebe zueinander sahen sie sich in die Augen und lauschten dem schneller werdenden Klopfen ihrer Herzen.

Und dann glitt er in sie, sein Seufzen verschmolz mit ihrem, zwei Körper schienen zu einem einzigen zu werden. Jared spürte, wie die Leidenschaft Savannah davonriss und auch ihn mit sich trug. Auch in der Erfüllung konnte sie nichts voneinander trennen.

9. Kapitel

Bryan liebte es, seine Freizeit auf der Farm zu verbringen, mit den Menschen, den Tieren, der frischen Luft. Er konnte sich noch genau an die bedrückende Enge der Großstadt erinnern. An die Orte, wohin sie gezogen und von denen sie wieder fortgegangen waren, an die winzigen Zimmer, deren Fenster vom Straßenlärm zu vibrieren schienen, und die Wände, die so dünn waren, dass jedes Lachen und jedes Fluchen der Nachbarn zu hören war.

Andererseits waren die Städte auch interessant gewesen. Es hatte immer etwas gegeben, das er tun, das er entdecken konnte. Und seine Mutter war mit ihm in die Parks und auf die Spielplätze gegangen – wenn sie nicht arbeiten musste.

Er erinnerte sich nur verschwommen daran, dass sie manchmal bis spät in die Nacht oder gar bis zum frühen Morgen arbeiten musste. Damals war sie oft müde gewesen. Und traurig. Aber er hatte nie recht verstanden, warum sie es war.

Er dachte an New Orleans mit der pulsierenden Musik und den gemächlich sprechenden Menschen. Er wusste noch, dass seine Mutter einen Topf mit roten Blumen auf die Fensterbank gestellt hatte.

Manchmal hatte er zu Füßen seiner Mutter gesessen und mit Autos gespielt oder ein Kinderbuch gelesen, während sie malte. Sie malte die Leute, die vorbeikamen, um in einem kleinen Klappstuhl zu sitzen, während sie ihre Gesichter mit schwarzer oder farbiger Kreide auf große weiße Blätter skizzierte.

Es war damals, als die Dinge anfingen, besser zu werden. Viel besser. Seine Mutter hörte auf, nachts zu arbeiten, und sah nicht mehr so traurig aus.

Aber jetzt war alles am besten. Sie wohnten in einem Haus. So wie sie es ihm immer versprochen hatte. Er hatte einen Garten, in dem er spielen konnte, und Freunde, die Freunde blieben, weil er nicht wieder wegziehen musste. Freunde wie Connor. Connor war richtig cool, auch wenn einige Mitschüler ihn immer wieder ärgerten und schlechte Sachen über seinen Vater sagten.

Vielleicht, dachte Bryan manchmal, tun die Kids das nur, weil sie nicht wissen, wie es ist, wenn man überhaupt keinen Vater hat. Er wusste es.

Aber Mom reichte ihm. Sie kümmerte sich um alles, und er und sie waren ein echtes Team. Sie war die coolste von allen Müttern.

Auch deshalb, weil sie ihn gefragt hatte, ob er in dem Blockhaus am Waldrand wohnen wollte. Sie hatte es nicht einfach nur beschlossen, ohne ihn zu fragen, wie viele andere Eltern es taten. Und dann, als sie das Blockhaus hatten, das für ihn das schönste Haus auf der ganzen Welt war, durfte er sich all die Sachen für sein Zimmer aussuchen, ganz allein. Das tolle Kojenbett, die Poster an den Wänden, die große Holztruhe für sein Spielzeug. Und jetzt durfte er so oft auf die Farm, wie er wollte. Meistens jedenfalls.

Shane war toll. Es störte Shane nie, wenn Bryan bei ihm war und ihn alle möglichen Dinge fragte. Devin war auch okay, obwohl er der Sheriff war. Bryan mochte auch vor allem den verrückten Rafe. Rafe warf sich zum Beispiel manchmal auf die Erde und tat, als würde er mit den Hunden kämpfen.

Aber am wichtigsten für ihn war Jared. Dauernd malte er sich aus, wie es wohl wäre, ihn immer um sich zu haben. Wie einen Vater. Jemand, mit dem man Baseball spielen konnte. Jemand, der jeden Tag von der Arbeit nach Hause kam und mit einem über alles sprach, was einen beschäftigte. Einen Mann, der seine Mom in der Küche küsste, ganz selbstverständlich.

Jared wünschte er sich am sehnlichsten, und deshalb träumte er davon, ihn als Vater zu haben. Denn die Wünsche, von denen man träumte, erfüllten sich irgendwie. Fast immer jedenfalls.

Auf der Farm schien die Sonne und erwärmte die vom nächtlichen Regen noch feuchte Erde. Der Frühnebel hatte sich aufgelöst und die Luft war klar. Bryan genoss es, mit den Hunden und Connor auf dem Boden zu sitzen und die Erwachsenen in der Nähe reden zu hören. Es war Sonntag, und heute würden sie alle zusammen essen. Die Männer kochten, was Bryan etwas seltsam, aber auch interessant fand.

»Meinst du, Ethel und Fred werden irgendwann Babys bekommen?«

Connor streichelte das goldbraune Fell des Hundes neben ihm, während er über Bryans Frage nachdachte. »Wahrscheinlich«, sagte er schließlich. »Das passiert immer, wenn Leute verheiratet sind. Bei Hunden ist es genauso, schätze ich.«

Bryan schnaubte und gab seinem Freund einen Stoß gegen die Schulter. »Leute müssen nicht verheiratet sein, um ein Kind zu bekommen. Sie müssen sich nur gernhaben.«

Hätte jemand anderes das zu ihm gesagt, wäre Connor rot geworden. Aber da es Bryan war, nickte er nur wissend. »Dann können Fred und Ethel Junge bekommen, sie mögen sich nämlich.«

Bryan schaute zum Farmhaus hinüber. Durch das Küchenfenster drang fröhliches Lachen. »Ich glaube, Jared hat meine Mom gern.«

Connor riss die Augen weit auf. »Bekommen sie etwa ein Baby?«

»Nein.« Bryan legte den Arm um Ethel. Daran hatte er auch schon gedacht. »Es wäre cool, wenn sie eins bekämen. Ich meine, du findest es doch gut, dass ihr Emma habt, oder?«

»Sicher.«

»Ein Bruder wäre besser, aber eine Schwester wäre auch okay. Ich glaube, wenn wir eins hätten, ein Baby, meine ich, würde Jared bei uns bleiben. So richtig mit uns zusammenleben, weißt du?«

»Manchmal ist das gar nicht so gut«, sagte Connor leise. »Manchmal ist es schlecht, wenn ein Mann bei einem lebt. Sie streiten und schreien herum, sie betrinken sich und … so.«

Bryan zog die Stirn in Falten. »Aber das ist nicht bei allen Männern so.«

»Wohl nicht.« Connor war sich da alles andere als sicher. »Ich will nicht, dass bei uns wieder ein Mann wohnt«, sagte er mit großem Nachdruck. »Nie, niemals wieder.«

Verständnisvoll legte Bryan den Arm um Connors Schultern. »Wenn dein Vater nach dem Gefängnis wieder zu euch kommen will, wirst du bereit sein. Wir beide werden bereit sein«, fügte er lächelnd hinzu. »Du und ich, Con.«

»Ja.« Connor wünschte fast, er könnte es beweisen. »Du und ich.«

»Sieht aus, als führten die beiden ein ernstes Gespräch zwischen Männern«, sagte Savannah, während sie aus dem Küchenfenster schaute.

»Connor hat eigentlich noch keinen richtigen Freund gehabt.« Wie denn auch, dachte Cassie betrübt. Joe hatte jeden vergrault, der sie oder ihren Sohn besuchen wollte.

»Bry auch nicht. Die beiden sind gut füreinander.« Savannah lächelte, als die Jungen sich gemeinsam mit den Hunden auf der Erde wälzten. Bis das Essen fertig war, würden die vier vermutlich schwarz vor Dreck sein.

»Das kommt mir irgendwie bekannt vor.« Devin stellte sich hinter die beiden Frauen und schob die Hände in die Gesäßtaschen seiner Jeans. Savannah musste sich zusammennehmen, um nicht von dem Sheriff abzurücken. »Wir haben so manchen Sonntagnachmittag im Staub verbracht.«

»Wir haben fast jeden Nachmittag im Staub verbracht«, verbesserte Rafe seinen Bruder.

»Erinnerst du dich an den Sonntag, als Mom uns mit dem Gartenschlauch abgespritzt hat?« Seufzend schob Shane sich ein Radieschen in den Mund. »Das waren noch Zeiten. Sie war wütend, weil Gran und Pop zum Essen kamen und wir uns in unseren besten Sachen rauften.«

»Du hast angefangen«, erinnerte sich Jared. »Du hast dir einfach meinen Baseball genommen und ihn auf dem Feld verloren.«

342

»Ich habe mir deinen Baseball geliehen«, erklärte Shane. »Und Devin hat ihn auf dem Feld verloren.«

»Rafe hat ihn verloren«, widersprach Devin mit sanfter Stimme. »Er sollte ihn fangen.«

»Du hast viel zu hart geschlagen«, sagte Rafe. »Das hast du immer getan.«

»Stimmt ja gar nicht.«

Bevor Devin den Streit fortsetzen konnte, hob Regan die Hände. »Auszeit. Jetzt, da wir alle erleben, wie nah diese Familie sich steht, habe ich etwas zu verkünden.« Sie lächelte Rafe zu. »Es ist der ideale Zeitpunkt, findest du nicht auch?«

»Ja, das finde ich auch.« Rafe nahm ihre Hand, küsste sie und zog seine Frau an seine Seite. Er strahlte über das ganze Gesicht. »Wir bekommen ein Baby.«

Einen Moment lang herrschte Stille, dann jubelten alle. »Hurra«, rief Shane, bevor er Regan von den Füßen hob und sich mit ihr drehte. Die werdende Mutter musste geküsst und umarmt werden, Rafe wurde brüderlich auf die Schulter geklopft.

»Gib mir meine Frau zurück«, sagte Rafe schließlich zu seinem Bruder.

»Gleich.« Shane küsste sie noch einmal und wollte sie Rafe geben. Doch Jared kam seinem Bruder zuvor und wirbelte sie auch noch einmal herum. Regan lachte noch immer, als sie in Devins Armen landete.

»Gebt mir endlich meine Frau wieder«, verlangte ihr Ehemann.

Während alle sich nun um Regan drängten, lehnte Savannah sich gegen den Küchentresen. »Die nächste Generation der MacKades«, flüsterte sie Cassie zu. »Was für eine Vorstellung.«

»Sie wird es schaffen.« Cassie blinzelte vor Rührung. »Regan wird mit allem fertig.«

Savannah trat vor und küsste Jared auf die Wange. »Herzlichen Glückwunsch, Onkel Jared.«

Er lachte. »Rafe wird Daddy, ich kann es kaum fassen.«

Mit hochgezogener Augenbraue sah sie zu Regan hinüber, die noch immer von Bruder zu Bruder gereicht wurde. »Und das, nehme ich an, ist die Art, wie ihr MacKade-Männer die Ankunft eines Babys feiert – indem ihr euch Frauen zuwerft.«

»Keine Ahnung. Es ist unser erstes Baby.«

Jared legte den Arm um sie, und Savannah begriff, dass er es wirklich so meinte. Es würde ein MacKade-Baby werden, und damit gehörte es ihnen allen.

Darüber dachte sie noch nach, während die Männer das Essen damit verbrachten, sich über die Pflichten eines Vaters und mögliche Namen für das Kind auszulassen. Eigentlich war es seltsam. Aber erst jetzt, da sie ein eigenes Zuhause besaß und Bryan alles bekam, was sie ihm geben konnte, ging ihr auf, dass weder sie noch ihr Sohn je erlebt hatten, was eine richtige Familie bedeutete.

Sie hatten einander, und das war wichtig. Lebenswichtig. Bryan war ein wohlgeratener, glücklicher Junge. Sie sah es ihm an. Er saß neben ihr, aß mit großem Appetit und lachte fröhlich, als Shane vorschlug, das Kind Lulubelle MacKade zu taufen, falls es ein Mädchen wurde. Ihr Sohn war so, wie sie ihn sich wünschte, daran zweifelte sie keine Sekunde.

Und doch fehlte ihm etwas. Er kannte weder die Freuden noch die Sorgen, die es mit sich brachte, wenn man Onkel, Tanten und Großeltern besaß. Oder Geschwister. Das war das, was sie ihm nicht geben konnte. Sie hoffte inständig, dass nur sie und nicht er das plötzlich vermisste.

»Geht es dir gut, Regan?«, drang Cassies leise Stimme durch die lustige Männerrunde.

»Wunderbar. Ich glaube, ich habe mich noch nie besser gefühlt. Keine Übelkeit, keine Erschöpfung, nichts von alledem, wovor die Bücher uns warnen.«

»Ich hatte alles.« Lächelnd strich Cassie über Emmas Kopf. »Aber es war nicht schlimm. Nur genug, um zu wissen, was einen beim zweiten Mal erwartete. Wie war es bei dir, Savannah?«

»Ich habe mich drei Monate lang hundeelend gefühlt.« Bevor Bryan über ihren Teller hinweggreifen konnte, reichte sie ihm die Schüssel mit den Röstkartoffeln. »Aber es hat sich gelohnt.« Sie zwinkerte ihrem Sohn zu.

»Drei Monate?« Regan schüttelte sich. »Jeden Tag?«

»Ob Sonnenschein oder Regen«, antwortete Savannah fröhlich. »Bry, wenn du deinen Mund noch ein Stück weiter öffnen würdest, könntest du vermutlich drei Kartoffeln auf einmal hineinstopfen.«

Er grinste verlegen. »Es schmeckt so gut.«

»Genau wie Mom sie immer gemacht hat«, warf Devin ein und löffelte dabei noch mehr Kartoffeln auf Bryans Teller. »Wir haben immer gewettet, wer von uns am meisten essen konnte. Meistens hat Jared gewonnen, stimmt's, Jared?«

»Ja.« Aber er hatte aufgehört zu essen und sah Savannah an.

»Der Junge wird deinen Rekord brechen.« Shane warf Jared ein Brötchen zu. Sein Bruder fing es geschickt auf.

Bryan fand die Idee großartig. Er nahm eins aus dem Korb und warf es Connor zu, der es gerade noch erwischte, bevor es zu Boden fiel.

»Guter Fang«, lobte Rafe. »Einen wie dich brauchen wir. Wirst du in der nächsten Saison Baseball spielen, Con?«

»Ich weiß nicht.« Connor brach sich ein Stück Brötchen ab und sah unter gesenkten Wimpern zu seiner Mutter hinüber.

»Con ist ein besserer Werfer als jeder unserer Anfänger.« Bryan nahm sich ein Brötchen und bestrich es dick mit Butter. »Er pfeffert dir den Ball direkt in die Tasche, wenn du nicht aufpasst.«

»Connor, du hast mir nie erzählt, dass du gern Baseball spielen würdest.« Kaum hatte Cassie es ausgesprochen, da bereute sie es auch schon. Natürlich hatte er nichts davon erwähnt. Er hatte nie jemanden gehabt, mit dem er hätte spielen können. Und dass er in der Schule gut gewesen war, hatte ihn in den Augen seines Vaters zum Versager gestempelt. Für den zählten die Leistungen auf dem Baseballfeld viel mehr als die in Mathematik oder Englisch.

»Ich treffe kaum etwas«, flüsterte Connor mit rotem Kopf. »Ich kann nur ein bisschen werfen, seit Bryan es mir beigebracht hat.«

»Wir werden an deiner Schlagtechnik arbeiten«, versprach Devin. »Gleich nach dem Essen werden wir an deiner Haltung feilen.«

Connor lächelte, und das war Antwort genug.

Wenig später drangen Anfeuerungsrufe und Jubel vom Hof in die Küche. Die Hände voller Geschirr sah Cassie hinaus. Devin hockte hinter Connor, und beide hielten den Schläger umklammert, während Jared ihnen die Bälle zuwarf.

»Es ist wirklich nett von den Männern, mit den Kindern zu spielen«, sagte sie.

»Und uns den Abwasch zu überlassen«, erwiderte Savannah trocken.

»Wer kocht, spült nicht.« Regan ließ heißes Wasser ins Becken laufen. »Eine uralte MacKade-Regel.«

»Klingt fair«, gab Savannah nach. Doch als sie sich inmitten der Stapel von Tellern und Töpfen umsah, war sie nicht mehr ganz so sicher.

»Ich hoffe, es stört euch nicht, aber was ich euch fragen wollte …« Regan lachte nervös. »Ach, eigentlich ist es albern.«

Savannah nahm ein Geschirrtuch und musterte Regan neugierig. »Was ist albern?«

»Nun ja.« Regan machte sich an den ersten Stapel. »Ihr habt es ja beide schon durchgemacht, und ich wollte fragen, wie es so ist. Die Geburt, meine ich.«

Savannah zwinkerte Cassie zu. »Wehen und Entbindung – ein Marsch durch das Tal der Tränen.«

»Nein, so schlimm ist es nicht«, versicherte Cassie. »Mach ihr doch nicht Angst, Savannah.« Sie stellte die Teller ab und strich Regan über die Schulter. »Wirklich, so schlimm ist es gar nicht.«

»Willst du ihr etwa einreden, dass es ein Kinderspiel sei?« Savannah musste über ihre Wortwahl lachen, wurde aber sofort wieder ernst.

»Es ist etwas ganz Natürliches«, beharrte Cassie. »Das allerdings höllisch wehtut.«

»Tut mir leid, dass ich gefragt habe.« Regan seufzte. »Und wie lange hat es gedauert?«

»Bei Connor etwas über zwölf Stunden, bei Emma knapp zehn.«

»Mit anderen Worten«, warf Savannah ein, »eine halbe Ewigkeit.«

»Ich würde dich ja bitten, den Mund zu halten, aber ich will wissen, wie lange du gebraucht hast.« Regan rümpfte die Nase. »Zehn Minuten, habe ich recht?«

Savannah nahm einen weiteren Teller. »Zweiunddreißig Stunden.«

»Zweiunddreißig Stunden!« Regan hätte fast einen Teller fallen lassen. »Das ist unmenschlich.«

»Reines Pech«, erwiderte Savannah. »Und die Entbindungsstation, auf der ich lag, war nicht gerade erstklassig. Aber das hätte auch nichts geändert.« Sie tat es mit einem Schulterzucken ab. »Babys kommen nun einmal, wann sie wollen. Du wirst es schaffen, Regan, glaub mir. Rafe wird dir beistehen. Und falls dein Arzt nicht gerade die Meistermannschaft eines Profi-Footballteams vor dem Kreißsaal aufbaut, wird der Rest der MacKades auch dabei sein.«

»Du warst ganz allein«, sagte Regan leise.

»Ja, das war ich.« Savannah drehte sich um, als Jared zur Tür hereinkam. »Ist das Match zu Ende?«

»Nein.« Er ließ sie nicht aus den Augen. »Ich habe den kürzesten Strohhalm gezogen und muss jetzt das Bier holen.«

»Warte, ich gebe es dir.« Cassie eilte bereits an den Kühlschrank. »Wollen die Kinder auch etwas?«

»Was immer sie kriegen können.« Er nahm den Sechserpack und den Karton mit Saft, den Cassie ihm reichte, und ging wieder hinaus.

»Nichts vertreibt einen Mann so schnell wie Frauen, die über das Kinderkriegen reden«, bemerkte Savannah lachend, aber sie ahnte, dass Jared nicht nur deswegen hinausgeeilt war. In seinem Blick hatte etwas gelegen, von dem er nicht wollte, dass sie es sah.

»Ich habe Rafe gegenüber die Lamaze-Kurse erwähnt, und er wurde bleich wie ein Laken.« Belustigt stellte Regan einen Teller in das Abtropfgestell. »Aber dann hat er die Zähne zusammengebissen und genickt.«

»Er wird es schon schaffen.« Mit einem letzten Blick zur Tür hinüber nahm Savannah den nächsten Teller. »Er liebt dich doch, und das allein zählt, oder nicht?«

»Ja.« Mit einem verträumten Seufzen tauchte Regan die Hände in das Spülwasser. »Das allein zählt.«

Auf dem Weg nach Hause entdeckte Savannah den ersten Leuchtkäfer. Der Sommer naht, dachte sie und sah, wie Bryan vor ihr den Weg entlangrannte und unsichtbare Feinde angriff. Sie wollte, dass der Sommer kam. Sie wollte die Hitze, die langen, sonnigen Tage, die sternklaren, schwülen Nächte.

Was sie wollte, war, dass die Zeit verging und sie jede Minute davon genoss. Ein ganzes Jahr, Sommer, Herbst, Winter und Frühling, hier, an diesem Ort. In ihrem Haus. Mit diesem Mann.

»Beschäftigt dich etwas?«, fragte sie leise.

»Mich beschäftigen viele Dinge.« Jared wünschte, er könnte mit ihr eine Weile im Wald bleiben. Dort, wo sie die Sorgen und Nöte der Menschen spüren konnten, die gestorben waren, bevor sie beide geboren worden waren. »Es gibt da ein paar Fälle, die mir auf die Nerven gehen. Die Maler bringen im Büro alles durcheinander. Ich muss Cassies Scheidung durchbringen. Und ich muss mir darüber klar werden, dass ich Onkel werde.«

»Du spielst wieder einmal den Anwalt, MacKade, und versteckst dich hinter vielen Worten.«

»Ich bin Anwalt.«

»Okay, fangen wir damit an … Warte einen Moment. Bry, ab in die Badewanne«, rief sie ihrem Sohn zu.

»Ach, Mom …«

»Und zwar sofort, mein Freund. Ich komme auch gleich nach.«

Der Junge rannte los, und vom Waldrand aus sah Savannah, wie im Haus ein Licht nach dem anderen anging, als Bryan nach oben eilte. Durch das offene Badezimmerfenster konnte sie ihn singen hören, wie immer schrecklich unmelodisch.

»Warum bist du Rechtsanwalt geworden?«, fragte sie Jared.

Die Frage traf ihn völlig unvorbereitet. Er war mit den Gedanken ganz woanders gewesen. »Warum ich Rechtsanwalt geworden bin?«, wiederholte er, um Zeit zu gewinnen.

»Versuch doch einmal, mit zwanzigtausend Worten oder weniger zu antworten.«

»Weil ich gern Anwalt bin.« Die erste Antwort, die ihm einfiel, war die beste. »Ich suche gern nach den richtigen Argumenten. Ich betrachte ein Problem von beiden Seiten und denke alles durch, bis ich die besten Argumente finde. Ich gewinne gern.« Er zuckte mit den Schultern. »Und natürlich auch, weil ich will, dass Gerechtigkeit herrscht. Sicher, die Justiz ist nicht perfekt, aber wir brauchen sie. Ohne sie wären wir zweifellos verloren.«

»Du glaubst also an Recht und Gesetz, du argumentierst gern, und du gewinnst gern.« Sie legte den Kopf auf die Seite. »Alle Gründe in einem einzigen Satz. Siehst du, wie einfach es geht?«

»Worauf willst du hinaus?«

»Darauf, dass du die Dinge auch gern verkomplizierst.« Sie streichelte seine Wange. »Was verkomplizierst du jetzt gerade, Jared?«

»Nichts.« Er nahm ihre Hand und küsste sie auf das Gelenk, dort, wo er ihren Puls an den Lippen fühlen konnte. »Ich verkompliziere gar nichts. Es war schön, mit dir und Bryan auf der Farm zu sein. Und gemütlich, um den Küchentisch zu sitzen, während alle durcheinanderredeten.«

»Und mit Brötchen zu werfen.«

»Und mit Brötchen zu werfen. Es war schön, draußen auf dem Hof Baseball zu spielen und dabei zu hören, wie du und Regan und Cassie in der Küche mit dem Geschirr klappern.«

»Typisch.« Sie lächelte nachsichtig. »Als Antwort würdest du wahrscheinlich von geschlechtsspezifischer Rollenverteilung reden.«

»Verklag mich doch.« Er zog sie an sich. Und dann, als alles um sie herum still war, hörte er plötzlich den Kampf. Ein Fremder gegen einen anderen Fremden, unerbittlich, bis in alle Ewigkeit. Vielleicht hatte jeder von ihnen recht, auf seine Weise. »Spürst du es?«, flüsterte er.

»Ja.« Ich spüre die Angst, dachte sie und schloss die Augen. Die Verzweiflung. Und die langsam schwindende Hoffnung. Vielleicht spürte sie die Geister des Waldes deshalb so deutlich, weil sie diese Gefühle so gut kannte. »Hast du dich jemals gefragt, warum sie noch immer hier sind? Was sie vielleicht noch zu sagen oder zu tun haben?«

»Der Kampf ist noch nicht vorüber. Er wird es niemals sein.« Savannah schüttelte den Kopf. »Die Sehnsucht ist noch nicht vorüber. Die Sehnsucht nach dem Zuhause, der Heimat. Die Sehnsucht nach dem Frieden, nehme ich an. Die wird nie aufhören. Aber hier kann ich sie stillen, hier finde ich endlich Frieden.«

Als sie sich von Jared lösen wollte, hielt er sie fester. »Ich habe an der Küchentür gelauscht, als ihr drei Frauen euch unterhalten habt. Dass du ganz allein warst, als du Bryan bekamst, macht mich traurig. Ich habe es mir vorgestellt. Und wie du während der Schwangerschaft gelitten hast. Es muss schlimm gewesen sein.«

»Morgendliche Übelkeit ist nicht ungewöhnlich, wenn man ein Kind bekommt.«

»Sechzehn Jahre alt, mutterseelenallein und schwanger zu sein, ist verdammt ungewöhnlich, und das sollte es auch sein«, sagte er mit Nachdruck.

»Mich jetzt zu bedauern ist reine Zeitverschwendung, Jared. Das ist alles lange her.« Sie legte den Kopf in den Nacken und sah ihm ins Gesicht. »Aber das ist es nicht, was du fühlst, nicht wahr? Es ist nicht nur Mitleid.«

»Ich weiß nicht, was ich fühle.« Nichts frustrierte ihn so sehr wie das Unvermögen, in sich selbst die erhofften Antworten zu finden. »Ich habe Fragen, von denen ich noch nicht einmal weiß, wie ich sie stellen soll. Du zwingst mich dazu, dich zu fragen, indem du nichts erzählst. Und ja, ich empfinde Mitgefühl mit dir, mit dem jungen Mädchen, das allein zurechtkommen und Entscheidungen treffen musste, vor die kein Kind gestellt werden darf.«

»Ich war kein Kind.« Sie klang ruhig. »Ich war alt genug, um schwanger zu werden, also war ich auch alt genug, mit den Folgen fertig zu werden. Und die Entscheidung, die ich traf, habe ich allein getroffen. Niemand hätte sie mir abnehmen können. Bryan zu bekommen, war eine der wenigen richtigen Entscheidungen in meinem Leben.«

»So habe ich es nicht gemeint. Ich habe nicht Bryan gemeint.« Ihre Augen funkelten, und er schüttelte Savannah behutsam. »Glaub mir, Savannah. Ich meinte die Entscheidung, wohin du gehen, was du tun, wie du leben solltest. Was du essen solltest. Und verdammt noch mal, Savannah, du warst ein Kind. Du hattest etwas weit Besseres verdient als das, was du bekommen hast.«

»Ich habe Bryan bekommen«, sagte sie schlicht. »Ich habe etwas Besseres bekommen, als ich verdient hatte.«

Er konnte ihr nicht klarmachen, was er meinte. Ihm fehlten die richtigen Worte, ihm, dem wortgewandten Anwalt. Vielleicht war das, was er ihr sagen wollte, zu einfach. »Ich frage mich, wie es ist, einen Menschen wie Bryan zu erschaffen und ihn rückhaltlos zu lieben. Ohne Eigennutz.«

Jetzt konnte sie endlich lächeln. »Es ist wunderbar. Einfach wunderbar. Kommst du mit mir nach Hause?«

»Ja.« Er nahm ihre Hand. »Ich komme mit dir nach Hause.«

Jared dachte über Savannahs Art von Liebe und ihre Art zu leben nach, während sie neben ihm schlief. Eine Frau wie sie hätte er sich niemals gesucht, und diese Einsicht machte ihm sehr zu schaffen. Sie war weder elegant noch kultiviert, noch besaß sie die Klasse, die ihn an einer Frau reizte.

Denn eben eine solche Frau hatte er immer gesucht, das wurde ihm jetzt bewusst. Und das war ein schwerer Fehler gewesen. Aber brauchte ein Mann denn nicht eine Frau, die er verstand, die er kannte? In Savannahs Leben gab es gewaltige Abschnitte, von denen er keine Ahnung hatte. Große Teile ihrer Vergangenheit waren ihm verschlossen, verborgen in ihrer Erinnerung.

Ein junges Mädchen, schwanger und allein, verlassen von all den

Menschen, die ihr hätten helfen müssen. Er empfand Mitleid mit dem Mädchen, aber auch so etwas wie Misstrauen. Ein Misstrauen, das ihn quälte, so sehr er sich auch dagegen wehrte.

Wohin war Savannah gegangen, was hatte sie getan, wo hatte sie gelebt? Er wollte nicht mehr daran denken, doch sein Stolz ließ es nicht zu. Sie hatte das Kind eines anderen Mannes zur Welt gebracht, hatte andere Männer erregt. Diese Vorstellung steckte wie ein Messer in seinem Stolz, in seinem Selbstbewusstsein, und es ließ sich einfach nicht herausziehen.

Das war sein Problem. Jared wusste es und versuchte es mit dem Verstand und der Vernunft zu lösen. Er zerbrach sich den Kopf darüber. Als Savannah sich im Schlaf bewegte und sich nicht zu ihm, sondern von ihm wegdrehte, beunruhigte es ihn zutiefst.

Wie viele andere Männer hatte sie geliebt? Wie viele hatten neben ihr gelegen und gewünscht, der Einzige zu sein?

Doch noch während er sich mit dieser Frage quälte, zog er Savannah an sich. Sie schmiegte sich an ihn, er spürte ihre Wärme und atmete den Duft ihrer Haut ein, jenen natürlichen, sinnlichen Duft, für den sie kein Parfüm brauchte.

Er hatte sich daran gewöhnt, mit ihr aufzuwachen. Sie würde die Augen aufschlagen, ganz langsam, so als wäre der Schlaf etwas, aus dem man sich gemächlich löste. Sie würde ihn berühren, seine Schultern streicheln, den Rücken, die Arme. Und dann, wenn die Erregung ihn zu durchströmen begann, würde sie die Decke zurückschlagen und das Bett verlassen. Sie würde sich mit katzenhafter Anmut strecken, das lange schwarze Haar anheben und wieder fallen lassen. Als gäbe es keinen Unterschied zwischen einer schläfrigen Schönheit und einer schläfrigen Mutter, würde sie in den verblichenen blauen Bademantel schlüpfen und Bryan wecken, damit er den Schulbus nicht verpasste. Und oft, sehr oft, blieb Jared noch einige Zeit im Bett liegen, nachdem sie hinausgegangen war. Und wünschte, sie würde zurückkommen. Mehr und mehr begann Jared zu realisieren, dass Savannah mittlerweile ein Teil seines Lebens geworden war.

Fast war ihm, als hätte sie ihn irgendwie verzaubert, mit ihren rätselhaften Augen, dem verführerischen Lächeln und dem unerschütterlichen Glauben an sich selbst. Sie kannte ihn wesentlich besser als er sie. Sie kannte seine Geister, spürte sie und fürchtete sich nicht vor ihnen. Sie war die erste Frau, die mit ihm durch seinen Wald spaziert war und das Flüstern der Verwunschenen gehört hatte.

Diese Fähigkeit verband sie und ihn auf eine Weise, die die körperliche, ja selbst die emotionale Anziehung übertraf. Sie verlieh ihrer Verbindung etwas Seelisches. Etwas, gegen das Jared sich nicht wehren konnte, selbst wenn er gewollt hätte.

Was immer es war, das sie miteinander verband, es ließ ihm keine andere Wahl, als bei ihr zu bleiben und ihr immer näherzukommen. Also schlief er wieder ein, den Arm um ihre Taille gelegt, und fiel mühelos in einen Traum.

Seine Hüfte schmerzte höllisch, seit der Einschlag einer Kanonenkugel ihn durch die Luft gewirbelt hatte und er hart auf dem Boden aufgeschlagen war. Sein Kopf dröhnte, die Augen brannten. Es war schwer, einen Fuß vor den anderen zu setzen und nicht einfach umzufallen.

Er erinnerte sich nicht daran, wie er in den Wald gekommen war. War er zu den Bäumen gekrochen oder gerannt? Er wusste nur, dass er schrecklich allein war und furchtbare Angst hatte. Sein Leutnant war tot. So viele waren tot. Der Junge aus Connecticut, mit dem er sich am Abend zuvor die magere Ration geteilt, mit dem er sich flüsternd unterhalten hatte, wenn die Lagerfeuer aus waren, lag in einem flachen Graben, in Stücke gerissen. Dort war der Kampf so grausam und gnadenlos gewesen, dass selbst die Hölle dagegen ein Paradies sein musste.

Jetzt war er allein. Er wusste, dass er eine Zuflucht finden musste. Einen Ort, wo er sich ausruhen konnte. Nur für eine Weile. Seine Heimat war nicht weit entfernt. Sie lag in nördlicher Richtung, hinter der Grenze von Pennsylvania. Die Wälder von Maryland waren gar nicht so anders als die in der Nähe seiner Farm.

Vielleicht könnte er sich hier verstecken, bis er sich auf den Heimweg machen konnte. Bis dieser Krieg, der ein Abenteuer hatte werden sollen und zu einem tausendfachen Albtraum geworden war, endlich ein Ende fand.

Im Monat zuvor war er siebzehn geworden, und noch nie hatte er die Lippen einer Frau geschmeckt.

Vollkommen erschöpft blieb er stehen und lehnte sich keuchend gegen einen Baum. Wie konnten diese Wälder so schön sein, so voller Farbe und herbstlicher Gerüche? Warum hörte dieser entsetzliche Lärm nicht auf? Warum verstummten die Kanonen nicht endlich? Und die Schreie der Verwundeten.

Wann würden sie ihn nach Hause gehen lassen?

Seufzend stieß der Junge sich vom Stamm ab. Er umrundete einen großen Felsbrocken und entdeckte einen Pfad. Doch als er erleichtert weiterging, sah er die graue Uniform der Südstaatler.

Er zögerte nur einen Moment, aber in ihm ballte sich alles zusammen. Dies war der Feind. Dies war der Tod. Dies war das Hindernis auf dem Weg in die Heimat. Er riss das Gewehr hoch und legte an.

Der andere Junge tat genau dasselbe.

Sie waren beide keine guten Schützen, doch er hörte die Kugel an seinem Ohr vorbeipfeifen, und ihm blieb fast das Herz stehen. Und dann rannte er los, genau wie sein Feind. Ihr verängstigtes Kriegsgeschrei verschmolz. Bajonette klirrten.

Die Augen des anderen waren blau wie der Himmel. Nur das sah er, als er die Klinge in seinen Körper eindringen fühlte. Die Augen des anderen waren jung und voller Angst.

Sie kämpften mit dem Mut der Verzweiflung, aber er würde sich kaum daran erinnern können. Nur an den Anblick seiner tiefen Wunden, an das Blut, das aus ihnen strömte. Und daran, wie er aufgewacht war, allein in diesem wunderschönen Herbstwald.

Und wie er weitergetaumelt war. Weinend.

In den wenigen Stunden, die ihm noch blieben, erinnerte er sich an das Farmhaus hinter der Lichtung. An die Farbe der Mauersteine und Dachziegel, an den Geruch der Tiere und Pflanzen.

Und er sehnte sich nach seinem Zuhause.

Plötzlich war er nicht mehr allein. Das Gesicht war älter, vom Wetter gegerbt, mit gerunzelter Stirn unter einem Hut mit weicher Krempe. Der Junge dachte an seinen Vater, wollte etwas sagen, doch dann hob der Mann ihn auf, und der Schmerz war schlimmer als der Gedanke an den Tod.

Er hörte Frauenstimmen, aufgeregte Rufe, Flüstern. Er spürte sanfte Hände und die Wärme eines Feuers. Dann kühle Laken und wie der Schmerz einem Gefühl der Betäubung wich.

Jedes Wort, das er sprach, schien ihm die Kehle zu versengen. Aber er hatte so viel zu sagen. Und jemand hörte ihm zu. Jemand, der nach Flieder duftete und seine Hand hielt.

Er musste ihr sagen, dass er stolz war, Soldat zu sein, seinem Land zu dienen und zu kämpfen. Er versuchte sogar stolz darauf zu sein, dass er sterben würde, obwohl jetzt die Angst größer war als der Schmerz seiner Wunden.

Als er schließlich starb, erwachte Jared mit klopfendem Herzen. Savannah bewegte sich neben ihm. Und diesmal, dieses eine Mal, drehte sie sich zu ihm. Im Schlaf legte sie die Arme um ihn.

Es war mehr, als er erwartet hatte. Viel mehr. Er war zufrieden. Für diese Nacht.

10. Kapitel

Mit drei Bildern unter den Armen schob Savannah die Tür zu Jareds Kanzlei auf. Der Regen tropfte vom Schirm der Baseballkappe, die sie von Bryan ausgeliehen hatte, bevor sie sich auf die Fahrt nach Hagerstown gemacht hatte. Als Sissy sie bemerkte, sprang sie auf.

»Kommen Sie, ich helfe Ihnen.«

»Danke.« Savannah übergab der jungen Sekretärin die drei eingewickelten Gemälde. »Im Wagen sind noch mehr.«

»Ich lege die hier rasch ab, dann helfe ich Ihnen, die anderen hereinzuholen.«

»Nicht nötig. Wozu sollen wir beide nass werden?« Savannah warf einen kurzen Blick auf die gerade erst in zartem Grün gestrichenen Wände, das bequeme rotbraune Sofa und die Bibliothekssessel. »Es sieht schon ganz anders aus.«

»Ja, das tut es.« Sissy legte die Bilder auf den Couchtisch. »Ich fühle mich, als hätte ich bisher in einem Karton gearbeitet. Jetzt hat jemand den Deckel geöffnet und frische Luft hereingelassen. Warten Sie, ich gebe Ihnen einen Regenschirm.«

»Den könnte ich gar nicht halten. Außerdem bin ich schon nass. Bis gleich.«

Savannah eilte hinaus und rannte zu ihrem Wagen. Der Regen war heftig, aber wenigstens warm. Niemand hatte mehr Angst vor einem dürren Frühling, wie Mrs. Metz ihr freudestrahlend berichtet hatte, als sie einander vorhin im Postamt begegnet waren. Das Wetter, so unangenehm es im Moment auch sein mochte, ließ Savannahs Garten wachsen und gedeihen.

Als sie das letzte Bild hereingetragen hatte, war sie bis auf die Haut durchnässt, und in ihren Schuhen stand das Wasser.

»Ist der Chef da?« Sie legte das Bild hin, nahm die Kappe ab und fuhr sich mit den Fingern durch das feuchte Haar. »Vielleicht möchte er sich die Bilder noch einmal ansehen, bevor ich sie aufhänge.«

»Er hat einen Mandanten.« Sissy lächelte. »Aber ich kann es kaum erwarten, die Bilder zu sehen.« Sie nahm eine Schere vom Schreibtisch. »Darf ich?«

»Natürlich. Sie müssen ja auch mit ihnen leben.«

»Ich kann es noch immer nicht fassen, wie schnell sich hier alles verändert hat.« Rasch schnitt Sissy die Schnur des obersten Pakets durch. »Wenn der Chef sich erst einmal entschieden hat, gibt es kein Halten mehr. Kein Zögern, kein Getue, kein ... Oh, ist das schön!«, rief sie begeistert aus, als sie das Packpapier zur Seite schlug.

Es war eine Straßenszene, und die bunt gekleideten Menschen strahlten eine ungeheure Lebendigkeit aus. Die Häuser im Hintergrund hatten Balkone mit kunstvoll geschnitzten Geländern, an denen wilder Wein und leuchtende Blumen hingen. Beim näheren Hinsehen entdeckte Sissy einen Fiedler, der mit dem Fuß den Rhythmus aufs Pflaster klopfte, eine schwarze Frau in einem wallend roten Kaftan und drei kleine Jungs, die hinter einem gelben Hund herrannten. Fast konnte sie die Musik und die Rufe der Kinder hören.

»Es ist wunderschön. Bitte, sagen Sie mir, dass es hier im Sekretariat hängen soll.«

»Ja, genau hier habe ich es mir vorgestellt.« Überrascht und erfreut strich Savannah sich noch einmal über das Haar. »Es ist New Orleans. Das French Quarter. Ich dachte mir, es sorgt im Wartebereich für etwas Farbe und Lebendigkeit.«

»Ich kann Ihnen gar nicht sagen, wie leid ich es war, diese pinkfarbenen Blumen in der grauen Vase anzustarren. Jeden Morgen beim Hereinkommen habe ich gehofft, die Blumen wären über Nacht vertrocknet.« Sissy schmunzelte. »Aber das hier könnte ich ewig betrachten. Haben Sie auf dem College Kunst studiert?«

Die unschuldige Frage ließ Savannahs Lächeln gefrieren. »Nein. Ich war nicht auf dem College.«

»Ich hatte ein Semester Kunst«, fuhr Sissy fort und hielt das Bild hoch. »Und man erklärte, ich hätte absolut keinen Sinn für Perspektiven. Ich habe es gerade noch geschafft, den Kurs mit einer Vier abzuschließen.« Als das Telefon läutete, seufzte sie irritiert, lehnte das Bild vorsichtig gegen den Tisch und kehrte an den Schreibtisch zurück.

Es ist dumm, sich unterlegen zu fühlen, sagte Savannah sich streng. Nein, sie war nicht auf dem College gewesen, aber sie konnte malen. Hatte Sissys Reaktion das nicht gerade bewiesen?

Seltsam, dachte sie, warum bin ich noch immer verunsichert und nervös, obwohl meine Arbeit gerade in den höchsten Tönen gelobt wurde? Fast ihr ganzes Leben lang hatte sie versucht, sich damit abzufinden, dass die Malerei nicht mehr als ein Hobby war, nicht mehr als das sein konnte. Sie erinnerte sich an die Zeiten, in denen sie überlegt hatte, ob sie Farben oder doch lieber einen Snack für die Mittagspause kaufen sollte. Meistens hatte sie sich für die Farben entschieden.

Dem Himmel sei Dank, jene Tage waren endgültig vorbei. Schon lange. Sie hatte mit ihren Illustrationen ein unglaubliches Glück gehabt, und da es ihr Spaß machte, sie zu zeichnen, würde sie weitermachen. Aber in den Bildern, die sie ohne Auftrag malte, verwirklichte sie sich selbst.

Bayou-Szenen und Porträtzeichnungen an Touristen zu verkaufen, war etwas ganz anderes, als etwas zu sehen, das sie faszinierte, und es so zu malen, wie sie es sah.

Lächelnd und mit vor Aufregung feuchten Händen wühlte sie in der großen Umhängetasche nach dem Hammer und dem Maßband. Sie hatte die Wand bereits vermessen, fand mühelos die Mitte und markierte die Stelle mit einem Bleistift. Und wartete darauf, dass Sissy den Hörer auflegte.

»Soll ich noch warten oder kann ich hämmern, während Sie telefonieren?« Sie hielt den Haken hoch.

»Fangen Sie an, Savannah«, bat die Sekretärin und beendete das Gespräch.

Geschickt brachte Savannah den Haken an. Der Rahmen war aus schlichtem Kirschholz, von Regan ausgesucht. Genau richtig, dachte sie, während sie das Bild aufhängte und gerade rückte.

»Die linke Ecke muss noch etwas nach oben ... ja, gut.« Sissy stemmte die Hände in die Seiten und nickte zufrieden. »So ist es perfekt. Es wurde langsam Zeit, dass dieser Laden nach dem Chef aussieht und nicht mehr nach ...«

»Seiner Exfrau?«, beendete Savannah den Satz mit einem Blick über die Schulter.

Sissy rümpfte die Nase. »Sagen wir, sie war sehr ... dezent. Die Art von Frau, bei der kein Haar falsch liegt, die nie laut wird, sich nie einen Fingernagel abbricht.«

»Sie muss etwas besessen haben, das Jared angezogen hat.«

Sissy sah zur Treppe hinüber. »Sie war hübsch, aber sie wirkte zu vollendet, geradezu unberührbar. Die klassische, kühle Eleganz einer Grace Kelly, aber ohne die Wärme und den Humor. Und sie war brillant. Wirklich. Nicht nur in ihrem Beruf. Sie sprach fließend Französisch und spielte Klavier. Sie las Kafka.«

»Oh.« Savannah hatte Mühe, kein verwirrtes Gesicht zu machen. Sie war nicht sicher, ob sie wusste, wer oder was Kafka war, aber sie war sicher, dass sie Kafka nie gelesen hatte.

»Auf ihre Art war sie bewundernswert. Aber in etwa so unterhaltsam wie ein toter Frosch.« Sissy strahlte Savannah an. »Das kann man von Ihnen nun wirklich nicht behaupten«, sagte sie und nahm lachend den Hörer ab, als es läutete.

Nein, dachte Savannah. Das konnte ihr tatsächlich niemand vorwerfen. Weder dass sie elegant oder brillant war noch dass sie Kafka las. Aber ein wenig Französisch beherrschte sie – wenn man das zählte, was die Cajuns sprachen.

Fest entschlossen sich von dem Bild der Frau, die Jared geheiratet hatte, nicht einschüchtern zu lassen, wickelte sie das nächste Bild aus.

Während Sissy sich wieder an die Arbeit machte, hängte sie drei kleine Stillleben in den Eingangsbereich. Draußen prasselte der

Regen, Sissys Computertastatur klapperte, und Savannah machte es Spaß, einen Raum umzugestalten und zum Leben zu erwecken. Als sie das Obergeschoss erreichte, summte sie fröhlich vor sich hin.

Da sie oben nicht hämmern wollte, während Jared mit einem Mandanten sprach, lehnte sie die Bilder gegen die Wände, an die sie sie hängen wollte. Auf diese Weise wanderte sie den Korridor entlang, bis hinein in das Büro, das Jareds gegenüberlag.

Das einstige Büro der einstigen Mrs. MacKade, dachte sie. Nein, nicht Mrs. MacKade, Jared hatte ihr erzählt, dass sie seinen Namen nicht angenommen hatte.

Die Wände waren dunkelrosa gestrichen und mit einem Jadeton abgesetzt. Regan hatte den Raum in ein bequemes Wohnzimmer verwandelt. Es gab natürlich einen Schreibtisch, aber auch weiche Sessel mit flachen Tischen daneben, auf denen Bücher lagen. Und in dem Schrank, in den Savannah schaute, standen eine Kaffeemaschine und Tassen.

Hier, so vermutete sie, empfing Jared seine Besucher in einer weniger förmlichen Atmosphäre. Aber vielleicht nutzte er das Zimmer auch, um sich zu entspannen und eine Weile abzuschalten. Oder er hatte vor, einen Partner in die Kanzlei aufzunehmen.

Plötzlich wurde ihr bewusst, wie wenig sie über seine Arbeit, seine Pläne, seinen Tagesablauf wusste. Sie hatte ihn nie danach gefragt, und warum sollte er auch mit ihr über seine Fälle sprechen? Sie wusste nichts über das Recht, abgesehen von den Problemen, die sie damit gehabt hatte, während sie gegen die Bürokratie kämpfte, um ihr Kind behalten zu können.

Bestimmt hat er mit seiner Frau über alles gesprochen, dachte sie und ärgerte sich sofort über das Selbstmitleid, in das sie immer wieder verfiel.

Sie konzentrierte sich wieder auf ihre Aufgabe und betrat den Korridor in genau dem Moment, als die Tür zu Jareds Büro sich öffnete.

»Ich schicke Ihnen den Vertragsentwurf in den nächsten Tagen zu«, sagte Jared gerade. Dann blieb er stehen, bemerkte sie und lächelte. »Hallo, Savannah.«

»Hallo. Entschuldigung, ich wollte nicht stören. Ich hänge nur gerade die Bilder auf.«

»Wollen Sie mich dieser hübschen jungen Frau nicht vorstellen, Jared?«

»Savannah Morningstar, Howard Beels.«

»Savannah Morningstar. Der Name passt zu Ihnen.« Der große, breitschultrige Mann von etwa fünfzig Jahren streckte eine riesige Hand aus und ergriff Savannahs. In seinen von unzähligen Fältchen umgebenen blauen Augen spiegelte sich männliche Bewunderung. »Sagen Sie bloß, Sie arbeiten für diesen Winkeladvokaten?«

»In gewisser Weise.« Savannah kannte den Blick, den Händedruck. Beides war ihr schon Hunderte von Malen begegnet, und nach kurzer Prüfung kam sie zu dem Ergebnis, dass Howard Beels harmlos war. Sie verlieh ihrem Lächeln ein wenig Wärme, denn sie wusste, dass er sich zu Hause daran erinnern und sehnsüchtig seufzen würde. »Sagen Sie bloß, Sie haben diesen Winkeladvokaten engagiert, Howard?«

Howard lachte herzhaft. »In dieser bösen Welt braucht ein Mann einen gerissenen Anwalt«, verkündete er. »Jared arbeitet für mich seit … wie lange schon? Fünf Jahren?«

»So ungefähr«, murmelte Jared, fasziniert von der lockeren Art, in der Savannah mit einem seiner einflussreichsten und wichtigsten Mandanten umging.

»Womit verdienen Sie Ihr Geld, Howard?«

»Mal mit diesem, mal mit jenem.« Noch immer hielt er ihre Hand und zwinkerte Savannah zu. »Ich bin ein echter Amateur, aber bisher hatte ich Glück.«

»Ich bin auch Amateur«, erwiderte sie, und wieder lachte er schallend.

»Savannah ist Malerin«, warf Jared ein. »Wenn Sie das nächste Mal kommen, Howard, werden Sie ihre Bilder an den Wänden sehen.«

»Tatsächlich?« Howard starrte auf das Bild, das hinter ihr an der Wand lehnte. »Ist das da von Ihnen?«

»Ja.«

Er ließ ihre Hand los und ging hinüber. Trotz seiner Statur beugte er sich mühelos vor, um es genau zu betrachten. »Gefällt mir«, sagte er. Die Farben flossen ineinander, und die Blumen wirkten eher lebendig und natürlich als vollkommen. »Für wie viel verkaufen Sie so etwas?«

Savannah lächelte. »Für so viel, wie ich bekommen kann«, antwortete sie trocken.

Howard schlug sich auf den Schenkel, bevor er sich aufrichtete. »Ich mag das Mädchen, Jared. Ich werde Ihnen meine Visitenkarte geben, Honey.« Er holte eine aus der Jackentasche. »Rufen Sie mich an, ja? Ich denke, wir könnten ins Geschäft kommen.«

»Das werde ich, Howard«, versprach sie und warf einen Blick auf die Karte, auf der nur sein Name und die Anschrift gedruckt standen. »Das werde ich ganz bestimmt tun.«

»Und warten Sie nicht zu lange damit.« Er zwinkerte ihr noch einmal zu und wandte sich an Jared. »Vergessen Sie meine Unterlagen nicht.«

Savannah sah ihm lächelnd nach, als er davonging. »Ein interessanter Mann«, flüsterte sie.

»Du bist gut mit ihm zurechtgekommen«, stellte Jared fest. Stolz mischte sich mit dem Gedanken, dass Savannah ihn immer wieder überraschte.

»Ich bin es gewöhnt, mit interessanten Menschen zurechtzukommen.« Sie steckte die Visitenkarte ein. »Unten bin ich fertig. Wenn es dich nicht stört, könnte ich hier oben weitermachen.«

»Natürlich kannst du weitermachen.« Er lehnte sich gegen den Türrahmen und sah ihr zu, während sie das Bild, das hinter ihr stand, an die Wand hielt. »Etwas mehr nach rechts«, schlug er vor. »Howard flirtet gern.«

»Das habe ich gemerkt.« Zufrieden stellte Savannah das Bild wieder hin und griff nach dem Hammer, um es aufzuhängen. »Und ich könnte wetten, dass er seiner Frau seit … na ja, fünfundzwanzig Jahren treu ist.«

»Sechsundzwanzig im Mai. Drei Kinder, vier Enkel. Er flirtet gern«, wiederholte Jared. »Aber er ist einer der fähigsten Geschäftsleute, die ich kenne. Überwiegend Immobilien. Er kauft und verkauft. Erschließt Bauland. Ihm gehören einige kleine Hotels und der Hauptanteil an einem Fünf-Sterne-Restaurant.«

»Tatsächlich?«

»Er sitzt im Kulturrat und arbeitet oft mit dem Western Maryland Museum zusammen.«

Die Karte in ihrer Tasche fühlte sich mit einem Mal gewichtiger an, und Savannah hätte beim Einschlagen des Hakens fast den Daumen getroffen. »Das ist bemerkenswert.« Vorsichtig legte sie den Hammer hin. »Sieht tatsächlich so aus, als wäre ich mal zur rechten Zeit am rechten Ort gewesen.«

»Er hätte dich nicht gebeten, ihn anzurufen, wenn er es nicht ernst meinte. Aber ich bin nicht sicher, wie eine Malerin es findet, wenn ihre Bilder in Hotels und Restaurants und Anwaltskanzleien hängen.«

Sie schloss einen Moment die Augen. »Ich würde mich darüber freuen.« Sie hängte das Bild auf und trat zurück, um es zu betrachten. »Sehr sogar.«

»Kein Künstlerstolz?«, fragte er.

»Künstlerstolz konnte ich mir noch nie leisten.«

»Und wenn du ihn dir leisten könntest?«

»Dann würde ich mich trotzdem darüber freuen.« Sie drehte sich zu ihm um. »Warum sollte ich das nicht tun?«

»Vermutlich frage ich mich auch, warum du nicht mehr willst oder verlangst.«

Sie wusste nicht, ob er nur von ihrer Malerei sprach. Doch die Antwort traf auf alles zu. »Weil ich mit dem, was ich habe, zufrieden und glücklich bin.«

Mit einem Lächeln strich er ihr über die Wange. »Du bist eine komplizierte Frau, Savannah, und zugleich erstaunlich einfach. Das ist eine faszinierende Mischung. Darf ich dich zum Essen einladen?«

»Das ist nett von dir, aber ich möchte dies hier fertig machen.

Während du beim Essen bist, könnte ich die Bilder in deinem Büro aufhängen.«

»Was hältst du davon, wenn ich bleibe, und wir bestellen uns etwas? Ich werde dir dabei zusehen, wie du die Bilder in meinem Zimmer aufhängst.«

»Warum nicht?« Rastlos schob sie die Hände in die Taschen und nahm sie gleich wieder heraus. »Es gibt da ein Bild, das ich dir zeigen möchte. Du hast es nicht ausgesucht, aber ich dachte mir, du würdest es vielleicht gern in deinem Büro haben.«

Neugierig musterte er sie. Ihm entging nicht, wie nervös sie plötzlich war. »Sehen wir es uns an.«

»Okay.« Sie ging den Korridor entlang. Das Bild, das sie meinte, lehnte noch eingewickelt an der Wand. »Wenn es dir nicht gefällt, ist es nicht schlimm.« Mit einem Schulterzucken nahm sie es auf und trug es in sein Zimmer. »Wie auch immer, ich schenke es dir.« Sie legte es auf den Schreibtisch und steckte die Hände wieder in die Taschen. »Du bekommst es umsonst.«

»Ein Geschenk?« Er nahm eine Schere vom Schreibtisch, um die Schnur durchzuschneiden.

Dass sie ihm etwas schenken wollte, freute Jared. Doch als er das Papier zur Seite faltete und das Bild sah, wurde sein Gesicht ernst. Und Savannah erschrak.

Der Wald war dicht und dunkel, voller Rätsel und Mondschein. Dicke schwarze knorrige Stämme teilten sich in weit ausgreifende Äste, an denen die Blätter das erste Grün des Frühlings zeigten. Dazwischen gab es Farbtupfer. Wilde Azaleen und Hartriegel schimmerten im unheimlichen Licht. Der felsige Boden war vom abgefallenen Laub des vergangenen Herbstes bedeckt und erinnerte daran, dass auch in der Natur nichts von Dauer war.

Jared sah die drei Felsbrocken, wo er immer saß, und den umgestürzten Stamm, auf dem er einmal mit Savannah gesessen hatte. Und in der Ferne, nicht mehr als ein Flackern in der Dunkelheit, war das Licht der Farm zu erkennen.

Erstaunt stellte er fest, dass er sprachlos war. »Wann hast du das gemalt?«, fragte er nach einer Weile.

»Ich habe es erst vor wenigen Tagen fertiggestellt.« Ein Fehler, dachte sie und ärgerte sich. Ein sentimentaler, alberner Fehler. »Es ist nur etwas, an dem ich in meiner freien Zeit gearbeitet habe. Wie gesagt, es ist nicht schlimm, wenn es dir nicht gefällt. Ich …«

Bevor sie den Satz beenden konnte, hob er den Kopf und sah sie an. Sein Blick war voller Rührung, voller Gefühle, die ihr ins Herz zu dringen schienen. »Ich glaube nicht, dass ich jemals etwas bekommen habe, das mir so viel bedeutet. So sah es an dem Abend aus, als wir das erste Mal miteinander geschlafen haben. So sah es aus, wenn ich allein dort gesessen habe.«

Ihre Kehle war wie zugeschnürt. »Eigentlich wollte ich es so malen, wie es im Herbst aussah … während der Schlacht. Aber dann musste ich es einfach so malen, wie du es vor dir siehst. Ich war nicht sicher, ob du … Ich freue mich, dass es dir gefällt.«

Er nahm ihr Gesicht zwischen die Hände. »Ich liebe dich, Savannah.«

Sie lächelte, als er sie küsste, und öffnete langsam die Lippen, während er die Finger in ihr noch regenfeuchtes Haar schob. Es war so herrlich zu wissen, dass sie nicht nur begehrt, sondern auch geliebt wurde.

»Ich sollte es für dich aufhängen«, flüsterte sie.

»Hmm …« Plötzlich, noch während sie sich an ihn schmiegte und den Kuss vertiefte, kam ihm eine viel bessere Idee. Ohne sie loszulassen, griff er nach dem Telefonhörer. »Sissy? Warum machen Sie nicht einfach jetzt schon Mittagspause? Ja, und lassen Sie sich ruhig Zeit.«

Savannahs Blick folgte seiner Hand, als er auflegte. Dann schaute sie ihm ins Gesicht. »Wenn du glaubst, du könntest mich hier in deinem Büro verführen und dich mit mir auf deinen schönen neuen Teppich legen, während deine Sekretärin essen geht …«

Jared ging gelassen hinüber zur Tür, schloss sie und drehte den Schlüssel im Schloss herum. Er zog eine Augenbraue hoch. »Ja?«

Savannah warf das Haar über die Schultern und lehnte sich gegen den Schreibtisch. »Dann hast du absolut recht.«

Er zog die Jacke aus und hängte sie an den Messinghaken neben der Tür. Die Krawatte wanderte hinterher. Ohne den Blick von Savannahs Gesicht zu nehmen, kehrte er zu ihr zurück. Ganz langsam, einen nach dem anderen, öffnete er die Knöpfe ihrer Bluse.

»Deine Sachen sind feucht.«

»Es regnet.«

Ohne Hast schob er die Bluse auseinander und tastete mit dem Finger unter den Verschluss ihres BHs. Ihre Blicke verschmolzen, während ihre Haut sich unter seiner Berührung erhitzte. Savannah hielt den Atem an.

»Ich brauche dich nur zu sehen, und schon begehre ich dich. Selbst wenn ich dich nicht sehe, tue ich es.« Er hakte den Verschluss auf. »Ich begehre dich sogar, nachdem ich dich besessen habe.« Er strich mit den Fingerspitzen über die anmutig gerundeten Brüste. »Ich bin verrückt nach dir, Savannah. Nach nichts und niemandem habe ich mich jemals so verzehrt.«

Sie hob die Arme, aber er schüttelte den Kopf und drückte ihre Hände wieder nach unten. »Nein, lass mich. Lass mich einfach.«

Seine Daumen streiften die Knospen, aber er sah Savannah noch immer in die Augen. »Ich verliere den Verstand, wenn ich dich berühre. Diesmal möchte ich sehen, wie du deinen verlierst.«

Finger, Daumen, Handflächen zogen ihre erregende Bahn über ihren Körper. Erst ungestüm, dann wieder zärtlich, mal fordernd, als wolle er sich nicht einem einzigen Impuls hingeben. Voller Ungeduld drängte Savannah sich an ihn und versuchte, ihn fest an sich zu ziehen. Doch jedes Mal, wenn sie es tat, drückte er ihre Arme wieder nach unten, sodass ihr keine andere Wahl blieb, als die Kante des Schreibtischs zu umklammern und Jared gewähren zu lassen.

Noch niemals hatte jemand sie so hingebungsvoll, so uneigennützig verwöhnt. So, als wäre nur sie wichtig. Sie und das, wonach sie sich sehnte. Als wäre die Lust, die er ihr bereitete, ihm Lust genug.

Ein erregendes Prickeln überlief sie, erst sanft, wie ein Vorgeschmack, dann so heftig, dass es tief in sie einzudringen und ihr bis ins Herz zu gehen schien.

Aufstöhnend bog sie sich ihm entgegen, als sie den zärtlichen Druck seiner Zähne fühlte und zwischen dem leisen, erregenden Schmerz und der alles andere übertönenden Lust schwankte.

»Nimm mich, Jared, nimm mich einfach«, flehte sie schließlich und presste sich an ihn.

Doch auch diesmal ergriff er ihre Hände und hielt sie fest, während er sie mit seinem Kuss in einen Rausch der Sinne versetzte. Ihr Mund war seine Beute, voller Geschmack und Hitze und einem Hunger, der seinem glich. Trotzdem wollte er sich nicht damit begnügen, diesen Hunger zu stillen. Er ließ sich Zeit, verlängerte das zugleich qual-volle und herrliche Warten, bis er Savannah vor Verlangen aufstöhnen hörte.

»Lass mich dich berühren«, bat sie.

»Nein. Noch nicht.« Jared hielt ihre Hände fest, während er seine Lippen über ihren Hals und die Schultern wandern ließ. »Ich werde dich nehmen, Savannah«, versprach er mit rauer Stimme und hob den Kopf, um ihr in die Augen zu schauen. Sie sollte sein Gesicht sehen. Sein Gesicht und die unerschütterliche Entschlossenheit darin. »Ich werde dich Schritt für Schritt, Zentimeter um Zentimeter nehmen. Ich werde dich so nehmen, wie es noch kein anderer getan hat.«

Zu Savannahs Vergnügen, sagte er sich. Aber er war ehrlich genug, sich einzugestehen, dass auch sein Stolz es verlangte. Er wollte ihr beweisen, dass kein Mann vor ihm und keiner nach ihm das in ihr auslösen konnte, was sie bei seinen Liebkosungen empfand.

Also zeigte er es ihr.

Savannah gab sich Jared hin, wie sie sich noch keinem Mann hinge-geben hatte. Sie vertraute sich ihm an und überließ ihm ihren Körper und ihre Seele.

Er zog ihr die Schuhe aus. Sie ließ den Kopf nach hinten fallen und stöhnte tief auf, als er ihr die Jeans über die Hüften streifte und die freigelegte Haut mit den Lippen liebkoste. Savannah erbebte, schluchzte fast auf, als dem Mund seine Finger und dann wieder der Mund folgten. Es war, als würde ein Feuer von Jared auf sie überspringen und auflodern, bis ihr ganzer Körper in Flammen stand.

Der Höhepunkt kam schnell, mit einer solch atemberaubenden Intensität, dass sie glaubte, es kaum noch aushalten zu können. Doch Jared ließ nicht nach, sondern trieb sie immer weiter, bis sie wünschte, er würde niemals aufhören. Nackt, ohne Kleidung und jegliche Kraft zur Gegenwehr, konnte sie nichts anderes tun als fühlen, erleben und genießen.

Ein solches Verlangen, eine solche Leidenschaft hatte Jared noch nie zuvor gespürt. Indem er Savannah Vergnügen bereitete, bereitete er es zugleich auch sich selbst. Er hörte ihr atemloses Seufzen, fühlte, wie sie wieder und wieder erbebte, und es erfüllte ihn durch und durch mit einer grenzenlosen Freude.

Ihre Beine zitterten. Er strich mit der Zunge über die glatte Haut und ließ sie auf der Tätowierung verweilen, mit der sie sich gezeichnet hatte, bevor er den Mund langsam, genussvoll, aber zielstrebig an ihrem schlanken Körper hinaufwandern ließ. Ihre Augen waren geschlossen, während er mit Zunge und Lippen dafür sorgte, dass Savannah nicht nur bereit für ihn war, sondern ungeduldig wartete, dass er ganz zu ihr kam. Er riss sich die Schuhe von den Füßen, warf die Hose zur Seite und sank mit Savannah zu Boden.

Die Begierde, die in Jared gelauert hatte, war nicht mehr zu zügeln und brach mit aller Macht hervor. Wie von Sinnen drang er in sie ein und erschauerte, als er hörte, wie sie seinen Namen rief, und fühlte, wie ihre Fingernägel sich in seinen Rücken gruben.

Und dann gab es nur noch Hitze und Hast und zwei Körper, die miteinander verschmolzen, als wollten sie sich nie wieder voneinander lösen. Die Erregung, die sie beide gepackt hielt, war grenzenlos, als Savannah sich ihm entgegenbog und eine Erfüllung fand, die alle Erfahrungen übertraf. Eine Erfüllung, die Jared mit ihr teilte und in der mehr von ihnen verschmolz als nur ihre Körper.

Wenn ich es versuche, dachte Savannah, schaffe ich es vielleicht, dorthin zu kriechen, wo meine Sachen liegen. Und versuchen würde sie es, ganz bestimmt. Aber nicht sofort, vielleicht in ein oder zwei Minuten. Im Moment war es zu herrlich, auf dem alten Orientteppich in Jareds elegantem Büro zu liegen und seinen Körper auf ihrem zu spüren.

Endlich wusste sie, was es hieß, wirklich erobert zu werden. Nicht nur im übertragenen Sinne, sondern ganz und wahrhaftig jemandem ausgeliefert zu sein. So sehr, dass er mit einem machen konnte, was er wollte. Natürlich war es auch davor erregend gewesen, mit ihm zu schlafen, aber dieses Mal hatte sie alle Hemmungen verloren und sich ihm auf eine Weise hingegeben, die nichts vor ihm verschloss. Jared hatte sie nicht enttäuscht. Sie konnte ihm vertrauen, in jeder Hinsicht, das wusste sie jetzt. Es war anders gewesen als jemals zuvor, und sie hoffte, dass es so bleiben würde.

»Ich muss aufstehen«, flüsterte sie.

»Warum?«

»Ich muss feststellen, ob ich mich überhaupt noch bewegen kann.«

»Habe ich dir wehgetan?«

Sie lächelte mit geschlossenen Augen. »Es war unglaublich. Ich bin mir noch immer nicht sicher, ob ich es nicht nur geträumt habe.« Sie nahm alle Kraft zusammen, und es gelang ihr, mit der Hand durch sein Haar zu streichen. »Danke.«

»Es war mir ein Vergnügen.« Mit einem tiefen, zufriedenen Seufzer küsste er ihren Hals. »Allerdings ist mir schleierhaft, wie ich in diesem Büro jemals wieder arbeiten soll«, sagte er und legte sich neben sie. »In dem Sessel dort wird ein Mandant sitzen, und ich muss mit ihm über seinen Fall sprechen, während ich dich vor mir sehe, wie du splitternackt an meinem Schreibtisch lehnst.«

Sie lachte, bis sie feststellte, dass sie tatsächlich nur kriechen konnte. Es würde eine Weile dauern, bis ihre Beine sie wieder trugen. »Er wird sich wundern, wenn du plötzlich diesen verklärten Gesichtsausdruck bekommst.«

»Und unterdrückt aufstöhne.« Erschöpft griff Jared nach seinem Hemd und drehte dabei den Kopf, um einen Blick auf ihre Tätowierung zu erhaschen. »Wenn wir so meine neue Einrichtung einweihen, werde ich mein Büro jede Woche neu gestalten lassen.«

»Hast du die alte nicht eingeweiht?«

Er konzentrierte sich darauf, das Hemd zuzuknöpfen, aber nicht nur deshalb dauerte es eine Weile, bis er begriff, was sie meinte. Dann lachte er. »Du meinst, Barbara und ich? Nein, ganz bestimmt nicht. Ich bezweifle, dass sie hier im Büro auch nur ihren zweireihigen Blazer aufgeknöpft hat. So etwas wäre nicht ihr Stil gewesen.«

Nur mit Slip und BH bekleidet, drehte Savannah sich zu ihm um. »Ihr wart doch verheiratet, oder?«

»Das stand jedenfalls auf der Urkunde.«

»Warum?«

»Das muss daraufstehen. Das Gesetz schreibt es so vor.«

»Warum hast du sie geheiratet?«

»Wir hatten viel gemeinsam. Dachte ich.« Er zuckte mit den Schultern. »Wir wollten uns beide beruflich etablieren, kannten dieselben Leute, gingen zu denselben Partys und Empfängen.« Wie hohl das alles klang, betrübte ihn noch immer. »Sie war eine kluge, vernünftige und kultivierte Frau. Genau das wollte ich. Oder ich dachte, dass ich es wollte. Als Kontrast zu dem eher rauen, verwegenen Image, das ich mir in der Jugend zugelegt hatte.«

»Du wolltest Würde.« Savannah saß auf dem Fußboden und knöpfte sich die Bluse zu.

»Würde? Ja, ich glaube, das trifft es. Damals war mir das wichtig.«

»Das ist es doch immer noch.« Obwohl ihr klar war, dass es eigenartig klingen würde, während sie die Jeans anzog, sprach sie weiter. »Ich wollte auch immer Würde. Nicht die Art, die man durch einen zweireihigen Blazer bekommt. Das wäre nicht mein Stil. Nein, ich meine die Art, wie die Menschen einen betrachten. Das, was sie sehen, wenn sie dich mustern.« Sie zog einen Schuh an. »Deshalb lebe ich gern hier. Ich kann hier ein neues Leben beginnen.«

»Wir alle sehen zurück.« Er nahm die Krawatte vom Kleiderhaken. »Das liegt wohl in der menschlichen Natur.«

»In meiner nicht«, sagte sie mit Nachdruck, während sie sich den zweiten Schuh über den Fuß streifte. »Nicht mehr.«

Er konzentrierte sich darauf, die Krawatte zu binden. »Gab es denn niemanden in deinem Leben, an den du dich gern erinnerst? Unter all den Leuten, die du gekannt hast, die dir ... nahe waren?« Savannah wollte ihm eine unbeschwerte Antwort geben, doch dann wurde ihr bewusst, worauf er abzielte. Er meinte nicht Leute. Er meinte Männer. Und ihr fiel ein, was er vorhin zu ihr gesagt hatte.

Ich werde dich so nehmen, wie noch kein anderer es getan hat.

Darum geht es ihm also, dachte sie enttäuscht, und ihre Stimme bekam einen harten Unterton. »Du meinst Liebhaber.«

»Das hast du gesagt. Ich sagte Leute.«

»Ich weiß, was du gesagt hast, Jared. Nein, es gibt niemanden, der wichtig genug wäre, um mich an ihn zu erinnern.«

Und was ist mit Bryans Vater? Fast hätte er es ausgesprochen, aber die Worte blieben ihm im Hals stecken. Sein Stolz hielt ihn zurück. »Du bist verärgert«, sagte er, als er das Funkeln in ihren Augen bemerkte.

»Mir ist gerade aufgegangen, dass das eben eine Art von Demonstration war. Der tolle Mann, der mir demonstriert, dass er besser ist als jeder andere vor ihm.«

Jetzt funkelten seine Augen. »Sei nicht dumm.«

»Sag mir nicht, dass ich dumm bin«, fauchte sie, bevor sie sich wieder unter Kontrolle hatte. Hör auf, sagte sie sich. Sei nicht so empfindlich. »Na gut, Jared. Du hast erreicht, was du wolltest. Du bist ein großartiger Liebhaber. Absolute Spitze.« Sie ging zu ihm und streichelte seine Wange. »Ich habe jede Sekunde genossen. Leider habe ich jetzt keine Zeit mehr, die Bilder aufzuhängen. Ich muss noch einkaufen, bevor ich nach Hause fahre.«

Jared legte eine Hand auf ihren Arm. Er kannte Savannah gut genug, um zu wissen, dass sie wütend war. Anstatt diese Wut herauszulassen, gab sie sich arrogant. »Ich finde, wir sollten miteinander reden.«

»Dazu ist jetzt keine Zeit mehr.« Sie griff an ihm vorbei und schloss die Tür auf. »Deine Mittagspause ist vorbei, und bestimmt kommt Sissy gleich zurück.« Sie gab ihm einen flüchtigen Kuss und schüttelte seine Hand ab.

»Wir sollten miteinander reden«, wiederholte er.

»Gut. Du überlegst dir alles noch einmal, und wir sprechen heute Abend darüber.« Sie lächelte. »Danke für die Demonstration, MacKade. Sie wird mir unvergesslich bleiben.«

Sie wäre keine zwei Schritte weit gekommen, hätte nicht Sissy in genau diesem Moment die Kanzlei betreten. »Hallo, Savannah«, rief sie fröhlich nach oben. »Draußen schüttet es wie aus Kübeln. Du solltest deinen Wagen gegen eine Arche eintauschen.«

»Dann fahre ich jetzt besser«, sagte Savannah und ging zügig die Treppe hinunter, ohne sich noch einmal umzudrehen.

11. Kapitel

Jared kaufte Blumen. Er war nicht sicher, ob er es tat, um sich zu entschuldigen, oder einfach nur, weil er es sich angewöhnt hatte. Ein- oder zweimal in der Woche brachte er Savannah welche mit, weil sie ihn immer so überrascht und erfreut ansah, wenn er mit dem Strauß hereinkam.

Er wollte nicht, dass sie die bunten Frühlingsboten als Geste der Entschuldigung deutete, denn er fand nicht, dass er alles falsch gemacht hatte. Technisch gesehen hatte er keine Frage gestellt, sondern nur eine leise Anspielung gemacht. Und warum verdammt noch mal sollte er sie nicht fragen dürfen, ob es da jemanden gebe, an den sie hin und wieder noch dachte?

Er wollte mehr über sie wissen, über das Wer und Was und Wie ihrer Vergangenheit. Er wollte nicht nur die Bruchstücke hören, die sie ab und zu von sich gab, sondern das ganze Bild haben.

Natürlich hatte er dafür einen äußerst schlechten Zeitpunkt gewählt. Das gestand er sich ein. Er gestand sich auch ein, wie sehr es ihn ärgerte, dass sie ihn so mühelos durchschaut hatte. Aber letzten Endes hatte er ein Recht, sie zu fragen. Genau darüber würden sie an diesem Abend ein ruhiges und vernünftiges Gespräch führen. Das sollte unter zwei erwachsenen Menschen, die sich so nahegekommen waren, doch möglich sein.

Vielleicht lag es an dieser Erwartung, dass Zorn in ihm aufstieg, als er in die Einfahrt einbog und ihren Wagen nicht am Blockhaus stehen sah.

Wo zum Teufel steckte Savannah? Es war schon nach sechs. Er stand neben seinem Wagen und schaute sich mit gerunzelter Stirn um. Der Regen hatte den halb vertrockneten Blumen am Hang neues

Leben und frische Farbe eingehaucht. Die Azaleen, die Savannah gepflanzt hatte, hatten im Sturm zwar die meisten Blüten verloren, aber dafür glänzten nun die Blätter in sattem Grün.

Er erinnerte sich an den Tag, an dem er Savannah zum ersten Mal gesehen hatte, mit Händen voller Erde, umgeben von Blumentöpfen, vor sich den felsigen, jahrelang vernachlässigten Hang.

Sie verändert etwas, dachte er jetzt. Die Wurzeln, die sie hier schlagen wollte, wuchsen zwar noch nicht in die Tiefe, aber sie waren in der Erde. Jared wollte glauben, dass sie hier ihre Heimat gefunden hatte und sich wohlfühlte inmitten des Rasens, den sie selbst mähte, der bunten Blumen, die sie gewissenhaft pflegte, und der Wälder, die ihnen beiden so viel bedeuteten.

Er sah nun Bryans Rad am Weg und eine Schubkarre voller Mulch an der Veranda stehen. Auf dem nassen Rasen war eine leuchtend rote Frisbeescheibe gelandet.

Kleinigkeiten, dachte Jared. Kleinigkeiten, die ein Zuhause ausmachen. Und plötzlich wurde ihm schlagartig bewusst, dass er sich wünschte, dieses Blockhaus, dieser Garten wären auch sein Zuhause. Er sehnte sich danach, nicht nur nach einem Ort, wo er einige Sachen aufbewahrte, weil er dort übernachtete. Nein, nach einem Zuhause. Und Savannah sollte nicht nur die Frau sein, die er liebte und mit der er schlief.

Er hatte als Ehemann versagt und war sicher, so sicher gewesen, dass er ein solches Wagnis nie wieder eingehen würde. Nie wieder hatte er ein so persönliches und zugleich so öffentliches Scheitern erleben wollen. Hatte er sich nicht fest vorgenommen, nicht mehr an die Zukunft zu denken und mit dem zufrieden zu sein, was sich ihm bot?

Vermutlich hatte er sich etwas vorgemacht, denn er war mit dem, was er hatte, nicht zufrieden gewesen. Er hatte nach mehr verlangt. Das war auch der Grund gewesen, warum er Savannah bedrängt hatte. Er hatte wissen wollen, wer sie war, was sie durchgemacht hatte. Und jedes Mal, wenn sie ihm die Antwort verweigerte, litten sein Herz und sein Stolz.

Jared wollte, dass Savannah ihm Vertrauen schenkte, dass sie alles mit ihm teilte, was sie erlebt hatte und noch erleben würde. Er wollte, dass sie zu ihm kam, wenn sie Hilfe brauchte oder traurig war. Und wenn sie glücklich war.

Was er eigentlich wollte, wurde ihm jetzt klar, und er musste tief Luft holen. Er wollte, dass Savannah Morningstar ihn heiratete, von ihm Kinder bekam und mit ihm zusammen alt wurde.

Er blieb bei Bryans Rad stehen und legte eine Hand auf den Sattel. Er wollte auch den Jungen. Auch das war eine vollkommen neue und äußerst aufschlussreiche Erkenntnis. Er wollte, dass Bryan nicht nur Savannahs, sondern ihr gemeinsamer Sohn war. Er wollte ihm bei den Hausaufgaben helfen, mit ihm Baseball trainieren und ihm beim Match von der Tribüne zujubeln. Jared wurde klar, wie sehr er sich an all diese Dinge gewöhnt hatte und sich auf sie freute. Auf das strahlende Lächeln, den fröhlichen Zuruf, mit dem Bryan ihn nach der Arbeit empfing. Aber das reichte nicht. Das machte sie noch nicht zu einer Familie.

Die Liebe würde es tun. Ohne es zu ahnen, hatte Jared den Jungen in kürzester Zeit lieb gewonnen. Und eine Heirat würde es tun. Nicht der juristische Vertrag, den man damit abschloss, sondern das Versprechen, das man einander gab, ein Leben lang zueinanderzustehen. Er und Barbara hatten dieses Versprechen gebrochen und den juristischen Vertrag ohne die leisesten Skrupel wieder gelöst. Alles sehr ordentlich, sehr glatt, sehr zivilisiert. Seine Gefühle für Savannah waren ganz und gar nicht zivilisiert. Er wollte sie beschützen, sie besitzen, sie mit keinem anderen teilen. Es waren komplizierte Gefühle. Intensive Gefühle. Und auch wunderbare Gefühle.

Jetzt, da er das Problem und dessen Lösung besser kannte, wurde er innerlich ruhiger und ging ins Haus.

Die Schuhe standen dort, wo sie nicht hingehörten. Die Fußmatte war von Gartenerde verkrustet. Bücher und Spielsachen lagen auf der Couch und auf dem Boden verstreut. Ein Paar Ohrringe waren achtlos auf den Tisch geworfen worden. Es war ein Zuhause, in dem gelebt wurde.

Aber wo zum Teufel steckten die beiden?

Sie waren doch immer daheim, wenn er von der Arbeit kam. Bryan im Garten oder in seinem Zimmer, in die geliebten Baseballkarten vertieft. Das Radio war ebenso stumm wie der Fernseher. Und Savannah war weder in der Küche noch im Wohnzimmer.

Jared betrat die Küche und legte die Blumen auf den Tisch. Keine Nachricht, kein rasch gekritzelter Zettel an der Kühlschranktür. Besorgt stellte er den Aktenkoffer neben den Strauß. Savannah hätte ihm wenigstens eine Nachricht hinterlassen können.

Schließlich wollten sie heute Abend miteinander reden. Es gab unglaublich viel, worüber Jared mit ihr sprechen wollte, und sie war nicht einmal da. Er sah in ihr Atelier. Auf dem Arbeitstisch stand ein Glas verdünnter Limonade neben der witzigen Zeichnung eines fliegenden Frosches. Unter anderen Umständen hätte er darüber gelächelt.

Seine Miene verfinsterte sich immer mehr, als er nach oben eilte. Auf dem Weg ins Schlafzimmer zerrte er sich die Krawatte vom Hals. Ihr Schlafzimmer, dachte er wütend. Auch das würde sich ändern. Er warf erst die Krawatte, dann die Anzugjacke aufs Bett. Sein Mund war ein schmaler Strich. Zu den ersten Dingen, die sie neu anschaffen würden, gehörte ein zweiter Schrank. Ein Mann besaß verdammt noch mal ein Recht auf einen eigenen Schrank. Und auf ein Arbeitszimmer. Sie war nicht die Einzige, die einen Platz zum Arbeiten brauchte.

Und dann würde er Bryan ein Baumhaus bauen. Der Junge brauchte ein Baumhaus. Außerdem brauchten sie einen Schuppen für die Gartengeräte, und die Einfahrt müsste mit Platten ausgelegt werden. Nun ja, er würde sich um all das kümmern. Er würde es tun, weil … Ich bin auf dem besten Wege, verrückt zu werden, dachte Jared und setzte sich auf die Bettkante.

Er hatte Savannah noch nicht einmal gesagt, dass sie heiraten würden, und überlegte bereits, was sich hier alles ändern müsste. Er hielt einen Moment inne, um Klarheit zu gewinnen.

Warum war er so nervös? Warum so wütend auf sie, auf sich selbst? Panik? fragte er sich. Angst? Die Befürchtung, dass sie ihn auslachen könnte? Dass sie ihm sagen würde, sie sei an einer Heirat nicht interessiert?

Jared fuhr sich mit beiden Händen durchs Haar und stand wieder auf. Dann wird Savannah sich eben dafür interessieren müssen, entschied er. Und zwar schnell.

Vielleicht wäre er ruhiger geworden, vielleicht wäre er leise nach unten gegangen, um das Abendessen für alle zuzubereiten. Vielleicht hätte er das alles getan, wenn er den Karton auf ihrer Kommode nicht bemerkt hätte.

Gürtelschnallen glänzten darin. Große, auffällige Gürtelschnallen. Rodeo. Er nahm eine heraus und betrachtete das Pferd und den Reiter darauf. Die Sachen ihres Vaters. Man hatte Savannah die Hinterlassenschaft ihres Vaters geschickt. Und sie hatte ihm nichts davon erzählt.

Es war nicht viel. Die Preise, die Jim Morningstar vor Jahren errungen hatte. Die Kleinigkeiten eines Mannes, der mit wenig Gepäck und wenig Erinnerungen herumreiste. Neben der Kommode stand ein größerer Karton. Er enthielt alte, abgetragene Stiefel, einen schäbigen Hut, ein paar Kleidungsstücke, die noch gefaltet waren.

Jared sah den Brief seines Kollegen aus Oklahoma, den Standardtext für die Aushändigung eines Nachlasses, die detaillierte Aufstellung der Gegenstände, das Angebot, etwaige Fragen zu beantworten. Jared schob den Brief zur Seite. Und fand die Fotos.

Die meisten waren zerknittert, als hätte man sie achtlos in eine Schublade geschoben oder hastig in eine Tasche gestopft. Zum ersten Mal sah er Jim Morningstar. Die gelungene Aufnahme eines Mannes mit hartem Gesicht und schmalen Augen, auf einem Pferd in einer engen Box.

Die dunkle Haut, die hohen Wangenknochen, die Savannah geerbt hatte. Aber sonst gab es wenig in diesem zähen, ledrigen Gesicht, das der Vater an seine Tochter weitergegeben hatte. Abgesehen von dem Kinn, dachte Jared. Dem Kinn, das bei jedem Faustschlag, den das Leben ihm verpasst hatte, nur noch höher gereckt wurde.

Er fand ein weiteres Foto. Es steckte in einem billigen Rahmen und zeigte Jim Morningstar neben seiner jungen Tochter. Lächelnd betrachtete Jared das Bild. Savannah war dreizehn, vielleicht vierzehn. Groß, schlank, in Jeans und einem Flanellhemd, mit den ersten weiblichen Rundungen, das Haar unter einem Cowboyhut.

Sie schaute in die Kamera, auf dem Gesicht die ersten Anzeichen jenes wissenden Lächelns, das zu der Frau gehörte, die noch aus ihr werden sollte. Sie stand selbstsicher da, fast ein wenig arrogant. Eine Hand lag locker auf der Schulter ihres Vaters, Jim Morningstar hatte die Arme vor der Brust verschränkt. Er berührte seine Tochter nicht.

Ein drittes Foto zeigte eine noch jüngere Savannah auf einem Pferd. Es war eine klassische Pose, bei der der braune Wallach mit den Vorderhufen hochstieg, die Reiterin sich den Hut vom Kopf riss und seitwärts hochstreckte. Sie sieht aus, dachte Jared, als hätte sie vor nichts und niemandem Angst.

Er sah Morningstar mit anderen Männern, grinsenden, zähen Burschen mit Hüten, Stiefeln und Jeans. Im Hintergrund Koppeln, Stallungen, Pferde. Immer wieder Pferde. Jared kam dabei die Idee, auf der Farm ein Stück Wald zu roden, eine Koppel anzulegen und ein oder zwei Pferde in die Scheune zu stellen. Savannah schien Pferde zu lieben, und Bryan …

Doch dann starrte er auf das letzte Foto und vergaß, was er gerade gedacht hatte.

Savannah war etwa sechzehn Jahre alt, mit einem Körper, der einer Frau gehörte, bekleidet mit einem engen T-Shirt und perfekt sitzenden Jeans. Aber ihr Gesicht besaß eine Weichheit, eine Fülle, die verriet, dass das Mädchen noch nicht ganz zur Frau geworden war. Sie lachte in die Kamera, und Jared glaubte fast, sie hören zu können.

Sie hatte die Arme um einen Mann gelegt. Und der Mann hatte seine Arme um sie gelegt. Sie hielten einander umschlungen und strahlten beide in die Kamera. Der Mann hatte seinen Hut in den Nacken geschoben, sodass seine blonden Locken in der Brise zu wehen schienen. Er war gebräunt, schlank, groß, die Augen blau oder grün. Der Mund war zu einem schiefen Lächeln verzogen, wie Jared es von Bryan kannte.

Dies war Bryans Vater.

Jared spürte, wie der Zorn ihm den Atem raubte. Dies war der Mann. Ein Mann, wiederholte er stumm, kein Junge. Das Gesicht war markant, sogar auffallend attraktiv, aber gewiss nicht das eines Teenagers. Dieser Mann hatte ein sechzehnjähriges Mädchen verführt und es anschließend schmählich im Stich gelassen. Und niemand hatte dem Mädchen beigestanden.

Morningstar hatte das Foto behalten. Also, dachte Jared mit einem verächtlichen Schnauben, hatte er alles gewusst. Aber niemand hatte Savannah geholfen.

Savannah beobachtete Jared währenddessen von der Tür aus. Ihre Gefühle waren schon den ganzen Tag mit ihr Achterbahn gefahren. Das hier sah nach einer weiteren steilen Abfahrt aus.

Sie wollte die Gereiztheit und Wut vergessen, mit der sie Jareds Kanzlei verlassen hatte. Sie hatte gehofft, nach Hause zu kommen, Jared dort vorzufinden und sich mit ihm darüber zu freuen, dass sie Howard Beels drei Bilder verkauft hatte.

Und vielleicht würde Beels sogar noch ein viertes kaufen. Sie und Bryan hatten auf der Heimfahrt darüber gelacht. Über Howard und wie er herumgedruckst hatte, als sie ihm einen ihrer Ansicht nach überhöhten Preis genannt hatte. Und wie er ihr eine Summe anbot, die ihre kühnsten Erwartungen weit übertraf.

Sie hatte sogar einen kleinen Umweg gemacht, um eine Flasche Champagner zu kaufen, damit Jared und sie den Triumph gebührend feiern konnten. Den Triumph, dass ihr lang gehegter Wunsch, von der Malerei leben zu können, langsam in Erfüllung zu gehen schien.

Doch jetzt sah sie, dass es keine Feier geben würde. Der Blick, mit dem Jared die Bilder betrachtete, die ihr Vater ihr hinterlassen hatte, ließ keinen Zweifel daran. Sie wusste nicht, was Jared so zornig machte. Nun, zweifellos würde sie es sehr schnell erfahren.

Ach verdammt, dachte sie und betrat das Zimmer. Bringen wir es hinter uns.

»Kein sehr ansehnliches Erbe, was?«, fragte sie mit gespielter Unbeschwertheit und wartete darauf, dass er den Kopf hob und sie ansah. Als er es tat, ließ die unverhohlene Wut in seinen Augen sie fast zusammenzucken. »Ich nehme an, bei den meisten deiner Mandanten ist es etwas mehr.«

Er verstand es, die Dinge Schritt für Schritt anzugehen, am Ausgangspunkt zu beginnen und sich zum Kern vorzuarbeiten. »Wann hast du diese Sendung bekommen?«

»Vor ein oder zwei Wochen.« Sie ging ans Fenster und sah nach unten. »Bryan ist im Garten. Wir haben die Kätzchen abgeholt. Er schwebt im siebten Himmel.«

Jared MacKade verstand es auch, sich nicht ablenken zu lassen. »Vor ein oder zwei Wochen«, wiederholte er. »Du hast mir nichts davon gesagt.«

»Was hätte ich dir sagen sollen? Ich habe den Scheck genommen und ihn dem Anlageberater gegeben, den du mir empfohlen hast. Die anderen Sachen habe ich mir erst heute Morgen angesehen. Die Gürtelschnallen werde ich wohl für Bryan aufheben, denke ich. Vielleicht möchte er sie irgendwann haben. Die anderen Sachen werde ich in die Altkleidersammlung geben.«

»Warum hast du es mir nicht erzählt?«

»Warum hätte ich das tun sollen?« Sie drehte sich zu ihm um, halb verärgert, halb neugierig. »Es ist keine große Angelegenheit. Keine verschollenen Lotterielose, kein Beutel Goldstaub. Nur ein paar alte Kleidungsstücke, noch ältere Stiefel und Papiere.«

»Und Fotos.«

»Ja, ein paar. Er hielt nicht viel von Erinnerungen. Es gibt da ein

Foto, das ihn vor dem Einritt in die Arena zeigt. Es ist typisch für ihn. Der nächste Ritt war immer der wichtigste für ihn. Ich dachte mir, das würde Bryan gern behalten wollen.«

»Und das hier?« Jared hielt den Schnappschuss von Savannah und dem fröhlich grinsenden, blondgelockten Cowboy hoch.

Sie zog eine Augenbraue hoch und schüttelte den Kopf. »Ich möchte wissen, wie ich in die Jeans gekommen bin. Hör mal, ich will uns ein paar Hamburger grillen.«

Als Jared sich ihr in den Weg stellte, sah sie ihn erstaunt an. Sie legte den Kopf schief und wartete.

»Hast du es Bryan gezeigt?«, fragte er.

»Nein.«

»Wirst du es tun?«

»Nein. Ich glaube nicht, dass es ihn interessiert, wie seine Mutter mit sechzehn ausgesehen hat.«

»Es würde ihn aber interessieren, wie sein Vater ausgesehen hat.«

Savannah zwang sich, ruhig zu bleiben. »Er hat keinen Vater.«

»Verdammt noch mal, Savannah, willst du etwa behaupten, dass das hier nicht Bryans Vater ist?«

»Ja, ich behaupte, dass das nicht Bryans Vater ist. Ein paar angenehme Minuten im Bett machen einen Mann nicht zum Vater.«

»Du weißt genau, was ich meine.«

»Ich weiß genau, was ich meine, Anwalt MacKade. Ich unterscheide zwischen einem Vater und einem … Erzeuger. Und da das hier ein Kreuzverhör zu sein scheint, mache ich es ganz deutlich. Ich hatte Sex mit dem Mann auf dem Foto in deiner Hand. Ich wurde schwanger. Ende der Geschichte.«

»Von wegen.« Aufgebracht knallte er das Foto auf die Kommode. »Dein Vater wusste es. Sonst hätte er das hier nicht behalten.«

»Ja. Das wurde mir auch klar, als ich es fand.« Es hatte wehgetan, aber der Schmerz ließ sich mühelos unterdrücken. »Und?«

»Warum hat er nichts unternommen? Der Kerl war kein Kind. Er muss damals über einundzwanzig gewesen sein.«

»Ich glaube, er war vierundzwanzig. Vielleicht fünfundzwanzig. Ich weiß es nicht mehr.«

»Und du warst minderjährig. Man hätte ihn anzeigen müssen … nachdem dein Vater ihn verprügelte.«

Savannah atmete durch. »Mein Vater kannte mich. Er wusste, wenn ich mit jemandem schlief, tat ich es freiwillig. Sicher, juristisch gesehen war ich noch minderjährig, aber ich wusste, was ich tat. Ich war nicht unzurechnungsfähig oder so etwas. Ich wurde nicht dazu gezwungen. Und ich mag es nicht, wenn du einen Schuldigen suchst.«

»Natürlich gibt es einen Schuldigen«, entgegnete Jared scharf. »Der Hundesohn hatte nicht das Recht, ein Mädchen deines Alters anzufassen und danach zu verschwinden, ohne sich den Folgen zu stellen.«

Ihre Augen blitzten. »Bryan ist keine Folge.«

»Du weißt verdammt gut, dass ich es nicht so gemeint habe.« Er fuhr sich erregt mit beiden Händen durchs Haar, während er ruhelos auf und ab ging. »Im Moment lässt sich wohl nichts machen. Aber ich möchte wissen, was du tun willst.«

»Ich werde Hamburger machen. Du kannst gern bleiben, aber du kannst auch gehen, wenn du das lieber möchtest«, sagte sie leise.

»Komm mir nicht so.«

»Ich komme dir, wie ich will.« Sie seufzte. »Jared, warum hackst du immer auf dieser Sache herum? Ich habe vor zehn Jahren mit einem Mann geschlafen. Ich habe ihn vergessen. Er hat mich vergessen.« Um es ihm zu beweisen, nahm sie das Foto und ließ es in den Papierkorb neben der Kommode fallen. »Damit ist es erledigt.«

»Einfach so?« Genau das war es, was ihm keine Ruhe ließ. Das wurde ihm in diesem Moment bewusst. »Er hat dir nichts bedeutet?«

»Stimmt.«

»Du hast ein Kind von ihm bekommen, Savannah. Den Jungen, der unten im Garten mit seinen Kätzchen spielt. Wie kannst du das so einfach abtun?«

»Du würdest lieber eine andere Geschichte hören, nicht wahr, Jared?« Sie lächelte grimmig. »Eine Geschichte, mit der du leben könntest. Die von dem armen, unschuldigen, einsamen Mädchen, das nach Liebe sucht und von einem älteren Mann verführt, verraten und verlassen wird.«

»War es nicht so?«

»Du hast keine Ahnung, wer oder was ich damals war und wonach ich suchte. Und eigentlich willst du es auch gar nicht wissen. Denn wenn du es weißt, wenn du es erfährst, wird es dich nicht loslassen. Du wirst dich fragen, mit wie vielen Männern ich geschlafen habe. ›Kann ich ihr glauben, wenn sie behauptet, sie habe sich nicht verkauft? Selbst ihr eigener Vater hat nicht zu ihr gehalten … Was sagt mir das? Und jetzt, da ich zurückblicke, erinnere ich mich daran, dass sie gleich zu Beginn mit mir ins Bett wollte. Mit was für einer Frau habe ich mich eingelassen?‹ Sei ehrlich, Jared, das fragst du dich doch, nicht wahr? Ist es nicht das, was dich umtreibt?«

»Ich frage mich, warum du mir so viele Dinge nicht erzählen willst. Warum du zehn Jahre deines Lebens einfach vergessen kannst. Ja, ich frage mich tatsächlich, was für eine Frau du bist.«

Sie hob das Kinn. »Vielleicht fällt dir ja eine Antwort ein.« Sie wollte hinausstürmen, doch er versperrte ihr den Weg. »Lass mich gehen.«

»Es wird höchste Zeit, dass wir das hier klären. Du sagst, du liebst mich, aber du ziehst dich zurück, sobald es heikel wird. Sobald ich wissen will, was dich zu der Frau gemacht hat, die du jetzt bist.«

»Ich habe mich selbst dazu gemacht. Mehr brauchst du nicht zu wissen.«

»Ich muss viel mehr wissen«, beharrte Jared. »Du kannst keine Zukunft beginnen, wenn du die Vergangenheit ignorierst.«

»Ich kann es. Ich habe es bereits. Jared, das hier ist allein dein Problem. Weißt du eigentlich, was du tust?« Savannah schleuderte ihm die Frage ins Gesicht. »Du quälst dich mit einem Gesicht auf einem alten Foto. Du leidest darunter, du fühlst dich davon bedroht.«

»Unsinn.«

»Wirklich? Es ist vollkommen in Ordnung, dass du schon einmal verheiratet warst und andere Frauen hattest. Habe ich dich gefragt, wie viele es und wer sie waren oder warum es sie gab? Nein, das habe ich nicht. Du darfst wild und zügellos gewesen sein und mit deinen Brüdern die Stadt unsicher gemacht haben. Das ist toll. Jungs sind eben so. Aber bei mir ist das natürlich ganz anders. Dein Problem besteht darin, dass du dich mit mir eingelassen hast, ohne vorher gründlich nachzudenken. Und jetzt willst du mich eben zu einer Frau machen, die besser zu dem Mann passt, der du geworden bist.«

»Du drehst mir die Worte im Mund um. Und du irrst dich.«

»Ich sage, ich habe recht. Und ich sage, geh zum Teufel, MacKade. Zum Teufel mit dir. Wenn du ein Opfer brauchst, ein Püppchen oder jemanden, der auf deinen Empfängen oder Galas gut ankommt, bist du bei mir falsch. Ich lese nicht Kafka.«

»Wovon um alles in der Welt redest du?«, fragte Jared entgeistert.

»Ich rede von der Realität. Die Realität ist, dass ich mich von dir beim besten Willen nicht verhören und beschuldigen lassen muss.«

Er kniff die Augen zusammen. »Es geht nicht nur um dich, Savannah. Nicht mehr. Das ist die Realität. Ich muss mich nicht rechtfertigen, wenn ich wissen will, warum du das Foto wegwirfst oder mir nicht erzählst, dass die Sachen deines Vaters angekommen sind. Oder wenn ich dich frage, was du von dir selbst erwartest. Und von mir. Oder wenn ich dir sage, was ich will, was ich erwarte und verwirklichen will. So, das war alles. Entscheide dich, alles oder nichts?«

»Soll das eine Drohung sein?«

»Wenn du es so sehen möchtest. Denk darüber nach«, schlug er vor und eilte hinaus.

Wie erstarrt stand Savannah da. Sekunden später hörte sie die Haustür zuschlagen. Es kostete sie ihre gesamte Willenskraft, nicht ans Fenster zu rennen und ihm nachzusehen. Ihn vielleicht sogar zurückzurufen. Kurz darauf drang das Motorengeräusch herein.

So ist das also, dachte sie. Alles oder nichts. Was fiel ihm ein, sie vor diese Wahl zu stellen? Sollte sie sich ihm ausliefern, sich wehrlos machen, auf alles verzichten, was ihr im Notfall Sicherheit gab? Das hatte sie einmal getan, und die Wunden, die es hinterlassen hatte, hatten noch Jahre geschmerzt. Nein, das wollte sie nie wieder erleben.

Savannah gab sich einen Ruck und ging nach unten. Sie ignorierte die Blumen auf dem Tisch und den auf Eis gelegten Champagner. Vielleicht trinke ich ihn nachher allein, überlegte sie, während sie die Hamburger aus dem Kühlschrank holte. Vielleicht würde sie die ganze verdammte Flasche trinken, bis sie einen Schwips bekam. Das war immer noch besser als die quälenden Gedanken, ja sogar besser als der in ihr brodelnde Zorn.

Doch als die Haustür ins Schloss fiel und sie sich dorthin umdrehte, war sie enttäuscht, dass es nur Bryan war. Was ist bloß los mit dir, fragte sie sich und schämte sich vor sich selbst.

»Ist Jared sauer auf dich?«

»Wie kommst du darauf?«

»Ich habe es gemerkt.« Mit betrübtem Gesicht setzte Bryan sich und stützte die Ellbogen auf den Tisch. »Er ist zwar stehen geblieben und hat sich meine Kätzchen angesehen, aber er war mit den Gedanken ganz woanders. Und dann hat er gesagt, dass er heute nicht bleiben kann.«

»Ja, dann ist er wohl sauer auf mich.«

»Bist du auch sauer auf ihn?«

»Ja.« Hackfleisch zu Klopsen zu verarbeiten war ideal, um Aggressionen loszuwerden. »Ziemlich sauer sogar.«

»Heißt das, du hast ihn nicht mehr gern?«

Sie sah ihn an, und ihr Zorn legte sich genug, um die Trauer in seinen Augen erkennen zu können. »Worauf willst du hinaus, Bryan?«

Er zuckte mit den Schultern und schlug die Füße gegeneinander. »Na ja, du hast noch nie jemanden gern gehabt. Er ist fast immer hier, und er bringt dir Blumen und trainiert mit mir. Ihr küsst euch und so.«

»Das stimmt.«

»Na ja, Con und ich dachten, dass ihr beide vielleicht … na ja, heiratet.«

Es traf sie mitten ins Herz. »Oh.«

»Ich dachte mir, das wäre cool, weißt du, weil Jared auch cool ist.«

Sie legte die Hamburger zur Seite. Um Zeit zu gewinnen, drehte sie den Wasserhahn auf, wusch sich die Hände und trocknete sie gründlich ab. Was habe ich meinem kleinen Jungen jetzt nur angetan, ging es ihr durch den Kopf. »Bry, du weißt doch, dass Leute sich auch küssen können, ohne dass sie gleich heiraten. Du bist alt genug und weißt auch schon, dass Erwachsene Beziehungen, enge Beziehungen haben, ohne zu heiraten.«

»Sicher, aber wenn sie sich richtig gernhaben, heiraten sie doch, oder?«

»Manchmal.« Sie ging um den Tisch herum und legte eine Hand auf seine Schulter. »Aber es ist nicht immer genug, jemanden gernzuhaben … zu lieben.«

»Warum nicht?«

»Weil …« Was sollte sie darauf antworten? »Weil die Menschen kompliziert sind. Außerdem ist Jared sauer auf mich, nicht auf dich. Ihr könnt auf jeden Fall Freunde bleiben.«

»Ja.«

»Du gehst jetzt besser nach draußen und passt auf deine Kätzchen auf. Ich werde den Grill anheizen.«

»Okay.« Widerwillig ging er zur Tür. »Ich dachte, wenn ihr heiratet, könnte er so etwas wie …«

»So etwas wie was?«, fragte sie.

»So etwas wie mein Vater sein.« Wieder zuckte Bryan mit den Schultern, so wie sie selbst es tat, wenn sie ihre Enttäuschung vor anderen verbergen wollte. »Ich dachte einfach nur, das wäre cool«, fügte er leise hinzu, und erneut traf es sie direkt ins Herz.

12. Kapitel

Bryans wehmütige Bemerkung ging Savannah nicht mehr aus dem Kopf. Um ihn ein wenig zu trösten, machte sie das Abendessen zu einer kleinen Feier.

Er durfte so viel trinken, wie er wollte, Berge von Pommes frites essen und mit ihr zusammen kühne Pläne schmieden, wie sie das Vermögen ausgeben sollten, das sie mit dem Verkauf ihrer Bilder erzielen würde.

Dauerkarten für Disney World würden nicht reichen, entschieden sie. Disney World würde ihnen gehören. Und Logenplätze beim Baseballmatch? Von wegen. Sie würden die Baltimore Orioles kaufen … und Bryan würde natürlich der neue Star des Profiteams werden.

Savannah spielte das Spiel mit, bis sie einigermaßen sicher sein konnte, dass Bryan vergessen hatte, wovon er in Wirklichkeit träumte. Von einer glücklichen Familie, zu der er, seine Mutter und eben Jared als Vater gehörten.

Danach verbrachte Savannah fast die ganze Nacht damit, an die Decke zu starren und sich auszudenken, womit sie Jared MacKade dafür bestrafen könnte, dass er ihrem Sohn das Herz gebrochen hatte.

Ihr eigenes Herz war nicht so wichtig. Sie wusste, wie sie es wieder flicken konnte. Zeit und Arbeit und das Heim, das sie sich geschaffen hatte, würden ihr dabei helfen. Sie brauchte keinen Mann, um sich ganz zu fühlen. Sie hatte nie einen gebraucht. Sie würde dafür sorgen, dass ihr Sohn den Vater nicht vermisste. Aber Jared würde dafür bezahlen, dass er Bryan falsche Hoffnungen gemacht hatte.

Der Bastard hatte sich zum Bestandteil ihres Lebens gemacht. Er hatte ihr Blumen mitgebracht verdammt noch mal, mit Bryan

Baseball gespielt und ihn auf die Farm mitgenommen. Und dann war er auch in ihrem Bett aufgewacht, und zwar so, wie noch niemand neben ihr aufgewacht war.

Aber er sah auch auf sie herab, von seinem hohen Anwaltsthron. Als säße sie auf einer Anklagebank. Er stellte ihre Moral und ihre Taten und ihre Beweggründe infrage. Erst gab er ihr das Gefühl, mehr zu sein, dann das Gefühl, weniger zu sein, als sie es jemals gewesen war. Er brachte sie dazu, an sich selbst zu zweifeln.

Nein, das durfte sie sich nicht bieten lassen. Er würde nicht ungestraft davonkommen. Ohne dass es ihr bewusst war, rückte sie in die Mitte des Bettes, damit es ihr nicht so leer vorkam. Jared konnte sich nicht in ihr Leben schleichen und dann Fragen stellen. Wer sie war, wo sie gewesen war, was sie wollte. Sie schuldete ihm keine Antworten, und genau das würde sie ihm beweisen.

Und eingeschlichen hat er sich, dachte sie, den Blick noch immer an die Decke gerichtet. Er hatte ihr das Gefühl vermittelt, dumm zu sein, minderwertig und, zum ersten Mal seit zehn Jahren, verletzlich. Und jetzt glaubte er, sich genauso wieder hinausschleichen zu können, weil sie nicht dem entsprach, was er sich unter einer … Savannah lachte bitter … unter einer Ehefrau vorstellte.

Aber ohne es zu merken, hatte sie selbst angefangen, davon zu träumen, es sich auszumalen, zu hoffen und sogar konkrete Pläne zu schmieden. Erst als Bryan es ausgesprochen hatte, war ihr bewusst geworden, wie sehr sie sich nach einem Happy End gesehnt hatte. Wie in den Geschichten, die sie illustrierte. In denen gab es immer tapfere, leidenschaftliche Märchenprinzen.

Es war beschämend. Es war erniedrigend. Eine Frau wie sie, eine Frau, die mit Mut und Zähigkeit alle Krisen des Lebens gemeistert hatte, ließ sich von diesem Mann kleinmachen.

Sie hatte es allein geschafft. Sie hatte gehungert, gearbeitet, bis ihr vor Erschöpfung schwindlig wurde, und Jobs angenommen, für die sie eigentlich zu stolz war. Sie war von ihrem eigenen Vater auf die Straße gesetzt worden, als sie ihn am meisten gebraucht hatte. Und nichts davon, keine der schwierigen oder schmerzhaften Erfahrungen, hatte sie so erniedrigt wie das hier.

Savannah holte tief Luft. Sie würde Jared MacKade zeigen, was für eine Art von Frau sie war. Die Art von Frau, die ihn nicht brauchte.

Jared kam zu dem Schluss, dass es gar nicht so übel war, den Samstagnachmittag mit einem Bier in der Hand auf der Veranda zu verbringen. Vielleicht konnte er es sogar genießen. Es war ein herrlicher Tag, und er fühlte sich auf eine angenehme Weise erschöpft von der Arbeit des Vormittags.

Seine Brüder waren bei ihm, und es war gut, mit ihnen zusammen zu sein. Faul herumsitzen, dachte er, und zusehen, wie das Gras wächst und die Hunde darauf herumtollen.

Vielleicht würde er zum Blockhaus spazieren. Nach einer Weile vielleicht. Bis dahin hatte Savannah bestimmt genug Zeit gehabt, um sich zu beruhigen, über alles nachzudenken und vernünftig mit ihm zu reden.

Sich selbst hatte er auch schon fast genug Zeit gelassen. Er war zwar noch nicht ganz so weit, aber schon kurz davor, sich einzugestehen, dass er ungeschickt gewesen war. Möglicherweise sogar etwas ungerecht.

Trotzdem, Savannah hatte sich wirklich lächerlich benommen. Ihm vorzuwerfen, dass er sich von einem albernen alten Foto bedroht fühle! Dass er eine andere Art von Frau wolle … Dass er mit ihr nicht zufrieden sei, nur weil sie nicht Kafka las. Nur der Himmel wusste, wie sie darauf gekommen war.

Dass sie ihr Leben mit seinem verglich, gefiel ihm auch nicht gerade. Das ließ ihn wie einen engstirnigen Sexisten aussehen. Und das war er ganz bestimmt nicht. Er war einfach anders, das war alles.

»Er redet mit sich selbst«, sagte Devin, der gerade an einem Stück Holz herumschnitzte.

»Das tut er schon seit gestern.« Gähnend schob Shane seinen Stuhl zurück. »Wenn du mich fragst, Savannah hat ihn hinausgeworfen.«

Das und Rafes Lachen rissen Jared aus seinen Gedanken. »Das hat sie keineswegs. Ich bin gegangen, um ihr etwas klarzumachen.«

»So?« Rafe zwinkerte Devin zu. »Was denn?«

Jared nahm einen Schluck Bier. »Dass sie anfangen muss, die Dinge so zu sehen, wie sie sind.«

Seine Brüder brachen in spöttischen Jubel aus.

»So, wie er die Dinge sieht«, sagte Rafe zu den anderen. »Wenn man das nämlich nicht tut, erreicht man bei ihm nichts.«

»Blödsinn.« Jared schlug die Beine übereinander. »Man muss die Dinge richtig sehen, mehr nicht.«

Devin saß auf der obersten Stufe. Er drehte sich halb um und lehnte sich gegen den Pfosten. »Was hat sie denn falsch gesehen?«

»Sie ist verschlossen. Heute Morgen rief mich Howard Beels an und bedankte sich dafür, dass ich ihn mit ihr bekannt gemacht habe. Offenbar war sie gestern bei ihm, und er hat drei von ihren Bildern gekauft.« Dieser Gedanke allein machte Jared schon wieder wütend. »Hat sie es mir erzählt? Nein. Was soll das für eine Beziehung sein? Ich bekomme nichts aus ihr heraus, wenn ich sie nicht direkt danach frage, und selbst dann antwortet sie nicht immer.«

Belustigt streckte Shane die Arme in die Höhe. »Und ich wette, du steckst voller Fragen. Was hat sich genau abgespielt? Wie hast du reagiert? Welche Abfolge von Ereignissen führte dazu? Und wo hast du dich in der fraglichen Nacht aufgehalten?«

Jareds Schlag wäre härter ausgefallen, hätte Shane nicht eine Armeslänge entfernt gesessen. »Ich verhöre sie nicht, ich frage nur. Ich will wissen, mit wem ich es zu tun habe. Ein Mann hat das Recht, die Frau zu kennen, die er heiraten wird.«

Rafe verschluckte sich an seinem Bier. »Seit wann das denn?«

Seufzend griff Shane in die Kühltasche und nahm sich ebenfalls ein Bier. »Ich habe es geahnt.«

Mit ausdruckslosem Gesicht musterte Devin Jared. »Du hast Savannah tatsächlich gefragt, ob sie dich heiraten will?«

»Nein. Ich hatte leider noch keine Gelegenheit, ihr zu sagen …«

»Ihr zu sagen.« Devin grinste. »Typisch.«

»Du könntest wenigstens versuchen, es einmal aus meiner Sicht zu betrachten«, knurrte Jared. »Mir ist eben klar geworden, dass ich sie heiraten will. Ich habe lange darüber nachgedacht, schließlich eine Entscheidung getroffen, und dann entdecke ich zufällig die Sachen ihres Vaters. Savannah hatte mir nicht erzählt, dass sie eingetroffen waren. Und darunter befand sich ein Foto, das sie mit Bryans Vater zeigt.«

»Hm«, brummte Rafe stellvertretend für alle.

»Als ich sie danach fragte, reagierte sie abweisend.«

»Feindlich gesinnte Zeugin«, murmelte Shane, was ihm einen wütenden Blick einbrachte.

»Sie hat das Foto in den Papierkorb geworfen«, fuhr Jared fort. »Als wäre es vollkommen bedeutungslos.«

»Vielleicht wollte sie genau das damit ausdrücken«, gab Devin zu bedenken.

»Hör mal, der Kerl hat sie geschwängert und dann im Stich gelassen. Ihr Vater setzt sie vor die Tür. Sie ist erst sechzehn, um Himmels willen. Natürlich bedeutet es etwas. Aber sie rückt nicht mit der Sprache heraus. Stattdessen macht sie mir irgendwelche idiotischen Vorwürfe. Und dann sagt sie … hört gut zu … sie sagt, dass ich es in Ordnung finde, wenn ich selbst mich ausgetobt habe oder so etwas. Aber von ihr erwarte ich, dass sie unberührt oder ein Opfer oder so ähnlich sei. Ich finde das beleidigend.«

Rafe betrachtete sinnierend seine Bierflasche. »Ich finde, sie hat recht.«

»Unsinn!«

»Tut mir leid, Bruderherz. Du machst die Anwaltsprüfung, kaufst dir ein paar seriöse Anzüge …«

»Soll ich dir ein zweites Mal die Nase brechen?«

»Gleich. Nach einer Weile beschließt du, dass es langsam Zeit wird zu heiraten, also suchst du dir eine Eisprinzessin, eine ohne Gepäck, ohne Geheimnisse, ohne sichtbare Fehler. Und weißt du, warum?«

Jared funkelte ihn an. »Warum sagst du es mir nicht?«

»Weil das Image zu dir passte. Da du schlau bist, hast du leider schnell gemerkt, dass die Frau das nicht tat. Savannah dagegen ist eine Frau mit viel Gepäck, einigen Geheimnissen und vielleicht auch ein paar Fehlern. Das Image passt nicht ganz in eine deiner Schubladen, aber die Frau passt zu dir.«

Jared wollte widersprechen, darüber diskutieren, die Argumente seines Bruders auseinandernehmen, wie er es vor Gericht mit denen des gegnerischen Anwalts getan hätte. Und musste feststellen, dass er es nicht konnte. Also fluchte er.

»Kafka«, flüsterte er, als ihm ein Licht aufging. »Barbara hat Kafka gelesen.«

»Überrascht mich nicht«, sagte Rafe fröhlich.

Jared steckte sich ein Zigarillo an und unternahm einen neuen Anlauf. »Trotzdem, wenn zwei Menschen eine gemeinsame Zukunft aufbauen wollen, müssen sie einander genug vertrauen, um über ihre Vergangenheit zu sprechen. Ich will nicht nur sie, sondern auch den Jungen.« Er blies den Rauch aus.

»Wirst du dich etwa durch ein Foto davon abhalten lassen?«, fragte Devin ruhig.

»Nein. Ich werde mich ganz bestimmt durch nichts davon abhalten lassen.«

»Wieder einer weniger«, sagte Shane betrübt. »Weißt du, Frauen kommen auf falsche Gedanken, wenn deine Brüder alle heiraten.«

»Damit wirst du wohl leben müssen«, erwiderte Jared.

Die vier Brüder sahen hoch, als ein Wagen in die Einfahrt bog.

Sie ist also zur Vernunft gekommen, dachte Jared und war stolz darauf, dass er Savannah eine ganze Nacht Zeit zum Nachdenken gelassen hatte. Sie war hier. Es tat ihr also leid, dass sie ihn so angefaucht hatte. Sie wollte sich jetzt anscheinend mit ihm zusammensetzen und in Ruhe über alles reden.

Er stand auf und lehnte sich Devin gegenüber an den anderen Pfosten. Natürlich war er großmütig genug, um sich ebenfalls zu entschuldigen. Und ihr zu erklären, was er meinte. Sie würde ihn verstehen, und in ein paar Jahren würden sie beide herzlich über dieses alberne Missverständnis lachen. Er setzte ein versöhnliches Lächeln auf, mit dem er sie begrüßen wollte, als Savannah mit quietschenden Reifen vor dem Haus hielt.

Die Frau, die aus dem Wagen stieg, sah absolut nicht friedfertig aus. Sie sah wild, wütend und atemberaubend schön aus.

»Oho«, sagte Shane nur und warf Rafe einen belustigten Blick zu.

Sie sprach kein Wort, sondern stemmte die Hände in die Hüften und musterte die vier Brüder. Ein Publikum, dachte sie. Umso besser. Sahen sie nicht alle selbstzufrieden aus, stolz darauf, richtige Männer zu sein?

Sie ging zum Kofferraum und öffnete ihn. Als Erstes holte sie den Karton heraus. Die Hunde kamen angerannt und sprangen aufgeregt um sie herum, während sie den Karton nach vorn trug. Lächelnd kippte sie ihn aus. Mehrere Kleidungsstücke fielen heraus. Anzüge, Krawatten, Hemden, Socken. Noch immer lächelnd verteilte sie sie mit ein paar Fußtritten auf der Erde.

Begeistert tobten die Hunde auf den Sachen herum, schnüffelten und bellten. Fred freute sich so über Jareds Duft, dass er das Bein hob.

Auf der Veranda beobachteten die vier Männer die Szene, stumm, mit den unterschiedlichsten Gefühlen.

Savannah stellte fest, dass Jareds Lieblingskrawatte sich um ihren Fuß gewickelt hatte. Sie sah ihm in die Augen und trat sie mit dem Absatz in den Boden.

Rafe grinste. Shane lachte. Devin staunte. Jared starrte nur.

Sie war noch nicht fertig. Noch lange nicht. Aus dem Kofferraum holte sie das lederne Adressbuch, das er auf dem Nachttisch hatte liegen lassen. Mit einem eisigen Lächeln hielt sie es hoch, bevor sie die Blätter herausriss und auf den Haufen inzwischen hoffnungslos verdreckter Kleidungsstücke segeln ließ.

Dann folgten seine Schuhe. Zuerst die guten italienischen. Sie hielt sie Ethel hin, die Hündin schnüffelte sie ab. Savannah warf sie nacheinander durch die Luft, und die Hunde jagten bellend hinterher. Auch seine Tennisschuhe hatte Jared bei ihr gelassen. Gleich zwei Paar, von denen er eins erst vor zwei Wochen gekauft hatte. Savannah hoffte, dass die Hunde sie in Stücke reißen würden.

Blieb noch das Rasierzeug. Sie ließ sich Zeit damit und verstreute es um sich, bis Shane sich vor Lachen nicht mehr halten konnte und aus dem Korbsessel rutschte.

Auf den Gnadenstoß freute sie sich besonders. Es war der Wein. Nur eine Flasche war offen gewesen, aber die hatte sie zu Hause geleert. Jetzt entkorkte sie die restlichen drei, alles hervorragende Jahrgänge aus Frankreich und sündhaft teuer. Mit herausforderndem Blick ging sie zu dem, was von seiner Kleidung übrig war. Sie legte den Kopf schief und registrierte erfreut, wie Jared die Augen zusammenkniff. Mit dem Schwung einer erfahrenen Kellnerin goss Savannah die drei Flaschen über seinem besten Anzug aus.

Als sie leer waren, ließ Savannah sie aufs Gras fallen. Ohne auch nur ein einziges Wort gesprochen zu haben, kehrte sie zum Wagen zurück und stieg ein. Ein letztes Lächeln, ein Winken zum Abschied, dann startete sie den Motor, wendete und fuhr davon.

Abgesehen von Shanes schallendem Lachen herrschte Stille.

Irgendwann räusperte Devin sich geräuschvoll. Er starrte auf das Chaos auf dem Rasen und strich Fred über den Kopf, als der Hund ihm einen von Jareds zerkauten Schuhen brachte.

»Nun ja«, begann er. »Ich würde sagen, auch sie hat dir gerade etwas klargemacht.«

»Die Frau ist unmöglich«, stammelte Shane und wischte sich die tränenden Augen. »Ich glaube, ich habe mich in sie verliebt.«

Rafe wusste nur zu gut, wie es war, seinem Herzen ausgeliefert zu sein. Deshalb stand er auf und legte Jared eine Hand auf die Schulter. »Weißt du, Jared, du hast jetzt zwei Möglichkeiten.«

Jared zitterte fast vor Wut. »Und die wären?«

»Lauf, als wäre der Teufel hinter dir her, oder geh und hol sie dir. Ich weiß, wofür ich mich entscheiden würde.«

Während der nächsten zwei Stunden unternahm Jared überhaupt nichts. Er kannte sich gut genug, um zu wissen, wie gefährlich sein Temperament sein konnte. Er ließ etwas Dampf ab und brachte sich bei der Arbeit in der Scheune ins Schwitzen, bevor er sich duschte.

Als er schließlich aufbrach, war der Zorn noch immer da, aber er hatte ihn unter Kontrolle. Savannah glaubt, sie kann mich wegwerfen, so wie meine Sachen, dachte er. Aber da irrte sie sich.

»He, Jared.« Shane stand im Hof und kämpfte mit den Hunden um einen von Jareds Schuhen. »Sag Savannah, dass wir die Show wirklich genossen haben, ja?«

»Erinnere mich nachher daran, dass ich dir in den Hintern trete.«

Sie hatte ihn lächerlich gemacht. Vor seinen Brüdern. Er stopfte die Hände in die Taschen und versuchte ruhig zu bleiben, während er zum Wald stapfte. Außerdem hatte sie einen Großteil seiner Garderobe ruiniert.

Sie hielt sich für verdammt schlau, da war er sicher. Wahrscheinlich hatte sie die halbe Nacht aufgesessen und alles ganz genau geplant. Wäre er nicht das Opfer gewesen, hätte er sie dafür bewundert. Die Frau hatte wirklich Nerven.

Aber sie hatte sich auf seine Kosten ausgetobt.

Der Wald umschloss ihn, doch das gewohnte Gefühl des Friedens stellte sich nicht ein. Mit den Gedanken war Jared auf der anderen Seite der Bäume, bei Savannah. Und bei der Rache, die er an ihr nehmen wollte. Mal sehen, dachte er voller Vorfreude, wie es ihr gefällt, wenn ich an ihren Kleiderschrank gehe und …

Plötzlich hielt er inne und holte tief Luft. Was hatte diese Frau bloß aus ihm gemacht? Er führte sich auf wie ein unreifer Teenager und malte sich aus, wie er ihren Kleiderschrank verwüstete.

Nein, dazu würde es nicht kommen. Er würde sich rächen, indem er ihr bewies, dass er trotz ihres empörenden Auftritts ruhig und vernünftig blieb. Um sicherzustellen, dass er das auch wirklich blieb, machte Jared einen Umweg und setzte sich erst einmal auf seinen Felsbrocken.

Er konnte sie diesmal nicht spüren, die Geister, die diesen Ort mit ihren Sorgen, Hoffnungen und Ängsten heimsuchten. Vielleicht lag es daran, dass er zum ersten Mal seit langer Zeit mit genug eigenen Problemen belastet war.

Jared wusste, was es hieß, jemanden zu verlieren. Der Tod seiner Eltern hatte ihn hart getroffen und tief erschüttert, aber er hatte ihn überlebt, weil ihm keine andere Wahl geblieben war. Und weil es so viele gute, klare und wichtige Erinnerungen gab, mit denen er sich trösten konnte. Und natürlich hatte er immer seine Brüder gehabt.

Er kannte die Trauer. Er hatte sie erlebt, als er sich schließlich eingestehen musste, dass seine Ehe ein Fehler gewesen war. Keine Katastrophe. Irgendwie wäre das besser gewesen, einfacher zu verkraften als ein Fehler, den er selbst begangen hatte … den er hätte vermeiden können.

Und Hoffnung. Auch die kannte er. Sein Leben war voll davon gewesen. Seine Eltern und seine Herkunft hatten sie ihm geschenkt. Aber wo immer es Hoffnung gab, gab es auch Angst. Sie war der Preis, der für das Glück gezahlt werden musste.

Er kannte all diese Gefühle, hatte sie ertragen oder genossen. Aber vor Savannah hatte er nichts so Tiefes, so Schmerzhaftes erlebt. Nichts so Erschreckendes.

Der Wind wurde stärker, während Jared im Wald saß. Bäume schwankten, Blätter rauschten, die das Sonnenlicht dämpften. Und es wurde kälter.

Hierher waren sie gekommen. Reglos saß Jared da und dachte daran. Die beiden Jungs, die verschiedene Uniformen trugen, waren hergekommen. Jeder von ihnen war auf der Suche nach seinem Zuhause gewesen. Auf der Flucht vor dem Wahnsinn des Krieges, voller Sehnsucht nach dem Vertrauten. Nach dem verlorenen Sinn des Lebens. Nach ihrer Familie, nach den Menschen, die sie kannten und liebten.

Vielleicht war es das, worum sie gekämpft hatten. Um ihr Zuhause.

Jared wurde bewusst, wie dumm er gewesen war. Er schloss die Augen, als der Wind das Laub um ihn herum aufwirbelte. Die beiden jungen Soldaten hatten ihren Lebensweg nie frei wählen können. Doch das Schicksal, das die beiden zum Tode verurteilt hatte, hatte ihm Savannah und Bryan Morningstar geschickt. Und anstatt die beiden anzunehmen, hatte er alles infrage gestellt. Anstatt sich zu freuen, hatte er gezweifelt.

Denn am meisten erschreckte ihn seine Liebe. Eine Liebe, die von ihm verlangte, die Frau, der sie galt, zu beschützen und in Ehren zu halten. Aber das Mädchen, das sie einmal gewesen war, konnte er nicht mehr beschützen. Gegen die grausamen und sinnlosen Schicksalsschläge, damals, als niemand ihr geholfen hatte. Sie hatte sie allein ertragen müssen, ohne ihn. Und wenn nötig, das wusste er, würde sie es wieder tun. Das gab ihm ein Gefühl der Ohnmacht und verletzte seinen Stolz. Na schön, er war also dumm. Aber so einfach würde sie ihn nicht loswerden.

Jared hörte ein Rascheln, öffnete die Augen und hätte sich nicht gewundert, wenn er einen jungen Südstaaten-Soldaten vor sich gesehen hätte, das Bajonett bereit, mit Angst in den Augen. Doch er sah Bryan, der mit gesenktem Kopf durch das Laub stapfte. Von dem Jungen ging eine tiefe Traurigkeit aus.

»Hallo, Kumpel, wie geht es dir?«

Bryan sah hoch. Ein Lächeln erhellte sein Gesicht. »Hi, Jared. Ich gehe spazieren. Mom hat schlechte Laune.«

»Ich weiß.« Jared klopfte neben sich auf den großen Stein. »Sie ist ganz schön sauer auf mich.«

»Sie hat gesagt, dass du auch sauer bist.«

»Ja, das war ich.« Der Junge setzte sich zu ihm, und Jared legte den Arm um seine Schultern. »Aber das habe ich hinter mir.«

»Sie nicht.« Bryan verdrehte die Augen. »Sie hat mich hinausgeworfen.«

»Im Ernst? Mich auch.«

Bryan musste schmunzeln. Bestimmt hatte seine Mutter Jared nicht befohlen, draußen weiterzuspielen. »Wir könnten auf der Farm bleiben, bis sie sich beruhigt.«

»Das könnten wir«, erwiderte Jared nachdenklich. »Oder ich könnte zu ihr gehen und versuchen, die Sache wieder in Ordnung zu bringen.«

»Könntest du das?«, fragte Bryan hoffnungsvoll.

Jared sah den Jungen an und bemerkte erst jetzt, wie besorgt er dreinblickte. »Auf dich ist sie eigentlich gar nicht sauer, Bryan. Sie ist auf mich sauer, du bekommst nur etwas davon ab.«

»Ja, das habe ich mir auch schon gedacht. Könntest du sie denn dazu bringen, dass sie nicht mehr sauer auf dich ist?«

»Das hoffe ich sehr. Wenn du etwas anstellst und sie mit dir schimpft, bleibt sie dann lange so?«

»Nöö. Sie kann es nicht, weil …« Bryan wusste nicht, wie er es Jared erklären sollte. »Sie kann es einfach nicht. Aber sie hat noch nie einen Mann so lange um sich gehabt wie dich, so kann sie vielleicht auf dich länger böse bleiben.«

»Sie hat noch nie …« Jared verstummte. Es war nicht richtig, den Jungen auszufragen. »Vielleicht solltest du mir ein paar Tipps geben.«

»Okay.« Bryan spitzte die Lippen, während er überlegte. »Sie freut sich immer riesig über die Blumen, die du ihr mitbringst. Das hat noch keiner getan, nur ich. Zu ihrem Geburtstag, einen kleinen Strauß. Sie hat fast geweint, als ich damit ankam.«

»Keiner hat ihr Blumen mitgebracht«, murmelte Jared. Er war nicht nur ein Trottel. Er war ein absoluter Riesentrottel.

»Nö«, bestätigte Bryan und legte seine Scheu ab. »Außerdem ist noch keiner mit uns zu einem Baseballmatch gegangen oder Pizza essen, und das findet sie auch toll, weißt du.«

Diesmal durfte Jared nachfragen, denn es betraf auch den Jungen. »Niemand hat euch zum Baseball oder zu einer Pizza eingeladen?«

»Nö. Ich meine, Mom und ich haben das gemacht, klar, aber nie mit einem Typen, der das alles organisiert hat und so.« Bryan dachte darüber nach, wie sehr ihm das fehlen würde, als ihm eine Idee kam. »Oh, ja! Und wenn du mit ihr ausgehst, singt sie vorher immer unter der Dusche. Sie ist früher auch schon ausgegangen und so, aber sie hat nie gesungen, wenn sie sich zurechtgemacht hat. Vielleicht solltest du einfach wieder mit ihr ausgehen. Auf ein Date oder so. Mädchen finden das toll, weißt du.«

Jared beschloss, dass es in Savannahs und Bryans Leben in Zukunft viele Baseballspiele, viele Pizzas, viele Dates und viele Blumen geben würde. »Ja, du hast recht, das tun sie.«

»Kennst du irgendwelche Liebesworte?«

»Wie bitte?«

»So wie in den Filmen«, erklärte Bryan. »Du weißt doch, wie die Frau immer so komisch guckt, wenn der Typ diese Liebesworte sagt. Aber der Typ muss auch komisch gucken, sonst wirkt es nicht. Das könnte ihr gefallen, glaube ich.«

»Ja, das glaube ich auch.«

Bryan seufzte, als er es sich vorstellte. »Wahrscheinlich wäre es ziemlich peinlich.«

»Nicht, wenn man sie ernst meint. Weißt du was, Bryan?« Jared rückte ein wenig von Bryan ab, um ihm ins Gesicht sehen zu können. »Ich schätze, ich sollte es dir sagen, weil du so lange bei euch der Mann im Haus warst. Ich liebe deine Mutter.«

Bryan bekam plötzlich Herzklopfen und ein seltsames Gefühl im Bauch. Verlegen senkte er den Blick. »Ich habe mir schon gedacht, dass du sie magst.«

»Nein, ich liebe sie. So wie in den Filmen. Ich werde sie fragen, ob sie mich heiraten will.«

Bryan strahlte, als er Jared in die Augen sah. »Richtig heiraten, meinst du?«

»Sehr richtig sogar. Wie findest du das?«

Der Junge war noch nicht bereit, sich festzulegen. Obwohl er es mochte, wenn Jared den Arm um ihn legte. »Würdest du mit uns zusammenleben oder so?« Bryan sah ihn erwartungsvoll an und hing an seinen Lippen, die die Antwort formten.

»Nicht oder so. Ich würde mit euch leben und ihr mit mir. Aber die Sache hat einen Haken.«

Genau das hatte Bryan befürchtet. Er machte sich auf alles gefasst und sah Jared tapfer an. »Ja? Was?«

»Ich werde dich bitten, meinen Namen anzunehmen, Bryan. Und mich als deinen Vater anzunehmen. Ich will nämlich nicht nur deine Mutter, verstehst du? Ich will euch beide, also müsstet auch ihr beide mich wollen.«

Bryan hatte das Gefühl, nicht mehr richtig Luft zu bekommen. So, als hätte gerade jemand auf seiner Brust gesessen. »Du willst mein Vater sein?«

»Ja, das will ich, sehr sogar. Ich weiß, du bist bis jetzt auch ohne Vater ganz gut zurechtgekommen, und vielleicht brauche ich dich mehr als du mich, aber ich glaube, ich könnte dir ein guter Vater sein.«

Bryan wurde vor Glück fast schwindlig. »Du möchtest mein Vater sein?«

»Ja, das möchte ich«, flüsterte Jared und wusste plötzlich, dass er noch nie etwas so Wahres ausgesprochen hatte. »Das möchte ich wirklich.«

»Ich wäre dann Bryan MacKade?«

»Genau.«

Der Junge zögerte mit der Antwort, und Jared war, als würde die Erde aufhören, sich zu drehen. Wenn der Junge ihn jetzt zurückwies, würde es ihm das Herz brechen.

Aber Bryan wusste nur nicht, wie man solche Dinge zwischen Männern regelte. Er wusste, was er tun musste, wenn seine Mutter ihm etwas Wunderbares schenkte. Etwas, von dem er kaum zu träumen gewagt hatte. Etwas, das er sich trotzdem jeden Abend vor dem Einschlafen gewünscht hatte. Und dann überlegte er nicht mehr, sondern tat das, was er bei seiner Mutter auch immer tat.

Plötzlich hielt Jared einen kleinen glücklichen Jungen in den Armen.

In grenzenloser Erleichterung stieß er ruckartig den angehaltenen Atem aus. Du hast einen Sohn bekommen, dachte er fast trunken vor Glück.

»Das ist so cool«, sagte Bryan, den Kopf an Jareds Brust. »Und ich dachte, du willst kein Kind von jemand anderem.«

Zärtlich, denn plötzlich war ihm sehr zärtlich zumute, umfasste Jared das Kinn des Jungen und hob sein Gesicht an. »Du wirst nicht das Kind von jemand anderem sein, Bryan. Ich werde ganz offiziell dein Vater sein, aber das steht nur auf dem Papier. Was wirklich zählt, ist das, was zwischen dir und mir ist.«

»Ich werde Bryan MacKade sein. Du bringst sie dazu, nicht wahr? Du überredest sie dazu?«

»Reden ist mein Beruf.«

Darüber, dass sie ihren Zorn auf Jared an dem unschuldigen Bryan ausgelassen hatte, war Savannah so wütend, dass sie zwei Illustrationen ruinierte, bevor sie endgültig aufgab. Der Versuch, sich mit Arbeit abzulenken, war sinnlos. Dabei war sie so zufrieden mit sich gewesen, als sie die MacKade-Farm verlassen hatte. Und stolz darauf, dass sie es geschafft hatte, Jared vor seinen Brüdern eine Lektion zu erteilen, die er so schnell nicht vergessen würde.

Jetzt fühlte sie sich elend. Elendig wütend, elendig verzweifelt. Einfach elend. Am liebsten hätte sie nach etwas getreten, aber noch war sie nicht so weit, dass sie sich an den beiden Kätzchen abreagieren musste, die in der Küchenecke schliefen.

Sie wollte irgendetwas gegen die Wand werfen. Doch so sehr sie auch suchte, sie fand nichts, das wertvoll genug gewesen wäre, um ihr Befriedigung zu verschaffen.

Sie wollte schreien. Leider war niemand da, den sie hätte anschreien können.

Bis Jared hereinkam.

»Du hast nicht einmal mehr einen einzigen Manschettenknopf hier, MacKade. Das liegt alles vor deinem Haus!«

»Das ist mir nicht entgangen. Du hast eine ganz schöne Schau abgezogen, Savannah.«

»Ich habe jede Sekunde genossen.« Sie verschränkte die Arme vor der Brust. »Verklag mich doch.«

»Vielleicht tue ich das sogar. Warum setzen wir uns nicht?«

»Warum gehst du nicht zur Hölle?«, entgegnete sie. »Und ich hoffe, du bekommst die Tür in den Rücken, wenn du gehst.«

»Setz dich«, wiederholte er, gerade streng genug, gerade sachlich genug, um sie endgültig zum Explodieren zu bringen.

»Sag mir nicht, was ich in meinem eigenen Haus tun soll!«, schrie sie. »Sag mir nie wieder, was ich tun soll, ist das klar? Ich bin es leid, mich von dir zu irgendeiner unfähigen Hinterwäldlerin erklären zu lassen. Okay, ich habe vielleicht kein Collegediplom … verdammt, ich habe noch nicht einmal einen Highschoolabschluss, aber ich bin nicht dumm. Ich bin ganz gut zurechtgekommen, bevor du aufgetaucht bist. Und ich werde genauso gut zurechtkommen, wenn du verschwunden bist.«

»Ich weiß.« Jared nickte. »Genau das hat mich ja so beschäftigt. Und ich halte dich keineswegs für dumm, Savannah. Im Gegenteil. Ich glaube nicht, dass ich jemals einer klügeren Frau begegnet bin.«

»Red mir nicht nach dem Mund, Jared. Ich weiß, was du über mich denkst, und das meiste davon ist sogar wahr.«

»Ja, das stimmt«, erwiderte er ruhig. »Ich bin überzeugt, dass du genau das bist, wofür ich dich halte. Wenn du dich hinsetzt, kann ich dir erzählen, was du für mich bist.«

»Und ich werde sagen, was ich sagen muss«, gab sie zurück. »Du willst alles über mich wissen, ja? Na gut, ich erzähle dir alles, was es zu wissen gibt. Als Abschiedsgeschenk gewissermaßen, als Dank für unsere guten Zeiten. Setz dich«, befahl sie und zeigte auf den Sessel.

»Einverstanden. Aber ich bin nicht deshalb gekommen. Ich brauche nicht zu wissen, was …«

»Doch, du hast mich darum gebeten«, unterbrach sie ihn scharf. »Und du wirst es bekommen. Meine Mutter starb als junge Frau, aber erst nachdem sie meinen Vater und mich verlassen hatte. Sie ging nicht sehr weit weg, nur auf die andere Seite der Koppel, um es einmal so auszudrücken. Zu einem anderen Süßholz raspelnden Cowboy. Mein Vater hat es nie verwunden, er hat ihr nie verziehen, nie auch nur ein Haar breit nachgegeben. Schon gar nicht, was mich betraf. Er hat mich nie so geliebt, wie ich es mir von ihm wünschte. Er konnte es gar nicht. Selbst wenn er es versucht hätte, er konnte es nicht. Ich war ein wohlerzogenes kleines Mädchen. Ich hatte eine harte Kindheit, und es gefiel mir so. Verstehst du, was ich meine?«

»Savannah, bitte, setz dich endlich. Du brauchst mir das nicht zu erzählen.«

Zornig baute sie sich vor ihm auf. »Ich habe noch gar nicht richtig angefangen, also halt den Mund, und hör mir zu. Wir hatten nicht viel Geld. Aber das geht vielen Menschen so, und sie schaffen es irgendwie. Wir schafften es auch. Mein Vater ging gern Risiken ein und brach sich viele Knochen. Auf der Rodeotour gibt es mehr als Pferdeäpfel und Schweiß. Es gibt auch jede Menge Verzweiflung. Aber, wie gesagt, wir kamen zurecht. Mein Leben wurde ein wenig interessanter, als ich einen Busen bekam. Die Männer starrten mich an, einige konnten ihre Hände nicht bei sich behalten. Aber die meisten kannten mich, seit ich klein war, also blieb mir viel erspart. Ich wusste, wann ich lächeln und wann ich die Ellbogen einsetzen musste. Unschuldig und naiv bin ich nie gewesen. Das darf man auch nicht sein, wenn man so aufwächst wie ich.«

Jared unterbrach Savannah nicht mehr, sondern saß still und sah sie an.

»Ich war sechzehn, als ich das erste Mal mit einem Mann schlief. Ich wusste, was passieren würde, aber ich ließ es geschehen, weil … weil er gut aussah, aufregend und charmant war, und natürlich versprach er mir, sich um alles zu kümmern. Niemand hatte …«

»Niemand hatte sich je zuvor um dich gekümmert«, flüsterte Jared.

»Richtig. Und ich war jung und dumm genug, ihm zu glauben. Aber ich wusste, was ich tat, wusste, welches Risiko ich einging. Also wurde ich schwanger. Er wollte weder mich noch das Baby. Mein Vater auch nicht. Für ihn war ich wie meine Mutter, billig, leicht zu haben. Er warf mich hinaus. Er war jähzornig. Vielleicht hätte er am Tag darauf schon anders gedacht. Aber ich war nicht billig, und ich war nicht leicht zu haben, und ich wollte das Baby. Niemand sollte mir das Baby wegnehmen. Niemand sollte mir einreden, dass ich mich zu schämen hätte. Sie haben es versucht. Die Leute von der Fürsorge, die Sheriffs, die Staatspolizisten. Sie wollten mich in ihr System zwängen, damit sie mir sagen konnten, was ich tun sollte, wie ich mein Kind aufziehen sollte, oder, noch besser für alle, dass ich es weggeben sollte. Aber das wäre nicht besser für mich gewesen und auch nicht für Bryan.«

»Nein. Das System hat Fehler, Savannah. Es ist überlastet. Aber es gibt sich Mühe.«

»Ich brauchte das System nicht«, entgegnete sie scharf. »Ich habe mir einen Job besorgt und hart gearbeitet. Ich habe die Tische bedient, die Drinks serviert, den Fußboden gewischt. Was für Arbeit es war, war mir egal, Hauptsache, sie wurde ganz gut bezahlt. Bryan musste niemals hungern. Mein Sohn hatte immer etwas zu essen und ein Dach über dem Kopf. Er hatte immer mich. Er wusste, dass ich ihn liebe und dass er an erster Stelle steht.«

»So wie du es bei deinen Eltern niemals tatest«, sagte Jared leise.

»Ja, so wie ich es bei meinen Eltern niemals tat. Egal was es mich kostete, ich wollte ihm ein anständiges Leben bieten. Und wenn das bedeutete, dass ich mich ausziehen und vor einem Haufen gröhlender Idioten tanzen musste, dann habe ich es eben getan. Ich war nicht lange genug zur Schule gegangen und hatte auch keinen Beruf gelernt. Hätte ich Kunst studieren können …« Savannah verstummte und schüttelte heftig den Kopf.

»Wolltest du das?«, fragte Jared ganz sachlich und ruhig, wie bei einer nervösen Zeugin vor Gericht. »Kunst studieren?«

»Es spielt doch keine Rolle.«

»Doch, es spielt eine Rolle, Savannah«, widersprach er ernst.

»Ich wollte Bryan bekommen, und ich wollte ihn behalten. Alles andere war zweitrangig. Du wolltest etwas über Männer wissen. Okay. Es gab einige. Wesentlich weniger, als du anzunehmen scheinst. Ich war nicht tot, nur in Not. Ich habe niemals Geld von ihnen genommen. Ich habe ein paarmal Essen genommen, und vielleicht ist das kein großer Unterschied. Und verdammt noch mal, ich schäme mich nicht dafür. Der einzige Grund, warum ich nie gestohlen habe, war, dass sie mir dann vielleicht Bryan weggenommen hätten. Aber ich hätte gestohlen, wenn ich gewusst hätte, dass ich damit durchkomme. Ich hatte keine Ahnung, dass sich meine Bilder verkaufen lassen, bis mich eines Tages eins der Mädchen im Klub ansprach. Sie fragte mich, ob ich eins für ihren Freund malen würde, und bot mir zwanzig Dollar. Da kam mir die Idee, mit Bryan nach New Orleans zu ziehen.«

Savannah ging wie gehetzt auf und ab, während sie erzählte, so als wolle sie es möglichst schnell hinter sich bringen. Doch dann blieb sie plötzlich stehen und fuhr langsamer fort: »Das ist alles, mehr gibt es nicht. Jedenfalls fallen mir im Moment keine Einzelheiten ein.« Sie drehte sich zu Jared um und sah ihn mit kühlem Blick an. »Kreuzverhör, Herr Anwalt?«

»Du hättest andere Wege einschlagen können.«

»Natürlich.«

»Sicherere«, ergänzte er. »Einfachere … ich meine, für dich einfachere.«

»Vielleicht.« Sie schwieg einen Augenblick. Als sie fortfuhr, klang ihre Stimme leise, aber fest. »Aber ich wollte keine sichereren. Ich wollte keine einfacheren.«

»Was wolltest du, Savannah? Was willst du jetzt?«

»Wie gesagt, das spielt keine Rolle.«

»Doch, das tut es.« Jared stand auf, ging jedoch nicht zu ihr. »Für mich spielt es eine sehr große Rolle.«

»Ich will ein Zuhause. Ich will irgendwo leben, wo die Leute mich nicht anschauen, als sei ich ein Stück Dreck. Wo die Leute, die sich für anständig halten, nicht hinter vorgehaltener Hand über mich tuscheln.«

»Hier hast du das alles.«

»Und ich werde es behalten.«

Er musste seinen Stolz opfern, um die nächste Frage zu stellen, stellte aber erstaunt fest, dass es ihm gar nicht schwerfiel. »Willst du mich?«

Überrascht starrte Savannah ihn einen Moment an. »Das ist nicht der Punkt.«

»Dann sollte ich es vielleicht anders formulieren.« Er griff in die Tasche und holte die kleine Schachtel heraus, die er auf der Farm eingesteckt hatte. »Ich bin gekommen, um dir das hier zu geben.«

Der Ring war schlicht und traditionell, ein einzelner Diamant in einer altmodischen, wunderhübschen Fassung. Wie verzaubert betrachtete Savannah ihn, bevor sie ganz langsam einen Schritt nach hinten machte.

»Er hat meiner Mutter gehört«, sagte Jared, und nichts in seiner Stimme verriet, wie bloß seine Gefühle lagen. »Als Ältester habe ich ihn bekommen. Ich bitte dich, mich zu heiraten, Savannah.«

Ihr stockte der Atem. »Hast du denn nichts von dem verstanden, was ich dir gerade erzählt habe?«

»Doch, ich habe alles verstanden, und ich bin dankbar, dass du es mir erzählt hast, auch wenn es unter diesen Umständen geschehen musste. Aber jetzt kann ich dir sagen, dass ich die Frau liebe, die du einmal warst, die du jetzt bist und die du in Zukunft sein wirst. Du bist die einzige Frau, die ich je geliebt habe, und es fasziniert mich, dass ich dich ebenso sehr bewundere, wie ich dich liebe.«

Sie machte noch einen Schritt nach hinten, als würde Jared ihr mit einer Waffe und nicht mit einem Versprechen gegenüberstehen. »Ich begreife dich nicht, Jared. Ich begreife dich überhaupt nicht. Soll das hier irgendeine hinterhältige Rache dafür sein, dass ich deine Sachen ruiniert habe?«

»Savannah.« Er war ganz ruhig. »Sieh mich an.«

Sie tat es, und der Druck auf ihrem Herzen verdoppelte sich und trieb ihr Tränen in die Augen. »Oh Gott … du meinst es ernst.«

»Du weinst ja.« Er erbebte fast vor Erleichterung. »Dem Himmel sei Dank. Ich dachte schon, du würdest mir den Ring vor die Füße werfen.«

»Ich dachte … dass du … dass ich nicht gut genug für dich bin.«

Sein strahlendes Lächeln gefror ihm auf dem Gesicht. »Habe ich das verdient?«, flüsterte er. »Lieber Himmel, ich hoffe nicht. Eigentlich verstehe ich es ganz gut, meine Sache zu vertreten, aber diesmal habe ich wohl alles falsch gemacht. Ich hatte Angst, ja. Es fällt mir nicht leicht, das zuzugeben. Ich bin ein MacKade, und ein MacKade hat vor nichts Angst. Ich bin der älteste MacKade, und als solcher wird von mir erwartet, dass ich mit allem fertigwerde. Aber mit dem, was ich für dich empfinde, wurde ich nicht fertig. Ich hatte Angst vor dem, was hinter dir lag, was du mir verschweigen würdest. Ich dachte, es würde mich innerlich zerreißen und all das zerstören, was ich mit dir und Bryan aufbauen wollte. Und irgendwie hatte ich auch Angst, eine Höllenangst, dass du mich ebenso wegwerfen könntest wie das Foto.«

»Bryan.« Der Druck in ihrer Brust löste sich auf. »Du willst auch Bryan?«

»Muss ich dich erst auf den Knien anflehen, bevor du mir endlich glaubst?«

»Nein, das musst du nicht.« Sie wischte sich die Tränen ab. »Das würde ich nicht ertragen. Ich befürchtete nur, dass … Es kam mir vor, als …«

»Als würde ich Bryan nicht wollen, weil ich nicht der leibliche Vater bin? Nein, das war es nicht. Vielleicht hat es eine Zeit lang eine Rolle gespielt. Manchmal behindert einen der eigene Stolz. Was mich am meisten bedrückt hat, war, dass ihr so sehr gelitten habt, dass ihr beide so hart ums Überleben kämpfen musstet. Ich kann es nicht mehr ändern, und das gibt mir ein Gefühl der Machtlosigkeit. Ich kann die Uhr nicht zurückdrehen, um euch zu helfen. Aber ich weiß, dass du es gar nicht wollen würdest. Schließlich hast du es ganz allein geschafft. Weißt du, ich hätte mich gern um euch beide gekümmert, aber du hättest meine Hilfe nicht gebraucht.«

»Mit dir wird alles viel besser«, flüsterte sie.

Ihre Worte rührten Jared zutiefst. Er trat vor und legte eine zitternde Hand an ihre Wange. »Das ist das Schönste, was du jemals zu mir gesagt hast. Es ist die zweite unglaubliche Sache, die mir heute passiert ist.«

Sie rang sich ein kleines Lächeln ab. »Gab es denn noch eine?«

»Ja. Als ich vorhin im Wald mit Bryan sprach. Wir saßen auf dem Felsen, dort, wo die beiden jungen Soldaten aufeinandertrafen.«

»Es ist ein bewegender Ort.«

»Ja. Aber ab heute ist er nicht mehr so traurig für mich. Bryan gab mir Ratschläge, wie ich dich dazu bringen könnte, nicht mehr … sauer auf mich zu sein. Er meinte, ich solle dir Blumen mitbringen und mit dir ausgehen, damit du unter der Dusche singen kannst, wenn du dich zurechtmachst.«

Savannah lächelte verlegen. »Der Junge redet manchmal zu viel.«

»Und dann soll ich mir noch irgendwelche Liebesworte einfallen lassen, wie im Film. Mädchen stehen auf so etwas, hat er mir gesagt.«

»Dann werde ich die Mädchen wohl besser im Auge behalten müssen. Ich bin froh, dass du mit ihm gesprochen hast, Jared.«

»Ich auch. Aber das ist noch nicht alles. Das Beste kommt noch. Ich habe ihm erzählt, dass ich dich heiraten und sein Vater sein will. Er hat mich umarmt«, flüsterte Jared, noch immer überwältigt von dem Vertrauen, das der Junge ihm geschenkt hatte. »Es war ganz einfach. Er war äußerst zuversichtlich, dass ich dich überreden werde. Ich hoffe, ich werde ihn nicht enttäuschen.«

Savannah schmiegte sich an ihn und legte den Kopf an seine Schulter. »Bevor ich deine Frage beantworte, sollte ich dich warnen. Ich halte nichts von ruhigen, zivilisierten Scheidungen. Wenn du versuchst, dich davonzumachen, werde ich dich umbringen müssen.«

»Klingt fair. Vorausgesetzt, das gilt für uns beide.« Jared rieb sein Gesicht an ihrem Haar und wusste, dass er zu Hause war. »Nun ja, vielleicht hält der Gedanke an morgendliche Übelkeit und zweiunddreißigstündige Wehen dich ja von einem zweiten Versuch ab.«

Savannah schloss die Augen und drückte Jared an sich. Er bot ihr mehr Kinder. Er bot ihr eine Zukunft. »Unsinn, MacKade. Ich bin zäher, als du anzunehmen scheinst. Außerdem hätte ich diesmal jemanden, den ich im Kreißsaal verwünschen kann.«

»Ich will bei dir sein und alles miterleben. Du wirst lernen müssen, mich zu brauchen.«

»Zu spät«, flüsterte sie. »Das tue ich doch längst.«

»Nimm meinen Namen, Savannah. Nimm mich.«

»Savannah MacKade.« Noch einmal schloss sie die Augen und schmiegte sich an ihn. »Ich finde, der Name steht mir.«

Nora Roberts

Sterne einer Sommernacht

Roman

Aus dem amerikanischen Englisch von
Emma Luxx

HarperCollins

Prolog

Zwanzig war Devin MacKades Meinung nach ein grässliches Alter. Man war zwar alt genug, um für sein Tun verantwortlich gemacht werden zu können oder um eine Frau zu lieben. Und doch war man nach Recht und Gesetz noch nicht vollständig erwachsen.

Noch zwölf Monate, dann hatte er es hinter sich.

Als dritter von vier Brüdern musste er mit ansehen, wie ihm Jared und Rafe ins Erwachsenenalter vorausgeeilt waren. Shane war ein Jahr jünger als er. Nicht dass er es etwa besonders eilig gehabt hätte, erwachsen zu werden, nein, das wirklich nicht. Er hatte seine Kindheit und Jugend genossen, doch langsam wurde er ungeduldig. Methodisch wie er war, begann er Pläne für seine Zukunft zu schmieden.

Die kleine Stadt Antietam, Maryland, würde Augen machen, wenn sich herumsprach, dass er sich dafür entschieden hatte, das Gesetz aufrechtzuerhalten, statt es zu brechen. Oder zu beugen.

Seine Mutter hatte ihn mit Engelszungen dazu überreden müssen, aufs College zu gehen, doch nachdem diese Hürde erst einmal genommen war, hatte ihm das Lernen viel Spaß gemacht. Die Kurse in Rechtswissenschaft, Kriminologie und Soziologie faszinierten ihn. Wie und warum Regeln für eine Gesellschaft aufgestellt wurden und wie für ihre Einhaltung gesorgt wurde. Manchmal erschien es ihm fast, als hätten all diese Gesetzbücher und Vorschriften, diese Ideale nur darauf gewartet, von ihm entdeckt zu werden.

Deshalb hatte er sich dazu entschlossen, Polizist zu werden.

Eine Entscheidung, die er bis jetzt noch für sich behalten hatte. Seine Brüder würden ihn zweifellos nur damit aufziehen. Selbst Jared, der Rechtsanwalt werden wollte und schon kurz vor dem Examen stand, würde kein Erbarmen kennen. Nicht dass ihm das etwas ausgemacht hätte. Devin wusste sehr gut, dass er es jederzeit mit seinen drei Brüdern aufnehmen konnte, gleich ob mit Worten oder mit den Fäusten. Und dennoch war er der Ansicht, dass es sich bei seiner Berufswahl um eine persönliche Angelegenheit handelte, die im Moment nur ihn allein etwas anging.

Er war sich allerdings auch bewusst, dass man im Leben nicht alles bekam, was man sich wünschte. Der Beweis dafür lag direkt vor seiner Nase – oder besser gesagt er servierte ihm im Moment hier in Ed's Café gerade die Spezialität des Hauses und errötete bis unter die Haarwurzeln angesichts Rafes übermütiger Frotzeleien.

Sie war klein und schlank – wahrscheinlich wog sie nicht mal hundert Pfund – und so zart wie eine Rosenknospe. Hellblondes Engelshaar umfloss ein Gesicht, das aus nichts als riesigen grauen Augen zu bestehen schien, wie ein Heiligenschein. Eine kleine Stupsnase. Und ein Mund, der wahrscheinlich der am schönsten geschwungene im ganzen Land war. Feingliedrige Hände, die, wie Devin wusste, fachmännisch mit Tellern, Kaffeekannen und Gläsern jonglieren konnten.

Am Ringfinger der rechten Hand steckte ein schmaler goldener Ring, der mit einem Diamantsplitter besetzt war, der so unscheinbar war, dass man ihn kaum sah.

Ihr Name war Cassandra Connor, und ihm schien, dass er sie schon sein ganzes Leben lang liebte. Auf jeden Fall kannte er sie schon sein ganzes Leben, sie waren zusammen aufgewachsen, und er hatte sie immer als etwas Besonderes betrachtet. Als ihm eines Tages klar wurde, dass er in sie verliebt war, hatte er es nicht gewagt, ihr seine Gefühle zu offenbaren.

Und genau da lag das Problem. Nachdem er sich nämlich endlich dazu durchgerungen hatte, war es zu spät gewesen. Joe Dolin war ihm zuvorgekommen. Im Juni machte sie ihren Highschoolabschluss und dann würden die beiden heiraten. Und es gab nichts, was er dagegen unternehmen konnte.

Er musste sich Mühe geben, ihr nicht nachzustarren, als sie nun die Nische verließ und zur Theke zurückging. Seine Brüder hatten scharfe Augen, und der Gedanke, von ihnen wegen einer so intimen und demütigenden Angelegenheit, wie es eine unerwiderte Liebe nun einmal war, gehänselt zu werden, war ihm unerträglich.

Also schaute er aus dem Fenster hinaus auf die Hauptstraße. Das war unverfänglich, und der Anblick stimmte ihn tröstlich. Eines Tages würde er dieser Stadt, die eine so komplizierte und wichtige Rolle in seinem Leben spielte, dienen und die Menschen, die in ihr lebten, beschützen.

Das war es, wozu er sich berufen fühlte.

Er hatte eine sehr enge Beziehung zu seiner Heimatstadt. Manchmal, wenn er alte Bilder aus dem Bürgerkrieg betrachtete, sah er sie ganz deutlich vor sich, wie sie damals gewesen war. Dann glaubte er die alten Backsteinhäuser, die Kirchen, die Pferde und die Kutschen fast mit Händen greifen zu können. Es kam sogar vor, dass er hörte, wie sich die Männer an den Straßenecken oder beim Friseur die Köpfe heiß redeten über den Krieg, der die Vereinigten Staaten zutiefst gespalten hatte und in zwei sich bis aufs Messer bekämpfende Lager zerriss.

Obwohl er ein kühler Verstandesmensch war, war Devin doch felsenfest davon überzeugt, dass es in der näheren Umgebung Orte gab, an denen es spukte. In dem alten Barlow-Haus draußen auf dem Hügel vor der Stadt ebenso wie in den Wäldern drum herum. Auch auf der Farm, auf der er aufgewachsen war, und in den Feldern, die er zusammen mit seinen Brüdern jedes Frühjahr ackerte und pflügte, hausten Gespenster. Wenn es ganz still war, konnte man ein leises Raunen vernehmen, das von Leben und Tod erzählte, von Angst und Hoffnung, von Leid und Freude.

Man musste nur genau hinhören.

»Fast so gut wie der von Mom.« Shane schaufelte sich eine Riesenportion Kartoffelbrei in den Mund und zeigte beim Grinsen die typischen MacKade-Grübchen. »Fast. Was, glaubt ihr, machen Frauen nach Feierabend?«

»Klatschen.« Rafe, der seinen Teller bereits leer geputzt hatte, lehnte sich nun gesättigt zurück, zündete sich eine Zigarette an und inhalierte genüsslich. »Sonst noch was?«

»Das ist Moms gutes Recht«, verteidigte Jared, der zukünftige Anwalt, ihre Mutter.

»Hab ich vielleicht das Gegenteil behauptet? Das Problem ist leider nur, dass ihr Old Lady Metz wahrscheinlich jetzt gerade wieder das Ohr abschwätzt, was wir alles angestellt haben.« Sowohl dieser Gedanke als auch das Wissen, dass seine Mutter sogar die furchterregende Mrs. Metz mit Leichtigkeit in die Tasche steckte, entlockten Rafe ein verwegenes Grinsen.

Devin nahm den Blick von der Straße und schaute seine Brüder nachdenklich an. »Hatten wir denn jüngst irgendwelchen Ärger?«

Die vier dachten nach. Nicht, dass ihr Erinnerungsvermögen so schlecht gewesen wäre, aber es war leider so, dass sie oft schneller in Schwierigkeiten kamen, als sie schauen konnten.

Jeder, der an dem großen Fenster von Ed's Café vorbeikam, konnte die vier MacKades sehen, schwarzhaarige Teufel mit grünen Augen, schön genug, um den Pulsschlag einer jeden Frau zu beschleunigen, sei sie nun acht oder achtzig, und verwegen genug, um es mit jedem Mann aufzunehmen.

Sie stritten eine Weile herum, wer von ihnen in der letzten Zeit die meisten Lorbeeren eingeheimst hätte, und die Debatte wurde immer hitziger, bis sie sich schließlich darauf einigten, dass Rafe mit dem Autorennen auf der Route 34 gegen Joe Dolin den Vogel abgeschossen hatte.

Rafe war Sieger geworden, und das Großmaul Joe Dolin hatte sich, irgendetwas von Revanche in sich hineinmurmelnd, wie ein geprügelter Hund getrollt.

»Der Typ ist ein Schwachkopf.« Rafe stieß eine dünne Rauchfahne aus. Keiner widersprach, und Rafe ließ seinen Blick über Cassie wandern, die am Tisch nebenan Gäste bewirtete. »Was findet so ein süßes Mädel wie Cassie nur an ihm?«

»Wenn du mich fragst, will sie einfach nur von zu Hause weg.« Jared schob mit dem Ellbogen seinen Teller beiseite. »Wenn ich so eine Mutter hätte wie sie, würde ich das auch wollen. Die Frau ist total fanatisch, kein Wunder, dass Cassie es nicht aushält.«

»Vielleicht liebt sie ihn ja«, warf Devin bedächtig ein.

Was Rafe eine Erwiderung abnötigte, die alles andere als druckreif war. »Die Kleine ist noch nicht mal siebzehn«, schob er nach. »Sie wird sich noch x-mal verlieben.«

»Nicht jeder hat ein so flexibles Herz wie du.«

»Ein flexibles Herz!« Shane schüttete sich aus vor Lachen. »Rafes Herz ist nicht flexibel, Dev, es ist …«

»Schnauze, du Hohlkopf«, gab Rafe zurück und versetzte seinem Bruder einen warnenden Rippenstoß. »Zeit für ein Bier, Jared, was meinst du?«

»Du sagst es.«

Rafe feixte schadenfroh. »Zu schade, dass ihr beiden Milchbärte bei Sprudelwasser bleiben müsst. Na, ich wette, bei Duff gibt's noch ausreichend Nachschub für euch.«

Shane fühlte sich prompt in seinem Mannesstolz zutiefst verwundet. Was auch der Zweck der Bemerkung gewesen war. Sofort war ein so heftiges Gerangel im Gange, dass sich Edwina Crump hinter der Theke bemüßigt fühlte, die drei Unruhestifter postwendend an die Luft zu setzen.

Devin blieb sitzen.

Draußen vor dem Fenster tobte mittlerweile ein erbitterter Boxkampf. Devin ignorierte seine drei Brüder und lächelte Cassie, die zum Abkassieren gekommen war, an.

»Müssen nur wieder ein bisschen Dampf ablassen«, erklärte er.

»Der Sheriff kommt manchmal um diese Zeit vorbei«, warnte sie. Ihre Stimme war kaum mehr als ein Flüstern. Und sie klang so süß in Devins Ohren, dass er fast laut aufgeseufzt hätte.

»Ich werd mal sehen, ob ich sie nicht zur Vernunft bringen kann.«

Er erhob sich und schob sich aus der Nische, wobei ihm durch den Kopf ging, dass seine Mutter wahrscheinlich sehr genau wusste, was mit ihm los war. Ihr irgendetwas zu verheimlichen, war so gut wie

unmöglich. Gott war sein Zeuge, dass sie es alle vier versucht hatten –
immer absolut erfolglos. Er glaubte allerdings zu wissen, auch ohne
mit ihr über sein Problem gesprochen zu haben, wie sie sich dazu
äußern würde.

Dass er noch jung sei und dass da andere Mädchen, andere Frauen,
andere Lieben kommen würden. Um ihn zu trösten und weil sie es
gut mit ihm meinte.

Aber Devin wusste, dass er, auch wenn er noch nicht vollständig
erwachsen war, doch schon das Herz eines erwachsenen Mannes besaß. Und das hatte er bereits verschenkt.

Ein Umstand, den er im Moment jedoch sorgfältig zu verbergen
trachtete, denn Cassies Mitleid zu erregen, wäre für ihn schlimmer
gewesen als alles andere. Also schlenderte er so lässig wie möglich vor
ihren Augen aus dem Lokal.

1. Kapitel

Das Städtchen Antietam bot im Spätfrühling einen hübschen Anblick. Sheriff MacKade machte es Spaß, bei Sonnenschein durch die Straßen zu schlendern, ab und an stehen zu bleiben, um mit einem Bekannten ein Schwätzchen zu halten und die kleinen Veränderungen in Augenschein zu nehmen, die sich hier und da ergeben hatten.

Er liebte die Verantwortung, die man ihm übertragen hatte, und füllte sie voll aus.

Vor der Bank standen pinkfarbene Begonien in hoher Blüte, und die drei Autos am Drive-in-Schalter bedeuteten bereits fast einen Verkehrsstau.

Memorial Day stand kurz bevor, die Flaggen wehten bereits von den öffentlichen Gebäuden, und überall waren Leute dabei, geschäftig ihre Veranden zu schrubben oder neu anzustreichen in Erwartung des festlichen Ereignisses.

Auch Devin freute sich jedes Jahr auf den Memorial Day, selbst wenn dieser Tag für ihn jedes Mal einige logistische Probleme bezüglich der Verkehrsführung mit sich brachte. Schon jetzt sah er das Bild vor sich, das die Einwohner von Antietam bieten würden, ängstlich darum bemüht, einen guten Platz zu ergattern, schon Stunden vor Beginn der Parade, geduldig auf ihren mitgebrachten Klappstühlen am Straßenrand ausharrend, die Kühlboxen neben sich.

Doch was ihn am meisten erfreute, war die Begeisterung, mit der sich die Bürger der Stadt in die Vorbereitungen für dieses Wochenende warfen, wie viel Arbeit sie sich machten, um diesen festlichen Tag auch wirklich gebührend zu feiern.

Sein Vater hatte ihm von dem alten Mann erzählt, der, als er selbst noch ein kleiner Junge gewesen war, jedes Jahr am Memorial Day mit knarrenden Stiefeln in der Uniform der Konföderierten die Main Street hinuntermarschiert war – einer der letzten lebenden Augenzeugen des Bürgerkriegs.

Jetzt waren sie alle tot. Devins Blick wanderte hinüber zu dem Mahnmal auf dem großen Platz vor dem Rathaus. Tot, aber unvergessen. Zumindest in Kleinstädten wie dieser hier, an deren Mauern sich einst das Echo des Artilleriefeuers und der entsetzlichen Schreie der Verwundeten und Sterbenden gebrochen hatte.

Devin wandte sich ab, sah die Straße hinunter und seufzte. Mrs. Metz' Buick parkte wie üblich wieder einmal im Halteverbot. Verpasst du ihr einen Strafzettel? überlegte er, nahm dann jedoch wieder davon Abstand, weil er schon im Voraus wusste, wie die Sache ausgehen würde. Die streitbare Lady würde das Geld natürlich nicht wie jedermann überweisen, sondern es sich nicht nehmen lassen, es ihm höchstpersönlich zu überbringen, nur um ihm drohen zu können, ihm bei nächster Gelegenheit eine Lektion zu erteilen. Devin schnaubte ungehalten und schaute auf die Tür zur Bibliothek. Zweifellos war Mrs. Metz dort, um mit Sarah Jane Poffenberger den allerneuesten Tratsch durchzuhecheln.

Devin straffte die Schultern und ging mit elastischen Schritten die ausgetretenen Steinstufen nach oben.

Er fand sie in ein eingehendes Gespräch mit der Bibliothekarin vertieft. Neben ihrem speckigen Ellbogen türmte sich ein Bücherberg, und Devin zerbrach sich den Kopf, warum um Himmels willen eine Frau ihres Umfangs darauf bestand, schreiend bunte, groß geblümte Kleider zu tragen.

»Guten Tag, Mrs. Metz.« In Erinnerung daran, dass er als Jugendlicher unzählige Male von Miss Sarah Jane auf die Straße gesetzt worden war, bemühte er sich, leise zu sprechen.

»Oh, welch eine Ehre! Unser Sheriff!« Mit einem strahlenden Lächeln drehte sich Mrs. Metz zu ihm um, wobei sie mit ihrem Ellbo-

gen den Bücherstapel umgestoßen hätte, wenn ihn nicht Sarah Janes
Geistesgegenwart vor dem Umkippen bewahrt hätte. »Wie geht es
Ihnen denn an diesem herrlichen Nachmittag?«

»Danke gut, Mrs. Metz. Tag, Miss Sarah Jane.«

»Hallo, Devin.« Sarah Jane, das eisengraue Haar streng nach hinten
frisiert, die gestärkte Bluse bis unters Kinn geschlossen, nickte ihm
hoheitsvoll zu. »Sind Sie gekommen, um ›The Red Badge of Courage‹
zurückzubringen?«

»Nein, Ma'am.« Fast wäre er rot geworden. Er hatte dieses verdammte Buch vor zwanzig Jahren verschlampt, und nicht genug damit, dass er es hatte bezahlen müssen, war ihm zur Strafe für seine
Nachlässigkeit auch noch einen Monat lang verboten worden, die Bibliothek zu betreten. Selbst jetzt noch – obwohl er längst erwachsen
war und den Sheriffstern trug – wäre er vor Miss Sarah Janes strafen-
dem Blick am liebsten sofort in den Boden versunken.

»Ein Buch ist ein Schatz«, belehrte sie ihn wie stets.

»Ja, Ma'am. Äh, Mrs. Metz …« Jetzt, mehr um von sich selbst abzulenken als um der Aufrechterhaltung der Straßenverkehrsordnung
willen, wandte er sich Mrs. Metz zu. »Ihr Wagen steht im Halteverbot.
bot. Schon wieder einmal.«

»Ach tatsächlich?«, fragte Mrs. Metz unschuldig. »Wirklich,
Devin, das ist mir völlig schleierhaft, wie das wieder passieren
konnte«, flötete sie. »Ich hätte geschworen, dass ich diesmal ganz le-
gal geparkt habe. Ich wollte mir nur rasch ein paar Bücher ausleihen.
Bücher sind doch wirklich eine Gabe Gottes, habe ich nicht recht,
Sarah Jane?«

»Voll und ganz.« Obwohl ihr Mund ernst blieb, funkelten Sarah
Janes dunkle Augen amüsiert. Devin hatte Mühe, vor Ungeduld nicht
aus der Haut zu fahren.

»Es ist aber nun mal so, Mrs. Metz, Sie wissen, Sie stehen im Halteverbot.«

»Oh, mein Lieber, Sie werden mir doch jetzt nicht womöglich einen Strafzettel verpassen wollen?«

»Diesmal noch nicht«, brummte Devin.

»Da fällt mir aber ein Stein vom Herzen. Mr. Metz wird nämlich immer sehr böse, wenn ich einen Strafzettel bekomme. Und ich bin ja auch erst ein oder zwei Minuten hier, stimmt's, Sarah Jane?«

»Keinesfalls länger als ein oder zwei Minuten«, bestätigte Sarah Jane und blinzelte Devin zu.

»Wenn Sie Ihren Wagen dann jetzt vielleicht freundlicherweise wegfahren …«

»Aber natürlich, mein Lieber. Ich eile. Sobald Sarah Jane diese Bücher hier auf meiner Karteikarte ausgetragen hat. Ich wüsste gar nicht, was ich ohne meine Bücher machen sollte, wo Mr. Metz doch Tag und Nacht vor der Glotze sitzt. Trag sie aus, Sarah Jane, unterdessen kann uns Devin erzählen, was es bei seiner Familie Neues gibt und wie es allen geht.«

Er wusste genau, wann man ihn aushorchen wollte, er war nicht umsonst Polizist. »Danke, gut.«

»Also nein, wirklich, diese süßen Kleinen von Ihren beiden Brüdern. Ich muss sie mir unbedingt wieder einmal ansehen.«

»Den Babys geht es auch sehr gut.« Bei dem Gedanken wurde ihm warm ums Herz. »Sie wachsen und gedeihen.«

»Oh ja, das haben Babys so an sich, stimmt's, Sarah Jane? Wachsen wie Unkraut, ohne dass man was dagegen machen kann. Jetzt haben Sie schon einen Neffen und eine Nichte.«

»Zwei Neffen und eine Nichte«, korrigierte Devin in Anbetracht der Tatsache, dass Savannah, Jareds Frau, einen Sohn, Bryan, mit in die Ehe gebracht hatte.

»Ja, in der Tat. Und Sie? Haben Sie schon eine Vorstellung davon, wann Sie sich daranmachen wollen, auch eine Familie zu gründen?« Ihre Augen funkelten wissbegierig.

Devin blieb unerschütterlich. »Mir reicht es im Moment, Onkel zu sein.«

Doch dann beschloss er, dem Verhör ein Ende zu machen. Bedenkenlos warf er seine Schwägerin den Wölfen zum Fraß vor. »Regan hat den kleinen Nate heute im Laden dabei. Ich habe vorhin einmal kurz bei ihr reingeschaut.«

»Ach wirklich?«

»Sie sagte etwas davon, dass Savannah mit Layla auch noch vorbeischauen will.«

»Oh, mein Gott! Nun, dann …« Die Aussicht, gleich beide MacKade-Frauen samt ihren Babys auf einen Schlag zu Gesicht zu bekommen, schien Mrs. Metz regelrecht zu elektrisieren. »Beeil dich, Sarah Jane. Ich habe noch eine Menge Besorgungen zu machen.«

»Du kannst sofort los. Hier.« Sarah Jane überreichte Mrs. Metz einen Leinenbeutel, der prallvoll war mit Büchern. Kaum hatte sich die Tür hinter der wissensdurstigen Mrs. Metz geschlossen, warf Sarah Jane Devin ein verschwörerisches Lächeln zu. »Schlau eingefädelt, Devin, wirklich. Wie immer.«

»Wenn Regan herausfindet, dass ich sie ihr auf den Hals gehetzt habe, zieht sie mir das Fell über die Ohren.« Er grinste. »Aber man tut, was man kann. War nett, Sie wieder mal gesehen zu haben, Miss Sarah Jane.«

»Und wenn Sie die Ausgabe von ›The Red Badge of Courage‹ vielleicht doch noch finden sollten, bringen Sie sie vorbei, Devin MacKade. Bücher sind nicht zum Verschlampen da.«

Er zuckte zusammen, dann öffnete er schnell die Tür. »Ja, Ma'am.«

Trotz ihrer Leibesfülle war Mrs. Metz offensichtlich noch immer recht wendig. Als Devin auf die Straße trat, hatte sie ihren Wagen bereits aus der Parklücke hinausmanövriert und fädelte sich gerade in den dünnen Verkehrsstrom ein. Nachdem er sich beglückwünscht hatte, seine Sache gut gemacht zu haben, beschloss er, auf einen Sprung im MacKade-Inn vorbeizuschauen.

Einfach nur, um sicherzugehen, dass alles in Ordnung ist, sagte er sich, während er in Richtung Büro trabte, um seinen Wagen zu holen. Schließlich gehörte das Hotel seinem Bruder Rafe, und es war seine, Devins, Pflicht, ein Auge darauf zu haben.

Die Tatsache, dass Cassie das Bed-and-Breakfast-Hotel führte und in der Wohnung im zweiten Stock mit ihren beiden Kindern lebte, hatte damit nicht das Geringste zu tun.

Er machte nur seinen Job.

Was natürlich nichts weiter als eine fromme Lüge war. Devin kam nicht umhin, sich das einzugestehen, während er hinter das Steuer seines Wagens kletterte.

Er hatte jetzt eben Lust, sie zu sehen. Einmal am Tag musste es sein, selbst wenn es noch so sehr schmerzte und er gezwungen war, größte Vorsicht dabei walten zu lassen. Ja, Vorsicht. Er begegnete ihr tatsächlich jetzt, nachdem sie endlich von ihrem Mann, diesem Dreckskerl, der sie über Jahre hinweg misshandelt hatte, geschieden war, noch viel behutsamer als früher.

Joe Dolin hat endlich bekommen, was er verdient hat, dachte Devin mit grimmiger Zufriedenheit, während er dem Ortsausgang entgegenfuhr. Joe saß hinter Gittern, und dort würde er zum Glück auch noch einige Zeit bleiben müssen.

Als Sheriff und Freund, als der Mann, der sie schon fast sein ganzes Leben lang liebte, hatte Devin die Pflicht nachzusehen, ob es Cassie und ihren Kindern auch wirklich gut ging.

Und heute würde er sie vielleicht zum Lächeln bringen, möglicherweise sogar zu einem Lächeln, das ihre großen grauen Augen auch wirklich erreichte.

Das Barlow-Haus lag auf einer kleinen Anhöhe vor der Stadt. Es hatte einst einem reichen Mann gehört. Während des Bürgerkriegs tobte auf den Feldern und in den Wäldern darum herum eine blutige Schlacht, und auf der Treppe im Foyer des Hauses war ein junger Soldat verblutet, niedergestreckt von der Hand des grausamen Hausherrn. Seine Ehefrau, so erzählte man sich, hatte sich anschließend über die ruchlose Tat ihres Mannes zu Tode gegrämt.

Nachdem seine einstigen Bewohner tot waren, verfiel das Haus nach und nach. Viele Jahrzehnte lang stand es leer, bis auf die Geister der Verstorbenen, die nicht zur Ruhe kommen wollten.

Bis Rafe MacKade nach Antietam zurückgekehrt war und sich darum gekümmert hatte.

Es war das Haus, das Rafe und Regan zusammengebracht hatte. Voller Hingabe hatten sich die beiden vor zwei Jahren in die Renovierung gestürzt, und das Ergebnis konnte sich sehen lassen.

Wo einst Unkraut und Dornengestrüpp wucherten, befand sich jetzt ein saftig grüner Rasen mit bunt blühenden Blumenbeeten. Auch Devin hatte beim Anlegen des Gartens geholfen; wenn es darum ging, Träume zu verwirklichen, hielten die MacKade-Brüder immer eisern zusammen.

Hinter dem Haus lagen die verwunschenen Wälder und daran angrenzend die MacKade-Farm sowie das Land, auf dem Jared für sich und seine Familie ein großes Blockhaus errichtet hatte.

Ohne sich bemerkbar zu machen, betrat Devin das Haus. In der Auffahrt stand nur Cassies Wagen, was bedeutete, dass die Übernachtungsgäste bereits abgereist und neue noch nicht eingetroffen waren.

Er blieb einen Moment in dem weitläufigen Foyer mit seinem spiegelblanken Parkettboden, den schönen alten Teppichen und der Treppe, auf der es spukte, stehen. Auf den antiken Tischen und Kommoden standen Vasen mit frischen Blumen – das war etwas, worauf Cassie stets mit größter Sorgfalt achtete.

Devin war sich nicht sicher, wo er sie finden würde – entweder war sie im Garten, in der Küche oder in ihrer Wohnung im zweiten Stock. Also machte er sich auf die Suche.

Es war wirklich schwer vorstellbar, dass dieses Haus noch vor weniger als zwei Jahren voller Staub und Spinnweben gewesen sein sollte und der Verputz von den Wänden bröckelte. Jetzt erstrahlten die Holzböden in hellem Glanz, die Wände waren sauber und ordentlich tapeziert, und in dem blank polierten, mit kunstvollen Holzschnitzereien versehenen Treppengeländer konnte man sich fast spiegeln.

Rafe und Regan hatten ihre ganze Kraft und Fantasie in das Haus gesteckt, und nachdem es fertig war, hatten sie mit der Renovierung eines eigenen außerhalb der Stadt begonnen, in dem sie mittlerweile lebten.

Ein wenig beneidete Devin seinen Bruder. Rafe hatte eine Frau, die er liebte und mit der ihn eine gleichberechtigte Partnerschaft verband, ein Haus, seit Kurzem auch noch ein Baby und das Inn.

Shane hatte die Farm. Rein formal betrachtet, gehörte sie allen vier Brüdern, aber Shane bewirtschaftete sie und hing mit Leib und Seele an ihr.

Jared hatte Savannah, die Kinder und ebenfalls ein Haus.

Und er selbst? Nun, wenn man so wollte, hatte er die Stadt. Und außerdem ein Feldbett im Hinterzimmer des Sheriffbüros.

Die Küche war leer. An den blau gekachelten Wänden hingen blitzende Küchengeräte und Pfannen, auf dem Tisch stand eine Schale mit frischen, selbst gebackenen Keksen sowie eine große Schüssel aus Steingut, aus der ihn frisches Obst anlachte.

Und dann sah er sie. Sie war draußen im Garten hinter dem Haus, bekleidet mit einer weißen Bluse, die sie in ihre marineblauen Slacks gesteckt hatte, und nahm blütenweiße Laken von der Wäscheleine.

Bei ihrem Anblick ging ihm fast das Herz über. Sie sieht glücklich aus, dachte er, ohne den Blick von ihr zu wenden. Ihre Mundwinkel waren ein wenig nach oben gebogen, und ihre großen grauen Augen wirkten verträumt. Der leichte Frühlingswind spielte mit ihren blonden Locken.

Sie war hübsch und strahlte Wärme, Tüchtigkeit und Effizienz aus. Erst vor Kurzem hatte sie wieder angefangen, Schmuck zu tragen. Allerdings keine Ringe. Vor einem Jahr war ihre Scheidung rechtskräftig geworden, und Devin wusste auf den Tag genau, wann sie ihren Ehering abgelegt hatte.

Aber sie trug kleine goldene Kreolen in den Ohren und einen Hauch von Lippenstift. Kurz nach ihrer Heirat hatte sie aufgehört, sich zu schminken, auch daran erinnerte sich Devin nur allzu gut.

Ebenso lebhaft war ihm das Bild im Gedächtnis geblieben, das sie bot, als er zum ersten Mal über die Schwelle des Hauses trat, das sie mit Joe zusammen bewohnte. Nachbarn hatten sich über den Lärm beschwert und ihn gebeten, für Ruhe zu sorgen. Mit Entsetzen sah er die Blutergüsse in ihrem Gesicht und die panische Angst, die in ihren Augen stand. Doch ihm waren die Hände gebunden, da sie ihm immer wieder mit bebender Stimme und totenbleichem Gesicht versicherte, dass alles in Ordnung sei.

Oh ja, er erinnerte sich noch sehr genau. Und es war nicht bei diesem einen Mal geblieben. Die Nachbarn beschwerten sich immer wieder, er fuhr hin und musste unverrichteter Dinge wieder abziehen. Wenn er daran zurückdachte, spürte er noch heute die ohnmächtige Wut in sich aufsteigen, die ihn damals fast um den Verstand gebracht hatte. Er war gezwungen gewesen, tatenlos zuzusehen, wie dieser Dreckskerl von Joe der Frau, die er, Devin, liebte, das Leben zur Hölle machte. Und jedes Mal, wenn er Cassie darauf ansprach, schüttelte sie nur stumm den Kopf und behauptete, dass alles in Ordnung wäre. Immer wieder versuchte er an sie heranzukommen, ihr Alternativen zu ihrem augenblicklichen Leben und einen Ausweg aus ihrer Misere aufzuzeigen, doch sie hielt ihrem Ehemann unverbrüchlich die Treue.

Bis sie sich eines Tages in sein Büro schleppte – zu Tode verängstigt und völlig am Ende, übersät mit Blutergüssen und mit Würgemalen am Hals –, um Anzeige gegen ihren Ehemann zu erstatten.

Er tat das, was er als Sheriff für sie tun konnte, doch das war in seinen Augen viel zu wenig, und so bot er ihr wenigstens seine Freundschaft an.

Als er jetzt durch die Hintertür in den Garten trat, lag ein ungezwungenes Lächeln auf seinem Gesicht. »Hi, Cass, wie geht es dir?«

Sie wirbelte herum, die schönen grauen Augen vor Beunruhigung verdunkelt. Er hatte sich mittlerweile an ihre Reaktion gewöhnt, obwohl es ihn ungeheuer schmerzte, dass sie in ihm zuerst den Sheriff sah – eine Autoritätsperson –, bevor ihr klar wurde, dass es sich bei ihm auch um einen alten Freund handelte. Immerhin dauerte es nicht mehr ganz so lange wie früher, bis sich ein Lächeln auf ihrem hübschen Gesicht ausbreitete und die Anspannung wegwischte.

»Hallo, Devin.« Ruhig, weil sie sich zur Ruhe gemahnte, befestigte sie eine Wäscheklammer an der Leine und begann, ein Laken zusammenzulegen.

»Kann ich dir helfen?«

Noch ehe sie ablehnen konnte, fing er an, die Klammern von der Leine zu pflücken. Würde es ihr wohl jemals gelingen, sich daran zu gewöhnen, dass ein Mann solche Arbeiten verrichtete? Vor allem so ein Mann. Er war so … beeindruckend. Breite Schultern, große Hände, lange Beine. Und sah umwerfend aus, natürlich. Wie alle MacKades.

Devin strahlte eine ungeheure Männlichkeit aus, doch was diese Männlichkeit letztendlich ausmachte, vermochte sie nicht zu sagen. Selbst jetzt, als er fachmännisch ein Laken zusammenfaltete und in den Wäschekorb legte, war er ein ganzer Mann. Anders als seine Deputys trug er keine khakigelbe Uniform, sondern einfach nur Jeans und ein verwaschenes blassblaues Hemd, dessen Ärmel er lässig bis zu den Ellbogen hochgekrempelt hatte. Seine Unterarme waren muskulös, und sie hatte allen Grund, die Körperkraft eines Mannes zu fürchten. Doch trotz seiner großen Hände und seiner breiten Schultern war er ihr niemals anders als sanft begegnet.

Er lächelte sie freundlich an, während sie verzweifelt nach einem Gesprächsstoff suchte. Eine Unterhaltung mit ihm würde ihr sicher leichter fallen, wenn er nicht so ein … bestimmtes Auftreten hätte. Wenn er weniger lebendig wäre. Sein Haar war schwarz wie die Nacht und kringelte sich um seinen Hemdkragen. Seine Augen waren moosgrün und strahlten Cassie in diesem Moment gewinnend an. Sein Gesicht war so gut geschnitten, dass man diese Tatsache unmöglich übersehen konnte, sein Mund energisch, und die kleinen Grübchen in den Wangen, die sich nicht nur beim Lachen, sondern selbst beim Sprechen bildeten, zogen konstante Aufmerksamkeit auf sich.

Und auch der Duft, den er ausströmte, war überaus männlich. Nach unparfümierter Seife und Moschus. Devin hatte sich ihr gegenüber stets freundlich und aufmerksam verhalten, doch immer, wenn sie mit ihm allein war, wurde sie nervös wie eine Katze, die sich einer Bulldogge gegenübersieht.

»Wäre schade, die Sachen an einem so schönen Tag wie heute in den Trockner zu werfen.«

»Was?« Sie blinzelte und verwünschte ihre Unsicherheit. »Oh ja, natürlich. Wenn das Wetter danach ist, hänge ich die Wäsche immer raus, sie duftet dann so herrlich. In den nächsten Tagen wird es hoch hergehen hier. Fürs Memorial-Day-Wochenende sind wir so gut wie ausgebucht.«

»Du wirst alle Hände voll zu tun haben.«

»Ja, sieht so aus. Aber es kommt mir trotzdem immer gar nicht so richtig wie Arbeit vor.«

Er sah ihr zu, wie sie ein Laken in den Wäschekorb legte und glatt strich. »Es ist wahrscheinlich weniger anstrengend, als bei Ed Tabletts zu schleppen.«

»Stimmt.« Sie lächelte ein bisschen, dann plagten sie Schuldgefühle. »Aber Ed war immer sehr gut zu mir. Ich habe sehr gern für sie gearbeitet.«

»Sie ist noch immer stocksauer auf Rafe, weil er dich abgeworben hat.« Als Devin das angespannte Aufflackern in ihren Augen sah, grinste er und schüttelte den Kopf. »Krieg nicht gleich einen Schreck, Cassie, ich hab doch nur Spaß gemacht. Natürlich ist sie nicht sauer auf Rafe, im Gegenteil, sie freut sich mächtig für dich, dass du's so gut getroffen hast. Wie geht's den Kindern?«

»Prima, danke.« Als sie den Korb hochheben wollte, kam ihr Devin zuvor und klemmte ihn sich unter den Arm. »Sie müssen jeden Moment von der Schule nach Hause kommen.«

»Kein Training heute Nachmittag?«

»Nein.« Sie ging ihm voran in die Küche. »Connor platzt fast vor Stolz, weil er die Mannschaft zusammenstellen darf.«

»Er ist der vielversprechendste Baseballer, den wir zurzeit haben.«

»Das höre ich immer wieder.« Sie ging zur Kaffeemaschine. »Es ist schon seltsam. Manchmal kann ich es kaum glauben. Er hat sich

429

früher nie für Sport interessiert, bevor … nun, vorher halt«, beendete sie ihren Satz lahm. »Bryan hat einen guten Einfluss auf ihn.«

»Mein Neffe ist ein Teufelskerl.«

In Devins Worten lag ein so schlichter und aufrichtiger Stolz, dass Cassie sich überrascht nach ihm umdrehte und ihn anschaute. »Du hängst sehr an ihm, stimmt's? Ich meine, obwohl ihr ja gar nicht richtig miteinander verwandt seid?«

»Das, was eine Familie zusammenhält, sind nicht notwendigerweise immer nur Blutsbande.«

»Da bin ich ganz deiner Meinung. Und manchmal bringt die Blutsverwandtschaft sogar eine Menge Probleme mit sich.«

»Macht deine Mutter dir wieder zu schaffen?«

Cassie zuckte nur leicht mit der Schulter und wandte sich wieder der Kaffeemaschine zu. »Sie kann halt auch nicht raus aus ihrer Haut.« Sie öffnete den Küchenschrank und nahm eine Tasse und einen kleinen Teller heraus. Als Devin ihr von hinten eine Hand auf die Schulter legte, fuhr sie herum und ließ vor Schreck beinahe das Geschirr fallen.

Er machte Anstalten, einen Schritt zurückzutreten, doch dann entschied er sich anders und drehte sie sanft, die Hand noch immer auf ihrer Schulter, zu sich herum. »Sie macht dir ständig die Hölle heiß wegen Joe, hab ich recht, Cassie?«

Sie musste schlucken, doch ihre Muskeln weigerten sich, dem Befehl Folge zu leisten. Seine Hand lag schwer auf ihrer Schulter, aber sie tat ihr nicht weh. In seinen Augen stand Ärger, jedoch ohne den geringsten Anflug von Gemeinheit. Sie befahl sich, ruhig zu bleiben und seinem Blick standzuhalten.

»Sie ist eben gegen Scheidung.«

»Und dafür, dass ein Mann seine Frau verprügelt?«

Jetzt zuckte sie zusammen und senkte den Blick. Devin verfluchte sich selbst und nahm die Hand weg. »Tut mir leid.«

»Schon gut. Ich habe nicht erwartet, dass du es verstehst. Ich kann es ja selbst nicht mehr verstehen.« Erleichtert darüber, dass er sie losgelassen hatte, wandte sie sich ab und machte sich an dem Glas mit den Keksen, die sie am Morgen gebacken hatte, zu schaffen. Sie legte einige davon auf den Teller, den sie anschließend auf den Tisch stellte. »Es scheint sie nicht zu berühren, dass es mir jetzt tausendmal besser geht als vorher und dass die Kinder glücklich sind. Ebenso wenig spielt es für sie eine Rolle, dass Joe für das, was er mir angetan hat, rechtmäßig verurteilt wurde. Das Einzige, was für sie zählt, ist, dass ich durch die Scheidung mein Ehegelöbnis gebrochen habe.«

»Bist du eigentlich glücklich, Cassie?«

»Weißt du, ich hatte die Hoffnung, glücklich zu werden, schon längst aufgegeben.« Sie ging zur Kaffeemaschine, um ihm Kaffee einzuschenken. »Und jetzt hat sich alles zum Guten gewendet. Ja, Devin, ich bin glücklich.«

»Hast du den Kaffee nur für mich gemacht?«

Sie starrte ihn entgeistert an. Die Vorstellung, dass sie sich mitten am Tag zu einer Tasse Kaffee an den Tisch setzen könnte, erschien ihr undenkbar. Devin holte eine zweite Tasse aus dem Schrank.

»Erzähl doch mal«, forderte er sie auf, während er ihr Kaffee einschenkte, »wie fühlen sich denn die Touristen, wenn sie die Nacht in einem Spukhaus verbringen?«

»Manche von ihnen sind tatsächlich ganz enttäuscht, wenn sie nichts hören.« Cassie ließ sich auf dem Stuhl nieder, den Devin für sie unter dem Tisch hervorgezogen hatte, wobei sie sich bemühte, die aufsteigenden Schuldgefühle, dass sie ihre Zeit mit Nichtstun vertrödelte, zu unterdrücken. »Es war wirklich eine sehr geschäftsfördernde Idee, in die Werbeprospekte reinzuschreiben, dass es hier spukt.«

»Kate war schon immer ziemlich clever.«

»Ja, das stimmt. Manche Leute sind morgens, wenn sie zum Frühstück runterkommen, ein bisschen nervös. Wahrscheinlich haben sie das Türenschlagen gehört oder vielleicht auch Stimmen und das Weinen.«

»Abigail Barlows Weinen. Das Weinen der bedauernswerten Südstaatenschönheit die das Pech hatte, mit einem Ungeheuer verheiratet zu sein.«

»Ja. Viele hören es und möchten es auch hören, es ist schließlich der Grund dafür, dass sie hier übernachten. Bisher hatten wir nur ein Paar, das darauf bestand, mitten in der Nacht abzureisen.« Das Lächeln, das sich jetzt auf Cassies Gesicht ausbreitete, war verschmitzt, fast schon ein klein wenig boshaft. »Sie hatten Angst.«

»Aber du hast doch hoffentlich keine Angst? Oder macht es dir etwas aus, dass hier nachts Gespenster ihr Unwesen treiben?«

»Kein bisschen.«

Er hob den Kopf. »Und? Hast du sie schon mal gehört? Abigail, meine ich.«

»Oh ja, schon oft. Und nicht nur bei Nacht. Manchmal, wenn ich allein hier bin und aufräume, höre ich sie auch tagsüber. Oder ich kann spüren, dass sie gerade neben mir steht.«

»Und das erschreckt dich nicht?«

»Nein, überhaupt nicht. Ich fühle mich …« Sie wollte sagen ›ihr verbunden‹, aber das erschien ihr dann doch zu töricht. »Ich habe Mitleid mit ihr. Sie saß in der Falle und war sehr unglücklich, verheiratet mit einem Mann, der sie verachtet hat, während ihre Liebe einem anderen gehörte …«

»Sie hat einen anderen geliebt?«, fragte Devin überrascht nach. »Das höre ich zum ersten Mal.«

Verdutzt stellte Cassie ihre Tasse mit einem leisen Klirren auf der Untertasse ab. »Ja, du hast recht, ich weiß eigentlich gar nicht, wie ich darauf komme. Es ist nur so, dass … ich es weiß«, erkannte sie plötzlich. »Das hab ich mir vermutlich nur ausgedacht. Es ist einfach romantischer. Emma nennt sie immer ›die Lady‹.«

»Und Connor?«

»Ach, für ihn ist das alles ein großes Abenteuer. Die Kinder lieben dieses Haus. Wenn Bryan hier übernachtet, gehen die beiden Jungs jedes Mal auf Geisterjagd.«

»Meine Brüder und ich haben als Kinder auch mal eine Nacht hier verbracht.«

»Ach wirklich? Kann ich mir gut vorstellen. Habt ihr auch Gespenster gejagt?«

»Ich hatte das nicht nötig. Ich habe sie gesehen. Abigail, meine ich.«

Cassies Lächeln erstarb. »Das ist jetzt nicht dein Ernst, Devin.«

»Ich hab's den anderen nie erzählt, weil sie mich dann den Rest meines Lebens damit aufgezogen hätten, aber es ist wirklich so. Ich hab sie gesehen, sie saß im Salon am Kaminfeuer, ich konnte sogar den Geruch von brennendem Holz riechen und habe die Wärme der Flammen gespürt. Sie war wunderschön«, sagte Devin leise. »Blondes Haar, eine Haut, zart wie Porzellan, und Augen, die so grau waren wie der Rauch, der aus dem Kamin aufstieg. Sie trug ein blaues Kleid, und ich hörte die Seide rascheln, wenn sie sich bewegte. Sie stickte irgendwas, und ihre Hände waren zart und feingliedrig. Sie schaute mich an und lächelte, aber in ihren Augen standen Tränen. Und dann sprach sie zu mir.«

»Sie hat zu dir gesprochen«, wiederholte Cassie und spürte, wie ihr ein Schauer den Rücken hinunterlief. »Was hat sie denn gesagt?«

»Wenn nur.« Devin, der in Gedanken weit weg gewesen war, kam wieder zurück und schüttelte den Kopf. »Nur diese beiden Worte, mehr nicht. ›Wenn nur‹. Und einen Moment später war sie verschwunden, während ich mir einzureden versuchte, ich hätte geträumt. Obwohl ich genau wusste, dass es nicht so war. Ich habe immer gehofft, ich würde sie irgendwann noch mal sehen.«

»Aber du hast es nicht?«

»Nein, aber ich habe sie weinen gehört. Es hat mir fast das Herz gebrochen.«

»Das kann ich gut verstehen.«

»Äh … ich … ich fände es sehr nett von dir, wenn du Rafe nichts davon erzählst. Er würde mich doch nur aufziehen.«

»Nein, keine Angst, meine Lippen sind versiegelt.« Sie lächelte, während er in einen Keks biss. »Kommst du deshalb so oft her, weil du hoffst, du könntest sie noch einmal sehen?«

»Nein, ich komme her, weil ich Lust habe, dich zu sehen.« Kaum hatte er die Worte ausgesprochen, bereute er sie auch schon. Ihr eben noch gelöster Gesichtsausdruck wurde wachsam. »Und wegen der Kinder«, fügte er schnell hinzu. »Und die Kekse nicht zu vergessen.«

Sie entspannte sich wieder. »Ich pack dir ein paar ein, dann hast du noch was für zu Hause.« Als sie Anstalten machte, sich zu erheben, legte er seine Hand auf ihre. Sie erstarrte, weniger aus Angst, sondern weil ihr die unerwartete Berührung so etwas wie einen elektrischen Schlag versetzt hatte. Sprachlos starrte sie auf ihrer beider Hände.

»Cassie …« Der Wunsch, sie in den Arm zu nehmen, wurde plötzlich fast übermächtig in ihm. Ihn zu unterdrücken, verlangte ihm seine ganze Kraft ab.

Sie verspürte plötzlich ein Kribbeln im Bauch, dessen Ursprung sie nicht zu erforschen wagte. Als sie schließlich den Blick hob, fand sie in seinen Augen einen Ausdruck, den sie nicht entziffern konnte.

»Devin …« Sie brach ab und zuckte zusammen, als draußen vergnügtes Lachen und Schritte erklangen. »Die Kinder sind da«, endete sie rasch und lief zur Tür.

»Mama, ich habe für meine Hausaufgaben ein goldenes Sternchen bekommen.« Emma kam hereingestürmt, ein blondes, zierliches Püppchen in einem roten Spielanzug. Sie lächelte Devin scheu an. »Hallo.«

»Hallo, mein Engelchen. Lass mich das Sternchen doch mal sehen.«

Das Schulheft umklammernd kam sie auf ihn zu. »Du hast auch einen Stern.«

»Der ist aber nicht so schön wie deiner.« Devin fuhr mit dem Zeigefinger über den aufgeklebten goldenen Stern in Emmas Heft. »Hast du deine Hausaufgaben allein gemacht?«

»Fast. Darf ich auf deinen Schoß?«

»Mit dem größten Vergnügen.« Lachend griff er nach ihr, hob sie hoch und setzte sie sich auf den Schoß. Nachdem er mit seiner Wange ihr seidenweiches Haar gestreichelt hatte, grinste er Connor an. »Und wie geht's dir, Champ?«

»Okay.« Angesichts des Spitznamens durchzuckte es Connor freudig erregt. Er war zehn und, ebenso wie Emma, klein für sein Alter und ebenfalls blond.

»Du hast letzten Samstag prima gespielt.«

Jetzt wurde er rot. »Danke. Aber Bryan war noch besser.« Seine Loyalität und Liebe für seinen Freund kannten keine Grenzen. »Haben Sie denn das Spiel wirklich gesehen?«

»Ein paar Runden. Große Klasse.«

»Und eine Eins in Geschichte hat er auch«, ließ sich Emma vernehmen. »Und deshalb hat ihn der blöde Bobby Lewis im Bus geschubst und ihm ein schlimmes Wort nachgerufen.«

»Emma …« Peinlich berührt warf Connor seiner kleinen Schwester einen finsteren Blick zu.

»Ich möchte wetten, dass Bobby Lewis keine Eins bekommen hat«, kommentierte Devin.

»Bryan hat's ihm aber gegeben.« Emmas Mitteilungsbedürfnis war nicht einzudämmen.

Das kann ich mir lebhaft vorstellen, dachte Devin, während er Emma mit einem Keks den Mund stopfte, damit sie nicht noch mehr sagte und ihren Bruder weiter beschämte.

»Ich bin stolz auf dich.« Cassie drückte Connor kurz. »Auf euch beide. Ein goldenes Sternchen und eine Eins an einem einzigen Tag. Das müssen wir später mit einem Becher Eiscreme bei Ed feiern.«

»Ach, das ist doch nichts Besonderes«, brummte Connor, und man merkte ihm an, dass er am liebsten im Boden versunken wäre.

»Für mich schon, mein Kleiner.« Cassie beugte sich zu ihm hinunter und gab ihm einen dicken Kuss. »Und wie.«

»Ich war in Mathe eine absolute Null«, erzählte Devin. »Ich konnte machen, was ich wollte, über eine Drei bin ich nie rausgekommen.«

Connor starrte auf seine Schuhspitzen und spürte plötzlich seine Intelligenz wie ein Zentnergewicht auf seinen Schultern lasten.

Eierkopf. Streber. Schwächling. Nichtsnutz. Die Worte seines Vaters hatten ihre Wirkung nicht verfehlt.

Cassie öffnete den Mund, um etwas zu sagen, doch Devin kam ihr zuvor. »Dafür war ich in Geschichte und Englisch ein Ass.«

Überrascht zuckte Connors Kopf hoch. In seinen Augen glomm ein winziger Hoffnungsfunke auf. »Ehrlich?«

Es fiel Devin nicht leicht, ernst zu bleiben. »Ja. Schätze, das kam daher, weil ich immer ganz wild auf Bücher war. Das ist bis heute so geblieben.«

»Sie lesen Bücher?« Für Connor war es, als sei Weihnachten und Ostern auf einen Tag gefallen. Vor ihm saß ein Mann, ein richtiger Mann mit einem richtigen Männerjob, der Bücher las. Dann hatte sein Vater mit seiner Behauptung, Lesen sei nur Weiberkram, eben doch unrecht gehabt.

»Sicher.« Devin schaukelte Emma auf seinen Knien und grinste jungenhaft. »Die Sache war die, dass Rafe in Englisch ein totaler Versager war, dafür allerdings in Mathe ein Genie. Also haben wir uns gegenseitig unter die Arme gegriffen. Er hat meine Mathehausaufgaben gem…« Ein Blick auf Cassie zeigte ihm, dass er einen Fehler gemacht hatte. »Ich habe ihm bei seinen Englischhausaufgaben geholfen, dafür half er mir mit Mathe. So hatten wir beide was davon.«

»Lesen Sie gern Geschichten?« Connors Hoffnung wuchs. »Erfundene, meine ich.«

»Es gibt nichts, was ich lieber lese.«

»Connor schreibt nämlich Geschichten«, fiel Cassie ein, ohne Rücksicht darauf, dass der Junge sich vor Scham wand.

»Ich hab's schon gehört. Vielleicht lässt du mich ja mal eine lesen.« Bevor Connor antworten konnte, meldete sich Devins Piepser. »Teufel«, brummte er.

»Teufel«, plapperte Emma anbetungsvoll nach.

»Du willst wohl, dass ich böse werde, was?« Devin zwinkerte ihr lachend zu und schob sie ein Stück vor, um an seinen Piepser zu kommen. Ein paar Minuten später blieb ihm nichts anderes übrig, als seinen Plan, die drei zum Essen einzuladen, aufzugeben. »Ich muss los. Irgendjemand ist bei Duff ins Lager eingebrochen und hat Bierkästen geklaut.«

»Schießt du auf sie?«, fragte Emma neugierig und machte große Augen.

»Das glaube ich nicht. Gibst du mir einen Kuss, bevor ich gehen muss?«

Sie spitzte ihr Mündchen und gab ihm einen feuchten Kuss auf die Wange, ehe er sie absetzte. »Danke für den Kaffee, Cass.«

»Ich bring dich raus. Und ihr beide geht nach oben und esst das, was ich euch hergerichtet habe. Ich komme gleich nach.« Sie wartete, bis ihre beiden Kinder draußen waren, bevor sie weitersprach. »Danke, dass du so mit Connor gesprochen hast. Das hat ihm sehr gutgetan, glaube ich. Er ist wirklich überempfindlich, was die Schule betrifft.«

»Er ist ein heller Junge. Es wird nicht mehr lange dauern, dann schämt er sich nicht mehr dafür, dass er intelligent ist, sondern weiß es richtig einzusetzen. Du wirst schon sehen.«

»Du hilfst ihm dabei. Er bewundert dich.«

»Es hat mich nicht viel Überwindungskraft gekostet, ihm zu erzählen, dass ich lese. Vor allem, weil es die Wahrheit ist.« Devin blieb an der Tür stehen. »Ich mag ihn sehr gern.« Er machte eine Pause und fügte dann an: »Euch alle.«

Als sie den Mund öffnete, um etwas zu sagen, fuhr er ihr mit dem Zeigefinger über die Wange. »Euch alle«, wiederholte er und ging dann hinaus.

2. Kapitel

In manchen Nächten, wenn alles schlief, hatte Cassie die Angewohnheit, durchs Haus zu wandern. Nur den ersten Stock, in dem die Gästezimmer lagen, betrat sie nicht.

Ihre Gäste hatten für ihre Ungestörtheit bezahlt, und Cassie achtete sorgsam darauf, dass sie auch bekamen, was ihnen zustand.

Aber sie spazierte durch ihre eigene Wohnung im zweiten Stock und freute sich an den hübsch eingerichteten Zimmern und dem Blick aus den Fenstern. Der glatte, blank polierte Holzfußboden unter ihren nackten Füßen fühlte sich gut an.

Sie genoss das Gefühl von Freiheit und Sicherheit, von dem sie geglaubt hatte, sie würde es niemals erleben, in vollen Zügen. Die gesamte Kücheneinrichtung hatte sie neu gekauft und aus eigener Tasche bezahlt, ebenso wie die Vorhänge vor den Fenstern.

Natürlich war nicht alles neu hier, aber es war neu für sie. Die Sachen, die in der Wohnung gewesen waren, die sie mit Joe geteilt hatte, hatte sie verkauft und sich dafür gebrauchte andere Sachen angeschafft. So hatte sie auf ihre Art mit der Vergangenheit abgeschlossen.

In solchen Nächten stieg sie die Treppen hinab ins Erdgeschoss, wanderte vom Salon in den Frühstücksraum und von dort in den herrlichen Wintergarten mit seinen üppigen Pflanzen und der blinkenden Glasfront. Sie stand im Flur und lauschte oder setzte sich auf die Stufen, einfach nur, um die Stille zu genießen.

Der einzige Raum, den sie lieber mied, war die Bibliothek. Aus irgendwelchen Gründen mochte sie dieses Zimmer nicht, trotz seiner tiefen, weichen Ledersessel und den bis zur Decke reichenden Regalen, die voll waren mit Büchern.

Sie wusste instinktiv, dass die Bibliothek das Reich von Charles Barlow, Abigails Ehemann, gewesen war. Ein Mann, der kaltblütig einen konföderierten Soldaten, einen Jungen, der kaum alt genug war, um sich rasieren zu müssen, niedergeschossen hatte.

Manchmal, wenn sie die Treppe, auf der die Tragödie passiert war, hinaufging, hörte sie regelrecht, wie der Schuss die Stille zerriss, gefolgt von den entsetzten Schreien der Sklaven, die die sinnlose und brutale Tat des Hausherrn mit angesehen hatten.

Auch Cassie hatte sinnlose Brutalität am eigenen Leib erfahren.

Deshalb wohl konnte sie sich auch so stark in Abigail Barlow einfühlen, und sie war überzeugt davon, dass die unglückliche Frau noch immer irgendwo hier in diesen Mauern lebte. Nicht nur wegen des Weinens, das manchmal zu hören war, ohne dass man sich seinen Ursprung erklären konnte, oder wegen des Rosendufts, der oft in der Luft lag, auch wenn nirgendwo ein Rosenstrauß stand.

Es gab noch einen zweiten Grund, weshalb sie eine Seelenverwandtschaft mit Abigail Barlow fühlte. Heute, in einem unbedachten Moment, hatte ihn Devin verraten. Sie glaubte zu wissen, dass es in Abigails Leben einen Mann gegeben hatte, den sie liebte, um den sie ebenso geweint hatte wie um den ermordeten Jungen. Nach dem sie sich verzehrt und von dem sie geträumt hatte. Und über dem Gedanken, dass ihre Liebe nie in Erfüllung gehen würde, war sie verzweifelt.

Cassie hegte für Abigails Kummer tiefes Verständnis. Deshalb fühlte sie sich in diesem Haus so daheim und fürchtete sich niemals.

Im Gegenteil, sie war dankbar, dass sie hier wohnen durfte. Es war jetzt fast ein Jahr her, dass sie Regan und Rafes Angebot angenommen hatte und mit ihren Kindern hier eingezogen war. Sie konnte es noch immer nicht ganz fassen, dass die beiden sie mit dieser verantwortungsvollen Aufgabe betraut hatten, und sie arbeitete hart, um das in sie gesetzte Vertrauen auch zu erfüllen und Rafe und Regan nicht zu enttäuschen.

Die Arbeit macht Spaß, dachte sie nun, während sie in den Salon ging. Die kostbaren antiken Möbel zu pflegen, das Frühstück in der schönen Küche für die Gäste zuzubereiten, das Haus mit Blumen zu schmücken.

Es erschien Cassie wie ein Traum aus einem der Märchenbücher, die Savannah MacKade illustrierte.

Sie war viel ruhiger geworden im letzten Jahr, es kam nur noch sehr selten vor, dass sie schweißgebadet aus einem Albtraum erwachte, um angsterfüllt auf Joes schwere Schritte zu lauschen. Sie war in Sicherheit und – zum ersten Mal in ihrem Leben – frei.

Eingewickelt in ihren Bademantel, ließ sie sich in dem Sessel am Fenster nieder. Sie hatte nicht vor, lange sitzen zu bleiben. Ihre Kinder schliefen fest, aber es gab immerhin die Möglichkeit, dass eins von ihnen aufwachte und sie brauchte. Nur einen kleinen Moment wollte sie hierbleiben und die Stille genießen.

Sie konnte es noch immer nicht fassen. Sie hatte ein Heim, in dem ihre Kinder ausgelassen spielen und lachen und sich sicher fühlen konnten. Es war wundervoll anzuschauen, wie rasch Emma ihre Scheu verloren und sich zu einem fröhlich plappernden kleinen Mädchen entwickelt hatte. Connor hingegen hatte es schwerer. Der Gedanke an das, was er in den ersten acht Jahren seines Lebens mitansehen und von seinem Vater hatte erdulden müssen, erfüllte sie noch immer mit Trauer und Schmerz. Aber er würde darüber hinwegkommen.

Es war eine Wohltat zu sehen, wie unbeschwert sich die beiden in Devins Gegenwart fühlten. Es hatte eine Zeit gegeben, in der sich Emma vor jedem Mann fürchtete, und Connor, der sanfte, sensible Connor, war ständig auf der Hut und wappnete sich schon im Vorhinein gegen verbale Attacken.

Doch das war vorbei.

Gerade heute hatten sich die beiden mit Devin unterhalten, als wäre es so normal wie Atem holen. Sie wünschte sich, auch so unverkrampft sein zu können. Es liegt an dem Sheriffstern, sinnierte sie. In Gegenwart von Jared und Rafe und Shane fühlte sie sich entschieden wohler. Bei ihnen zuckte sie nicht zusammen, wenn sie einer zufällig streifte oder ihr freundschaftlich die Hand auf die Schulter legte.

Bei Devin war alles anders. Noch heute erinnerte sie sich mit Schrecken an den Tag, an dem sie schließlich zu ihm ins Büro gegangen war, um Anzeige gegen Joe zu erstatten. Als sie Devin die blauen Flecke auf ihren Armen gezeigt hatte, wäre sie am liebsten gestorben vor Scham. Nichts, nicht einmal Joes Faustschläge, hatte sie jemals so gedemütigt.

Sie wusste, dass er Mitleid mit ihr hatte und sich verpflichtet fühlte, ab und an nach ihr und ihren Kindern zu schauen. Er nahm seine Verantwortung als Sheriff sehr ernst. Das war etwas, das sich niemand – auch sie nicht – vor zwölf oder fünfzehn Jahren hätte träumen lassen, als er und seine Brüder noch die schlimmen MacKade-Jungs gewesen waren, die keiner Rauferei aus dem Weg zu gehen pflegten.

Devin hatte sich in einen bewunderungswürdigen Mann verwandelt. Obwohl er noch immer gelegentlich rau war, wie sie zugeben musste. Sie wusste, dass er mit kaum mehr als einem Knurren einen Streit vom Zaun brechen konnte, und wenn er bei einer Schlägerei schlichten musste, zögerte er auch nicht, seine Fäuste zum Einsatz zu bringen.

Und doch war er der sanfteste und mitfühlendste Mann, den sie in ihrem Leben kennengelernt hatte. Er war zu ihr und den Kindern immer gut gewesen, und sie schuldete ihm Dank. Sie würde nie vergessen, was er für sie getan hatte.

Cassie schloss die Augen. Sie versuchte sich vorzustellen, wie es wäre, wenn sie ihm gelassener gegenübertreten könnte. Sie hatte im vergangenen Jahr hart an sich gearbeitet, um ihre Schüchternheit zu überwinden und den Gästen selbstsicher zu begegnen. Es funktionierte sehr gut, und manchmal vergaß sie es sogar selbst, dass sie im Grunde ihres Herzens ein sehr verunsicherter Mensch war.

Es gab immer wieder Gelegenheiten, wo sie sich wirklich kompetent fühlte. Auch eine ganz neue Erfahrung für sie.

Und deshalb würde sie jetzt versuchen, ihre Nervosität in Devins Gegenwart zu überwinden. Als Erstes würde sie den Sheriffstern vergessen und sich immer wieder vorsagen, dass er ein alter Freund war – einer, für den sie in der Pubertät sogar ein bisschen geschwärmt hatte. Sie würde aufhören, daran zu denken, wie groß seine Hände waren und was passieren könnte, wenn er sie im Zorn gegen sie erheben würde.

Stattdessen würde sie sich daran erinnern, wie liebevoll und sanft er damit ihrer Tochter durchs Haar fuhr oder wie kraftspendend sie sich auf die ihres Sohnes legten, wenn er ihm Mut zusprach.

Oder wie schön es gewesen war – ganz unerwartet schön –, als er mit seinem Finger ihre Wange gestreichelt hatte.

Sie kuschelte sich enger in den behaglichen Sessel und ließ die Gedanken treiben …

Er stand hier, direkt neben ihr, lächelnd, und der Anblick seiner Grübchen löste ein seltsames Flattern in ihrem Bauch aus. Er berührte sie, und diesmal schreckte sie nicht zurück. Siehst du, dachte sie glücklich, es funktioniert.

Er zog sie an sich. Oh, sein Körper war hart, aber sie zuckte nicht zurück. Obwohl sie innerlich bebte. Dagegen war sie machtlos. Er war so groß, so stark, und wenn er wollte, könnte er sie in zwei Hälften brechen. Doch jetzt … jetzt streichelten seine Hände ganz sanft über ihr Gesicht, ihren Hals …

Und dann lag sein Mund auf ihrem Mund, so warm, so sanft. Sie hatte nicht versucht, ihn von seinem Vorhaben abzuhalten. Obwohl sie wusste, dass sie es hätte versuchen sollen. Und sie wusste es immer noch, auch jetzt, wo seine Zunge die ihre streichelte und seine Hände ihre Brüste umschlossen, als wäre es das Natürlichste von der Welt.

Er berührte sie, und sie bekam kaum noch Luft, weil diese großen Hände plötzlich überall waren. Und jetzt auch sein Mund. Oh, es war falsch, und doch war es so herrlich, diesen warmen, feuchten Mund auf der Haut zu spüren.

Sie wimmerte und stöhnte vor Verlangen, dann öffnete sie sich ihm. Sie spürte, wie er in sie hineinglitt, so hart, so geschmeidig, es fühlte sich so … richtig an.

Ein Geräusch riss sie aus ihren Träumen. Zu Tode erschrocken fuhr sie auf. Sie rang nach Atem, schweißgebadet und vollkommen verwirrt.

Allein im Salon. Natürlich war sie allein. Aber ihre Haut prickelte, ein Prickeln, das ein Gefühl in ihr hervorrief, das ihr fremd war.

Von Scham überwältigt, zog sie ihren Bademantel ganz eng um sich. Wie schrecklich, ging es ihr durch den Sinn, an Devin in dieser Weise zu denken.

Sie konnte sich nicht erklären, was in sie gefahren war. Sie mochte Sex nicht einmal. Im Gegenteil, körperliche Intimität war etwas, das sie im Laufe der Jahre zu fürchten gelernt hatte. Wenn Joe sich ihr näherte, hatte sie es immer stumm über sich ergehen lassen, in der Hoffnung, dass es bald vorbei sein möge. Vergnügen hatte ihr Sex niemals bereitet. Für diese Art der Zweisamkeit war sie nicht geschaffen, das war ihr recht bald nach der Hochzeitsnacht klar geworden.

Doch als sie jetzt aufstand, zitterten ihr die Knie. Als sie tief Luft holte, nahm sie den feinen Rosenduft wahr, der in der Luft lag.

Also bist du doch nicht ganz allein, dachte sie. Abigail war bei ihr. Getröstet verließ sie den Salon und ging nach oben in ihre Wohnung, um noch ein letztes Mal nach den Kindern zu schauen, ehe sie sich ebenfalls wieder zu Bett begab.

Devin saß am Schreibtisch über die Schreibmaschine gebeugt und hackte seinen Bericht über den Einbruch in Duff's Tavern herunter. Mit den drei Jugendlichen, die Duff um einige Kästen Bier erleichtert hatten, hatte er, wie er es gehofft hatte, leichtes Spiel gehabt. Bereits nach einer Stunde war es ihm gelungen, sie aufzuspüren.

Nach Fertigstellung des Berichts würde er zum Mittagessen gehen. Falls nichts dazwischenkam.

Am Schreibtisch gegenüber saß sein junger Deputy Donnie Banks und blätterte eifrig einen Stoß Strafzettel durch. Ab und an unterbrach er seine Tätigkeit, um laut mit den Fingerspitzen auf der Schreibtischplatte herumzutrommeln, was Devin langsam, aber sicher verrückt machte.

Draußen war es warm, und die Fenster standen offen. Für eine Klimaanlage war das Budget zu schmal. Verkehrslärm – falls man das Brummen der Autos, die in größeren Abständen vorbeifuhren, so bezeichnen konnte – drang herein, und gelegentlich quietschte die eine oder andere Bremse, wenn jemand zu schnell an die Ampel heranfuhr.

Devin fiel ein, dass er vor dem Lunch noch die Post durchgehen musste – eine Aufgabe, die ihm zugefallen war, da sich Crystal Abbott in den Mutterschaftsurlaub verabschiedet hatte. Da es ihm bisher noch nicht gelungen war, eine Vertretung für sie aufzutreiben, blieb die Sache eben fürs Erste an ihm hängen.

Aber das machte ihm im Grunde genommen wenig aus. Er fand die Monotonie von Schreibtischarbeit durchaus beruhigend. Nicht dass es in Antietam, einem Städtchen mit weniger als fünfundzwanzigtausend Einwohnern, etwa hoch hergegangen wäre. Nein, hier herrschte Ruhe, und Devin war entschlossen, dafür zu sorgen, dass das auch in Zukunft so blieb.

In den sieben Jahren, in denen er, zuerst als Deputy und dann als Sheriff, diesem Job nun schon nachging, war er nur zweimal gezwungen gewesen, seine Waffe zu ziehen. Und glücklicherweise war es ihm auch dann erspart geblieben, schießen zu müssen.

Als das Telefon läutete, warf Devin seinem Deputy einen hoffnungsvollen Blick zu. Doch da Donnies Finger ihren Trommelrhythmus nicht unterbrachen, griff er selbst nach dem Hörer. Er hatte schon gute Fortschritte dabei erzielt, eine aufgebrachte Frau zu beruhigen, die behauptete, dass der Hund ihrer Nachbarin ihr frisch angepflanztes Petunienbeet in ein Hundeklo umfunktioniert hatte, als sich die Tür öffnete und Jared hereinmarschiert kam.

»Ja, Ma'am. Nein, Ma'am.« Devin verdrehte die Augen und deutete auf einen Stuhl. »Haben Sie denn schon mit ihr gesprochen und sie gebeten, dass sie besser auf ihren Hund aufpassen soll?«

Die Antwort kam mit der Lautstärke und Schnelligkeit einer Maschinengewehrsalve, sodass Devin erschrocken zusammenzuckte und den Hörer von seinem Ohr weghielt. Jared, der sich mittlerweile auf dem wackligen Holzstuhl niedergelassen hatte, grinste schadenfroh.

»Ja, Ma'am, ich bin sicher, dass es Sie sehr viel Mühe gekostet hat, die Petunien zu pflanzen … Nein, tun Sie das nicht. Bitte. Wir haben ein Gesetz, das den Schusswaffengebrauch innerhalb der Stadtgrenzen untersagt. Kommen Sie mir bloß nicht auf die Idee, auf den Hund zu schießen. Ich schicke gleich jemanden vorbei. Ja, Ma'am, da bin ich mir ganz sicher … Äh … wir werden sehen, was wir tun können. Aber Sie lassen Ihre Schrotflinte im Schrank, hören Sie? … Ja, Ma'am, ich habe alles mitgeschrieben. Bleiben Sie einfach ganz ruhig sitzen, bis jemand bei Ihnen vorbeikommt.«

Er legte auf und nahm das Papier, auf dem er sich Adresse und Namen der Beteiligten notiert hatte. »Donnie?«

»Ja?«

»Fahr rüber in die Oak Leaf Street und sieh zu, dass du das geregelt kriegst.«

Das Trommeln verstummte schlagartig. »Ein Fall von Gesetzesübertretung?«, fragte der Deputy hoffnungsvoll, und man sah ihm an, wie scharf er darauf war, seine amtliche Autorität zum Einsatz zu bringen. Plötzlich kam er Devin schrecklich jung vor in seiner sorgfältig gebügelten Uniform, mit den widerspenstig vom Kopf abstehenden Haaren und den wissbegierigen Augen.

»Es geht um einen Pudel, der wiederholt ein Petunienbeet als Hundeklo zweckentfremdet hat. Erklär der Besitzerin, dass es ein Gesetz gibt, das verlangt, dass Hunde an der Leine gehalten werden müssen, und sieh zu, dass du die beiden Ladys davon abhalten kannst, sich gegenseitig an die Gurgel zu gehen.«

»Zu Befehl, Sir!« Hocherfreut über die Aufgabe, mit der er betraut worden war, nahm Donnie das Blatt, das Devin ihm hinhielt, zog seinen Hut in die Stirn und stolzierte mit stolzgeschwellter Brust hinaus, um Recht und Gesetz Geltung zu verschaffen.

»Ich glaube, er hat sich letzte Woche das erste Mal rasiert«, bemerkte Devin.

»Petunien und Pudel«, sagte Jared und streckte sich gähnend. »Ich sehe, du steckst bis über den Kopf in Arbeit.«

»Ja, ja, Antietam ist eine wilde, gefährliche Stadt.« Devin erhob sich grinsend und schenkte zwei Tassen Kaffee ein. »Hatte gerade eben unten bei Duff einen Fall von Gesetzesübertretung«, fuhr er, ironisch Donnie nachahmend, fort. »Drei Kästen Bier hatten sich einfach so in Luft aufgelöst.«

»Ungeheuerlich.«

»Zwei davon konnte ich dem glücklichen Besitzer eben schon wieder zurückgeben.« Nachdem er Jared einen Kaffeebecher in die Hand gedrückt hatte, ließ er sich wieder hinter seinem Schreibtisch nieder. »Den dritten haben sich die drei Sechzehnjährigen hinter die Binde gekippt.«

»Bei der Gelegenheit erinnere ich mich dunkel an ein paar Kästen Bier und eine andere Party. Draußen im Wald, weißt du noch?«

»Aber das war etwas anderes, wir haben sie nicht geklaut«, gab Devin zurück. »Wenn ich mich recht entsinne, haben wir damals Duff das Geld ins Lager gelegt, nachdem wir die Tür aufgebrochen hatten, stimmt's?«

»Tja, das waren noch Zeiten.« Jared seufzte und lehnte sich zurück. Weder der elegante Anzug und die Krawatte noch die teuren Schuhe konnten darüber hinwegtäuschen, dass er ein MacKade war. Er sah ebenso unverschämt gut aus wie seine Brüder. Ein bisschen gesetzter vielleicht, ein bisschen geschniegelter, aber noch immer verwegen genug.

»Was machst du in der Stadt?«

»Dies und das.« Jared wollte nicht gleich zur Sache kommen. »Layla bekommt einen Zahn.«

»Ja? Hält sie euch auf Trab?«

»Ich weiß schon gar nicht mehr, was Schlaf ist.« Jared grinste. »Es ist wirklich großartig. Bryan ist mittlerweile im Windelnwechseln schon Weltmeister. Der Junge ist total vernarrt in die Kleine.«

»Du hast's gut«, murmelte Devin.

»Als ob ich das nicht wüsste. Du solltest es auch mal mit einer Familie versuchen, Devin. Die Ehe ist eine prima Angelegenheit, glaub mir.«

»Für dich und Rafe vielleicht. Ich habe ihn heute Morgen beim Einkaufen getroffen – mit Nate auf dem Rücken. Ganz der vorbildliche Vater, wirklich.«

»Hast du ihm das gesagt?«

»Nein, es schien mir nicht ratsam, vor dem Baby einen Boxkampf anzufangen.«

»Eine sehr weise Entscheidung. Weißt du, was du hier brauchen könntest, Dev?« An seinem Kaffee nippend sah sich Jared in dem Büro um. »Einen Hund. Ethel sieht in den nächsten Tagen Mutterfreuden entgegen.«

Devin hob eine Augenbraue. Fred und Ethel, den beiden Golden Retrievern von Shane, war schließlich aufgegangen, dass Hündinnen und Rüden noch etwas anderes miteinander anstellen konnten, als nur immer Hasen zu jagen. »Genau, ich brauche unbedingt so ein Hündchen, das mir hier alles vollsaut.«

»Ein bisschen Gesellschaft könnte dir nicht schaden«, insistierte Jared. »Außerdem könntest du den Burschen zu deinem Deputy ernennen.«

Angesichts dieser Vorstellung musste Devin grinsen. Er stellte seine Tasse ab. »Ich werde darüber nachdenken. Aber jetzt rück endlich damit raus, was der eigentliche Anlass deines Besuchs ist.«

Jared atmete aus. Sein Bruder ließ sich nicht so leicht hinters Licht führen. »Ich hatte im Gefängnis zu tun heute Morgen.«

»Und?«

»Und. Ich hatte ein Gespräch mit dem Gefängnisdirektor, und als ich ihm erzählte, dass ich Cassies Anwalt bin, fühlte er sich verpflichtet, mir ein paar Neuigkeiten zu stecken.«

Devins Lippen wurden schmal. »Dolin.«

»Ja. Joe Dolin. Es scheint, dass er sich nach einigen Anlaufschwierigkeiten zu einem wahren Mustergefangenen gemausert hat.«

»Darauf möchte ich wetten.«

Jared hörte die Bitterkeit aus dem Ton seines Bruders heraus, und er konnte es ihm gut nachfühlen. »Wir wissen, dass er ein Dreckskerl ist, Devin, aber er spielt seine Rolle gut.«

»Er wird nicht auf Bewährung rauskommen, dafür werde ich sorgen.«

»Bewährung ist nicht der Punkt im Moment. Es geht um Freigang. Sie lassen ihn tagsüber zum Arbeiten raus.«

»Einen Teufel werden sie tun!«

»Schon passiert.« Jared machte eine hilflose Handbewegung. »Sie haben behauptet, es könnte nichts passieren, weil die Truppe auch draußen den ganzen Tag unter Beaufsichtigung steht. Das Problem ist, dass wir die Strafgefangenen brauchen, damit sie uns für wenig Geld unsere Straßen und Parks sauber halten. Was soll man schon dagegen sagen?«

»Und wenn er abhaut?« Devin war aufgestanden und lief nun ruhelos im Zimmer auf und ab. Seine Augen schleuderten Blitze. »So was passiert. Ich habe letztes Frühjahr selbst einen wieder eingefangen.«

»Du hast recht, es passiert«, stimmte Jared zu. »Aber sie kommen meistens nicht weit, das weißt du ja selbst.«

»Aber Dolin.«

»Mich musst du nicht überzeugen, Dev. Ich werde versuchen zu tun, was ich tun kann, aber es wird nicht leicht werden. Und ob ich Erfolg habe, weiß ich erst recht nicht. Zudem scheint sich auch noch Cassies Mutter beim Direktor für Joe stark gemacht zu haben.«

»Nicht zu fassen.« Devin schüttelte den Kopf und ballte die Hände zu Fäusten. »Dabei weiß sie doch ganz genau, was er Cassie angetan hat. Cassie«, er fuhr sich mit der Hand übers Gesicht. »Man muss sie sofort informieren.«

»Ich kann ja kurz bei ihr vorbeifahren.«

»Nein.« Devin ließ seine Hand wieder sinken. »Ich sage es ihr. Kümmere du dich darum, diesen Irrsinn abzubiegen. Ich will, dass dieser Dreckskerl vierundzwanzig Stunden am Tag sicher hinter Gittern verbringt und keine Stunde weniger.«

»Ein Trupp ist jetzt auf der A 34 und sammelt Müll ein. Da ist Joe dabei.«

»Na toll.« Devin stürmte zur Tür. »Wirklich toll.«

Es dauerte nicht lange, bis Devin auf der A 34 war und die leuchtend orangefarbenen Westen der Anstaltscrew entdeckt hatte. Er parkte vor der Kurve, wo sich die Tüten mit Abfall bereits häuften.

Er sprang aus seinem Auto, lehnte sich gegen die Kühlerhaube und beobachtete Joe Dolin bei der Arbeit.

Die sechzehn Monate Gefängnis hatten seinem Bauch nichts anhaben können. Er war schon auf dem besten Weg gewesen, fett zu werden, bevor er ins Gefängnis kam, doch mittlerweile würde er große Mühe haben, das Fett wieder in Muskeln zu verwandeln. Aber im Knast hatte er ja genug Zeit dazu. Und Gelegenheit auch.

Dolin und ein anderer Mann arbeiteten auf der gegenüberliegenden Straßenseite. Der eine fegte die Blätter und den Abfall zusammen, der andere kehrte alles auf und entsorgte es in einem großen Plastiksack.

Devin wartete geduldig. Als Joe sich aufrichtete und sich den Sack über die Schulter warf, begegneten sich ihre Blicke. Devin fragte sich, ob der Gefängnisdirektor wohl immer noch von Resozialisierung sprechen würde, wenn er in diesem Moment Joes Augen sehen könnte. Dieser Hass. Dieser Triumph.

Wäre er ein ganz normaler Bürger und nicht Sheriff gewesen, hätte er jetzt über die Straße auf Joe zugehen und ihm die Faust in den Magen rammen können, um ihn auch einmal spüren zu lassen, wie es war, wenn man zusammengeschlagen wurde. Wäre er ein ganz normaler Bürger, hätte sich jetzt für ihn eine Gelegenheit ergeben, auf die er schon lange gewartet hatte.

Doch leider war er das nicht.

»Kann ich Ihnen irgendwie weiterhelfen, Sheriff?« Einer der Wärter kam, bereit zu einem Schwätzchen, auf ihn zu. Sein Lächeln gefror ihm in den Mundwinkeln, als er in Devins Augen schaute. »Was gibt es denn, gibt's ein Problem?«

»Kommt ganz darauf an.« Devin ließ sich mit seiner Antwort Zeit. »Sehen Sie den Mann dort, den großen dicken?«

»Dolin? Sicher.«

»Sie wissen sogar seinen Namen.« Devins Blick wanderte zu dem Namensschild an der Brust des Gefängniswärters. »Und ich werde mich an Ihren Namen erinnern, Richardson. Wenn Dolin sich auch nur eine einzige Sekunde unerlaubterweise von hier entfernt, sind Sie dran, kapiert?«

»Sheriff, hören Sie, ich …«

Devin warf Richardson einen warnenden Blick zu und wandte sich zum Gehen. »Sie sorgen dafür, dass dieser verdammte Dreckskerl keinen Fuß in meine Stadt setzt, Richardson, klar?«

Joe schaute dem Sheriff nach, wie er in seinen Wagen stieg und davonfuhr. Gleich darauf beugte er sich wieder mit Eifer über seine Arbeit, ganz der Mustergefangene. Dabei klopfte er auf seine Jackentasche, in der der letzte Brief von seiner Schwiegermutter steckte.

Er kannte ihn Wort für Wort auswendig. Sie hatte ihn die ganze Zeit über bestens über Cassie auf dem Laufenden gehalten. Dass die kleine Schlampe jetzt einen Bombenjob im MacKade-Inn hatte. Diese lausigen MacKades. Er würde sie sich alle nacheinander vorknöpfen, wenn er wieder draußen war.

Doch erst kam Cassie an die Reihe.

Ihre Mama hatte ihm geholfen, dass er zumindest diesen Drecksjob hier machen durfte. Und ihm immer wieder Briefe geschrieben. Briefe, bei denen er zwar jedes Mal zu viel gekriegt hatte, weil sie vor Moral nur so trieften, aber immerhin. Im Grunde genommen war ihm die alte Schachtel ein Graus, aber sie war wenigstens zu etwas nütze. Dass er ihr dafür einen Riesenbären hatte aufbinden müssen, hatte ihn nicht weiter gestört – im Gegenteil, der Gedanke daran erheiterte ihn. Immer wieder hatte er ihr beteuert, wie sehr er litt, dass er religiös geworden sei und wie sehr ihm seine Familie fehle.

Dabei waren ihm seine Kinder herzlich egal. Nichts als Nerven-sägen.

Alles, was ihn interessierte, war Cassie. Sie gehörte ihm – bis ans Ende ihrer Tage. Sie war seine Frau. Daran würde er sie wieder erinnern, denn offensichtlich schien sie es vergessen zu haben.

Die Hände zu Fäusten geballt, träumte er weiter von seiner baldigen Heimkehr.

3. Kapitel

Devin war noch kurz beim Gefängnis vorbeigefahren, um zusätzlich zu Jareds sein eigenes Gewicht in die Waagschale zu werfen, doch vergebens. Joe Dolins mustergültige Führung wog schwerer. Alles, was ihm jetzt noch blieb, war, Cassie zu informieren.

Er fand sie auf den Knien im Salon vor, wo sie gerade die Beine eines antiken Tisches hingebungsvoll polierte. Sie war so vertieft in ihre Arbeit, wobei sie fröhlich vor sich hin summte, dass sie ihn gar nicht kommen hörte. Über ihrer Hose trug sie eine weiße Schürze, und neben ihr stand ein Plastikkorb mit allen möglichen Putzgeräten und Putzmitteln. Devin betrachtete sie versonnen.

Das lockige Haar hatte sie sich hinter die Ohren gesteckt, sodass es ihr nicht ins Gesicht fallen konnte.

Sie wirkte so verdammt glücklich. Devin rammte die Hände in die Hosentaschen.

»Cass?«

Sie fuhr herum, wobei sie sich fast den Kopf an der Tischplatte gestoßen hätte. Einen Moment später errötete sie bis unter die Haarwurzeln.

»Devin.« Sie drehte ihr Staubtuch in den Händen. Musste er ausgerechnet jetzt auftauchen, wo ihr gerade eben ihr Traum wieder in den Sinn gekommen war? Der Traum, in dem Devin ... Großer Gott.

Er starrte sie an, dann machte er einen Schritt auf sie zu. Sie sah aus, als hätte sie ein leibhaftiges Gespenst gesehen. »Was hast du denn? Stimmt was nicht?«

»Nein. Nein. Nichts ... alles in Ordnung.« Plötzlich war ihr, als hätte sie Schmetterlinge im Bauch. »Ich war nur mit meinen Gedanken woanders. Das ist alles.« Etwa nicht? »Du hast mich erschreckt. Das ist alles.«

Es war ganz untypisch für sie, sich wortwörtlich zu wiederholen. Er kniff die Augen zusammen. »Bist du sicher, dass mit dir alles in Ordnung ist?«

»Aber ja. Mir geht es gut. Wirklich.« Jetzt erhob sie sich, hörte jedoch nicht auf, nervös das Staubtuch zu attackieren. »Das Ehepaar, das heute hier übernachtet hat, ist zu den Schlachtfeldern rausgegangen. Sie wollen noch eine Nacht bleiben. Sie kommen aus North Carolina, und er scheint ein richtiger Kriegsnarr zu sein. Ich habe ihnen alles an Informationen gegeben, was wir über die Schlacht, die hier stattgefunden hat, haben … und durchs Haus geführt hab ich sie dann auch. Die Vorstellung, dass es hier Gespenster geben könnte, hat sie regelrecht elektrisiert.«

Verwirrt nickte er. Sie redete wie ein Wasserfall. Und normalerweise hatte er Mühe, ihr drei Sätze am Stück zu entlocken. »Okay.«

»Möchtest du vielleicht einen Kaffee? Ich werde dir eine Tasse machen«, sagte sie und schickte sich an, den Salon zu verlassen, noch ehe er Gelegenheit hatte zu antworten. »Und Schokoladenkekse«, fügte sie, bereits an der Tür, hinzu. »Ich hab heute Morgen Schokoladenkekse gebacken und …« Als er ihr die Hand auf den Arm legte, um ihren Redefluss zu stoppen, starrte sie ihn an wie ein erschrecktes Reh im Licht der Scheinwerferkegel.

»Cassandra, entspann dich.«

»Ich bin entspannt. Ich bin entspannt.« Seine Hand war stark und warm.

»Du bist ja ganz außer dir. Hol tief Luft. Los. Ein paarmal hintereinander.«

Sie gehorchte und spürte, wie sie langsam ruhiger wurde. »Mir geht es gut, Devin, wirklich.«

»Okay, lass uns Kaffee trinken.« Noch bevor er an der Tür war, meldete sich sein Piepser. »Verdammt. MacKade. Ja, Donnie?«

Devin presste sich seinen Zeigefinger zwischen die Augen. Warum in aller Welt hatte er plötzlich Kopfschmerzen, und weshalb zum Teufel starrte ihn Cassie eigentlich so an, als wären ihm plötzlich Hörner gewachsen?

»Ich habe im Moment zu tun, Donnie. Sieh zu, dass du allein klarkommst … Ja, stimmt, das habe ich gesagt. Hör zu, sperr den verdammten Pudel zusammen mit seinem idiotischen Frauchen ein, wenn's nicht anders geht, aber …« Sich selbst verfluchend unterbrach er sich, als ihm klar wurde, dass Donnie seinem Befehl, ohne mit der Wimper zu zucken, Folge leisten würde. »Vergiss, was ich eben gesagt habe. Sei so diplomatisch wie möglich, Donnie. Und dann knöpf der guten Pudellady eine Geldbuße ab, weil sie ihren verdammten Köter nicht an der Leine gehalten hat, aber mach nicht viel Wind darum. Rate ihr, sich einen Zaun anzuschaffen. Erinnere sie daran, dass der Leinenzwang nur der Sicherheit ihres kleinen Lieblings dient, nichts anderem. Auf der Straße ist Verkehr, und ihr kleines Hündchen könnte sehr leicht überfahren werden. Wenn du das hinter dich gebracht hast, geh zu der anderen Lady rüber – zu der, die sich beschwert hat – und sag ihr, dass jetzt alles in Ordnung ist. Und vergiss nicht, ihre Petunien zu bewundern. Schlag auch ihr vor, dass sie ihr Grundstück einzäunt. Du weißt ja, gute Zäune machen aus Nachbarn gute Nachbarn. Nein, ich komme nicht vorbei, das schaffst du allein, Donnie.«

Er beendete das Gespräch. Als er sich danach umwandte, sah er Cassie lächeln. »Ein kleines Hundeproblem«, erklärte er.

»Du kannst wirklich gut mit Menschen umgehen«, sagte sie bewundernd. »Bei dir kommt immer jeder zu seinem Recht.«

»Jaja, fast schon weise wie Salomon.« Er lachte, wurde jedoch gleich darauf wieder ernst. »Setz dich, Cassie. Ich muss mit dir reden.«

»Oh.« Ihr Lächeln verblasste. »Irgendetwas stimmt nicht.«

»Nicht unbedingt. Komm, setzen wir uns erst mal.« Da er ihre Hand halten wollte, wenn er ihr die schlechte Nachricht beibrachte, entschied er sich für das zierliche antike Sofa mit den geschwungenen Armlehnen, auf dem er sich immer wie ein plumper Riese vorkam.

»Lass mich bitte voranschicken, dass es nichts ist, über das du dir wirklich ernstlich Sorgen zu machen brauchst.«

»Es ist wegen Joe.« Ein Zittern durchlief sie. »Sie haben ihn entlassen.«

»Nein.« Er drückte ihre Hand zärtlich und beruhigend, ohne sie aus den Augen zu lassen. »Er wird noch lange nicht rauskommen.«

»Er verlangt, die Kinder sehen zu dürfen.« Sie wurde totenbleich, die Augen standen riesig in dem schmalen Gesicht. »Oh Gott, Devin, die Kinder. Was mach ich, wenn er die Kinder sehen will?«

»Nein.« Er verfluchte sich selbst, weil er merkte, dass er mit seiner extrem behutsamen Vorgehensweise die Dinge nur noch verschlimmerte. »Nichts dergleichen. Aber man hat ihm erlaubt, draußen zu arbeiten. Du weißt, was das heißt.«

»Ja, sie lassen die Gefangenen für ein paar Stunden am Tag raus, damit sie gemeinnützige Arbeiten verrichten. Oh.« Erschauernd schloss sie die Augen.

»Er arbeitet in einer Straßenkolonne. Abfall beseitigen und so. Ich dachte nur, es ist besser, wenn du es weißt. Ich wollte dich nicht beunruhigen. Ich habe mir von dem Gefängnisdirektor seinen Arbeitsplan geben lassen, damit wir immer genau wissen, wo er sich aufhält. So können wir es hoffentlich verhindern, dass du ihm eines Tages in die Arme läufst.«

»Okay.« Die Angst war da, aber sie konnte mit ihr umgehen. Sie hatte schon Schlimmeres durchgemacht. »Schließlich wird er bewacht.«

»Ja. Natürlich.« Es war nicht nötig, ihr zu sagen, dass Gefangenen schon öfter die Flucht gelungen war. Sie wusste es auch so.

»Er ist noch immer im Gefängnis«, versuchte sie sich selbst zu beruhigen. »Und wenn er jetzt draußen ist, wird er bewacht.«

»Richtig. Jared hat alle Hebel in Bewegung gesetzt, um seinen Freigang zu verhindern, aber leider … verdammter Mist.« Wieder atmete er laut aus. »Deine Mutter ist für den ganzen Schlamassel verantwortlich. Sie hat dem Gefängnisdirektor einen Brief geschrieben.«

»Ich weiß.« Cassie straffte die Schultern. »Sie und Joe schreiben sich andauernd. Sie zeigt mir ständig seine Briefe. Aber das ändert nichts, Devin. Ich gehe nie mehr zu ihm zurück. Schon allein der Kinder wegen. Das würde ich ihnen niemals antun. Uns geht es jetzt sehr gut.«

»Das freut mich.« Er steckte ihr eine Locke hinters Ohr, erleichtert, dass sie die Dinge so gelassen aufnahm. »Tut mir wirklich leid, dass ich dich beunruhigen musste, Cassie.«

»Das hast du nicht. Nicht wirklich.«

»Du kannst mich jederzeit anrufen, wenn du dich irgendwie unsicher fühlst, Cassie. Tag und Nacht. Denk daran. Ich bin immer für dich da. Wenn's drauf ankommt, kann ich in fünf Minuten bei dir sein.«

»Ich habe mich hier noch nie unsicher gefühlt. Und allein bin ich hier so gut wie nie.« Als er fragend die Augenbrauen hob, fuhr sie fort: »Riechst du es nicht?«

»Den Rosenduft? Aber ja.« Jetzt lächelte er. »Aber dennoch bin ich wahrscheinlich eine bessere Gesellschaft als ein Geist. Ruf mich einfach an, wenn dir danach ist. Versprochen?«

»Okay, versprochen.« Jetzt musste sie all ihren Mut zusammennehmen. Sie wollte sich etwas beweisen. Er war ihr Freund, war es immer gewesen. Wenn ihre Lippen nur aufhören würden zu zittern. »Danke.« Sie zwang sich zu einem Lächeln, dann legte sie ihre Hand an seine Wange und hauchte einen freundschaftlichen Kuss auf seinen Mund.

Sie hatte seine Lippen nur gestreift, doch die Reaktion, die die zarte Berührung in ihm auslöste, hätte nicht stärker sein können. Es kam so unerwartet, er hatte es sich so lange ersehnt. Ihm war gar nicht klar, dass seine Hand plötzlich die ihre umklammerte wie ein Schraubstock, sodass sich ihre Augen vor Schreck weiteten. Alles, was er wusste, war, dass ihre Lippen auf seinen gelegen hatten, wenn auch nur für einen kurzen Moment.

Jetzt konnte er sich nicht mehr länger zurückhalten.

Er zog sie in seine Arme, um noch einmal von ihren Lippen zu kosten. Ihr Mund raubte ihm den Verstand. Er konnte nicht anders, als ihn in Besitz zu nehmen, seine Konturen mit seiner Zunge zu liebkosen und dann einzutauchen in die warme, feuchte Höhle.

Sein Herz klopfte zum Zerspringen, sein Blut begann zu sieden, er hörte das Rauschen in seinen Ohren. Sie in den Armen zu halten, war der Himmel auf Erden.

Es dauerte einige Zeit, ehe ihm zu Bewusstsein kam, dass sie sich mit aller Kraft gegen ihn stemmte. Verwirrt ließ er von ihr ab und sprang auf.

Sie starrte ihn an, die Augen dunkel wie Regenwolken, eine Hand an den Mund gepresst, den er eben geplündert hatte.

Geplündert. Das ist das richtige Wort, dachte er, angewidert von sich selbst. Geplündert.

»Es tut mir leid.« Er war ebenso bleich wie sie rot und verfluchte sich im Stillen bis in alle Ewigkeit. Wie konnte er nur! »Es tut mir leid«, wiederholte er. »Ich … wirklich … schrecklich leid. Das wollte ich nicht, du … du hast mich … aus der Fassung gebracht.« Das ist keine Entschuldigung, sagte er sich. Seine Strafe würde darin bestehen, dass sie ihm ihr Vertrauen ein für alle Mal entzog. »Das war ganz und gar gegen die Spielregeln. Es wird nicht wieder vorkommen, ich verspreche es dir. Ich weiß wirklich nicht, was ich mir dabei gedacht habe, das war unverzeihlich. Ich muss jetzt gehen.«

»Devin …«

»Ich muss gehen«, beharrte er niedergeschmettert, ja, fast verzweifelt und wandte sich zur Tür. Fast wäre er über einen Tisch gestolpert. Sie rührte sich keinen Millimeter von der Stelle, und ihm gelang es schließlich, ohne weitere Demütigungen zu entkommen.

Sie hörte, wie die Tür hinter ihm ins Schloss fiel. Nein, sie hatte sich nicht bewegt. Weil sie sich nicht bewegen konnte.

Was war eben geschehen? Sie hatte ihm einen Kuss gegeben, einen Kuss unter Freunden, weil sie geglaubt hatte, sie wäre mittlerweile dazu in der Lage.

Rafe küsste sie ständig. Wenn er hier im Inn vorbeikam, küsste er sie oft genau so, wie sie es eben bei Devin versucht hatte. Leicht, wie nebenbei. Nach einiger Zeit hatte sie sich schon daran gewöhnt und aufgehört, sich zu versteifen.

Und jetzt hatte sie Devin geküsst. Sein Kuss war aber ganz anders gewesen als der von Rafe. Ihre Finger lagen noch immer an ihren Lippen, sodass sie die Hitze spüren konnte. So war sie noch niemals geküsst worden, von niemandem. Als ginge es um Leben und Tod. Sie hätte sich nie träumen lassen, dass Devin …

Oh, natürlich hatte sie! Sie hatte es geträumt, in der vergangenen Nacht. Hatte sie eben wieder geträumt?

Nein, das, was sie eben erlebt hatte, war die Realität. Ihr Herz klopfte noch immer, und ihre Haut war heiß. Sie hatte sich so erschreckt, als er sie in seine Arme gezogen und seine Lippen auf ihre gelegt hatte, dass sie nicht in der Lage gewesen war, sich zu bewegen.

Wie lang hatte der Kuss gedauert? Dreißig Sekunden? Eine Minute? Sie wusste es nicht zu sagen, doch in ihr hatte sich während dieser Zeit unendlich viel ereignet. Sie zitterte immer noch.

Er hatte sich entschuldigt. Natürlich hat er das, dachte sie, lehnte sich zurück und versuchte, ruhiger zu atmen. Er hatte ja gar nicht beabsichtigt, sie zu küssen. Es war einfach eine spontane Reaktion gewesen. Wie Männer eben so sind. Ein Reflex. Dann war ihm ihr mangelndes Interesse aufgefallen, und er hatte sie losgelassen. Und sich entschuldigt. Er war eben ein Ehrenmann.

Es war nur ein Kuss, erinnerte sie sich. Und doch hatte er sie vollkommen aus dem Gleichgewicht gebracht. Warum nicht einfach darüber lachen und so tun, als ob nichts gewesen wäre?

Sie würde sich alle Mühe geben, nahm sie sich vor. Das nächste Mal, wenn sie ihn sah, würde sie lächeln und ein Gespräch anfangen, als sei nichts geschehen. Sie lernte in diesen Dingen mehr und mehr hinzu, jeder Tag zeigte es ihr. Keinesfalls durfte ihre Freundschaft darunter leiden, das könnte sie nicht ertragen.

Sie stand auf, um ihre Arbeit schließlich zu beenden. Ihre Knie zitterten noch immer. Joe Dolin hatte sie völlig vergessen.

Devin arbeitete den Rest des Tages wie ein Besessener, und am nächsten Tag war es nicht besser. Er trieb seine Deputys fast zum Wahnsinn und machte sich dann auf den Weg zur Farm in der Absicht, seinem jüngeren Bruder dieselbe Güte zu erweisen.

Natürlich fuhr er nur hinaus, um zu arbeiten, wie er sich ein ums andere Mal versicherte. Einige Kühe sollten in den nächsten Stunden kalben. Als er ankam, war es bei der ersten Kuh bereits so weit, und seine Hilfe war höchst willkommen.

Nachdem es schließlich vorbei war und das Kälbchen auf seinen dünnen, wackligen Beinen stand, war Devin fix und fertig.

Er beobachtete seinen Bruder staunend. Das Kälbchen zur Welt zu bringen, war eine anstrengende Sache gewesen, und immer noch war kein Ende der vielen Arbeit abzusehen. Jetzt musste der Stall geschrubbt werden, frisches Heu war vonnöten, und vor allem durfte man das neugeborene Kalb während der nächsten Stunden nicht aus den Augen lassen.

Und dennoch pfiff Shane, knietief im Mist watend, vergnügt vor sich hin. Seine grünen Augen, die um einen Ton dunkler waren als die von Devin, wirkten verträumt. Er sah unverschämt gut aus, sogar für einen MacKade. Und er war der Jüngste, was bedeutete, dass er von seinen älteren Brüdern eine Menge hatte einstecken müssen.

Das Pfeifen machte Devin rasend. Er erwog ernsthaft, seinem kleinen Bruder einen Denkzettel zu verpassen. »Warum zum Teufel hast du eigentlich so gute Laune?«

»Weil ich eben ein wunderschönes, gesundes Kalb zur Welt gebracht habe.« Obwohl sich das Tier heftig zur Wehr setzte, schaffte es Shane, seinen Kopf ruhig zu halten, um Augen und Ohren zu inspizieren. »Da hat die Mama echt gute Arbeit geleistet. Sollte ich darüber vielleicht nicht glücklich sein?«

»Sie hat mir verdammt noch mal fast den Arm gebrochen.«

»Dafür kann sie nichts«, verteidigte Shane die Kuh sachlich.

»Schon gut, schon gut. Hier sieht's aber aus wie im Saustall.«

»Eine Geburt ist eben keine sterile Angelegenheit.« Shane rieb sich seine verdreckten Hände an der nicht minder verdreckten Hose ab. Dann lehnte er sich gegen die Stalltür. »Allerdings hatte ich die schwache Hoffnung, dass sich dabei deine Laune etwas heben würde.« Seine Lippen verzogen sich zu einem großspurigen, selbstzufriedenen Grinsen – ein Grund mehr für Devin, in Erwägung zu ziehen, ihm einen Kinnhaken zu verpassen. »Ärger mit einer Frau?«

»Ich hab nie Ärger mit Frauen.«

»Genau. Ich kann dir auch sagen, warum. Weil du nämlich so gut wie nie eine Frau hast – eine Schande für die gesamte MacKade-Sippschaft, mein Lieber. Warum versuchst du's nicht mal mit einer von meinen? Ich hab eh viel zu viel, ehrlich. Weißt du, wen ich dir wärmstens ans Herz legen könnte? Frannie Spader. Tolles Mädchen, wirklich. Lange rote Locken und einen Körper, der jeden Mann um den Verstand bringen kann. Schätze, das ist bei dir schon ziemlich lang her, stimmt's?«

»Ich such mir meine Frauen selber. Glaubst du vielleicht, ich bin auf deine ausrangierten angewiesen?«

»Da will man schon mal brüderlich teilen …« Er schlug Devin, der am Waschbecken stand und sich die Hände wusch, kräftig auf den Rücken und schnappte sich die Seife. »Aber wenn du selbst nicht so verdammt brüderlich wärst, könntest du's ja vielleicht mal mit der kleinen Cassie …«

Es waren sowohl Devins Reaktionsschnelligkeit als auch Shanes Verblüffung daran schuld, dass der Kinnhaken Shane mit voller Wucht traf und ihn sogleich zu Boden schickte. Er landete hart und schüttelte benommen den Kopf.

Sie waren beide gleich stark und wussten genau, welche Tricks der jeweils andere am liebsten anwandte. Knurren vermischte sich mit Stöhnen und Zähneknirschen, als sie ineinander verklammert über den dreckigen Zementboden rollten.

»Um Himmels willen. Müssen sie sich schon wieder prügeln?«

Die beiden Kämpfer registrierten die weibliche Stimme, in der tiefe

Missbilligung lag, kaum. Shane schaute gerade lange genug auf, um für diese Unachtsamkeit von Devin mit einer aufgeplatzten Unterlippe bestraft zu werden, und beantwortete diese Unfreundlichkeit mit einem heftigen Faustschlag auf Devins Nase, die gleich darauf anfing, heftig zu bluten.

»Aber Schatz, sie haben doch anscheinend eben erst angefangen.«

»Also wirklich, Rafe. Ich bitte dich.« Mit einem schweren Seufzer verlagerte Regan das Gewicht des glucksenden Babys auf ihrer Hüfte. »Sag, dass sie aufhören sollen.«

»Frauen«, murmelte er und mischte sich auf seine Weise ein, indem er sich über die beiden Streithähne beugte und sie auseinanderzerrte. Er schob Shane energisch beiseite und hockte sich dann mit gespreizten Beinen auf Devins Brust.

»Hört sofort auf.«

Blut spuckend, rappelte Shane sich auf und sah seinen Bruder mit wilden Augen an. »Misch du dich da nicht ein. Das ist eine Sache zwischen ihm und mir, kapiert?«

»Vielleicht will ich aber.« Rafe hatte Mühe, Devin niederzuhalten. Er legte ihm die flache Hand aufs Gesicht, und Devins Kopf krachte dumpf gegen den Zementboden. »Vielleicht hab ich ja auch Lust mitzuspielen«, fügte Rafe ein bisschen außer Atem hinzu. »Wie wär's?«

»Frag ihn.« Schon fast abgekühlt streckte Shane seine Finger, deren Knöchel angeschwollen und abgeschürft waren. »Wollte einfach nur ein bisschen reden, da dreht der Mann plötzlich durch und prügelt wie ein Wilder auf mich ein.«

»Dazu hab ich meistens auch gute Lust, wenn ich mich mit dir unterhalte.« Rafe warf einen Blick auf Devin, dessen Augen langsam wieder klar wurden. »Worum ging's denn?«

»Na, worum schon? Um Frauen natürlich.«

Mit Devins Bewusstsein kehrte auch seine Wut zurück. Er versuchte Rafe, der noch immer auf seiner Brust hockte, zu überwältigen, doch Regans energische Stimme gebot ihm Einhalt.

»Es reicht jetzt, Devin, wirklich. Du solltest dich schämen.«

Rafe grinste. »Genau, Devin, geh in die Ecke und schäm dich.«

»Scher dich zum Teufel. Du prügelst dich doch auch dauernd.«

»Wirst du wohl ein braver Junge sein?« Lachend beugte sich Rafe zu seinem Bruder hinunter und küsste ihn spöttisch auf die Wange. Dann sprang er rasch auf, bevor Devin Gelegenheit hatte, ihn seine Rache spüren zu lassen.

»Das ist ja wirklich eine schöne Bescherung«, ließ sich Regan kopfschüttelnd von der Tür her vernehmen. »Raufen sich die Kerle wie zwölfjährige Schulbuben. Schaut euch doch bloß an, wie ihr ausseht – verdreckt, blutverschmiert und die Klamotten zerrissen.«

»Er hat angefangen.« Weise unterdrückte Shane das Lachen, das in ihm aufstieg, und setzte ein schuldbewusstes Gesicht auf. »Ehrlich, Regan, ich hab mich nur verteidigt.«

»Ist mir völlig egal, wer angefangen hat«, gab Regan hoheitsvoll zurück und bedachte ihren Schwager mit einem missbilligenden Blick. »Ich dachte, wir wären zum Essen eingeladen.«

»Oh ja, natürlich.« Fast hätte Shane es vergessen. »Bei uns ging's ein bisschen hoch her, weil eine Kuh gekalbt hat. Wir sind gerade erst fertig geworden.«

»Oh.« Regan schob den Vorhang aus honigbraunem Haar, der ihr über das eine Auge fiel, beiseite und trat in den Stall. »Und? Alles in Ordnung? Ist das Kälbchen gesund?«

»Kerngesund. Hallo, Nate.«

»Nein, lass das.« Als das Baby die Ärmchen nach seinem Onkel ausstreckte und begeistert krähte, wandte sich Regan mit dem Kind ab. »Du starrst ja vor Dreck. Wascht euch erst mal, ihr beiden.«

Devin musterte Shane mit zusammengekniffenen Augen, dann stieß er zischend die Luft aus. »Ich habe noch immer gute Lust, jemandem die Fresse zu polieren. Du bist gerade verfügbar, wie wär's? Du hast sowieso eine viel zu große Klappe.«

Shane deutete anklagend auf seine aufgeplatzte Unterlippe. »Hast du doch schon.«

»Hab ich das, ja?«

»Das heißt, ich hab was gut bei dir.«

»So, das war's für heute, Kinder. Gebt euch ein Küsschen und vertragt euch wieder.«

Als sowohl Shane als auch Devin hitzig herumfuhren und Rafe wütend anstarrten, knirschte Regan mit den Zähnen. »Hört sofort auf, ihr Kindsköpfe, verdammt noch mal. Wenn ihr jetzt Ruhe gebt, gehe ich in die Küche und mach was zu essen.«

»Gutes Angebot.« Shane nickte zustimmend.

»Aber niemand kommt rein, bis ich fertig … Was ist das denn für ein Geräusch?«

»Was denn für ein Geräusch?« Devin öffnete seine zum Kampf bereiten Fäuste und legte den Kopf zur Seite, um zu lauschen. Das Gewimmer war kaum hörbar, da Nate ununterbrochen vor sich hin brabbelte. Er ging mit langen Schritten durch den Stall und warf einen Blick in eine der hinteren Boxen. »Heute scheint der Tag der Geburten zu sein. Ethel wirft eben.«

»Ethel.«

Shane raste wie der Blitz durch den Stall und wäre fast in die Box gefallen. »Oh, Ethel, warum hast du mir nicht früher Bescheid gesagt? Schaut nur, zwei Welpen hat sie schon!«

Nachdem alles gut überstanden war, die Geburten – Ethel hatte sechs gesunde Hündchen in die Welt gesetzt –, die Reinigungsarbeiten, das Kochen und das Feiern, fuhr Devin in die Stadt zurück. Er fühlte sich zu rastlos, um noch länger auf der Farm zu bleiben. Obwohl er ein langes Bad genommen hatte, war er noch immer nicht in der Lage, sich richtig zu entspannen.

Als er am Inn vorbeifuhr, drosselte er für einen Moment die Geschwindigkeit. Im ersten und zweiten Stock brannte noch Licht. Devin machte ein finsteres Gesicht, drückte das Gaspedal wieder durch und raste auf das Städtchen zu.

Bestimmt würde sie ihm nicht so leicht vergeben. Sein Verhalten war unentschuldbar. Er war roh und fordernd gewesen, wo sie doch nichts mehr brauchte als Verständnis und Zärtlichkeit.

Kein Wunder, dass sie ihn angeschaut hatte, als habe er den Verstand verloren, die Augen weit aufgerissen vor Schreck, die schön geschwungenen Lippen zitternd.

Irgendwie würde er es wiedergutmachen, irgendwann. Er war es schließlich gewohnt zu warten, oder etwa nicht? Schließlich wartete er schon fast sein halbes Leben.

Joe Dolin wartete ebenfalls. In seiner Zelle war es dunkel, aber er schlief nicht. Er plante. Er wusste, dass die meisten Leute der Ansicht waren, er sei nicht besonders schlau, doch er würde ihnen das Gegenteil beweisen. Bald schon. Sehr bald. Er hatte im Gefängnis gelernt, wie man das Spiel spielen musste.

Er war bereit, sein Bestes zu geben, mimte den Demütigen, den Zerknirschten, solange es ihm nur nützte.

Devin MacKade hatte geglaubt, ihn fertigmachen zu können, doch er hatte sich getäuscht. Oh ja, er, Joe, würde es ihm schon noch heimzahlen. Nicht mehr lange, und er würde ihm die Rechnung dafür präsentieren.

Aber zuerst war Cassie an der Reihe. Sie hatte ja nichts Besseres zu tun gewusst, als zu den MacKades zu rennen und dort ihre schmutzige Wäsche zu waschen. Dabei war es seine, Joes, Privatangelegenheit, in die kein Außenstehender seine Nase hineinzustecken hatte.

Ein Mann hatte schließlich das Recht, seine Frau zur Räson zu bringen, wenn sie nicht parierte, oder etwa nicht? Cassie jedenfalls war auf anderem Wege nicht beizukommen gewesen. Sie brauchte einfach ab und an eine Tracht Prügel.

Daran änderte auch dieser lächerliche Scheidungswisch nichts. Sie war seine Frau, sein Eigentum, und er würde sie in Kürze wieder daran erinnern.

Bis dass der Tod uns scheidet, dachte er und lächelte in die Dunkelheit.

4. Kapitel

Der Beginn der Parade am Memorial Day war für zwölf Uhr mittags angesetzt – was bedeutete, dass die Feierlichkeiten zwischen zwölf und Viertel nach zwölf mit den üblichen Reden und den Kranzniederlegungen vor dem Kriegerdenkmal auf dem Marktplatz beginnen würden.

Sein Amt als Sheriff erforderte es, dass Devin die ganze Zeit über anwesend war. Er war froh darüber, auf diese Weise konnte er sich wenigstens ablenken. Auch dass er zur Feier des Tages eine Uniform tragen musste, störte ihn nicht besonders, es gab sowieso nur ein paar Tage im Jahr, an denen er sich dazu gezwungen sah, sich in den khakifarbenen Anzug, die Krawatte und die blank polierten schwarzen Schuhe zu werfen.

Bereits um acht Uhr morgens war er geschniegelt und gebügelt auf der Straße. Doch er war nicht der Erste. Allerorten wimmelten schon festlich gestimmte Bürger, Gartenstühle und Kühlboxen unter den Arm geklemmt, herum, um sich die besten Plätze am Straßenrand zu sichern.

Die meisten Geschäfte hatten heute geschlossen, aber auf Ed war Verlass. Devin war sicher, dass er auch heute wie gewohnt sein Frühstück bei Edwina Crump bekommen würde.

Er schlenderte den Bürgersteig hinunter in der Gewissheit, noch eine gute Stunde Zeit zu haben, ehe er sich daranmachen musste, die Standgenehmigungen für die Stände mit Eiscreme, Luftballons und Hotdogs zu überprüfen.

Der Sommer hatte offensichtlich beschlossen, am Memorial Day seinen Einstand zu geben. Es war jetzt schon brütend heiß, und Devin zerrte unbehaglich an seinem Uniformkragen.

Wenn das so weiterging, würde sich wahrscheinlich zu Mittag der Straßenbelag aufgelöst haben. Devin hoffte, die kleinen Mädchen, die sich gerade daranmachten, auf Decken allen möglichen Krimskrams, den sie verkaufen wollten, auszubreiten, waren seelisch darauf vorbereitet.

Obwohl Feiertag war, herrschte bei Ed's Hochbetrieb. Als er das Café betrat, stieg ihm der Duft von gebratenem Speck und Kaffee in die Nase. Was ihn daran erinnerte, dass er schon seit Tagen nichts Anständiges mehr gegessen hatte. Das musste er unbedingt so schnell wie möglich ändern.

Nachdem er den anwesenden Gästen freundlich zugenickt hatte, ging er zum Tresen und ließ sich auf einem Barhocker nieder.

»Hallo, Sheriff.« Ed winkte ihm von der Küchentür aus zu. Wie üblich baumelte ihre Brille an einer Goldkette über ihrer flachen Brust. Sie trug eine fettbespritzte Schürze, darunter jedoch hatte sie sich bereits für die Feierlichkeiten herausgeputzt mit einem weit ausgeschnittenen, eng anliegenden, ärmellosen Top, das so feuerrot war wie ihr Haar, und Shorts, die so knapp saßen, dass die Anstandsgrenze fast überschritten war.

Auf ihren Augendeckeln klebte zentnerdick leuchtend blauer Lidschatten, der fast bis zu den fein säuberlich gezupften, schmalen Brauen hinaufreichte, und ihr Mund war so rot wie ein Feuermelder. An ihren Ohrläppchen baumelten Ohrringe, die so lang waren, dass sie fast die Schultern streiften.

Devin grinste ihr zu. Nur Edwina Crump konnte es sich erlauben, sich in einem derartigen Aufzug unter die Leute zu wagen.

»Rühreier mit Speck, Ed. Und komm gleich mit dem Kaffee rüber.«

»Alles, was du willst, Süßer.« Obwohl sie alt genug war, seine Mutter sein zu können, flirtete sie schamlos mit ihm. »Du siehst ja traumhaft aus in deiner Uniform. Zum Dahinschmelzen.«

»Na, ich komme mir eher vor wie ein Pfadfinder«, brummte er.

»Oh, du wirst es nicht glauben, aber einer meiner ersten Verehrer war tatsächlich ein Pfadfinder.« Mit zusammengezogenen Augen-

brauen musterte sie versonnen ihre Donutvorräte und legte anschließend ein Gebäckstück auf einen Teller, den sie Devin hinschob. »Und
er war auch wirklich allzeit bereit.« Mit einem vielsagenden Augenzwinkern schenkte sie ihm Kaffee ein, ehe sie sich abwandte und wieder in die Küche ging.

Devin legte sein Notizbuch vor sich auf die Theke, überlegte und
machte sich ein paar Notizen. Eine halbe Stunde später wischte er
sich zufrieden mit der Serviette den Mund ab. Eds Eier mit Speck
waren unübertrefflich.

»Hallo, Sheriff. Wieder mal jemand hinter Gitter gebracht in letzter Zeit?«

Er schwang auf dem Stuhl herum und schaute in das erstaunte,
nicht allzu freundliche Gesicht seiner Schwägerin. Wenn Savannah
einen Raum betrat, setzte der Herzschlag eines jeden Mannes mindestens einmal aus. Liegt wahrscheinlich an den atemberaubenden
Kurven, dachte Devin. Und an dem dicken schwarzen Haar, das ihr
lang und glänzend über die Schultern herabfiel. Von den dunklen,
mandelförmigen Augen und der Haut, die wirkte, als sei sie mit feinem Goldstaub überzogen, ganz zu schweigen.

»In der letzten Zeit ehrlich gesagt nicht.« Devin grinste dem Jungen an ihrer Seite – seinem Neffen Bryan – zu, egal ob das Savannah
nun gefiel oder nicht.

Bryan war groß für sein Alter und ebenso dunkelhaarig und
hübsch wie seine Mutter. Heute trug er sein Baseballtrikot sowie die
dazugehörige Kappe. »Marschierst du in der Parade mit?«

»Nicht marschieren. Ich und Connor und noch ein paar andere
dürfen in einem offenen Wagen mitfahren. Cool, nicht?«

Devin nickte und wandte sich dann wieder Savannah zu. »Ihr seid
aber früh auf den Beinen.«

»Wir haben noch ein paar Dinge zu erledigen«, gab Savannah zurück. »Und Connor müssen wir auch noch abholen. Bryan will nur
rasch was frühstücken, dann müssen wir los.«

»He, Ed, hier draußen sitzt ein Verhungernder.«

»Ich komme schon.« Die Tür zur Küche schwang auf, und Ed kam heraus. Als ihr Blick auf Bryan fiel, begann sie zu strahlen. »Oh, hallo Champ.« Edwina Crump, die die Antietam Cannons sponserte, platzte fast vor Stolz. »Das war vielleicht ein Spiel am Samstag.« Sie begrüßte Savannah freundlich, bevor sie Bryan in eine eingehende Diskussion über Baseball verwickelte.

Devin rutschte von seinem Barhocker herunter, ging zu dem Kinderwagen und nahm seine Nichte heraus. Dann ließ er sich, mit Layla auf dem Schoß, wieder auf seinem Platz nieder.

Unter dem mit Rüschen besetzten Sonnenhut kringelten sich Laylas dunkle weiche Locken. Ihr Mund – der Mund ihrer Mutter – blieb ernst, während sie ihren Onkel mit großen Augen, die bei der Geburt noch blau gewesen waren und nun langsam das typische MacKade-Grün anzunehmen begannen, interessiert betrachtete.

»Hallo, du Schöne.« Er beugte sich vor, um ihr einen Kuss zu geben, und sah erfreut, dass sich ihr Mündchen freundlich verzog. »He, sie lacht mich sogar an.«

»Unsinn.«

Devin schaute auf und begegnete Savannahs kühlem Blick. »Aber ja. Sie hat mich angelächelt. Sie liebt mich. Stimmt's, Layla? Sag es mir, Darling.« Er streichelte mit dem Finger ihre kleine Hand, bis sie danach griff. »Sie hat schon die MacKade-Augen.«

»Sie verändern sich immer noch«, behauptete Savannah streitbar, aber Devin war nicht entgangen, dass sie langsam auftaute. Trotz des Sheriffsterns und der Tatsache, dass sie Devin nach Möglichkeit aus dem Weg zu gehen versuchte, wurde sie doch von Mal zu Mal umgänglicher, wenn sie sich begegneten. »Bestimmt werden sie noch braun.«

»Niemals. Es sind MacKade-Augen, und wenn du dich auf den Kopf stellst.« Wieder schaute er auf, diesmal lächelnd. »Es wird dir nichts anderes übrig bleiben, als dich damit abzufinden. Und mit uns allen.«

»Offensichtlich.«

Sein Grinsen wurde breiter. Er war überzeugt davon, dass sie ihn mochte, auch wenn sie sich noch so kühl gab. »Willst du einen Donut?«

»Vielleicht.« Sie gab auf und kletterte ebenfalls auf einen Barhocker. Sie deutete auf Layla. »Du musst sie nicht auf dem Arm halten.«

»Ich will aber. Wo treibt sich Jared rum?«

»Er hat noch etwas zu erledigen. Wir treffen uns um halb zehn im Inn.«

»Aha«, gab Devin vage zurück.

Savannah beugte sich über den Kinderwagen, um ein Tuch herauszuholen, das sie Devin über die Schulter legte. »Ich habe sie vor dem Weggehen gestillt. Nicht dass sie dir noch deine schmucke Uniform vollspuckt.«

»Dann hätte ich wenigstens einen Grund, sie auszuziehen. Holst du nur Connor ab?«, erkundigte er sich so beiläufig wie möglich.

»Hm-hm …« Mit Kennerblick suchte sich Savannah einen Donut aus und biss hinein. »Rafe und Regan schauen nachher vorbei, um Cassie und Emma mitzunehmen, und Shane fährt mit Jared, damit wir nicht mit so vielen Autos kommen müssen. Die Stadt platzt sowieso aus allen Nähten. Heute ist wirklich viel los, alle sind gekommen.« Sie warf Bryan einen Blick zu. Ihr Sohn hatte die beiden Donuts, die Ed ihm auf einen Teller gelegt hatte, schon fast verputzt. »Suchst du eine Mitfahrgelegenheit?«

»Nein. Ich nehme den Dienstwagen, um zumindest so zu tun, als würde ich arbeiten.«

»Wo warst du denn am Samstag? Ich hab dich beim Spiel vermisst.«

»Ich hab nur mal kurz reingeschaut.« Da er Cassie auf der Tribüne entdeckt hatte, war er gleich wieder gegangen, weil er sie nicht in Verlegenheit bringen wollte. »Ich habe dir doch nicht etwa gefehlt?«

»Das kann ich nicht gerade behaupten.« Doch da war irgendetwas in seinen Augen, das ihr das spöttische Grinsen aus dem Gesicht wischte. »Stimmt irgendwas nicht, Devin?«

»Nein, nein. Alles in Ordnung.«

»Jared hat mir von Joe Dolin erzählt. Das beunruhigt dich, habe ich recht?«

»Das ist gelinde ausgedrückt. Ich passe auf ihn auf wie ein Schießhund«, brummte er.

»Darauf möchte ich wetten«, gab Savannah zurück und streichelte über den Hinterkopf ihrer Tochter, dann ließ sie ihre Hand in einer Geste der Zärtlichkeit, die beide erstaunte, einen Moment auf Devins Schulter ruhen.

»Steige ich vielleicht doch langsam in deiner Achtung, Savannah?«

Sie nahm ihre Hand weg, als hätte sie an eine heiße Herdplatte gefasst, aber ihre Mundwinkel hoben sich leicht. »Wie du schon gesagt hast, mir bleibt nichts anderes übrig, als mich mit euch abzufinden. Und jetzt gib mir mein Kind.«

Devin legte Layla in die Arme ihrer Mutter und gab Savannah einen überraschenden Kuss auf die Wange. »Bis später dann, Schwägerin. Bryan, wir sehen uns«, fügte er hinzu, während er von seinem Hocker herunterrutschte.

Bryan mümmelte vor sich hin, nickte und murmelte irgendetwas Unverständliches in sich hinein.

»Verfluchte MacKade-Bande«, brummte Savannah, um ihren Mund jedoch lag ein Lächeln, als sie Devin nachsah.

Gegen Mittag war das Chaos perfekt. Menschenmassen bevölkerten die Bürgersteige und säumten die Straßen, und fröhliches Gelächter erfüllte die Luft.

Verschiedene Straßen waren für den Autoverkehr gesperrt, um den Weg für den Festzug freizuhalten. Devin stellte sich vorsorglich höchstpersönlich auf die Kreuzung der Hauptstraße. Das Funkgerät, das er an seinem Gürtel befestigt hatte, quäkte ununterbrochen, weil seine beiden Deputys, die an den entgegengesetzten Punkten der Route Posten bezogen hatten, immer wieder Fragen hatten.

Auf der Straßenseite gegenüber, an der Ecke hinter der Tankstelle, verkaufte ein Clown bunte Luftballons. Einen halben Häuserblock weiter unten machten der Eismann und der Stand mit dem Popcorn blühende Geschäfte.

Aus der Ferne wehten die ersten Klänge von Marschmusik zu ihm herüber. Durch das blecherne Scheppern und das harte Klack-Klack der Stiefel fühlte er sich plötzlich wieder in seine Kindheit zurückversetzt.

»Officer! Officer!«

Abrupt aus seinen Träumen gerissen, wandte sich Devin um. Vor der Absperrung war ein funkelnagelneuer Sedan zum Stehen gekommen, in dem ein verärgertes Paar mittleren Alters saß. Die Frau fuchtelte wild mit den Armen herum.

»Ja, Ma'am?« Er marschierte zu dem Sedan hinüber und beugte sich zu dem offenen Fenster hinunter, wobei er sein verbindlichstes Lächeln aufsetzte. »Was kann ich für Sie tun?«

»Wir müssen hier durch«, schaltete sich der Fahrer verärgert ein.

»Ich hab dir gleich gesagt, dass du nicht vom Highway runterfahren sollst, George. Nie hältst du dich an die vorgeschriebene Route.«

»Halt den Mund, Marsha.« Nachdem der Mann die Frau mit einer unwirschen Handbewegung zum Schweigen gebracht hatte, wandte er sich wieder Devin zu. »Wir müssen hier durch«, wiederholte er mit finsterem Gesicht.

»Tja, nun ...« Devin fuhr sich mit der Hand übers Kinn. »Das Problem ist nur, dass hier gerade eine Parade anfängt.« Wie auf ein Stichwort hin begann die Kapelle einen Tusch zu spielen, dann setzten ohrenbetäubend die Trompeten ein, denen ein nicht minder ohrenbetäubender Trommelwirbel folgte. Devin musste seine Stimme heben, um gegen das Getöse anzukommen. »Wir können die Straße erst in einer Stunde wieder freigeben«, schrie er.

Diese Auskunft entfachte einen hitzigen Streit zwischen dem Paar und zog Beschimpfungen und Anklagen nach sich. Devin behielt unerschütterlich sein verbindliches Lächeln bei. »Wohin müssen Sie denn? Vielleicht kann ich Ihnen helfen?«

»D. C.«

»Nun, das Einzige, was Sie tun können, wenn Sie in Eile sind, ist umzudrehen und auf dieser Straße etwa fünf Meilen weiterzufahren, bis Sie auf die Route 70 kommen. Die fahren Sie in Richtung Osten, bis Sie auf die 495 stoßen. Das dauert so etwa eine Stunde.«

»Ich habe dir gleich gesagt, dass du nicht vom Highway abfahren sollst«, keifte Marsha.

»Woher soll ich denn wissen, dass hier in diesem Kuhkaff die Straßen gesperrt sind? Bin ich vielleicht Hellseher?«, gab George beleidigt zurück.

»Wenn Sie es jedoch nicht ganz so eilig haben«, versuchte Devin mit unerschütterlicher Ruhe die Wogen zu glätten, »könnten Sie Ihren Wagen auf dem Parkplatz abstellen. Es kostet nichts, und die Parade wird Ihnen sicher Spaß machen.« Er blickte auf, als eine Majorette ihren Taktstock durch die Luft wirbelte und wieder auffing, begleitet vom begeisterten Applaus der Menge. »Und danach fahren Sie dann ganz gemächlich nach D. C.«

»Ich habe keine Zeit für irgendeine idiotische Parade.« George plusterte empört die Backen auf, sodass er aussah wie ein Hamster, und schaltete wütend in den Rückwärtsgang. Devin gelang es gerade noch, rechtzeitig zur Seite zu springen.

»Unverschämtheit«, brummte er. Als er sich umdrehte, trat er Cassie dabei fast auf den Fuß. Er griff instinktiv nach ihr, ließ sie jedoch gleich wieder los, als hätte er sich an ihr verbrannt. »Entschuldige. Ich hab dich nicht gesehen.«

»Ich dachte mir, es sei besser zu warten, bis du deine diplomatischen Anstrengungen beendet hast.«

»Ja. George und Marsha wissen gar nicht, was sie sich entgehen lassen.«

Lächelnd sah Cassie den Tamburinmädchen zu, aber im Grunde genommen hatte sie nur Augen für Devin. Wie gut er in der Uniform aussah! So kompetent und männlich. »Stimmt. Aber sag, ist dir nicht schrecklich heiß? Soll ich dir was zu trinken holen? Oder kann ich dir sonst etwas anbieten?«

»Nein, danke ... geht schon. Äh ...« In seiner Zunge war plötzlich ein Knoten. Er überlegte, wann er sie das letzte Mal in Shorts gesehen hatte. Es musste eine Ewigkeit her sein. Und die ganzen Jahre über hatte er es tunlichst vermieden, sich ihre Beine vorzustellen. »Wo ist Emma?«

»Sie schließt gerade mit der kleinen Lucy McCutcheon Freundschaft. Die beiden sind in Lucys Garten.« Es fiel ihr leichter, mit ihm zu sprechen, wenn sie es vermied, ihn anzusehen. Deshalb konzentrierte sich Cassie auf die Dinge, die um sie herum vor sich gingen. »Bist du böse mit mir, Devin?«

»Nein, natürlich nicht. Warum sollte ich?« Er starrte die Prinzessin, die jetzt in einem Wagen mit zurückgeschlagenem Verdeck langsam vorbeirollte, so durchdringend an, dass die ihm ein strahlendes, hoffnungsvolles Lächeln schenkte und ihm zuwinkte. Doch er hatte nur Augen für Cassie.

»Jetzt hast du Julie ganz durcheinandergebracht«, murmelte Cassie.

»Julie? Wer ist Julie?«

Ihr kurzes Auflachen überraschte sie beide. Dann starrten sie sich wieder an. »Bist du sicher, dass du mir nicht böse bist?«

»Nein. Ja. Ja, ich bin sicher.« Um seine Hände in Sicherheit zu bringen, rammte er sie in die Taschen seiner Uniformjacke. »Dir bin ich nicht böse, sondern mir. Wie ich schon sagte, ich war an diesem Tag irgendwie völlig danebben.«

»Ist mir gar nicht aufgefallen.«

Das Getöse, das die nächste vorbeiziehende Kapelle veranstaltete, hallte in seinen Ohren nach. Er war sich sicher, dass er sich verhört hatte. »Wie bitte?«

»Ich habe gesagt, dass ...« Sie unterbrach sich, als sein Walkie-Talkie zu quäken anfing.

»Sheriff. Sheriff. Hier ist Donnie. Wir haben im Quadrant C ein kleines Problem und brauchen Sie. Hören Sie mich, Sheriff?«

»Quadrant C, du lieber Himmel«, brummte Devin. »Sieht wirklich zu viele Krimiserien, der Junge.«

473

»Ich lass dich jetzt wohl besser allein«, sagte Cassie rasch, als Devin sein Funkgerät auf Senden stellte. »Du hast zu tun.«

»Wenn du …« Er fluchte, weil sie sich ohne ein weiteres Wort umdrehte und in der Menge verschwand. »MacKade«, bellte er in sein Walkie-Talkie.

Das kleine Problem stellte sich als eine harmlose Rempelei zwischen einigen Schülern zweier rivalisierender Highschools heraus. Devin machte der Sache im Handumdrehen ein Ende und schnauzte Donnie an, weil er nicht allein damit fertiggeworden war.

Als der letzte Stiefeltritt verklungen, die letzte Fahne in der Ferne verschwunden und der letzte Luftballon gen Himmel aufgestiegen war, beeilte er sich, zum Park zu kommen, um den Ansturm der Massen in geordnete Bahnen zu leiten, die sich jetzt mit Sack und Pack auf den Weg machten, um die festliche Stimmung mit einem Picknick zu krönen. Unterwegs gab er der Reinigungsmannschaft den Befehl zum Einsatz und half ein paar weinenden Kindern, ihre Mütter im Gewühl wiederzufinden.

Nachdem er den Pflichtteil des Tages schließlich beendet hatte, fuhr er in sein Büro und stellte sich in Vorbereitung auf die Kür unter die eiskalte Dusche, anschließend versenkte er erleichtert seine Uniform bis zum nächsten offiziellen Ereignis in den Tiefen seines Kleiderschranks. Als er schließlich im Park ankam, war das fröhliche Treiben schon in vollem Gange.

Devin entdeckte Shane, der mit Frannie Spader, der üppigen Rothaarigen, die sein Bruder ihm vor ein paar Tagen so großzügig ans Herz gelegt hatte, schmuste.

Rafe und Jared spielten Cricket, und Regan und Savannah saßen mit ihren Babys auf einer Decke unter einer alten Eiche im Schatten und plauderten.

Hunde jagten sich, und Kinder tollten durch die Gegend, und dort war auch Cy, der Bürgermeister, der einen höchst lächerlichen Anblick bot in seinen schreiend bunten, groß gemusterten Bermudashorts, die entschieden zu viel von seinen haarigen Beinen enthüllten.

Mrs. Metz kaute voller Hingabe an einem Hühnerbein, feuerte mit vollem Mund ihre in einen Wettkampf verwickelten Enkel an und tratschte mit Miss Sarah Jane.

Heiliger Himmel, dachte Devin, ich mag sie, wie sie da sind, mit ihren Schrullen und Fehlern. Ich mag sie wirklich alle.

Die Hände in den Gesäßtaschen seiner verwaschenen Jeans schlenderte er gemächlich über den Rasen, blieb hier und da stehen, um ein paar Worte zu wechseln, sich eine Beschwerde anzuhören oder den neuesten Tratsch erzählen zu lassen.

Gerade als er mit dem alten Mr. Wineberger über die verschiedenen Techniken des Beschlagens von Pferdehufen diskutierte, kam Emma mit ausgebreiteten Armen über den Rasen auf ihn zugerannt. Er hob sie hoch, wirbelte sie ein paarmal herum und behielt sie auf dem Arm, während Mr. Wineberger kurzatmig eine wagemutige Theorie aufstellte. Doch jetzt war Devin nicht mehr bei der Sache. Rasch eiste er sich von Mr. Wineberger los und wandte sich dem Kind zu.

Klein-Emma duftete nach Sonnenschein und fühlte sich zart und zerbrechlich an wie ein Porzellanpüppchen. Aber sie war mittlerweile schon fast sieben, und bald schon würde sie zu schwer sein, um auf den Arm genommen zu werden. Devin seufzte und drückte sie kurz an sich.

»Warum bist du denn traurig?«, fragte sie und sah ihn mit großen Augen an.

»Ich bin nicht traurig«, gab er zurück. »Ich hab nur daran gedacht, dass du mir bald über den Kopf wachsen wirst. Was hältst du von einem Eis?«

»Au ja. Eine rosa Kugel, bitte.«

»Okay, eine rosa Kugel also«, stimmte er lachend zu, setzte sie ab und marschierte Hand in Hand mit ihr zum Eisstand, wo er zwei Kugeln kaufte. Dann setzte er sich mit ihr ins Gras und schaute den Baseballspielern zu.

»Los, raff dich schon auf, Dev!«, schrie Rafe, der seinen Bruder entdeckt hatte. »Spiel mit!«

»Ich rühre mich nicht von der Stelle. Schließlich hab ich nicht jeden Tag so ein hübsches Mädchen an meiner Seite.«

»Mama sagt auch, dass ich hübsch bin.«

Er lächelte Emma zu und fuhr ihr liebevoll durchs Haar. »Das bist du wirklich.«

»Mama aber auch.«

»Und wie.«

Emma kuschelte sich an ihn, sie wusste, dass er dann den Arm um sie legen würde, genau so, wie sie es gern hatte. »Sie weint fast gar nicht mehr.« Hingebungsvoll leckte sie an ihrem Eis, ohne zu bemerken, wie Devins Körper sich anspannte. »Früher hat sie ständig geweint, die ganze Nacht. Aber jetzt nicht mehr.«

»Das ist schön«, gab er einsilbig zurück.

»Und bald bekommen wir von Ed ein kleines Kätzchen, und wir wohnen in einem ganz neuen Haus, wo niemand rumschreit und Geschirr zerdeppert oder Mama haut. Connor spielt jetzt Baseball und schreibt Geschichten, und ich darf Lucy mit nach Hause bringen und in meinem Zimmer mit ihr spielen. Ich hab ganz tolle Vorhänge gekriegt, mit kleinen Hündchen drauf, und neue Schuhe, da, schau mal.« Stolz streckte Emma die Beine aus und zeigte Devin ihre pinkfarbenen Sneakers.

»Sie sind wirklich schön.«

»Und das ist alles nur deswegen, weil du den bösen Mann weggejagt hast. Connor hat gesagt, dass du ihn eingesperrt hast, damit er Mama nicht mehr hauen kann.« Sie schaute ihn treuherzig an, das Mündchen verklebt mit Erdbeereis, die Augen groß und klar. »Ich hab dich lieb.«

»Oh, Emma, Süße …« Statt seinen Satz zu vollenden, wühlte er sein Gesicht kurz in ihre seidenweichen Locken. »Ich hab dich auch lieb. Du bist mein liebes kleines Mädchen.«

»Ich weiß.« Sie spitzte ihre roten Lippen und schmatzte ihm einen klebrigen Kuss auf die Wange. »Ich muss jetzt wieder zu Lucy. Sie ist nämlich meine beste Freundin, musst du wissen.« Damit sprang sie auf. »Und danke für das Eis.« Sie lächelte das Lächeln ihrer Mutter, winkte ihm noch einmal kurz zu und stürmte dann davon.

Devin sah ihr hinterher und fuhr sich mit der Hand übers Gesicht.

Rafe forderte ihn ein zweites Mal zum Mitspielen auf, und diesmal ließ sich Devin, froh über die Ablenkung, nicht umsonst bitten.

Savannah beobachtete von ihrem Platz aus den wie aus dem Ei gepellten Rechtsanwalt Jared MacKade, der in ein eingehendes Gespräch mit dem Bürgermeister vertieft war, während seine Brüder übermütig wie junge Fohlen herumtobten und jeden anschrien, der ihnen bei ihrem Spiel in die Quere kam.

»Ich liebe Picknicks«, bemerkte Savannah.

»Hmm ... Ich auch.« Regan streckte sich. »Sie sind so entspannend.« Sie lächelte Cassie an, die sich mittlerweile ebenfalls zu ihnen gesellt hatte. »Bleib ganz ruhig«, sagte sie, weil Cassie aufgrund der Schreierei, die sich die drei Brüder lieferten, zusammengezuckt war und nun wie schützend die Arme um sich legte. »Sie meinen es nicht so.«

»Ich weiß.« Cassie nahm sich vor, in Zukunft nicht so überempfindlich zu sein. Die MacKades waren eben ein rauer Haufen. Dennoch legte sie ihre Arme noch fester um sich, als sie jetzt sah, dass Bryan und Connor angesaust kamen und sich mit Feuereifer ebenfalls in die Schlacht warfen.

»Bleib ganz ruhig«, wiederholte Regan.

»Ja. Natürlich.«

Es war doch nur gut, dass Connor ganz im Gegensatz zu früher jetzt so aus sich herausging, schrie und herumtobte wie alle anderen Jungen in seinem Alter auch, oder etwa nicht? Er war viel zu lange viel zu still gewesen. Zu verängstigt, dachte sie schuldbewusst. Doch nun wurde er von Tag zu Tag lebhafter, und sie durfte ihn durch ihre Ängstlichkeit keinesfalls bremsen. Jetzt sagte Devin irgendetwas zu ihm, was ihn ganz besonders zu freuen schien, denn er starrte ihn einen Moment überrascht an und strahlte dann übers ganze Gesicht.

»Er ist wirklich schrecklich lieb zu den Kindern«, murmelte Cassie. »Devin, meine ich«, fügte sie einen Moment später erklärend hinzu.

»Immer, wenn er bei uns vorbeikommt, hat er Nate schon auf dem Arm, noch bevor er die Tür hinter sich zugemacht hat.« Regan blickte lächelnd zu ihrem Sohn, der mit Feuereifer an einem leuchtend roten Kauring kaute. »Er blutet.«

Alarmiert flogen Cassies Blicke zu Nate. »Wo denn?«

»Nein, nicht Nate. Devin, er blutet am Mund. Hat jemand ein Taschentuch?«

»Ich.« Cassie kramte in ihrer Tasche und sprang auf.

Als sie zu Devin hinüberrannte, grinste Regan. »Sie hat noch nichts gemerkt, oder was meinst du?«

»Nein, sie ist vollkommen ahnungslos.« Savannah lehnte sich bequem mit dem Rücken gegen den dicken Stamm der Eiche. Layla machte gerade ein Nickerchen, was Savannah für eine ausgezeichnete Idee hielt. Sie beschloss, es ihrer Tochter gleichzutun. »Wenn er will, dass sie was merkt, wird er sich schon ein bisschen mehr anstrengen müssen.«

»Er ist der einzige MacKade, der die Dinge immer ganz langsam angeht.«

Savannah hob die Brauen, bevor sie die Augen schloss. »Ich möchte wetten, dass er sich schon noch schnell genug bewegt, wenn die Zeit dafür reif ist. Cassie wird keine Chance haben.«

»Falsch«, gab Regan weich zurück. »Sie wird die Chance ihres Lebens haben.«

»Devin! Wart einen Moment!«, rief Cassie außer Atem.

Er schaute sich um, sah sie auf sich zukommen und tat das, was er sich schon seit langen Jahren antrainiert hatte, wenn sie in seine Nähe kam. Er steckte die Hände in die Hosentaschen. »Was ist denn?«

»Dein Mund«, keuchte sie, als sie bei ihm angelangt war. »Himmel, du musst einen Ball direkt ins Gesicht bekommen haben.«

»Mein Mund?«

»Er blutet.« Behutsam tupfte sie ihm das Blut aus den Mundwinkeln. »Ich hab gerade noch gesehen, wie du dich auf Shane gestürzt hast, um ihm den Ball abzunehmen, dann musste ich die Augen zumachen, weil es so gefährlich aussah.«

»Es ist Baseball«, erinnerte er sie mit feierlichem Ernst, wobei er an sich halten musste, um nicht vor Wonne laut aufzustöhnen, als sie ihm mit dem Finger über seine geschwollene Unterlippe fuhr.

»Ja, ich weiß.« Sie lächelte. »Connor ist auch ganz verrückt danach. Es war lieb von dir, dass du ihn hast mitspielen lassen.«

Devins Herzschlag beschleunigte sich dramatisch. Wenn sie jetzt nicht sofort aufhörte, an ihm rumzufummeln, konnte er für nichts mehr garantieren. »Es geht schon«, brachte er mühsam heraus.

Es war sein Tonfall, die nur mühsam gezügelte Ungeduld, die sie aufhorchen ließ. »Du bist eben doch noch böse auf mich.«

»Ich bin nicht böse auf dich. Wie oft soll ich dir das eigentlich noch sagen, verdammt noch mal? Ich bin nicht böse.« Heftiger als beabsichtigt riss er ihr das blutverschmierte Taschentuch aus der Hand und hielt es ihr unter die Nase. »Da, schau her! Was ist das?«

»Blut. Lauter Blut. Ich habe dir doch gesagt, dass dein Mund …«

»Ganz genau, Blut«, unterbrach er sie grimmig. »Das ist das, was durch meine Adern fließt – Blut, kein Eiswasser. Und wenn du noch länger an mir herumfummelst, mit den Händen an meinem Gesicht und deinem Finger auf meinen Lippen, dann …« Zähneknirschend brach er ab. »Ich bin nicht böse auf dich«, fuhr er einen Moment später ruhiger fort. »Ach, was soll's! Ich brauche Bewegung!«

Cassie kaute nachdenklich auf ihrer Unterlippe herum, während sie ihm hinterherschaute, bis er in dem kleinen Wäldchen zu ihrer Rechten verschwunden war. Die Vorstellung, dass sie seine Freundschaft verlieren könnte, verlieh ihr den Mut, den sie benötigte, um ihm zu folgen.

Als er Schritte hinter sich hörte, drehte er sich um. In seinen Augen loderte ein Zorn, der sie wie ein Pfeil mitten ins Herz traf.

»Entschuldige«, sagte sie außer Atem, nachdem sie mit ihm auf gleicher Höhe war. »Bitte entschuldige, Devin.«

»Hör endlich auf, dich bei mir zu entschuldigen, Cassie. Es gibt wirklich keinen Grund dafür.« Wo zum Teufel sind plötzlich all die Leute? fragte er sich. Warum war hier in diesem verdammten Wäldchen keine Menschenseele? Er konnte es nicht riskieren, mit ihr allein zu sein, solange er sich derart schlecht unter Kontrolle hatte wie im Moment. »Geh zurück, Cassie. Los, mach schon.«

Sie machte Anstalten, sich umzudrehen. Es war ihr bereits zur zweiten Natur geworden, das zu tun, was man ihr befahl. Doch plötzlich verspürte sie ein Widerstreben. In halber Bewegung hielt sie inne und wandte sich ihm wieder zu. Nein, diesmal würde sie das tun, was sie für richtig hielt. Es war einfach zu wichtig.

»Wenn du nicht böse bist auf mich, so bist du doch zumindest über irgendwas ungehalten. Und ich will nicht der Grund dafür sein.«

Es fiel ihr schwer, ja, es ängstigte sie, einen Schritt auf ihn zuzumachen, da der Zorn in seinen Augen noch immer nicht erloschen war. Sie wusste, dass er ihr nicht wehtun würde, natürlich wusste sie das. Aber konnte sie sich dessen wirklich ganz sicher sein? Nur weil es Devin war – Devin, den sie mochte und den sie als Freund nicht verlieren wollte –, war sie bereit, das Risiko einzugehen?

»Es ist bestimmt deswegen, weil ich dich geküsst habe«, platzte sie nun heraus. »Es hatte nichts zu bedeuten, weißt du. Ich habe mir gar nichts dabei gedacht.«

Sein Zorn verrauchte, und seine Augen wurden ausdruckslos, vollkommen ausdruckslos. »Ich weiß.«

»Du hast mich zurückgeküsst.« Ihr Herz klopfte jetzt so wild, dass sie kaum hörte, was sie sagte. »Du hast gesagt, dass du auf dich selbst böse bist, weil du das getan hast, aber ich will das nicht. Es hat mir nichts ausgemacht.«

»Es hat dir nichts ausgemacht«, wiederholte er langsam, und es war, als würde er den Worten nachlauschen. »Okay. Lass es uns ganz einfach vergessen. Und jetzt geh zurück.«

»Warum hast du mich auf diese Weise geküsst?« Ihr Mut verließ sie, und der Satz versiegte in einem kaum mehr verständlichen Flüstern.

»Wie ich dir schon gesagt habe, ich war an dem Tag einfach völlig daneben.« Wenn sie nicht sofort aufhörte, ihn mit diesen großen, sanften Augen anzustarren, würde er sich am Ende doch noch vergessen. »Verdammt noch mal, was willst du eigentlich von mir? Ich habe mich entschuldigt, oder etwa nicht? Und ich habe gesagt, dass es nicht wieder vorkommen wird. Ich versuche, mich von dir so gut wie möglich fernzuhalten, und es bringt mich langsam, aber sicher um. Ich habe zwölf Jahre lang darauf gewartet, dich endlich einmal küssen zu dürfen, und als es dann so weit war, hätte ich dich am liebsten bei lebendigem Leibe verschlungen. Ich wollte dich nicht ängstigen und dir auch nicht wehtun.«

Sie hatte kaum verstanden, was er gesagt hatte, sie merkte nur, dass ihre Knie nachzugeben drohten, jedoch nicht aus Angst. Angst kannte sie gut genug, um sie erkennen zu können. Doch was es dann war, das sie plötzlich eisern im Griff hielt, blieb ihr verborgen.

»Du hast mir nicht wehgetan.« Sie musste schlucken. »Es hat mir nichts ausgemacht. Und es macht mir noch immer nichts aus.«

»Ich will dich aber wieder küssen.«

»Es macht mir nichts aus«, wiederholte sie, weil es die einzigen Worte waren, die ihr noch einfielen. Ihr Kopf war leer.

Sie bewegte sich nicht, als er auf sie zukam. Sollte sie ihn berühren? Wie sollte sie sich verhalten? Sie hätte gern seine Arme berührt, doch sie wagte es nicht. Sie waren so muskulös, bestimmt wohnten ihnen Bärenkräfte inne.

Einen Moment später jedoch brauchte sie keine Angst mehr zu haben und auch nicht mehr zu denken oder versuchen zu raten. Er umrahmte zart ihr Gesicht mit den Händen und legte seine Lippen auf ihre, sanft, so sanft und zärtlich, wie sie es sich nie hätte träumen lassen.

Ihr Herz begann zu flattern wie ein kleiner Vogel, der seine Käfigtür unerwarteterweise offen findet. Als er sie nun zärtlich enger an sich zog, nur ein klein wenig enger, wäre sie plötzlich am liebsten mit ihm verschmolzen. Ihre Lippen öffneten sich zu einem Seufzer stiller Verwunderung.

Das war es, was er schon immer hatte tun wollen, wonach er sich seit zwölf Jahren sehnte. Ihr zu zeigen, dass ein Mann auch liebevoll und zärtlich sein konnte. Dass nicht jeder Mann war wie Joe Dolin.

Ja, das ist es, dachte er verschwommen, während er seinen Kuss ganz langsam vertiefte, bis sie erneut leise aufseufzte.

Nun, da sie in seinen Armen lag, erschienen ihm plötzlich all die Jahre, die er auf sie gewartet hatte, nur noch wie Minuten.

Der Trubel und das fröhliche Geschrei auf der Wiese hinter ihr waren nicht mehr als Fliegengesumm in ihren Ohren. Sie ließ nicht los, und der Kuss dauerte an, trug sie leicht wie auf Engelsschwingen weit fort in eine Welt, in der keine Zeit existierte.

Er beendete den Kuss erst, als ihre Finger von seinem Handgelenk langsam abrutschten.

Als er den Kopf hob und seine Hände von ihrem Gesicht nahm, waren ihre Augen noch immer geschlossen.

»Cassie.«

Sie öffnete die Augen und schaute ihn an, ihr Blick war verhangen wie der einer Schlafwandlerin. »Ich weiß nicht, was ich sagen soll.« Nein, das stimmte ja gar nicht. Sie wusste es ganz genau. »Möchtest du mich noch einmal küssen?«

Nur weil er durch die harte Schule einer zwölfjährigen Abstinenz gegangen war, konnte er sich jetzt davon zurückhalten, laut aufzustöhnen. »Nicht jetzt«, sagte er seufzend und hielt sie sich auf Armeslänge vom Leib. Wenn sie nur ein wenig näher käme, würde er nicht anders können, als sie sich über die Schulter zu werfen und sie hinter einem großen Felsen in das weiche Moos zu betten. »Ich denke, wir sollten es uns ein bisschen einteilen.«

»Noch nie in meinem Leben hat mich jemand so geküsst wie du. Und noch nie habe ich bei jemandem das gefühlt, was ich eben gefühlt habe.«

»Cassie.« Ihre Worte heizten sein Begehren an. Eilig versuchte er die Flammen auszutreten und nahm ihre Hand. »Komm, lass uns gehen. Ich … ich habe noch nichts zu Mittag gegessen.«

»Oh, du musst ja am Verhungern sein.«

»Richtig.« Am liebsten hätte er lauthals über sich selbst gelacht, als er sie jetzt durch das Wäldchen zurück zur Wiese zog.

5. Kapitel

»Ich weiß es wirklich ungeheuer zu schätzen, Cassie.« Regan setzte den fröhlich vor sich hin brabbelnden Nate in seine Wippe, beugte sich über ihn und gab ihm einen Kuss, während er bereits zu schaukeln begann und einen Moment später vor Wonne krähte. »Normalerweise nehme ich ihn ja mit in den Laden, aber da ich heute Kunden von auswärts habe, die eingehend beraten werden möchten, bin ich heilfroh, beide Hände frei zu haben. Und Rafe muss heute auf zwei Baustellen.«

»Es macht mir doch überhaupt keine Mühe«, gab Cassie, die sich an der Spüle zu schaffen machte, zurück. »Ich wüsste nichts, was ich lieber täte, als mit einem Baby zu spielen.«

»Er ist ein toller Bursche, findest du nicht auch?«, fragte Regan. »Ich kann's gar nicht glauben, dass er schon fünf Monate ist.« Sie bedachte ihren Sohn mit einem stolzen Blick. »Ich habe ihn erst vor einer Stunde gestillt, aber hier sind die Fläschchen, falls er doch wieder Hunger bekommt. Da drüben habe ich dir einen Stoß Windeln hingelegt und Strampelhöschen zum Wechseln und …«

»Ich seh schon. Regan, mach dir bloß keine Gedanken. Ich weiß, wie man mit einem Baby umgehen muss.«

»Natürlich weißt du das.« Regan warf ihr Haar zurück. »Ich habe ja nur ein schlechtes Gewissen, weil ich weiß, dass du mit dem Inn sowieso schon genug am Hals hast.«

»Du und Rafe, ihr seid Sklaventreiber, das stimmt, aber ich bin wild entschlossen, meine Bürde in stiller Ergebung zu ertragen.«

Amüsiert und überrascht wandte Regan den Kopf und schaute Cassie forschend an. »Du bist so vergnügt, und ich könnte schwören, dass ich dich singen gehört habe, als ich zur Tür reinkam.«

»Ich bin glücklich«, erwiderte Cassie, damit beschäftigt, einen Stapel Frühstücksteller in die Spülmaschine zu stellen, schlicht. »Ich wusste gar nicht, dass ich so glücklich sein kann. Dieses Haus hier ist für mich das schönste Haus der Welt.«

Regan gab Nate einen Klapperring, der in allen Farben des Regenbogens schillerte. »Dann macht dich also die Arbeit hier glücklich?«

»Absolut. Nicht dass ich etwa für Ed ungern gearbeitet hätte, aber ich lebe einfach gern hier, Regan. Ich fühle mich hier geborgen.« Als ihr Blick nun zum Fenster hinaus in den Garten wanderte, begann sie zu strahlen. »Und den Kindern geht es nicht anders.«

»Und deshalb singst du?«

Cassie beugte sich ein bisschen tiefer über die Spülmaschine und beschäftigte sich angelegentlich mit den Tellern. »Na ja … es gibt auch noch einen anderen Grund. Aber ich glaube, du musst dich beeilen. Du musst doch deinen Laden aufmachen.«

»Ich kann mir ein paar Minuten Verspätung erlauben. Das ist eben einer der vielen Vorteile, wenn man selbstständig ist.«

Wenn es auf der Welt einen Menschen gab, dem sie sich anvertrauen konnte, dann war es Regan. Cassie richtete sich auf und holte tief Luft. »Devin – es ist wegen Devin. Aber vielleicht mache ich mehr daraus, als es eigentlich ist. Oder es ist mehr, als ich … ach, ich weiß einfach nicht. Willst du einen Kaffee?«

»Cassie.«

»Er hat mich geküsst«, platzte sie jetzt heraus und hielt sich gleich darauf die Hand vor den Mund, weil sie vor Glück am liebsten laut aufgelacht hätte. »Ich meine geküsst, richtig geküsst, verstehst du? Nicht wie Rafe mich küsst oder wie Shane oder Jared. Ich meine, wie … Oh Gott, meine Hände fangen schon an zu schwitzen.«

»Da wurde es aber auch allerhöchste Zeit«, gab Regan trocken zurück. »Ich hab ja schon fast geglaubt, er schafft es nie.«

»Du bist nicht überrascht?«

»Cassie, dieser Mann würde für dich nackt über glühende Kohlen kriechen.« Regan beschloss, dass eine Tasse Kaffee nicht schaden könne, und ging zur Kaffeemaschine, um sich selbst zu bedienen. »Und wie war's?«

Cassie fuhr sich nervös mit der Hand durchs Haar. »Was war wie?«

Breit grinsend lehnte sich Regan gegen den Tresen und nippte an ihrem Kaffee. »Ich könnte mir vorstellen, dass er mit Rafe mehr gemein hat als ein gelegentlich überschäumendes Temperament und das gute Aussehen. Also muss es ein umwerfender Kuss gewesen sein.«

»Es war bei dem Picknick vor zwei Tagen. Mir ist jetzt immer noch ganz schwindlig.«

»Gut so. Dieser MacKade ist für dich. Und nun? Wie geht es weiter?«

»Ich weiß nicht.« Cassie griff nach einem Lappen und begann die Spüle abzuwischen. »Weißt du, Regan, damals, als es mit Joe und mir anfing, war ich noch keine sechzehn. Ich war noch sehr jung, ohne Erfahrung. Ich bin noch nie mit einem anderen Mann zusammen gewesen.«

»Oh.« Regan hob die Brauen. »Ich verstehe. Nun, dann ist es doch nur allzu natürlich, dass dich der Gedanke an eine körperliche Beziehung ein bisschen nervös macht.«

Da ihre Handflächen wirklich feucht waren, legte Cassie jetzt den Lappen weg und wischte sie sich an ihrer Schürze ab. »Ich mag Sex nicht«, erklärte sie unumwunden, während sie sich wieder an der Spülmaschine zu schaffen machte. »Irgendwie hab ich einfach eine Abneigung dagegen.«

»Cassie, ich weiß, dass dir die Therapie geholfen hat.«

»Ja, das hat sie, und ich bin dir wirklich sehr dankbar, dass du mich überredet hast hinzugehen. Ich bin seitdem viel selbstsicherer geworden. Aber das hier ist etwas anderes. Nicht alle Frauen haben Spaß an Sex. Das hab ich jedenfalls gelesen. Doch egal«, fuhr sie fort, ehe Regan sich dazu äußern konnte, »ich komm schon damit klar. Allerdings bin ich im Moment noch nicht so weit, ihm da … entgegenzukommen.«

»Das ist völlig idiotisch«, blaffte Regan. »Du redest gerade so, als sei miteinander zu schlafen eine Pflicht wie … wie …« Nach den richtigen Worten suchend schaute sie um sich. »Wie abzuwaschen, verdammt noch mal«, sagte sie schließlich und deutete auf die Spüle.

»So hab ich's auch nicht gemeint.« Weil Regan ihre Freundin war, zwang sich Cassie zu einem Lächeln, obwohl ihr im Moment nicht danach zumute war. »Was ich damit sagen wollte, war, dass ich für Devin wirklich etwas empfinde. Schon immer. Das ist etwas anderes. Aber ich wäre nie im Traum darauf gekommen, dass er sich von mir angezogen fühlt. Ich fühle mich sehr geschmeichelt.«

Regans Erwiderung bestand aus einem gemurmelten Fluch, angesichts dessen sich Cassies Lächeln noch vertiefte.

»Ja, wirklich. Er sieht irrsinnig gut aus und hat eine tolle Art, mit Menschen umzugehen. Ich weiß, dass er mir niemals wehtun würde.«

»Nein«, erwiderte Regan lebhaft. »Das würde er ganz bestimmt nicht.«

»Es war schön, ihn zu küssen, und ich denke, mit ihm zu schlafen, könnte wirklich nett sein.«

Regan verschluckte sich fast an ihrem Kaffee. Wenn Devin so war wie Rafe, dann war »nett« mit Sicherheit nicht das richtige Wort. »Hat er dich denn schon gefragt?«

»Nein. Er wollte mich nicht mal ein zweites Mal küssen, obwohl ich Lust hatte. Und das wollte ich dich eigentlich fragen. Wie kann ich ihn wissen lassen, dass … dass es mir nichts ausmacht, mit ihm … so … zusammen zu sein?«

Es war nur ihrer starken Willenskraft zu verdanken, dass Regan nicht anfing zu lachen. Behutsam stellte sie ihre Tasse ab. »Mach dir keine Gedanken, Cassie, lass die Dinge einfach laufen.«

»Willst du damit sagen, dass ich überhaupt nichts tun soll?«

»Tu, was dir richtig erscheint. Aber verwechsle Devin niemals mit Joe. Verwechsle vor allem nicht die Frau, die mit Joe gelebt hat, mit der Frau, die du heute bist. Ich denke, für dich hält das Leben noch ein paar Überraschungen bereit.«

»Eine ist mir schon präsentiert worden.« Cassie fuhr sich mit der Fingerspitze über die Lippen. »Es war wundervoll.«

»Gut so. Dann sei jetzt offen für die Nächste.« Regan gab Cassie einen schnellen Kuss auf die Wange, dann beugte sie sich über die Wippe und streichelte Nate ein letztes Mal über den Kopf. »Und halt mich auf dem Laufenden, ja?«

Bis Cassie die Gästezimmer aufgeräumt, die Wäsche gewaschen und Nate gefüttert hatte, wurde es elf. Nachdem sie das Baby gewickelt hatte, stellte sie den Kleinen in seiner Tragetasche in Emmas Zimmer, damit er ungestört ein Schläfchen machen konnte. Sie war eben dabei, ein Hähnchen in den Backofen zu schieben, da läutete es.

Ihr Herz machte einen kleinen Satz in der Hoffnung, es könnte Devin sein, beruhigte sich jedoch gleich wieder, als sie sich beim Öffnen der Tür ihrer Mutter gegenübersah.

»Hallo, Mama.« Cassie küsste ihrer Mutter die welke Wange. »Schön, dich zu sehen. Komm rein. Ich habe gerade Eistee gemacht und einen Kirschkuchen gebacken.«

»Du weißt doch, dass ich tagsüber keine Süßigkeiten esse.« Constance Connors scharfer Blick tastete das Wohnzimmer ihrer Tochter Millimeter für Millimeter ab. Als sie die zusammengerollte Katze unter dem Esstisch entdeckte, rümpfte sie die Nase. Tiere gehörten nicht in die Wohnung.

Die Stores waren zurückgezogen, sodass das Sonnenlicht ungebrochen durch die Fenster hereinfallen konnte. Die Polstermöbel waren leicht fadenscheinig, aber alles wirkte sehr gepflegt. Wie hätte es auch anders sein sollen? Schließlich hatte sie ihrer Tochter von Kindesbeinen an Ordnung eingebläut.

Ordnung war nach Gottesfurcht immerhin die zweitwichtigste Tugend im Leben.

Die bunten Kissen überall waren allerdings mehr als überflüssig. Viel zu auffallend. Mrs. Connor schnaubte missbilligend, als sie stocksteif auf einem der Stühle am Esstisch Platz nahm.

»Möchtest du ein Glas Eistee, Mama?«

»Ich kann es gut eine Stunde ohne irgendetwas zu trinken oder zu essen aushalten.« Constance straffte die Schultern und stellte die Füße wie abgezirkelt nebeneinander auf den Boden, während sie die Handtasche in ihrem Schoß fest umklammerte. »Setz dich, Cassandra. Die Kinder sind in der Schule, wie ich sehe.«

»Ja. Es geht ihnen sehr gut. Sie werden etwa in einer Stunde hier sein. Ich hoffe, du bleibst so lange. Sie würden sich bestimmt freuen.«

»Ich bin deinetwegen gekommen.« Sie ließ ihre Handtasche aufschnappen. Ihr Ehering war schmal und trug keinen Stein. Genauso glanzlos war die Ehe ihrer Eltern gewesen, erinnerte sich Cassie jetzt. Manchmal hatte sie schon den Verdacht gehabt, ihr Vater wäre nur gestorben, um endlich seiner Frau zu entkommen.

Cassie sagte nichts und wartete, bis ihre Mutter einen Umschlag hervorzog. Sie brauchte nicht erst einen Blick auf die Handschrift zu werfen, um zu wissen, von wem er kam.

»Das ist der letzte Brief, den mir dein Mann geschrieben hat. Er kam heute Morgen mit der Post.« Constance streckte den Arm aus. »Hier. Ich möchte, dass du ihn liest.«

Cassie faltete die Hände in ihrem Schoß. »Nein.«

Constance kniff die Augen zusammen und starrte ihre Tochter an. »Cassandra, du wirst jetzt auf der Stelle diesen Brief lesen.«

»Nein, Mama. Das werde ich nicht. Er ist nicht mehr mein Mann.«

Constances schmales, blasses Gesicht wurde rot vor Zorn. »Du hast ein Gelübde abgelegt vor Gott.«

»Und ich habe es gebrochen.« Es fiel ihr schwer, unglaublich schwer, Stimme und Hände ruhig zu halten und dem Blick ihrer Mutter nicht auszuweichen.

»Bist du darauf auch noch stolz? Du solltest dich schämen.«

»Ich bin nicht stolz. Aber du bringst mich auch nicht dazu, es zu bereuen, Mama. Joe hat das Gelübde lange vor mir gebrochen.«

Sie weigerte sich, den Brief, den ihr ihre Mutter noch immer hinhielt, zur Kenntnis zu nehmen, und schaute ihr unverwandt in die Augen.

»Liebe, Ehre und Vertrauen, Mama. Wie kann er mich geliebt haben, wenn er mich geschlagen hat? Hat er mich geehrt, wenn er mich mit Fausthieben eingedeckt hat? Oder wenn er mich vergewaltigt hat?«

»Ich verbiete dir, so über deinen Mann zu sprechen. Was fällt dir ein!«

»Ich bin damals, nachdem er mich so geschlagen hatte, dass ich kaum mehr kriechen konnte, und meine Kinder außer sich waren vor Angst, zu dir gekommen, weil du der einzige Mensch warst, den ich hatte. Und du hast mich zurückgeschickt.«

»Weil dein Platz zu Hause war. Du hattest die Pflicht, aus deiner Ehe das Beste zu machen.«

»Ich habe zehn Jahre lang mit allen Mitteln versucht, das Beste daraus zu machen, und er hat mich fast umgebracht. Du hättest für mich da sein sollen, Mama. Du hättest zu mir halten sollen.«

»Ich habe das getan, was richtig war.« Constances Mund war nur noch eine dünne Linie. »Wenn du ihn gezwungen hast, dich zu disziplinieren, war das nicht …«

»Mich zu disziplinieren!« Obwohl seitdem schon eine lange Zeit vergangen war, war Cassie außer sich. Empört sprang sie auf. »Er hatte überhaupt kein Recht dazu, mich zu disziplinieren. Ich war seine Frau! Er hätte mich zu Tode diszipliniert, wenn ich nicht schließlich den Mut gefunden hätte, etwas dagegen, gegen ihn, zu unternehmen. Wärst du dann zufrieden gewesen, Mama? Dann hätte ich mein Gelübde gehalten. Bis dass der Tod euch scheidet.«

»Du übertreibst maßlos. Und was früher war, ist vorbei. Er hat seine Fehler eingesehen. Es kam alles nur von seiner Trinkerei und von den Frauen, die ihn ständig in Versuchung geführt haben. Er bittet dich um Verzeihung und hofft, dass du bereit bist, dein Gelübde aufrechtzuerhalten, genau wie er es zu tun beabsichtigt.«

»Ich verzeihe ihm aber nicht, und mich bekommt er auch nicht mehr. Wie kannst du verlangen, dass ich wieder zu ihm zurückgehe? Ich bin deine Tochter, dein einziges Kind. Du solltest auf meiner Seite sein.« Aus Cassies Augen war alle Unsicherheit und Ängstlichkeit gewichen. Ihr Blick war hart wie Stahl. »Wie kannst du Partei ergreifen für einen Mann, der mich so unglücklich gemacht hat? Willst du denn nicht, dass ich glücklich bin?«

»Ich will, dass du einfach nur das tust, was von dir erwartet wird. Und ich erwarte, dass du tust, was man dir sagt, verstehst du das?«

»Ja, das war schon immer das Einzige, worum es dir ging. Warum, glaubst du wohl, habe ich geheiratet, Mama?« Cassie konnte es kaum glauben, dass es ihr Mund war, aus dem diese Worte sprudelten, aber sie konnte auch nichts dagegen tun. »Ich habe es nur deshalb getan, um endlich von dir wegzukommen, um dieses Haus, in dem nie jemand gelacht oder irgendwelche Gefühle gezeigt hat, endlich hinter mir lassen zu können.«

»Du hast es zu Hause gut gehabt.« Diesmal war es Constances Stimme, die zitterte. »Und du hast eine anständige christliche Erziehung genossen.«

»Nein, habe ich nicht. An einem Elternhaus ohne Liebe ist nichts Anständiges oder Christliches. Ich werde dafür sorgen, dass meine Kinder nicht so aufwachsen müssen, nicht mehr jedenfalls. Du bist meine Mutter, und ich will deine Gefühle respektieren, soweit ich kann. Alles, worum ich dich bitte, ist, dass du es umgekehrt genauso machst. Ich sage es dir ein für alle Mal: Ich will mit Joe nichts mehr zu tun haben. Nichts. Absolut gar nichts.«

Constance erhob sich jetzt ebenfalls. »Hättest du vielleicht die Güte, mir zu verraten, was das heißen soll? Du redest wirres Zeug.«

»Hör auf, ihm zu schreiben. Und auch dem Gefängnisdirektor.«

»Ich denke ja überhaupt nicht daran.«

»Dann bist du in meinem Haus nicht mehr willkommen, Mama. Wir haben uns nichts mehr zu sagen.«

Constance glaubte ihren Ohren nicht trauen zu können. Sie starrte ihre Tochter fassungslos an. »Du musst den Verstand verloren haben.«

»Oh nein, Mama. Ganz im Gegenteil. Ich scheine ihn erst vor noch nicht allzu langer Zeit gefunden zu haben. Leb wohl, Mutter.«

Cassie ging entschlossen zur Tür und hielt sie auf. Sie versteifte sich, als Constance mit zusammengekniffenen Lippen an ihr vorbeiging. Erst nachdem sie die Tür geschlossen hatte, begann sie zu zittern.

Langsam, unsicheren Schrittes, wankte Cassie zum Tisch zurück und setzte sich. Sie legte die Arme fest um sich und wiegte den Oberkörper leise hin und her, um sich zu beruhigen.

So saß sie noch immer, als Devin zehn Minuten später an den Holzrahmen der Fliegengittertür klopfte. Da die Tür offen stand, konnte er sie sehen, und er sah, wie sich ihr Oberkörper hin- und herbewegte wie ein Schilfrohr im Wind.

Dieser Anblick war nicht neu für ihn. Genauso hatte sie damals dagesessen, in seinem Büro, als sie gekommen war, um gegen ihren Ehemann Anzeige zu erstatten.

Ohne einen Moment zu zögern, stieß er die Fliegengittertür auf und war schon mit ein paar langen Schritten bei ihr.

»Cassie.«

Sie sprang auf. Als er die Hand nach ihr ausstreckte, wich sie zurück. »Ich … ich habe dich gar nicht raufkommen hören. Ich war … ich sollte …« In ihrem Kopf wirbelte alles wild durcheinander. Sie versuchte, eine Ausrede zu finden, um ihm nicht erzählen zu müssen, was vorgefallen war. Wie immer. Blass vor Gram starrte sie ihn aus tränenumflorten Augen an. Dann riss sie sich zusammen. »Ich bringe dir ein Glas Eistee. Ich habe ihn gerade erst gemacht«, bot sie hastig an, drehte sich auf dem Absatz um und verschwand in die Küche, um zwei Gläser und den Glaskrug zu holen. »Ich habe auch Kirschkuchen«, rief sie ihm durch die offene Tür von der Küche aus zu. »Ganz frisch aus dem Backofen.«

Sie zuckte zusammen und wirbelte herum, als sich seine Hand auf ihre Schulter legte. Das gefüllte Glas rutschte ihr aus der Hand und zersplitterte mit einem lauten Krachen auf dem gekachelten Boden.

»Oh mein Gott, auch das noch.« Plötzlich wurde ihr die Brust eng, und sie hatte das Gefühl, keine Luft mehr zu bekommen. Sie konnte nichts dagegen tun. »Ich muss … ich muss …«

»Lass«, sagte er, als sie Anstalten machte, sich zu bücken und die Scherben aufzusammeln. Er versuchte, seine Stimme ganz ruhig zu halten. Als er ihr nun erneut die Hand auf die Schulter legte, bemerkte er, dass sie zitterte wie Espenlaub. Sie versuchte, sich ihm zu entziehen. Diesmal nicht, war alles, was er denken konnte. Nein, nicht diesmal. »Komm her zu mir«, flüsterte er. »Bitte komm.«

Sobald sie in seinen Armen lag, brach der Damm. Sie lag schluchzend an seiner Schulter, und ihre heißen Tränen durchnässten sein Hemd. Er küsste ihr Haar, streichelte ihren Rücken. »Sag's mir. Sag mir, was geschehen ist, damit ich dir helfen kann.«

Sie stammelte, immer wieder von wilden Schluchzern unterbrochen, unzusammenhängende Worte, doch es dauerte nicht lange, bis er sich zumindest ansatzweise zusammenreimen konnte, was vorgefallen war. Heißer Zorn stieg in ihm auf, während er sie zurück ins Wohnzimmer führte, ihr beruhigend über den Kopf streichelte und ihre nassen Wangen küsste.

»Du hast getan, was du tun musstest. Und es war richtig.«

»Aber sie ist doch meine Mutter.« Cassie hob ihm ihr von Tränen verwüstetes Gesicht entgegen. »Ich habe sie weggeschickt. Ich habe meine Mutter weggeschickt.«

»Und wer hat dich damals weggeschickt, Cass?«

Sie begann wieder zu schluchzen. »Es war aber nicht recht.«

»Lassen Sie meine Mutter los!« Die Tür flog auf, und Connor kam ins Zimmer gestürmt. Seine Hände waren zu Fäusten geballt, und sein Gesicht war rot vor Zorn. Alles, was er sah, war ein Mann, der seine Mutter festhielt. Und seine Mutter weinte. Ein Bild, das er zu oft in seinem Leben gesehen hatte. »Wenn Sie sie nicht sofort loslassen, bringe ich Sie um!«

»Connor!« Cassie hatte sich aus Devins Armen befreit und starrte jetzt schockiert ihren Sohn an. War das ihr kleiner sanftmütiger Junge, der keiner Fliege etwas zuleide tun konnte? Als ihr Blick zur Tür flog, sah sie Emma, die Augen angstvoll aufgerissen. »Sprich nicht so mit Sheriff MacKade.«

Doch Connor hörte überhaupt nicht zu. Seine Augen schleuderten Blitze, als er einen Schritt auf Devin zumachte. »Wagen Sie es nicht noch einmal, meine Mutter anzufassen.«

Devin hob nur ganz leicht eine Augenbraue und ließ seine Arme fallen.

»Ich habe dir gesagt, dass du nicht so mit ihm sprechen sollst«, wiederholte Cassie.

»Er hat dir wehgetan. Er hat dich zum Weinen gebracht.« Connor bleckte die Zähne, ein zehnjähriger Krieger. »Er soll gehen.«

»Er hat mir nicht wehgetan.« Obwohl sie noch immer zitterte, trat Cassie zwischen die beiden. »Ich war außer mir – Grandma hat mich so aufgeregt – und Sheriff MacKade hat versucht, mich zu trösten. Ich will, dass du dich augenblicklich bei ihm entschuldigst.«

Devin sah, wie die Arme des Jungen herabsanken und sich der Zorn in seinem Gesicht in Beschämung wandelte. Connor nicht aus den Augen lassend legte er Cassie eine Hand auf die Schulter.

»Ich möchte mit Connor sprechen. Allein. Ich denke, wir müssen einiges klären.« Er drückte kurz Cassies Schulter. »Cassie, ich glaube, ich habe das Baby weinen gehört. Wollt ihr beide, Emma und du, nicht mal nach ihm schauen?«

»Oh, mein Gott, Nate. Ich habe ihn ganz vergessen.« Mit ihrer Beherrschung am Ende, fuhr Cassie sich mit der Hand durchs Haar.

»Na, geh schon«, sagte Devin und gab ihr einen sanften Schubs. »Con und ich werden einen kleinen Spaziergang machen.«

»Okay. Komm, Emma, Nate weint.« Sie holte tief Atem und hielt ihrer Tochter, die mittlerweile hereingekommen war, die Hand hin. »Und von dir erwarte ich, dass du dich entschuldigst, Connor, hast du mich verstanden?«

»Ja, Mom.« Auf seine Schuhspitzen starrend folgte Connor Devin nach draußen.

Er wusste genau, was jetzt kam. Die unvermeidliche Tracht Prügel. Sein Vater hatte ihn auch immer zu einem Spaziergang aufgefordert, und dann hatte er ihm, weit weg vom Haus, sodass seine Mutter seine

Schreie nicht hören konnte, mit seinem Gürtel den blanken Hintern versohlt. Und diesmal würde es wieder genauso kommen. Nichts hatte sich verändert, alles war ebenso wie früher.

Schweigend gingen sie den Waldweg entlang. Weil er wusste, dass es mehr Zeit brauchen würde, um das Vertrauen des Jungen zu erwerben, widerstand Devin dem Drang, seinen Arm um Connors Schultern zu legen. Als sie an die Stelle kamen, an der im Bürgerkrieg zwei blutjunge Soldaten aufeinander geschossen hatten, blieb er stehen.

Er ließ sich auf einem Felsen nieder und bedeutete dem Jungen, der mit angespanntem weißem Gesicht und trotzig gerecktem Kinn dastand, sich ebenfalls zu setzen. Zögernd folgte Connor der Aufforderung.

»Ich bin sehr stolz auf dich, Connor.«

Der Kopf des Jungen zuckte hoch. Diese Worte waren das Letzte, was er zu hören erwartet hatte. »Wie bitte, Sir?«

Devin kramte in seiner Hosentasche nach dem Zigarettenpäckchen. »Ich muss dir sagen, dass ich sehr erleichtert bin«, fuhr er fort, nachdem er sich Feuer gegeben und den ersten Zug tief inhaliert hatte. »Ich mache mir ziemliche Sorgen um deine Mutter. Sie hat eine böse Zeit hinter sich. Aber jetzt, wo ich weiß, dass du ein Auge auf sie hast, bin ich um einiges beruhigter.«

Connor war viel zu verwirrt, um so etwas wie Stolz empfinden zu können. Er starrte Devin verständnislos an, die Augen noch immer wachsam. »Ich ... ich war unverschämt zu Ihnen.«

»Finde ich nicht.«

»Sie werden mich also nicht schlagen?«

Devin, der eben die Zigarette zum Mund führen wollte, hielt auf halbem Wege inne. Dann sank seine Hand ganz langsam herab, und er ließ die Zigarette zu Boden fallen, wo er sie unter seinem Stiefelabsatz zerquetschte. So wie er Joe Dolin zerquetscht hätte, wenn er ihm in diesem Moment zwischen die Finger gekommen wäre.

»Ich würde nie im Leben meine Hand gegen dich erheben, mein Junge. Weder heute noch morgen.« Er sprach ruhig und überlegt und ließ Connor dabei nicht aus den Augen. »Ebenso wenig wie gegen deine Mama oder gegen deine Schwester.« Er streckte jetzt die Hand aus und wartete. »Ich gebe dir mein Wort, Connor«, fuhr er fort. »Ich würde mich freuen, wenn du einschlagen würdest.«

Sprachlos griff der Junge nach der dargebotenen Hand. »Ja, Sir.«

Devin drückte Connors Hand kurz und zog den Jungen ein Stückchen an sich. Und grinste. »Du hättest dich nicht gescheut, mir einen Kinnhaken zu verpassen, wie?«

»Zumindest hätte ich es versucht.« Die Gefühle, die plötzlich in Connor hochstiegen, erschreckten ihn. Vor allem aber hatte er Angst, dass er gleich losheulen würde wie ein Baby. »Früher habe ich ihr nie geholfen. Ich habe einfach dabeigestanden und nichts unternommen.«

»Das war nicht deine Schuld, Connor.«

»Ich habe nichts unternommen«, wiederholte er tonlos. »Er hat sie ständig geschlagen, Sheriff, fast jeden Tag.«

»Ich weiß.«

»Nein, das können Sie gar nicht wissen. Sie haben es doch nur erfahren, wenn er sternhagelvoll war und so laut herumgebrüllt hat, dass die Nachbarn die Polizei gerufen haben. Aber da war noch mehr. Es war schlimm.«

Devin nickte. Er verstand. Was passiert war, war passiert, jetzt konnte man nur noch zusehen, dass man den Schaden möglichst gering hielt. »Er hat dich auch geschlagen, stimmt's?«, tastete er sich nach einem Moment des Schweigens behutsam vor.

»Ja, aber sie weiß nichts davon.« Plötzlich war alle Tapferkeit vergessen, Connor warf sich an Devins Brust und presste das Gesicht gegen seine Schulter. »Er hat es gemacht, wenn sie nicht dabei war«, flüsterte er.

Wieder stieg rasender Zorn in Devin auf, ein Zorn, auf den er nicht vorbereitet war und den er kaum im Zaum halten konnte. Er drückte den Jungen beruhigend an sich. »Und Emma? Hat er deine Schwester auch geschlagen?«

»Nein, Sir.« Connor machte sich von Devin los und versuchte seine Fassung wiederzufinden. »Emma hat er meistens überhaupt nicht beachtet, weil sie ja nur ein Mädchen war. Aber erzählen Sie bitte Mama nichts davon, dass er mich geschlagen hat. Dann würde sie sich nur noch viel schlechter fühlen.«

»Nein, ich sag nichts.«

»Ich hasse ihn so sehr. Am liebsten würde ich ihn umbringen.«

»Das kann ich gut nachfühlen.« Als der Junge nur schweigend den Kopf schüttelte, nahm Devin seine Hand und schaute ihm tief in die Augen. »Doch, glaub mir, ich kann es. Ich will dir was sagen: Ich habe mich früher sehr viel geprügelt.«

»Ich weiß, ich habe davon gehört.« Connor schniefte, war jedoch heilfroh, dass es ihm bisher wenigstens gelungen war, die Tränen zurückzuhalten. »Die Leute reden heute noch darüber.«

»Ja, ich weiß. Früher hat es mir gefallen, wenn sie sich das Maul über mich und meine Brüder zerrissen haben, und es gab eine Menge Leute, mit denen ich glaubte, eine Rechnung begleichen zu müssen. Manchmal hatte ich auch wirklich guten Grund dazu, manchmal aber auch nicht. Doch wie auch immer, mit der Zeit habe ich gelernt, mich etwas zurückzunehmen. Das ist wichtig, weißt du. Man muss einen Schritt zurücktreten und sich das Bild von etwas weiter entfernt ansehen. Und wenn du jetzt glaubst, deinen Vater …«

»Nennen Sie ihn nicht so«, fiel ihm Connor hitzig ins Wort, was ihn gleich darauf zum Erröten brachte. »Sir.«

»Gut, also du glaubst, es deinem Erzeuger heimzahlen zu müssen. Damit hast du nicht unrecht, du hast allen Grund dazu. Doch lass uns einen Schritt zurücktreten und uns die Dinge in Ruhe betrachten. Joe Dolin hat sich im Sinne des Gesetzes schuldig gemacht und ist dafür bestraft worden. Mehr kann man nicht verlangen.«

»Aber ich werde es nicht zulassen, dass er oder irgendein anderer meiner Mutter noch mal wehtut.«

»Da hast du mich ganz auf deiner Seite.« Das finster entschlossene Gesicht des Jungen musternd entschied Devin, dass Connor es verdiente, die Wahrheit über das, was vorgefallen war, zu erfahren. »Willst du wissen, was vorhin los war?«

»Ja, Sir.«

»Deine Grandma hat deine Mama heute Vormittag total aus der Fassung gebracht.«

»Sie will, dass Mama sich wieder mit ihm versöhnt, aber das werde ich nie zulassen.«

»Deine Mama denkt genauso. Und das war der Grund, weshalb sie deine Großmutter schließlich aus dem Haus gewiesen hat. Das war hart für sie, Connor, wirklich hart, verstehst du? Aber sie hat es dennoch getan.«

»Und Sie haben ihr geholfen. Es tut mir wirklich schrecklich leid …«

»Du brauchst dich nicht zu entschuldigen«, fiel Devin ihm rasch ins Wort. »Ich weiß, dass Cassie dieser Meinung ist, aber wir beide wissen es besser. Du hast vollkommen richtig gehandelt, Connor. Ich hätte es an deiner Stelle genauso gemacht.«

Ein größeres Lob hätte Connor nicht zuteil werden können. Er hatte so gehandelt, wie der Sheriff in seiner Situation auch gehandelt hätte. »Ich bin sehr froh, dass Sie ihr helfen wollen. Ich werde alles tun, was Sie von mir verlangen.«

Dieser Vertrauensbeweis wog für Devin schwerer als Gold. »Ich muss dir noch sagen, dass Joe zurzeit mit einem Straßenreinigungskommando tagsüber Freigang hat.«

Connors Gesicht spannte sich an. »Ich hab schon davon gehört. Schulkameraden haben es mir erzählt.«

»Es gibt zwar keinen besonderen Grund zur Beunruhigung, aber ich möchte dich trotzdem bitten, die Augen offen zu halten. Es kann nie schaden. Du bist hell im Kopf und hast ein gutes Beobachtungsvermögen. Das ist der Grund, weshalb du so gute Geschichten schreibst.«

Connor fühlte sich angesichts dieses Lobes sichtlich unbehaglich, aber er gab dennoch unumwunden zu: »Ich schreibe gern.«

»Ich weiß. Du hast den richtigen Blick auf die Dinge, weißt, worauf man achten muss. Und das ist der Grund dafür, weshalb ich dich bitte, auf deine Familie aufzupassen. Ich möchte, dass du mir sofort Bescheid sagst, wenn dir irgendetwas Ungewöhnliches auffällt, versprichst du mir das?«

»Ja, Sir.«

»Sag mal, musst du mich eigentlich dauernd Sir nennen? Es macht mich ganz nervös, ehrlich.«

Connor wurde wieder rot, dann grinste er. »Irgendwie schon, Sir. Es ist wie eine Spielregel.«

»So. Findest du.« Devin beschloss, die Angelegenheit fürs Erste ruhen zu lassen. Es gab im Moment Wichtigeres. »Jeder Mann wäre stolz darauf, dich zum Sohn zu haben, Connor, ist dir das eigentlich klar?«

»Ich will aber nie mehr im Leben einen Vater.«

Die Hand, die er schon gehoben hatte, um sie auf Connors Schulter zu legen, blieb in der Luft hängen. Devin schluckte einen Fluch hinunter und befahl sich, jetzt ganz ruhig zu bleiben. »Dann lass uns sagen, dass jeder Mann stolz darauf sein würde, dich als Freund zu haben, einverstanden?«

»Ja, Sir.«

Da waren sie wieder, diese Augen, die ihn so vertrauensvoll anblickten. »Und jetzt geh zurück, sonst macht sich deine Mama womöglich noch Sorgen, dass du mich zusammengeschlagen hast.« Als Connor angesichts dieser Vorstellung zu kichern begann, rubbelte Devin ihm das Haar. »Also geh nach Hause und erzähl ihr, dass wir uns geeinigt haben, klar? Ich komme später irgendwann vorbei und spreche auch noch mal mit ihr.«

»Ja, Sir.« Connor erhob sich und blieb noch einen Moment unschlüssig stehen. Ganz offensichtlich hatte er noch etwas auf dem Herzen, was ihm nicht ganz leicht über die Lippen gehen wollte, doch schließlich gab er sich einen Ruck. »Kann ich irgendwann mal bei Ihnen im Büro vorbeikommen und Ihnen ein bisschen bei der Arbeit zusehen?«

»Sicher.«

»Ich pass schon auf, dass ich nicht im Weg herumstehe. Es ist nur, weil … weil…« Connor stolperte über seine eigenen Worte und unterbrach sich. »Ich kann also?«

»Sicher kannst du. Jederzeit. Aber meistens ist es ziemlich langweilig, das sag ich dir gleich.«

»Das kann nicht sein«, widersprach Connor entschieden. »Vielen Dank, Sheriff. Für alles.«

Devin sah dem Jungen hinterher, wie er davonrannte. Ganz kurz flammte der Wunsch nach einer Zigarette in ihm auf, doch dann fiel ihm ein, dass er das Rauchen aufgegeben hatte und nur noch in Ausnahmesituationen zum Glimmstängel griff.

Connor wollte keinen Vater mehr, das machte seinen Plan, Cassie zu erobern und den beiden Kindern ein guter Vater zu sein, um einiges schwieriger. Aber er würde es schaffen, er musste nur ganz behutsam vorgehen, Schritt für Schritt.

Und der erste Schritt war natürlich Cassie. Wenn er vorsichtig genug vorging, würde sie vielleicht alle anderen Schritte mit ihm gemeinsam machen.

6. Kapitel

Eigentlich war heute Devins freier Tag, aber er verbrachte dennoch am Morgen zwei Stunden damit, an der Highschool, wo die Jungen in den Umkleideraum der Mädchen eine harmlose Rauchbombe geworfen hatten, für Ruhe und Ordnung zu sorgen.

Nachdem alles wieder unter Kontrolle war und er den jugendlichen Bombenbastlern einen gehörigen Rüffel erteilt hatte, fuhr er auf geradem Weg zum Inn.

Er hatte eine Überraschung für Cassie – eine Überraschung, von der er hoffte, dass sie sie zum Lächeln bringen würde.

Als er ankam, fand er sie in ein Gespräch mit zwei weißhaarigen alten Damen verwickelt, die, wie er heraushörte, ohne Voranmeldung hereingeschneit waren und sich nun in aller Ausführlichkeit über die Geschichte des Hauses informierten.

Devin lehnte sich gegen den Türrahmen, beobachtete Cassie und schmunzelte. Sie macht ihre Sache gut, das kann man nicht anders sagen, dachte er.

»Mrs. Berman, Mrs. Cox, darf ich vorstellen, das ist Sheriff MacKade.«

»Sheriff.« Mrs. Cox rückte ihre Brille gerade und strahlte ihn durch die Gläser hindurch an. »Oh, wie aufregend.«

»Antietam ist ein ruhiges Städtchen«, gab er zurück. »Auf jeden Fall um einiges ruhiger als im September 1862.« Cassie hatte eben von der großen Schlacht erzählt, die damals hier stattgefunden hatte. »Darf ich Sie darauf aufmerksam machen, dass Sie genau an der Stelle stehen, wo damals ein junger Soldat erschossen wurde?«

»Oh, mein Gott!« Mrs. Cox griff sich ans Herz. »Hast du das gehört, Irma?«

»Mit meinen Ohren ist noch alles in Ordnung, Marge.«
Mrs. Berman beäugte die Treppe, als würde sie erwarten, dort noch
immer eine Blutlache vorzufinden. »Mrs. Dolin hat uns gerade eine
kleine Unterrichtsstunde in Geschichte erteilt. Wir haben uns entschieden, hier Station zu machen, nachdem wir in einer Broschüre
entdeckt haben, dass es in diesem Haus spukt.«

»Ja, Ma'am. Das tut es.«

»Sheriff MacKade ist einer der Brüder des Besitzers«, erklärte Cassie. »Er kann Ihnen wahrscheinlich noch einiges mehr erzählen als
ich.«

»Ach nein, das glaube ich nicht«, entgegnete Devin. »Sie müssen
wissen, dass Mrs. Dolin im Gegensatz zu mir nämlich tagtäglich mit
den Gespenstern zusammenwohnt. Erzähl ihnen doch noch die Geschichte von den beiden Soldaten, Cassie.«

Obwohl sie die Geschichte mehrmals pro Woche vortrug, hatte
Cassie plötzlich Mühe, sich in Devins Gegenwart nicht gehemmt zu
fühlen. Sie faltete die Hände über ihrer Schürze und holte tief Luft.

»Zwei junge Soldaten«, begann sie dann, »verloren während der
Schlacht bei Antietam den Anschluss an ihr jeweiliges Heer und irr-
ten in den Wäldern, die direkt hinter dem Inn liegen, herum. Die Mei-
nungen darüber, ob sie versuchten, wieder Anschluss an ihre Truppe
zu finden, oder ob sie die Absicht hatten zu desertieren, sind geteilt.
Man weiß es offensichtlich nicht genau. Natürlich hörten sie das Geschützfeuer, aber sie wagten sich nicht vor, weil sie nicht wussten, bei
welchem Heer sie landen würden, und Angst hatten, in die gegnerischen Linien zu geraten. Irgendwann trafen sie aufeinander – Feinde,
wie sie auf den ersten Blick bemerkten, denn der eine trug eine blaue
Uniform und der andere eine graue.«

»Die armen Jungen«, murmelte Mrs. Berman.

»Sie schossen aufeinander, verwundeten sich gegenseitig und kro-
chen schließlich schwer verletzt in entgegengesetzte Richtungen
davon. Der eine, der Konföderierte, schaffte es bis zu diesem Haus.
Man erzählt sich, er habe geglaubt, nach Hause zu kommen, denn

alles, was er sich ersehnte, war, sicher im Schoß seiner Familie zu sein. Einer der Sklaven fand ihn draußen im Garten und schleppte ihn schließlich ins Haus. Die Hausherrin war eine Südstaatenlady. Sie hieß Abigail, Abigail O'Brian Barlow, und hatte einen reichen Yankee geheiratet, einen Mann, den sie nicht liebte. Aber sie fühlte sich natürlich an ihr Ehegelübde gebunden.«

Devin hob eine Augenbraue. Das war eine neue Wendung der Geschichte, die er seit seiner Kindheit kannte.

»Als ihr Blick auf den Jungen fiel, fühlte sie sich an ihre eigene Jugend und an ihr Zuhause erinnert. Ihr Herz floss über vor Mitleid mit ihm, und sie ordnete an, ihn die Treppe hinaufzutragen, wo sie beabsichtigte, seine Wunden zu versorgen. Sie sprach mit ihm, hielt seine Hand und versicherte ihm, dass alles gut werden würde, während zwei Sklaven ihn diese Treppe hier hinaufschleppten. Sie wusste, dass sie nie mehr in ihr Zuhause zurückkehren würde, aber sie wollte dafür sorgen, dass zumindest der Junge wieder heimkehren konnte. Der Krieg hatte sich mittlerweile in seiner ganzen Grausamkeit gezeigt, ein sinnloser Kampf und sinnloser Schmerz, genau wie ihre Ehe. Abigail glaubte, wenn sie diesem armen Jungen helfen könnte zu überleben, dann hätte ihr eigenes Leben zumindest einen Sinn erfüllt.«

Mrs. Cox kramte Papiertücher aus ihrer Handtasche, reichte eins davon ihrer Schwester und putzte sich geräuschvoll die Nase.

»Und dann kam ihr Mann die Treppe herunter«, fuhr Cassie fort. »Sie liebte ihn nicht, aber sie hasste ihn auch nicht, sie zollte ihm Respekt und gehorchte dem Mann, den sie geheiratet hatte, dem Vater ihrer Kinder. Er hatte ein Gewehr bei sich, und sie sah die Mordlust in seinen Augen. Sie schrie ihn an, nicht zu tun, was er zu tun beabsichtigte, sie bettelte. Die Hand des Jungen lag in ihrer, sein Blick war auf ihr Gesicht geheftet, und wenn sie den Mut gehabt hätte, hätte sie sich über ihn geworfen, um ihn mit ihrem eigenen Körper zu schützen.«

Nun war es Cassie, die auf die Stufen schaute und seufzte. »Aber so viel Mut brachte sie nicht auf. Ihr Mann feuerte sein Gewehr ab und tötete ihn. Abigail hielt die ganze Zeit über seine Hand. Er starb hier, dieser junge Soldat, an dieser Stelle. Und sie starb mit ihm. Ihr Herz starb. Seitdem sprach sie mit ihrem Mann nie mehr ein Wort und begann ihn zu hassen. Sie trauerte so lange, bis sie zwei Jahre später verschied. Und noch heute kann man oft, sehr oft, den Duft der Rosen, die sie liebte, in diesem Haus riechen und ihr Weinen hören.«

»Oh, was für eine traurige Geschichte.« Mrs. Cox betupfte sich die Augen. »Irma, hast du jemals eine so traurige Geschichte gehört?«

Mrs. Berman schniefte. »Sie hätte besser das Gewehr genommen und diesen Dreckskerl erschossen.«

»Ja.« Cassie lächelte leise. »Vielleicht ist das der Grund, weshalb sie noch immer weint.« Sie schüttelte die beklommene Stimmung, die die Geschichte jedes Mal von Neuem in ihr erzeugte, ab und geleitete die beiden alten Damen die letzten Stufen hinunter. »Wenn Sie möchten, können Sie es sich jetzt im Salon gemütlich machen, und ich werde Ihnen die versprochene Tasse Tee bringen.«

»Das wäre furchtbar lieb.« Mrs. Cox schniefte noch immer. »So ein herrliches Haus. Und was für ausgesucht schöne Möbel.«

»Sie stammen alle aus dem ›Past Times‹, dem Antiquitätengeschäft von Mrs. MacKade in der Main Street. Wenn Sie Zeit haben, können Sie irgendwann dort hingehen und ein bisschen herumstöbern. Mrs. MacKade hat wirklich wundervolle Sachen, und alle Gäste des Inns bekommen zehn Prozent Rabatt.«

»Zehn Prozent«, murmelte Mrs. Berman und beäugte einen schön geschwungenen Garderobenständer.

»Devin, möchtest du auch eine Tasse Tee?«

Er hatte Mühe, in die Gegenwart zurückzufinden. Er fragte sich gerade, ob Connor seine Fantasie wohl von seiner Mutter geerbt hatte.

»Ein andermal. Ich habe draußen im Auto einige Sachen für oben. Für deine Wohnung.«

»Oh.«

»Ladys, es war mir ein Vergnügen. Ich wünsche Ihnen noch einen angenehmen Aufenthalt hier und viel Spaß.«

»Was für ein gut aussehender Mann«, schwärmte Mrs. Cox, nachdem Devin hinausgegangen war, und presste die Hand auf ihr Herz. »Du lieber Gott, Irma, sag doch, hast du jemals einen so gut aussehenden jungen Mann gesehen?«

Doch Mrs. Berman war bereits damit beschäftigt, den antiken Tisch im Salon genauestens in Augenschein zu nehmen.

Nachdem Cassie die Damen im Salon mit Tee versorgt hatte, glaubte sie vor Neugier jeden Moment sterben zu müssen. Eigentlich hatte sie gar keine Zeit, nach oben in ihre Wohnung zu gehen, aber schließlich machte sie sich – mit schlechtem Gewissen natürlich – doch auf den Weg.

Plötzlich blieb sie überrascht stehen. Devin stand von Sonnenschein übergossen auf ihrer Veranda und setzte gerade eine Schaukel zusammen.

»Ist der perfekte Platz für sie, hier in der Sonne, findest du nicht auch?«

»Ja, wirklich. Rafe hat gar nichts gesagt, dass er hier eine Schaukel anbringen lassen will.«

»Er weiß überhaupt nichts davon. Ich wollte es.« Als er sah, dass ihr Gesicht einen besorgten Ausdruck annahm, fuhr er fort: »Mach dir keine Gedanken, ich bringe es ihm schon bei. Er hat sicher nichts dagegen.« Er grinste. »Ich fand, es sei eine gute Art, ab und zu ein paar Stunden mit dir an einem schönen Nachmittag zu verbringen. Und wir könnten uns zum Beispiel jetzt zusammen draufsetzen, und du küsst mich noch mal, was hältst du davon?«

»Oh.«

»Du hast doch selbst gesagt, es würde dir nichts ausmachen.«

»Nein … Ja …« Da war es wieder, das Flattern in ihrem Bauch. »Musst du denn nicht arbeiten?«

»Ich habe heute frei. Irgendwie zumindest.« Er umschloss ihre Hand. »Du siehst wunderhübsch aus heute, Cassie.«

Automatisch strich sie ihre Schürze glatt. »Ich habe noch nicht mal meine Schürze ausgezogen. Ich war eben beim Saubermachen.«

»Wirklich hübsch«, murmelte er, zog sie zu sich heran und drückte sie neben sich auf die Schaukel.

»Vielleicht sollte ich uns was zu trinken holen.« Sie wollte schon aufstehen, doch er hielt sie fest.

»Irgendwann wirst du's schon noch mal spitzkriegen, dass ich nicht herkomme, damit du mir kalte Drinks servierst.«

»Connor hat erzählt, dass du dir Sorgen um mich machst. Aber das ist unnötig. Ich hatte allerdings gehofft, dass du bald mal vorbeikommst, weil ich dir dafür danken wollte, was du für Connor getan hast. Wie du ihn behandelt hast, meine ich. Ich glaube, es hat ihm sehr gutgetan, weißt du.«

»Ich habe doch gar nichts gemacht. Was er bekommen hat, hat er verdient. Connor ist wirklich ein prima Junge, Cassie.«

»Ich weiß.« Sie holte tief Atem und entspannte sich gerade genug, um sich anlehnen zu können. Die Schaukel schwang in einem sanften Rhythmus vor und zurück, vor und zurück. Cassies Mundwinkel bogen sich nach oben, einen Moment später lachte sie.

»Was ist so lustig?«

»Ach, ich weiß nicht. Wahrscheinlich nur, weil wir hier auf einer Schaukel sitzen wie Teenager.«

»Nun, wenn du jetzt sechzehn wärst, wäre das mein nächster Schritt.« Er hob seinen Arm und legte ihn ihr beiläufig um die Schulter. »Sehr subtil, ha, ha.«

Sie lachte wieder und wandte ihm ihr Gesicht zu. »Als ich sechzehn war, warst du aber alles andere als subtil. Oder war es nur ein Gerücht, dass du mit den Mädels immer in den Steinbruch …«

Ein Kuss war der beste Weg, ihr das Wort abzuschneiden. Er küsste sie sanft, so sanft, und genoss das leise Beben, das ihren Körper durchlief, in vollen Zügen.

»Na ja, vielleicht nicht ganz so subtil«, knüpfte er wieder da an, wo sie aufgehört hatten, nachdem er seine Lippen von ihren gelöst hatte.

»Hast du Lust, mit mir in den Steinbruch zu gehen?« Als sie zu stottern begann, lachte er. »Na, dann eben ein andermal. Für heute gebe ich mich mit einem Kuss zufrieden.«

Wäre sie eine andere gewesen, hätte er sich möglicherweise über den konzentrierten Ausdruck, der sich jetzt auf ihrem Gesicht ausbreitete, amüsiert. Doch da sie die war, die sie war, ging ihm die Art, wie sie ihm mit äußerstem Bedacht ihre Lippen entgegenhob und sie dann, den Bruchteil einer Sekunde zögernd, auf seinen Mund drückte, zutiefst zu Herzen.

»Entspann dich«, flüsterte er gegen ihren Mund. »Stell deinen Verstand mal für eine Minute ab, ja? Meinst du, das gelingt dir?«

»Ich …« Sie brauchte ihn nicht abzustellen, er stellte sich ganz von selbst ab, als seine Zunge zärtlich begann, die ihre zu liebkosen, und seine Hände anfingen, ihre Seiten zu streicheln, auf erregende Weise immer ganz knapp an ihren Brüsten vorbei.

»Ich schmeck dich so gerne.« Er küsste ihre Schläfen, ihre Augen, dann wieder ihre Lippen. »Ich träume davon.«

»Du hast von mir geträumt?«

»Schon mein halbes Leben. So wie jetzt wollte ich dich schon seit vielen, vielen Jahren in den Armen halten. Für immer.«

Seine Worte zerrissen den feinen Schleier, der sich jedes Mal über ihr Bewusstsein senkte, wenn er sie küsste. »Aber …«

»Du warst verheiratet.« Seine Lippen wanderten an ihrer Wange hinunter. »Ich habe nicht schnell genug geschaltet. Joe hat dich mir vor der Nase weggeschnappt. An dem Tag, an dem ihr geheiratet habt, habe ich mich sinnlos betrunken. Ich wusste nicht, was ich sonst hätte tun können. Am liebsten hätte ich ihn umgebracht, aber dann dachte ich mir, wenn du ihn geheiratet hast, musst du ihn wohl auch mögen. So war das.«

Er konnte anscheinend nicht aufhören. »Ich habe dich so sehr geliebt, dass ich manchmal glaubte, sterben zu müssen. Ich bildete mir ein, dass ich einfach irgendwann umkippen und tot sein würde, verstehst du, was ich meine?«

Erschrocken machte sie sich von ihm los. »Sag doch so was nicht.«

Obwohl er das Gefühl hatte, schon viel zu viel preisgegeben zu haben, konnte er sich jetzt nicht mehr bremsen. Nun musste er das, was er begonnen hatte, auch zu Ende führen. »Ich liebe dich seit mehr als zwölf Jahren, Cassandra. Ich habe dich geliebt, als du mit einem anderen Mann verheiratet warst und als deine Kinder kamen. Ich liebte dich, als ich sah, dass Joe dich quälte, und konnte nichts anderes tun, als dir einen Weg aufzuzeigen, aus dieser Hölle herauszukommen. Und ich liebe dich auch jetzt.«

Aus alter Gewohnheit erhob sie sich hastig und schlang ihre Arme um sich. »Das ist unmöglich, Devin ... wie kannst du ...«

»Sag mir nicht, was ich fühle.« Der Ärger, der plötzlich in seinem Ton lag, veranlasste sie, erschrocken einen Schritt zurückzuweichen. Er stand ebenfalls auf und kam auf sie zu. »Und hör auf, Angst vor mir zu haben, nur weil ich ein bisschen die Stimme erhebe. Ich kann nicht sein, was ich nicht bin, selbst für dich nicht. Aber ich bin nicht Joe Dolin, kapierst du? Ich würde dich niemals schlagen.«

»Ich weiß das.« Sie ließ die Arme fallen. »Ich weiß es wirklich, Devin.« Sie sah, dass er mit aller Mühe sein Temperament zu zügeln versuchte. »Ich will nicht, dass du dich über mich ärgerst, Devin, aber ich weiß nicht, was ich zu dir sagen soll.«

»Scheint so, als hätte ich schon alles gesagt, was es zu sagen gibt.« Er begann auf der Veranda hin und her zu laufen, die Hände tief in den Taschen seiner Jeans versenkt. »Normalerweise gehe ich die Dinge langsam an und durchdenke sie gut, aber im Moment kann ich nicht mehr. Ich habe gesagt, was ich zu sagen hatte, Cass, und ich kann – will es nicht zurücknehmen. Jetzt ist es an dir zu entscheiden.«

»Entscheiden?« Verwirrt hob sie die Hände und ließ sie gleich darauf wieder sinken. »Du willst mir erzählen, dass ein Mann wie du mir die ganzen Jahre über tiefe Gefühle entgegengebracht hat, ohne auch nur ein einziges Mal den Versuch zu unternehmen, sich zu erklären? Nicht einmal in all der Zeit?«

»Was zum Teufel hätte ich denn tun sollen? Du warst ja verheiratet. Du hattest deine Wahl getroffen, und die ist eben nicht auf mich gefallen.«

»Ich wusste ja gar nicht, dass ich eine Wahl hatte.«

»Mein Fehler«, gab er bitter zurück. »Und jetzt habe ich den nächsten gemacht, weil du noch nicht bereit bist oder nicht bereit sein willst. Oder weil du mich vielleicht gar nicht willst.«

»Ich …« Sie hob ihre Hände und legte sie an ihre Wangen. Sie hätte beim besten Willen im Moment nicht sagen können, welche der Alternativen, die er aufgezählt hatte, zutraf. Oder ob vielleicht alles in Wirklichkeit ganz anders war. »Ich bin ganz durcheinander. Ich kann nicht denken. Du bist für mich immer ein Freund gewesen. Und, nun, der Sheriff eben, der Mann, der mir geholfen hat, und ich bin dir dankbar …«

»Wage es nicht, so etwas noch mal zu mir zu sagen.« Devin spie die Worte förmlich heraus und war zu erregt, um zu bemerken, dass sie weiß wurde wie ein Bettlaken. »Verdammt noch mal, ich will nicht, dass du mir dankbar bist. Du bist doch für mich kein Sozialfall. Das habe ich nicht verdient.«

»Ich wollte doch nicht … Devin, es tut mir leid. Wirklich, es tut mir schrecklich leid.«

»Zur Hölle mit deinen ewigen Entschuldigungen«, wütete er. »Und zur Hölle mit deiner Dankbarkeit. Wenn du glaubst, jemandem Dankbarkeit zu schulden dafür, dass er diesen Schweinehund, der dich tagtäglich verprügelt hat, eingelocht hat, dann wende dich tunlichst an meine Dienstmarke, nicht an mich. Denn wenn es nach mir gegangen wäre, dann hätte ich …« Er schluckte das, was er noch sagen wollte, hinunter und starrte sie zornig an. Sein Blick traf sie mitten ins Herz. »Ach, das willst du ja gar nicht wissen. Alles, was du von mir willst, ist, dass ich ständig mit gesenkter Stimme spreche, meine Gefühle vor dir verstecke und meine Hände bei mir lasse.«

»Nein, das ist nicht …«

»Es macht dir nichts aus, wenn ich dich küsse, und wenn doch, dann sagst du dir, dass es das Mindeste ist, was du für mich tun kannst, weil du mir ja so dankbar bist.«

Sie zuckte zusammen, einen Moment später straffte sie die Schultern. »Das ist nicht fair.«

»Ich habe die Schnauze voll davon, fair zu sein. Und ich habe die Schnauze voll davon, auf dich zu warten. Ich habe die Schnauze voll davon, unglücklich verliebt zu sein. Es reicht mir, verstehst du? Zum Teufel damit.«

Er ging an ihr vorbei und war schon auf halber Treppe, ehe es ihr gelang, sich aus ihrer Erstarrung zu reißen. Sie rannte hinter ihm her. »Devin. Devin, bitte, geh nicht so fort. Lass mich dir …«

Er schüttelte wild ihre Hand ab, die sie ihm auf die Schulter gelegt hatte, und wirbelte herum. »Lass mich in Ruhe jetzt, Cass. Ich weiß doch genau, dass du willst, dass ich gehe.«

Sie kannte diesen Blick, aber sie hätte niemals erwartet, ihn in seinen Augen zu entdecken. Es war der Blick eines Mannes, der außer sich war vor Zorn. Sie hatte allen Grund, ihn zu fürchten. Ihr Magen krampfte sich schmerzhaft zusammen, aber sie hielt stand. Devin würde niemals erahnen, welche Kraftanstrengung sie das kostete.

»Du hast es mir nie gesagt«, wandte sie ein, wobei sie sich bemühte, ihrer Stimme Festigkeit zu verleihen. »Du hast es mir nie gezeigt. Bis heute. Und jetzt willst du mir nicht einmal die Zeit geben, in Ruhe darüber nachzudenken. Du weigerst dich, meine Entschuldigungen anzunehmen, und ich darf nicht sagen, dass ich dir dankbar bin, obwohl es so ist. Und da es so ist, wie es ist, will ich das auch sagen dürfen. Ich kann nicht nur das tun, was du von mir erwartest, würde ich das nämlich, würde ich diesmal alles verlieren, was ich habe, nämlich mich selbst. Und das will ich nicht, nicht einmal dir zuliebe.«

»Das war klar genug.« Er wusste, dass er im Unrecht war – nicht ganz zwar, aber immerhin genug –, doch das war ihm im Moment egal. Er wollte sie falsch verstehen, ganz bewusst, weil es das Einzige war, was den rasenden Zorn, der in ihm tobte, besänftigen konnte.

»Du irrst, wenn du glaubst, ich wollte dich anders haben, als du bist, aber dagegen kann man anscheinend nichts machen. Falls du es dir anders überlegst, weißt du ja, wo du mich finden kannst.«

Devin MacKade liebte sie. Diese Erkenntnis verwirrte sie und rief zugleich Angst in ihr hervor. Noch ungeheuerlicher jedoch erschien ihr die Tatsache, dass er sie die ganzen Jahre über geliebt hatte, ohne sich ihr zu offenbaren.

Devin MacKade, der freundlichste, anbetungswürdigste Mann, den sie kannte, liebte sie, und alles, was sie ihm entgegenzubringen wusste, war Dankbarkeit.

Und jetzt hatte sie ihn verloren, seine Freundschaft, die ihr doch so wichtig war, seine häufigen Besuche, ohne die sie sich ihr Leben mittlerweile gar nicht mehr vorstellen konnte. Sie hatte ihn verloren, weil er sich eine richtige Frau wünschte, was sie nicht war, denn sie war innerlich leer.

Sie weinte nicht. Es war zu spät für Tränen. Stattdessen straffte sie die Schultern. Sie ging die Treppe nach unten ins Inn. Dort wartete Arbeit auf sie, und sie konnte am besten nachdenken, wenn ihre Hände beschäftigt waren.

Sie musste neue Blumen in die Brautsuite – Abigails ehemaliges Zimmer – bringen. Auch wenn der Raum nicht belegt war, stand stets ein frischer Strauß auf dem Tisch am Fenster. Heute Morgen hatte sie es vergessen.

Und doch duftete das ganze Zimmer nach Rosen. Plötzlich spürte sie, wie ihr ein Schauer den Rücken hinabbrann. Sie spürte deutlich seine Anwesenheit und wandte sich um.

»Devin.« Erleichterung, Verwirrung, Besorgnis. All das war in ihr, als sie jetzt einen Schritt auf die Tür zuging.

Doch es war nicht Devin. Der Mann war groß, schwarzhaarig und sah atemberaubend gut aus. Sie spürte seine starke Anziehungskraft deutlich. Aber sein Gesicht war nicht Devins Gesicht, und seine Kleider waren förmlich, altmodisch. Ihre Hand fühlte sich plötzlich an, als gehöre sie nicht zu ihr, und in ihrem Kopf begann es, seltsam zu summen.

»Abigail, komm mit mir. Nimm die Kinder und geh mit mir fort. Verlass dieses Haus. Du liebst ihn nicht.«

Nein, dachte Cassie. Ich habe ihn nie geliebt. Und jetzt verachte ich ihn.

»Siehst du nicht, was du dir damit antust, wenn du noch länger hierbleibst? Wie lange willst du noch ausharren?«

»Mir bleibt nichts anderes übrig. Es ist das Einzige, was ich tun kann.«

»Ich liebe dich, Abby. Ich liebe dich so sehr. Ich könnte dich glücklich machen, wenn du es nur zulassen würdest. Lass uns von hier weggehen, ganz weit weg, und lass uns zusammen ein neues Leben anfangen. Ein Leben, das nur uns gehört. Ich warte doch schon so lange auf dich.«

»Wie könnte ich das? Ich fühle mich an ihn gebunden. Außerdem habe ich Kinder, und dein Leben ist hier in dieser Stadt. Du kannst nicht einfach weggehen, du hast eine Verantwortung, und die Menschen hängen an dir.«

»Es gibt nichts, was ich nicht für dich tun würde. Ich würde für dich sogar töten. Und sterben. Um Gottes willen, Abigail, gib mir die Chance, dir zu beweisen, wie sehr ich dich liebe. All die Jahre über war ich um dich herum, habe mit ansehen müssen, wie unglücklich du warst, und konnte dir doch nicht helfen. Ich konnte das Gefühl, nichts tun zu können, kaum ertragen. Doch das ist jetzt vorbei. Er ist nicht da. Wir könnten fliehen und schon weit weg sein, ehe er zurückkommt. Warum sollten wir uns deshalb schuldig fühlen? Ich will nicht mehr mit dir im Salon sitzen und mir vormachen, ich würde dich nicht lieben, würde dich nicht brauchen. Ich kann nicht mehr einfach nur dein Freund sein.«

»Du weißt, wie sehr ich dich schätze und wie wichtig du mir bist.«

»Sag mir, dass du mich liebst.«

»Ich kann nicht. In mir ist nichts, nur Leere. Er hat mich umgebracht.«

»Komm mit mir, bitte. Dann wirst du wieder anfangen zu leben.«

Was auch immer oder wer auch immer dort an der Tür gestanden haben mochte, er oder es verblasste langsam und war schließlich ganz verschwunden. Nur der Rosenduft hing noch immer unverkennbar in der Luft. Cassie fand sich schwankend einen Moment später in der Wirklichkeit wieder, eine Hand Halt suchend ausgestreckt, aber sie griff ins Leere.

In ihrem Kopf summte es noch immer. Jetzt wurde ihr schwindlig, die Beine sackten unter ihr weg, und sie sank langsam zu Boden.

Was war geschehen? Hatte sie geträumt? Halluziniert?

Als sie eine Hand an ihr Herz legte, spürte sie sein wildes Pochen.

Sie hatte die Gespenster schon vorher gehört, ihre Anwesenheit auch gespürt, gesehen jedoch hatte sie bisher noch nie eines. Keinen der Barlows und auch den armen getöteten Soldaten nicht. Aber jetzt hatte sie den Mann gesehen, der Abigail geliebt hatte. Den Mann, der sie liebte.

Wer war er gewesen? Das würde sie wohl niemals erfahren. Warum war Abigail nicht mit ihm gegangen? Warum hatte sie die Hand, die er ihr hinstreckte, nicht genommen und war mit ihm davongelaufen? Davongelaufen, um ihr Leben zu retten?

Abigail hatte ihn geliebt. Cassie holte tief Atem. Ja, dessen war sie sich sicher. Die Gefühle, die in der Luft gelegen hatten, waren fast mit Händen greifbar gewesen, so stark waren sie. Sie spürte sie noch immer. Es war Liebe, verzweifelte, hoffnungslose Liebe.

Weinst du deshalb? dachte Cassie. Weil du nicht mit ihm gegangen bist, weil du ihn verloren hast? Du hast seine Hand nicht ergriffen, und dann gab es irgendwann nichts mehr, woran du dich festhalten konntest. Du hattest Angst, ihn zu lieben, und das hat ihm das Herz gebrochen.

So wie sie heute Devin das Herz gebrochen hatte.

Cassie überlief ein Schauer, sie hob den Kopf. Warum? fragte sie sich. Warum hast du das getan? Aus Angst? Weil du Zweifel hattest? Oder aus alter Gewohnheit? Ihre Reaktion erschien ihr plötzlich völlig übertrieben. Alles, was Devin gewollt hatte, war Zuneigung. Aber sie hatte es nicht über die Lippen gebracht, ihm zu sagen, wie viel er ihr bedeutete. Es war ihr nicht möglich gewesen, es ihm zu zeigen.

Würde sie sich ihm verweigern, so wie Abigail es getan hatte, oder würde sie ihre Chance ergreifen?

War sie nicht lange genug feige gewesen?

Sie fuhr sich mit dem Handrücken über die Stirn, auf der sich ein feiner Schweißfilm gebildet hatte, dann stand sie auf. Sie musste zu ihm. Sie musste ihn sehen, mit ihm sprechen. Wie auch immer.

Doch das war nicht ganz einfach zu bewerkstelligen. Sie hatte Kinder, und die konnte sie schwerlich sich selbst überlassen. Sie hatte Gäste, um die sie sich kümmern musste, und auch ansonsten alle Hände voll zu tun. So vergingen Stunden, es wurde Abend, und mit jeder Minute, die verstrich, vergrößerten sich ihre Zweifel. Sollte sie zu ihm gehen oder sollte sie nicht?

Schließlich jedoch gelang es ihr, ihre Bedenken beiseitezuschieben, indem sie sich sagte, dass er sie liebte. Das war genug.

»Ich bin dir so dankbar, Ed, wirklich.«

»Nun mach mal halblang.« Ed, die es sich bereits mit einer Schale Popcorn vor dem Fernseher gemütlich gemacht hatte, winkte ab. »Auf diese Weise komme ich wenigstens mal dazu, das Café ein bisschen früher zu schließen. Ich habe mir einen freien Abend redlich verdient.«

»Die Kinder schlafen schon.« Cassie war noch immer nicht ganz beruhigt. »Ich glaube nicht, dass sie noch mal aufwachen.«

»Oh, mach dir nur über die beiden Engelchen keine Gedanken. Und über deine Gäste auch nicht«, fügte Ed hinzu, Cassies Besorgnis vorwegnehmend. »Falls irgendjemand etwas braucht, soll er einfach hier anrufen, ich komme dann. Ich schau mir das Video an, das ich mir mitgebracht habe, und hau mich dann auch in die Falle.«

»Aber du nimmst mein Bett, ja? Du hast es mir versprochen. Ich lege mich dann hier im Wohnzimmer auf die Couch, wenn ich zurück bin.«

»Hm-hm …« Ed war bereit zu wetten, dass das nicht vor morgen früh sein würde. »Sag Devin einen schönen Gruß von mir.«

Cassie zupfte nervös an ihrem Kragen herum. »Ich geh nur rasch rüber in sein Büro, um kurz was mit ihm zu besprechen. Es wird nicht lange dauern.«

»Wenn du meinst, Honey.«

»Er ist böse auf mich, Ed. Er ist so böse, dass er mich vielleicht sogar rausschmeißt.«

Ed drückte die Stopptaste auf der Fernbedienung, drehte sich um und bedachte Cassie mit einem langen, wissenden Blick. »Also mal ganz ehrlich, Honey, wenn du ihn so anschaust wie jetzt mich, wird er dich ganz bestimmt nicht rausschmeißen, sondern dich höchstens nach hinten in seine Höhle verschleppen.« Als Cassie instinktiv die Arme um sich legte, lachte Ed. »War doch nur Spaß. Devin würde dich niemals zu etwas drängen, das du nicht willst, das weißt du doch so gut wie ich. Ein Mann wie er hat es überhaupt nicht nötig, eine Frau zu drängen. Er muss einfach nur sein, wie er ist, das ist schon perfekt.«

»Wie kommst du denn darauf, dass ich zu ihm will, um … um …«

»Cassie, Honey, was glaubst du eigentlich, wen du vor dir hast? Ich bin doch nicht von gestern. Du hast mich angerufen und gefragt, ob ich heute Nacht hier schlafen kann, weil du zu Devin musst. Woran sollte ich schon denken, wenn nicht an das? Kannst du mir das vielleicht mal verraten?«

Cassie schaute an sich herunter. Ihr Blick wanderte über ihre ordentlich gebügelte Baumwollbluse, die einfache Hose, die flachen Schuhe. Sah so eine Femme fatale aus? Wohl kaum. »Ed, ich bin in solchen Sachen nicht besonders gut.«

Ed hob das Kinn. »Dafür ist Devin umso besser, möchte ich wetten. Deshalb mach dir bloß keine Gedanken.«

»Regan hat gesagt, ich solle ihn das Tempo bestimmen lassen. Vielleicht sollte ich ja doch lieber nicht hingehen.«

»Also wirklich, Schätzchen. Irgendwie hast du einfach keine Ahnung. Manchmal braucht sogar ein richtiger Mann einen kleinen

Schubs. Also hör jetzt endlich auf, dir den Kopf zu zerbrechen und die Hände zu ringen. Geh zu ihm, Schluss, fertig, aus.«

»Ich sollte irgendwas mit meinem Haar machen, findest du nicht auch? Und meinen Lippenstift habe ich mir bestimmt auch schon wieder abgeleckt, stimmt's? Außerdem sollte ich wohl besser ein Kleid anziehen.«

»Cassie.« Ed schob ihre Brille etwas herunter und musterte Cassie über den Rand hinweg eingehend. »Du siehst wunderbar aus. Richtig frisch. Und im Übrigen möchte ich wetten, dass es ihm piepegal ist, was du anhast, verdammt noch mal. Ihn wird einzig interessieren, dass du da bist. Also, los, mach dich jetzt endlich auf die Socken.«

»Na gut. Wenn du meinst, dass es so gut ist.« Cassie straffte die Schultern und griff nach ihrer Handtasche. »Dann geh ich jetzt. Ich … ich gehe. Und wenn du irgendetwas brauchst …«

»Ich bin wunschlos glücklich. Du bist ja immer noch da. Verschwinde endlich.«

»Ich gehe ja schon.«

Ed zog die Brauen zusammen, während sie Cassie hinterhersah, die widerstrebend zur Tür ging. Armes Kind, dachte sie. Sie sieht aus, als ob sie die Befürchtung hätte, direkt in einen Kugelhagel zu laufen.

Mit einem Seufzer schob Ed die Brille hoch und drückte auf den Knopf der Fernbedienung.

Sie setzte ihr ganzes Geld auf Devin MacKade. Er würde ganz bestimmt gewinnen.

7. Kapitel

Du solltest wirklich langsam Schluss machen und dich in die Falle hauen, sagte sich Devin, der mit hochgelegten Beinen an seinem Schreibtisch saß und las.

Es fiel ihm einfach nichts ein, was er hätte tun können. Irgendwo musste er Dampf ablassen. Vorhin hatte er kurz überlegt, ob er nicht zur Farm rausfahren sollte, um mit Shane einen Streit anzufangen. Es würde leicht sein. Zu leicht. Das war der Grund, weshalb er die Idee wieder verworfen hatte.

Er sagte sich, dass er sich zu schade dafür war. Auf diese Weise hatte er als Jugendlicher seine Konflikte gelöst, nun ja, vielleicht auch noch als junger Erwachsener, aber heute doch nicht mehr. Dabei sah er großzügig über den Umstand hinweg, dass er sich erst in der vergangenen Woche mit Shane einen Boxkampf geliefert hatte.

Es war bereits nach zehn Uhr abends, was es wenig wahrscheinlich machte, dass noch ein Anruf kam, der ihn ablenken könnte. Er hätte nicht hier zu sein brauchen, aber er mochte die Atmosphäre in seinem Büro, die Stille und Einsamkeit und das ganze Drumherum, das ihm so angenehm vertraut war.

Er überlegte, ob er sich noch mal einen Kaffee aufbrühen sollte, bevor er zu Bett ging, verwarf diesen Gedanken jedoch gleich wieder, weil er den Aufwand scheute.

Er konnte sich nicht erinnern, jemals in seinem Leben so erzürnt und zugleich so müde gewesen zu sein. Normalerweise hatte Wut eine genau entgegengesetzte Wirkung auf ihn. Sein Blut erhitzte sich, und sein Adrenalinspiegel stieg an. Doch jetzt war er völlig k. o. Er vermutete, dass es daher kam, weil sich sein Ärger zum größten Teil gegen ihn selbst richtete.

Wenn eine Frau einen Mann verletzte, war es für den Mann die natürlichste Sache der Welt, seine Verletztheit in Wut zu verwandeln. Hatte er einen Fehler gemacht?

Und jetzt schmollst du, dachte er, das Gesicht verziehend. Er vermisste sie mehr, als wenn sie tot wäre. Die ganzen Jahre über hatte er sie vermisst.

Er sollte lieber endlich seinen blöden Hintern hochkriegen und etwas unternehmen, statt weiter hier herumzusitzen und darüber zu brüten, was er hätte tun sollen oder nicht.

Doch er hatte keine Ahnung, was er unternehmen könnte – außer sich selbst zu bemitleiden. Er hatte sich weit vorgewagt, zu weit, und hatte eine Bauchlandung gemacht.

Zur Hölle damit, dachte Devin, lehnte sich zurück, das Buch auf seiner Brust, und schloss die Augen. Er befahl sich, an etwas anderes zu denken.

Er musste mit dem Bürgermeister sprechen, damit der veranlasste, dass am Ende der Reno Street ein Stoppschild angebracht wurde. Drei Unfälle innerhalb eines Jahres waren ein guter Grund, die Dinge energisch voranzutreiben. Dann war da noch der Vortrag, den er versprochen hatte an der Highschool zu halten, und außerdem sollte er Shane dieses Jahr unbedingt wieder beim Heumachen helfen …

Langsam driftete er ins Reich der Träume hinüber. Irgendwie war er vom Heufeld vor ihre Schlafzimmertür gekommen. Cassie? Nein, das war nicht Cassie.

Abigail. Liebe und Verlangen erwachten in ihm. Warum sah sie nicht, dass sie ihn ebenso brauchte wie er sie und mit ihm gehen musste? Wollte sie ewig so sitzen bleiben, die gefalteten Hände in den Schoß gelegt, und blicklos ins Weite starren?

Es erschien ihm, dass nichts, was er sagen könnte, sie überzeugen würde, mit ihm zu kommen. Nein, sie würde sich weiter vor ihm verschließen und alles von sich weisen, das er ihr anbot.

Zorn vermischte sich mit Liebe und Verlangen. Er war es müde, wie ein Bittsteller vor ihr zu stehen, den Hut in der Hand.

»Noch einmal bitte ich dich nicht«, sagte er ihr. Sie schaute ihn nur schweigend an. »Ich werde nicht mehr zu dir kommen, nur damit du mir wieder mein Herz brechen kannst. Ich habe lange genug gewartet. Wenn es denn sein muss, gehe ich allein weg. Ich werde Antietam verlassen. Ich kann hier nicht leben in dem Bewusstsein, dass du ganz in meiner Nähe bist und doch außerhalb meiner Reichweite. Ich werde das bisschen, was von meinem Leben noch übrig ist, zusammenraffen und so schnell wie möglich von hier verschwinden.«

Wieder sagte sie nichts, und er wusste, das war das Ende. Er drehte sich um und ging. Ihr Weinen begleitete ihn bis hinunter auf die Straße.

Cassie stand vor dem Schreibtisch und schlang den Riemen ihrer Handtasche um ihre Finger. Sie hatte nicht damit gerechnet, ihn schlafend vorzufinden, und wusste jetzt nicht, ob sie ihn wecken oder sich besser leise wieder davonmachen sollte.

Von ihm ging nichts Friedvolles aus. Sein Gesicht wirkte angespannt, selbst jetzt im Schlaf, und seine Lippen bildeten eine dünne, harte Linie. Sie wünschte, sie hätte den Mut, die Falten, die von seinen Nasenflügeln zu den Mundwinkeln hinabliefen, zu glätten und ihn dazu zu bringen zu lächeln.

Es war das alte Problem. An Mut hatte es ihr stets gemangelt.

Als er unerwartet die Augen öffnete, zuckte sie zusammen wie ein erschreckter Hase. »Entschuldige. Ich wollte dich nicht wecken.«

»Ich habe nicht geschlafen.« Zumindest glaubte er das. Sein Kopf war vernebelt von Rosenduft, und einen Moment lang bildete er sich ein, dass sie das lange blaue Kleid mit dem Spitzenkragen trug.

Was natürlich völliger Unsinn war. Sie hatte wie immer eine ordentlich gebügelte Bluse und Slacks an. Er fuhr sich mit den Fingern durchs Haar. »Ich habe mir nur ein paar Dinge durch den Kopf gehen lassen. Beruflicher Kram.«

»Wenn du zu tun hast, kann ich …«

»Was willst du, Cassie?«

»Ich …« Er war noch immer böse. Sie hatte es nicht anders erwartet, war darauf vorbereitet. »Ich muss dir ein paar Sachen sagen.«

»Okay. Schieß los.«

»Ich weiß, dass ich dich verletzt habe und dass du wütend auf mich bist. Du willst, dass ich mich nicht entschuldige. Es macht dich krank, wenn ich es tue, also werde ich es nicht tun.«

»Fein. Warum machst du mir nicht einen Kaffee?«

»Oh, ich …« Sie hatte sich bereits umgedreht und die Hand nach der Kaffeekanne ausgestreckt, als ihr aufging, was zu tun sie im Begriff stand. Sie holte tief Atem, wirbelte herum und sah ihn an. »Nein.«

»Nun, das ist immerhin etwas.«

»Ich bin daran gewöhnt, Menschen zu bedienen.« Jetzt wurde sie wütend, was ihr nicht ungelegen kam, aber es war doch etwas, mit dem sie schlecht umgehen konnte. »Wenn es dich stört, kann ich dir auch nicht helfen. Vielleicht gefällt es mir ja, Leute zu bedienen, was weißt du schon? Mag sein, dass ich mir dann nützlicher vorkomme.«

»Ich will aber nicht, dass du mich bedienst.« Ihm entging nicht, dass sie wütend war. Ihre Augen sprühten regelrecht vor Zorn, und er war fasziniert, als er es sah. »Ich will nicht, dass du dich mir verpflichtet fühlst.«

»Nun, irgendwie tue ich das aber. Ich kann nichts dagegen machen. Und die Tatsache, dass das so ist und dass ich dir obendrein auch noch dankbar bin … Schrei mich nicht wieder an, Devin.«

Beeindruckt von ihrem bestimmten Tonfall machte Devin den Mund zu. Einen Moment später öffnete er ihn wieder und sagte: »Würde ich aber gern.«

»Dann warte zumindest, bis ich zu Ende geredet habe.« Eigentlich ist es gar nicht so schwer, dachte sie. Fast so wie mit den Kindern. Du musst nur hart, aber fair bleiben und darfst dich nicht ablenken lassen. »Ich habe gute Gründe, mich dir verpflichtet zu fühlen und dir dankbar zu sein, doch das heißt nicht, dass ich dir nicht auch noch ganz andere Gefühle entgegenbringe.«

»Welcher Art?«

»Das weiß ich nicht genau. Ich glaube, ich habe noch nie für einen Mann wirklich etwas empfunden, aber ich möchte deine Freundschaft und deine … Zuneigung nicht verlieren. Nach den Kindern bist du für mich der wichtigste Mensch, Devin. Wenn ich mit dir zusammen bin …« Sie kam immer mehr aus dem Konzept, und dafür hasste sie sich. »Ich fand es zum Beispiel heute Nachmittag – bevor du die Nerven verloren hast – unheimlich schön. Es war irgendwie etwas ganz … Besonderes.«

Ihr Anblick rührte ihn zutiefst. »Okay, Cassie, warum können wir nicht …«

»Ich bin hierhergekommen, um mit dir ins Bett zu gehen.«

Ihm fiel der Unterkiefer herunter. Noch bevor er sich fassen konnte, flog die Tür auf, und Shane kam hereinmarschiert.

»He, Dev. Hallo, Cassie. Wollte nur mal hören, ob du vielleicht Lust hast, ein paar Runden Billard mit mir zu spielen. Warum kommst du nicht einfach mit, Cassie? Es wird wirklich langsam Zeit, dass du es auch lernst.«

»Zieh Leine, Shane«, murmelte Devin, ohne Cassie aus den Augen zu lassen.

»Sei kein Spielverderber, Dev, du hast doch eh nichts zu tun als hier rumzuhocken und zu schmökern und eine Tasse abgestandenen Kaffee nach der anderen in dich reinzukippen.« Versuchsweise hob er die fast leere Kaffeekanne, die auf der eingeschalteten Wärmeplatte stand, hoch und schnüffelte daran. »Diese Brühe wird dich eines Tages noch umbringen.«

»Verdufte endlich.«

»Was ist denn eigentlich los? Dabei wollte ich doch nur …« Verständnislos schüttelte Shane den Kopf. Einen Moment später jedoch, als er den Blick auffing, mit dem sein Bruder Cassie anstarrte, und sah, wie sie zurückstarrte, ging ihm ein Licht auf. »Oh. Oooh«, wiederholte er dann lang gezogen.

»Ich gebe dir noch genau zehn Sekunden, dich dünne zu machen.«

»Schon gut, schon gut, ich gehe ja schon. Woher sollte ich denn wissen, dass du und Cassie …«

»Morgen«, sagte Devin ruhig und schaffte es schließlich, seinen Fuß vom Schreibtisch zu nehmen, »werde ich dich auseinandernehmen, stell dich schon mal darauf ein, Shane.«

»Verstanden. Da ich vermute, dass ihr keine Lust habt, Billard zu spielen, verabschiede ich mich jetzt. Äh … willst du vielleicht gleich hinter mir abschließen?«, erkundigte er sich mit süffisantem Grinsen, als Devin sich erhob, dann machte er, dass er hinauskam.

»Was hast du gesagt, bevor mein idiotischer Bruder reinplatzte?« Devin ging um den Schreibtisch herum und kam langsam auf sie zu.

»Dass ich hergekommen bin, um mit dir ins Bett zu gehen.«

»Ist ja nicht zu fassen. Ist das deine Art, zerdeppertes Geschirr zu kitten und dir meine Freundschaft zu erhalten? Eine neue Art von Entschuldigung vielleicht?«

»Nein.« Oh, wieder einmal hatte sie alles falsch gemacht. Er sah überhaupt nicht danach aus, als wäre er an einem Liebesabenteuer interessiert, er wirkte nur fassungslos. »Ja, vielleicht. Ich bin nicht sicher. Ich weiß eigentlich nur, dass ich dachte, dass es das ist, was du willst. Stimmt das nicht?«

»Ich habe dich gefragt, was du willst.«

»Das kann ich dir sagen.« Himmel, hatte sie das nicht längst laut und deutlich gesagt? »Ich bin hergekommen, stimmt's? Ich habe Ed angerufen und sie gebeten, heute Nacht bei den Kindern zu bleiben, und jetzt bin ich hier.« Sie schloss kurz die Augen. »Es ist nicht leicht für mich, Devin.«

»Das sehe ich.« Noch immer fassungslos schüttelte er den Kopf. »Lass mich ganz ehrlich sein. Natürlich begehre ich dich, Cassie, aber ich will einfach nicht, dass du denkst, es mir schuldig zu sein, nur damit die Dinge zwischen uns wieder in Ordnung kommen.«

Jetzt tat sie etwas, das sie schon einmal getan hatte. Damals hatte es funktioniert. Sie legte die Hände an seine Wangen, stellte sich auf die Zehenspitzen und küsste ihn.

»Und jetzt wartest du darauf, dass ich mich auf dich stürze«, brummte Devin heiser.

»Ja, weil ich nicht so gut darin bin.« Sie warf ihre Handtasche auf einen Stuhl. »Das bin ich nie gewesen.«

»In Bezug auf Sex?«

»Natürlich in Bezug auf Sex«, erwiderte sie. »Wovon sprechen wir denn sonst im Moment?«

»Ich kann mich nur wundern«, sagte er kopfschüttelnd, als er sah, wie sie, ganz entgegen ihrer sonstigen Gewohnheit, hektisch im Zimmer auf und ab rannte.

»Ich weiß nicht, was du willst oder wie ich es dir geben soll. Wenn du das tust, was du sonst mit anderen Frauen auch immer tust, wird es schon klappen. Es ist nicht so, dass ich es nicht mögen würde, ich bin sicher, es wird mir gefallen. Es ist nicht deine Schuld, dass ich mich so ungeschickt anstelle und so verkrampft bin oder dass ich keinen Orgasmus bekomme.«

Er starrte sie an, und sie unterbrach sich entsetzt. Die Sache begann sich zum reinsten Albtraum auszuwachsen. »Wie bitte?«

Jemand anders hat diese Frage gestellt, dachte sie kopflos, doch als sie wieder aufschaute, war weit und breit nur er da. Und doch musste es jemand anders gewesen sein. Alles, was ihr blieb, war, sich mit Macht der Schameswelle, die sie fortzureißen drohte, entgegenzustemmen und weiterzureden.

»Ich will damit nur sagen, dass ich mit dir schlafen will, wirklich. Ich bin mir sicher, dass es schön werden wird, weil ich es auch schön finde, wenn du mich küsst. Deshalb wird alles andere auch schön werden, ich bin überzeugt davon. Und wenn du die Initiative ergreifen würdest, käme ich mir wenigstens nicht ganz so blöd vor.«

Was zum Teufel sollte er jetzt tun? Schon als er sie geküsst hatte, war ihm nicht entgangen, dass sie, obwohl Mutter von zwei Kindern und fast ein Jahrzehnt lang verheiratet, im Grunde genommen noch immer fast so etwas wie eine Jungfrau war.

Das machte ihm Angst.

Er erwog ihr zu sagen, dass sie es ganz langsam angehen sollten. Dann aber wurde ihm klar, dass das ein falscher Weg war. Sie hatte sich so weit vorgewagt, er durfte sie jetzt nicht zurückstoßen.

»Ich soll mit dir machen, wonach mir zumute ist?«, fragte er vorsichtig.

Ihr fiel ein Stein vom Herzen, und sie lächelte. »Ja.«

Ihr Angebot bewirkte ein vertrautes Ziehen in seinen Lenden. Er war sich allerdings darüber klar, dass er sein Begehren im Zaum halten musste, wenn er wollte, dass auch sie etwas davon hatte. »Und ich soll dir sagen, was du tun sollst, und dann tust du es?«

»Ja.« Oh, es war wirklich ganz einfach. »Wenn du nicht zu viel von mir erwartest und …«

»Dann sollten wir vielleicht am besten so anfangen.« Er legte seine Hand auf ihre Schultern und näherte sich mit seinen Lippen ihrem Mund. »Das ist zum Beispiel etwas, das ich sehr gern mag, Cassie.«

»Einverstanden.«

»Ich will dir sagen, dass du keine Angst vor mir zu haben brauchst, ich werde dir nicht wehtun.«

»Ich habe keine Angst. Ich weiß, dass du mir nicht wehtun wirst.«

»Und ich will dir etwas versprechen.« Er tupfte kleine Küsse auf ihre Wangen und spürte, wie sich ihre Schultern langsam unter seinen Händen entspannten.

»Okay.«

»Wenn du sagst, ich soll aufhören, werde ich sofort aufhören. Also lass mich bitte wissen, wenn ich etwas tue, das du nicht magst.«

»Das wirst du schon nicht.«

Als er ihr Ohrläppchen küsste, durchzuckte es sie. »Versprich es mir.«

»Ich verspreche es.«

Jetzt nahm er sie an der Hand und führte sie in das kleine Hinterzimmer, in dem er zu übernachten pflegte. Es war dunkel. In dem Raum stand nicht mehr als ein schmales Bett und ein wackliger Tisch mit einem Aschenbecher darauf, den er nur noch selten benutzte.

»Wir sollten es nicht hier machen. Besser wäre es wohl, ich würde mit dir irgendwohin fahren, wo es gemütlicher ist.«

»Nein.« Es musste jetzt sein, hier und jetzt. Sie wollte es hinter sich bringen. Und was spielte die Atmosphäre schon für eine Rolle, wenn es dunkel war und sie die Augen geschlossen hielt? »Hier ist es gut.«

»Wir wollen es aber besser machen als einfach nur gut.«

Er zündete eine Kerze an, sodass der Raum zumindest schwach erleuchtet war. Selbst wenn sie erregt sein sollte, kann sie die Erregung im Moment nicht spüren, dachte er, aufgeregt wie sie ist. In ihren Augen war sie im Begriff, sich zu opfern.

Er würde ihr zeigen, dass es auch anders ging.

»Ich liebe dich, Cassie.« Es spielte keine Rolle, dass sie ihm nicht glaubte. Er würde es ihr beweisen. Er küsste sie erneut, langsam, tief und geduldig. Er legte sein ganzes Gefühl in diesen Kuss. »Umarme mich«, flüsterte er.

Gehorsam, um ihm eine Freude zu machen, legte sie die Arme um ihn. Als sie spürte, wie hart sein Körper war, bekam sie einen kleinen Schreck. Er musste stark sein wie ein Bär. Wie seltsam es war, ihn in den Armen zu halten. Während er ihren Hals küsste, streichelte sie seinen Rücken.

»Ich möchte dich sehen.« Er spürte, wie sie sich anspannte, doch seine Lippen wanderten unbeirrt weiter über ihre Kehle hinab zu ihrer Halsgrube. Er störte sich nicht an ihrer Schüchternheit. Im Gegenteil, er fand diesen Umstand eher anregend. »Du hast so ein hübsches Gesicht.« Er hielt sie mit Blicken fest, während er ihre Bluse langsam aufknöpfte. »Augen wie Nebel und dieser sexy Mund.«

Sie blinzelte kurz, als er ihre Bluse öffnete. Niemand hatte ihr jemals gesagt, dass irgendetwas an ihr sexy sei. Dann glitt sein Blick tiefer, und der unartikulierte Ton, der jetzt tief aus seiner Kehle aufstieg, verursachte ihr ein Flattern im Bauch.

Er bedeckte ihre Brüste mit seinen Händen, hielt sie so behutsam fest, als seien sie aus wertvollem Glas, das ganz leicht zerbrechen konnte, wenn man unachtsam damit umging.

»Hübsch.«

»Sie sind zu klein.«

»Perfekt.« Er hob seinen Blick und schaute ihr wieder in die Augen. »Einfach perfekt.« Er sah, wie ihre Lider flatterten, als er mit den Daumen über ihre Knospen strich. Als sie sich verhärteten und ein Schauer durch Cassies Körper lief, wobei ihre Augen dunkel wurden, erhitzte sich das Blut in seinen Adern.

Was tat er da? Warum drückte und zerrte er nicht an ihr herum? In ihrem Kopf begann sich alles zu drehen. Benommen hörte sie ihr eigenes Stöhnen.

»Musst du unbedingt deine Augen zumachen?«, fragte er. Es war nicht ganz einfach, die Hände ruhig zu halten, nicht auf dieser Haut, die sich anfühlte wie gesponnene Seide. »Ich mag es, wenn sie sich verschleiern, wenn ich dich streichle. Ich liebe es, dich anzufassen, Cassie.«

»Ich bekomme keine Luft.«

»Du atmest aber ganz regelmäßig. Nur dein Herz klopft ein bisschen schnell.« Er küsste ihre Schulter, dann richtete er sich auf und zog sich das Hemd aus. »Fühl mal meins.«

Oh mein Gott, dachte Cassie, als er mit nacktem Oberkörper vor ihr stand. Er sah aus wie aus einem dieser teuren, eleganten Hochglanzmagazine entsprungen, Arme und Brust muskulös, mit einer glatten, herrlich geschmeidigen Haut. Sie zögerte nur den Bruchteil einer Sekunde, ehe sie eine Hand auf seine Brust legte und lächelte. »Es hämmert. Willst du jetzt?«

»Oh, Cassie.« Ein verzweifeltes Aufstöhnen hinunterschluckend zog er sie in seine Arme und genoss das Gefühl, ihre Haut an seiner Haut zu spüren, in vollen Zügen. »Ich habe doch noch nicht mal angefangen.«

Weil sie ihn vollkommen missverstand, zog sie die Brauen zusammen, schluckte ihr Unbehagen hinunter und griff ihm beherzt in den Schritt.

Er ließ, einen Fluch ausstoßend, von ihr ab und wich ein Stück zurück. Erschrocken schlang sie die Arme um sich, um ihre Blöße zu bedecken, und starrte ihn an.

»Ich dachte … ich dachte, du willst … du hast gemeint …« Großer Gott, seine Männlichkeit war hart und so groß.

Er beschloss, gute Miene zum bösen Spiel zu machen. »Darling, mach das um Himmels willen nicht noch mal. Ich will mich nicht selbst beschämen, und wir haben noch nicht mal richtig angefangen. Lass mich dich noch ein Weilchen streicheln.«

»Es macht mir nichts aus, und du bist doch schon ganz …«

»Ich weiß selbst, was ich bin. Du hast gesagt, du tust, was ich will«, erinnerte er sie. »Und jetzt will ich, dass du mich anschaust.«

Als sie seiner Aufforderung gefolgt war und den Blick gehoben hatte, begann er wieder, ihre Brüste zu streicheln. Er sah den überraschten Ausdruck, der über ihr Gesicht huschte, und spürte, wie sich ihre Brust rascher hob und senkte.

Als sie schließlich die Augen schloss, nahm er sie in die Arme, hob sie hoch und legte sie aufs Bett. Er kniete sich neben sie und ließ seine Lippen über ihren Hals, das Schlüsselbein, ihre Brüste wandern.

Sie krallte sich in seine Schultern, und ihr Körper hob sich ihm entgegen, während er langsam mit der Zunge ihre Knospen zu umkreisen begann. In ihrem Schoß entfaltete sich eine plötzliche Hitze, die sie sich nicht erklären konnte und von der sie glaubte, fast verzehrt zu werden. Um ihren Kopf wieder freizubekommen, schüttelte sie ihn.

»Devin.«

Er streichelte sie weiter mit seiner Zunge. »Soll ich etwa aufhören?«

»Nein. Nein.«

»Gott sei Dank.«

Ein Schauer durchlief ihren Körper. Devin legte sich auf sie und suchte ihren Mund. Als er sie jetzt zu küssen begann, wühlten sich ihre Hände in sein Haar, ihr Atem kam stoßweise. Ihre Lippen waren heiß.

Seine Finger tasteten nach ihrem Hosenknopf. Er öffnete ihn und zog dann den Reißverschluss auf. Als er ihr die Hose über die Hüften schob, versteifte sie sich nur ein wenig.

Sie würde ihm seinen Spaß nicht verderben, das hatte sie sich geschworen. Was auch immer jetzt kommen mochte, sie würde es klaglos über sich ergehen lassen. Sie war längst entschädigt worden, weil alles andere vorher so schön gewesen war. Solche Gefühle wie eben hatte sie noch niemals verspürt. Es war seltsam, aber das Ziehen in ihren Lenden war nicht unangenehm, sondern im Grunde genommen sogar erregend. Doch das konnte nicht sein, weil sie eine Frau war, die kein Verlangen empfinden konnte. Seine Hände waren hart und seine Handflächen rau, und doch lag in seinen Berührungen eine Zartheit, die sie staunen machte. Wenn es nach ihr gegangen wäre, hätte er sie bis in alle Ewigkeit so weiterstreicheln können. Wie eine Verdurstende das Wasser nahm sie seine Zärtlichkeiten in sich auf und gab sich den Schauern hin, die sie in immer kleineren Abständen durchfuhren.

Gleich war sie nackt, und dann würde es vorbei sein. Aber er würde sie sicher und warm in den Armen halten, wenn sie es hinter sich gebracht hatten. Davon war sie felsenfest überzeugt. Und das würde ihr reichen.

Die Kerze verbreitete ein weiches Licht, und sie fühlte plötzlich eine Zärtlichkeit in sich aufsteigen, die sie schier zu überwältigen drohte. Er hatte in ihr das Gefühl erzeugt, begehrenswert, wirklich begehrenswert zu sein. Sie legte ihm die Arme um den Nacken und zog ihn zu sich herunter.

Als er sich nicht wie erwartet über sie warf, um in sie einzudringen, öffnete sie verwirrt die Augen und schaute ihn an. Er machte sich von ihr frei, legte sich neben sie und begann wieder, ihren Körper zu streicheln.

»Dräng mich nicht«, sagte er sanft. »Ich möchte mich noch ein wenig an dir erfreuen.«

Zu ihrem Erstaunen begann er nun, über ihre Haut, ihre Augen, ihre Brüste, ihren Bauch und ihre Beine zu sprechen. Das, was er sagte und wie er es sagte, flüsternd, mit belegter Stimme und unverhülltem Begehren, entfachte erneut dieses nie gekannte, unerklärliche Feuer in ihrem Schoß.

Sie registrierte voller Dankbarkeit, dass er nicht zu erwarten schien, dass sie etwas erwiderte. Das wäre ihr unmöglich gewesen, weil sie schon genug Mühe hatte zu atmen.

Sie war so unglaublich süß, ihre Unschuld rührte und erregte ihn zugleich. Diese Unschuld aber war es auch, die ihn immer wieder mahnte, sein Verlangen im Zaum zu halten und langsam, Schritt für Schritt, auf sie zuzugehen. Zwölf Jahre, dachte er, während er hörte, wie sie den Atem anhielt, als er mit seinem Finger an der Innenseite ihres Oberschenkels hinauffuhr, und gleich darauf laut ausatmete. Wenn ein Mann es schaffte, so lange zu warten, brachte er selbst dann noch, wenn sich das Blut in seinen Adern in glühende Lava verwandelt hatte, die Geduld eines Heiligen auf.

Wieder küsste er ihre Brüste. Sie waren klein und fest und dufteten nach Frühling. Unter seinen Lippen fühlte er ihr Herz pochen, schnell und hart. Es gab keinen Zweifel – das, was er tat, bereitete ihr Lust.

Er wollte ihr mehr geben, wollte ihr alles geben. Sie sehnte sich ebenso sehr danach wie er selbst, das konnte er deutlich spüren.

Nur wusste sie es im Gegensatz zu ihm noch nicht. Deshalb begann er sie nun zwischen ihren Schenkeln zu streicheln, bis sie sich unter seinen Händen zu winden begann und laut aufstöhnte. Er würde ihr zeigen, wie man den Gipfel erstürmte und dass man den Fall nicht zu fürchten brauchte.

Es war zu heiß, einfach zu heiß. Sie brannte innerlich lichterloh und konnte nicht stillhalten. Ihr Begehren leckte plötzlich an ihr wie gierige Flammen, und es schien nichts zu geben, was den verheerenden Flächenbrand aufhalten konnte. Irgendetwas in ihr jagte etwas anderem hinterher, und nichts in der Welt schien diese wilde Jagd aufhalten zu können. Sie bekam kaum noch Luft, der Lustschauer – Lustschauer? – waren es zu viele, und sie folgten zu rasch aufeinander.

Als sie sich laut aufstöhnen hörte, biss sie sich rasch auf die Lippen, um den Laut zu ersticken.

»Du kannst schreien.« Devins Stimme war heiser. »Schrei ruhig, niemand außer mir kann dich hören. Lass dich einfach los, Cassie.«

»Ich kann nicht.«

Er tauchte seinen Finger in sie ein, ihm schwindelte. Sie war heiß und nass und mehr bereit für ihn, als sie ahnte. »Bitte mich, nicht aufzuhören«, flüsterte er. »Bitte, bitte mich nicht.«

»Nein. Nein. Ich mach's nicht.«

Und dann entfuhr ihr ein Schrei, der sie eigentlich hätte erschrecken müssen, so laut und wild war er, doch sie hörte ihn nicht, so sehr war sie davon in Anspruch genommen, das herrlichste und befreiendste Gefühl, das sie in ihrem Leben je erlebt hatte, bis zur Neige auszukosten. Cassie bäumte sich auf und fiel einen Moment später völlig erschöpft in sich zusammen.

Devin stöhnte laut auf vor Verlangen. »Und noch mal«, flüsterte er. Um sein Begehren unter Kontrolle zu halten, krallte er sich mit der einen Hand in das zerknüllte Laken, während er sie mit der anderen erneut erregte. Wieder bäumte sie sich auf in atemloser Lust, doch als sie sich verlangend gegen seine Hand drückte, ließ er von ihr ab. Diesmal würde er ihr Begehren mit seinem Körper stillen und seines mit ihrem.

Er schob sich über sie und glitt in sie hinein. Er nahm sie trotz seiner kaum mehr bezähmbaren Begierde langsam und mit sehr viel Gefühl. Überlegt und geduldig suchte er mit seinen sanften und doch festen und tiefen Stößen ihr Begehren erneut zu wecken, obwohl er inzwischen mit seiner Selbstbeherrschung so gut wie am Ende war.

Als sie sich unter ihm aufbäumte und er spürte, dass ihr Höhepunkt unmittelbar bevorstand, ließ auch er sich los. Diesmal würde er mit ihr gemeinsam den Gipfel erklimmen. Endlich. Endlich. Mit ihr. Nur mit ihr. Nachdem er so lange gewartet hatte, war es nun so weit. Er umklammerte ihre Hand, die zur Faust geballt auf dem Laken lag. Und dann gab er sich ihr und der unbeschreiblichen Ekstase hin.

Sie hörte gar nicht mehr auf zu zittern, aber ihr war nicht kalt.

Überhaupt nicht kalt. Im Gegenteil. Die Hitze, die von ihrem Körper ausging, ebenso wie von Devin, der über ihr lag, war fast unerträglich und schien in Wellen, die zwar nicht sichtbar, aber fühlbar waren, nach oben zu steigen. Devin keuchte, als hätte er eben einen Tausendmeterlauf hinter sich gebracht, er lag mit seinem vollen Gewicht auf ihr und drückte sie auf die Matratze, sodass sie die Bettfedern in ihrem Rücken spüren konnte.

Es war herrlich.

Sie verstand, zum ersten Mal in ihrem Leben, die Geheimnisse der Dunkelheit.

»Ich weiß, dass ich dich fast zerquetsche«, flüsterte er schließlich heiser. »Ich roll mich jetzt langsam runter, okay?«

»Nein, geh nicht weg.« Sie schlang die Arme um seinen Hals, um ihn bei sich zu halten. Er war noch immer in ihr. Es fühlte sich großartig an. »Es ist so schön.«

»Ich weiß es zu würdigen, dass du das alles hast über dich ergehen lassen, obwohl du dir aus Sex überhaupt nichts machst.«

Sein trockener Tonfall ließ sie aufhorchen, aber sie war zu glücklich, um zu bemerken, dass er sie aufzog. »Es hat mir nichts ausgemacht«, sagte sie und lächelte gegen seinen Hals. »Devin, es war wundervoll. Wirklich, ich …«

»Ich weiß. Mehrmals. Ich habe genau mitgezählt.«

Sie lachte und bemerkte mit Erstaunen, dass sie sich nicht einmal beschämt fühlte. »Hast du nicht.«

»Aber selbstverständlich.« Er brachte die Energie auf, den Kopf zu heben, um ihr in die Augen zu schauen. »Du kannst mir später danken.«

Ihr Lächeln vertiefte sich. Noch nie hatte sie ein Mann so angesehen, so durch und durch satt und zufrieden und erschöpft. »Es war schön. Und für dich?«

»Ja, hat sich gelohnt, so lange darauf zu warten.« Er nahm ihre Hand, drehte sie um und bedeckte die Innenseite mit kleinen Küssen. »Aber auf das nächste Mal will ich nicht wieder zwölf Jahre warten.«

»Das musst du auch ganz bestimmt nicht.« Alles kam ihr so unwirklich vor, und sie fühlte sich wie im Traum. »Du siehst wirklich umwerfend gut aus.«

»Das ist der Fluch, der auf den MacKades liegt.«

»Ich meine es ehrlich.« Sie hob ihre Hände und legte sie an sein Gesicht. Es fiel ihr plötzlich so leicht, ihn zu berühren und mit ihren Fingerspitzen über die beiden Grübchen neben den Mundwinkeln zu fahren. »Kannst du dich noch daran erinnern, wie ich als kleines Mädchen manchmal zu euch raus auf die Farm gekommen bin, um deine Mutter zu besuchen?«

»Sicher. Du warst ein süßes kleines Ding damals, aber ziemlich mager, und ich hab dich kaum beachtet. Mein Fehler.«

»Ich habe dich oft beobachtet. Vor allem im Sommer, wenn du mit nacktem Oberkörper draußen gearbeitet hast.«

Er grinste anzüglich. »Soso, die kleine Cassie …«

»Ich war eine ganze Weile ziemlich verrückt nach dir, da habe ich mir alles Mögliche zusammengesponnen.« Sie kicherte. »Dass es aber mal so werden könnte wie jetzt, hätte ich mir nicht im Traum ausmalen können.« Sie schwieg einen Moment. »Eigentlich kann ich es kaum glauben, dass ich das alles zu dir sage.«

»Unter gewissen Umständen kann man noch viel mehr sagen.« Er hoffte, dass sie das tun würde. Er spürte, dass er in ihr schon wieder hart wurde.

»Ich war ungefähr zwölf, und du warst immer sehr nett zu mir. Ihr alle. Ich bin gern zu euch rausgekommen, einfach so, weißt du, um bei euch zu sein. Aber noch schöner war es, wenn Sommer war und du kein Hemd anhattest und schwitztest. So wie jetzt.« Versuchsweise fuhr sie ihm mit dem Finger über seine Schulter. »Ich finde es schön, wenn die Haut vor Schweiß glänzt. Du hast so einen schönen Körper. So tolle Muskeln … Manchmal, wenn du zu Ed gekommen bist, habe ich gesehen, wie dir die Frauen seufzend nachgestarrt haben.«

»Erzähl weiter.«

»Nein, wirklich, das war so. Natürlich war es bei deinen Brüdern nicht anders, das will ich ja gern zugeben.«

»Jetzt machst du alles kaputt.«

Sie lachte und hob die Hand, um sich eine Strähne ihres zerzausten Haares aus dem Gesicht zu wischen. »Okay. Aber bei dir haben sie lauter und länger geseufzt.«

»Schon besser.«

»Und Ed sagte immer so was wie ›Diese MacKades haben wirklich die knackigsten Brötchen im ganzen Land‹.« Sie schluckte ein Kichern hinunter, riss die Augen auf und hielt sich die Hand vor den Mund. »Oh, das hätte ich besser nicht sagen sollen.«

»Zu spät. Nebenbei gesagt, kenne ich Eds besondere Vorliebe für diesen Körperteil. Hat sie mir selbst irgendwann mal erzählt.«

»Sie ist schamlos.« Cassie stieß einen tiefen Seufzer aus und schlang ihre Arme wieder um Devins Hals, einen Moment später wanderten ihre Hände langsam seinen Rücken abwärts. »Aber du hast wirklich eine außergewöhnlich wohl proportionierte Sitzfläche.«

»Jetzt bist du selbst dran schuld.« Als ihre Finger über seinen verlängerten Rücken glitten, begann er sich in ihr zu bewegen. Nichts hätte ihn mehr erfreuen können als der Anblick ihrer Augen, die sich jetzt vor Überraschung weiteten.

»Aber wie kannst du schon wieder … Oh, mein Gott!«

»Kein Problem«, versicherte er ihr. »Es ist mir ein Vergnügen.«

Später, lange Zeit später, rollte er sich neben ihr zusammen, sein Gesicht in ihr Haar vergraben, seine Beine um ihren Körper geschlungen, und hielt sie ganz fest, genau so, wie sie es sich erhofft hatte, und genau so, wie sie es brauchte.

8. Kapitel

Der Morgen graute bereits, als Cassie sich leise in ihre Küche schlich. Sie kam sich vor wie ein Teenager, der verbotenerweise von zu Hause ausgerückt war. Nicht dass sie früher jemals so etwas gewagt hätte. Oh nein, sie hatte sich immer eisern an alle Vorschriften gehalten.

Deshalb war sie jetzt umso aufgedrehter.

Sie hatte fast die ganze Nacht mit dem aufregendsten, bestaussehenden, zärtlichsten Mann verbracht, den sie jemals kennengelernt hatte.

Sie, Cassandra Connor-Dolin, hatte eine Affäre.

Sie musste sich die Hand vor den Mund halten, um das Lachen, das in ihr plötzlich aufstieg, zu unterdrücken. Ihr Herz raste noch immer, und ihr war ganz schummrig.

Sie war überzeugt davon, dass sie anders aussah, und versuchte ihr Spiegelbild in dem blinkenden Chrom des Toasters zu erhaschen. Dann wirbelte sie dreimal überglücklich im Kreis herum, ehe sie die Kaffeemaschine einschaltete.

Wenig später erinnerte sie sich an ihre Mutterpflichten und ging zu den Schlafzimmern ihrer Kinder, um nachzusehen, ob alles in Ordnung war. Auf dem Weg zu Connors Zimmer lief sie Ed, die ihre feuerroten Haare auf Lockenwickler aufgedreht hatte, in die Arme.

»Oh, entschuldige«, flüsterte sie. »Ich wollte dich nicht wecken.«

»Du warst so leise wie eine Maus, aber ich war schon wach, deshalb habe ich dich gehört.« Ed unterzog Cassie einer ausführlichen Musterung und war zufrieden mit dem, was sie sah. »Nun, wie ich sehe, geht's dir gut heute Morgen. Und rechtzeitig nach Hause gekommen bist du auch.«

Cassie warf rasch einen Blick auf ihren schlafenden Sohn, schloss leise wieder die Tür und ging dann zusammen mit Ed in die Küche. »Die Kinder haben dir keine Umstände gemacht?«

»Selbstverständlich nicht. Sie haben keinen Pieps von sich gegeben.« Ed grinste in sich hinein, während sie Cassie beim Frühstückmachen beobachtete. »Erzählst du mir, wie es war?«

Cassie stieg das Blut in die Wangen, doch es war wohl mehr der Gedanke an die Lust der vergangenen Stunden als die Schamesröte. »Ich habe bei Devin übernachtet.«

»Das ist mir doch schon klar, Schätzchen.« Ed, die sich schon fast wie zu Hause fühlte, legte zwei Weißbrotscheiben in den Toaster. »Deinem Gesicht nach zu urteilen, hattet ihr aber wohl was Besseres zu tun, als über den Lauf der Welt zu diskutieren, stimmt's, Cassie, Süße?«

Cassie drehte sich um und lächelte. Sie schaute Ed an, die in der einen Hand ein Marmeladenglas und in der anderen eine Milchflasche hielt, sah das hagere Gesicht, das glänzte von der Nachtcreme, die sie zentnerdick aufgetragen zu haben schien, das feuerrote, auf riesige Lockenwickler gedrehte Haar, den scheußlichen Bademantel und die Beine, die nicht viel dicker waren als Zahnstocher.

Cassie verspürte plötzlich eine tiefe Zärtlichkeit in sich aufsteigen. Ed war immer wie eine Mutter zu ihr gewesen und hatte ihr stets viel mehr Verständnis entgegengebracht als Constance Connor. Cassie stellte das Milchkännchen ab, ging auf Ed zu und legte ihr spontan die Arme um den Hals.

Überrascht drückte Ed ihre Lippen auf Cassies Haar. »Mein Baby …«

»Ich … ich fühle mich so … anders. Sehe ich auch anders aus?«

»Du siehst glücklich aus.«

»Ich hab Schmetterlinge im Bauch.« Cassie lachte über sich selbst und presste eine Hand auf ihren Bauch. »Fühlt sich aber gut an. Ich wusste nicht, dass es so sein kann.« Bevor sie sich wieder dem Kaffee zuwandte, warf sie einen kurzen Blick in den Flur. Ihre Kinder schliefen noch, und das würde sich auch in der nächsten halben Stunde nicht ändern. »Ich bin noch nie mit einem anderen Mann zusammen gewesen als mit Joe.«

»Ich weiß, Baby.«

»Wir haben erst nach der Hochzeit miteinander geschlafen. Ich wollte es so. Du weißt ja, ich bin streng erzogen, und ich wollte alles richtig machen.« Sie schenkte zwei Tassen Kaffee ein und schob eine davon Ed hin, dann setzte sie sich an den Küchentisch. »In der Hochzeitsnacht war ich natürlich ganz aufgeregt. Erinnerst du dich noch an das weiße Nachthemd, das du mir geschenkt hast? Es war wirklich wunderschön. Als ich mit Joe in dem Motel, in dem wir übernachten wollten, ankam, bat ich ihn um eine Stunde Zeit für mich allein. Ich hatte vor, ein langes Bad zu nehmen und … na ja, du weißt schon.«

»Das weibliche Ritual. Ja, ich weiß.«

»Er kam schon früher zurück – betrunken. So hatte ich mir meine Hochzeitsnacht nicht vorgestellt. Er zerriss mir mein Nachthemd und stieß mich aufs Bett. Dann schlug er mich, und anschließend machte er sich über mich her. Es war schrecklich. Natürlich fühlte ich nichts … nur Ekel und Schmerz.«

Ed schüttelte angewidert den Kopf. »Kein Mann auf dieser Welt darf seine Frau so behandeln. Wie konnte er das tun?«

»So war es aber. Und es hörte nie auf, die ganzen zehn Jahre über nicht. Er hat mich natürlich nicht jedes Mal geschlagen, bevor er mit mir geschlafen hat, aber auch dann fühlte ich nichts. Alles ging so schnell, und irgendwie kam es mir immer ein bisschen schmutzig vor, doch ich glaubte, dass das an mir läge, und Joe unterstützte mich nach Kräften in dieser Meinung. Als ich mit Connor schwanger war, ging es mir besser, weil er sich fast nie blicken ließ. Danach allerdings wurde alles nur noch schlimmer. Er schlug mich fast jeden Tag, und hinterher vergewaltigte er mich meistens.«

»Kaum zu glauben, dass du das überhaupt alles so lange mitgemacht hast.«

Cassie seufzte. »Na ja, du weißt ja, meine Mutter … und ich dachte doch auch, man müsse als Frau eben …«

»So ein Blödsinn«, fiel ihr Ed resolut ins Wort. »Aber ich hoffe doch, mittlerweile weißt du es besser, ja? Das hoffe ich doch.«

Cassie lächelte. »Oh ja. Aber weißt du, als ich gestern Abend zu Devin ging, hätte ich nicht geglaubt … nun, ich wusste natürlich, dass er mir nicht wehtun würde, zumindest nicht so wie Joe. Ich wollte mit ihm ins Bett gehen, weil ich ihn glücklich machen wollte, aber für mich selbst hab ich mir dabei nicht das Geringste erwartet … ich meine … ich …«

»Du hast die Nacht mit einem richtigen Mann verbracht«, beendete Ed Cassies Satz.

»Ja.« Die Erinnerung ließ Cassies Gesicht erstrahlen. »Es war so schön, dass ich schon wieder vom nächsten Mal träume.«

Ed lachte gackernd und drückte liebevoll Cassies Hand. »Schön für dich. So soll es sein.«

»Er hat gesagt, dass er mich liebt«, sagte Cassie leise. »Ich weiß, dass Männer so was sagen, wenn sie eine Frau begehren.«

»Ich denke, Devin MacKade ist ein Mann, der das, was er sagt, auch wirklich so meint. Und du? Liebst du ihn auch?«

»Ich weiß nicht. Ich bin mir einfach nicht darüber im Klaren, was Liebe eigentlich ist. Woher weiß man das? Dass ich Joe nicht geliebt habe, weiß ich, Ed. Ich habe ihn benutzt.«

»Cassandra …«

»Nein, widersprich nicht. Es ist so. Ich habe ihn benutzt, um von zu Hause wegzukommen. Ich wollte eine eigene Familie, und er war da. Ich war auch nicht fair zu ihm. Damit will ich natürlich nicht sagen, dass dies ihm das Recht gegeben hätte, mich zu schlagen«, fügte sie rasch hinzu, als sie das kriegerische Aufleuchten in Eds Augen sah. »Nichts gab ihm dazu das Recht, das ist mir klar. Aber ich habe ihn nicht geliebt, jedenfalls nicht so, wie eine Frau ihren Ehemann lieben sollte.«

»Er hat auch nichts getan, um sich deine Liebe zu verdienen.«

»Nein, das hat er nicht. Devin gegenüber empfinde ich so viele verschiedene Gefühle, und ich weiß nicht, ob eines davon vielleicht auch Liebe ist.«

»Dann nimm dir Zeit, es herauszufinden. Und wenn die Zeit reif ist, wirst du es schon merken, Darling. Glaub mir, ich kenne mich aus.«

In der Bibliothek hielt sich Cassie, wenn es möglich war, nie länger auf als nötig. Meistens richtete sie es so ein, dass irgendjemand anwesend war, wenn sie hier sauber machte.

Heute aber würde ihr das nicht gelingen. Die Kinder waren noch in der Schule und die Gäste ausgeflogen. Doch da es mittlerweile fast Mittag war, konnte sie ihre Reinigungsaktion nicht mehr länger hinauszögern, so gern sie das auch getan hätte.

Bewaffnet mit Putzeimer, Staubsauger und Staubtuch trat sie ein. Sie stellte die Sachen ab und machte sich als Erstes daran, die Bücher abzustauben. An verregneten Nachmittagen ließen sich die Gäste gern hier nieder und griffen nach einem spannenden Buch.

Sie fröstelte, obwohl es draußen warm war. Und plötzlich wusste sie, dass sie nicht allein war, spürte die Anwesenheit eines anderen Wesens.

Sie bildete sich ein, ihn sehen zu können – aus dem Augenwinkel heraus. Der massige Körper hatte Fett angesetzt, das Gesicht war schwammig und aufgedunsen.

Joe.

Das Erschrecken kam so jäh, dass sie den Staublappen fallen ließ, während sie auf dem Absatz herumwirbelte.

Da war niemand. Natürlich nicht. Weder Joe noch sonst jemand. Aber es war bitterkalt hier drin. Sie ging steifbeinig zum Fenster und versuchte, es mit tauben Fingern zu öffnen, um die Wärme von draußen hereinzulassen.

Sie fummelte an dem Griff herum, aber es gelang ihr nicht. Ihr Atem kam stoßweise, so verängstigt war sie plötzlich.

»*Du lässt dich von ihm nicht noch einmal anfassen, hast du mich verstanden? Hure.*«

Als sie einen eisigen Luftzug zu verspüren meinte, legte sie automatisch die Hände um ihre Schultern.

»*Glaubst du, ich hätte nichts gemerkt? Bildest du dir vielleicht ein, du könntest es in meinem eigenen Haus mit fremden Männern treiben?*«

Zitternd trat sie einen Schritt zurück und schaute sich langsam um. Beruhig dich, da ist niemand, versuchte sie sich gut zuzureden. Du siehst niemanden, also ist niemand hier. Aber woher kam dann die Stimme, die sie so klar hörte?

»*Hör zu. Ich werde es niemals zulassen, dass du mich verlässt. Eher will ich dich tot sehen.*«

Aber du liebst mich nicht! hätte Cassie am liebsten laut herausgeschrien. Du verachtest mich. Lass mich gehen!

»*Ich würde euch beide töten. Erinnere dich immer daran: bis dass der Tod uns scheidet. Der Tod ist deine einzige Möglichkeit zum Entkommen.*«

»Cassie.«

Ihr entfuhr ein erstickter Schrei, dann wirbelte sie herum. Devin stand im Türrahmen, die Augen vor Besorgnis zusammengekniffen. Ohne zu wissen, was sie tat, warf sie sich in seine Arme.

»Devin. Devin, du musst sofort wieder weg. Mach rasch, ehe er dich sieht. Er wird dich umbringen.«

»Was ist denn los? Wovon redest du eigentlich? Mein Gott, du zitterst ja wie Espenlaub. Hier drin ist es aber auch lausig kalt.«

»Spürst du es auch?« Sie klapperte mit den Zähnen, als sie sich von ihm freimachte.

»Aber ja. Kalt wie in einem Kühlschrank.« Er nahm ihre Hände in seine und begann sie warm zu rubbeln.

»Ich dachte erst, es sei Joe. Ich möchte schwören, dass ich gesehen habe, wie er auf mich zukam, aber dann … auf einmal …« Plötzlich begann sich das Zimmer vor ihren Augen zu drehen, und die Knie drohten ihr wegzusacken. Der Schwindelanfall dauerte nur einen Moment, dann fand sie sich in Devins Armen wieder. »Jetzt geht es mir aber wieder gut, wirklich Devin. Es ist vorbei.«

Die Bibliothek war wieder warm, sonnendurchflutet und hell. In der Luft hing ein schwacher Rosenduft und der Geruch nach Möbelpolitur. Devin hob sie hoch, trug sie zu dem weichen Ledersofa hinüber und legte sie sanft dort ab. »Warte, ich hole dir ein Glas Wasser.«

»Nein, nicht nötig. Mir fehlt nichts.« Sie wollte auf keinen Fall, dass er sie jetzt allein ließ. »Es liegt an diesem Raum hier.« Sie setzte sich halb auf. »Ich dachte, es sei Joe, aber er war es nicht. Es war Barlow.«

Sie ist noch immer ganz blass, dachte Devin besorgt. Wenigstens waren ihre Augen wieder klar. »Ist dir das schon mal passiert?«

»So noch nicht. Nicht so überdeutlich. Ich habe mich hier noch nie wohlgefühlt. Selbst in seinem ehemaligen Schlafzimmer halte ich mich lieber auf. Aber diesmal habe ich gehört, wie … Du denkst bestimmt, ich spinne.«

»Nein, denke ich nicht.« Er umrahmte ihr Gesicht mit beiden Händen und schaute ihr tief in die Augen. »Erzähl mir, was du gehört hast.«

»Okay.« Sie holte tief Luft und berichtete ihm, was geschehen war. »Er hat gesagt, er würde sie beide töten.«

»Los komm, lass uns hier rausgehen. Es ist unheimlich.«

»Aber ich bin doch noch nicht fertig mit Saubermachen …«

»Lass es gut sein für heute, Cassie.« Er griff nach ihrer Hand. »Erinnerst du dich noch an den Tag, an dem du den beiden alten Ladys die kleine Geschichtslektion erteilt hast?«

»Mrs. Cox und Mrs. Berman. Aber ja.«

»Du hast davon gesprochen, dass Abigail einen anderen Mann geliebt hat. Ich habe damals gedacht, dass du die Geschichte einfach ein wenig aufgepeppt hast, um sie romantischer erscheinen zu lassen.«

»Nein, so ist es nicht, Devin. Wie es genau ist, kann ich allerdings auch nicht erklären. Ich weiß nur, dass ich ihn wirklich und leibhaftig gesehen habe.«

Er blieb vor der Treppe, die zu ihrer Wohnung hinaufführte, stehen. »Wen?«

»Den Mann, den sie geliebt hat. Ich war in ihrem Zimmer, und als ich aufschaute, stand er an der Tür. Er schaute mich an und sprach zu mir, als sei ich Abigail. Aber sie war auch da, ich konnte es deutlich fühlen. Ihr Herz war gebrochen, und sie ließ ihn gehen. Hat ihn angefleht zu gehen. Weißt du, Devin, ich glaube, sie ist nicht einfach so gestorben, sondern sie hat sich umgebracht.«

Sie waren mittlerweile in Cassies Wohnzimmer angekommen und ließen sich auf der Couch nieder. »Wie kommst du denn darauf?«

»Ich weiß nicht, ich kann es nicht erklären, es ist nur so ein Gefühl. Es schien ihr der einzige Ausweg zu sein. Vielleicht komme ich nur deshalb darauf, weil ich auch manchmal so gedacht habe.«

Nichts, was er über sie wusste, hatte ihn mehr erschreckt als dieses Geständnis. »Ich hätte dir geholfen. Ich wollte dir immer helfen.«

»Ich weiß, aber ich konnte es nicht zulassen. Ich konnte nicht zulassen, dass mir überhaupt irgendjemand half. Auch Ed und Regan habe ich ja lange Zeit nicht an mich herangelassen. Natürlich war das falsch, heute weiß ich das, aber damals war es mir unmöglich, das zu sehen. Bis es so schlimm wurde, dass ich es wirklich nicht mehr länger aushalten konnte. Erst als mir klar wurde, dass er mich beim nächsten Mal wahrscheinlich umbringen würde, habe ich es geschafft, mich an Außenstehende zu wenden.« Sie nahm seine Hand. »Ich erzähle dir das nicht, um dich aufzuregen, sondern um dir zu erklären, woher ich weiß, was in Abigail vorging. Sie hatte niemanden, der ihr helfen konnte. Und das wusste er. Er hatte ganz bewusst dafür gesorgt, dass sie von den anderen Frauen in der Stadt abgeschnitten war und dass es für sie keinen Menschen gab außer ihm. Die Sklaven hatten viel zu viel Angst vor ihm, als dass sie sich in ihrer Not an sie hätte wenden können.«

Wieder stand ihr ein ganz klares Bild vor Augen. »Er hat sie auch geschlagen, Devin. Ich sah heute seine Faust. Nicht die von Joe, aber es ist dasselbe, weißt du. Genau dasselbe. Und als er den Jungen vor ihren Augen erschossen hat, wusste sie, dass er zu allem fähig war. Sie gab auf. Nicht einmal der Gedanke an ihre Kinder vermochte sie schließlich von dem abzuhalten, was sie als ihren einzigen Ausweg ansah.«

»Aber du bist nicht sie, Cassie.«

»Und doch hätte es mir ähnlich ergehen können, Devin, glaub mir.«

»Ist es aber nicht«, erwiderte er mit Bestimmtheit. »Du bist hier, und du bist mit mir zusammen. Es gibt nichts mehr, vor dem du Angst haben müsstest.«

»Ich bin es auch müde, Angst zu haben.« Sie schloss die Augen und legte den Kopf an seine Schulter. »Ich bin froh, dass du hier bist.« Sie seufzte tief. »Warum bist du eigentlich gekommen?«

»Ich habe mich für eine Stunde im Büro freigemacht. Ich hatte Sehnsucht nach dir. Ich wollte mit dir zusammen sein.«

»Ich hab den ganzen Morgen an dich gedacht. Fast hätte ich aus Versehen in Emmas Thermoskanne statt Tee Kaffee eingefüllt, so in Gedanken vertieft war ich.«

»Wirklich?« Ein größeres Kompliment konnte er sich kaum vorstellen. Als sie jetzt den Kopf hob, sah er, dass die Farbe in ihre Wangen zurückgekehrt war. »Hast du dir vorgestellt, wieder mit mir im Bett zu sein?«

»Ja.«

»Wenn du möchtest, ich habe noch eine Stunde«, sagte er leise.

Sie blinzelte. »Aber … aber es ist mitten am Tag.«

»Hm, hm!« Er hatte sie bereits vom Sofa hochgezogen und schob sie mit sanftem Nachdruck zur Tür.

»Devin, es ist helllichter Tag.«

»Stimmt, Cassie.« Sie waren im Schlafzimmer angekommen. Er nahm seinen Gürtel ab, in dem seine Waffe und sein Piepser steckte, und hängte ihn vorsichtig an den Türknauf.

»Es ist …« Ihr Herz geriet ins Stolpern, als er die Hand ausstreckte und begann, ihre Bluse aufzuknöpfen. »Es ist fast Mittag.«

»Ja, ich werde wohl mein Mittagessen ausfallen lassen müssen, aber das tu ich für dich gern.« Nachdem er ihr die Bluse abgestreift hatte, brachte er sein Gesicht ganz dicht vor ihres. Er lächelte. »Soll ich aufhören, Cassie?«

Sie legte den Kopf zurück. »Ich glaube nicht«, flüsterte sie willig.

Es war so einfach, so ungeheuer einfach, dies alles erneut geschehen zu lassen. Es fiel ihr so leicht, das Gefühl zu genießen, das seine über ihren Körper streichenden Hände in ihr auslösten. Als sie nun die Arme um seinen Hals legte und sich an ihn schmiegte, fühlte sich alles so richtig an, dass sie sich sogar ihrer Nacktheit zu schämen vergaß.

Er entkleidete sie, er ließ sich Zeit dabei und schaute sie immer wieder an, bis sie schließlich so vor ihm stand, wie Gott sie erschaffen hatte. Dann küsste er sie, seine Hände waren geduldig und zärtlich, weil er wusste, dass es das war, was sie brauchte.

Nachdem er sich ebenfalls seiner Kleider entledigt hatte, hob er sie hoch und trug sie zum Bett, das sie am Morgen so ordentlich gemacht hatte, und legte sie nieder. Ihre Augen waren geschlossen, doch auf ihren Wangen lag bereits eine zarte Röte, die von erwachendem Verlangen kündete.

In der vergangenen Nacht hatte es nur das Licht einer Kerze, ein schmales Feldbett und einen Raum, in dem es nach abgestandenem Kaffee roch, gegeben. Heute waren sie von hellem Sonnenlicht, Vogelgezwitscher und dem Duft, der dem Strauß auf dem Tisch am Fenster entströmte, umgeben.

Er schenkte ihr Lust. Ein ganzes Meer von Lust, in dem sie versank, wieder auftauchte und erneut versank. Alle Zögerlichkeit, alle Scheu, alle Scham waren plötzlich von ihr abgefallen, als hätte dergleichen niemals existiert.

Wenn er mit den Fingerspitzen über ihre Haut strich, überlief sie ein Schauer. Ihr Pulsschlag beschleunigte sich. Seine Lippen auf ihrer

Brust machten sie süchtig, und sie wölbte sich ihm entgegen, als er Anstalten machte, von ihr abzulassen. Sein Atem ging schneller und schneller, und seiner Kehle entstiegen lustvolle Seufzer, während er mit der Zunge ihre harten Knospen umkreiste. Er erschien ihr so unglaublich schön, und das nicht etwa nur wegen seines außergewöhnlich guten Aussehens, sondern wegen seiner inneren Schönheit, seines beeindruckenden Charakters, der ihr gestern zum ersten Mal in voller Gänze zu Bewusstsein gekommen war.

Es machte ihr Spaß, ihre Hand über seinen Bizeps zu legen und die Muskeln spielen zu fühlen. Sie bewunderte seinen Körperbau und seine Kraft, der Anblick des schwachen Abdrucks von seinen Zähnen an ihrer Schulter jagte ihr einen Lustschauer den Rücken hinab. Bald wurden ihre Hände kühn genug, um die Reise seinen Bauch abwärts anzutreten.

Er sog scharf den Atem ein und zuckte zusammen. Sie riss die Augen auf, als sie spürte, wie sein Kopf hochschnellte. Für einen Augenblick, der ihr schien wie die Ewigkeit, sah sie etwas Dunkles, Gefährliches in diesen moosgrünen Augen aufblitzen. Etwas, das ihr Blut zum Sieden brachte.

Er nahm sein Begehren an die Kette wie einen wilden Hund. Seine Muskeln spannten sich an, und der Schweiß brach ihm aus allen Poren.

»Du brauchst keine Angst zu haben.« Seine Stimme war rau wie Sandpapier, doch seine Lippen, die an ihrem Ohrläppchen knabberten, waren weich wie der Flaum eben geschlüpfter Küken.

Sie wollte ihm sagen, dass sie keine Angst hatte, dass sie vor ihm überhaupt keine Angst haben konnte, was auch immer geschehen mochte. Und dass sie wissen wollte, was es war, das eben in seinen Augen gestanden hatte. Doch sie kam nicht dazu, weil er sie mit seinen Küssen schon wieder fast bis an den Rand der Bewusstlosigkeit trieb, an diesen nebelverhangenen, warmen Ort seliger Vergnügungen.

Ihr Stöhnen war lang anhaltend und laut, als sie schließlich den Höhepunkt erreichte. Nicht weniger zurückhaltend stöhnte sie, als er sich auf sie legte und in sie eindrang. Sie öffnete sich ihm weit und empfing ihn mit Freuden. Nichts hätte sie mehr in Erstaunen versetzen können als die Erkenntnis, dass sie sich unbewusst mit ihm im selben Rhythmus bewegte.

Und dann war sein Mund an ihrem Ohr, und sie hörte zwischen keuchenden Atemzügen, wie er ihren Namen immer wieder vor sich hin flüsterte. Immer wieder. Nur ihren Namen. Bis sie beide zusammen die lustvollste Ekstase erlebten.

»Ich liebe dich.« Er hatte noch immer nicht genug von ihr, als er sich von ihr herunterrollte. »Ich will, dass du dich daran gewöhnst, das zu hören.«

»Devin …«

»Nein, sag nichts. Ich weiß, was du jetzt sagen willst. Ich erwarte nichts von dir. Lass dir Zeit.« Er vergrub sein Gesicht in ihrem Haar und atmete tief den Duft, der ihn an eine sonnenbeschienene Wiese erinnerte, in sich ein. »Ich will einfach nur, dass du dich daran gewöhnst. Und wenn es so weit ist, sagst du mir Bescheid, dann werde ich dich nämlich fragen, ob du mich heiraten willst.«

Sie versteifte sich. »Das kann ich nicht. Daran darf ich nicht mal denken. Die Kinder … Das geht mir alles zu schnell.«

»Mir nicht.« Er wurde nicht ärgerlich, ja, er gestattete sich nicht einmal, sich von dem Schreck, den er aus ihrer Stimme heraushörte, entmutigen zu lassen. Stattdessen streichelte er ihren Arm und fügte mit ruhiger Geduld an: »Ich bin im Warten mittlerweile geübt, deshalb kann ich ruhig noch eine Weile länger warten. Ich habe das eben nur gesagt, weil ich möchte, dass du dir im Klaren darüber bist, wohin ich will. Ich möchte dich, und ich möchte die Kinder, aber es macht mir nichts aus zu warten, bis du so weit bist.«

»Und was ist, wenn ich niemals so weit bin? Devin, ich weiß wirklich nicht, ob jemals in meinem Leben wieder ein Eheversprechen über meine Lippen geht. Ich kann es dir nicht sagen.«

»Mir hast du die Ehe bisher nicht versprochen. Das ist alles, was zählt.« Er erhob sich halb und stützte sich auf seinen Ellbogen, sodass er ihr Gesicht genau studieren konnte. Ich habe sie erschreckt, dachte er. Doch nun war es zu spät. Was er ausgesprochen hatte, konnte er nicht mehr zurücknehmen. »Ich liebe dich. Lass das einfach einige Zeit auf dich einwirken, dann werden wir schon sehen, was passiert.«

»Aber siehst du denn nicht …«

»Ich sehe nur dich, Cassie.« Sein Kuss war eine süße Überredung und dauerte an, bis ihre Hand, die sie erhoben hatte, um ihn von sich wegzudrängen, schlaff wurde. »Nur dich.«

9. Kapitel

Er trinkt bestimmt eine Tasse Kaffee nach der anderen, ging es Connor durch den Kopf, während er Devin in dessen Büro am Schreibtisch gegenübersaß und ihm bei der Arbeit zusah. Der Junge hatte ein Heft vor sich liegen, über das er sich nun beugte und seine Beobachtungen hineinschrieb. Er hatte tausend Fragen, aber er behielt sie noch für sich. Er würde sie erst stellen, wenn er den richtigen Zeitpunkt für gekommen hielt.

Devin spürte, dass der Junge ihn beobachtete, und schaute auf. Wie ein alter Uhu, dachte er. Weise und geduldig. Wahrscheinlich konnte er noch Stunden um Stunden hier sitzen, still wie eine Maus, und die Dinge, die um ihn herum vorgingen, registrieren. An Bryan jedoch, der seinen Freund begleitet hatte, machten sich die ersten Anzeichen von Ungeduld bemerkbar, und Devin beschloss, allen eine kleine Pause zu gönnen.

»Donnie, du übernimmst jetzt. Wir gehen zum Lunch zu Ed's.«

»Alles klar.«

»Und wenn die Jungs von der Staatspolizei wegen des Messner-Falls anrufen, sag ihnen, dass sie am Montag meinen Bericht kriegen.«

»Alles klar«, sagte Donnie wieder und beugte sich mit zusammengezogenen Augenbrauen über die Akte, die er eben bearbeitete.

Sobald die drei auf der Straße waren, begannen die beiden Jungen, Devin mit ihren Fragen zu bombardieren.

»Hallo, Sheriff.«

Devin wandte sich um und sah mit einem innerlichen Seufzer den betagten Eigentümer des Gemischtwarenladens um die Ecke herangeschlurft kommen. Der Mann quasselte einen schier um den Verstand.

»Hallo, Mr. Grant. Wie läuft das Geschäft?«

»Oh, mal so, mal so, Sheriff. Ein Auf und Ab wie das ganze Leben.« Mr. Grant legte eine Pause ein und zupfte sich einen Fussel von seinem zerknitterten braunen Hemd. »Ich dachte, ich sollte es Sie besser wissen lassen, Sheriff … nicht etwa, dass ich meine Nase in fremder Leute Angelegenheiten stecken würde. Sie wissen ja, mein Motto ist: Leben und leben lassen …«

In Wirklichkeit traf zwar das genaue Gegenteil zu, aber Mr. Grants Fähigkeiten zur Selbsteinschätzung waren eben schwach ausgeprägt. »Was wollten Sie mich wissen lassen, Mr. Grant?«

»Oh, ja … also, ich wollte eben nur einen Moment Luft schnappen und bin die Straße runter zur Bank gegangen. Sie hat ja über Mittag zu, wie Sie wissen.«

»Ja, ich weiß.«

»Ahem, ja also, da kam's mir doch so vor, als wär da jemand drin.«

»Ich verstehe nicht ganz.«

»Es hatte für mich den Anschein«, Grant gab sich alle Mühe, sich diesmal präzise auszudrücken, »als würde da gerade jemand die Bank ausheben.«

Noch bevor die beiden Jungen eine Miene verziehen konnten, reagierte Devin. »Geht schon mal vor zu Ed's. Und rührt euch nicht von der Stelle.«

»Aber Devin …«

»Tu, was ich sage, Bryan. Geht jetzt, beide. Ihr wartet dort auf mich und sagt niemandem ein Wort, verstanden?«

»Und was machen Sie jetzt?«, erkundigte sich Connor.

»Ich werde mich um die Angelegenheit kümmern. Jetzt geht schon endlich. Los, bewegt euch.«

Als sie losrannten, sah Devin ihnen noch einen Augenblick nach, um sicherzugehen, dass sie auch gehorchten und in die richtige Richtung liefen. »Hätten Sie die Freundlichkeit, mit mir zu kommen, Mr. Grant? Dann können Sie mir an Ort und Stelle zeigen, was Sie gemeint haben.«

»Aber selbstverständlich.«

Die Bank, ein altes rotes Backsteingebäude, befand sich einen halben Häuserblock die Straße hinunter, schräg gegenüber von Ed's Café. Ein rascher Blick durchs Fenster überzeugte Devin davon, dass die beiden Jungen in der Tat hineingegangen waren. Jetzt drückten sie sich neugierig die Nasen an der Scheibe platt.

Devin suchte die Straße sorgfältig ab. Da Samstag war, herrschte reger Einkaufsverkehr, auf jeden Fall genug, dass es Probleme geben könnte, wenn sich tatsächlich jemand unbefugten Zutritt zur Bank verschafft hatte.

»Haben Sie den Mann erkennen können, Mr. Grant?«

»Nicht genau. Aber ich glaube, er war jung, so etwa Ihr Alter, sah 'n bisschen so aus wie der Harris-Junge, wenn Sie wissen, wen ich meine.«

Devin nickte. Dann erblickte er einen schmutzig weißen Wagen mit Nummernschildern aus Delaware hinter der Kurve. »Kennen Sie das Auto?«

Mr. Grant überlegte. »Könnte ich nicht behaupten.«

»Warten Sie hier.« Mit einem langen Satz war Devin bei der Tür und stieß sie leise auf. Hinter dem Kassenschalter starrte eine verstörte Kassiererin in die Mündung einer 45er.

Devin schaltete augenblicklich. Er schloss die Tür wieder und winkte Mr. Grant. »Mr. Grant, gehen Sie sofort in mein Büro rüber und geben Sie Donnie Bescheid, dass er herkommen soll. Banküberfall. Aber machen Sie rasch und sagen Sie es ihm um Himmels willen in diesem besonderen Fall einmal ohne Umschweife. Und ich will keine Sirenen. Außerdem soll Donnie draußen warten, bis ich ihm ein Zeichen gebe. Haben Sie verstanden?«

»Aber selbstverständlich, Sheriff. Ich fühle mich geehrt, Ihnen helfen zu dürfen.«

»Und Sie gehen anschließend wieder in Ihr Geschäft, Mr. Grant. Kommen Sie auf keinen Fall wieder her.«

Devin wollte sich eben umwenden, als er Rafe gemütlich die Straße hinunterschlendern sah. »He, Rafe!«, schrie er und winkte ihn zu sich. Noch bevor Rafe ihm zur Begrüßung auf die Schulter klopfen konnte, sagte Devin: »Ich ernenne dich zu meinem Deputy.«

»Himmel, Devin, Nate braucht unbedingt frische Windeln. Ich habe keine Zeit, den Deputy zu spielen.«

»Siehst du das Auto dort? Das mit den Nummernschildern aus Delaware?«

»Sicher. Ich hab schließlich Augen im Kopf.«

»Schließ es kurz.«

Jetzt hoben sich Rafes Augenbrauen, und ein Grinsen huschte über sein Gesicht. »Tss, tss, Devin, ich kann mich aber gar nicht mehr daran erinnern, wie man das macht.«

»Los, beeil dich schon.« In Devins Stimme schwang Ungeduld mit. Er war im Moment nicht zu Scherzen aufgelegt.

»Was ist denn überhaupt los?«

»Irgendjemand raubt gerade die Bank aus. Fahr das Auto weg für den Fall, dass er mir entwischt. Und halt mir die Leute vom Hals.«

»Du gehst da nicht allein rein, Devin, das ist zu gefährlich.«

»Tu, was ich dir sage, Rafe, fahr das Auto weg, aber ein bisschen dalli. Ich geh jetzt rein. Sollte er rauskommen und mit seiner verdammten Pistole rumfuchteln, tu mir einen Gefallen und geh ihm aus dem Weg, versprichst du mir das?«

Einen Teufel würde er tun. Rafe ging mit federnden Schritten zu dem Wagen hinüber, dessen Tür nicht abgeschlossen war. Er klemmte sich hinters Steuer und schloss die Zündung kurz, während Devin seine Waffe aus dem Halfter zog.

Er war entschlossen, den Bankräuber auf seine eigene Art und Weise unschädlich zu machen und eine Schießerei zu vermeiden. Er steckte seinen Revolver hinten in seinen Gürtel, nahm den Sheriffstern ab und versenkte ihn in seiner Hosentasche. Dann stieß er die Tür auf und schlenderte seelenruhig in die Bank, als ob nichts wäre.

»Hallo, Nancy.« Er lächelte die Kassiererin, die mit schreckgeweiteten Augen hinter dem Tresen stand, an. »Hab schon befürchtet, dass ich zu spät dran bin. Gut, dass ihr noch offen habt. Ich will was einzahlen.«

Obwohl ihr Gesicht vor Angst wie erstarrt war, schaffte sie es, den Mund aufzumachen. »Aber ... aber ...«, stammelte sie.

»Meine Frau viertelt mich, wenn ich ihr sagen muss, dass ich vergessen habe, das Geld einzuzahlen.« Er schlenderte gemütlich auf den Tresen zu.

»Sind Sie verrückt geworden?«, schrie ihn der Mann an und fuchtelte wild mit der Pistole herum. »Sehen Sie nicht, was hier los ist?« Er stand ganz offensichtlich kurz davor, die Nerven zu verlieren. »Los, legen Sie sich auf den Boden! Machen Sie schon!«

»He, he, immer mit der Ruhe. Ich bin im Moment nicht in der Stimmung. Alles, was ich will, ist ein bisschen Geld einzahlen.« Während sein Blick unverwandt auf dem Gesicht des Mannes lag, wanderte seine Hand dahin, wo ein Mann gewöhnlich seine Brieftasche aufbewahrt.

Zu Devins Erleichterung schwenkte die Waffe des Mannes, die bis jetzt unsicher zwischen ihm und Nancy hin- und hergependelt hatte, jetzt endgültig herum, um ihn in Schach zu halten. »Leg dein verdammtes Geld hier auf den Tresen. Aber beeil dich!«

Als hätte er die Waffe eben erst registriert, hob Devin nun beide Hände. »Lieber Himmel, ist das hier ein Banküberfall?«

»Was hast du denn gedacht, Einstein? Los, her mit der Kohle, sofort.«

»Okay, okay. Ich will keine Scherereien. Sie können es haben.« Doch statt die Brieftasche zu zücken, zog Devin jetzt seinen Revolver. »Und jetzt stehen wir uns gegenüber und erschießen uns gegenseitig, oder was? Was stellst du dir vor?«

Der Mann warf wilde Blicke um sich. »Ich bring dich um! Ich schwör's, ich bring dich um!«

»Das wäre eine Möglichkeit.« Eine nicht sehr wahrscheinliche, weil der Idiot seine Pistole schwenkte, als wäre sie eine Fahne. »Genauso gut kann es sein, dass ich Sie erschieße. Lassen Sie die Waffe fallen und nehmen Sie die Hände hoch. Sie sollten Ihr Schuldkonto nicht noch zusätzlich zu einem bewaffneten Banküberfall mit einem Polizistenmord anreichern.«

»Ein Bulle! Ein gottverdammter Bulle! Dann muss sie eben dran glauben!« Wütend riss der Mann seine Waffe herum und richtete sie wieder auf die Kassiererin.

Devin zögerte keine Sekunde. Nancy war bereits da, wo sie hingehörte. Auf dem Boden außerhalb der Schusslinie. Da er nahe genug stand, nahm er anstelle seiner Pistole seine Fäuste zu Hilfe.

»Verdammter Idiot.«

Der Mann schaffte es gerade noch, einen Schuss in die Decke abzugeben, ehe seine Waffe in hohem Bogen in die gegenüberliegende Ecke des Raumes flog.

»Seien Sie jetzt schön brav, und nehmen Sie die Hände hinter den Kopf«, befahl Devin in aller Seelenruhe, wobei er den Mann mit seiner Pistole in Schach hielt. »Wenn Sie es nicht tun, bin ich gezwungen, Ihnen das Hirn aus dem Kopf zu pusten – was mir allerdings leidtäte, denn der Teppichboden ist erst ein Jahr alt.«

»Verdammter Bulle. Verdammtes lausiges Drecksnest.«

»Das haben Sie ganz richtig erkannt.« Mit etwas mehr Kraftaufwand, als eigentlich nötig gewesen wäre, drehte Devin dem Mann die Arme auf den Rücken. Es dauerte nur einen Moment, dann klickten die Handschellen. »Wir haben hier etwas gegen Unordnung, verstehen Sie? Wir sind regelrecht allergisch dagegen. Alles okay, Nancy?«

10. Kapitel

Cassie sagte sich immer wieder, dass es unnötig sei, sich um Devin Sorgen zu machen. Ihm war nichts passiert. Rafe hatte ihr die Geschichte von dem versuchten Bankraub erzählt, und sie wusste, dass sie seiner Version mehr trauen konnte als all den anderen, die sie inzwischen im Laufe des Tages per Telefon zu hören bekommen hatte. Einzig Connors Bericht war ansonsten noch weitgehend objektiv ausgefallen.

Es gab also keinen Grund zur Beunruhigung.

Und doch war sie so nervös, dass sie jedes Mal zusammenzuckte, wenn das Telefon läutete.

Eine Tatsache machte ihr immer wieder von Neuem zu schaffen und ging ihr ständig im Kopf herum. Es war der Gedanke, dass er einem bewaffneten Mann mit leeren Händen gegenübergetreten war.

Wieder erschauerte sie und versuchte, das beängstigende Bild aus ihrem Kopf zu verdrängen. Er war mitten in einen bewaffneten Banküberfall hineinmarschiert, um Leben zu retten, wobei er sein eigenes aufs Spiel gesetzt hatte. Noch nie zuvor hatte sie mit seiner Dienstmarke eine so hohe Verantwortung verbunden. Er hatte sein Leben riskiert. Unter normalen Umständen musste der Sheriff eines so verschlafenen Städtchens eher diplomatische Fähigkeiten aufbringen als Mut. Zumindest war sie bisher immer dieser Meinung gewesen.

Jetzt aber wurde ihr klar, dass sie sich geirrt hatte. Auch in Antietam gab es Einbrüche, Schlägereien, Diebstähle, gewalttätige Familienzwistigkeiten und Vandalismus. Und er hatte die Verantwortung.

Während sie über all das nachgrübelte, erkannte sie aber auch, dass ihre Sorge nicht einem guten Freund oder Liebhaber galt, sondern dem Mann, den sie liebte.

Diese Einsicht hatte etwas Unerwartetes, Schockierendes. Jetzt, nachdem sie endlich die Augen geöffnet hatte, konnte sie einen Blick in ihre Vergangenheit wagen. Soweit sie zurückdenken konnte, war Devin da gewesen. Sie hatte an ihm gehangen, ihn bewundert und ihn sich, wenn sie es recht bedachte, aus ihrem Leben gar nicht wegdenken können.

Sie hatte sich in seiner Gegenwart stets gehemmter gefühlt als in Gegenwart seiner Brüder und sich immer wieder gefragt, weshalb das so war. Jetzt wusste sie es. Es war gar nicht wahr, dass sie ihn die ganzen Jahre über nur als einen Freund oder als einen der MacKades betrachtet hatte. Ja, es wurde Zeit, genau hinzuschauen, sich klar zu werden.

Sie hatte ihm gegenüber stets viel mehr empfunden. Jetzt war sie frei und konnte ihren Gefühlen freien Lauf lassen. Jetzt konnte sie endlich zugeben, dass es in ihrem Herzen immer einen Platz gegeben hatte, der ganz allein nur für ihn reserviert war.

Und was anderes sollte das wohl sein als Liebe? Ja, es war so. Sie liebte ihn.

Als das Telefon wieder läutete, konnte sie gar nicht schnell genug abnehmen und hatte Mühe, ihre Stimme ruhig zu halten, als sie sich meldete. Es war Savannah.

»Hi, ich wette, du hast die Neuigkeiten schon gehört, oder irre ich mich?«

»Nein. Es ist im Moment das einzige Gesprächsthema.« Um sich zu beruhigen, öffnete Cassie den Kühlschrank und nahm den Krug mit Orangensaft heraus. »Hast du Devin schon gesehen, seit es passiert ist? Oder einen seiner Brüder?«

»Nein, ich selbst nicht, aber Jared. Er sagt, dass unser großer Sheriff verärgert ist über den Wirbel, der um die ganze Sache gemacht wird. Im Augenblick stattet ihm ein Fernsehteam aus Hagerstown einen Besuch ab, und die Presse war auch schon da.« Cassie schwieg, und Savannah wusste genau, warum. »Es geht ihm gut, Cassie«, versicherte sie ihr mit warmer Stimme. »Er hat keinen Kratzer abbekommen, glaub mir. Er ist einfach nur sauer, weil ihn die ganze Aufregung von seiner Arbeit abhält. Du kennst doch Devin. Und was ist mit dir? Geht's dir gut?«

»Mir?« Cassie starrte den Saft an, den sie sich eben in ein Glas gegossen hatte. »Ja, mir geht's gut. Ich bin nur beunruhigt.«

»Das kann ich gut verstehen. Ich muss zugeben, dass mir auch ziemlich mulmig wurde, als Bryan mir die ganze Geschichte in den blühendsten Farben ausmalte. Aber glücklicherweise ist es ja so, dass Devin ganz gut auf sich aufpassen kann.«

»Ja.« Cassie hob das Glas und setzte es wieder ab. »Das kann er.«

»Hör zu, würdest du mir einen Gefallen tun?«

»Sicher. Worum geht's denn?«

»Bryan will, dass Connor bei uns übernachtet. Würde es dir etwas ausmachen, ihn zu uns rüberzuschicken? Natürlich nur, wenn er Lust hat«, fügte sie hinzu.

»Oh.« Cassie warf einen Blick aus dem Fenster in den Garten, wo Connor und Emma mit der Katze spielten. »Er wird begeistert sein, da kannst du Gift drauf nehmen. Aber ist es dir denn überhaupt recht?«

Jetzt kam ein Krachen durch die Leitung, und gleich darauf hörte Cassie, wie Savannah schrie: »Bryan MacKade, wenn du diese Fensterscheibe mit deinem verdammten Baseball einschmeißt, bist du nicht nur aus diesem Spiel raus, sondern kriegst gleich für die ganze Saison die Rote Karte! Und wie recht mir das ist«, fuhr sie an Cassie gerichtet fort. »Wenn die beiden zusammen sind, hat Bryan wenigstens eine Beschäftigung und nervt mich nicht andauernd. Aber das ist noch nicht alles. Kann Emma auch mitkommen?«

»Emma? Du willst, dass Emma auch bei euch übernachtet?«

»Es war Jareds Idee. Er meinte, wir sollten schon mal üben, wie man mit kleinen Mädchen umgeht. Mit Jungen kennen wir uns mittlerweile ja aus, aber Jared hat die größten Befürchtungen, dass wir verloren sind, wenn Layla größer wird.« Sie lachte, und Cassie hörte das Baby friedlich vor sich hin lallen. »Ich bring sie dir auch heil zurück.«

555

»Sie wird ganz aus dem Häuschen sein. Aber hast du dir überlegt, dass es mit vier Kindern ganz schön chaotisch wird?«

»Schon. Aber wir haben beschlossen, dass wir aus der Vier unsere Glückszahl machen, falls du verstehst, was ich meine.«

»Vier?« Cassie kicherte. »Na, da brauchst du aber wirklich noch jede Menge Übung.«

»Lass uns erst mal sehen, wie wir die Nacht überstehen. Mach die beiden abmarschbereit, Cassie, ja? Jared kommt gleich rüber und holt sie ab.«

»Nur unter einer Bedingung. Sobald irgendwas ist, rufst du mich an, versprochen?«

»Versprochen.« Jetzt hörte Cassie wieder einen Krach, dann splitterte Glas. »So, das war's dann, Bryan! Also beeil dich, Cassie, es wird wirklich höchste Zeit, wie dir wohl eben nicht entgangen sein dürfte.«

Nachdem die Kinder fort waren, hatte sie endlich einmal Zeit für sich – zu viel Zeit, wie ihr gleich darauf klar wurde, weil sie sich wahrscheinlich doch nur Sorgen machen würde.

Sie ging noch einmal hinunter ins Inn, doch die Handvoll Gäste war zufrieden und bestens versorgt, sodass hier ihre Anwesenheit nicht erforderlich war. Aber sie stellte dennoch Kaffee und Kuchen in den Salon und bot den beiden Ehepaaren, die im Wintergarten Karten spielten, ein Glas Wein an.

Dann deckte sie im Speisezimmer den Frühstückstisch für den nächsten Morgen und warf noch einen letzten Blick in Speisekammer und Kühlschrank, obwohl sie wusste, dass sie für das Frühstücksbüfett am morgigen Sonntag, für das das Inn weit über die Stadtgrenzen hinaus berühmt war, bestens ausgerüstet war.

Als sie mit allem fertig war, ging sie nach draußen. Sie war es nicht gewohnt, nichts zu tun zu haben, aber natürlich hatte sie oft davon geträumt, einmal, ein einziges Mal nur, einen ganzen Abend allein für sich zu haben. Ein Schaumbad, ein gutes Buch, ein Spätfilm im Fernsehen.

So würde sie ihren Abend gestalten. Doch zuvor musste sie rasch noch in die Stadt fahren und sich mit eigenen Augen davon überzeugen, dass mit Devin auch wirklich alles in Ordnung war.

Sie stürmte die Treppe nach oben. Als sie die schattenhafte Gestalt auf der Schaukel entdeckte, entfuhr ihr ein leiser Aufschrei.

»Ich hab gesehen, dass du noch beschäftigt warst«, sagte Devin. »Ich wollte dich nicht stören und hab deshalb hier gewartet.«

Ihre Hand lag noch immer auf ihrem rasch klopfenden Herzen. »Ich dachte, du kommst aus der Stadt nicht weg. Savannah hat mir von den ganzen Interviews …«

»Ich hab Donnie dazu verdonnert, den Abend über im Büro zu bleiben. Das ist das Mindeste, was er für mich tun kann, nachdem er mich den ganzen Nachmittag mit diesem verdammten Telefon allein gelassen hat.« Er hielt ihr einen großen Strauß gelber Teerosen hin. »Hab ich dir mitgebracht. Als ich an dem Blumengeschäft vorbeikam, ist mir aufgefallen, dass ich dir noch nie Blumen mitgebracht habe. Dabei weiß ich doch, wie sehr du sie liebst.«

»Sie sind wirklich wunderschön. Vielen Dank.« Sie vergrub ihr Gesicht in dem Strauß und atmete tief den süßen Duft ein.

»Komm, setz dich doch ein bisschen zu mir.«

Sie folgte seiner Aufforderung und setzte sich neben ihn, wobei sie den Strauß im Arm hielt wie ein Baby.

Er legte eine Hand unter ihr Kinn und drehte ihren Kopf zu sich. Forschend schaute er sie an. »Was hast du denn?«

»Nichts. Ich habe mir nur solche schrecklichen Sorgen um dich gemacht«, platzte sie heraus. »Ich konnte hier nicht weg und habe ständig darauf gewartet, dass du anrufst.«

»Ich habe es verschiedentlich versucht, aber es war immer besetzt.«

»Ich glaube, ich kenne niemanden, der heute Nachmittag nicht angerufen hat. Und ich habe mindestens ein Dutzend verschiedene Versionen der Geschichte gehört.«

»Nun, in Wahrheit war es viel weniger aufregend, als du vielleicht glaubst.«

»Aber er hatte doch einen Revolver, oder etwa nicht? Du wusstest, dass er bewaffnet war, als du in die Bank gegangen bist.«

»Ich muss meinen Job machen, Cassie. Ich konnte schließlich nicht so tun, als sei nichts. Er hätte jemanden verletzen können.«

»Er hätte dich verletzen können.«

»Anscheinend ist dir noch nicht zu Ohren gekommen, dass Kugeln wirkungslos an mir abprallen.«

Ihr war nicht nach Lachen zumute. Sie presste ihr Gesicht an seine Schulter. »Ich bin so froh, dass dir nichts passiert ist. Und dass du jetzt hier bei mir bist.«

»Ich auch.« Er legte ihr den Arm um die Schultern und setzte die Schaukel in Bewegung. »Wenn ich gekonnt hätte, wäre ich schon viel früher gekommen.«

»Ich weiß. Du warst in den Nachrichten.«

»Ja.«

»Hast du es dir denn nicht angeschaut?«

Als er den Kopf schüttelte, fuhr sie fort: »Es wird um elf wiederholt. Wir können es uns zusammen ansehen.«

»Nicht nötig. Ich weiß, wie ich aussehe.«

Verwundert sah sie ihn an. »Es ist dir peinlich.«

Unangenehm berührt rutschte er auf der Schaukel herum. »Nein. Ja ... vielleicht ein bisschen.«

Plötzlich erschien er ihr wie ein kleiner Junge, und ihr wurde ganz warm ums Herz. »Ich habe es mir dreimal angesehen und mir dabei gedacht, dass du aussiehst wie ein Filmstar.«

»Scheinst ja gar nicht genug bekommen zu können.« Seine Handflächen waren auf einmal feucht. Ein bisschen Distanz, MacKade, warnte er sich selbst, sonst explodierst du gleich. »Mir ist vorhin noch etwas anderes durch den Kopf gegangen. Ich habe dich bisher noch nie zum Essen eingeladen.«

»Dafür warst du im vergangenen Frühjahr mit uns im Zoo und im letzten Sommer auf dem Volksfest.«

Warum schaut sie mich bloß so an? fragte er sich. So hatte sie

ihn noch niemals angeschaut. War das Belustigung … oder etwa …
Lust … Oh Gott.

»Ich meinte, nur du und ich. Ich bin wirklich gern mit den Kindern
zusammen, aber …«

»Du musst mich nicht zum Essen einladen, Devin. Mir gefällt es
so, wie es ist, wirklich. Ich bin glücklich damit.«

»Wie auch immer. Ich würde es einfach gern irgendwann mal
machen.« Er hatte plötzlich das Gefühl, nicht mehr klar denken zu
können, solange sie so nah bei ihm saß, den Teerosenstrauß im Arm.
»Ich … äh … hier habe ich auch noch ein paar Sachen … Kuchen und
Plätzchen und Pasteten und so. Die Leute haben es mir ins Büro gebracht.«

»Sie sind dir dankbar.« Ihr Herz klopfte schneller, sie stand auf.
»Und das möchten sie dir gern zeigen.«

»Ja, schon, aber ich kann es im Leben nicht allein aufessen, ich
habe Donnie schon einen Teil abgegeben und dachte mir, die Kinder …« Er unterbrach sich und schaute sich um. »Ich habe sie gar
nicht gesehen, als ich heraufkam. Sie werden doch wohl nicht schon
im Bett sein um diese Zeit, oder?«

»Sie sind nicht da.« Sie dankte im Stillen Savannah und Jared und
ihrem Schicksal. »Sie verbringen die Nacht bei Savannah und Jared.«

»Sie sind nicht da.«

»Nein. Wir sind allein.«

Er hatte sich seelisch darauf vorbereitet, ein Weilchen mit ihr zu
plaudern und dann wieder zu gehen. Er hätte es nicht gewagt, sie zu
fragen, ob er bleiben dürfe. Wegen der Kinder, die im Nebenzimmer
schliefen.

Doch jetzt waren sie allein, und die Nacht hatte eben erst angefangen. Eine Welle von Begehren spülte über ihn hinweg. Er stemmte sich
mit aller Kraft dagegen und bewerkstelligte ein entspanntes Lächeln.

»Dann kann ich dich ja heute zum Essen ausführen.«

»Ich will aber nicht essen. Ich will, dass du mit mir ins Bett gehst«,
sagte sie leise.

Das verschlug ihm die Sprache. »Cassie.« Er stand auf, ging zu ihr hin und legte ihr zärtlich eine Hand an die Wange. »Deswegen bin ich nicht hergekommen, weißt du. Es ist nämlich nicht der einzige Grund, weswegen ich gern mit dir zusammen bin.«

»Ich weiß.« Sie nahm seine Hand von ihrem Gesicht und bedeckte seine Handfläche mit kleinen Küssen. »Aber es ist das, was ich heute Nacht am liebsten tun würde. Ich gehe jetzt und stelle die Blumen ins Wasser.«

Damit ließ sie ihn sprachlos in der Dunkelheit auf der Veranda zurück. Mehr als nur ein bisschen verwirrt folgte er ihr nach drinnen.

»Den habe ich bei Regan gekauft.« Cassie füllte einen grünen Glaskrug mit Wasser. »Ich habe mir angewöhnt, mir immer, wenn ich ein bisschen Geld übrig habe, irgendetwas Schönes zu kaufen. Und das sogar ganz ohne Schuldgefühle.«

»Du solltest dir überhaupt keine Schuldgefühle machen.«

»Oh, ein paar Sachen gibt es schon.« Geschickt arrangierte sie die Blumen in der Vase. »Aber nicht deswegen. Und wegen dir auch nicht.« Sie hob den Blick. »Weißt du, was ich empfinde, wenn ich an dich denke, Devin? An uns?«

Er hielt es für das Beste, nicht zu versuchen zu sprechen, nicht im Moment, wo ihm das ganze Blut aus seinem Gehirn zu weichen schien.

»Schwindel. Du machst, dass mir ganz schwindlig wird. Du verwirrst mich. Ich habe Gefühle, die ich nie in meinem Leben hatte, und will plötzlich Dinge, von denen ich niemals geglaubt hatte, dass ich sie jemals wollen könnte. Ich bin fast neunundzwanzig, und du bist der erste Mann, der mich je wirklich richtig berührt hat. Ich will, dass du mich berührst.«

Das würde er tun, sofort, sobald er davon ausgehen konnte, dass er seine Hände und sein Begehren sicher unter Kontrolle hatte. Hätte es sich bei der Frau, die hier vor ihm stand, nicht um Cassie gehandelt, er wäre bereit gewesen, ein Monatsgehalt zu verwetten, dass sie versuchte, ihn zu verführen.

Weil er noch immer schwieg und auch keinen Schritt näher kam, befürchtete sie schon, etwas falsch gemacht zu haben. »Aber wenn du heute keine Lust hast ... ich meine ... ich kann verstehen, dass es ein anstrengender Tag ...«

»Großer Gott«, brach es so explosionsartig aus ihm heraus, dass ihr Kopf alarmiert hochschnellte. Rasch riss er sich zusammen. »Komm, lass uns eine kleine Spazierfahrt machen«, versuchte er abzulenken. »Es ist eine wunderbare Nacht, der Mond geht gerade auf. Ich habe Lust, mit dir ein bisschen durch die Gegend zu gondeln.«

Sie war sich sicher, dass sie einen Riesenfehler begangen hatte, aber sie wusste nicht, welchen. Alles, was sie wusste, war, dass sie Lust auf ihn hatte, aber er nicht auf sie. Anscheinend bist du eine miserable Verführerin, dachte sie. Aber wie sollte das auch anders sein? Schließlich hatte sie keinerlei Übung.

»Nun gut, wenn du möchtest.«

Er hörte auf Anhieb die falsche Munterkeit aus ihrem Tonfall heraus. »Cassie, glaub bitte nicht, dass ich keine Lust habe, mit dir zu schlafen. Das ist nicht der Grund. Im Gegenteil. Es ist nur so, dass ... vielleicht hat mich diese Sache heute Mittag doch mehr mitgenommen, als ich dachte. Ich muss erst ein bisschen zur Ruhe kommen, bevor ich ... bevor ich dich berühren kann.«

»Warum?«

»Weil ich ..., weil ich im Augenblick einfach für nichts garantieren könnte, Cassie, und wenn du mich weiter so anschaust, wie du es gerade tust, hilft mir das auch nicht weiter. Im Gegenteil. Es macht die Sache nur noch schlimmer. Ich wäre bestimmt nicht in der Lage ... ich würde dir wehtun.«

»Wehtun? Aber was ist nur los, Devin? Bist du denn böse mit mir?«

»Unsinn.« Er fluchte verhalten und rannte nervös vor ihr auf und ab. »Wenn ich auf dich böse bin, sage ich dir das schon, verlass dich drauf. Du raubst mir den Verstand. Ich brauche dich bloß anzuschauen, wie du so dastehst, mit gefalteten Händen, die großen grauen Augen weit aufgerissen. Es bringt mich um, verstehst du?« Er schleuderte ihr die Worte entgegen wie eine Anklage. »Seit wir miteinander geschlafen haben, komme ich damit einfach nicht mehr klar. Wir müssen sofort hier raus, bevor ich dich bei lebendigem Leib mit Haut und Haaren auffresse.«

»Wir bleiben aber hier.« Es überraschte sie beide, wie entschlossen ihre Stimme klang.

»Ich habe dir doch gesagt ...«

»Du hast versucht, mir etwas zu sagen. Du glaubst, ich sei zu empfindsam, um mit deiner ungezügelten Lust zurechtzukommen. Um mit dir zurechtzukommen. Nun, dann muss ich dir jetzt aber sagen, dass du dich gewaltig irrst.«

»Du hast wirklich keinen Schimmer, worauf du dich da einlässt.«

»Mag sein.« Plötzlich wild entschlossen ging sie auf ihn zu. »Bisher, wenn wir miteinander geschlafen haben, hattest du niemals etwas davon. Das soll diesmal anders werden.«

»Mach dich nicht lächerlich. Natürlich hatte ich etwas davon.«

»Aber du hast nur das getan, was ich wollte«, erwiderte sie entschieden. Wie stark er ist, dachte sie. Ein starkes Gesicht, starke Hände, ein unbeirrbarer Blick. Kein Bild aus irgendeinem Magazin oder eine Fantasiegestalt. Ein starker Mann aus Fleisch und Blut, mit einem starken Begehren. »Du warst so rücksichtsvoll, so geduldig. Niemand hat bisher so viel Rücksicht auf mich genommen wie du.«

»Ich weiß.« Als er jetzt die Hand hob, um ihr durchs Haar zu streichen, tat er es sanft. »Du musst nie wieder Angst haben.«

»Hör auf, mich wie ein Kind zu behandeln, Devin.« Kühn nahm sie sein Gesicht zwischen ihre Hände, dieses vertraute Gesicht. »Du hältst dich immer zurück. Das muss aufhören. Ich war anfangs nur zu verwirrt, um das zu bemerken.«

»Cassie, du brauchst Zärtlichkeit.«

»Sag mir nicht, was ich brauche.« Ihre Stimme klang scharf, und ihre Augen blitzten. »Das hatte ich lange genug in meinem Leben. Ja, ich brauche Zärtlichkeit ebenso wie Vertrauen und Respekt, aber ich will auch wie eine normale, erwachsene Frau behandelt werden.«

Sanft legte er seine Hände um ihre Handgelenke. »Dräng mich nicht, Cassie.« Er drückte ihr einen zärtlichen Kuss auf die Augenbraue, und das machte sie erneut zornig.

»Ich will, dass du mich so küsst, wie dir zumute ist«, verlangte sie, dann presste sie ihre Lippen auf seine. »Zeig mir, wie dir zumute ist«, flüsterte sie gegen seinen Mund. Sie spürte, wie er zusammenzuckte und sich gleich darauf versteifte in dem Versuch, seine Selbstkontrolle zu wahren. »Zeig mir, wie es ist, wenn du mich richtig begehrst. Ich will wissen, wie du bist, wenn du aufhörst zu denken.«

Mit einem gemurmelten Fluch ergriff er von ihren Lippen Besitz. Wie schon bei dem ersten Kuss spürte sie, wie sich das Blut in ihren Adern in glühende Lava verwandelte. Jetzt endlich zeigte er ihr genau wie damals im Salon sein echtes, unverstelltes Begehren.

Als er einen Moment später versuchte, sich von ihr freizumachen, hielt sie ihn fest.

»Verdammt noch mal, Cassie.«

»Tu das noch mal.« Sie griff in sein schwarzes Haar und zog seinen Kopf wieder an sich. »Küss mich so wie eben.« Ihr Blick, verhangen und doch wachsam, ließ ihm keinen Ausweg. »Zeig mir, wie es ist«, murmelte sie. »Ich warte schon mein ganzes Leben darauf, es endlich zu erfahren.« Als sie die Hand auf seine Brust legte, spürte sie, dass sein Herz hämmerte. »Nimm mich, und sei einmal nicht freundlich und rücksichtsvoll, Devin. Nimm mich einfach so, wie dir zumute ist.«

Seine Hände zitterten, als er ihren Kopf zurückbog und erneut begann, ihren Mund mit einer Wildheit zu plündern, die sie sofort mitriss. Doch noch immer gab es einen Teil in ihm, der sich zurückhielt und ihre Reaktionen genauestens kontrollierte. Er sagte sich, dass er sofort aufhören würde – aufhören könnte –, wenn erkennbar war, dass sie sich in die Ecke gedrängt fühlte.

Einen Moment später jedoch begann er zu fürchten, dass das womöglich nur Selbstbetrug war, dass er sich selbst täuschte.

»Cassie ...«

»Nein. Zeig's mir. Los, mach schon.« Sie fühlte sich fast wie in Trance, so neu und erschütternd war für sie die Erkenntnis, dass sie ihn ebenso heftig begehrte wie er sie und keinerlei Angst vor ihm hatte. »Zeig's mir jetzt.«

Er hätte schwören mögen, dass er gehört hatte, wie etwas in ihm ausrastete. Seine Selbstkontrolle zersplitterte. Begierde spülte über ihn hinweg, primitive, fast schon brutale Begierde, die die langen Jahre des Wartens auslöschte, als hätte es sie nie gegeben.

In der Hast zerfetzte er ihre Bluse. Das Geräusch reißenden Stoffes hätte ihn vielleicht wieder zu Verstand gebracht, aber Cassie stöhnte und drängte sich an ihn. Instinktiv erkannte er, dass das Beben, das ihren Körper durchlief, nicht Angst war, sondern Lust. Diese Erkenntnis steigerte seine Erregung noch um ein Vielfaches.

»Ich … ich kann mich nicht zurückhalten.«

»Dann versuch's gar nicht erst«, flüsterte sie an seinem Hals, wobei ihr erneut ein Lustschauer den Rücken hinabjagte. Die Hitze, die von ihm ausging, drohte sie fast zu versengen. »Streichle mich.« Sie wühlte ihre Hände in sein schwarzes Haar und gab sich ganz ihrem eigenen Begehren hin. »Ich werde verrückt, wenn du mich nicht augenblicklich streichelst.«

Kurz entschlossen hob er sie hoch, um sie ins Schlafzimmer zu tragen. Als sie die Beine um seine Hüften schlang und sich voller Verlangen an ihn drängte, glaubte er an seiner Lust fast ersticken zu müssen. Er geriet leicht ins Taumeln, blieb vor der Schlafzimmertür stehen und drückte Cassie gegen die Wand, um sie abzustützen. Wie ein Verdurstender beugte er sich über sie und saugte an ihren harten Knospen.

»Mehr«, stöhnte sie erschauernd. »Gib mir mehr.« Sie konnte es nicht fassen, dass diese Worte aus ihrem Mund kamen, konnte nicht glauben, dass dieses lasterhafte Begehren in ihr lauerte. Wie im Fieber riss sie sich die Fetzen ihrer Bluse ganz vom Leib, sodass seinen Lippen keine Grenzen mehr gesetzt waren.

Als sich seine Zähne in ihr weiches Fleisch gruben, erreichte sie den Höhepunkt und erschrak über dessen Heftigkeit.

Wie sie auf den Boden gekommen waren, wusste sie nicht mehr. Sie zog an seinem Hemd, er zerrte an ihrer Hose. Etwas zu sagen war unmöglich, unartikulierte Laute und Stöhnen war das Einzige, was sich ihren Kehlen entrang. Worte zu formen lag außerhalb ihrer Macht.

Gier packte ihn, als er ihr die Hose vom Leib riss, eine Gier, die er länger als ein Jahrzehnt unterdrückt hatte. Jetzt brach sie aus ihm heraus und raste wie eine Sturmflut über ihn hinweg. Er schob seine Hände unter ihr Becken, hob sie ein Stück hoch, um die letzte Hürde, die ihn noch von ihrem Schoß trennte, zu beseitigen. Ihr Baumwollslip hielt seinem Angriff nicht stand und ging in Fetzen. Als er sich daranmachte, mit seiner Zunge den Brand, der im geheimsten Versteck ihres Begehrens wütete, noch anzufachen, schrie sie laut auf.

Sie wölbte sich ihm entgegen, wehrlos, hilflos, ausgeliefert. Ihre Fingernägel kratzten auf der Suche nach Halt über den Boden, doch da gab es nichts, was ihren Sturz ins Nichts hätte bremsen können. Seine Zunge trieb sie vorwärts, gnadenlos, unablässig dem Höhepunkt entgegen, bis schließlich ein rauer, kehliger Schrei aus ihrer Kehle aufstieg.

»Mehr.« Diesmal war er es, der forderte, war er es, der stöhnte, während sich ihre Fingernägel in das feste Fleisch seines Rückens und seiner muskulösen Schultern gruben. Als sich ihre Hand um seinen harten, seidigen Schaft schloss, fühlte er sich an wie ein Vulkan kurz vor dem Ausbruch, und seine Herzschläge dröhnten in seinen Ohren wie Buschtrommeln. Er wusste, dass er es nicht mehr länger hinauszögern konnte. Sein Begehren forderte sein Recht ein.

Besinnungslos vor Lust warf er sich über sie und tauchte tief, ganz tief ein in ihren hungrigen Schoß. Er schob seine Hände unter ihr Becken und hob sie hoch, weil es ihm noch immer nicht tief genug war. Er sehnte sich danach, ganz und gar mit ihr zu verschmelzen, nur noch ein Leib zu sein.

Er gab ihr ein Zeichen, dass sie sich weniger heftig bewegen solle, und sie bemühte sich, doch es gelang ihr kaum, sich zu beherrschen.

Woher hätte sie wissen sollen, dass sie zu solcher Leidenschaft fähig war, dass ein solch verzehrendes Feuer von ihr Besitz ergreifen konnte? Woher, wenn nicht er es ihr gezeigt hätte?

Und dann bäumte sich dieser wundervolle Körper für eine Sekunde auf, versteifte sich, und einen Moment später sah sie, wie der Mann über ihr, dieser Mann, den sie doch mit jeder Faser ihres Herzens liebte, wie in einem Anfall von Schmerz den Kopf in den Nacken warf und einen rauen, kehligen Schrei ausstieß. Als er bis ins Mark erschauerte und ihren Namen schrie, ließ auch sie sich los, und Tränen unbändigen Glücks stürzten ihr aus den Augen.

In demselben Moment, in dem er gesättigt über ihr zusammenbrach, spürte er ihre Tränen an seiner Schulter. Er hätte sich sofort von ihr heruntergerollt, aber sie legte die Arme um ihn und hielt ihn fest.

»Nicht. Beweg dich nicht.«

»Es tut mir leid.« Worte reichten nicht aus für das, was er ihr sagen wollte, nichts, was er ihr hätte sagen können, erschien ihm genug. »Ich habe dir wehgetan, dabei habe ich dir versprochen, das nicht zu tun.«

»Soll ich dir sagen, was war?« Ihre Mundwinkel bogen sich zu einem leichten Lächeln nach oben, doch er sah es nicht. Alles, was er sah, war, dass er das Wertvollste, was er besaß, mit Füßen getreten hatte. »Du hast es vergessen.«

»Vergessen? Was habe ich vergessen?« Wieder machte er Anstalten, sich von ihr herunterzurollen, und wieder hielt sie ihn fest.

»Du hast vergessen, rücksichtsvoll zu sein, du hast vergessen, besorgt zu sein, du hast alles vergessen. Ich hätte nie gedacht, dass ich dich so weit bringen kann. Es gibt mir …«, ein langer, zufriedener Seufzer folgte, »… Macht.«

»Macht?« Seine Kehle fühlte sich an wie ausgedörrt. Er musste Cassie vom Fußboden aufheben. Großer Gott, er hatte sie auf dem Fußboden genommen. Er wollte sie aufs Bett legen, zudecken und trösten. Doch das Wort, das sie benutzt hatte, setzte ihn so sehr in Erstaunen, dass er alles andere vergaß.

»Stärke. Verführungskraft.« Jetzt hob sie die Arme über den Kopf und streckte sich langsam und träge. »Macht. Ich habe mich noch nie in meinem Leben mächtig gefühlt. Es gefällt mir. Oh, es gefällt mir wirklich sehr gut.« Die Augen geschlossen summte sie lächelnd leise vor sich hin.

So sah er sie daliegen, als er nun den Kopf hob, um sie anzusehen. Eine Frau, die soeben ein gefährliches und aufregendes Geheimnis entdeckt hatte. Bei ihrem Anblick erwachten seine Triebe erneut zum Leben.

Sie ... triumphiert, sinnierte er verblüfft. »Es gefällt dir«, wiederholte er und konnte es noch immer kaum glauben.

»Hm ... ich möchte es wieder spüren. Und wieder und wieder.« Sie öffnete die Augen und lachte, als sie seinen fassungslosen Gesichtsausdruck sah. »Ich habe dich verführt, stimmt's?«

»Du hast mich zerstört, Cassie. Ich habe deine Kleider zerrissen.«

»Ich weiß. Du hast dich plötzlich vollkommen vergessen. Das wollte ich. Es war aufregend. Machst du es noch mal?«

»Ich ...« Er schüttelte den Kopf, doch da sein Verstand sich weigerte, klar zu werden, gab er auf und verlor sich in den Tiefen ihrer Augen. »Jederzeit, wenn du willst.«

»Darf ich deine Kleider auch zerreißen?«

Es verschlug ihm die Sprache. Er musste sich räuspern. »Wir sollten vielleicht zuerst mal vom Fußboden aufstehen.«

»Mir gefällt es hier. Es hat mich erregt zu sehen, dass du mich so begehrt hast, dass du nicht länger warten konntest.« Sie hob eine Hand und schob ihm eine weiche schwarze Locke aus der Stirn. »Und es gefällt mir, wie du mich gerade ansiehst.« Sie fuhr sich mit der Zungenspitze über die Lippen. »Ich schmecke dich sogar noch immer.«

»Oh Gott.«

Als er sich erneut in ihr zu bewegen begann, durchfuhr sie ein kurzes, köstliches Beben. »Ich tu's schon wieder.«

»Hm?«

»Dich verführen.«

Er bekam kaum noch Luft. »Sieht ganz danach aus.«

Und jetzt fühlte sie sich das erste Mal in ihrem Leben wie eine ganz normale Frau, eine Frau, die liebt und wiedergeliebt wird. »Sag mir, dass du mich liebst, Devin«, flüsterte sie. »Sag mir bitte bei jedem Stoß, dass du mich liebst.«

»Ich liebe dich.« Hilflos vergrub er sein Gesicht in ihrem Haar. Ohne dass er es gemerkt hatte, hatte sie ihm die Zügel aus der Hand genommen, und ihm blieb nichts anderes, als vorwärtszustürmen. »Jetzt kann ich mich nicht mehr bremsen.«

»Das sollst du auch gar nicht.« Sie nahm alles in sich auf wie ein trockener Schwamm das Wasser – seine Liebe, seine Leidenschaft, seine Kraft – und passte sich seiner schnellen und verzweifelt nach Erlösung suchenden Gangart an. Als sie spürte, dass sie beide kurz vor dem Höhepunkt standen, bereit waren, sich wehrlos ins Bodenlose fallen zu lassen, brachte sie ihre Lippen ganz nah an sein Ohr.

»Ich liebe dich, Devin. Ich liebe dich. Ich glaube, ich habe dich immer geliebt.«

11. Kapitel

Connor war noch nie in seinem Leben so glücklich gewesen wie jetzt. Am Anfang, als sie in das neue Haus gezogen waren, hatte er ständig Angst gehabt, dass alles bald ein Ende finden und die Dinge wieder so werden würden wie vorher, doch mittlerweile glaubte er daran, dass sein Glück ebenso wie das seiner Mutter und seiner Schwester von Dauer war.

Er hatte sich angewöhnt, seine Mutter heimlich zu beobachten, und glaubte, dass es ihr besser ging. In letzter Zeit wirkten ihre Augen viel weniger müde als früher, und sie lachte mehr, als sie jemals in ihrem Leben gelacht hatte. Er hatte seine Freude daran, wie sie ihr Heim mit schönen Dingen, die sie in Regans Laden kaufte, schmückte, aber er hütete sich, seinen Freunden gegenüber etwas darüber verlauten zu lassen, weil er befürchtete, sie könnten sich womöglich über ihn lustig machen.

Bis auf Bryan. Bryan war sein bester Freund und verstand ihn, es machte ihm nicht einmal etwas aus, dass Emma ihnen ständig wie ein kleines Hündchen hinterhertrottete. Und Bryan liebte seine Geschichten. Er konnte Geheimnisse für sich behalten und war sein Blutsbruder. Eines Tages hatten sie in den Wäldern ihre Blutsbrüderschaft in einer Zeremonie feierlich besiegelt.

Heute hatten sie es endlich geschafft, die langersehnte Erlaubnis zu erhalten, in den Wäldern hinter dem großen Blockhaus, das Jared für sich und seine Familie gebaut hatte, zu zelten. Auf diesen Tag hatten sie lange gewartet.

Devin hatte ihnen sein altes Zelt geliehen. Connor wusste, dass es Devin zu verdanken war, dass seine Mutter sich schließlich hatte breitschlagen lassen, ihre Zustimmung zu erteilen.

Jetzt saßen sie um das Lagerfeuer, grillten Hotdogs und Marshmallows über den Flammen und redeten. Die aufgeschichteten Zweige knackten, und in der Luft hing der Duft von geröstetem Fleisch. In Connors Mund war der süße, klebrige Geschmack der Marshmallows. Und er war im siebten Himmel.

»Das ist das Größte«, sagte er.

»Ja. Echt cool.« Bryan sah zu, wie sein Hotdog, den er auf ein Stöckchen aufgespießt hatte und über die Flammen hielt, langsam schwarz wurde. Genau so, wie er es liebte. »Wir sollten es jede Nacht machen.«

Connor wusste, dass es dann nichts Besonderes mehr sein würde, aber er sagte nichts. »Ist echt toll hier draußen. Sheriff MacKade hat erzählt, dass er und seine Brüder früher ständig in den Wäldern gezeltet haben.«

»Dad liebt es, hier spazieren zu gehen.« Und Bryan liebte es, dieses Wort zu benutzen. Dad. Er benutzte es so oft wie möglich. »Mom auch. Wahrscheinlich küssen sie sich ständig, wenn sie hier draußen sind.« Er spitzte die Lippen, verdrehte die Augen und machte ein paar schmatzende Laute, sodass Connor lachen musste. »Ich frag mich wirklich, was an dieser blöden Küsserei dran sein soll. Ich glaube, ich würde Maulsperre kriegen, wenn ein Mädchen versuchen würde, mich zu küssen. Ekelhaft.« Er schüttelte sich.

»Find ich auch. Echt abstoßend. Und Zungenküsse erst! Widerlich.«

Bryan tat so, als müsse er sich übergeben, und würgte überzeugend. Bald kugelten sich die beiden vor Lachen auf dem Boden.

»Shane küsst ständig irgendwelche Mädels.« Jetzt war es an Connor, angewidert die Augen zu verdrehen. »Ich meine wirklich ständig. Ich hab gehört, wie dein Dad ihn gefragt hat, ob er süchtig ist.«

Bryan schnaubte. »Wirklich verrückt, ich werd's nie kapieren. Ich meine, Shane weiß alles über Tiere und Maschinen und den ganzen Kram, aber er mag es, wenn Mädchen bei ihm rumhängen. Mädchen! Das muss man sich mal vorstellen. Dann kriegt er immer so einen komischen Blick. Wie Devin, wenn er deine Mom anschaut. Ich weiß auch nicht, aber manche Mädchen müssen irgendwas an sich haben. Wie ein Laserstrahl vielleicht oder so.«

»Was meinst du denn damit?«, erkundigte sich Connor plötzlich merkwürdig einsilbig.

»Na ja, so halt. Zoom!« Bryan machte die entsprechende Geste.

»Nein, mit Sheriff MacKade und meiner Mom …«

»Mann, stehst du auf der Leitung? Der ist doch total verrückt nach ihr.« Der Hotdog war mittlerweile besorgniserregend schwarz geworden. Konzentriert blies Bryan auf das eine Ende, bevor er vorsichtig hineinbiss und seinen Mund mit Holzkohle vollstopfte. »Oder willst du bestreiten, dass er die ganze Zeit bei euch rumhängt und ihr ständig Blumen und so Zeugs mitbringt? Das war bei Mom und Dad am Anfang genauso. Er hat ihr Blumen mitgebracht, und sie ist vor Freude darüber jedes Mal fast ausgeflippt.« Er schüttelte den Kopf. »Verrückt so was.«

»Er kommt doch nur, um ab und zu mal nach uns zu schauen«, gab Connor zurück, aber der süße Geschmack in seinem Mund war sauer geworden. »Weil er der Sheriff ist.«

»Denkst du.« Ganz mit seinem Hotdog beschäftigt entging Bryan die Panik, die in den Augen seines Kumpels stand. »Das war vielleicht am Anfang der Grund, aber das ist doch längst nicht mehr alles, Mann. Mom hat zu Dad gesagt, sie hat gedacht, sie tritt ein Pferd, wie sie gesehen hat, wie der große böse Sheriff – so nennt sie ihn immer – die kleine Cassie ständig anstarrt wie eine Kuh, wenn's donnert.« Bryan kicherte. »He, Mann, wenn sie heiraten, sind wir Cousins und Blutsbrüder. Wär das nicht irre?«

»Sie heiratet ihn aber nicht!« Connors Stimme überschlug sich, sodass Bryan vor Verblüffung das Würstchen aus den Händen rutschte.

»He, was ist denn mit dir auf einmal …?«

»Sie heiratet überhaupt nie wieder! Weder ihn noch sonst jemand!« Connor war vor Erregung aufgesprungen und ballte die Hände zu Fäusten. »Du irrst dich. Du übertreibst total.«

»Überhaupt nicht. Was ist denn plötzlich los? Spinnst du jetzt oder was?«

»Er kommt ab und zu bei uns vorbei und schaut nach uns, weil er der Sheriff ist, das ist alles. Das ist der einzige Grund, warum er uns besucht. Nimm sofort zurück, was du gesagt hast!«

Unter normalen Umständen hätte Bryan damit keine Schwierigkeiten gehabt, doch nun sprang der kriegerische Funke, der in Connors Augen tanzte, auf ihn über. »Ich denk überhaupt nicht dran. Jeder, der Augen im Kopf hat, kann sehen, wie scharf Devin auf deine Mom ist.«

Connor stürzte sich ohne Vorwarnung auf Bryan und riss ihn zu Boden. Ineinander verklammert rollten sie durch den Dreck.

Ein paar Momente später hatte Bryan Connor überwältigt und hockte sich schwer atmend auf die Brust seines Freundes. Connors Lippe blutete. »Gibst du auf?«, fragte Bryan gepresst.

»Nein.« Connor schaffte es, seinen Ellbogen freizukriegen, und stieß ihn Bryan mit voller Wucht zwischen die Rippen, das Fanal zu einem erneuten Kampf.

Wieder wälzten sie sich über den Boden, und wieder gelang es Bryan, Connor zu überwältigen. Connor hob die Faust. Doch mitten in der Bewegung hielt er inne. Er hätte schwören mögen, eben etwas gehört zu haben, etwas, das klang wie das Stöhnen eines Sterbenden.

»Hörst du das?«

»Ja.« Connor, der sich in das zerrissene T-Shirt seines Gegners verkrallt hatte, ließ nicht locker, aber er hob den Kopf. »Klingt irgendwie gespenstisch …«

»Geister.« Bryan hatte Mühe, die Lippen zu bewegen. »Himmel, Con. Sie sind wirklich hier. Das sind die beiden Soldaten.«

Connor zuckte mit keinem Muskel. Jetzt hörte er nichts mehr bis auf den Schrei eines Käuzchens und ein leises Rascheln im Buschwerk. Aber er konnte es fühlen, und plötzlich verstand er. Das ist Krieg, dachte er, jeder kämpft gegen jeden. Kämpfen. Töten. Sterben.

Und auf einmal schämte er sich, weil er die Faust gegen Bryan erhoben hatte, obwohl der sein Bruder war. Genau wie Joe Dolin die Faust gegen seine Mutter erhoben hatte. Dieser Gedanke trieb ihm die Tränen in die Augen.

»Es tut mir leid.« Es gelang ihm nicht, seinen Tränen Einhalt zu gebieten, sosehr er es auch versuchte. »Es tut mir leid.«

»Schon okay, Connor, kein Problem. Hast dich doch ganz tapfer geschlagen.« Unbehaglich klopfte Bryan Connor auf die Schulter und half ihm auf. Anschließend begann er systematisch, Zweige und Dornen aus seinen ramponierten Kleidern zu pflücken. »Du musst nur noch ein bisschen an deiner Deckung arbeiten, das ist alles.«

»Ich will mich aber nicht wieder schlagen. Ich hasse es.« Connor ließ sich wie ein Häufchen Unglück am Feuer nieder.

Bryan kramte verzweifelt nach Worten. »Mann, so ein Mist aber auch. Kannst du dir nicht eine gute Geschichte einfallen lassen, die wir zu Hause erzählen können? Irgendeinen Grund für die zerrissenen Klamotten, irgendeine Erklärung müssen wir ja schließlich angeben. Wie wär's, wenn wir sagen, dass uns wilde Tiere angefallen haben?«

»Blödsinn. Wer soll uns denn so einen Quatsch abnehmen?«

»Dann denk dir eben was anderes aus«, brummte Bryan. »Dir wird schon was einfallen.«

Eine Weile herrschte Schweigen, und jeder hing seinen Gedanken nach.

»Hör zu, Con«, sagte Bryan schließlich. »Was ich gesagt hab, hab ich nicht so gemeint, ehrlich. Ich meine, ich wollte ganz bestimmt nicht deine Mom schlechtmachen, weil ich sie nämlich total toll finde. Und wenn irgendjemand was über meine Mom sagen würde, was mir nicht passt, würde ich ihn auch zusammenschlagen.«

»Schon okay. Ich weiß ja, dass du's nicht so gemeint hast.«

»Aber warum bist du denn dann so auf mich losgegangen?«

Connor, der mittlerweile ruhiger geworden war, zog seine Knie an den Körper und stützte das Kinn darauf. »Ich dachte, Sheriff MacKade kommt so oft, weil er mich mag.«

»Sicher mag er dich.«

»Blödsinn. Er kommt wegen meiner Mutter, das hast du selbst gesagt.«

Bryan zuckte hilflos die Schultern. »Na ja, wenn er doch verrückt nach ihr ist …«

»Mir gefällt alles so, wie es jetzt ist, verstehst du? Ich will nicht, dass sich irgendwas ändert. Wir haben eine schöne Wohnung, Mama ist glücklich, und er sitzt im Gefängnis. Und wenn sie den Sheriff heiratet, ist bestimmt alles wieder im Eimer.«

»Warum denn? Devin ist doch cool.«

»Ich will aber keinen Vater mehr. Ich hab die Schnauze voll von Vätern.« Die Augen standen groß und dunkel in Connors schmutzigem, von Tränenspuren gezeichnetem Gesicht. »Er wird das Kommando übernehmen, und alle müssen nach seiner Pfeife tanzen. Und irgendwann wird auch er anfangen mit der Sauferei und rumbrüllen und prügeln, und alles geht dann wieder von vorn los.«

»Quatsch, Devin doch nicht.«

»Doch, ich weiß es genau.« Connor wollte sich nicht überzeugen lassen. »Alles wird sich nur noch um ihn drehen, und jeder muss machen, was er will. Und wenn nicht, dann rastet er bestimmt aus und schlägt meine Mom, und dann weint sie wieder.« Plötzlich fiel ihm Devins Versprechen ein, aber er wollte sich nicht daran erinnern und schob das Bild, das in ihm aufstieg, beiseite. »Väter sind eben so.«

»Meiner nicht«, gab Bryan im Brustton der Überzeugung zurück. »Er hat meine Mom noch nie geschlagen. Manchmal brüllt er zwar, das stimmt, aber sie brüllt zurück. Und ab und zu brüllt sie zuerst.«

»Wenn er sie noch nicht geschlagen hat, hat sie ihn wahrscheinlich einfach nur noch nicht genug geärgert.«

»Oh, sie ärgert ihn sogar ziemlich oft. Einmal war er so wütend, dass ich geglaubt habe, dass gleich seine Ohren anfangen würden zu qualmen, wie in den Comics. Da hat er sie aber nur hochgehoben und sich über die Schulter geworfen.«

»Sag ich doch.«

Bryan schüttelte den Kopf. »Er hat ihr nicht wehgetan. Sie haben sich auf dem Rasen gewälzt und miteinander gerungen. Sie hat ihn angeschrien und verflucht. Und dann haben sie sich plötzlich geküsst.« Bryan rollte die Augen. »Mann, war das peinlich.«

»Wenn er wirklich wütend gewesen wäre …«

»Ich sag dir doch, dass er wütend war. Er war fuchsteufelswild.«

»Hast du Angst gehabt?«

»Quatsch. Hör zu, Con, du musst echt endlich begreifen, dass Devin nicht Joe Dolin ist, verstehst du?«

»Er kämpft aber auch.«

»Ja, aber doch nicht mit Mädchen oder Kindern.«

»Wo ist der Unterschied?«

Connor war der hellste Kopf, den Bryan kannte, und doch schien er in diesem Punkt völlig vernagelt. »Willst du mich für dumm verkaufen? Würdest du denn jetzt nach Hause gehen und dich mit Emma prügeln?«

»Spinnst du? Ich würde nie im Leben … das ist doch was anderes.« Er unterbrach sich und brütete einige Zeit schweigend vor sich hin. »Na ja, vielleicht gibt es ja wirklich einen Unterschied. Ich muss darüber nachdenken.«

»Cool.« Zufrieden rieb sich Bryan seine schmerzenden Rippen. »Komm, trinken wir noch 'ne Limo, und du erzählst mir eine Gruselstory. Aber eine richtig schön horrormäßige.«

Devin war schon früh wach und fütterte gerade die Schweine, als er die beiden Jungen mit ihrem Marschgepäck aus den Wäldern kommen sah. Als er die Schrammen, die blauen Flecke und die zerrissenen T-Shirts bemerkte, hob er eine Augenbraue.

»Na, muss ja eine ziemlich wilde Nacht gewesen sein«, sagte er milde. »Seid ihr unter die Wölfe geraten?«

Bryan kicherte und beugte sich nach unten, um Ethel und Fred zu begrüßen, die überschwänglich mit den Schwänzen wedelten. »Nö, Bären.«

»Hm, hm …« Devin musterte Connors aufgeplatzte Lippe. »Sieht mir eher nach einem gepflegten Boxkampf aus.«

»Unser Ball ist in eine Dornenhecke geflogen«, erklärte Connor beiläufig. »Wir sind beim Rausholen aneinandergeraten, und ich bin ausgerutscht.«

»Deine Mutter wird dir das vielleicht abkaufen«, sagte Devin zu Bryan, »aber dein Vater bestimmt nicht. Na egal, wie war's sonst?«

»Spitzenklasse.« Bryan kletterte den Zaun ein Stückchen hoch, um die Schweine besser beim Fressen beobachten zu können. »Wir haben uns Würstchen und Marshmallows gegrillt und uns Gruselgeschichten erzählt. Wir haben sogar Geister gehört.«

»Klingt wirklich gut.«

»Danke für das Zelt«, sagte Connor steif.

»Keine Ursache. Wenn du willst, kannst du es behalten. Ich könnte mir vorstellen, dass ihr es bestimmt noch öfter braucht.«

»Ich will es aber nicht«, gab Connor mit ganz ungewohnter Unhöflichkeit zurück. »Ich will überhaupt nichts.«

Devin starrte ihn verblüfft an, und in seinem Gesicht stand viel eher Verwirrung als Verärgerung. »Tu dir ein bisschen Eis auf deine Lippe«, sagte er lediglich.

Connor drehte sich um und stapfte mit steifen Schultern, und ohne sich von seinem Freund verabschiedet zu haben, davon.

Bryan schoss ihm einen wütenden und irritierten Blick hinterher. »Er meint es nicht so.«

»Er ist sauer auf mich. Weißt du, warum?« Als Bryan den Kopf senkte und seine Hände in den Hosentaschen vergrub, seufzte Devin. »Schon gut, Bry, ich verstehe schon. Ich will nicht, dass du aus dem Nähkästchen plauderst. Wenn ich etwas getan habe, womit ich Connor verletzt habe, werde ich es selbst in Erfahrung bringen.«

»Schätze, es war mein Fehler.« Unglücklich scharrte Bryan mit den Schuhspitzen im Sand. »Ich hab was davon gesagt, dass du dich um seine Mom bemühst, und da ist er durchgedreht.«

Devin rieb sich seinen Nacken. »Habt ihr euch deswegen geprügelt?« Wieder keine Antwort. Devin nickte. »Okay. Danke, dass du es mir erzählt hast.«

»Devin.« Loyalität war für Bryan bisher niemals ein Problem gewesen, doch nun fühlte er sich zwischen zwei Parteien hin- und hergerissen. »Es ist nur … er hat einfach Angst, verstehst du? Ich meine, Con ist kein Feigling oder so, aber er hat Angst, dass alles wieder so werden könnte wie vorher. Er hat sich in seinen Kopf gesetzt, dass du seine Mom genauso verprügeln würdest wie dieser Dreckskerl … ich meine, wie Joe Dolin.« Bryan schaute sich um, aber Connor war schon im Wald verschwunden. »Ich hab versucht, ihm klarzumachen, dass das völliger Quatsch ist, aber er schnallt es einfach nicht.«

»Okay. Ich habe verstanden.«

»Und du bist nicht böse auf ihn?«

»Nein, bin ich nicht. Sag mal, weißt du eigentlich, was Jared für dich empfindet?«

Freude und Verlegenheit mischten sich und färbten Bryans Wangen rot. »Ja.«

»Na siehst du. Und ich empfinde genau dasselbe für Connor und Emma. Ich muss ihnen nur Zeit geben, sich an diesen Gedanken zu gewöhnen.«

Sie hatte versucht, sich keine Sorgen zu machen. Wirklich. Doch als sie nun aus dem Fenster sah, als Connor den Weg zum Inn heraufgetrottet kam, fiel ihr ein Stein vom Herzen. Cassie stellte die Mehltüte beiseite und eilte aus der Küche, um ihm entgegenzugehen.

»Ich bin hier unten, Connor!«, rief sie. »Hast du …« Als sie seine aufgeplatzte Lippe, sein blaues Auge und sein zerrissenes T-Shirt sah, hielt sie erschrocken inne und eilte die Treppe hinunter. »Um Gottes willen, wie siehst du denn aus? Oh, mein Kleiner, was ist denn passiert? Lass mich …«

»Mit mir ist alles in Ordnung.« Noch immer zornig riss Connor sich von seiner Mutter los. Der Blick, mit dem er sie bedachte, machte ihr Angst. In ihm lagen Zorn und Verachtung. »Mir geht es gut. Sind das nicht die Worte, die du auch immer zu mir gesagt hast, nachdem er dich geschlagen hat? Ich bin hingefallen, ausgerutscht. Ich bin in die verdammte Tür reingerannt.«

»Connor.«

»Also gut, dann sag ich dir eben die Wahrheit. Ich hab mich mit Bryan geprügelt. Er hat mich geschlagen, und ich hab ihn verhauen.«

»Aber Honey, warum habt ihr euch denn …«

Wieder zuckte er vor ihrer Hand zurück. »Das geht nur mich etwas an. Ich muss dir nicht alles erzählen. Das machst du ja auch nicht.«

Es kam nur selten vor, ganz selten, dass sie ihren Jungen zur Ordnung rufen musste. »Nein, das musst du nicht«, erwiderte sie ruhig. »Aber pass auf, dass du dich nicht im Ton vergreifst, wenn du mit mir sprichst.«

Seine geschwollene Lippe zitterte, doch sein Blick blieb fest. »Warum hast du das niemals zu ihm gesagt? Ihn hast du alles sagen lassen, was er sagen wollte, ebenso wie er alles tun durfte, wonach ihm der Sinn stand.«

Diese erschreckende Wahrheit unverblümt aus dem Mund ihres Sohnes zu hören, beschämte sie zutiefst. »Connor, wenn du von deinem Vater redest …«

»Nenn ihn nicht so. Sag nie wieder mein Vater. Ich hasse ihn, und ich schäme mich für dich.«

Sie gab einen unartikulierten Laut von sich, dann schossen ihr die Tränen in die Augen.

»Und jetzt lässt du es wieder zu«, wütete Connor weiter. »Du lässt es einfach wieder zu.«

»Ich weiß nicht, wovon du sprichst, Connor. Komm rein und setz dich zu mir, und lass uns in aller Ruhe über das reden, was dich bedrückt.«

»Da gibt es nichts zu reden. Wenn du Sheriff MacKade heiratest, laufe ich weg. Du wirst sehen, ich lauf ganz einfach weg, weil ich nicht noch mal zuschauen will, wie dich ein Mann schlägt. Ich will keinen Vater mehr.«

Sie rang nach Atem. »Ich werde ihn nicht heiraten, Connor. Ich habe daran gedacht, das will ich gern zugeben, aber ich würde eine so wichtige Entscheidung niemals fällen, ohne vorher mit dir und Emma darüber gesprochen zu haben.«

»Aber er will dich heiraten.«

»Ja, das will er. Er liebt mich und wünscht sich eine Familie. Er mag uns, Connor. Und ich habe geglaubt, dass du ihn ebenfalls magst.«

»Ich will ihn aber nicht als Vater. Jetzt geht es uns gut, und du machst alles kaputt.«

»Nein, das mache ich nicht.« Sie blinzelte ihre Tränen weg. »Geh jetzt nach oben und wasch dich, Connor. Geh jetzt bitte.«

»Ich werde nicht …«

»Tu, was ich dir gesagt habe«, unterbrach sie ihn streng. »Was auch immer du für mich empfinden magst, ich bin deine Mutter und trage dir gegenüber Verantwortung. Ich muss jetzt hier unten das Frühstück machen. Du wäschst dich und passt auf Emma auf, bis ich hier fertig bin.« Damit drehte sie sich um und ging in die Küche zurück.

Irgendwie schaffte sie es, das Frühstück zuzubereiten, es zu servieren und wie immer mit den Gästen ein paar freundliche Worte zu wechseln. Nachdem sie so weit war, ging sie schließlich nach oben und schaute nach den Kindern. Sie schlug ihnen vor, dass sie im Garten spielen sollten, bis sie die Gästezimmer aufgeräumt hatte.

Connors steif vorgetragenes Angebot, ihr zu helfen, überhörte sie. Sie war eben dabei, in Abigails Zimmer die Bettwäsche zu wechseln, als sie hörte, wie draußen die Tür ging.

Sie wusste, dass es Devin war.

Was sie jedoch nicht wusste, war, dass Connor das Auto gehört und sich in die Halle geschlichen hatte, um zu lauschen.

»Kann ich dir irgendwie helfen?«, fragte Devin.

»Nein danke.« Cassie strich das Laken glatt. »Ich bin schon fertig.«

»Ich habe heute Morgen Bryan und Connor getroffen. Du hast dich bestimmt aufgeregt wegen Connor. Die beiden hatten eine kleine Rangelei.«

»Nein, darüber nicht.«

»Darüber nicht? Worüber dann?«

Sie holte tief Atem. Dieses Gespräch hatte sie den ganzen Morgen über mit sich selbst in tausend Variationen geführt. Ihre Kinder gingen vor. Auch vor ihr persönliches Glück.

»Devin, wir müssen miteinander reden.«

»Ich bin ganz Ohr.«

»Connor ist völlig außer sich, er ist sehr verletzt.« Sie beschäftigte sich mit dem Laken, das sie längst glatt gestrichen hatte. »Entweder hat er es gespürt, oder man hat es ihm gesagt, dass zwischen uns etwas ist, und …«

»Ich weiß. Ich habe dir ja erzählt, dass ich die beiden heute Morgen getroffen habe. Ich denke, er ist halb verrückt vor Angst, Cassie.«

»Ja, das ist er. Und aufgebracht und verletzt und wütend. Verängstigt. Wie ein Tier, das sich in der Falle sieht. Ich kann das nicht mit ansehen, Devin. Nicht nach dem, was er alles schon durchgemacht hat.«

»Das hast du nicht verursacht.«

»Aber all die Jahre nichts unternommen zu haben ist ebenso, wie es verursacht zu haben. Die ersten acht Jahre seines Lebens waren ein Albtraum, dem ich die ganze Zeit über kein Ende gesetzt habe. Ich habe mir dauernd eingeredet, er würde nichts merken, so lange, bis ich es selbst geglaubt habe. Aber er wusste alles. Und er schämt sich für mich.«

»Das ist nicht wahr, Cassie.« Devin ging auf sie zu und nahm ihre Hand. »Wenn er das gesagt hat, dann nur deshalb, weil er auf mich wütend ist und du das nächstliegende Ziel warst. Er betet dich an.«

»Ich habe ihm wehgetan, Devin, viel mehr, als mir klar war. Und Emma vielleicht auch. Ich muss die Dinge in Ordnung bringen. Ich will, dass meine Kinder das Gefühl haben, dass sie in Sicherheit sind. Sie müssen mir vertrauen. Wir dürfen uns nicht mehr sehen.«

Panik stieg in ihm auf. »Du weißt genau, dass das nicht die richtige Antwort ist. Ich werde mit ihm reden.«

»Nein.« Cassie entzog ihm ihre Hand. »Es ist an mir zu handeln.

Ich muss Connor davon überzeugen, dass er und Emma für mich an erster Stelle stehen.«

»Und was soll ich jetzt tun? Mich einfach zurückziehen? Ich habe zwölf Jahre auf dich gewartet. Ich kann nicht so lange warten, bis alles perfekt ist. Wir haben uns, Cassie, und wir lieben uns. Alles andere werden wir aus eigener Kraft schaffen. Wir werden die Dinge in Ordnung bringen, und Connor wird lernen, dass er sowohl dir als auch mir vertrauen kann. Du bedeutest mir alles, ebenso wie die Kinder. Ich brauche dich. Ich brauche euch alle.«

Sie hatte das Gefühl, als würde ihr Herz in Stücke gerissen. »Devin, wenn alles anders wäre …«

»Wir werden dafür sorgen, dass alles anders wird«, sagte er mit Bestimmtheit und legte ihr die Hand auf die Schulter. »Du musst nur daran glauben.«

»Ich bitte dich, nicht zu warten.« Sie entzog sich ihm und trat ans Fenster. »Du hast gesagt, du brauchst mich, und das zu hören ist wundervoll, genauso wundervoll wie der Gedanke, dass du mich liebst. Aber Connor braucht mich mehr als du, weil er noch ein Kind ist. Mein Kind, mein kleiner Junge, und er hat Angst.« Sie holte tief Luft und bemühte sich, die Gedanken in ihrem Kopf zu ordnen. »Du willst heiraten und sehnst dich nach einer Familie. Such dir eine Frau, die frei ist und dir geben kann, wonach du dich sehnst. Ich kann es nicht, Devin, und deshalb dürfen wir uns nie wiedersehen.«

»Du erwartest von mir, dass ich tue, als sei nie etwas zwischen uns geschehen? Das ist Wahnsinn, Cassie, und das weißt du auch.«

»Nein, es ist nur vernünftig. Ich bin nicht die einzige Frau auf der Welt.«

»Aber die Einzige, die ich liebe.«

»Mach dir keine Hoffnung, Devin. Es hat keinen Zweck. Ich versuche, nur fair zu sein und dir nichts vorzumachen.«

»Das nennst du fair? Ist es fair, mich einfach wegzuwerfen nach allem, was zwischen uns geschehen ist? Wann zum Teufel wirst du endlich wirklich Verantwortung übernehmen, Cassie?«

Es war das erste Mal, dass er sie wirklich verletzt hatte. Sie nahm es hin, akzeptierte es. »Genau das ist es ja, was ich versuche. Verantwortung zu übernehmen heißt aber nicht, dass man immer nur das tut, was einem selbst am besten in den Kram passt. Ich will dir nicht wehtun, Devin, das musst du mir glauben. Es ist wirklich das Letzte, was ich will. Aber ich kann dir einfach nicht geben, was du am meisten brauchst. Ich kann es nicht.«

Seine Blicke bohrten sich in sie wie Pfeile, und seine Stimme schien sie zu versengen. »Es ist Zeit einzusehen, dass alles umsonst war. Du hast deine Entscheidung getroffen. Sieht so aus, als sei ich jetzt am Zug.«

Damit drehte er sich um und ging hinaus. Sie lauschte seinen Schritten, bis die Tür mit einem Krachen ins Schloss fiel.

Cassie setzte sich auf die Bettkante, schlug die Hände vors Gesicht und begann, bitterlich zu schluchzen.

In einer Ecke des Flures legte Connor seiner Schwester fest die Hand auf die Schulter.

»Mama weint«, flüsterte Emma.

»Ich weiß.« Es war nicht Joe Dolin, der seine Mutter zum Weinen gebracht hatte, und es war auch nicht Sheriff MacKade.

Er war es gewesen, ganz allein er.

Während Cassie sich ihrem Schmerz hingab und Connor die Schuldgefühle wie eine Zentnerlast auf den Schultern lagen, ergriff Joe Dolin seine Chance. Er hatte gewartet, oh, er hatte so geduldig auf diese Gelegenheit gewartet.

Der Fluss floss unter der Burnside-Brücke rauschend dahin, es gab genügend Buschwerk, das ausreichend Schutz bot. Der Wachmann war gerade abgelenkt, er sprach mit einem Kollegen.

Jetzt war der richtige Moment endlich da.

Joe bückte sich und hob Abfall auf und bewegte sich langsam, vorsichtig, Schritt für Schritt auf eine Baumgruppe, zwischen der dichtes Gesträuch wucherte, zu. Einen Augenblick später war er verschwunden. Während er auf den Wald zurannte, zog er im Laufen seine orangefarbene Weste aus und warf sie in einen Busch neben dem Fluss.

Als Devin auf dem Weg in sein Büro wieder zu sich kam, schaffte er es gerade noch rechtzeitig, einem entgegenkommenden Sechstonner auszuweichen. Er zuckte zusammen und riss das Steuer herum. Verdammt! Er musste sich zusammenreißen.

Eine halbe Stunde später – Devin saß an seinem Schreibtisch und hackte wütend auf der Schreibmaschine herum – ging die Tür auf, und Rafe schlenderte herein. Er sah auf den ersten Blick, dass bei seinem Bruder alle Zeichen auf Sturm standen.

»Ich soll dir im Namen meiner Frau eine Essenseinladung überbringen«, sagte er leichthin.

»Vergiss es.«

»Regan wollte morgen die ganze Familie einladen, einschließlich Cassie und ihrer Kinder.«

»Keine Zeit. Und jetzt mach dich dünne, ich habe zu tun.«

Rafe verzog keine Miene. »Du weißt ja noch gar nicht, um wie viel Uhr es losgeht«, gab er ungerührt zurück und trat einen Schritt vor, um einen Blick auf das zu werfen, was Devin gerade tippte. »Was zum Teufel machst du da?«

»Das siehst du doch.«

»Bist du vom wilden Affen gebissen?«

»Lass mich in Frieden.«

Rafe erwies Devin einen brüderlichen Dienst und riss das Blatt aus der Maschine. »Ganz locker bleiben.« Bevor Devin aufspringen konnte, legte ihm Rafe die Hand auf die Schulter. »Hör zu, wenn du willst, können wir uns prügeln, ich habe nichts dagegen. Aber wir sollten vielleicht erst ein paar einleitende Worte sprechen. Also, was ist los, Devin? Was ist denn nur passiert? Warum tippst du deine Kündigung?«

»Warum, warum. Weil es etwas ist, das ich schon vor Jahren hätte tun sollen. Ich verschwinde. Weil ich den Trott satt habe. Ich bin es leid, jeden Tag dieselben Gesichter zu sehen. Deshalb muss ich hier weg.«

»Das sagst ausgerechnet du?« Rafe knüllte das Blatt zusammen und warf es auf den Boden. »Du liebst doch nichts mehr als deinen Trott. Was ist mit Cassie?«

»Nichts. Vergiss es.«

»Warst nicht du es, der mich damals dazu gebracht hat, mir endlich ehrlich einzugestehen, was ich Regan gegenüber empfinde?«

»Ich muss mir nicht darüber klar werden, was ich für Cassie empfinde. Ich weiß es seit Jahren. Ich muss endlich darüber hinwegkommen.«

»Hat sie dir einen Korb gegeben?« Das boshafte Glitzern in Devins Augen erschreckte Rafe nicht, es rührte ihn. »Mach schon. Hau drauf. Den ersten Schlag hast du frei.«

»Ach, vergiss es.« Ernüchtert ließ sich Devin in seinen Stuhl zurücksinken.

»Willst du darüber reden?«

»Es gibt nichts mehr zu reden.« Er fuhr sich mit der Hand über sein Gesicht. »Ich bin müde. Connor traut mir nicht, sie traut mir nicht. Es hat sich eben herausgestellt, dass keiner von ihnen mich wirklich mag. Ich kann nicht mehr.«

»Die Kids haben viel hinter sich, Devin. Und Cassie auch. Gib ihnen noch ein bisschen Zeit.«

»Mir läuft die Zeit aber langsam davon, Rafe. Irgendwann will man auch etwas zurück.« Devin holte tief Atem. »Ich kann nicht mehr. Es bringt mich um. Ich hau ab hier.«

Bevor Rafe dazu kam, etwas zu erwidern, klingelte das Telefon. Devin stieß einen hässlichen Fluch aus und schnappte sich den Hörer. »MacKade«, bellte er. Einen Sekundenbruchteil später war er auf den Beinen. »Wann? Das ist ja schon über eine Stunde her, verdammt noch mal. Warum zum Teufel hat man mich nicht eher benachrichtigt? … Erzählen Sie keinen Mist.« Er lauschte noch einen Moment, dann knallte er den Hörer auf die Gabel.

»Dolin ist geflohen.« Er ging zu seinem Waffenschrank hinüber, nahm ein Gewehr raus und drückte es Rafe in die Hand. »Du bist mein Deputy.«

584

12. Kapitel

Joe duckte sich hinter einem kleinen Busch im Garten des Hauses seiner Schwiegermutter. Hier würde man ihn bestimmt nicht suchen. Zumindest nicht gleich.

Seine Schwiegermutter war nicht zu Hause. Ihr Auto stand nicht vor der Tür, und die Vorhänge vor den Fenstern waren ordentlich zugezogen.

Er schlich zum Haus hinüber und schlug mit dem Ellbogen eine Fensterscheibe ein.

Nachdem er eingestiegen war, ging er ins Schlafzimmer. Er brauchte andere Klamotten, und er wusste, dass seine Schwiegermutter noch immer die Kleider ihres verstorbenen Ehemanns aufbewahrte.

Die alte Schachtel war morbid. Und paranoid.

Das war auch der Grund dafür, dass sie, wie er wusste, immer eine geladene Pistole in ihrer Nachttischschublade aufbewahrte. Nachdem er sich umgezogen hatte – die Hose war ihm zu eng, und das Sakko platzte an den Schultern fast aus den Nähten –, setzte er sich im Wohnzimmer in einen Sessel und wartete.

Es dauerte nicht lange, und er hörte ein Auto vorfahren. Das musste sie sein. Er erhob sich, um ihr entgegenzugehen.

»Joe, was in aller Welt …« Sie trug in einer Hand eine Einkaufstüte, in der anderen ihre Handtasche. Als sie ihn sah, riss sie erschrocken die Augen auf.

Er verabscheute diese bigotte alte Schachtel so sehr, dass er sie am liebsten auf der Stelle niedergeknallt hätte. Dann aber entschied er sich, sich diesen Spaß für sein geliebtes kleines Schätzchen aufzuheben. Deshalb holte er lediglich aus und schlug ihr nur mit der flachen Hand ins Gesicht.

Sie stöhnte und sackte einen Augenblick später in sich zusammen. Er fing sie auf, legte sie auf den Fußboden und fesselte sie mit einer Wäscheleine, die er sich bereits zurechtgelegt hatte. Anschließend knebelte er sie. Nachdem sie wie ein Fisch auf dem Trockenen lag, riss er ihre Handtasche auf und kramte ihre Geldbörse hervor.

»Lausige zwanzig Mäuse«, beschwerte er sich. »Hätt ich mir gleich denken können.« Er stopfte die Geldscheine in die Hosentasche und hob ihre Autoschlüssel vom Boden auf. »Ich borg mir mal dein Auto aus. Hab vor, einen kleinen Ausflug zu machen. Du hast doch sicher nichts dagegen?« Sie gab ein Stöhnen von sich. »Meine Frau nehm ich mit. Eine Ehefrau muss ihrem Mann schließlich überallhin folgen, stimmt's?«

Er lachte, als Constance laut aufstöhnte und irgendetwas in den Knebel lallte. »Sie weiß einfach nicht, was man seinem Ehemann schuldig ist. Wirklich.« Er schnalzte missbilligend mit der Zunge. »Aber ich werd's ihr schon noch beibringen, verlass dich drauf. Willst du hören, was ich mit deiner Tochter vorhabe, alte Frau?«

Weil er an der Panik, die jetzt in ihren Augen aufflackerte, ein Vergnügen fand, das er noch ein bisschen länger auskosten wollte, ging er neben ihr in die Hocke und erzählte es ihr.

Devin hielt mit quietschenden Bremsen vor dem Inn. Seine Augen suchten jeden Baum, jeden Strauch ab, während er ums Haus herumrannte und die Stufen hinaufjagte. Er hörte nicht auf zu beten, bis er die Tür aufgestoßen hatte und Cassie am Herd stehen sah.

Er war machtlos dagegen. Er musste sie einfach in seine Arme reißen und festhalten. Ganz, ganz fest. Einen Moment nur. Nur einen kleinen Moment.

»Devin …«

»Entschuldigung.« Er nahm sich zusammen und ließ sie los. Als er jetzt einen Schritt zurücktrat, war er wieder ganz Polizist. »Ich muss dich sprechen.« Er warf einen Blick ins Wohnzimmer, wo Connor und Emma saßen und ihn mit großen Augen anstarrten. »Joe ist vor einer Stunde geflohen.«

Cassies Knie wurden weich. Devin sah es und führte sie zu einem Stuhl. »Setz dich hin und hör mir zu. Ich habe meine Leute losgeschickt, damit sie die Gegend nach ihm durchkämmen. Wir werden ihn finden, Cassie. Weiß er, dass du hier lebst?«

»Ich weiß nicht.« Sie fühlte sich wie betäubt. »Vielleicht hat meine Mutter es ihm gesagt ... keine Ahnung.«

»Wir dürfen kein Risiko eingehen. Du packst jetzt sofort ein paar Sachen zusammen, und dann fahre ich dich zu Jared. Um die Kinder kümmere ich mich.«

»Zu Jared?«

»Ja. Du bleibst dort mit Savannah. Jared kommt mit mir. Er muss uns bei der Suche helfen, ebenso wie Shane. Also los, beeil dich, Cassandra.« Seine Stimme klang scharf. »Wir haben keine Zeit zu verlieren.«

»Das ist unmöglich, Devin. Ich darf nicht Savannah und die Kinder in Gefahr bringen.«

»Savannah kommt schon klar damit.«

»Meinst du wirklich?« Auf sein nachdrückliches Nicken hin holte sie tief Atem und stand dann auf. »Okay. Wenn du es für richtig hältst. Gib mir eine Minute.« Auf der Schwelle drehte sie sich noch einmal um. »Und du bringst auch die Kinder in Sicherheit?«

Noch bevor Devin antworten konnte, kam Connor, Emma hinter sich herziehend, in die Küche und stellte sich mit wild entschlossenem Gesicht vor seine Mutter. »Nein, Mom, ohne dich gehe ich nirgendwohin. Ich verlass dich nicht.«

»Niemand verlässt irgendjemand. Ihr geht alle dahin, wo ich es euch sage. Los, holt eure Sachen, ein bisschen dalli«, blaffte Devin.

»Savannah ist nicht für mich und die Meinen verantwortlich«, sagte Cassie langsam.

»Mir reißt jetzt langsam der Geduldsfaden, Cassie. Ehrlich. Ich kann nicht hierbleiben und auf euch aufpassen, verstehst du das denn nicht? Also tu jetzt, was ich dir sage.«

Als er jetzt herumwirbelte, sah Connor wilden Zorn in seinen Augen aufblitzen. Connors Magen krampfte sich zusammen. »Ich kann auf meine Mutter aufpassen.«

Als Devin klar wurde, dass der Junge sich nicht von seinem Vorhaben abbringen lassen würde, änderte er blitzschnell seinen Plan. »Darauf zähle ich, Connor. Aber nicht hier. Los, pack ein paar Sachen zusammen und dann Abmarsch ins Auto.«

»Devin, nimm die Kinder und bring sie …«

»Zum Teufel noch mal, jetzt reicht's mir aber!« Devin machte einen Satz auf Cassie zu, hob sie hoch und warf sie sich über die Schulter. »Raus!«, herrschte er Connor an, dann begann er innerlich zu fluchen, als er sah, wie aus dem Gesicht des Jungen alles Blut wich. »Verdammt noch mal, Junge, siehst du denn nicht, dass ich lieber sterben würde, als ihr wehzutun? Dass ich keinem von euch jemals wehtun würde?«

Und Connor sah es, er sah es so klar und überdeutlich, dass ihm die Schamesröte ins Gesicht stieg. »Ja, Sir«, sagte er zerknirscht. »Ja, ich sehe es. Komm, Emma.«

»Lass mich runter, Devin.« Cassie machte sich nicht die Mühe zu strampeln, weil ihr klar war, dass sie kräftemäßig sowieso nicht mit ihm mithalten konnte. »Bitte lass mich runter. Wir gehen freiwillig mit.«

Er stellte sie auf die Füße und ließ noch einen Moment seine Hände auf ihren Schultern liegen. »Vertrau mir, Cassie.«

»Ich vertraue dir.« Sie griff nach Connors Hand. »Wir vertrauen dir alle.«

»Beeilt euch.« Er hatte schon die Hand an der Fliegengittertür und warf einen raschen Blick nach draußen, ehe er auf die Veranda hinaustrat. »Wir haben Straßensperren errichtet, und Hubschrauber sind angefordert. Sie müssen jeden Moment hier sein. Es müsste schon mit seltsamen Dingen zugehen, wenn wir ihn nicht bis zum Einbruch der Dunkelheit gefasst hätten. Wie viele Gäste sind im Inn?«

»Im Moment gerade keiner. Heute Abend kommt eine große Familie …«

»Ich kümmere mich darum. Mach dir keine …«

Der Schuss fiel so plötzlich, dass Cassie der Atem stockte. Einen Moment später stürzte Devin zu Boden.

»Hi, Honey.« Joe kam die Treppe herauf, ein breites Grinsen im Gesicht, die Pistole im Anschlag. »Ich bin wieder da.«

Sie tat das Einzige, was ihr zu tun blieb. Sie stellte sich vor ihre Kinder und bot ihm die Stirn.

Sein Gesicht war härter geworden, über seiner rechten Augenbraue hatte er eine lange Narbe. Seine Augen waren dieselben wie früher. Brutal.

»Ich komme mit dir, Joe.« Sie sah, dass Devin noch atmete, die Kugel hatte seine Schläfe lediglich gestreift, aber er blutete stark. Er brauchte einen Arzt, und das so schnell wie möglich. Sie würde ihn und die Kinder nur retten können, wenn sie sich selbst opferte. »Ich gehe mit dir, wohin immer du willst. Aber tu den Kindern nichts, ich flehe dich an.«

»Ich mach mit deiner verdammten Brut, was ich für richtig halte, du Miststück. Und du wirst genau das tun, was ich dir sage.« Er schaute auf Devin hinunter und schnaubte verächtlich. »War wohl doch nicht clever genug, der Junge, hm? Aber ich hätte ein bisschen besser zielen sollen.« Er beugte sich nach unten, um die Schusswunde an Devins Schläfe zu begutachten. Er lachte. »Hab ein kleines Problem mit meinem rechten Auge. Muss es wohl noch mal ganz von Nahem versuchen.«

Wie in Großaufnahme sah Cassie plötzlich sein Gesicht, die Augen funkelnd vor Mordlust. Er senkte die Pistole. Kälte kam über sie, Kälte und die Gewissheit, dass sich dies alles vor langer, langer Zeit schon einmal ereignet hatte. Nur dass damals ein junger verwundeter Soldat auf dem Boden gelegen hatte und die Frau zu schwach, zu hilflos gewesen war, um ihn zu retten.

»Nein!«, schrie sie und warf sich über Devin. »Er ist verletzt!« Sie wusste, dass das, was sie sagte, sinnlos war, und suchte nach anderen Worten. »Wenn du ihn umbringst, Joe, und sie schnappen dich, dann kommst du nie mehr raus aus dem Gefängnis. Weißt du, was auf Polizistenmord steht? Es lohnt sich nicht. Ich habe doch gesagt, dass ich mit dir komme.«

»Du wirst keinen Fuß mehr über diese Schwelle setzen, du mieses Dreckstück. Weil ich nämlich vorhabe, dich auch zu erschießen. Und dann …« Er lächelte ein gemeines Lächeln und richtete die Pistole auf Connor.

Cassie erstarrte, einen Moment später jedoch rappelte sie sich in Windeseile auf, warf sich auf Joe und schlug wie eine Besessene mit beiden Fäusten auf ihn ein. Selbst als er zurückschlug, ließ sie nicht von ihm ab. Sie hing an ihm wie eine Klette, die Angst um das Leben ihrer Kinder verlieh ihr Bärenkräfte. Gleich darauf versuchte Connor ihr zu Hilfe zu kommen, doch Joe schüttelte ihn ab wie eine lästige Fliege.

»Ich bring dir schon noch Manieren bei, du Schlampe.« In dem Moment, in dem er mit dem Revolver ausholen wollte, um zuzuschlagen, hörte er plötzlich die Sirenen. »Später«, knurrte er mit einem Blick auf Connor, der sich eben wieder aufgerappelt hatte. »Du kommst später dran, wart's nur ab.« Er hielt die Waffe an Cassies Schläfe.

Er wusste, dass seine einzige Chance darin lag, in den Wald hinter dem Haus zu entkommen. »Ich bring sie um!«, schrie er mit einem irren Flackern in den Augen. »Wenn irgendjemand hinter mir herkommt, bring ich sie um.«

Er zerrte Cassie die Treppe hinunter.

Einen Moment später hielt das Polizeiauto mit kreischenden Bremsen vor dem Haus. Die Türen flogen auf, und Rafe und ein Deputy sprangen heraus. Connor rannte auf die beiden Männer zu. »Er hat auf ihn geschossen und Mama mitgenommen!«

Rafe stürmte die Treppe hinauf und beugte sich mit finsterem Gesicht über seinen Bruder. »Es ist weniger schlimm, als es aussieht. Nur ein Streifschuss.« Er zog ein großes weißes Taschentuch aus seiner Hosentasche und stillte das Blut. »Er wird durchkommen.

Connor, geh rein und ruf einen Rettungswagen.« Er sah mit Erleichterung, dass Devins Lider flatterten. Einen Moment später hoben sie sich.

»Nein.« Devin wehrte die Hand seines Bruders ab. »Ich bin okay. Cassie …«

»Du bist angeschossen worden, du Idiot, du kannst ihr nicht helfen.« Obwohl Rafe versuchte, ihn niederzuhalten, schaffte es Devin, sich aus dem Griff seines Bruders zu befreien.

Als er Anstalten machte aufzustehen, wurde ihm schwindlig. Kopfschütteln und ein kräftiger Fluch halfen ihm schließlich auf die Beine. »Wo ist er mit ihr hin?«

»In den Wald.« Connor biss sich verzweifelt auf die Unterlippe und deutete in die Richtung, in die Joe vor kurzer Zeit mit Cassie entschwunden war.

»Kümmere dich um deine Schwester«, befahl Devin. Und an seinen Deputy gerichtet fuhr er fort: »Ich brauche Männer, die den Wald durchkämmen. Du bleibst hier bei den Kids. Geht nach drinnen.«

»Ich komme mit dir«, sagte Rafe.

»Wenn du unbedingt willst.« Devins Augen glitzerten kalt, als er seine Waffe zog und sie entsicherte. »Aber er gehört mir.«

Cassie versuchte nach Kräften, Joe zu behindern, wo immer sie konnte. Sie schlug um sich, biss und kratzte wie eine Wildkatze. Die Zeiten, in denen sie ein passives Opfer gewesen war, waren für immer vorbei.

»Du hast wohl vergessen, wer hier der Boss ist, was? Hast du gedacht, du könntest mich einlochen lassen und selbst draußen ein lustiges Leben führen?« Fluchend schob Joe seinen Revolver in den Hosenbund, damit er beide Hände frei hatte, um sich gegen ihre Attacken zur Wehr zu setzen. »Na, keine Angst, du wirst dich schon wieder an alles erinnern.«

»Sie werden dich schnappen, Joe. Du bildest dir doch wohl nicht wirklich ein, dass sie dich durchkommen lassen?«

»Vielleicht, vielleicht auch nicht. Wer kann das schon wissen? Hauptsache, ich kann meine kleine Rechnung mit dir begleichen.« Während er sie hinter sich her zerrte, wurde ihm plötzlich klar, dass er die Richtung verloren hatte. Gingen sie im Kreis? »Ich hatte eine Menge Zeit, mir einen genauen Plan zurechtzulegen, und ich habe Freunde. Aber als Erstes müssen wir uns eine Karre beschaffen.« Er verfluchte sich, dass er den gestohlenen Wagen zurückgelassen hatte.

»Devin wird dir nachkommen, Joe, er wird alles daransetzen, dich zu schnappen.«

»Devin, Devin!«, äffte er sie wütend nach. »Devin liegt auf dem Rücken und verblutet, falls du das vergessen haben solltest.«

»Du wirst schon sehen«, beharrte sie. »Nichts, was du mir antun könntest, könnte dem nahekommen, was er mit dir anstellt, wenn er dich zwischen die Finger bekommt.«

»Du hast was mit ihm, stimmt's?« Joe blieb stehen und zog ihren Kopf an den Haaren zu sich heran. Er glaubte, Stimmen zu hören, Stimmen in seinem Kopf, die das Wort sagten, bevor er es selbst aussprach. »Du Hure, du bist immer noch meine Ehefrau. Du gehörst mir, vergiss das niemals. Mir gehörst du, bis dass der Tod uns scheidet.«

»Du jämmerlicher, versoffener Schläger!« Heißer Trotz stieg in ihr auf. »Dir gehört überhaupt nichts, nicht mal du selbst. Du kannst einem ja leidtun.« Sie zuckte kaum zusammen, als er sie erneut an den Haaren riss. »Du traust dich nur an Schwächere ran. Nur zu, Joe, mach schon, schlag mich. Ich weiß, du musst es tun, weil es das Einzige ist, was du kannst. Doch diesmal hast du Pech gehabt, diesmal wirst du dafür bezahlen.«

Er ließ ihr Haar los und schlug ihr so hart mit der Hand ins Gesicht, dass sie zu Boden stürzte. Der Schmerz verlieh ihr nur noch mehr Kraft. Ihre Augen sprühten zornige Funken, als sie, die Hände zu Fäusten geballt, wieder auf die Beine kam.

Er machte einen Schritt auf sie zu, und sie erhob die Fäuste gegen ihn, bereit, sich zu verteidigen.

»Wenn du ihr auch nur noch ein Härchen krümmst, puste ich dir das Hirn aus dem Schädel.«

Joe drehte sich langsam um. Devin stand weniger als fünf Schritte hinter ihm und hielt ihn mit seiner Waffe in Schach. Rafe MacKade gab ihm Rückendeckung. Etwas weiter entfernt trat Shane aus den Bäumen. Und Jared kam vor Cassie den Pfad herauf.

Er war umstellt.

»Lass die Waffe fallen, Dolin, und heb die Hände.«

»Du bist ja wirklich mächtig mutig, MacKade.« Joe leckte sich über die Lippen, während er seine Pistole langsam senkte und sie schließlich fallen ließ. »Vier gegen einen – pah.«

»Stoß sie mit dem Fuß weg.«

»Ein richtiger Held, MacKade. Ehrlich.« Joe gab der Pistole mit dem Fuß einen Schubs. »Du hast dich die ganze Zeit über, während ich im Knast war, an meiner Frau schadlos gehalten, stimmt's?«

»Du hast schon lange keine Frau mehr.« Devin wandte sich um und gab Rafe seine Waffe. »Geht zurück«, forderte er seine Brüder auf. Als er Cassie einen kurzen Blick zuwarf, sah er die blauen Flecken, die langsam hervortraten. »Geh zum Blockhaus, Cassie. Savannah fährt dich zu den Kindern.«

»Ich will nicht, dass du das tust.«

»Oh doch.« Er lächelte. »Wenigstens dieses Vergnügen gönne ich mir. Also los, Joe. Fangen wir an. Es wird wirklich höchste Zeit.«

»Und wer garantiert mir, dass mir nicht einer deiner Brüder in den Rücken schießt, während ich dich zu Brei schlage, MacKade?«

»Niemand garantiert dir das. Mit dieser Unsicherheit musst du leben.« Devins Lächeln wurde jetzt wild und ungezähmt. »Mach schon, Dolin, es ist deine letzte Gelegenheit, mich zwischen die Finger zu bekommen, du Dreckskerl. Also zeig, was du kannst.«

Joe stieß einen hasserfüllten Schrei aus, als er sich auf Devin stürzte. Devin drehte blitzschnell eine Pirouette und landete einen rechten Aufwärtshaken, von dessen Wucht Joe zurücktaumelte.

»Macht Spaß, gegen jemanden zu kämpfen, der stärker ist als man selbst, stimmt's?«, spottete Devin. »Frauen und kleine Jungen zu verprügeln ist doch öde, findest du nicht? Komm schon, du Bastard, versuch's noch mal.«

Cassie befahl sich, genau hinzusehen. Er tat es für sie. Jeder Schlag, den Devin einsteckte oder austeilte, war für sie. Da war es das Mindeste, dass sie sich nicht angsterfüllt abwandte.

Doch Devin, obwohl kein Schwergewicht wie Joe, dominierte. Er war deutlich wendiger, und seine Fäuste waren hart wie Stahl. Sein Gesicht war so konzentriert, dass Cassie sich sicher war, dass er keinen der Schläge, die er einstecken musste, wirklich spürte. Alle seine Sinne waren darauf gerichtet, den Kampf zu gewinnen.

Sie wandte sich angesichts des Blutes, das in Strömen floss, nicht ab und hielt sich auch nicht die Ohren zu. Das war das Ende, das endgültige Ende, und sie musste Augenzeugin dieses Endes werden.

Devin raste so vor Zorn, dass er außer Joes Gesicht überhaupt nichts mehr wahrnahm. Jedes Mal, wenn er einen Treffer landete, verspürte er heiße Genugtuung in sich aufsteigen. Seine Knöchel waren aufgeplatzt, und sein Hemd war blutbeschmiert, ebenso wie sein Gesicht, aber er konnte nicht aufhören zuzuschlagen.

»Das ist genug.« Als Dolin schließlich zu Boden gegangen war, trat Jared vor und zerrte Devin zurück, wobei er sich um ein Haar ebenfalls einen Faustschlag eingehandelt hätte. »Es ist genug«, wiederholte er mit Bestimmtheit, doch allein schaffte er es nicht, Devin zurückzuhalten. Erst zu dritt gelang es ihnen, Devin, der auf Joes Brust hockte und noch immer wie ein Berserker auf ihn eindrosch, hochzuziehen.

»Sieht so aus, als hätte er sich seiner Festnahme widersetzt, Jared, oder was meinst du?« Shane schulterte sein Gewehr und kratzte sich am Kinn.

»Das ist zumindest das, was ich gesehen habe. Auf, Devin, lass uns den Kadaver einladen. Du brauchst ein Bier und einen Eisbeutel.«

Devins Zorn war immer noch nicht restlos verraucht. Ungeduldig schüttelte er die Hand seines älteren Bruders, die auf seiner Schulter lag, ab. »Lasst mich allein. Bitte geht jetzt.« Er wandte sich um und sah Cassie, die totenbleich und mit vor Schreck weit aufgerissenen Augen dastand, an. »Ich bin fertig.« Er nahm seinen Sheriffstern ab und ließ ihn zu Boden fallen. »Nimm ihn. Ich gehe nach Hause.«

»Devin.«

Als Cassie Anstalten machte, auf ihn zuzugehen, hielt Jared sie zurück. »Gib ihm ein bisschen Zeit«, sagte er leise und sah Devin hinterher, der sich durch den Wald in Richtung Farm schleppte. »Er ist am Ende.«

Sie versuchte es. Sie kümmerte sich um ihre Kinder und tröstete sie. Regan und Savannah kamen vorbei, um ihr beizustehen, und sie telefonierte kurz mit ihrer Mutter. Als Cassie erfuhr, dass Constance nichts Ernsthaftes geschehen war, fiel ihr ein großer Stein vom Herzen.

Am Abend vor dem Zubettgehen nahm sie ein Beruhigungsmittel und schlief die ganze Nacht hindurch wie ein Murmeltier.

Doch am nächsten Morgen war ihr klar, dass ihr noch ein schwerer Gang bevorstand. Sie ließ es zu, dass Regan das Frühstück für die Gäste bereitete, und machte sich zum Ausgehen fertig. Sie musste zur Farm und Devin gegenübertreten.

Die einzige Sache, die sie mitnehmen musste, steckte sie in die Hosentasche.

»Du gehst zu Sheriff MacKade.« Connor stand auf der Schwelle zu ihrem Schlafzimmer. Unter seinen verschwollenen Augen lagen tiefe Schatten, an den Wangen sah sie Blutergüsse, und er war noch immer erschreckend blass. Cassie wünschte sich schmerzlich, ihn in die Arme schließen zu können, doch er stand so steif da, als hätte er einen Stock verschluckt, und sie wusste, dass er es nicht zulassen würde.

»Ja. Ich muss mit ihm reden, Connor. Ich muss ihm dafür danken, was er für uns getan hat.«

»Er wird sagen, dass es sein Job ist.«

»Ja, das wird er. Aber das heißt nicht, dass ich ihm nicht trotzdem dankbar wäre. Er hätte getötet werden können, Connor. Für uns.«

»Ich dachte im ersten Moment schon, er sei tot.« Seine Stimme war brüchig. Er holte tief Atem und räusperte sich. »Da war so viel Blut. Ich hab uns schon alle tot gesehen.«

Sie erschauerte und wartete einen Moment, bis sie ihrer Stimme wieder trauen konnte. »Ich muss mich bei dir entschuldigen für das, was ich dir angetan habe, Connor. Und für das, was ich unterlassen habe. Ich hoffe, du kannst mir eines Tages verzeihen.«

»Ach, Mom, du konntest doch nichts dafür. Ich weiß das doch, ich hab's immer gewusst. Ich hätte das gestern nicht zu dir sagen sollen.«

Er wäre ihrem Blick gern ausgewichen, aber er tat es nicht, weil er nicht feige sein wollte. »Es war gemein. Und es war nicht das, was ich wirklich empfunden habe. Ich hab's nur gesagt, um dir wehzutun, weil ich so verzweifelt war.«

»Connor.« Sie öffnete ihre Arme und schloss die Augen vor Glück, als er auf sie zugestürmt kam und sich hineinwarf. »Dieser Teil unseres Lebens ist vorbei. Ich verspreche dir, so wird es nie wieder werden.«

»Ich weiß. Du warst sehr tapfer.«

Zu Tränen gerührt küsste sie seinen Scheitel. »Du auch, mein Kleiner.«

»Diesmal«, er holte tief Luft, »hat Sheriff MacKade seinen Kopf für uns hingehalten. Emma und ich wollen mitkommen. Wir haben darüber geredet. Wir wollen den Sheriff sehen.«

»Es ist vielleicht besser, wenn ich erst mal allein mit ihm spreche. Er ist … aufgebracht.«

»Ich muss aber mit ihm reden. Bitte. Lass uns mit dir gehen.«

Wie konnte sie ihrem Sohn etwas abschlagen, wonach es sie selbst verlangte? »Na gut. Wir gehen alle zusammen.«

Devin, der auf der Veranda saß, sah sie aus dem Wald kommen. Er überlegte schon aufzustehen und hineinzugehen, doch dann entschied er sich anders. Auf diese Art Rache zu nehmen, lag ihm nicht.

Er hatte noch immer Kopfschmerzen, und seine Fingerknöchel waren geschwollen und brannten wie Feuer. Doch das war nichts, verglichen mit dem Schmerz, der durch seine Eingeweide raste, als er jetzt Cassie und ihre Kinder über den Rasen auf sich zukommen sah.

Sowohl in ihrem Gesicht als auch dem des Jungen sah er Blutergüsse. Heißer Zorn stieg in ihm auf. Dann machte sich Emma von der Hand ihrer Mutter los und rannte auf ihn zu.

»Wir sind gekommen, weil wir uns bedanken wollen, dass du den bösen Mann weggejagt hast.« Sie kletterte völlig selbstverständlich auf seinen Schoß. »Du hast ein Wehweh.« Sie spitzte das Mündchen und presste es feierlich gegen den weißen Verband an seiner Schläfe. »Ist es jetzt besser?«

Er wurde einen Moment lang schwach und drückte sein Gesicht in ihr Haar. »Ja, danke, Emma, Süße.« Bevor Cassie etwas sagen konnte, schob er Emma von seinem Schoß. »Falls es dir noch niemand mitgeteilt hat – man hat ihn ins Staatsgefängnis gebracht. Da er sich jetzt auch noch einen versuchten Mord aufgeladen hat, wird er bestimmt nicht so schnell rauskommen. Du und deine Familie habt also bestimmt nichts zu befürchten.«

»Bist du okay?«, war alles, was Cassie herausbrachte.

»Mir geht's gut. Und dir?«

»Auch.« Ihre Finger öffneten und schlossen sich unablässig über Connors Hand. »Wir sind gekommen, weil wir uns bei dir bedanken wollten …«

»Ich hab nur meinen Job gemacht.«

»Ich sagte ihr, dass Sie das sagen würden«, schaltete sich Connor ein, was ihm von Devin ein mildes Lächeln eintrug.

»So berechenbar bin ich also.« Devin wandte sich wieder Cassie zu. »Du hast dich gut gehalten, Cass. Erinnere dich immer daran. Ich habe jetzt zu tun.« Als er Anstalten machte aufzustehen, hielt Cassie ihn mit einer Handbewegung zurück.

»Warte noch.«

»Er hat dir wieder wehgetan«, brach es schließlich aus ihm heraus. »Er hat euch allen wehgetan, und mir ist es nicht gelungen, euch zu schützen.«

»Um Himmels willen, Devin, er hat dich doch angeschossen. Du warst bewusstlos, was hättest du denn da tun sollen?«

»Der böse Mann wollte noch mal auf dich schießen«, mischte sich Emma ein, »aber Mama hat dich beschützt. Sie hat sich auf dich draufgelegt, sodass er nicht an dich rankam.«

Angesichts dieser Vorstellung wich ihm alles Blut aus dem Gesicht. »Verdammt noch mal, Cassie, bist du des Wahnsinns? Wie konntest du nur?«

»Ich musste dir doch helfen. Du warst ihm ja vollkommen schutzlos ausgeliefert.« Sie kramte aus ihrer Hosentasche den Sheriffstern, den er im Wald weggeworfen hatte. »Wirf nicht deinen Job hin, Devin. Ich bitte dich, tu's nicht.«

Er starrte erst auf die Dienstmarke in ihrer Hand, dann in ihr Gesicht. »Kannst du dir vorstellen, wie das ist, wenn man etwas, das man unbedingt haben will, Tag für Tag sieht und weiß, dass man es doch nicht haben kann? Du willst nicht, dass ich ein Teil deines Lebens werde, du willst mich nicht heiraten, und ich kann einfach nicht mehr zu dem Punkt zurück, wo ich mich bemüht habe, dein Freund zu sein und nichts anderes.«

»Ich will dich heiraten.« Emma war wieder auf seinen Schoß geklettert und legte ihre dünnen Ärmchen um seinen Hals. »Ich hab dich lieb.«

Sein Herz zersplitterte. Er drückte Emma kurz an sich, ganz fest, und stellte sie dann sanft auf den Boden. »Ich kann damit nicht umgehen, Cassie.« Blind stand er auf. »Geht jetzt nach Hause. Ich will allein sein.«

»Sheriff MacKade.« Connor machte sich von seiner Mutter los und ging mit hocherhobenem Kopf auf Devin zu. »Ich möchte mich bei Ihnen entschuldigen. Es tut mir leid.«

»Du hast ein Recht auf deine Gefühle«, gab Devin ruhig zurück. »Du musst dich nicht dafür entschuldigen.«

»Sir, ich habe Ihnen etwas zu sagen.«

Devin fuhr sich mit der Hand übers Gesicht und ließ sie dann müde wieder fallen. »Okay, dann schieß los.«

»Ich weiß, dass Sie wütend auf mich sind. Ja, Sir, das sind Sie.«
Connor hielt seinen Blick unverwandt auf Devin gerichtet. »Aber ich
war auch wütend, und zwar deshalb, weil ich mir eingebildet habe,
dass Sie nur wegen mir so oft zu uns kommen. Oder zumindest meistens. Und dann fand ich heraus, dass es wegen Mama war.« Jetzt redete er sich alles vom Herzen, seine Angst und seine Befürchtungen,
die sich bei ihm angestaut hatten. Er holte tief Atem. »Gestern, als Sie
uns in die Blockhütte bringen wollten und wir uns weigerten, waren
Sie wütend, stimmt's?«

»Das ist richtig.«

»Und Sie haben gebrüllt.«

»Ja, das habe ich.«

»Das war immer der Punkt, an dem er sie dann geschlagen hat.
Und gestern habe ich gedacht, jetzt ist es wieder so weit, aber es ist
nichts passiert. Da hab ich gesehen, dass Sie nicht gelogen haben, als
Sie damals zu mir gesagt haben, dass Sie ihr nie wehtun würden. Sie
haben sie gerettet, aber das haben Sie nicht wegen Ihres Jobs gemacht,
sondern wegen ihr. Wegen uns.«

Er nahm seinen ganzen Mut zusammen und stieg die Treppen zur
Veranda hinauf, bis er Devin direkt gegenüberstand. »Auch nachdem
sie Sie weggeschickt hatte – weil ich es so wollte –, haben Sie ihr nicht
wehgetan.«

»Ich könnte ihr niemals wehtun, Connor. Lieber würde ich sterben. Es ist eben so, wie es ist.«

»Ja, Sir. Und sie hat geweint.« Den Protest seiner Mutter über-
hörend fuhr er fort: »Nachdem sie Sie weggeschickt hatte, hat sie
genauso schrecklich geweint wie früher, wenn er sie geschlagen hat.
Aber ich wusste genau, dass ich es diesmal war, der sie zum Weinen
gebracht hatte, und ich wollte mich dafür auch bei Ihnen entschuldigen und Ihnen sagen, dass ich keinen Vater will. Ich kann einfach
nichts dagegen machen.«

»Okay.« Devin glaubte, jeden Moment in seine Einzelteile ausein-
anderzufallen. »Schon in Ordnung.«

»Ich will keinen Vater«, wiederholte Connor. »Es sei denn, Sie werden mein Dad.«

Die Hand, die auf Connors Schulter lag, krampfte sich zusammen, sodass es schmerzte. Aber es war ein gutes, sicheres Gefühl, das ihm den letzten Anstoß gab, den er benötigte, um das, was er begonnen hatte, auch zu Ende zu führen.

»Bitte, ich will, dass Sie zu uns ziehen und dass wir alle eine richtige Familie werden«, brach es aus ihm heraus. »Vielleicht wollen Sie ja jetzt nicht mehr, weil Sie mich nach dem, was ich getan habe, nicht mehr mögen, aber ich schwöre Ihnen, dass so etwas nie wieder vorkommen wird. Ich werde mich nie mehr zwischen Sie und Mom stellen, das verspreche ich. Ich war blöd und egoistisch und alles, und Sie können mich ruhig bestrafen, aber gehen Sie bitte nicht weg. Sie müssen mich ja gar nicht mehr mögen, aber ich will nicht, dass Mama wieder weint, und Emma und ich brauchen Sie …«

Dem Jungen ging der Atem aus, und dann stürzten ihm heiße Tränen wie Sturzbäche aus den Augen. Devin zog ihn an seine Brust und legte die Arme um ihn. »Du bist zu intelligent, um so dumme Sachen zu sagen«, murmelte er zutiefst gerührt. »Du glaubst doch nicht wirklich, dass ich jemals aufgehört hätte, dich zu mögen.«

»Bitte gehen Sie nicht weg«, flehte Connor erneut, als ginge es um sein Leben. »Bitte verlassen Sie uns nicht.«

»Nein, ich gehe nicht weg, und ich verlass euch auch nicht, okay?«

»Ja, Sir.«

»Dann könntest du aber jetzt verdammt noch mal endlich damit aufhören, mich ständig Sir zu nennen.« Devin drückte dem Jungen einen Kuss auf den Scheitel und wischte ihm sacht mit dem Daumen die Tränen ab, als Emma sich zwischen die beiden drängte.

»Halt mich auch fest«, verlangte sie. »Ich brauch dich genauso wie Connor.«

So stand er da, das Mädchen in dem einen Arm, den Jungen im anderen. Jetzt brauchte er nur noch seinem Herzen zu folgen.

Cassie fühlte sich wie in einem Traum. Ihre Augen schwammen in Tränen, und sie umklammerte den Sheriffstern so fest, dass sich die Zacken in das weiche Fleisch ihrer Handfläche gruben.

»Es gibt keinen Mann, der dich mehr lieben könnte als ich, Cassie. Und deine Kinder auch. Ich bin bereit, alles dafür zu tun, dass ihr es in Zukunft gut habt. Dass wir alle zusammen es gut haben. Ich kann und will nicht ohne euch leben, ihr seid mein ganzes Herz. Um Gottes willen, Cassie, ich bitte dich, heirate mich.«

Er konnte nicht ahnen, was es für sie bedeutete, diese Worte aus seinem Mund zu hören, so klar, so schlicht, so eindeutig, während er die Kinder in den Armen hielt, als seien sie seine eigenen.

Natürlich waren sie das. Wie blind sie doch gewesen war, das nicht von Anfang an zu sehen.

Sie ging die Treppe nach oben und nahm Connor und Emma an die Hand. »Du bist der außergewöhnlichste Mann, den ich jemals kennengelernt habe, Devin. Ich liebe dich. Wenn du überhaupt einen Fehler hast, dann höchstens den, dass du manchmal zu geduldig bist.«

»Aber jetzt ist meine Geduld am Ende.«

»Dann will ich es kurz machen. Wir haben lange genug gewartet.«

Sie ließ Connors Hand gerade lange genug los, um Devin den Stern an die Hemdbrust zu heften. Dann ergriff sie sie wieder, stellte sich auf die Zehenspitzen und küsste den Mann, dem ihr ganzes Herz gehörte, vor den Augen ihrer Kinder.

»Wir sind glücklich, dass du uns heiraten willst, Devin. Lass es uns so bald wie möglich machen.« Sie legte ihren Kopf an seine Schulter und seufzte beseligt. »Ich denke, wir haben alle lange genug gewartet.«

Nora Roberts

Hochzeit im Herbst

Roman

Aus dem amerikanischen Englisch von
Emma Luxx

HarperCollins

Prolog

Eine dicke Eisschicht hatte sich über den von Schnee freige-
schaufelten Pfad gelegt und machte das Laufen zu einem gefährlichen Balanceakt. Ganz weit hinten am östlichen Horizont ließ sich
das erste Morgengrauen erahnen, doch noch war der Himmel dieses
eiskalten Wintermorgens schwarz wie Tinte, nur vereinzelt blitzten
silberne Sterne auf. Jeder Atemzug, den man einsog, schnitt scharf
wie Rasierklingen in Kehle und Lungen, bevor man ihn in einer weißen Dampfwolke wieder ausstieß.

Eingepackt in mehrere Lagen dicker Pullover sowie zwei Hosen
zuzüglich langer Unterhosen, mit dicken Fäustlingen, Schal und
Mütze, stapfte Shane MacKade in Richtung Melkschober, auf dem
Weg zu den ersten Pflichten des Tages. Im Gegensatz zu seinen drei
älteren Brüdern pfiff er leise vor sich hin.

Er liebte diese frühe Stunde vor dem winterlichen Sonnenaufgang,
wenn der Frost noch knackte und der unberührte Schnee unter den
Stiefeln knirschte.

Jared, der älteste der vier MacKades, war jetzt fast siebzehn, und
als Ältester führte er die Farm. Allerdings führte er sie, wie ein Buchhalter sich wohl an seine Abrechnungen machen würde. Für ihn waren das alles nur Zahlenkolonnen auf einem Blatt Papier. Nun, vielleicht war das sogar ganz gut so. Vor zwei Monaten hatten sie ihren
Vater verloren, und die Zeiten sahen im Moment alles andere als
rosig aus.

Und was Rafe anbelangte … Die Zukunftsvisionen des Fünfzehn-
jährigen gingen bereits weit über die Hügel und Felder des MacKade-
Landes hinaus. Das Melken, Füttern und Versorgen der Tiere waren für ihn eine leidige Pflicht, die es einfach zu erledigen galt. Und

obwohl sie nie wirklich darüber gesprochen hatten, so wusste Shane doch, dass der Tod des Vaters Rafe am härtesten getroffen hatte.

Sie alle hatten ihren Vater geliebt. Wie hätte man Buck MacKade auch nicht lieben können? Einen Mann mit einer Stimme wie Donnerhall, mit Händen wie Schaufeln und einem Herzen, genauso weit wie das MacKade-Land. Alles, was Shane über das Land und die Farm wusste, über die Tiere, über all das, was er so liebte, wusste er von Buck MacKade. Der Vater hatte die Liebe für das Land an seinen jüngsten Sohn weitergegeben.

Vielleicht war das der Grund, warum Shane nicht vor Kummer umkam. Das Land war immer noch da, also war sein Vater auch irgendwie da. Und würde immer da sein.

Mit Devin hätte er vielleicht darüber reden können. Mit vierzehn war Devin bereits ein ausgezeichneter Zuhörer, außerdem standen sie sich altersmäßig am nächsten. Immerhin wurde Shane am Dienstag dreizehn. Das war ein Riesenschritt in Richtung Erwachsenwerden.

Trotzdem behielt er den Gedanken lieber für sich.

Im Kuhstall regten sich die ersten Tiere, vereinzeltes Muhen ertönte, Quasten schweiften durch die Luft, als alles für das morgendliche Melken vorbereitet wurde. Es war eine ziemlich einfache Aufgabe, eigentlich sogar ein wenig monoton. Aber Shane machte diese Arbeit Spaß, er genoss die Gerüche, die Laute und Geräusche, die immer wiederkehrende Routine. Während er und Devin sich daranmachten, die zweite Gruppe Kühe anzuschließen, führten Rafe und Jared die von ihrer Milch erleichterten Tiere bereits nach draußen.

Sie waren ein gut eingespieltes Team, schnell und effizient, trotz der unchristlich frühen Stunde und der ebenso ungnädigen Temperaturen. Im Grunde genommen hätte einer von ihnen gereicht, um diese Arbeit zu übernehmen, im Höchstfalle vielleicht zwei, aber die MacKade-Brüder hatten schon immer alles zusammen gemacht. Und besonders in diesen Tagen.

Aber da waren auch noch die Hühner und die Schweine, die es zu versorgen galt. Eier mussten eingesammelt, Ställe ausgemistet, neues

Stroh verteilt werden. Und das alles noch, bevor sie endlich ihr Frühstück hinunterschlingen und sich dann zu viert in Jareds altes Auto quetschen konnten, um zur Schule zu fahren.

Wenn es nach ihm ginge, hätte Shane gut auf diesen Teil mit der Schule verzichten können. In der Schule lernte man nicht, wie gepflügt und wann gepflanzt wurde. Diese Bücher in der Schule verrieten einem nichts darüber, wann man am besten mit der Saat begann oder wann die Zeit günstig war, um zu ernten. Und schon gar nichts darüber, wie man am Geruch der Luft das Wetter voraussagen konnte oder wie man an den Augen einer Kuh erkannte, ob sie krank war oder gesund.

Aber seine Mutter hielt sehr viel von diesen Büchern, und in der Beziehung ließ sie absolut nicht mit sich reden.

»Was zum Teufel macht dich eigentlich so widerlich glücklich?«, brummte Rafe und schlug zwei leere Stahleimer aneinander. »Dieses Gepfeife treibt mich noch irgendwann in den Wahnsinn.«

Shane grinste nur und pfiff weiter. Er unterbrach sich nur, um den Kühen ein paar aufmunternde Worte zukommen zu lassen. »So ist es richtig, Mädels, macht nur alle Container schön voll.« Shane ging an der Reihe der Tiere entlang, tätschelte den Kühen den Hals und kontrollierte noch einmal alle Saugdüsen.

Rafe folgte seinem Bruder mit den Augen, ohne ihn richtig zu sehen. »Irgendwann schlage ich ihm noch mal alle Zähne ein«, murmelte er vor sich hin.

»Lass ihn doch«, feixte Devin. »Bei ihm ist der Hirntod doch schon längst eingetreten.«

Rafe grinste breit. »Du hast recht. Und außerdem – es ist so verdammt kalt, dass meine Finger wahrscheinlich wie Glas zerbersten würden, wenn ich ihm meine Faust ins Gesicht pflanze.«

»Heute wird's aber noch warm.« Shane stützte sich auf einen breiten Kuhrücken. »Na ja, mindestens so um den Gefrierpunkt, wahrscheinlich sogar über null.«

Rafe machte sich gar nicht erst die Mühe zu fragen, woher Shane dieses Wissen hatte. Shane wusste es einfach. Er wusste es immer.

»Na und?« Mit lässigen Schritten verließ er den Kuhstall und ging zur Scheune hinüber.

»Was ist denn mit dem los?«, murmelte Shane verdutzt. »Hat er sich vielleicht einen Korb von irgendeinem Mädchen geholt?«

»Nein, er hasst nur einfach Kühe.« Jared kam zurück, er roch nach Getreide und Mais.

»So was Blödes. Dabei sind Kühe doch so nette Tiere. Nicht wahr, Mädel, du bist eine ganz Süße, was?« Er schlug der Kuh liebevoll mit der flachen Hand auf das Hinterteil.

»Shane liebt Kühe.« Devin grinste das typische MacKade-Grinsen, bei dem sich Grübchen an jeder Seite der Mundwinkel bildeten. »Da hat er auch mehr Glück beim Küssen, als wenn er es bei einem Mädchen versuchen würde.«

Shanes Kopf schoss hoch, und seine Augen verengten sich. »Ich kann jedes Mädchen küssen, das ich küssen will – wenn ich es denn küssen wollte.« Sein Körper unter den Lagen Winterkleidung spannte sich an. Er war zum Sprung bereit.

Jared erkannte die typischen Vorzeichen und schüttelte den Kopf. Er hatte jetzt wirklich keine Lust auf eine Rangelei. Es gab noch viel Arbeit zu erledigen, und außerdem stand ihm eine Klassenarbeit in englischer Literatur bevor. Devin und Shane waren ungefähr gleich stark und gleich wendig, eine Rauferei zwischen ihnen konnte ewig dauern.

»Sicher, du bist ein wahrer Don Juan.« Er sagte das nur, damit Shane seine Wut auf ihn lenken würde. »All die kleinen Mädchen ziehen sich ihre Sonntagskleidchen an und warten geduldig in der Schlange, um sich bei dir einen Kuss abzuholen.«

Devin spitzte die Lippen und machte schmatzende Laute in die Luft, die wohl Küsse nachahmen sollten. Jared hätte ihm am liebsten den Hals umgedreht. Als Shane herumschwang, um genau das zu tun, ging er allerdings dazwischen. »Aber bevor du sie reihenweise in Ohnmacht fallen lässt, du Herzensbrecher ... Das Wasser in den Trögen ist eingefroren. Und diese Kühe hier haben Durst.«

Shane stampfte wütend nach draußen, nicht ohne Devin vorher noch einen Blick zugeworfen zu haben, der diesem sagte, dass die Angelegenheit noch lange nicht ausgestanden war.

Natürlich konnte er ein Mädchen küssen. Jedes Mädchen. Shane hackte wütend auf die dicke Eisschicht im Trog ein. Wenn er wollte. Aber er wollte eben nicht.

Nun, vielleicht regte sich da doch ein wenig Interesse, gestand er sich eher unwillig ein und hauchte sich wärmend auf die steifen Finger. Einige der Mädchen, die er kannte, begannen langsam, ziemlich interessante Formen zu entwickeln. Und als Sharilyn, Jareds Freundin, letztens neben ihm in Jareds Auto gesessen hatte, eng an ihn gepresst, aus dem einfachen Grund, weil vorn im Wagen nicht so viel Platz war, da hatte er dieses seltsame Kribbeln gespürt …

Wahrscheinlich konnte er sogar Sharilyn küssen. Wenn er wollte.

Er legte das schwere Stemmeisen beiseite und sah über das Dach des Milchschobers, über dem die Sterne auffunkelten. Da würde Jared mit Sicherheit ziemlich dumm aus der Wäsche gucken. Sie alle glaubten ja, er hätte keine Ahnung, nur weil er der Jüngste war. Aber er wusste ganz genau, wie das ablief. Zumindest konnte er sich sehr genau vorstellen, wie so was ablief.

Er warf sich das Stemmeisen über die Schulter und machte sich vorsichtig rutschend und schlingernd auf den Weg zum Schweinestall.

Natürlich wusste er, was Sex war und wie er funktionierte. Schließlich war er auf einer Farm aufgewachsen. Er hatte oft genug gesehen, wie verrückt ein Bulle wurde und wie ihm die Augen aus dem mächtigen Schädel zu fallen drohten, wenn man ihn zur Kuh führte. Allerdings hatte ihm das nie nach sehr viel Spaß ausgesehen. Bisher. Doch jetzt bemerkte er langsam, mit welch interessanten Dingen die Mädchen ihre Blusen auszufüllen begannen …

Er wünschte, er wäre endlich erwachsen. Er wünschte, er könnte es irgendwie beweisen, dass er erwachsen war – und nicht nur damit, dass er bei jeder Rauferei mithielt. Aber im Moment schien ihm nichts anderes übrig zu bleiben, als abzuwarten, bis es so weit war. Das Wissen, dass er dann endlich sein Leben in die eigene Hand würde nehmen können, war immerhin beruhigend.

Das Land gehörte ihm. War ein Teil von ihm, mit ihm verwachsen, solange er denken konnte. Als hätte jemand neben seiner Wiege gestanden und ihm unablässig diese Worte ins Ohr geflüstert: die Farm. Das Land. Nur das zählte. Und falls er ein Mädchen haben wollte oder vielleicht sogar einen ganzen Harem – nun, dann würde er auch das bekommen.

Aber die Farm war das Wichtigste.

Er sah zu der schneebedeckten Bergkette im Osten hinüber, die jetzt in der aufgehenden Sonne aufflammte. Das Land und die Farm, die sein Vater bewirtschaftet hatte. Und vor ihm dessen Vater. Sie hatten Überschwemmungen und Dürren überlebt. Und den Krieg.

Shane verlor sich in seinen Gedanken, als er über das weiße Feld wanderte. Sie hatten auf diesen Feldern gesät und geerntet, selbst als sich Männer im Grau der Konföderierten und im Blau der Unierten hier auf den Feldern und in den dichten Wäldern schreiend ins Kampfgetümmel geworfen hatten.

Und auf der anderen Seite der Wälder war die Farm heil geblieben.

Er konnte es sich genau vorstellen, wie es gewesen war. Die steinige Erde mit einem Pferdepflug zu wenden, mit schmerzendem Rücken, mit von der Arbeit rauen Händen. Aber die Saat wurde ausgebracht, und als Belohnung konnte man dann alles wachsen sehen. Die Maisfelder, saftig grün, die Weiden, mit hochstehendem, sich im Wind wie Wellen wiegendem Gras, der Weizen, der im Sommer reifte und dann aussah wie flüssiges Gold.

Selbst als die Soldaten kamen, als das Schwarzpulver das Korn versengte, konnten sie dem Land nichts anhaben. Hier waren Menschen gefallen, dachte Shane, und ein Schauer kroch über seinen Rücken. Männer hatten hier im Todeskampf gelegen und gequält geschrien, hatten sich in ihrem eigenen Blut gewälzt, das die Erde tränkte.

Aber das Land, für das und um das sie gekämpft hatten, hatte das nicht verändert. Das Land hatte es erduldet. Es hatte überdauert.

Er merkte, wie er bei dem Gedanken verlegen wurde. Das Gefühl, das dieser Gedanke barg, war so stark, dass ihm fast schwindlig davon wurde. Er war froh, dass er allein war, dass seine Brüder ihn nicht sehen konnten. Er hätte ihnen nie erklären können, woher dieses sichere Wissen stammte, dass es schon immer sein Land gewesen war und dass es auch wieder sein Land werden würde.

Er wusste es einfach.

Als er das Geräusch hinter sich hörte, schulterte er wieder das Eisen und drehte sich ganz langsam um, achtsam darauf bedacht, sein Gesicht völlig ausdruckslos zu halten.

Aber da war niemand.

Er schluckte. Er war sicher, etwas gehört zu haben. Ein Geräusch, so als ob sich jemand bewegt hätte, dann ein leiser schwacher Schrei. Es war nicht das erste Mal, dass er die Geister gehört hatte. Sie lebten hier, so wie er es tat. Auf den Feldern, in den Wäldern, in den Hügeln. Trotzdem jagten sie ihm Angst ein.

Er nahm all seinen jungen Mut zusammen und ging um den Schober herum, auf das alte Räucherhaus zu. Wahrscheinlich ist es wieder nur mal Devin, beruhigte er sich, oder auch Rafe oder vielleicht sogar Jared, die ihn hochnehmen und ihm einen anständigen Schrecken einjagen wollten. Das hatten sie schon einmal mit ihm gemacht, damals, als sie die Nacht in dem alten Barlow-Haus auf der anderen Seite des Waldes verbracht hatten. Eine Mutprobe. Denn in dem alten Haus gab es so viele Geister, wie es Spinnweben gab.

»Komm schon, Dev, lass den Blödsinn«, sagte er laut in die Stille hinein. Laut genug, um sich selbst Mut zu machen.

Doch als er um das Haus herumging, war keine Spur von seinen Brüdern zu sehen, auch keine Fußabdrücke im Schnee. Für einen Sekundenbruchteil glaubte er, eine Gestalt erkennen zu können. Zusammengekrümmt auf dem Boden liegend, mit totenblassem Gesicht, Blut sickerte aus einer großen klaffenden Wunde.

Hilf mir. Bitte hilf mir. Ich sterbe.

Doch als Shane einen Schritt vor machte, war da nichts. Absolut nichts. Nur diese Worte hallten in seinen Ohren nach.

Shane stand regungslos da, ein Junge, auf den alle Wunder des Lebens noch warteten, und starrte auf den jungfräulichen Schnee. Schaudernd stand er da, während die Kälte durch seine Sachen kroch, in seine Knochen, bis ins Mark.

Dann hörte er plötzlich das Lachen seiner Brüder und die Stimme seiner Mutter, die ihre Söhne zum Frühstück rief, damit sie sich beeilen sollten, um nicht zu spät zur Schule zu kommen.

Abrupt schwang er herum, verdrängte das gespenstische Erlebnis und weigerte sich, an das zu denken, was er gehört und gesehen hatte.

Er ging zurück zum Haus und verlor kein Wort über diesen einen kurzen, beklemmenden Moment.

1. Kapitel

Shane MacKade liebte die Frauen. Er liebte ihr Aussehen, ihren Duft, den Klang ihrer Stimme. Er liebte sie, ohne Vorbehalt und vorurteilsfrei. Ob groß oder klein, üppig oder mager, alt oder jung, für ihn hatte jede Frau etwas ganz Besonderes, das sie von anderen unterschied und von dem er sich magisch angezogen fühlte.

Er hatte in seinen zweiunddreißig Lebensjahren sein Möglichstes getan, um die Frauen die grenzenlose Verehrung, die er für ihr Geschlecht empfand, spüren zu lassen. Und er betrachtete sich als einen glücklichen Mann, weil er nicht nur liebte, sondern auch geliebt wurde.

Doch seine Liebe zu Frauen war nicht seine einzige Liebe. Seine Familie, seine Farm, der Duft von frisch gebackenem Brot, der erste Schluck kühlen Bieres nach einem langen Arbeitstag.

Aber Frauen in ihrer Vielfalt, in ihrer Verschiedenheit, gehörten doch zu dem Schönsten, was es gab auf der Welt.

Eine dieser Frauen lächelte er gerade an. Auch wenn Regan die Frau seines Bruders war und Shane ihr nichts als harmlose brüderliche Gefühle entgegenbrachte, wusste er ihre weiblichen Reize durchaus zu schätzen. Er mochte es, wie sich ihr honigbraunes Haar an ihre Wangen schmiegte. Den winzigen Leberfleck neben ihrem rechten Mundwinkel bewunderte er ebenso wie die Tatsache, dass sie es schaffte, immer sexy und wie aus dem Ei gepellt zugleich auszusehen.

Shane war der Meinung, dass ein Mann, wenn er sich schon unbedingt binden zu müssen glaubte, es nicht besser treffen könnte als mit Regan. Rafe hatte das große Los gezogen.

»Macht es dir wirklich nichts aus, Shane?«

»Was?« Er sah, wie sie fragend eine Augenbraue hochzog, während sie den jüngsten MacKade-Spross an ihre Schulter legte. »Oh, du meinst das mit dem Flughafen. Richtig. Entschuldige, ich war eben etwas weggetreten, weil ich wieder mal gedacht habe, wie toll du aussiehst.«

Regan musste lachen. Sie war todmüde. Jason MacKade, ihr jüngster Sohn, schrie, ihre Frisur war eine einzige Katastrophe, und sie befürchtete, mehr nach Jasons vollen Windeln zu riechen als nach dem Parfüm, das sie sich am Morgen hinter die Ohren getupft hatte.

»Du Schmeichler. In Wirklichkeit sehe ich bestimmt grauenhaft aus.«

»Völliger Unsinn.« Um ihr eine Verschnaufpause zu gönnen, nahm Shane ihr den drei Wochen alten Säugling ab. »Du siehst genauso hübsch aus wie immer.«

Sie warf einen Blick hinüber zu dem Laufgitter, das sie im Hinterzimmer ihres Antiquitätenladens aufgestellt hatte und wo ihr ältester Sohn Nate eben dabei war, sich auf Knien durch ein Chaos aus Stofftieren und anderem Spielzeug hindurchzukämpfen.

»Vielen Dank für das Kompliment. Ich kann es im Moment gut gebrauchen. Aber ich habe trotzdem ein schlechtes Gewissen, dass ich deine kostbare Zeit in Anspruch nehme.«

Shane sah ihr zu, wie sie Tee aufgoss. »Mach dir keine Gedanken, Honey. Es macht mir wirklich nichts aus. Ich hole deine Freundin ab und bringe sie dir wohlbehalten hierher. Eine Wissenschaftlerin ist sie, sagst du?«

»Hm …« Regan reichte ihm eine Tasse Tee. »Rebecca war ein sogenanntes Wunderkind. Ich habe während meiner Collegezeit ein Jahr mit ihr zusammengewohnt. Sie war uns allen immer weit voraus und heimste eine Auszeichnung nach der anderen ein. Mittlerweile hat sie bereits zwei Doktortitel. Man könnte richtige Minderwertigkeitskomplexe bekommen.« Regan trank einen Schluck Tee und genoss einen Moment die relative Stille, da es Shane mittlerweile gelungen war, Jason bis auf ein paar glucksende Laute zum Schweigen zu bringen. »Damals schien sie sich wirklich entweder nur im Labor oder in der Bibliothek aufzuhalten.«

»Na, ich weiß ja nicht.«

»Sie war – ist – ein sehr ernsthafter Mensch und fast ein bisschen schüchtern. Wir sind heute noch eng befreundet, auch wenn wir uns nur sehr selten sehen. Sie ist ständig unterwegs. Eigentlich wollte sie zu meiner Hochzeit kommen, aber leider war sie zu dieser Zeit gerade in Europa. Oder in Afrika.« Regan machte eine vage Handbewegung. »Irgendwo, was weiß ich. Sie gondelt ständig in der Weltgeschichte herum.«

»Nett von ihr, dass sie dich besucht.«

»Nun, es ist wohl so eine Art Studienaufenthalt für sie.« Regan nagte gedankenverloren an ihrer Unterlippe. Bisher hatte sie nur Rafe gegenüber erwähnt, was die viel beschäftigte Rebecca bewogen hatte, sich zu dieser Reise zu entschließen.

Sie musterte ihren Schwager, der liebevoll mit dem Baby herumschäkerte, nachdenklich. Die MacKade-Brüder waren alle ein Gottesgeschenk an die Frauenwelt, aber mit Shane hatte es noch etwas Besonderes auf sich. Sein Charme war einfach umwerfend.

Die Familienähnlichkeit war unverkennbar. Er hatte ebenso wie seine Brüder rabenschwarzes Haar, das er vor einiger Zeit hatte wachsen lassen und jetzt zu einem kurzen Pferdeschwanz im Nacken zusammengebunden trug, ein schmales, markant geschnittenes Gesicht und einen Mund, bei dessen Anblick jeder Frau der Atem stockte. Seine lang und dicht bewimperten Augen waren grün wie das Meer bei Zwielicht.

Auch sein Körperbau ließ, ebenso wie der seiner Brüder, nichts zu wünschen übrig. Muskulöse, breite Schultern, schmale Hüften, lange Beine. Und die knapp sitzenden Jeans, die lässigen Cowboystiefel sowie das karierte Flanellhemd, unter dem seine Muskeln spielten, brachten all seine körperlichen Vorzüge ausgezeichnet zur Geltung.

Hinzu kam ebenjener umwerfende Charme. Es musste wohl an der Art liegen, wie er einen anschaute, an dem winzigen beifälligen Lächeln, das unablässig seine Mundwinkel umspielte, wenn er mit einer Frau sprach, sei sie nun acht oder achtzig.

Hoffentlich fühlte sich die scheue Rebecca von ihm nicht allzu sehr eingeschüchtert.

»Du gehst wirklich schrecklich lieb mit ihm um«, sagte sie.

»Die einen machen Babys, und mir macht es eben Spaß, sie zu verwöhnen.«

Amüsiert legte sie den Kopf schräg. »Hast du noch keine Lust, sesshaft zu werden?«

»Warum sollte ich?« Er hob den Kopf, seine Augen blitzten belustigt. »Als der letzte Junggeselle der Familie bin ich verpflichtet, die Stellung zu halten, bis meine Neffen so weit sind, in meine Fußstapfen zu treten.«

»Und diese Pflicht nimmst du sehr ernst, wie man sieht.«

»Darauf kannst du Gift nehmen. Er ist eingeschlafen.« Shane beugte sich über Jason und drückte ihm einen sanften Kuss auf die Stirn. »Soll ich ihn lieber hinlegen?«

»Danke.« Sie wartete, bis Shane Jason in die Wiege gelegt hatte. »Rebecca rechnet damit, dass ich sie abhole. Ich habe zwar versucht, sie vor ihrem Abflug zu erreichen, aber es war zu spät.« Erschöpft fuhr sich Regan mit der Hand durchs Haar. »Der Babysitter hat abgesagt, Rafe ist in Hagerstown, um Baumaterial zu besorgen, und Cassie hat ein volles Haus. Emma hat Schnupfen, und Savannah konnte ich ja auch schlecht fragen.«

»Savannah.« Shane lächelte. »Wenn sie nicht aufpasst, wird sie noch platzen.« Um den Leibesumfang von Jareds Frau zu demonstrieren, beschrieb Shane einen weiten Kreis um seinen Bauch.

»Das stimmt. Sie kann in ihrem hochschwangeren Zustand beim besten Willen keine Drei-Stunden-Fahrt mehr auf sich nehmen. Und ich muss hier bleiben, weil ich heute eine Möbellieferung erwarte. Ich wusste wirklich nicht, wen außer dir ich sonst noch hätte anrufen können.«

»Kein Problem.« Er unterstrich seine Worte mit einem Kuss auf ihre Nasenspitze. »Aber ich nehme an, sie ist nicht so hübsch wie du, oder?«

Regan kicherte. »Was soll ich darauf antworten? Ich habe sie zum letzten Mal vor vier … nein, fünf Jahren in New York getroffen, und da war sie schrecklich in Eile, weil sie noch rechtzeitig einen Artikel zu Ende bekommen musste.«

Shane verzog keine Miene. Er liebte Frauen mit Verstand ebenso wie weniger intelligente. Allerdings erwartete er nicht, eine Schönheitskönigin am Flughafen vorzufinden.

»Auf jeden Fall hat sie einen Doktortitel in Psychologie und einen in amerikanischer Geschichte«, fuhr Regan fort. »Was zugegebenermaßen eine recht seltsame Mischung ist, aber so ist Rebecca eben. Sie hat ihren ganz eigenen Stil. Sie hatte noch andere Leidenschaften, Physik, Chemie … Ich glaube, sie arbeitet auf allen Gebieten.«

»Warum macht sie denn so viel?«, fragte Shane ungläubig.

»Bei Rebecca ist es eher angebracht zu fragen, warum nicht. Sie hat das, was man ein fotografisches Gedächtnis nennt. Sie sieht oder liest etwas und speichert es dann umgehend hier.« Regan tippte sich an die Schläfe.

»Ist sie nur Wissenschaftlerin, oder arbeitet sie auch praktisch? Als Psychologin oder Psychiaterin, meine ich.«

»Soweit ich weiß, arbeitet sie nur wissenschaftlich und hält Vorlesungen. Ab und zu hospitiert sie eine Woche oder so an einer Klinik, aber meistens schreibt sie irgendwelche Artikel über Psychosen … oder Phobien … vielleicht auch beides, was weiß ich. Ich bin Geschäftsfrau. Nun, egal, auf jeden Fall ist sie in Parapsychologie außerordentlich beschlagen. Es ist ein Hobby von ihr.«

»In was? Parapsychologie? Ist das so was wie Geisterjagd?«

»Parapsychologie ist die Wissenschaft des Übersinnlichen. Sie erforscht solche Phänomene.«

Diesmal zuckte Shane zusammen. »Geister, soso. Haben wir davon hier nicht auch ohne sie schon genügend?«

»Aber das ist doch genau der Grund, weshalb sie herkommt. Für sie stellt sich die Sache ganz anders dar als für dich, Shane. Du bist praktisch mit Geistern aufgewachsen. Mit dem Barlow-Haus, der

Geschichte von den beiden Soldaten, den Wäldern, in denen es spukt. Die Tatsache, dass es hier Geister gibt, ist der Grund dafür, dass das Inn so ein Bombengeschäft geworden ist. Die Leute lieben die Vorstellung, in einem Geisterhaus zu übernachten.«

Shane zuckte die Schultern. Himmel, er lebte sogar in einem. »Ich will nichts damit zu tun haben. Es nervt schon, wenn allzu viele Touristen in die Nähe der Farm kommen …« Der Blick, den sie ihm zuwarf, brachte ihn zum Schweigen. Er kniff die Augen zusammen. »Sie interessiert sich auch für die Farm«, schloss er einen Augenblick später messerscharf.

»Sie will natürlich so viel wie möglich mitkriegen, deshalb ist sie ja hier. Aber wie viel du ihr erzählst, hängt selbstverständlich ganz allein von dir ab«, sagte Regan schnell. »Nun, vielleicht wirst du ja mit ihr warm, ich hoffe es jedenfalls. Sie ist wirklich eine faszinierende Frau. Aber das wirst du ja selbst sehen. Hier«, sie hielt ihm ein Blatt Papier unter die Nase, »habe ich dir die Flugnummer und alles aufgeschrieben.«

»Du hast mir noch nicht mal gesagt, wie sie aussieht. Ich bezweifle, dass sie die einzige Frau ist, die aus dem Flugzeug steigt.«

»Oh, das hätte ich fast vergessen. Okay. Also, sie hat braune Augen und braunes Haar. Meist trägt sie es irgendwie im Nacken zusammengebunden. Sie hat etwa meine Größe, ist dünn …«

»Mager oder schlank? Das ist ein Unterschied.«

»Ich würde sagen, eher mager. Kann sein, dass sie eine Brille trägt. Eigentlich braucht sie sie nur zum Lesen, aber sie vergisst oft, sie abzunehmen.«

»Eine magere, zerstreute Brünette mit einer Brille also. Alles klar.«

»Sie ist sehr attraktiv«, fügte Regan loyal hinzu. »Auf eine einzigartige Weise. Aber sei nett zu ihr, Shane, sie ist ziemlich schüchtern.«

»Ich bin immer nett zu Frauen.«

»Ja, das stimmt. Also behandle sie auch gut. Und wenn du sie nicht erkennst, lass sie ausrufen. Dr. Rebecca Knight.«

Flughäfen belustigten Shane immer wieder von Neuem. Er wurde das Gefühl nicht los, dass die Leute sich abstrampelten wie die Wilden, von hier nach da flogen und doch nie ans Ziel gelangten. Alle rasten durch die Gegend, schleppten mit heraushängender Zunge Koffer oder schoben bis obenhin vollgestopfte Gepäckkarren vor sich her. Er fragte sich, was die Menschen dazu trieb, die Orte, an denen sie lebten, zu verlassen. Offensichtlich gab es nicht viel, was sie zu Hause hielt.

Nicht dass er etwas gegen das Reisen gehabt hätte. Er war nur der Meinung, dass er sich lediglich hinter das Steuer seines Pick-ups zu setzen brauchte, um überall dort hinzukommen, wohin er wollte.

Er lehnte sich an das Flugsteiggitter und hielt Ausschau nach einer hochgewachsenen, mageren Brünetten mit Brille. Nach Regans ungenauer Beschreibung war anzunehmen, dass sie praktische Kleidung trug und flache Schuhe, und wahrscheinlich hatte sie eine Aktentasche bei sich.

Nach und nach strömten die Passagiere auf den Flugsteig. Geschäftsleute mit gehetzten Blicken, denen wie mit Leuchtschrift auf die Stirn geschrieben stand, dass die Zeit drängte. Die Schlips-und-Kragen-Truppe, dachte Shane. Nicht für alles Geld der Welt würde er sich acht Stunden am Tag in einen Anzug zwängen. Eine attraktive Blondine in einer engen roten Hose ging an ihm vorbei. Sie schenkte ihm ein kleines Lächeln, und Shane atmete mit Vergnügen die Duftwolke ein, von der sie eingehüllt war.

Eine hübsche Brünette mit einem elastischen Gang und bernsteinfarbenen Augen kam an ihm vorüber. Und hier folgte Grandma mit einer riesigen Einkaufstasche und einem Lächeln von Ohr zu Ohr, das den drei Kindern galt, die auf sie zurannten und umgehend begannen, ihre Tasche zu plündern.

Ah, da ist sie ja, dachte Shane, als ihm eine junge Frau mit hängenden Schultern und braunem Haar, das sie im Nacken zu einem kümmerlichen Knoten verschlungen hatte, entgegenkam. Wie erwartet, hatte sie eine Aktenmappe bei sich, trug flache Schuhe mit dicken Sohlen und eine Brille, hinter der sie blinzelte wie eine Eule. Sie wirkte etwas verloren. Das musste sie sein.

»Hey.« Shane setzte sein charmantestes Lächeln auf und winkte, was sie dazu veranlasste, so unvermittelt stehen zu bleiben, dass der hinter ihr laufende Mann mit aller Wucht gegen sie prallte. »Wie geht's?« Da Shane ein zuvorkommender Mensch war, streckte er die Hand nach ihrer Aktenmappe aus. Sie sah ihn erschrocken an. »Ich bin Shane. Regan hat mich gebeten, Sie abzuholen. Sie ist nämlich im Moment ein bisschen im Stress. Wie war der Flug?«

»Ich … ich …« Die Frau umklammerte ihre Aktenmappe mit beiden Händen und zog sie schützend an die flache Brust. »Lassen Sie mich in Ruhe, sonst rufe ich den Sicherheitsdienst.«

»Keine Aufregung, Becky. Ich will Sie nur abholen und nach Antietam zu Regan bringen.«

Sie riss den Mund auf und begann laut zu kreischen. Als Shane den Arm nach ihr ausstreckte, um ihr beruhigend die Hand auf die Schulter zu legen, schlug sie ihm mit einem Ausdruck wilder Entschlossenheit den Aktenkoffer auf den Kopf. Noch bevor er sich entschieden hatte, ob er lachen oder weinen sollte, spürte er, wie ihn jemand leicht am Ärmel zupfte.

»Entschuldigen Sie.« Die hübsche Brünette von vorhin zog eine Braue hoch und musterte ihn eingehend. »Ich glaube, Sie warten auf mich.« Ihr Mund, weich und voll, wie Shane sogleich registrierte, verzog sich zu einem Lächeln. »Shane, sagten Sie eben, nicht wahr? Shane MacKade, nehme ich an, oder?«

»Ja. Oh!« Er drehte sich um und schaute die Frau, die er irrtümlich für Rebecca gehalten hatte, um Verzeihung heischend an. »Entschuldigen Sie«, begann er, doch sie ergriff bereits die Flucht.

»Wahrscheinlich war das das Aufregendste, was sie seit langer Zeit erlebt hat«, bemerkte Rebecca lächelnd. »Ich bin Rebecca Knight«, fügte sie hinzu und streckte ihm die Hand zur Begrüßung hin.

Rebecca Knight entsprach zwar nicht ganz seinen Erwartungen, doch bei näherem Hinsehen erwies sich, dass er mit seinen Vorstellungen auch nicht völlig danebengelegen hatte. Abgesehen von den bernsteinfarbenen Augen wirkte sie tatsächlich wie eine Intellektuelle, angefangen von den praktischen Schuhen bis hin zu der Tatsache, dass sie das Haar so kurz geschnitten trug wie ein Junge. Obwohl er langhaarige Frauen bevorzugte, musste er zugeben, dass ihr die Frisur ausgezeichnet stand, weil sie ihre ausgeprägten Gesichtszüge vorteilhaft betonte.

Und mager war sie wahrscheinlich auch, was sich allerdings in Anbetracht des hüftlangen Sakkos und der Hose, beides in einheitlichem Schwarz, nicht ganz leicht beurteilen ließ.

Lächelnd nahm er die feingliedrige Hand, die sie ihm hinhielt. »Regan hat behauptet, Sie hätten braune Augen, aber das stimmt nicht.«

»So steht es zumindest in meinem Pass. Geht es Regan gut?«

»Ja, sicher. Sie hat nur im Moment ein bisschen viel um die Ohren. Kommen Sie, ich nehme Ihnen das ab.« Er griff nach der Reisetasche, die sie sich über die Schulter gehängt hatte.

»Nein danke, lassen Sie nur. Und Sie sind also ihr Schwager.«

»Ja.« Er nahm sie am Arm und geleitete sie zum Terminal.

Er hat einen festen Griff, registrierte sie. Und keine Scheu vor körperlicher Berührung. Nun, das war in Ordnung. Sie würde nicht anfangen zu kreischen wie die Frau vorhin ... und wie sie es vielleicht vor ein paar Monaten noch getan hätte, wenn ein so männlicher Mann wie er sie angefasst hätte. »Sie sind der Schwager mit der Farm, nicht wahr?«

»Richtig. Sie haben es erraten, Rebecca. Aber Sie sehen nicht aus wie eine Frau Doktor, zumindest nicht auf den ersten Blick.«

»Finden Sie?« Sie warf ihm einen kühlen Seitenblick zu. Einen Blick, den sie vor dem Spiegel lange eingeübt hatte. »Im Gegensatz zu der Frau, die wahrscheinlich in die nächste Damentoilette verschwunden ist, um sich die Schweißperlen von der Stirn zu wischen?«

»Es lag an den Schuhen«, erklärte Shane lächelnd und warf einen vielsagenden Blick auf Rebeccas flache schwarze Schuhe aus Segeltuch.

»Ich verstehe.« Während sie im Aufzug nach unten zur Gepäck-
ausgabe fuhren, musterte sie ihn verstohlen aus den Augenwinkeln:
Flanellhemd mit offenem Kragen, ausgewaschene Jeans, ramponierte
Stiefel, große, kräftige Hände. Unter der Baseballkappe schaute dichtes schwarzes Haar hervor, und das sonnengebräunte Gesicht hätte
sich auf jedem Poster bestens gemacht.

»Dafür sehen Sie aus wie ein Farmer«, entschied sie. »Wie lange
fahren wir bis Antietam?«

Noch im Zweifel, ob er ihre Bemerkung als Kompliment oder als
Beleidigung auffassen sollte, antwortete er: »Knapp anderthalb Stunden. Wir holen nur noch rasch Ihre Koffer.«

»Nicht nötig. Ich lasse sie mir nachschicken.« Stolz auf ihr prakti-
sches Denken, klopfte sie auf ihre Reisetasche. »Das ist das Einzige,
was ich im Moment bei mir habe.«

Shane wurde das unangenehme Gefühl nicht los, dass sie ihn nicht
aus den Augen ließ und aus jeder seiner Bewegungen einen Rück-
schluss zog. Plötzlich kam er sich vor wie ein Insekt unter einem Mikroskop. »Großartig.« Er fühlte sich erleichtert, als sie eine Sonnenbrille aus ihrer Jackentasche zog und sie aufsetzte.

Nachdem sie seinen Truck erreicht hatten, warf sie erst einen
kurzen Blick auf den Wagen, dann auf ihn. Sie lächelte kühl, schob
ihre Sonnenbrille ein Stückchen nach unten und musterte ihn eingehend über die Ränder der Gläser hinweg. »Ach übrigens, Shane, eins
noch …«

Da sie nicht gleich weitersprach, zog er fragend die Augenbrauen
hoch. »Ja?«

»Niemand nennt mich Becky.«

Damit rutschte sie auf ihren Sitz, schnallte sich an und stellte ihre
Reisetasche ordentlich zu ihren Füßen auf den Boden.

Rebecca genoss die Fahrt. Shane MacKade hatte einen sicheren
Fahrstil. Dass sie ihn ein klein wenig beschämt hatte, verschaffte ihr
ein leises Triumphgefühl. Nur ein ganz leises, aber immerhin. Männern wie ihm musste man rechtzeitig die Grenzen aufzeigen.

Fast so lange sie denken konnte, hatte sie sich einschüchtern lassen. Das war erst in den letzten beiden Monaten anders geworden. Seit dieser Zeit lernte sie langsam, sich nicht nur in ihrem Beruf, sondern auch im täglichen Leben zu behaupten. Und eben hatte sie noch einen weiteren Schritt in diese Richtung gemacht.

Falls er verärgert war, ließ er es sich jedenfalls nicht anmerken. Er plauderte unbeschwert, als sei nichts gewesen – was sie ihm hoch anrechnete. Das Radio dudelte leise vor sich hin, und Rebecca warf ab und zu einen Blick auf die Landschaft, die draußen an ihr vorbeizog. Es war ein hübsches Bild: zwischen sanfte Hügel eingebettete Farmen, Weideland und Bäume, deren üppiges Grün noch nicht verblasst war, obwohl sich der Sommer langsam seinem Ende zuneigte, hin und wieder ein grasendes Pferd oder eine Kuh.

Die Fahrerkabine des Trucks wirkte aufgeräumt. An den Polstern klebten ein paar helle Hundehaare, und der Geruch nach Hund hing in der Luft. Unter einer Magnetklammer am Armaturenbrett klemmten einige Notizzettel, und im Aschenbecher lag eine Handvoll Münzen. Alles erweckte einen sehr ordentlichen Eindruck.

Vielleicht entdeckte sie deshalb den kleinen goldenen Ohrring, der zur Hälfte unter der Fußmatte hervorlugte. Sie bückte sich und hob ihn auf.

»Ist das Ihrer?«

Shane warf einen Blick darauf und erinnerte sich daran, dass Frannie Spader Ohrringe getragen hatte, als er das letzte Mal mit ihr … eine Spazierfahrt unternommen hatte.

»Er gehört einer Freundin. Sie muss ihn wohl verloren haben.« Shane streckte die Hand aus. Nachdem Rebecca den Ohrring hineingelegt hatte, ließ er ihn achtlos in den Aschenbecher zu den Münzen fallen.

»Sie wird ihn zurückhaben wollen«, bemerkte Rebecca. »Schließlich hat er vierzehn Karat.« Sie schwieg einen Moment, dann wechselte sie das Thema. »Und Sie haben noch drei Brüder, richtig?«

»Ja. Haben Sie auch Geschwister?«

»Nein. Und Sie sind derjenige, der die Farm bewirtschaftet?«

»Ja. Jared, der Älteste von uns, hat eine Anwaltskanzlei, Rafe ist im Baugeschäft gelandet, und Devin ist der Sheriff.«

»Aha. Und was züchten Sie?«

»Ach, das Übliche. Rinder und Schweine. Außerdem baue ich Weizen an – größtenteils wird er als Futtermittel verwendet, aber ich habe auch eine sehr gute Kornsorte, zum Beispiel ›Silver Queen‹.« Sie hörte interessiert zu. »Und Kartoffeln.«

»Ach, wirklich?« Ohne es zu bemerken, klopfte sie den Takt des Stückes, das aus den Lautsprechern ertönte, auf ihren Knien mit. »Ist das nicht schrecklich viel Arbeit für einen allein?«

»Meine Brüder gehen mir zur Hand, wenn ich Hilfe brauche, und während der Erntezeit heuere ich auch schon mal ab und zu ein paar Studenten an.«

»Und macht es Ihnen Spaß?«

»Ich kann mir für mich nichts anderes vorstellen. Ich liebe das Landleben und die Arbeit auf der Farm.« Diesmal schaute er sie direkt an. »Waren Sie schon mal auf einer?«

»Nein. Nicht richtig jedenfalls. Ich bin ein Stadtmensch.«

»Nun, dann machen Sie sich schon mal auf einige Überraschungen gefasst«, sagte er. »Antietam ist weiß Gott nicht New York.«

»Regan hat mir schon viel erzählt. Und natürlich weiß ich über die Gegend noch einiges von meinem Studium her. Ich habe mich damals sehr für die Schlacht bei Antietam interessiert. Aber von Ihnen kann ich da sicher noch viel mehr erfahren.«

»Rafe ist auf diesem Gebiet weitaus beschlagener als ich. Dem Weizen ist es egal, ob er auf historischem Boden wächst oder nicht, Hauptsache, man düngt ihn gut.«

»Dann interessieren Sie sich also nicht für Geschichte?«

»Nicht besonders.« Der Truck fuhr rumpelnd über die Brücke, die sich über den Potomac River spannte. »Aber natürlich weiß ich so ziemlich in allen Einzelheiten, was damals passiert ist. Wenn man hier aufwächst, lässt sich das nicht umgehen. Allerdings interessiert es mich nicht so brennend.«

»Und die Geister?«

»Denen schenke ich auch nicht besonders viel Aufmerksamkeit.«

Ihre Mundwinkel zuckten belustigt. »Aber Sie haben schon des Öfteren Bekanntschaft mit ihnen gemacht?«

Wieder zuckte er die Schultern. »Hin und wieder. Reden Sie mit meiner Familie, wenn Sie mehr darüber wissen wollen.«

»Aber Sie leben doch auf einer Farm, auf der es angeblich spukt.«

»So sagt man.« Er wollte nicht darüber sprechen, ebenso wenig wie er darüber nachdenken wollte. »Hören Sie, Regan hat mir erzählt, weshalb Sie hergekommen sind. Ich …«

»Ich beschäftige mich mit übersinnlichen Erscheinungen.« Ihr Lächeln vertiefte sich. »Ein Steckenpferd von mir, nichts weiter.«

»Nun, dann müssen Sie unbedingt in das ehemalige Barlow-Haus gehen. Regan und Rafe haben es gemeinsam renoviert und ein Bed-and-Breakfast-Hotel daraus gemacht. Es wird von einer meiner Schwägerinnen geführt. Dort wimmelt es nur so von Gespenstern, falls Sie an so was glauben.«

»Ja. Ich weiß, ich habe es schon auf meiner Liste. Ich hoffe, ich kann mich dort für eine Weile einquartieren, um ein paar Untersuchungen anzustellen. Es wird sicher sehr interessant und informativ werden. Nach allem, was Regan mir erzählt hat, haben Sie ebenfalls ein großes Haus. Falls es Ihnen nichts ausmacht, würde ich da auch ganz gern ein paar Studien betreiben.«

Gegen ein bisschen Gesellschaft hätte er nichts einzuwenden gehabt, aber der Grund, weshalb sie bei ihm wohnen wollte, gefiel ihm ganz und gar nicht. »Wie lange beabsichtigen Sie denn hierzubleiben?«, fragte er.

»Das kommt ganz darauf an.« Als er von der Straße auf einen Weg abbog, der zwischen den Bergen hindurchführte, warf sie einen Blick aus dem Fenster. »Es hängt davon ab, wie lange es dauert, bis ich auf das stoße, was ich zu finden hoffe.«

»Machen Sie Urlaub hier?«

»Nun, nicht Urlaub im üblichen Sinne – ich habe ein Forschungssemester genommen.« Dieses Wort beinhaltete so viele herrliche Möglichkeiten, dass sie für einen Moment beseligt die Augen schloss. »Ich habe alle Zeit der Welt und bin wild entschlossen, sie gut zu nutzen.« Als sie die Augen wieder öffnete, sah sie den goldenen Ohrring im Aschenbecher aufblitzen. »Sie brauchen sich keine Sorgen zu machen. Ich habe nicht die Absicht, Ihnen auf den Füßen rumzustehen. Stecken Sie mich einfach in ein kleines Zimmer oben in Ihrer Mansarde, wenn es so weit ist. Mehr brauche ich nicht. Ich werde mich um meine Angelegenheiten kümmern und Sie in Ruhe lassen.«

Shane setzte zu einer Erwiderung an, doch als ihr ein leiser, erstickter Schrei entfuhr, wandte er sich ihr erstaunt zu. Sie saß kerzengerade in ihrem Sitz. »Was ist denn los?«

Es gelang ihr kaum, den Kopf zu schütteln, so überrascht war sie über den Anblick, der sich ihr bot. Einen Moment lang hatte sie das Gefühl, das alles schon einmal erlebt zu haben. Die Hügel beiderseits der Straße stiegen sanft an, und zwischen dem saftig grünen Gras ragten silberne Felsnasen empor. Die hohen Berge im Hintergrund zeichneten sich als purpurfarbene Silhouetten gegen den diesigen Horizont ab. Weiter vorn lag ein goldenes Kornfeld, an dessen äußerstem Rand sich dunkel und geheimnisvoll der Wald erstreckte. Auf einer Böschung grasten schwarz-weiße Kühe. Ein Bild wie aus dem Bilderbuch.

»Es ist wunderschön hier«, sagte sie leise. »Fast zu schön, um wahr zu sein.«

»Danke. Das ist das MacKade-Land.« Während Shane das Tempo ein wenig drosselte, fühlte er plötzlich einen fast unbändigen Stolz in sich aufsteigen. MacKade-Land. Sein Land. »Um diese Jahreszeit kann man das Haus von hier aus nicht sehen. Das Laubwerk ist zu dicht.«

Sie blickte auf die von Bäumen gesäumte Schotterstraße vor sich, die in einiger Entfernung nach links abzweigte. Plötzlich klopfte ihr Herz schneller, und sie wusste nicht, warum.

Hierher würde sie zurückkehren. Und sie würde hierbleiben, bis sie die Antworten auf all die Fragen gefunden hatte, die sie bewegten.

Rebecca holte tief Luft. »Wie weit ist es von hier bis zur Stadt?«

»Nur noch ein paar Meilen.« Als er sie jetzt ansah, nahmen seine Augen einen Ausdruck von Besorgnis an. Sie war auf einmal ganz blass geworden. »Ist mit Ihnen alles in Ordnung?«

»Oh ja, danke.« Aber sie öffnete dennoch das Fenster und sog die warme Sommerluft tief in die Lungen. »Mir geht es gut.«

2. Kapitel

Regan beobachtete durchs Schaufenster, wie der Truck hinter der Kurve hielt. Ein Kind an der Hand, das andere auf dem Arm, eilte sie freudig erregt nach draußen.

»Dr. Knight.«

»Mrs. MacKade.« Rebecca kletterte schnell aus dem Truck und umarmte die Freundin voller Wärme und Herzlichkeit.

Shane registrierte, dass die Kühle und Professionalität, die sie die ganze Zeit über ausgestrahlt hatte, schlagartig verschwunden waren, und er hatte Mühe, sich ein Lächeln zu verkneifen, während er die beiden Frauen bei ihrer Begrüßungszeremonie beobachtete.

»Oh Regan, ich habe dich so vermisst. Wenn du wüsstest, wie sehr ich dich vermisst habe«, sagte Rebecca ein ums andere Mal mit Freudentränen in den Augen. »Ach, und diese süßen Babys. Wie hast du das bloß geschafft?«

Jetzt ließ sie ihren Tränen freien Lauf. Vor Regan brauchte sie sich ihrer Gefühle nicht zu schämen. Schniefend streichelte sie Nates Wange und fuhr dann mit dem ausgestreckten Zeigefinger dem Baby über den samtweichen Haarflaum.

»Da sieht man sich ein paar Jahre nicht, und gleich heiratest du und wirst Mutter von zwei Kindern.«

Nate, der keine Scheu vor Fremden kannte, machte auf sich aufmerksam.

»Du siehst bestimmt aus wie dein Daddy«, sagte Rebecca.

»Daddy«, stimmte Nate zu. »Ball spielen. Shane, hoppe hoppe Reiter!« Er hüpfte auf und nieder wie ein Gummiball.

»Ich hab schon befürchtet, du kennst deinen Onkel nicht mehr.«

Shane lachte und setzte sich den Dreijährigen auf die Schultern. Nate krähte laut und vergnügt.

»Ich bin froh, dass ihr beide euch gefunden habt. Tut mir leid, dass ich nicht selbst kommen konnte, Rebecca.«

»Ich sehe doch, dass du alle Hände voll zu tun hast«, erwiderte Rebecca. »Und dein Schwager hat sich wirklich bestens bewährt.« Sie lächelte Shane zu. »Alles in allem.«

»Du bist bestimmt müde. Komm mit rein, ich wollte den Laden gerade schließen. Shane, leiste uns doch auch noch einen Moment Gesellschaft.«

»Ich muss gleich wieder zurück, aber trotzdem vielen Dank, Regan. Runter mit dir, Nate.« Nachdem er den Jungen von der Schulter genommen hatte, wirbelte er ihn noch ein paarmal im Kreis herum und stieß ein lautes Bellen aus, was Nate so zum Kreischen brachte, dass er einen Schluckauf bekam.

Regan nahm Shane ihren Sohn ab und verabschiedete sich. »Nochmals vielen Dank. Und wenn ich dir mal einen Gefallen tun kann, lass es mich wissen. Morgen wollte ich für Rebecca ein Willkommensessen machen, ich hoffe, du hast Zeit?«

»Wenn's ein Essen umsonst gibt, habe ich immer Zeit.« Er winkte Rebecca zum Abschied zu. »Bis dann.«

»Danke fürs Abholen, Farmboy.«

Shane zögerte nur den Bruchteil einer Sekunde. »Keine Ursache, Becky.«

Regan zog eine Augenbraue hoch. »Becky?«

»Nur ein kleiner Scherz.« Rebecca schaute dem davonfahrenden Pick-up hinterher, registrierte den nur äußerst spärlich fließenden Verkehr, die alten Backsteinhäuser, die Leute, die vor ihren Haustüren gemütlich ein Schwätzchen hielten. »Ich versuche mir Regan Bishop als Einwohnerin und Geschäftsfrau in einer Kleinstadt vorzustellen.«

»Hier habe ich mich schon auf den ersten Blick heimisch gefühlt. Komm rein und sag mir, wie dir mein Laden gefällt.«

Jetzt erst, als Rebecca über die Schwelle trat, gelang es ihr, Regan und Antietam in Übereinstimmung zu bringen. Der Laden entsprach ganz und gar Regans Stil. Elegante antike Möbel, hübsche alte Lampen, Glasgefäße und goldgerahmte Spiegel. In der Luft hing der würzige Duft von Regans Parfüm, vermischt mit dem Geruch von Babypuder. Rebecca musste lächeln.

»Und wie fühlt man sich so als Mama?«, fragte sie, nachdem sie sich voller Interesse umgesehen hatte.

»Einfach herrlich. Ich kann es gar nicht erwarten, dass du endlich Rafe kennenlernst.«

Rebecca fand das alte Backsteinhaus mit den dicken Mauern, in dem Regan und Rafe MacKade lebten, beeindruckend. Es brachte den rauen, männlichen Charme Rafe MacKades ebenso zum Ausdruck wie Regans Stil und ihre weibliche Anmut.

Rafe hätte sie auf einen Kilometer Entfernung als Shanes Bruder erkannt, so groß war die Ähnlichkeit. Deshalb war sie auch nicht überrascht, als er sie zur Begrüßung fest in die Arme zog.

Mittlerweile hatte sie sich schon daran gewöhnt, wie die MacKade-Brüder mit Frauen umgingen.

»Regan macht mich schon seit zwei Wochen verrückt, weil Sie zu Besuch kommen«, vertraute Rafe ihr an, nachdem sie sich mit einem Glas Wein ins Wohnzimmer gesetzt hatten.

»Ich mache überhaupt niemanden verrückt«, protestierte Regan.

Rafe lächelte und streichelte zärtlich ihre Hand, als Regan sich auf der Armlehne des Sofas, auf dem er saß, niederließ. »Sie hat das Haus schon zweimal auf Hochglanz gebracht und saugt jedes Hundehaar einzeln ab, alles nur deinetwegen.« Er stieß den Golden Retriever, der sanft zu seinen Füßen schlummerte, liebevoll mit der Schuhspitze an.

»Fast jedes«, verbesserte Regan ihn.

»Ich fühle mich wirklich geschmeichelt.« Rebecca zuckte leicht zusammen, als Nate das Haus, das er aus Bauklötzen gebaut hatte, umstieß und angesichts der wild durcheinanderpurzelnden Steine in ein Freudengeheul ausbrach.

»Kluger Junge«, bemerkte Rafe milde. »Ganz recht, wenn etwas nicht richtig gebaut ist, reißt man es ein und baut es neu.«

»Daddy. Komm spielen.«

»Auf das Fundament kommt es an«, sagte Rafe, während er aufstand und sich zu seinem Sohn auf den Fußboden hockte. »Das ist das Wichtigste.« Eine große, kräftige Hand und eine kleine, pummelige begannen Stein auf Stein zu setzen. »Regan hat erzählt, dass Sie sich das Inn gerne näher ansehen möchten?«

»Ja, das habe ich vor. Am liebsten würde ich für einige Zeit dort wohnen, falls ein Zimmer frei ist.«

»Oh … aber … wir wollen dich doch viel lieber hierhaben, Rebecca.«

Rebecca lächelte Regan an. »Das weiß ich zu schätzen, doch ein paar Tage beziehungsweise Nächte würde ich ganz gern im Inn verbringen.«

»Gespenster jagen, wie?«, vermutete Rafe, der sich inzwischen wieder zu ihnen gesellt hatte, und winkte seinem Sohn zu.

»Nun ja …« Rebecca wurde merklich zurückhaltender. Ein bisschen komisch kam ihr die ganze Sache ja selbst vor. Wer glaubte heutzutage noch an Gespenster?

»Sie werden sich noch wundern. Es gibt dort wirklich Geister. Als Regan das erste Mal auf sie aufmerksam wurde, hatte sie Glück, dass ich in der Nähe war, denn sie wurde vor Schreck ohnmächtig.«

»Ganz so war es nicht«, stellte Regan richtig. »Ich dachte zuerst, Rafe spielt mir einen Streich, und als mir klar wurde, dass er gar nicht in der Nähe war, wurde mir tatsächlich etwas … seltsam zumute.«

»Ach, wirklich? Erzähl.« Fasziniert lehnte sich Rebecca vor. »Was hast du gesehen?«

»Gesehen habe ich nichts. Es war mehr ein … Gefühl, so als wäre ich nicht allein. Das Haus stand seit Jahrzehnten leer, und Rafe hatte noch nicht mit der Renovierung begonnen. Aber da waren Geräusche.«

Schritte, Türenquietschen. Und auf der Treppe gibt es eine Stelle, wo einem kalte Luft ins Gesicht schlägt.«

»Du hast es gespürt?« Rebeccas Tonfall war nun ganz sachlich der einer Wissenschaftlerin, die Fakten sammelte.

»Bis in die Knochen. Ich war völlig geschockt. Rafe hat mir später erzählt, dass genau an dieser Stelle am Tag der Schlacht ein junger Soldat erschossen wurde.«

»Die beiden Soldaten.« Als Regan sie überrascht ansah, nickte Rebecca und fuhr fort: »Ein paar Einzelheiten sind mir auch bekannt. Die beiden gegnerischen Soldaten sind am siebzehnten September 1862 in den Wäldern aufeinandergetroffen. Man erzählt sich, dass sie den Anschluss an ihre jeweilige Truppe verloren hatten. Oder möglicherweise hatten sie auch die Absicht zu desertieren, das weiß niemand genau. Sie waren beide blutjung, noch halbe Kinder. Sie schossen aufeinander und wurden dabei schwer verwundet. Der eine schaffte es noch, sich bis zum Haus von Charles Barlow, dem heutigen MacKade-Inn, zu schleppen. Die Hausherrin, Abigail, eine Südstaatlerin, war mit einem reichen Yankee verheiratet. Sie forderte ihre Sklaven auf, den verwundeten Soldaten ins Haus zu bringen, wo sie seine Wunden verbinden wollte. Doch als der Hausherr die Treppe herunterkam und den Soldaten sah, der die Uniform der Konföderierten trug, zog er kaltblütig seine Pistole und erschoss ihn dort auf der Treppe.«

»Genauso war es«, stimmte Regan zu. »Und man kann im Haus auch heute noch den Rosenduft riechen. Den Duft von Abigails Rosen.«

»Wirklich? Das ist kaum zu glauben. Nun … wenn es tatsächlich so ist, wäre es faszinierend.« Ihre Augen nahmen für einen Moment einen verträumten Ausdruck an.

»Manche Leute hören in der Nacht den Schuss und auch leises Weinen. Cassie, Devins Frau, kann dir mehr darüber erzählen.«

»Ich würde mir das Haus gern so bald wie möglich ansehen. Meine Ausrüstung müsste eigentlich morgen eintreffen, spätestens übermorgen.«

»Ausrüstung?« Rafe runzelte die Stirn.

»Sensoren, Kameras, Temperaturmessgeräte. Die Parapsychologie ist auf dem besten Weg zu einer Wissenschaft.«

Regan warf Rebecca einen erstaunten Blick zu und schüttelte den Kopf. »Ich kann mich nur wundern, Rebecca. Früher warst du eine so …«

»Seriöse Wissenschaftlerin, meinst du? Das bin ich immer noch. Aber glaub mir, ich nehme diese Sache dennoch sehr ernst, auch wenn alles ziemlich unglaublich klingt. Es interessiert mich einfach, verstehst du? Auch Wissenschaftler sollten ab und zu über ihren Tellerrand hinausschauen.«

»Nun ja.« Noch immer kopfschüttelnd erhob sich Regan und ging zur Tür. »Und ich sollte jetzt vielleicht das Kochen ernst nehmen.«

»Ich helfe dir.«

Regan zog die Augenbrauen hoch, als Rebecca aufstand. »Erzähl mir jetzt bloß nicht, dass du inzwischen auch noch Kochen gelernt hast.«

Rebecca lachte. »Nein, ich weiß nicht mal, wie man ein Ei kocht.«

»Früher hast du immer behauptet, das sei genetisch bedingt.«

»Ja, ich erinnere mich. Heute denke ich eher, es ist eine Phobie. Kochen ist eine gefährliche Angelegenheit. Man kann sich schneiden oder verbrennen oder verbrühen. Aber ich entsinne mich dunkel, wie man einen Tisch deckt.«

»Das reicht.«

Es war schon spät, als Rebecca sich schließlich in ihr Zimmer zurückzog. Da sie noch zu aufgedreht war, um einschlafen zu können, kuschelte sie sich nun mit einer Tasse Tee und einem Buch in den weichen Polstersessel am Fenster. Vom Flur her drang das leise Weinen des Babys durch die geschlossene Tür zu ihr ins Zimmer, dann hörte sie eilige Schritte. Als einen Augenblick später Stille eintrat, stellte Rebecca sich vor, wie Regan ihr Baby stillte. Diesen Gedanken fand sie befremdlich. Obwohl sie die Freundin heute einen ganzen Abend lang im Kreise ihrer Familie erlebt hatte, fiel es ihr noch immer schwer, sich die Regan Bishop, die sie von früher kannte, als Mutter vorzustellen. Im College war Regan immer spritzig, energiegeladen und an allem und jedem interessiert gewesen. Natürlich hatte sie auch viel männliche Aufmerksamkeit auf sich gezogen. Oft konnte sie sich vor Verehrern kaum retten. Es war aber nicht allein ihr Äußeres, was Regan zu so großer Beliebtheit verhalf, sondern es lag wohl vor allem an der Art, wie sie mit Menschen umging.

Deshalb war Rebecca, die scheue, ernsthafte Rebecca, damals auch so erstaunt gewesen, als Regan ihr die Freundschaft angeboten hatte. Sie konnte sich gar nicht erklären, was die umschwärmte Regan an ihr, der verschlossenen, wissensdurstigen Rebecca, fand. Wie schüchtern sie damals doch gewesen war. Und wenn sie ganz ehrlich sein wollte, musste sie sich eingestehen, dass sie auch heute noch immer sehr zurückhaltend war, trotz der Fortschritte, die sie in den vergangenen Monaten gemacht hatte. Ihre Fähigkeiten, sich auf dem gesellschaftlichen Parkett zu bewegen, waren begrenzt.

Doch was sie dazugelernt hatte, hatte sie im Grunde genommen Regan zu verdanken. Für sie war es ein großes Glück gewesen, dass die selbstsichere, lebenslustige Regan sie damals unter ihre Fittiche genommen hatte. Wer weiß, was sonst aus ihr geworden wäre.

Das würde sie Regan nie vergessen. Und deshalb gönnte Rebecca der Freundin das große Glück, das diese gefunden hatte, von ganzem Herzen.

Regan hatte einen Mann, der sie zweifellos anbetete. Jeder, der Augen im Kopf hatte, konnte sehen, wie sehr Rafe seine Frau liebte.

Was ihr eigenes Leben anbelangte, so war es mit ihrer Zufriedenheit nicht ganz so weit her. Sie fühlte sich von der Wissenschaft, ohne die sie sich bisher ihr Leben nicht hatte vorstellen können, mehr und mehr eingeengt. Das, was ihr bisher ein Zuhause gewesen war, erschien ihr in letzter Zeit immer mehr als ein Gefängnis. Obwohl es ihr einziges Zuhause war. Die Wissenschaft war etwas, zu dem sie immer Zuflucht hatte nehmen können, wenn ihr das Leben ansonsten recht schwer erschien. Und jetzt lief sie vor dem, was das Wichtigste in ihrem Leben war, davon. Vor ein paar Monaten noch hätte sie sich nicht im Traum vorstellen können, dass sie sich jemals auf eine derart vage Angelegenheit einlassen könnte. Im Grunde genommen war ihr die ganze Parapsychologie suspekt.

Doch plötzlich sehnte sie sich nach Gefühl und Leidenschaft. Sie wollte Risiken auf sich nehmen, Fehler machen, sich töricht verhalten und aufregende Dinge erleben. Es erschien ihr, als habe sie bisher in einem Vakuum gelebt, aus dem sie jetzt unter allen Umständen ausbrechen wollte.

Vielleicht lag es an den Träumen, diesen seltsamen, immer wiederkehrenden Träumen, die sie in letzter Zeit heimgesucht hatten. Doch was auch immer es sein mochte, auf jeden Fall hatte die Tatsache, dass ihre beste Freundin in Antietam lebte, einer Kleinstadt, die in die Geschichte eingegangen war und um die sich allerlei Legenden rankten, ihre Fantasie mächtig beflügelt. So mächtig, dass sie nicht hatte widerstehen können.

Und dieser Umstand gab ihr nun nicht nur die Möglichkeit, Regan einen Besuch abzustatten, sondern er bot ihr auch die Chance, tiefer einzudringen in das Gebiet, das sich seit kurzer Zeit als ihr Hobby herauskristallisiert hatte.

Sie konnte den Zeitpunkt, an dem sie begonnen hatte, sich für übersinnliche Wahrnehmungen zu interessieren, nicht genau benennen. Es war ein schleichender Prozess gewesen, den sie anfangs ignoriert und belächelt hatte. Doch immer wieder hatte sie sich dabei ertappt, dass sie hier eine Frage zu diesem Thema stellte und dort einen Artikel las.

Und dann natürlich diese Träume. Wenn sie es recht bedachte, hatte es alles bereits vor Jahren angefangen.

Irgendwann hatte sie damit begonnen, sie aufzuschreiben. Schließlich war sie ja Psychiaterin, und Psychiater wussten den Wert von Träumen zu schätzen. Als Wissenschaftlerin war ihr klar, dass im Unbewussten eine große Kraft wurzelte. Sie war entschlossen, sich dieser Angelegenheit mit wissenschaftlichen Methoden zu nähern, objektiv, systematisch und präzise. Sie würde so arbeiten, wie sie es seit jeher gewohnt war.

Und nun war sie hier. War es nur Einbildung, dass sie glaubte, an ihrem Bestimmungsort angelangt zu sein? Oder war es tatsächlich so? War sie nur zufällig hier, oder war es Schicksal? Was hatte sie hierhergeführt?

Es würde sich herausstellen.

Und in der Zwischenzeit würde sie ihren Aufenthalt in vollen Zügen genießen, dazu war sie fest entschlossen. Die Zeit mit Regan, die Schönheit der Landschaft, das Gefühl, auf historischem Boden zu stehen. Sie würde sich voller Hingabe ihrem Hobby widmen und die Geheimnisse lüften, die sich lüften ließen.

Die Sache mit Shane MacKade hatte sie gut hinbekommen. Vor kurzer Zeit noch wäre sie angesichts einer solchen Situation völlig überfordert gewesen. Sie hätte in Gegenwart eines Mannes, der so … männlich war wie Shane, wahrscheinlich keinen vernünftigen Satz herausgebracht, und schon allein die Angst davor, rot zu werden, hätte ihr ständig das Blut in die Wangen getrieben. Ganz zu schweigen von der Aussicht, eine nicht wissenschaftliche Unterhaltung führen zu müssen. Dass ihr das jemals gelingen könnte, hätte sie noch vor ein paar Monaten für unmöglich gehalten.

Doch es war ihr geglückt. Sie hatte nicht nur mit ihm geredet, sondern sich sogar behauptet. Und das nicht in einer wissenschaftlichen Debatte – das wäre nichts Außergewöhnliches gewesen –, sondern rein privat. Das, was sie am meisten freute, war, dass ihr das Geplänkel mit ihm auch noch Spaß gemacht hatte. Sie, die ernsthafte Rebecca, hatte sich sogar dazu hinreißen lassen, mit ihm zu scherzen. Bis zu einem Flirt war es nur noch ein kleiner Schritt.

Sollte sie es versuchen? Was konnte ihr schon passieren?

Amüsiert von der Vorstellung erhob sie sich, zog ihren Morgenmantel aus und stieg ins Bett. Zum Lesen hatte sie keine Lust mehr, und sie weigerte sich, sich schuldig zu fühlen, nur weil sie den Tag ohne intellektuelle Anregung beendete. Stattdessen krabbelte sie unter ihre Decke, schloss die Augen und genoss es, wie sich das glatte Laken an ihre Haut schmiegte. Das Daunenkissen unter ihrer Wange fühlte sich herrlich weich an, und in der Luft hing ein wunderbarer Duft, der dem Blumenstrauß auf der Frisierkommode entströmte.

Sie nahm sich vor, ihre Sinne zu schärfen. Riechen, schmecken, tasten, fühlen, all das war ebenso wichtig wie der Verstand. Und plötzlich fiel ihr auf, wie der Wind draußen vor dem Fenster seufzte, wie die Bodendielen leise knackten, und das Geräusch, dieses leise Rascheln, wenn sie ihr Bein über das Laken bewegte, hatte sie noch niemals gehört.

Kleinigkeiten, dachte sie und lächelte vor sich hin. Kleinigkeiten, die sie bisher nicht zu schätzen gewusst hatte. Weil sie sich nie die Zeit dafür genommen hatte. Doch die neue Rebecca Knight würde es anders machen. Ganz anders.

Sie streckte die Hand aus und knipste die Nachttischlampe aus. Dann lag sie in der Dunkelheit und dachte an den nächsten Tag. Auf jeden Fall würde sie einen Ausflug zum Inn machen. Sie freute sich darauf, sich in dem Geisterhaus umzuschauen und Cassie MacKades Bekanntschaft zu machen. Ebenso wie die ihres Mannes Devin, Sheriff von Antietam.

Und mit ein bisschen Glück bekam sie im Inn vielleicht ein freies Zimmer, wo sie sich mit ihren Messgeräten, Sensoren und Kameras häuslich einrichten konnte.

Auch ihren ersten Spaziergang durch den Wald würde sie morgen unternehmen. Sie hoffte, dass ihr irgendjemand die Stelle zeigen konnte, an der die beiden Soldaten vermutlich aufeinandergetroffen waren.

Wenn sie dann schon mal im Wald war, konnte sie auch den Weg nehmen, den ihr Regan erklärt hatte, und einen ersten Blick auf die MacKade-Farm werfen. Es interessierte sie wirklich brennend, ob sie bei ihrem Anblick dasselbe empfinden würde wie heute Nachmittag, als sie mit Shane über das Land gefahren war, das zu der Ranch gehörte.

So vertraut, dachte sie schläfrig. Es war wirklich höchst seltsam, wie vertraut ihr die ganze Umgebung vorgekommen war. Die Bäume, die Felsen, sogar das Gluckern des Baches glaubte sie schon tausendmal gehört zu haben, so vertraut war es ihr erschienen. So seltsam vertraut.

Doch dafür gab es eine ganz rationale Erklärung. Vor einigen Jahren hatte sie die Schlachtfelder von Antietam schon einmal besucht. Damals allerdings war alles anders gewesen. Sie erinnerte sich daran, wie sie jedes Denkmal, jede Schrifttafel genauestens studiert hatte, aber die Wälder hatten sie nicht gelockt. Sie war viel zu sehr damit beschäftigt gewesen, Daten und Fakten zu sammeln, sie zu analysieren und zu einem Artikel zusammenzufassen, als dass sie auf die Natur geachtet hätte oder auf das Rauschen eines Baches.

Das würde sie morgen besser machen. In Zukunft würde sie überhaupt vieles besser machen.

Und während sie noch über die möglichen Veränderungen, die diese Verbesserungen unter Umständen mit sich bringen könnten, nachgrübelte, schlief sie schließlich ein …

Es war schrecklich, den Kriegslärm hören zu müssen. Weder die Ohren noch die Augen davor verschließen zu können, dass so viele junge Männer ihr Leben lassen mussten. Dass sie verbluteten – wie ihr Johnnie verblutet war. Johnnie, ihr großer, schlanker, schöner Sohn, der sie nie wieder anlächeln, der sich nie wieder in der Hoffnung auf einen Leckerbissen in die Küche schleichen würde.

Sarah drängte die Verzweiflung, die sie zu überwältigen drohte, mit aller Macht zurück und zwang sich, weiter in dem Eintopf zu rühren, der auf dem Herdfeuer leise vor sich hin brodelte. Dabei versuchte sie an die achtzehn herrlichen Jahre zu denken, die sie mit Johnnie verbracht hatte. Diese wunderbaren Erinnerungen zumindest konnte ihr niemand nehmen, und das Schicksal hatte ihr zudem tröstlicherweise noch zwei wunderbare Töchter geschenkt.

Sie sorgte sich um ihren Mann. Sie wusste, dass er sich Tag und Nacht um seinen toten Sohn grämte, und die Schlacht, die nun so grausam nah vor ihre Haustür gerückt war, machte alles noch schlimmer. Das Geschützfeuer war eine ständige Erinnerung daran, welch grausamen Tribut der Krieg von ihnen gefordert hatte.

Er ist so ein guter Mann, dachte sie, während sie sich die Hände an ihrer Schürze abwischte. Ihr John war so stark und freundlich, und ihre Liebe zu ihm hatte in den zwanzig Jahren, die sie nun miteinander verheiratet waren, um nichts nachgelassen. Ebenso wenig wie seine zu ihr.

Selbst nach all den Jahren schlug auch heute noch ihr Herz schneller, wenn er ins Zimmer trat, und ihr Begehren erwachte sofort, wenn er sich ihr nachts zuwandte. Sie wusste, dass nicht allen Frauen das Schicksal so gnädig war.

Aber jetzt machte sie sich Sorgen um ihn. Seit dem Tag, an dem sie die schreckliche Nachricht erhielten, hatte er nie mehr richtig gelacht, um seine Augen hatten sich tiefe Linien eingegraben, und um seinen Mund lag ein bitterer Zug.

Johnnie war für den Süden in den Kampf gezogen, überzeugt und voller Idealismus, und sein Vater war so stolz gewesen auf ihn.

Und jetzt machte sich John Vorwürfe. Vorwürfe, dass er den Sohn nicht zurückgehalten hatte. Dann wäre er heute vielleicht noch am Leben.

Wenn sie und die Mädchen nicht wären, würde er Johnnie rächen, davon war sie überzeugt. Es erschreckte sie, dass er so sehr den Drang hatte, den Arm zu erheben und zu töten. Es war das Einzige, worüber sie niemals redeten.

Sie straffte sich und legte sich die flache Hand auf ihren schmerzenden Rücken. Es gab ihr Sicherheit, ihre Töchter beim Kartoffel- und Mohrrübenschälen plaudern zu hören. Sie wusste, dass ihnen ihr unablässiges Geplapper dabei half, das Echo des Geschützfeuers zu überhören.

Heute Morgen hatte der Kampf in einem ihrer Kornfelder getobt. So nah waren die Truppen gerückt. Sie dankte Gott, dass sie schließlich abgedreht hatten und sie nicht gezwungen gewesen war, mit ihren Kindern in den Keller zu flüchten. Und dass John in Sicherheit war. Noch einen Menschen zu verlieren, den sie liebte, hätte sie nicht ertragen.

Als John nun zur Tür hereinkam, schickte sie sich an, ihm eine Tasse Kaffee einzuschenken. Doch er sah so müde aus, dass sie die Kanne abstellte und ihn umarmte. Er roch nach Heu und Tieren und Schweiß, und seine Arme waren stark, als er ihre Umarmung erwiderte.

»Sie ziehen ab, Sarah.« Seine Lippen streiften ihre Wange. »Ich will nicht, dass du dir Sorgen machst.«

»Ich mache mir keine Sorgen.« Als er eine Braue hochzog, lächelte sie. »Nur ein bisschen.«

Er fuhr mit den Fingerspitzen unter ihren Augen entlang, so als ob er damit die dunklen Schatten darunter fortwischen könnte. »Mehr als nur ein bisschen. Verdammter Krieg. Verdammte Yankees. Wer gibt ihnen das Recht, mein Land zu betreten? Schweinebande.« Er wandte sich um und schenkte sich Kaffee ein.

Sarah warf ihren Töchtern einen Blick zu, der sie veranlasste, aufzustehen und die Küche zu verlassen.

»Ich glaube, sie sind schon abgezogen. Der Geschützdonner verklingt langsam in der Ferne. Es kann nicht mehr lange dauern.«

Er wusste, dass sie nicht von dieser einen Schlacht sprach, die jetzt ganz hier in der Nähe geschlagen wurde. Ein Ausdruck von Bitterkeit kehrte in seine Augen zurück.

»Es wird so lange dauern, wie sie es für richtig halten. Solange es Männer gibt, die ihre Söhne in den Krieg ziehen lassen. Entschuldige mich, ich habe noch ein paar Dinge zu erledigen.« Er stellte seine Tasse ab, ohne getrunken zu haben. »Aber ich will nicht, dass du oder eins der Mädchen das Haus verlässt.«

»John.« Sie griff nach seiner schmuddeligen Hand und hielt sie einen Moment lang ganz fest. Was konnte sie sagen? Dass niemand für das, was geschehen war, verantwortlich gemacht werden konnte? Das stimmte nicht, natürlich gab es Verantwortliche, aber die hatten für sie weder Namen noch Gesichter. Deshalb blieb ihr nichts, als seine Hand an ihre Wange zu legen. »Ich liebe dich.«

»Sarah.« Einen kurzen Moment lang sah er sie mit weichem Blick an. »Meine schöne Sarah.« Seine Lippen streiften kurz ihre, dann ging er hinaus.

Rebecca bewegte sich im Schlaf und murmelte leise vor sich hin.

John verließ das Haus in dem Bewusstsein, dass er nicht viel tun konnte. Die Kornfelder um ihn herum waren zertrampelt und abgebrannt, der Boden war blutdurchtränkt, davon brauchte er sich nicht erst mit eigenen Augen zu überzeugen, genauso wenig wie er wissen wollte, ob die Soldaten die Männer, die beim Kampf getötet worden waren, mitgenommen oder einfach zurückgelassen hatten.

Es war sein Land, verdammt. Nächstes Frühjahr musste er die Felder wieder beackern, und er war davon überzeugt, dass die Geister der Toten ihn verfolgen würden, wenn ihre sterblichen Überreste nicht endlich beerdigt wurden.

Er schloss seine rechte Hand fest um die Miniatur seines Sohnes, die er stets in seiner Hosentasche bei sich trug. Er weinte nicht, während er den harten Blick über das Land schweifen ließ. Ohne das Land war er nichts. Und ohne Sarah war er verloren. Bevor er zuließ, dass seinen Töchtern etwas zustieß, würde er lieber selbst vor die Hunde gehen.

Doch er musste ohne seinen Jungen leben. Er hatte keine andere Wahl.

Mit finsterer Miene stand er lange Zeit einfach nur da, die Hände tief in den Hosentaschen vergraben, sein Blick ruhte auf dem Land. Als er ein Wimmern hörte, runzelte er die Stirn. Nach dem Vieh hatte er doch gesehen, es schien alles in Ordnung gewesen zu sein. Ihm war nicht aufgefallen, dass ein Kalb fehlte. Oder war einer der Hunde aus dem Stall ausgebrochen, in den er sie gesperrt hatte, um sie vor herumirrenden Kugeln zu bewahren?

Noch immer glaubte er an ein verwundetes Tier und folgte dem Wimmern bis hin zum Räucherhaus. Obwohl er sein ganzes Leben lang Farmer gewesen war, erfüllten ihn doch jedes Mal Trauer und Schuldgefühle, wenn er gezwungen war, ein Tier zu töten, um es so aus seinem Elend zu erlösen.

Aber was da wimmerte, war kein Tier, sondern ein Mensch. Ein verdammter Blaurock, der hier auf dem MacKade-Land verblutete. Einen Augenblick lang packte ihn ein schier unbändiger Triumph. Krepier hier, dachte er. Stirb so, wie mein Sohn wahrscheinlich gestorben ist auf dem Land eines fremden Mannes. Vielleicht warst du es ja sogar, der ihn getötet hat.

Gefühllos drehte er den Mann mit der Stiefelspitze auf den Rücken. Die Uniform des Soldaten war blutdurchtränkt. Dieser Anblick erfüllte ihn mit grimmiger Befriedigung.

Und dann sah er das Gesicht. Es handelte sich nicht um einen Mann, sondern um einen Jungen. Seine weichen Züge waren schmerzverzerrt, und die Augen glänzten fiebrig. Sein Blick irrte Hilfe suchend umher und blieb dann auf John liegen.

»Daddy? Daddy, ich bin wieder zu Hause.«

»Ich bin nicht dein Daddy, Junge.«

Die flatternden Lider senkten sich langsam. »Hilf mir. Bitte hilf mir. Ich sterbe ...«

Shane umklammerte im Schlaf die Bettdecke und wühlte den Kopf tiefer ins Kissen.

3. Kapitel

Es war einer der aufregendsten Momente in Rebeccas Leben – einfach so dazustehen und die milde Luft, die den Blütenduft von frühen Chrysanthemen und Spätsommerrosen trug, einzuatmen, während sich über ihr ein tiefblauer wolkenloser Himmel wölbte. Vor ihr lag das MacKade-Inn.

Da sie schon oft in Europa gewesen war, kannte sie Frankreichs beeindruckende Kathedralen, Italiens romantische Villen und die berühmten Ruinen Griechenlands. Doch dieses urwüchsige, düstere Gemäuer aus rohem Stein und Holz berührte sie mehr als die Türme von Notre-Dame.

Vielleicht deshalb, weil sie wusste, dass dieses Haus ein Geisterhaus war.

Sie wünschte sich, sich öffnen zu können für die Geheimnisse, die es in sich barg. Sie wollte sie ergründen. Ihre Hingabe an die Wissenschaft hatte sie gelehrt, dass es auf der Welt noch vieles gab, was der Erklärung harrte. Als Wissenschaftlerin fragte sie immer nach dem Was, Wie und Warum.

So ging es ihr auch jetzt mit dem einstigen Barlow-Haus, dem jetzigen MacKade-Inn. Wären ihr die Legenden nicht bekannt gewesen, die sich darum rankten, hätte sie in ihm wohl kaum mehr gesehen als ein von einer doppelstöckigen Veranda umgebenes, beeindruckendes altes Haus mit einem bezaubernden Garten, der in voller spätsommerlicher Blüte stand. Sie hätte überlegt, wie es wohl möbliert sein und von welchem Fenster aus man den schönsten Blick haben mochte. Vielleicht hätte sie noch ein paar flüchtige Gedanken daran verschwendet, was für Menschen früher darin gelebt haben könnten und wie ihr Leben wohl verlaufen war.

Doch das alles wusste sie bereits. Sie hatte viel Zeit damit zugebracht, sich mit der Geschichte des Hauses und seiner einstigen Bewohner vertraut zu machen.

Nun war sie hier und stieg neben Regan die Stufen zu der einladenden Veranda hinauf. Und ihr Herz begann schneller zu schlagen.

»Es ist wundervoll, Regan.«

»Du hättest es vorher sehen sollen.« Voller Stolz ließ Regan den Blick über Haus und Garten schweifen. »Es war nichts als ein altes, verfallenes Gemäuer auf einem völlig verwilderten Grundstück mit zerbrochenen Fensterscheiben und einer verrotteten Veranda. Und innen hättest du es erst mal sehen sollen …« Sie schüttelte den Kopf. »Rafe ist ein echter Visionär, das muss ich neidlos zugeben. Als ich das Haus zum ersten Mal betrat, konnte ich mir nur schwer vorstellen, dass man es wieder in Schuss bringen könnte, doch er wusste genau, wo er ansetzen musste.«

»Aber er hat es nicht allein gemacht.«

»Nein.« Um ihre Mundwinkel spielte ein kleines Lächeln, als sie die Hand an die Türklinke legte. »Ich habe auch gute Arbeit geleistet.« Sie öffnete die Tür. »Sieh nur selbst.«

Das kann man wohl sagen, dachte Rebecca beeindruckt, als sie die große Halle betrat. Der spiegelblanke Parkettboden glänzte golden im Sonnenlicht, und an den Wänden schimmerten Seidentapeten. Die antiken Möbel, auf Hochglanz poliert, waren so harmonisch angeordnet, dass man das Gefühl hatte, sie seien eins mit dem Raum.

Rebecca folgte Regan in den Salon, wo vor dem gemauerten Kamin mit dem Marmorsims ein einladendes Sofa mit kunstvoll geschwungener Rückenlehne stand. Die beiden leuchtenden Blumensträuße auf dem Kaminsims brachten den Spätsommer ins Haus, und ihr Duft erfüllte das Zimmer.

»Man erwartet direkt, Reifröcke rascheln zu hören«, bemerkte Rebecca hingerissen.

»Genau das war die Idee. Die Möbel stammen alle aus der Zeit des Bürgerkriegs, und auch die Farben, die wir für die Stoffe und Tapeten gewählt haben, sind Originalfarben. Selbst die Bäder und die Küche vermitteln diesen Eindruck, auch wenn natürlich alles modernisiert und mit der neuesten Technik ausgestattet ist.«

»Ihr müsst geschuftet haben wie die Wilden.«

»Das haben wir wirklich«, gab Regan versonnen zurück. »Aber meistens kam es uns gar nicht vor wie Arbeit, wahrscheinlich weil wir bis über beide Ohren verliebt waren. Am Anfang war unsere Liebe die reinste Explosion.«

»Explosion?« Rebecca wandte sich lächelnd zu Regan um. »Das hört sich ja richtig gefährlich an.«

»Das war es auch. Wenn man es mit einem MacKade zu tun bekommt, fühlt man sich wie in einem Wirbelsturm.«

»Und das gefällt dir offensichtlich daran.«

»Ja. Wer hätte das gedacht?«

»Nun, offen gestanden war ich immer davon überzeugt, dass du eines Tages an einen kultivierten Mann geraten würdest, der Squash spielt, um in Form zu bleiben. Es freut mich aber sehr, dass ich mich offenbar geirrt habe.«

»Die Freude ist ganz auf meiner Seite«, gab Regan herzlich zurück und schüttelte den Kopf. »Squash?«

»Oder Polo. Vielleicht auch Tennis.« Jetzt lachte Rebecca laut auf. »Es hätte zu dir gepasst, du warst doch immer so schick ... wie aus dem Ei gepellt.« Sie deutete auf die messerscharfe Bügelfalte in Regans Hose. »Und bist es immer noch.«

»Ich hoffe, das ist ein Kompliment«, gab Regan trocken zurück.

»Ich glaube, ich habe Stimmen gehört.« Rebecca ging zur Tür und sah eine zierliche blonde junge Frau mit einem Baby, das sie sich in einem Tuch vor die Brust gebunden hatte, die Treppe herunterkommen.

»Ich habe mir schon gedacht, dass du oben bist.« Regan ging ihr entgegen und warf einen Blick auf den schlafenden Säugling. »Cassie, du hast wieder mit dem Kleinen auf dem Arm die Laken gewechselt, gib's zu.«

»Ich wollte frühzeitig fertig werden. Und Ally war quengelig. Das muss deine Freundin sein.«

»Ja, das ist Rebecca Knight, das Wunderkind.« In Regans Stimme lag so viel Zuneigung, dass Rebecca lächeln musste. »Cassandra MacKade, unersetzbare Managerin des MacKade-Inn.«

»Ich freue mich, Sie kennenzulernen.« Cassie nahm ihre Hand vom Geländer und hielt sie Rebecca hin.

»Und ich freue mich schon seit Wochen auf diesen Besuch. Das muss ein recht aufreibender Job sein, dieses Hotel hier zu führen.«

»Mir kommt es überhaupt nicht wie Arbeit vor. Fühlen Sie sich ganz wie zu Hause hier, Rebecca. Ich nehme an, Sie möchten sich erst einmal in aller Ruhe umsehen, stimmt's?«

»Oh ja. Ich sterbe vor Neugier.«

»Ich will nur noch rasch oben die Zimmer fertig machen. Sagt mir Bescheid, wenn ihr etwas braucht. In der Küche ist frischer Kaffee, und ein paar Muffins sind auch noch vom Frühstück übrig.«

»Das dachte ich mir.« Regan lachte und fuhr Ally zärtlich mit der Hand über das dunkle Haar. »Gönn dir doch eine Pause, Cassie, und trink eine Tasse Kaffee mit uns. Rebecca lechzt nach ein paar Geschichten, erzähl ihr doch bitte einige.«

»Nun, ich …« Cassies Blick schweifte die Treppe nach oben, ganz offensichtlich machte sie sich Sorgen über die ungemachten Betten.

»Ich bin wirklich schon sehr gespannt«, schaltete sich Rebecca ein. »Regan hat mir erzählt, dass Sie einige recht seltsame Erlebnisse hatten. Ich würde sehr gern Näheres darüber erfahren. Stimmt es, dass Sie tatsächlich einen Geist gesehen haben?«

»Ich …« Cassie errötete. Hier handelte es sich um etwas, das sie nicht jedem erzählte – und das nicht etwa deshalb, weil das Erlebnis so merkwürdig gewesen war, sondern weil es sich um eine sehr persönliche Angelegenheit handelte.

»Ich habe vor, meinen Aufenthalt dazu zu nutzen, diese Geschichten aufzuschreiben.«

»Ja. Ich hab's schon gehört.« Cassie holte tief Luft. »Ich habe den Mann gesehen, den Abigail Barlow geliebt hat. Er hat zu mir gesprochen.«

Faszinierend, dachte Rebecca ein ums andere Mal, während sie zu dritt durchs Haus gingen und Cassie ihre Geschichte mit ruhiger, leiser Stimme erzählte. Es war eine tragische Geschichte von Liebe und Tod. Angesichts der Vorstellung von ruhelos umherwandernden Geistern überlief Rebecca ein Schauder, aber sie verspürte nicht die tiefe Verbundenheit, die sie nach ihrem gestrigen Erlebnis auf der Herfahrt erwartet hatte. Interesse, das wohl, und auch brennende Neugier, aber keine Vertrautheit.

Später, als Rebecca allein durch den Wald wanderte, gestand sie sich ein, dass sie gehofft hatte, eine tiefe persönliche Erfahrung zu machen, etwas zu sehen oder zumindest zu spüren, für das es auf den ersten Blick keine rationale Erklärung gab. Sie nährte ihr Interesse an Übersinnlichem schon eine ganze Weile, doch bis jetzt war alles nur Fantasie. Langsam wurde Rebecca ungeduldig. Bisher war es ihr nur in ihren Träumen gelungen, sich aus der existierenden Welt fortzustehlen und in weite Fernen zu entrücken.

Das Haus, in dem sie eben gewesen war, bewahrte ein Geheimnis aus lang zurückliegender Zeit in sich, das sich nur dem öffnete, der auf ganz bestimmte Weise zu sehen, zu hören und zu fühlen verstand. Sie aber hatte nur die schöne Oberfläche gesehen, es war ihr nicht gelungen, tiefer einzudringen. Die Geister oder was auch immer es sein mochte, das in diesem Haus herumspukte, hatten sich ihr nicht zu erkennen gegeben.

Doch sie durfte die Hoffnung nicht aufgeben. Ihre Ausrüstung würde heute eintreffen, und Cassie hatte ihr für die nächsten paar Tage im Inn ein Zimmer angeboten mit der Zusicherung, dass sie mehr als willkommen sei.

Noch war nicht alles verloren. Sie würde forschen, so lange forschen, bis das Haus auch ihr sein Geheimnis preisgab.

Hier irgendwo hatten die beiden jungen Soldaten aufeinander geschossen. Sie lauschte angestrengt, aber sie vernahm weder das Krachen von Gewehrsalven noch Schmerzensschreie. Sie hörte nur das Zwitschern der Vögel, Blätterrascheln, verursacht von eilig herumhuschenden Eichhörnchen auf der Suche nach Nüssen, und das leise Summen der Insekten. Kein Lüftchen regte sich.

Sie folgte Cassies präziser Beschreibung und erreichte die Stelle, an der die beiden Soldaten aufeinandergetroffen waren. Dort ließ sie sich auf einem Felsblock nieder, nahm ihr Notizbuch aus ihrer Handtasche und begann ihre Gedanken niederzuschreiben:

»Heute hatte ich lediglich ein paar ganz leichte Déjà-vu-Erlebnisse. Nichts, was dem vergleichbar wäre, was ich gestern in der Nähe der MacKade-Farm empfunden habe. Es ist wundervoll, endlich wieder einmal mit Regan zusammen zu sein, ihr Glück aus nächster Nähe zu beobachten und ihre Familie kennenzulernen. Ich glaube, es ist wahr, dass manche Menschen ihre vollkommene Ergänzung in einem anderen Menschen finden. Bei Regan ist das zweifellos der Fall. Rafe MacKade ist ein wunderbarer Mann, er strahlt so viel Stärke und Selbstsicherheit aus, dass ihm wohl kaum eine Frau widerstehen könnte. Es tut wirklich gut, mit anzusehen, wie sehr er Regan und die Kinder liebt. Die beiden scheinen ihr Glück gefunden zu haben.

Cassie MacKade ist eine kompetente, tüchtige Frau mit gesundem Menschenverstand und einer Ausstrahlung, die ich fast unschuldig zu nennen versucht bin. Sie ist Mutter dreier Kinder, hat einen aufreibenden Job und eine – wie Regan mir anvertraut hat – sehr traurige Vergangenheit. Ich mochte sie auf Anhieb und fühle mich in ihrer Gegenwart sehr entspannt. Eine Art von Entspanntheit, wie ich sie nur sehr wenigen Menschen gegenüber empfinde.

Ich freue mich schon darauf, Devin MacKade, ihren Ehemann, kennenzulernen. Devin ist der Sheriff von Antietam. Ich bin sehr gespannt auf ihn.«

Rebecca hielt inne, überflog das Geschriebene noch einmal und schüttelte amüsiert über sich selbst den Kopf. Ihre Aufzeichnungen waren alles andere als wissenschaftlich.

»Auf jeden Fall fiel mir im MacKade-Inn nichts Außergewöhnliches auf. Cassie und Regan zeigten mir die Brautsuite, einst Abigail Barlows Zimmer, einen Raum in einem entlegenen Teil des Hauses, wo sie die letzten Jahre ihres Lebens verbrachte. Hier ist sie auch gestorben – zumindest Cassies Meinung nach durch eigene Hand. Ich bekam Gelegenheit, mir das Herrenzimmer, Charles Barlows Refugium, anzusehen und das ehemalige Kinderzimmer, das jetzt ein hübsches Schlafzimmer ist. In der Bibliothek behaupteten sowohl Regan als auch Cassie, starke übersinnliche Wahrnehmungen gehabt zu haben, was ich nicht anzweifle; ganz im Gegenteil, ich beneide sie um ihre Offenheit solchen Dingen gegenüber.

Leider scheint es so zu sein, dass mein Verstand zu sehr im Rationalen wurzelt, als dass es mir gelingen könnte, ins Unterbewusste vorzudringen. Hier, in den Wäldern, in denen es seit fast einem Jahrhundert spukt, verspüre ich nur die Kühle des tatsächlich existierenden Schattens und sehe lediglich das, was auch wirklich mit Händen zu greifen ist – Bäume, Sträucher und Felsen. Vielleicht wird mir die Technik zu Hilfe kommen. Ich hoffe, dass meine Ausrüstung heute eintrifft. In der Zwischenzeit werde ich der MacKade-Farm einen Besuch abstatten. Irgendetwas in mir drängt mich dazu, aber ich bin mir nicht sicher, ob ich dort auch wirklich willkommen bin. Mein Eindruck war, dass Shane MacKade übersinnlichen Dingen gegenüber wenig aufgeschlossen ist, während ich entschlossen bin, mich ihnen zu nähern, um sie, wenn möglich, am eigenen Leibe zu erfahren. Doch willkommen oder nicht, ich bin bereits unterwegs zur Farm und gespannt, was mich dort erwartet. Wenn schon nichts aus dem Reich der Geister, so wird es zumindest interessant sein, einmal eine Ranch aus nächster Nähe besichtigen zu können.

Zumal es (eine persönliche Anmerkung) mir ein Vergnügen sein wird, einen zweiten Blick auf den Farmer zu werfen. Er ist traumhaft.«

Erneut über sich selbst schmunzelnd klappte Rebecca ihr Notizbuch zu und verstaute es in ihrer Umhängetasche. Was wohl Shane dazu sagen würde, wenn er wüsste, dass sie ihn als traumhaft bezeichnet hatte? Nun, wahrscheinlich war er schon an derartige Komplimente gewöhnt.

Als Rebecca aus dem Wald trat, fiel ihr Blick auf das Farmhaus. Es lag auf der anderen Seite eines Feldes, von dem ein strenger Jauchegestank aufstieg. Rebecca störte sich nicht an dem Geruch, im Gegenteil, er machte sie neugierig. Aber sie achtete sorgfältig darauf, wohin sie ihren Fuß setzte.

Der Anblick, der sich ihr bot, strahlte Ruhe und Frieden aus. Über den blauen Sommerhimmel zogen vereinzelt weiße Wölkchen, und ganz in der Nähe plätscherte ein kleiner Bach. Das Korn stand schon hoch und leuchtete golden in der Sonne. Hinter dem Feld entdeckte sie eine alte verwitterte Scheune, und daneben ragte ein blauer Turm auf, von dem sie annahm, dass es sich dabei um ein Getreidesilo handeln musste.

Und es gab noch mehr Schuppen, Silos und Koben. Auf einer eingezäunten Weide grasten friedlich schwarz-weiße Kühe.

Aus der Ferne erinnerte das Bild an ein Stillleben auf einer Postkarte. Man hatte den Eindruck, dass hier alles schon immer so gewesen war und dass sich auch nie etwas verändern würde. Das Herzstück des Ganzen war zweifellos das Wohnhaus.

Als sie sich ihm näherte, begann ihr Herz sofort schneller zu schlagen.

Sie blieb stehen.

Auf den ersten Blick erinnerte das Haus mit seinen dicken Mauern fast an eine Festung. Stark und unverwüstlich. Die Fenster waren relativ klein, und die große Holzveranda auf der Rückseite hätte einen neuen Anstrich vertragen können. Rebecca fragte sich, ob es vorn wohl auch eine Veranda gab. Es war anzunehmen. Vermutlich stand ein Schaukelstuhl darauf, und ein Vordach hielt Sonne und Regen ab, sodass man bei jeder Witterung draußen sitzen konnte.

Rebecca setzte ihren Weg fort und zögerte nur kurz, als zwei große Hunde auf sie zugerast kamen. Regan hatte ihr schon von ihnen erzählt, sie waren die Eltern des Golden Retrievers ihrer Freundin und tollten jetzt, übermütig mit den Schwänzen wedelnd, um sie herum und bellten sich die Kehlen heiser.

»Brave Hunde.« Zumindest hoffte sie, dass sie das waren, während sie vorsichtig die Hand ausstreckte, um ihnen übers Fell zu streichen. »Brave Hunde. Ihr seid Fred und Ethel, nicht wahr?«

Beide gaben ein zustimmendes heiseres Bellen von sich und rasten dann zurück zum Haus. Rebecca fasste es als Einladung auf und folgte ihnen.

Schweine, dachte sie, als sie an einem Koben vorüberkam. Sie blieb stehen und betrachtete sie eingehend. Als sie zu grunzen begannen und anfingen, mit ihren Schnauzen den Erdboden in der Nähe des Zaunes, vor dem sie stand, aufzuwühlen, lächelte sie. Sie wollte gerade die Hand durch die Zaunlatten stecken, da ließ eine Stimme sie mitten in der Bewegung innehalten.

»Sie beißen.«

Rebecca zog erschrocken ihre Hand zurück. Als sie aufschaute, sah sie Shane zwei Meter entfernt vor sich stehen, in der Hand einen großen Schraubenschlüssel.

Shane lächelte. Ein Lächeln, von dem er wusste, dass es seine Wirkung auf Frauen nicht verfehlte, dessen war sich Rebecca sicher.

»Sie beißen also«, wiederholte sie und versuchte sich seiner erotischen Ausstrahlung zu entziehen.

»Ganz richtig, Schätzchen.« Er verstaute den Schraubenschlüssel in seiner Gesäßtasche, während er näher kam. »Sie sind gierig.« Ganz zwanglos nahm er ihre Hand und betrachtete sie eingehend. »Hübsche Finger. Lang, schlank und feingliedrig.«

»Ihre sind schmutzig.«

»Ich bin bei der Arbeit.«

»Wie man sieht.« Sie lächelte freundlich und entzog ihm ihre Hand. »Ich wollte Sie nicht stören.«

»Halb so schlimm.« Er streichelte die Hunde, die zurückgekommen waren. »Ich bin gerade dabei, einen Rechen zu reparieren.«

»Dabei wird man so schmutzig?«

»Ich rede nicht von einem putzigen kleinen Rechen mit einem Holzstiel, Stadtmädchen. Waren Sie drüben im Inn?«

»Ja. Ich habe Cassie kennengelernt. Sie hat eine Führung mit mir gemacht und wollte mich eigentlich anschließend wieder zu Regan zurückfahren, doch da ich gerade in der Gegend war …« Sie unterbrach sich und warf einen Blick in den Schweinestall. »Ich habe noch nie in meinem Leben Schweine aus der Nähe gesehen. Ich wüsste gern, wie sie sich anfühlen.«

»Sie haben Borsten«, erklärte er ihr. »Wie eine harte Bürste. Es fühlt sich nicht besonders gut an.«

»Oh.« Sie drehte sich um und ließ ihren Blick schweifen. »Da drüben ist noch eine Menge freies Feld. Warum bauen Sie dort nichts an?«

»Weil sich das Land immer wieder für einige Zeit erholen muss.«

Er schaute auf das Feld neben dem Wald. »Sie sind doch nicht etwa hergekommen, um etwas über Ackerbau und Viehzucht zu lernen?«

»Vielleicht.« Sie lächelte. »Aber nicht jetzt.«

»Aha. Und warum sind Sie dann gekommen?«

»Ich wollte mich nur ein bisschen umschauen. Falls ich Ihnen nicht im Weg bin.«

»Hübsche Frauen sind mir nie im Weg.« Er nahm sein Stirnband ab und wischte sich die Hände daran ab, bevor er es in die Tasche steckte. »Kommen Sie.«

Noch bevor sie reagieren konnte, nahm er ihre Hand und zog sie mit sich. Nachdem sie um den Schuppen herumgegangen waren, fiel ihr Blick auf eine große, gefährlich aussehende Maschine mit heimtückisch scharfen Zähnen.

»Das ist ein Rechen«, klärte er sie in mildem Ton auf und lächelte sie an.

»Und was haben Sie mit ihm gemacht?«

»Repariert.«

Er führte sie hinüber zum Stall. Leute aus der Stadt interessierten sich dafür immer in erster Linie. Als sie am Hühnerstall vorbeikamen, blieb Rebecca stehen.

»Hühner züchten Sie also auch. Wegen der Eier?«

»Wegen der Eier, sicher. Und zum Schlachten.«

»Sie essen Ihre eigenen Hühner?«

»Da weiß man wenigstens, was man hat, Schätzchen. Warum sollte ich mir meine Hähnchen auf dem Markt kaufen? Möchten Sie zum Essen bleiben?«

»Oh, nein, danke«, gab sie matt zurück.

»Waren Sie schon mal bei einem Schlachtfest? Wir halten einmal im Jahr eins ab, das wir mit einer Spendenbeschaffungsaktion für die örtliche Feuerwehr verbinden. Morgens gibt's immer ein Riesenfrühstück, und dann geht's los.«

Sie presste sich eine Hand auf den Magen, der plötzlich zu rebellieren begann. »Sie machen sich bloß über mich lustig.«

»Nein, wirklich, Sie müssen mal von einer Wurst kosten, die …«

»Ich überlege gerade, ob ich nicht vielleicht Vegetarierin werden sollte«, erwiderte sie schnell.

Rebecca betrat den Stall und ließ den Blick über die Boxen und Verschläge schweifen. Der Zementboden fiel zur Mitte hin leicht ab. Aus dem Heu stiegen Staubpartikel auf, die ihr einen Juckreiz in der Nase verursachten. Es war dämmrig und roch streng nach Tieren.

Rebecca schlenderte an den Boxen entlang und stieß einen erstickten Schrei aus, als überraschend ein Rind seinen Kopf hob und sie anblökte.

»Sie hat eine Infektion«, erklärte Shane und unterdrückte ein Lächeln. »Deshalb muss ich sie derzeit von dem anderen Vieh getrennt halten.«

Rebecca beruhigte sich wieder. »Oh. Sie ist ja riesengroß.«

»Ach, das kommt Ihnen nur so vor. Im Verhältnis zu den anderen ist sie sogar eher klein. Sie können sie anfassen. Hier oben.« Er nahm Rebeccas Hand und legte sie der Kuh auf die Stirn.

»Wird sie wieder gesund werden?«

»Aber ja. Sie befindet sich schon auf dem Weg der Besserung.«

»Sie behandeln Ihre Tiere selbst? Lassen Sie keinen Tierarzt kommen?«

»Nicht bei jeder Kleinigkeit.« Es gefiel ihm, ihre Hand unter seiner zu spüren, die Art, wie sie sich verkrampfte und dann langsam wieder entspannte. Die Art, wie sich jetzt ihre Finger spreizten, um der Kuh das Fell zu kraulen.

Merkwürdig, wie sie ihn ansah. Sie stellte für ihn eine Herausforderung dar, der er nur schwer widerstehen konnte. Mutwillig streifte sein Blick ihren Mund. »Was machen Sie denn mit all diesen akademischen Graden, von denen Regan mir erzählt hat?«

»Einfach nur sammeln.« Sie hatte Mühe, ihre Stimme ruhig zu halten.

»Warum?«

»Weil Wissen Macht bedeutet.« Er flirtete jetzt ganz unverhohlen mit ihr. Dem musste sie ein Ende bereiten. Vorsichtig trat sie einen Schritt zurück und holte tief Luft. »Hören Sie, ich bin wirklich sehr interessiert an der Farm, und ich hoffe, dass Sie mir demnächst alles noch ein bisschen ausführlicher zeigen. Aber jetzt würde ich mir gern noch das Farmhaus ansehen, insbesondere die Küche, wo der junge Soldat gestorben ist.«

»Die Blutlache haben wir aber schon lange aufgewischt.«

»Beruhigend zu hören.« Sie hob den Kopf. »Gibt es ein Problem?«

Ja, es gab ein Problem. »Regan hat mich gebeten, kooperativ zu sein, also tue ich mein Bestes. Ihr zuliebe. Allerdings muss ich gestehen, dass mir die Vorstellung, dass Sie auf der Suche nach Gespenstern in meinem Haus herumschnüffeln, nicht besonders behagt.«

»Sie haben doch sicher keine Angst vor dem, worauf ich unter Umständen stoßen könnte, oder?«

»Ich habe vor überhaupt nichts Angst.« Sie hatte einen wunden Punkt berührt. »Ich habe nur gesagt, dass es mir nicht gefällt.«

»Warum gehen wir nicht einfach hinein? Sie bieten mir einen kühlen Drink an, und dann sehen wir, ob wir nicht einen Kompromiss finden.«

Dagegen ließ sich schwerlich etwas einwenden. Er nahm wieder ihre Hand, diesmal allerdings ohne Hintergedanken. Doch als sie die Hintertür erreicht hatten, beschloss er, sich noch eine zweite Chance zu geben. Für eine Wissenschaftlerin duftete sie verdammt gut.

»Ich habe Eistee, wenn Sie möchten«, bot er an.

»Großartig.« Das war alles, was sie sagte, während sie in der Tür stand und sich erstaunt umsah.

Die Küche mit dem großen Holztisch, auf dem noch die aufgeschlagene Morgenzeitung lag, den robusten Holzstühlen und den Schränken mit den Glastüren, hinter denen man das Geschirr sehen konnte, erweckte einen gemütlichen Eindruck. Sie war genau das, was sie als eine Familienküche bezeichnet hätte.

Auf dem Fensterbrett standen kleine Töpfe mit grünen Pflänzchen. Sie brauchte nicht erst an ihnen zu riechen, um zu erkennen, worum es sich dabei handelte: Rosmarin, Thymian, Basilikum.

Shane stellte zwei Gläser mit Eistee auf den Tisch, dann musterte er seinen Gast stirnrunzelnd. »Haben Sie noch nie eine Küche gesehen?«

Kühl lächelnd wandte sie sich zu ihm um. Sie musste es irgendwie bewerkstelligen, irgendwann ein paar Minuten allein hier zu verbringen, dann würde es ihr bestimmt gelingen, das aufzuspüren, was hinter den Dingen lag. »Diese mustergültige Ordnung hier überrascht mich. Das hätte ich nicht erwartet.«

Er reichte ihr ein Glas. »Meine Mutter hat uns alle darauf gedrillt, die Küche sauber zu halten. Hier wird gegessen, hier wird gekocht. Im Milchhaus muss man ja auch darauf achten, dass alles keimfrei ist.«

»Im Milchhaus«, wiederholte sie. »Ich würde gern einmal beim Melken zuschauen.«

»Gern. Wenn Sie morgens um sechs aus dem Bett finden. Warum ziehen Sie Ihren Blazer nicht aus? Es ist warm.« Und ihn interessierte, wie sie darunter aussah.

»Mir ist nicht zu warm.« Sie schlenderte durch die Küche und warf einen Blick aus dem Fenster. »Eine herrliche Aussicht. Fällt Ihnen das schon gar nicht mehr auf?«

»Nein. Sie werden sich mit der Zeit auch daran gewöhnen.« Er trat hinter sie und strich mit dem Zeigefinger leicht über ihren Nacken. Sie erstarrte. »Sie haben wunderhübsches Haar, Rebecca. Es steht Ihnen so kurz, weil es Ihren Nacken gut zur Geltung bringt. Und Sie haben wirklich einen sehr schönen Nacken.«

Langsam drehte sie sich zu ihm um. »Wollen Sie bei mir landen, Farmboy?«

»Ich bin von Natur aus sehr neugierig.« Er stellte sein Glas hinter sich auf den Küchentresen, dann nahm er ihr ihres aus der Hand, stellte es daneben und trat dicht vor sie. »Sie nicht?«

»Wissenschaftler müssen das wohl sein.«

»Was halten Sie von einem Experiment?«

»Was denn für eins?«

»Nun, ich mache das …«

4. Kapitel

Shane legte Rebecca die Hände um die schlanke Taille und ließ die Finger zärtlich über ihren Rücken gleiten. Dass er plötzliches Begehren spürte, überraschte ihn nicht. Dass ihn das Verlangen jedoch mit einer solchen Heftigkeit überfiel, hatte er nicht erwartet. Nicht bei ihr.

Was ihn allerdings nicht daran hinderte, dieses Gefühl in vollen Zügen zu genießen. Da sie seinen Zärtlichkeiten keinen Einhalt gebot, presste er sie fest an sich.

Plötzlich spürte er den unwiderstehlichen Drang, sie zu küssen. Doch als er den Kopf neigte, hob sie das Kinn und fragte: »Ein Experiment? Fußend auf welcher Hypothese?«

»Wie?«

»Ihre Hypothese«, wiederholte sie, erleichtert, ihn verunsichert zu haben. Das gab ihr Zeit, sich zu wappnen. »Ihre These, was bei diesem Experiment herauskommen soll.«

»These?« Er konnte den Blick nicht von ihrem faszinierenden Mund wenden. »Wie wär's mit beiderseitigem Vergnügen? Reicht das, Doc?«

»Sicher. Warum nicht? Sie wollen mich küssen, Farmboy, also machen Sie schon.«

»Ich war ja gerade dabei.« Doch seine Lippen streiften ihren Mund nur und glitten hinunter zu ihrem Kinn. Sie hatte mit Abstand das hübscheste Kinn, das er jemals gesehen hatte.

Dann berührten seine Lippen ihre, leicht wie der Flügelschlag eines Schmetterlings. Er liebte es von jeher, das Vergnügen hinauszuzögern.

Vielleicht war das der Grund, weshalb er aufhörte zu denken, gerade lange genug aufhörte, um sich in diesem weichen Mund zu verlieren. Um ihre Lippen mit der Zungenspitze zu öffnen und das Innere ihres Mundes zu erkunden.

Sie schmeckte seltsam vertraut. Er fragte sich, wie das möglich sein konnte, da er sie schließlich zum ersten Mal küsste, aber er war sich sicher, dass er diesen Geschmack kannte. Und diese Vertrautheit erregte ihn mehr als alles andere.

Sie war so zierlich und hatte kleine feste Brüste. Und ihr Duft, der ihn an eine blühende Sommerwiese erinnerte, ließ sein Herz schneller schlagen. So schnell, dass erst ein paar schwindelerregende Minuten vergingen, ehe er bemerkte, dass sie sich nicht bewegt hatte. Sie stand einfach nur bewegungslos da, ohne ihn zu berühren und ohne seinen Kuss zu erwidern.

Dass sie überhaupt nicht reagierte, wirkte auf ihn wie eine Ohrfeige. Er trat einen Schritt zurück, zu hastig, um lässig zu wirken, doch gleich darauf hatte er sich wieder in der Gewalt. Mit zusammengezogenen Augenbrauen studierte er ihr unbeteiligtes Gesicht, die Augen, in denen nur schwaches, kaum erkennbares Interesse schimmerte, die zu einem leichten Lächeln nach oben gezogenen Mundwinkel.

»Das war recht nett«, sagte sie in einem solchen Ton, dass er ihr am liebsten den Hals umgedreht hätte. »War das Ihr Meisterschuss?«

Er sah sie nur wortlos an. Nach einer Weile sagte er: »Tja, scheint wohl ein Blindgänger gewesen zu sein, dieses Experiment. Aber jetzt ruft meine Arbeit.« Er deutete mit dem Kopf auf das Telefon. »Rufen Sie bitte Cassie an, wenn Sie sich hier fertig umgesehen haben«, sagte er geschäftig.

»Danke. Bis heute Abend beim Dinner dann.«

An der Tür wandte er sich noch einmal um. »Sie sind wirklich ziemlich cool, Rebecca.«

»Sie sind nicht der Erste, von dem ich das zu hören bekomme. Vielen Dank für den Drink, Farmboy. Und das Experiment, es war wirklich interessant.«

Als die Tür hinter ihm ins Schloss fiel, befürchtete Rebecca, die Beine könnten ihr jeden Moment den Dienst versagen.

Dass ein Mann so küssen konnte! Ganz offensichtlich war Shane MacKade eine Gefahr für die gesamte Frauenwelt. Keine Frau war vor ihm sicher.

Zum Glück hatte sie sich keine Blöße gegeben. Dabei wäre sie am liebsten seufzend vor Verlangen in seine Arme gesunken. Hätte er auch nur noch eine Sekunde weitergemacht, wäre sie verloren gewesen.

Leidenschaft für ihre Arbeit war ihr nicht fremd, doch diese Art von Leidenschaft war ihr neu. Sie war überzeugt davon, dass schon weitaus erfahrenere Frauen als sie dem Charme Shane MacKades zum Opfer gefallen waren. Das konnte nur böse enden. Um auf Nummer sicher zu gehen, durfte sie nichts anderes tun, als sich weiterhin unnahbar zu geben. Auf keinen Fall durfte er merken, wie sehr sie sich von ihm angezogen fühlte.

Sicherheit, dachte Rebecca seufzend und stellte ihr Glas auf den Tresen. Sie wusste nur allzu gut, wie langweilig Sicherheit sein konnte. Sie war nach Antietam gekommen, um sich etwas zu beweisen. Um sich neuen Herausforderungen zu stellen, unbekannte Wege zu beschreiten.

Shane gehörte nicht zu ihrem Plan.

Aber sein Haus. Sie holte tief Atem, um ihre aufgepeitschten Nerven zu beruhigen. Dieses Haus hielt etwas für sie bereit, davon war sie überzeugt. Nur war sie im Moment nicht in der geeigneten Verfassung, um dieses Etwas erfühlen zu können und zu erfahren, worum es sich dabei handelte.

Ein andermal. Sie würde zu einem günstigeren Zeitpunkt hierher zurückkommen und sich in aller Ruhe und Ausführlichkeit umsehen. Was Shane anbelangte, so würde sie bei ihm ihren Charme spielen lassen und ihn gleichzeitig auf Abstand halten. Das Dinner heute Abend bei Regan war ein guter Anfang.

Überall waren Kinder – Babys, Kleinkinder, ältere Kinder, alle damit beschäftigt, entweder zu schreien, zu plappern, vor Vergnügen zu kreischen oder herumzurasen. Über den ganzen Teppich im Wohnzimmer lag Spielzeug verstreut.

Rebecca wusste mittlerweile, wer zu wem gehörte. Layla, die mit ihrem fast gleichaltrigen Cousin Nate auf dem Boden hockte und mit Bauklötzen spielte, gehörte zu Jared und Savannah ebenso wie der schlanke, dunkelhaarige Bryan.

Rebecca wusste auch, dass Jared der älteste der MacKade-Brüder war, ein Rechtsanwalt, der sich, seiner gelockerten Krawatte nach zu urteilen, ganz zu Hause fühlte.

Seine Frau war wohl die femininste Frau, der Rebecca jemals begegnet war. Hochschwanger, mit glänzendem schwarzem langem Haar, das sie zu einem dicken Zopf geflochten hatte, und mit dunklen Augen erinnerte sie Rebecca an eine Fruchtbarkeitsgöttin.

Connor, Cassies Sohn, war etwa in Bryans Alter, sein Haar war ebenso blond wie das seines Cousins dunkel, und seine Augen strahlten dieselbe Wärme aus wie die seiner Mutter. Dann war da noch Emma, ein blond gelocktes Mädchen von ungefähr sieben, das sich im Sessel eng an den Stiefvater, Devin MacKade, drängte. Devin hatte einen Arm um sie gelegt, während in seiner anderen Armbeuge das Baby, das Rebecca im Inn bereits bewundern durfte, friedlich schlummerte.

Die MacKade-Brüder mochten vielleicht wild und raubeinig sein, aber Rebecca hatte noch niemals Männer gesehen, die in ihren Familien so fest verwurzelt waren.

»Und wie gefällt es Ihnen bis jetzt in Antietam?« Rafe umrundete geschickt Hund, Spielzeug und Kinder und reichte Rebecca ein Glas Wein.

»Oh, sehr gut«, erwiderte sie und lächelte ihn an. »Ein ruhiges, reizvolles Städtchen, in dem man auf Schritt und Tritt der Geschichte begegnet.«

»Und Gespenstern?«

»Daran scheint niemand zu zweifeln.« Sie warf Shane, der es sich neben Savannah bequem gemacht hatte und im Moment anerkennend ihren dicken Bauch tätschelte, einen amüsierten Blick zu. »Fast niemand.«

»Manche Leute blocken ihre Fantasie ab. Es gibt hier Orte, die sehr starke Erinnerungen an die Vergangenheit auslösen.«

Erinnerungen, dachte Rebecca. So konnte man es auch nennen. Sie fand es eine faszinierende Betrachtungsweise. »Erinnerungen«, sagte sie laut.

Savannah zuckte die Schultern und sagte. »Gewaltsamer Tod und das nachfolgende Unglück hinterlassen ihre Spuren. Tiefe Spuren. Aber natürlich ist das eine völlig unwissenschaftliche Betrachtungsweise.«

»Oh, das hängt ganz davon ab, welcher Theorie man anhängt«, gab Rebecca lebhaft zurück.

»Ich denke, wir haben alle schon irgendwie unsere Erfahrungen mit Geistern gemacht«, mischte sich Jared nun ein.

»Sprich nur für dich selbst.« Shane trank sein Bierglas in einem Zug leer. »Ich jedenfalls renne nicht durch die Gegend und rede mit Leuten, die gar nicht anwesend sind.«

Jared lächelte nur. »Er ist immer noch sauer auf mich, weil ich ihm als kleinem Jungen in dem ehemaligen Barlow-Haus einen Riesenschrecken eingejagt habe.«

Devin, der den Ausdruck in Shanes Augen nur allzu gut kannte, beschloss, den Friedensrichter zu spielen. »Nicht nur ihm, du hast uns alle mit deinem idiotischen Kettengerassel und Türenquietschen zu Tode erschreckt. Ich denke doch, dass Sie nach etwas seriöseren Beweisen für die Untermauerung Ihrer Theorie suchen, Rebecca?«

»Ja, sicher. Aber bisher schaue ich mich nur ein bisschen um.« Es überraschte und freute sie, als Nate jetzt auf ihren Schoß krabbelte. Sie hatte bisher nicht genügend Umgang mit Kindern gehabt, um sich darüber klar werden zu können, ob sie Kinder mochte oder nicht. »Ein bisschen skeptisch macht mich die ganze Sache schon noch«, fügte sie hinzu, während sich Nate an ihrer Halskette zu schaffen machte.

»In fünf Minuten gibt's Essen«, verkündete Regan, die eben mit hochroten Wangen ins Zimmer trat. »Sammelt die Kinder ein. Rafe?«

»Jason schläft. Ich habe ihn hingelegt.«

»Ich kümmere mich um Layla.« Shane lächelte Savannah frech an. »Jared braucht ja bestimmt mindestens fünf Minuten, bis er dich von der Couch hochgehievt hat.«

»Jared, versprich mir, dass du ihm das nach dem Essen heimzahlst.«

»Versprochen«, versicherte Jared seiner Frau und half ihr beim Aufstehen.

Einige Zeit später hatten sich alle um den großen Tisch im Esszimmer versammelt, an dem auch die hohen Kinderstühle Platz fanden.

Die italienische Vorspeise, die Regan zubereitet hatte, war köstlich, und die Spaghetti Marinara waren es nicht minder, ebenso wie das knusprige, selbst gebackene Brot. Rebecca war hingerissen, so gut hatte es ihr schon lange nicht mehr geschmeckt. Regan hatte genug Essen für eine ganze Armee aufgefahren, und jeder ließ es sich schmecken.

Fasziniert beobachtete sie das bunte Treiben um sich herum.

»Mund auf.«

»Was?« Sie wandte überrascht den Kopf. Noch mehr allerdings überraschte sie die Gabel mit Pasta vor ihrer Nase. Automatisch öffnete sie den Mund.

»So einfach geht das.« Shane rollte die nächsten Spaghetti auf die Gabel. »Und jetzt dasselbe noch einmal.«

»Ich kann schon allein essen.« Peinlich berührt nahm sie ihm die Gabel aus der Hand und führte sie selbst zum Mund.

»Das tun Sie aber nicht«, behauptete er. »Sie sind viel zu sehr damit beschäftigt, sich erstaunt umzuschauen. Man hat fast den Eindruck, Sie seien auf einem fremden Planeten gelandet.« Er griff nach der Weinflasche und schenkte ihr nach, noch bevor sie Gelegenheit gehabt hätte abzulehnen. Sie trank nie mehr als zwei Gläser Wein am Abend. »Erscheinen einem die MacKades vom wissenschaftlichen Standpunkt aus wie Außerirdische?«

»Sie sind interessant«, gab sie kühl zurück. »Egal von welchem Standpunkt aus. Wie fühlt man sich als Mitglied einer so lebendigen Familie?«

»Darüber habe ich noch nie nachgedacht.«

»Jeder denkt über seine Familie nach.«

»Für mich ist es einfach so, wie es ist.« Shane nahm sich aus der großen Schüssel noch einmal nach.

»Da Sie ja der jüngste der Brüder MacKade sind, müssten Sie doch eigentlich ...«

»Wollen Sie mich analysieren, Doc?«, unterbrach Shane sie spöttisch. »Brauchen wir dafür nicht eine Couch und einen Wecker, der nach fünfzig Minuten klingelt?«

»Ich unterhalte mich nur mit Ihnen.« Irgendetwas brachte sie aus dem Konzept. Dabei hatte sie sich bis jetzt so gut gehalten. Sie versuchte ihre Verunsicherung mit einem Schluck Wein hinunterzuspülen. »Warum erzählen Sie mir nichts über das Gras, das Sie morgen mähen wollen?«

»Sie können gern vorbeikommen und mir helfen.«

»Das klingt faszinierend, aber ich muss morgen leider arbeiten. Meine Ausrüstung ist nämlich eingetroffen. Wenn Sie mir jedoch in ein paar Tagen ein Zimmer in Ihrer Mansarde frei machen, finde ich bestimmt Zeit, Ihnen ein bisschen zur Hand zu gehen. Ich freue mich schon sehr darauf, einen leibhaftigen Farmer als Studienobjekt zu haben.«

»Ach ja?« Er wandte sich ihr jetzt voll zu. Dabei streifte er mit der Hand, die auf ihrer Lehne lag, wie zufällig ihre Schulter. »Wenn es so ist, Rebecca, warum kommen Sie dann nicht schon heute Nacht mit zu mir? Wir ...«

»Shane, hör sofort auf, mit Rebecca zu flirten.« Regan schüttelte missbilligend den Kopf, während sie ihm über den Tisch hinweg einen scharfen Blick zuwarf. »Du bringst sie mit deinen albernen Annäherungsversuchen in Verlegenheit.«

»Ich habe doch gar nicht geflirtet. Wir machen nur Konversation. Stimmt's, Rebecca?«

»So was Ähnliches.«

»Shane kann es einfach nicht lassen.« Savannah schob ihren Teller zurück. »Eine kluge Frau tut gut daran, ihn nicht ernst zu nehmen.«

»Gut, dass Rebecca zu dieser Sorte gehört«, schaltete sich Devin jetzt ein. »Es ist gelegentlich schon deprimierend zu sehen, wie manche Frauen ihm hinterherlaufen.«

»Ja, ich bekomme auch immer schreckliche Depressionen davon.« Shane lächelte unverschämt. »Es fällt mir dann jedes Mal furchtbar schwer, den Kopf oben zu behalten. Erst vergangene Woche hat mir Louisa Tully einen Pfirsichkuchen vorbeigebracht. Es war demoralisierend, glaubt mir.«

Rafe schnaufte verächtlich. »Das Problem ist, dass die meisten von ihnen es wohl niemals kapieren werden, dass du zu den Männern gehörst, bei denen Liebe nicht durch den Magen geht, sondern durch … Au!« Er zuckte zusammen und lachte, als Regan ihm unter dem Tisch einen empfindlichen Fußtritt versetzte. »Kopf. Ich wollte Kopf sagen.«

»Das weiß ich doch«, gab Regan mit Unschuldsmiene zurück. »Was anderes habe ich auch nicht erwartet.«

»Shane küsst jede Frau«, sagte Bryan.

Rebecca, der dieses Gespräch Spaß zu machen begann, lehnte sich vor und lächelte den Jungen an. »Tut er das wirklich?«

»Na klar. Ständig. Auf der Farm, im Park, sogar mitten in der Stadt. Und manche kichern dann immer so blöd.« Er rollte die Augen. »Con und ich finden es widerlich.«

Shane war schon immer der Meinung gewesen, dass man Feuer am besten mit Feuer in Schach hielt. Er wandte sich seinem Neffen zu. »Mir ist zu Ohren gekommen, dass Jenny Metz in dich verknallt ist. Ist da was dran?«

Bryan wurde rot. »Nein. Absolut nichts.«

Jared warf seinem Stiefsohn einen liebevollen Blick zu und lenkte das Gespräch in sicherere Bahnen.

Von ihrem Platz aus beobachtete Savannah, wie sich Shane zu Bryan hinüberbeugte und ihm etwas ins Ohr flüsterte.

Die Runde hatte ihre Mahlzeit noch nicht vollständig beendet, als quengeliges Weinen aus dem Lautsprecher des Babyfons ertönte.

Nach einer kurzen, aber hitzigen Debatte erhob sich Rebecca, um die Teller zusammenzuräumen. Die Babys forderten ihr Recht, und die anderen Kinder mussten zu Bett gebracht werden. Sie war fest entschlossen, in der Küche für Ordnung zu sorgen, auch wenn sich noch so viel Widerspruch dagegen erhob.

Während sie das Geschirr unter laufendem Wasser abspülte, hörte sie die Stimmen aus dem Wohnzimmer und die, die aus dem Lautsprecher, der in der Küche stand, drangen. Rafe verhandelte mit Nate wegen einer Gutenachtgeschichte, und Regan sprach leise auf das Baby ein, während sie es stillte.

Irgendjemand – sie glaubte, Devins Stimme zu erkennen – forderte die Kinder auf, ihr Spielzeug wegzuräumen. Einen Moment später steckte Jared seinen Kopf durch den Türspalt und entschuldigte sich wortreich dafür, dass er keine Zeit habe, ihr beim Abwasch zur Hand zu gehen.

Nachdem sie etwa ein Viertel des Geschirrbergs abgespült hatte, um ihn anschließend in der Spülmaschine zu verstauen, kam Shane in die Küche geschlendert, die Daumen in den Gürtel gehakt. »Sieht ganz danach aus, als müsste ich mir die Ärmel hochkrempeln.«

»Nicht nötig.« Rebecca stand vor der Spülmaschine. »Ich komme schon klar.«

»Die anderen sind entweder mit Kindern oder schwangeren Ehefrauen beschäftigt. Ich bin die einzige Hilfe, die Sie derzeit bekommen können.« Er rollte seine Ärmel hoch. »Meinen Sie, Sie schaffen es heute Nacht noch, das Geschirr zu verstauen?«

»Ich arbeite genau nach Plan.« Rebecca begann das Geschirr einzuräumen. »Was haben Sie denn vor?«

»Ich will die Pfannen abwaschen.«

»Dann wird es einfacher.« Ein Hauch von Zitrone wehte zu ihr herüber, als Shane Spülmittel ins Abwaschwasser gab. Als sie sich nun über die Spülmaschine beugte, stieß sie mit dem Po gegen seinen Oberschenkel, was sie veranlasste, sich augenblicklich wieder aufzurichten.

»Ein bisschen eng hier, wie?«, bemerkte Shane schmunzelnd.

Um einen erneuten Zusammenstoß zu vermeiden, ging sie um den Geschirrspüler herum und begann dann, ihn von der anderen Seite her einzuräumen. »Sagen Sie, ist Flirten ein Beruf oder eine Berufung?«

»Keins von beiden. Ein Vergnügen.«

»Ist es nicht sehr unangenehm, eine Beziehung erst anzufangen und wieder zu beenden, in einer Kleinstadt, wo jeder von jedem alles weiß?«

»Nicht, wenn man es richtig anstellt. Betreiben Sie schon wieder Feldstudien, Rebecca?«

Sie richtete sich auf und spürte, wie sie rot wurde. »Es tut mir leid. Wirklich. Ich habe die schlechte Angewohnheit, ständig hinter die Dinge schauen zu müssen. Wenn es Ihnen zu viel wird, sagen Sie einfach ›Schluss jetzt, Rebecca‹.«

»Schluss jetzt, Rebecca.«

Sie lachte und wandte sich wieder ihrer Arbeit zu. »Aber Sie haben eine wundervolle, interessante Familie, das muss ich schon sagen. Ich freue mich sehr, sie kennengelernt zu haben.«

»Danke. Ich mag sie auch.«

»Das merkt man.« Sie schaute auf, um ihre Lippen spielte ein Lächeln. »Und das lässt mich fast zu dem Schluss kommen, dass an Ihnen ein bisschen mehr dran sein könnte, als es auf den ersten Blick den Anschein hat. Ich habe Sie im Umgang mit Ihrer Familie beobachtet, und ich muss sagen, das hat mir sehr gefallen.«

Er stellte eine Pfanne in das Abtropfgestell. »Damit haben Sie sich also die ganze Zeit während des Essens beschäftigt. Sie haben eine Milieustudie über die MacKades betrieben.«

Ihr Lächeln verschwand wieder. »Nein, wirklich nicht. Im Grunde genommen habe ich an etwas ganz anderes gedacht.« Plötzlich unruhig geworden, nahm sie ein feuchtes Tuch und ging zum Herd in der Absicht, ihn abzuwischen. »Ich würde gern mit Ihnen über meinen Aufenthalt auf der Farm reden. Mir ist klar, dass Sie tagsüber sehr beschäftigt sind, und abends haben Sie mit Sicherheit ein Privatleben. Ich möchte Ihnen während meines Aufenthalts wirklich nicht in die Quere kommen.«

Das wirst du aber, dachte er. »Ich habe Regan zugesagt, dass Sie für eine Weile auf der Farm wohnen und dort arbeiten können, und dazu stehe ich.«

Sie zuckte die Schultern. »Ich will Sie nur nicht stören. Sie sind ja wahrscheinlich den ganzen Tag draußen auf dem Feld, beim Heumachen oder so?«

»Oder so.« Obwohl er noch nicht alle Pfannen abgewaschen hatte, nahm er jetzt ein Geschirrtuch und trocknete seine Hände ab. Vielleicht liegt es ja an dem schlanken weißen Nacken, sinnierte er. Er war wie geschaffen dafür, berührt zu werden. Möglicherweise auch an diesen seltsam bernsteinfarbenen Augen. Oder es war einfach sein eigenes verletztes Ego, das sich zu Wort meldete, nachdem sie ihm heute Morgen eine solche Abfuhr erteilt hatte. Was auch immer es sein mochte, es forderte ihn heraus.

Er trat leise hinter sie. Einem plötzlichen Impuls folgend, senkte er den Kopf und biss ganz zärtlich in ihren Nacken. Sie zuckte zusammen und fuhr auf, während sie vom Kopf bis zu den Zehenspitzen ein heißkalter Schauer überlief. Er legte ihr die Hände auf die Schultern und drehte sie zu sich herum, sodass sie gezwungen war, ihn anzusehen.

»Diesmal bitte nicht ganz so kühl wie heute Morgen, Doc«, flüsterte er und küsste sie.

Sie hatte keine Zeit, sich zu wappnen, zu überlegen, sich zu wehren. Sein Kuss überwältigte sie ganz einfach. Ihr wurde schwindlig, ihre Knie drohten nachzugeben. Noch nie in ihrem Leben waren so viele verschiedene Gefühle auf einmal auf sie eingestürmt. Seine Lippen waren heiß und geschmeidig und seine Hände kräftig und zärtlich zugleich. Er duftete nach Zitrone und Seife und … Mann.

Rebecca fühlte sich ihm hilflos ausgeliefert. Sie war machtlos dagegen, ebenso machtlos wie gegen das Zittern oder die Hitzewellen oder dieses plötzlich und vollkommen unerwartet in ihr aufsteigende

Verlangen. Am liebsten wäre sie mit ihm verschmolzen, und sie wünschte sich plötzlich zu ihrem Entsetzen, der Kuss würde nie mehr aufhören.

Seine erste Reaktion war Triumph. Sie war ihm gegenüber gleichgültig? Einen Teufel war sie! Sie erschauerte. Sie stöhnte leise. Sie sank in seine Arme. Die Frau, die er heute Morgen geküsst hatte, war kühl gewesen. Diese hier war …

Wunderbar warm. Am liebsten hätte er diesen Mund bis in alle Ewigkeit geküsst, er war so weich, so seidig. Seine Lippen glitten tiefer, während er erregt ihrem Stöhnen lauschte.

Ihr stockte der Atem, als er die Hände unter ihren Pulli schob und ihre kleinen festen Brüste zu streicheln begann.

Er ließ überraschend von ihr ab, wich einen Schritt zurück und betrachtete ihr Gesicht. Ihre Wangen waren gerötet, die Augen noch immer geschlossen, und ihr Atem kam stoßweise.

So würde sie auf dem Fußboden auch aussehen, dachte er und sah sich im Geiste über ihr liegen. Dann öffnete sie die Augen, und er begegnete ihrem fast ängstlichen Blick.

»Nun«, sagte er in einem leicht spöttischen Tonfall, der eher verteidigend klang als triumphierend, »ich würde sagen, diesmal haben wir ein etwas anderes Ergebnis.« Sie brachte kein Wort heraus. Es gelang ihr lediglich, den Kopf zu schütteln. »Keine Theorie diesmal, Doc?« Er wusste nicht, warum er plötzlich wütend war, aber er fühlte, wie unaufhaltsam Zorn in ihm hochstieg, während sie vollkommen hilflos vor ihm stand. »Vielleicht sollten wir es noch mal versuchen.«

»Nein.« Endlich war es heraus. Plötzlich war es ihr vorgekommen, als hinge ihr Leben von dieser einzigen Silbe ab. »Nein«, wiederholte sie. »Ich denke, du hast bewiesen, was du beweisen wolltest.«

Er wusste zwar nicht, was er hatte beweisen wollen, er wusste nur, dass es noch längst nicht genug war. Er begehrte sie mit einer Heftigkeit, die schmerzte.

»Du … Lass mich vorbei«, stieß sie hervor.

»Erst wenn ich fertig bin. Ich warte noch immer auf deine Hypothese – oder ist es jetzt eine Schlussfolgerung? Ich bin neugierig, Rebecca. Wie wirst du das nächste Mal reagieren, wenn ich dich küsse? Und wie erst, wenn ich mit dir ins Bett gehe?«

Sie wusste es nicht. Glücklicherweise blieb ihr eine Antwort erspart, weil in diesem Moment Rafe in die Küche kam.

Als Rafe klar wurde, in welche Situation er da hineingestolpert war, blieb er abrupt stehen und warf seinem Bruder einen finsteren Blick zu. »Um Himmels willen, Shane.«

»Verschwinde.«

»Verdammt noch mal, das ist schließlich mein Haus hier.«

»Dann gehen wir eben.« Shane ergriff Rebecca am Arm und zog sie zwei Schritte mit sich, bevor die Panik ihr genügend Kraft gab, sich von ihm loszureißen.

»Nein.« Das war alles, was sie sagte, als sie sich umdrehte und aus der Küche ging.

»Was zum Teufel ist denn in dich gefahren?«, fragte Rafe empört. »Sie war weiß wie ein Bettlaken. Seit wann findest du Spaß daran, Frauen Angst einzujagen?«

»Ich habe ihr keine Angst eingejagt.« Aber gleich darauf wurde ihm klar, dass er es doch getan hatte. Und dass er es gewusst hatte, doch es war ihm einen Augenblick lang egal gewesen. Mehr noch, der Gedanke, dass er sie ängstigen konnte, hatte ihn erregt. Das war neu für ihn. Und beschämend. »Ich wollte es nicht. Die Dinge sind mir entglitten.« Frustriert fuhr er sich durchs Haar.

»Von Dingen, die du nicht im Griff hast, solltest du vielleicht lieber die Finger lassen.«

»Das scheint mir auch so.«

Rafe, der Widerspruch erwartet hatte, zog erstaunt die Augenbrauen zusammen. Dann fiel ihm auf, dass Shane ebenso weiß war wie Rebecca. »Bist du okay?«

»Ich weiß nicht.« Verblüfft schüttelte Shane den Kopf. »Sie ist die verführerischste Frau, die mir je über den Weg gelaufen ist.«

5. Kapitel

Da sie bei ihrer Arbeit sehr methodisch vorging, dauerte es Stunden, bis Rebecca ihre Ausrüstung aufgebaut hatte. Sie hatte sich Sensoren, Kameras, ein Aufnahmegerät und ihren Computer nachschicken lassen. Cassie war so freundlich gewesen, ihr für ein paar Tage eine Suite zur Verfügung zu stellen, und sie war ihr dankbar dafür.

Das Zimmer, in dem sie ihr Quartier aufgeschlagen hatte, war einst das Schlafzimmer von Charles Barlow gewesen. Vom Fenster aus konnte man auf das Städtchen hinabsehen. Wie oft mochte wohl der Hausherr hier gestanden haben? Nach allem, was sie über Charles Barlow gelesen hatte, war er ein Mensch, der es als sein gutes Recht, wenn nicht sogar als seine Pflicht angesehen hatte, auf alles und jeden hinabzusehen.

Sie wünschte sich, seine Anwesenheit spüren zu können, seine Macht, ja selbst seine Grausamkeit. Doch alles, was sie sah, waren ein geschmackvoll eingerichtetes kleines Wohnzimmer, ein Schlafzimmer und ein Bad. Räume, voll gestellt mit den technischen Ausrüstungsgegenständen, die sie mitgebracht hatte.

Es war frustrierend. Sie war sich sicher, dass alle MacKades hier in diesem Haus schon Dinge gespürt, gehört und gesehen hatten, die nicht von dieser Welt waren. Warum gelang es ihr nicht?

Sie setzte all ihre Hoffnungen in die Wissenschaft. Wie sie es schon immer gemacht hatte. Sie hatte sich die beste Ausrüstung beschafft, die es gab, und dabei keinerlei Kosten gescheut. Andere Frauen kauften sich Schuhe oder Schmuck. Sie kaufte sich Geräte für ihre wissenschaftlichen Untersuchungen.

Rebecca setzte sich an den Tisch und schaltete den Computer ein.

»Ich habe mich jetzt im MacKade-Inn in Charles Barlows Zimmer häuslich eingerichtet. Außer mir wohnen hier noch andere Gäste, und ich bin schon sehr gespannt, ob und welche Erfahrungen sie hier gemacht haben. Im Moment ist alles ruhig. Man hat mir erzählt, dass man nachts oft Türenschlagen hören kann oder Weinen, gelegentlich sogar einen Schuss. Manche dieser Phänomene ereignen sich nicht nur nachts, sondern auch tagsüber.

Regan hat es ebenso erlebt wie Rafe. Angeblich soll man auch Rosenduft riechen können, darüber sind sich alle, mit denen ich gesprochen habe, einig. Savannah MacKade hat mir erzählt, dass sie oft das Gefühl hat, hier im Haus sei jemand, auch wenn sie ihn nicht sehen kann. Und genauso geht es ihr in den Wäldern, die hinter dem Haus liegen. Jared hat ähnliche Erfahrungen gemacht. Ich finde es faszinierend, dass sich hier zwei Menschen gefunden haben, die beide in der Lage sind, übersinnliche Dinge wahrzunehmen.

Cassie und Devin MacKade sind ein weiteres Beispiel. Sie haben beide ihr Leben lang in demselben kleinen Städtchen gelebt. Cassie war zuerst mit einem anderen Mann verheiratet, von dem sie zwei Kinder hat. Nach allem, was ich gehört habe, muss diese erste Ehe ein Martyrium gewesen sein. Doch dann haben sie und Devin sich gefunden, und es scheint, als wären sie schon immer zusammen gewesen. Sie waren von Anfang an füreinander bestimmt und haben sich schließlich, allen Widerständen zum Trotz, gefunden. Sowohl Cassie als auch Devin haben hier im Inn starke übersinnliche Erlebnisse gehabt, wie sie mir berichteten. Ich werde mich noch näher dazu äußern.

Shane MacKade ist der Einzige, der in dieser Hinsicht nichts zu erzählen hat – oder besser gesagt habe ich den Eindruck, dass er es nicht will. Obwohl ich es nicht gewohnt bin, meinem Gefühl mehr zu vertrauen als Tatsachen, würde ich behaupten, dass er mit dem, was er erfahren hat und fühlt, hinter dem Berg hält. Was im Grunde seiner Persönlichkeit widerspricht, denn ich glaube nicht, dass er normalerweise ein Mensch ist, der seine Gefühle zurückhält.

Um ganz ehrlich zu sein, muss ich zugeben, dass ich ihn sehr mag. Seinen Humor, die Anhänglichkeit an seine Familie, seine Liebe zu seinem Land. Oberflächlich betrachtet scheint er ein sehr unkompli-

zierter Mensch zu sein, aber falls ich meinen Gefühlen trauen kann –
unter seiner scheinbar unkomplizierten Oberfläche brodelt es. Er
wäre bestimmt ein interessantes Studienobjekt. Wie auch immer …«

»Hier kommt die Lady nie rein.«

Rebecca schaute auf und sah Emma an der Tür stehen. »Na, du? Ist
die Schule schon aus?«

»Hm. Ich soll dir von Mom ausrichten, dass sie Kaffee hat und
Plätzchen, wenn du möchtest.« Ohne Scheu trat Emma näher und
schaute sich mit großen Augen um. »Du hast aber 'ne Menge Kram
hier rumstehen. Was willst du damit tun?«

»Ja, das stimmt. Man könnte es wohl als mein Spielzeug bezeichnen. Wer ist denn die Lady?«

»Die Frau, die hier gelebt hat und die genauso weint, wie Mama
früher immer geweint hat. Hast du sie nicht gehört?«

»Nein. Wann?«

Emma lächelte. »Gerade eben. Während du getippt hast. Aber sie
kommt nie hier rein.«

Rebecca rieselte ein Schauer den Rücken hinunter. »Du hast sie
gehört, gerade eben?«

»Sie weint viel.« Emma trat vor den Bildschirm und las feierlich ein
paar Sätze vor. »Manchmal gehe ich in ihr Zimmer, und dann hört sie
auf zu weinen. Mom sagt, sie freut sich, wenn jemand kommt und ihr
Gesellschaft leistet.«

»Ich verstehe. Und wenn du sie weinen hörst, wie fühlst du dich
dann?«

»Früher hat es mich sehr traurig gemacht. Doch jetzt weiß ich
schon, dass man sich nach dem Weinen oft besser fühlt.«

Rebecca lächelte. »Das stimmt.«

»Willst du Fotos machen von der Lady?«

»Ich hoffe es. Hast du sie schon mal gesehen?«

»Nein, aber ich glaube, sie ist sehr schön, weil sie so gut riecht.«
Emma lächelte. »Du riechst auch gut.«

»Danke. Lebst du denn gern hier in diesem Haus, Emma? Ich meine mit der Lady und allem?«

Emma nickte eifrig. »Oh ja, sehr gern sogar. Aber wir bauen uns jetzt unser eigenes Haus, gleich neben der Farm, und dann sind wir alle eine große Familie. Mom wird weiter hier arbeiten, und dann kann ich auch immer kommen und die Lady besuchen. Schreibst du eine Geschichte? Connor schreibt auch Geschichten.«

»Nein, nicht direkt. Es ist wohl mehr ein Tagebuch. Ich schreibe einfach Dinge auf, die ich beobachtet habe oder die man mir erzählt hat, damit ich mich später wieder daran erinnere. Aber ich habe vor, ein Buch über Antietam zu schreiben.«

»Komm ich da auch drin vor?«

»Oh, auf jeden Fall.« Sie strich Emma sanft über die blonden Locken. Es war schön zu entdecken, dass sie Kinder sehr mochte. Und die sie offensichtlich auch. »Ich hoffe, dass du mir noch ein bisschen mehr von der Lady erzählst.«

»Ich heiße jetzt Emma MacKade. Der Richter hat gesagt, dass das in Ordnung geht. Deshalb musst du mich in dem Buch auch Emma MacKade nennen.«

»Aber natürlich.«

Rebecca schaltete den Computer aus. »Komm, lass uns nach unten gehen. Ich habe auch Lust auf ein paar Plätzchen.«

Eigentlich hatte Rebecca nicht beabsichtigt, den Weg zur Farm einzuschlagen. Sie wollte nur einen kleinen Waldspaziergang machen – zumindest redete sie sich das ein. Um ein bisschen Luft zu schnappen, einen klaren Kopf zu bekommen, sich die Beine zu vertreten. Doch dann hatte sie den Wald auch schon durchquert und wanderte über die Felder, noch ehe es ihr richtig zu Bewusstsein gekommen war.

Rebecca hätte nicht sagen können, warum sie lächelte, als sie das Haus sah. Sie hoffte, dass Shane nicht da sein würde. Vielleicht vergnügte er sich ja irgendwo in der Stadt mit einem Mädchen, denn sicher hatte er, da für ihn jeder Tag sehr früh anfing, bereits Feierabend gemacht.

Ein Teil der Wiese, über die sie ging, war bereits gemäht, aber sie sah nirgendwo einen Traktor. Eigentlich schade, sie hätte Shane MacKade gerne einmal auf einer dieser gewaltigen Maschinen sitzen sehen.

Doch es waren wirklich die Einsamkeit und die Stille, die sie suchte, ehe sie sich für den Rest der Nacht wieder an ihre Arbeit setzen würde. Deshalb machte sie jetzt lieber doch einen weiten Bogen um das Haus.

Sie liebte den Duft, der in der Luft lag. Er kam ihr seltsam bekannt vor. Irgendeine weit zurückliegende, frühkindliche Erinnerung, vermutete sie. Vielleicht sogar aus einem früheren Leben. Bald würde sie so weit sein, ihre Theorie über Wiedergeburt zu Papier zu bringen. Ein faszinierendes Thema.

Weil sie die Geschichte von den beiden Soldaten genau kannte, ging sie jetzt zu den Nebengebäuden hinüber und hielt nach dem Räucherhaus Ausschau. Sie wusste zwar nicht, wie es aussah, aber Regan hatte ihr erzählt, dass es noch stand. Sie war sehr gespannt darauf, es zu sehen.

Die Wildblumen, die zwischen dem saftig grünen Gras leuchteten, entzückten sie. Sie bückte sich und begann einen Blumenstrauß zu pflücken. Wann hatte sie sich jemals die Zeit genommen, über eine Wiese zu wandern? Niemals. Nun, dafür würde sie es jetzt umso mehr genießen. Die hohen Gräser und bunten Blüten wiegten sich im Sommerwind, fast schien es ihr, als würden sie tanzen.

Plötzlich verspürte sie ein Brennen in der Kehle, und ihr Herzschlag verlangsamte sich. Einen kurzen Augenblick lang empfand sie ein so beängstigendes Gefühl von Trauer und Einsamkeit, dass ihr die Beine fast den Dienst versagten. Sie umklammerte den Blumenstrauß, den sie gepflückt hatte, fester.

Mit bleischweren Gliedern bewegte sie sich durch das hohe Gras, das ihr fast bis an die Oberschenkel reichte. Kummer und Schmerz überkamen sie. Sie blieb stehen und beobachtete einen gelben Schmetterling, der sich gerade auf einer Kornblume niederließ. Eine Lerche sang ihr Lied. Die Strahlen der Sonne erwärmten ihre Haut, aber innerlich war ihr eiskalt.

Was hätten wir anderes tun sollen?, fragte eine Stimme in ihr, und sie verspürte eine tiefe Trauer, die nicht ihre eigene war und doch verblüffend real.

Sie öffnete ihre Hand und ließ die Blumen neben ihre Füße ins Gras fallen. Tränen schossen ihr in die Augen, und sie begann zu zittern. So vorsichtig wie ein Soldat im Minenfeld zog sie sich zurück.

Was hätte wer tun sollen?, fragte sie sich verstört. Woher war die Frage gekommen, und was hatte sie zu bedeuten? Dann wandte sie sich um, holte tief Atem und ließ die Wiese hinter sich.

Einen Moment später waren diese seltsamen Gefühle, die sie eben noch empfunden hatte, verblasst. So verblasst, dass sie sich schon zu fragen begann, ob sie geträumt hatte.

Rebecca schob die Hände in ihre Taschen und ging an dem Weg vorbei, der zum Inn zurückführte. Sie hatte ihren Spaziergang noch nicht beendet, und wenn sie noch mehr Blumen pflücken wollte, würde sie auch das tun. Beim nächsten Mal würde sie ihre Schuhe ausziehen und barfuß über die Wiese laufen.

Plötzlich sah sie die Kühe, die sich unter einem Dach drängten, das an den Milchschober angrenzte. Gehören Kühe nicht auf die Wiese?, fragte sie sich erstaunt.

Neugierig trat sie näher, achtete jedoch sorgfältig darauf, den nötigen Abstand zu wahren, da sie sich nicht sicher war, ob ihr die Kühe tatsächlich so freundlich gesinnt waren, wie es auf den ersten Blick den Anschein hatte. Doch da sie sich nicht im Mindesten für sie zu interessieren schienen, wagte sie sich noch etwas näher heran. Da hörte sie ihn singen.

Was für eine schöne Stimme er hatte.

Rebecca zögerte nur einen kurzen Moment, dann ging sie entschlossen auf die Stalltür zu.

Wie auch immer sie sich einen modernen Stall vorgestellt haben mochte, so jedenfalls nicht. Die dicken, metallisch glänzenden Rohre und das gleichmäßige Brummen einer Maschine erinnerten viel eher an eine Fabrik. Mindestens ein Dutzend Kühe stand in den Boxen. Sie rauften große Heubüschel aus ihren Futterkrippen, um sie anschließend genüsslich zu verspeisen.

Und Shane ging singend und pfeifend zwischen ihnen hin und her und überprüfte, wie weit der elektrische Melkvorgang vorangeschritten war. »Okay, Mädel, das war's.«

Fasziniert kam Rebecca näher. »Wie funktioniert das denn?«

Er stieß einen Fluch aus und wirbelte herum, wobei er der Kuh aus Versehen den Ellbogen so hart in die Flanke rammte, dass diese empört aufmuhte. Der Blick, mit dem er Rebecca bedachte, war kein freundlicher Willkommensgruß.

»Entschuldige. Ich wollte mich nicht anschleichen. Es ist so laut hier.« Sie lächelte und zwang sich, nicht zurückzuweichen. »Ich habe einen Spaziergang gemacht, und dann sah ich die Kühe draußen vor dem Stall und habe mich gefragt, was hier los ist, weil ich sie eigentlich auf der Weide vermutete.«

»Dasselbe wie jeden Tag morgens und abends.« Mittlerweile hatte er sich wieder gefangen. Er hatte ihr eigentlich die nächsten paar Tage aus dem Weg gehen wollen, aber jetzt war sie hier und bildhübsch anzusehen.

»Aber wie schaffst du das denn alles allein? Es sind doch so viele Kühe.«

»Ich mache es nicht immer allein. Und im Übrigen geht ja alles automatisch oder zumindest doch das meiste.« Er nahm die Pumpe von einem Euter.

»Wo läuft die Milch denn jetzt hin?«, erkundigte sich Rebecca interessiert. »Durch diese Rohre, nehme ich an.«

»Ganz recht.« Er unterdrückte einen Seufzer. Hoffentlich erwartete sie jetzt nicht, dass er ihr eine Lehrstunde im Melken erteilte. Dazu hatte er nämlich nicht die geringste Lust. Viel lieber hätte er sie geküsst, und zwar auf der Stelle.

»Von der Kuh in die Leitung und von der Leitung in die Tanks im

Milchhaus«, erklärte er lahm und machte eine vage Handbewegung. »Dort wird die Milch kühl aufbewahrt, bis ein Tanklastwagen kommt und sie abholt. Ich muss aber diese Mädels hier jetzt in den Faulenzerstall bringen.«

»Faulenzerstall?«

Jetzt lächelte er. »Dort faulenzen sie vorher und nachher.«

Als er die Kühe an ihr vorbei hinausführte, trat Rebecca einen Schritt zurück, vielleicht einen etwas größeren, als nötig gewesen wäre. Sie fragte sich, wie er es schaffte, sie so in Reih und Glied zu halten. Nachdem er sie an Ort und Stelle gebracht hatte, kam er mit den Kühen, die draußen gestanden hatten, zurück.

»Ich wusste gar nicht, dass Kühe fressen, während sie gemolken werden.«

»Das Futter ist die Belohnung.«

Er schenkte ihr wenig Aufmerksamkeit, während er die Tiere in die Boxen führte und die Pumpen an die Euter anschloss. »Mit der Melkmaschine melkt man natürlich wesentlich mehr Kühe in derselben Zeit als per Hand.«

»Und es ist bestimmt keimfreier.«

»Stimmt. Wenn man Milch Klasse A produzieren will, muss man sich schon an gewisse Standards halten.«

»Wie wird die Milch denn klassifiziert?«, fragte sie neugierig, nahm sich jedoch gleich zurück. »Entschuldige. Zu viele Fragen. Ich störe.«

»Richtig.« Doch als die Maschinen die Arbeit übernommen hatten, kam er zu ihr. »Was willst du hier, Rebecca?«

»Das habe ich doch schon gesagt. Ich war einfach spazieren.«

Er zog die Brauen hoch und hakte die Daumen in seine Taschen. »Und dann hast du beschlossen, den Kühen einen Besuch abzustatten?«

»Ich hatte keinen Plan.«

»Das ist für deine Verhältnisse ungewöhnlich.«

»Stimmt.« Natürlich war die Farm ihr Ziel gewesen, was auch immer sie sich zu Beginn ihres Spaziergangs eingeredet haben mochte.

»Vermutlich hatte ich das Gefühl, dass es bei uns einen gewissen Klärungsbedarf gibt. Ich möchte nicht, dass die Dinge zwischen uns so kompliziert sind, weil ich viel mit deiner Familie zu tun habe, während ich hier bin.«

Er war sich nicht ganz sicher, welche der beiden Rebeccas, die er mittlerweile kennengelernt hatte, er im Moment vor sich hatte. »Ich habe dich bedrängt«, stellte er trocken fest. »Willst du, dass ich mich entschuldige?«

»Das ist nicht nötig.«

»Soll ich es vielleicht noch einmal machen? Ich habe große Lust, dich jetzt auf der Stelle zu küssen.«

»Ich bin mir sicher, dass du Lust hast, jede Frau jederzeit zu küssen.«

»Stimmt. Aber du bist gerade da.«

»Ich werde es dich wissen lassen, ob und wann ich von dir geküsst werden will.« Um ihm zu verdeutlichen, dass im Moment ganz sicher nicht der richtige Zeitpunkt dafür war, wandte sie sich ab und begann auf und ab zu gehen. »Mein Problem ist, dass, solange diese …«

»Anziehungskraft?«, schlug er vor. »Lust?«

»Spannung«, sagte sie. »Solange diese Spannung zwischen uns herrscht, fällt es mir sehr schwer zu arbeiten. Aber ich will arbeiten, kann es jedoch nicht, solange ich mich durch unerwünschte Annäherungsversuche abgelenkt fühle.«

»Unerwünschte Annäherungsversuche.« Statt verärgert zu sein, musste er an sich halten, um nicht laut herauszulachen. »Verdammt noch mal, Rebecca, ich finde es einfach zu herrlich, wie hochgestochen du dich manchmal ausdrückst. Sag doch bitte noch so etwas.«

»Ich bin überzeugt davon, dass du eher daran gewöhnt bist, dass die Frauen vor dir auf den Knien herumrutschen«, gab sie kühl zurück. »Oder dir Pfirsichkuchen vorbeibringen. Ich will einfach nur sicherstellen, dass du weißt, was nein bedeutet.«

Seine Belustigung ließ merklich nach. »Du hast also gestern Abend nein gesagt?«

»Der Punkt ist doch …«

»Ich hätte dich nehmen können, direkt auf dem Fußboden in der Küche meines Bruders, das weißt du ebenso gut wie ich.«

»Du überschätzt dich, Farmboy.«

»Pass auf, was du sagst, Becky«, gab er sanft zurück. »Vielleicht solltest du lieber bei der Wahrheit bleiben. Und die ist nun mal leider, dass du genauso interessiert bist an mir wie ich an dir. Vielleicht hat dich das zu Anfang überrascht, mag sein. Mir ist es ja auch nicht anders gegangen, aber jedenfalls sind das die Tatsachen, mit denen wir uns abfinden müssen.«

»Ich gebe zu, dass ich einen kurzen Moment interessiert war.«

»Das Wort ›interessiert‹ trifft es wohl nicht ganz.«

»Sag mir nicht, was ich gefühlt habe oder was ich fühle. Und bilde dir bloß nicht ein, dass ich für die nächste Kerbe an deinem Bettpfosten herhalte.«

»Fein.« Um anzudeuten, dass er das Thema als beendet betrachtete, wandte er sich wieder den Kühen zu. »Nein ist kein Wort, mit dem ich irgendwelche Schwierigkeiten hätte. Wenn du es wirklich sagst, verstehe ich es auch.«

Langsam wurde sie wieder ruhiger. »Na gut, dann könnten wir vielleicht ja …«

»Aber du solltest aufpassen, Rebecca. Weil ich nämlich ebenso wenig Schwierigkeiten habe zu merken, wenn mich jemand herausfordert. Willst du noch immer Geisterjagd spielen in meinem Haus, oder ist dir das Risiko mittlerweile zu groß geworden?«, fragte er herausfordernd.

»Ich lasse mich nicht von dir abschrecken.«

Er lächelte. »Es sieht ganz danach aus. Was hältst du davon, wenn du kurz mit hineinkommst und uns einen Kaffee machst? Dabei könnten wir uns noch ein bisschen unterhalten.«

»Ich denke, wir haben uns so weit geeinigt. Und Kaffee mache ich schon gar nicht.« Damit drehte sie sich um und ging aus dem Stall.

»Willst du mir nicht wenigstens einen Abschiedskuss geben, Schätzchen?«, rief er ihr nach.

Sie warf einen Blick über die Schulter. »Küss eine Kuh, Farmboy.«

Er konnte nicht widerstehen. Mit drei langen Schritten war er bei ihr, hob sie hoch und wirbelte sie lachend herum. »Du bist das verdammt süßeste Ding, das mir jemals über den Weg gelaufen ist.«

Im ersten Augenblick stockte ihr der Atem, dann wurde ihr schwindlig. Einen Moment lang konnte sie nur daran denken, dass seine Muskeln hart waren wie Stahl und dass sie sich absolut wundervoll anfühlten. »Ich dachte, du verstehst nein.«

»Ich küsse dich nicht, oder?« Shane lachte. »Es sei denn, du möchtest es gern. Ich wollte dich nur noch eine Sekunde aufhalten.«

»Lass mich runter.«

»Warum bleibst du nicht einfach hier?«, schlug er grinsend vor. »Ich koche dir was Schönes.«

»Nein«, gab sie entschieden zurück. »Nein, nein, nein.«

»Du brauchst es nur einmal zu sagen. Warum zitterst du denn?«, fragte er scheinheilig.

»Ich bin wütend.«

»Bist du nicht.« Neugierig geworden, sah er sie an. »Ist dir jemand zu nahe getreten?«, fragte er sanft.

»Nein, natürlich nicht. Ich habe gesagt, du sollst mich runterlassen.«

»Ich bin schon dabei. Wenn ich tun würde, wonach mir der Sinn steht, und dich ins Haus tragen würde, müsste ich meine Kühe vernachlässigen und mein Wort brechen. Ich will weder das eine noch das andere. Und ich halte mein Wort immer.«

Also stellte er sie wieder auf die Füße, legte dann die Hände jedoch auf ihre Schultern. »Es kommt mir wirklich irgendwie so vor, als hätten wir noch was zu erledigen.«

»Falls das so wäre, würde ich es ganz gern selbst entscheiden«, entgegnete sie kühl.

Er strich ihr sanft über das kurze Haar. »Mir kommt es so vor, als hätte ich mich schon entschieden. Ich will dich wirklich.« Sein verträumter Blick ließ sie nicht los. »Ich will mit dir ins Bett gehen und dich lieben, Rebecca, das ist inzwischen mein allergrößter Wunsch. Und dieser Wunsch wird immer stärker.«

Es kostete sie all ihre Kraft, sachlich zu bleiben, während seine Finger auf ihren Schultern kleine Kreise beschrieben. »Ich bin mir sicher, dass sich die Dinge als wesentlich weniger … kompliziert erweisen würden, wenn wir es schafften, ganz einfach zur Tagesordnung zurückzukehren.«

»Weniger kompliziert«, wiederholte er frech grinsend. »Und weniger amüsant.«

Amüsant, dachte sie und spürte eine leise Sehnsucht in sich aufsteigen. Sie entspannte sich merklich, und er sah sie lächeln. Ihre Augen waren plötzlich wie tiefe, unergründliche Seen.

Heißes Verlangen stieg in ihm auf, als er sie jetzt behutsam an sich zog. »Rebecca, du Schöne«, flüsterte er rau. »Lass mich dir zeigen, dass …«

Ein lautes Hupen unterbrach ihn. Sie versteifte sich und trat einen Schritt zurück. Dann drehten sie sich beide um und sahen den staubigen Kombi vor dem Wohnhaus vorfahren. Eine brünette junge Frau mit einem sinnlichen Mund streckte den Kopf zum Wagenfenster heraus.

»Shane, mein Süßer, ich hab dir doch gesagt, dass ich heute bei dir vorbeikomme.«

Er winkte ihr kurz zu. »Äh … das ist Darla. Eine Freundin von mir.«

»Das habe ich mir fast gedacht. Lass dich von mir bloß nicht aufhalten, Shane, mein Süßer«, sagte Rebecca ironisch. »Ich bin sicher, dass du heute noch sehr viel vorhast.«

»Schau, verdammt noch mal …«

Darla rief ihm wieder etwas zu, einen leicht ungeduldigen Unterton in der rauchigen Stimme, dann machte sie Anstalten auszusteigen.

»Hör zu, ich …«

»Ich habe weder Zeit zuzuschauen noch zuzuhören«, unterbrach Rebecca ihn voller Angst, sich vor der Frau eine Blöße zu geben, die nun auf hohen, dünnen Absätzen vorsichtig durch das Gras balancierend auf sie zugestöckelt kam. »Ich muss arbeiten. Ich wünsche dir und Darla noch einen netten Abend.«

Damit stürzte sie Hals über Kopf davon und ließ Shane, hin- und hergerissen zwischen Wunsch und Wirklichkeit, zurück.

6. Kapitel

Rebecca saß in ihre Arbeit vertieft vor dem Computer und versuchte sich in das Leben der Barlows hineinzuversetzen – in die unglückliche Abigail, den grausamen Charles, die Kinder, die in zartem Alter die Mutter auf so tragische Weise verloren hatten. Dank Cassie hatte sich ihre Geschichte nun noch um eine zusätzliche Figur erweitert. Es handelte sich um den Mann, den Abigail geliebt und den sie weggeschickt hatte. Rebecca vermutete, dass er in Antietam während des Bürgerkriegs eine Autoritätsperson gewesen war. Vielleicht der Sheriff. Sie hätte schon blind sein müssen, um die Parallelen, die sich damit zur Gegenwart auftaten, zu übersehen. Möglicherweise waren sie tatsächlich mehr als ein Zufall. Auf jeden Fall war sie entschlossen, den Dingen sorgfältig auf den Grund zu gehen.

Sie war so beschäftigt, dass es mehrere Minuten dauerte, ehe ihr schließlich auffiel, dass ihr Computer, an den sie auch die Sensoren angeschlossen hatte, laut brummte. Erschrocken zuckte sie zurück und starrte auf den Monitor.

Was war das denn? Sie sprang auf. Plötzlich überlief sie ein eisiger Schauder. Sie warf einen Blick auf das hochsensible Temperaturmessgerät und sah voller Bestürzung, dass die Quecksilbersäule rapide sank. Rebecca legte wärmend die Arme um sich. Es wurde immer kälter.

Und sie spürte nichts außer dieser Kälte. Nichts. Sie hörte nichts, sie roch nichts.

Die Lady kommt nie hier rein.

Das hatte Emma ihr erzählt. Aber vielleicht kam ja der Hausherr? Es musste Charles sein. Sie hatte so viel über ihn gelesen, und wenn sie an ihn dachte, hielten sich Zorn, Angst und Erwartung die Waage.

Rebecca eilte durchs Zimmer und überprüfte sowohl den Rekorder als auch die Kameras auf ihre Funktionstüchtigkeit. Die Lämpchen, die Aufnahmebereitschaft signalisierten, blinkten, und einen kurzen Moment nahm sie noch etwas anderes wahr.

Einen Augenblick später war alles vorbei, und die Wärme strömte in den Raum zurück.

Halb von Sinnen vor Aufregung über das Erlebnis, griff Rebecca sich ihr Diktiergerät.

»Das Geschehen ereignete sich um zwei Uhr acht und fünfzehn Sekunden morgens. Es begann mit einem dramatischen Temperatursturz von zweiundvierzig Grad Fahrenheit, gefolgt von einem leider nicht messbaren Energieschub, dem der umgehende Temperaturanstieg auf normale Zimmertemperatur folgte. Das Geschehen endete um zwei Uhr neun und zwanzig Sekunden morgens. Dauer fünfundsechzig Sekunden.«

Sie stand einen Moment mit dem Diktiergerät in der Hand reglos da und versuchte mit aller Kraft, das Geschehen mit Gedanken noch einmal herbeizuzwingen. Sie war überzeugt davon, dass es Charles gewesen war, sie hatte es ganz deutlich gespürt. Ihr Puls spielte noch immer verrückt. Sie überlegte, wie hoch ihr Blutdruck im Moment wohl sein mochte.

»Los, mach schon, du Feigling! Zeig dich. Ich weiß doch genau, dass du da bist. Komm heraus aus deinem Versteck!«

Du steigerst dich zu sehr in die Sache hinein, warnte sie sich. Sie war dabei, ihre Objektivität zu verlieren, und sie wusste, dass ohne Objektivität jede wissenschaftliche Untersuchung zum Scheitern verurteilt war.

Deshalb zwang sie sich jetzt, sich hinzusetzen, den Blick auf ihre Geräte geheftet, die sie für die nächsten dreißig Minuten nicht aus den Augen lassen wollte. Doch nichts geschah. Bevor sie ihren Computer ausschaltete, machte sie sich gewissenhaft an ihre Aufzeichnungen.

Zu aufgewühlt, um an Schlaf überhaupt nur zu denken, verließ sie ihr Zimmer. Im Flur blieb sie lauschend stehen, doch um sie herum waren nur Dunkelheit und Stille.

Als sie die Treppe nach unten ging, blieb sie auf halber Höhe, da, wo der Soldat erschossen worden war, stehen und dachte an den unglücklichen jungen Mann, der verletzt ins Haus gekommen war, und die entsetzte Abigail, an die verängstigten Sklaven und den kaltblütigen Schurken Charles Barlow.

Doch die Gestalten weigerten sich, zum Leben zu erwachen. Sie waren und blieben nichts als Gedanken.

Sie gab sich in jedem Raum, durch den sie ging, alle erdenkliche Mühe, ihre übersinnlichen Wahrnehmungskräfte herauszufordern, doch ohne Erfolg. Die Erfahrungen, die Cassie, Regan, Rafe und Devin MacKade hier gemacht hatten, blieben ihr verschlossen, sosehr sie sich auch um Zugang bemühte.

Gegen ihre Entmutigung ankämpfend schlug sie schließlich den Weg zur Küche ein. Ein Erlebnis hatte sie immerhin schon gehabt heute Nacht. Man durfte nicht alles auf einmal erwarten. Geduld war bei der ganzen Sache eine ebenso wichtige Tugend wie Offenheit und Neugier.

Als sie die Küche betrat, wurde sie sogleich fast magisch vom Fenster angezogen. Sie stellte sich davor und ließ den Blick über den Rasen und die dahinterstehenden Bäume schweifen. An den Wald grenzten die Felder der MacKade-Farm, wie sie wusste, und dort stand auch das Haus, in dem Shane jetzt wahrscheinlich schlief.

Der Drang, der sie plötzlich überfiel, war so stark, dass sie erschrak. Der Drang hinauszugehen, über das Gras zu laufen, über die Felder. Es zog sie in dieses Haus, hin zu ihm.

Was für ein verrückter Einfall, versuchte sie sich zur Ordnung zu rufen. Sicher war er nicht allein. Sie stellte sich vor, wie er sich an die schöne Brünette oder eine ähnlich attraktive Frau schmiegte.

Rebecca ging rasch aus der Küche, nach oben in ihr Zimmer und legte sich ins Bett.

Im Nu war sie eingeschlafen und begann sofort zu träumen.

Ein Mann legte die Arme um sie, und sie rollten beide zusammen über eine weiche Matratze. Zärtliche Finger kämmten ihr langes, zerzaustes Haar.

»Nicht so laut, John, du weckst das Baby.«

»Du bist es doch, die so viel Lärm macht.« Erfahrene Hände glitten unter ihr Baumwollnachthemd. »Du hast wirklich viel zu viel an, Sarah, ich möchte, dass du nackt bist.«

»Ich bin doch noch so dick von der Schwangerschaft.«

»Du bist überhaupt nicht dick. Du bist perfekt. Und der Kleine ist auch perfekt. Oh Sarah, ich begehre dich, Sarah. Wie sehr ich dich begehre. Ich liebe dich. Komm, lass mich dich lieben.«

Und die weiche Matratze wiegte sich im Rhythmus der Liebe ...

Am nächsten Tag war Rebecca völlig ermattet, und das nicht etwa, weil sie zu wenig geschlafen hatte, sondern weil der Traum sie nicht loslassen wollte. Rebecca verbrachte fast den ganzen Nachmittag in ihrem Zimmer und rief sich per Modem Daten über die Einwohnerschaft von Antietam um 1862 ab.

Ihr Drucker spuckte gerade eine lange Liste mit Namen, Geburts- und Sterbedaten aus, als Cassie an die Tür klopfte.

»Entschuldige, dass ich dich störe.«

»Du störst nicht.« Rebecca warf Cassie über den Rand ihrer Lesebrille einen freundlichen Blick zu. »Ich versuche gerade, den Namen von Abigails Geliebtem herauszufinden – falls sie einen hatte.«

»Oh.« Cassie, die ganz offensichtlich aufgeregt war, fuhr sich mit der Hand durchs Haar und blickte neugierig zum Drucker. »Wie machst du das denn?«

»Durch einen einfachen Eliminierungsprozess – Alter, Familienstand und so weiter.« Erst jetzt fiel ihr auf, dass sie ihre Lesebrille noch aufhatte. Sie nahm sie ab. »Und du bist dir wirklich sicher, dass er nicht verheiratet war?«

»Absolut. Er kann ganz unmöglich eine Frau gehabt haben.«

»Und er war nicht bei der Armee, aber du hast erzählt, dass er irgendeinen Posten bei der Gemeinde an den Nagel gehängt hat, als er die Stadt verließ.«

»Irgendwie komisch, dich so reden zu hören«, sagte Cassie belustigt. »Du sprichst von ihnen, als ob sie gerade eben erst aus dem Zimmer gegangen wären.«

Rebecca lächelte und lehnte sich zurück. »Sind sie das nicht?«

»Nun, ja, vermutlich schon. Irgendwie.« Cassie schüttelte den Kopf. »Du musst mich später über die Sache auf dem Laufenden halten. Ich bin zu dir raufgekommen, weil ich dir sagen wollte, dass ich ganz schnell ins Krankenhaus muss.«

»Ins Krankenhaus?« Alarmiert sprang Rebecca auf. »Hat eins der Kinder einen Unfall gehabt?«

»Oh nein, nein. Shane …«

»Er hatte einen Unfall.« Rebecca wurde blass. »Wo ist er? Was ist passiert?«

»Beruhig dich, Rebecca. Es geht um Savannah. Sie liegt in den Wehen.« Neugierig beobachtete Cassie, wie Rebecca auf ihren Stuhl sank. »Ich wollte dich nicht erschrecken.«

»Schon gut«, sagte Rebecca und seufzte erleichtert. »Man sollte eben nie voreilige Schlüsse ziehen.«

»Shane hat mich vorhin angerufen und mir Bescheid gesagt. Ich wollte nur noch rasch einen Babysitter für die Kinder organisieren. Ich werde sie bei Ed im Café absetzen. Du hast Ed noch nicht kennengelernt, sie ist ein wunderbarer Mensch. Ally kann sie allerdings nicht auch noch nehmen, das wird ihr zu viel, weil im Café um diese Zeit Hochbetrieb herrscht. Aber im Krankenhaus haben sie eine Kinderkrippe.«

Langsam erholte sich Rebecca von ihrem Schreck.

»Ich möchte nur nicht, dass du dir verlassen vorkommst. In der Küche findest du kalten Braten und Kuchen, wenn du Hunger hast. Ich muss das Auto nehmen, aber wenn du irgendwohin fahren musst, geh rüber zur Farm oder zu Jared und borg dir einen Wagen aus.«

»Ich muss nirgends hin.« Rebecca lächelte. »Savannah bekommt ihr Baby. Das ist wundervoll. Ist bis jetzt alles in Ordnung?«

»Bestens, zumindest nach dem letzten Stand. Es ist einfach nur so, dass wir alle da sein wollen, wenn das Baby kommt.«

»Aber natürlich. Das kann ich gut verstehen. Übermittle den Eltern meine besten Wünsche. Und wenn du möchtest, kann ich gern auf Ally aufpassen, bis du wieder da bist. Es würde mir großen Spaß machen.«

»Das ist schrecklich lieb von dir. Aber ich stille noch, und ich weiß nicht, wie lange ich unterwegs sein werde.« Cassie nagte an ihrer Unterlippe, während sie die Dinge in ihrem Kopf zu ordnen versuchte. »Wir erwarten heute keine neuen Gäste, und für die, die hier sind, habe ich dir ein paar Sachen aufgeschrieben, die erledigt werden müssen, falls doch etwas …«

»Mach dir keine Gedanken, Cassie, ich kümmere mich um alles. Ich sehe doch, dass du fast stirbst vor Aufregung.«

»Es gibt nichts Wunderbareres als ein Baby.«

»Ja, da bin ich mir sicher.«

Zwei Stunden später saß Rebecca noch immer vor ihrem Computer, doch bald darauf trieb sie der Hunger nach unten in die Küche.

Die übrigen Gäste hatten den Apfelkuchen, den Cassie hingestellt hatte, fast aufgegessen, aber in der Kaffeemaschine war noch etwas Kaffee, und Rebecca goss sich eine Tasse ein. Sie dachte daran, sich ein Sandwich zu machen, entschied sich dann jedoch für ein Blaubeertörtchen.

Als das Telefon läutete, nahm sie, ohne zu überlegen, ab. »Hallo … Oh – MacKade-Inn.«

»Du hast wirklich eine sehr sexy Telefonstimme, Rebecca.«

»Shane?«

»Und ein gutes Ohr. Wir dachten, es interessiert dich vielleicht, dass die MacKades Zuwachs bekommen haben.«

»Oh, wie schön! Was ist es denn? Ein Mädchen oder ein Junge? Und wie geht es Savannah?«

»Ein Mädchen, und beiden geht es prächtig. Miranda MacKade wiegt acht Pfund und zweihundert Gramm.«

»Miranda.« Rebecca seufzte. »Was für ein hübscher Name.«

»Cassie ist auf dem Heimweg, aber es wird noch ein bisschen dauern, weil sie erst die beiden Kinder bei Ed abholt. Ich dachte mir, dass du dir vielleicht schon Gedanken machst.«

»Das habe ich natürlich. Vielen Dank für deinen Anruf.«

»Ich habe Lust zu feiern. Möchten Sie mit mir feiern, Dr. Knight?«

»Nun …«

»Nichts Großes. Ich hab nicht mal Zeit, mich vorher umzuziehen. Ich könnte bei dir vorbeikommen und dich abholen. Dich zum Bier einladen.«

»Das klingt fast unwiderstehlich, aber …«

»Gut. In einer halben Stunde bin ich da.«

»Ich habe nicht gesagt …« Da ertönte schon das Freizeichen.

Sie würde sich nicht zurechtmachen. Aus reiner Eitelkeit hatte Rebecca einen Blick in den Spiegel geworfen und ihr Make-up etwas nachgebessert, doch das war alles, was sie an Aufwand zu investieren bereit war. Die Leggings und der dünne helle Pullover waren bequem und auf jeden Fall gut genug, um auf die Schnelle mit Shane ein Bier zu trinken.

Sie hinterließ Cassie eine Nachricht auf dem Küchentisch und setzte sich auf die Veranda, um auf Shane zu warten. Es war mittlerweile bereits dunkel geworden, und obwohl der Tag heiß und windstill gewesen war, begann es langsam kühl zu werden. Der Herbst kündigte sich an. Ab und zu rumpelte ein Wagen draußen auf der holprigen Straße vorbei, dann wurde es wieder ganz ruhig um sie herum.

Rebecca genoss die Stille. Als sie ihre Reise angetreten hatte, war sie überzeugt gewesen, dass sie den nie abebbenden Großstadtlärm vermissen würde, doch jetzt nahm sie mit Erstaunen zur Kenntnis, dass ihr New York überhaupt nicht fehlte.

Es ging ihr gut. Sehr gut sogar. Sie saß hier auf der Veranda eines schönen alten Hauses und wartete auf einen äußerst attraktiven Mann, der sie zum Bier einladen wollte. Alles in allem nicht das schlechteste Ende eines produktiven Tages.

Als sie einen Wagen mit großen Scheinwerfern näher kommen sah, vermutete sie, dass es sich um Shanes Truck handelte, und stand auf. Sie schulterte ihre Umhängetasche und ging auf die Straße.

Shane öffnete die Beifahrertür und steckte lächelnd den Kopf heraus. »Das lobe ich mir. Eine Frau, die schon sehnsüchtig vor der Tür auf mich wartet.«

»Tut mir leid, dass ich dich enttäuschen muss.« Sie kletterte in die Fahrerkabine. »Ich wollte nur noch einen Moment den herrlichen Abend genießen. Man riecht schon den Herbst.«

»Du siehst fantastisch aus.«

»Du auch. Wohin fahren wir?«

»Nur runter zu Duff's.« Shane legte einen Arm über die Rückenlehne und setzte zurück. »Nichts Besonderes, aber dafür fühlt man sich dort fast wie zu Hause.«

Die Kneipe war wirklich nichts Besonderes, wie Rebecca wenig später feststellen konnte. Ein großer, nur spärlich beleuchteter Raum mit einer langen Bar, an der sich lärmend die Cowboys aus der Umgebung drängten, und einem Dutzend Tischen, die ebenfalls bis auf den letzten Platz besetzt waren. Im Hintergrund standen Billardtische, die von Neonlampen beleuchtet wurden, deren Grellheit lediglich durch die Rauchschwaden, die in der Luft hingen, etwas gedämpft wurde. Aus der Musikbox ertönte ein Schmachtfetzen, und die Wanddekoration bestand aus Werbeplakaten für Bier sowie einem seltsam charmant wirkenden Poster, das eine Pokerrunde zeigte, die sich aus Hunden zusammensetzte. Die Luft war zum Schneiden dick.

Rebecca fühlte sich auf Anhieb wohl.

Auf dem Weg zur Bar stellte Shane sie mindestens einem halben Dutzend Leute vor.

»Wie geht's, Duff?«

Der magere Barkeeper antwortete irgendetwas Unverständliches, während er die Kronkorken von zwei Bierflaschen abhebelte.

»Darf ich vorstellen – Rebecca, eine Freundin von Regan aus New York.«

»New York ist die Hölle.«

»Waren Sie schon mal da?«, erkundigte sich Rebecca und lächelte den Barmann höflich an.

»Nicht mal für Geld würde ich da auch nur einen Fuß hinsetzen.« Er gab den Flaschen einen kühnen Schubs, sodass sie über die Theke rutschten und genau vor den Gästen, denen sie zugedacht waren, zum Stehen kamen.

»Duff ist eine echte Plaudertasche«, bemerkte Shane trocken, während er mit ihr an einen Tisch ging. »Und außerdem der glücklichste Mann in der ganzen Stadt.«

»Das scheint mir auch so.« Sie setzte sich. »Aber ich bin ja vom Fach.«

Lächelnd hob Shane seine Flasche, um mit ihr anzustoßen. »Auf Miranda Catherine MacKade.«

Rebecca hob ihre Bierflasche ebenfalls und trank einen Schluck. »Los, jetzt erzähl mal.«

»Nun, ich war vor der Geburt ein paarmal bei Savannah, und da war sie nicht so besonders gut aufgelegt. Sie sagte, dass sämtliche MacKades hinter Schloss und Riegel gehörten – wegen gewisser Körperteile.«

»Klingt wirklich absolut verständlich, wenn man bedenkt, dass sie in den Wehen lag.«

»Ja. Wenigstens waren Regan und Cassie nicht ganz so hässlich. Savannah ist immer sehr direkt, musst du wissen. Na, wie dem auch sei. Eine Zeit lang jedenfalls hat sie Gift und Galle gespuckt. Doch nachdem alles vorüber war, war sie sanft wie ein Lamm.«

»Und Jared?«

»Wie werdende Väter eben so sind. Erst standen ihm die Haare zu Berge und der Schweiß lief ihm in Strömen von der Stirn, und hinterher war er ganz glücklich. Es ist immer dasselbe, wenn bei uns ein Baby kommt.«

»Bei uns?«

»Na klar, das betrifft doch die ganze Familie. Du hättest auch mitkommen können.«

»Ich glaube, Savannah hatte genug Gesellschaft.« Sie hob den Kopf. »Wünschst du dir denn auch irgendwann Kinder?«

»Wie? Oh.« Er lehnte sich lächelnd zurück. »Meine Brüder geben sich schon genug Mühe, dafür zu sorgen, dass die MacKades nicht aussterben. Es gibt also wenig Grund für mich, mich auch noch fortzupflanzen. Und du? Denkst du daran, irgendwann mal sesshaft zu werden und selbst Kinder zu haben?«

»Nein.«

Shane nahm sich eine Erdnuss aus der Plastikschüssel und knackte die Schale auf. »Und was treibst du so, außer Geister zu jagen, wenn du nicht Leute analysierst oder Vorlesungen hältst?«, erkundigte er sich und sah Rebecca forschend an.

»Ich lebe in der Hölle, oder hast du das vergessen? Da gibt's immer viel zu tun. Mein Leben ist ausgefüllt.«

Er fuhr mit dem Daumen über ihren Handrücken. »Gibt's da irgendjemanden, der dabei hilft, es auszufüllen?«

»Nein. Nicht direkt.« Sie lächelte und lehnte sich vor. »Wie geht's Darla?«

Er räusperte sich und versuchte Zeit zu gewinnen, indem er einen Schluck Bier trank. »Gut, soweit ich weiß.«

Er fand es nicht der Rede wert zu erwähnen, dass er die gute alte Darla, kurz nachdem sie aufgetaucht war, freundlich wieder hinauskomplimentiert hatte – trotz ihres großzügigen Angebots, Essen zu kochen und ihm auch sonst zu Willen zu sein. »Hast du schon Fortschritte erzielt bei der Geisterjagd?«

»Das ist aber kein besonders eleganter Themenwechsel.«

»Ich habe auch nicht versucht, elegant zu sein.« Er legte seine Hand auf ihre und verschränkte seine Finger mit ihren, bevor sie reagieren konnte. »Also, hast du die Gespenster schon mal gehört oder sogar gesehen?«

»Du wirst es kaum für möglich halten, aber das habe ich tatsächlich.« Es bereitete ihr Vergnügen zu sehen, wie das Lächeln aus seinen Augen verschwand.

»Unsinn.«

»Nein, wirklich. Ich habe alles genau aufgezeichnet. Ein Temperatursturz von zweiundvierzig Grad Fahrenheit in weniger als zwei Minuten.«

Er trank noch einen Schluck aus seiner Flasche. »Du solltest deine Geräte überholen lassen.«

Seine Reaktion amüsierte und interessierte sie zugleich. »Wogegen wehrst du dich? Fühlst du dich bedroht?«

»Warum sollte ich mich von etwas bedroht fühlen, das gar nicht existiert?«

»Warum wehrst du dich dann?«

»Weil …« Er unterbrach sich und kniff die Augen zusammen. »Analysierst du so deine Patienten?«

»Fühlst du dich wie ein Patient?«

»Lass den Unsinn.«

»Entschuldige.« Sie warf den Kopf in den Nacken und lachte. »Ich konnte einfach nicht widerstehen. Ich führe normalerweise keine Einzeltherapien durch, aber du bist wirklich ein gefundenes Fressen. Hast du nicht Lust auf ein bisschen freie Assoziation?«

»Nein.«

»Du hast doch nicht etwa Angst, oder? Es ist ganz einfach. Ich sage ein Wort, und du antwortest mit der ersten Sache, die dir dazu einfällt.«

»Glaubst du wirklich ernsthaft, ich hätte vor solchen dummen Gesellschaftsspielchen Angst? Na los, von mir aus machen wir dein Spielchen. Fang an.«

»Zuhause.«

»Familie.«

Sie musste lächeln. »Vogel.«

»Federn.«

»Auto.«

»Truck.«

»Stadt.«

»Lärm.«

»Land.«

»Boden.«

»Sex.«

»Frauen.« Jetzt hob er ihre ineinanderverschlungenen Hände an den Mund und streifte mit den Lippen leicht ihre Finger. »Rebecca.«

Sie bemühte sich, darüber hinwegzusehen, dass sich ihr Pulsschlag beschleunigte. »Du sollst nur das sagen, was dir als Erstes in den Kopf kommt. Ich würde behaupten, du bist ein sehr bodenständiger Mann, der mit sich selbst im Reinen ist. Aber diese Analyse ist wirklich nur sehr grob über den Daumen gepeilt. Man darf daraus keine voreiligen Schlüsse ziehen.«

»Kann ich es bei dir auch mal versuchen?«

»Nach dem Examen, Farmboy.« Seine Lippen berührten noch immer ihre Finger. Unauffällig rückte sie jetzt mit ihrem Stuhl näher und beugte sich zu ihm hinüber. »Hast du wirklich geglaubt, du könntest mich bei ein paar Bieren in deiner Stammkneipe verführen?«

»Es ist immerhin einen Versuch wert.« Seine Lippen streiften ihr Handgelenk. »Ihr Puls rast, Dr. Knight.«

»Eine ganz normale Reaktion auf einen Stimulus. Nichts Persönliches.«

»Wir könnten etwas Persönliches daraus entstehen lassen.« Er schaute über die Schulter zu den Billardtischen hinüber. Ein Tisch war frei. »Was hältst du von einer Wette?«

»Kommt ganz darauf an, um was es dabei geht.«

»Wir spielen eine Runde Billard, und wer gewinnt, darf sich was wünschen.«

Sie zog die Brauen zusammen. »Billard? Ich kenne ja noch nicht einmal die Spielregeln.«

Umso besser, dachte er. »Ich erkläre sie dir.«

»Okay. Und was wünschst du dir?«

»Wenn ich gewinne, setzen wir uns gleich in meinen Truck und schmusen ein bisschen. Ich hab wirklich große Lust dazu.«

Sie holte tief Atem und versuchte die Fassung zu wahren. »Und wenn ich gewinne, möchte ich, dass du mich nicht behinderst, wenn ich mit meinen Geräten auf die Farm komme, sondern mir bei meiner Arbeit hilfst.«

»Aber sicher.« Nun stand er auf und führte sie mit dem selbstzufriedenen Gesichtsausdruck eines Berufsspielers an den Billardtisch. »Weil du Anfängerin bist, gebe ich dir natürlich fairerweise einen Freistoß.«

»Sehr großzügig«, erwiderte sie spöttisch.

Da er ein fairer Spieler war und zudem einer, der nur sehr selten verlor, erklärte er ihr die Spielregeln sehr sorgfältig. Als er ihr demonstrierte, wie sie den Queue halten musste, nutzte er die günstige Gelegenheit, sich eng an sie zu drängen und ihr seine Anweisungen ins Ohr zu flüstern.

»Man muss den Stoß mit viel Gefühl führen«, raunte er, während er sich dicht hinter ihr über den Tisch beugte und tief ihren Duft einatmete. »Du brauchst keine Kraft, nur Gefühl. Geschmeidigkeit ist das A und O.«

Sie versuchte ihn, so gut es ging, zu ignorieren und stieß mit dem Queue, den sie beide in der Hand hielten, zu.

»Sehr gut«, sagte er. Sie richtete sich auf. Als sie sich zu ihm umwandte, legte er die Hände auf ihre Hüften. »Warum tun wir nicht einfach so, als sei das Spiel schon zu Ende, und gehen sofort zum gemütlichen Teil des Abends über?«

»Eine Wette ist eine Wette, die wird jetzt wie verabredet ausgetragen. Finger weg, Farmboy.«

»Ich kann warten«, gab er gut gelaunt zurück. Er sah es schon vor sich, wie sie im Truck in seinen Armen lag. »Ich gebe dir zwei Bälle Vorsprung. Fang an.«

»Ich lasse dir den Vortritt.« Sie trat einen Schritt zurück und rieb ebenso wie er die Queuespitze mit Kreide ein.

Die Spielregeln waren einfach genug.

Als Shane sich nun über den Tisch beugte, ließ sie ihn nicht aus den Augen. Lange Beine, lange Arme, große Hände. Seine Augen faszinierten sie so, dass sie vergaß, darauf zu achten, wie er den Stoß führte, aber sie sah das Resultat. Drei Bälle fielen nacheinander ins Loch.

Mit zusammengekniffenen Augen studierte sie seine Technik, die Geschwindigkeit und die Richtung, in der die Bälle über das grüne Spielfeld sausten. Natürlich hatte sie schon öfter beim Billard zugeschaut. In dem Countryclub, in dem ihre Eltern Mitglied waren, gab es auch einen Billardtisch. Aber besonders viel Aufmerksamkeit hatte sie diesem Spiel bisher noch nicht gewidmet.

Shane versenkte noch zwei weitere Bälle, ehe er ihr einen Blick zuwarf. Sie hatte die Brauen hochgezogen und den Kopf leicht schräg gelegt. Es war interessant, sie beim Denken zu beobachten. Noch interessanter würde es allerdings sein, ihr Gesicht zu betrachten, wenn sie vor Lust fast verging. Aber es war nicht sehr fair von ihm, den Tisch leer zu räumen, noch bevor sie überhaupt in Aktion getreten war.

Um ihr auch eine Chance einzuräumen, versuchte er sich an einem nahezu unmöglichen Stoß. Fast hätte er es geschafft, aber am Ende streifte der Ball den Rand des Loches doch nur und rollte ins Aus.

»Du bist dran, Doc.«

Er kam um den Tisch herum, um ihr Hilfestellung zu leisten, aber sie schob ihn ungeduldig beiseite. »Ich möchte es gern allein versuchen.«

»Ganz wie du willst.« Siegesgewiss lächelte er sie an. »Der Gelbe erscheint mir vielversprechend. Du solltest es mit ihm probieren.«

»Schon gesehen.« Sie beugte sich über den Tisch, zielte sorgfältig und stieß zu. Der Ball rollte ins Loch.

»Nicht übel.« Sichtlich erfreut ging er hinüber zum Tisch, um sein

Bier zu holen. »Du stehst genau richtig für den nächsten Stoß«, bemerkte er anzüglich, nachdem er zurückgekehrt war. »Wenn du …«

Sie hob den Kopf und warf ihm einen warnenden Blick zu. »Spar dir deine guten Ratschläge.«

»Oh, Verzeihung.« Er hob um Vergebung bittend die Hand. »Ich habe doch nur versucht, dir zu helfen. Aber wenn du keine Ratschläge möchtest … Du bist immer noch dran.«

Er schnalzte leise mit der Zunge, als sie die Nummer fünf ins Visier nahm. Sah die Frau denn nicht, dass der Dreier einen sicheren Treffer garantierte? Um sein triumphierendes Lächeln zu verbergen, hob er sein Bier und setzte es genüsslich an die Lippen. Wenn sie so weitermachte, hatte er sie in spätestens fünf Minuten genau da, wo er sie haben wollte.

Einen Moment später traute er seinen Augen nicht. Der Ball, den sie anvisiert hatte, prallte gegen die Bande, kam in einem scharfen Winkel zurück und schickte die Kugel mit der Nummer drei ins Loch. Sie verzog keine Miene, sah nicht einmal auf, sondern nahm sofort die nächste ins Visier.

Ein paar Gäste, die sich zum Zuschauen um den Tisch versammelt hatten, raunten beifällig.

Sie spielte methodisch und legte zwischen den einzelnen Stößen nur kurze Pausen ein. Mit zusammengezogenen Brauen, das Spielfeld nicht aus den Augen lassend, umkreiste sie wie ein Raubtier auf dem Sprung den Tisch und landete einen Treffer nach dem anderen. Shane vergaß sein Bier.

Um das Maß seiner Demütigung vollzumachen, schickte sie schließlich auch einen seiner eigenen Bälle ins Loch.

Nachdem schließlich auch noch der Ball mit der Nummer acht in der Versenkung verschwunden war, richtete sie sich auf. »Das war's.«

Tosender Beifall brandete auf. Verschiedene Männer schlugen ihr auf die Schulter und wollten sie zum Bier einladen. Shane lehnte sein Queue an den Tisch.

»Hast du dir vielleicht mal mit Billardspielen das Geld fürs College verdient?«

Rebecca, deren Wangen vor Aufregung und Stolz gerötet waren, strahlte ihn an. »Nein, ich hatte zahlreiche Stipendien. Ich habe noch nie vorher in meinem Leben Billard gespielt.«

»Ich will verdammt sein.« Er schob die Hände in die Hosentaschen und sah Rebecca kopfschüttelnd an. »Du hast den ganzen Tisch leer geräumt. Das war nicht nur Glück, sei es nun Anfängerglück oder sonst was.«

»Nein, war es nicht. Es war Wissenschaft. Physik und Geometrie, ein bisschen Mathematik.« Hocherfreut, schon wieder etwas Neues gelernt zu haben, fuhr sie sich mit der Hand durchs Haar. »Was hältst du von noch einem Spiel? Ich lasse dir diesmal auch zwei Bälle Vorsprung.«

Der Fluch lag ihm schon auf der Zunge, doch dann lachte er. »Zum Teufel! Drei wären mir noch lieber!«

7. Kapitel

Sie konnte nicht einmal kochen. Shane hatte noch nie in seinem Leben jemanden kennengelernt, der mit einem Herd nicht mehr anzufangen wusste, als eine Dosensuppe darauf warm zu machen. Und selbst das stellte sich für Rebecca bereits als ein Projekt von enormen Ausmaßen dar.

Es machte ihm nichts aus, dass sie sich bei ihm einquartiert hatte. Zumindest war es ihm gelungen, sich das einzureden. Er hatte sie gern um sich, und wenn sie eines Abends in seinem Bett landete, wäre er der Letzte, der Einwände dagegen erheben würde. Das Einzige, was ihn an der ganzen Angelegenheit extrem störte, waren die Gründe, weshalb sie hier war.

Überall standen ihre Geräte herum – in der Küche, im Wohnzimmer, im Gästezimmer. Er konnte nicht mehr durch sein eigenes Haus gehen, ohne sich mit einer Videokamera konfrontiert zu sehen.

Es erstaunte ihn, dass eine zweifellos intelligente junge Frau allen Ernstes glaubte, Videoaufzeichnungen von Gespenstern machen zu können.

Doch die Sache hatte auch ihre Vorteile. Da sie nicht kochen konnte, erklärte sie sich zum Ausgleich dafür nach den Mahlzeiten stets bereit, das Geschirr zu spülen. Deshalb war es nur noch halb so schlimm, vom Feld nach Hause zu kommen und sie in der Küche vorzufinden, wo sie so emsig, als hinge ihr Leben davon ab, auf ihrem kleinen Laptop herumtippte.

Sie hielt sich meistens in der Küche auf, weil sie sich dort, wie sie behauptete, am wohlsten fühlte.

Die erste Nacht hatte er mit Anstand überstanden, doch ganz einfach gewesen war es zugegebenermaßen nicht. Die Vorstellung, dass sie nur ein paar Zimmer weiter in ihrem Bett lag und schlief, hatte ihn so erregt, dass er nach vielen quälenden Stunden froh war, als endlich der Morgen graute.

Zum Frühstücken war sie nach unten gekommen, obwohl sie kaum etwas gegessen hatte. Aber sie trank Kaffee, teilte sich die Morgenzeitung mit ihm und stellte ihm einige Fragen. Und was sie alles wissen wollte!

Und doch gefiel es ihm, Gesellschaft zu haben. Er konnte sich nicht erinnern, dass eine Frau ihn jemals so beschäftigt hatte. Je länger er über diese Tatsache nachdachte, desto besorgniserregender fand er sie.

Shane MacKade lehnte es ab, sich über etwas Sorgen zu machen. Und sich über eine Frau den Kopf zu zerbrechen, die ihm allem Anschein nach nicht dieselbe Aufmerksamkeit entgegenbrachte wie er ihr, kam für ihn schon gar nicht infrage.

Es ist nur eine Sache der Einstellung, sagte er sich. Sie war Gast in seinem Haus, und ein anständiger Mann versuchte nicht, aus seinen Gästen einen Vorteil zu ziehen. Deshalb wollte er sie so schnell wie möglich wieder aus dem Haus haben.

Als es zum dritten Mal laut schepperte, weil er mit einem Topf gegen einen anderen stieß, schob sich Rebecca die Brille ein Stückchen tiefer und spähte über den Rand hinweg zu ihm hinüber. »Shane, ich möchte nicht, dass du dich verpflichtet fühlst, für mich zu kochen.«

»Da du ja nicht kochen kannst, wird mir nichts anderes übrig bleiben«, erwiderte er brummig.

»Ich weiß aber zum Beispiel, wie man ein Telefon bedient. Warum lassen wir uns nicht einfach irgendwas zu essen kommen? Das macht die Sache doch viel leichter.«

Er wandte sich zu ihr um. »Du bist hier nicht in New York, Schätzchen, ich glaube, das hast du vergessen. Hier gibt es niemanden, der dir was ins Haus bringt.«

»Oh.« Sie gab einen leisen Seufzer von sich und setzte die Brille ab. Dann stand sie vom Tisch auf, stellte sich hinter ihn und begann, ihm die Schultern zu massieren. »Du hattest bestimmt einen harten Tag. Es muss sehr ermüdend sein, Stunden um Stunden auf dem Traktor zu sitzen und anschließend auch noch das Vieh zu versorgen.«

»Wenn man nachts gut schläft, ist es kein Problem«, gab er zähneknirschend zurück.

»Du bist wirklich schrecklich verspannt. Komm, setz dich doch hin. Ich öffne eine Büchse Fleisch und mache uns ein paar Sandwiches.«

»Ich will keine Sandwiches.«

»Mehr habe ich dir leider nicht anzubieten.«

Er wirbelte herum und zog sie mit einem leisen Aufstöhnen in die Arme. »Ich will dich!«

Ihr Herz machte einen Sprung. »Ich war der Meinung, dass wir uns geeinigt hätten. Du hast dich mit einer Art Arbeitsbeziehung einverstanden erklärt für die Zeit, in der ich hier wohne. Von einer Bettgeschichte war nicht die Rede.«

»Ich weiß selbst, womit ich mich einverstanden erklärt habe.« Sein Blick, dunkel und stürmisch plötzlich, schien sie zu durchbohren. »Deshalb muss es mir noch lange nicht gefallen.«

»Nein, das muss es nicht. Ist dir schon mal in den Sinn gekommen, dass du deshalb verärgert sein könntest, weil ich nicht so auf dich reagiere, wie du gewohnt bist, dass Frauen im Allgemeinen auf dich reagieren?«

»Wir reden jetzt nicht über andere Frauen. Wir reden über dich. Über dich und mich. Hier und jetzt.«

»Wir reden über Sex«, erwiderte sie und drückte kurz seinen Arm, bevor sie einen Schritt zurücktrat. »Und ich denke darüber nach.«

»Du denkst darüber nach?« Er sah sie fassungslos an. »Du denkst darüber nach, so wie du darüber nachdenkst, ob du lieber Fisch oder Huhn zu Mittag essen würdest? Das kann ja wohl nicht wahr sein!«

»Es ist ein sensibles Thema. Damit umzugehen, meine ich.« Sie drehte ihm den Rücken zu, ging seelenruhig hinüber zum Tisch und setzte sich.

Damit umzugehen? Er kochte vor Wut. »Gedenkst du es mich wissen zu lassen, wenn du mit deinen Überlegungen zu einem Schluss gekommen bist?«

»Du bist der Erste, der es erfährt«, erwiderte sie ruhig und nippte an ihrem Glas.

Er versuchte, Haltung zu bewahren. Es war ein harter Kampf, sogar für einen MacKade. Sachliche Argumente, das war es, was sie verstand. Okay, das sollte sie auch bekommen. Dann würde er eben sachlich argumentieren.

»Weißt du, wenn ich jetzt so darüber nachdenke, muss ich dir gestehen, dass ich dich eigentlich ein bisschen zu cool finde. Ich bevorzuge weichere, wärmere Frauen.«

»Desinteresse vorzuschützen ist ein guter Trick, Farmboy. Ich bin sicher, dass er in neun von zehn Fällen funktioniert.« Sie zwang sich, ihn anzulächeln. »Aber bei mir musst du dir schon ein bisschen mehr Mühe geben.«

»Ich werde mein Möglichstes tun.« Da ihm bewusst war, dass er im Moment die schlechteren Karten hatte, schlenderte er so lässig wie möglich zur Tür und ging hinaus. Er musste jetzt nur noch entscheiden, welcher von seinen Brüdern ihm als Zielscheibe für seine Aggressionen dienen sollte.

Rebecca stieß einen langen Seufzer aus und rieb sich die Augen. Woher hätte sie wissen sollen, dass diese kaum mehr gezügelte Wut, dieses heiße Begehren, diese angeborene Arroganz sie so erregten?

Fast wäre sie bereit gewesen, sich ihm hinzugeben. In dem Moment, in dem er herumgewirbelt war und sie an sich gezogen hatte, war sie geneigt gewesen, alle Bedenken in den Wind zu schlagen. Aber …

Ihr war klar gewesen, dass ihr die Kontrolle entglitten wäre. Er war im Augenblick einfach zu unberechenbar. Er hätte sie einfach genommen. Und so verlockend diese Vorstellung auch war, jagte sie ihr doch gleichzeitig eine Riesenangst ein.

Wenn er wüsste, dass sie lediglich die Absicht hatte abzuwarten, bis sie ruhiger geworden war und sichergehen konnte, dass auch er sich wieder unter Kontrolle hatte. Sie war überzeugt davon, dass Shane in ausgeglichener Gemütsverfassung ein zärtlicher und rücksichtsvoller Liebhaber sein würde. Doch aufgewühlt und voller Begehren wie im Moment, würde er wahrscheinlich ungeduldig und fordernd sein.

Also blieb ihnen beiden nichts als abzuwarten, bis der richtige Augenblick gekommen war.

Sie lehnte sich mit geschlossenen Augen zurück und genoss die Stille, die ihr wie die Ruhe nach dem Sturm erschien. Es fiel ihr so leicht, sich hier zu entspannen, sie fühlte sich so wohl in seiner Küche, in seinem Haus.

Der Geruch nach verbranntem Holz lag in der Luft, der Bratenduft sowie der Duft nach Zimt und Äpfeln. Und die brennenden Holzscheite im Herd knisterten anheimelnd. All diese Dinge machten aus diesem Haus ein Zuhause. Obwohl …

Plötzlich fröstelte Rebecca, die Augen noch immer geschlossen, den Körper angespannt. Wie kam sie auf Bratenduft? In der Backröhre war kein Braten, wie konnte sie ihn dann riechen? Und im Herd brannte doch auch überhaupt kein Feuer, woher kam also das anheimelnde Knistern?

Langsam öffnete sie die Augen. Der Raum schwankte leicht und begann vor ihren Augen zu verschwimmen: Ein gusseiserner Küchenherd, in dem ein Feuer lichterloh brannte, das Fenster war weit geöffnet, Sonnenstrahlen fielen herein, und auf dem Fensterbrett stand ein frisch gebackener Apfelkuchen zum Auskühlen.

Sie blinzelte, dann war das Bild verschwunden. Jetzt sah sie nur noch blitzende Kacheln und Holz, hörte das leise Summen des Kühlschranks.

Nur die Gerüche blieben. Wie ein Echo glaubte sie das leise Weinen eines Babys zu vernehmen.

»Okay, Rebecca«, flüsterte sie mit bebenden Lippen vor sich hin. »Du wolltest es so. Scheint so, als hättest du eben genau das bekommen, was du dir gewünscht hast.«

Sie stand auf und eilte ins Wohnzimmer, wo ihre Videokamera und zahlreiche andere Geräte zwischen den gemütlichen Sesseln, dem Schaukelstuhl und den Bücherregalen herumstanden. Einen Temperatursturz hatte ihr Messgerät nicht registriert, aber sie spürte die starke elektrische Aufladung der Atmosphäre. Dazu brauchte sie kein Messgerät. Ein Schauder überlief sie.

Sie war nicht allein.

Das Baby weinte. Eine Hand auf ihren Mund gepresst, starrte sie auf ihren Rekorder. Ob das leise Weinen hörbar sein würde, wenn sie das Band zurückspulte und es abspielte? Oben wurde eine der Schlafzimmertüren behutsam geschlossen. Dann hörte sie, wie die Wiege hin- und hergeschaukelt wurde. Das Weinen verstummte mit einem Mal.

Jemand wiegt das Baby in den Schlaf, dachte sie. Es wurde beschützt und geliebt. Beschützt und geliebt, wie auch sie sich hier in diesem Haus fühlte.

Erst nachdem alles wieder ruhig geworden war, ging sie an ihren Computer und begann, die Ereignisse sorgfältig zu protokollieren.

Es war fast Mitternacht, als Shane nach Hause kam und Rebecca genau dort vorfand, wo er sie verlassen hatte. Sein Zorn war verraucht. Zwar hatte keiner seiner Brüder ihm den Gefallen getan, sich auf einen Boxkampf mit ihm einzulassen, doch Devin war es immerhin gelungen, ihm seine schlechte Laune zu nehmen.

Als er allerdings jetzt Rebecca mit zerzausten Haaren und halb von der Nase heruntergerutschter Brille vergnügt vor ihrem Laptop sitzen sah, hatte er die schlimmsten Befürchtungen, dass seine schlechte Laune zurückkehren könnte.

»Willst du nicht endlich Schluss machen? Es ist schon sehr spät.«

»Ich bin zwanghaft besessen. Hi.«

»Hi.« Als er auf ihre geröteten Wangen und das Lächeln, das ihre Mundwinkel umspielte, aufmerksam wurde, zog er die Augenbrauen zusammen. »Was treibst du denn?«

»Nichts. Ich habe nur ein bisschen mit den Geistern gespielt. Sie sind sehr nett.«

Er trat näher. Neben ihrem Computer stand eine fast leere Flasche Wein. Und ein halb volles Glas. Er schenkte ihr einen zweiten Blick und lachte dann laut heraus.

»Sie sind abgefüllt, Dr. Knight.«

»Falls du damit zum Ausdruck bringen willst, dass ich betrunken bin, kann ich nicht umhin, deiner Diagnose zuzustimmen. Ich bin sehr, sehr betrunken.«

Sie hob das Glas und schaffte es, daran zu nippen, ohne etwas zu verschütten. »Ich weiß auch nicht, was passiert ist. Vielleicht hab ich deshalb ein bisschen viel getrunken.«

Sie lächelte ... beschwipst. Mehr als beschwipst. Die Tatsache, dass es ganz offensichtlich auch ihr nicht in jeder Situation gelang, die Kontrolle zu behalten und alles rein wissenschaftlich anzugehen, erfüllte ihn mit tiefer Befriedigung.

»Genau das wollte ich.« Er legte ihr einen Finger unters Kinn und hob sanft ihren Kopf. »Hast du denn etwas gegessen?«

»Wie denn? Ich kann doch nicht kochen.« Das fand sie dermaßen lustig, dass sie sich ausschüttete vor Lachen.

Es war unmöglich, ihr böse zu sein. Sie sah so süß aus. Er nahm ihr die Brille ab und legte sie auf den Tisch. »Lass uns raufgehen, Baby.«

»Willst du mich denn vorher nicht wenigstens mal küssen?« Nach diesen Worten rutschte sie langsam vom Stuhl und sank zu Boden.

Shane fluchte leise und bückte sich, um sie aufzuheben. Auch wenn sie wesentlich mehr Alkohol intus hatte, als ihr guttat, konnte sie noch immer sehr gut zielen. Sie suchte und fand seine Lippen und küsste ihn.

»Hmm ... schmeckst du gut.« Da sich in ihrem Kopf alles zu drehen begann, legte sie die Arme um seinen Nacken und klammerte sich an ihm fest. »Komm, leg dich neben mich, ja? Und küss mich noch mal. Davon wird mir so schön schwindlig, und mein Herz fängt an zu rasen. Willst du mal fühlen?« Sie nahm seine Hand und legte sie auf ihre Brust. »Spürst du's?«

Oh ja, er spürte es. »Lass das jetzt.« Er setzte alles daran, nicht den Kopf zu verlieren. Schließlich war er ein Ehrenmann. Trotz alledem, und er hätte sich nie verziehen, wenn er die Situation ausnutzen würde. »Du bist indisponiert, Schätzchen.«

»Oh, ich fühle mich großartig. Hast du keine Lust?«

Wieder fluchte er. Er hob sie hoch, wobei es ihm nicht gelang, ihren Küssen auf seine Wange und seinen Hals auszuweichen.

»Hör jetzt sofort auf, Rebecca. Nimm dich zusammen.«

»Wozu? Ich habe mich mein ganzes Leben lang zusammengenommen. Komm, zieh das aus.« Sie fummelte an seinen Hemdknöpfen herum. »Du gefällst mir im Unterhemd. Du hast so schöne Muskeln. Ich will sie spüren.«

Jetzt fluchte er wie ein Henkersknecht, während er sie aus der Küche trug. »Dafür wirst du büßen. Du wirst morgen einen Riesenkater haben.«

Sie kicherte, strampelte mit den Beinen und durchwühlte sein volles Haar. Obwohl sie leicht war wie eine Feder, begannen ihm die Arme zu zittern, und die Knie wurden ihm weich.

Als sie ihm zärtlich ins Ohrläppchen biss, hätte er fast aufgeschrien.

»Oh, ich liebe dieses wundervolle Haus. Ich liebe dich. Ich liebe alles. Nehmen wir uns noch eine Flasche Wein mit ins Bett?«

»Nein, und du würdest besser daran tun …« Er beging den Fehler, den Kopf zu senken und auf sie hinunterzuschauen. Sie nützte die Gelegenheit, erneut seinen Mund zu erobern.

Ehrenmann hin oder her, er war noch immer ein Mann. Eine Hitzewelle durchlief ihn, verursachte ihm Qualen, führte ihn in Versuchung. Mit einem langen, verzweifelten Seufzer ließ er sich mit seiner Last auf der Treppe nieder und ergab sich diesen herrlichen, willfährigen Lippen. »Rebecca«, flehte er, »du machst mich verrückt.«

»Ich hab gern mit Verrückten zu tun, schließlich bin ich ja Psychiaterin.« Wieder schüttete sie sich aus vor Lachen, während sie sich eng an ihn schmiegte. Sie zerrte ihm das Unterhemd aus der Hose und streichelte seine glatte, mittlerweile mit einem feinen Schweißfilm überzogene, heiße Haut. »Küss mich noch mal, aber so richtig mit der Zunge. Ich find's so herrlich, wenn du das machst.«

»Oh nein!« Er wiederholte diese Worte im Stillen wie ein Gebet, nachdem er aufgestanden war und während er sie über den Flur ins Gästezimmer trug. Er beabsichtigte lediglich, sie aufs Bett zu legen und sich dann so unauffällig und würdevoll wie möglich zurückzuziehen.

Aber er hatte die Rechnung ohne den Wirt gemacht. Der Alkohol verlieh ihr ungeahnte Kräfte. Als er sie hinlegte, zerrte sie derart an ihm, dass er das Gleichgewicht verlor und auf sie fiel. »Ah, wie herrlich.« Sie seufzte genießerisch. Dann bog sie sich ihm entgegen. »Oh, Shane!«

Er stöhnte hilflos. Als er fühlte, wie sie ihre schmalen Hände auf seinen Po legte, war er mit seiner Beherrschung am Ende.

»Nein. Nein.« Er musste an sich halten, ihr nicht die Kleider vom Leib zu reißen.

»Doch«, rief Rebecca lachend. »Sobald wir dir diese Hose hier ausgezogen haben.«

Er versuchte sie daran zu hindern, seinen obersten Hosenknopf zu öffnen, sah in das herrlich verführerische Gesicht unter sich, um sich nur einen Moment später in einer wahrhaft titanischen Anstrengung daran zu erinnern, dass es Spielregeln gab, an die man sich halten musste.

»Du hörst jetzt sofort auf.« Nicht gerade sanft packte er sie an den Handgelenken und hielt sie fest. »Lass die Finger von mir, verdammt noch mal.«

Sie lächelte ihn an und begann sich in sinnlich träger Langsamkeit unter ihm hin und herzubewegen. »Ich verspreche dir auch, dir nicht wehzutun.« Wieder schüttete sie sich aus vor Lachen. »Du schaust so böse. Komm, küss mich.«

»Ich könnte dir den Hals umdrehen.« Aber er küsste sie, allerdings wohl eher aus Frust denn aus Verlangen. Der Kuss war grob und wild und fast schon ein wenig gemein. Als er sich schließlich von ihr zurückzog, sah er, dass ihre Lider schwer waren. Das verführerische Lächeln umspielte allerdings noch immer ihre Mundwinkel.

»Mmmehr ...«

Sein Körper peinigte ihn, die Ader an seiner Schläfe pochte heftig. »Wart's ab, Rebecca«, sagte er grimmig. »Du bekommst mehr, aber dann wirst du stocknüchtern sein und dich dennoch nicht mal mehr an deinen eigenen Namen erinnern.«

»Okay«, murmelte sie zustimmend, während ihr die Augen schließlich ganz zufielen. »Okay.« Im nächsten Augenblick war sie eingeschlafen.

Shane blieb noch einen Moment auf ihr liegen und rang nach Atem. Er spürte, wie sich ihre Brüste unter ihm hoben und senkten.

»Ich will nicht, dass du mich morgen früh hasst, Baby«, flüsterte er, als er sich schließlich erhob.

Er zog die Decke sorgfältig über sie und überließ sie, vollständig bekleidet bis hin zu den Schuhen, ihrem Schicksal.

Als Rebecca am nächsten Morgen, etwas blass um die Nase, im Morgenrock am Frühstückstisch erschien, lächelte Shane schadenfroh.

»Wie geht's, Doc?«

Vorsichtig räusperte sie sich. »Gut, danke.« Sie warf einen Blick auf den Tisch, auf dem noch immer die fast leere Weinflasche und ihr Glas als untrüglicher Beweis für ihren Absturz standen. »Mir scheint, ich habe gestern etwas zu viel getrunken.«

»Das ist milde ausgedrückt.« Er knallte die Tür vom Küchenschrank lauter zu als notwendig. Dass sie nicht im Mindesten zusammenzuckte, enttäuschte ihn etwas. »Genau gesagt warst du gestern Abend stockbetrunken.«

Jetzt zuckte sie zusammen. »Ich bin nicht daran gewöhnt, so viel Alkohol zu trinken. Vor allem war es ziemlich dumm, das auf nüchternen Magen zu tun. Ich möchte mich bei dir entschuldigen und mich bedanken, dass du mich ins Bett gebracht hast.«

Sein triumphierendes Lächeln verschwand. Für seinen Geschmack hatte sie sich schon wieder allzu gut in der Gewalt, dabei musste sie doch einen Riesenkater haben. »Was macht der Kopf?«

Sie lächelte, erfreut über sein Interesse an ihrem Befinden. »Dem geht's auch gut.«

Er sah sie fassungslos an. Gab es denn überhaupt keine Gerechtigkeit auf der Welt? »Du hast keinen Kater?«

»Nein!«, entgegnete sie fröhlich. »Aber ich könnte jetzt ein bisschen Kaffee vertragen.«

Sie ging zur Kaffeemaschine. Mit sicherem Gang, wie Shane mit wachsender Verärgerung registrierte. Das grelle Sonnenlicht, das durch die Fenster hereinfiel, schien sie nicht zu stören. Sie zuckte mit keiner Wimper. Kein leiser Seufzer entfuhr ihr, kein verhaltenes Stöhnen.

»Du hast fast eine ganze Flasche Wein auf nüchternen Magen getrunken und fühlst dich trotzdem gut?«, vergewisserte er sich ein zweites Mal.

»Ja … Ich habe Hunger.« Sie lächelte ihn an, während sie sich Kaffee eingoss. »Ich muss mich wohl ziemlich idiotisch aufgeführt haben letzte Nacht. Danke für dein Verständnis.«

»Bitte, bitte. Keine Ursache.« Ihm war der Appetit vergangen.

Auf jeden Fall verdiente er neben der Entschuldigung auch noch eine Erklärung. »Es war doch nur, weil …« Wie sollte sie ihm von dem, was sie erlebt hatte, erzählen? »Ich … Du bist wütend auf mich. Das ist dein gutes Recht. Ich habe mich wirklich schrecklich danebenbenommen.«

Sie trat auf ihn zu und legte ihm eine Hand auf den Arm. »Und du warst so rücksichtsvoll und süß.«

»Süß«, wiederholte er. »Kannst du dich erinnern, was passiert ist?«

»Natürlich«, erwiderte sie, ein bisschen überrascht. Sie lehnte sich gegen den Tresen und nippte an ihrem Kaffee. »Ich war … nun, ich war ziemlich aufdringlich … anders kann man es wohl nicht bezeichnen. Das ist normalerweise nicht mein Stil. Ich bin sehr erleichtert, dass du mein Verhalten dem Alkohol zuschreibst. Ich hätte dir keinen Vorwurf gemacht, wenn du mich einfach hier auf dem Fußboden hättest liegen lassen.«

Mehr amüsiert über sich selbst als beschämt lächelte sie ihn über den Rand ihrer Tasse hinweg an. »Ich muss wirklich völlig beschwipst gewesen sein. Obwohl ich mir kaum vorstellen kann, dass eine so sturzbetrunkene Frau eine große Versuchung darstellt, finde ich dennoch, dass du dich sehr rücksichtsvoll mir gegenüber verhalten hast. Du warst sehr geduldig.«

Sie hatte nicht mal die Güte, sich gedemütigt zu fühlen. Er rauchte vor Zorn. Und, viel schlimmer noch, sie machte aus ihm auch noch einen Heiligen. »Du warst widerlich.«

»Ich weiß. Aber wie auch immer, es war eine Erfahrung. Ich war noch nie im Leben so betrunken, und ich glaube auch nicht, dass es jemals wieder so weit kommen wird. Glücklicherweise ist mir das nicht in der Öffentlichkeit passiert, und ich bin froh, dass du es warst, der sich um mich gekümmert hat. Kann ich ein Stück von diesem Schinken haben?«

Ganz cool bleiben, befahl er sich. Mit äußerster Konzentration gelang es ihm, seine Stimme ruhig zu halten. »Bist du jetzt nüchtern, Rebecca?«

»Wie ein Buchhalter.« Sie biss ein Stück von der Schinkenscheibe ab und kaute genüsslich. »Und ich beabsichtige, es für lange Zeit zu bleiben.«

Langsam nickte er, wobei er sie nicht aus den Augen ließ. »Klarer Kopf und alles im Griff?«

Sie setzte zu einer Erwiderung an, doch irgendetwas in seinem Tonfall ließ sie aufhorchen. Als sie ihn jetzt ansah, war sie auf der Hut. Der dunkle, gefährliche Ausdruck, der in seinen Augen lag, veranlasste sie, einen Schritt zurückzuweichen. »Shane ...«

Er riss sie so überraschend in seine Arme, dass ihr vor Schreck die Kaffeetasse aus der Hand rutschte und auf den Kacheln zerschellte.

»So, so, süß bin ich also.« Außer sich vor Zorn und Frustration presste er seinen Mund auf ihren, während er sie gegen den Kühlschrank drängte. »Rücksichtsvoll. Geduldig.« Er löste sich gerade lange genug von ihren Lippen, um die Worte hervorstoßen zu können.

»Ja. Nein.« Wie sollte sie denken, wo ihr doch plötzlich ganz schwindlig wurde?

»Du hast mich fast um den Verstand gebracht.«

Er bog ihren Kopf in den Nacken und küsste sie verlangend, was in ihr ein nie gekanntes Feuer auflodern ließ. »Weißt du eigentlich, wie sehr ich dich begehre, Rebecca? Machst du dir davon überhaupt einen Begriff?«

Er klärte sie auf, hart und schonungslos, mit seinen Lippen, seiner Zunge, seinen Händen, mit seinem heißen Körper, dessen Muskeln stählern waren vor Anspannung. Sie rang nach Atem und schmolz dahin, seinen aufreizenden Liebkosungen hilflos ausgeliefert.

»Verstehst du mich jetzt?«, stieß er rau hervor und hob sie dann hoch, ohne eine Reaktion oder Antwort abzuwarten.

In plötzlich aufkommender Panik versuchte sie sich freizumachen.

»Warte.«

»Einen Teufel werde ich tun. Du solltest besser nein sagen, Rebecca. Laut und deutlich. Aber sag es rasch, ehe es zu spät ist. Wenn du mir begreiflich machst, dass du es nicht willst, dass du mich nicht willst, lass ich dich runter. Aber sag es klar und deutlich.«

Ihre Hand lag auf seiner Brust, deshalb konnte sie hören, wie sein Herz hämmerte. Ihre Hand zitterte. Vor Angst, wie sie im ersten Moment angenommen hatte. Doch es war nicht Angst, nein, es war alles andere als Angst. Es war Verlangen.

»Ich kann nicht.« Sie atmete heftig. »Es wäre eine Lüge.«

In ihm stieg ein Triumphgefühl auf. »Wusst ich's doch.«

8. Kapitel

Rebecca wünschte sich, jeden Sekundenbruchteil festhalten zu können, jedes Geräusch, jede Empfindung. Sie wünschte sich, in der Lage zu sein, alles minutiös aufzeichnen zu können, jeden Moment, den sie in den Armen dieses atemberaubenden Mannes erlebte.

Es war ihr egal, ob er zärtlich war oder grob, geduldig oder fordernd, solange er nur nicht aufhörte, sie zu begehren.

Mitten auf der Treppe blieb er stehen, um sie erneut zu küssen. Ihr heftiges Verlangen jagte ihr einen Lustschauer nach dem anderen den Rücken hinunter. Und dies, dachte sie, ist erst der Anfang.

Es überraschte sie nicht, als sie sich bei dem Versuch ertappte, seine Hemdknöpfe zu öffnen. Sie wollte ihn spüren, seine heiße, glatte Haut berühren, überall.

Als er mit ihr über die Schwelle seines Schlafzimmers trat, war er außer Atem und lachte. »Fast wie letzte Nacht.« Er ließ sich mit ihr zusammen aufs Bett fallen. »Nur viel besser.«

»Kannst du nicht endlich das Ding hier ausziehen? Es wird höchste Zeit.« Auch sie lachte, obwohl ihr schleierhaft war, woher sie dafür noch die Kraft nahm, weil ihr Verlangen ihre ganzen Kräfte aufzuzehren schien.

»Bei dir geht's einfacher.« Mit sicherer Hand öffnete er den Gürtel ihres Bademantels und schlug die beiden Enden auseinander. Darunter war sie nackt. Die Spitzen ihrer Brüste waren verführerisch aufgerichtet.

Als er begann, daran zu saugen, überwältigten sie bis dahin unbekannte Empfindungen. Vergeblich versuchte sie, einen klaren Kopf zu behalten.

Wie gelang es einem Menschen, diese süßen Qualen zu überstehen?

Und wie konnte man ohne sie leben? Wie hatte sie so lange ohne sie sein können?

Sekunden später war sie nackt, und jedes Mal, wenn Shanes große, kräftige Hand sie berührte, überlief sie ein Schauer.

Er konnte gar nicht genug bekommen. Diese samtweiche helle Haut, diese langen schlanken Glieder, diese kleinen festen Brüste. Sie hatte nach dem Aufstehen geduscht und duftete nach Seife, und er konnte sich nicht erinnern, dass ihn der Geruch von Seife jemals in seinem Leben derartig erregt hatte.

Sie wand sich vor Lust unter ihm, und er konnte von ihrem Anblick gar nicht genug bekommen. Überall, wo er sie berührte, reagierte sie, als wäre sie noch niemals in ihrem Leben berührt worden. Als sie sich ihm jetzt stöhnend entgegenbog, waren ihre Augen nicht mehr bernsteinfarben, sondern dunkel und unergründlich.

Noch nie hatte eine Frau ihn so sehr erregt.

»Verdammt.« Schwindlig vor Verlangen setzte er sich auf und versuchte sich seiner Stiefel zu entledigen. Sie wollte ihn nicht loslassen und drängte sich mit ihrem wundervollen Körper eng an ihn.

»Beeil dich.« Wie wild zerrte sie an seinem Unterhemd und zerkratzte ihm mit den Fingernägeln seinen Rücken. »Oh, ich liebe deinen Körper. Ich … Hmm …« Sie streifte ihn mit den Brüsten.

Seine Hand glitt ihren Schenkel hinauf. Ihr Schoß war heiß und feucht. Ihre Nägel zogen eine Spur über seinen Rücken, während sie sich lustvoll an ihn presste.

»Ich muss jetzt zu dir kommen«, sagte er rau. Fast gewaltsam drückte er sie zurück in die Kissen und riss sich mit zitternden Händen die Hose vom Leib. Er konnte sich nicht erinnern, dass ihm jemals zuvor in einer vergleichbaren Situation die Hände gezittert hatten. »Ich will dich jetzt, jetzt sofort.«

»Ich dich auch. Mach schnell.« Ungeduldig klammerte sie sich an ihn. Oh, sie wollte ihn auf sich fühlen – und in sich –, sie wollte mit ihm eins werden. »Ich kann es nicht mehr erwarten.« Sie spreizte die Schenkel, um ihn in sich aufzunehmen.

Kraftvoll drang er in sie ein. Und erstarrte. Schock, Unglauben und Panik vermischten sich mit Verzweiflung, als sie aufschrie, während er voller Entsetzen spürte, dass sie noch unberührt war.

»Rebecca. Meine Güte. Beweg dich nicht.«

»Was?« Sie war verloren, sie wusste nicht mehr, was um sie herum vorging. Die Welt um sie herum schien versunken zu sein. Ihn in sich zu spüren war das Herrlichste, was sie je in ihrem Leben erlebt hatte. »Was?«

»Um Himmels willen, beweg dich nicht«, stieß er zwischen zusammengebissenen Zähnen hervor, während er um Selbstbeherrschung rang. Sie war so heiß und eng und feucht. »Ich will dir nicht noch einmal wehtun.« Es gelang ihm nicht, sein Keuchen zu unterdrücken. »Gib mir einen Moment Zeit.«

»Was?«, fragte sie wieder, schlang die Beine um seine schmalen Hüften und bog sich ihm entgegen.

»Nicht … tu das nicht …«

Doch nun hatte er nicht länger die Kraft zu widerstehen. Jetzt nahm er sie ganz. Einen Augenblick später bewegten sie sich beide in einem erregenden Rhythmus, der immer schneller wurde. Und als er glaubte, die quälend süße Wollust keinen Augenblick länger ertragen zu können, kam die Erlösung.

Völlig erschöpft und nach Atem ringend ließ er sich auf sie fallen. »Es tut mir leid«, war alles, was er herausbrachte, doch es war kaum mehr als ein heiseres Flüstern. Er musste sich bewegen, er wusste, dass er sich bewegen musste, aber es gelang ihm einfach nicht. Noch nie hatte er so etwas mit einer Frau erlebt.

Er suchte den Grund dafür in dem Umstand, dass sie noch unberührt gewesen war. Schuldgefühle machten sich in ihm breit.

Gewaltige Schauer überliefen sie, wieder und wieder. Es sah aus, als würde sie gleich weinen.

»Rebecca, du hättest es mir vorher sagen sollen.« Sicher gab es ein Mittel, sie zu beruhigen, doch er kannte es nicht. Er fühlte sich überfordert.

»Dir sagen?«, wiederholte sie mit so schwacher Stimme, dass er ihre Worte kaum verstand.

»Ich hätte dich doch nie im Leben zu etwas gedrängt. Ich hätte auf keinen Fall … Verdammt, vielleicht hätte ich ja doch.« Er fand die Kraft, den Kopf zu heben und ihr ins Gesicht zu sehen. Ihre Augen waren geschlossen, ihr Mund war leicht geöffnet. »Ich habe dir wehgetan. Ich muss dir wehgetan haben.«

Sie hob die Lider. Ihre Pupillen waren so groß, dass ihre Augen fast schwarz wirkten. Sie hat einen Schock, dachte er und verfluchte sich erneut. Doch dann lächelte sie ihn an.

»Nein, hast du nicht. Es war einfach wundervoll. Ich fühle mich wundervoll.«

»Aber …«

»Ist es immer so schön?« Sie stieß einen langen, beseligten Seufzer aus. »So überwältigend, so … ungeheuerlich? Man hat das Gefühl, als könne einen keine Macht der Welt aufhalten. Es ist so …« Wieder seufzte sie. »So herrlich.«

»Ich … nein … ja.« Was zum Teufel sollte er denn dazu sagen? Zu ihr? »Ich kann überhaupt noch nicht klar denken.«

Wieder lächelte sie. »Ich war mir nicht sicher, ob ich gut war. Aber ich war es, stimmt's?«

»Du …« Was ging hier vor? Sie weinte nicht, sie war nicht einmal aufgebracht. Ganz im Gegenteil, sie wirkte zufrieden. Als er nun fortfuhr, wählte er seine Worte mit Bedacht. »Rebecca, du bist noch nie vorher mit einem Mann zusammen gewesen.«

»Ich habe mich bisher noch nie besonders für Männer interessiert.« Sie fand die Kraft, ihre Arme zu heben und sie um seinen Nacken zu legen. Dann verschwand ihr Lächeln. »Ich war also doch nicht so gut, wie ich dachte? Hab ich was falsch gemacht? Hat es dir nicht so gut gefallen wie mir?«

»Du bringst mich noch um den Verstand.« Shane rollte sich von ihr herunter und legte sich auf den Rücken. Er fuhr sich mit den Händen übers Gesicht. »Ich habe die Beherrschung verloren. Das ist mir zwar irgendwann klar geworden, aber da war es schon zu spät. Ich musste einfach weitermachen, ob ich wollte oder nicht.«

»Es tut mir leid, dass ich nicht alles richtig gemacht habe.« Abrupt setzte sie sich auf. »Es war das erste Mal bei mir, vielleicht hast du ja noch ein bisschen Geduld.«

Er verfluchte sie im Stillen und packte sie am Arm, weil sie Anstalten machte, aus dem Bett zu klettern. »Schau mich an«, befahl er. Als sie nicht reagierte, wiederholte er: »Los, du sollst mich anschauen.« Es dauerte noch einen Moment, ehe sie den Blick auf ihn richtete. »Ich habe zwar keine verdammten Auszeichnungen zu vergeben, aber ich will dir trotzdem etwas sagen. Ich begehre dich. Schon jetzt in diesem Augenblick habe ich wieder so viel Lust auf dich, dass ich dich nehmen könnte. Und nicht mal meine Schuldgefühle scheinen dieses Verlangen bremsen zu können. Aber wenn ich vorher gewusst hätte, dass du noch Jungfrau bist, wäre ich ein bisschen vorsichtiger und sanfter gewesen. Ich hätte einfach mehr aufgepasst. Ich hätte es zumindest versucht.«

»Du hast mir nicht wehgetan, Shane.« Ihr fiel ein Stein vom Herzen. Sie hob die Hand, um ihm die Wange zu streicheln. »Ich habe es dir absichtlich nicht erzählt, weil ich Angst hatte, dass du dann vielleicht einen Rückzieher machst. Ich nahm einfach an, dass dir eine erfahrene Frau lieber ist.«

»Zum Teufel, welche Sprache sprichst du?«, fragte er. »Warum kann ich dich nicht verstehen?«

»Ich habe manchmal selbst Mühe, mich zu verstehen.« Sie beugte sich vor und streifte mit den Lippen seinen Mund. Als er sie an sich zog, seufzte sie leise und glücklich auf. »Es war aber ein wunderschönes, atemberaubendes erstes Mal. Lass es uns bald wieder machen. Du bist ein atemberaubender Liebhaber.«

Shane lachte. »Um das zu beurteilen, fehlen dir zweifellos die Vergleiche.« Er knabberte an ihrem Ohrläppchen. »Sag mal, Rebecca …«

»Hmm?«

»Stimmt mit diesen akademischen Typen irgendwas nicht? Oder warum sonst haben sie dich bisher alle in Ruhe gelassen?«

Sie küsste ihn auf die Schulter. »Wenn du mich vor einem Jahr kennengelernt hättest, würdest du so etwas nicht fragen. Du hättest mir keinen zweiten Blick gegönnt.«

»Ich schaue mir jede Frau mindestens zweimal an. Jede, Rebecca.«

Sie lachte und befühlte seine Muskeln. »Ich war eine einzige Katastrophe, glaub mir.« Jetzt fiel es ihr nicht mehr schwer, das zuzugeben, nicht jetzt, während sie sich, erschöpft von der Liebe, in seine Arme schmiegte. »Ein prämiertes Mauerblümchen.«

Amüsiert hielt er sie ein Stück von sich weg und schaute ihr in die Augen. »Kein Mauerblümchen hat solche Augen wie du, das kannst du mir glauben. Solche Augen sind die reine Sünde.«

Sie zwinkerte. »Findest du?«

Er lachte und zog sie wieder an sich. »Wir werden uns noch oft lieben.« Er bog ihren Kopf zurück und küsste sie leicht. »Aber jetzt ruft die Arbeit. Ich fürchte, wir müssen langsam aufstehen.«

Sie strich ihm verführerisch über die Brust. »Meinst du, du kannst heute mal ausnahmsweise ganz schnell arbeiten?«

Sein Herz schlug wie wild. »Ich habe das Gefühl, sehr schnell sogar.«

Obwohl Rebecca auch zu tun hatte, blieb sie noch einige Zeit im Bett, nachdem Shane nach unten gegangen war. Er wird sich mit einem kalten Frühstück begnügen müssen, dachte sie und freute sich an der Vorstellung, dass er nach ihr mehr gehungert hatte als nach Essen.

Sie hatte ihn verführt. Wie herrlich war es doch, eine Frau zu sein.

So gern sie sich auch noch ein bisschen an ihn gekuschelt hätte, war sie nun doch froh, etwas Zeit für sich ganz allein zu haben. Jetzt war es ihr möglich, jede Sekunde, die sie erlebt hatte, in ihren Gedanken noch einmal Revue passieren zu lassen.

Das Wunderkind Dr. Rebecca Knight hatte einen Liebhaber, für den viele andere Frauen über glühende Kohlen gehen würden. Und er gehörte ihr allein, zumindest für eine kleine Weile.

Wohlig seufzend lehnte Rebecca sich in die Kissen zurück, schloss die Augen und versuchte, ihr Glück zu fassen.

Und unter seinem mehr als ansprechenden Äußeren verbarg sich ein ebenso ansprechender Charakter. Und er konnte sogar kochen. In ihren Augen war er der perfekte Mann. Sie hatte sich in einen perfekten Mann verliebt.

Verliebt? Abrupt setzte sie sich auf. Typisch Frau, dachte sie. Sex mit Liebe zu verwechseln. Die meisten Frauen unterlagen der irrigen Vorstellung, dass Sex gleich Liebe sei.

Sie wusste es besser. Musste es besser wissen. Schließlich war sie Naturwissenschaftlerin.

Langsam ließ sie sich wieder in die Kissen zurücksinken. Intelligenz, Ausbildung, ja, nicht einmal gesunder Menschenverstand hatten etwas damit zu tun. Sie legte die Hand auf ihr Herz.

Natürlich liebte sie ihn. Sie liebte ihn schon die ganze Zeit. Auch wenn es schrecklich kitschig klang – für sie war es Liebe auf den ersten Blick gewesen. Sie hatte versucht, diese Tatsache zu verdrängen, hatte dem Gefühl, das in ihr wuchs, zuerst andere Namen gegeben, aber es war von Anfang an da gewesen.

Und nun? Nicht lange, und sie würde davonlaufen. Oder genauer gesagt, Shane würde davonlaufen, wenn sie ihm ihre Liebe eingestand. Aber war nicht auch das eine neue, zusätzliche Erfahrung? Noch ein Gefühl, das sie sich bisher nicht gestattet hatte? Der einzige wunde Punkt bei der ganzen Angelegenheit war der, dass sie nicht wusste, ob sie mit dem umgehen konnte, was danach kam.

Aber warum sich Gedanken über die Zukunft machen? Vor ihr lagen noch Wochen, in denen sie Spaß haben und ihre neue Erfahrung genießen konnte. Am Ende würde es wehtun, aber sie würde es überleben.

Viel schlimmer, als Schmerz zu empfinden, war eine Welt ganz ohne Gefühle.

Obwohl es bereits September war, wurde es ein glühend heißer Tag, fast so, als wollte der Sommer gegen Ende noch einmal seine ganzen Register ziehen. Shane beeilte sich, zu Mittag nach Hause zu kommen. Er war verschwitzt, seine Knöchel waren leicht abgeschürft und blutig, und er hatte Befürchtungen, nach der Jauche zu riechen, die er eben über die Felder versprüht hatte.

Aber er hatte hart und schnell genug gearbeitet, um sich jetzt zwei Stunden Mittagspause gönnen zu können. Und er war entschlossen, jede Sekunde dieser zwei Stunden voll auszukosten. Mit Rebecca.

Sie saß wie üblich mit der Brille auf der Nase am Küchentisch, und ihre schlanken Finger flogen nur so über die Tastatur des Laptops. Bei ihrem Anblick wurde ihm ganz warm ums Herz.

»Du siehst wunderschön aus«, sagte er leise, die Hand noch auf der Türklinke.

Sie sah ihn erstaunt an. Niemand hatte sie bisher wunderschön genannt. Aber er wirkte so, als meine er es ernst. Zumindest hatte er eben noch so gewirkt. Jetzt verzogen sich seine Lippen zu einem breiten Lächeln.

»Aber wenn du wenigstens kochen könntest«, fügte er hinzu.

»Ich habe Eistee gemacht.«

»Nun, das ist immerhin ein Anfang.« Und würde seiner Kehle guttun, die sich plötzlich wie ausgetrocknet anfühlte. Er holte den Krug aus dem Kühlschrank, goss sich ein großes Glas ein und leerte es in einem Zug. Er schnappte nach Luft. »Ah! Wie viele Teebeutel haben Sie genommen, Doc?«

»Ungefähr ein Dutzend.«

Er schüttelte fassungslos den Kopf und hoffte, seine Augen würden nicht aus den Höhlen treten. Das Zeug in seinem Glas war schwarz wie die Nacht. »Nun, zumindest treibt es den Blutdruck in die Höhe.«

Sie verzog das Gesicht. »Entschuldige. Ich fürchte, mit meinen praktischen Fähigkeiten in der Küche ist es nicht allzu weit her. Wahrscheinlich hätte ich den Tee auch nicht drei Stunden ziehen lassen sollen.«

»Wahrscheinlich nicht.« Behutsam stellte er das Glas ab. »Wir sollten das Zeug verdünnen. Draußen steht eine Fünf-Gallonen-Wassertonne. Das dürfte reichen.«

»Ich könnte dir ein Sandwich machen.« Als sie aufstehen wollte, hob er abwehrend die Hand.

»Vielen Dank. Das übernehme ich lieber selbst. Und komm mir besser nicht zu nahe, ich stinke wie eine randvolle Jauchegrube.«

Ihre Haut begann plötzlich zu prickeln. Ein Gefühl, das sie in vollen Zügen genoss. Sie fuhr sich mit der Zungenspitze über die Lippen. »Du bist wirklich schrecklich schmutzig«, sagte sie. Sie liebte es, wenn er schmutzig war. »Und verschwitzt. Zieh dein Hemd aus.«

Verlangen überkam ihn. »Du bist sehr bestimmend. Ich mag das bei einer Frau.« Aber er hielt sich noch zurück. »Schade, dass ich dich jetzt nicht anfassen kann. Du siehst so sauber und ordentlich aus, und meine Hände sind so schmutzig, ich würde dir deine Bluse fleckig machen.«

Sie musterte ihn genauer. »Du blutest ja.«

»Nur eine kleine Abschürfung. Ich wasche es gleich ab.«

»Lass mich das machen.« Sie war bei ihm, noch ehe er den Wasserhahn aufdrehen konnte.

Sorgfältig reinigte sie seine Wunden. Er genoss es, wie sie seine Hand einseifte und sanft rubbelte.

Dabei begann er sich auszumalen, wie er mit ihr zusammen unter der Dusche stand. Nasse Körper, Seifenschaum auf nackter Haut.

»Ich schätze, du wirst es überleben. Aber du solltest in Zukunft vielleicht ein bisschen besser aufpassen.« Sie schnüffelte an ihm und rümpfte gleich darauf die Nase. »Was hast du denn da draußen bloß getrieben?«

Er lächelte. »Jauche versprüht.«

Sie riss die Augen auf. »Mit den Händen?«

Diese Vorstellung ließ ihn laut auflachen. »Nein, Darling, dafür gibt es heutzutage Maschinen, selbst hier bei uns, auch wenn du vielleicht der Meinung bist, dass wir das Licht noch immer mit dem Hammer ausmachen.«

»Freut mich zu hören.« Sie wandte sich ab in der Absicht, ihm bei der Zubereitung des Essens zu helfen, und prallte gegen den Kühlschrank. »Verdammt.« Sie nahm ihre Brille ab. »Ich vergesse immer wieder, dass ich dieses verflixte Ding aufhabe.«

Er warf ihr einen interessierten Blick zu. »Ich dachte, du vergisst nie etwas.«

»Dinge, die mich selbst betreffen, vergesse ich durchaus. Frag mich irgendwas anderes, und ich gebe dir bis ins kleinste Detail Auskunft.«

»Wolle.«

Sie war eben dabei, eine Platte mit Schinken aus dem Kühlschrank zu nehmen. Verblüfft richtete sie sich auf. »Wie bitte?«

»Ich trage mich mit dem Gedanken, Schafe zu züchten. Erzähl mir alles, was du über Wolle weißt.«

»Mach dich nicht lächerlich.«

Er zuckte die Schultern und holte das Brot aus dem Brotkasten. »Ich wette, ich habe ins Schwarze getroffen. Du weißt nichts über Wolle.«

Er brauchte sie nicht anzusehen, um zu wissen, dass sie die Augen zusammengekniffen hatte.

»Wolle wird aus den Haaren von Schafen, Ziegen, Schafkamelen, Kamelen und anderen Tieren gemacht, aus Haaren also, die sich wegen ihrer Länge, Kräuselung, Feinheit und Dehnbarkeit zum Verspinnen eignen. Die feinste Wolle ist die kurze, sehr feine, stark gekräuselte Merinowolle vom Merinoschaf. Die Kreuzzuchtwolle stammt vom Crossbredschaf, einer Kreuzung zwischen ... Soll ich fortfahren?«

Belustigt schaute er sie an. »Ich bin beeindruckt. Wo warst du, als ich auf der Highschool war? Du hast mir gefehlt.«

»Oh, auf einem versnobten Internat in der Schweiz, wenn ich mich nicht irre.«

»Das tust du vermutlich niemals«, meinte er. Er hörte aus ihrem Tonfall heraus, dass da etwas war, das es zu ergründen galt, wenn auch zu einem späteren Zeitpunkt. Sie sprach das Wort Internat mit dem gleichen Abscheu aus wie er als Kind das Wort Leber.

»Es ist offensichtlich nicht nur so, dass du dir Fakten ausgezeichnet merken kannst«, bemerkte er beiläufig. »Es gelingt dir auch, sie richtig einzuordnen. Nach welchen Gesichtspunkten hast du dir deine Studienfächer ausgesucht?«

Seine Frage war ihr sichtlich unangenehm. Ihr wäre es lieber, er würde sich für ihren Körper interessieren als für ihren Verstand. »Am Anfang habe ich das studiert, was mir meine Eltern vorgeschlagen haben. Sie hatten eine sehr genaue Vorstellung davon, was aus mir eines Tages werden sollte. Später habe ich dann eigene Interessen entwickelt.«

Ihre Stimme klang kühl. Shane drehte sich um und holte den Senf aus dem Kühlschrank. »Meine Eltern waren schon immer sehr erleichtert, wenn ich mal eine ganze Woche lang nicht in das Büro des Schulleiters bestellt wurde, weil ich wieder irgendwas ausgefressen hatte. Ich war ein wilder Junge. Deine müssen sehr stolz auf dich gewesen sein.«

»Sie sind beide ebenfalls sehr erfolgreich in ihrem Beruf«, gab sie zurück. »Mein Vater ist ein bekannter Chirurg, und meine Mutter ist Chemieprofessorin. Natürlich haben sie stets von mir erwartet, dass ich mich ebenfalls hervortue. Noch weitere Fragen?«

Sumpfgebiet, dachte er, und plötzlich tat es ihm leid, dass er dafür verantwortlich war, dass ihr Gespräch eine Wendung genommen hatte, die ihr unangenehm war. Er wollte, dass sie wieder lächelte.

»Verrat mir doch nur noch eins. Was hast du eigentlich unter diesem Hemd an?«

»Das Übliche.«

»Ach ja?«

Sie lächelte, während sie die Schinkenplatte auf den Tisch stellte. »Vielleicht willst du ja selbst nachsehen.«

»Offen gestanden, ja.«

Als er die Hand nach ihr ausstreckte, schlüpfte sie lachend unter seinem Arm hindurch. »Nach dem Essen.«

Er lächelte, in seinen Augen tanzten belustigte Fünkchen. Er sah herrlich gefährlich aus. »Ich will aber nichts essen.«

»Du musst aber. Sonst geht dir nachher beim Jaucheversprühen die Puste aus.«

»Ich habe gut gefrühstückt. Ein großes, spätes Frühstück.« Feixend griff er wieder nach ihr, doch sie schaffte es erneut, ihm zu entwischen. »Du bist schnell.«

»Ich weiß.«

Jetzt hatte er sie doch erwischt. Er legte den Arm um ihre Taille und hob sie hoch. »Aber ich bin noch schneller.«

Es verblüffte sie festzustellen, dass er sie mit einem Arm hochheben konnte. Sie fand es verwirrend und erregend zugleich. »Nur weil ich es zugelassen habe, dass du mich fängst.«

»Niemals.« Er küsste sie, dann wirbelte er sie ein paarmal im Kreis herum.

»Mir wird ganz schwindlig.« Lachend klammerte sie sich an seine Schultern.

»Gut so.« Wieder wirbelte er sie herum, noch schneller als zuvor, und ergötzte sich an ihrem fröhlichen Lachen, das ihm plötzlich erregend bekannt vorkam. Ebenso bekannt wie ihr Körper, der sich eng an seinen schmiegte.

»Lass mich runter, du Verrückter. He, John, lass mich runter!« Alles drehte sich vor ihren Augen. »Das Essen brennt an.«

Sie konnte es schon riechen. Sie würde wieder einmal den Topf endlos scheuern müssen. Sie konnte ihn riechen – er roch nach Schweiß und Rauch und Tieren …

Shane fühlte Panik und noch etwas anderes, das er nicht benennen konnte, in sich aufsteigen. Er setzte Rebecca ab und schüttelte sie leicht. »Rebecca. Was ist?«

»Da war es wieder. Genau wie vergangene Nacht.« Ihr Gesicht war weiß wie ein Bettlaken, und ihre Stimme klang matt und verträumt …

»Ich habe einen Eintopf auf dem Herd. Jetzt ist er leider etwas angebrannt. Holst du noch ein bisschen Holz fürs Feuer?« Sie starrte ins Leere und presste sich die Hand auf den Bauch. »Diesmal wird's ein Mädchen, ich spüre es. Johnnie wird eine Schwester bekommen …«

Einen Moment später, fast so, als ob man ein Licht anknipste, wurden ihre Augen wieder klar. »Meine Geräte.« Rebecca riss sich von Shane los und rannte ins Wohnzimmer. »Hier, schau her! Schau auf die Skala, was für eine Unmenge an Energie registriert wurde. Viel mehr als letzte Nacht. Und ich spüre sie, ich kann sie deutlich spüren, sie liegt in der Luft.«

Er beobachtete schweigend, wie sie ihre Ausrüstung überprüfte, sich konzentriert Notizen machte und schließlich ihr Diktiergerät einschaltete, um das, was sie erlebt und gemessen hatte, auf Band zu sprechen.

Nachdem sie fertig war, schaltete sie den Rekorder wieder aus und seufzte. »Das war unglaublich, absolut unglaublich. In der vergangenen Nacht saß ich in der Küche, und ich konnte direkt beobachten, wie sich der Raum veränderte. Er war kleiner, und im Herd brannte ein Feuer, auf dem Küchenfenster stand Kuchen zum Auskühlen. Und im Stockwerk über mir weinte ein Baby, Shane.« Ihre Augen glänzten. »Ich habe das Weinen des Babys auf Band. Ich habe es tatsächlich aufgenommen, kannst du dir das vorstellen?«

Sie presste die Handflächen gegen ihre erhitzten Wangen und lachte. »Ich konnte es selbst kaum glauben, aber nachdem ich es mir mehr als ein Dutzend Mal vorgespielt hatte, blieb mir nichts anderes übrig, als es zu akzeptieren. Um dieses Ereignis gebührend zu feiern, habe ich schließlich den Wein aufgemacht. Ich wollte es dir schon heute Morgen erzählen, aber da hast du mich ja abgelenkt.«

»Abgelenkt.«

In seinem Ton lag eine Schärfe, die sie aufhorchen ließ. Als sie sein Gesicht sah, wich ihr die Farbe aus den Wangen. Er war blass und wirkte so verschlossen, wie sie ihn noch nie erlebt hatte. Der Blick seiner grünen Augen war hart.

»Worüber ärgerst du dich?«

»Ich kann diesen Unsinn nicht mehr hören«, erwiderte er heftig.

»Das ist nicht alles.«

»Hör auf, mir mit diesem Kram in den Ohren zu liegen. Das ist ja nicht auszuhalten.«

Sie schaute ihn forschend an. »Du bist nicht wütend«, stellte sie schließlich fest. »Du hast Angst.«

Er kniff die Augen zusammen. »Ich habe zu tun.«

Als er Anstalten machte, das Zimmer zu verlassen, stürzte Rebecca auf ihn zu und hielt ihn am Arm fest. »Du hast mir versprochen, mich bei meiner Arbeit zu unterstützen, Shane.«

»Vergiss es.« Er schüttelte ihre Hand ab. »Lass mich in Frieden.«

Sie verstellte ihm den Weg. »Du hast vorhin genau dieselbe Erfahrung gemacht wie ich. Ich weiß es, ich sehe es dir an.«

Seine Geduld war erschöpft. Er streckte den Arm aus, schob Rebecca beiseite und ging zur Tür. »Ich habe gesagt, dass du damit aufhören sollst.«

»Wer waren John und Sarah?« Sie atmete auf, als er stehen blieb und sich umdrehte. »Sie hieß Sarah. Wer war sie, Shane? Wo waren wir vor ein paar Minuten?«

»Ich bin genau dieselbe Person wie vor ein paar Minuten auch. Und du bist es ebenfalls. Wenn du vorhast, dieses Spiel noch weiterzuspielen, von mir aus – aber ohne mich.«

»John und Sarah«, wiederholte sie. »Waren es John und Sarah MacKade? Deine Vorfahren?«

Wortlos ging er hinaus. Rebecca folgte ihm in die Küche. Shane ging steifbeinig zum Kühlschrank, öffnete ihn und holte eine Flasche Bier heraus. Nachdem er mit mehr Kraft, als erforderlich gewesen wäre, den Kronkorken abgehebelt hatte, setzte er die Flasche an die Lippen und trank sie in einem Zug bis zur Hälfte leer. Als Rebecca ihre Frage zum dritten Mal stellte, wirbelte er herum. In seinen Augen loderte Zorn.

»Meine Urgroßeltern. Bist du jetzt zufrieden?«

Sie stieß einen langen Seufzer aus. »Ich verstehe. Und sie haben hier in diesem Haus gelebt, nicht wahr? Sie waren die, die versucht haben, dem jungen Soldaten das Leben zu retten.«

»So sagt man.«

»Und du hast heute nicht zum ersten Mal so etwas erlebt. Du hattest schon öfter solche Visionen, oder wie auch immer man das bezeichnen soll. Gib's zu.«

Er sah, wie sie auf ihren Computer blickte, und biss die Zähne zusammen. »Nein. Nein, ich will verflucht sein, wenn ich mich von dir als Versuchskaninchen missbrauchen lasse.«

»Okay. Ist ja gut. Es tut mir leid.« Sie ging auf ihn zu und legte ihm die Hand auf den Arm. »Aber ich finde, du solltest wissen, dass ich vor einiger Zeit immer wiederkehrende Träume hatte. Und jetzt weiß ich, dass ich damals von diesem Haus hier geträumt habe und von diesen Leuten.«

Er setzte die Flasche ab, schweigend. Rebecca wartete einen Moment und fragte sich bang, ob sie zu weit gegangen war. Auf so viel Intimität waren sie möglicherweise nicht vorbereitet. Aber die Flinte ins Korn werfen wollte sie jetzt auch nicht.

»Diese Träume waren der Hauptgrund dafür, dass ich angefangen habe, Untersuchungen auf diesem Gebiet anzustellen. Sie waren – sind – so real, Shane. Ich habe diesen Raum hier gesehen, das Haus. Wie es vor mehr als hundert Jahren war. Und John und Sarah. Ich könnte sie dir genau beschreiben. Ich weiß nicht, ob du vielleicht alte Fotos von ihnen hast, die das, was ich im Traum gesehen habe, untermauern könnten. Ich kann dir sogar sagen, was sie gedacht und gefühlt, was sie sich gewünscht haben. Und ich bin überzeugt davon, dass es dir genauso geht.«

»Nein«, gab er kategorisch zurück. Es klang endgültig. Aber es war eine Lüge. Sie spürte es deutlich. »Ich habe so etwas noch nie erlebt und glaube nicht an diesen ganzen Unsinn.«

Frustriert hob sie die Hände. »Glaubst du, dass ich mir das alles nur einbilde? Dass ich einfach nur maßlos übertreibe? Vielleicht um mich wichtig zu machen oder so?«

»Ich glaube einfach nur, dass in deinem superschlauen Köpfchen ein paar Dinge wild durcheinanderlaufen.« Seine Kehle war plötzlich wie ausgetrocknet. Er trank noch einen Schluck Bier. »Ich halte mich lieber an die Realität.«

Sie hätte ihm jetzt sagen können, dass er sich etwas vormachte, dass er versuchte, etwas zu verdrängen, aber sie wusste, dass er sich dann nur noch mehr vor ihr verschließen würde. Du brauchst Geduld, entschied sie. Wenn sie nur genug Geduld und Verständnis aufbrachte, würde er vielleicht eines Tages bereit sein, sich ihr zu öffnen.

»Na gut. Vergessen wir das Thema erst mal. Vielleicht hast du ja irgendwann mal Lust, darüber zu sprechen.«

»Du bist nicht meine Analytikerin.«

»Nein, das bin ich nicht.«

Es klang so vernünftig, dass erneut Wut in ihm aufstieg. Er knallte die Bierflasche auf den Tisch. »Ich will mit dir schlafen, verstehst du? Das ist alles, was ich will, und alles, was ich brauche. Einfach nur du und ich, sonst nichts.« Er packte sie am Handgelenk und zerrte sie aus der Küche. »Träume sind einfach nur Träume, und Geister gibt es nur in schlechten Filmen. Also hör endlich auf mit dem Unsinn – und lass dich von mir ablenken, um es mit deinen Worten auszudrücken.«

Er zog sie die Treppe hinauf. Im Schlafzimmer angelangt, ließ er sie los und setzte sich auf die Bettkante, um sich die Stiefel auszuziehen.

Es war ebenso sehr Liebe wie auch Verlangen, was sie dazu veranlasste, auf ihn zuzugehen, die Arme um seinen Nacken zu legen und seinen Kopf zu sich hochzuziehen.

Sie begann ihn vorsichtig zu streicheln. Als ein Gefühl starker Vertrautheit in ihm aufzusteigen begann, wischte er es beiseite, indem er sich sagte, es käme lediglich daher, weil sie am Morgen schon einmal so beieinandergelegen hatten.

Doch als sie schließlich in den leidenschaftlichen Rhythmus der Liebe verfielen, erschien es ihm, als hätte es weder vor ihr je eine andere Frau gegeben, noch würde es jemals eine nach ihr geben.

9. Kapitel

»Bisher hatte ich auf der Farm drei übersinnliche Erlebnisse. Das letzte während der vergangenen Nacht. Ich verspürte eine unendliche Trauer. Am Bett brannte eine Kerze, und einen Augenblick lang glaubte ich neben dem Fenster eine Gestalt wahrzunehmen, die reglos dastand und in die Nacht hinausblickte. Während ich die Trauer in mir fühlen konnte, sah ich sie bei dieser anderen Person. Die Gestalt war von ihrer Trauer eingehüllt wie von einer Aura. Zuerst dachte ich, es handle sich um Shane, und wollte schon aufstehen, um zu ihm zu gehen. Aber er lag schlafend neben mir. Und als ich den Blick wieder aufs Fenster richtete, war niemand mehr da.

Plötzlich wusste ich, dass ich wieder Sarah und John gesehen hatte. Ihr Sohn war tot. Ich wusste es schon, bevor Shane begann, sich ruhelos neben mir im Bett hin und her zu werfen. Er hat dieselben Träume wie ich, aber er weigert sich, darüber zu sprechen. Die Menschen, die früher hier gelebt haben, sind ein Teil von ihm, in gewisser Weise sind sie wohl nie von hier weggegangen. Nicht nur, dass ihr Blut durch seine Adern fließt, auch ihr Geist ist Teil seines Geistes. Ich frage mich allerdings, warum sie auch ein Teil von mir zu sein scheinen.«

Als sie das freudige Bellen der Hunde und Stimmen hörte, speicherte Rebecca rasch ihren Text und schaltete den Computer aus. Nur wenig später kam Devin, zwei Jungen und die Hunde im Gefolge, zur Küchentür herein.

»Entschuldigen Sie, wenn ich Sie bei der Arbeit störe. Wir wollten nicht so einfach reinplatzen.«

»Das macht doch nichts.« Sie strich den Hunden, die schwanzwedelnd zu ihr kamen, über den Kopf. »Ich war gerade fertig und wollte sowieso eine Pause machen.«

»Cassie kommt mit den anderen Frauen nach. Sie scheint zu glauben, dass ihr hier am Verhungern seid.« Er stellte ein Kuchenblech auf dem Tisch ab. »Ein Apfelkuchen.«

»Cassies Apfelkuchen schmeckt toll«, erklärte Bryan. Sich offensichtlich ganz zu Hause fühlend, inspizierte er den Kühlschrank.

»Schreiben Sie ein Buch?« Connor kam etwas zögernd heran, den Blick auf den Laptop geheftet.

»Im Moment sitze ich erst an den Vorarbeiten. Benutzt du auch einen Computer?«

Er betrachtete den nagelneuen Laptop mit blankem Neid. »In der Schule manchmal. Aber der ist nicht halb so gut wie Ihrer.«

»Sind da Spiele drauf?«, erkundigte sich Bryan.

Rebecca lachte. »Nein.«

Bryan verlor umgehend das Interesse und schaute begehrlich auf den Kuchen.

»Vergiss es«, warnte Devin ihn, als er bemerkte, was der Junge gerade im Sinn hatte. Dann wandte er sich erneut an Rebecca. »Wir wollten Shane beim Heumachen helfen.«

»Oh.« Sie schaute zum Fenster hinaus. »Ich glaube, er ist schon draußen auf dem Feld.«

»Los, Jungs, lasst uns gehen. Wir werden jetzt euren Onkel suchen und ihm helfen. Ihr stört Dr. Knight nur.«

Sie folgte den dreien nach draußen auf die Veranda. »Darf ich Sie etwas fragen, Devin?«

»Aber selbstverständlich.«

»Haben Sie hier jemals übersinnliche Erfahrungen gemacht?«

»Sie wollen wissen, ob es meiner Meinung nach hier spukt? Aber sicher.«

Sie schüttelte den Kopf. »Sie sagen das so ganz nebenbei, als wäre es nichts Besonderes, sondern das Selbstverständlichste der Welt.«

»Ich bin damit aufgewachsen, man gewöhnt sich daran.«

»Nicht jeder.«

Er folgte ihrem Blick hinüber zu der großen Wiese, wo Shane eben mit seinem Traktor angefahren kam. »Shane ist ein harter Bursche.«

»Ja. Er weigert sich aber einfach strikt, bestimmte Dinge zur Kenntnis zu nehmen.«

»Dabei ist er im Grunde genommen der Sensibelste von uns.« Devin grinste wieder. »Aber sagen Sie bloß nichts zu ihm. Er schlägt mir dafür die Nase blutig. Doch es stimmt wirklich. Da hat der Junge sein ganzes Leben auf der Farm verbracht und leidet noch immer wie ein Hund, wenn eins seiner Tiere krank wird oder gar stirbt. Hier in diesem Haus stecken eine Menge alter Gefühle. Manchmal kommt es mir so vor, als zöge vor allem Shane sie auf sich wie ein Magnet.«

»Vielleicht weil er hier lebt.«

»Weil er das Haus liebt«, entgegnete Devin schlicht. »Jeden Stein und jedes Stück Erde, das hier liegt. Oder können Sie ihn sich woanders vorstellen als hier?«

Sie ließ den Blick über die Wiese schweifen und lächelte. »Nein. Nein, das kann ich nicht.«

Devin sah sie nachdenklich an. Sie war anders als alle, deren Herz Shane im Sturm erobert hatte. Er bezweifelte, dass sie am Ende unverletzt von dannen ziehen würde. »Ich sollte ihm jetzt wohl besser ein bisschen zur Hand gehen.«

Während Devin über die Wiese schlenderte, sagte er sich, dass er gut daran tun würde, sich nicht in Shanes Angelegenheiten einzumischen. Und daran hielt er sich auch während der nächsten halben Stunde. Die beiden Brüder arbeiteten schweigend, bis Shane schließlich den lauten Traktormotor ausschaltete.

»Kommen Rafe und Jared auch?«

»Sie müssten schon unterwegs sein.«

Shane nickte und warf einen Blick zum Himmel. »Es wird bald anfangen zu regnen. Wir haben wahrscheinlich nicht mehr als zwei Stunden, um das Heu einzufahren.« Sein Blick schweifte zum Haus und verweilte dort.

»Verdammt noch mal, Shane.« Devin konnte nicht länger an sich halten. Er zog ein Tuch aus der Tasche und wischte sich den Schweiß von der Stirn. »Du schläfst mit ihr.«

»Mit wem?«

»Hör auf, mich für dumm zu verkaufen. Gibt es hier herum nicht genug Frauen, mit denen du dich vergnügen kannst? Warum zum Teufel musst du dich ausgerechnet an Regans Freundin vergreifen? Sie ist außerdem sowieso nicht dein Typ.«

Shane versuchte, seine aufkommende Wut im Zaum zu halten. »Wie kommst du denn bloß darauf? Du hast immer behauptet, ich hätte keinen bestimmten Typ.«

»Du weißt genau, was ich meine. Rebecca ist eine ernsthafte Frau. Und ernsthafte Frauen haben ernsthafte Gefühle. Wenn sie noch nicht verliebt ist, kann es auf jeden Fall nicht mehr lange dauern. Und was willst du dann machen?«

Shane hatte es bisher immer verstanden, sich aus seinen Beziehungen zurückzuziehen, ehe er zu viel Schaden anrichten konnte. Er wollte niemandem wehtun. Aber er wusste sehr gut, dass mit Rebecca alles anders war.

»Das geht nur mich etwas an, kapiert? Mich und Rebecca. Ich habe mich ihr nicht aufgedrängt.«

Um unwillkommenen Ratschlägen aus dem Weg zu gehen, ließ er den Motor wieder an.

Er hatte keine Lust, dieses Thema weiter zu vertiefen, und ganz bestimmt würde er sich nicht den Kopf darüber zerbrechen. Er würde tun, was er immer getan hatte, und das hieß in diesem Moment, das Heu einzubringen, bevor es anfing zu regnen. Alles andere war erst mal zweitrangig.

Er war dankbar, als der Rest der Familie eintrudelte. Er konnte die Hilfe gut gebrauchen, und im Übrigen bedeutete es, dass alle viel zu beschäftigt waren, um ihn mit Fragen nach seinem Privatleben zu nerven. Und ein Mann hatte schließlich ein Anrecht auf sein Privatleben.

»Ganz schön anstrengend.« Rafe holte tief Luft, wischte sich den Schweiß von der Stirn und trank einen kräftigen Schluck aus der Wasserflasche. »Ich habe Rebecca noch gar nicht begrüßt. Was macht die Geisterjagd?«

»Sie nimmt sie schwer in Anspruch.« Shane stemmte einen Heuballen hoch. »Dafür, dass es nur ein Hobby von ihr ist, betreibt sie die Sache ganz schön intensiv.«

»Na ja, manche Leute spielen Golf, sie geht auf Gespensterjagd«, warf Jared ein.

»Golfspielen ergibt zumindest noch einen Sinn. Wenn man den kleinen Ball ins Loch schießt, hat man gewonnen.«

»Ich glaube, für sie ist es wie ein Puzzle.«

»Dann sollte ich ihr vielleicht lieber ein richtiges kaufen, das macht wahrscheinlich mehr Spaß«, meinte Shane.

»Es passt dir wohl nicht, was sie da treibt, wie?« Rafe grinste amüsiert und drehte seiner Arbeit den Rücken zu. »Hast du in letzter Zeit womöglich Kettenrasseln gehört? Oder ein Stöhnen nicht erkennbaren Ursprungs?«

»Du kannst mich mal.«

»Und wie läuft's sonst?«, versuchte Jared, der einen Streit witterte, abzulenken. Die ersten Regentropfen fielen bereits, und sie hatten noch einiges vor sich. »Schließlich ist es das erste Mal seit Moms Tod, dass du mit einer Frau in einem Haus zusammenlebst. Fühlst du dich eingeengt?«

Um Shanes Mundwinkel zuckte es verräterisch. »Das könnte ich nicht behaupten.«

»Ah – zum Teufel.« Rafe hatte Shanes Blick aufgefangen und ließ den Heuballen fallen, den er eben hochgestemmt hatte. »Du schläfst mit ihr.«

»Steht mir das auf der Stirn geschrieben oder was?«

»Kannst du nicht ein einziges Mal deine Hosen oben lassen?« Rafe ließ angewidert den Heuballen von der Schulter rutschen. »Regan fühlt sich für sie verantwortlich.«

Shane verspürte Schuldgefühle in sich aufsteigen. Das machte ihn wütend. »Warum zum Teufel sollte sich irgendwer für sie verantwortlich fühlen? Sie ist eine erwachsene Frau. Hört auf, euch da einzumischen. Es geht niemanden etwas an außer sie und mich.«

»Alles, was Regan betrifft, betrifft auch mich. Und Rebecca geht Regan etwas an. Was weißt du denn schon von ihr? Du hast doch keinen Schimmer, wie sie aufgewachsen ist.«

»Na und?« Plötzlich interessierte sich Shane weder für Regan noch für seine Arbeit. Wütend starrte er seinen Bruder an. »Sie hat einen Verstand, und den benutzt sie.«

»Das ist auch alles, was man ihr in ihrem bisherigen Leben zu benutzen erlaubt hat. Sie hat doch mit ihren Erfahrungen überhaupt keine Chance gegen dich.«

»Worum geht's denn eigentlich?« Devin war vom Heuboden heruntergeklettert und gesellte sich jetzt zu seinen beiden Brüdern. Der Regen wurde immer stärker. »Bringen wir das Heu rein, bevor es völlig durchnässt ist, oder soll es lieber draußen bleiben?«

»Halt du dich da raus«, wiederholte Shane und starrte Rafe finster an, ohne Devin zu beachten. »Mein Privatleben geht niemand was an.«

Jared seufzte. »Sieht so aus, als würden wir heute nicht mehr fertig.«

»Geht es um Rebecca?« Interessiert rupfte sich Devin einen Halm aus einem Heuballen und kaute darauf herum. »Scheint so, als hätte er sich in sie verknallt.«

»Ich bin nicht verknallt.«

»Lächerlich. Sie hatte doch noch nicht mal ihre Tasche ausgepackt, da bist du ihr schon hinterhergestiegen. Ich hätte dir schon gleich damals einen Kinnhaken verpassen sollen.«

Shane kniff die Augen zusammen. »Hol's doch jetzt nach, du Feigling. Ihr seid doch alle feige hier. Aber immer wisst ihr alles besser. Ich lebe mein Leben so, wie ich es für richtig halte, da könnt ihr euch auf den Kopf stellen. Also spart euch eure guten Ratschläge und …«

Rebecca beobachtete die vier Männer vom Küchenfenster aus. Sie war verwirrt. Zuerst sah es so aus, als würden sie ernsthaft über etwas diskutieren – irgendein Problem mit dem Heu vielleicht –, doch jetzt wurde sie den Verdacht nicht los, es wäre ein heißer Streit entbrannt.

»Da draußen ist irgendetwas los«, sagte sie in den Raum hinein, und Savannah, das Baby auf dem Arm, gesellte sich zu ihr ans Fenster.

»Oh, sie beruhigen sich schon wieder.«

»Was haben sie denn?«

»Keine Ahnung.« Savannah schüttelte den Kopf und rief Regan und Cassie, die sich am Herd zu schaffen machten, herbei. »Kommt mal her und seht euch das an, unsere Jungs machen sich zum Kampf bereit.«

»Kampf?« Schockiert sah Rebecca Savannah an. »Heißt das etwa, dass sie beabsichtigen, sich zu prügeln? Sie wollen sich wirklich schlagen? Aber warum denn, um Himmels willen?«

Regan ging zur Küchentür und öffnete sie. »Ach, das machen sie eben von Zeit zu Zeit.«

»Glaubst du, man kann sie noch davon abbringen?«, fragte Cassie. »Wir können es vers…«

»Nein«, beendete Regan ihren Satz. Der erste Treffer hatte sein Ziel erreicht. »Zu spät.«

Mit schreckgeweiteten Augen beobachtete Rebecca, wie Shanes Arm vorschnellte und seine Faust in Rafes Gesicht landete. Einen Moment später wälzten sich die beiden auf dem Boden. »Aber … aber …«

»Hoffentlich sind genug Eiswürfel im Eisfach.« Cassie wandte sich ab und eilte zum Kühlschrank hinüber.

»Jared und Devin stehen einfach nur daneben und schauen zu«, sagte Rebecca entsetzt.

»Nicht mehr lange«, prophezeite Savannah.

Wie auf ein Stichwort bückte sich Devin. Falls er die Absicht gehabt haben sollte, dem Kampf ein Ende zu machen, war es ihm jämmerlich missglückt. Nun wälzten sich drei Männer auf dem vom Regen aufgeweichten Erdboden.

»Das ist ja lächerlich.«

Rebecca ging entschlossen zur Tür. Mittlerweile wälzten sich vier Männer im Schmutz.

Es war für sie nicht erkennbar, wer da eigentlich gegen wen kämpfte. Alles, was sie sah, waren Arme, Fäuste, Körper. Alles, was sie hörte, waren Schimpfworte und Flüche. Eine Schlägerei kannte sie bisher nur aus dem Fernsehen.

»Will denn niemand von euch einschreiten? Schließlich handelt es sich um eure Ehemänner.«

»Nun«, Savannah streichelte Miranda den Rücken, »wir könnten wetten, wer gewinnt. Ich setze fünf Dollar auf Jared – aus Loyalität.«

Verdutzt sah Rebecca die Frauen an. »Du lieber Himmel, ihr seid ja genauso schlimm wie sie.« Sie straffte die Schultern. »Ich gehe und setze der Sache ein Ende. Und zwar sofort.«

Nachdem Rebecca die Küche verlassen hatte, zwinkerte Savannah Regan zu. »Es hat sie ganz schön erwischt, oder was meinst du?«

»Ich befürchte es. Es macht mir Sorgen.«

»Ich denke, sie ist gut für ihn«, schaltete sich Cassie ein. »Und er ist gut für sie. Beide scheinen sie jemanden zu brauchen, auch wenn sie es noch nicht wissen.«

Das Einzige, was Rebecca im Moment wusste, war, dass sich diese vier erwachsenen Männer benahmen wie die Kinder und auf dem schlammigen Boden aufeinander einschlugen.

Als sie am Ort des Geschehens angelangt war, war sie völlig durchnässt. Sie schüttelte den Kopf über das Bild, das sich ihr bot. Die Hunde rasten schwanzwedelnd und aufgeregt bellend um die vier sich im Dreck wälzenden Männer herum.

»Aufhören!« Das bewog zwar die Hunde, stehen zu bleiben, nicht aber die Männer, innezuhalten. Fred und Ethel setzten sich gehorsam mit heraushängenden Zungen hin. »Ich habe gesagt, ihr sollt aufhören, und zwar sofort!«

Jared machte den Fehler, den Kopf zu heben, wofür er mit einem Ellbogen, der gegen sein Kinn donnerte, belohnt wurde. Er revanchierte sich dafür, indem er seine Faust in den Bauch rammte, der ihm am nächsten war.

Missbilligend stemmte Rebecca die Hände in die Hüften. Die Schimpfworte und Flüche waren verstummt. Die vier Männer lachten.

Wenn sie es wollte, trug ihre Stimme sehr weit. Sie hatte schon viele Vorlesungssäle gefüllt. »Hört sofort auf mit diesem Unsinn und steht gefälligst vom Boden auf. Im Haus sind Kinder, die euch zusehen können. Ihr gebt ein feines Vorbild ab.«

Devin, die schmutzige Hand über Rafes nicht weniger schmutzigem Gesicht, schaute auf. »Was?«, fragte er.

»Steht auf! Ihr solltet euch schämen!« Mit blitzenden Augen musterte sie alle vier der Reihe nach. »Ich sagte aufstehen. Los, stehen Sie auf.« Sie deutete mit dem Finger auf Devin. »Sie sind der Sheriff, um Himmels willen. Sie sind dafür da, Recht und Ordnung aufrechtzuerhalten, und nun wälzen Sie sich hier im Dreck wie ein Halbstarker.«

»Ja, Ma'am.« Devin schluckte und befreite sich aus dem Gewirr von Armen und Beinen. »Ich weiß wirklich nicht, was in mich gefahren ist.«

»Und Sie.« Jetzt deutete ihr mahnender Zeigefinger auf Jared. »Ein Anwalt. Was haben Sie sich dabei gedacht?«

»Nichts.« Jared rieb sich seinen geschwollenen Kiefer, ehe er sich aufrappelte. »Absolut nichts.«

»Rafe MacKade.« Sie hatte das Vergnügen, ihn zusammenzucken zu sehen. »Ein Geschäftsmann und eine Säule der Gesellschaft. Ehemann und Vater. Was glauben Sie, was Sie den Kindern für ein Vorbild sind?«

»Ein schlechtes.« Rafe räusperte sich und stand auf. Am liebsten hätte er laut aufgelacht, aber er wurde das Gefühl nicht los, dass sie ihn dann womöglich übers Knie gelegt hätte.

»Und du«, fuhr sie nun mit solcher Wut in der Stimme fort, dass Shane beschloss, lieber im Matsch liegen zu bleiben. »Von dir hätte ich wirklich ein bisschen mehr erwartet.«

»Sie klingt wie Mom«, meinte Shane, und seine Brüder nickten respektvoll. »He, ich hab nicht damit angefangen.«

»Typisch. Wirklich ganz typisch. Löst du deine Probleme immer so?«

Er wischte sich Schmutz aus dem Gesicht. »Ja.«

»Das ist erbärmlich. Ihr alle seid erbärmlich.«

Drei Männer scharrten mit den Füßen im Dreck. Shane grinste verlegen.

»Gewalt ist keine Antwort. Nie. Es gibt kein Problem, das man nicht mit dem Verstand und einem Gespräch aus der Welt schaffen könnte.«

»Wir haben miteinander gesprochen«, gab Shane zurück und erntete einen bösen Blick.

»Ich erwarte, dass ihr euch wieder wie zivilisierte Menschen aufführt. Wenn ihr euch nicht zügeln könnt, müsst ihr eben Abstand voneinander halten.«

»Ist sie nicht himmlisch?« Shanes Tonfall bewog seine Brüder, ihn überrascht anzusehen. »Habt ihr schon mal eine Frau wie sie kennengelernt?«, schwärmte er strahlend. »Komm her und gib mir einen Kuss, Schätzchen.«

»Wenn du denkst, du kannst dich über mich …« Sie stieß einen Schrei aus, als er sie zu sich herunter auf den Boden zog. »Du Idiot! Du hirnloser …«

Dann lag sie auf dem Rücken, und ein nasser, muskulöser Mann lag über ihr. Lachend drückte er ihr einen Kuss auf den Mund. »Sie ist das süßeste Ding, das ich jemals kennengelernt habe.«

Er küsste sie wieder, während sie spürte, wie der Schlamm ihre Bluse durchnässte.

»Geh runter von mir, du Affe!« Sie bäumte sich auf, zappelte und gab ihm dann eine schallende Ohrfeige.

»Gewalt.« Jetzt wurde er von Lachen geschüttelt. »Sie hat Gewalt angewandt. Sie hat ihr Problem nicht mit dem Verstand und einem Gespräch gelöst.«

Ihre Faust traf daneben und streifte lediglich sein Ohr, ehe sein Mund sie erneut ablenkte.

Und dann küsste er sie mit aller Leidenschaft. Dicke Regentropfen platschten auf sie nieder, doch sie nahmen von diesem Umstand ebenso wenig Notiz wie davon, dass man sie mit großem Interesse beobachtete.

Rafe grinste in sich hinein. »Ich will verdammt sein. Sie hat ihn am Haken.«

»Sieht ganz danach aus.« Devin rieb sich sein blutiges Kinn an seiner schlammverschmierten Schulter. »Ich habe noch nie gesehen, dass er eine Frau so angeschaut hat wie sie. Glaubst du, dass er es weiß?«

»Mir scheint, sie wissen es beide nicht.« Jared wischte sich eine Haarsträhne aus der Stirn.

»Das wird ein Riesenspaß.« Rafe hakte seine Daumen in die Hosentaschen und beobachtete grinsend, wie sein Bruder mit Rebecca am Boden rangelte. »Der Sündenfall des Shane MacKade.«

»Meint ihr, wir sollten reingehen und sie allein lassen?« Devin legte beim Nachdenken den Kopf leicht schräg. »Oder sollen wir ihm noch eins verpassen?«

Rafe betastete behutsam mit dem Finger sein Auge. Shanes Fausthieb war nicht von schlechten Eltern gewesen. Er würde besser daran tun, sich aus weiteren Aktivitäten herauszuhalten, ins Haus zu gehen und das Auge mit Eis zu kühlen.

»Ich hätte nichts dagegen, aber ich vermute, sie würde sich gleich wieder einmischen.«

»Sie werden sich eine Lungenentzündung holen.« Jared wiegte bedenklich den Kopf.

»Nicht bei der Hitze«, widersprach Devin und bedeutete seinen Brüdern, ihm ins Haus zu folgen.

Rebecca gelang es, sich von Shane freizumachen, und rappelte sich auf. So würdevoll wie möglich wischte sie sich den Schlamm von ihrer ruinierten Hose und fuhr sich durchs Haar.

»Idiot.« Sie schoss ihm einen wütenden Blick zu, warf den Kopf in den Nacken und ließ ihn stehen.

Am Ende versuchte Shane es mit Blumen. Nachdem das Abendessen vorüber war und das Haus sich geleert hatte, ging Shane mit einer Taschenlampe hinaus in den Regen und pflückte einen großen Strauß Wildblumen.

Als er zurückkehrte, saß Rebecca am Küchentisch vor ihrem Laptop. Sie schaute auf und warf ihm einen von diesen kühlen Blicken zu, mit denen sie ihn schon den ganzen Abend über bedacht hatte.

Er legte die nassen Blumen auf den Tisch und setzte sich neben sie. »Noch böse?«

»Ich bin nicht böse.« Sie fühlte sich beschämt, und das war viel schlimmer.

»Willst du mich noch mal ohrfeigen?«

»Bestimmt nicht.«

»Es war doch nur Schlamm.« Er zog ihre Hand an die Lippen. »Stand dir gut.«

Sie wollte ihre Hand wegziehen, aber er hinderte sie daran. »Ich versuche zu arbeiten.«

Er griff nach dem Strauß und hielt ihn ihr hin. »Ich bin verrückt nach dir.«

Sie stieß einen tiefen Seufzer aus. War es wirklich so wichtig, in jeder Situation Haltung zu bewahren, koste es, was es wolle? »Wenn man bei strömendem Regen Blumen pflückt, muss man tatsächlich ziemlich verrückt sein.«

»Bei meiner Mutter hat es auch immer funktioniert. Du hast mich heute sehr stark an sie erinnert, weißt du das eigentlich? Obwohl sie ein bisschen unsanfter mit uns umgesprungen ist. Wenn sie dazwischengegangen ist, fühlten wir uns hinterher jedes Mal ein paar Zentimeter kleiner.«

Rebecca konnte nicht widerstehen, steckte ihre Nase in den Strauß und atmete den Duft der Wildblumen tief ein. »Sie muss eine sehr außergewöhnliche Frau gewesen sein.«

»Sie war großartig«, gab Shane schlicht zurück. »Sie und mein

Vater waren die besten Eltern, die man sich vorstellen kann. Sie waren immer für uns da.« Er streckte die Hand aus und fuhr Rebecca mit dem Zeigefinger über die Wange. »Deshalb fühle ich mich auch nie wirklich einsam.«

Sie stand auf und schob ihren Stuhl zurück. »Besser ich stelle sie gleich ins Wasser«, sagte sie und deutete auf die Blumen. »Sonst verwelken sie noch.«

Ihm wurde klar, dass sie nicht die Absicht hatte, von sich zu erzählen, auch wenn er mit seiner letzten Bemerkung versucht hatte, das Gespräch in diese Richtung zu lenken. »Rebecca …«, begann er, aber sie unterbrach ihn sofort.

»Warum hast du dich denn mit deinen Brüdern geprügelt?« Sie lenkte ihn schnell ab, weil sie ahnte, worauf er hinauswollte.

»Ach, nur so.« Dann aber fasste er einen Entschluss. Offenheit gegen Offenheit. »Deinetwegen.«

Überrascht sah sie ihn an. »Meinetwegen? Du machst wohl Witze, was soll das denn heißen, meinetwegen?«

»Nein. Aber es war keine große Sache. Rafe hat irgendwas gesagt, das mich auf die Palme gebracht hat. So geht es immer bei uns.«

Er kam zu ihr herüber und nahm einen Glaskrug aus dem Schrank. »Sie denken, dass ich dich ausnutze.«

»Ich verstehe.« Aber sie verstand nicht. Sie nahm ihm die Vase aus der Hand und füllte sie mit Wasser. Dann begann sie mit ihrer üblichen Sorgfalt, die Blumen zu arrangieren. »Du hast ihnen erzählt, dass wir miteinander schlafen.«

»Das war nicht nötig.« Er wusste, was sie dachte. Schlafzimmergespräche unter Männern, Augenzwinkern und verständnisinnige Rippenstöße. »Rebecca, ich habe nie ein Sterbenswörtchen darüber verlauten lassen, das schwöre ich dir. Aber meine Brüder kennen mich einfach zu gut. Sie haben es alle sofort erraten.«

Vielleicht hätte er etwas erzählt, wenn es sich nicht um sie, sondern um eine andere Frau gehandelt hätte. Das lag durchaus im Bereich des Möglichen.

Er war kein Mann, der mit seinen Frauenbekanntschaften herumprahlte, aber zwischen ihm und seinen Brüdern hatte es in dieser Hinsicht nie Geheimnisse gegeben. Seltsamerweise hielt er jedoch seine Gefühle für Rebecca strengstens unter Verschluss. Er wusste selbst nicht, warum es bei ihr anders war.

Und wenn sich Rafe oder sonst wer unter anderen Umständen bemüßigt gefühlt hätte, ihm die Leviten zu lesen, wäre ihm das wahrscheinlich herzlich gleichgültig gewesen. Doch diesmal betraf es Rebecca, und das hatte ihn geschmerzt …

»Was zum Teufel ist das nur?«, fragte er.

»Ich würde sagen, Kaffee.«

»Was?« Er sah in den Becher, den er, ohne es zu merken, in die Hand genommen hatte. »Das meine ich nicht. Nein, ich war mit meinen Gedanken woanders. Hör zu, es war keine große Sache. Unser Kampf, meine ich. So regeln wir unsere Meinungsverschiedenheiten immer.« Er lächelte. »Es macht Spaß, ab und zu ein bisschen Dampf abzulassen.«

»Aha.« Sie stellte die Vase auf den Tisch.

»Ich empfinde etwas für dich.« Shane lauschte erschrocken seinen Worten nach, die ihm unbeabsichtigt über die Lippen gekommen waren. Schockiert hob er den Becher und leerte ihn in einem Zug. »Ich glaube, ich wollte nur nicht, dass irgendjemand denkt, ich wäre nur scharf darauf, dich ins Bett zu zerren.«

Wärme durchflutete sie. Eine gefährliche Wärme. Liebe. Sie wartete einen Moment, dann sagte sie: »Wir wissen beide, dass es nicht so ist.«

»Du bist nicht ganz auf dem Laufenden. Ich wollte dich. Natürlich war ich hinter dir her.«

»Und ich hab's dir schwer gemacht?«

»Darum geht es nicht.« Sie lächelte, aber es gelang ihm nicht, ihr Lächeln zu erwidern. »Ich war schon hinter vielen Frauen her.«

»Prahlst du jetzt?«

»Nein, ich …« Shane fing sich wieder. Er entdeckte in ihren Augen sowohl Belustigung als auch Verständnis und dann aber noch etwas anderes, mit dem er nichts anfangen konnte. »Ich vermute mal, ich will damit sagen, dass wir nicht zwangsläufig so weitermachen müssen … ich meine … wenn du dir vielleicht alles noch einmal durch den Kopf gehen lassen willst …«

Sie unterdrückte ihre Angst, doch ihre Stimme zitterte. »Ist es das, was du möchtest?«

Ohne sie aus den Augen zu lassen, schüttelte er langsam den Kopf. »Nein. Nein, ganz bestimmt nicht. Ich kann mir im Moment nichts vorstellen, was ich lieber hätte als dich. Schon allein dich anzuschauen erregt mich.«

Die Wärme kehrte zurück, pulsierte durch ihre Adern, breitete sich aus. Rebecca durchquerte die Küche und ging auf ihn zu. Bei ihm angelangt, legte sie ihm die Arme um den Nacken. »Und worauf wartest du dann noch?«

10. Kapitel

Es war fast schon wieder Melkzeit. Als Rebecca bewusst wurde, dass sie begann, den Tag nach Farmerspflichten einzuteilen, lächelte sie in sich hinein. Kopfschüttelnd hämmerte sie ihren nächsten Satz in die Tastatur.

Warum nur hatte sie ihr ganzes Leben bisher damit zugebracht, die Nase in wissenschaftliche Bücher zu stecken und irgendwelche Thesenpapiere zu verfassen? Dabei war es so befreiend, starke Gefühle zu empfinden und der Fantasie freien Lauf zu lassen. Mittlerweile konnte sie sich sogar vorstellen, irgendwann einmal einen Roman zu schreiben.

Bei diesem Gedanken musste sie lachen. Als das Telefon läutete, griff sie geistesabwesend nach ihrer Kaffeetasse und dem Hörer gleichzeitig.

»Hallo?«

»Dr. Rebecca Knight, bitte.«

Sie versteifte sich, dann befahl sie sich, sich zu entspannen. War es wirklich so überraschend, dass ihre Mutter ihre Stimme nicht erkannte? »Ich bin am Apparat, Mutter. Wie geht es dir?«

»Aber Rebecca, wo steckst du denn? Ich hatte dich eigentlich in New York vermutet.«

»Nein, dort bin ich nicht.« Sie hörte, wie die Küchentür geöffnet wurde, und schaffte es, Shane ein – wenn auch ein wenig steifes – Lächeln zuzuwerfen. »Ich verbringe einige Zeit in Maryland.«

»Eine Vorlesungsreise? Du hast mir ja gar nichts davon erzählt.«

»Nein. Keine Vorlesungsreise.« Sie sah ihre Mutter vor sich, wie sie erstaunt die Stirn runzelte. »Ich betreibe ein paar … Nachforschungen.«

»Nachforschungen? In Maryland? Worum geht es denn?«

»Um die Schlacht von Antietam.«

»Aha. Findest du nicht, dass dieses Thema bereits erschöpfend behandelt worden ist?«

»Ich betrachte es aus einem anderen Blickwinkel.« Sie rückte ein bisschen beiseite, sodass Shane an die Kaffeekanne kam, aber sie schaute ihn nicht an. »Kann ich etwas für dich tun?«

»Mir scheint eher, ich müsste etwas für dich tun, Rebecca. Was in aller Welt ist mit dir los? Ich finde es wirklich höchst merkwürdig, dass du einfach ohne ein Wort verreist. Gib mir wenigstens deine Faxnummer. Ich möchte dir ein Fax schicken.«

»Ich wohne bei einem Freund. Hier gibt es leider kein Faxgerät.«

»Aber ich bitte dich, Rebecca. Es muss dort doch irgendwo ein Fax geben. Schließlich leben wir nicht mehr im Mittelalter.«

Jetzt warf sie Shane einen Blick zu. Er roch nach frischer Erde. »Das nicht direkt«, erwiderte sie trocken. »Ich werde sehen, was ich tun kann, und rufe dich dann zurück. Bist du in Connecticut?«

»Nein, ich bin im Moment auf einem Seminar in Atlanta. Du kannst mich im Ritz-Carlton erreichen. Wenn ich nicht da sein sollte, hinterlass mir eine Nachricht.«

»Gut. Darf ich fragen, worum es geht?«

»An meiner Universität wird der Lehrstuhl für Geschichte frei. Es wäre eine günstige Gelegenheit für dich. Mit meinen Verbindungen müsste sich da etwas machen lassen. Du solltest dich unbedingt bewerben.«

»Ich bin nicht interessiert.«

»Mach dich nicht lächerlich, Rebecca.«

Sie schloss für einen Moment die Augen. Dieser Ton, dieser keinen Widerspruch duldende Ton einer Einpeitscherin hatte sie ihr ganzes Leben lang von Erfolg zu Erfolg gehetzt. Sie musste all ihre Kraft aufwenden, um standhaft zu bleiben.

»Es tut mir leid, aber es ist nun mal so.« Woher kam diese kalte, sarkastische Stimme? »Ich möchte nicht unterrichten, Mutter.«

»Es geht doch überhaupt nicht ums Unterrichten, Rebecca, das weißt du ebenso gut wie ich. Es geht um die Position, die du dann bekleidest ...«

»Ich will aber nicht.« Mit Erschrecken registrierte sie, dass sie ihre Mutter eben unterbrochen hatte. »Aber trotzdem vielen Dank, dass du an mich gedacht hast.«

»Ich bin nicht besonders glücklich über dein Benehmen, Rebecca. Du hast die Verpflichtung, das, was du von Haus aus mitbekommen hast, auch voll zu nutzen, denk daran. Und ein Angebot wie dieses kann deiner Karriere nur förderlich sein.«

»Wessen Karriere?«

Ihre Mutter seufzte. Lang anhaltend und leidend. »Offensichtlich bist du im Moment nicht in allerbester Verfassung. Vielleicht sollten wir deshalb unser Gespräch jetzt beenden. Aber ich setze auf dich und deinen Willen zum Erfolg. Sei so gut und gib mir so schnell wie möglich deine Faxnummer durch. Ich bin im Augenblick etwas in Eile, aber ich erwarte spätestens morgen von dir zu hören. Auf Wiedersehen, Rebecca.«

»Auf Wiedersehen, Mutter.«

Nachdem sie aufgelegt hatte, strahlte sie Shane an. »Na, hast du die Kühe schon ins Bett gebracht?«

»Setz dich wieder hin, Rebecca.«

»Ich sterbe vor Hunger.« Weil sie Angst hatte vor seiner Berührung, machte sie, dass sie so schnell wie möglich von ihm wegkam, und ging zum Kühlschrank. »Wenn mich nicht alles täuscht, muss hier doch noch irgendwo der Schokoladenkuchen sein, den eine deiner Haremsdamen kürzlich vorbeigebracht hat.«

»Rebecca.« Seine Stimme war ruhig, doch seine Augen verrieten Besorgnis. Sie presst die Hand auf ihren Magen, als ob sie Schmerzen hätte, dachte er. »Ich finde, du solltest dich jetzt erst mal wieder hinsetzen.«

»Ich kann Kaffee machen. Mittlerweile hab ich kapiert, wie dieses Ding funktioniert.« Sie griff nach der Kanne, doch Shane kam zu ihr und legte ihr die Hände auf die Schultern. »Was ist los?« Sie zuckte zurück.

Vorsicht, ermahnte er sich, alarmiert durch den Ausdruck, der in ihren Augen lag. Sie schien am Ende zu sein. »Aus Connecticut kommst du also.«

Sie zögerte einen Moment, dann zuckte sie die Schultern. »Meine Eltern leben dort.«

»Und du bist dort aufgewachsen?«

»Nicht direkt. Ich war nur in den Schulferien dort. Sonst war ich immer im Internat. Den Kaffee kann man nicht mehr trinken«, fügte sie mit einem Blick auf die Kanne unvermittelt hinzu. »Er steht schon seit Stunden auf der Wärmplatte. Ich habe doch gesagt, dass ich frischen mache.«

»Was war es denn, das dich so aufgeregt hat, Baby? Was hat sie gesagt?«

»Nichts. Gar nichts.« Sie wollte sich aus seinem Griff herauswinden, doch er ließ sie nicht los. In seinen Augen lag ein Ausdruck von Geduld und Besorgnis. »Sie wollte mir an ihrer Universität eine Stelle zuschanzen, aber ich bin nicht interessiert. Wir hatten eine kleine Meinungsverschiedenheit. Sie ist nicht daran gewöhnt, dass ich eine eigene Meinung habe.«

Im Grunde genommen ganz simpel, dachte er. Zumindest hätte es ganz simpel sein können. Doch an ihrer Reaktion war nichts simpel. Er fand sie vielmehr besorgniserregend. »Du hast nein gesagt.«

»Ja, das habe ich. Aber das interessiert niemanden. Das hat es niemals getan – was ich möchte, zählt nicht. Zumindest habe ich diese Erfahrung bei den seltenen Gelegenheiten gemacht, bei denen ich den Mut aufgebracht habe, nein zu sagen. Vermutlich wird es nicht lange dauern, bis mein Vater anruft, um mich an meine Verpflichtungen und Verantwortlichkeiten zu erinnern.«

»Wem bist du denn verpflichtet?«

»Ihnen, meiner Erziehung, meiner Herkunft. Mir wurde immer eingetrichtert, dass ich die Verpflichtung habe, meine Fähigkeiten zu nutzen. Ach komm, lass uns über etwas anderes reden.«

Da er den Eindruck hatte, dass sie Bewegungsfreiheit brauchte, ließ er sie los. Ihre Hände zitterten nicht, als sie den Kaffee abmaß, und ihre Miene war undurchdringlich, während sie die Kanne mit Wasser volllaufen ließ.

Doch dann erschauerte sie. »Ich kann es noch gar nicht fassen, dass ich mich tatsächlich widersetzt habe. Weil ich das nie konnte, hatte ich schon als Kind Magengeschwüre.«

»Wovon zum Teufel sprichst du?«

»Von Magengeschwüren, Migräne, Schlaflosigkeit und einem Nervenzusammenbruch. Wahrscheinlich ist das der Grund, weshalb ich Psychiaterin geworden bin.«

Sie sprach offensichtlich nicht zu ihm, deshalb erwiderte Shane nichts.

»Es ist immer viel leichter, einen anderen zu analysieren als sich selbst.«

Sie fuhr sich mit beiden Händen durchs Haar. »Diesmal werde ich mich nicht wieder unterordnen. Ich denke überhaupt nicht daran. Diesmal lasse ich mir nichts mehr vorschreiben. Ich werde nur das tun, was mir mein Gefühl rät. Zur Hölle mit ihnen. Zur Hölle mit dem ganzen Kram, der mich zum seelischen Krüppel gemacht hat.«

Sie wirbelte herum. Jetzt war ihre Miene nicht mehr undurchdringlich, sondern wütend. Rebecca war so wütend, wie er sie noch nie erlebt hatte. »Kannst du dir eigentlich vorstellen, wie es ist, wenn man vier Jahre alt ist und von einem erwartet wird, dass man Dante auf Italienisch liest? Wie es ist, mit durchgedrücktem Kreuz am Abendbrottisch zu sitzen und chemische Formeln abgefragt zu werden oder über die Renaissance zu diskutieren, auf Französisch natürlich?«

»Nein«, sagte er ruhig. »Warum sagst du mir nicht, wie es ist?«

»Schrecklich ist es. Ganz, ganz schrecklich. Die Hölle. Es ist ein Horror, von den eigenen Eltern als ein Gegenstand betrachtet zu werden, der dazu bestimmt ist, irgendwann einmal – je eher, desto besser selbstverständlich – den erwarteten Gewinn abzuwerfen.

Solange du ein Kind bist, kannst du dich gegen dieses Ansinnen nicht zur Wehr setzen, denn du hast ja gelernt zu gehorchen. Doch wenn du älter wirst und in den Spiegel schaust, erstarrst du vor Schreck, was für ein armseliges Wesen dir da entgegenblickt. Und dann fragst du dich, ob dieses Leben eigentlich lebenswert ist.«

»Rebecca.« Sein Zorn verwandelte sich in echtes Entsetzen.

Ungeduldig schüttelte sie den Kopf. »Du fängst an, es dir auszumalen, immer wieder, vollkommen besessen. Und weil du weißt, dass du clever bist, bist du dir verdammt sicher, dass du den effektivsten, schmerzlosesten Weg finden wirst, dich aus dem Leben davonzuschleichen. Und den saubersten natürlich.«

Er brachte kein Wort heraus. Entsetzen war ein viel zu schwaches Wort für das, was er empfand. Diese Frau, diese wunderbare Frau, hatte es in Erwägung gezogen, ihrem Leben ein Ende zu machen.

Sie rieb sich gedankenverloren die Schläfen, hinter denen plötzlich Kopfschmerzen tobten. »Aber du bist zu intelligent und zu gut programmiert, um den letzten Schritt zu tun. Du sagst dir, dass du es immer noch tun kannst, wenn alle Stricke reißen, und entscheidest dich stattdessen – weil du ein praktischer Mensch bist –, die menschlichen Verhaltensweisen zu studieren, und endest als Psychiaterin.«

»Wie alt warst du damals?«, brachte er mühsam heraus. »Wie alt warst du, als …«

»Als ich begonnen habe, über die wirksamste Methode, Selbstmord zu verüben, nachzudenken, meinst du?« Ihre Stimme klang ruhig. »Zwölf. Ein gefährliches Alter. Sicher kannst du dich noch daran erinnern, wie empfindsam ein Kind in diesem Alter ist. Aber es ist immer noch leichter, einfach auf der Schiene, auf die man deinen Zug gesetzt hat, weiterzukommen, als Schluss zu machen. Du stolperst von Auszeichnung zu Auszeichnung, bis dir schließlich irgendwann auffällt, dass es nur eine andere Form von Selbstmord ist.«

Sie holte tief und zittrig Atem. »Ich bin müde«, sagte sie und fuhr sich mit der Hand übers Gesicht. »Sie haben mich so müde gemacht.«

Magengeschwüre, ein Nervenzusammenbruch. Meine Güte, Selbstmordgedanken sogar. Was hatten diese Eltern an ihrem Kind verbrochen? Er hätte sie am liebsten in Stücke gerissen.

»Komm her.« Shane streckte die Hände nach ihr aus und zog sie an sich. Er sehnte sich danach, sie ganz fest zu halten. »Ruh dich ein bisschen bei mir aus.«

»Es geht schon wieder.«

»Das stimmt nicht. Aber es wird nicht mehr lange dauern, bis es so weit ist.« Dafür würde er sorgen. »Halt dich an mir fest, Baby.«

Das tat sie dann auch, und sie war erstaunt, wie leicht es ihr fiel.

Er rieb seine Wange an ihrem Haar. Sie fühlte sich so zerbrechlich an. Warum hatte er das vorher nie bemerkt? »Es tut mir so leid, Baby«, flüsterte er.

»Es ist vorbei. Jetzt können sie mir nichts mehr tun. Ich bin erwachsen und fälle endlich meine eigenen Entscheidungen. Ich werde versuchen, in Zukunft alles besser zu machen.«

»Du machst es schon sehr gut.«

»Ich will es noch besser machen.« Sie wich ein Stück zurück. »Entschuldige. Wenn du eine Stunde später gekommen wärst, hätte ich dies alles allein hinter mich gebracht. Es tut mir leid, dich mit meinen Problemen belästigt zu haben.«

»Ich will aber, dass du mir sagst, was du fühlst.« Er beugte sich zu ihr hinunter und küsste sie zärtlich. »Ich will wissen, wer du bist, Rebecca. Ich habe mir lange genug den Kopf darüber zerbrochen. Du erschienst mir die ganze Zeit wie ein Puzzle, von dem ich glaubte, ich könnte es nie zusammensetzen. Aber ich denke, wir haben jetzt einen Anfang gemacht. Tust du mir einen Gefallen?«

»Was für einen?«

»Ruf deine Mutter nicht zurück. Lass sie warten.«

Sie lächelte. »Das wäre unhöflich.«

»Stimmt. Und?«

»Sie wird sich wieder melden. Und mein Vater auch. Sie …« Wie zum Beweis begann das Telefon zu klingeln. »Da hast du's.«

Er verstärkte seinen Griff, ehe sie sich ihm entziehen konnte, um den Hörer abzunehmen. »Ich höre nichts.«

»Das Telefon läutet.«

»Wir haben kein Telefon.« Um sie zu beruhigen, küsste er sie erneut. Und um selbst ruhig zu werden. »Außerdem sind wir sowieso nicht zu Hause.«

»Wo sind wir denn?«

Er legte die Arme unter ihre Knie und hob sie hoch. »Irgendwo, wo immer du willst.« Während das Telefon erbarmungslos weiterschrillte, trug er sie aus der Küche.

Im Schlafzimmer angelangt, stellte er sie wieder auf die Füße. Obwohl das Telefon jetzt aufgehört hatte zu läuten, zog er den Stecker aus der Steckdose.

»So einfach geht das.«

»Du hast nicht mal einen Anrufbeantworter. Sie werden schäumen vor Wut.«

»Gut so.« Dabei hätte er liebend gern mit einem ihrer Eltern gesprochen, doch das hatte Zeit. Im Moment gab es Wichtigeres. »Also, wohin möchtest du gehen?«

Rebecca schüttelte verwirrt lächelnd den Kopf. »Ich dachte, wir wären schon da.«

»Von hier aus starten wir.« Er strich mit dem Finger über die Weste, die sie über ihrem Männerhemd trug. »Auf eine tropische Insel vielleicht? Oder in eine Berghütte? Wir könnten eingeschneit werden. Was hältst du von einer Burg?« Er streifte mit seinen Lippen ihre Augenbraue. »Lass uns einfach so tun als ob.«

»Die Fantasie ist oft ein …«

Sein Mund kam näher. »Stell dir einen langen, leeren Strand vor, weißer Sand, Palmen. Kannst du den Blumenduft riechen?« Sanft küsste er ihre Lider. »Hörst du die Brandung rauschen? Lass uns hierbleiben. Ich liebe es, wenn der Mond deine Haut in seinem Licht badet.« Er knabberte an ihren Lippen, während er ihr die Weste von den Schultern streifte und dann langsam, ganz langsam begann, ihr

Hemd aufzuknöpfen. »Schau doch das Mondlicht über dem Wasser, ist es nicht herrlich? Schöne Rebecca.« Er umschloss ihre Brüste mit den Händen. »Komm mit mir.«

»Wohin immer du willst«, antwortete sie leise.

»Hier gibt es niemanden außer uns.« Er zog sein Hemd aus. »Und wir haben nichts zu tun, außer uns zu lieben. Ich möchte dich lieben, Rebecca. Nur dich. Tag und Nacht.«

Die Worte beruhigten sie. Dass Worte Macht besaßen, wusste sie, doch seine Worte nahmen sie ganz und gar gefangen. Jetzt fühlte sie seine Haut unter ihren Händen, wundervoll glatt und geschmeidig und warm. Sie spürte sein Herz klopfen. Sie hätte schwören mögen, dass sie hörte, wie die Wellen sanft gegen den Strand klatschten.

»Trag mich in die Brandung«, flüsterte sie verträumt, während diese herrlichen Hände über ihren Körper glitten. »Ich will auf den Wellen reiten.«

»Ja. Deine Haut ist nass und kühl. Glitschig«, fügte er hinzu und fuhr fort, sie auszuziehen. »Und sie schmeckt nach Salz.« Leise Koseworte vor sich hin murmelnd legte er sie aufs Bett. »In deinen Augen funkeln die Sterne.« Er konnte es sehen, weil die Sonne ihre letzten Strahlen ins Zimmer schickte. »Silberne Einsprengsel in dem Gold. Wir können hierbleiben, solange du möchtest.«

Seine Lippen glitten über ihre Augenlider, ihre Wangen, ihren Mund, den er nun mit der Zunge zu erforschen begann. Rebecca entspannte sich, gab sich ihm ganz hin. Jetzt war sie bei ihm. Er wollte ihr zeigen, wie es war, geliebt und zärtlich umsorgt zu werden.

Deshalb waren seine Bewegungen sanft, behutsam und fließend. Voller Liebe. Er verweilte an den Stellen, an denen sie ganz besonders gern berührt wurde, wie er wusste.

Sie trieb dahin. Es hätte Wasser sein können, das über sie hinwegfloss, so geschmeidig waren seine Hände.

Sie stellte sich vor, unter ihr wäre Sand. Das Säuseln des Windes vor den Fenstern verwandelte sich in das Rauschen der Brandung. Die Luft war geschwängert von exotischem Blütenduft, Nachtvögel sangen ihr Lied, und der Vollmond schüttete sein gleißendes silbernes Licht über ihren nackten Körpern aus.

Und er war hier, ihr Geliebter, bei ihr, und hielt sie fest, ganz fest.

»Wo bist du, Rebecca?«

»Bei dir.«

»Bleib bei mir.«

Sie legte die Arme um seinen Nacken.

Er liebte sie endlos, bestimmte das Tempo, er war die Strömung, in der sie sich wiegte. Wenn sie vom Wellenkamm abstürzte, war er da, um sie aufzufangen, dann begann die Reise wieder von vorn. Zu sehen, dass sie sich in ihm verlieren konnte, war die erregendste Erfahrung, die er jemals gemacht hatte. Jeder Seufzer, jedes Stöhnen, jedes Keuchen war für ihn köstlich.

Ihren Namen flüsternd zog er sie hoch, bis sie eng aneinandergeschmiegt dasaßen. Er musste das Tempo beschleunigen, oder er würde den Verstand verlieren. Gierig suchte er mit seinen Lippen nach ihren Brüsten, saugte an ihren Knospen, bis sie vor Lust den Kopf in den Nacken warf. Als sie seinen Namen laut herausschrie, war es wie Musik in seinen Ohren, Musik, die den stampfenden Rhythmus seines Herzschlags verstärkte.

Er hatte ihr bewiesen, dass sie geliebt wurde. Nun würde er ihr zeigen, wie sehr er sich nach ihr verzehrte.

Plötzlich merkte sie, dass der Sturm aufzog.

Ein heftiger Wind war aufgekommen, die schäumenden Wogen spülten mit Macht über sie hinweg und drohten sie in die dunklen unwägbaren Tiefen zu reißen. Und sie würde es zulassen, solange nur er bei ihr war. Also klammerte sie sich an ihn, und ihr Mund ließ seinen nicht los. Sie schob die Finger in sein Haar und durchwühlte es.

Sie ertrank, sie glaubte zu ertrinken und kostete es in vollen Zügen aus. Irgendwo wie aus weiter Ferne hörte sie ihre eigene Stimme, flehend nach mehr.

Vor den Mond hatten sich schwarze Wolken geschoben, und die Umgebung wurde von grell zuckenden Blitzen erhellt. Donnerschlag krachte auf Donnerschlag. Doch ihn schien nichts davon abhalten zu können, seinen Sturmangriff fortzusetzen. Sie spürte, wie sich seine Muskeln strafften, als er sie ein Stückchen von sich wegschob. Dann legte er sich auf den Rücken.

»Sieh mich an.« Seine Stimme war heiser. »Sieh mich an. Ich will dir in die Augen sehen.«

Sie öffnete sie und schaute ihn an, schaute in sein schönes Gesicht.

»Komm zu mir, Shane. Bitte, ich brauche dich. Jetzt. Sofort.«

»Wer bist du?«

»Die deine«, flüsterte sie und schrie auf, als er sie anhob und auf sich setzte.

Sie bekam keine Luft mehr, war überzeugt davon, dass ihr Herzschlag aussetzte. Sie bog sich zurück, strich sich zitternd über ihre Schenkel, ihren flachen Bauch, ihre Brüste.

Shane hatte noch nie ein schöneres, erregenderes Bild gesehen als Rebecca, die sich in ihrer Lust verlor. Er beobachtete, wie ihr Kopf zurückfiel, sah, wie ihr Körper von rasch aufeinanderfolgenden Erregungsschauern geschüttelt wurde.

Und dann begann sie sich zu bewegen. Erst langsam, dann schneller und schneller. Als er sich nicht mehr länger beherrschen konnte, umklammerte er ihre Hände, stöhnte heiser auf und zog sie mit sich auf den Gipfel der Lust.

Es dauerte einige Zeit, ehe er wieder klar denken konnte. Als er schließlich die Augen öffnete, sah er, dass die Sonne untergegangen war. Die Dämmerung tauchte das Zimmer in weiche Schatten. Noch nie in seinem Leben hatte er eine so große innere Ruhe und Zufriedenheit verspürt wie in diesem Augenblick.

Rebecca lag, die Augen fest geschlossen, erschöpft auf ihm.

»Und wohin willst du jetzt?«

Sie lachte kehlig. »Warum versuchen wir es nicht mal mit der Berghütte? Schnee wäre doch eine nette Abwechslung.«

»Guter Gedanke. Nach dem Essen können wir.«

»Erst nach dem Essen? Ist das dein Ernst?« Sie hob den Kopf, lächelte ihn herausfordernd an und fuhr mit der Zungenspitze über seine Brustwarze.

»Ah, hör zu, Baby, ich …« Er zog scharf die Luft ein, als sie begann, an seiner Brustwarze zu knabbern. »Vielleicht könntest du mir ein paar Minuten geben, um …« Ihre Hand glitt über seinen flachen Bauch abwärts. Shane stieß einen leisen Fluch aus.

»Du hast schließlich einen Ruf zu wahren«, flüsterte sie. Es machte Spaß, einen erschöpften Mann erneut zu verführen. »Mir ist zu Ohren gekommen, dass du angeblich … unersättlich sein sollst.«

»Ja, nun. Die Leute übertreiben. Ein bisschen.« Zehn Minuten, dachte er. Nein, fünf, verbesserte er sich gleich darauf. Fünf Minuten brauchte er, dann hatte er sich wieder regeneriert. »Hör zu, warum können wir nicht … oh Rebecca, woher weißt du …«

Sie hob lachend den Kopf und schaute ihm tief in die Augen. »Ich habe ein schnelles Auffassungsvermögen.«

»Zweifellos. Doch wie auch immer. Was hältst du von einer Dusche und einem anschließenden Nickerchen? Ich glaube nicht, dass ich dir im Moment viel Gutes tun kann, so ausgelaugt, wie ich bin.« Als ihr Mund immer tiefer glitt, schnappte er nach Luft. »Ah, wer weiß, vielleicht komme ich jetzt doch noch zu Kräften.«

»Darauf möchte ich wetten.«

Später, viel später, standen sie unter der Dusche. Rebecca beobachtete Shane, wie er den Kopf unter den scharfen Strahl hielt. Sie legte von hinten die Arme um ihn und presste ihren Mund auf seinen nassen Rücken.

»Danke.«

»Wofür?« Er drehte sich mit der Shampooflasche in der Hand zu ihr um, gab eine kleine Menge auf seine Handfläche und begann ihr mit langsam kreisenden Bewegungen das Haar einzuseifen.

Als ihr der Seifenschaum in die Augen rann, blinzelte sie. »Du musst müde und hungrig gewesen sein, als du vorhin ins Haus kamst. Aber es ist dir dennoch gelungen, mich auf andere Gedanken zu bringen.«

»Ja, es war ein verdammt schwieriges Unterfangen. Ich wundere mich noch immer, dass ich es geschafft habe.« Belustigt schob er ihren Kopf unter den Wasserstrahl.

»Ich meine es wirklich ernst.« Sie prustete und versuchte sich den Seifenschaum aus den Augen zu reiben. Ohne Erfolg. »Du warst großartig. Ich werde es nie vergessen.«

»Ja. Das sagen sie alle.« Er lächelte, als sie sich zu ihm umdrehte und ihn mit zusammengekniffenen Augen ansah. »War doch nur Spaß.«

»Ich nehme an, du weißt, dass die meisten Hausunfälle im Bad passieren.«

»Ich habe davon gehört. Also pass gut auf dich auf.«

»Du vor allem.«

Wieder lachte er und küsste sie. »Aber wenn ich jetzt nicht augenblicklich etwas Anständiges zwischen die Zähne kriege, falle ich tot um.«

»Was hältst du davon, wenn ich dir eine Suppe warm mache?«

Er verzog gequält das Gesicht. »Muss das sein?«

Sie schnaufte ungehalten, duckte sich unter seinem Arm hindurch und stieg aus der Duschkabine. »Dann koch dir doch dein Essen selbst.«

Sein Lachen verfolgte sie bis ins Schlafzimmer, wo sie eilig in ihre Kleider schlüpfte.

11. Kapitel

Rebecca wusste, dass sie ihre Abreise nicht mehr lange würde hinausschieben können. Je länger sie blieb, desto mehr gewöhnte sie sich an Shane. Aber sie wusste auch, dass sie noch niemals in ihrem Leben irgendwo so glücklich gewesen war wie hier.

Würde sie es schaffen, diese herrliche Zeit einfach hinter sich zu lassen? Sie würde, entschied sie, während sie durch den Wald hinüber zur Farm wanderte. Sie musste es, und zwar nicht um ihretwillen, sondern wegen Shane. Das war sie ihm schuldig. Die Unverbindlichkeit ihrer Affäre war von Anfang an Teil ihres unausgesprochenen Abkommens gewesen. Was allerdings sie selbst anbetraf, war ihr längst klar geworden, dass sie Shane nie in ihrem Leben vergessen würde.

Und doch wurde es jetzt Zeit zu gehen. Es würde wehtun, sehr weh, aber sie würde es überleben. An einem gebrochenen Herzen starb man nicht.

Trotz alledem würde ihr das Leben jetzt, nachdem sie die Liebe kennengelernt hatte, leichter fallen.

Sie kannte die griechischen Tragödien gut. Jedes Glück hatte seinen Preis. Bald würde auch ihr die Rechnung präsentiert werden.

Morgen war der Jahrestag der Schlacht bei Antietam. Rebecca verspürte den unwiderstehlichen Drang, diesen Tag und vielleicht den nächsten noch auf der Farm zu verbringen. Dann würde sie zu Regan zurückkehren und versuchen, sich langsam an den Gedanken zu gewöhnen, dass sie wieder nach New York zurückfahren musste.

Als sie aus dem Wald trat, tauchte die Farm vor ihr auf. Noch nirgends war sie so glücklich gewesen, und hier hatte sie die große Liebe ihres Lebens gefunden.

Dafür sollte sie wirklich dankbar sein. Es gab nichts zu bereuen.

Ein lautes Hupen riss sie aus ihren Gedanken. Vor dem Wohnhaus der Farm kam ein Auto mit quietschenden Bremsen zum Stehen, einen Moment später wurde die Tür aufgestoßen, und eine rothaarige Frau stieg aus.

Die Entfernung war nicht so groß, als dass sie, als Shane aus dem Haus trat, sein breites Lächeln nicht hätte erkennen können. Der Wind trug das vergnügte Lachen der Frau zu ihr herüber. Rebecca blieb stehen.

Als sich die beiden umarmten und sich gar nicht mehr voneinander zu lösen schienen, stieg überraschend heiße Eifersucht in ihr auf.

Oh nein, noch gehört er mir, protestierte hitzig eine innere Stimme. Er gehört mir, bis ich fortgehe.

Auch während sie sprachen, standen die beiden eng beieinander, einen Moment später klang wieder ein helles Lachen auf, die beiden umarmten sich erneut, dann stieg die Frau ins Auto ein und fuhr fröhlich winkend davon.

Shane tätschelte den beiden Hunden, die bellend um ihn herumsprangen, die Köpfe, gleich darauf richtete er sich auf und hob die Hand. Rebecca wusste, dass er sie entdeckt hatte, und ging langsam weiter, den Blick auf das Auto geheftet, bis es hinter der nächsten Straßenbiegung verschwunden war.

»Hallo, Rebecca.« Shane kam mit in die Hosentaschen gehakten Daumen auf sie zugeschlendert. »Wie geht's Savannah?«

»Gut. Sie hat mir einige ihrer Zeichnungen gezeigt. Ich finde sie wunderschön.«

»Ja. Sie kann wirklich gut zeichnen.« Sein Instinkt riet ihm zur Vorsicht. Shane versuchte, in Rebeccas Gesicht zu lesen. Er räusperte sich. »Äh ... Frannie Spader war eben auf einen Sprung hier.«

»Ja, ich habe sie eben gesehen.« Rebeccas Stimme klang spröde. Sie beugte sich hinunter und streichelte die Hunde. Nachdem sie sich wieder aufgerichtet hatte, machte sie Anstalten, ins Haus zu gehen. »Ich habe noch zu arbeiten.«

»Rebecca.« Shane hielt sie am Arm fest. »Zwischen ihr und mir ist nichts, falls du das denkst. Sie ist eine Freundin. Sie ist einfach nur kurz vorbeigekommen.«

»Warum glaubst du denn, dich rechtfertigen zu müssen?«

»Weil ich … schau, Fran und ich waren einige Zeit zusammen. Waren«, betonte er, wobei er spürte, dass Verärgerung in ihm aufstieg. Verärgerung über sich selbst. »Zwischen uns ist nichts mehr, und zwar seit … nun, seit du hier bist. Wir sind Freunde.«

Oh, wie gut tat es doch zu sehen, wie er sich wand. »Hast du denn das Gefühl, ich verlange von dir eine Erklärung?«

»Nein. Ja.« Verdammt. Plötzlich versuchte er sich vorzustellen, wie er reagiert hätte, wenn er an ihrer Stelle gewesen wäre. Wenn er hätte mit ansehen müssen, wie sie einen anderen Mann umarmte. Und küsste. »Ich will nur nicht, dass du auf falsche Gedanken kommst, das ist alles.«

»Warum sollte ich wohl auf falsche Gedanken kommen? Und auf welche?«

»Hör auf damit.« Er ließ ihren Arm los und trat einen Schritt zurück. Dann kam er wieder auf sie zu. »Ich hasse es. Ich hasse es wie die Pest.«

»Was hasst du?«

»Die Art, wie du Fragen stellst. Was fühlst du, was denkst du und so weiter. Ich kann es nicht mehr hören.« Seine Augen blitzten vor Zorn. »Verdammt noch mal, die richtige Frage hätte gelautet: Warum zum Teufel küsst du eine andere Frau?«

»Hast du das Gefühl, dass eine Eifersuchtsszene angebracht gewesen wäre?« Seine Antwort bestand aus finsterem Schweigen. Sie zuckte die Schultern. »Tut mir leid, aber damit kann ich nicht dienen. Ich habe nicht vor, dich zu kontrollieren. Zweifellos hattest du ein Leben, bevor wir uns kennengelernt haben, und du wirst auch danach eines haben.«

»Na wunderbar. Wirf mir ruhig meine Vergangenheit vor.«

»Findest du, dass ich das tue?«

»Kannst du eigentlich nicht kämpfen wie jeder andere Mensch auch?«

»Wenn es etwas gibt, worum man kämpfen kann, durchaus. Aber deine Freundinnen gehen mich nichts an. Es wäre wirklich äußerst unproduktiv, wollte ich mir darüber den Kopf zerbrechen.«

Sein Verstand befahl ihm, die Diskussion auf der Stelle zu beenden, dennoch sagte er: »Hör zu, Rebecca, wenn ich mit so vielen Frauen geschlafen hätte, wie die Leute vermuten, wäre ich aus dem Bett überhaupt nicht mehr rausgekommen. Und im Übrigen habe ich auch nicht mit jeder Frau, mit der ich ab und zu ausgehe, ein Verhältnis. Ich bin kein … ach verdammt noch mal, warum erzähle ich dir das eigentlich alles?«

»Das wollte ich dich gerade fragen. Meiner Meinung nach projizierst du im Moment deine Gefühle, deine voraussichtliche Reaktion, wenn du an meiner Stelle gewesen wärst, extrem stark auf mich. Hinzu kommen Schuldgefühle und Ärger darüber, dass du so empfindest, wie du empfindest. Um deinen Zorn von dir selbst abzulenken, lenkst du ihn …«

»Jetzt reicht's mir aber.« Er legte ihr die Hand unters Kinn, sodass sie gezwungen war, ihm in die Augen zu sehen. »Frannie kam vorbei, um mich zu fragen, ob ich nicht Lust hätte, heute Abend mit ihr ein Bier trinken zu gehen. Ich habe nein gesagt. Sie wollte wissen, ob wir beide, du und ich, eine Beziehung hätten. Ich sagte ›Ja, eine sehr heftige Beziehung sogar‹. Dann haben wir uns noch einen Moment unterhalten, bis sie sich schließlich verabschiedete. Das war's. Zufrieden?«

Ihr Herzschlag hatte sich beschleunigt, doch ihre Stimme klang kühl und sachlich. »Habe ich dir den Eindruck vermittelt, dass ich unzufrieden bin?«

Seine Augen blitzten gefährlich. Rebecca empfand angesichts seiner Reaktion eine tiefe Befriedigung. Und der Fluch, der ihm über die Lippen kam, ehe er sich umdrehte und davonging, befriedigte sie nicht minder.

Gut gemacht, Dr. Knight, lobte sie sich selbst. Es war schwer vorstellbar, dass Shane in allernächster Zeit große Lust verspüren würde, eine andere Frau zu küssen. Vergnügt vor sich hin summend schlenderte sie ins Haus.

Du musst heute unbedingt noch was tun, dachte sie, als sie in der Küche an ihrem Computer vorüberging. Doch erst wollte sie sich noch einen Augenblick Ruhe gönnen und ihren Triumph voll und ganz auskosten.

Der arme Junge war ja so berechenbar. Er zeigte ganz klassische Reaktionen. Der Gedanke, dass etwas von ihm, und sei es noch so harmlos, falsch interpretiert werden könnte, versetzte ihn in Alarmbereitschaft. Hinzu kam, dass der Ruf des Herzensbrechers schwer auf seinen Schultern lastete. Herzensbrecher, nicht Frauenheld. Eines Tages würde sie ihm vielleicht den feinen Unterschied erklären zwischen einem Mann, der die Frauen liebte, und einem, der sie lediglich benutzte.

Von ihrer rationalen Reaktion hatte er sich offensichtlich stark verunsichert gefühlt. Sie war ein direkter Anschlag auf sein männliches Ego gewesen.

Wirklich höchst interessant, was zwischen Männern und Frauen so alles ablief.

Vielleicht sollte sie irgendwann einmal etwas darüber schreiben. Sie ging zum Fenster. Dafür musste sie jedoch erst einmal den richtigen Abstand haben. Und bis dahin jedoch würde sie nicht nur wissen, wie es war, sich zu verlieben und zu lieben, sondern auch, wie man sich fühlte, wenn man diese Liebe wieder verlor.

Eines Tages würde sie vielleicht den Mut aufbringen, ihn zu fragen, was sie ihm bedeutet und wie er ihre gemeinsame Zeit empfunden hatte. Ja, dachte sie, belustigt über sich selbst. In einem Jahrzehnt vielleicht oder auch erst in zweien.

Noch immer in Hochstimmung beschloss sie, sich an eine Aufgabe heranzuwagen, die ihr nicht zu bewältigen erschien. Sie würde heute ihr Abendessen selbst zubereiten. Vielleicht gelang es ihr ja, noch ein paar zusätzliche Lorbeeren einzuheimsen.

So schwierig konnte es schließlich nicht sein. Immerhin hatte sie in ihrer Handtasche das Rezept, nach dem Regan ein Brathähnchen zubereitete.

Nachdem sie den zusammengeknüllten Zettel aus ihrer Tasche genommen hatte, steckte sie sich als Schürzenersatz ein Geschirrtuch in den Hosenbund. Dann machte sie sich frohgemut an die Arbeit.

Kochen hat tatsächlich etwas Beruhigendes, sinnierte sie, während sie das Hähnchen würzte. Zumindest rein oberflächlich betrachtet. Doch wenn man es Tag für Tag nach einem anstrengenden Arbeitstag machen musste, sah die Sache wahrscheinlich ganz anders aus.

Als Hobby jedoch hatte es durchaus etwas für sich. Vorausgesetzt, man übertrieb es nicht in der Weise, dass man, wie viele ihrer Geschlechtsgenossinnen, eine Berufung daraus machte, hielt sie es nicht für ausgeschlossen, dass man sich damit anfreunden könnte. Die Wissenschaft war schließlich nicht alles auf der Welt.

Nachdem sie das Hähnchen in heißem Öl angebraten hatte, trat sie stolz einen Schritt zurück und gratulierte sich selbst. Es roch gut, es sah gut aus. Demzufolge musste es auch gut schmecken.

Shane würde Augen machen, wenn er zurückkommen und eine warme Mahlzeit vorfinden würde.

Melkzeit, dachte sie und stach mit der Gabel in die knusprige Kruste. Es wurde schon merklich früher dunkel, der Winter stand vor der Tür …

Ob sie den Schein der Lagerfeuer sehen würde, wenn sie aus dem Fenster schaute? Die Soldaten waren ganz nah und warteten auf den Beginn der Schlacht.

Sie wünschte sich, John würde endlich heimkommen, damit sie das Haus abschließen konnte. Sie sagte sich, dass sie keine Angst zu haben brauchte. Hier waren sie sicher. Sie mussten einfach sicher sein. Noch ein Kind durfte sie nicht verlieren. Das würde sie nicht überleben. Ebenso wenig wie John. Sie presste ihre Hand gegen ihren Bauch, wie um das menschliche Wesen, das darin strampelte, gegen alle Widrigkeiten des Lebens zu beschützen. Sie hoffte inständig auf einen Sohn. Nicht, um den zu ersetzen, den sie verloren hatten. Nichts auf der Welt konnte ihnen Johnnie ersetzen, sie würden ihn niemals vergessen. Doch wenn das Baby, das sie unter dem Herzen trug, ein Junge war, würde das vielleicht Johns Kummer ein wenig lindern.

Er litt. Er litt so entsetzlich, und es gab keinen Trost. Sie konnte ihn lieben, ihn trösten und ihm beistehen in seiner Verzweiflung, und dennoch war sie gegen diese allumfassende Trauer machtlos. Auch die Mädchen gaben sich redliche Mühe, ihren Vater aus seiner Niedergeschlagenheit zu reißen, und Gott war ihr Zeuge, dass sie die reine Freude waren. Aber Johnnie war ihnen nun einmal gewaltsam entrissen worden, und jeder Tag, der mit Gefechtfeuer ins Land ging, war eine schmerzliche Erinnerung an diesen Verlust.

Vielleicht fand ja heute die alles entscheidende Schlacht statt. Sie wendete das Hähnchen im Bräter, wie sie es schon so oft getan hatte. Wäre das vielleicht eine Art von Gerechtigkeit, wenn der Krieg hier auf diesem Boden enden würde, hier, wo ihr Sohn geboren war?

Hockte der Mann, der ihren Sohn irgendwo da draußen erschossen hatte wie einen tollwütigen Hund, vielleicht hier ganz in der Nähe in einem Unterstand? Wen würde er morgen töten? Oder würde sein Blut heute Nacht in diesen Boden einsickern, über den sie schon seit so vielen Jahren ging?

Warum zogen sie nicht ab? Warum zogen die Soldaten nicht einfach ab und ließen sie mit ihrer Trauer allein?

Heißes Fett spritzte aus der Pfanne auf Rebeccas Hand. Obwohl sie den Schmerz kaum spürte, zuckte sie zurück. Gefühle, Gedanken, Satzfetzen und Geräusche wirbelten in ihrem Kopf wild durcheinander.

Du bist besessen, dachte sie verschwommen. Es gab einfach keinen anderen Ausdruck dafür. Und dann fiel sie zum ersten Mal in ihrem Leben in Ohnmacht.

Die Küchentür flog auf. Shane stürmte herein. »Und im Übrigen wollte ich dir noch sagen, dass …«, begann er. Einen Moment später fiel sein Blick auf die am Boden liegende Rebecca. Sein Herzschlag setzte kurz aus.

Mit zwei langen Schritten war er bei ihr, kauerte sich neben ihr nieder und versuchte sie hochzuziehen. »Rebecca.« Er tastete nach ihrem Puls. »Rebecca, wach auf. Was machst du denn für Sachen, um Himmels willen?« Zu Tode erschrocken, schüttelte und küsste er sie. Er flehte sie an, ein Lebenszeichen von sich zu geben. Bis ihre Lider schließlich zu flattern begannen und sich einen Moment später langsam hoben.

»Shane.«

»Ja, ich bin's.« Erleichtert atmete er auf. »Bleib ganz still liegen, Baby, bis du dich wieder besser fühlst.«

»Ich war sie, Shane«, murmelte sie und gab sich alle Mühe, den Nebel aus ihrem Kopf zu verbannen. »Vor einer Minute war ich sie. Ich muss meine Geräte überprüfen.«

»Zur Hölle mit deinen Geräten.« Es war geradezu lächerlich einfach, sie am Boden zu halten. »Tu, was ich dir sage, und lieg still. Hast du dir den Kopf angestoßen? Tut dir irgendetwas weh?«

»Ich … ich glaube nicht. Was ist passiert?«

»Das würde ich gern von dir wissen. Ich kam rein und sah dich auf dem Boden liegen.«

»Großer Gott.« Sie holte tief Luft und schmiegte ihren Kopf in Shanes Armbeuge. »Ich bin in Ohnmacht gefallen. Stell dir das doch bloß mal vor.«

»Das muss ich mir gar nicht vorstellen. Du hast mir einen fürchterlichen Schrecken eingejagt. Was zum Teufel hast du angestellt, dass du in Ohnmacht gefallen bist?« Auf ihr Schulterzucken hin raufte er sich die Haare. »Kein Wunder, du isst ja auch nur wie ein Vogel. Und du schläfst auch viel zu wenig. Fünf Stunden, und dann schleichst du schon wieder durchs Haus oder hackst auf diesem idiotischen Computer herum.«

Er steigerte sich immer mehr in seinen Zorn hinein, sodass sie schon befürchtete, er würde überhaupt nicht mehr aufhören. »Nun, das wird sich ändern. Dafür sorge ich, darauf kannst du dich verlassen. Du wirst anfangen, dich um dich selbst zu kümmern. Du bist ein einziges Nervenbündel, das nur aus Haut und Knochen besteht. Hat man dir in deinen feinen Schulen nichts über grundlegende körperliche Bedürfnisse beigebracht? Oder glaubst du vielleicht, dein Körper sei eine Ausnahme?«

Sie ließ ihn wüten, bis das Zimmer aufgehört hatte, sich vor ihren Augen zu drehen. Er drohte ihr, sie zum Arzt zu bringen, sie im Krankenhaus untersuchen zu lassen. Schließlich hob sie die Hand und legte sie ihm über den Mund.

»Ich bin noch nie zuvor in meinem Leben in Ohnmacht gefallen und habe nicht die Absicht, dies zur Gewohnheit werden zu lassen. Ich wäre dir dankbar, wenn du dich jetzt beruhigen und mich aufstehen lassen würdest, ich muss nämlich nach dem Hähnchen sehen, es verbrennt mir sonst noch.«

»Hähnchen? Was hast du angestellt?«, fragte er noch einmal, half ihr jedoch auf und führte sie zu einem Stuhl.

»Ich habe gekocht. Und ich habe das Gefühl, dass es ganz gut geworden wäre. Vielleicht lässt sich ja noch etwas retten.«

Er schnaufte ungehalten, ging zum Wasserhahn, ließ Wasser in ein Glas laufen und reichte es ihr. »Hier, trink erst mal.«

Sie wollte ihm sagen, dass er es dringender benötige als sie, entschied sich dann jedoch dagegen. Gehorsam nippte sie an dem Glas. »Ich habe gekocht«, wiederholte sie, »und dabei meinen Gedanken freien Lauf gelassen. Doch plötzlich waren es nicht mehr meine eigenen Gedanken. Sie waren klar – sehr persönlich, könnte man sagen. Aber es waren nicht meine, sondern die von Sarah.«

»Du hast dich nur in diesen ganzen Unsinn hineingesteigert.«

»Shane, ich bin ein sensibler Mensch. Aber auch rational. Ich weiß sehr genau, was passiert ist. Sie hat ein Hähnchen gebraten.« Kopfschüttelnd stellte Rebecca das Glas ab. »Ist es nicht seltsam, dass ich ausgerechnet heute, am 16. September, beschlossen habe, Regans Rezept auszuprobieren? Sarah hat in der Nacht vor der Schlacht ein Hähnchen gebraten.«

»Dann weißt du jetzt wenigstens, was sie damals gegessen haben.«

»Ja«, erwiderte sie fest, ohne sich von seinem Sarkasmus beeindrucken zu lassen. »Jetzt weiß ich es. Sie hat es gebraten, und dabei dachte sie über ihre Familie nach und über das Baby, mit dem sie schwanger ging. Sie machte sich Sorgen. Überlegte, wer wohl am nächsten Morgen tot sein würde. Die Soldaten lagen nicht weit vom Haus entfernt in ihren Unterständen und warteten auf den Beginn der Schlacht. Sie bereitete das Abendessen vor, und ihr Mann war draußen bei dem Vieh. Sie wünschte sich, dass er endlich ins Haus kommen möge, damit sie abschließen könnten. Sie machte sich Sorgen um ihn. Sie hatte alles getan, was in ihrer Kraft stand, um ihn aufzuheitern, doch ohne Erfolg.«

»Mir scheint, du arbeitest einfach zu viel«, wandte Shane vorsichtig ein. »Und wahrscheinlich hat die Tatsache, dass morgen der Jahrestag ist, deine Fantasie ein wenig überreizt.«

Da sie sich jetzt wieder sicher auf den Beinen glaubte, erhob sie sich. »Du weißt, dass das nicht wahr ist. Ebenso wie du weißt, was hier in diesem Haus ist, aber du hast beschlossen, es nicht zur Kenntnis zu nehmen. Das ist deine Entscheidung, und ich respektiere sie. Ich weiß sehr genau, dass du manchmal in der Nacht davon träumst und dass diese Träume dich beunruhigen. Aber genauso, wie ich es respektiere, dass du es vorziehst, diese Dinge zu verdrängen, erwarte ich von dir, dass du meine Umgehensweise damit ebenso respektierst.«

»Meine Träume gehen nur mich etwas an.«

»Nichts anderes habe ich eben gesagt. Und ich habe dich nicht gebeten, mir etwas zu erzählen.«

»Nein, du bittest mich nie um etwas, Rebecca.« Er schob die Hände in die Hosentaschen. »Du wartest immer nur ab, und das macht mich ganz verrückt. Mir reicht es allmählich.«

»Willst du, dass ich gehe?«

Als er nicht antwortete, wurde ihr kalt, und sie umarmte sich selbst, um sich zu wärmen. Doch ihre Stimme klang ruhig. »Nun, ich vermute, dann muss ich dich jetzt um etwas bitten. Es ist wichtig für mich, bis morgen hierzubleiben. Warum, kann ich dir nicht sagen, es ist nur so ein Gefühl. Ich wäre dir wirklich dankbar, wenn du mir in dieser Hinsicht entgegenkommen würdest.«

»Kein Mensch hat dich gebeten zu gehen, oder?«, erwiderte er, jetzt wütend auf sich selbst. Warum kam plötzlich diese Panik? »Wenn du bleiben willst, bleib. Es ist überhaupt kein Problem, aber halt mich bitte aus dieser Sache raus, klar? Ich habe noch kurz zu tun, und dann fahre ich in die Stadt.«

»In Ordnung.«

12. Kapitel

Shane erwog die Möglichkeit, sich zu betrinken. Natürlich wusste er, dass das nicht die Lösung seiner Probleme war, aber es hatte durchaus etwas für sich. Schade nur, dass er nicht in der Stimmung dazu war. Mit jemandem einen Streit vom Zaun zu brechen, erschien ihm da schon als die bessere Alternative, und da Rebecca für eine Auseinandersetzung ausschied, beschloss er, Devin einen Besuch abzustatten.

Auf Devin war in dieser Hinsicht immer Verlass. Man konnte sich bestens mit ihm streiten, und wenn man es darauf anlegte, artete dieser Streit dann sogar in einen gepflegten Boxkampf aus.

Als er im Sheriffbüro ankam, fand er nicht nur Devin, sondern auch Rafe vor. Umso besser.

»He, wir haben eben festgestellt, dass wir Lust auf eine Runde Poker haben.« Rafe begrüßte ihn mit einem kräftigen Schlag auf die Schulter. »Hast du Geld dabei?«

»Gibt's hier irgendwo ein Bier?«

»Hier herrschen Gesetz und Ordnung, mein Lieber«, gab Devin würdevoll zurück, machte dann jedoch eine Kopfbewegung in Richtung Hinterzimmer. »Im Kühlschrank. Was hältst du von einem Spielchen?«

»Von mir aus.« Shane ging nach hinten. »Ich bin doch ein freier Mann, oder?«, fragte er nach seiner Rückkehr in die Runde. Seine beiden Brüder schauten ihn verständnislos an. »Ich muss mich nicht, wie ihr alle, vor einer Frau rechtfertigen, stimmt's?«, führte er näher aus.

Devin und Rafe tauschten vielsagende Blicke. »Mal sehen, ob Jared Zeit hat«, sagte Rafe und griff nach dem Telefonhörer.

Während Rafe wählte, machte Devin es sich gemütlich, indem er seine langen Beine auf den Schreibtisch legte. »Und wie steht's mit Rebecca?«

»Sie hat mir auch nicht reinzureden.«

»Ah! Hat es Ärger gegeben?« Amüsiert von dieser Vorstellung lehnte sich Devin mit einem Grinsen zurück und verschränkte die Hände hinter dem Kopf. »Sie hat dich doch nicht etwa rausgeschmissen?«

»Rausgeschmissen?«, fragte Shane höhnisch zurück. »Wie denn? Schließlich ist es noch immer mein verdammtes Haus, oder etwa nicht? Und im Übrigen gibt's mit der vernünftigen Rebecca nie Ärger. Man weiß bei ihr nur niemals genau, wie man mit ihr dran ist.« Er gestikulierte wild mit der Bierflasche. »Sie verändert sich ständig. Direkt vor deinen Augen. Im einen Moment redet sie so klug daher, dass du glaubst, ihr nie im Leben das Wasser reichen zu können, und im nächsten wirkt sie so weich und verloren und süß, dass du jeden auf der Stelle zusammenschlagen würdest, der es auch nur in Erwägung zieht, ihr wehzutun. Dann wieder ist sie cool – oh, so cool und kontrolliert und …« Er setzte die Bierflasche an die Lippen und trank sie in einem Zug halb leer. »Analytisch. Wer zum Teufel soll diese Wechselbäder aushalten?«

»Nun, zumindest scheint sie ja nicht langweilig zu sein.«

»Nein, das kann man wirklich nicht behaupten. Aber ich kann diese Frau einfach nicht einschätzen.« Shane kniff ein Auge zu und sah mit dem anderen brütend in seine Bierflasche. »Heute kam sie zufällig dazu, als Frannie mir einen Kuss gab. Ist sie ausgerastet, hat Rechenschaft von mir gefordert oder sonst was? Nichts dergleichen.« Er schüttelte hilflos den Kopf. »Nicht dass dieser Kuss nicht in aller Unschuld vonstatten gegangen wäre, aber schließlich ist es doch so, dass du, wenn du mit jemandem schläfst, nicht gerade begeistert davon bist, wenn er jemand anders küsst, oder etwa nicht?«

Rafe legte auf und betrachtete seinen Bruder interessiert. »Ich stimme dir voll und ganz zu. Was sagst du, Dev?«

»Ganz eurer Meinung.«

Erfreut über die Zustimmung sprach Shane erneut seinem Bier zu. »Tja, so sehen wir das. Aber Dr. Knight sieht es offensichtlich ganz anders. Sie studiert mich wie einen Abstrich unter dem Mikroskop. Ich hasse es.«

»Wem würde das schon gefallen?« Rafe lehnte sich zurück.

Das Verständnis seiner Brüder brachte Shane jetzt richtig in Fahrt. Während er den Kronkorken der nächsten Bierflasche abhebelte, fuhr er fort: »Und dann ist da noch was – warum eigentlich stellt sie weder sich noch mir je die Frage, wie das alles weitergehen soll? Irgendwann muss man doch schließlich die Karten auf den Tisch legen, allein schon wegen der Schadensbegrenzung.«

»Ach ja?« Devin feixte.

»Sicher. Aber sie denkt überhaupt nicht daran.« Shane stürzte das Bier hinunter. Genau das war der Grund dafür, dass plötzlich alles so intensiv geworden war zwischen ihnen. »Und ihr glaubt sicher, dass sie mir ständig irgendwie im Weg ist, stimmt's? Jemand wie sie muss einem Farmer doch verdammt noch mal ständig im Weg sein, oder? Der Witz an der Sache ist bloß, dass es nicht so ist. Im Gegenteil, sie scheint da genau hinzupassen.«

»Tut sie das?« Devin grinste und winkte Rafe zu.

»Irgendwie schon, ja. Nun, ich … ich weiß auch nicht. Einfach so, verstehst du? Sie arbeitet ja in der Küche am Küchentisch, und wenn ich reinkomme und sie mal nicht da auf ihrem Platz sitzt, kommt es mir schon komisch vor.«

Als sich die Tür öffnete, drehte Rafe sich um. Jared kam mit einer großen braunen Aktenmappe herein. Er stellte sie auf den Schreibtisch und holte einen Sechserpack Bier heraus. »Wir spielen doch hier, nehme ich an, oder?«

»Ja, aber noch nicht gleich.« Um die Unterbrechung möglichst kurz zu halten, deutete Devin auf einen Stuhl. »Shane ist ein bisschen von der Rolle.«

»Aha.« Jared warf Shane einen Blick zu. »Worum geht's?«

»Um Rebecca.«

»Das Schlafzimmer riecht nach ihr«, sagte Shane. »Dabei lässt sie überhaupt nichts von ihren Sachen herumliegen, aber es riecht trotzdem nach ihr. Nach Seife und ihren Cremes.«

»Hmm.« Jared machte sich ein Bier auf.

»Ihre Eltern haben sie auf ein Internat geschickt, da war sie gerade mal sechs, müsst ihr wissen. Praktisch noch ein Baby. Sie durfte nie Kind sein. Manchmal, wenn sie lacht, schaut sie richtig überrascht, fast so, als würde sie sich darüber wundern, dass sie lacht.« Er machte eine Pause und dachte kurz nach. »Sie hat ein unheimlich schönes Lachen.«

Jared wandte sich an Rafe. »Hat sie ihn etwa rausgeschmissen?«

»Er behauptet, nein.«

»Es ist mein verdammtes Haus«, erinnerte Shane sie alle, sich selbst eingeschlossen, finster. »Mein Haus, mein Grund und Boden. Und in meinem Haus bestimme ich und sonst niemand. Aber das wäre im Grunde genommen alles gar kein Problem, mir geht nur diese idiotische Ausrüstung, die sie angeschleppt hat, auf den Geist, das ist alles. Sie soll sich nicht mit diesem ganzen Unsinn beschäftigen, das tut ihr nicht gut. Ich habe keine Lust, nach Hause zu kommen und sie auf dem Fußboden vorzufinden.«

»Was?« Devins Belustigung war verflogen. Er straffte sich. »Was ist denn passiert?«

»Sie ist in Ohnmacht gefallen. Sie behauptet, unserer Urgroßmutter begegnet zu sein.« Shane trank den nächsten kräftigen Schluck Bier in der Hoffnung, damit sowohl seine Besorgnis als auch seine Verunsicherung fortspülen zu können. »Allen Ernstes. Beim Hähnchenbraten. Ich will damit nichts zu tun haben.«

»Und jetzt? Ist sie wieder in Ordnung?«, erkundigte sich Rafe.

»Wäre ich hier, wenn es nicht so wäre?« Shane fuhr sich mit den Fingern durchs Haar, während er sich bemühte, das Bild der auf dem Küchenfußboden liegenden Rebecca aus seinen Gedanken zu verbannen. Doch es gelang ihm nicht. »Sie hat mich zu Tode erschreckt, verdammt noch mal.« Er kniff die Augen einen Moment lang zu und rieb sich mit dem Handballen die schmerzenden Schläfen. »Ich kann es nicht ertragen, wenn mit ihr irgendwas ist. Ich kann's einfach nicht ertragen. Die Frau zerrt an meinen Nerven.«

Mit Mühe riss er sich zusammen und genehmigte sich noch einen Schluck Bier. »Sie hat es mit Fassung getragen«, fuhr er fort. »Ich habe noch nie eine Frau gesehen, die sich so in der Gewalt hat. Es hat nur kurze Zeit gedauert, dann hatte sie alles wieder im Griff. Es ist einfach nicht zu fassen. Und sie versucht nicht, mich mit diesem ganzen Kram zu behelligen. Sie behelligt mich mit gar nichts.«

»Hier, Bruderherz.« Jared, der sah, dass Shane auch seine zweite Flasche geleert hatte, sorgte für Nachschub und reichte ihm fürsorglich noch ein Bier. »Du hast dich verliebt.«

»Das fürchte ich auch.«

»Wie oft am Tag denkst du an sie?«

»Keine Ahnung.« Verärgert erwog Shane die Möglichkeit, sich doch noch zu betrinken. Er hielt es nicht für das Schlechteste. »Ich hab's nicht gezählt.«

»Ist dir das bei anderen Frauen auch schon passiert?«, nahm Jared Shane ins Kreuzverhör.

»So noch nicht. Aber ist das denn ein Wunder? Schließlich leben wir in einem Haus zusammen. An einen Menschen zu denken, mit dem man Tag und Nacht zusammen ist, das lässt sich ja wohl schlecht verhindern.«

Rafe betrachtete seine Fingernägel. »Es ist nur Sex.«

»Pass auf, was du sagst, ja?« Shane schoss aus seinem Stuhl hoch, die Hände zu Fäusten geballt. »Sie ist mehr als nur ein warmer Körper.« Er fing sich wieder, und seine Brüder grinsten wissend. »Ich bin schließlich kein Tier.«

»Das sind ja ganz neue Töne.« Ungerührt griff Rafe nach einer Bierflasche. »Auf wie viele andere Frauen warst du scharf, seit du Rebecca kennst?«

»Das ist nicht der Punkt. Der Punkt ist …« Shane setzte sich wieder und blickte brütend vor sich hin. »Ach, ich weiß nicht. Hab's vergessen.«

»Der Punkt ist«, schaltete sich Devin ein, »dass du die Balance verloren hast und jetzt verdammt schnell fällst.«

»Er ist schon unten aufgeschlagen«, warf Jared ein. »Er hat's nur noch nicht gemerkt. Aber Rebecca, die eine kluge und sensible Frau ist, wird nicht so schnell die Balance verlieren. Vor allem nicht bei ihm …«

»Was zum Teufel ist bloß los mit mir?«

»Wie ich schon sagte.« Jared nickte weise. »Du weißt nicht, was du machen sollst. Sie hat ihr Leben in New York, ihre Interessen, ihre Karriere. Du würdest ein Problem bekommen, wenn du versuchtest, sie von dort fortzulocken. Die einzige Chance, die du hast, ist, ihr einen Heiratsantrag zu machen.«

»Bist du verrückt? Ich heirate nicht!«

Um Rafes Mundwinkel spielte ein Lächeln. »Wollen wir wetten?«

Weil Shane plötzlich erschreckend blass geworden war, packte Devin das Mitleid. »Komm, Bruderherz. Trink noch einen Schluck zur Stärkung. Wenn du willst, kannst du dich später hinten in die Koje hauen und deinen Rausch ausschlafen.«

Das schien Shane ein ausgezeichneter Vorschlag zu sein.

Rebecca tat kein Auge zu. Und das nicht nur deshalb, weil Shane nicht da war und alles im Haus zum Leben zu erwachen schien. Ein weiterer Grund war, dass sie auf den morgigen Tag wartete.

Es war die längste Nacht ihres Lebens.

Sie arbeitete. Arbeit war für sie immer die beste Medizin.

Sie packte. Stets, wenn sie wie jetzt ordentlich ihre Kleider zusammenfaltete, um sie in einen Koffer zu legen, war das ein untrügliches Zeichen dafür, dass sie bereit war, dem Leben für eine neue Etappe die Stirn zu bieten.

Wenn sie eine Sorge hatte, dann war es höchstens die, dass Shane sich den Kopf darüber zerbrechen könnte, wie er sie am taktvollsten loswerden könnte. Das war überflüssig. Wenn er zurückkam, sollte ihm klar werden, dass er ab sofort sein Leben wieder unbehelligt so weiterführen konnte wie bisher.

Aber er kam nicht zurück. Die Minuten zogen sich zäh dahin, der Morgen graute.

Als sich die Sonne über den Horizont schob und ihre ersten Strahlen durch den Nebel schickte, der über dem Land lag, ging Rebecca nach draußen.

Sie konnte sich in diesem Moment nicht vorstellen, dass irgendjemand das nicht fühlen konnte, was sie fühlte. Die Angst, die Erwartung, den Zorn und die Sorge.

Sie musste ihre Fantasie nur ein ganz klein wenig bemühen, um die Truppen durch den Nebel anrücken zu sehen. Sie hörte das dumpfe Trappeln der Pferdehufe und sah Bajonette und Säbel aufblitzen.

Dann begann der Kanonendonner zu rollen, gefolgt von den ersten Schreien.

Einen Moment später brach die Hölle los.

»Was machst du denn da draußen?«

Rebecca zuckte zusammen. Es war Shane, der durch den Nebel auf sie zukam. Er war blass, und seine Augen wirkten müde. Aber er machte noch immer einen verärgerten Eindruck, sodass sie davon Abstand nahm, ihm um den Hals zu fallen, obwohl sie nichts lieber getan hätte als das.

»Ich habe dich nicht kommen hören.«

»Ich war schon da.« Sie hatte nicht geschlafen. Er konnte es an den dunklen Schatten sehen, die um ihre Augen lagen, und verspürte ein leises Schuldgefühl. »Du frierst. Du bist ja barfuß, um Himmels willen. Geh sofort ins Haus. Geh zurück ins Bett.«

»Du siehst müde aus.«

»Ich habe einen Kater«, gab er unumwunden zurück. »Den meisten Sterblichen passiert das leider, wenn sie zu viel getrunken haben. Willst du mich nicht fragen, wo ich war, was ich gemacht habe?«

»Versuchst du, mir wehzutun?«

»Vielleicht. Vielleicht will ich ja nur sehen, ob ich das überhaupt kann.«

Sie nickte und wandte sich um, um ins Haus zu gehen. »Du kannst.«

»Rebecca …« Doch sie hatte bereits die Tür hinter sich zugemacht. Er fühlte sich so gedemütigt, dass er sich am liebsten unter dem nächsten Stein verkrochen hätte. Mit einem Fluch auf den Lippen ging er zum Melkschober hinüber.

Rebecca beobachtete ihn vom Küchenfenster aus. Offensichtlich würden sie also nicht im Guten auseinandergehen. Vielleicht war es ja das Beste. Auf jeden Fall würde es die Sache einfacher machen. Er schien nicht zu arbeiten. Er wartet nur darauf, dass du endlich aus dem Haus bist, dachte sie. Nun, dann würde er noch einige Zeit warten müssen. Sie war entschlossen, das Haus nicht zu verlassen, ehe der Tag vorbei war.

»Wo bist du, Sarah?«, flüsterte sie vor sich hin, während sie in der Küche, die ihr plötzlich wie eine Gefängniszelle erschien, auf und ab ging. »Du wolltest, dass ich hierherkomme. Ich weiß, dass du es wolltest. Warum?«

Als sie am Fenster vorüberkam, schaute sie wieder hinaus. Shane ging gerade über den Hof in den Gemüsegarten, wo er Herbsttomaten und anderes Gemüse angepflanzt hatte. Jetzt blieb er stehen und überprüfte irgendetwas. Wahrscheinlich schaute er nach, ob die Tomaten schon reif waren.

Es tat weh, ihn zu sehen. Mit noch mehr Schmerz allerdings erfüllte es sie, den Blick abzuwenden. Hatte sie ernsthaft geglaubt, sie könnte die Erfahrung, die sie gemacht hatte, einfach so mir nichts, dir nichts abschütteln?

Nein, sie würde nie, nie darüber hinwegkommen.

Als er sich wieder aufrichtete, wandte sie sich ab. Nein, sie konnte nicht bis zum Abend warten. Es war zu grausam. Sie würde noch ein letztes Mal zu ihm gehen, mit ihm sprechen, und dann würde sie sich auf den Weg machen.

Ihre Ausrüstung konnte sie abholen lassen. Sie wollte einen Abgang mit Würde. Auf zu Regan, sagte sie sich. Jetzt sofort nach New York zurückzufliegen würde zu überstürzt wirken. Es war sinnlos, Shane Schuldgefühle einjagen zu wollen, ihn wissen zu lassen, dass er ihr das Herz gebrochen hatte.

Lass ihn denken, dass es auch für dich nicht mehr als ein kleines Abenteuer war. Eine nette Zeit, die jetzt zu Ende ging.

Sie würde nie wieder hierher zurückkommen. Sie blieb am Fuß der Treppe stehen und presste sich eine Hand auf den Mund, während ihr Blick durch den Flur schweifte und auf der Küchentür haften blieb. Nie mehr. Nicht mehr in diese Stadt, nicht mehr in dieses Haus …

Der Eintopf brodelte leise vor sich hin. In der Ferne rollte Kanonendonner …

Mit weichen Knien lehnte Rebecca sich gegen die Wand, als sich die Tür öffnete. Sie wusste, dass es Shane war. Sie erkannte seine Gestalt, seinen Gang, sogar seinen Geruch. Doch ihr inneres Auge sah einen Mann, der einen blutüberströmten Körper hereinschleppte …

»Mein Gott, John, ist er tot?«

»Noch nicht.«

»Leg ihn auf den Tisch. Ich brauche Handtücher. Oh mein Gott, so viel Blut. Beeil dich. Er ist so jung, ein halbes Kind noch.«

»Wie Johnnie.«

Ja, genau wie Johnnie. Jung, verblutend, sterbend. Seine Uniform war schmutzig und von Blut durchtränkt. Als sie ihm vorsichtig die Jacke auszog, hörte sie es in seiner Tasche rascheln.

Ein Junge. Zu viele Jungen starben derzeit …

Rebecca sah die Szene in der Küche genau vor sich. Das Blut, den jungen Soldaten, den Mann und die Frau, die versuchten, sein Leben zu retten.

Dann hatte Sarah plötzlich den Brief in der Hand, einen Brief, der schon tausendmal gelesen worden zu sein schien. Die Worte sprangen ihr förmlich entgegen …

Lieber Cameron …

»Sie haben alles versucht, aber sie konnten sein Leben nicht retten«, sagte Shane vorsichtig.

»Ja.« Rebecca, die den Atem angehalten hatte, atmete jetzt hörbar aus. Dann presste sie die Lippen aufeinander. »Sie haben alles versucht.«

»Zuerst sah er nur die Uniform. Den Feind. Er triumphierte, dass ein Yankee hier auf seinem Grund und Boden verblutete. Doch als er dem Jungen ins Gesicht schaute, sah er seinen Sohn vor sich. Deshalb brachte er ihn ins Haus. Mehr konnte er nicht tun.«

»Er hat richtig gehandelt. Er hat sich verhalten wie ein Mensch.«

»Sie wollten, dass der Junge überlebt, Rebecca. Sie wollten ihm helfen.«

»Ich weiß.« Ihr Atem kam stoßweise. »Sie haben mit aller Kraft um sein Überleben gekämpft. Den ganzen Tag, die ganze Nacht hindurch sind sie nicht von seiner Seite gewichen. Sie saßen bei ihm und beteten. Hörten ihm zu, wenn er etwas zu sagen versuchte. Shane, sie hätten es niemals über sich gebracht, nicht wenigstens den Versuch einer Rettung zu unternehmen.«

»Aber sie haben den Wettlauf gegen den Tod verloren.« Shane machte einen Schritt auf sie zu. »Und für sie war es, als würden sie ihren Sohn ein zweites Mal verlieren.«

»Wenigstens war es ihm vergönnt, nicht mutterseelenallein zu sterben.«

»Sie haben ihn zusammen mit dem Brief von seiner Mutter begraben.«

»Der Brief. Es waren zwei eng beschriebene Seiten, ich habe es ganz genau gesehen. Kein Umschlag. Nichts, was ihnen einen Hinweis darauf hätte geben können, woher er kam oder wie er mit Nachnamen hieß.« Sie atmete hörbar aus. »Nur der Vorname … Cameron.«

Shanes Augen wurden dunkel. »Das ist mein zweiter Vorname. Der Vorname meines Großvaters. Cameron James MacKade, Johns und Sarahs zweiter Sohn. Er wurde sechs Monate nach der Schlacht bei Antietam geboren.« Shane holte tief Luft. »Seitdem gibt es in jeder Generation der MacKades einen Cameron.«

»Sie haben ihr Kind nach dem Jungen benannt, den sie nicht retten konnten.« Hilflos wischte sich Rebecca die Tränen von den Wangen. »Sie haben ihn nicht vergessen, Shane. Sie haben alles getan, was in ihrer Macht stand.«

»Und dann haben sie ihn einfach in der Erde verscharrt.«

»Du darfst sie nicht dafür hassen, Shane. Sie haben getan, was sie konnten. Aber Sarah hatte Angst, sie hatte Angst um ihren Mann. Was glaubst du, was passiert wäre, wenn jemand herausgefunden hätte, dass sie einen feindlichen Soldaten auf ihrem Grundstück begraben haben? Sie mussten es so unauffällig wie möglich tun.«

»Ich hasse sie nicht dafür.« Plötzlich wachsam geworden, fuhr sich Shane mit der Hand übers Gesicht. »Aber es ist jetzt mein Leben, Rebecca, mein Land. Ich kann nicht ändern, was passiert ist, aber ich bin es leid, dass mich die Geister der Toten verfolgen.«

Sie reichte ihm die Hand. »Weißt du, wo sie ihn begraben haben?«

»Nein, ich habe mich nie darum gekümmert. Ich habe es verdrängt. Ich wollte nichts damit zu tun haben. Nie.«

»Und warum sprichst du jetzt darüber?«

»Ich weiß nicht.« In einer Geste der Resignation ließ er die Arme sinken. »Ich sah ihn. Hinter dem Räucherhaus. Er lag im Sterben und hat mich angefleht, ihm zu helfen.« Wieder holte er tief Atem. »Es war nicht das erste Mal. Aber ich konnte nie darüber reden. Doch du wusstest es die ganze Zeit.«

»Sie haben ihn auf der Wiese begraben«, sagte sie leise. »Dort, wo die vielen Wildblumen wachsen.« Wieder griff sie nach seiner Hand und verschränkte ihre Finger mit seinen. »Komm mit, ich zeig es dir.«

Sie gingen zusammen hinaus auf die Wiese. Mittlerweile strahlte die Sonne hell vom Himmel und tauchte die Berge in ein goldenes

Licht. In der Luft lag der Duft von Gras und Heu und Blumen. Als sie jetzt stehen blieb, ließ Rebecca ihren Tränen freien Lauf.

»Sie haben für ihn getan, was sie tun konnten. Nicht weit von hier hat ein Mann einen Jungen tödlich verletzt, nur weil dessen Uniform eine andere Farbe hatte als seine eigene. Diese Leute haben versucht, ihn zu retten, egal, ob er zur feindlichen Armee gehörte oder nicht.« Als sie sich nun gegen Shane lehnte, legte er ihr tröstend den Arm um die Schultern. »Sie haben versucht, ihm zu helfen.«

»Ja, das haben sie. Und sie können ihn noch immer nicht allein lassen.«

»Wir legen auf unseren Schlachtfeldern Parks an, um immer wieder daran erinnert zu werden«, sagte sie still. »Es ist wichtig, sich zu erinnern. Er braucht einen Grabstein, Shane. Sie hätten einen aufgestellt, wenn sie nicht solche Angst hätten haben müssen.«

War das nicht gut zu verstehen? Es war nur allzu menschlich. »In Ordnung.« Shane hörte auf, sich tausend Dinge zu fragen, und nickte. »Er soll seinen Grabstein bekommen. Vielleicht werden wir dann alle endlich Frieden finden.«

»Hier auf diesem Land gibt es viel mehr Liebe als Trauer, Shane«, sagte sie leise. »Und es ist dein Land. Du kannst sehr stolz sein auf das, was du hast und was du bist.«

»Ich hatte ständig das Gefühl, als ob sie versuchten, mich zu irgendetwas zu drängen. Die ganze Sache ließ mich nicht los, aber ich wollte es nicht. Ich tat einfach so, als wäre nichts.« Plötzlich fiel alle Last von ihm ab. »Ich wollte nicht mit ihren Problemen, ihren Gefühlen behelligt werden.« Sein Blick schweifte über die Bergspitzen, die in lila Licht getaucht waren. »Aber vielleicht war das ja falsch. Man kann seine Wurzeln nicht verleugnen.«

»Nein, das kann man nicht. Vor allem, wenn man seine Heimat so sehr liebt wie du, Shane. Irgendwann kommt die Stunde der Wahrheit.« Sie stellte sich auf die Zehenspitzen und küsste ihn leicht auf den Mund. »Du bist ein guter, einfühlsamer Mann, Shane. Und ein guter Farmer. Ich werde dich nie vergessen.«

Bevor ihm klar werden konnte, was sie vorhatte, hatte sie sich auch schon abgewandt. »Wovon sprichst du? Und wohin gehst du?«

»Ich könnte mir vorstellen, dass du jetzt noch einen Moment allein hierbleiben möchtest.« Lächelnd wischte sie sich eine Träne aus dem Augenwinkel. »Es scheint mir ein sehr persönlicher Moment zu sein, und ich muss noch meine letzten Sachen zusammenpacken.«

»Was denn für Sachen?«

»Nun, meine Sachen eben.« Sie wich einen Schritt zurück, während sie sprach. »Jetzt, nachdem alles geklärt ist, werde ich zu Regan umziehen und dort noch ein paar Tage bleiben, bevor ich nach New York zurückfliege.«

Ihm war, als hätte er einen Schlag auf den Kopf bekommen. Die eben noch verspürte Erleichterung fiel von ihm ab. Panik stieg in ihm auf. »Du gehst? Einfach so? Experiment erfolgreich beendet und damit adieu?«

»Ich möchte gern noch ein paar Tage bei Regan wohnen. Hier auf der Farm bin ich sowieso schon viel länger geblieben als vorgesehen. Außerdem kann ich mir vorstellen, dass du froh bist, wenn ich hier weg bin und du dein Haus wieder ganz für dich allein hast. Aber ich bin dir wirklich sehr dankbar für alles.«

»Du bist dankbar«, wiederholte er. »Für alles?«

»Ja. Sehr.« Schnell weg, dachte sie. Bloß schnell weg von hier. »Ich würde mich freuen, ab und zu von dir zu hören. Was du so machst und so.«

»Wir könnten uns zum Beispiel Weihnachtspostkarten schreiben.«

»Ein bisschen mehr dürfte es vielleicht schon sein.« Mühsam brachte sie ein Lächeln zustande. »Es war ein echtes Erlebnis mit dir, Farmboy.«

Damit drehte sie sich um und ging davon. Er sah ihr fassungslos nach. Sie ließ ihn tatsächlich einfach stehen. Die Frau, der er die tiefgreifendste Erfahrung seines Lebens zu verdanken hatte, ließ ihn einfach stehen und ging völlig ungerührt davon.

Nun gut, dann musst du dich eben damit abfinden, sagte er sich einen Moment später und presste die Lippen hart aufeinander. Er würde ihr mit Sicherheit keine rührselige Abschiedsszene machen.

Den Teufel würde er tun.

Rebecca war schon an der Hintertür, als er sie eingeholt hatte. Er legte ihr die Hände auf die Schultern und drehte sie zu sich herum.

»Sex für die Wissenschaft? War's das, Doc? Ich hoffe bloß, dass du genügend Informationen für deine widerwärtigen Artikel aus mir herausgeholt hast.«

»Was ist denn in dich …«

»Was hältst du von einem letzten Experiment – als Wegzehrung sozusagen?«

Er zog sie gewaltsam an sich und küsste sie hart. Es war ein brutaler, wütender Kuss. Zum ersten Mal hatte sie jetzt Angst vor ihm und davor, wozu er unter Umständen imstande sein könnte.

»Shane.« Erschauernd versuchte sie sich aus seinem Griff zu befreien. »Du tust mir weh.«

»Gut so.« Er ließ sie los, stieß sie jedoch so heftig zurück, dass sie fast gestolpert wäre. »Das hast du dir redlich verdient, du kaltherziges …« Er unterbrach sich, weil er nichts sagen wollte, was ihm später womöglich leidtun würde. »Wie kannst du mit mir schlafen und all das mit mir teilen, was wir miteinander geteilt haben, und dich dann einfach umdrehen und weggehen, so als ob nichts gewesen wäre?«

»Ich dachte … ich dachte, es wäre so am besten. Und du hast doch selbst gesagt, dass du mit all den Frauen, mit denen du geschlafen hast, auch hinterher noch …«

»Lass meine Vergangenheit aus dem Spiel!«, tobte er. »Verdammt noch mal, nichts ist mehr so wie früher, seit ich dich kennengelernt habe. Du hast mein Leben genug in Unordnung gebracht. Ich will, dass du jetzt gehst. Und zwar auf der Stelle!« Beim letzten Satz überschlug sich seine Stimme fast. Er war völlig außer sich.

»Ich gehe ja schon«, brachte sie mühsam heraus und trat vorsichtig einen Schritt zurück, dann den nächsten, bis sie die Schwelle erreicht hatte.

»Um Himmels willen, Rebecca, verlass mich nicht.«

Sie hatte die Hand schon am Türknauf. Glücklicherweise, denn so fand sie jetzt wenigstens einen Halt. Die Augen vor Fassungslosigkeit weit aufgerissen, drehte sie sich langsam nach ihm um. »Ich verstehe dich nicht.«

»Du möchtest, dass ich dich bitte.« Jetzt ergriff das Gefühl der Demütigung und Wut gleichermaßen von ihm Besitz. »Schön. Ganz wie du willst. Dann bitte ich dich eben. Bitte geh nicht weg, Rebecca. Ich glaube nicht, dass ich ohne dich leben kann.«

Sie sah ihn an, hob ganz langsam, wie in Trance, die Hand und legte sie sich an die Stirn. Seine Augen drückten tausend verschiedene Gefühle aus, viel mehr, als sie deuten konnte. »Du willst, dass ich bleibe? Aber …«

»Was ist denn schon so großartig an New York?«, wollte er wissen. »Sie haben dort Museen und Restaurants. Wenn du in ein verdammtes Restaurant gehen willst, gehe ich eben mit dir in ein Restaurant. Jetzt. Sofort. Zieh dich an, los.«

»Ich … ich bin nicht hungrig.«

»Fein. Du brauchst also gar kein Restaurant, siehst du?« Plötzlich fiel ihm auf, dass er klang, als hätte er den Verstand verloren. Himmel, vielleicht war er ja wirklich verrückt geworden. »Du hast da diesen schicken Computer, ein Modem und diesen ganzen anderen Kram. Du kannst überall arbeiten. Auch hier.«

»Du willst, dass ich hier arbeite?«, fragte sie ungläubig.

»Was sollte daran falsch sein? Schließlich arbeitest du ja schon die ganze Zeit hier, oder?«

»Ja, schon, aber …«

»Von mir aus verstreust du deine Gerätschaften im ganzen Haus, es macht mir nichts aus, wenn ich überall darüber stolpere.« Er hob in hilfloser Geste die Hände. »Es ist mir egal, verstehst du?« Er ging einen Schritt auf sie zu. »Es macht mir nichts aus«, wiederholte er. »Ich habe mich schon daran gewöhnt. Von mir aus stellst du einen Sender in die Scheune und eine Satellitenschüssel aufs Dach. Tu, wonach immer dir der Sinn steht, nur verlass mich nicht.«

Jetzt umspielte ein Lächeln ihre Mundwinkel. Sie wusste zwar nichts über Beziehungen, aber sie glaubte doch, im Großen und Ganzen verstanden zu haben, worum es dabei ging. »Du willst, dass ich hierbleibe?«

»Wie viele Sprachen sprichst du?« Schiere Frustration veranlasste ihn, sie zu schütteln. »Verstehst du kein Englisch?« Er ließ sie los und begann, wie ein gefangener Löwe auf und ab zu laufen. »Habe ich es noch immer nicht oft genug gesagt? Ich fasse es nicht, dass diese Worte wirklich aus meinem Mund gekommen sind, und doch ist es so«, sagte er unwillig. »Ich will dich nicht verlieren, verstehst du? Ich will es einfach nicht. Ich könnte es nicht ertragen, es würde mein verdammtes Herz in Stücke reißen.« Er redete wild drauflos, und wieder wurde er den Verdacht nicht los, dass er sich anhören musste wie ein Verrückter. »Wenn du das willst, bitte, dann verlass mich!«

Rebecca wollte etwas sagen, doch der Ausdruck, der auf seinem Gesicht lag, ließ sie verstummen.

»Ich liebe dich, Rebecca. Oh, ich liebe dich so sehr.«

Es konnte nicht mehr lange dauern, und er würde vor ihr auf den Knien liegen. Um seine Selbstkontrolle wiederzuerlangen, presste er sich die Handballen an die Augen. Wie groß auch immer die Demütigung sein mochte, er würde sie klaglos ertragen. Hauptsache, Rebecca blieb bei ihm.

Dann schaute er auf, schaute sie an. Und sah, dass sie weinte. Ihr Anblick zerriss ihm fast das Herz.

»Es tut mir leid. Es tut mir so leid, ich habe kein Recht, dich so zu bedrängen. Entschuldige, bitte, bitte entschuldige, aber hör auf zu weinen.«

Sie holte zittrig Atem. »In meinem ganzen Leben hat noch nie ein Mensch solche Worte zu mir gesagt. Nicht ein einziger Mensch, in meinem ganzen Leben. Du kannst unmöglich wissen, was es für mich bedeutet, sie nun ausgerechnet von dir zu hören.«

»Sag jetzt um Himmels willen nicht, dass es zu spät ist. Ich werde dich für alles entschädigen, Rebecca, wenn du es nur zulässt.«

»Ich hatte Angst, dir zu sagen, wie sehr ich dich liebe. Ich dachte, du willst mich nicht.«

Es dauerte einen Moment, ehe ihm die Bedeutung ihrer Worte aufging. »Ich dich nicht wollen? Oh Rebecca, meine geliebte Rebecca, ich wüsste nichts auf der Welt, was ich mehr will als dich. Ich brauche dich, ich kann ohne dich nicht mehr leben. Du darfst nicht weggehen.«

Als sie jetzt nur stumm den Kopf schüttelte, zog er sie in die Arme. »Ich gehe nirgendwohin.«

»Dann liebst du mich also?«

»Oh ja!«

»Wenn du wüsstest, wie glücklich ich bin.« Während er sie nun küsste, durchströmte ihn eine wilde, geradezu unbändige Freude. »Ich habe mich auf den ersten Blick in dich verliebt, schon am Flughafen. Du warst so bezaubernd, dass ich dir einfach nicht widerstehen konnte. Rebecca, ich bitte dich, heirate mich. Ich will nie wieder ohne dich sein.«

»Heiraten?« In ihrem Kopf drehte sich alles. »Dich? Du willst, dass ich dich heirate?« Ihre Knie drohten nachzugeben. »Jetzt muss ich mich hinsetzen.«

»Nein, das musst du nicht. Ich halte dich fest.« Das typische MacKade-Lächeln huschte über sein Gesicht, dann begann er sie leidenschaftlich und ausgiebig zu küssen. »Heirate mich, Rebecca«, flüsterte er. »Du brauchst einfach nur ja zu sagen. Und wenn du es nicht tust, muss ich dich dazu überreden.«

Ehe. Kinder. Familie. Shane. Warum sollte er sie zu etwas überreden müssen, was sie sich mehr wünschte als alles auf der Welt? »Ich kann nicht mehr denken.«

»Das macht nichts.« Er streifte mit den Lippen ihre Wange. »Ich liebe dich, Rebecca. Oh … meine schöne Rebecca. Ich liebe dich. Sag einfach: Ich liebe dich auch.«

»Ich liebe dich auch.«

»Heirate mich, Rebecca.« Seine Lippen waren ein süßes Verspre-chen. »Werde meine Frau, die Mutter meiner Kinder, lebe mit mir. Sag ja. Sag einfach: Ja, ich will dich heiraten, Shane.«

»Ja.« Die Kraft kehrte in sie zurück, als sie die Arme um seinen Nacken legte. »Ja, ich will dich heiraten, Shane.«

Er knabberte an ihrem Ohrläppchen. »Und jetzt sag: Ich werde Tag und Nacht für dich kochen, Shane.«

»Ich werde …« Sie riss die Augen auf und lachte laut. »Schlau. Wirklich superschlau, Farmboy.«

»Immerhin war es einen Versuch wert, Becky.« Lachend hob er sie hoch und wirbelte sie im Kreis herum. »Aber ich werde mein Bestes tun, um aus zwei drei zu machen.«